# ଈପ୍ସିତ ଆକାଶ

# ଈପ୍‍ସିତ ଆକାଶ

## ସୌଭାଗିନୀ ପରିଡ଼ା

ବ୍ଲାକ୍ ଈଗଲ୍ ବୁକ୍ସ

ଭୁବନେଶ୍ୱର, ଓଡ଼ିଶା

**BLACK EAGLE BOOKS**
Dublin, USA

ଈପ୍‌ସିତ ଆକାଶ / ସୌଭାଗିନୀ ପରିଡ଼ା

ବ୍ଲାକ୍‌ ଇଗଲ୍‌ ବୁକ୍ସ୍‌ : ଭୁବନେଶ୍ୱର, ଓଡ଼ିଶା ● ଡବ୍‌ଲିନ୍‌, ଯୁକ୍ତରାଷ୍ଟ୍ର ଆମେରିକା

BLACK EAGLE BOOKS

USA address:
7464 Wisdom Lane
Dublin, OH 43016

India address:
E/312, Trident Galaxy, Kalinga Nagar,
Bhubaneswar-751003, Odisha, India

E-mail: info@blackeaglebooks.org
Website: www.blackeaglebooks.org

First International Edition Published by
BLACK EAGLE BOOKS, 2024

**IPSITA AAKASH**
by **Soubhagini Parida**



Cover & Interior Design: Ezy's Publication

ISBN- 978-1-64560-512-6 (Paperback)

Printed in the United States of America

# ଉସର୍ଗ

ଯେଉଁମାନଙ୍କ ଶ୍ରଦ୍ଧା ମୋତେ ନୂତନ ସୃଷ୍ଟି
ନିମନ୍ତେ ଉସ୍ଵାହିତ କରିଆସିଛି ସେଇ
ମୋର ପ୍ରିୟ ପାଠକପାଠିକାଙ୍କୁ ।

– ଲେଖିକା

# ଭୂମିକା

ମାଟି ମୋର ଚିରକାଳପ୍ରିୟ। ଏଇ ଧୂଳି ମାଟିର ଧରଣୀରେ ବାରମ୍ବାର ଜନ୍ମ ନେଇ ଏକ ସାର୍ଥକଜୀବନ ଜୀଇଁବା ହିଁ ମୋ ପାଇଁ ମୋକ୍ଷର ପରିଭାଷା। କିନ୍ତୁ ଆକାଶ ମୋର ଚିର ଈପ୍ସିତ। ମୁଁ ମାପି ପାରିନାହିଁ ତା'ର ବିସ୍ତୃତି, ନିର୍ଦ୍ଧାରିତ କରିପାରି ନାହିଁ ତା'ର ପରିସୀମା, ମୁଁ ଜାଣି ନାହିଁ କେତେ ଶୂନ୍ୟ ଯୋଗରେ ସେ ମହାଶୂନ୍ୟ। କିନ୍ତୁ ଆକାଶ ଶୂନ୍ୟ ହେଲେ ମଧ ଅସ୍ତିତ୍ଵବାଦର ପ୍ରତୀକ। ସ୍ୱପ୍ନର ଶେଷ ସୀମା। ତା' ଆଗକୁ କିଛି ନାହିଁ, କଳ୍ପନାରେ ସୁଦ୍ଧା। ତେଣୁ ଯେବେଯେବେ ମୋତେ ଗପ ଲାଗେ ମୁଁ ଆକାଶୀମାୟାରେ ମଗ୍ନହୁଏ। ଜହ୍ନରାତି ପରି ବିଶ୍ୱ ହୋଇପଡ଼େ ନିଜ ଭିତରେ। ଜୀବନର ମହକ ଆଘ୍ରାଣ କରିନିଏ। ଅନୁଭବର ନୀଳନିବିଡ଼ତାରେ ଉଚ୍ଛନ୍ନ ହୁଏ। ଯୋଗିନୀ ସାଜେ। ମନ୍ତ୍ରାବିଷ୍ଟ ହୁଏ। ଲେଖନୀ ଧରେ। ମୋ ବ୍ୟକ୍ତିଗତ ଖାଲିପଣ, ଦୁଃଖ ଓ ଅସହାୟତାକୁ ପାଲଟି ପକାଇ ସାର୍ବଜନୀନତାର ଶାଢ଼ି ପିନ୍ଧେ। ମନ୍ତୁରା ଶବ୍ଦମାନଙ୍କୁ ଗଢ଼େ ଭାଙ୍ଗେ। ସେଗୁଡ଼ିକୁ ଜାଳୁଥାଏ ବାରମ୍ବାର ଉଜ୍ଜ୍ୱଲ ହେବା ନିମନ୍ତେ। ଯେତେ ଜାଳୁଥାଏ, ମୁଁ ଭିତରେ ଭିତରେ ସେତେ ଜଳୁଥାଏ ନିଜସ୍ୱ ଦୁଃଖ ନୁହେଁ, ଚାରିପାଖ ମଣିଷଙ୍କ ଦୁଃଖ ସହ ଯୁଝେ, ପ୍ରେମରେ ଭିଜେ। ସେଇଥିରେ ବତୁରିଯିବାରେ ଓ ଅଙ୍କୁରି ଉଠିବାରେ ତ ମୋ ଲେଖିକା ପଣ। ବାସ୍, ଆଉ କିଛି ନୁହେଁ।

ସାରା, ସୂର୍ଯ୍ୟାଂଶ, ରୋହିତ ଓ ପିଟରକୁ ପ୍ରିୟ ପାଠକମାନଙ୍କୁ ଉତ୍ସର୍ଗ କରୁଛି। ଆଶା ସେମାନେ ଚରିତ୍ରଗୁଡ଼ିକୁ ବୁଝିବେ, ହୃଦୟ ଦେଇ।

ମୋ ସୃଷ୍ଟିକୁ ଆଲୋକକୁ ଆଣିବାରେ ସହାୟତା କରିଥିବାରୁ 'ବ୍ଲାକ୍ ଈଗଲ୍ ବୁକ୍ସ' ପ୍ରକାଶନୀ ସଂସ୍ଥାର ନିର୍ଦ୍ଦେଶକ ସତ୍ୟ ପଟ୍ଟନାୟକଙ୍କୁ ଅଶେଷ ଅଶେଷ ଧନ୍ୟବାଦ।

– ଲେଖିକା

# ଉପକ୍ରମଣିକା

ମୁଁ ସାରା ।

ସାରା ପୃଥିବୀର ସ୍ୱପ୍ନ ମୋ ଆଖିରେ ।

ସେଇ ସବୁ ସ୍ୱପ୍ନ ଯାହାକୁ ଛୁଅଁନ୍ତି ବାଦଲର ମେଘ ବିନ୍ଦୁମାନେ । ଯାହାକୁ ଛୁଅଁନ୍ତି ତୁଷାରାବୃତ ଗିରିଶୃଙ୍ଗର ଜାଙ୍ଗଲିକ ପକ୍ଷୀମାନେ । ସେ ସ୍ୱପ୍ନ ଦିନେ ମୋ ଆଖିରେ ଭରିଦେଲା ବୟସ ଓ ବାଧକଲା ଦେଖିବାକୁ ରାତି ରାତି ଅନିଦ୍ରା ରହି । ହଁ, ମୁଁ ଏବେ ସ୍ୱପ୍ନ ଦେଖେ, ଆଖି ଖୋଲିବା ବେଳେ, ମୁଦିବା ବେଳେ ମଧ୍ୟ । ନିଦ୍ରାରେ ଓ ଜାଗ୍ରତାବସ୍ଥାରେ ।

ଏଇ ସ୍ୱପ୍ନ ଦେଖିବାର ବୟସ ପୂର୍ବରୁ ମୋ ଜୀବନ ଥିଲା ତରଙ୍ଗ ବିହୀନ ସରସୀର ଜଳ ଭଳି ସ୍ଥିର । ଯେଉଁ ବୟସରେ ଝିଅମାନେ କଣ୍ଢେଇରେ ଖେଳନ୍ତି ସେ ବୟସରେ, ମୁଁ ଖେଳୁଥିଲି ସଂଖ୍ୟାରେ । ମୁଁ ଏକଦା ରାଜ୍ୟ ମ୍ୟାଥ୍ ଅଲମ୍ପିୟାଡ ଚମ୍ପିୟାନ୍ ବି ଥିଲି । ସେଇ ପ୍ରଜାପତି ଧରିବା ବୟସରେ ଚାହିଁଥିଲି ହାଇସ୍କୁଲର ଗଣିତ ଶିକ୍ଷୟିତ୍ରୀ ହେବା ପାଇଁ । ତାହାଥିଲା ମୋର ଅବୋଧ ଆସକ୍ତି । ସାଧାରଣ ଛାତ୍ରଛାତ୍ରୀମାନେ ଗଣିତକୁ ଏକ ଉତ୍ତେଜନାବିହୀନ ବିଷୟ ମନେ କରୁଥିବାରୁ ମୁଁ ଚାହୁଁଥିଲି ସେ ଧାରଣାକୁ ପରିବର୍ତ୍ତନ କରିବା ପାଇଁ ।

ଆମ ଭାରତୀୟମାନଙ୍କ ମଧ୍ୟରେ ବଦ୍ଧମୂଳ ଧାରଣା ଯେ ଯେଉଁମାନଙ୍କ ମସ୍ତିଷ୍କ ଉନ୍ନତ ଓ ଶାଣିତ ସେମାନେ ଡାକ୍ତର କିମ୍ବା ଇଞ୍ଜିନିୟର ହେବା ଉଚିତ୍ । ଦିନେ ମୁଁ ମଧ୍ୟ ଡାକ୍ତରମାନଙ୍କ ଧଳା କୋଟ୍,

ସ୍କେଥୋ ଓ ପାଣ୍ଡାରଗ୍ଲ୍ୟାସ ମୋହରେ ପଡ଼ିଥିଲି। ମାତ୍ର ମୋର ମଧ୍ୟବିତ୍ତ ପରିବାରର ନିଷ୍ପତ୍ତି ଅନୁଯାୟୀ ମୋତେ ଆଇ.ଆଇ.ଟିରେ ପଢ଼ିବା ପାଇଁ କୋଚିଂ ନେବାକୁ ହେଲା। ସେ ପରୀକ୍ଷାରେ ବିଫଳ ହେବାପରେ ମୁଁ ଭାରତର ପ୍ରସିଦ୍ଧ ଗାନ୍ଧୀ ଇଞ୍ଜିନିୟରିଂ କଲେଜ୍‌ରେ କମ୍ପ୍ୟୁଟର ବିଭାଗରେ ଯୋଗ ଦେଲି। ମୋତେ ଭଲ ଲାଗିଲା ଆଲଗୋରିଦମ୍। କମ୍ପ୍ୟୁଟର ପ୍ରୋଗ୍ରାମିଙ୍ଗ ବା ଗ୍ରାଫିକ୍‌ସ ବିଷୟଠାରୁ।

ଆଇ.ଆଇ.ଟି ପରୀକ୍ଷାରେ ସଫଳ ନହେବା ମୋ ଜୀବନର ଚରମ ବିଫଳତା ନଥିଲା। ସୁଦୂର କାଲିଫର୍ଣ୍ଣିଆର ସିଲିକନ୍‌ଭ୍ୟାଲୀ ଥିଲା ମୋ ସ୍ୱପ୍ନର ସହର, ଯାହା କେବଳ ମୋ ପାଇଁ ନୁହେଁ, ସମସ୍ତ କମ୍ପ୍ୟୁଟର ଇଞ୍ଜିନିୟରଙ୍କ ନିମନ୍ତେ ଭୂସ୍ୱର୍ଗ।

ମାତ୍ର ଅଠର ବର୍ଷ ବୟସ। ମୋ ଦେହରେ ବୟସର ଇନ୍ଦ୍ରଧନୁ ଓ ମନରେ ଅନେକ ଆକାଶର ବର୍ଷବିଭା। ମୁଁ ପୃଥିବୀକୁ ରଙ୍ଗୀନ ଆଖିରେ ଦେଖିବା ପୂର୍ବରୁ ପୃଥିବୀ ମୋତେ ଦେଖିଲା ରଙ୍ଗୀନ ରୂପରେ। କ୍ୟାମ୍ପସରେ ଯୋଗଦେବାର ଅଳ୍ପଦିନ ଭିତରେ ସମସ୍ତେ ମୋତେ 'ମ୍ୟାଥ୍ ଉଇଜାର୍ଡ' ଭାବରେ ଜାଣିଲେ। ରୂପ ଓ ଗୁଣର ତ୍ରୁଟିହୀନ ସଂସ୍କରଣ ବୋଲି ମନେକଲେ। ଅନେକେ ମୋର ପ୍ରେମପ୍ରାର୍ଥୀ ହେଲେ। ସେମାନଙ୍କ ମଧ୍ୟରେ ଥିଲା ସୂର୍ଯ୍ୟାଂଶ। ଜଣେ ବିଚକ୍ଷଣ, ବୁଦ୍ଧିମାନ ଓ କ୍ୟାମ୍ପସର ସବୁଠାରୁ ସୁଦର୍ଶନ ଯୁବକ। ନା ନା, ମୁଁ ଭୁଲ କହିଲି, ସେ ଥିଲା ପୃଥିବୀ ଗ୍ରହର ସର୍ବୋତ୍ତମ ସୃଷ୍ଟି। ମୁଁ ପାଗଳ ପରି ତାକୁ ଭଲ ପାଇ ବସିଲି।

ମୁଁ ତୃଷିତ ଚକୋରୀ ଥିଲି, ସେ କିନ୍ତୁ ବିଦ୍ୟୁ‍ଏ ଜ୍ୟୋସ୍ନା ପରିବର୍ତ୍ତେ ପାଲଟିଲା ବିଭୋର ଜହ୍ନରାତିଟିଏ। ମୁଁ କଦମ୍ବବନର କୁହୁକ ଥିଲି, ସେ ଶ୍ରାବଣର ଭିଜାଓ ନେଇ ଓହ୍ଲାଇ ଆସିଲା ଭିଜାଇ ଦେବା ପାଇଁ ମୋ ଉଷର ଛାତି। ଏହା ମୋ ଜୀବନର ପ୍ରଥମ ପ୍ରେମ ମାତ୍ର ଶେଷ ପ୍ରେମ ନୁହେଁ। ତିନିଜଣଙ୍କୁ ପ୍ରେମ କରିବସିଲି ମୁଁ ଜୀବନର ତିନୋଟି ପର୍ଯ୍ୟାୟରେ।

ତା'ପରେ ମୋହିତ। ଅମୃଜାନ ପରି ଭରିଦେଲା ମୋ ଶୂନ୍ୟ ଚତୁର୍ପାର୍ଶ୍ୱ। ପିତର ଥିଲା ଇଂଲଣ୍ଡରେ। ଦୂରନ୍ତ ନକ୍ଷତ୍ରର ନୀଳାଭ ଆଲୋକ ପରି ଦୀପ୍ତିମନ୍ତ କରିଥିଲା ମୋ ଅନ୍ଧକାରମୟ ଆକାଶ।

ପ୍ରତ୍ୟେକ ପ୍ରେମର ଅନୁଭବ ଥିଲା ଭିନ୍ନ। ସମସ୍ତେ ଛୁଇଁଛନ୍ତି ମୋ ସମ୍ଭାବନାର ବିସ୍ତୀର୍ଣ୍ଣ ଆକାଶ। ସମସ୍ତେ ପାଦ ଥୋଇଛନ୍ତି ମୋ ଅନ୍ୟମନସ୍କ ମାଟିରେ। କାହାପାଇଁ ମୁଁ ଝରିଲି ବର୍ଷାପରି, କାହାପାଇଁ ସଂଚରିଲି ମଲୟ ପବନର ରୂପ ନେଇ, ଆଉ କାହା ପାଇଁ ଅତିକ୍ରମ କଲି ସାମାଜିକ ନୀତିନିୟମର ଅଦୃଶ୍ୟ, ଅଲଂଘନୀୟ ସୀମାରେଖା। ନିଜକୁ ଢାଳିଲି ପ୍ରେମିକାର ଛାଞ୍ଚରେ ଥରକୁ ଥର। ମୃତ୍ୟୁ କେବେ ଜୀବନଯକ୍ଷର

ପୂର୍ଣ୍ଣାହୁତି ହୋଇ ପାରେନା। ମୁଁ ବାରମ୍ବାର ଜୀବନଜ୍ୱାଳାରେ କୁହୁଳିଲି ଅଥଚ ପୋଡ଼ି ପାଉଁଶ ହୋଇ ପାରିଲି ନାହିଁ, ପ୍ରତିଥର ଅଙ୍କୁରିତ ହେଲି ନୂଆ ରୂପରେ।

ସେଇ ଆକୁଳତା, ଉଚ୍ଛନ୍ନପଣ, ବିହ୍ୱଳ ଅବସ୍ଥା ସତ୍ତ୍ୱେ ମୁଁ ହରାଇନାହିଁ ମୋର ଲକ୍ଷ୍ୟ, ଭୁଲିନାହିଁ ମୋର ଗତିପଥ, ତଥାପି ମୋ ଜୀବନ ଅସଂପୂର୍ଣ୍ଣ, ମୋ କାହାଣୀ ଅଧାଲେଖା, ମୋ ହୃଦୟ ଅଧାଗଢ଼ା।

ଆପଣମାନେ ମୋ ଜୀବନରେ ଅକୁହା କାହାଣୀକୁ ସତରେ ଶୁଣିବାକୁ ଚାହୁଁଛନ୍ତି ଆସନ୍ତୁ ପରପୃଷ୍ଠାକୁ ଯିବା।

# ପ୍ରଥମ ପ୍ରେମ

ମୋ ଅଠର ବର୍ଷୀୟା ହୃଦୟକୁ ଯଦି କେହି ପ୍ରଶ୍ନକରେ ପ୍ରେମର ସଂଜ୍ଞା କ'ଣ? ତେବେ ତା'ର ପ୍ରତିଟି ସ୍ପନ୍ଦନ କହିବ ପ୍ରେମ ଏକ ଚମତ୍କାର ପ୍ରକ୍ରିୟା, ଯାହା ଗୋଟିଏ ହୃଦୟରେ ସୃଷ୍ଟି ହୋଇ ବ୍ୟାପିଯାଏ ଅନ୍ୟ ଏକ ହୃଦୟକୁ। କିନ୍ତୁ ବିଜ୍ଞାନର ଛାତ୍ରୀ ଭାବରେ ମୁଁ କ'ଣ କେବେ ବିଶ୍ୱାସ କରିଥାନ୍ତି ପ୍ରେମ ହୃଦୟରେ ସୃଷ୍ଟି ହୁଏ ବୋଲି; ଯଦି ସୂର୍ଯ୍ୟାଂଶ ସହିତ ମୋର ଦେଖା ହୋଇ ନଥାନ୍ତା! ମସ୍ତିଷ୍କ ସମସ୍ତ ଆବେଗ ଓ ଉତ୍ତେଜନାର ସୃଷ୍ଟିସ୍ଥଳ ଜାଣି ମଧ୍ୟ ଦିନେ ମୋ ହୃଦୟରେ ପ୍ରେମର ମଧୁରକ୍ଷରଣ ହେଲା। ମୋ ଜୀବନର ନିରବ ଉପତ୍ୟକାରେ ଶୁଭିଲା ସହସ୍ରବଂଶୀର ମଧୁର ମୂର୍ଚ୍ଛନା। ସଂପର୍କର ଭାଗ୍ୟ ନିଜ ହାତରେ ଲେଖିହୁଏ ନାହିଁ ଜାଣି ମଧ୍ୟ ମୁଁ ସେଇ ନିଷିଦ୍ଧ ପଦ୍ମ ପୋଖରୀକୁ ପାଦ ବଢ଼ାଇଥିଲି ଯାହାର ପାଣି ପିଇଲେ ତୃଷା ମେଣ୍ଟିବା ପରିବର୍ତ୍ତେ ଜାଗି ଉଠେ ନୀଳନୀଳ ତୃଷା। ମୁଁ ସେଇ ଦୁରନ୍ତ ଗଭୀର ନୀଳହ୍ରଦର ରୂପେଲୀ ମାଛଟିକୁ ଧରିବାକୁ ଚାହିଁଲି, ଯାହା ମୋ ପାଇଁ ପାଲଟିଲା ଏକ ଅନ୍ତଃହୀନ ଅଭୀପ୍ସା। ମୂର୍ଚ୍ଛିତ ଅନୁରାଗର କୋମଳ ପଦମାଳା ଗୁନ୍ଥି ମୁଁ ଲେଖିବସିଲି ମୋ ଜୀବନର ଆଦ୍ୟ ମହାକାବ୍ୟ।

ମୋ ଭିତରେ ଏବେ ସୁନ୍ଦର ଅନୁଭବଟିଏ, ଜୀବନରେ ପ୍ରେମ ହେଉଛି ଏକ ରୋମାଞ୍ଚକର ଯାତ୍ରା।

ଟିକେ ଅତୀତକୁ ଯିବା।

ବାଲ୍ୟକାଲରୁ ମୋର ଗଣିତ ପ୍ରତିଥିଲା ଅହେତୁକ ଦୁର୍ବଳତା। ସେଇ ଅପ୍ରାପ୍ତ ବୟସରୁ ସଂଖ୍ୟା ଓ ଅଙ୍କ ସହିତ ଖେଳିବା ମୋର ସଉକରେ ପରିଣତ ହୋଇଯାଇଥିଲା। ଜିଲ୍ଲା ଓ ରାଜ୍ୟସ୍ତରୀୟ ଗଣିତ ପ୍ରତିଯୋଗିତାରେ ଭାଗନେଇ ମୁଁ ଯେତେବେଳେ ଅସଂଖ୍ୟ ପୁରସ୍କାର ନେଇ ଫେରୁଥିଲି ସମସ୍ତଙ୍କ ବିଶ୍ୱାସ ହେଉଥିଲା ମୁଁ ବଡ଼ହେଲେ କିଛି ଗୋଟାଏ ଚମତ୍କାର କରିବି ଓ ଶେଷରେ ଯେଉଁଦିନ ମୁଁ ରାଜ୍ୟର ଗଣିତ ଅଲମ୍ପିୟାଡ୍ ପ୍ରତିଯୋଗିତାରେ

ପ୍ରଥମସ୍ଥାନ ଅଧିକାର କଲି, ବାପା ଏକତରଫା ଭାବରେ ମୋର ଭବିଷ୍ୟତ କର୍ମପନ୍ଥା ନିର୍ଣ୍ଣୟ କଲେ ଯେ ମୁଁ ଭବିଷ୍ୟତରେ ଜଣେ ଯାନ୍ତ୍ରିକ ବା ଇଞ୍ଜିନିୟର ହେବି ।

ମୁଁ ଝିଅଟିଏ । କେଉଁ ଯୁଗରେ ନିଜ ଭବିଷ୍ୟତ ସଂପର୍କରେ ନିର୍ଣ୍ଣୟ ନେବାର ଅଧିକାର ମୋର ଥିଲା ଯେ ? ଆମ ଭାରତୀୟ ମଧ୍ୟବିତ୍ତ ପରିବାରଗୁଡ଼ିକ ଅଧିକ ପରଂପରା ପ୍ରିୟ ଓ ରୂଢ଼ିବାଦୀ । ଯେଉଁଠି ଝିଅଟିକୁ ନିଜସ୍ୱ ସ୍ୱପ୍ନ ପୂରଣ କରିବା ନିମନ୍ତେ ନାଁ ମିଳେ ପର୍ଯ୍ୟାପ୍ତ ସୁଯୋଗ ଅବା ନିର୍ଣ୍ଣୟ ନେବାର ସ୍ୱାଧୀନତା । ପିତାମାତା ଝିଅମାନଙ୍କ ଭବିଷ୍ୟତ କାର୍ଯ୍ୟପନ୍ଥା ସଂପର୍କରେ ସେମାନଙ୍କ ଇଚ୍ଛାପ୍ରତି ଆଖ୍ବୁଜି ଦେଇ ଏକତରଫା ନିଷ୍ପତ୍ତି ନିଅନ୍ତି । ତେଣୁ ମୋ ସହିତ ବିଶେଷ କିଛି ଅନ୍ୟାୟ ହୋଇଥିବା ପରି ମୋର ମନେହୁଏ ନାହିଁ ।

ଶୁଣିଛି, ମୋର ଜନ୍ମ ସମୟରେ ଗାଁ ସ୍କୁଲ ପାଠପଢ଼ିଥିବା ମୋର ସ୍ୱଳ୍ପ ଶିକ୍ଷିତା ଜେଜେମା ମୋତେ ଜଣେ ଦେଶୀ ଡାକ୍ତର (ବୈଦ୍ୟ ବା କବିରାଜ) କରିବାକୁ ସ୍ୱପ୍ନ ଦେଖ୍ଥିଲା । କାରଣଟି ଅନ୍ୟମାନଙ୍କ ପାଇଁ ନିହାତି ହାସ୍ୟାସ୍ପଦ ମନେ ହୋଇପାରେ । କିନ୍ତୁ ଭାରତ ମାଟିରେ ବୁଣାଯାଉଥିବା ସ୍ୱପ୍ନର ବୀଜମାନେ ଅମଳ ସମୟରେ ପଷ ନେଇ ଜନ୍ମ ହୁଅନ୍ତି । ସେମିତି ମୋ ଜେଜେମାର ସ୍ୱପ୍ନବୀଜର ମୁଁ ହେଉଛି ପଷଥିବା ଅଙ୍କୁରିତ ଶସ୍ୟ । ତା' ମତରେ ମୁଁ ଜନ୍ମନେବା ସମୟରେ ଆଶ୍ଚର୍ଯ୍ୟଜନକ ଘଟଣାଟିଏ ଘଟିଥିଲା । ଆମ ଗାଁର ଚତୁର୍ଭୁଜ ମିଶ୍ର, ଯେ ଖଣ୍ଡମଣ୍ଡଳରେ ଅମୃତହସ୍ତ ଚିକିତ୍ସକ ଭାବରେ ପ୍ରସିଦ୍ଧି ଲାଭ କରିଥିଲେ । ତାଙ୍କର ପ୍ରସିଦ୍ଧି କାହିଁ କେତେଦୂର ଯାଏଁ ବ୍ୟାପିଥିଲା । ଦୂର ଦୂରାନ୍ତରୁ ଆସୁଥିବା ରୋଗୀମାନଙ୍କର ଦୀର୍ଘଦିନର ସାଂଘାତିକ ବ୍ୟାଧିକୁ ସେ ଆରୋଗ୍ୟ କରିପାରୁଥିଲେ । ଜନଶ୍ରୁତି ଅଛି, ସହର ଡାକ୍ତରମାନଙ୍କ ପାଖରୁ ନିରାଶ ହୋଇ ପ୍ରତ୍ୟାବର୍ତ୍ତନ କରିଥିବା ଜନୈକ ରୋଗୀଙ୍କୁ ସେ ଯନ୍ତ୍ରଣାରହିତ ଅବସ୍ଥାରେ ଜୀବିତ ରଖିପାରିଥିଲେ ଅନେକ କାଳ ।

ଜେଜେମା କହେ ସେ ଯେଉଁଦିନ ବ୍ରାହ୍ମମୁହୂର୍ତ୍ତରେ ସ୍ୱର୍ଗାରୋହଣ କରିଥିଲେ ଠିକ୍ ସେଇ ମୁହୂର୍ତ୍ତରେ ମୁଁ ଭୂମି ଛୁଇଁଥିଲି । ତାଙ୍କ ଘରେ ଶେଷଯାତ୍ରାର ପ୍ରସ୍ତୁତିକୁ ଆମଘର ଶଦ୍ଧାୟିତ ହୋଇ ଉଠିଥିଲା ମୋର ପ୍ରଥମ ଜନ୍ମସିଦ୍ଧ ଶଦ୍ଦରେ । ତେଣୁ ଜେଜେମା ମତରେ ମୁଁ ଚତୁର୍ଭୁଜ ମିଶ୍ରଙ୍କ କଳା ନେଇ ଜନ୍ମ ହୋଇଥିବା ବିଶେଷ ଗୁଣଯୁକ୍ତ କନ୍ୟା । ମୋ ପାଖରେ ଶୋଇ ସେ କେତେ ରାଜାରାଣୀ ଗପ କହିଲା ସମୟରେ ଏସବୁ କହେ । ଆଉ ମୁଁ ଉତ୍ତର ଦିଏ ଦୂର ! ତୁ ଆଉ ତୋ ଚତୁରାନନ ! ମୁଁ ବଡ ହେଲେ ଗଣିତ ପଢ଼ାଇବି । ଜାଣିଛୁ ସେଥିପାଇଁ କେତେ ବୁଦ୍ଧି ଓ ବିଦ୍ୟାଭ୍ୟାସ କରିବାକୁ ପଡ଼େ ?

ଏଣ୍ଡୁଅର ସିଝୁବୁଦା ପର୍ଯ୍ୟନ୍ତ ଦୌଡ଼ ପରି ମୋ ଉର୍ବର ମସ୍ତିଷ୍କର ଉପଚାର

ଯୋଗେ ମୁଁ ଜାଣିପାରିଥିଲି ଗଣିତ ଶିକ୍ଷକ ଚାକିରିଟା ଗୋଟେ ପଦବୀ ନୁହେଁ ବରଂ ଖୁବ୍ ବଡ ପ୍ରତିଷ୍ଠାର ପ୍ରଶ୍ନ । ସେମାନଙ୍କଠାରୁ ବୁଦ୍ଧିମାନ ପ୍ରାଣୀ ସଂସାରରେ ନାହାଁନ୍ତି ।

ସପ୍ତମ ଶ୍ରେଣୀରେ ପଢୁଥିବା ସମୟରେ ଆମ ଘରକୁ କେବେ କେବେ ଆସୁଥିବା ବିନାୟକ ସାରଙ୍କ କଳାଫ୍ରେମର ହାଇପାଓ୍ୱାର ସୋଡାକାଚ ପରି ମୋଟାଚଷମା ତଳୁ ବଡ ବଡ ବୁଦ୍ଧିଦୀପ୍ତ ଚକ୍ଷୁଯୋଡିକ ମୋତେ ନମ୍ର କରେ ଓ ଆକର୍ଷିତ ମଧ୍ୟ । ତାଙ୍କରି ପରାମର୍ଶ କ୍ରମେ ସରକାରୀ ବାଳିକା ବିଦ୍ୟାଳୟରେ ନପଢି ମୁଁ ଆସିଲି ଗୋଟିଏ ବେସରକାରୀ ହାଇସ୍କୁଲ, ଯେଉଁଠି ବିନାୟକ ସାର, ସମଗ୍ର ସ୍କୁଲର ବାତାବରଣକୁ ତାଙ୍କ ପ୍ରତିଭାରେ କରିଥାନ୍ତି ଉଷ୍ମ । ବିନା ପାରିଶ୍ରମିକରେ ଗରିବ ମେଧାବୀ ଛାତ୍ରଙ୍କୁ ପାଠ ପଢାଉଥିବାରୁ ତାଙ୍କର ସୁନାମ କ୍ଷୁଦ୍ର ପରିସରର ସୀମାତିକ୍ରମ କରି ସହର ପର୍ଯ୍ୟନ୍ତ ହୋଇଥାଏ ବ୍ୟାପ୍ତ । ସେ ଚକ୍‌ଖଡି ଖଣ୍ଡେ ଧରି କଳାପଟାରେ ଯାଦୁକର ସଦୃଶ ଜଟିଳ ଗଣିତଗୁଡ଼ିକର ଏଭଳି ସରଳ ସମାଧାନ କରିପାରୁଥିଲେ ଯେ ମୁଁ ଆଶ୍ଚର୍ଯ୍ୟଚକିତ ଭାବରେ ତାଙ୍କୁ ଅନେକ ସମୟ ଚାହିଁ ରହୁଥିଲି । ସତରେ ସେ ବୟସରେ ବିନାୟକ ସାରଙ୍କ ପ୍ରତି ମୋ ଅନ୍ତରରେ ଯେତିକି ସମ୍ମାନ ଥିଲା ବୋଧହୁଏ ସେତିକି ଅନ୍ୟ କାହାପ୍ରତି ନଥିଲା ।

ଶ୍ରେଣୀଗୃହରେ କେହି ତୁମ ଜୀବନର ଲକ୍ଷ୍ୟ କଣ ? ବୋଲି ପ୍ରଶ୍ନକଲେ ମୁଁ ତତ୍‌କ୍ଷଣାତ୍ କହି ଦେଉଥିଲି ହାଇସ୍କୁଲରେ ଗଣିତ ଶିକ୍ଷୟିତ୍ରୀ ହେବି । ଶ୍ରେଣୀର ପଛଧାଡ଼ିର ପିଲାମାନେ ଯେତେବେଳେ ଡାକ୍ତର, ଇଞ୍ଜିନିୟର, ବୈଜ୍ଞାନିକ, ଅଧ୍ୟାପକ, ରାଜନେତା ହେବାର ସ୍ୱପ୍ନ ଦେଖୁଥିଲେ, ଶ୍ରେଣୀରେ ପ୍ରଥମ ହେଉଥିବା ମେଧାବୀ ଛାତ୍ରୀଟି କାହିଁକି ଜଣେ ଶିକ୍ଷୟିତ୍ରୀ ହେବାର ନିରୀହ ଇଚ୍ଛାଟିଏ ଲାଳନ କରିପାରେ, ତାହା ଅନେକଙ୍କ ପାଇଁ ଥିଲା ଏକ ବିରାଟ ପ୍ରଶ୍ନବାଚୀ ।

କହିବା ବାହୁଲ୍ୟ, ସେ ବୟସରେ ବିନାୟକ ସାର ମୋ ସମସ୍ତ ଆକର୍ଷଣର କେନ୍ଦ୍ର ବିନ୍ଦୁ ଥିଲେ । ତାଙ୍କର ପାଠ ପଢାଇବା ଶୈଳୀ ବ୍ୟତୀତ ତାଙ୍କର ହାସ୍ୟ ସମେତ କୌତୁକ ଓ କ୍ରୋଧ ସବୁକିଛି ମୋ ଷଷ୍ଠେନ୍ଦ୍ରିୟରେ ପୁଲକ ସୃଷ୍ଟି କରୁଥିଲା । ଅନ୍ୟପକ୍ଷରେ, ସେ ମୋର ମନସ୍ଥିତିକୁ ନିୟନ୍ତ୍ରିତ କରିବାର କାରଣଟି ଥିଲା ତାଙ୍କର ମଧୁର ସ୍ୱଭାବ, ନିର୍ମଳ ବ୍ୟକ୍ତି ଚରିତ୍ର ଓ ଜୀବନପ୍ରତି ସକାରାତ୍ମକ ଦୃଷ୍ଟିଭଙ୍ଗୀ । ହାଇସ୍କୁଲ ପରୀକ୍ଷାରେ ନବେପ୍ରତିଶତ ମାର୍କ ରଖି ମୁଁ ଉତ୍ତୀର୍ଣ୍ଣ ହେବାରେ ମୁଁ ଓ ମୋ ପରିବାର ପରେ ସବୁଠାରୁ ଅଧିକ ଆନନ୍ଦ ବ୍ୟକ୍ତ କରିଥିବା ଚରିତ୍ର ଜଣକ ଥିଲେ ବିନାୟକ ସାର । କିନ୍ତୁ ମୁଁ ଯେଉଁ ଦିନ ମିଠାପ୍ୟାକେଟ୍ ନେଇ ତାଙ୍କ ଘରକୁ ଯାଇଥିଲି, ଅତୀତରେ ଅନେକଥର ମୁଁ ତାଙ୍କ ଘରକୁ ଯାଇଥିଲେ ମଧ୍ୟ ସେଦିନ ହଠାତ୍ ତାଙ୍କ ବ୍ୟବହାରରେ ବିରାଟ ପରିବର୍ତ୍ତନ ମୋତେ କରିଥିଲା ସ୍ତବ୍ଧ । ସେ ପୂର୍ବଦିନମାନଙ୍କ ପରି ହସହସ ମୁହଁରେ ମୋ ହାତରୁ

ମିଠା ପ୍ୟାକେଟ୍‌ଟି ନେବା ପରିବର୍ତ୍ତେ ଈଷତ୍‌ ବିରକ୍ତ ଭାବ ପ୍ରକାଶକଲେ ଏକାକୀ ଯାଇଥିବାରୁ। "ଆବଶ୍ୟକ ପଡିଲେ ସ୍କୁଲରେ ଦେଖାକରିବୁ କିମ୍ବା ସାଥିରେ କାହାକୁ ନେଇ ଆସିବୁ" କହିବାପରେ ସେ ଯେପରି "ହଉ ତୁ ଏବେ ଶୀଘ୍ର ଘରକୁ ଯା" ପରି ଶବ୍ଦଟିଏ ନିକ୍ଷେପ କରି କୋଠରୀ ବାହାରକୁ ଲଂଫପ୍ରଦାନ ସଦୃଶ ବାହାରି ଆସିଲେ, ମୁଁ ଅପମାନିତ ବୋଧ କଲି। ବୁଝିଲି ଏହା ଭିତରେ କିଛି ବଦଳି ଯାଇଛି। ବିନାୟକ ସାର, ମୁଁ କିମ୍ବା ସମୟ।

ସମୟ ସତରେ ଖୁବ୍‌ଶୀଘ୍ର ବଦଳିଯାଏ ଗୋଟେ ଝିଅ ପାଇଁ, ଠିକ୍‌ ବଦଳିଲା ଋତୁପରି। ବୋର୍ଡ ପରୀକ୍ଷା ପୂର୍ବରୁ ବିନାୟକ ସାରଙ୍କଠାରୁ ଗାଳିଖାଇ କେତେଥର କାନ୍ଦି କାନ୍ଦି ତକିଆ ଭିଜାଇ ଦେଲାବେଳେ ମୁଁ ଦେଖିପାରି ନ ଥିଲି ତାଙ୍କର ଚରିତ୍ର ତଳେ ଥିବା ଭିନ୍ନଏକ ଚରିତ୍ର। ହଠାତ୍‌ ମୋଠାରୁ ବ୍ୟବଧାନର ସୀମାରେଖା ଆଙ୍କିଦେବା ଭଳି ତାଙ୍କ ଆକସ୍ମିକ ବ୍ୟବହାର ମୋତେ କରିଥିଲା ସ୍ତବ୍ଧ। ହଁ, ଏ ବୋଧହୁଏ ମୋ ଜୀବନର ସେଇ ସମୟ ଯେତେବେଳେ ସମସ୍ତେ ମୋଠାରୁ ପ୍ରକାଶ୍ୟରେ ଦୂରତା ବଜାୟ ରଖିବାକୁ ଚାହୁଁଥିଲେ ଅଥଚ ପରୋକ୍ଷରେ ନିକଟତର ହେବାକୁ ଚେଷ୍ଟା କରୁଥିଲେ। ଯେଉଁମାନେ ନଦେଖିଲା ପରି ବାଟଭାଙ୍ଗି ଚାଲିଯାଉଥିଲେ ସେମାନଙ୍କ ମୁଗ୍ଧ ଦୃଷ୍ଟି କିଛିକ୍ଷଣ ଲାଖି ରହୁଥିଲା ମୋ ଆଖିରେ ଓ ପହଁରି ଯାଉଥିଲା ସାରା ଦେହ। ମୋ ଚତୁଃପାର୍ଶ୍ୱର ଚିହ୍ନା ପୃଥିବୀ ପାଲଟିଯାଉଥିଲା ଅପରିଚିତ ଇଲାକାରେ। ସେଇ ପ୍ରଜାପତିକୁ ଦେଖି ମୁଗ୍ଧ ହେବାର ବୟସରୁ ଅଜ୍ଞାତରେ ନିଜେ ରଙ୍ଗୀନ୍‌ ପ୍ରଜାପତିଟିଏ ପାଲଟିଯିବାର ଅନୁଭବରେ ମୋ ଆଖି ଲୁହର ଉଷ୍ଣପ୍ରସ୍ରବଣ ପାଲଟିଗଲା। ତା'ପରେ ମୋର ବିନାୟକ ସାରଙ୍କ ପାଖକୁ ଯିବାର ଆଗ୍ରହ ସୃଷ୍ଟି ହୋଇନାହିଁ, ଗଣିତ ଶିକ୍ଷୟିତ୍ରୀ ହେବାର ଇଚ୍ଛାରେ ଜଉମୁଦ ଦେଇ ମୁଁ ନିକ୍ଷେପ କରିଛି ବିତୃଷ୍ଣାର ମଇ ସମୁଦ୍ରକୁ। କିନ୍ତୁ କେଉଁ ଏକ ମ୍ଲାନ ମୁହୂର୍ତ୍ତରେ ତନ୍ମୟ ତୂଣୀରରେ ମୋ ହୃଦୟରେ ଆଙ୍କିଥିବା ବିନାୟକ ସାରଙ୍କ ନାମକୁ ମୁଁ ଖୋଜୁଥିଲି ସେଇ କେତେଦିନ। ମୋ ଅଜ୍ଞାତ ଅନୁଭବର ବିସ୍ତୀର୍ଣ ଆକାଶରେ ଦୂରନ୍ତ ନକ୍ଷତ୍ରଟିଏ ଭଳି ସେ ଦିକ୍‌ ଦିକ୍‌ ହୋଇ ଜଳୁଥିଲେ ଅନେକ ଦିନ ଯାଏଁ।

ଇତିମଧ୍ୟରେ ବାପା ତାଙ୍କର ବିଭିନ୍ନ ସାଙ୍ଗସାଥୀଙ୍କ ପରାମର୍ଶ କ୍ରମେ ସିଦ୍ଧାନ୍ତରେ ଉପନୀତ ହୋଇଥିଲେ ଯେ ମୁଁ ଇଞ୍ଜିନିୟରିଂ ପଢିବି। ତେଣୁ ଗତ କିଛି ଦିନ ଧରି ସେ ବିଭିନ୍ନ ଶିକ୍ଷାନୁଷ୍ଠାନ ଉପରେ ଗବେଷଣା ଆରମ୍ଭ କରିଥିଲେ। ତାଙ୍କ ସିଦ୍ଧାନ୍ତମତେ ମୁଁ ଆଇ.ଆଇ.ଟି ପରି ସମ୍ମାନସ୍ପଦ ଶିକ୍ଷାନୁଷ୍ଠାନରେ ପଢିବା ଉଚିତ୍‌।

ସେଇ ଛୁଟିଦିନ ମାନଙ୍କରେ ଡାକ୍ତର ହେବାକୁ ଚାହୁଁଥିବା କିଛି ବାନ୍ଧବୀ

ମାନଙ୍କଠାରୁ ମୁଁ କୌତୁହଲବଶତଃ ମେଡିକାଲ ଏନ୍‌ଟ୍ରାନ୍‌ସ୍ ବହି ଆଣି ଦେଖିବା ଅବସରରେ ଡାକ୍ତରମାନଙ୍କ ଧଳା ଆପ୍ରନ୍, ଛାତିରେ ଝୁଲୁଥିବା ସ୍ଟେଥୋ ଓ ଆଖିର ପାୱାର ଚଷମା ପ୍ରତି ମନେମନେ ଏକ ଆବେଗମୟ ଆକର୍ଷଣ ସୃଷ୍ଟି ହୋଇଥିଲା ମୋର ।

ଶେଷରେ ମୋର ନାମ ଲେଖା ହେଲା ନିକଟସ୍ଥ ସହରର ଗୋଟିଏ ଆବାସିକ ଯୁକ୍ତ ଦୁଇ କଲେଜ୍‌ରେ । କୋଚିଂ ସେଣ୍ଟରର ସୁନ୍ଦରୀ, ଅତ୍ୟାଧୁନିକା କାଉନ୍‌ସେଲର ମାନେ ବାପାଙ୍କୁ ବୁଝାଇବାରେ ସକ୍ଷମ ହୋଇପାରିଥିଲେ ଯେ ମୋ ଭଳି ମେଧାବୀ ଛାତ୍ରୀଟିର ଏଭଳି ପରୀକ୍ଷାରେ ସଫଳତା ହାସଲ କରିବା ଶତପ୍ରତିଶତ ଗ୍ୟାରେଣ୍ଟି ଯୁକ୍ତ ।

ଅଥଚ ମୁଁ ଜାଣିଥିଲି ନିଷ୍ଠୁର ବାସ୍ତବତା ସଂପର୍କରେ । କିନ୍ତୁ ଡିଗ୍ରୀଧାରୀ କାଉନ୍‌ସେଲରମାନେ ଯେଉଁ ଲେହ୍ୟ ପେୟ ଶବ୍ଦ ସଂଯୋଗରେ କଥାଟିକୁ ବୁଝାଇବେ ବାପା ତାଙ୍କ କଥା ବିଶ୍ୱାସ କରିବେ ଅବା ତାଙ୍କର ଏକଦା ନାକକାନ୍ଦୁରୀ ଝିଅ, ଯାହାର ହାତଧରି ସେ ଚାଲିବା ଶିଖାଇଛନ୍ତି ତା’କଥାକୁ ବିଶ୍ୱାସ କରିବେ ?

ମୁଁ ସେଇ କୋଚିଂସେଣ୍ଟରରେ ଯୋଗଦେଲି, ଯେଉଁଠାରୁ ପ୍ରତିବର୍ଷ କିଛି ପିଲା ଆଇ.ଆଇ.ଟି ପରୀକ୍ଷାରେ ସଫଳତା ହାସଲ କରୁଥିଲେ । ମୁଁ ପଢ଼ାପଢ଼ିରେ ମନ ନିବେଶକଲେ ମଧ୍ୟ ସେଠିରେ ଅନ୍ତରାୟ ସୃଷ୍ଟି କରୁଥିଲା ମୋ ରୂପ । ପାଠପଢ଼ା ପରେ ନିଜକୁ ସୁରକ୍ଷିତ ରଖିବା ଓ ସମସ୍ତଙ୍କଠାରୁ ଦୂରତା ବଜାୟ ରଖିବା ନିମନ୍ତେ ମୋତେ ଅକ୍ଲାନ୍ତ ପରିଶ୍ରମ କରିବାକୁ ପଡ଼ୁଥିଲା ।

ଫୁଲଟିଏ ଫୁଟିବ ପୁଣି ତା’ର ମହକ ଭ୍ରମର ପାଖରେ ପହଞ୍ଚିବ ନାହିଁ, ତାହା କଣ ସମ୍ଭବ ? ମୋ ଚତୁଃପାର୍ଶ୍ୱର ପୃଥିବୀରେ ମୋତେ କେନ୍ଦ୍ରକରି ଯେଉଁ ତରଙ୍ଗ ସଞ୍ଚରି ଯାଉଥିଲା, ତଦ୍ୱାରା ମୋ ଭିତରେ କେବେ ସୃଷ୍ଟି ହେଉଥିଲା ସପ୍ତବର୍ଣ୍ଣୀ ଇନ୍ଦ୍ରଧନୁର ରଂଗୀନ ଆତସବାଜି ତ କେବେ ବିଷାଦ ମିଶ୍ରିତ ଆତଙ୍କ ।

ଯେଉଁ ରୂପ ମୋ ପାଇଁ ଗର୍ବର ବିଷୟ ହେବାକଥା, ତାହା ମୋ ଚତୁଃପାର୍ଶ୍ୱରେ ସୃଷ୍ଟି କଲା ଈର୍ଷା ଓ ଅସୂୟାର ବଳୟ, ଅନାଗତ ବିପଦଗୁଡ଼ିକୁ ସାମ୍ନା କରିବାର ଭୟରେ ମୁଁ ହୋଇଗଲି ପ୍ରାୟ ନିଃସଙ୍ଗ ।

ଅନ୍ୟମାନଙ୍କ ହୃଦୟରେ ଗଣିତକୁ ନେଇଥିବା ଭୟ ଦୂର କରିବା ନିମନ୍ତେ ଗଣିତଶିକ୍ଷୟିତ୍ରୀ ପଦ ବା ଧଳା ଆପ୍ରନ୍ ଓ ସ୍ଟେଥୋର ମାୟା ଦୀର୍ଘଦିନ ଧରି ମୋତେ ଆକର୍ଷିତ କରିପାରିଲା ନାହିଁ ।

ସମସ୍ତଙ୍କ ଜୀବନରେ ପ୍ରଚୁର ପ୍ରଚେଷ୍ଟା ସତ୍ତ୍ୱେ ସମସ୍ତ ସ୍ୱପ୍ନ ପୂରଣ ନହେବା

ପରି ମୁଁ ଯୁକ୍ତ ଦୁଇରେ ବୟାନବେ ପ୍ରତିଶତ ନମ୍ବର ରଖିବା ସତ୍ତ୍ୱେ ଆଡ୍ଭାନସ୍‍
ପରୀକ୍ଷାରେ ବିଫଳତାକୁ ସାମ୍ନା କଲି ।

ମୋର ଏଇ ବିଫଳତା ମୋ ଜୀବନର ଚରମ ବିଫଳତା ବୋଲି ଅନ୍ୟମାନେ
ମନେ କରୁଥିଲେ । ମୋ ଚତୁଃପାର୍ଶ୍ୱର ପୃଥିବୀ ଭାଙ୍ଗି ପଡ଼ୁଥିଲା ସତେ ଅବା ମୁଁ ଚିରଦିନ
ପାଇଁ ହରାଇ ବସିଲି ଜୀବନରେ ଊର୍ଦ୍ଧ୍ୱକୁ ଉଠିବାର ସଶକ୍ତ ସିଡ଼ିଟାଏ । ଏଇଭଳି ଏକ
ଧାରଣାକୁ ଭୁଲ ବୋଲି ପ୍ରମାଣିତ କରିବା ମୋର ଗୋଟେ ଜିଦ୍‍ ପାଲଟିଗଲା । ମୋ
ଜୀବନର ଏହା ପ୍ରଥମ ବିଫଳତା ହୋଇପାରେ, ମାତ୍ର ଚରମ ବିଫଳତା ନୁହେଁ । କିନ୍ତୁ
ଏ ଜ୍ୱଳନକୁ ମୁଁ ନିର୍ବାପିତ ହେବାକୁ ଦେଲିନାହିଁ । ବୋଧହୁଏ ମୋ ପରି କିଛି ଚରିତ୍ର
ତାଙ୍କ ଜୀବନରେ ଏପରି ଜ୍ୱଳନକୁ ନିଜ ଭିତରେ ନିର୍ବାପିତ ହେବାକୁ ଦିଅନ୍ତି ନାହିଁ,
ଯାହାର ଆଲୋକରେ ଆଲୋକିତ ହୋଇଉଠେ ତାଙ୍କ ଭବିଷ୍ୟତ ଜୀବନର ପଥ ।

ପ୍ରସିଦ୍ଧ ଗାନ୍ଧୀ ଇଞ୍ଜିନିୟରିଂ କଲେଜ୍‍ରେ ମୋର ନାମ ଲେଖା ହେବା ପରେ
ମଧ ମୋ ବିଫଳତାର ଚର୍ଚ୍ଚା ମୋ ଛୋଟ ସହରର ବାୟୁମଣ୍ଡଳରେ ଖେଳି ବୁଲୁଥିଲା
ଯାହା ମୋତେ ସମୟେ ସମୟେ କରିଦେଉଥିଲା ଅଣନିଃଶ୍ୱାସୀ । ପ୍ରକୃତରେ ଆମ ବନ୍ଧୁ
ମହଲରେ ଆମ ସଫଳତାର ଚର୍ଚ୍ଚା ଯେତିକି ହୁଏ, ବିଫଳତାର ଚର୍ଚ୍ଚା ହୁଏ ତା'ଠାରୁ
ଢେର ଅଧିକ ।

ସେ ବର୍ଷ ମୁଁ ପଢ଼ୁଥିବା କୋଚିଂ ସେଣ୍ଟରରେ ଦୁଇଜଣ ପିଲା ଆଡ୍ଭାନସ୍‍
ପରୀକ୍ଷା କ୍ରାକ୍‍ କରି ସହରର ହିରୋ ସାଜିଥାନ୍ତି । ସମର୍ଦ୍ଧନା ଜଣାଇବା ପାଇଁ, ଟିଭି
ବାଇଟ୍‍ ନେବା ପାଇଁ କୋଚିଂ ସେଣ୍ଟର ସାମ୍ନାରେ ଗଣମାଧ୍ୟମର ଭିଡ଼ ବଢ଼ିଚାଲିଥାଏ ।
ସମ୍ବାଦପତ୍ର, ଟିଭି ଚ୍ୟାନେଲ୍‍ଗୁଡ଼ିକ ପ୍ରଶଂସାରେ ଶତମୁଖ ହୋଇପଡ଼ୁଥାନ୍ତି । ସାକ୍ଷାତକାର
ନେବା ସମୟରେ ସଫଳତାର ସୂତ୍ର ଉପରେ ଆବଶ୍ୟକ ଅନାବଶ୍ୟକ ଅନେକ ପ୍ରଶ୍ନ
ପଚାରି ସେ କାହାଣୀକୁ ବାରମ୍ବାର ପ୍ରଦର୍ଶିତ କରିଚାଲିଥାନ୍ତି । "ଭାରତର ଛୋଟ ଛୋଟ
ସହରରେ ଆମେରିକାର ପ୍ରସିଦ୍ଧ କମ୍ପାନୀଗୁଡ଼ିକର ସି.ଇ.ଓ ମାନେ ଜନ୍ମ ନିଅନ୍ତି" ବୋଲି
ସାକ୍ଷାତକାରର ପଞ୍ଚଲାଇନ ଥାଏ । ଉପସ୍ଥାପକ ସେମାନଙ୍କ ସଫଳତାର କାହାଣୀକୁ
ବାରମ୍ବାର ପ୍ରଦର୍ଶିତ କରି ଥକି ପଡ଼ୁ ନଥାନ୍ତି । କୋଚିଂ ସେଣ୍ଟର ବ୍ୟତୀତ, ସ୍କୁଲ ଓ
ପ୍ରାଇଭେଟ୍‍ ଟ୍ୟୁସନ୍‍ ସେଣ୍ଟର ମଧ ସେ ଦୁହେଁ ସେମାନଙ୍କ ପରିଶ୍ରମର ଫଳ ବୋଲି
ଦର୍ଶାଇ ନୂତନ ଛାତ୍ରଛାତ୍ରୀଙ୍କୁ ଆକର୍ଷିତ କରିବାରେ ଲାଗିପଡ଼ିଥାନ୍ତି ।

କିଛିଦିନ ଅନ୍ତେ ସେମାନଙ୍କଠାରୁ ଖବର ପାଇଲି ଯେ ସେ ଦୁଇଜଣ ଖୁବ୍‍
ମାନସିକ ଦୁର୍ଦ୍ଦଶା ଦେଇ ଗତି କରୁଛନ୍ତି । ଅଦେଖା ସେ ଦୁଃଖ । ଯାହା କାହା ସହିତ
ଭାଗ କରିହେଉନାହିଁ । ସେମାନଙ୍କ ମଧରୁ ଜଣେ କମ୍ପ୍ୟୁଟର ଇଞ୍ଜିନିୟରିଂ ପଢ଼ିବାକୁ

ଇଚ୍ଛାକରି ଇଲେକ୍ଟ୍ରୋନିକ୍ସରେ ଓ ଅନ୍ୟଜଣେ ମେକାନିକାଲ ପଢ଼ିବାକୁ ଇଚ୍ଛାକରି ମେଟାଲର୍ଜିକାଲରେ ଭର୍ତ୍ତି ହୋଇଥିଲେ।

"ଆମେ ଦେଖୁଥିବା ସ୍ୱପ୍ନର ଅବସ୍ଥା କଣ ହେବ ?" ବୋଲି ସେମାନେ ମୋତେ ପ୍ରଶ୍ନ କରିଥିଲେ। ସଫଳତା ଦୂରରୁ ଯେପରି ଉଜ୍ଜ୍ୱଳ ଦୃଶ୍ୟମାନ ହୁଏ ତାହା ହୁଏତ ବାସ୍ତବରେ ହୋଇଥାଏ କିଞ୍ଚିତା ଭିନ୍ନ। ଲକ୍ଷଲକ୍ଷ ପରୀକ୍ଷାର୍ଥୀଙ୍କ ମଧ୍ୟରୁ କତିପୟଙ୍କୁ ଆମେ ଭାଗ୍ୟବାନ୍ ମନେକରୁ ଅଥଚ ସେମାନଙ୍କ ମଧ୍ୟରୁ କେହିକେହି ନିଜ ସ୍ୱପ୍ନ ଓ ବାସ୍ତବତା ମଧ୍ୟରେ ଯୁଦ୍ଧ କରୁଥାନ୍ତି ଅହରହ।

ଆମ ସଫଳ ଜୀବନର ସ୍ୱରୂପ ଏହିଭଳି। ସଫଳତା ମିଳିବାବେଳେ ଚତୁପାର୍ଶ୍ୱରେ ଲୋକାରଣ୍ୟ। ବିଜ୍ଞାପନ, ପ୍ରଶଂସା, ମିଡିଆରେ ଚର୍ଚ୍ଚା। କେନ୍ଦ୍ରବିନ୍ଦୁରୁ ସାମାନ୍ୟ ଦୂରେଇ ଗଲେ ନିଃସଙ୍ଗ ଓ ନିର୍ଜନତା, ଯେତେବେଳେ ବ୍ୟକ୍ତି କିମ୍ବ ଅନୁଷ୍ଠାନ ପ୍ରାୟତଃ ଅନୁପସ୍ଥିତ ଥାଆନ୍ତି। ପ୍ରକୃତ ଜୀବନକୁ ସାମ୍ନା କରିବାକୁ ଯିବା ସମୟରେ ସାଥିରେ ଥାଏ କେବଳ ନିଜର ଆତ୍ମବିଶ୍ୱାସ।

ମୋର ଛୋଟ ସହରରୁ ମୁଁ ବଡ଼ ସହରକୁ ଆସିଲି ଆଖିରେ ଆଖିଏ ଉର୍ଦ୍ଧ୍ୱଉଡ଼ାଣର ସ୍ୱପ୍ନ ନେଇ। ପୁଣି ଛାତିରେ ଥିଲା ପ୍ରଥମ ବିଫଳତାର କ୍ଲାନ। ସେଠାରେ ପହଞ୍ଚ ଦେଖିଲି ମୋ ପରି ସଦ୍ୟ ବିଫଳତାର ଯନ୍ତ୍ରଣାକୁ ସାଥିରେ ନେଇ ଆସିଥିବା ଅନେକ ଚରିତ୍ର ମୋ ଚତୁଃପାର୍ଶ୍ୱରେ।

ନୂଆ ପରିବେଶରେ ନିଜପାଇଁ ସ୍ଥାନଟିଏ ବାଛି ନେବାକୁ ମୁଁ ହୃଦୟ ଭିତରେ ସାହସ ସଂଗ୍ରହ କରୁଥିଲି।

ଇଞ୍ଜିନିୟରିଂ କଲେଜ୍‌ର କ୍ୟାମ୍ପସ ଖୁବ୍ ପ୍ରଶସ୍ତ। ସେଠାରେ କ୍ଲାସରୁମ୍, ଲାଇବ୍ରେରୀ, ଲାବୋରେଟାରୀ, ଅଡିଟୋରିୟମ, କାଫେ, ଲାବ୍, ଫୁଟ୍‌ବଲ ଫିଲ୍ଡ, ବାସ୍କେଟ୍‌ବଲ କୋଟ୍ ଦେଖି ମନେହେଲା କ୍ୟାମ୍ପସର ଅସଂଖ୍ୟ ନିର୍ବାକ୍ କାଠଚମ୍ପା ଗଛମାନେ ହିଁ ମୋ ଆଗାମୀ ଦିନର ବିଶ୍ୱସ୍ତ ବାନ୍ଧବୀ ହୋଇପାରନ୍ତି।

କାଠଚମ୍ପା ଗଛର ଚାନ୍ଦିନୀରେ ବସି କେତେଗୁଡ଼ିଏ ବର୍ଷାଭିଜା ଫୁଲ ତୋଳି ତା'ର ଅନ୍ତରଙ୍ଗ ଗନ୍ଧରେ ହେଲି ଆନମନା। ଜୁଲାଇ ମାସର ଶେଷ ସପ୍ତାହ। ଆକାଶ ଥିଲା ମେଘାଚ୍ଛନ୍ନ ଓ ମୋ ଭିତରେ ତୃଷିତ ବିହଙ୍ଗର ଆକୁଳତା। ମୁଁ ଛୁଇଁବାକୁ ଚାହୁଁଥିଲି ମୋ କଳ୍ପନାର ସେ ମେଘଭର୍ତ୍ତି ଆକାଶର ଶୀର୍ଷକୁ, ଯେଉଁଠାରେ ଆକାଶ ଆଉ ଅନ୍ତହୀନ ଦିଶେନାହିଁ। ଛଟପଟ ହେଉଥିଲି ଭୋଗ କରିବାକୁ ସେ ଉଦାର ଆକାଶର ଐକାନ୍ତିକ ପ୍ରେମ, ଯାହାର ନିରବ ଆମନ୍ତ୍ରଣେ ମୁଁ ବହୁବାର ହୋଇଥିଲି ଚପଳ ଓ ଚଞ୍ଚଳ।

ଈଶ୍ୱରଙ୍କ ମଗ୍ନ ମୁହୂର୍ତ୍ତରେ ଗଢ଼ା ମୁଁ ସ୍ୱର୍ଗର ଦେବୀ ନୁହେଁ, ମର୍ତ୍ତ୍ୟର ମାନବୀ।

ଅଥଚ ମୋର କଳାଘୁମର ହରିଣୀ ଆଖ୍, ଗହଳ ପକ୍ଷ୍ମ, ତୀକ୍ଷ୍ଣନାସା, ଗୋଲାପ ପାଖୁଡାର ଓଠରେ ଧାରେ ବିସ୍ମୟର ହସ, ଦୁଧଅଲତା ରଙ୍ଗର ସୁନ୍ଦର ଶରୀର ଗଢଣ ବିଧାତାଙ୍କ ସୃଷ୍ଟିରେ ଶ୍ରେଷ୍ଠ ନିଦର୍ଶନ ବୋଲି କେହିକେହି ମୋ ରୂପ ବର୍ଣ୍ଣନାରେ ପ୍ରଗଲ୍ଭ ହୋଇଉଠିଥିଲେ। ସେଦିନ କ୍ୟାମ୍ପସର ପ୍ରଥମ ବର୍ଷାର ପ୍ରଥମ ଛୁଆଁର ରୋମାଞ୍ଚରେ ହେଲି ଶିହରିତ। ଝିର୍ ଝିର୍ ବର୍ଷାରେ ମନଭରି ଭିଜି ନିଜ ଭିତରେ ଆଘ୍ରାଣ କରିନେଲି ଫୁଲ ସହ ମାଟିର ମହକ। ଭୁଲିଯାଇଥିଲି ମୋ ଚତୁଃପାର୍ଶ୍ୱର ପ୍ରକୃତିସ୍ଥ ପୃଥିବୀ।

ପ୍ରଥମ ବର୍ଷର ଝିଅଟିଏ କ୍ୟାମ୍ପସରେ ପ୍ରଥମ କରି ପାଦ ରଖୁରଖୁ ଏକାକୀ ବର୍ଷାରେ ଭିଜିବାର ଆନନ୍ଦ ନେବ। ଫୁଲର ମହକରେ ଆନମନା ହେବ। ଓଦା ଦେହ ମନ ନେଇ ଗାର୍ଲ୍ସ ହଷ୍ଟେଲକୁ ଏକାଏକା ଫେରିବ, ଏହା କେତେଜଣଙ୍କୁ ଅବା ସ୍ୱାଭାବିକ ଲାଗନ୍ତା ? ପୁଣି ଯଦି ସେ ଝିଅଟି ହୋଇଥାଏ ଅତିସୁନ୍ଦରୀ, ଯଦି ତା'ର ଦୀର୍ଘ ମସୃଣ କେଶ ମୁକୁଳା ଥାଏ, ତା'କେଶରୁ ଝରିପଡୁଥାଏ ବିନ୍ଦୁ ବିନ୍ଦୁ ବର୍ଷା, ତା'ଆଖ୍ରେ ନିଶା ସବାରଥାଏ ସହସ୍ର ବର୍ଷାରାତିର ଉନ୍ମାଦନାକୁ ନିଜ ଭିତରେ ଭରିନେବା ପାଇଁ, ପୁଣି ତା' ପଦ୍ମପାଖୁଡାପରି ହାତପାପୁଲି ମୁକୁଳିତ ଥାଏ ବର୍ଷାବିନ୍ଦୁକୁ ତୋଳି ନେଇ ରୋମାଞ୍ଚିତ ହେବାର ଅପେକ୍ଷାରେ।

ମୁଁ ଦେଖ୍ଲି କଲେଜ୍ର ଇଟାରଙ୍ଗର ଥାକଥାକ ବହୁ ମହଲା କୋଠାର ବାଲକୋନିମାନଙ୍କରୁ ଅନେକ ଉତ୍କଣ୍ଠିତ ଓ ତୃଷିତ ନୟନ ମୋତେ ଚାହିଁରହି ଏ ଦୃଶ୍ୟକୁ ଉପଭୋଗ କରୁଥିବାର। ମୁଁ ହଠାତ୍ ପ୍ରକୃତିସ୍ଥ ହୋଇ ଉଠିଲି। ପ୍ରାଙ୍ଗଣରେ ମୁଁ ଏକାକୀ। ବର୍ଷାର ମାତ୍ରା କ୍ରମଶଃ ବଢୁଥିଲା। ଲଜ୍ଜାରେ ଛାତି ଉପରେ ଭିଜା ଓଢଣୀ ସଜାଡି ନେଇ ଏକାମୁହାଁ ହୋଇ ହଷ୍ଟେଲ ଫେରିଲି। ମୋ ପଛରୁ ଶୁଭୁଥିଲା କିଛି ଉତ୍ତେଜକ ଶିଢ୍।

ମୋ ରୁମ୍‌ମେଟ୍ ମୋତେ ଏପରି ଅବସ୍ଥାରେ ଦେଖ୍ ହସିଲା। ତା' ନା' ଜିଙ୍ଗିଲ୍। ସେ ଦେଖ୍ବାକୁ ସାଧାରଣ କିନ୍ତୁ ସ୍ମାର୍ଟ। ପାଞ୍ଚଫୁଟ ଛ ଇଞ୍ଚ ଉଚତା ଓ ବୟକଟ୍ କେଶ ରଖ୍ଥବା ଝିଅଟି ଅତ୍ୟାଧୁନିକା, ପ୍ରଗଲ୍ଭା ଓ ମୁହୂର୍ତ୍ତ କେଇଟି ତା' ସହ ବିତାଇବା ପରେ ଅନୁଭବ ହେଲା ସେ ଖୁବ୍ ସ୍ୱଚ୍ଛ ହୃଦୟର।

ଚାରିବର୍ଷ ଜଣଙ୍କ ସହ କଲେଜ ଜୀବନ ବିତାଇବାର ଥିବାରୁ ମନେମନେ ଈଶ୍ୱରଙ୍କୁ ପ୍ରାର୍ଥନା କରିଥିଲି ଭଲ ବାନ୍ଧବୀଟିଏ ରୁମ୍‌ମେଟ୍ ଭାବରେ ପାଇବା ପାଇଁ। ପରିବାରର ଏକକ ସନ୍ତାନ ଭାବରେ ସର୍ବଦା ଏକାକୀ ରହିବାର ଅଭ୍ୟାସ ଯୋଗୁଁ କାହା ସହିତ ମିଳାମିଶା କରି ନ ପାରିବାଟା ଥିଲା ମୋ ଚରିତ୍ର ଅବଗୁଣ।

ଜିଙ୍ଗିଲ୍ ମୋର ଓଦାଦେହକୁ ଚାହିଁ କହିଲା ଏ ବର୍ଷାରେ କେବଳ ଦେହ ଓଦା

କରି ଆସିଛ ନାଁ ହୃଦୟ ମଧ ? ଏମିତିରେ କ୍ୟାମ୍ପସରେ ପ୍ରବେଶ ଦିନଠାରୁ ତୁମେ ଅନେକଙ୍କ ହୃଦୟରେ ଅଗ୍ନି ସଂଯୋଗ କରିସାରିଛ। ଏବେ ବର୍ଷାରେ ଭିଜି, କାଠଚମ୍ପା ଗଛମୂଳେ ରାଧିକା ବେଶରେ ବସି କୃଷ୍ଣମାନଙ୍କୁ ଆମନ୍ତ୍ରଣ କରନା ସଖୀ ! ମୁଁ ତୁମ ପାଇଁ ଲଳିତା ବିଶାଖା, ସାଜିପାରିବି ନାହିଁ।

ଜିଙ୍ଗିଲ୍‌ର ଇଙ୍ଗିତରେ ଟିକେ ଅପମାନିତ ବୋଧକରି କହିଲି "ନାଁ ଛତା ନଥିଲା ତ, ତେଣୁ ଭିଜି ଭିଜି ହସ୍ଟେଲ ଫେରିବାକୁ ହେଲା।"

– ଇସ୍ ! କି ସାକାରିନ କୋଟେଡ୍ ମଧୁର ମିଥ୍ୟା ! ସେ ହସି ଉଠିଲା ଠୋ ଠୋ କରି" ଜାଣ ସାରା ! ତୁମ ରୁମ୍‌ମେଟ୍ ଭାବରେ ମୋର ସମସ୍ୟା ଖୁବ୍ ବଢ଼ିଗଲାଣି। ମୋତେ ସମସ୍ତେ ତୁମ ସଂପର୍କରେ ନାନାଦି ପ୍ରଶ୍ନ କରୁଛନ୍ତି, ଯେମିତିକି ତୁମର କେହି ବୟଫ୍ରେଣ୍ଡ ଅଛନ୍ତି କି ? ତୁମେ ତ୍ୱଚାକୁ ଉଜ୍ଜ୍ୱଳ ରଖିବାକୁ କେଉଁ କ୍ରିମ୍ ବ୍ୟବହାର କର। ତୁମ ଘନ ଦୀର୍ଘ ସୁନ୍ଦର କେଶର ରହସ୍ୟ କଣ, ଇତ୍ୟାଦି ଇତ୍ୟାଦି। ଆଶା କରୁଛି ଆଗାମୀ ଦିନରେ ତୁମେ ମୋ ପାଇଁ ଅଧିକ ସମସ୍ୟା ସୃଷ୍ଟି କରିବ ନାହିଁ। ସେ କଥା ଶେଷକରି ତୀର୍ଯ୍ୟକ ଚାହାଣୀରେ ମୋତେ ଚାହିଁ ଆଇନାରେ ତା' କେଶ ସଜାଡ଼ିବାରେ ଲାଗିଲା।

ସେତେବେଳକୁ ଜିଙ୍ଗିଲ୍ ସଂପର୍କରେ ଅନେକ କଥା ମୁଁ ଶୁଣି ସାରିଥିଲି। ସେ କୁଆଡେ ଏଠାକୁ ଆସିବା ପୂର୍ବରୁ ତିନି ଚାରିଜଣ ବୟଫ୍ରେଣ୍ଡଙ୍କ ସହିତ ସମ୍ପର୍କ ତୁଟାଇ ସାରିଥିଲା। କିନ୍ତୁ ମୋ ଜାଣିବାରେ ସେ ଥିଲା ଖୁବ୍ ମୁକ୍ତ ଚିନ୍ତାଧାରାର, ଯାହା ସାଧାରଣତଃ ଆମ ରକ୍ଷଣଶୀଳ ସମାଜରେ ଚଳେନା। ଗେ, ଲେସବିୟାନ ହୋମୋସେକ୍ ପରି ଶବ୍ଦଗୁଡ଼ିକୁ ସେ ଅନାୟାସରେ ଉଚ୍ଚାରଣ କରି ପାରୁଥିଲା, ଯାହା ଆମପାଇଁ ଥିଲା ଲଜ୍ଜାକର ବିଷୟ। ତେଣୁ କଲେଜରେ ପାଦ ଦେଉ ଦେଉ ତା' ନାମରେ ଖୁବ୍ ଚର୍ଚ୍ଚା।

ସ୍ୱଳ୍ପଦିନ ମଧ୍ୟରେ ଆମେ ଦୁଇଜଣ ସମସ୍ତଙ୍କ ଦୃଷ୍ଟିରେ ଶରବ୍ୟ ହୋଇଉଠିଲୁ। ମୁଁ ମୋର ଶାନ୍ତ ନମ୍ର ସ୍ୱଭାବ, ସଫଳ କ୍ୟାରିୟର ଓ ସୌନ୍ଦର୍ଯ୍ୟ ପାଇଁ ଓ ଜିଙ୍ଗିଲ୍ ତା'ର ବେପରୁଆ ଚାଲିଚଳଣ ଓ ମୁକ୍ତଚିନ୍ତନ ପାଇଁ। ଅନ୍ୟମାନେ ଆଶ୍ଚର୍ଯ୍ୟ ହେଉଥିଲେ ଏପରି ବିପରୀତମୁଖୀ ଦୁଇଟି ଚରିତ୍ର ଗୋଟିଏ କୋଠରୀରେ ଦୀର୍ଘ ଚାରିବର୍ଷ କିପରି ବିତାଇପାରିବୁ? ଦୁଇ ବିପରୀତ ମେରୁ ପରସ୍ପରକୁ ଆକର୍ଷିତ କରିବାର ବୈଜ୍ଞାନିକ ସିଦ୍ଧାନ୍ତ ସଂପର୍କରେ ସେମାନେ ଅବଗତ ନଥିଲେ ବୋଧହୁଏ।

କଲେଜ୍ ପରିସର ର୍ୟାଗିଂମୁକ୍ତ ଅଞ୍ଚଳ ଥିଲା। ଆଡ୍‌ମିସନ୍ ଫର୍ମରେ ସ୍ପଷ୍ଟ ଭାବରେ ଉଲ୍ଲେଖ ଥିଲା "ଯେ କେହି କୌଣସି ପ୍ରକାର ର୍ୟାଗିଂରେ ଜଡ଼ିତ ହେଲେ ତାକୁ କଲେଜରୁ ବିନା ନୋଟିସ୍‌ରେ ତତ୍‌କ୍ଷଣାତ୍ ବହିଷ୍କାର କରାଯିବା କଲେଜ କର୍ତ୍ତୃପକ୍ଷଙ୍କ

ନ୍ୟାୟିକ ଅଧିକାର ।” ତେଣୁ ଆମେ କୌଣସି ପ୍ରକାର ର୍ୟାଗିଂର ଶୀକାର ହେବୁନାହିଁ ଭାବି ନିଶ୍ଚିତ ଥିଲୁ ।

ଅଥଚ ଜିଙ୍ଗିଲ୍ ଦିନେ ମୋତେ ଚମକାଇ ଦେବାଭଳି କହିଲା “ର୍ୟାଗିଂ ହେବ ନାହିଁ ସତ, ମାତ୍ର ନୃତ୍ୟ ଗୀତ, ଅଭିନୟ, ହାସ୍ୟରସ, କୁଇଜ୍ ପ୍ରତିଯୋଗିତା କଣ ର୍ୟାଗିଂ ପର୍ଯ୍ୟାୟର ? ନାଁ କଲେଜ ପ୍ରଶାସନର ସାଧ୍ୟ ଅଛି ଏହାକୁ ରୋକିବାକୁ ?”

ଅର୍ଥାତ୍ ?

ମୋ ପ୍ରଶ୍ନର ଉଉରରେ ଜିଙ୍ଗିଲ୍ କହିଲା “ସାରା ! ଏପରି ଅବୋଧ ବାଳିକା ଭଳି ବ୍ୟବହାର କରନାହିଁ । ତୁମେ ଭାରତର ଏକ ସୁନାମଧନ୍ୟ ଇଞ୍ଜିନିୟରିଂ କଲେଜର ଛାତ୍ରୀ ଭଳି ସବୁକିଛି ଖୋଲାଖୋଲି ଦେଖ୍ବାକୁ ଓ ବୁଝିବାକୁ ଚେଷ୍ଟାକର । ଅପେକ୍ଷାକର ଓ ଦେଖ ଆଗାମୀ ଦିନମାନଙ୍କରେ ତୁମ ସହିତ କେଉଁଭଳି ଘଟଣା ଘଟିବାକୁ ଯାଉଛି ।

ଏମିତିରେ ମୋ ଭିତରେ ଅସୁରକ୍ଷିତ ଭାବନା ଅଧିକ ଓ ଆତ୍ମ ବିଶ୍ୱାସର ମାତ୍ରା ଟିକେ ଊଣା । ଜିଙ୍ଗିଲର ଏଭଳି ଭବିଷ୍ୟବାଣୀ ମୋ ଭିତରେ ନାନାଦି ଆଶଙ୍କା ସୃଷ୍ଟି କରିବା ସ୍ୱାଭାବିକ । ପୂର୍ବେ ର୍ୟାଗିଂନାମରେ ଇଞ୍ଜିନିୟରିଂ କଲେଜରେ ନାନାଦି ଅଘଟଣ ଘଟୁଥିବାର ସମ୍ୱାଦପତ୍ରୁ ପଢ଼ିଥିଲି । ଶୁଣିଥିଲି ଏଭଳି ଘଟଣା ଯୋଗୁଁ କାହାର ମୃତ୍ୟୁ ଘଟିବାର ଲୋମହର୍ଷକ କାହାଣୀ ।

ମୋ ମନର ଭାବକୁ କ୍ଷଣିକରେ ପଢ଼ିନେଲା ଜିଙ୍ଗିଲ୍ ଓ ସାହସ ଦେବାକୁ ଯାଇ କହିଲା “ମୋତେ ଭୟ କରନା । ମୁଁ ତୁମ ସାଥିରେ ଅଛି ନା, ପରିସ୍ଥିତି ସମ୍ଭାଳିନେବି ।”

ଭୟର ସୂକ୍ଷ୍ମ ତରଙ୍ଗଟିଏ ଖେଳିଗଲା ମୋ ଭିତରେ । ମୁଁ କାହାକୁ ବିଶ୍ୱାସ କରିବି ଅବା ନ କରିବି ତାହା ହିଁ ଥିଲା ସମସ୍ୟା । ଦୁଇଦିନ ତଳେ ଚତୁର୍ଥ ବର୍ଷର ଦି’ମାନେ ଜିଙ୍ଗିଲ୍ ଜଣେ ଲେସବିୟାନ୍ ହୋଇଥିବାରୁ ତା’ର କୌଣସି ପୁରୁଷବନ୍ଧୁ ସହିତ ଦୀର୍ଘଦିନ ସଂପର୍କ ରହିପାରେନି ବୋଲି କହୁଥିଲେ ଓ ମୋତେ ପରାମର୍ଶ ଦେଇଥିଲେ ଖୁବ୍ ଶୀଘ୍ର ରୁମ୍ ବଦଲାଇ ଦେବାପାଇଁ । କିନ୍ତୁ କୌଣସି ଗୁରୁତର କାରଣ ନ ଦର୍ଶାଇ ରୁମ୍ ବଦଲାଇବା କଣ ସହଜ କଥା ? ଭୟଭୀତ ଭାବରେ ମୁଁ ହଷ୍ଟେଲ ୱାର୍ଡେନ୍‌ଙ୍କୁ ମୋ ରୁମ୍‌ଟି ବଦଲାଇ ଦେବାପାଇଁ ଅନୁରୋଧ କରିବାରୁ ସେ ମୋ ସମସ୍ୟା ସଂପର୍କରେ ଜାଣିବାକୁ ଚାହିଁଲେ । ମୁଁ ନିରୁଉର ରହିଲି, ସେ ଲଜ୍ଜାକର ଶଦ ଉଚ୍ଚାରଣ କରି ନ ପାରି ।

ଛୋଟ ସହରରୁ ଆସିଥିବା ମୋ ଭଳି ଝିଅଟିଏ ପାଇଁ ଏସବୁ ଶଦ ଉଚ୍ଚାରଣ କରିବା ମଧ୍ୟ ସହଜ ନୁହେଁ । ୱାର୍ଡେନଙ୍କ ଅଫିସରୁ ଫେରିବା ରାସ୍ତାରେ କରିଡରରେ ଦେଖା ହୋଇଗଲା ଜିଙ୍ଗିଲ ସହିତ । ସମ୍ଭବତଃ ୱାର୍ଡେନ ଜିଙ୍ଗିଲକୁ ଡାକିଥିଲେ ଏ

ସଂପର୍କରେ ଆଲୋଚନା କରିବା ପାଇଁ। ସେ କହିଲା "ହଷ୍ଟେଲରେ ମୋ ନାମରେ ଚର୍ଚ୍ଚା ଯେ ମୁଁ କୁଆଡେ ଜଣେ ଲେସ୍‌ବିୟାନ୍‌। ସେ ଗୁଜବକୁ ଯଦି ତୁମେ ବିଶ୍ୱାସ କରି ରୁମ୍‌ ବଦଳାଇବାକୁ ୱାର୍ଡେନ୍‌ଙ୍କୁ ଅନୁରୋଧ କରିବାକୁ ଆସିଥାଅ ତେବେ ମୁଁ ଆଜି ରୁମ୍‌ ଛାଡ଼ି ତଳ ମହଲାକୁ ଚାଲିଯିବି। କିନ୍ତୁ ମନେରଖ ସାରା ! କୌଣସି କଥାର ସତ୍ୟାସତ୍ୟ ନଜାଣି ଅନ୍ୟକଥାକୁ ବିଶ୍ୱାସ କରି ନିଜ ଜୀବନ ସଂପର୍କରେ ନିଷ୍ପତ୍ତି ନେଲେ ତୁମେ ଦିନେ ନା ଦିନେ ଅସୁବିଧାରେ ପଡ଼ିଯିବ।"

କାହିଁକି କେଜାଣି ଜିଙ୍ଗିଲ୍‌ର କଥାରେ ଏତେ ଦୃଢ଼ତା ଭରିରହିଥିଲା ଯେ ତା' କଥାକୁ ବିଶ୍ୱାସ କରି ରୁମ୍‌ ବଦଳାଇବା କଥା ମନରୁ ପୋଛିଦେଲି। ତା'ର ମୁକ୍ତ ଜୀବନଶୈଳୀ, ନିର୍ଭୀକପଣିଆକୁ ନେଇ ଅନେକେ କେବଳ ସମାଲୋଚନା କରନ୍ତି ନାହିଁ ତତ୍‌ ସହିତ କୁତ୍ସାରଟନା ବି କରିପାରନ୍ତି। ଚିନ୍ତାଧାରାର ଭିନ୍ନତା ପାଇଁ ଗୋଟେ ଝିଅର ଚରିତ୍ରକୁ କଳୁଷିତ କରୁଥିବା ଆଉ କିଛି ଝିଅଙ୍କୁ ଭେଟିଲି ସେଇ ପ୍ରଥମ।

ଜିଙ୍ଗିଲ୍‌ ରୁମ୍‌କୁ ଫେରି ର୍ୟାକ୍‌ରେ ସଜାଇରଖିଥିବା ତା'ର ପୋଷାକପତ୍ର ଓ ପ୍ରସାଧନ ସାମଗ୍ରୀ ଏକତ୍ର କରୁଥିଲା। ବହିପତ୍ର ଓ ଟେଡ଼ି ଦୁଇଟିକୁ ମଧ୍ୟ ନିରବରେ ସଜାଡ଼ୁ ଥିଲା ଅନ୍ୟ ରୁମ୍‌କୁ ଚାଲିଯିବା ପାଇଁ। ମୋ ଭିତରେ କେହି ଜଣେ ଧିକ୍‌କାର କରି କହିଲା ଏ "ଆରୋପ ମିଥ୍ୟା"। ଜିଙ୍ଗିଲ୍‌ର ହାତଧରି କ୍ଷମା ମାଗିଲି ମୋ ବିଚାରବୁଦ୍ଧି ହୀନ ସରଳ ବିଶ୍ୱାସ ପାଇଁ। ତା'ପରଠାରୁ ଆମ ଦୁହିଁଙ୍କ ମଧ୍ୟରେ ବନ୍ଧୁତା ଖୁବ୍‌ ମଧୁର ତଥା ଗଭୀର ହୋଇଗଲା।

ଅବସର ସମୟରେ ସେ ଦିନେ ମୋ ଭୟ କଥା ମନେ ପକାଇ ହସି ହସି କହେ ସେ ଲେସ୍‌ବିୟାନ୍‌ ନୁହେଁ, କିନ୍ତୁ 'ଜିଙ୍ଗିଲିୟାନ୍‌' ନିଜ ମନମର୍ଜିର ଏକାନ୍ତ ମାଲିକ।

ଗାର୍ଲ୍‌ସ୍‌ ହଷ୍ଟେଲରେ ପ୍ରତିବର୍ଷ ପରି ଏଥର ସ୍ୱାଗତ ଉତ୍ସବ ନିମନ୍ତେ ଧୁମ୍‌ଧାମ୍‌ ଆୟୋଜନ ଚାଲିଥିଲା। ଯେ କୌଣସି ଏକ ଶନିବାର ସଂଧ୍ୟାରେ ଏଭଳି ଏକ ଉତ୍ସବରେ ପ୍ରଥମ ବର୍ଷର ଝିଅମାନଙ୍କୁ ସ୍ୱାଗତ ଜଣାଇବା ପାଇଁ ଅନ୍ୟ ତିନିବର୍ଷର ଝିଅମାନେ ଏକ ରଂଗାରଂଗ ଉତ୍ସବର ଆୟୋଜନ କରନ୍ତି ହଷ୍ଟେଲର ବିରାଟ କମନ୍‌ରୁମ୍‌ରେ। ହଷ୍ଟେଲ ସୁପରିଟେଣ୍ଡେଣ୍ଟ ଓ ୱାର୍ଡେନ୍‌ ଙ୍କ ଉପସ୍ଥିତିରେ ସ୍ୱଚ୍ଛ ସମୟ ଅବଧି ବିଶିଷ୍ଟ ପାରଂପରିକ ସଭାଟିର ଉଦ୍‌ଯାପନ ପରେ ସେମାନଙ୍କ ଅନୁପସ୍ଥିତିରେ ସକାଳ ପର୍ଯ୍ୟନ୍ତ ଅସଲ ଉତ୍ସବଟି ଚାଲେ।

ହଷ୍ଟେଲର ଚାରିକାନ୍ତୁ ଭିତରେ ଏ ଘଟଣାଟି ରହେ। ମୁଁ ସେ ଲଜ୍ଜାକର ଘଟଣାଟି କିପରି ଅବତାରଣା କରିବି ଭାବୁଛି।

ଜିଙ୍ଗିଲ୍ ମୋତେ ପ୍ରଥମ ଦିନରୁ ସତର୍କ କରାଇ ଦେଇଥିଲା ଯେ ଯେଉଁ ଝିଅମାନେ ତାକୁ ଲେସ୍‌ବିୟାନ୍ ପରି ଲଜ୍ଜାହୀନ ଭୂଷଣରେ ବିଭୂଷିତ କରିପାରନ୍ତି। ଆଗାମୀ ଦିନ ମାନଙ୍କରେ ଯାହା ଘଟିବ ସେ ସବୁକୁ ସାମ୍‌ନା କରିବାର ସାହସ ତା'ର ଅଛି ମାତ୍ର ମୋ ପରି କୋମଳମନା ଝିଅଟି ସେଥିପାଇଁ ସତର୍କ ରହିବା ଉଚିତ୍।

"ଜୀବନରେ ସମସ୍ୟାକୁ ସବୁଦିନ ପାଇଁ ଦୂରେଇ ଦେବାକୁ ଚାହୁଁଥିଲେ ଅନ୍ତତଃ ଥରେ ସାହସିକତାର ସହ ତାର ସାମ୍‌ନା କରିବାକୁ ହୁଏ।" ନିଜକୁ ନିଜେ ଉପଦେଶ ଦେଲି ମୁଁ।

ଶେଷରେ ବହୁ ପ୍ରତୀକ୍ଷିତ ଉତ୍ସବ ସଂଧ୍ୟା ଆସିଲା। ସ୍ୱାଗତ ଉତ୍ସବ ନିମନ୍ତେ ସୁପରିଟେଣ୍ଡେଣ୍ଟ ମିସେସ୍ ମାଥୁର ଓ ୱାର୍ଡେନ୍ ମିସେସ୍ ଶୈଲଜାଙ୍କ ସହ ପରିଚୟ ପର୍ବ ପରେ ସେମାନଙ୍କ ଭାବଗର୍ଭକ ଦୀର୍ଘ ବିରକ୍ତିକର ବକୃତା ଶେଷ ହେଲା। ସମସ୍ତେ ଉଚ୍ଛ୍ୱସିତ କରତାଳି ମାଧ୍ୟମରେ ସ୍ୱାଗତ କରିଥିଲେ ପ୍ରଥମ ବାର୍ଷିକ ଛାତ୍ରୀ ଅର୍ଥାତ୍ ଆମମାନଙ୍କୁ। ସମସ୍ତଙ୍କ ଆଖିରେ ଉତ୍ସବର ରଂଗୀନ ନିଶା ଦେଖି ସେ ଦୁଇଜଣ ଯଥାଶୀଘ୍ର ଉତ୍ସବ ଶେଷ କରିବାକୁ ପରାମର୍ଶ ଦେଇ ଚାଲିଯାଇଥିଲେ।

ତା'ପରେ ଆରମ୍ଭ ହୋଇଥିଲା ଅସଲ ଉତ୍ସବ। ସ୍ପିକର୍ ବ୍ୟବହାର କରିବାର ନିଷେଧାଦେଶ ଥିବାରୁ ଦି'ମାନେ ମଞ୍ଚ ଉପରକୁ ଉଠିଯାଇ ହାତ ତିଆରି କାର୍ଡବୋର୍ଡ ସ୍ପିକର୍‌ରେ ଉତ୍ସବ ଘୋଷଣା କରିବାକୁ ଆରମ୍ଭ କଲେ। ଉଜ୍ଜ୍ୱଲ ଆଲୋକ ପରିବର୍ତ୍ତେ ରଂଗୀନ ଆଲୋକ ମାଳାରେ ଝଲସି ଉଠିଲା କୋଠରୀଟି।

ପ୍ରଥମ ରାଉଣ୍ଡରେ ଦି'ମାନଙ୍କଠାରୁ ନିର୍ଦ୍ଦେଶ ଆସିଥିଲା। ଖୁବ୍ ସଂକ୍ଷିପ୍ତ ପୋଷାକରେ ଓଡ଼ିଶୀ, କଥକଳି, ଭାରତନାଟ୍ୟମ୍‌ଠାରୁ ପ୍ରଦର୍ଶନ ଆରମ୍ଭ କରି ପାଶ୍ଚାତ୍ୟ ଶୈଳୀରେ ସାଲ୍‌ସା, ପୋଲୋ, ଜାଜ୍ ଓ ବେଲି ନୃତ୍ୟ ପ୍ରଦର୍ଶନ ନିମନ୍ତେ। ଆମେ ସମସ୍ତେ ଏସବୁ ନୃତ୍ୟରେ ଏତେ ଅନଭିଜ୍ଞ ଥିଲୁ ଯେ ସେମାନେ ହସିହସି ସାହିତ୍ୟିକ ଅପଶଦ ଯୋଗେ ଆମମାନଙ୍କୁ ଭର୍ସନା କରିବାକୁ ଲାଗିଲେ।

ଦ୍ୱିତୀୟ ରାଉଣ୍ଡରେ ସେମାନେ ଆମ ସମସ୍ତଙ୍କୁ ଜଣ ଜଣ କରି ମାଙ୍କଡ଼ପରି କୁଣ୍ଡେଇ ହେବା, କୁକୁରପରି ଭୁକିବା, ମୟୂର ପରି ପୁଚ୍ଛ ଟେକି ନୃତ୍ୟ କରିବା, ଘୁସୁରି ପରି ଶୁଙ୍ଘିବା, ସାପ ପରି ଘୁସୁରି ଘୁସୁରି ଚାଲିବା ପରି ଖୁବ୍ କସରତ କରାଇଲେ।

ତୃତୀୟ ପର୍ଯ୍ୟାୟ ଥିଲା ହଟ୍ ଚେୟାରରେ ବସି ସେମାନଙ୍କ ତିନୋଟି ପ୍ରଶ୍ନର ଉତ୍ତର ଦେବା। ଯେଉଁ ହଟ୍ ଚେୟାରଟିକୁ ଦି'ମାନେ କାନ୍ଧରେ ବୋହି ଆଣି ସର୍ବ ସମ୍ମୁଖରେ ସସମ୍ମାନେ ରଖିଲେ ତାହା ଯେ ପୂର୍ବ ଯୋଜନା ଅନୁଯାୟୀ କିଛି ଅଦୃଶ୍ୟ ତରଳ ରସାୟନିକ ପଦାର୍ଥ ରଂଜିତ ତାହା ଜିଙ୍ଗିଲ ତା'ର ଅସୀମିତ ଓ ବିଚକ୍ଷଣ ବୁଦ୍ଧି

ବଳରେ ଜାଣିପାରିଲା ଓ ସେ ଏହାକୁ ର୍ୟାଗିଂ ପର୍ଯ୍ୟାୟ ଭାବରେ ଅଭିହିତ କରି ଯେଉଁଭଳି ପ୍ରତିକ୍ରିୟା ଦେଖାଇଲା ଦି'ମାନେ କଥାକୁ ଆଗକୁ ବଢ଼ିବାକୁ ନଦେଇ ତୁରନ୍ତ ହର୍ସିଟ୍‌କୁ ଅପସାରଣ କରିବାକୁ ବାଧ୍ୟ ହେଲେ।

ଏତିକିରେ କିନ୍ତୁ ସମାପ୍ତ ହୋଇ ନଥିଲା ଆମ କୌତୁକ ପର୍ବ। ଜିଙ୍ଗିଲ୍ ଇତି ମଧ୍ୟରେ ପାଲଟି ଯାଇଥିଲା ଆମମାନଙ୍କର ଅଘୋଷିତ ନେତ୍ରୀ ଓ ତା' ଭାଷଣର ଉଦ୍ଧାପରେ ଆମେସବୁ ନିରୀହ ଜୀବମାନେ ଏପର୍ଯ୍ୟାୟର ନିର୍ଯ୍ୟାତନାରୁ ରକ୍ଷା ପାଇଗଲୁ ଚିନ୍ତାକରି ମନେ ମନେ ନିଜକୁ ଭାଗ୍ୟବତୀ ମନେ କଲୁ।

ପରବର୍ତ୍ତୀ ପର୍ଯ୍ୟାୟ ଥିଲା 'ଗ୍ଲାସଜାର୍'। ଗୋଟିଏ କାଚଜାର୍ ଭିତରେ କିଛି ନାଲି, ନେଳୀ, ସବୁଜ, ହଳଦିଆ ରଂଗର ମୋଡ଼ା କାଗଜ ପଡ଼ିଥିଲା। ଜଣ ଜଣ କରି ସମସ୍ତେ ଗୋଟିଏ କାଗଜ ଉଠାଇବେ ଓ କାଗଜରେ ଲେଖାଥିବା ଅଭିନୟଟି କରିବେ, ଏହା ଥିଲା ସର୍ତ୍ତ।

ଏଥର ଦି'ମାନଙ୍କ ଗହଲି ମଧ୍ୟରୁ ମୋ ନାମଟି ପ୍ରଥମେ ଶୁଭିଲା। ମୁଁ ଉଠାଇ ଥିବା କାଗଜରେ ଲେଖାଥିଲା 'ଦ୍ରୌପଦୀ ବସ୍ତ୍ର ହରଣ ଦୃଶ୍ୟରେ' ଦି' ମାନଙ୍କ ମଧ୍ୟରୁ ସବୁଠାରୁ ଦୀର୍ଘକାୟ ଦି'ଜଣଙ୍କ ଦୁଃଶାସନ ଅଭିନୟ କରିବା ଉଦ୍ଦେଶ୍ୟରେ ମଞ୍ଚ ଉପରକୁ ମାଡ଼ିଆସି ମୋ ଦୁପଟ୍ଟାକୁ ଏଭଳି ଭାବରେ ଆକର୍ଷଣ କଲେ ଯେ ତା'ର ଫଳ ସ୍ୱରୂପ ତାହା ମୋ ହାତରେ ଖଣ୍ଡେ ଓ ତାଙ୍କ ହାତରେ ଅନ୍ୟ ଖଣ୍ଡିକ। ଆକର୍ଷଣ ବିକର୍ଷଣ ଫଳରେ ସେ ଛିଟ୍‌କି ପଡ଼ିଲେ ମଞ୍ଚ ତଳକୁ। ମୁଁ ପଡ଼ୁପଡ଼ୁ ସମ୍ଭାଳି ନେଲି ନିଜକୁ। ଦୁଃଶାସନ ଦି' ଜଣଙ୍କ ଉଠିପଡ଼ି ପୁଣିଥରେ ମଞ୍ଚ ଉପରକୁ ଉଠି ଆସି ମୋତେ ଗାଳି ଦେବାକୁ ଆରମ୍ଭ କଲେ —

"ଟି.ଭି ସିରିୟଲ ଦେଖିନୁ? ଦୁଃଶାସନ ପରା ଦୌପଦୀଙ୍କ ଶାଡ଼ୀ ଭିଡ଼ୁଥିବା ସମୟରେ ସେ ହାତ ଶୂନ୍ୟକୁ ଉଠାଇ ହେ କୃଷ୍ଣ! ହେ କୃଷ୍ଣ ! କହୁଥିଲେ। ତୁ କଣ ମୋତେ ଠେଲିଦେଲୁ ?"

ମୋ ବଳ ପ୍ରୟୋଗରେ ନୁହେଁ, ବରଂ ନିଜ ସୁଗଠିତ ଶରୀରର ମାତ୍ରାଧିକ ବଳପ୍ରୟୋଗ ଯୋଗୁ ସେ ଯେ ଏପରି ଦାରୁଣ ଆଘାତ ପାଇଲେ ତାହା ସେ ମାନିବାକୁ ପ୍ରସ୍ତୁତ ହେଲେ ନାହିଁ।

କୁରୁସଭା ଦରବାର ବସିଲା। ମୋତେ ଜରିମାନା କରାଗଲା ଦୁଃଶାସନ ଦି'ଙ୍କୁ ଗୋଟିଏ ବଡ଼ ଆକାରର ଚକୋଲେଟ୍ କ୍ଷତିପୂରଣ ଦେବାପାଇଁ।

ଦୁଃଶାସନ ଦି'ଙ୍କ ମୁଣ୍ଡ ପଛପାଖରେ ଆଘାତ ଲାଗିଥିଲା ଓ କହୁଣୀରେ ସାମାନ୍ୟ କ୍ଷତ ହୋଇଥିଲା। ଏପର୍ଯ୍ୟନ୍ତ ମଞ୍ଚ ଦୁଲୁକାଉଥିବା ସେ ଦି' ଜଣଙ୍କ ଗୋଟିଏ କୋଣରେ

ବସି ମୁଣ୍ଡକୁ ଆଉଁସି ଆଉଁସି ଧୀର ସ୍ୱରରେ ଗାଳି କରୁଥିବାର ଦେଖାଗଲା। "କେଉଁଠୁ ବଣମାଙ୍କଡ଼ି ଗୁଡ଼ାଏ ଚାଲି ଆସିଛନ୍ତି ଇଞ୍ଜିନିୟରିଂ ପଢ଼ିବାପାଇଁ। ହେ ଭଗବାନ୍ ! ଏମାନଙ୍କୁ ମୋଟେ ଦୟା କରିବନାହିଁ। ଗୋଟେ ସେମିଷ୍ଟାରର ଚାରିଟା ପେପରରେ ନିଶ୍ଚୟ ବ୍ୟାକ୍ ଲଗାଇବ। ଯେପରି ବର୍ଷଟିଏ ସେଇ କ୍ଲାସରେ ପଢ଼ିବେ।"

ମୁଁ ନିଜକୁ କହିଲି ହାୟରେ କଳିଯୁଗର ଦୌପଦୀ ! ଏ ଅଘୋଷିତ ର୍ୟାଗିଂ ଯୁଗ ଶେଷ ହେବାର ଅଭିଶାପ ନଦେଇ କୁରୁସଭାରେ ବସ୍ତ୍ରହରଣ କରିଥିବା ଦୁଷ୍ଟ ଦୁଃଶାସନକୁ ଚକୋଲେଟ୍ ଲାଞ୍ଚ ଦେବାକୁ ନ୍ୟାୟ ମଣିଲୁ ?

ପରବର୍ତ୍ତୀ ଅଭିନୟ ଥିଲା ଜିଙ୍ଗିଲର। 'ଇଭାବ୍ରାଉନ୍ଙ୍କ ହିଟ୍ଲରଙ୍କ ସହିତ ବର୍ଲିନ୍ର ମୃତ୍ୟୁଗୁଫାରେ ଶେଷ କଥୋପକଥନ'।

ଜିଙ୍ଗିଲ୍ ପ୍ରତିବାଦ କଲା — "ଏ ଟପିକ୍ଟି ପରିବର୍ତ୍ତନ କରାଯାଉ। କାରଣ ଆମେ କେହି ଜାଣୁନା ଇଭା ଶେଷ ସମୟରେ ହିଟଲରଙ୍କୁ କଣ କହିଥିଲେ। ଏହା ଏପର୍ଯ୍ୟନ୍ତ ଲିପିବଦ୍ଧ ହୋଇନାହିଁ ପୃଥିବୀର କୌଣସି ସାହିତ୍ୟରେ ଅବା ଇତିହାସରେ।"

ଦି' ମାନଙ୍କର ସହ ଆପୋସ ବୁଝାମଣା ଉତ୍ତାରେ ତାକୁ ଦେବଦାସର ଶେଷ ଦୃଶ୍ୟ ପାରୋ ଭୂମିକାରେ ଅଭିନୟଟି ମିଳିଲା।

ପାରୋ ଭୂମିକାରେ ଜିଙ୍ଗିଲ୍ର ଅଭିନୟ ଦେଖି ସମସ୍ତଙ୍କ ଚକ୍ଷୁ ହୋଇଥିଲା ଲୋତକାପ୍ଲୁତ।

କିଛି ସମୟ ନିସ୍ତବ୍ଧତା ଛାଇ ଗଲା ସମଗ୍ର କମନରୁମରେ। ହଠାତ୍ ସେ ତରଳ ମୁହୂର୍ତ୍ତରୁ ସମସ୍ତେ ପ୍ରକୃତିସ୍ଥ ହେଲେ ଯେତେବେଳେ ତଳେ ମୃତବତ୍ ପଡ଼ିରହିଥିବା ଦେବଦାସ୍ ଉଠିପଡ଼ି ପାରୋକୁ କହିଲା – "ଉଠ ପାରୋ ଉଠ, ଯଦି ତୁମ ପାଖରେ ପାସ୍ପୋର୍ଟ ଭିସା ଅଛି,ତେବେ ସ୍ୱିଜରଲ୍ୟାଣ୍ଡ ପଳାଇବା ଓ ଯଦି ନାହିଁ ତେବେ ଖଣ୍ଡାଲା ଚାଲିଯିବା। ଏ ଦୁନିଆ ଆମ ପ୍ରେମକୁ ନେଇ ଉପନ୍ୟାସ ଲେଖିଲା, ମୋଟା ବଜେଟ୍ରେ ସିନେମା କଲା ମାତ୍ର ସାମାନ୍ୟ ଦୁଇଟା ଟିକେଟ୍ ଦେଇପାରିଲା ନାହିଁ।" ପ୍ରାଣୋଚ୍ଛଳ ହସର ଫୁଆରା ଫିଟି ପଡ଼ିଲା।

ଶେଷ କାର୍ଯ୍ୟକ୍ରମ ଥିଲା ଉପାଧୀ ପ୍ରଦାନ ଉତ୍ସବ। ଦି' ମାନେ ଆମସମସ୍ତଙ୍କୁ ଗୋଟିଏ ରକ୍ତଗୋଲାପ ଓ ଚକୋଲେଟ୍ ଦେଇ ଗୋଟିଏ ଗୋଟିଏ ଉପାଧୀ ପ୍ରଦାନ କଲେ ଓ ସେଇନାମରେ ଅନ୍ତତଃ ସପ୍ତାହେ ପର୍ଯ୍ୟନ୍ତ ସମ୍ବୋଧନ କରିବାକୁ ଆଦେଶ ଦେଲେ।

ଉପାଧୀଗୁଡ଼ିକ କ'ଣ ସତରେ କହିପାରିବି ?

ସେଗୁଡ଼ିକ ଏତେ ଲଜ୍ଜାଜନକ ଶବ୍ଦ ଥିଲା ଯେ ଆମେ ଥରୁଟିଏ ମାତ୍ର ଉଚ୍ଚାରଣ

କରିବାକୁ ଲଜ୍ଜାବୋଧ କଲୁ। କିନ୍ତୁ ସେମାନେ ମଧ ଆମମୁଖରେ ସେଗୁଡିକୁ କୁହାଇବାର ପ୍ରତିଜ୍ଞା କରିଥିଲେ। ତେଣୁ ଥରେ ଥରେ ନିଜ ମୁହଁରେ ଉପାଧୁଗୁଡ଼ିକ ଉଚ୍ଚାରଣ କରି ଆମେ ଲଜ୍ଜାରେ ନିଜ କୋଠରୀକୁ ଦୌଡ଼ି ଚାଲିଆସିଲୁ। ସେ ଉପାଧୁଗୁଡ଼ିକ ଏହିଭଳି ଅମୁଲଡିବା, ବିଗ୍‌ବେଲି, ଡବଲଡେକର ଭଳି ଦ୍ୱିଅର୍ଥବୋଧକ ଶବ୍ଦ।

ଦ୍ୱିତୀୟା ତିଥିର ଜହ୍ନ ଆକାଶର ଗୋଟିଏ ପାର୍ଶ୍ୱକୁ ଢଳିଯାଇଥିଲା। ଜିଙ୍ଗିଲ୍‌ ତା' ଶଯ୍ୟାରେ ଅର୍ଦ୍ଧଶାୟିତ ଅବସ୍ଥାରେ ଥାଇ ପ୍ରଶ୍ନ କଲା – ସାରା! ତୁମେ କେବେ କାହାକୁ ପ୍ରେମ କରିଛ ? ଅନ୍ଧାରରେ ସେ ମୋ ମୁହଁ ଦେଖିପାରିନଥିବ ନଚେତ୍‌ ପ୍ରେମ ଶବ୍ଦ ଶୁଣି ହଠାତ୍‌ ଚମକି ପଡିବାର ପ୍ରତିକ୍ରିୟାରେ ସେ ଖୁବ୍‌ ହସିଥାନ୍ତା ଓ କହିଥାନ୍ତା ହୀରାସ୍ମଗଲିଂ, ଡ୍ରଗ୍ସ ରାକେଟିଂ କିମ୍ବା କାହାକୁ ମର୍ଡର କରିଛ କି ନାହିଁ ପଚାରିଲିନି ମାଁ।

ମୁଁ ସିଧା ସଲଖ ଉତ୍ତର ଦେଲି, ନାଁ।

ସେ ପୁଣି କହିଲା "ଏତେ ଗୁରୁତ୍ୱପୂର୍ଣ୍ଣ ପ୍ରଶ୍ନର ଗୋଟିଏ ଅକ୍ଷର ଉତ୍ତର। ଭାବି ଦେଖ ସାରା, ଆମ ଅଜ୍ଞାତସାରରେ ମଧ ଆମେ ଅନେକଙ୍କୁ ପ୍ରେମ କରିବସୁ। ଅଥଚ ବୁଝିପାରୁନା କିମ୍ବା ସ୍ୱୀକାର କରୁନା, କାରଣ ମସ୍ତିଷ୍କ ଓ ହୃଦୟର ଅସନ୍ତୁଳନ।

ଖୋଲାଝର୍‌କୀ ଦେଇ ସୋରାଏ ଜହ୍ନ କିରଣ ପଡିଥିଲା ମୋ ଉପରେ। ଜିଙ୍ଗିଲ୍‌ ସେଇ ସ୍ୱଚ୍ଛ ଆଲୋକରେ ମୋ ଅଭ୍ୟନ୍ତର ପଢିବାର ପ୍ରୟାସ କରିବାର ଭୟରେ ମୁଁ ସେ ଦିଗରୁ ମୁହଁ ଫେରାଇ ନେଇ ନିଜକୁ ପ୍ରଶ୍ନକଲି "ସତରେ ମୁଁ କାହାକୁ ପ୍ରେମ କରିଛି ?"

ତା'ର ଉତ୍ତର ଫେରିବା ବେଳକୁ ଗଭୀର ନିଦ୍ରାରେ ମୁଁ।

ପରଦିନ ଜୀବନରେ ପ୍ରଥମଥର ପାଇଁ ସକାଳ ନଅଟାରେ ନିଦ ଭାଙ୍ଗିଲା। ଝର୍‌କା ସେପାଖରେ ମେଘମେଦୁରିତ ଆକାଶ। ରାଧାଚୂଡା ଗଛରେ ବସିଥିଲା ନିଃସଙ୍ଗ ସୁନାରଂଗୀ ପକ୍ଷୀଟିଏ। ଅନେକ ପକ୍ଷୀଙ୍କ କଳରବ ସତ୍ତ୍ୱେ ସେ ଧ୍ୟାନମଗ୍ନ ଭାବରେ ମୋ ଦିଗକୁ ମୁହଁ କରି ବସିଥିଲା। ତା' ଆଖିର ଭାଷା ପଢିବାକୁ ଚେଷ୍ଟା କରୁ କରୁ ତଳ ମହଲାରୁ ଡାକରା ଆସିଲା। ଆଖିରେ ଆଖିଏ ତନ୍ଦ୍ରା ଓ ଆଳସ୍ୟ। ୱାଶ ବେସିନ୍‌ରେ ମୁହଁଟା ଧୋଇଦେଇ ଯେତେ ଶୀଘ୍ର ତଳ ମହଲାକୁ ଧାଇଁଗଲି ସେତେ ଶୀଘ୍ର ମୋ ଅନୁମାନଟା ଭୁଲ ବୋଲି ପ୍ରମାଣିତ ହେଲା।

ସାମ୍ନାରେ ସୂର୍ଯ୍ୟାଂଶକୁ ଦେଖି ମୁଁ ଚକିତ ହେଲି। ତାକୁ ଯେ ସେଇ ପ୍ରଥମ ଦେଖିଲି ତାହାନୁହେଁ। ପ୍ରଥମ ଦିନରୁ ହିଁ ସେ ମୋ ଦୃଷ୍ଟିରେ ପରିସରକୁ ଆସିଥିଲା ତା'ଆଖିର ଚାହାଣୀ, ହସର ଚମକ, କଥା କହିବାର ଶୈଲୀ, ଉଜ୍ଜ୍ୱଲରଂଗ ଓ ଶରୀରର ଅକର୍ଷଣୀୟ ଗଠନ ପାଇଁ। ଜିଙ୍ଗିଲ୍‌ ଦୂରରୁ ଚିହ୍ନାଇ ଦେଇଥିଲା "ସାରା ! ଦେଖ,

ଝିଅମାନଙ୍କ ଛାତିର ସ୍ପନ୍ଦନ ବଢ଼ିଯାଏ ଏ ପିଲାଟିକୁ ଦେଖିଲେ। କ୍ୟାମ୍ପସର ସବୁଠାରୁ ଚର୍ଚ୍ଚିତ ଚେହେରା। ତୃତୀୟବର୍ଷ ଇଲେକ୍ଟ୍ରୋନିକ୍ସ ବିଭାଗର ସୂର୍ଯ୍ୟାଂଶ ଓ ତା' ସଂପର୍କରେ ସର୍ବଶେଷ ରୋଚକ ତଥ୍ୟ ହେଉଛି ଏପର୍ଯ୍ୟନ୍ତ ତା'ର କେହି ଗାର୍ଲଫ୍ରେଣ୍ଡ ନାହାଁନ୍ତି।"

ସେଦିନ ଜିଙ୍ଗିଲର ଟିପ୍ପଣୀ ଶୁଣି ମୁଁ ହସିପକେଇଥିଲି ମନେମନେ।

ସୂର୍ଯ୍ୟାଂଶକୁ ପ୍ରଥମ ଦେଖାରେ ମୁଁ ଭଲପାଇ ବସିନଥିଲି କିମ୍ବା ତାକୁ ଦେଖି ମୋର ଛାତିର ସ୍ପନ୍ଦନ ବଢ଼ିଗଲା ପରି ମଧ୍ୟ ବୋଧ ହୋଇନଥିଲା। ମୋ ବିଫଳତାର ଜ୍ୱଳନରେ ମୁଁ ଜଳୁଥିଲି ଦିନରାତି ଓ ମନ ଭିତରେ ପ୍ରତିଜ୍ଞାଟିଏ କରିଥିଲି ସେଇ ତଥାକଥିତ ସଫଳ ଛାତ୍ରମାନଙ୍କଠାରୁ ଜୀବନରେ ଅଧିକ ସଫଳ ହେବି। "ସଫଳତା କୌଣସି ଏକ ବିନ୍ଦୁରେ ଶେଷ ହୁଏନାହିଁ, ଏହା ଏକ ଜୀବନ ବ୍ୟାପୀ ସାଧନା।"

ଛୋଟ ସହରର ନିମ୍ନ ମଧ୍ୟବିତ୍ତ ପରିବାରର ଝିଅଙ୍କ ପରି ପରୀ ରାଜ୍ୟର ସ୍ୱପ୍ନ ଦେଖିବା ପାଇଁ ମୋ ପାଖରେ ପଢ଼ାପଢ଼ି ବ୍ୟତୀତ ଅନ୍ୟକିଛି ସାଧନ ନଥିଲା। ତେଣୁ ମୋର ପ୍ରଥମ ଓ ଶେଷ ପ୍ରେମ ଥିଲା ପାଠ୍ୟପୁସ୍ତକ।

କିନ୍ତୁ ସୂର୍ଯ୍ୟାଂଶ ମୋତେ କାହିଁକି ଦେଖା କରିବାକୁ ଆସିଛି? ତା' ଆଖିରେ ମୋ ଆଖି ମିଶିଯିବା ମାତ୍ରେ ପ୍ରଥମକରି ମୋ ହୃଦୟତନ୍ତ୍ରୀରେ କେଉଁଠି ନିରବରାଗିଣୀ ଟିଏ ହଠାତ୍ ଝଙ୍କୃତ ହୋଇ ଉଠିଲା।

ସେ ନିଜର ପରିଚୟ ଦେଲା ସଂକ୍ଷେପରେ — "ମୁଁ ସୂର୍ଯ୍ୟାଂଶ। ଥାର୍ଡଇୟର ଇଲେକ୍ଟ୍ରୋନିକ୍ସ ଡିପାର୍ଟମେଣ୍ଟ, ତମ ପରିଚୟ ଲୋଡ଼ାନାହିଁ, ତମ ସଂପର୍କରେ ସବିଶେଷ ମୁଁ ଜାଣେ। ଶୁଣିଲି କାଲି ଦ୍ରୌପଦୀ ଚରିତ୍ରଟି ଠିକ୍ ଭାବରେ ଅଭିନୟ କରିପାରି ନ ଥିବାରୁ ତୁମକୁ ଜରିମାନା ହୋଇଛି ଓ ତୁମ ମୁଣ୍ଡରେ ଆଘାତ ମଧ୍ୟ ଲାଗିଛି।"

"ନାଁ, ମୋର ନୁହେଁ ସେ ଦୁଃଶାସନ ଦି'ଙ୍କ ମୁଣ୍ଡରେ ଆଘାତ ଲାଗିଛି।" କହିଦେଇ ମୁଁ ନିଜକୁ ସଂଯତ କଲି। ତାଙ୍କ ନାଁ ଜାଣି ନଥିବାରୁ ମୁଁ ଏପରି ମନ୍ତବ୍ୟ ଦେଲି ମାତ୍ର ସେ ଜାଣିଲେ ତାଙ୍କୁ ଅପମାନିତ କରିଥିବାର ପ୍ରତିଶୋଧ ନେବେ। ଏଇ ପ୍ରଥମ ବର୍ଷଟା କୁଆଡ଼େ ସେମାନଙ୍କ ଆଜ୍ଞାଧୀନା ହୋଇ ଚଳିବାକୁ ପଡ଼େ ବୋଲି ଅନ୍ୟମାନେ ସତର୍କ କରାଇଥିଲେ ଆମକୁ।

ସାମାନ୍ୟ ଉତ୍ତେଜିତ କଣ୍ଠରେ ସୂର୍ଯ୍ୟାଂଶ କହିଲା ଏଇଟା 'ର୍ୟାଗିଂ ଫ୍ରି ଜୋନ୍'। ଅନ୍ତରଟେକିଂ ରଖାଯିବା ସତ୍ତ୍ୱେ କାଲି ଗାର୍ଲସ ହଷ୍ଟେଲରେ ଅନେକ କିଛି ଘଟିଥିବାର ଶୁଣିଲି।

ଘଟଣାଟିକୁ ନେଇ ଉତ୍ତ୍ପତା ବଢ଼ିଗଲେ ତାହା ଯେ କୌଣସି ସ୍ତରକୁ ଚାଲିଯାଇପାରେ। ତେଣୁ ପ୍ରତିବାଦ କଲି — "ନାଁ ନାଁ ସେପରି କିଛି ସାଂଘାତିକ

ଘଟିନାହିଁ। ସାମାନ୍ୟ ଅଭିନୟ ନା ନୃତ୍ୟଗୀତ ପ୍ରତିଯୋଗିତାକୁ ର୍ୟାଗିଂ ପର୍ଯ୍ୟାୟର ଅନ୍ତର୍ଭୁକ୍ତ କରିବା ସମୀଚୀନ ନୁହେଁ।

ଆଶ୍ଚର୍ଯ୍ୟର ବିଷୟ ସମସ୍ତ ପ୍ରକାର ସତର୍କତା ସତ୍ତ୍ୱେ ହସ୍ଟେଲର ସଂପୂର୍ଣ୍ଣ ବିବରଣୀ ସୂର୍ଯ୍ୟାଂଶ ପାଖରେ ଏତେ ସହସା ପହଞ୍ଚ ପାରିଲା କିପରି ? ଉତ୍ସବର ଆରମ୍ଭ ପୂର୍ବରୁ ଦି'ମାନେ ସମସ୍ତଙ୍କ ନିକଟରୁ ମୋବାଇଲ ଫୋନ୍ ନେଇ ଡ୍ରୟାରରେ ରଖି ତାଲା ପକାଇ ଦେଇଥିଲେ, ନଚେତ୍ ଆଜି ସକାଳସୁଦ୍ଧା ଆମ ସ୍ୱଚ୍ଛ ବସ୍ତ୍ରର ଫଟୋ ପହଞ୍ଚ ଯାଇଥାନ୍ତା କୁଳପତିଙ୍କ ପାଖରେ ଓ ବ୍ୟଜ୍ ହସ୍ଟେଲରେ।

ମହଣ ମହଣ ନିଦରେ ମୋ ଆଖିପତା ନଈଁ ଆସୁଥିଲା। ଗତକାଲି ରାତ୍ରିର ଅନିଦ୍ରା ସହିତ ର୍ୟାଗିଂକୁ ନେଇ କେତୋଟି ଆତଙ୍କିତ ରାତିର ବିନିଦ୍ର ଆଲୋଚନା ହେତୁ ମୋ ଆଖିରେ ତନ୍ଦ୍ରା ଆସର।

ସେ ମୋ ଅବସ୍ଥା ଦେଖି ଅଭିଭାବକ ସୁଲଭ କଣ୍ଠରେ କହିଲା — "ସାରା ! ପ୍ରଥମଦିନରୁ ଏଭଳି ଝିଅ ମାନଙ୍କଠାରୁ ଦୂରରେ ରହିବାକୁ ଚେଷ୍ଟା କରିବ। ଯେଉଁମାନେ ଅନ୍ୟର ଦୁର୍ବଳତା ନେଇ ସମାଲୋଚନା କରନ୍ତି, ପଛରେ ପରିହାସ କରନ୍ତି। କାହା ସରଳତାର ସୁଯୋଗ ନେଇ ଫାଇଦା ଉଠାଇବାର କଳାରେ ସେମାନେ ପ୍ରବୀଣା ! ସେମାନଙ୍କ ପାଇଁ କଲେଜ ଗୋଟେ ଚିଉବିନୋଦନ ସ୍ଥଳ। ତୁମଭଳି ସରଳ ଭାବପ୍ରବଣ ଝିଅକୁ ନଚାଇବା ସେମାନଙ୍କୁ ଭଲଭାବରେ ଜଣା।"

ମୁଁ ସୂର୍ଯ୍ୟାଂଶକୁ ପୁନର୍ବାର ଚାହିଁଲି। ସେ ସୁନ୍ଦର ଆଖି ଯୋଡ଼ିକରେ ସାରା ପୃଥିବାର ପ୍ରେମ ଲେଖାଥିଲା। ମୁଁ ମୁଖ ଅବନତ କରିବା ମାତ୍ରେ ସେ କହିଲା — "ମୁଁ ତୁମକୁ ସେଇଦିନ ଚିହ୍ନିଲି, ଯେଉଁ ଦିନ ତମେ ବର୍ଷାରେ ଭିଜି ଭିଜି କାଠଚଂପା ଫୁଲ ତୋଳୁଥିଲ। ଗଛସଂଗେ ଗପସପ କରୁଥିଲ। ତମ ଭଳି ଝିଅଟିଏ ପ୍ରଥମେ ଦେଖୁଛି। ସୌନ୍ଦର୍ଯ୍ୟ ଓ ବୁଦ୍ଧିମତାର କ୍ବଚିତ୍ ସଂମିଶ୍ରଣ।"

ତା ଓଠରେ ମୋ ରୂପ ଗୁଣର ପ୍ରଶଂସା ଶୁଣି ଲଜ୍ଜାରେ ଜଡ଼ପାଲଟି ଯିବା ପରି ଅବସ୍ଥା। ସେ ଅନୁଚ କଣ୍ଠରେ କହିଲା "ମୁଁ ଏବେ ଆସୁଛି। କାଲି କଲେଜରେ ଦେଖାହେବ।"

ବର୍ଷା ଆରମ୍ଭ ହୋଇଯାଇଥିଲା। ଇଚ୍ଛା ହେଉଥିଲା ପୁନର୍ବାର ମନଭରି ଭିଜିବା ପାଇଁ ଅଥଚ ସୂର୍ଯ୍ୟାଂଶ କାରର କାଚ ଖସାଇ ମୁଗ୍ଧ ଦୃଷ୍ଟିରେ ମୋତେ ଚାହିଁ ରହି ଥିବାର ଦେଖି ଲଜ୍ଜିତ ହୋଇ ଦୌଡ଼ି ଚାଲି ଆସି ଭାବିଲି ମୁଁ କାହିଁକି ଏତେ ଅନ୍ୟମନସ୍କ ହୋଇଉଠିଲି ଯେ ସେ ମୋ ପାଖରୁ ଚାଲିଯିବା ପରେ ମଧ ସେଠାରେ ଠିଆ ହୋଇ ରହିଥିଲି।

ରୁମକୁ ଫେରି ଆଇନାରେ ନିଜକୁ ଦେଖିଲି ପ୍ରଥମ ଥର। କିଛି ସମୟ ପୂର୍ବରୁ

ସୂର୍ଯ୍ୟାଂଶର ଆଖିରେ ଯେଉଁ ସୁନ୍ଦରୀ ସାରାକୁ ଭେଟିଥିଲି ଏ ସେଇ ସାରାର ପ୍ରତିବିମ୍ବ । ଏଯାବତ୍ ମୁଁ ନିଜକୁ ଆବିଷ୍କାର କରି ନଥିଲି କୌଣସି ବିହ୍ୱଳ ଚକ୍ଷୁର ଆଇନାରେ । ମୋ ମନର ରଂଗୀନ ଉପବନକୁ ଯିବାର ରାସ୍ତା ଖୋଜି ପାଇନଥିଲି । ମୋ ଚତୁର୍ଦ୍ଦିଗର ପୃଥିବୀ ଯେ କ୍ରମାଗତ ଭାବରେ ରଂଗୀନ୍ ହୋଇ ଚାଲିଛି ତାର ସୂଚନା ମଧ୍ୟ ମୋ ନିକଟରେ ନଥିଲା । କଳାଧଳା ଛବି ଭଳି ମୋ ରଂଗହୀନ ଜୀବନରେ କେବେ ରଂଗଭରିବାର ନିଶାରେ ନିଶାଗ୍ରସ୍ତ ହୋଇଥିବା ମୋର ମନେନାହିଁ । ଅଦ୍ୟାବଧି ମୁଁ ଥିଲି ମା'ଙ୍କ ହାତଗଢ଼ା ଖେଳଣା କଣ୍ଢେଇ । ତାଙ୍କ ଇସାରାରେ ହସୁଥିଲି, ଖୁସି ହେଉଥିଲି । ତାଙ୍କ ପସନ୍ଦର ପୋଷାକ ପିନ୍ଧୁଥିଲି । ଗହଣା ଭାବରେ ଥିଲା ଗୋଟିଏ ରିଷ୍ଟୱାଚ୍ ।

ଆଇନାରେ ନିଜ ପ୍ରତିବିମ୍ବକୁ ପ୍ରଶ୍ନକଲି ଇଏ କଣ ମୋର ଆଖି ଯାହା ହୋଇପାରେ ଏତେ ଅଭିବ୍ୟକ୍ତି ପୂର୍ଣ୍ଣ, ଇଏ କ'ଣ ସେଇ ଓଠ ଯାହାର ଥର ଥର କଂପନରେ ଅନେକ ହୃଦୟରେ ସୃଷ୍ଟି ହୁଏ ଅଗଣିତ ସାମୁଦ୍ରିକ ଝଡ଼ । ଇଏ କ'ଣ ମୋର ସେଇ ନିରବ ହୃଦୟ, ଯାହା ଭିତରେ ଏବେ କେବଳ ଅନୁଚ୍ଚାରିତ ଶବ୍ଦ ମାନଙ୍କର ମଧୁର କଲରୋଲ, ମୋ ଦେହରେ ଏବେ ବହୁକାଳୁ ବର୍ଷିବାର ଅପେକ୍ଷାରେ ଥିବା ମେଘଖଣ୍ଡ ନୁହେଁ ଓହ୍ଲାଇ ଆସିଛି ପୁରା ମେଘରଟୁଟିଏ ।

ନିଜକୁ ନିଜେ ଦେଖି ବିହ୍ୱଳ ହେଲି ପ୍ରଥମଥର ପାଇଁ । ପ୍ରଥମଥର ପାଇଁ ପାଠ୍ୟମନସ୍କ ସାରାର ସୁନ୍ଦରୀ ସାରା ସହିତ ପରିଚୟ ହେଲା । ଅନ୍ୟମାନଙ୍କର ମୋ ପ୍ରତିଥିବା ଈର୍ଷା ଓ ଜ୍ୱଳନର ଯଥାର୍ଥତା ଅନୁଭବ କଲି ଓ ସୂର୍ଯ୍ୟାଂଶ ଆଖିର ଭାଷାକୁ ମଧ୍ୟ ।

ମୋ ଅନ୍ୟମନସ୍କ ପୃଥିବୀରୁ ମୁଁ ବାସ୍ତବିକ ଜୀବନକୁ ଓହ୍ଲାଇଲି ଧୀରେ ଧୀରେ । କିନ୍ତୁ ସୂର୍ଯ୍ୟାଂଶର ମୋ ପ୍ରତିଥିବା ସମସ୍ତ ଆଗ୍ରହକୁ ଅଣଦେଖା କରିବାର ଯଥେଷ୍ଟ କାରଣଥିଲା । ମନେ ମନେ କହିଲି "କ୍ଷମା କରିଦିଅ ସୂର୍ଯ୍ୟାଂଶ, ମୋର ସମସ୍ୟାକୁ ବୁଝିବାକୁ ଚେଷ୍ଟା କରିବ । ମୁଁ ଜନ୍ମ ହୋଇନାହିଁ ସ୍ୱପ୍ନର ଆକାଶରେ କଚ୍ଚନାର ଇନ୍ଦ୍ରଧନୁ ଆଙ୍କିବା ପାଇଁ, ମୁଁ ଜନ୍ମ ହୋଇଛି କଠିନ ପ୍ରସ୍ତର ତଳେ ଚାପି ହୋଇ ରହିଥିବା ମୋ ଆକାଂକ୍ଷାର କ୍ଷୁଦ୍ର ଝରଟିକୁ ସହସ୍ରଧାରାର ବେଗମତୀ ନଦୀଟିଏ ହୋଇ ବହିଯିବାକୁ ରାସ୍ତା ଦେଖାଇବା ପାଇଁ ।"

କଥାଟି କଣ ଏତେ ସହଜ ?

କୋମଳ ଜଳଧାରାଟିଏ ଯେପରି ପ୍ରସ୍ତରର ନିବୁଜ ପ୍ରାଚୀର ଭାଂଗି ଦେଇପାରେ, ସେପରି ମୋ କୋମଳ ଆକାଂକ୍ଷାର ଅଙ୍କୁରିତ ସ୍ୱପ୍ନମାନେ ଦିନେ ନା ଦିନେ ଫିଟାଇ ପାରିବେ ଭାଗ୍ୟର ବନ୍ଧୁର କଠିନ ବକ୍ଷ । ଏହା ମୋର ବିଶ୍ୱାସ ।

ପ୍ରଥମ ବର୍ଷ ଗଣିତ ପ୍ରତିଯୋଗିତାରେ ମୁଁ ହେଲି ପ୍ରଥମ । କ୍ୟାମ୍ପସ ମୋତେ

ଜାଣିଲା ମ୍ୟାଥ୍‌ଓ୍ବିଜାର୍ଡ ଭାବରେ । ପ୍ରଥମ ସେମିଷ୍ଟାର ପରୀକ୍ଷାରେ ସବୁଠାରୁ ଅଧିକ ନମ୍ବର ରଖୁବାର ସମସ୍ତେ ମୋତେ ଚିହ୍ନିଲେ ରୂପ ଓ ଗୁଣର ମଧୁର ସମ୍ମିଶ୍ରଣ ଭାବରେ ।

ସେହିଦିନଗୁଡ଼ିକରେ କାଠଚଂପା ଗଛମାନଙ୍କଠାରୁ ମୋ ମନରେ ଫୁଟୁଥିଲା ଅଧିକ ଫୁଲ, ଯାହାର ବାସ୍ନାରେ ମୁଁ ହେଉଥିଲି ଶିହରୀତ । ବିନା ନଉ, ବିନା କଦମ୍ବରେ ମୁଁ ଶୁଣି ପାରୁଥିଲି ବଂଶୀର ମୋହମୟ ସ୍ବର । ଏ ସଫଳତା ମୋତେ ସଂପୂର୍ଣ୍ଣ ସୁଖ ଦେଇପାରିଲା ନାହିଁ ଯେଉଁଦିନ ମୁଁ ଶୁଣିଲି ଗତ ଦୁଇବର୍ଷ ଧରି ସୂର୍ଯ୍ୟାଂଶ ଏ ପ୍ରତିଯୋଗିତାରେ ହେଉଥିଲା ପ୍ରଥମ । ମୋଠାରୁ ମାତ୍ର କେତୋଟି ପଏଣ୍ଟ କମ୍ ରଖୁ ସେ ଏଥର ଦ୍ବିତୀୟ ହୋଇ ଥିବାରୁ ଚହଲ ପଡ଼ିଯାଇଥିଲା ସମଗ୍ର କ୍ୟାଂପସରେ ।

ଡାୟାସରୁ ସାର୍ଟିଫିକେଟ୍ ନେଇ ଓହ୍ଲାଇଲା ବେଳକୁ ମୋର ଦୃଷ୍ଟି ପଡ଼ିଗଲା ରଂଗ ଉଡ଼ିଯାଇଥିବା ସୂର୍ଯ୍ୟାଂଶ ମୁହଁରେ । ତା' ପାଖରେ ବସିପଡ଼ି କହିଲି "ସୂର୍ଯ୍ୟାଂଶ ! ସଫଳତା ବିଫଳତା, ପ୍ରଥମ ଦ୍ବିତୀୟ ପରି ଶବ୍ଦରେ ଅନ୍ତତଃ ମୁଁ ବିଶ୍ବାସ କରେନା । ମାତ୍ର କେତୋଟି ପଏଣ୍ଟ କମ୍ ରଖୁ ତମେ ପଛରେ ପଡ଼ିଗଲ ବୋଲି ମୋତେ ଭାବିବ ନାହିଁ ।"

ସେ ସାମାନ୍ୟ ହସି ମୋ କଥାରେ ସମ୍ମତି ଜଣାଇଲା । ଜିଙ୍ଗିଲ୍‌ଠାରୁ ଶୁଣିଲି ସୂର୍ଯ୍ୟାଂଶ ଖାତା ରିଚେକିଂ ପାଇଁ ଅନୁରୋଧ କରି ନିଜ ଆଖୁରେ ମୋ ପରୀକ୍ଷା ଖାତା ଦେଖୁବା ପରେ ବିଶ୍ବାସ କରିଥିଲା ଯେ ମୁଁ ସୁନ୍ଦରୀ ଯୋଗୁଁ ଅବା କାହାର ଅନୁକଂପାରେ ଏ ପ୍ରତିଯୋଗିତାରେ ପ୍ରଥମ ପଦ ହାସଲ କରିନାହିଁ ।

ଏ ଘଟଣା ପରେ ସୂର୍ଯ୍ୟାଂଶ ଓ ମୋ ଭିତରେ ସଂପର୍କ ନବଢ଼ାଇବା ପାଇଁ ମୁଁ ଯେଉଁ ଅଦୃଶ୍ୟ ପ୍ରାଚୀର ଗଢ଼ିଥିଲି ତାହା ଧୀରେ ଧୀରେ ତରଳିବାକୁ ଆରମ୍ଭ କଲା । ଆମ ସଂପର୍କ ଧୀରେ ଧୀରେ ହେଉଥିଲା ଗଭୀର ଓ ଅନ୍ତରଂଗ । ଶେଷରେ ସେ ଅଜ୍ଞାତରେ ମୋ ହୃଦୟର ଅଂଶଟିଏ ପାଲଟିଗଲା । ମୁଁ କ୍ରମଶଃ ଭୁଲିବାକୁ ଆରମ୍ଭ କଲି ମୋ ରକ୍ଷଣଶୀଳ ପରିବାର, ମୋ ସ୍ବପ୍ନ, ପ୍ରତିଜ୍ଞା, ଭବିଷ୍ୟତ ଓ ଶେଷରେ ନିଜକୁ ମଧ । ଏପରି କାହିଁକି ଘଟେ ? ନିୟନ୍ତ୍ରଣହୀନ ବେଗମତୀ ନଦୀଟିଏ ପରି ମୋ ଅବସ୍ଥା । ବାସ୍ ବହିଯିବା ହିଁ ଥିଲା ମୋ ନିୟତି ।

ମୁଁ ତା' ପସନ୍ଦର ପୋଷାକ ପିନ୍ଧିଲି, ସେ ଚାହୁଁଥିବା ଜୀବନଟିଏ ବଂଚିବାକୁ ଚାହିଁଲି । ତା' ସମ୍ମୋହନରେ ପଡ଼ି ଭୁଲିଗଲି ଏ ଘଟଣାର ପରିଣତି ସଂପର୍କରେ । ମାତ୍ର ସେତେବେଳକୁ ମୁଁ ଆଉ ମୋର ହୋଇ ଥିଲି ଅବା କେଉଁଠି ? ମୋ ଭିତରେ କୁଲୁକୁଲୁ ନାଦରେ ବହୁଥିଲା ପ୍ରେମର ଅମୃତ ନିର୍ଝରିଣୀଟିଏ ।

ଜିଙ୍ଗିଲ୍ ମୋ ପରିବର୍ତ୍ତନ ଦେଖ ହସିହସି କହେ "ସୂର୍ଯ୍ୟାଂଶକୁ ତୁମେ

ପ୍ରେମ କରିବସିବା ପରେ ବିଶ୍ୱାସ ହେଲା। ସେ ଜଣେ ମସ୍ତ ବଡ ଯାଦୁକର। ନଚେତ୍ ମୋ ସାରା ଭଳି ବାନ୍ଧବୀର ପ୍ରଚଣ୍ଡ ପ୍ରତିଜ୍ଞାକୁ ଭାଂଗିବା କଣ ଏତେ ସହଜ ? ତେବେ ପ୍ରେମ କେଉଁକାଲେ ପାପ ନୁହେଁ। ସେଥିପାଇଁ ଲଜ୍ଜିତ ହେବାର ଆବଶ୍ୟକତା ନାହିଁ।"

ମୁଁ ତ ସୂର୍ଯ୍ୟାଂଶର ବିନ୍ଦୁଏ ପ୍ରେମର ପଦ୍ମମଧୁ ପାଇଁ ପୁରା ପଦ୍ମବନ ଉଜାଡି ଦେବାର ନିଶାରେ ଥିଲି। ପରସ୍ତେ କୁହୁଡିକୁ ଦେଖି ମେଘଖଣ୍ଡର ଭ୍ରମରେ ସଜ୍ୟୁଥିଲି ରାଗର ଅନେକ କୋମଳ ମହ୍ଲାର। ମରୀଚିକାର ଛାୟାରେ ପହଁରି ଗଭୀର ନୀଳ ହ୍ରଦ ଅବଗାହନର ତୃପ୍ତି ପାଉଥିଲି।

ମୁଁ ମୁକ୍ତି ଚାହୁଁନଥିଲି, ଚାହୁଁ ଥିଲି ବନ୍ଧନ। ଅସ୍ତିତ୍ୱ ହରାଇବାକୁ ସୂର୍ଯ୍ୟାଂଶର ନିର୍ମୋହ ପ୍ରେମରେ। ସେତେବେଲେ ଲାଗୁଥିଲା ସବୁକଛି ମୋହମୟ। ବୁଝି ପାରୁନଥିଲି କେଉଁଟି ବାସ୍ତବତା କେଉଁଟି ପ୍ରହେଲିକା, କେଉଁଠି ମୋ ମନର ଭ୍ରାନ୍ତି, କେଉଁଟି ସତ୍ୟ।

ଏଭଳି ଅବସ୍ଥାରେ ଜିଙ୍ଗିଲ୍‌ର ଆଶ୍ୱାସନା ମୋତେ ସ୍ୱାଭାବିକ ରଖିବାରେ ସହାୟକ ହୁଏ ନଚେତ୍ ମନେମନେ ଗୋଟିଏ ବିରାଟ ଅପ୍ରାକୃତିକ ସଂପର୍କଟିଏ ଗଢିଥିବାର ଭୟରେ ମୁଁ ଭୟଭୀତ ହୋଇ ଉଠୁଥିଲି।

ଜୀବନର ପ୍ରଥମ ପ୍ରେମର ଅନୁଭୂତି ଏହିପରି। ସମଗ୍ର ପୃଥିବୀ ମୋତେ ଲାଗୁଥିଲା ମଧୁମୟ। ଅସରା ଅସରା ମେଘ ଓହ୍ଲାଇ ଆସୁଥିଲେ ଭିଜାଇ ଦେବାକୁ ମୋ ଛାତି। ଏବେ ଜୀବନରେ ସବୁ କିଛି ପୂର୍ଣ୍ଣତାର ଅନୁଭବକୁ କଣ ଭାଷାରେ ପ୍ରକାଶ କରିହୁଏ ? ନାଁ, କେବଳ ହୃଦୟ ଦେଇ ଅନୁଭବ କରିହୁଏ।

ସୂର୍ଯ୍ୟାଂଶ ସଂପର୍କରେ ଅନେକ ଆଲୋଚନା ହୁଏ ଆମ ଗାର୍ଲସ ହଷ୍ଟେଲରେ। ସେ କେଉଁ ବ୍ରାଣ୍ଡର ଘଣ୍ଟା ଓ ପୋଷାକ ପିନ୍ଧେ। କେଉଁ କଂପାନୀର ପରଫ୍ୟୁମ୍ ବ୍ୟବହାର କରେ। ତା'ର ପସନ୍ଦ ରଂଗଠାରୁ ସଫଳ କ୍ୟାରିୟର ପର୍ଯ୍ୟନ୍ତ।

କିନ୍ତୁ ମୋ ପାଇଁ ଏସବୁ ଥିଲା ମୂଲ୍ୟହୀନ। ମୁଁ ସନ୍ତରଣ ନ ଜାଣି ତା' ପ୍ରେମର ଗଭୀର ସାଗରରେ ଲଂଘ ପ୍ରଦାନ କରିସାରିଥିଲି। ଦ୍ୱିତୀୟତଃ ମୁଁ ଜିଙ୍ଗିଲ୍ ଭଳି ବଡ ସହରରେ ଜନ୍ମ ହୋଇ ନଥିଲି କିମ୍ବା ନିହାତି ସ୍ୱଚ୍ଛଳ ପରିବାରରୁ ଆସିନଥିଲି। ତେଣୁ ମୋତେ ଲାଗେ ସୂର୍ଯ୍ୟାଂଶ ସହିତ ଅନେକ କଥାରେ ମୁଁ ପାଦମିଲାଇ ଚାଲିପାରେନାହିଁ। ସେ ଖୁବ୍ ପ୍ରାଚୁର୍ଯ୍ୟରେ ବଢିଥିବାରୁ ନିମ୍ନମଧ୍ୟବିଭ ପରିବାରର ଅନେକ ସମସ୍ୟା ସଂପର୍କରେ ଅବଗତ ନଥାଏ। ତଥାପି କହେ "ସାରା ! ତୁମେ ଯେମିତି ଅଛ ସେମିତି ଥାଆ। ତମର ଏଇ ସରଳପଣରେ ତ ତୁମେ କ୍ୟାଂପସର ସବୁଠାରୁ ସୁନ୍ଦରୀ ଓ ବୁଦ୍ଧିମତୀ ଝିଅ।

ଯାହାକୁ ପାଇବା ପାଇଁ ସାରା କଲେଜ ପାଗଳ ହେଉଥିବା ବେଳେ ମୁଁ ହେଉଛି ସେହି ଭାଗ୍ୟବାନ୍ ଯେ ତୁମର ହୃଦୟ ଜୟ କରିପାରିଛି ।"

ମୁଁ ସ୍ୱଗତୋକ୍ତି କରେ "ତୁମେ କେବେ ଆଉ ଜୟଯାତ୍ରାରେ ବାହାରିଲ ସୂର୍ଯ୍ୟାଂଶ ? ତୁମେ ଯାତ୍ରାରେ ବାହାରିବା ପୂର୍ବରୁ ମୁଁ ତ ନିଜେ ଆତ୍ମସମର୍ପଣ କଲି ତୁମ ନିକଟରେ ।"

ମୋର କଂପ୍ୟୁଟର ସାଇନସ୍‌କୁ ସୂର୍ଯ୍ୟାଂଶର ଇଲେକ୍ଟ୍ରୋନିକ୍‌ ବିଭାଗ । କିନ୍ତୁ ଆମ ଦୁହିଁଙ୍କ ଭିତରେ ଏକପ୍ରକାର ଆକର୍ଷଣ ଥିଲା ଗଣିତ ପାଇଁ । ବୋଧ ହୁଏ ସେଥିପାଇଁ ଆମ ସଂପର୍କ ଅଧିକ ଗଭୀର ହୋଇଥିଲା ଏହା ଥିଲା ମୋର ମତ ।

ସୂର୍ଯ୍ୟାଂଶ କହେ ନାଁ, ଗଣିତ ନୁହେଁ, ଆମଭିତରେ ସଂପର୍କ ଗଢ଼ିଉଠିବାର କାରଣ ଅନ୍ୟକିଛି ।

ମୋତେ ଭାବନାର ରାଜ୍ୟରେ ଏକାକୀ ଛାଡ଼ିଦେଇ ସେ ମିଠା ମିଠା ହସୁଥାଏ ମୋତେ ଚାହିଁ । ମୁଁ ଜାଣିପାରେନା ସେ ସାମ୍ୟଟି କଣ ? ସେ ହସି କହେ "ଗଭୀର ଆତ୍ମବିଶ୍ୱାସ ଓ ଗୋଟେ ଜିଦ୍, ନିଜକୁ ପ୍ରତିଷ୍ଠା କରିବାର ଓ ନିଜସ୍ୱପ୍ନ ପୂରଣ କରିବାର ।"

ସତରେ ମୁଁ ମୋ ନିଜକୁ ଯେତେ ବୁଝି ପାରେନି, ବୁଝିପାରେ ସୂର୍ଯ୍ୟାଂଶ, ସେଦିନ ସେ ମୋର ପ୍ରତିଜ୍ଞାକୁ ମନେ ପକେଇ ଦେଲା ପୁନର୍ବାର । ମୋ ଭିତରେ ଲିଭି ଆସୁ ଥିବା ଦୀପଟି ପୁଣି ଥରେ ଜଳିଉଠିଲା ।

ସେ ଦିନ ଅନୁଭବ ହେଲା ପ୍ରେମ ଏକ ବନ୍ଧନ ନୁହେଁ ପ୍ରେମରେ ଥାଏ ମୁକ୍ତିର ଅନୁଭବ । ମୋ ସ୍ୱପ୍ନମାନେ ପୁନର୍ବାର ପରଖୋଡ଼ି ଆକାଶରେ ଉଡ଼ିବୁଲିଲେ । ସେ ମୋର ସମ୍ଭାବନା ମାନଙ୍କ ସହ ପୁନଃ ପରିଚୟ କରାଇଦେବା ବେଳେ ମନେହେଲା ସୂର୍ଯ୍ୟାଂଶ ତା' ବାହୁରେ ମୋତେ ଭିଡ଼ି ଧରିନାହିଁ, ଦୁଇବାହୁ ମେଲାଇ ଦେଇଛି ମୋତେ ସ୍ୱଚ୍ଛନ୍ଦରେ ବହିଯିବା ପାଇଁ, ଯେମିତି ପାହାଡ଼ ମାନେ ନଈକୁ ବହିଯିବାକୁ ବାଟ ଛାଡ଼ି ଦିଅନ୍ତି । ଯେମିତି ଆକାଶ ମେଘଖଣ୍ଡମାନଙ୍କୁ ଝରି ଯିବା ପାଇଁ ମୁକୁଲା କରିଦିଏ ତା'ର ପ୍ରଶସ୍ତ ବକ୍ଷ ।

ଜୀବନରେ ଏ ପ୍ରଥମପ୍ରେମର ଅନୁଭବ ସହିତ ଗୋଟିଏ ଦୁଃଖଦ କାହାଣୀ ସାରା ଜୀବନ ପାଇଁ ମୋର ମନେରହିବ । ମୁଁ ମୋ ଜୀବନ କାହାଣୀ ଲେଖିବି ଯଦି ସେ କାହାଣୀରେ ଅଙ୍କିତର ନାମ ଲେଖା ହେବନାହିଁ ତାହା ବୋଧହୁଏ ଅସଂପୂର୍ଣ୍ଣ ରହିଯିବ ।

ଅଙ୍କିତ ସହିତ ମୋର ପରିଚୟ ହୋଇଥିଲା ଅତର୍କିତ ଭାବରେ । ସେ କ୍ରୀଡ଼ାବିତ୍ କୋଟାରେ କଲେଜରେ ସିଟ୍ ପାଇଥିଲା ବୋଲି ଶୁଣିଥିଲି । ପ୍ରଥମ ଦିନମାନଙ୍କରେ ମୁଁ ଅନ୍ୟମାନଙ୍କୁ ଅଣଦେଖା କରିବା ପରି ତା' ସହିତ ମଧ୍ୟ ସମଦୂରତା ବଜାୟ ରଖୁଥିଲି ।

ସେ ଥରେ ଲାଇବ୍ରେରୀରେ ନିଜେ ପରିଚୟ ଦେଇଥିଲା — "ମୁଁ ଅଙ୍କିତ! ନ୍ୟାସନାଲ ଟିମ୍‌ର ବାସ୍କେଟ୍‌ବଲ ପ୍ଲେୟାର। ଥାର୍ଡଇୟର ଇଲେକ୍ଟ୍ରୋନିକ୍‌ସର ଛାତ୍ର। ମୁଁ ତୁମକୁ ପସନ୍ଦ କରେ।" ଉତ୍ତରରେ କହିଥିଲି "ଆମେ ଦୁଇ ଭିନ୍ନ ବିପରୀତ ମେରୁର ଅଧିବାସୀ। ତୁମ ଜୀବନର ଲକ୍ଷ୍ୟ ଜଣେ ସଫଳ ବାସ୍କେଟ୍‌ବଲ୍ ଖେଳାଳୀ ହେବା ଓ ମୋ ଜୀବନର ଲକ୍ଷ୍ୟ ଜଣେ ସଫଳ କମ୍ପ୍ୟୁଟର ଇଞ୍ଜିନିୟର ହେବା। ତେଣୁ ଆମେ ଦୁଇ ଜଣ କେବଳ ଭଲ ବନ୍ଧୁ ହୋଇ ପାରିବା, ତା'ଠାରୁ ଅଧିକ ନୁହେଁ। ମୁଁ ବୋଧହୁଏ ତୁମେ ଚାହୁଁଥିବା ସେଇ ଝିଅ ନୁହେଁ ଯେ ତୁମକୁ ସଠିକ୍ ଭାବେ ବୁଝିପାରିବ।"

ସେ ଉତ୍ତର ଦେଇଥିଲା — "ମୁଁ ସାରାଜୀବନ ତୁମର ଜଣେ ଭଲ ବନ୍ଧୁ ହୋଇ ରହିବାକୁ ମଧ୍ୟ ପସନ୍ଦ କରିବି ଯଦି ତୁମେ ନିଷ୍ପତ୍ତି ନେଇଥାଅ ଯେ ତୁମେ ଜୀବନରେ କାହାକୁ ପ୍ରେମ କରିବ ନାହିଁ।" ଏହାର ଅଳ୍ପ ଦିନ ଭିତରେ ସୂର୍ଯ୍ୟାଂଶ ସହିତ ମୋ ସମ୍ପର୍କ ଗଢ଼ି ଉଠିଲା। ସାରାଜୀବନ ମୋର ବନ୍ଧୁ ହୋଇ ରହିବାକୁ ଚାହୁଁଥିବା ଅଙ୍କିତ ମୋ ହୃଦୟ ବିଦୀର୍ଣ୍ଣ କରିଦେଇଥିଲା ତା'ର ପ୍ରତିକ୍ରିୟାରେ।

"ସାରା! ମୁଁ ତ ନିର୍ଜୀବ ବାସ୍କେଟ୍‌ବଲରେ ଖେଳେ। ଅଥଚ ତୁମେ ତ ମୋ ଜୀବନ୍ତ ହୃଦୟ ସହିତ ଖେଳିଲ। ତୁମେ ସୁନ୍ଦରୀ, ବୁଦ୍ଧିମତୀ ବୋଲି କାହା ହୃଦୟକୁ ନେଇ ଖେଳିବାର ଅଧିକାର ତୁମର ନାହିଁ। ହୃଦୟ ତୁମର, ତୁମେ ଯାହାକୁ ଚାହଁ ଦେଇପାର। କିନ୍ତୁ ତୁମକୁ ଜୀବନଠାରୁ ଅଧିକ ଭଲ ପାଉଥିବା ଏ ବାସ୍କେଟ୍‌ବଲ ଖେଳାଳୀର ହୃଦୟକୁ ରକ୍ତାକ୍ତ କଲ କାହିଁକି? ମୋ ଭଲି ଖେଳାଳୀ ଅପେକ୍ଷା ସୂର୍ଯ୍ୟାଂଶ ପରି ଜଣେ ପ୍ରତିଭାବାନ୍ ଯୁବକକୁ ଜୀବନସାଥୀ ରୂପେ ନିର୍ଣ୍ଣୟ କରିବାରେ ତୁମର ଭୁଲ ନାହିଁ ସାରା। ଭୁଲ୍ ମୋ ହୃଦୟର, ଯେ ବୁଝେନା ଏସବୁ ତତ୍ତ୍ୱ ବା ଦର୍ଶନ। ମୋ ଜୀବନର ପ୍ରଥମ ନଷ୍ଟ ପ୍ରେମ, ପ୍ରଥମ ମିଥ୍ୟାକୁ ମୁଁ ଛାତିରେ ଝୁଲାଇ ରଖିବି ଶେଷ ସମୟ ପର୍ଯ୍ୟନ୍ତ। ତୁମେ ମୋତେ ସାଂଘାତିକ ଭାବରେ ଅପମାନିତ କରିଛ।"

ମୁଁ କିଛି କହିବା ପୂର୍ବରୁ ଦୁମ୍ ଦୁମ୍ ହୋଇ ସେ ଚାଲିଗଲା। କେମିତି ବୁଝାଇଥାନ୍ତି ଅଙ୍କିତ ! ପ୍ରେମ କେବେ କାହା ଜୀବନର ଏକ ପ୍ରାୟୋଜିତ ଘଟଣା ନୁହେଁ, ଏହା ସଂଯୋଗବଶତଃ ଘଟେ। ଏ ସଂପର୍କ ଗଢ଼ିଉଠିବା ସକଳ ଯୁକ୍ତିନିଷ୍ଠତାର ଉର୍ଦ୍ଧ୍ୱରେ। ସୂର୍ଯ୍ୟାଂଶ ସେହି ଯାଦୁକର, ଯେ ମୋ ପ୍ରତିଜ୍ଞା ଭାଙ୍ଗିବାରେ ସଫଳ ହୋଇଛି। ତୁମେ ତ ଚାହିଁଥିଲ ବନ୍ଧୁଟିଏ ହୋଇ ରହିଯିବା ପାଇଁ। ମୋ ଜୀବନରେ କାହାର ଗୁରୁତ୍ୱ ବଢ଼ିଯିବାରେ ତୁମର ଅବା କ୍ଷତି ହେଲା କିପରି? କିନ୍ତୁ ବୋଧହୁଏ ତୁମେ ମୋ ହୃଦୟର ଏକକ ସମ୍ରାଟ୍ ହେବାକୁ ଚାହୁଁଥିଲ। ବନ୍ଧୁତାର ଶିରୋନାମାରେ ତୁମେ ଏକ ପ୍ରେମକାହାଣୀ ଲେଖିବାକୁ ଚାହିଁଥିଲ। ମୁଁ ମିଛ କହିଲି ?

ସୂର୍ଯ୍ୟାଂଶ ମୋର ପ୍ରଥମ ପ୍ରେମ ଓ ଅଙ୍କିତ ମୋର ପ୍ରଥମ କ୍ଷତ। କାହା ହୃଦୟରେ ଆଘାତ ଦେବାକୁ ନଚାହିଁଲେ ମଧ ମୋର ଏକମାତ୍ର ହୃଦୟକୁ ମୁଁ କିପରି ଅବା ସମସ୍ତଙ୍କୁ ବାନ୍ଧି ପାରିବି? ଏହାହିଁ ତ ପୃଥ୍ବୀର ଅନେକ ସୁନ୍ଦରୀ ଝିଅଙ୍କ ପରି ମୋର ମଧ ଅସହାୟତା।

ତା'ପରେ ସୂର୍ଯ୍ୟାଂଶଠାରୁ ଅଙ୍କିତ ସଂପର୍କରେ ଶୁଣି ମନଟା ଭିଜି ଉଠେ। ଭାବେ ତା'ସହ ଦେଖାହେଲେ କ୍ଷମା ମାଗିନେବି। ସୂର୍ଯ୍ୟାଂଶ କହୁଥିଲା "ଆଜିକାଲି ଅଙ୍କିତର ସାରା ଦିନ ବିତେ ବାସ୍କେଟ୍‌ବଲ୍‌ କୋର୍ଟରେ। ସାମାନ୍ୟ କଥା ପାଇଁ ଦୁଇ ତିନିଥର କ୍ୟାମ୍ପସ୍‌ରେ ଗଣ୍ଡଗୋଲ ମଧ କରିଛି। କ୍ୟାଣ୍ଟିନ୍‌ରେ ଦିନେ ଡାଲି କାହିଁକି ପାଣିଆ ହୋଇଛି କହି ପାଟି ତୁଣ୍ଡ କରି ଡାଲି ହଣ୍ଡାକୁ ଡ୍ରେନ୍‌ରେ ଢାଲି ଦେଇଛି ତ ଲାଇବ୍ରେରୀରେ କାହିଁକି ପିଇବା ପାଣି ସରିଯାଇଛି ବୋଲି ଲାଇବ୍ରେରିଆନ୍‌ ସହିତ ଝଗଡା କରିଛି। ସମସ୍ତେ ଆଶ୍ଚର୍ଯ୍ୟ ତା'ର ହଠାତ୍‌ ଏପରି ଚରିତ୍ର ପରିବର୍ତ୍ତନରେ। କେହି କେହି କହୁଛନ୍ତି ସେ ଗୋଟେ ହୃଦୟହୀନା ଝିଅର ପ୍ରେମରେ, ଯେ ତା'ର ହୃଦୟକୁ ଏପିର ରକ୍ତାକ୍ତ କରିଛି ଯେ ବିଚରା ଦୁଃଖରେ ପ୍ରତିକ୍ରିୟାଶୀଳ ହୋଇଉଠିଛି। ସେ ସାମାନ୍ୟ କଥାରେ ଉତ୍ୟକ୍ତ ହୋଇ ଟିମ୍‌ର ଜଣକୁ ଆଘାତ ଦେଇ ଟିମ୍‌ରୁ ସସ୍‌ପେଣ୍ଡ ହୋଇଛି। ଏଥର ସେ ନ୍ୟାସନାଲ୍‌ ଟିମ୍‌ରେ ଖେଳିପାରିବ ନାହିଁ। ଗୋଟେ ପରେ ଗୋଟେ ବ୍ୟାକ୍‌ଲାଗି ତା'ର ପଢାପଢି ଜୀବନ ମଧ କ୍ଷତାକ୍ତ।"

ମୁଁ ସୂର୍ଯ୍ୟାଂଶକୁ କହିପାରେନି ସେଇ ହୃଦୟହୀନା ଝିଅଟି ହେଉଛି ମୁଁ। ଯାହା ପାଇଁ ଅଙ୍କିତର ଏ ଅବସ୍ଥା। ମୋ ଛାତି ଭାରିଭାରି ହୋଇଆସେ ଅବୁଝା ପିଲାଟି ପାଇଁ। ମୁଁ ଅଙ୍କିତକୁ ପ୍ରେମ କରେନାହିଁ ସତ, ମାତ୍ର ତା'ର ଅଧୋଃପତନକୁ କିପରି ସହ୍ୟ କରିପାରିବି? ଯାହାର କାରଣ କେବଲ ମୁଁ ବୋଲି ସେ ବିଚାର କରେ।

ଆମ ଚତୁର୍ଦ୍ଦିଗରେ ଥାଆନ୍ତି ଅନେକ ଚରିତ୍ର, ଯେଉଁମାନଙ୍କୁ ଆମେ ଆଦୌ ଗୁରୁତ୍ୱ ନ ଦେଲେ ମଧ ସେମାନେ ହୃଦୟରେ ଆମକୁ ପ୍ରେମ କରୁଥାନ୍ତି ବା ଘୃଣା କରୁଥାନ୍ତି। ଅଙ୍କିତ ମୋତେ ଏତେ ବେଶୀ ପ୍ରେମ କରୁଥିଲା ବୋଲି ତ ପ୍ରତିକ୍ରିୟାରେ ଏତେ ଅଧିକ ଘୃଣା କରିପାରିଲା। ତେଣୁ ତା' ଘୃଣାକୁ ମଧ ତା' ପ୍ରେମର ଅପରପାର୍ଶ୍ୱ ବୋଲି ମନେମନେ ସଜ୍ଞାନ କରି ଈଶ୍ୱରଙ୍କଠାରେ ପ୍ରାର୍ଥନା କଲି ଖୁବ୍‌ଶୀଘ୍ର ତା' ଉପରୁ ଆରୋପିତ ଉଠାଇ ନିଆଯାଉ ଓ ସେ ନ୍ୟାସନାଲ୍‌ ଟିମ୍‌ରେ ଖେଳି କଲେଜ ଓ ରାଜ୍ୟ ପାଇଁ ସୁନାମ ଆଣିବାର ଗୌରବ ଅର୍ଜନ କରୁ।

# ମହାନଗରୀର ରାତ୍ରି

କେହିକେହି କହନ୍ତି ପ୍ରେମ ଏକ ରତୁ।

ସେ ରତୁ ପରି ଆସେ, ମନକୁ ଶ୍ୟାମଳ କରେ। ପୁଣି ଆସେ ଗୋଟେ ପତ୍ରଝଡ଼ା ସମୟ, ଯେତେବେଳେ ପୂର୍ବର ସବୁଜିମା ସମୟର ସନ୍ତ୍ରାସରେ ହୋଇଥାଏ ରଙ୍ଗହୀନ। ବିବର୍ଣ୍ଣ ହୋଇ ଆସେ ମନ ଭିତରେ ପ୍ରେମର ଅନୁଭବ।

କିନ୍ତୁ ମୁଁ କହେ ପ୍ରେମ ଏକ ଚିର ସବୁଜ ରତୁ, ଯେଉଁ ରତୁରେ ଫୁଟୁଥାଏ ପେଣ୍ଟା ପେଣ୍ଟା ବାସ୍ନାଫୁଲ। ମନ ମହକୁଥାଏ। ନିଖିଳ ବ୍ରହ୍ମାଣ୍ଡକୁ ଆମ୍ଭ ସ୍ତୁତି କରୁଥାଏ ଏଥିପାଇଁଯେ ଏପରି ସୁନ୍ଦର ପୃଥିବୀଟିଏ ଆଉ କେଉଁ ବ୍ରହ୍ମାଣ୍ଡରେ ନାହିଁ, ଯେଉଁଠି ପ୍ରେମର ସୃଷ୍ଟି। ବିଶ୍ୱ ବ୍ରହ୍ମାଣ୍ଡର ଏକମାତ୍ର ମନୁଷ୍ୟ ବାସୋପଯୋଗୀ ଗ୍ରହରେ ଜନ୍ମ ନେଇଥିବାରୁ ମୁଁ ଈଶ୍ୱରଙ୍କୁ ଧନ୍ୟବାଦ ଜଣାଏ।

ମୁଁ ଏଥିପାଇଁ ମଧ୍ୟ ଈଶ୍ୱରଙ୍କୁ ସ୍ତୁତି କରୁଥିଲି ଯେ ସେ ମୋ ଜୀବନର ଯାତ୍ରାପଥରେ ସୂର୍ଯ୍ୟାଂଶ ପରି ଜଣେ ହୃଦୟବାନ, ମନର ମଣିଷଟିଏ ଭେଟିବାର ସୁଯୋଗ ଦେଇଛନ୍ତି। ଏ ପର୍ଯ୍ୟନ୍ତ କେହି ବୁଝି ପାରିନଥିବା ମୋ ଅବୁଝା ହୃଦୟକୁ କେବଳ ବୁଝିପାରିଥିଲା ସେ ଓ ମୋ ଅଭ୍ୟନ୍ତରରେ ସୁପ୍ତ ଭାବରେ ଥିବା ଅହଂକାରକୁ ସେ ହିଁ ଆବିଷ୍କାର କରିପାରିଥିଲା।

ଜଣେ ନାରୀର ଜୀବନରେ ପ୍ରେମ ଊଣା ହେଲେ ଚଳେ, ମାତ୍ର ସମ୍ମାନ ଊଣା ହେଲେ ତା'ର ଜୀବନ ପାଲଟିଯାଏ ଅବକ୍ଷୟର ରୂପାନ୍ତର।

ସୂର୍ଯ୍ୟାଂଶ ମୋତେ ପ୍ରେମ କରୁଥିଲା ଯେତିକି ମୋ ଆତ୍ମାଭିମାନକୁ ସମ୍ମାନ କରୁଥିଲା ସେତିକି। ଏତିକି ପ୍ରାପ୍ତିରେ ତ ଜଣେ ନାରୀର ଜୀବନ ମହକି ଉଠିବା କଥା। ମହକି ଉଠିଥିଲା ମୋ ଜୀବନ। ମୋ ସ୍ୱପ୍ନମାନଙ୍କୁ ଆୟୁଷ୍ମାନ କରିବାର କଳା ସେ

ମୋତେ ଶିଖାଇଥିଲା। ମୋ ଭିତରେ ଭିଡ଼ିମୋଡ଼ି ହେଉଥିବା ଆକାଂକ୍ଷାରେ ସେ ଭରି ଥିଲା ପ୍ରାଣ ପ୍ରାଚୁର୍ଯ୍ୟ।

ଧୀରେ ଧୀରେ ମୋ ମଧବିଉ ଜୀବନର ଅନେକ ଅକୁହାକଥା, ଅଦେଖାକ୍ଷତ ଭାବପ୍ରବଣତାବଶତଃ ଉନ୍ମୋଚିତ ହୋଇଯାଉଥିଲା ସୂର୍ଯ୍ୟାଂଶ ନିକଟରେ। ସେଇଭଳି ସମସ୍ୟା ସହିତ ତା'ର ପରିଚୟ ନଥିଲେ ମଧ ସେ ମୋତେ ହୃଦୟ ଦେଇ ବୁଝିବାକୁ ଚେଷ୍ଟାକରେ। ମୁଁ ନିଜକୁ ଅସହଜ ମନେ କରିବା ଆଶଙ୍କାରେ ତା' ପ୍ରାଚୁର୍ଯ୍ୟ ପୂର୍ଣ୍ଣ ଜୀବନ ଶୈଳୀର ଆଲୋଚନା ଆମ ଅନ୍ତରଙ୍ଗ ମୁହୂର୍ତ୍ତରେ ପରିସରଭୁକ୍ତ ହୁଏନା। ସେ ମୋ ପାଇଁ ଧୀରେଧୀରେ ପାଲଟିଯାଏ ସରଳ ଓ ବୋଧଗମ୍ୟ ପୃଷ୍ଠାଟିଏ ନୁହେଁ ପୁରା ବହିଟିଏ, ଯାହାକୁ ଯେତେ ପଢ଼ିଲେ ମଧ ପଢ଼ିବାର ତୃଷ୍ଣା ମେଣ୍ଟେନା।

ସୂର୍ଯ୍ୟାଂଶ ନିକଟରେ ଥିବାବେଳେ ମୋ ପାଇଁ ସମୟସ୍ଥିର ହୋଇଯାଏ ଗୋଟିଏ ବିନ୍ଦୁରେ, ଯେଉଁ ବିନ୍ଦୁରେ ଠିଆ ହୋଇ ତା' ଚାହାଣିର ମାଦକତାରେ ସହସ୍ରବାର ରୋମାଞ୍ଚିତ ହୋଇଛି ତା' ହସର ମାଧୁର୍ଯ୍ୟରେ ବହୁବାର ମୋହିତ ହୋଇ ବିଚ୍ୟୁତ ହୋଇଛି ନିଜ ଅକ୍ଷପଥରୁ। କେବେ ତା' କଥାର ଇନ୍ଦ୍ରଜାଲରେ ଗହନବନରେ ବାଟବଣା ହୋଇଛି ତ କେବେ ତା' ମଧୁର ଛୁଆଁରେ ପଦ୍ମବନ ପରି ମୁକୁଳିତ ହୋଇଛି ତାହା ମୋର ସ୍ମରଣାତୀତ। ଧୀରେ ଧୀରେ ସେ ପାଲଟିଗଲା ମୋ ସମଗ୍ର ସୁଖର କେନ୍ଦ୍ରବିନ୍ଦୁ।

ସୂର୍ଯ୍ୟାଂଶ ହସ୍ଟେଲରେ ନରହି ରହୁଥିଲା କଲେଜ ପାଖରେ ସୁଦୃଶ୍ୟ ଘରଟିଏ ନେଇ। କାର୍ଟିଏ ରଖିଥିଲା ବ୍ୟକ୍ତିଗତ ବ୍ୟବହାର ନିମନ୍ତେ। ତା' ହୃଦୟର ଦ୍ୱାର ଥିଲା ସମସ୍ତଙ୍କ ପାଇଁ ଉନ୍ମୁକ୍ତ। ସେ କିଛି ବନ୍ଧୁମାନଙ୍କୁ ପଢ଼ାପଢ଼ିରେ ସାହାଯ୍ୟ କରୁଥିବାର କ୍ୟାମ୍ପସ୍‌ରେ ଆଲୋଚନା ହୁଏ। ତା' ମତରେ ଏ ସମାଜରୁ ବିଭିନ୍ନ ଉପାୟରେ ଆମେ ଯେତେ ପରିମାଣରେ ଅର୍ଥ ଗ୍ରହଣ କରୁ, ତା'ର କିଛି ଅଂଶ ଏଇ ସମାଜ ମଧରେ ବାଣ୍ଟି ଦେବାରେ କିଛି ବଡ଼ପଣ ନଥାଏ, ବରଂ ଥାଏ ସମାଜ ପ୍ରତି ଆମର ଦାୟବଦ୍ଧତା।

ସୂର୍ଯ୍ୟାଂଶର ସମାଜକୁ ଦେଖିବାର ଦୃଷ୍ଟିଭଙ୍ଗୀ, ପରୋପକାର ମନୋବୃତ୍ତି, ସଫଳ କ୍ୟାରିୟର୍ ଓ ଆକର୍ଷଣୀୟ ଚେହେରାର ସମ୍ମିଶ୍ରଣରେ ଯେଉଁ ବ୍ୟକ୍ତିତ୍ୱର ସୃଷ୍ଟି ହୋଇଥିଲା ତାହା କ୍ୟାମ୍ପସ୍‌ର ସବୁଠାରୁ ଆକର୍ଷଣୀୟ ବ୍ୟକ୍ତିତ୍ୱ ଭାବରେ ପରିଗଣିତ ହେଉଥିଲା। ଧନୀ ବାପାମାନଙ୍କର ବିଗିଡ଼ି ଯାଇଥିବା ସନ୍ତାନମାନଙ୍କଠାରୁ ସେ ଥିଲା ବ୍ୟତିକ୍ରମ। ଯାହା ପାଖରେ ଥିଲା ପ୍ରାଚୁର୍ଯ୍ୟ ସହିତ ଦରଦୀ ହୃଦୟଟିଏ। ସବୁଠାରୁ ରୋଚକ ପ୍ରସଙ୍ଗ ହେଲା ଏସବୁ ସତ୍ତ୍ୱେ ଏପର୍ଯ୍ୟନ୍ତ କୌଣସି ଝିଅ ତା' ହୃଦୟ ହରଣ କରିବାରେ ସଫଳ ହୋଇ ପାରିନଥିଲେ। ସମସ୍ତଙ୍କଠାରୁ ଦୂରତା ରକ୍ଷା କରି ଶେଷରେ

ସେ ମୋ ପାଖରେ ତା'ର ଧୈର୍ଯ୍ୟ ହରାଇଥିଲା ବୋଲି କଥା ପ୍ରସଙ୍ଗରେ ହସିହସି କହେ ।

ସୂର୍ଯ୍ୟାଂଶ ସହିତ ମୋର ସମ୍ପର୍କ ଯେତେ ନିବିଡ଼ ହେଉଥିଲା ତା' ଜୀବନରେ ଅନେକ ଅପଠା ପୃଷ୍ଠା ମୋ ସାମ୍ନାରେ ମୁକୁଳିତ ହୋଇଯାଉଥିଲା ।

ସେ ଅସଂଖ୍ୟ ଅଭିଯୋଗ ମଧ୍ୟରେ ଗୋଟିଏ ଥିଲା ତା'ର ବାବା- ତା'କୁ ଅପର୍ଯ୍ୟାପ୍ତ ଅର୍ଥ ଦେଇଛନ୍ତି ସତ, ମାତ୍ର କେବେ ସମୟ ଦେଇନାହାନ୍ତି । ମୁଁ ଉତ୍ତର ଦେଇଥିଲି ତୁମ ଭବିଷ୍ୟତ ସୁରକ୍ଷିତ ରଖିବା ପାଇଁ ତ ସେ ଦିନ ରାତି ବ୍ୟବସାୟରେ ବୁଡ଼ି ରହିଛନ୍ତି, ତେଣୁ ତାଙ୍କୁ ଭୁଲ ବୁଝିବା ଉଚିତ୍ ନୁହେଁ ।

ସେ ପ୍ରତିବାଦ କରେ- "ନାଁ, ସାରା ନାଁ, ସେ ଅବସ୍ଥା ଆମର କେବେ ନଥିଲା । ମୋର ଭବିଷ୍ୟତ ସୁରକ୍ଷିତ କରିବା ପାଇଁ ସେ ଯଥେଷ୍ଟ ଅର୍ଥ ସଂଚୟ କରିସାରିଛନ୍ତି । କିନ୍ତୁ ପିତାର ସ୍ନେହକୁ ସେ ଯେଉଁଦିନ ଅର୍ଥରେ କ୍ରୟ କରିବା କଥା ଚିନ୍ତା କଲେ ସେଇଦିନଠାରୁ ମୁଁ ତାଙ୍କଠାରୁ ଦୂରେଇ ଆସିଲି ।

ଏକଦା ହାଇସ୍କୁଲ୍ ସମୟରେ ମୋତେ ଭୀଷଣ ଜ୍ୱର ହୋଇଥାଏ । ବାରମ୍ବାର ବିଭିନ୍ନ ଭୟାନକ ଦୃଶ୍ୟ ମୋ ମସ୍ତିଷ୍କରେ ଉପଦ୍ରବ କରୁଥାନ୍ତି । ଉନ୍ମାଦପ୍ରାୟ ଅବସ୍ଥା । ପାଞ୍ଚ ସାତଦିନ ଜ୍ୱର ପରେ ଯେତେ ଔଷଧ ଖାଇଲେ ମଧ୍ୟ ଜ୍ୱର ଛାଡ଼ୁ ନଥାଏ । ଡାକ୍ତର ରୋଗ ନିରୂପଣ କଲେ- ସେରିବ୍ରାଲ ମ୍ୟାଲେରିଆ । ଅବସ୍ଥା ଜଟିଳ । ମୋର ଇଚ୍ଛା ହେଉଥାଏ- ମା' ମୋ ପାଖରେ ଜଗି ବସିଲା ପରି ବାବା ମଧ୍ୟ ମୋ ପାଖରେ ଜଗି ବସନ୍ତେ । ସେଇଭଳି ସମୟରେ ଡାକ୍ତର ଓ ମା'ଙ୍କୁ ମୋ ଦାୟିତ୍ୱ ଦେଇ ବାବା ସିଙ୍ଗାପୁର ଚାଲିଗଲେ ବ୍ୟବସାୟିକ କାର୍ଯ୍ୟରେ ।

ଅର୍ଥ ଉପାର୍ଜନ କରିବାର ନିଶା ଗୋଟେ ପାଗଲାମୀ । ଯାହା ପାଖରେ ଅର୍ଦ୍ଧେକପୃଥିବୀ ଥାଏ, ତା'ର ତୃଷ୍ଣା ମେଣ୍ଟେନା... ସେ ଅପର ଅର୍ଦ୍ଧେକ ପାଇଁ ଲାଳାୟିତ ହୁଏ ।"

ମୁଁ ନିରବ ରହେ । ସୂର୍ଯ୍ୟାଂଶକୁ ମୁଁ ଯେତେ ଭଲପାଇଲେ ମଧ୍ୟ ତା' ହୃଦୟର ଗଭୀର କ୍ଷତକୁ ଛୁଇଁ ଉପଚାର କରିବାକୁ ଚେଷ୍ଟାକଲେ ହୁଏତ ତାହା ଅଧିକ ଯନ୍ତ୍ରଣା ଦାୟକ ହୋଇପାରେ । ଏଭଳି ଏକ ଭ୍ରମ ସଂଶୋଧନ ପାଇଁ ହୁଏତ ତାକୁ ଲାଗି ଯାଇପାରେ କିଛି ବର୍ଷ । କିନ୍ତୁ ଦିନେ ନା ଦିନେ ସେ ବୁଝିପାରିବ ତା' ବାବାଙ୍କର ପ୍ରତ୍ୟେକ କାର୍ଯ୍ୟର ପଞ୍ଚାତ୍‌ଭାଗରେ ଗୋଟିଏ ମହାଭ୍ଵାକାଂକ୍ଷା ରହିଛି ତାକୁ ହିଁ କେନ୍ଦ୍ର କରି ।

ସୂର୍ଯ୍ୟାଂଶର ଅଭିଯୋଗର ଫର୍ଦ ଦୀର୍ଘ ହୋଇଚାଲେ । "ମୋ ବାବାଙ୍କୁ ମୁଁ

ଆଜିଯାଏଁ ବୁଝିପାରିଲିନି ସାରା।। ସେଇ ମୋ ଜୀବନର ସବୁଠାରୁ ବଡ ଦୁଃଖ। ଶ୍ରେୟାଦିଦି ଚାହୁଁଥିଲା ଇଣ୍ଟେରିଅର ଡିଜାଇନର ହେବା। ଗୋଟେ ୱର୍କସପ ଓ ଷ୍ଟୁଡିଓ ଖୋଲିବ। କେତେ ସ୍ୱପ୍ନ ସେ ସାଇତି ରଖିଥିଲା ସେଥିପାଇଁ। ଅଥଚ ବାବା ଗ୍ରାଜୁଏସନ୍ ପରେ ତା'ର ବିବାହ କରିଦେଲେ।

ଶ୍ରେୟାଦିଦିର ସମସ୍ତ ଅନିଚ୍ଛା ସତ୍ତ୍ୱେ ବାବା ଏକକ ନିଷ୍ପତ୍ତି ନେଲେ- ସେ ଯେଉଁଠି ଚାହିଁବେ ସେଇଠି ତା'ର ବିବାହ ହେବ। ବିବାହ ତ ଗୋଟେ କଣ୍ଡେଇର ଖେଳଘର ନୁହେଁ। ଯାହାର ସୁଖ ପାଇଁ ସେ ବିବାହର ଆୟୋଜନ, ସେ ବିବାହରେ ସେ ସୁଖୀ ନଥିଲା। ତା'ମୁଣ୍ଡରେ ସଂପର୍କଟିକୁ ବୋଝ ପରି ଲଦି ଦିଆଯାଇଥିଲା।

ବାବା ବୁଝାଇଲେ "ପ୍ରତିପତ୍ତିଶାଳୀ ଓ ବିତ୍ତଶାଳୀ ପରିବାର। କମଲ୍ ପରି ସୌମ୍ୟଦର୍ଶନ ଉଚ୍ଚଶିକ୍ଷିତ ଯୁବକ ଓ ବ୍ୟବସାୟରେ ସଫଳ ସ୍ୱାମୀ ପରେ ଶ୍ରେୟା ଅଧିକ କଣ ଚାହେଁ ? ଏଇ ସବୁ ଛୋଟଛୋଟ ଇଚ୍ଛାର ପୂର୍ତ୍ତି ପାଇଁ ଜ୍ଞାତସାରରେ ଏତେବଡ କ୍ଷତି କରିବା ମୋ ପାଇଁ ସମ୍ଭବ ନୁହେଁ। ଶ୍ରେୟା ଯେତେଟଙ୍କା ଉପାର୍ଜନ କରିବ ବୋଲି ଭାବୁଛି ମୁଁ ଏକକାଳୀନ ସେହି ପରିମାଣ ଅର୍ଥ ତାକୁ ଉପହାର ଭାବରେ ଦେଇପାରେ।"

ଶ୍ରେୟା ଦିଦି ଏ କଥା ଶୁଣି ଖୁବ୍ କାନ୍ଦିଥିଲା। କହିଥିଲା ଜୀବନ ତ ବ୍ୟବସାୟ ନୁହେଁ ଯେ ସେଠାରେ ଲାଭକ୍ଷତିର ବି ହିସାବ ହେବ। ଜୀବନରେ ସୁଖୀ ରହିବା ପାଇଁ ଏହିଭଳି ଛୋଟଛୋଟ ଇଚ୍ଛାର ପୂର୍ତ୍ତି ହେବା ଜରୁରୀ। ସୁଖୀ ରହିବା ପାଇଁ ଆଇରନ୍‌ଚେଷ୍ଟରେ ଟଙ୍କା ଭରିଯିବା ଜରୁରୀ ନୁହେଁ। ନିଜସ୍ୱ ଉଦ୍ୟମରେ ସ୍ୱଚ୍ଛ ଉପାର୍ଜିତ ଆୟରେ, ସରଳ ଜୀବନଯାପନରେ ମଧ୍ୟ ଜଣେ ସୁଖୀ ରହିପାରେ।

ହାତଲଗା ଗୋଲାପ ଗଛରେ ଫୁଟିଥିବା ଫୁଲଟିର ଦର୍ଶନ ମାତ୍ରକେ ଯେଉଁ ସାତ୍ତ୍ୱିକ ସୁଖ ଅନୁଭବ ହୁଏ ସେଇ ସୁଖ ମିଳେକି ବଜାରରୁ କ୍ରୟ କରିଥିବା ଗୋଲାପ ଫୁଲଟିକୁ ଦେଖିଲେ ? 'ଯାହାର ଆଇରନ୍‌ଚେଷ୍ଟ ଯେତେବଡ, ତା'ର ହୃଦୟ ସେତେ ଛୋଟ'। ଏତ ଦର୍ଶନର ଭାଷା କିନ୍ତୁ ସୂର୍ଯ୍ୟାଂଶର ଆଖି ଛଲ ଛଲ ହୋଇ ଉଠେ ଶ୍ରେୟା ଦିଦି କଥା କହୁ କହୁ। ମୁଁ ଏବେ କାହାକୁ ଦୋଷ ଦେବି ? ସ୍ନେହାର୍ଦ୍ର ଗୋଟିଏ ବ୍ୟବସାୟୀ ପିତାର ଏକତରଫା ନିଷ୍ପତ୍ତିକୁ ଅବା ଗୋଟେ ଭବିଷ୍ୟତ ଜୀବନ ଦେଖି ନଥିବା, ଜୀବନର ଜଟିଳ ଅଙ୍କ କଷି ନଥିବା ଝିଅଟିର ନିଜପାଇଁ ଛୋଟ ପୃଥିବୀଟିଏ ଗଢ଼ିବାର ସ୍ୱପ୍ନକୁ ?

ସତରେ କଣ ଶ୍ରେୟାଦିଦି କାହାକୁ ଭଲ ପାଉଥିଲା ? ଯଦି ଭଲପାଉଥିଲା ତେବେ ଥରେ ମୁହଁ ଖୋଲି କହିଲା ନାହିଁ କାହିଁକି ? ବାବାଙ୍କ ନିଷ୍ପତ୍ତି ବିରୁଦ୍ଧରେ ସେ

ମା'ଙ୍କ ପାଖରେ ଅଭିଯୋଗ କରିପାରିଥାନ୍ତା। ତା'ର କଣ ନିଜସ୍ୱ ନିଷ୍ପତ୍ତି ନେବାର କ୍ଷମତା ନଥିଲା ଅବା ନିଜ ପ୍ରେମ ଉପରେ ଭରସା ? କାହିଁକି ସେ ବରିନେଲା ଏପରି ଏକ ଜୀବନ। ଯେଉଁ ଜୀବନରେ ସଂପର୍କର ମଧୁର ନିର୍ଝରଟି ନିଃଶେଷ ହୁଏ ବୁଝାମଣାର ବାଲିବନ୍ତ ମଧରେ।

ବିପର୍ଯ୍ୟୟ ହିଁ ଦୁର୍ବଲପ୍ରେମର ଭାଗ୍ୟଲେଖା।

ଏପରି ଅସଂଖ୍ୟ ତତ୍ତ୍ୱର କୁଜ୍‌ଝଟିକା ମଧ୍ୟରେ ଶ୍ରେୟାଦିଦି ସହିତ ଅନେକ ପରିଚିତ ଝିଅଙ୍କର ମୁହଁ ଗୁଡ଼ିକ କ୍ଷଣିକ ବିଜୁଳିରେଖା ପରି ଦେଖାଦେଇ କ୍ଷଣିକରେ ଅନ୍ତର୍ଦ୍ଧାନ ହୋଇଗଲେ ।

ସୂର୍ଯ୍ୟାଂଶ ମୋତେ ଚାହିଁଲା ଏ ବିଷୟରେ ମୋର ମତ ଜାଣିବାକୁ। ଇଚ୍ଛା ହେଉଥିଲା ସୂର୍ଯ୍ୟାଂଶର ବଳିଷ୍ଠ ବାହୁରେ ମଥା ରଖି କହିବା ପାଇଁ ମୁଁ ଏବେ ସେଇ ପ୍ରଥମ ମାଟି ଛୁଇଁଥିବା କୋମଳ ପାଦର କୁଆଁ। ମୋତେ ପ୍ରଶ୍ନ କରନାଁ। ମୋ ପାଦରେ କେତେ ଶକ୍ତି ଅଛି ସମାଜ, ତୁମ ପରିବାରର ବିରୋଧଭାସ ଓ ପ୍ରତିରୋଧର ଶକ୍ତ ବନ୍ଧୁର ପାହାଡ ଫଟାଇ ମାଟିରୁ ଜୀବନୀଶକ୍ତି ଆହରଣ କରିବା ପରି ମୋ ସଂପର୍କକୁ ପୁଷ୍ଟିତ ପଲ୍ଲବିତ କରିବା ପାଇଁ। କିନ୍ତୁ ବିଶ୍ୱାସ କର ମୁଁ ହିଁ ଗଢି ପାରିବି ପ୍ରେମର ପୃଥିବୀଟିଏ ତୁମ ପାଇଁ। ମୋ ସମଗ୍ର ଜୀବନର ସଂଚିତ ସ୍ୱପ୍ନମାନଙ୍କର ସପ୍ତବର୍ଣ୍ଣୀ ରଙ୍ଗ ନେଇ ରଚିପାରିବି ବିସ୍ତୀର୍ଣ୍ଣ ଆକାଶଟିଏ। ସେ ଆକାଶରେ ମୋ ଅତୃପ୍ତ ଇଚ୍ଛା ମାନଙ୍କୁ ଇନ୍ଧନ କରି ଜଳିପାରିବି ଦୂରନ୍ତ ନକ୍ଷତ୍ରଟିଏ ପରି କେବଳ ତୁମ ଜୀବନକୁ ଆଲୋକିତ କରିବାପାଇଁ।

ମୁଁ ଏବେ ଭୟ କରେନା ଈଶ୍ୱରଙ୍କୁ କିମ୍ବା ମହାକାଳର କ୍ଷୟୟନ୍ତ୍ରକୁ, ଯେ ମୋତେ କ୍ଷଣିକରେ କେଉଁ ଏକ ପାତାଳର ଅତଳଗହ୍ୱରରେ ନିପତିତ କରିବାର କ୍ଷମତା ରଖନ୍ତି। ମୋର ଭୟ ନାହିଁ ସେ ପଦ୍ମ ପୋଖରୀରେ ପାଦ ବୁଡାଇବାକୁ, ଯେଉଁଠିକୁ ଯିବାର ପାଦଚିହ୍ନ ଥାଏ ଅଥଚ ଫେରିବାର ନଥାଏ। ମୋ ଭିତରେ ଆଶଙ୍କା ନାହିଁ ଗହନ ବନସ୍ତ ମଧ୍ୟରେ ହଜାଇ ଦେବାକୁ ଫେରିବାର ରାସ୍ତା।

ମୋ ଭିତରେ ପ୍ରେମରେ ସେଇ ଅଭୁତ ଶକ୍ତି, ଯାହା ମୁହୂର୍ତ୍ତକ ମଧରେ ଦିଗନ୍ତବ୍ୟାପୀ ଉଷର ମରୁଭୂମିକୁ ପରିଣତ କରିଦେଇପାରେ ଚିରହରିତ୍ ଅରଣ୍ୟରେ। କେବେ ତାର କୋମଳନିଆଁରେ ଜାଲିଦେଇପାରେ ସମଗ୍ର ବିଶ୍ୱବ୍ରହ୍ମାଣ୍ଡ।

ତୁମର ପାପୁଲିଏ ପ୍ରେମ ପାଇଁ ମୁଁ ଜନ୍ମ ଜନ୍ମାନ୍ତର ଫେରୁଥିବି ଏଇ ଧୂଳି ମାଟିର ପୃଥିବୀକୁ। ଏବେ ଯାହା କିଛି ମୋର। ସବୁକିଛି ସମର୍ପି ଦେଲି ତୁମକୁ।

ଏସବୁ ମୋ ମନର ଭାଷା, ବାସ୍ତବରେ ମୁଁ ସୂର୍ଯ୍ୟାଂଶକୁ କିଛି କହିପାରିଲି ନାହିଁ। ନିଜକୁ ପ୍ରକାଶ ନକରିପାରିବାର ଅସହାୟ ଲଗ୍ନକୁ ବଢ଼ାଇଦେଲି ତା' ହୃଦୟକୁ।

ଆମ ଦୁହିଁଙ୍କର କ୍ଲାସ୍ ସରିବା ମାତ୍ରେ ସେ ମୋତେ ପ୍ରତିଦିନ ଅପେକ୍ଷା କରେ ଲାଇବ୍ରେରୀର ନିର୍ଦ୍ଦିଷ୍ଟ ସ୍ଥାନରେ। କିଛି ଅର୍ଥହୀନ ଗଳ୍ପ ଶେଷ କରି ଆମେ ଫେରୁ ନିଜ ନିଜ କୋଠରୀକୁ। କେବେ ସେ ମୋତେ ଅପେକ୍ଷା କରେ ମୋ ହଷ୍ଟେଲଠାରୁ କିଛି ଦୂରରେ। ମୁଁ ପୋଷାକ ବଦଲାଇ ବାହାରିଯାଏ ତା' ସହିତ।

ମିଛ କହିବିନାହିଁ, ସୂର୍ଯ୍ୟାଂଶର ଆକର୍ଷଣରେ କେବେକେବେ ଲୋକାଲ୍ ଗାର୍ଡିଆନଙ୍କ ମିଛ ଦସ୍ତଖତ କରି ହସ୍ପିଟାଲ ଯିବାର ବାହାନାରେ ବାହାରକୁ ଯାଇଛି। ଫେରିବା ସମୟରେ ସମସ୍ତଙ୍କ ସନ୍ଦେହୀ ଦୃଷ୍ଟି ମୋ ସମଗ୍ର ଦେହ ଉପରେ ଘୂରିଆସେ ଓ କେବେ କଣ୍ଟା ପରି ଫୁଟିଯାଏ। ସେମାନେ ମୋଠାରୁ ଅଧିକ ଗର୍ହିତ କାର୍ଯ୍ୟରେ ଲିପ୍ତ ରହିଲେ ମଧ୍ୟ ମୁଁ ସମସ୍ତଙ୍କ ଦୃଷ୍ଟିରେ ଶରବ୍ୟ ହେବାର କାରଣ ଥିଲା ଭିନ୍ନ କିଛି। ସୂର୍ଯ୍ୟାଂଶର ଅନେକ ଗୁଣମୁଗ୍ଧା ପ୍ରଶଂସିକା ଓ ଏକତରଫା ପ୍ରେମିକା ଥିଲେ ମଧ୍ୟ ସେ ଅଦ୍ୟାବଧି ବହୁ ଝିଅଙ୍କର ପ୍ରେମକୁ ଅସ୍ୱୀକାର କରି ମୋର ନିକଟତର ହେବାରୁ ମୁଁ ଅନେକଙ୍କ ପାଇଁ ପାଲଟିଯାଇଥିଲି ଏକ ଈର୍ଷଣୀୟ ଚରିତ୍ରରେ।

ମାତ୍ର ସୂର୍ଯ୍ୟାଂଶ ମୋ ସମଗ୍ର ଜୀବନ ନଥିଲା। ଥିଲା ଜୀବନର ଏକ ଗୁରୁତ୍ୱପୂର୍ଣ୍ଣ ଅଂଶ। ବାପା ଆସୁଥିଲେ ସମୟେ ସମୟେ। ମା'ଖୁବ୍ ଦୀର୍ଘ ଚିଠି ଲେଖୁଥିଲେ। ସେ ଚିଠିରେ ଥାଏ ଛୋଟରୁ ଛୋଟ ଘଟଣାର ବିସ୍ତୃତ ବିବରଣୀ। ମୋ ଅନୁପସ୍ଥିତିରେ ଘଟି ଯାଇଥିବା ଘଟଣାମାନଙ୍କର ଜୀବନ୍ତ ଚିତ୍ର ମୋ ସାମ୍ନାରେ ଭାସିଯାଏ ସେ ଚିଠି ପଢ଼ିବା ମାତ୍ରେ।

ଶବ୍ଦମାନେ ନିର୍ଜୀବ ଶୁଣିଥିଲି, କିନ୍ତୁ ମୋ ମା'ଙ୍କର ପ୍ରତିଟି ଶବ୍ଦରେ ଆତ୍ମା ସଂଚରଣ କରୁଥିଲା। ମା' ଲେଖୁଥିଲେ "ଆମଘର ଅଗଣାର ଚମ୍ପାଗଛଟିରେ ପ୍ରଚୁର ଫୁଲ ଫୁଟୁଛି। ପକ୍ଷୀମାନଙ୍କର ହାଟ ବି ବସୁଛି ସକାଳେ ସଞ୍ଜେ। ସେମାନଙ୍କ ପାଇଁ ଦାନା ଓ ପାଣି ଥୋଇଦେଇ ଆସିବା ପରେ କାହିଁକି କେଜାଣି ମୋର ମନେ ହେଉଛି ମୁଁ ଆଉ କେବେ ପୁଲକିତ ହୋଇପାରିବି ନାହିଁ, ମୋ ଚତୁଃପାର୍ଶ୍ୱରେ ନିୟମିତ ଘଟି ଯାଉଥିବା ଆମୋଦପୂର୍ଣ୍ଣ ଘଟଣାରେ। ଯେମିତି ତୋ ଅନୁପସ୍ଥିତିରେ ମୋ ସୁଖର ଅନ୍ତଃସ୍ରୋତଟି ଦିନକୁ ଦିନ ଶୁଷ୍କ ହୋଇ ଯାଉଛି। ତଥାପି ମୁଁ ଚେଷ୍ଟା କରୁଛି ସୁଖୀ ରହିବା ପାଇଁ।"

ସେ ଚିଠିକୁ ମୁଁ ପଢ଼େ ଘଣ୍ଟା ଘଣ୍ଟା ଧରି। ଯେତେ ପଢ଼ିଲେ ବି ସେ ଚିଠିରେ ଅନେକ କିଛି ବାକି ରହିଯାଏ ପଢ଼ିବାକୁ। ତା'ର ମହକ ମୋ ହୃଦୟକୁ କରିଦିଏ

ବାଷ୍ପାୟିତ । ମୋ ଆଖ୍ଲୁହରେ ଯେତିକି ଭିଜେ, ଓଠ ଉପକୂଳରେ କମ୍ପନ ସୃଷ୍ଟି କରେ ତତୋଧିକ । ପ୍ରଥମ ଥର ପାଇଁ ଘରଠାରୁ ଏତେ ଦୂରରେ ଥାଇ ମନେ ହୁଏ ମୁଁ ମୋ ମା'ଙ୍କ ଶରୀରର କୋମଳ ଅଂଶଟିଏ । ସେ ଏବେ ଶରୀରରୁ ଅଂଶଟିଏ ବିଚ୍ଛିନ୍ନ ହୋଇଯାଉଥିବାର ଯନ୍ତ୍ରଣା ଭୋଗୁଛନ୍ତି ଓ ମୋ ଭଲପାଇବାକୁ ପ୍ରକାଶ କରିବାକୁ ମୋ ପାଖରେ ଭାଷାର ଅଭାବ ।

ମୋ ଝରକା ସେ ପାଖର ରାଧାଚୂଡ଼ା ଗଛରେ ସୁନାରଙ୍ଗୀ ପକ୍ଷୀଟିକୁ ଖୋଜେ ମୋ ମା'ଙ୍କୁ କହି ପାରିନଥିବା କଥାଟି କହିବା ପାଇଁ । ସେ ଯେବେ ନିରବରେ ଏକାକୀ ମୋ ଦିଗକୁ ମୁହଁ କରି ବସେ ତା' ଉଦାସ ଆଖିରେ ମୋ ମା'ଙ୍କ ଆଖିର ପ୍ରତିବିମ୍ବ ମୁଁ ଦେଖିପାରେ । ନିଜକୁ ପ୍ରଶ୍ନ କରେ ମା'ଙ୍କର ପ୍ରତିଟି ଚିଠିରେ ଯେଉଁ ଦୁଃଖଟି ଅନ୍ତଃସଲୀଳା ପରି ପ୍ରବାହମାନ କଣ ହୋଇପାରେ ସେ ଦୁଃଖର କାରଣ ? ତାହା କଣ ତାଙ୍କ ପୁତ୍ର ନଥିବାର ଦୁଃଖ ? ମୋର ଅନୁପସ୍ଥିତିରେ ବିତାଉଥିବା ନିଃସଙ୍ଗ ଜୀବନ ? ବାପାଙ୍କ ସ୍ଥାୟୀତ୍ୱ ନଥିବା ପ୍ରାଇଭେଟ୍ କମ୍ପାନୀର ସୁପରଭାଇଜର ଚାକିରିରେ ଅନେକ ଦୁଃଖକୁ ସାମ୍ନା କରିଥିବା ଦୁଃଖରୁ ଗୋଟିଏ ? ତାଙ୍କ ଅନ୍ତରର ଅଥଳ ସାଗରରେ ବୁଡ଼ି ସେ ରହସ୍ୟଟିକୁ ମୁଁ ଖୋଜି ପାଏନା ।

ବାପା କିନ୍ତୁ ପୂର୍ବପରି । ପାହାଡ଼ ପରି ଛାତି ତାଙ୍କର । ମୋ ପାଇଁ ସେ ଆକାଶଠାରୁ ଅଧିକ ବ୍ୟାପ୍ତ । ଏ ପୃଥିବୀର ଶ୍ରେଷ୍ଠ ବାପା । ଜୀବନ ଯୁଦ୍ଧରେ ବାରମ୍ବାର ପରାଜିତ ହେବା ସତ୍ତ୍ୱେ ସେ ମୋ ଜୀବନର ଆଦର୍ଶ ଓ ଆଗକୁ ବଢ଼ିବାର ପ୍ରେରଣା । ଜୀବନର ପ୍ରତିକ୍ଷଣରେ ସେ ମୋ ଅବ୍ୟକ୍ତ ଭାବକୁ ପଢ଼ି ପାରନ୍ତି ଓ ଦୁଇ ହସ୍ତରେ ଅଜାଡ଼ି ଦିଅନ୍ତି ଆଶୀର୍ବାଦର ଫଲ୍‍ଗୁ ।

ଅତୀତରେ ସ୍ଥାନ କାଳ ପାତ୍ରର ବିବେଚନା ନକରି ମୋ ପ୍ରତିଟି ସଫଳତାକୁ ବର୍ଣ୍ଣନ କରୁ କରୁ ସେ ଏପରି ଆମ୍ବିସ୍ତ ହୋଇଯାଉଥିଲେ ଯେ ଶ୍ରୋତାର ଆଗ୍ରହ ଅନାଗ୍ରହକୁ ପୁରାପୁରି ଭୁଲି ଯାଉଥିଲେ । ମୋତେ ହିଁ ତାଙ୍କ ଉଚ୍ଛ୍ୱାସରେ ଲଗାମ୍ ଦେବାକୁ ହେଉଥିଲା । ଲଜ୍ଜାରେ କହେ "ବାପା! ଏ ପୃଥିବୀରେ ମୋଠାରୁ ଅଧିକ ବିଚକ୍ଷଣ ଓ ତୀକ୍ଷଣ ବୁଦ୍ଧି ସଂପନ୍ନ ମେଧାବୀ ଛାତ୍ରୀ ଅଛନ୍ତି ।"

– ତୁ ମୋର ସମଗ୍ର ପୃଥିବୀ! ସେ ପୃଥିବୀ ବାହାରେ କଣ ଘଟେ, କଣ ନ ଘଟେ ସେ ବିଷୟରେ ମୁଁ କିପରି ଅବା ଜାଣିବି ?

ବାପା ଭାବପ୍ରବଣ ହୋଇ କହୁଥିଲେ ।

ବାପାଙ୍କଠାରୁ ଶୁଣିଛି, ମା'ଙ୍କର ସମସ୍ତ ଆଗ୍ରହକୁ ଆଗ୍ରାହ୍ୟ କରି ମୋର ଜନ୍ମ ପରେ ସେ ଦ୍ୱିତୀୟ ସନ୍ତାନ ଚାହିଁ ନଥିଲେ ଏଥିପାଇଁ ଯେ ତାଙ୍କ ସ୍ୱଳ୍ପ ଆୟର ସିଂହଭାଗ

ମୋ ପାଇଁ ଖର୍ଚ୍ଚ କରି ପାରିବେ । ମା'ଙ୍କୁ ସାନ୍ତ୍ୱନା ଦେଇଥିଲେ, "ଆମର ଏଇ ସନ୍ତାନଟିକୁ ପୁଅ ଓ ଝିଅ ଭାବରେ ଗ୍ରହଣ କରିନିଅ ।"

ମୁଁ ମୋ ବାପାଙ୍କର ଅଲିଅଲି ରାଜକୁମାରୀ, ଏଇକଥା ସୂର୍ଯ୍ୟାଂଶକୁ କହୁ କହୁ ମୁଁ ଅଟକିଯାଏ । ଏ କଥାର ଭାବାର୍ଥ ଅନ୍ୟ କେହି ବୁଝି ପାରିବେ ନାହିଁ ।

ହଠାତ୍ ଦିନେ ବିନା ସୂଚନାରେ ସୂର୍ଯ୍ୟାଂଶ କଲେଜରୁ ଅନ୍ତର୍ଦ୍ଧାନ ହୋଇଗଲା । ଗୋଟିଏ ଦିନ, ଦୁଇଦିନ, ତିନିଦିନ, ମୋତେ ନଜଣାଇ ତାର ଏପରି ଅନ୍ତର୍ଦ୍ଧାନ ପଛର କାରଣ ଖୋଜିବାକୁ ଯାଇ ନିରାଶ ହେଲି । ସୂର୍ଯ୍ୟାଂଶକୁ ଯୋଗାଯୋଗ କରିବାକୁ ଚେଷ୍ଟା କଲେ ଫୋନ୍ ସୁଇଚ୍ ଅଫ୍ ଦେଖାଉଥିଲା ।

ପ୍ରଥମଥର ପାଇଁ ତା'ର ଅନୁପସ୍ଥିତିକୁ ଦାରୁଣ ଭାବରେ ଅନୁଭବ କରୁଥିଲି ମୁଁ । ସୂର୍ଯ୍ୟାଂଶର ସନ୍ଧାନରେ ମୋ ମନ ଅଭିସାରିକା ସାଜି ନଗ୍ନ ପାଦରେ ଧାଇଁଲା ଦିଗ୍‌ବିଦିଗ ନମାନି । କେବେ ଶ୍ୟାମଳ ଅରଣ୍ୟର ଶ୍ୟାମଳିମା ମଧ୍ୟକୁ ତ କେବେ ଦୂର ଦିଗ୍‌ବଳୟ ଶେଷ ଦୃଶ୍ୟ ଯାଏଁ । ମାତ୍ର ସୂର୍ଯ୍ୟାଂଶ ନଥିଲା କେଉଁଠାରେ ।

ମୁଁ ଆତୁର ଭାବେ କାମନା କଲି ସୂର୍ଯ୍ୟାଂଶ ! ତୁମେ ଆସ, ଧରାଦିଅ ମୋ ସ୍ୱପ୍ନରେ । ମୁକୁଳିଯାଅ– ପଥର ଗୁମ୍ଫାର ଅବରୁଦ୍ଧ ପବନର ସ୍ରୋତ ପରି, ଅଧୀର ହୁଅ ମୋ ପ୍ରେମର କୁହୁଡ଼ିସ୍ପର୍ଶରେ ପ୍ରଥମ ବକୁଳର ରୋମାଞ୍ଚିତ ଅଧର ପରି । ମୁଁ ତୁମ ପ୍ରତୀକ୍ଷାରେ ।

ମାତ୍ର ନାଁ, ମୋ ଉଦ୍‌ବେଳିତ ହୃଦୟର ଆହ୍ୱାନ ଅବା ଆତୁରତା ଛୁଇଁ ପାରୁନଥିଲା ସୂର୍ଯ୍ୟାଂଶର ହୃଦୟକୁ ସେଥିପାଇଁ ବୋଧ ହୁଏ ତା' ପ୍ରତ୍ୟୁତ୍ତର ଫେରୁନଥିଲା ।

ଦିନେ କ୍ୟାମ୍ପସରେ ଘଟଣାଟି ପ୍ରଚାର ହେଲା– ସୂର୍ଯ୍ୟାଂଶର ମା' ହାର୍ଟ ଆଟାକରେ ଚାଲିଗଲେ ।

ସୂର୍ଯ୍ୟାଂଶ ଏବେ ମୋଠାରୁ ଅନେକ ଦୂରରେ । ତା' ସହିତ ଗତ କିଛିଦିନ ଧରି ଯୋଗାଯୋଗ ନଥିବା ଯୋଗୁଁ ମନ ହେଉଥିଲା ଅଶାନ୍ତ । ସଦ୍ୟ ମାତୃହରା ସନ୍ତାନଟିର ଅସୀମିତ ଦୁଃଖ ମୋ ଭିତରେ ଶୋକର ପ୍ରତିଧ୍ୱନି ତୋଳୁଥିଲା ।

ସୂର୍ଯ୍ୟାଂଶର ବାବା ଅନେକ ସମୟ ବ୍ୟବସାୟ କାର୍ଯ୍ୟରେ ସହର ବାହାରେ ରହୁଥିବାରୁ ଘର ଓ ପିଲା ମାନଙ୍କର ଦାୟିତ୍ୱ ତା'ର ମା'ଙ୍କ ଉପରେ ନ୍ୟସ୍ତ ଥିଲା । ସେ ଅନେକବାର ତା' ମାଙ୍କର ଫଟୋ ଦେଖାଏ । ସୂର୍ଯ୍ୟାଂଶ ଅନେକାଂଶରେ ତା' ମା'ଙ୍କ ପରି ଦେଖ୍‌ବାକୁ । ଦେବୀ ପରି ତାଙ୍କ ଗଢଣ, ନିଖୁଣ ଭାବରେ ସୁନ୍ଦରୀ, ମେଲାପୀ ଓ ସ୍ନେହଶୀଳା ମଧ୍ୟ । ସେ ମୋତେ ଅନେକବାର ଦେଖ୍‌ବାକୁ ଇଚ୍ଛା କରିଥିଲେ ମଧ୍ୟ ତାଙ୍କ ସହ ଦେଖା କରିବାକୁ କିମ୍ବା କଥାବାର୍ତ୍ତା କରିବାକୁ ଲଜ୍ଜାବୋଧ କରୁଥିଲି ।

ଶେଷରେ ସେ ଚାଲିଗଲେ ଅଥଚ ଥରଟିଏ ତାଙ୍କ ସହ ଦେଖା ହୋଇପାରିଲା ନାହିଁ। ନିଜ ଉପରେ ଖୁବ୍ କ୍ରୋଧ ଆସୁଥିଲା ମୋର। ମୁଁ ମଧ୍ୟ ସମୟେ ସମୟେ କିପରି ଅପରିପକ୍ୱ ବ୍ୟବହାର କରେ।

ସୂର୍ଯ୍ୟାଂଶକୁ ମୁଁ ଦିନ ଦିନ ଧରି ଝରକା ପାଖରେ ବସି ପ୍ରତୀକ୍ଷା କରେ। ଝରକା ସେ ପାଖେ ରାଧାଚୂଡ଼ା ଗଛରେ ଅନେକ ପକ୍ଷୀଙ୍କର କଳରୋଲ ଶୁଭିଲେ ମଧ୍ୟ ନିଃସଙ୍ଗ ଉଦାସୀ ସୁନାରଂଗୀ ପକ୍ଷୀଟି ବୋଧହୁଏ ଉଡ଼ି ଯାଇଥାଏ କେଉଁ ଏକ ଦୂରନ୍ତ ଉପତ୍ୟକାକୁ। ଜୀବନର ପ୍ରଥମ ପ୍ରେମର ରୋମାଞ୍ଚ ପରି ପ୍ରଥମ ବିରହ ଯନ୍ତ୍ରଣାର ଅନୁଭବ ଆଣିଦେଲା ସୂର୍ଯ୍ୟାଂଶ। ମନେହେଲା ସେ ମୋ ଜୀବନର ସେଇ ନକ୍ଷତ୍ର, ଯାହାକୁ କେନ୍ଦ୍ର କରି ମୋର ଜୀବନର ଅକ୍ଷପଥ ନିୟନ୍ତ୍ରିତ। ଅଜ୍ଞାତରେ ସେ ପାଲଟି ଯାଇଛି ମୋ ଜୀବନର ଅଦୃଶ୍ୟ ଅବଲମ୍ବନଟିଏ।

ପନ୍ଦରଦିନ ଅତିକ୍ରାନ୍ତ। ତଥାପି ଫେରୁନଥିଲା ସୂର୍ଯ୍ୟାଂଶ କିମ୍ବା ତା'ର ବାର୍ତ୍ତା। ହୁଏତ ଅଧିକ ବିଳମ୍ବ କଲେ ଆଟେଣ୍ଡାନ୍ସ ଶର୍ଟ ଯୋଗୁଁ ସେ ଡିବାର ମଧ୍ୟ ହୋଇଯାଇ ପାରେ। ଖୁବ୍ ଚିନ୍ତା ହେଉଥିଲା ତା'ର ସେମିଷ୍ଟାର୍ ପରୀକ୍ଷା ପାଇଁ।

ମୋ ଭିତରେ ଅଶାନ୍ତ ଝଡ଼ଟିଏ ସୃଷ୍ଟି ହୋଇ ମୋତେ ଉଦ୍‌ବେଳିତ କରୁଥିବାର ସୂଚନା ପାଇଥିଲା ଜିଙ୍ଗିଲ୍। ସେ କହିଲା ସୂର୍ଯ୍ୟାଂଶ ସହିତ ଦେଖା କରିବା ପାଇଁ ତା' ନିକଟରେ ଗୋଟେ ଚମତ୍କାର ଆଇଡିଆ ଅଛି।

– ସୂର୍ଯ୍ୟାଂଶର ଏଭଳି ଦାରୁଣ ମୁହୂର୍ତ୍ତରେ ତା' ସହିତ କୌଣସି ପ୍ରକାର କୌତୁକ କରାଯିବା ଉଚିତ୍ ନୁହେଁ। ମୁଁ ଚିନ୍ତାଗ୍ରସ୍ତ ଭାବରେ ଉତ୍ତର ଦେଲି।

– ନାଁ କୌତୁକ ନୁହେଁ, ତୁମେ ଚାହିଁଲେ – ମୁଁ ସୂର୍ଯ୍ୟାଂଶ ସହରକୁ ଯିବା ପାଇଁ ରବିବାର ସକାଳ ପ୍ରଥମ ବସ୍‌ର ଟିକେଟ୍ ମଗାଇ ପାରିବି।

ଯେତେବେଳେ ମୋ ପାଖରେ ସମସ୍ୟାମାନ ଠୁଳୀଭୂତ ହୋଇଯାଏ ଓ ସେଗୁଡ଼ିକର ସମାଧାନର ରାସ୍ତା ମିଳେନାହିଁ। ସେତେବେଳେ ଜିଙ୍ଗିଲ୍ ନିଜେ ରାସ୍ତାଟିଏ ପାଲଟିଯାଏ।

କ୍ୟାମ୍ପସ୍‌ରେ ସୂର୍ଯ୍ୟାଂଶ ବ୍ୟତୀତ ଅନ୍ୟ କାହା ସହିତ ମୋର ବନ୍ଧୁତା ନଥିଲା। ଅଙ୍କିତ ସହିତ ସମ୍ପର୍କ ତିକ୍ତ ହେବା ପରେ କାହା ସହିତ ବନ୍ଧୁତ୍ୱପୂର୍ଣ୍ଣ ଆଚରଣ ଦେଖାଇବାକୁ ମଧ୍ୟ ଭୟ ଲାଗୁଥିଲା କେବଳ ଆମ ଡିପାର୍ଟମେଣ୍ଟର ମୋହିତ କେବେ କେବେ ମୋତେ ସାହାଯ୍ୟ କରିବାକୁ ସ୍ୱତଃସ୍ଫୂର୍ତ୍ତ ଭାବରେ ଆଗେଇ ଆସେ। ତା' ସହ ସମ୍ପର୍କ ଖୁବ୍ ମାପାଚୁପା। ମୋହିତକୁ ମୁଁ କହିପାରିବି ନାହିଁ ଯେ ସୂର୍ଯ୍ୟାଂଶକୁ ମୁଁ ଦେଖା କରିବାକୁ ତା' ଘର ପର୍ଯ୍ୟନ୍ତ ଯିବାକୁ ଚାହୁଁଛି। କେବଳ ସେତିକି ନୁହେଁ ଫେରିବା ସମୟରେ ରାତି ବସ୍ ଯାତ୍ରାର ଅନାଗତ ବିପଦ ମୁଣ୍ଡାଇବାକୁ ମଧ୍ୟ ମୁଁ ପ୍ରସ୍ତୁତ।

କ୍ୟାମ୍ପସ୍‌ରେ ଅନେକ ମୋ ସହିତ ସଂପର୍କ ବଢ଼ାଇବାକୁ ଚାହିଁ ଅସଫଳ ହେବାରୁ ବିନା କାରଣରେ ମୋର ଅଗଣିତ ଈର୍ଷ୍ୁକ ଓ ନିନ୍ଦୁକ ସୃଷ୍ଟି ହୋଇଥିଲେ ଅନ୍ୟ କେତେଜଣ ମୋତେ ଏବେ ମଧ ଅନ୍ତରରେ ପ୍ରେମ କରୁଥିଲେ। ସେମାନେ ମୋର ନିରବସ୍ମାବକ ଥିଲେ ଓ ମୋଠାରୁ ଯଥାସମ୍ଭବ ଦୂରତା ରକ୍ଷା କରି ମୋ ସଂପର୍କରେ ଚର୍ଚ୍ଚା କରୁଥିଲେ କେବଳ।

ମୋ ଉଚ୍ଛନ୍ନପଣର ନିଦାନ ନଥିଲା। ଶେଷରେ ନିଷ୍ପତ୍ତି ନେଲି ଜିଙ୍ଗିଲ୍‌ ହାତରେ ଟିକେଟ୍‌ ମଗାଇ ସୂର୍ଯ୍ୟାଂଶ ସହରକୁ ଯିବି।

ଜିଙ୍ଗିଲ୍‌ ଭଳି ସ୍ମାର୍ଟ ଓ ଅତ୍ୟାଧୁନିକ ଝିଅଟିର ଯେ କେହି ଚାହିଁବାବାଲା ନଥିଲେ ତାହା ନୁହେଁ, କିନ୍ତୁ ସେ ଏକ ସମୟରେ ଏକାଧିକ ଯୁବକମାନଙ୍କ ସହିତ ବନ୍ଧୁତ୍ୱପୂର୍ଣ୍ଣ ସଂପର୍କ ରକ୍ଷା କରିପାରୁଥିଲା ଓ ସେମାନଙ୍କୁ ବୁଝାଇବାରେ ସକ୍ଷମ ହୋଇପାରିଥିଲା ଯେ ସେ ସମସ୍ତେ ତାର ଖୁବ୍‌ ନିକଟବନ୍ଧୁ। ବନ୍ଧୁ ବିନା ଜୀବନ ନୀରସ, ବନ୍ଧୁ ବିନା ଜୀବନ ଢେଉହୀନ ସାଗର ଭଳି ରୋମାଞ୍ଚହୀନ, ଏପରି ଦର୍ଶନରେ ବିଶ୍ୱାସ ରଖୁ ଥିବା ଝିଅଟିର ଭାଗ୍ୟରେ ଅଙ୍କିତ ଭଳି କେହି ବନ୍ଧୁ ନଥିଲେ। କିମ୍ୱା କେହି ତା' ଭାବନାକୁ କ୍ଷତାକ୍ତ କରି ନଥିଲେ।

କଲେଜ ପରିସରରେ ସେ ଏକମାତ୍ର ଝିଅ ଥିଲା ଯେ ଲାଇବ୍ରେରୀ, କାଫେ କିମ୍ୱା ଯେ କୌଣସି ସ୍ଥାନରେ ପ୍ରାୟ ଏକାଧିକ ଯୁବକଙ୍କ ସହିତ ଆଲାପରତ ଥିଲେ ମଧ କେହି ତା' ଚରିତ୍ର ପ୍ରତି ଅଙ୍ଗୁଲି ଉଠାଉନଥିଲେ। ସେ ସେଇ ହୃଦୟବାନ୍‌ ବନ୍ଧୁମାନଙ୍କ ହାତରେ ସୂର୍ଯ୍ୟାଂଶ ଘରର ଠିକଣା ଓ ଦୁଇଟି ବସ୍‌ ଟିକଟ୍‌ ମଗାଇବାରେ ସକ୍ଷମ ହୋଇପାରିଥିଲା।

ମୋ ଭିତରେ କେଉଁଠୁ ଆସିଲା ଏତେ ସାହସ? ଅନ୍ଧାରରେ ନିଜ ଛାଇକୁ ଦେଖି ଭୟ କରୁଥିବା ଭୟାତୁରା ଝିଅଟି ଯଦି ପରିଣତିକୁ ଭ୍ରୁକ୍ଷେପ ନ କରି ରାତି ବସ୍‌ରେ ହଷ୍ଟେଲକୁ ଫେରିବାର ସାହସ ଦେଖାଇପାରେ, ତେବେ ଏହାକୁ ପ୍ରେମର ପୁଣ୍ୟଫଳ କୁହାଯିବନି ତ ଆଉ କଣ କୁହାଯିବ? ସତରେ, ପ୍ରେମ ମୋତେ କରିଥିଲା ସାହସୀ।

ଶନିବାର କ୍ଲାସ୍‌ରୁ ଫେରି ଜିଙ୍ଗିଲ୍‌ ମୋ ହାତରେ ଦୁଇଟା ବସ୍‌ ଟିକେଟ୍‌ ଧରାଇ ଦେଇ କହିଲା "କାଲି ସକାଳ ସାତଟାରେ କଲେଜ ବସଷ୍ଟପ୍‌ରେ ପହଞ୍ଚିବାକୁ ପ୍ରସ୍ତୁତ ରହିବ। ଆମେ ଦୁହେଁ ଯିବା। ଏବେ ମନପବନ ଘୋଡ଼ାରେ ଚଢ଼ି ସୂର୍ଯ୍ୟାଂଶକୁ ଦେଖା କରିବାକୁ ଯିବା ଦରକାର ନାହିଁ। ମନେ ମନେ ଶଢ ସଜାଡ଼ି ରଖଥାଅ ତା' ସହ ଦେଖା ହେଲେ କଣ କଣ କହିବ।"

ଟିକେଟ୍‌ ଦୁଇଟି ହାତରେ ଛୁଇଁ ଦେବାକ୍ଷଣି କ୍ଷଣିକରେ ମନ ପହଞ୍ଚିଗଲା ସୂର୍ଯ୍ୟାଂଶ

ନିକଟରେ। ପ୍ରିୟ ମଣିଷ ପାଖରେ ପହଞ୍ଚିବାକୁ ମନକୁ କେତେ ସମୟ ଅବା ଲାଗେ ? ନା ଲୋଡ଼ା ବାହନ, ନା ମାଧ୍ୟମ। ଶରୀର ପାଇଁ ସିନା ଅନେକ ବନ୍ଧନ ମାତ୍ର ମନ ଯେ ମୁକ୍ତ ବିହଙ୍ଗୀ, ଯାହାପାଇଁ ଅଗମ୍ୟ ବୋଲି ସଚରାଚର ପୃଥିବୀରେ କୌଣସି ସ୍ଥାନ ଥିବା ପରି ମନେ ହୁଏନା।

ଲକ୍ଷିତ ସ୍ୱାସ୍ଥ୍ୟହୀନ ସୂର୍ଯ୍ୟାଂଶକୁ ଭେଟି ମୋ ପ୍ରତିକ୍ରିୟାକୁ କିପରି ଗୋପନ ରଖିପାରିବି ସେଇଥିଲା ମୋ ପାଇଁ ସମସ୍ୟା। ମୋତେ ଓ ଜିଙ୍ଗିଲକୁ ଦେଖି ସୂର୍ଯ୍ୟାଂଶର ଭାବାନ୍ତର କିପରି ହେବ ଓ ତା' ପରିବାର ଆମକୁ କିଭଳି ଗ୍ରହଣ କରିବେ ସେ ସଂପର୍କରେ ଚିନ୍ତାକରି ମୁଁ ଚିନ୍ତିତ ହୋଇପଡ଼ିଲି। ମୁଁ ତ ମୋ ପ୍ରେମ ପାଇଁ ବଲି ପଡ଼ିବାକୁ ପ୍ରସ୍ତୁତ ଥିଲି। କିନ୍ତୁ ସ୍ୱେଚ୍ଛାକୃତ ଭାବରେ ବିପଦ ମୁଣ୍ଡାଇବାକୁ ପ୍ରସ୍ତୁତ ହୋଇ ମୋ ସହିତ ଯାଉଥିବା ଜିଙ୍ଗିଲର ସମ୍ମାନ ରକ୍ଷା କରିବା ମୋର ପ୍ରଥମ କର୍ତ୍ତବ୍ୟ।

ଭୟ ଆଶଙ୍କା, ଉଦ୍‌ବେଗରେ ଆଖିରେ ତନ୍ଦ୍ରା ପରିବର୍ତ୍ତେ ଦୁଃସ୍ୱପ୍ନର ଆସର। ମନକୁ ନାନା ବାୟା ଶୁଣାଉଥିଲି। "ହେ ମୋର ଅବାଧମନ! ତୋର ପ୍ରତିକ୍ରିୟାକୁ ସମ୍ଭାଳିରଖ" ମାତ୍ର ମୋ ମନ ଜୁଆରିଆ ହେଉଥିଲା ବେଳକୁ ବେଳ।

ରବିବାର ସକାଳ। ଏହିଦିନ ସକାଳ ନ'ଟା ପୂର୍ବରୁ ହଷ୍ଟେଲରେ କେହି ଶଯ୍ୟାତ୍ୟାଗ କରିବାର ଦେଖାଯାଏନା। ଶନିବାର ବିଳମ୍ବିତ ରାତ୍ରି ପର୍ଯ୍ୟନ୍ତ କମନ୍‌ରୁମରେ ସିନେମା ଦେଖିବା ସହିତ ଗପସପ ଓ ନୃତ୍ୟଗୀତ ଓ ପଦ୍ୟାନ୍ତରର ଆସର ଖୁବ୍‌ ଜମେ। ତେଣୁ ରବିବାର ସକାଳ ଶୟନ ପର୍ବ।

ରାତ୍ରି ତମାମ ମୋ ବିବଶତା ମୋତେ ଘେନି ଯାଇଥିଲା ଦୂର କେଉଁ ଉପଦ୍ୱୀପକୁ। ତଜ୍ଜନିତ ପ୍ରକ୍ରିୟାର ଫଳସ୍ୱରୂପ ଦେହରେ ଦୁର୍ବଳତା ଓ ଅବଶଭାବ। ସକାଳ ଛଅଟାରେ ଆଲାର୍ମ ଶବ୍ଦରେ ମୁଁ ଉଠି ଦେଖିଲି ଫୋନ୍‌ରେ ମେସେଜ୍‌ ପରେ ମେସେଜ୍। ମେସେଜ୍‌ଗୁଡ଼ିକ ସୂର୍ଯ୍ୟାଂଶର- "ମୁଁ ଏବେ ତୁମ ହଷ୍ଟେଲର ଗେଟ୍‌ ସାମନାରେ, ଶୀଘ୍ର ତଳକୁ ଓହ୍ଲାଇ ଆସ।"

ବନ୍ଧ ଭାଙ୍ଗିଥିବା ନିୟନ୍ତ୍ରଣହୀନ ବେଗମତୀ ନଦୀଟିଏ ପରି ମୁଁ ବ୍ଲକ୍‌ ଡି'ର ୩୭ ନମ୍ବର ରୁମରୁ ବହି ଆସିଲି ସିଡ଼ି ଘର ପର୍ଯ୍ୟନ୍ତ। ହଠାତ୍‌ ଅନୁଭବ ହେଲା ମୁଁ ଏବେ ରାତ୍ରି ପୋଷାକରେ। ଫେରିଯାଇ ପୋଷାକ ବଦଳାଇ ଆସିବାର ସମୟ ଖୁବ୍‌ ସଂକ୍ଷିପ୍ତ। ମୋ ଆଖି ଦୁଇଟି ଏତେଦିନ ଧରି ଯାହାକୁ ଦେଖିବା ନିମନ୍ତେ ତୃଷିତ ଥିଲା ସେ ଏବେ ମୋ ସମ୍ମୁଖରେ।

ସୂର୍ଯ୍ୟାଂଶ ତା' କାର୍‌ ଭିତରେ ବସିଥିବା ଅବସ୍ଥାରେ ମୋତେ ଦେଖି ସିଗାରେଟର ଶେଷାଂଶକୁ ବାହାରକୁ ଫିଙ୍ଗିଲା।

ସେ କେବେ ସିଗାରେଟ୍ ପିଇବାର ମୁଁ ଜାଣେନା । ସେ ମୋତେ ନିକଟରେ ଦେଖି କରୁଣ ହସଟିଏ ହସିଲା । କରୁଣ ଅବା ତାହାଥିଲା ଚରମ ବିପର୍ଯ୍ୟୟର ସାମାନ୍ୟ ପ୍ରତିକ୍ରିୟ ? ସଦ୍ୟ ମାତୃହରା ବିକଳ ଶିଶୁର କରୁଣ ହସର ପ୍ରତିକ୍ରିୟାରେ ସମଧରଣର ପ୍ରତିକ୍ରିୟ ରକ୍ଷିବାକୁ ମୁଁ ଥିଲି ଅକ୍ଷମ । ମୋ ଆଖି ଛଳ ଛଳ ହୋଇଗଲା ।

ମୁଁ ଗାଡି ଭିତରକୁ ଯିବା ମାତ୍ରେ ସେ ମୋ କାନ୍ଧରେ ମଥାରଖି ନିଃଶଦ୍ଦରେ କାନ୍ଦୁଥିଲା । ତା' ଉଷ୍ଣଲୋତକର ବନ୍ୟାରେ ମୋ ରକ୍ଷଣଶୀଳତାର ବନ୍ଧବାଡର ଭଗ୍ନପ୍ରାୟ ଅବସ୍ଥା । ସୂର୍ଯ୍ୟାଂଶକୁ ନିଜ ଆଡକୁ ଆଉଜାଇ ନେବା ସମୟରେ ମୁଁ ତା'ର ପ୍ରେମିକା ନଥିଲି, ସୂର୍ଯ୍ୟାଂଶ ପରି ଜଣେ ବଳିଷ୍ଠ ଯୁବକ ମୋ ପାଇଁ ପାଲଟିଯାଇଥିଲା ଅଳି କରୁଥିବା ଦୁଗ୍ଧପୋଷ୍ୟ ଶିଶୁରେ । ଆମର ସଂପର୍କ ଯେତେ ଗଭୀର ହେଲେ ମଧ ଆକାଶ ଓ ପୃଥିବୀର ପ୍ରେମ ପରି ଥିଲା ଅନାବିଳ ଓ ସ୍ୱର୍ଗୀୟ । ଦୁହେଁ ଦୁହିଁଙ୍କ ଆଖିରେ ଖୋଜୁଥିଲୁ ପ୍ରେମର ପବିତ୍ର ପରିଭାଷା । ଆଜିର ବିଷାଦଯୋଗ ପ୍ରଥମଥର ପାଇଁ ମୋତେ ସୂର୍ଯ୍ୟାଂଶର ନିବିଡ ସ୍ପର୍ଶର ଅନୁଭବ ଆଣିଦେଲା । ମୁଁ ସୂର୍ଯ୍ୟାଂଶକୁ ନିଜଠାରୁ ଦୂରେଇ ଦେବା ପରିବର୍ତ୍ତେ ଅପେକ୍ଷା କରିଥିଲି ତାର ସ୍ୱାଭାବିକତା ଫେରି ଆସିବା ପର୍ଯ୍ୟନ୍ତ ।

ଆମେ ଦୁହେଁ ଦୁହିଁଙ୍କୁ ପାଇବା ପାଇଁ ସମଗ୍ର ପୃଥିବୀ ବିରୁଦ୍ଧରେ ଯୁଦ୍ଧ ଘୋଷଣା କରିବାର ସାହସିକତା ଦେଖାଇପାରୁ, କିନ୍ତୁ ମୁଁ ଏବେ ମଧ ସେଇ ରକ୍ଷଣଶୀଳ ପରିବାରର ଝିଅ ଯାହା ପାଇଁ ସାମାଜିକ ନୀତି ନିୟମର ପ୍ରତିଟି ପୃଷ୍ଠା ବେଦ ଓ ଉପନିଷଦ ପରି ପବିତ୍ର । ସଂଯମତାର ସେ ଲକ୍ଷ୍ମଣରେଖା ଅତିକ୍ରମ କରିବାକୁ ମୁଁ ସଦା କୁଣ୍ଠିତ ।

ସେଦିନ ସୂର୍ଯ୍ୟାଂଶର ଅନୁରୋଧରେ ତା'ରୁମ୍‌ରେ ପହଁଚି ପାଶୋରି ଦେଲି ମୁଁ ହଷ୍ଟେଲ ଛାଡିବା ସମୟରେ ଜିଙ୍ଗିଲ୍ ଗଭୀର ନିଦ୍ରାରେ ଥିଲା । ସେ ସୂର୍ଯ୍ୟାଂଶ ଘରକୁ ଯିବା ପାଇଁ ମୋର ସନ୍ଧାନ ନେଇ ବୁଝିଥିବ ବିନା ସୂଚନାରେ ମୁଁ ଅନ୍ତର୍ଦ୍ଧାନ । ଟେବୁଲ୍ ଉପରେ ଦୁଇଟି ଟିକଟ୍ ଦେଖିବା ପରେ ନିଶ୍ଚିତ ହୋଇଥିବ ମୁଁ ଏକାକୀ ମଧ ଗସ୍ତ କରିନାହିଁ । ତତ୍‌କ୍ଷଣାତ୍ ମୁଁ ଜିଙ୍ଗିଲ୍‌କୁ ଫୋନ୍ ଯୋଗେ କ୍ଷମା ମାଗିନେଲି ମୋ ନିୟନ୍ତ୍ରଣହୀନ ବ୍ୟବହାର ପାଇଁ । ତା' କଣ୍ଠରେ ଥିଲା ଆଶ୍ୱସ୍ତି –"ସାରା ! ପ୍ରେମରେ ପାଗଳପଣ ନରହିଲେ ସେ ପ୍ରେମ ପର୍ଯ୍ୟାୟବାଚୀ ହୋଇପାରିବ ନାହିଁ । ଦୀର୍ଘଦିନ ଧରି ତା' ପାଇଁ ବିତାଇଥିବା ନିଃସଙ୍ଗ ଜହ୍ନରାତି, ଲୁହରାତି କଥା କହିବାକୁ ମୋତେ ଭୁଲିବ ନାହିଁ । ସେ ଥରେ ଅନୁଭବ କରିବା ଉଚିତ୍ ଯେ ତୁମକୁ ନଜଣାଇ ଦୀର୍ଘଦିନ ଅନୁପସ୍ଥିତ ରହି ସେ ଗୋଟେ ଅପରାଧ କରିଛି । ସଂଧ୍ୟା ପୂର୍ବରୁ ଫେରିବାକୁ ଚେଷ୍ଟା କରିବ ।"

ସେଦିନ ସଂଧ୍ୟାରେ ହଷ୍ଟେଲ ଫେରିବା ସମ୍ଭବ ହେଲା ନାହିଁ । ସୂର୍ଯ୍ୟାଂଶର

ଅନନ୍ତ ଦୁଃଖର ବନ୍ଦୀଶାଳାରେ ମୁଁ ବନ୍ଦିନୀ ପାଲଟିଗଲି। ସେଇ ପ୍ରଥମ। ଏହା ପୂର୍ବରୁ ସେ କେବେ ମୋତେ ରାତିରେ ରହିଯିବା ପାଇଁ ପ୍ରସ୍ତାବ ଦେଇନଥିଲା। ଆମେ ସାଥୀ ହୋଇ ସିନେମା ଯାଇଛୁ ପାର୍କ ବା ରେଷ୍ଟୁରାଣ୍ଟରେ ଅପରାହ୍ନ ବିତାଇଛୁ କିନ୍ତୁ ସଂଧ୍ୟା ଛଅଟାରେ ହଷ୍ଟେଲ ମେନ୍ ଗେଟ୍ ବନ୍ଦ ହେବା ପୂର୍ବରୁ ଫେରି ଆସୁଥିଲି ପ୍ରତିଥର। ହଷ୍ଟେଲ ରାତ୍ରି ଜଗୁଆଳୀର ଗେଟ୍‌ରେ ପଡ଼ୁଥିବା ଚେନ୍ ତାଲାର କର୍କଶ ଶବ୍ଦରେ ଗଭୀର ଆସର ଅସମାପ୍ତ ରହେ ଉପସ୍ଥିତ ପ୍ରେମ ପକ୍ଷୀଙ୍କର। ମନେହୁଏ ଏ ଗଭୀର ଅସରନ୍ତି, ଆଦିମକାଳରୁ ଅନନ୍ତ କାଳ ପର୍ଯ୍ୟନ୍ତ ଯୁଦ୍ଧ ପରି ପ୍ରେମର ସମାପ୍ତି ନାହିଁ। ବିଚରା ଜଗୁଆଳୀ ସାଜେ ଖଳନାୟକ ଯେ କଲେଜ କର୍ତ୍ତୃପକ୍ଷଙ୍କ ନିୟମରେ ବନ୍ଧା। ତା'ର ଦୋଷଗୁଣ ବାଛିବା ଅନୁଚିତ।

ସୂର୍ଯ୍ୟାଂଶ ତା' ନିର୍ଜନ କୋଠରୀରେ ମୋ ନିକଟରେ ବସି ପ୍ରଗଳ୍ଭ ଭାବରେ ତା' ଅତୀତ ରୋମନ୍ଥନ କରୁଥିବା ସମୟରେ ମୁଁ ଅନେକ କଥା ଭାବି ଚାଲିଥିଲି। ସ୍ମୃତି– ଯାହା ବର୍ତ୍ତମାନ ପରିସ୍ଥିତିରେ ତା'ର ଔଜ୍ଜଲ୍ୟ ହରାଇ ବସିଥିଲେ ମଧ୍ୟ କେବେ କେବେ ହୋଇ ଉଠେ ଇନ୍ଦ୍ରଧନୁର ରଂଗପରି ବହୁବର୍ଣ୍ଣ।

ସୂର୍ଯ୍ୟାଂଶ ଉଠିଯାଇ ମୋ ପାଇଁ ବ୍ଲାକ୍ କଫି ଓ ଆମ୍‌ଲେଟ୍ ବନାଇଲା, ଡିନର୍ ପାଇଁ ଅନ୍‌ଲାଇନ୍ ଅର୍ଡର କଲା। ମୋ ଭିତରେ କିନ୍ତୁ ପ୍ରସ୍ତ ପ୍ରସ୍ତ ଦ୍ବେଷ ଠୁଳୀଭୂତ ହେବାରେ ଲାଗିଥିଲା। ରାତି ଯେତେ ବଢୁଥିଲା, ସମ ତାଲରେ ମୋର ହୃତ୍‌ସ୍ପନ୍ଦନ।

ସେଦିନ ରାତିର ସମସ୍ତ ଗଭୀର କେନ୍ଦ୍ରବିନ୍ଦୁ ଥିଲେ ସୂର୍ଯ୍ୟାଂଶର ମା'। ସୂର୍ଯ୍ୟାଂଶ ପରିବାରର ସର୍ବକନିଷ୍ଠ ତଥା ସ୍ୱାସ୍ଥ୍ୟବାନ୍ ହୋଇଥିବାରୁ ବଡ ଭାଇଭଉଣୀମାନେ ତାକୁ 'ପକ୍ବଦିଆ କଣ୍ଢେଇ' ସମ୍ବୋଧନ କରୁଥିଲେ ଓ ସେ ଥିଲା ସମସ୍ତଙ୍କ ଜୀବନ୍ତ କଣ୍ଢେଇ ପରି କ୍ରୀଡ଼ା ସାମଗ୍ରୀ। ତା'ର ନିର୍ବୋଧତା, ବାଲ୍ୟ ଚପଲତାକୁ ନେଇ କୌତୁହଲ ଏପରି ସ୍ତରରେ ପହଁଚି ଥିଲା ଯେ ସେମାନଙ୍କ ମଧ୍ୟରେ ପ୍ରତିଯୋଗିତା ହେଉଥିଲା କିଏ ପ୍ରଥମେ ଓ କିଏ ସର୍ବ ଶେଷରେ ସୂର୍ଯ୍ୟାଂଶର ଆପେଲ ଭଲି ଗାଲକୁ ଚିପି ଦେଇ ଧାଇଁ ପଳାଇବ।

ସେମାନଙ୍କ ଏପରି ବ୍ୟବହାରରେ ଭୀଷଣ ବିଲାପ କରି ସୂର୍ଯ୍ୟାଂଶ ତା' ମା'ଙ୍କ ସହାୟତା ଲୋଡୁଥିଲା। ମା' ସେମାନଙ୍କଠାରୁ ସୂର୍ଯ୍ୟାଂଶକୁ ଉଦ୍ଧାର କରୁଥିଲେ। ତା' ପରଠାରୁ ସବୁ ସମୟରେ ସବୁ ସ୍ଥାନରେ ସେ ମା'ଙ୍କର ଉପସ୍ଥିତି କାମନା କରୁଥିଲା। ଆୟା ତ ଦୂରର କଥା ଶ୍ରେୟାଦିଦିର ସ୍କୋଲରରେ ମଧ୍ୟ ବସିବାକୁ କୁଣ୍ଠିତ ଥିଲା। ଲନ୍‌ରେ ସାନ ଭାଇକୁ ବୁଲାଇ ଫୁଲ ଓ ପ୍ରଜାପତି ଚିହ୍ନାଇବାର ଇଚ୍ଛା ଥିଲେ ମଧ୍ୟ ତାର ରୋଦନ ଉପକ୍ରମ ଚେହେରା ଦେଖି ଶ୍ରେୟାଦିଦିର ମଧ୍ୟ ଭୟରେ କାନ୍ଦି ପକାଇବା ପରି ଅବସ୍ଥା ହୁଏ। ମା' ତାକୁ ପରିଚିତ କରାଇ ଦେଇଥିଲେ ପ୍ରଥମ ଉଇଁ ଆସୁଥିବା

ସୂର୍ଯ୍ୟ, ବଗିଚାରେ ଫୁଟିଥିବା ଫୁଲ, ରଂଗୀନ ପ୍ରଜାପତି। ସେତେବେଳେ ସେ ନିଜକୁ ଭିନ୍ନ ଏକ ପୃଥିବୀର ଅଧିବାସୀ ବୋଲି ବିଶ୍ୱାସ କରିଥିଲା। ଦେବତା, ରାକ୍ଷସ, ଯକ୍ଷ, କିନ୍ନର, ପରୀ ମସ୍ୟ କନ୍ୟା ପରି ମାନବେତର ଚରିତ୍ରମାନେ ତା'ର ଆଖପାଖରେ ଘୁରୁଥିଲେ ବୋଲି ବିଶ୍ୱାସ ବି ହେଉଥିଲା। କେବେ କେମିତି ତାଙ୍କ ଗଛ ଭିତରକୁ ପଶି ଆସୁଥିଲା ଛୋଟ ଛେଳି ଛୁଆଟିଏ, ପାତି ହଂସ, କିମ୍ବା ପ୍ରଥମ ଉଡାଣ ଶିଖୁଥିବା ପକ୍ଷୀ ଶାବକଟିଏ। ଯେଉଁମାନେ ଥିଲେ ସେମାନଙ୍କ ମା' ମାନଙ୍କର ଆଦରର ଶିଶୁ ସନ୍ତାନ ଠିକ୍ ତା' ପରି ଅକ୍ଷଟ ଓ କୌତୁହଳୀ।

ପରବର୍ତ୍ତୀ ଜୀବନରେ ମଧ୍ୟ ତା'ର ମା' ତା' ଜୀବନର ସମସ୍ତ ସଫଲତା ଓ ବିଫଲତା ସହିତ ଥିଲେ। ସେ ଥିଲେ ଏକାଧାରରେ ତା'ର ବାନ୍ଧବୀ, ପଥ ପ୍ରଦର୍ଶିକା ଓ ପରାମର୍ଶଦାତ୍ରୀ। ଜୀବନରେ ତାଙ୍କଠାରୁ ସେ ଆଉ କାହାକୁ ଅଧିକ ଭଲ ପାଇ ନାହିଁ।

ମୁଁ ସୂର୍ଯ୍ୟାଂଶର କଥା ଶୁଣୁଥିଲି ନିରବରେ।

ମୁକ୍ତ ବାତାୟନ ଦେଇ ନିଃସଙ୍ଗ ରାତ୍ରି ପକ୍ଷୀର ସ୍ୱର ଭାସି ଆସୁଥିଲା କେଉଁ ଦୂର ଉପବନରୁ। ବୋଧହୁଏ ସେ ନିଃସଙ୍ଗ ରାତ୍ରିପକ୍ଷୀର ସ୍ୱର କେଉଁ ଦୂର ଉପବନରୁ ନୁହେଁ ଶୁଭୁଥିଲା ମୋ ଅଭ୍ୟନ୍ତରରୁ। ସୂର୍ଯ୍ୟାଂଶ ତା' ମା'ଙ୍କ ସ୍ମୃତି ସହିତ ସାରା ରାତି ଓ ମୁଁ ଏକାନ୍ତ ଭାବେ ନିଃସଙ୍ଗ। ମୋ ପାଖରେ ଥିଲେ ବି ସେ ନଥିଲା ମୋ ଆଖ ପାଖରେ। ମୁଁ ତାଙ୍କୁ ଛୁଇଁବାକୁ ଚେଷ୍ଟା କରି ଛୁଇଁ ପାରୁନଥିଲି।

ସୂର୍ଯ୍ୟୋଦୟ ହେଲା। ପ୍ରଭାତୀ ପକ୍ଷୀର କାକଲୀରେ ମୁଖର ହୋଇ ଉଠିଲା ପୃଥିବୀ ଓ ଆକାଶ।

ସୂର୍ଯ୍ୟାଂଶର ଅନୁଭବ ହେଲା ସେ ରାତିଟିଏ ବିତାଇଛି ମୋ ଉପସ୍ଥିତିକୁ ଉପେକ୍ଷା କରି। ତା' କଣ୍ଠସ୍ୱରରେ ଆବେଗର ପ୍ରାବଲ୍ୟ– "ସାରା ତୁମେ ପାଖରେ ଥିଲେ ସମୟର ଯେପରି ପକ୍ଷ ଲାଗିଯାଏ। ହୁଏତ ଦିନେ ଏମିତି ପାଖାପାଖି ବସିଥିବା ଆମେ, ବିତିଯିବ ସଂପୂର୍ଣ୍ଣ ଜୀବନ। ମୋ କେଶରାଶି ଧୂସର ପାଲଟି ଯିବ, ମ୍ଲାନ ହୋଇ ଆସିବ ତୁମ ଚକ୍ଷୁର ଦ୍ୟୁତି। ପିଲାମାନେ ଆମଠାରୁ ଅନେକ ଦୂରରେ ଗଢିଥିବେ ତାଙ୍କ ସ୍ୱପ୍ନର ନୀଡ଼। ଦୁନିଆଁ ହୁଏତ ଆମଠାରୁ ବିଚ୍ଛିନ୍ନ ହୋଇଯିବ। କିନ୍ତୁ ଆମେ ପୂର୍ବ ପରି ପ୍ରେମିକ ପ୍ରେମିକା ଥିବା।"

ସୂର୍ଯ୍ୟାଂଶର ଭାବପ୍ରବଣତାରେ ନ ହସି ରହିପାରିଲି ନାହିଁ। କେହି ବିଶ୍ୱାସ କରିବ ଯେ ଦୁଇଜଣ ପ୍ରେମିକ ପ୍ରେମିକା ଏକତ୍ର ଗୋଟିଏ ରାତି ବିତାଇବେ, ଗୋଟିଏ ଜହ୍ନକୁ ଭୋଗିବେ କିନ୍ତୁ ସେ ଜହ୍ନକୁ ଛୁଇଁବାର କାମନା କରିବେ ନାହିଁ। ଚିରକା

କାଚରେ ମଥା ପିଟି ନିଜ ଉପସ୍ଥିତି ସାବ୍ୟସ୍ତ କରୁଥିବା ସବୁଜରଙ୍ଗର ଠିଙ୍କୀକାଟିଏ ହିଁ ଆମ ଏଇ ପବିତ୍ର ସଂପର୍କର ମୂକସାକ୍ଷୀ।

ମୁଁ ସୂର୍ଯ୍ୟାଂଶକୁ ଭଲ ପାଉଥିଲି, ଏବେ ତାର ସୁନ୍ଦର ଓ କୋମଳ ବ୍ୟକ୍ତିତ୍ୱକୁ ସମ୍ମାନ କରିବା ଆରମ୍ଭ କଲି। କାରଣ ମୋତେ ଏତେ ନିକଟରେ ପାଇ ମଧ ସେ ହରାଇ ନଥିଲା ସଂଯମତା, ନିଜ ଉପରେ ନିୟନ୍ତ୍ରଣ। ମୁଁ ଝଟକୁ ଥିଲି ତା' ପ୍ରେମର ଦ୍ୟୁତିରେ।

ମୁଁ ଏବେ ମୋ ହାତଗଢ଼ା ପୃଥିବୀର ଏକକ ସାମ୍ରାଜ୍ଞୀ। ନିଜେ ସଜାଡ଼ି ଥିବା ଏଜେଲର ରଙ୍ଗବିନ୍ଦୁ। ନିଜକୁ ନିଜେ ଗଢ଼ିଥିବା ସେଇ ଦେବୀ ପ୍ରତିମା, ଯାହା ପାଇଁ ଏ ପୃଥିବୀ ପାଲଟିଯାଇଛି ସପ୍ତମ ସ୍ୱର୍ଗ। ମୁଁ ପ୍ରେମିକା ଭାବରେ ସ୍ୱୟଂ ସଂପୂର୍ଣ୍ଣ। ମୋ ପଣତରେ ପ୍ରାପ୍ତିର ମଣିମୁକ୍ତା। ସୂର୍ଯ୍ୟାଂଶର ଅସରନ୍ତି ନିର୍ମଳ ପ୍ରେମ।

କିଏ କହେ ପ୍ରେମ ଶୂନ୍ୟ ଦେହୀ, ଶୂନ୍ୟାରୋହୀ? ମୁଁ ବିଶ୍ୱାସକରେ ପ୍ରେମର ବି ଦେହଥାଏ। ଯେଉଁ ଦେହରେ ଥାଏ ରୋମାଞ୍ଚ, କାମନା, ଜହ୍ନ ଛୁଇଁବାର ଅଦମ୍ୟ ପିପାସା। ମାତ୍ର ତାହା ହୃଦୟର ଅଧୀନ। ମୁଁ ଏବେ କାମନା କରେନା, ଦୂର ନକ୍ଷତ୍ରର ନୀଳାଭ ଜ୍ୟୋତି! ମୁଁ ଚାହେଁ ବିଭୋର ଜହ୍ନ ରାତିର ମାତ୍ର ବିନ୍ଦୁଏ ଜ୍ୟୋସ୍ନା। ଯାହାର ପ୍ରାପ୍ତି ପାଇଁ ମୁଁ ବିରହିଣୀ ଚକୋରୀ ପରି ଘୁରି ବୁଲିବି ଜନ୍ମଜନ୍ମାନ୍ତର। ପ୍ରତିଜନ୍ମରେ କାମନା କରିବି ଏଇ ନାରୀ ଜନ୍ମ, ପକ୍ଷୀ ଜନ୍ମ ଓ ପ୍ରେମିକା ଜନ୍ମ।

ସୂର୍ଯ୍ୟାଂଶର ଗାଡ଼ି ହ୍ୟାଷ୍ଟେଲ ଗେଟ୍ ସମ୍ମୁଖରେ ରହିବା ମାତ୍ରେ ଝିଅମାନଙ୍କର ଯୋଡ଼ାଯୋଡ଼ା ତୀକ୍ଷଣ ତୂଣୀର ପରି ଦୃଷ୍ଟି ମୋ ଶରୀର ବିଦ୍ଧ ହେବାର ଅନୁଭବ ହେଉଥିଲା। ଜିଙ୍ଗିଲ ମୋତେ ରହସ୍ୟମୟ ହସରେ ସ୍ୱାଗତ କରୁ କରୁ ପ୍ରଶ୍ନ କଲା। କିଛି ଅଘଟଣ ଘଟିଯାଇନି ତ ?

ମୁଁ କ୍ଲାସପାଇଁ ନୋଟବୁକ୍ସ ସଜାଡ଼ୁ ସଜାଡ଼ୁ ଉତ୍ତର ଦେଲି "ଆରେ ନାଁ ଜିଙ୍ଗିଲ, ମୁଁ ସେହି ଭାଗ୍ୟବତୀ ଝିଅ ଯାହାକୁ ସୂର୍ଯ୍ୟାଂଶ ପରି ହୃଦୟବାନ୍ ପ୍ରେମିକ ମିଳନ୍ତି।"

– କିନ୍ତୁ କେବେ କେବେ ବିନା ଅଗ୍ନିରେ ବି ଚନ୍ଦନ ବନ କୁହୁଳେ ସଖୀ! ଜଳିଯିବା ପରେ ସାଧାରଣ କାଠ ଓ ଚନ୍ଦନ କାଠ ସମଧରଣର ମୂଲ୍ୟହୀନ ଅଙ୍ଗାରକରେ ପରିଣତ ହୁଏ, ଏ କଥା ଯେପରି ଭୁଲିନଯାଅ।

ମୁଁ ଖିଲ୍ ଖିଲ୍ କରି ହସି ଉଠିଲି ଜିଙ୍ଗିଲର ଦର୍ଶନରେ "ଚମକ୍କାର! ମିଛ କଥା କହିଲ ନାହିଁ। କିନ୍ତୁ ମୁଁ ସେଇ ଚନ୍ଦନବନ ନୁହେଁ, ଯାହା ସାମାନ୍ୟ ଉଷ୍ଣତାରେ ଜଳିଯାଇପାରେ। ପ୍ରିୟ ବାନ୍ଧବୀ ଉପରେ ତୁମେ ଏତିକି ଭରସା ରଖ୍ଷପାର।"

ଦୀର୍ଘଦିନ ଅନୁପସ୍ଥିତ ଯୋଗୁଁ ସୂର୍ଯ୍ୟାଂଶର ପଢ଼ାପଢ଼ିରେ ଖୁବ୍ ଅବହେଳା ହୋଇଥିଲେ ମଧ କୃତୀ ଛାତ୍ର ଭାବରେ ସମ୍ବେଦନଶୀଳ ପ୍ରଫେସରମାନେ ସେ

ପରୀକ୍ଷାରେ ବସିବା ନିମନ୍ତେ ସମସ୍ତ ପ୍ରକାର ସହଯୋଗ କରିଥିଲେ। କିନ୍ତୁ ମୁଁ ମନେମନେ ଭୟ ପାଉଥିଲି ତା'ର ଉଦାସପଣ ଦେଖି। ସତରେ କଣ ଏଥର ସେମିଷ୍ଟାର ପରୀକ୍ଷାରେ ସୂର୍ଯ୍ୟାଂଶ ପୂର୍ବବର୍ଷ ପରି କୃତିତ୍ୱ ଦେଖାଇ ପାରିବ ?

ପ୍ରତିଥର ଦେଖା ହେବା ମାତ୍ରେ ସେ ପୁରୁଣା ପ୍ରସଙ୍ଗକୁ ଫେରି ଆସୁଥିଲା ଓ ମୋ ଆଖିରେ ପାଲଟି ଯାଉଥିଲା ସରଳ କୋମଳମତି ଶିଶୁଟିଏ ଯେ ଭିତରେ କାନ୍ଦି କାନ୍ଦି ଲହୁଲୁହାଣ ହେଉଥିଲା ତା' ମା'ଙ୍କ ସ୍ମୃତିକୁ ନେଇ।

ସେ କେବେ କହୁଥିଲା ତା'ର ମା' ମୋ ଫଟୋକୁ ଦେଖି କହୁଥିଲେ "ସମୟେ ସମୟେ ଈଶ୍ୱର ଜଣକୁ ପୁରୁସଡ଼େ ଗଢ଼ିଥାନ୍ତି ଓ ତା' ସହିତ ଦେଇଥାନ୍ତି ବିଚକ୍ଷଣ ବୁଦ୍ଧି। ଈଶ୍ୱର କୁଆଡ଼େ ମୋତେ ଗଢ଼ିବା ସମୟରେ ସାମାନ୍ୟ କାର୍ପଣ୍ୟ ଦେଖାଇ ନାହାନ୍ତି।" ସୂର୍ଯ୍ୟାଂଶ ମୁହଁରେ ମୋ ରୂପର ପ୍ରଶଂସା ଶୁଣି ମୋ ମୁହଁ ଲଜ୍ଜାରେ ଆରକ୍ତ ହୋଇ ଉଠେ। କିନ୍ତୁ ସେ ପୂର୍ବରୁ କେବେ ମୋ ରୂପର ପ୍ରଶଂସା କରେ ନାହିଁ। ମୋ ବିଚକ୍ଷଣ ବୁଦ୍ଧିକୁ ତାରିଫ୍ କରେ। କିନ୍ତୁ କେବେ କେବେ ମୋ ହାତରେ ହାତ ଛୁଇଁ ସେ ମୋ ହାତର କୋମଳ ତ୍ୱଚା ଓ ରଂଗ ପରଖିଲାବେଳେ ହସିଦେଇ କହେ "ତମର ତୀକ୍ଷ୍ଣ ବୁଦ୍ଧି ମୋ ପାଇଁ ଏତେ ସୁନ୍ଦର ହୋଇଯାଇଥିଲା ଯେ ତୁମର ରୂପର ମୋହରେ ପଡ଼ିଲି ଅନେକ ବିଳମ୍ୱରେ। ବିଗତ ଦୁଇବର୍ଷର ମ୍ୟାଥ କଂପିଟେସନ୍ ପୁରୁଣା ରେକର୍ଡ ଭାଙ୍ଗି ତୁମେ ଯେବେ ପ୍ରଥମ ହୋଇଥିଲ ତୁମକୁ ଈର୍ଷା କରିଥିଲି ପ୍ରଥମେ ଓ ପ୍ରେମ କରିବସିଲି ତା' ପରେ।"

ସୂର୍ଯ୍ୟାଂଶକୁ ଅନ୍ତରର କଥା ଅନ୍ତରରେ ରଖିବା ଜଣାନାହିଁ। ତା'ର ଖୋଲା ହୃଦୟ ପାଇଁ ସେ ଯେ କେବେ ଅନ୍ୟମାନଙ୍କ ସମାଲୋଚନାର ଶରବ୍ୟ ହୋଇପାରେ, ସେଥିପ୍ରତି ତା'ର ଧ୍ୟାନ ନଥାଏ।

ସୂର୍ଯ୍ୟାଂଶ ମା'ଙ୍କର ଦେହାନ୍ତ ପରେ ସେ କେବେ କେବେ ସିଗାରେଟ୍ ପିଉଥିବାର ଦେଖେ ଯଦିଓ ମୋ ସାମ୍ନାରେ ସେ ଏପରି କାର୍ଯ୍ୟରୁ ବିରତ ରହେ ତେବେ କ୍ୱଚିତ୍ ଏ ଦୃଶ୍ୟଟି ମୋ ଆଖିରେ ଧରା ପଡ଼ିଯାଏ। କାହିଁକି ଏପରି ବଦଭ୍ୟାସ କରୁଛ ପ୍ରଶ୍ନ କଲେ ସେ କହେ "ଦୁଃଖର ପାହାଡ ତଳେ ଠିଆ ହୋଇଥିବା ଦୁଃଖୀମଣିଷଟା ଦୁଃଖ ଭୁଲିବା ପାଇଁ ଏମିତି କିଛିନା କିଛି କରେ।"

– ସାମାନ୍ୟ ସିଗାରେଟ୍ ଖଣ୍ଡିକର ଯଦି ତୁମ ମା'ଙ୍କୁ ହରାଇବାର ଦୁଃଖ ହରଣ କରିବାର ସାମର୍ଥ୍ୟ ରଖିଥାନ୍ତା ତେବେ ଏ ପୃଥିବୀରେ ଦୁଃଖର ଅନୁଭବ ନଥାନ୍ତା କେବଳ ସିଗାରେଟ୍ କଂପାନୀଗୁଡ଼ିକ ଆମ୍ପ୍ରଚାରରେ ରତ ଥାଆନ୍ତେ।"

ମୋର ଈଷତ୍ ବିଦ୍ରୁପରେ ସେ ନିରବ ରହେ।

ଧୀରେ ଧୀରେ ମୋ ଜୀବନରେ ନୂଆ ସମସ୍ୟାଗଣ ଧାଡି ବାନ୍ଧନ୍ତି। ମା'ଙ୍କର

ହାତଲେଖା ଚିଠି ସଂକ୍ଷିପ୍ତ ହୋଇଆସେ । ସେ ଚିଠିରେ ଘରର ଛୋଟ ଛୋଟ ଘଟଣାର ବର୍ଣ୍ଣନା ନଥାଏ ପୂର୍ବପରି । ପ୍ରତ୍ୟେକଟି ଶବ୍ଦରେ ଥାଏ ଅନିଶ୍ଚିତତାର ଏକ ଗୋପନ, ଅପ୍ରକାଶ୍ୟ ଭୟ ଓ ନିଜ ଭିତରେ ଦ୍ରବୀଭୂତ ହୋଇ ବାହାରେ ଶକ୍ତ ଦେଖା ଯିବାର ଛଳନା ।

ମୋ ମା' ପୁଣି ଛଳନା କରିପାରନ୍ତି ? ମୋ ପାଖରେ ନିଜକୁ ପ୍ରକାଶ କରିବା ପାଇଁ ସଂକୋଚ ଅନୁଭବ କରିପାରନ୍ତି ? ଏ ଅନୁଭବ ମଧ ମୋ ପାଇଁ ପ୍ରଥମ ।

ମୁଁ ପୁଣି ଭାବେ ପୃଥିବୀର ସମସ୍ତ ମାତୃହୃଦୟ ସମଧରଣର । ସନ୍ତାନଟି ହେଉଛି ତା'ର ସମଗ୍ର ପୃଥିବୀ । ମୋଠାରୁ ତାଙ୍କ ବ୍ୟବଧାନ ବଢିବାରେ ତାଙ୍କର ଏପରି କୋମଳ ପ୍ରତିକ୍ରିୟାମାନ ସୃଷ୍ଟିହେବା ସ୍ୱାଭାବିକ ।

କିନ୍ତୁ ବାପାଙ୍କ ଅନ୍ତର ପଢିବା ଅସମ୍ଭବ ବ୍ୟାପାର । ତାଙ୍କ ମନୋସ୍ଥିତି ସବୁବେଳେ ସମଧରଣର । ତାଙ୍କଠାରୁ ସମୟ ବ୍ୟବଧାନରେ ଫୋନ୍ଆସେ । ଟଙ୍କା ଆସେ ହଷ୍ଟେଲ ପାଇଁ ହାତଖର୍ଚ୍ଚ ଓ ପୂଜାପର୍ବାଣୀରେ ପୋଷାକ ପାଇଁ । ହସ ହସ ଭାବରେ ସେ ମୋ ପଢାପଢି ସଂପର୍କରେ ପ୍ରଶ୍ନ କରନ୍ତି, ସ୍ୱାସ୍ଥ୍ୟର ଯତ୍ନନେବାକୁ ପରାମର୍ଶ ଦିଅନ୍ତି । ସ୍ୱପ୍ନ ଥିଲା ବିଟେକ୍ ସରିବା ପରେ କଂପାନୀରେ ଯୋଗ ଦେଇ ବାପା ମା'ଙ୍କୁ ସୁନ୍ଦର ଜୀବନଟିଏ ଦେବାକୁ ଚେଷ୍ଟା କରିବି, ଯେଉଁ ଜୀବନ ସେମାନେ ବିତାଇ ପାରିନାହାନ୍ତି ଅଦ୍ୟାବଧି ।

ଦ୍ୱିତୀୟ ବର୍ଷରେ ୱାର୍ଡେନ୍ଙ୍କର ଆମ ସମସ୍ତଙ୍କ ଉପରୁ ତୀକ୍ଷ୍ଣ ନଜର ହଟିଯାଇ କେନ୍ଦ୍ରିତ ହେଲା ନୂଆକୁ ଯୋଗଦେଉଥିବା ଅନ୍ତେଃବାସିନୀଙ୍କ ଉପରେ । କ୍ରମେ ଗେଟ୍ ବାହାରକୁ ଯିବା ପାଇଁ ତାଙ୍କଠାରୁ ସୁରୁଖୁରୁରେ ଗେଟ୍ ପାସ୍ଟିଏ ମିଳିଯାଏ । ହସ୍ପିଟାଲ୍ କିମ୍ବା ପାର୍ଲର ଯିବାକୁ କହିବା ପରିବର୍ତ୍ତେ ସିନେମା କିମ୍ବା ରେଷ୍ଟୁରାଣ୍ଟକୁ ଯାଉଛୁ ବୋଲି କାରଣ ଦର୍ଶାଇବାରେ ମଧ ତାଙ୍କ ତରଫରୁ ବିରୁଦ୍ଧାମ୍ଳକ ପ୍ରତିକ୍ରିୟ। କିଛି ଦେଖିବାକୁ ମିଳେନା । ଏହି ସମୟରେ ସୂର୍ଯ୍ୟାଂଶ ନିଜର ନିଃସଙ୍ଗତା ଦୂର କରିବା ପାଇଁ ବାରମ୍ବାର ମୋର ସାହଚର୍ଯ୍ୟ ଲୋଡ଼େ । ମୋ ଭିତରେ ଥିବା ବିଗଳିତ ସ୍ୱଭାବଟି ମୋତେ ବାରମ୍ବାର ହଷ୍ଟେଲଗେଟ୍ର ସୀମାରେଖା ବାହାରକୁ ଟାଣିନିଏ ଏକ ଅଜଣା ଆକର୍ଷଣରେ । ଠିକ୍ ଛଅଟାରେ ହଷ୍ଟେଲ ମେନ୍ ଗେଟ୍ ବନ୍ଦ ହୋଇଯାଉଥିବାରୁ ବିଳମ୍ବରେ ଫେରିବାର ମିଥ୍ୟା କାରଣ ମାନ ଉଲ୍ଲେଖ କରି ମୁଁ ଥକିପଡେ ଅଥଚ ତାକୁ ଭରସା ଦେବାପାଇଁ ଅସମୟରେ ହଷ୍ଟେଲ ଫେରେ ସତ ମାତ୍ର ତାର ସମସ୍ତ ଇଚ୍ଛାରେ ମୋହର ଲଗାଇବାରୁ ନିଜକୁ ଦୋଷୀ ଦୋଷୀ ମନେକରେ ନାହିଁ ।

ସମସ୍ତ ଇଚ୍ଛା ଅର୍ଥ କିଛି ଅବାଂଛିତ ଇଚ୍ଛା ନୁହେଁ । ଥରେଥରେ ସେ ମୋତେ

ତା' ପୁରୁଣା ପୃଥିବୀ ସହ ପରିଚୟ କରିବା ପାଇଁ ଆମନ୍ତ୍ରଣ କରେ, ସେ ସଭ୍ୟ ହୋଇଥିବା କ୍ଲବ୍ ଓ ରେଷ୍ଟୁରାଣ୍ଟକୁ। ସିଗାରେଟ୍ ବ୍ୟତୀତ ସେ ଅନ୍ୟ କେଉଁ ବଦଭ୍ୟାସର ଶିକାର ହୋଇଛି ସେ ସଂପର୍କରେ ଜାଣିବା ପାଇଁ ମୋ ଭିତରେ ଉଦ୍‌ବିଗ୍ନତା ବଢ଼ିଚାଲେ। ଅପର୍ଯ୍ୟାପ୍ତ ଅର୍ଥ କୁସଙ୍ଗ ଓ କୁଅଭ୍ୟାସକୁ ନିମନ୍ତ୍ରଣ କରେ, ଏ ଧାରଣା କଣ ଅମୂଳକ ? ଧ୍ରୁବ ନୁହେଁ, କେବେ କେମିତି ଗୋଟେ ପେଗ୍ ଡ୍ରାଇନ୍। ବାସ, ମୋ ଅସ୍ଥିର ହୃଦୟକୁ ଲଗାମ ଦେବାକୁ ମୋ ପାଖରେ କୌଣସି ଆୟୁଧ ନାହିଁ। ଆମ ସଭ୍ୟ ସମାଜରେ କେବେ ଗୋଟେ ଦୁଇଟା ପେଗ୍ ନେଇଗଲେ କେହି ମଦ୍ୟପ ହୋଇଯାଇଛନ୍ତି ନାହିଁ। ସେ ମୋତେ ବୁଝାଇବାକୁ ଚେଷ୍ଟା କରେ। ତା' କଣ୍ଠ ସ୍ୱର ଶୋକାର୍ତ୍ତ ଶୁଭେ।

ମୋ ପାଖରେ ବସି ନିର୍ଜନ ସଂଧ୍ୟାରେ ସେ କେବେ କେବେ ତା' ଉଦ୍‌ବେଲିତ ହୃଦୟକୁ ଉନ୍ମୋଚିତ କରିଦିଏ। "ସାରା ମୋର ଇଚ୍ଛା ବିବାହ ପୂର୍ବରୁ ଆମେ ବିନା ବନ୍ଧନରେ କିଛିଦିନ ବିତାଇବା। ନାଁ ହେବ ତୁମେ ମୋର ଅଧସ୍ତନ ପତ୍ନୀ, ନାଁ ମୁଁ ତୁମର ପତିଦେବତା। ଆମେ ଦୁହେଁ ସୃଷ୍ଟିର ପ୍ରାରମ୍ଭ କାଳରେ ନିଷିଦ୍ଧ ଫଳ ଆସ୍ୱାଦ କରିଥିବା ଆଦାମ ଓ ଇଭ୍। ସେମାନଙ୍କ ଭଳି ଆମ ଆଗରେ ଥିବ ବିସ୍ତୀର୍ଣ୍ଣ ନୀଳ ଆକାଶ, ସବୁଜ ପୃଥିବୀ, ନିଜକୁ ଅନୁଭବ କରିବାର ସର୍ବଶ୍ରେଷ୍ଠ ମାର୍ଗ ଚୟନ କରିବା ହେବ ଆମ ଜୀବନର ଲକ୍ଷ୍ୟ। ଭାବି ଦେଖିଲ ଲୈଲା-ମଜନୁ, ରୋମିଓ-ଜୁଲିଏଟ୍ କଣ ସ୍ୱାମୀସ୍ତ୍ରୀ ଥିଲେ ? ତେବେ ଦୁନିଆଁ ସେମାନଙ୍କ ନାମ ଆଦରର ସହ ଉଚ୍ଚାରଣ କରେ କାହିଁକି ?

ବିବାହରେ ଗୌରବର ବିଷୟ କଣ ଥାଏ ? ବିବାହ ଏକ ବନ୍ଧନ, ପ୍ରେମ ମୁକ୍ତିର ଅନୁଭବ। ବିବାହ ଯଦି ନିତିନିୟମର ଅର୍ଦ୍ଦଲି ମଧ୍ୟରେ ଅନ୍ତଃନିଶ୍ୱାସୀ ତେବେ ପ୍ରେମ ମୁକ୍ତାକାଶ ବିହଙ୍ଗର ଅନ୍ତଃହୀନ ସଂଚରଣ। ସେଥିପାଇଁ ବୈବାହିକ ସଂପର୍କଠାରୁ ପ୍ରେମ ଉର୍ଦ୍ଧ୍ୱରେ।"

ସୂର୍ଯ୍ୟାଂଶର ପ୍ରେମିକସୁଲଭ ମାନସିକତାରେ ମୋ ପ୍ରେମିକା ହୃଦୟ ଘନୀଭୂତ ସୁଖରେ କିଛି ସମୟ ପାଇଁ ଚହଲିଯାଏ ନାହିଁ ତାହା କହିଲେ ସତ୍ୟର ଅପଲାପ ହେବ। ମାତ୍ର ମୁଁ ତାକୁ କିପରି ବୁଝାଇ ପାରିବି ଯେ ମୋର ଶେଷ ସେମିଷ୍ଟାର୍ ପରୀକ୍ଷା ପରେ ହିଁ ମୋ ପରିବାର ମୋତେ ବିବାହ ଦେଇ ତାଙ୍କ କନ୍ୟା ଦାୟରୁ ମୁକ୍ତିପାଇବାକୁ ଚାହିଁବେ। ବିନା ବିବାହରେ ତୁମ ସହ ଏକତ୍ର ରହିବାର ଅନୁମତି ପତ୍ରଟିଏ ମୁଁ କେବେହେଲେ ତାଙ୍କଠାରୁ ହାସଲ କରି ପାରିବି ନାହିଁ।

କିଛି ଶବ୍ଦ ହୃଦୟରେ ସୃଷ୍ଟି ହୋଇ ଓଠ ଉପକୂଳ ଛୁଏଁ, କିନ୍ତୁ କିଛି ଶବ୍ଦ

ନିଭୃତରେ ମିଳାଇଯାଏ ସେଇ ଅନ୍ତର ଭିତରେ। ସେଇ ମିଳାଇ ଯାଉଥିବା ଶବ୍ଦ ଭିତରେ ଥିଲା ସୂର୍ଯ୍ୟାଂଶକୁ ମୁଁ କେବେ କହିପାରୁନଥିବା କଥା।

ସହରର ରାତ୍ରି ଜୀବନ ସହିତ ସୂର୍ଯ୍ୟାଂଶ ହିଁ କରାଇଲା ପ୍ରଥମ ପରିଚୟ। ହୋଟେଲର ସାଂଧ ଆସର, କ୍ଲବ୍‌ର ନୃତ୍ୟଗୀତ, ହୁକ୍କାବାରରେ ବିଭିନ୍ନ ସୁଗନ୍ଧ ଆଘ୍ରାଣ କରୁଥିଲି ପ୍ରଥମଥର। ନିଷ୍ଚିତ ହେଉଥିଲିଏ ସୂର୍ଯ୍ୟାଂଶ ସେପରି କୌଣସି ମାଦକ ଦ୍ରବ୍ୟର ଦାସତ୍ୱ ସ୍ୱୀକାର କରିନାହିଁ।

ମୋ ତଥାକଥିତ ସଂକ୍ଷିପ୍ତ ପୃଥିବୀ ବାହାରେ ଅନ୍ୟ ଏକ ରଂଗୀନ ପୃଥିବୀର ଅବସ୍ଥିତି ସଂପର୍କରେ ଧାରଣା ନଥିଲା ମୋର। କେତେ ସଂକ୍ଷିପ୍ତ ଥିଲା ମୋ ପରିସର, କେତେ ସଂକ୍ଷିପ୍ତ ଥିଲା ମୋ ଉଡାଣର ପରିସୀମା। ତେବେ ସେ ସବୁ ଦୈନନ୍ଦିନ ବ୍ୟାପାର ନଥିଲା। ମୋ ପାଇଁ ଅଜ୍ଞାତ ପୃଥିବୀର କେତୋଟି ପରିସର ସହିତ ପରିଚିତ କରାଇବା ଥିଲା ସୂର୍ଯ୍ୟାଂଶର ଆଗ୍ରହ। ସେଇ ସ୍ଥାନମାନଙ୍କରେ ସୂର୍ଯ୍ୟାଂଶର ନୂଆ ପୁରୁଣା ବନ୍ଧୁମାନଙ୍କ ସହିତ ସାକ୍ଷାତ ହୁଏ। କେହି ସୂର୍ଯ୍ୟାଂଶକୁ ଈର୍ଷା କରନ୍ତି କେହି ମୋର ନିକଟତର ହେବାକୁ ଚେଷ୍ଟା କରନ୍ତି। କିନ୍ତୁ ଆମେ ଦୁହେଁଥିଲୁ ଆମ ସ୍ୱପ୍ନର ଦୁନିଆଁରେ ମଗ୍ନ। ଧୀରେଧୀରେ ସେ ମୋର ନିକଟତର ହେବାକୁ ଲାଗିଲା। ମୋ ମସୃଣ ପକ୍ଷରେ ଲାଗିଲା ଇନ୍ଦ୍ରଧନୁର ରଂଗ, ଦିଗ୍‌ବଳୟ ଦିଶିଲା ନିକଟତର। ଏବେ ସବୁକିଛି ଭାବମୟ।

ହଠାତ୍‌ ଦିନେ ଗାର୍ଲ୍‌ସ ହଷ୍ଟେଲ ବ୍ଲକ୍‌-ସି’ରୁ ଧରା ପଡିଲା ଚତୁର୍ଥ ବର୍ଷର ଛାତ୍ର କେତନ୍‌। ଘଟଣାଟି ପରମାଣୁ ବୋମାର ବିସ୍ଫୋରଣ ପରି ଭୟଙ୍କର ପରିସ୍ଥିତି ସୃଷ୍ଟି କରିବାର ଆଶଙ୍କାରେ ଆତଙ୍କିତ ହୋଇ ଉଠିଲୁ ଆମେ ଅନ୍ତେଃବାସିନୀଗଣ।

ମେଘା ବାରମ୍ବାର ନିଜ ସପକ୍ଷରେ ସଫେଇ ଦେଇ ଚାଲିଥିଲା ଯେ- ସେ କେତନକୁ ତା’ ରୁମ୍‌କୁ ଆମନ୍ତ୍ରଣ କରିନଥିଲା। ସେ ତା’ର ଖୁବ୍‌ ଭଲ ବନ୍ଧୁ।

ଓ୍ୱାର୍ଡେନ୍‌ଙ୍କ ଓଠର ତୂଣୀରରୁ ଯେଉଁ ବିଷାକ୍ତ ଶବ୍ଦମାନ ନିର୍ଗତ ହେଉଥିଲା ତାହାଏ କୌଣସି ହୃଦୟକୁ ରକ୍ତାକ୍ତ କରିବାକୁ ଥିଲା ଯଥେଷ- "ମେଘା! ବନ୍ଧୁତା ରକ୍ଷା କରିବାକୁ କଲେଜ ପରିସରସ୍ଥ କାଠଚଂପାଗଛର ଛାଇ, କ୍ୟାଫେର ନିର୍ଜନକୋଣ, ଲାଇବ୍ରେରୀର ଏକାନ୍ତ ସ୍ଥାନ କିମ୍ବା କଲେଜର ଅନେକ ଅନ୍ଧାରୁଆ ଅବ୍ୟବହୃତ କୋଠରୀ ଯଥେଷ୍ଟ ହେଲାନାହିଁ ଯେ ରୁମ୍‌ମେଟ୍‌ର ଅନୁପସ୍ଥିତିରେ ନିର୍ଜନ ରାତିରେ ସୁଉଚ୍ଚ ପ୍ରାଚୀର ଅତିକ୍ରମ କରି କେତନ ମଧ୍ୟରାତ୍ରିରେ ବନ୍ଧୁତା ରକ୍ଷା କରିବାକୁ ଆସିଲା ଓ ତୁମେ ବିରୋଧ କରିବା ପରିବର୍ତ୍ତେ ତାଙ୍କୁ ସାଦରେ ନିଜ କୋଠରୀରେ ଆଶ୍ରୟ ଦେଲ। ବାଃ, ବନ୍ଧୁତାର ପରିଭାଷା ଏବେ ତୁମ ମାନଙ୍କଠାରୁ ମୋତେ ଏ ଉତ୍ତର ବୟସରେ ଶିକ୍ଷା କରିବାକୁ ହେବ।"

ଉପସ୍ଥିତ ଆମ ସମସ୍ତଙ୍କର ମଥା ଲଜ୍ଜାରେ ଅବନତ ହୋଇଯାଇଥିଲା। ସତେ ଯେପରି ୱାର୍ଡେନ୍ ମେଘାର ନୁହେଁ ଆମ ସମସ୍ତଙ୍କର ଗୁପ୍ତ ପ୍ରଣୟର ପର୍ଦ୍ଦାଫାସ କରିଦେଇଛନ୍ତି।

ସେଦିନ ରାତିରେ କେବଳ କେତନ ଓ ମେଘାଙ୍କର ନୁହେଁ ଉପସ୍ଥିତ ସମସ୍ତ ଝିଅଙ୍କ ଭୁକୁମ୍ଭନ ହୋଇଥିଲା ୱାର୍ଡେନ୍ଙ୍କ ବ୍ୟବହାରରେ। ସତେ ଅବା ସେଦିନ ରାତ୍ରି ନାଟକର ସେ ହିଁ ଥିଲେ ଭୀଷଣ ଖଳନାୟିକା ଯେ ପ୍ରେମର ମସୃଣ ମାର୍ଗକୁ କରିଥିଲେ କଣ୍ଟକିତ ତାଙ୍କ ଅନୁଶାସନରେ। ଆମେ ସମସ୍ତେ ଅନୁରୋଧ କଲୁ ଘଟଣାଟିକୁ ଅଧିକ ଆଗକୁ ନ ବଢ଼ାଇବା ନିମନ୍ତେ। ମେଘା ଭୁଲ୍ ସ୍ୱୀକାର କରିବା ସଙ୍ଗେ ତତ୍ପରବର୍ତ୍ତୀ ଦିନ ମେଘା ଓ କେତନର ପରିବାରଙ୍କୁ ଡକାଇ ଏ ସଂପର୍କରେ ଅବଗତ କରାଗଲା। ସେ ଦୁଇଜଣ ନିଜ କୃତକର୍ମ ପାଇଁ ଅନୁତପ୍ତ ଥିଲେ। ଲଜ୍ଜିତ ହୋଇଥିଲେ ଉଭୟଙ୍କ ପରିବାରବର୍ଗ।

ମୁଁ ସେମାନଙ୍କ ସ୍ଥାନରେ ମୋ ବାପା ମା'ଙ୍କୁରଖି ଭୟରେ ଶିହରୀ ଉଠିଲି। ମୋ ପରିବାର ପାଇଁ ଅର୍ଥ ଅପେକ୍ଷା ସମ୍ମାନ ଚିରକାଲ ଗୁରୁତ୍ୱପୂର୍ଣ୍ଣ ପ୍ରସଙ୍ଗ ହୋଇ ରହିଛି।

ଆମେ ଅନେକ କଥା ଚିନ୍ତା କରିପାରୁ ଅଥଚ ବିଧି ନର୍ଦ୍ଦିଷ୍ଟ ଭବିଷ୍ୟତର ଅଜ୍ଞାତ ଅଧ୍ୟାୟ ସଂପର୍କରେ ଆମର ଜ୍ଞାନ ଖୁବ୍ ସୀମିତ। ଘଟିବାକୁ ଯାଉଥିବା ଘଟଣାର ଦିଗ ପରିବର୍ତ୍ତନ କରିବା ସେଇ ସୀମିତ ବଳବୁଦ୍ଧିର ସାଧାତୀତ।

ଦିନେ ସହରର ଜନାରଣ୍ୟ ଇଲାକା ଛାଡ଼ି ମନ ଉଡ଼ିବାକୁ ଚାହିଁଲା କେଉଁ ନିର୍ଜନ ପ୍ରବାଲ ଦ୍ୱୀପକୁ, ଯେଉଁଠିଥିବ ହର୍ଷୋତ୍ଫୁଲ୍ଲ ପକ୍ଷୀଙ୍କ କାକଲୀ, ସମୁଦ୍ରର ନୀଳ ନୀଳ ଆମନ୍ତ୍ରଣ, ପବନରେ ପ୍ରେମର ଅଜଣା ସିଂଫୋନୀ, ଆକାଶରେ ଥିବ ଔଦାର୍ଯ୍ୟ ଏ ସବୁଦୃଶ୍ୟକୁ ଏକତ୍ର ପ୍ରତିଫଳିତ କରିବାର। ପ୍ରେମରେ ପଡ଼ିଲେ ମନ ଚାହେଁ ଏକାନ୍ତ...।

ସପ୍ତାହାନ୍ତ ସୂର୍ଯ୍ୟାଂଶ ପୂର୍ଣ୍ଣିମାର ସମୁଦ୍ର ଦେଖିବା ନିମନ୍ତେ ମୋତେ ଆମନ୍ତ୍ରଣ କଲା ସତୁରି କିଲୋମିଟର ଦୂରସ୍ଥ ବେଲାଭୂମିକୁ। ଅନେକ ବର୍ଷ ତଳୁ ମୋ ମନ ତଳେ ସୁପ୍ତ ଇଚ୍ଛାଟିଏ ଥିଲା ଜୁଆରିଆ ସମୁଦ୍ର ଦେଖିବା ନିମନ୍ତେ। ଆମ ଘରଠାରୁ ସମୁଦ୍ର ଖୁବ୍ ଦୂରରେ ଥିବାରୁ ମୋର ଚିରକାଲ ସମୁଦ୍ର ପ୍ରତି ଦୁର୍ବଲତା। ସୂର୍ଯ୍ୟାଂଶର ଅନୁରୋଧକୁ ପ୍ରତ୍ୟାଖ୍ୟାନ କରିବାର କାରଣ ନଥିଲା।

କାମ ଶେଷ କରି ଶନିବାର ସଂଧ୍ୟାରେ ବାହାରି ଆସିଲୁ ଆମେ ଦୁଇଜଣ। ରାସ୍ତାରେ ସୂର୍ଯ୍ୟାଂଶର ପବନ ସହିତ ପ୍ରତିଯୋଗିତା କରି କ୍ଷିପ୍ର ଗତିରେ ଗାଡ଼ି ଚଳାଇବା

ନିମନ୍ତେ ଥରେ ବିରକ୍ତ ହୋଇଥିଲି କିନ୍ତୁ ସତେ ଯେପରି ଗାଡ଼ିରେ ନୁହେଁ ପବନର ପକ୍ଷରେ ଆମେ କ୍ଷଣିକରେ ପହଁଞ୍ଚ ଯାଇଥିଲୁ ବେଲାଭୂମିରେ ।

ପ୍ରଶସ୍ତ ବେଲାଭୂମି । ଅପର୍ଯ୍ୟାପ୍ତ ମନୁଷ୍ୟକୃତ କୋଲାହଲରେ ସମୁଦ୍ର ହରାଇ ବସିଥିଲା ତା'ର ମୋହମୟ ସ୍ୱର । ଜନାରଣ୍ୟ ବେଲାଭୂମିର କୋଲାହଲ ଛାଡ଼ି ଚାଲି ଆସିଲୁ ନିର୍ଜନ ପରିବେଶକୁ । ଆକାଶରେ ରୂପାଥାଲି ପରି ଜହ୍ନ । ସୁଉଚ ବାଲିବନ୍ତ ଉପରେ ବସି ଝାଉଁବନର ମର୍ମର ଧ୍ୱନିରେ ମନେ ହେଉଥିଲା ଏ ମାୟାବିନୀ କୁହୁକିନୀ ରାତିଠାରୁ ଅଧିକ କୁହୁକ ଅଛି ଏ ଜହ୍ନର ଜ୍ୟୋସ୍ନାରେ । ଜହ୍ନରୁ ଅମୃତଝରେ ପରା । କେବେ କେବେ ସ୍ୱର୍ଗର ମୋହ ତ୍ୟାଗ କରି ଅପସରୀ, ଯକ୍ଷିଣୀମାନେ ମର୍ତ୍ତ୍ୟର ଶୋଭା ସନ୍ଦର୍ଶନ ପାଇଁ ଓହ୍ଲାଇ ଆସନ୍ତି ପୂର୍ଣ୍ଣମୀରେ ସମୁଦ୍ରସ୍ନାନ ନିମନ୍ତେ । ଏହାର ସତ୍ୟତା ଅଗୋଚର ମାତ୍ର ମୁଁ ପାଲଟିଲି ସେଇ କିନ୍ନରୀ କନ୍ୟା ଓ ଅମୃତ ତୋଲି ଧରିବାକୁ ଦୁଇ ହାତ ପାପୁଲି ଉନ୍ମୁକ୍ତ କରିଦେଲି । ମୋ ମନର ନିରବ ଉପତ୍ୟକାରେ ଏବେ ଗୀତିମୟ ଶଙ୍ଖମାନଙ୍କର ମଧୁର ମୂର୍ଚ୍ଛନା ।

ସାମ୍ନାରେ ସମୁଦ୍ର । ମୋ ନୀଳନୀଳ ତୁଷାର ଆଦିଗନ୍ତ ବର୍ଣ୍ଣିଲ ଇଲାକା । ମୁଁ ସ୍ୱପ୍ନରେ ନିତିସ୍ନାନ କରେ ସେଇ ସମୁଦ୍ରରେ ଅଥଚ ବାସ୍ତବରେ ଛୁଇଁବାକୁ ପ୍ରାଣର ଭୟ । ଖୁବ୍ ଭୟ ତା'ର ଆକର୍ଷଣକୁ ତା'ର ଉଜ୍ଜ୍ୱଲ ପ୍ରେମକୁ । ପୂର୍ଣ୍ଣମୀର କୁଆରିଆ ସମୁଦ୍ରଠାରୁ ମୋ ହୃଦୟ ପାଲଟିଲା ଅଧିକ କୁଆରିଆ । ତାକୁ ସ୍ପର୍ଶ ନକରି ମଧ ତା'ର ଆଲିଙ୍ଗନରେ ମୁଁ ହେଲି ଆନମନା ।

ମୋ ମୁକୁଲା କେଶରେ ସୂର୍ଯ୍ୟାଂଶ ଅଙ୍ଗୁଲିର ମୋହମୟ ସ୍ପର୍ଶ ଅନୁଭବ ହେଲେ ମଧ ପ୍ରତିବାଦ କରିପାରୁନଥିଲି । ଏ ରାତି, ଏ ଜହ୍ନ, ଏ ଜ୍ୟୋସ୍ନା ଓ ପବନ ସବୁକିଛି ମୋର ଇନ୍ଦ୍ରିୟମାନଙ୍କୁ କରିଥିଲେ ଚପଲ ।

ଅନ୍ଧକାରର ସାନ୍ଦ୍ରତା ଚଢ଼ିଲା । ଗେଷ୍ଟହାଉସର ଉନ୍ମୁକ୍ତ ବାତାୟନ ପାର୍ଶ୍ୱରେ ଜ୍ୟୋସ୍ନା ମଧୁପାନ ଅପେକ୍ଷାରେ ବସି ରହିଥିଲୁ ଆମେ ଦୁଇ ପ୍ରେମପକ୍ଷୀ ।

ମନେପଡ଼ିଗଲା । ଅଭିଶପ୍ତ ଚକୋରୀର କଥା, ଯାହାକୁ ମର୍ତ୍ତ୍ୟଲୋକର ଜଳପାନ କରିବାକୁ ନିଷେଧାଦେଶ । ସେ ପାନ କରିବ କେବଲ ଚନ୍ଦ୍ର ଜ୍ୟୋସ୍ନା । ଯେଉଁଦିନ ସେ ଏ ଆଦେଶକୁ ଅବମାନନା କରିବ ସେ ଦିନ ଘଟିବ ତା'ର ଅପମୃତ୍ୟୁ । ସଜଲ ହୋଇ ଉଠିଲା, ମୋ ଆଖିପତା, ନିରବତା ହେଲା ପ୍ରଗଲ୍ଭ ଓ ଖୋଲିଦେଲା  ଦୀର୍ଘଦିନ ରୁ ଆଉଜା ଥିବା ମୋ ମନର ଗବାକ୍ଷ ।

ଅନେକ ସମୟ ପରେ ଅନୁଭବ ହେଲା ସୂର୍ଯ୍ୟାଂଶର ନିବିଡ଼ ବାହୁବନ୍ଧନରେ ମୁଁ । ମୁକୁଲିତ ମୋ ଦେହର ପ୍ରତିଟି ପାଖୁଡ଼ାରେ ଏବେ ଲୁବ୍ଧ ଭ୍ରମରର କୋମଲ

ଦଂଶନ । ମୁଦ୍ରିତ ଆଖ୍ୟପତା କମ୍ପିତ ଅଧରର ଉପକୂଳ ଛୁଇଁ ଛୁଇଁ ସେ ଅନୁଭବ ଅତିକ୍ରମ କଲା ବକ୍ଷ, ନାଭି ଓ ତାର ଉପାନ୍ତକୁ । ମୋ ଅନାଘ୍ରାତ ନିଷିଦ୍ଧ ପଦ୍ମବନରେ ଏବେ ତା' ଅମିତ ଅନୁରାଗରେ ଅମୋଘ ସ୍ୱାକ୍ଷର ।

ମଧୁର ଯନ୍ତ୍ରଣାର ଅନୁଭବରେ ମୁଁ କ୍ଲାନ୍ତ । ମୋ ସ୍ପନ୍ଦିତ ହୃଦୟ ଆବେଗରେ ଘନ ଘନ କମ୍ପମାନ । ଥରଥର ମୋ ନିଶ୍ୱାସରେ ସହସ୍ର ଢେଉର ସମାରୋହ । ଆମେ ଏବେ ସ୍ରଷ୍ଟାଙ୍କର ଆଦେଶ ଅବମାନନା କରି ପରିଣତିକୁ ଉପେକ୍ଷା କରି ନିଷିଦ୍ଧ ଫଳ ଆସ୍ୱାଦ କରିଥିବା ଆଦାମ୍ ଓ ଇଭ୍– ପୃଥିବୀର ପ୍ରଥମ ପୁରୁଷ ଓ ନାରୀ ।

ମର୍ତ୍ତ୍ୟ ଲୋକର ଜଳପାନ କରିବାର ନିଷେଧାଦେଶ ଅମାନ୍ୟ କରିଥିବା ଅଭିଶପ୍ତ ଚକୋର ଚକୋରୀ ।

ସ୍ରଷ୍ଟାଙ୍କ ନିୟମ ଉଲଂଘନ କରିଥିବା ହେତୁ ଅଭିଶାପରେ ମର୍ତ୍ତ୍ୟାବତରଣ କରିଥିବା ଅଭିଶପ୍ତ ଗନ୍ଧର୍ବ ଗନ୍ଧର୍ବୀ ।

ସୂର୍ଯ୍ୟାଂଶର ନିବିଡ ପ୍ରେମକୁ ପ୍ରତିରୋଧ କରିବା ସମ୍ଭବ ହେଲାନାହିଁ । କାରଣ ସେ ମୋ ଆଖିରେ ପାଲଟିଯାଇଥିଲା ସେଇ ନୀଳ ନୀଳ ସମୁଦ୍ର, ଯାହା ମଝରେ ମୋ ଦୀର୍ଘଦିନର ଅପୂରଣୀୟ ଇଚ୍ଛାମାନେ ଲମ୍ଫ ଦେବାକୁ ବାଟ ଖୋଜୁଥିଲେ । ସେ ମୋ ଶାରୀରିକ ତୃଷ୍ଣା ନଥିଲା । ଗୋଟିଏ ପ୍ରଗଳ୍ଭା ତଟିନୀର ପ୍ରେମର ଏକାନ୍ତିକ ଆତ୍ମ ସମର୍ପଣ ମାତ୍ର ।

ପ୍ରେମର ପରବର୍ତ୍ତୀ ସୋପାନ ଶାରୀରିକ ଇଚ୍ଛା ବୋଲି ମୁଁ ବିଶ୍ୱାସ କରେନାଁ । ସେଦିନ ସୂର୍ଯ୍ୟାଂଶ ବିଶାଳ ସମୁଦ୍ର ପାଲଟିଗଲା ଓ ମୁଁ ସାଗର ସନ୍ଧାନରେ ଦୀର୍ଘପଥ ଅତିକ୍ରମ କରି ଆସିଥିବା ଗୋଟିଏ ତୃଷିତ ତଟିନୀ । ନିଜର ମଧୁରତା ହରାଇବାର ନିଶ୍ଚିତ ପରିଣାମକୁ ଉପେକ୍ଷା କରି ଯେ ହରାଇ ବସିଥିଲା ନିଜର ସ୍ଥିତପ୍ରଜ୍ଞତା ।

ପ୍ରକୃତିସ୍ଥ ହେଲା ସମୟ । ସୂର୍ଯ୍ୟାଂଶର ବାହୁବନ୍ଧନରୁ ନିଜକୁ ମୁକ୍ତ କରି ଦୁଇ ହାତ ପାପୁଲିରେ ମୁହଁକୁ ଘୋଡାଇ ରଖି ଅନେକ କାନ୍ଦିଲି । ମୁଁ ଏକଣ କଲି ? ବିକ୍ଷିପ୍ତ କ୍ଲାନ୍ତ ଦେହକୁ ଏକତ୍ର କରି ନିଜକୁ ଆଉଥରେ ଗଢିବା ପାଇଁ ଚେଷ୍ଟା କଲି କିନ୍ତୁ ଅକ୍ଷତ ଭାବରେ ନିଜକୁ ଗଢି ପାରିଲି ନାହିଁ ।

ଅନେକ ସମୟ ପରେ ସୂର୍ଯ୍ୟାଂଶ ମୁହଁ ଖୋଲିଲା– ସାରା ! ଦୁଇବର୍ଷ ପରେ ଆମେ ବିବାହ କରିବା, ମୋ ପରିବାରରେ ଏ ବିବାହ ପାଇଁ ଆପତ୍ତି ରହିବ ନାହିଁ । ତଥାପି ଯାହା କିଛି ଘଟିଗଲା ସେଥିପାଇଁ ମୁଁ ଅନୁତପ୍ତ ତୁମେ ଯାହା ଦଣ୍ଡ ଦେବ ମୁଁ ମାନିନେବାକୁ ପ୍ରସ୍ତୁତ ।

ମା'ଙ୍କ ଅବର୍ତ୍ତମାନରେ ମୋ ଭିତରେ ଯେଉଁ ଢେଉର ତାଣ୍ଡବ ସୃଷ୍ଟି ହୋଇଥିଲା ।

ସେ ଝଡ଼ ତୁମ ସାନିଧ୍ୟରେ ହୋଇଥିଲା ଶାନ୍ତ । ତେବେ ଏଇ କିଛିଦିନ ତୁମର ନିକଟତର ହେବା ମଧ୍ୟ ମୋ ସ୍ନାୟୁର ସହରରେ ଖୁବ୍ ଉପଦ୍ରବ କରିଛି । ତଥାପି ତୁମକୁ ନେଇ ମୁଁ ଏସବୁ ଭାବନା କେବେ କରିନଥିଲି । ଆଜିର ଦୁର୍ବଳ ମୁହୂର୍ତ୍ତରେ ତୁମର ନିରବତା ମୋ ଭିତରେ ଥିବା ଝଡ଼ଟିକୁ ବହିଯିବା ପାଇଁ ରାସ୍ତାଟିଏ ଦେଖାଇ ଦେଲା ।

ଏବେ ସୂର୍ଯ୍ୟାଂଶ ଉପରେ ନୁହେଁ, ନିଜ ଉପରେ କ୍ରୋଧ ଆସୁଥିଲା ମୋର । ମୋ ନିରବତାକୁ ସମ୍ମତି ମନେକରିବାରେ ତା’ର ଯେତିକି ଦୋଷ ତା’ଠାରୁ ଅଧିକ ଭାବରେ ମୁଁ ଦୋଷୀ । ପ୍ରକୃତିର ସୌନ୍ଦର୍ଯ୍ୟରେ ମୁଗ୍ଧ ହୋଇ କାହିଁକି ମୁଁ ପ୍ରେମକୁ ମନେ କଲି ସୃଷ୍ଟିର ସେହି ଅସଂଖ୍ୟ ଅନୁଭବ ମଧ୍ୟରୁ ଗୋଟିଏ ।

ପ୍ରେମ ଅମୃତର ଆସ୍ୱାଦ, କିନ୍ତୁ ମୁଁ ଦେହଜ ପ୍ରେମରେ ବିଶ୍ୱାସ କରେନା । ଝରଝର କରି ଅଶ୍ରୁ ନିଗିଡ଼ି ଆସୁଥିଲା ମୋ ଦୁଇ ଚକ୍ଷୁରୁ । ମନ ଓଦା ହୋଇଯାଉଥିଲା ମୋର କୃତକର୍ମ ପାଇଁ । ମୁଁ କହିପାରିଲି ନାହିଁ ଯେ ମୁଁ ତ ନିଶାଗ୍ରସ୍ତ ଥିଲି ତୁମ ପ୍ରେମରେ । ଅନେକ ଦିନରୁ ତୁମ ଭିତରେ ସମାହିତ ହେବାପରେ ବୁଝିପାରିଲି ନାହିଁ ଆମର ଆତ୍ମା ଗୋଟିଏ ହେଲେ ମଧ୍ୟ ଶରୀର ଦୁଇଟି । ଯେଉଁ ଶରୀର ପାଇଁ ଶୃଙ୍ଖଳା ଓ ଅନୁଶାସନର ସୀମାତିକ୍ରମ କରିବା ଅନୌଚିତ କାର୍ଯ୍ୟ ।

ନିଶାଗ୍ରସ୍ତ ପରି ନିଜକୁ ଲୋଟାଇ ଦେଲି ଶୁଭ୍ରଚନ୍ଦ୍ର ଜ୍ୟୋସ୍ନାରେ ପ୍ଲାବିତ ଦୁଗ୍ଧ ଫେନୀଳ ଶଯ୍ୟାରେ । ମୋ ଉପରେ ଜହ୍ନ ବିଂଚି ଦେଉଥିଲା ଅନୁରାଗର ରେଣୁ ଜହ୍ନ ମୋତେ ଚାହିଁ ହସୁଥିଲା । ସେ ଫୁଲେଇ ଜହ୍ନ ଉପରେ ଖୁବ୍ ରାଗ ଆସୁଥିଲା ମୋର । ନିଜେ ଦୁନିଆଁ ଆଖିରେ କଳଙ୍କିନୀ ବୋଲି ମୋ ଦେହରେ ଟିକେ କଳଙ୍କ ଲଗାଇବାକୁ ତା’ର ଏତେ ଯୋଜନା ।

ସେଇ ଜହ୍ନର ଶୀତଳ ଜ୍ୟୋସ୍ନାରେ ସୂର୍ଯ୍ୟାଂଶର ଚେହେରା ଦିଶୁଥିଲା ମ୍ଲାନ । ବୋଧ ହୁଏ ସେ ତା’ର ଅନୌଚିତ ବ୍ୟବହାର ପାଇଁ ଦୁଃଖିତ ଥିଲା ।

ଆଜି ପ୍ରଥମ ଥର ପାଇଁ ଆକାଶ ଛୁଇଁଲା ପୃଥିବୀ । ମୋ ସଂସ୍କାରୀ ହୃଦୟ ଚାହୁଁଥିଲା ଦିନଦିନ ମାସମାସ ସେଇ ନିବୁଜ କୋଠରୀ ଭିତରେ ପଡ଼ି ରହିବାକୁ । ନିଜ ପରିବାର, ସମାଜ ସମସ୍ତଙ୍କୁ ସବୁ ଦିନପାଇଁ ପଛ କରି ଏକାକୀ ଚାଲିବାକୁ ନିଜ ରାସ୍ତା ।

କିନ୍ତୁ ବାସ୍ତବତାକୁ କଣ ଅଣଦେଖା କରିହୁଏ ? ଅବା ତା’ର ଉପସ୍ଥିତିକୁ କରିହୁଏ ଅସ୍ୱୀକାର ? ହଷ୍ଟେଲ ଫେରିଆସି ଅସୁସ୍ଥତାର ବାହାନାରେ ପଡ଼ି ରହିଲି ସାରାଦିନ । ଜିଙ୍ଗିଲ୍ ମୋ ନିରବତାକୁ ନେଇ ସନ୍ଦେହ କଲା । ବୁଝାଇଲା ଏପରି କ୍ଲାସ ନଯାଇ ନଖାଇ ନ ପିଇ ପଡ଼ି ରହିଲେ ୱାର୍ଡେନ୍ଙ୍କ କାନକୁ କଥା ଯିବ । ଘଟଣାଟି ଅନ୍ୟମାନଙ୍କ ସନ୍ଦେହର ବଳୟ ଭିତରକୁ ମଧ୍ୟ ଆସିପାରେ ।

କିଛି ବୁଝିବାର ମାନସିକ ଅବସ୍ଥା ନଥିଲା ମୋର

ଜିଙ୍ଗିଲ୍‌ର ସ୍ୱର ଶୁଭିଲା ଆଶ୍ୱାସନା ଭରା — "ସାରା ! ଏପରି ଅନେକ ଘଟଣା ଘଟିଥାଏ, ଯାହା ପୂର୍ବସ୍ଥିତିକୁ ଫେରିବା ସମ୍ଭବ ନୁହେଁ। ସୂର୍ଯ୍ୟାଂଶ ତୁମକୁ ଅନେକ ଦିନ ଧରି ନିକଟରେ ପାଇ ମଧ ହରାଇ ନଥିଲା ତା'ର ସଞ୍ଜମତା। ତୁମେ ଦୁହେଁ ଏକାନ୍ତରେ ସମୁଦ୍ର କୂଳେ ଜ୍ୟୋସ୍ନା ସ୍ନାନ କରିବା ପରେ ଅଜ୍ଞାତରେ ଆକର୍ଷିତ ହୋଇଥିଲ ପରସ୍ପର ପ୍ରତି। ଏମିତି ପୂର୍ଣ୍ଣମୀ ରାତି କେବେ କେବେ ପ୍ରେମିକ ପ୍ରେମିକାଙ୍କୁ ପ୍ରଗଳଭ କରେ। ଏଥିପାଇଁ ସୂର୍ଯ୍ୟାଂଶକୁ ଦାୟୀ କରିବା ଯୁକ୍ତିଯୁକ୍ତ ନୁହେଁ। ତୁମେ ଦୁହେଁ ସମ ପରିମାଣରେ ଏ ଘଟଣା ପାଇଁ ଦାୟୀ।

ତୁମେ ପୃଥିବୀ ଇତିହାସର ପ୍ରଥମ କିମ୍ବା ଶେଷ ଝିଅ ନୁହେଁ, ଯାହା ଜୀବନରେ ଏପରି ଘଟିଗଲା। ତୁମ ରକ୍ଷଣଶୀଳ ମନୋଭାବ, ସଂସ୍କାରୀ ଚିନ୍ତାଧାରାକୁ ମୁଁ ସମ୍ମାନ କରେ କିନ୍ତୁ ସେଥିପାଇଁ ଯେ ତମେ କିଛି ଗୋଟାଏ ସାଂଘାତିକ ପ୍ରତିକ୍ରିୟା ଦେଖାଇବ ସେ ସପକ୍ଷରେ ମୁଁ ନୁହେଁ।"

ଜିଙ୍ଗିଲ୍‌ ମୋ କାନରେ ଫିସ୍‌ଫିସ୍‌ କରି କହିଲା କିଛି ମେଡିସିନ୍‌ ଦେଉଛି ଖାଇଦିଅ, ଯନ୍ତ୍ରଣା ଲାଘବ ହେବ।

ମୋ ଶରୀରର ଦୁଃସ୍ଥିତି ପାଇଁ ମୋର ବ୍ୟସ୍ତତା ନଥିଲା। ମୋ ଆତ୍ମା ରକ୍ତାକ୍ତ ହେଉଥିଲା ମୋ ଅପରିଣାମଦର୍ଶିତା ପାଇଁ। ମୋ ଭିତରେ ଅନନ୍ତ ସାଗରର ଉଦ୍‌ବେଳନ, ମହାବାତ୍ୟାର ଘୂର୍ଣ୍ଣି। ସେ ଅଶାନ୍ତ ଘୂର୍ଣ୍ଣି ଭିତରେ ମୁଁ ପାଲଟିଗଲି ଅସହାୟ ଝରାପତ୍ରଟିଏ।

ତା'ପରେ ସୂର୍ଯ୍ୟାଂଶର କଲ୍‌ ମୁଁ ରିସିଭ୍‌ କରେନା, ତା' ମେସେଜ୍‌ର ପ୍ରତ୍ୟୁତ୍ତର ଦିଏ ନା। ତା' ଲାଲ୍‌ ରଙ୍ଗର ସୁଦୃଶ୍ୟ ଗାଡ଼ିଟି ଘଣ୍ଟା ଘଣ୍ଟା ଧରି ମୋ ପ୍ରତୀକ୍ଷାରେ ହଷ୍ଟେଲ୍‌ ଗେଟ୍‌ ସମ୍ମୁଖରେ ଠିଆ ହୋଇ ରହିବା ସତ୍ତ୍ୱେ ତା' ସହିତ ଦେଖା କରିବାର ଆଗ୍ରହଟି ମଉଳି ଯାଏ। ଜିଙ୍ଗିଲ୍‌ ହାତରେ ସୂର୍ଯ୍ୟାଂଶ ମୋ ପାଖକୁ ଫୁଲ, ଚକୋଲେଟ୍‌ ଓ 'ସରି' ଲେଖାଥିବା କାର୍ଡ ପଠାଇଲେ ମଧ ସେ ସବୁକୁ ସ୍ପର୍ଶ କରିବାକୁ ଇଚ୍ଛା ହୁଏନା। ମନଟା ଉଦାସ ହୋଇଯାଏ ବେଳକୁ ବେଳ। ସୂର୍ଯ୍ୟାଂଶ ସହିତ ଦେଖା ହେବାର ଆଶଙ୍କାରେ ଦୁଇଦିନ ପଡ଼ି ରହିଲି ହଷ୍ଟେଲ୍‌ ଭିତରେ।

ଜିଙ୍ଗିଲ୍‌ ମୋ ପାଇଁ କଷ୍ଟ ପାଏ। ଅନୁରୋଧ କରେ ସାଧାରଣ ଜୀବନକୁ ଫେରି ଆସିବା ପାଇଁ। ସତର୍କ କରାଇ ଦିଏ ଅଙ୍କିତ ଭଳି ସୂର୍ଯ୍ୟାଂଶ ଯଦି କିଛି କରିବସେ ସେଥିପାଇଁ କେବଳ ମୁଁ ଦାୟୀ ରହିବି। ଶେଷରେ ବୁଝାଏ ଏତେ ଭାବପ୍ରବଣତା ଭଲ ନୁହେଁ ସାରା ! ସୂର୍ଯ୍ୟାଂଶ ତୁମ ସରଳତାର ସୁଯୋଗ ନେଇଛି ବୋଲି ମନରେଥିବା ଅବାସ୍ତବ ଧାରଣାଟିକୁ ମନରୁ ଲିଭାଇ ଦିଅ। ଏହା ଦୀର୍ଘଦିନ ଧରି ଦୂରତା ରକ୍ଷାକରି

ଆସିଥିବା ତୁମ ଦୁହିଁଙ୍କ ଚରମ ଆକର୍ଷଣର ଫଳଶ୍ରୁତି। ପ୍ରେମ ସଂପର୍କରେ ଦୂରତା ଯେତେ ବଢ଼ିଯାଏ ଆକର୍ଷଣ ସେତେ ପ୍ରଗାଢ଼ ହୁଏ। ଏଇଟା ହେଉଛି ପ୍ରେମର ପ୍ରଥମ ନିୟମ।

ମୁଁ ହସି କହିଲି ଜିଙ୍ଗିଲ! ନିଉଟନ୍‍ଙ୍କ ତିନୋଟି ନିୟମ ପରି ପ୍ରେମ ଉପରେ ତୁମର ଭାବଗର୍ଭକ ନିୟମମାନ ଦିନେ ପୃଥିବୀ ଇତିହାସରେ ସୁବର୍ଣ୍ଣାକ୍ଷରରେ ଲିପିବଦ୍ଧ ହେବ।

ଠିକ୍ ଏଇ ସମୟରେ ମୋତେ ଭୀଷଣ ଥଣ୍ଡାଜ୍ୱର ହେବାରୁ ବାପା ଖବର ପାଇ ହଷ୍ଟେଲରେ ପହଞ୍ଚିଲେ। ଅନ୍ୟ କେଉଁଦିନ ହୋଇଥିଲେ ପଢ଼ାପଢ଼ିର ବ୍ୟସ୍ତତା ଯୋଗୁଁ ତାଙ୍କ ସହିତ ଯିବାର ଆଗ୍ରହକୁ ଏଡ଼ାଇ ଯାଇଥାନ୍ତି। ମାତ୍ର ମୁଁ ଚାହୁଁଥିଲି ଟିକେ ଏକାନ୍ତ, ତେଣୁ ବାପା ଥରେ ମାତ୍ର ଘରକୁ ଯିବାକୁ କହିବାମାତ୍ରେ ମୁଁ ଛୁଟି ଦରଖାସ୍ତ ଦେଇ ତାଙ୍କ ସହିତ ଘରକୁ ଚାଲି ଆସିଲି।

ସୂର୍ଯ୍ୟାଂଶଠାରୁ ଦୂରେଇ ଆସିବାପରେ ମଧ ମନ ତା' ପାଇଁ ବ୍ୟାକୁଳ ହେଉଥିଲା। ମୋ ଅନୁପସ୍ଥିତି ଓ ଉପେକ୍ଷାର ଯନ୍ତ୍ରଣା ସେ ସହ୍ୟ କରିପାରିବତ! ଜିଙ୍ଗିଲର ପ୍ରେମର ପ୍ରଥମ ନିୟମ ସତ୍ୟ ସାବ୍ୟସ୍ତ ହେଲା।

ଘରେ ପହଞ୍ଚିବାରେ ମା' ଏପରି ଆନନ୍ଦିତା ହେଲେ ସତେ ଯେପରି ମୁଁ କେଉଁ ଉପଗ୍ରହରୁ ଫେରି ଆସିଛି ଦୀର୍ଘ ଦଶନ୍ଧି ପରେ, ଯେଉଁଠାରୁ ମୋ ଫେରିବାର ତିଳେ ମାତ୍ର ସମ୍ଭାବନା ନଥିଲା। ବାପା ମା'ଙ୍କୁ କହିଲେ ସୁନନ୍ଦା! ସାରା ଖୁବ ଦୁର୍ବଲ ହୋଇଯାଇଛି। ବୋଧହୁଏ ହଷ୍ଟେଲରେ ଠିକ୍ ଭାବରେ ଖିଆପିଆ କରୁନାହିଁ, ତୁମେ ତାର ଯତ୍ନ ନିଅ।

ଦୁଇଦିନ ପରେ ଦୋଳଛୁଟି। ଘରେ ସପ୍ତାହଟିଏ ରହିଯିବାର ଯୋଜନା ଥିଲା। କ୍ରମାଗତ ଭାବରେ ସୂର୍ଯ୍ୟାଂଶର ଫୋନ୍ କଲ୍ ଆସୁଥିଲା ଓ ମେସେଜ୍‍ରେ ମେସେଜ୍ ବକ୍ସ ପୂର୍ଣ୍ଣ ହୋଇଯାଉଥିଲା। ଘଟିଯାଇଥିବା ଘଟଣା ପାଇଁ ସେ ଦୁଃଖିତ ହୋଇ ଯାହାସବୁ ଲେଖୁଥିଲା ତାହା ଏହିପରି –

"ସାରା! ତୁମେ ଯଦି ମୋତେ ଅପରାଧୀ ମନେ କରିଥାଅ ସେଥିପାଇଁ ମୁଁ ଦୁଃଖିତ। ତୁମେ ସ୍ଥିରଚିତ୍ତରେ ଥରେ ଚିନ୍ତାକର। ହୋଇଥାଇପାରେ ଏହା ମୋର ତୁମ ପ୍ରତି ଦୀର୍ଘଦିନର ଆକର୍ଷଣର ଫଲ। ମୁଁ ଯେତେବେଳେ ମୋ ସ୍ନେହର ଅମୃତ ସ୍ରୋତଟିକୁ ହରାଇ ବିକ୍ଷିପ୍ତ ହୋଇଯାଉଥିଲି, ତୁମେ ସେତେବେଳେ ମୋତେ ଶାନ୍ତ ଓ ସମାହିତ କଲ। ତୁମ ସ୍ନେହରେ ମୁଁ ପ୍ରକୃତିସ୍ଥ ହେବାପରେ ସାମାନ୍ୟ ଭୁଲ୍ ପାଇଁ ତୁମେ ମୋତେ ପୁନର୍ବାର ଠେଲିଦେଲ ସେଇ ଅନିଶ୍ଚିତତାର ଅନ୍ଧାରି ଗହ୍ୱର ମଧକୁ।

ତୁମେ ଯେ ମୋତେ ପ୍ରେମ ନୁହେଁ ଦୟା ଓ ଅନୁକମ୍ପା କର ଏହା ବୁଝିବାରେ ଖୁବ୍ ବିଳମ୍ବ ହୋଇଗଲା...।"

ମୁଁ ଆଉ ପଢ଼ିପାରେନା। ସୂର୍ଯ୍ୟାଂଶ ଉପରେ ଅଭିମାନ ପରିବର୍ତ୍ତେ ମୋର ନିଜ ଉପରେ କ୍ରୋଧ ଜାତ ହୁଏ। ସତରେ ଯଥାର୍ଥ ପ୍ରତିକ୍ରିୟା ପ୍ରକାଶ କରିବାର ଅନଭିଜ୍ଞତାର ଫଳ ମୁଁ ଭୋଗୁଛି। ସୂର୍ଯ୍ୟାଂଶକୁ ମୁଁ ଭଲପାଏ। ତା' ପ୍ରତି ଆକର୍ଷଣ ଯେ ନଥିଲା ତାହା ମଧ୍ୟ ନୁହେଁ, କିନ୍ତୁ ମୋ ସଂସ୍କାରୀ ହୃଦୟ ନୈତିକତାର ନୀତିନିୟମକୁ ଉଲଂଘନ କରିବା ମୋତେ ବ୍ୟଥିତ କରୁଥିଲା।

ଛୁଟି ଶେଷହେବା ପରେ ବାପା ମୋତେ ହଷ୍ଟେଲ ଛାଡ଼ିବାକୁ ଆସିଲେ। ପ୍ରତିଥର ପରି ମା'ଙ୍କ ହାତ ତିଆରି ଲଡ଼ୁ ଖଜା, ବାଦାମ ଭଜା, ଚୂଡ଼ା ଛତୁଆ ଆସିଥିଲା ସାଥୀରେ। ବ୍ୟାଗ ଭର୍ତ୍ତି ଖାଦ୍ୟ ନପଠାଇଲେ ମା'ଙ୍କ ମନ କିଛିଦିନ ଧରି ଅଶାନ୍ତ ରହୁଥିବାରୁ ମୁଁ ତାଙ୍କ ଇଚ୍ଛାକୁ ବିରୋଧ କରେନା। ଘରେ ଯେତେଦିନ ରହିଥିଲି ତାଙ୍କଠାରୁ ଦୂରେଇ ରହିବାର ଚେଷ୍ଟା କରିଥିଲି ଅସୁସ୍ଥତାର ବାହାନାରେ। ଭୟ କରୁଥିଲି ରାତିକୁ କିମ୍ବା ଅନ୍ଧାରକୁ ନୁହେଁ। ଆଲୋକକୁ ଓ ମୋ ଅନ୍ତରାୟଙ୍କୁ ବିଶେଷକରି ମୋ ମା'ଙ୍କର ଚକ୍ଷୁର ପବିତ୍ରତାକୁ।

ହଷ୍ଟେଲରେ ବାନ୍ଧବୀମାନେ ମୋର ସ୍ୱାସ୍ଥ୍ୟ ଭଗ୍ନ ହୋଇଥିବା ଟିସ୍ପଣୀ ବାଢ଼ିଥିଲେ। ଜିଙ୍ଗିଲ ହିଁ ସୂଚନା ଦେଇଥିଲା କେବଳ ସ୍ୱାସ୍ଥ୍ୟଗତ ନୁହେଁ ମାନସିକ ଭାବରେ ମଧ୍ୟ ମୁଁ ଅନେକାଂଶରେ ରୁଗ୍ଣ ହୋଇଯାଇଛି।

ତାପରେ ସେ କେବେ ମୋତେ ବାନ୍ଧବୀ ପରି ଆଶ୍ୱାସନା ଦିଏ ତ କେବେ ବିଦୂଷିକା ପରି ବ୍ୟଙ୍ଗଗର୍ଭରେ ମୋତେ ପ୍ରଫୁଲ୍ଲିତ ରଖିବାକୁ ଚେଷ୍ଟା କରେ। କେବେ ତା'ର ପ୍ରେମିକ ବଦ୍ରିନାଥ ସମ୍ପର୍କରେ ରୋଚକ କଥା କହି ମୋ ଭିତରେ ସ୍ୱାଭାବିକତା ଫେରାଇ ଆଣିବାର ପ୍ରୟାସ କରେ। ମାତ୍ର ଏକ ଉଦାସୀନତା ଛାଇଯାଇ ଥିଲା ମୋ ଦେହ ମନ ଓ ମସ୍ତିଷ୍କରେ। ମୋତେ ଛୁଇଁ ପାରୁନଥିଲା ତା'ର ପ୍ରଗଳ୍ଭ ବ୍ୟବହାର। କିଛିଦିନ କ୍ଲାସ୍ କରିପାରିନଥିବାରୁ ସେ ସମୟରେ ମୋହିତ ରାତିରାତି ଅନିଦ୍ରା ରହି ମୋତେ ପ୍ରୋଜେକ୍ଟ ପ୍ରସ୍ତୁତ କରିବାରେ ସାହାଯ୍ୟ କରିଥିଲା।

ହଁ ମୋହିତ ସମ୍ପର୍କରେ କଣ ବା କହିବି ? ଶ୍ୟାମଳ ରଙ୍ଗ, ସାଧାରଣ ସ୍ୱାସ୍ଥ୍ୟର ପିଲାଟିଏ। ସଂସାରର ସବୁ ନୀତିନିୟମ ଯେପରି ତା'ରି ପାଇଁ ହିଁ ଗଢ଼ା ଯାଇଥିଲା। ସଠିକ୍ ସମୟରେ କ୍ଲାସରେ ପହଞ୍ଚିବା, ପ୍ରୋଜେକ୍ଟ ସବମିଟ୍ କରିବା, ଗେଷ୍ଟ ଲେକ୍ଚରର ଆମୂଳଚୂଳ ଶୁଣି ପାଠ୍ୟପୁସ୍ତକ ବର୍ହିଭୂତ ପ୍ରଶ୍ନ କରିବା ବ୍ୟତୀତ ଶାନ୍ତି ଶୃଙ୍ଖଳା ରକ୍ଷା କରିବାର ଦାୟିତ୍ୱଟି ସେ ନିଜେ ଗ୍ରହଣ କରିଥିଲା। ସେଥିପାଇଁ ଦୁଇପକ୍ଷ ଛାତ୍ର ବା

ମ୍ୟାନେଜମେଣ୍ଟ ଓ ଛାତ୍ରଙ୍କ ମଧ୍ୟରେ ସମସ୍ୟା ଉପୁଜିଲେ ଉଭୟ ପକ୍ଷ ତା'ର ମଧ୍ୟସ୍ଥତା ଲୋଡୁଥିଲେ। ତା'ର ନେତୃତ୍ଵ ନେବା ଗୁଣଟି ଯୋଗୁଁ ନୁହେଁ ବରଂ ଅନ୍ୟ ପାଇଁ ଛାତି ପତାଇ ଦେବା ମହାନତା ଯୋଗୁଁ। ମଧ୍ୟବିତ୍ତ ପରିବାର ପିଲାମାନଙ୍କ ଚରିତ୍ର ଯେଉଁଭଳି ହେବା କଥା ଠିକ୍ ସେଇପରି ଥିଲା ସେ।

ମୋହିତ ସହିତ ଲ୍ୟାବ୍‌ରେ ଗୋଟେ କମ୍ପ୍ୟୁଟର କାମ କରିବା ଅବସରରେ ତା'ହାତ ମୋ ହାତରେ ବାଜିଗଲେ ସେ ଦୁଃଖିତ ମୁଦ୍ରାରେ ସଙ୍କୋଚରେ ତା' ହାତକୁ ଘୁଂଚାଇ ନିଏ। ଯେତେ ଗୁରୁତ୍ୱପୂର୍ଣ୍ଣ କଥା ହୋଇଥିଲେ ମଧ୍ୟ ଧୈର୍ଯ୍ୟର ସହିତ ଅପେକ୍ଷା କରେ ତା' ସମୟ ଆସିବା ପର୍ଯ୍ୟନ୍ତ, ଯେତେବେଳେ କଥାଟିକୁ ସେ ଉପସ୍ଥାପିତ କରିପାରିବ। ତା'ର ସରଳ ଓ ନିରୀହପଣ ମୋତେ ଭଲଲାଗେ।

ସେଦିନର ଶେଷ କ୍ଲାସ୍‌ଟି ନହେବାରୁ ହଷ୍ଟେଲ ଫେରୁଫେରୁ ସାମ୍ନାସାମ୍ନି ହୋଇଗଲି ସୂର୍ଯ୍ୟୋଂଶ ସହିତ। ତା'ର ସ୍ଵଚ୍ଛ ମୁହଁଟି ଈଷତ ଲାଲ୍ ପଡିଯାଇଥାଏ। ଆଖ୍ ଦୁଇଟା ଦିଶୁଥାଏ ଫୁଲିଗଲା ପରି। ଦେହର ଝାଲରେ ଶାର୍ଟ ଠାଏଠାଏ ଭିଜି ଓଦା। ଗାଡିରେ ନୁହେଁ ସେ ଚାଲିଚାଲି ବିପରୀତ ଦିଗରୁ ଆସୁଥିଲା। ମୋତେ ଦେଖି ମୋର ପଥ ଅବରୋଧ କରି ଠିଆ ହୋଇଗଲା।

ମୁଁ ସୂର୍ଯ୍ୟୋଂଶକୁ ପ୍ରଥମ ଥର ପାଇଁ ଏଭଳି ବିପର୍ଯ୍ୟସ୍ତ ଅବସ୍ଥାରେ ଦେଖି ମନେମନେ ଭୟ ପାଇଗଲି। ମୁଁ ତା'ଠାରୁ ଯେତେ ଦୂରତା ରକ୍ଷା କରିବାକୁ ଚେଷ୍ଟା କଲେ ମଧ୍ୟ ସେ ଏବେବି ମୋ ହୃଦୟର ଅପ୍ରତିଦ୍ଵନ୍ଦ୍ଵୀ ସମ୍ରାଟର ଆସନରେ।

– ସାରା !

ତା'ର କଣ୍ଠସ୍ଵର ଅସମ୍ଭବ ଭାବରେ ଗମ୍ଭୀର।

– ସୂର୍ଯ୍ୟୋଂଶ ! ଛାଇକୁ ଆସ ଭୀଷଣ ଖରା।

ସେ ମୋ ସହିତ ପାଦମିଳାଇ ଗଛ ଛାଇକୁ ଆସୁଥିବା ସମୟରେ କହିଲା– ବାସ ବହୁତ ହୋଇଗଲା, ସୂର୍ଯ୍ୟୋଂଶ ଏବେ ନାଁ ରୌଦ୍ରତାପକୁ ଭୟକରେ ନାଁ ପୃଥିବୀକୁ ତୁମ ସମସ୍ତ ସମସ୍ୟାର ସମାଧାନ ପାଇଁ ଶେଷପନ୍ଥା ଚାଲ ଆମେ କୋର୍ଟ ମ୍ୟାରେଜ୍ କରିବା କାରଣ ମୁଁ ଶୁଣିଲି ତୁମେ ପ୍ରେଗ୍‌ନାଣ୍ଟ।

– ଧୀରେ ! ମୋ ଚତୁଃପାର୍ଶ୍ଵର ଉକ୍ଟାର୍ଣ୍ଣ କର୍ଣ୍ଣଗୁଡିକ ଉପରେ ସତର୍କ ନଜର ପକାଇ ପ୍ରତିବାଦ କଣ୍ଠରେ ମୁଁ କହିଲି। କିନ୍ତୁ ମୋର ପିରିୟଡ ନହେବାର ସମ୍ଵାଦ ସୂର୍ଯ୍ୟୋଂଶ ପାଖରେ କିପର ଏତେଶୀଘ୍ର ପହଞ୍ଚ ପାରିଲା ? ମୋର ଏମିତିରେ ଟିକେ ବିଳମ୍ବ ହୁଏ। ଅସୁସ୍ଥତାହେତୁ ହୁଏତ ଆଉ ଟିକେ ବିଳମ୍ବ ହୋଇଯାଇଛି। ମୁଁ ଆଦୌ ସତର୍କ ନଥିଲି ସେଥିପ୍ରତି।

ସୂର୍ଯ୍ୟୋଂଶର ବିବ୍ରତ ମୁଖମଣ୍ଡଲରେ ମୋ ପାଇଁ ଭଲପାଇବାର ପ୍ରତିଫଳନ

ଦେଖ, ମୋ ଭିତରେ ପ୍ରେମର ନିର୍ଝରଟି ୫ରି ଆସିଲା କୁଲୁକୁଲୁ ସ୍ବନରେ। ଅପରାହ୍ନର ସୂର୍ଯ୍ୟକିରଣ ତା' ତୀକ୍ଷ୍ଣ ନାସାଗ୍ରରେ ପ୍ରତିଫଲିତ ହେଉଥିଲା। କପାଳରେ ବିନ୍ଦୁବିନ୍ଦୁ ସ୍ବେଦ। ଧୀର କଣ୍ଠରେ କହିଲି "ସବୁ କାର୍ଯ୍ୟ ପାଇଁ ଉପଯୁକ୍ତ ସମୟ ଥାଏ। ଆମେ ଦୁଇଜଣ କ୍ୟାରିୟର ଗଢିବାର ଅଧାରାସ୍ତାରେ, ଏହି ସମୟରେ ବିବାହ? ବିବାହ କେତେବଡ ଦାୟିତ୍ଵର ବିଷୟ ଜାଣିଥିଲେ ତୁମେ ଏପରି ନିର୍ଣ୍ଣୟ ନେଇନଥାନ୍ତ।"

ବିବଶ କଣ୍ଠରେ ସେ କହିଲା "ତୁମକୁ ସ୍ଵାଭାବିକ ଅବସ୍ଥାକୁ ଫେରାଇ ଆଣିବାପାଇଁ ମୋ ପାଖରେ ଦ୍ବିତୀୟ ପନ୍ଥା ନାହିଁ। ତେବେ ତୁମେ ମୋ ସହିତ ଗୋଟେ କ୍ଲିନିକ୍କୁ ଯିବା କଥା ଭାବି ଦେଖ।"

– କଥାଟା ବାହାରକୁ ଗଲେ ମୋତେ କିଭଳି ଭାବରେ ଦୁର୍ନାମର ଶିକାର ହେବାକୁ ପଡିବ ଭାବି ପାରୁଛ ତ?

ସେ ମୁଣ୍ଡରେ ହାତ ଦେଇ ଅସନ୍ତୁଷ୍ଟ ଭାବରେ କହିଲା "ତେବେ ତୁମେ ଚାହୁଁଛ ମୋର ଗୋଟିଏ ଭୁଲ୍ ପାଇଁ ମୁଁ ଆତ୍ମହତ୍ୟା କରିଦିଏ?"

ଏବେ ମୋର ଶୂନ୍ୟରୁ ନିପତିତ ହେବାପରି ଅବସ୍ଥା। ନାଁ, ନାଁ ମୁଁ ଅନ୍ୟକିଛି ଚିନ୍ତା କରୁଥିଲି। ମୁଁ କହିଲି ତତ୍କ୍ଷଣାତ୍।

ଆମେ ଦୁହେଁ ଗୋଟିଏ ୫ଙ୍କାଳିଆ ଗଛର ଛାୟାରେ ଛିଡା ହୋଇଥିଲୁ। ଦୀର୍ଘଦିନ ଧରି ଆମ ହୃଦୟର ଆବେଗକୁ ନିୟନ୍ତ୍ରଣରେ ରଖିଥିଲେ ମଧ ସେ ହଠାତ୍ ଆଗେଇ ଆସି ମୋ ହାତ ଦୁଇଟିକୁ ଧରିନେଇ କହିଲା– "ଛାଡନା ସାରା! ସେଇଠି ଅଟକିଗଲେ ଜୀବନଟା ଆଗକୁ ବଢିବ କିପରି? ତୁମେତ କୁହ ପ୍ରବହମାନତାର ଅନ୍ୟନାମ ଜୀବନ! ଜଣେ ପୁରୁଷ ପାଇଁ ନାରୀ ଦେହର ଗନ୍ଧ ସବୁଠାରୁ ଆକର୍ଷଣୀୟ, ମାତ୍ର ଏତେଦିନ ଧରି ଆମ ସଂପର୍କରେ କେଉଁଠି ଟିକେ ଆବିଳତା ନଥିଲା! ଏବେ ଶେଷକଥା ହେଲା– ତୁମେ ଯେଉଁଦିନ ଚାହିଁବ ସେଦିନ ମୁଁ ମଥାରେ ପାଗ ଭିଡିବା ପାଇଁ ପ୍ରସ୍ତୁତ। ତୁମ ପରି ଗୋଟିଏ ଝିଅର ବାପା ହେବା ମୋର କାମନା। ଯେ ତୁମପରି ହୋଇଥବ ସୁନ୍ଦରୀ ଓ ଅଭିମାନିନୀ, ମୋ ପରି ଟିକେ ଚପଳ ଓ ଚଞ୍ଚଳ।"

ଏତେ ଅଶାନ୍ତିରେ ସୁଦ୍ଧା ସୂର୍ଯ୍ୟାଂଶର ଚପଳତା ଭରା ମନ୍ତବ୍ୟରେ ହସି ପକାଇଲି। କିନ୍ତୁ ଏ ପର୍ଯ୍ୟନ୍ତ ଯେଉଁ ବିପଦ ମୋ ଦ୍ଵାର ମୁହଁରେ କରାଘାତ କରୁଥିଲା। ଆଗମନର ସୂଚନା ପାଇନଥିଲି। ହଠାତ୍ ତା'ର କଥାରେ ମୋ ପାଦତଳ ପୃଥିବୀ ବରଫ ପାଲଟିବା ଆରମ୍ଭ କଲା। ସମଗ୍ର ଆକାଶଟା ଯେପରି ଛିଡିପଡିଲା ମୋ ମଥା ଉପରେ। ତା' କଥାର ଉଷ୍ଣତାରେ ମୁଁ ବିଗଳିତ ହେବା ପରିବର୍ତ୍ତେ କଠିନ ହେବାକୁ ଆରମ୍ଭକଲି। ଭୟ ମିଶ୍ରିତ ଆଶଙ୍କା ମୋ ଭିତରେ ସୃଷ୍ଟି କଲା ଅସଂଖ୍ୟ ଊର୍ମି।

ଗତ ସପ୍ତାହରେ ହଷ୍ଟେଲର ଏକ ଉତ୍ସବକୁ ସହରର ସୁନାମଧନ୍ୟା ସ୍ତ୍ରୀ ରୋଗ ବିଶେଷଜ୍ଞା ଡ଼ଃ ମାଧୁରୀ ଅତିଥ ଭାବରେ ନିମନ୍ତ୍ରିତ ହୋଇ ଆସିଥିଲେ। ତାଙ୍କ ଭାଷଣର ସାରାଂଶ ଆମମାନଙ୍କୁ ଲଜ୍ଜିତ କରିବାର ଯଥେଷ୍ଟ କାରଣ ଥିଲା। ସେ କହିଥିଲେ– "ଏ ସହରର ପ୍ରସିଦ୍ଧ ମହାବିଦ୍ୟାଳୟର ଝିଅମାନେ ତାଙ୍କ ପାଖକୁ ଶାରୀରିକ ସମସ୍ୟା ନେଇ ଯାଆନ୍ତି, ଯାହା ସ୍ୱକର୍ତ୍ତୃକ। କିଛି ନିଜ ଅସାବଧାନତାଜନିତ ଓ କିଛି ଭାବପ୍ରବଣତା ଜନିତ ସମସ୍ୟା। ଗର୍ଭପାତ ଏକ ସାଧାରଣ ଘଟଣା ନୁହେଁ। ସେମାନେ ଭୁଲିଯାଆନ୍ତି ଯେ ସେମାନେ ପରିବାର ତଥା ସମାଜରେ ଭବିଷ୍ୟତ ଓ ସ୍ୱପ୍ନ। ସେଥିପାଇଁ ଝିଅମାନଙ୍କୁ ସତର୍କ ରହିବା ଜରୁରୀ କାରଣ ଏତଦ୍ୱାରା ଭବିଷ୍ୟତର ବୈବାହିକ ଜୀବନ ଓ ସନ୍ତାନ ଧାରଣ କ୍ଷମତା ପ୍ରଭାବିତ ହୋଇପାରେ।"

ତାଙ୍କର ଭାଷଣ ମୋତେ ଖୁବ୍ ପ୍ରଭାବିତ କରିଥିଲା। ଭାବିଥିଲି ଏପରି କର୍ମରେ ଲିପ୍ତ ହେବା ସମୟରେ ସେମାନେ ନିଜ ପରିବାରର ସମ୍ମାନ କଥା ଭୁଲି ଯାଆନ୍ତି କିପରି ?

ମୁଁ ନିଜେ ଏବେ ସେଇ ଅମଡାବାତର ଯାତ୍ରୀ। ସୂର୍ଯ୍ୟାଂଶ ମୋତେ ପ୍ରବୋଧନା ଦେଉଥିଲା। "ତୁମେ ଭାବନାହିଁ ଯେ କ୍ୟାମ୍ପସର ଇତିହାସରେ ପ୍ରଥମ କରି ଏପରି ଘଟଣା ଘଟିଛି। ଏଠାକାର ଝିଅମାନେ ଡେଟିଂସାଇଟ୍‍ରୁ ବୟଫ୍ରେଣ୍ଡ ଖୋଜନ୍ତି। ଡେଟ୍‍ରେ ଯାଆନ୍ତି, ଲିଭଇନରେ ରହନ୍ତି। ତୁମେ କଣ ଭାବ ସେମାନେ କେବଳ "ଠ୍ଣ୍ଡର ଓମ୍ୟାନ୍' ବା 'ଇମାପ୍ରୁଷ୍ଟ'ର କମିକସ୍ ଦେଖନ୍ତି ଗୋଟିଏ ନିବୁଜ କୋଠରୀରେ ବସି ? ସାରା ! ଏହା ଆମ ପ୍ରାକ୍ ବୈବାହିକ ଜୀବନର ପ୍ରଥମ ଓ ଶେଷ ଭୁଲ୍‍। ମୁଁ ତୁମକୁ କଥା ଦେଉଛି।"

ଏ ପୃଥିବୀରେ ଅନେକ ଘଟଣା ଘଟେ। କିଛି ଭଲ ଓ କିଛି ମନ୍ଦ। ସେହି ଘଟଣା ଗୁଡ଼ିକ ସହିତ ମୋର ସଂପର୍କ ନଥାଏ ଯେତେବେଳେ ପର୍ଯ୍ୟନ୍ତ ମୁଁ ତା' ସହିତ ମାନସିକ ଭାବରେ ଜଡିତ ନ ହୋଇଛି।

କ୍ୟାମ୍ପସରେ ନୁହେଁ, ସହରରେ ନୁହେଁ, ଅବା ପୃଥିବୀରେ। ମୋ' ଜୀବନରେ ଯାହା ଘଟିଥିଲା ତାହା ମୋ ରକ୍ଷଣଶୀଳ ହୃଦୟରେ ସୃଷ୍ଟି କରିଛି ଅରୋକ ୫ଢ଼। ସେ ୫ଢ଼ ଭିତରେ ମୁଁ ଆଘାତପ୍ରାପ୍ତ କପୋତଟି ପରି ମୁଁ ବାହୁନୁଛି।

ମୁଁ ସୂର୍ଯ୍ୟାଂଶର ଅଗୋଚରରେ ଥରେ ନିଜକୁ ପରୀକ୍ଷା କରିବାକୁ ଚାହୁଁଥିଲି। ତେଣୁ ଏ ସବୁ ଆଲୋଚନାରୁ ବିରତ ରହିବାକୁ କହିଲି ଦୟାକରି ମୋତେ କିଛିଦିନ ଏକାନ୍ତରେ ଛାଡ଼ିଦିଅ। ମୁଁ ଭାଷଣ କ୍ଲାନ୍ତ। ଏ ସଂପର୍କରେ ମୁଁ ଅଧିକ କିଛି ଆଲୋଚନା କରିବାକୁ ଚାହେଁନା।

ହତାଶ କଣ୍ଠରେ ସୂର୍ଯ୍ୟାଂଶର ପ୍ରତିକ୍ରିୟାର ଥିଲା– "ମକରନ୍ଦ ଲୋଭରେ ପଦ୍ମବନ ଉଜାଡ଼ି ଦେଇଥିବା ଲଂପଟ ଭ୍ରମର ମୁଁ ନୁହେଁ, ମୁଁ ସେହି ମୁଦି ହୋଇଥିବା ପଦ୍ମ ପାଖୁଡ଼ା ମଧ୍ୟରେ ମୃତ୍ୟୁ ଲଭିବାକୁ ଯାଉଥିବା ଆକୁଳିତ ଭ୍ରମରଟିଏ। ତୁମେ ଯେତେ ସମୟ ଚାହଁ ନେଇପାର। ମୁଁ ତୁମ ନିଷ୍ଠୁର ଅପେକ୍ଷାରେ।"

ଆମେ ଦୁଇଜଣ ଦୁଇ ବିପରୀତ ଦିଗରେ ଫେରିଲୁ। ହସ୍ଟେଲ ଶଯ୍ୟାରେ ପଡ଼ି ଅନେକ କଥା ଭାବୁଥିଲି। ସତରେ ମୋ ଭାବପ୍ରବଣତା ପାଇଁ ମୁଁ କେତେ ବଡ଼ ଦୁଃସ୍ଥିତି ସାମ୍ନା କରିବାକୁ ଯାଉଛି। ଯଦି ମୁଁ ଗର୍ଭବତୀ ହୋଇଥାଏ ତେବେ କଣ ଏ ସମ୍ବାଦ ଘର ଯାଏଁ ନ ପହଞ୍ଚ ରହିବ ? ମୋ ବାପା,ମା ଏ ବିଷୟରେ ଜାଣିଲେ କିପରି ହେବ ତାଙ୍କ ମନର ଅବସ୍ଥା ? ଦୁନିଆଁ ସାମ୍ନାରେ ମୋ ପାଇଁ ଗର୍ବ କରୁଥିବା ମୋ ବାପାଙ୍କ ପ୍ରତିକ୍ରିୟା କିପରି ହେବ ?

ସୂର୍ଯ୍ୟାଂଶକୁ ମୁଁ ବିବାହ କରିବାକୁ କହିଲେ ସେମାନଙ୍କ ଆପତ୍ତି ରହିବ ନାହିଁ କିନ୍ତୁ ସେମାନଙ୍କ ସ୍ୱଚ୍ଛନ୍ଦ ବିଚାର ନିମନ୍ତେ ସୁଯୋଗ ଦେବା ଓ ସମ୍ମାନ ରକ୍ଷା କରିବା କଣ କନ୍ୟା ଭାବରେ ମୋର ଦାୟିତ୍ୱ ନଥିଲା ? ଏ ସମୟରେ ମୁଁ ବିବାହ କରି ପାରିବି ନାଁ ଶିଶୁଟିକୁ ଜନ୍ମ ଦେଇ ପାରିବି ?

ଜିଙ୍ଗିଲ୍ ମୋ ମନର ଦ୍ୱନ୍ଦ ବୁଝେ। ଚତୁର୍ଦିଗର ସମାଲୋଚନାର ବିଷବଳୟରୁ ମୋତେ ମୁକ୍ତ କରିବାକୁ ଅକ୍ଲାନ୍ତ ଚେଷ୍ଟା କରେ। ଯୀଶୁଙ୍କ ନିକଟରେ ନିର୍ମଳ ହୃଦୟରେ ମୋ ପାଇଁ ପ୍ରାର୍ଥନା କରେ। ମାତ୍ର ନିଜେ ବାଛିଥିବା ଅଙ୍ଗାର ରାସ୍ତାରେ ଚାଲିବାର ନିର୍ଣ୍ଣୟ ନେଲେ କର୍ମଫଳ ଭୋଗ କରିବାରୁ ରକ୍ଷା କରିପାରନ୍ତି ନାହିଁ ସ୍ୱୟଂ ଈଶ୍ୱର ଅବା ଯୀଶୁ। ସେମାନେ ତ ନିଜେ କର୍ମର ଅଧୀନ।

ଜିଙ୍ଗିଲ୍ ପରି ଅତ୍ୟାଧୁନିକା ମୁକ୍ତଚିନ୍ତକ ଝିଅଟା ହଠାତ୍ ପରିବର୍ତିତ ହୋଇଯାଏ ରକ୍ଷଣଶୀଳ ଦାଦିମା'ରେ। କହେ ଝିଅଟିଏ ଯେତେ ରୂପବତୀ ଓ ଗୁଣବତୀ ହୋଇଥାଉ ନା' କାହିଁକି ତା'ର ଜୀବନ ଇତିହାସ ଥରେ ଯୁଦ୍ଧ ଓ ରାଜ୍ୟଜୟର କାହାଣୀରେ ରକ୍ତରଞ୍ଜିତ ହେଲେ ସେ ହୋଇଯାଏ ପଠନଅଯୋଗ୍ୟ। ଯଦିବା କେହି ହୃଦୟବାନ ରାଜପୁତ୍ର ସେ ଇତିହାସ ପୃଷ୍ଠାରେ ନିଜ ଭଲପାଇବାର କାହାଣୀ ଲିପିବଦ୍ଧ କରେ ତେବେ ପରବର୍ତ୍ତୀ ସମୟରେ କେବେ ନାଁ କେବେ ସେ ପ୍ରସଙ୍ଗ ଉଠେ। ବିଗତଦିନ ସଂପର୍କର ସ୍ମୃତି ଆମ୍ଭାକୁ ଯେତିକି ରକ୍ତାକ୍ତ କରେ ସଂପର୍କକୁ ସେତିକି ଉଖାରେ।

"ସୂର୍ଯ୍ୟାଂଶ କଲେଜ ଛାଡ଼ିବା ପୂର୍ବରୁ ତୁମେ କୋର୍ଟ ମ୍ୟାରେଜ୍ କରିବା କଥା ଭାବିଦେଖ ସାରା ! ସେ ପୁରୁଷ ପିଲା, ଏ ସହର ଛାଡ଼ି ଯିବାପରେ ତୁମ ସ୍ମୃତିକୁ ସେ ଲିଭାଇ ଦେଇପାରେ ତା' ହୃଦୟର ଶିଳାଲେଖରୁ।"

ଏବେ ମୋତେ ସମଗ୍ର ସଂସାର ଅନ୍ଧକାରମୟ ଦିଶୁଥିଲା। ଅଥଚ ସମୁଦ୍ର ମଧ୍ୟରେ ଦିଗହରା ହୋଇ ଭାସୁଥିବା ପରି ମୋ ଅବସ୍ଥା। ନିଜକୁ ସାହସ ଦେବାକୁ ଯାଇ କହିଲି– ତୁ ଏତେଶୀଘ୍ର ହାର୍ ମାନିଯିବା ଝିଅ ନୁହେଁ ସାରା, ସମସ୍ୟାଟିଏ ଅଛି ଅର୍ଥାତ୍ ସମାଧାନର ରାସ୍ତାଟିଏ ମଧ୍ୟ କେଉଁଠି ନାଁ କେଉଁଠି ଅଛି।

ସେଇ ସବୁଦିନ, ସେଇ ସବୁ ରାତିର ଯନ୍ତ୍ରଣା ସାରା ଜୀବନ ମନେରହିବା ଭଳି।

# ଛାତ୍ରୀନିବାସ, ବ୍ଲକ୍– ଡି

ବିଗତ କିଛିଦିନ ବ୍ୟାପୀ କେତନ ଓ ମେଘା ଆମ ହଷ୍ଟେଲ ସାଙ୍ଧ ଆସର ଆଲୋଚନାର କେନ୍ଦ୍ରବିନ୍ଦୁ ଥିଲେ । ହଷ୍ଟେଲ ପ୍ରାଚୀରକୁ ଲାଗି ସୁଉଚ୍ଚ ଦେବଦାରୁ ବୃକ୍ଷ । କେହି କେହି କହନ୍ତି ସେ ବୃକ୍ଷ ସାହାଯ୍ୟରେ ପ୍ରାଚୀର ଅତିକ୍ରମ କରି କିଛି ମନ୍ଦ ବୁଦ୍ଧି ଯୁବକ ଗାର୍ଲ୍ସ ହଷ୍ଟେଲ ଭିତରକୁ ପଶି ଆସନ୍ତି । କିନ୍ତୁ କେତନ କହିଥିଲା ଭିନ୍ନ କିଛି । ଫାଟକ ସମ୍ମୁଖରେ ଦିବାରାତ୍ରୀ ସଜାଗ ପ୍ରହରୀ ଥିବା ସତ୍ତ୍ୱେ ସେଇ ରାସ୍ତାରେ ଝିଅମାନଙ୍କ ସହିତ କେହିଜଣେ ଯୁବକ ଅନୁପ୍ରବେଶ କରିବ ଓ କାହା ଦୃଷ୍ଟି ଆକର୍ଷିତ କରିବ ନାହିଁ ତା' ଅବିଶ୍ୱସନୀୟ । କେତନର ସ୍ୱଷ୍ଟୋକ୍ତି ଥିଲା ସେ ସମ୍ମୁଖ ଫାଟକ ଦେଇ ସ୍ପଷ୍ଟ ଦିବାଲୋକରେ ଝିଅମାନଙ୍କ ସହିତ ହଷ୍ଟେଲ ଆସିଥିଲା । ଦୂରରୁ ସୁନ୍ଦରୀ ଝିଅଟିଏ ପରି ଦିଶୁଥିବା କେତନ ମଥାରେ ସ୍କାର୍ଫ ଘୋଡ଼ାଇ ଝିଅମାନଙ୍କ ଗହଲିରେ ପଶି ଆସିବା କଥାଟି ଅଧିକାଂଶ ଅନ୍ତେଃବାସିନୀଙ୍କର ହଜମ ହୋଇନଥିଲା ।

ଆଜି କାଲି ହଷ୍ଟେଲର ପ୍ରଣ୍ଠାତ୍ଭାଗ ପ୍ରାଚୀର ମଧ୍ୟରେ ଗୋଟିଏ ଛାୟାମୂର୍ତ୍ତି ଘୁରି ବୁଲୁଥିବାର କେହିକେହି ଦେଖୁଥିବାର ଆଲୋଚନା ହୁଏ । କେବଳ ତା'ର ଚେହେରାଟି ଦିଶେ ଭସ୍ମ ବିଲେପିତ, ଅନ୍ୟଭାଗ ଅସ୍ପଷ୍ଟ । ତଳ ମହଲାରେ ୫କୀ ପାଖରେ ଥିବା ବଟୀଖୁଣ୍ଟ ନିକଟରେ ସେ ପ୍ରାୟ ଆତ୍ୟାତ ହେଉଥିବାର ଦେଖାଯାଏ ।

ସେ ବୟସରେ ଝିଅମାନଙ୍କୁ ଭୂତଠାରୁ ମଣିଷ ପ୍ରତି ଅଧିକ ଭୟ, ତେଣୁ ଯେ ଶୁଣେ ସେ କଥାଟିକୁ ହସରେ ଉଡ଼ାଇଦେଇ କହେ ଭୂତ ବା ଭାଙ୍ଖାୟାରଟାଏ ବୁଲୁଛି ତ ବୁଲୁ ସେମାନେ ଅନ୍ତତଃ ଆମର କୁମାରୀତ୍ୱ ନଷ୍ଟ କରିପାରିବେ ନାହିଁ ।

ସମୟାନ୍ତଃରେ ଅନ୍ୟ କେହିକେହି ସେ ଛାୟାମୂର୍ତ୍ତିକୁ ଦେଖିଲେ । ଇତିମଧ୍ୟରେ ବଟୀଖୁଣ୍ଟର ଆଲୋକଟି ଦାରୁଣ ବୈକଲ୍ୟରେ ଦପ୍ ଦପ୍ ହୋଇ ଜଳୁଥାଏ । ଆମେ ବାରମ୍ୱାର ଅଭିଯୋଗ କରିବା ସତ୍ତ୍ୱେ ରୁଗ୍ଣ ବଲ୍‌ବ୍‌ଟିକୁ ପରିବର୍ତ୍ତିତ କରିବାର ବ୍ୟବସ୍ଥା ହେଉନଥାଏ ।

ସୋନାଲି ବାରମ୍ବାର ଛାୟାମୂର୍ତ୍ତିଟିକୁ ତା' ୫ର୍କା ନିକଟରେ ଦେଖୁଥିଲା । କିଛିଦିନ ପରେ ଈକ୍ଷିତା, ନଭ୍ୟା, ବର୍ଷାଲୀ ସେମାନଙ୍କ ୫ର୍କା ନିକଟରେ ଛାୟାମୂର୍ତ୍ତିଟିକୁ ଦେଖିଲେ । ମୁଁ ଉପର ମହଲାରେ ରହୁଥିବାରୁ ମୋର ଏପରି କାଳ୍ପନିକ ଚରିତ୍ର ସହିତ ସାକ୍ଷାତ ହେବାର ଆଶଙ୍କା ନଥିଲା

ଝିଅମାନେ ୱାର୍ଡେନ୍‌ଙ୍କୁ ଏ ଘଟଣା ସଂପର୍କରେ ବାରମ୍ବାର ଅବଗତ କରିବାରୁ ସେ ଅବିଶ୍ୱାସ କଣ୍ଠରେ କହିଲେ "ଏସବୁ ତମ ମନର ଭ୍ରମ, ମୁଁ ମଧ ଏଇ ହଷ୍ଟେଲରେ ତୁମମାନଙ୍କ ସହିତ ରହୁଛି ମୋତେ କୌଣସି ଛାୟାମୂର୍ତ୍ତି ଦେଖାଯାଉନାହିଁ ।"

ଦିନେ ସୋନାଲି ଛାୟାମୂର୍ତ୍ତିଙ୍କୁ ୫ର୍କା ପାଖରେ ଅତିନିକଟରୁ ଦେଖି ବେହୋସ ହୋଇଗଲା ।

କେବଳ ବ୍ଲକ୍ ଡ଼ି'ରେ ଛାୟାମୂର୍ତ୍ତି କାହିଁକି ଦେଖାଯାଉଛି ?

ୱାର୍ଡେନ୍ ଭ୍ରୁକୁଞ୍ଚିତ କରି ମୋତେ କ୍ଷଣିକ ପାଇଁ ଚାହିଁ ଦୀର୍ଘନିଶ୍ୱାସ ତ୍ୟାଗ କଲେ, ସତେ ଯେପରି ସେ ପରୋକ୍ଷରେ ସୂଚାଇ ଦେବାକୁ ଚାହୁଁଥିଲେ ଏସବୁ ଘଟଣା ଘଟୁଛି ମୋତେ ହିଁ କେନ୍ଦ୍ର କରି । ତାଙ୍କ ମତରେ ମୁଁ ଅନେକଙ୍କ ପାଇଁ ଥିଲି ଜଣେ ଈପ୍ସିତ ଚରିତ୍ର ।

ସେ ଆଦେଶ ଦେବା ଭଙ୍ଗୀରେ କହିଲେ ଛାୟାମୂର୍ତ୍ତିଟା କାହାକୁ ଗୋଟେ ଖୋଜିବାକୁ ବ୍ଲକ୍‌- ଡ଼ିକୁ ଆସୁଛି, ଏଣିକି ରାତି ବାରଟା ପୂର୍ବରୁ ହଷ୍ଟେଲର ସମସ୍ତ ୫ର୍କା ବନ୍ଦ ହେବ ।

ସେ ଚାଲିଯିବାପରେ ସୋନାଲି ବାରମ୍ବାର କାନ୍ଦି କାନ୍ଦି କହୁଥିଲା- ସେଇଟା କେବେ ଗୋଟାଏ ମଣିଷ ହୋଇପାରିବ ନାହିଁ । ତା'ର କେବଳ ମୁହଁଟିଏ ଅଛି ଓ ତାହା ପୁଣି ସଂପୂର୍ଣ୍ଣ ଧଳା ।

ଏତିକିବେଳେ ଜିଙ୍ଗିଲ ନାଟକର ଯବନିକାପାତ କରିବାକୁ ଚେଷ୍ଟାକଲା- ସୋନାଲି ! ତୁମେ ସବୁବେଳେ ଭୟାୟର ସିନେମା ଦେଖୁଛ ବୋଧହୁଏ ।

ବର୍ଷାଲୀର ନମ୍ର ପ୍ରତିବାଦ- ନାଁ ନାଁ ଭୟାୟର ନୁହେଁ, ଏଇଟା ଋଷଭର ପ୍ରେତାମ୍ମା । ମୁଁ ଶୁଣିଛି ଋଷଭ ଓ ଦିପାଲୀ ପରସ୍ପରକୁ ଭଲ ପାଉଥିଲେ । ଗୋଟିଏ ଦୁର୍ଘଟଣାରେ ଋଷଭର ମୃତ୍ୟୁ ଘଟିଲା ଓ ଦିପାଲୀ ଅଳ୍ପକେ ରକ୍ଷା ପାଇଯାଇଥିଲା । ତେଣୁ ଋଷଭର ଆମ୍ମା ଦୀପାଲୀକୁ ଏଠାରେ ଖୋଜିବାକୁ ଆସୁଛି । କାରଣ ଦିପାଲୀ ବ୍ଲକ ଡି'ରେ ରହୁଥିଲା ।

ଗାର୍ଲସ ହଷ୍ଟେଲରେ ପ୍ରେମିକପ୍ରେମିକାଙ୍କ ମୃତ୍ୟୁପରେ ଭୂତପ୍ରେତ ହୋଇ ଘୁରିବୁଲିବାର ଓ ଛାୟାମୂର୍ତ୍ତି ଭାବରେ ଦେଖାଦେବାର କାଳ୍ପନିକ କାହାଣୀ ବ୍ୟାଚ୍‌ରୁ ବ୍ୟାଚ୍‌କୁ ପ୍ରଘଟ ହୁଏ ।

ଈଷତ ଉଷ୍ମ କଣ୍ଠରେ ମୁଁ ପ୍ରତିବାଦ କଲି– ରଷଭର ମୃତ୍ୟୁପରେ ଦୀପାଳୀ ହଷ୍ଟେଲ୍‌ରେ ନଥିବାର ଜାଣି ସୁଦ୍ଧା ସେ ଏଠାକୁ କାହିଁକି ଆସିବ ? ସେ କଣ ଦୀପାଳୀ ରହୁଥିବା ସହରକୁ ଯାଇ ପାରିବନି ?

– ସାରା ! ପ୍ରେମିକମାନଙ୍କର ମୃତ୍ୟୁ ସହ ତାଙ୍କ ମସ୍ତିଷ୍କର ମୃତ୍ୟୁ ଘଟେ ସେଥିଯୋଗୁଁ ତାଙ୍କର ଚିନ୍ତାଶକ୍ତି ଲୋପ ପାଇଥାଏ । ଯେଉଁଠି ଦୀପାଳୀ ସହ ତା’ର ପ୍ରଥମ ଦେଖା ହୋଇଥିଲା ସେ ସେହିସ୍ଥାନକୁ ଏବେବି ଦେଖା କରିବାକୁ ଆସୁଛି ।

ବର୍ଷାଳୀ ତା’ କଥାର ଯୁକ୍ତିସିଦ୍ଧତା ଉପରେ ସମସ୍ତଙ୍କ ବିଶ୍ୱାସ ଜନ୍ମାଇବାକୁ ଚେଷ୍ଟା କଲା ।

– ବର୍ଷାଳୀ ! ତୁମେ ରଷଭ ଓ ଦୀପାଳୀକୁ ନେଇ ଗୋଟିଏ ପ୍ରେମୋପନ୍ୟାସ ଲେଖ । ସେକ୍‌ସପିୟର ବି ସେପୂରେ ଲଜ୍ଜିତ ହେବେ ତୁମ କଳ୍ପନାପ୍ରବଣତା ଦେଖି । ମାର୍କେଟିଂ ଦାୟିତ୍ୱଟା ମୋ ଉପରେ ଛାଡ଼ି ଦେଇପାର ।

ବର୍ଷାଳୀକୁ ନିରବ କରାଇବାକୁ ଯାଇ କହିଲା ଜିଲ୍ଲି ।

ଗ୍ରୀଷ୍କରତୁ ! ସେ ଦିନ ରାତିରେ ଖୋଲାପବନ ପାଇଁ ୫କଁ ଖୋଲା ରଖି ପଢୁଥିଲି । ସେଇ ଟେବୁଲ୍ ଉପରେ କେତେବେଳେ ମଥାରଖି ନିଦ୍ରା ଯାଇଛି ନିଜେ ମଧ ଜାଣେନା । ହଠାତ୍ ୫କଁ ସେ ପାଖରେ ଦିଶିଲା କିଛି ଶୁଭ୍ର ବର୍ଷର ଛାୟା । ତାହା ମୋର ସ୍ୱପ୍ନାବସ୍ଥା ବା ଜାଗ୍ରତାବସ୍ଥା ଜାଣିବାକୁ ଚେଷ୍ଟା କରିବାବେଳେ ଦେଖିଲି ଚିକ୍ ଚିକ୍ କରୁଥିବା ଭୟାନକ ଆଖି ଯୋଡିଏ ।

ଧଡ୍ କରି ୫କଁଟା ବନ୍ଦ କରିଦେଲି । ମୋ ସମଗ୍ର ଶରୀର ଥର ଥର । ମୋତେ ସାଷ୍ଟାଙ୍ଗ ହେବାକୁ ଲାଗିଗଲା ବେଶ୍ କିଛି ମୁହୂର୍ତ ।

ଗତକାଲି ଯେଉଁମାନଙ୍କ କଥାକୁ କାଳ୍ପନିକ କାହାଣୀର ଆଖ୍ୟା ଦେଇ ମୁଁ ହସରେ ଉଡେଇ ଦେଇଥିଲି ଆଜି କିପରି କହିପାରିବି ଯେ ମୁଁ କିଛି ଅବାସ୍ତବ ଦୃଶ୍ୟ ଦେଖିଛି ? ସେ ଆଖି ଯୋଡିକର ଚାହାଣୀ ମୋର ସମଗ୍ର ଅସ୍ତିତ୍ୱକୁ ଗ୍ରାସ କରିଗଲା । ସେ ଆଖିକୁ ମୁଁ ଦେଖିଥିବା ସମସ୍ତ ଆଖିଗୁଡ଼ିକ ସହିତ ମିଲାଇ ଦେଖୁଥିଲି । କିଏ ହୋଇପାରେ ସେ ଭୟାନକ ଉଜ୍ଜ୍ୱଳ ଚକ୍ଷୁ ଯୁଗଳର ଅଧିକାରୀ ?

ସପ୍ତାହାନ୍ତ ଶନିବାର ରାତିରେ ହଷ୍ଟେଲ କମନ୍‌ରୁମ୍‌ରେ ଗୋଟିଏ ଭାଷାୟର ସିନେମା ଦେଖିଲୁ । ‘ଦି ଲାଷ୍ଟ ନାଇଟ୍’ । ବସ୍‌ଯାତ୍ରା ସମୟରେ ଯୁବକଟିଏ ପାଖ ସିଟ୍‌ରେ ବସିଥିବା ଯୁବତୀ ପ୍ରତି ଆକର୍ଷିତ ହୋଇଛି ଓ ଉଭୟଙ୍କ ମଧରେ ପ୍ରେମ ସଂପର୍କ ଗଢ଼ି ଉଠିଛି । କିନ୍ତୁ ଅଜ୍ଞାତ କାରଣରୁ ଜଙ୍ଗଲ ରାସ୍ତାରେ ବସର ଯାନ୍ତିକ

ଦ୍ୟୁତି ଦେଖା ଦେବାରୁ ତାହା ଚଳନକ୍ଷମ ହୋଇପାରିଲା ନାହିଁ। ଅଦୂରସ୍ଥ ସହରରୁ ବୈଷୟିକ ଦଳ ଆସିବା ଉତ୍ତାରେ ବସଟି ଚଳନକ୍ଷମ ହେବାର ସମ୍ଭାବନା ଉଜ୍ଜ୍ୱଳ। ସଂଧାଗତ। ଜଂଗଲି ଜୀବଜନ୍ତୁଙ୍କ କବଳରୁ ରକ୍ଷା ପାଇବା ନିମନ୍ତେ ବିରାଟ ବୃକ୍ଷଗଣ୍ଡିରେ ଅଗ୍ନି ସଂଯୋଗ କରି ଚତୁଃପାର୍ଶ୍ୱରେ ଘେରି ବସିଥାନ୍ତି ଭୟଭୀତ ଯାତ୍ରୀ ଗଣ। ଏହି ସମୟରେ ଆକାଶରେ ଦେଖା ଦେଇଛି ଦ୍ୱିତୀୟା ତିଥିର ଜହ୍ନ। ଆମାବାସ୍ୟା ଓ ତତ୍ପରବର୍ତ୍ତୀ ଦିନମାନଙ୍କରେ ଯୁବକଟି ଭାମ୍ପାୟାରରେ ପରିବର୍ତ୍ତିତ ହୋଇଯାଉଥିବାରୁ ଏହି ସମୟରେ ସେ କେଉଁଆଡେ ଯାତ୍ରା କରେ ନାହିଁ। କିନ୍ତୁ ସେଦିନ ଚନ୍ଦ୍ରୋଦୟ ପୂର୍ବରୁ ତାର ଘରେ ପହଞ୍ଚିବାର ସମୟ ନିର୍ଦ୍ଦିଷ୍ଟ ଥିବାରୁ ସେ ଘରୁ ବାହାରି ଆସିଥିଲା କୌଣସି ଏକ ଗୁରୁତ୍ୱପୂର୍ଣ୍ଣ କାର୍ଯ୍ୟରେ। ଧୀରେ ଧୀରେ ତା’ ଚରିତ୍ର ପରିବର୍ତ୍ତିତ ହେବାର ଅନୁଭବ ହେବାରୁ ଝିଅଟିର କ୍ଷତି ନ କରିବା ଉଦ୍ଦେଶ୍ୟରେ ଯୁବକଟି ବସ୍ ଭିତରେ ନିଜକୁ ବନ୍ଦୀ କରିନେଲା। କାରଣ ସେ ଜୀବନରେ ପ୍ରଥମ ଥର ପାଇଁ ପ୍ରେମ କରୁଥିଲା। ଯୁବକଟି ଯୁବତୀଟିକୁ ଥରେ ଚାହିଁଦେଇ ବସ୍ ଭିତରକୁ ଚାଲିଯିବାରେ ଯୁବତୀଟି ଏହାକୁ ପ୍ରେମର ଆମନ୍ତ୍ରଣ ମନେକରି ସମସ୍ତଙ୍କ ଅଲକ୍ଷ୍ୟରେ ବସ୍ ଭିତରକୁ ଯୁବକଟି ସହିତ କେତୋଟି ଏକାନ୍ତ ମୁହୂର୍ତ୍ତ ବିତାଇବାର ଯୋଜନାରେ ଚାଲିଗଲା।

ସେ ବସ୍‌ରେ ଯାତ୍ରା କରୁଥିଲେ ଜଣେ ଧର୍ମଯାଜକ। ଯେ ତାଙ୍କ ଦିବ୍ୟଶକ୍ତି ବଳରେ ଜାଣିପାରିଲେ ବସ୍ ଭିତରେ ଅପଶକ୍ତିର ପ୍ରାଦୁର୍ଭାବଜନିତ କିଛି ଘଟଣା ଘଟୁଛି। ଏପରି ବିଶେଷ ଦିନମାନଙ୍କରେ କିଛି ଅପଶକ୍ତିମାନେ ବିଶେଷ ଶକ୍ତିଶାଳୀ ହୋଇ ଉଠୁଥିବାର ସେ ଜାଣନ୍ତି।

ସେ ମନ୍ତ୍ର ପାଠକରି ବସ୍ ଭିତରକୁ ଯାଇ ଦେଖିଲେ ଯୁବକଟି ଯୁବତୀଟିକୁ ନିସ୍ତେଜ୍ କରି ତା’ର ରକ୍ତ ଶୋଷଣ କରୁଥିବାର। ପରମେଶ୍ୱରଙ୍କ ଦିବ୍ୟଶକ୍ତି ଦ୍ୱାରା ପ୍ରାପ୍ତ ମନ୍ତ୍ରଜଳ ସିଞ୍ଚନ କରି ସେ ଯୁବକଟିକୁ ସ୍ୱାଭାବିକ ଅବସ୍ଥାକୁ ଫେରାଇ ଆଣିପାରିଲେ ଓ ଝିଅଟିର ଜୀବନ ରକ୍ଷା କଲେ।

କାହାଣୀର କ୍ଲାଇମାକ୍ସ୍ ହେଲା ଧର୍ମଯାଜକଙ୍କ ଜୀବନବ୍ୟାପୀ ପୁଣ୍ୟକର୍ମର ପ୍ରତିବଦଳରେ ଯୁବକଟି ଭାମ୍ପାୟାର ଶାପରୁ ଚିରଦିନ ପାଇଁ ମୁକ୍ତି ଲାଭ କଲା ଓ ଝିଅଟିକୁ ବିବାହ କରି ସୁଖରେ ରହିଲା।

ଭାମ୍ପାୟାର ଓ ତା’ର ପ୍ରେମିକା ଭୂମିକାରେ ନୀଲ୍ ଓ ରାଇନା ଖୁବ୍ ଚମତ୍କାର ଅଭିନୟ କରିଥିଲେ। ସେଇ ବିଳମ୍ବିତ ରାତ୍ରିରେ ନୀଲ୍‌ର ଫେସ୍‌ବୁକ୍‌କୁ ଫ୍ରେଣ୍ଡ ରିକ୍ୱେସ୍ଟ ପଠାଇଥିଲେ ଆମ ହଷ୍ଟେଲର ଅନେକ ଝିଅ। ତା’ର ଫେସ୍‌ବୁକ୍, ମେସେଞ୍ଜର୍, ଓ

ସୋସିଆଲ୍ ନେଟ୍‌ୱାର୍କ ସାଇଟ୍‌ରୁ ଫଟୋ ଡାଉନ୍‌ଲୋଡ କରି ତନ୍ଦତନ୍ନ ପରୀକ୍ଷା ଓ ବିଶ୍ଳେଷଣ ପରେ ନୀଳର ଚର୍ଚ୍ଚାରେ ବିତିଥିଲା ଅବଶିଷ୍ଟ ରାତିର ଆବେଗମୟ ଉଷ୍ଣ ମୁହୂର୍ତ।

ସୂର୍ଯ୍ୟାଂଶ ଦିନେ ମୋତେ ପ୍ରଶ୍ନ କରିଥିଲା ସାରା! ମୁଁ ଶୁଣୁଛି ତୁମ ଗାର୍ଲସ୍ ହଷ୍ଟେଲରେ ରକ୍ଷଭର ପ୍ରେତାତ୍ମା ଘୁରି ବୁଲୁଛି ଓ ଦୀପାଲୀକୁ ଖୋଜୁଛି।

ଅନ୍ୟ କେଉଁଦିନ ହୋଇଥିଲେ କହିଥାନ୍ତି ଯେତେସବୁ ମନଗଢ଼ା କାହାଣୀ। କିନ୍ତୁ ହଠାତ୍ ମୋର ସେଇ ଭୟାନକ ଆଖ୍ ଦୁଇଟି କଥା ମନେ ପଡ଼ିଯିବାରୁ ମୁଁ ଗମ୍ଭୀର ହୋଇଗଲି। ଗତ କିଛିଦିନ ଧରି ସେ ଦୃଶ୍ୟକୁ ସ୍ମରଣ କରି ମୁଁ ଅସୁସ୍ଥ ହୋଇ ପଡ଼ୁଥିଲି। ସେ ଦୃଶ୍ୟ ମୋତେ ବାରମ୍ବାର ଅନୁସରଣ କରୁଥିବାର ଅନୁଭବ ହେଉଥିଲା। ମଧ୍ୟରାତ୍ରିରେ ହଠାତ୍ ଆଲୋକ ନିର୍ବାପିତ ହେଲେ ମୋର ମନେହୁଏ ସେ ଆଖ୍ ଦୁଇଟା ଯେପରି ମୋ ଚତୁଃପାର୍ଶ୍ୱରେ ଘୁରି ବୁଲୁଛି।

ଜିଙ୍ଗିଲ୍ ସହିତ ଏ ସଂପର୍କରେ ଆଲୋଚନା ବେଳେ ସେ ଉତ୍ତର ଦେଲା "ଏପରି ଘଟଣା ଘଟିବା ଅସମ୍ଭବ, ଯେ ପର୍ଯ୍ୟନ୍ତ ଜଣେ ସେ ଦୃଶ୍ୟକୁ ଦେଖ୍ ଭୟଭୀତ ନ ହୋଇଛି। ମନସ୍ତତ୍ତ୍ୱ କହେ ଜଣଙ୍କର ମନ ଯେତେବେଳେ ବିଚଳିତ, ଦୁର୍ବଲ, ସେତେବେଳେ ସାମାନ୍ୟଦୃଶ୍ୟଟି ମଧ ଅତିଭୌତିକ ମନେହୁଏ। ଭାମ୍ପାୟାର ସିନେମା କିମ୍ବା ରକ୍ଷଭର ପ୍ରେତାତ୍ମା ନୁହେଁ ବରଂ ଭୟ ଓ ଆଶଙ୍କା ତୁମ ହୃଦୟରେ ବସି ରହି ବିଭିନ୍ନ ଦୃଶ୍ୟରେ ଦେଖାଦେଉଛି।"

ଅଗତ୍ୟା ମୋତେ ସତ୍ୟ ଘଟଣାଟିର ଉନ୍ମୋଚନ କରିବାକୁ ପଡ଼ିଲା। ତା'କଣ୍ଠସ୍ୱରେ ଦୃଢ଼ତା- "ତୁମ ୫ର୍କ ପାର୍ଶ୍ୱସ୍ଥ ପାରାପେଟ୍ ଉପରେ ଠିଆହୋଇ ତୁମକୁ ଭୟଭୀତ କରିବା ପାଇଁ କେହି ଭୂତପ୍ରେତ ବା ଭାମ୍ପାୟାର ହେବା ଜରୁରୀ ନୁହେଁ। ଏ ସବୁ କୌଣସି ଜୀବନ୍ତ ଭୂତର କାର୍ଯ୍ୟ। ତୁମେ ଜାଣ ଏ କ୍ୟାମ୍ପସ୍‌ରେ କେତେ ଜୀବନ୍ତ ଭୂତମାନେ ତୁମକୁ ଅନୁସରଣ କରନ୍ତି। ସେମାନଙ୍କ ମଧ୍ୟରୁ କେହିଜଣେ ବିଦଗ୍ଧ ରସିକ ଭାମ୍ପାୟାର ସାଜି ଗାର୍ଲସ ହଷ୍ଟେଲରେ ଉପଦ୍ରବ କରୁଥାଇପାରେ"। ଜିଙ୍ଗିଲ ତୀର୍ଯ୍ୟକ୍ ହସ ହସି କଥା ଶେଷ କଲା।

ଏ ଘଟଣା ପରେ ମୋହିତଠାରୁ ରକ୍ଷଭର କାହାଣୀ ସଂପର୍କରେ ଜାଣିବାର ଆଗ୍ରହଟିକୁ ଏଡ଼ାଇ ଯିବା ମୋ ପକ୍ଷେ ସମ୍ଭବ ହେଲା ନାହିଁ। ଯେଉଁ କଥାଟି କାହାକୁ ପ୍ରଶ୍ନ କରିହୁଏ ନାହିଁ ତାହା ମୋହିତ ସହିତ ନିଃସଙ୍କୋଚରେ ଆଲୋଚନା କରାଯାଇପାରେ। ସୂର୍ଯ୍ୟାଂଶ ତୀକ୍ଷଣ ମସ୍ତିଷ୍କଧାରୀ। ହୁଏ ତ ଏ ସଂପର୍କରେ ପ୍ରଶ୍ନ କଲେ ସେ ଚତୁରତାର ସହିତ ମୋ ପ୍ରଶ୍ନକୁ ଏଡ଼ାଇ ଯାଇ କହିବ ତୁମେ ପରା କହୁଥିଲ

ଭୂତପ୍ରେତ ମନଗଢ଼ା କାହାଣୀ, ଏବେ ସେ ମନଗଢ଼ା କାହାଣୀରେ ଏତେ ଆଗ୍ରହ କାହିଁକି ? ମୋହିତ ସେ ଦୃଷ୍ଟିରୁ ନିରାପଦ।

ସେ ଦିନ କ୍ଲାସ ଶେଷ ହେବା ପରେ କ୍ୟାଣ୍ଟିନ୍‌ରେ ବସିଥିଲୁ ଆମେ ଦୁହେଁ। ମୋହିତକୁ କ୍ୟାଣ୍ଟିନ୍‌କୁ ମୁଁ ଡାକିଥିଲି। ମୋହିତକୁ ଋଷଭ ସଂପର୍କରେ ପ୍ରଶ୍ନ କରିବା ମାତ୍ରେ ସେ ମୋତେ ପ୍ରତିପ୍ରଶ୍ନ କଲା – 'ତୁ କଣ ତା' ଆମ୍ମାକୁ ଦେଖୁଛୁ ନାଁ କଣ ?

ତା' ପ୍ରଶ୍ନରେ ମୁଁ ହଡ଼ବଡ଼େଇ ଗଲି। ବିନା ଯୋଜନାରେ ଚତୁରତାର ସହ ମିଥ୍ୟାଟିଏ ଉଚ୍ଚାରଣ କରିବା ମୋ ଦ୍ୱାରା ସମ୍ଭବ ନୁହେଁ। ମୁଁ କହିଲି ଅନ୍ୟମାନେ ଦେଖୁଛନ୍ତି।

ସେ ମୋ ଉତ୍ତରରେ ଆଗ୍ରହ ଦେଖାଇବା ପରିବର୍ତ୍ତେ କଣ୍ଠରେ ଉଷ୍ମତା ଭରି କହିଲା ପୁଅମାନେ ଯାହା କରନ୍ତି ହୃଦୟର ସହ, ଅଥଚ ଝିଅମାନେ ସାମୟିକ ସୁଖ ପାଇଁ। ନଚେତ୍ ମୃତୁ୍ୟପରେ ଋଷଭର ଆମ୍ମା କେବେ ଦୀପାଲୀକୁ ଖୋଜି ବୁଲୁଥାନ୍ତା ? ଏମିତିରେ ପାଞ୍ଚବର୍ଷ ମଧ୍ୟରେ ତାକୁ ଅନେକ ଭୂତୁଣୀ ମିଳି ସାରିଥିବେ, ଅଥଚ ତା'ର ହୃଦୟଟା ସେଇ ଦୀପାଲୀ ପାଖରେ ବନ୍ଧା ପଡ଼ିଛି।

ମୋହିତର ପରିହାସପୂର୍ଣ୍ଣ ଉତ୍ତରରେ ଅଧିକ କଣ ବା ପ୍ରଶ୍ନ କରିଥାନ୍ତି ? ପ୍ରଥମ ଥର ପାଇଁ ତା'ର ଚପଲ ବ୍ୟବହାର ମୋତେ ଆମୋଦିତ କରୁଥିଲା।

ସେ ହଠାତ୍ ପ୍ରସଙ୍ଗ ପରିବର୍ତ୍ତନ କଲା– କିନ୍ତୁ ମୁଁ ତୋ ସଂପର୍କରେ ଅନେକ କଥା ଶୁଣୁଛି, ସେ ସବୁ କଣ ଅପପ୍ରଚାର ବା ମନଗଢ଼ା କାହାଣୀ ନାଁ ତା' ଭିତରେ କାଣିଚାଏ ସତ ରହିଛି ?

ସେ ଏପରି ଅଭାବିତ ପ୍ରଶ୍ନଟିଏ କରିବାର ଆଶା କରିନଥିଲି। ତା' ପ୍ରଶ୍ନରେ ବିରକ୍ତ ହୋଇ କହିଲି ଗୁଜବର ସହସ୍ର ମୁଖ। ସେ ସବୁ ଶୁଣି ତୁ ଯଦି ବିଶ୍ୱାସ କରୁଥାଉ ତେବେ ମୋ ସହିତ ବନ୍ଧୁତା ରଖିବାର ସର୍ବନିମ୍ନ ଯୋଗ୍ୟତା ମଧ୍ୟ ତୋର ନାହିଁ ତୁ ଏବେ ଆସିପାରୁ।

ସେ ଧଡ଼କରି ଉଠି ଚେୟାରଟା ଭିତରକୁ ସଶବ୍ଦେ ଠେଲି ଦେଇ ଚାଲିଗଲା। ଇଏ କଣ ସେ ମୋହିତ ଯାହାକୁ ମୁଁ ଏତେଦିନ ଧରି ଦେଖି ଆସିଥିଲି ? ହଠାତ୍ ତା'ର ପ୍ରତିକ୍ରିୟାଶୀଳ ଚେହେରା ଦେଖି ମନେହେଲା ମୋ ନାମରେ ଏପରି ସହସ୍ର କାହାଣୀ ଗଢ଼ୁଥିବା ବ୍ୟକ୍ତି ବିଶେଷଙ୍କର ମୁହଁ କଣ ମୁଁ ମୋହିତର ମୁହଁ ଭଳି ବନ୍ଦ କରିପାରିବି ?

ସଂଧାରେ ମୋହିତ ତାର ବ୍ୟବହାର ପାଇଁ ଦୁଃଖିତ ହୋଇ କହିଥିଲା– "ସାରା ! ମୁଁ ମୋର ବ୍ୟବହାର ପାଇଁ ଦୁଃଖିତ। ମୁଁ ହଠାତ୍ ଏପରି ନିୟନ୍ତ୍ରଣ ହରାଇ ବ୍ୟବହାର କରିବା ଉଚିତ ନଥିଲା। କିନ୍ତୁ ଋଷଭର ଆମ୍ମା ସହିତ ତୋ ନାମରେ ଯେଉଁ ଖବର

କ୍ୟାମ୍ପସରେ ଉଡ଼ି ବୁଲୁଛି ତାହା ସହ୍ୟ ହେଲା ନାହିଁ। ମୁଁ ଟିକେ ବିଚଳିତ ଥିଲି। କିନ୍ତୁ ତୋତେ କ୍ୟାଣ୍ଟିନ୍‌ରେ ଏକୁଟିଆ ଛାଡ଼ି ଆସିବା ମୋର ଅପରିପକ୍‌ ବ୍ୟବହାର ବୋଲି ମୁଁ କହିବି।"

ଜାଣେ, ସୂର୍ଯ୍ୟାଂଶ ସହିତ ମୋ ସଂପର୍କକୁ ନେଇ ମୋ ନାମରେ ନାନାଦି ଅସତ୍ୟ ଖବର କ୍ୟାମ୍ପସ୍ ପରିସରକୁ ଉଷ୍ମ କରୁଥାଇପାରେ। କିନ୍ତୁ ଏସବୁ ଗୁଜବ କଣ ମୋହିତ ପ୍ରଥମଥର ପାଇଁ ଶୁଣୁଛି ଯେ ଏପରି ପ୍ରତିକ୍ରିୟାଶୀଳ ହୋଇ ଉଠିଲା?

ଉଦ୍‌ଗତ ପ୍ରତିକ୍ରିୟା ରୋକି କହିଲି ମୋହିତ! ତୁ ମୋର ସବୁଠାରୁ ବିଶ୍ୱସ୍ତ ବନ୍ଧୁ। ଏ କ୍ୟାମ୍ପସରେ ମୁଁ କେବଳ ତୋତେ ଆମ୍ମୀୟତାର ସହିତ 'ତୁ' ଶବ୍ଦ ଉଚ୍ଚାରଣ କରେ।

ବନ୍ଧୁତାର ଦାୟବଦ୍ଧତା ଅନେକ ବେଶୀ। ସେଇ ଅଧିକାରରେ ପ୍ରଶ୍ନ କରିପାରେ କି ମୋ ନାମରେ କେଉଁ ଖବରଟି ତୋତେ ଏତେ ପ୍ରତିକ୍ରିୟାଶୀଳ କରିଛି?

କିଛି ମୁହୂର୍ତ୍ତ ନିରବତା।

ସେ ବୋଧହୁଏ ଗୁରୁତ୍ୱପୂର୍ଣ୍ଣ ପ୍ରସଙ୍ଗଟିକୁ ହୃଦୟରୁ ଓଠକୁ ଆଣିବା ପାଇଁ ସାହସ ସଂଚୟ କରୁଥିଲା। – "ମୁଁ ବିଶ୍ୱାସ କରିପାରୁନି ମ୍ୟାଥ୍ ଉଇଜାର୍ଡ, ବୁକ୍‌ଓ୍ୱର୍ମ ଓ ଆମ କ୍ୟାମ୍ପସର ସବୁଠାରୁ ବୁଦ୍ଧିମତୀ ଝିଅଟି ଏପରି ବୁଦ୍ଧିହୀନ କାର୍ଯ୍ୟ କରିପାରେ। କ୍ୟାମ୍ପସରେ ଏବେ ଚର୍ଚ୍ଚା। ତୁ କୁଆଡ଼େ ଗର୍ଭବତୀ!"

ମୋହିତର କଣ୍ଠସ୍ୱର ଥରୁଥିଲା ଏହିସବୁ ଶବ୍ଦ ଉଚ୍ଚାରଣ କରିବା ସମୟରେ। ଦୂରରେ ଥିଲେ ମଧ୍ୟ ମୁଁ ଅନୁଭବ କରି ପାରୁଥିଲି ତା'ର ଆଘାତ ପ୍ରାପ୍ତ ଲହୁ କ୍ଷରିତ ହୃଦୟର ଯନ୍ତ୍ରଣାକୁ। ମୋ ଚତୁର୍ଦ୍ଦିଗରେ ସଂଖ୍ୟାଧିକ ଚରିତ୍ର ଥିବା ସତ୍ତ୍ୱେ ମୋହିତ କାହିଁକି ମୋ ପାଇଁ ଏତେ ବେଶୀ ଦୁଃଖ ପାଏ? ନିଜକୁ ପ୍ରଶ୍ନ କଲି।

– କ୍ୟାମ୍ପସରେ ମୋର ବନ୍ଧୁମାନଙ୍କ ଅପେକ୍ଷା ଶତ୍ରୁମାନଙ୍କ ସଂଖ୍ୟା ବଢ଼ିଗଲାଣି। ଏତିକି ମନ୍ତବ୍ୟରୁ ତୁ ଯାହା ବୁଝିବୁ। ତପ୍ତ ଦୀର୍ଘଶ୍ୱାସଟିଏ ତ୍ୟାଗ କରି ଆଲୋଚନା ପରିସମାପ୍ତି କଲି।

ଜୀବନର ଗୋଟିଏ ଭୁଲ୍ ପାଇଁ ଏତେବଡ଼ ଶାସ୍ତି? ଅନୁଶୋଚନାର ଅଗ୍ନିରେ ଦଗ୍‌ଧୀଭୂତ ହେବାବେଳେ ଜିଙ୍ଗିଲର ଆଶ୍ୱାସନା ଭରା ଶବ୍ଦ ତପ୍ତ ହୃଦୟରେ ଚନ୍ଦନ ପ୍ରଲେପ ଭଳି ସ୍ନିଗ୍‌ଧ ମନେ ହୁଏ। ସେ କହେ "ତମର ମନେଥିବ ସାରା! ହଷ୍ଟେଲରେ କିଛିଦିନ ବିତିବାପରେ ମୁଁ ଦିନେ ଡେଟିଂ ସାଇଟ୍‌ରେ ଜଣଙ୍କ ସହ ଅଡିଓ କଲ୍ କରିବା ସମୟରେ ତୁମେ ମୋତେ ପ୍ରଶ୍ନ କରିଥିଲ ଡେଟିଂରେ ଯାଉଥିବା ଝିଅମାନେ କଣ କରନ୍ତି?

ତୁମ ଭଳି ଅନଭିଜ୍ଞ ଝିଅଟିକୁ କଣ ଅବା ବୁଝାଇଥାନ୍ତି? ତୁମର ଏ ବିଷୟରେ

ଟିକେ ଅଭିଜ୍ଞତା ଥିଲେ ତୁମେ ଏପରି ସମସ୍ୟାର ସମ୍ମୁଖୀନ ହୋଇନଥାନ୍ତ। ମୁଁ ତୁମ ପାଇଁ ସବୁ କିଛି କରିପାରିବି। ଆକାଶରୁ ଚାନ୍ଦ ତୋଳିପାରିବି, ତାରା ଫୁଲ ଆଣି ଗଭାରେ ସଜେଇ ପାରିବି। ମୁଁ ତୁମକୁ କିପରି ଏ ଦିଗରେ ସାହାଯ୍ୟ କରିପାରିବି କୁହ।"

ଜିଙ୍ଗିଲ୍‌ର ଚପଲତା ମୋତେ ଅନ୍ୟଦିନମାନଙ୍କପରି ଆମୋଦାୟକ ମନେହେଲା ନାହିଁ। ଅବସନ୍ନ କଣ୍ଠରେ କହିଲି ମୋର ଗୋଟିଏ ପ୍ରେଗନାନ୍‌ସୀ ଟେଷ୍ଟ କିଟ୍‌ ଦରକାର।

ଜିଙ୍ଗିଲ ଚମକି ପଡିଲା– "ସୂର୍ଯ୍ୟାଂଶ ଘରକୁ ଯିବା ପାଇଁ ଟିକେଟ୍‌ ମଗାଇବା ଓ ଟେଷ୍ଟ କିଟ୍‌ କାହା ହାତରେ ମଗାଇବା ସମଧରଣର ଦୁଃସାହସିକ କାର୍ଯ୍ୟ ନୁହେଁ। ଏ ପରମାଣୁ ବୋମାଟି ମୁଁ କାହା ହାତରେ ମଗାଇ ପାରିବି ନାହିଁ। ଯାହା ହାତରେ ମଗାଇବି ସେ ପ୍ରଥମେ ମୋତେ ସନ୍ଦେହ କରିବ। ଏସବୁ ଗୁଜବକୁ ବିଶ୍ୱାସ କରି ଯଦି ଥରେ ତୁମେ ନିଜକୁ ପରୀକ୍ଷା କରିବାକୁ ଚାହୁଁଥାଅ ସୂର୍ଯ୍ୟାଂଶର ସାହାଯ୍ୟ ନେବା ଉଚିତ୍‌ ହେବ କାରଣ କିଛି ସମସ୍ୟା ସୃଷ୍ଟି ହେଲେ ସେ ହିଁ କେବଳ ଏ ଦିଗରେ ତୁମକୁ ସାହାଯ୍ୟ କରିପାରିବ।"

– ଅନ୍‌ଲାଇନ୍‌ରେ ମଗାଇ ହେବନି ? ମୁଁ ଶହଶହ ରାସ୍ତା ଖୋଜୁଥିଲି ଏ ସମସ୍ୟାରୁ ମୁକ୍ତି ପାଇବା ନିମନ୍ତେ। ତତ୍‌କ୍ଷଣାତ୍‌ ନୂଆ ସମସ୍ୟାଟିଏ ମୋ ସାମ୍ନାରେ ପ୍ରତିବନ୍ଧକ ଭଳି ଦେଖା ଦେଉଥିଲା।

ଶେଷରେ ଜିଙ୍ଗିଲର ନିଷ୍ପତ୍ତି ଅନୁଯାୟୀ ଓଢଣୀରେ ଚେହେରା ଆବୃତ କରି ସହର ଉପକଣ୍ଠସ୍ଥିତ ଗୋଟିଏ ଛୋଟ ମେଡିସିନ୍‌ ଷ୍ଟୋରରେ ଆମେଦୁହେଁ ପହଁଚିଲୁ। କିଟ୍‌ଟିଏ ଦେବାକୁ କହିବା ମାତ୍ରେ ସତର ଅଠର ବର୍ଷୀୟ କିଶୋରଟି ତତ୍‌କ୍ଷଣାତ୍‌ କେଉଁ ପ୍ରକାର କିଟ୍‌ ଦେବବୋଲି ପ୍ରଶ୍ନକଲା। ବିଭିନ୍ନ ପ୍ରକାର ଭେଦ ଓ ମୂଲ୍ୟରେ ତାହା ମିଳୁଥିଲା। ମାତ୍ର ସେ ସଂପର୍କରେ ସବିଶେଷ ଜ୍ଞାନ ନଥିବାରୁ ଯେ କୌଣସି ଗୋଟିଏ ଦେଲେ ଚଳିବ କହିଲୁ। ସେ ଚକିତ ହୋଇ ମୁହୂର୍ତ୍ତଟିଏ ଆମକୁ ଚାହିଁଲା।

ହଠାତ୍‌ ଜିଙ୍ଗିଲର କଣ୍ଠସ୍ୱର ବଦଳିଗଲା– "ଏ ପୁଅ ! ଯନ୍ତ୍ରଟା ଦେ, ଦୂର ଗାଁରୁ ଆସିଛୁ ପରା, ବସ୍‌ ଚାଲିଗଲେ ଫେରିବୁ କିପରି ?"

କିଶୋରଟି ହଠାତ୍‌ ଚମକିପଡି କାଉଣ୍ଟର ରୁ ବିଲ୍‌ ସହିତ ବଢାଇ ଦେଲା କ୍ଷୁଦ୍ର ପ୍ୟାକେଟ୍‌ଟିଏ।

ସେ ଦିନ ରାତିଥିଲା ମୋ' ପାଇଁ ଚରମ ପରୀକ୍ଷାର ସମୟ। ପଜିଟିଭ୍‌ ବାହାରିଲେ କଣ କରିବି ଭାବି ମଥା ଘୁରାଇ ଦେଲା। ଜୀବନର ଏତେ ପରୀକ୍ଷାର

ସାମ୍ନା କରିଛି କିନ୍ତୁ ଆଜିର ପରୀକ୍ଷା ପାଇଁ ୱାଶରୁମ୍‌କୁ ଯିବା ସମୟରେ ଉତ୍ତେଜନାରେ ସମଗ୍ର ଶରୀର କଂପିତ ହେଉଥିଲା ।

ପରୀକ୍ଷାରୁ ନେଗେଟିଭ୍ ଜଣାପଡ଼ିଲା । ରୁମ୍‌କୁ ଫେରିଆସି ସ୍ୱସ୍ତିର ନିଶ୍ୱାସ ନେଲି । ଜିଙ୍ଗିଲ୍ ମୋତେ କୁଣ୍ଢାଇ ପକାଇ ଖୁସିରେ କହିଲା – "ତେବେବି ବିନା କାରଣରେ ରକ୍ତସ୍ରାବ ଗଡ଼ିଯିବାଟା ଭଲ ଲକ୍ଷଣ ନୁହେଁ, ଆମେ ଜଣେ ସ୍ତ୍ରୀ ରୋଗ ବିଶେଷଜ୍ଞଙ୍କ ପାଖକୁଯିବା ଓ ଅସୁବିଧାଟି କେଉଁଠି ନିଶ୍ଚୟ ପରୀକ୍ଷା କରିବା ।"

ସୂର୍ଯ୍ୟାଂଶ ଉପରେ ଜମାଟ ବାନ୍ଧିଥିବା ମୋ ଅଭିମାନର ବରଫ ପାହାଡ଼ଟି ମୁହୂର୍ତ୍ତକ ମଧ୍ୟରେ ତରଳିବାକୁ ଆରମ୍ଭ କଲା ।

ଫୋନ୍ ଲଗାଇଲି ସୂର୍ଯ୍ୟାଂଶକୁ ।

– ସୂର୍ଯ୍ୟାଂଶ ! ଗୋଟେ ଶୁଭ ଖବର ।

– ମୁଁ ଗୋଟେ ସୁନ୍ଦରୀ ଝିଅର ବାପା ହେବାକୁ ଯାଉଛି, ଏଇ ଶୁଭ ଖବର ତ ? ଠିକ୍ ତୁମପରି ସରସାର ଢଳଢଳ ନୀଳ ଆଖି, ପଦ୍ମପଳାଶ ଓଠ... ହସରେ ଝରିପଡ଼ୁଥିବ ଚନ୍ଦ୍ର ମଲ୍ଲିକାର ପାଖୁଡ଼ା... । ସୂର୍ଯ୍ୟାଂଶର ପ୍ରଶସ୍ତି ଶୁଣି କହିଲି, ଥାଉ ଥାଉ ମୋ ପ୍ରେମିକପ୍ରବର ମୋର ଶୁଭଚିନ୍ତକ ହେବା ଆଦୌ ଦରକାର ନାହିଁ । ଟେଷ୍ଟରୁ ନେଗେଟିଭ୍ ଜଣା ପଡ଼ିବାରୁ ଟିକେ ଖୁସି କରିବାକୁ ତମକୁ ଜଣାଇଲି ।

– ଅର୍ଥାତ୍ ଆଜି ପର୍ଯ୍ୟନ୍ତ ତୁମେ ମୋ ନାମରେ ମିଥ୍ୟା ଆରୋପମାନ ଲଗାଇଥିଲ । ସେ ପୁନର୍ବାର ମୋତେ ପରିହାସ କରିବାକୁ ଯାଇ ଉଚ୍ଚସ୍ୱରରେ ହସିବାକୁ ଲାଗିଲା କିନ୍ତୁ ସେ ଅନେକ ପରିମାଣରେ ଆଶ୍ୱସ୍ତ ଜଣା ପଡ଼ୁଥିଲା ।

କହିଲି ତୁମେ ଏବେ ପଢ଼ାପଢ଼ି କର । ପାଠପଢ଼ା, କ୍ୟାରିୟର, ତା' ପରେ ବିବାହ କଥା ଚିନ୍ତା କରିବା । ଆମ ହାତରେ ଏବେ ଯଥେଷ୍ଟ ସମୟ ଅଛି ନିଜନିଜ ସ୍ୱପ୍ନ ସାକାର କରିବା ପାଇଁ ।

ଅପରପାର୍ଶ୍ୱରୁ ସୂର୍ଯ୍ୟାଂଶ ହସର ମୃଦୁହିଲ୍ଲୋଲ ଭାସିଆସୁଥିଲା । ତାର ଏଇ ମନ ଭୁଲାଣିଆ ହସରେ ହିଁ ମୁଁ ହରାଇବସେ ନିଜର ପରିଚୟ । ପାଲଟି ଯାଏ ପରୀ ରାଇଜର ରାଜକନ୍ୟା । ମାଟି ଛାଡ଼ି ଉଡ଼ିଯାଏ ଆକାଶ, ଭାବେ ଆକାଶଟା ଏକା ମୋର ।

ସୂର୍ଯ୍ୟାଂଶର ପ୍ରେମିକପଣିଆର ସୀମା ନାହିଁ । ସେ ଆଉକିଛି କହିବାକୁ ଚାହୁଁଥିଲା ତା' ଉଲ୍ଲାସରେ ବାଧାଦେଇ କହିଲି, ଦୀର୍ଘଦିନ ହେବ ଭୟ ଓ ଆଶଙ୍କାରେ ପଢ଼ାପଢ଼ି କରିପାରିନାହିଁ, ଏବେ ଯାଉଛି, ଶୁଭରାତ୍ରି ।

ପରଦିନ ସଂଧ୍ୟାରେ ୱାର୍ଡେନ୍ ଜରୁରୀ ବୈଠକ ଡକାଇଥିବାର ଖବର ପାଇଲୁ ।

ମେଘାର କୋଠରୀରୁ କେତନ ଧରା ପଡ଼ିବା ଘଟଣା ପରେ ଆଉ ବୈଠକ ହୋଇନଥିଲା ଯଦିଓ ଆମ ହଷ୍ଟେଲରେ ପ୍ରତିମାସ ଶେଷ ଶନିବାର ସଂଧ୍ୟାରେ ଏଭଳି ଗୋଟିଏ ବୈଠକ ଆୟୋଜିତ ହୁଏ। ଆମେ ଆମ ସମସ୍ୟାମାନ ଉପସ୍ଥାପନ କରୁ ଓ ପ୍ରତି ବଦଳରେ ଗୁଡ଼ିଏ ମହତ୍‌ବାଣୀ ଶୁଣିବାକୁ ପାଉ। କିନ୍ତୁ ଗୁରୁବାର ସଂଧ୍ୟାରେ ହଠାତ୍‌ ବୈଠକ ଡକାଯିବାର କାରଣ ସଂପର୍କରେ କୌଣସି ସୂଚନା ନ ପାଇ ସଂଧ୍ୟାରେ କମନ୍‌ରୁମ୍‌ରେ ଏକାଠି ହୋଇଗଲୁ। ସମସ୍ତଙ୍କ ମୁହଁରେ ଆତଙ୍କ। ଆଜି ସଂଧ୍ୟାର ଗୁରୁତ୍ୱପୂର୍ଣ୍ଣ ପ୍ରସଙ୍ଗଟି କଣ ହୋଇପାରେ ତାହା ଉପରେ ସରଗରମ ଆଲୋଚନା ଚାଲିଥିଲା।

ୱାର୍ଡେନ୍‌ ହଠାତ୍‌ ମୁଖ୍ୟ ପ୍ରସଙ୍ଗକୁ ନ ଯାଇ କହିଲେ, ୱାର୍ଡେନ୍‌ ଭାବରେ ମୋର ଅନେକ ଆଖି ଓ ଅନେକ କାନ। ତୁମମାନଙ୍କ କୁକର୍ମର ଲମ୍ବାତାଲିକା ମୋ ହାତରେ। ବର୍ତ୍ତମାନ ତାହା ମୁଁ ସର୍ବ ସମକ୍ଷରେ ପ୍ରକାଶ କରିବାକୁ ଇଚ୍ଛା କରୁନାହିଁ। ରୁମ୍‌ ଭିଜିଟ୍‌ ସମୟରେ ମୁଁ ଏ ସଂପର୍କରେ ସଂପୃକ୍ତ ଝିଅମାନଙ୍କୁ ଚେତାବନୀ ଦେବି, ତା’ ପରେ ସମସ୍ତଙ୍କ ସାମ୍ନାରେ ସେମାନଙ୍କ ନାଁ ପ୍ରକାଶ କରିବି ଓ ଶେଷରେ ହଷ୍ଟେଲରରୁ ବହିଷ୍କାର କରିବି।

ପୁଅମାନଙ୍କ କଥା ଭିନ୍ନ। ସେପରି ଉପାନ୍ତ ଅଂଚଳରେ ଝିଅମାନଙ୍କ ନିମନ୍ତେ ହଷ୍ଟେଲଠାରୁ ସୁରକ୍ଷିତ ଆବାସ ମିଳିବାର ସମ୍ଭାବନା ନଥିଲା। ତେଣୁ ବହିଷ୍କାର ଶଦ ଶୁଣି ଅଧିକାଂଶ ଅନ୍ତେଃବାସିନୀଙ୍କ ହୃତ୍‌ସ୍ପନ୍ଦନ କ୍ଷୀପ୍ରତର ହେବାରେ ଲାଗିଲା।

ୱାର୍ଡେନ୍‌ଙ୍କ ଭାଷଣ ଶେଷ ହୋଇନଥିଲା– "ତୁମ ପରିବାର ବ୍ୟତୀତ ସରକାର ମଧ୍ୟ ତୁମ ପାଠପଢ଼ା ପାଇଁ ଅର୍ଥ ବ୍ୟୟ କରନ୍ତି ସେଥି ନିମନ୍ତେ– ଯେ କୌଣସି ବେସରକାରୀ ଇଞ୍ଜିନିୟରିଂ କଲେଜଠାରୁ ତୁମେମାନେ ସ୍ୱଳ୍ପଖର୍ଚ୍ଚରେ ଏଠାରେ ପାଠ ପଢ଼ିପାରୁଛ। ତୁମର ନୈତିକ ଦାୟିତ୍ୱ ରହିଛି ପରିବାର ଓ ସମାଜ ପ୍ରତି ଅଥଚ ପଢ଼ାପଢ଼ି ଛାଡ଼ି ଏ ସବୁ କଣ କରୁଥିବାର ମୁଁ ଶୁଣୁଛି?"

ୱାର୍ଡେନ୍‌ଙ୍କ ବକ୍ତବ୍ୟ କାହା ପ୍ରତି ଉଦ୍ଦିଷ୍ଟ ଥିଲା ତାହା ପ୍ରତିଥର ପରି ସ୍ପଷ୍ଟ ନଥିଲା ତଥାପି ଆମେ ସମସ୍ତେ ଆକ୍ଷେପଟିକୁ ନିଜ ଦେହକୁ ନେଉଥିଲୁ।

ରୁମ୍‌ ଭିଜିଟ୍‌ ସମୟରେ ସେ ମୋତେ ପ୍ରଶ୍ନ କଲେ– ପଢ଼ାପଢ଼ି କେମିତି ଚାଲିଛି?

ଯଥା ସମ୍ଭବ ଫୁର୍ତ୍ତି ଦେଖାଇ ଉତ୍ତର ଦେଲି– ଭଲ ଭାବରେ। ସେ ପୁନର୍ବାର ପ୍ରଶ୍ନ କଲେ ପୂର୍ବ ବର୍ଷମାନଙ୍କ ଭଳି ଏଥର ମଧ୍ୟ ଅଧିକା ମାର୍କ ରଖ୍ବ ବୋଲି ଆଶା କରିବି?

– ଚେଷ୍ଟା କରିବି।

ମୋ ଉତ୍ତରରେ ତାଙ୍କ ମୁଖମଣ୍ଡଳର ବଳିରେଖାଗୁଡ଼ିକ ସାମାନ୍ୟ କୁଞ୍ଚିତ ହୋଇଆସିଲା ।

ପୋଷାକରେ ଫାଟି ପଡ଼ୁଥିବା ମୋ ୱାର୍ଡରୋବ୍‌କୁ ଥରେ ମାତ୍ର ଦୃଷ୍ଟିପାତ କରି ସେ ମୋ କୋଠରୀରୁ ନିଷ୍କ୍ରାନ୍ତ ହେଲେ ।

ସୂର୍ଯ୍ୟାଂଶ ଓ ମୋ ସଂପର୍କରେ ସେ ଯାହା ଶୁଣୁଥିଲେ ତାହା ଏ କଲେଜରେ ଏକ ସାଧାରଣ ଘଟଣା । ଏ କ୍ୟାମ୍ପସ୍‌ରେ ଏହାର ନାଁ– ପ୍ରେମ ହୋଇପାରେ, ଟାଇମ୍‌ ପାସ୍ ହୋଇପାରେ କିମ୍ବା ହୋଇପାରେ ସାମୟିକ ସୁଖର ସଂପର୍କ, ଶହେରୁ ଅନେଶ୍ଵତଟି ସଂପର୍କ ଏଠାରେ ସୃଷ୍ଟି ହୋଇ ଏଠାରେ ହିଁ ଅନ୍ତ୍ୟ ଘଟେ । ତେଣୁ ଏହାକୁ ସେ କୌଣସି ଗୁରୁତର ଅପରାଧ ଭାବରେ ଗ୍ରହଣ କରି ନଥିବେ । କିନ୍ତୁ ଆମେ କେହି ଜାଣିପାରିଲୁ ନାହିଁ ସେ ଦିନ କାହାକୁ ଉଦ୍ଦେଶ୍ୟ କରି ସଭାର ଆୟୋଜନ କରାଯାଇଥିଲା ।

ପରୀକ୍ଷା ରୁତୁ ଆରମ୍ଭ ହେଲେ ବଦଳିଯାଏ ହଷ୍ଟେଲର ପରିବେଶ । ନିଶାଗ୍ରସ୍ତ ପରି ସମସ୍ତଙ୍କ ଚେହେରା । ପରସ୍ପର ମଧ୍ୟରେ ଖୁବ୍ ସଂକ୍ଷିପ୍ତ ଆଲାପ ଓ ସେଇ ସଂକ୍ଷିପ୍ତ ଆଲାପ ଥାଏ କେବଳ ପଢାପଢି ବା ପରୀକ୍ଷା ସଂପର୍କିତ । ଅନ୍ୟଦିନ ମାନଙ୍କ ପରି ଫେସବୁକରେ ଫଟୋ ଅପଲୋଡ୍ କରି ଲାଇକ୍, ସେୟାର୍ କମେଣ୍ଟ ଉପରେ ଆଲୋଚନା କରିବା, ଡେଟିଂ ସାଇଟ୍‌ରୁ 'ଟାଇମ୍‌ ପାସ୍ ପାଇଁ ଉଦ୍‌ଭ୍ରାନ୍ତ ଅନ୍ଵେଷଣ କରିବା, ତଥା ପ୍ରିୟ ଅଭିନେତା ନୀଲ୍‌ର ବୋଲ୍ଡ ଆକ୍ସନ, ବଡ଼ି ବିଲ୍ଡିଂ, ସଂପର୍କରେ ଗଭୀର ଗବେଷଣା କରିବା ପରି କାର୍ଯ୍ୟ ପୁରାପୁରି ବନ୍ଦ ହୋଇଯାଏ । ଗୋଟିଏ ସିନେମାରେ ସେ ନାୟିକାକୁ କେତେଥର ଚୁମ୍ବନ ଦେଲା, ଆଲିଙ୍ଗନ କଲା, ଶାର୍ଟ ଖୋଲିଲା, ତାହା ସିନେମାର ଚରିତ୍ର ପାଇଁ ଆବଶ୍ୟକ ଥିଲା ଅବା ନଥିଲା ତା'ଉପରେ ମଧ୍ୟ ଯୁକ୍ତି ତର୍କ ହେଉନଥିଲା । ସେ ସମୟରେ କମ୍‌ରୁମ୍ ଥିଲା ନିର୍ଜନ । ଟିଭିଟି ନେଇଥାଏ ସଂପୂର୍ଣ୍ଣ ବିଶ୍ରାମ । ରାତି ସାରା କୋଠରୀଗୁଡ଼ିକର ଆଲୋକ ନିର୍ବାପିତ ହେବାର ଦେଖାଯାଏ ନାହିଁ । ଶେଷରେ ବ୍ୟେଜ୍ ହଷ୍ଟେଲ ଓ ପ୍ରେମସଂପର୍କିତ ଆଲୋଚନାରେ ଲଗାମ ଲାଗେ ସେଇ କିଛିଦିନ ।

ସେଥର ମଧ୍ୟ ସମଧରଣର ଦୃଶ୍ୟ । ପନ୍ଦର ଦିନର ଘମାଘୋଟ ଲଢ଼େଇର ଅନ୍ତ୍ୟ ଘଟିଲା । ପରୀକ୍ଷା ଶେଷ ହେଲା ।

ଭାରତର ବିଭିନ୍ନ ପ୍ରାନ୍ତରୁ ଆସି ଏଠାରେ ପଢ଼ୁଥିବା ପିଲାମାନେ ଲଗେଜ ଓ ବ୍ୟାକ୍‌ପ୍ୟାକ୍ ଧରି ଘର ମୁହାଁ ହେଲେ । କ୍ୟାମ୍ପସ ମଧ୍ୟରେ ପ୍ରାଇଭେଟ୍ ଟ୍ୟାକ୍ସି ଓ ଅଟୋଗୁଡ଼ିକର ଗହଳି ଲାଗିଲା ।

ପୁରା ଦେଢ଼ମାସ ଛୁଟି । ଜିଙ୍ଗିଲ ଓ ମୁଁ ଘରକୁ ନଯାଇ ହଷ୍ଟେଲରେ ରହି

କୋଚିଂ ନେବାକୁ ସ୍ଥିର କରିଥିଲୁ । ସୂର୍ଯ୍ୟାଂଶ ମଧ୍ୟ କୋଚିଂ ନେବା ପାଇଁ ଘରକୁ ଯାଇନଥିଲା ।

କ୍ୟାମ୍ପସ୍ ଥିଲା ପ୍ରାୟ ଫାଙ୍କା । ଆମ ଭଳି ଅନ୍ୟ କେତେଜଣ ଗେଟ୍, ଜି.ଆର୍.ଇ ଓ ଏମ୍‌ଟେକ୍, ପରୀକ୍ଷା ପାଇଁ କୋଚିଂ ନେବା ଉଦ୍ଦେଶ୍ୟରେ ନିକଟସ୍ଥ କୋଚିଂ ସେଣ୍ଟରରେ ଆଡମିଶନ୍ ନେଇଥିଲେ ।

ଏକ ଅପରାହ୍ନରେ ଜିଙ୍ଗିଲ ଓ ମୁଁ ଜଣେ ସ୍ତ୍ରୀ ରୋଗ ବିଶେଷଜ୍ଞଙ୍କ ନିକଟକୁ ପୂର୍ବ ଯୋଗାଯୋଗ କରିଗଲୁ । ସେ ବିଭିନ୍ନ ପରୀକ୍ଷା ନିରୀକ୍ଷା କରି ମୋର କିଛି ସମସ୍ୟା ରହିଛି ବୋଲି ଜଣାଇଲେ ବର୍ତ୍ତମାନ ସମୟରୁ ଟିକିତ୍ସା ନ କଲେ ଭବିଷ୍ୟତରେ ସନ୍ତାନ ଧାରଣ କରିବାରେ ସମସ୍ୟା ସୃଷ୍ଟି ହେବାର ଚେତାବନୀ ଦେଇ କିଛି ମାସ ପର୍ଯ୍ୟନ୍ତ ତାଙ୍କ ପ୍ରତ୍ୟକ୍ଷ ତତ୍ତ୍ୱାବଧାନର ରହିବାକୁ ଉପଦେଶ ଦେଲେ ତତ୍ ସହିତ ଏକ ଦୀର୍ଘ ଔଷଧ ଓ ଭିଟାମିନ୍‌ର ତାଲିକା ଧରାଇଦେଲେ । ଫେରନ୍ତା ରାସ୍ତାରେ ଦେଖା ହୋଇଗଲା ସୂର୍ଯ୍ୟାଂଶ ସହିତ । ଜିଙ୍ଗିଲ ଅଟୋରେ ହସ୍ଟେଲ ଫେରିଗଲା । ମୋ ହାତରେ ଏତେ ଗୁଡ଼ିଏ ଔଷଧ ଦେଖି ସୂର୍ଯ୍ୟାଂଶର ସଦା ସତେଜ୍ ମୁହଁଟା ହଠାତ୍ ମଉଳି ଯିବା ପରି ମନେହେଲା । ସେ ମୋତେ କହିଲା ତମେ ଏତେ କ୍ଲାନ୍ତ ଦେଖାଯାଉଛ ଯେ ? ଅନ୍ୟଦିନ ହୋଇଥିଲେ ଏ ପ୍ରଶ୍ନକୁ ତା’ର ମୋ ପ୍ରତି ଅନୁରାଗ ବୋଲି ମନେ କରିଥାନ୍ତି କିନ୍ତୁ ନକାରାମ୍କ ତରଙ୍ଗଟିଏ ଭାସି ଆସୁଥିଲା ତା’ ପ୍ରଶ୍ନରୁ ।

– ତୁମେ ଏଠାକୁ କାହିଁକି ଆସିଥିଲ ? ନେଗେଟିଭ୍ ରିପୋର୍ଟ ଆସିଛି ବୋଲି ମୋତେ କହିଥିଲ ତଥାପି ଏତେ ଗୁଡ଼ିଏ ଔଷଧ କଣ ପାଇଁ ନେଉଛ ? କଣ ହୋଇଛି ତୁମର ?

ତା’ସନ୍ଦେହର କାରଣ ଅବୁଝା. ରହିଲା ନାହିଁ । ବୋଧହୁଏ ସେ ଭାବିଥିଲା ମୁଁ ତା’କୁ ନେଗେଟିଭ୍ କହି ଆବର୍ସନ କରିବାକୁ ଆସିଛି ।

ଯେଉଁ ସୂର୍ଯ୍ୟାଂଶକୁ ଦେଖିଲେ ମୋ ମନରେ ଅଦିନ ବସନ୍ତ ଆସେ, ନିରବ ଉପତ୍ୟକାରେ ସହସ୍ର ବଂଶୀର ମୂର୍ଚ୍ଛନା ଶୁଭେ ହଠାତ୍ ତା’ ସ୍ୱର ଶୁଭିଲା ଖୁବ୍ କର୍କଶ ।

– ମୋର କିଛି ସମସ୍ୟା ଅଛି ବୋଲି ଦୁଇମାସ ପିରିୟଡ୍ ହୋଇନାହିଁ । ଯାହାକୁ ମୁଁ ଭିନ୍ନ କିଛି ସମସ୍ୟା ମନେକରି ନିଦ୍ରାହୀନ ରାତି ବିତାଉଥିଲି ।

ଏସବୁ କହିବାକୁ ଚାହିଁ ମଧ୍ୟ ମୁଁ କହିପାରିଲି ନାହିଁ । ନିରବରେ ଆଖି ମୁଦି ଆଉଜି ବସିଲି । ସୂର୍ଯ୍ୟାଂଶର ସନ୍ଦେହ ମୋ ଛାତି ତଳେ ପୁରୁଣା କ୍ଷତକୁ ଉଖାରି ଦେଲା ।

– ଶୁଣିଲି ମୋହିତ ସହିତ କ୍ୟାମ୍ପସ୍ ଭିତରେ ତୁମର ଖୁବ୍ ଝଗଡ଼ା ହୋଇଛି ? ସୂର୍ଯ୍ୟାଂଶ ଗୋଟେ ପରେ ଗୋଟେ ତୀର ମୋ ହୃଦୟକୁ ଲକ୍ଷ୍ୟ କରି ଛାଡ଼ୁଥିଲା । ମୁଁ ଏବେ ରକ୍ତରେ ପୁରା ଜୁଡୁବୁଡୁ ।

– ପ୍ରଥମ ଅଭିଯୋଗ ନିରାଧାର, ଦ୍ୱିତୀୟଟି ମଧ୍ୟ ଭିତ୍ତିହୀନ। ମୋ ଭିତରେ ଛଳଛଳ ଭାବନା ପ୍ରସ୍ତର ପରି କଠିନ ହେବା ଆରମ୍ଭ ହେଲା।

– ତୁମେ କଣ ଭାବ ଯେ ଜଣେ ସ୍ତ୍ରୀରୋଗ ବିଶେଷଜ୍ଞଙ୍କ ପାଖକୁ କେବଳ ଗର୍ଭପାତ କରିବା ପାଇଁ ଆସେ ? ତା'ର ଅନ୍ୟକିଛି ସମସ୍ୟା ବି ଥାଇପାରେ। ପରୀକ୍ଷାରୁ ନେଗେଟିଭ୍ ସୂଚନା ଦେବାପରେ ମଧ୍ୟ ତୁମେ ଯେ ମୋତେ ବିଶ୍ୱାସ କରିପାରିନାହଁ। ସେଥିପାଇଁ ମୁଁ ଦୁଃଖିତା।

– ଦ୍ୱିତୀୟତଃ ମୁଁ ତୁମକୁ ପ୍ରେମ କରେ ଏହାର ଅର୍ଥ ନୁହେଁ ଯେ ମୋର କୌଣସି ସାମାଜିକ ସଂପର୍କ ରହିପାରିବ ନାହିଁ। ମୁଁ କାହା ସହିତ କ୍ୟାଣ୍ଟିନ୍‌ରେ ଖାଇପାରିବି ନାହିଁ। ବନ୍ଧୁତ୍ୱପୂର୍ଣ୍ଣ ଆଚରଣ ଦେଖାଇପାରିବି ନାହିଁ। ତୁମପାଖରେ ଏ ସୂଚନା ନଥାଇ ପାରେ ଯେ ମୋହିତ ମୋଠାରୁ ବୟସରେ ଛଅମାସ ସାନ, ମୋ ସାନଭାଇ ଭଳି। ଆଜିଠାରୁ ମୋତେ ସନ୍ଦେହ କରିବା ବନ୍ଦ କର।

ସୂର୍ଯ୍ୟାଂଶ ରାସ୍ତାକୁ ଚାହିଁ ମୃଦୁ ହସି କହିଲା– ମୁଁ ଭାବୁଛି ତୁମର ଆଉ ଚକେଲେଟ୍ ଖାଇବା ବୟସ ନାହିଁ। ମୋହିତ ତୁମଠାରୁ ସାନ ହେଲେ ମଧ୍ୟ ତୁମକୁ ଭଲପାଇ ବସିଛି ଏ କଥା ତୁମେ କାହିଁକି ବୁଝି ପାରୁନ ? ଏ ପ୍ରେମ ଗୋଟେ ଏମିତି ମାରାମ୍କ ରୋଗ ଯେ ବୟସ, ଧର୍ମ ଦେଶର ପରିସୀମାକୁ ମାନିବାକୁ ପ୍ରସ୍ତୁତ ହୁଏନା, ତେଣୁ ତା'ଠାରୁ ଦୂରେଇ ରହିବାକୁ ଚେଷ୍ଟା କର। ଆଉ ଏ ଯେଉଁ ଭାଷା କହୁଛ ଏ ତୁମ ଭିତରେ ମୋହିତର ସ୍ୱର ଭଳି ମୋତେ ଶୁଭୁଛି।

ମୋ ଭିତରେ ବିସ୍ଫୋରଣ ହେଲା ସୂର୍ଯ୍ୟାଂଶର ପ୍ରତିକ୍ରିୟା। ଶୁଣି।

– ତୁମେ କେଉଁଠି ମୋ ମନର ଅବସ୍ଥାକୁ ବୁଝିବ ସୂର୍ଯ୍ୟାଂଶ ? ଆମ ଦୁହିଁଙ୍କର କ୍ଷଣିକ ଆକର୍ଷଣର ଫଳକୁ ସାରାଜୀବନ ଏକାକୀ ବହନ କରିବାର ସାମର୍ଥ୍ୟ ଓ ସାହସ ସଂଚୟ କରୁଥିଲି ମୁଁ। ଶେଷରେ ଜାଣିଲି ତାହା ମୋର ନିଜସ୍ୱ ଶାରୀରିକ ସମସ୍ୟା। ସେଥିରେ ତୁମର ଯୋଗଦାନ ନାହିଁ। କିନ୍ତୁ ଏ ସମସ୍ୟାରୁ ବି ତ ମୋତେ ମୁକ୍ତି ଦରକାର।

ଅଙ୍କିତ ହେଉ ଅବା ମୋହିତ, ମୋ ପାଇଁ କାହାର ହୃଦୟ ଭାଙ୍ଗିଲେ ସେମାନଙ୍କ ସହିତ ମୁଁ ମଧ୍ୟ କଷ୍ଟପାଏ। ମୋହିତ ସହିତ ମୋର ସଂପର୍କ କେବଳ ବନ୍ଧୁତା ବ୍ୟତୀତ ଅନ୍ୟକିଛି ଭାବିବା ତୁମ ପରି ଜଣେ ମୁକ୍ତଚିନ୍ତକ ଯୁବକ ପକ୍ଷେ ଶୋଭା ପାଏ ନାହିଁ। ତୁମେ ଚାହଁ ବା ନ ଚାହଁ ମୁଁ ଥରେ ସେମାନଙ୍କୁ ଦେଖା କରିବାକୁ ଇଚ୍ଛା କରିବି। ମୋ ପାଇଁ କ୍ଷତାକ୍ତ ହୋଇଥିବା ତାଙ୍କ ହୃଦୟରେ ସ୍ନେହର ମଲମ ଲଗାଇ ବୁଝାଇବାକୁ ଚାହିଁବି ଯେ ସେମାନଙ୍କ ପ୍ରେମ ପାଇବାକୁ ମୁଁ ଅଯୋଗ୍ୟା।

ମୋର ଏସବୁ ଦର୍ଶନ ସୂର୍ଯ୍ୟାଂଶକୁ ଭଲ ଲାଗୁନଥିଲା ବୋଧହୁଏ। ସେ

ଦୀର୍ଘଶ୍ୱାସ ତ୍ୟାଗକରି ଭାରାକ୍ରାନ୍ତ ସ୍ୱରରେ କହିଲା, ଓଃ ତୁମକୁ ବୁଝାଇ ହେବନି। ଖାସ୍‌ ପୃଥିବୀର ସମସ୍ତଙ୍କ ହୃଦୟ ଯଦି ତୁମଭଳି ହୋଇଥାନ୍ତା ଦୁନିଆଁଟା କେତେ ସୁନ୍ଦର ହୋଇଥାନ୍ତା... କିନ୍ତୁ ଏଇ କୋମଳ ହୃଦୟଧାରିଣୀ ଅବୁଝା ପ୍ରେମିକାଟି କେବଳ ମୋରି ଭାଗ୍ୟରେ, ଯେ ବୁଝେନା ଯେ ତାକୁ ଦେଖିଲେ ସମଗ୍ର କ୍ୟାମ୍ପସ୍‌ର ଯୁବକଙ୍କ ହୃଦୟରେ ପ୍ରେମର ଘଣ୍ଟି ବାଜି ଉଠେ।

ହ୍ୟେସ୍ତଲ ଗେଟ୍‌ ସମ୍ମୁଖରେ ସୂର୍ଯ୍ୟାଂଶ ଗାଡ଼ି ରଖିବା କ୍ଷଣି ଦ୍ରୁତ ପଦପାତରେ ଭିତରକୁ ଚାଲିଗଲି। ସୂର୍ଯ୍ୟାଂଶର ବ୍ୟବହାର ମନତଳେ ଖୁବ୍‌ ଅଶାନ୍ତି ସୃଷ୍ଟି କରୁଥିଲା। ତତ୍‌ପରବର୍ତ୍ତୀଦିନ ଜିଙ୍ଗିଲ୍‌କୁ ଜଣାଇ ଦୁଇଦିନ ପାଇଁ ଘରକୁ ବାହାରିଗଲି। କେଜାଣି କାହିଁକି ମନେ ହେଉଥିଲା ସୂର୍ଯ୍ୟାଂଶ ଧୀରେଧୀରେ ତା'ର ସମସ୍ତ ଇଚ୍ଛା ଓ ଅନିଚ୍ଛାକୁ ମୋ ଉପରେ ଲଦିବାକୁ ଚେଷ୍ଟା କରୁଛି। ମୋତେ ତା'ର ବ୍ୟକ୍ତିଗତ ସଂପତ୍ତି ମନେ କରିବା ସହିତ ସନ୍ଦେହ କରିବାକୁ ଆରମ୍ଭ କରିଛି। ତା'ର ଏଇ ତିନୋଟି ବ୍ୟବହାର ମୋ ପାଇଁ ଅଗ୍ରହଣୀୟ। ମୁଁ କିଛି କହିନପାରିଲେ ମଧ୍ୟ ମୋ ସ୍ୱାଭିମାନର ଅଗ୍ନି ସଂଯୋଗ ହୋଇ ଭିତରେ ଭିତରେ କୁହୁଳୁଥିଲି।

ହଠାତ୍‌ ଘରେ ପହଞ୍ଚ ମା'ଙ୍କୁ ଚକିତ କରିଦେବାର ଯୋଜନା ଥିଲା। ତାଙ୍କ ପ୍ରିୟ ରଙ୍ଗର ଚୁଡ଼ି କିଣି ଘରେ ପହଞ୍ଚ ଦେଖିଲି ଘର ସାମ୍ନାରେ ଗୋଟିଏ କାର୍‌ ଓ ମୂଖ୍ୟ ଦରଜା ଉନ୍ମୁକ୍ତ। ଘର ଭିତରେ ଏକ ବିରାଟ ବିସ୍ମୟ ଅପେକ୍ଷା କରିଥିଲା ମୋତେ। ବୈଠକଘରେ ଜଣେ ଯୁବ ସନ୍ୟାସୀଙ୍କୁ ଦେଖ ମୋ ଆଶ୍ଚର୍ଯ୍ୟର ସୀମା ରହିଲା ନାହିଁ। ସୁଗଠିତ ଶରୀର। କଳା ମାଟ୍‌ମାଟ୍‌ ଗହଳ କ୍ଷ୍ଣ୍ଡ, ଜ୍ଞାନଦୀପ୍ତ ଉଜ୍ଜ୍ୱଲ ମୁଖ ମଣ୍ଡଳ, ଜିଜ୍ଞାସୁ ଚକ୍ଷୁ ଓ ଏତେମାତ୍ରାରେ ସୌମ୍ୟଦର୍ଶନ ଯୁବସନ୍ୟାସୀ ସ୍ୱାମୀ ବିବେକାନନ୍ଦଙ୍କ ପରେ ଦ୍ୱିତୀୟ ଜଣଙ୍କୁ ଦେଖୁଥିଲି। ବାପା ପୁଣି କେବେଠାରୁ ସନ୍ୟାସୀମାନଙ୍କୁ ବିଶ୍ୱାସ କରିବା ଆରମ୍ଭ କରିଛନ୍ତି ?

ମୋ ଉପରେ ତାଙ୍କ ଦୃଷ୍ଟି ପଡ଼ିବା ମାତ୍ରକେ ସେ ରହସ୍ୟମୟ ହସି କହିଲେ, "ଆସ, ମଧୁସୂଦନ !" ଚତୁର୍ଦିଗକୁ ଥରେ ସନ୍ତର୍ପଣର ସହ ଦୃଷ୍ଟି ପହଁରାଇ ଦେଖିଲି ସେ କୋଠରୀରେ ଆମ ଦୁହିଁଙ୍କ ବ୍ୟତୀତ ଅନ୍ୟ କେହି ନାହାନ୍ତି। ମୋତେ ଜଣେ ପୁରୁଷ ନାମରେ ସମ୍ବୋଧନ କରିଥିବାରୁ ଚିନ୍ତାକଲି ଏହା ସନ୍ୟାସୀଙ୍କ ମତିଭ୍ରମ ନୁହେଁ ତ ?

ମୋ ନାଁ ସାରା ! ମୋ କଣ୍ଠରେ ପ୍ରତିବାଦର ଉଷ୍ମତା ଥିଲା ବୋଧହୁଏ। ସେ ଚକ୍ଷୁ ନିମିଲିତ କହିଲେ, "ମନୁଷ୍ୟ ପୋଷାକ ପରିବର୍ତ୍ତନ କରିବା ପ୍ରାୟ ଆୟା ସମୟ ବ୍ୟବଧାନରେ ପରିବର୍ତ୍ତିତ କରୁଥାଏ ଶରୀର। ମୁଁ କିନ୍ତୁ ବର୍ତ୍ତମାନ ତୁମ ଅପରିବର୍ତ୍ତିତ

ଦିବ୍ୟ ସତ୍ତାଟି ସହିତ କଥାବାର୍ତ୍ତା କରୁଛି ଯେ ନାମହୀନ, ରଂଗହୀନ, ରୂପହୀନ। ନାମଟି ତ କେବଳ ସଂସାର ନିମିତ୍ତ। ଭୁଲ୍ ଏଇଠି ହୋଇଗଲାଯେ ମୁଁ ଟିକେ ତୁମ ଅତୀତକୁ ଫେରିଗଲି।"

ତାଙ୍କ ବକ୍ତବ୍ୟରେ ମୋର ସମ୍ମୋହିତ ହେବାପରି ଅବସ୍ଥା। ମା' ଆମ ବାର୍ତ୍ତାଳାପ ଶୁଣି ସନ୍ୟାସୀଙ୍କ ପରିଚୟ କରାଇ କିଛି ସମୟ ତାଙ୍କ ସହିତ ଅତିବାହିତ କରିବା ପାଇଁ କହିଲେ। ବାପା କିଛି ଜରୁରୀ ଦ୍ରବ୍ୟ ପାଇଁ ନିକଟସ୍ଥ ମାର୍କେଟ୍‌କୁ ଯାଇଥିଲେ ଓ ମା' ଖାଦ୍ୟ ପ୍ରସ୍ତୁତିରେ ବ୍ୟସ୍ତ ରହିଲେ। ଅନିଚ୍ଛା ସତ୍ତ୍ୱେ ମୋତେ କିଛି ସମୟ ସନ୍ୟାସୀଙ୍କ ସହିତ ବାର୍ତ୍ତାଳାପ କରିବାକୁ ହେବ ଚିନ୍ତାକରି ଖୁବ୍ ବ୍ୟସ୍ତ ଲାଗୁଥିଲା।

ମୋ ବାପା, ଯେ ସର୍ବଦା କହନ୍ତି ଧର୍ମ ଦୁର୍ବଳ ଓ ଅସହାୟ ବ୍ୟକ୍ତି ମାନଙ୍କର ଶେଷ ଆଶ୍ରୟସ୍ଥଳ, ସେ ସନ୍ୟାସୀଙ୍କୁ ଆମନ୍ତ୍ରିତ କରିବା ବିଷୟଟି ମୋତେ ଖୁବ୍ ଦ୍ୱନ୍ଦରେ ପକାଇଦେଲା।

ମୁଁ ସନ୍ୟାସୀଙ୍କ ସମ୍ମୁଖ ଚେୟାରରେ ବସି ଭାବୁଥିଲି, ସେ ଯଦି ବିଗତଜନ୍ମ ସଂପର୍କରେ ଜାଣିପାରୁଛନ୍ତି ବର୍ତ୍ତମାନ ମୋ ଜୀବନରେ ଘଟିଯାଉଥିବା ଘଟଣା ସଂପର୍କରେ ସେ କିପରି ଅଜ୍ଞାତ ଥିବେ ? କିନ୍ତୁ ତାଙ୍କୁ ଏକାକୀ ଛାଡ଼ି ଯିବା ସମ୍ଭବ ନୁହେଁ। କଣ କରିବି ? ମୁଁ ଦ୍ୱନ୍ଦରେ ପଡ଼ିଗଲି।

ସେ ଶାନ୍ତ ଅବସ୍ଥାରେ ବସିରହି କହିଲେ "ତୁମ ଜୀବନରେ ତିନୋଟି ଚନ୍ଦ୍ର ଉଦୟ ହେବ। ତେବେ ତୁମେ ଗୋଟିଏ ଅପ୍ରାପ୍ତିର ଜୀବନଟିଏ ବିତାଇବ। ସେଇତ ମନୁଷ୍ୟ ଜୀବନର ସବୁଠାରୁ ଦୁଃଖ। ଜ୍ଞାନୀ ଅନେକ ପ୍ରାପ୍ତି ପରେ ମଧ ଅପ୍ରାପ୍ତି ଓ ଅବଶୋଷର ଜୀବନ ଅତିବାହିତ କରେ ଓ ଅଜ୍ଞାନୀ ସାମାନ୍ୟ ପ୍ରାପ୍ତିକୁ ତା' ଜୀବନରେ ଚରମ ଫଳପ୍ରାପ୍ତି ବୋଲି ମନେକରେ। ସେଥି ନିମନ୍ତେ ଜ୍ଞାନୀଜନଙ୍କର ଦୁଃଖ ଅଧିକ। ତେବେ ସବୁଥାଇ କିଛି ନଥିବାର ଭାବନା ହିଁ ତୁମକୁ ଈଶ୍ୱରବିଶ୍ୱାସୀ କରିବ। ଯଦି ଧର୍ମ ଦୁର୍ବଳ ଓ ଅସହାୟମାନଙ୍କର ଶେଷ ଆଶ୍ରୟସ୍ଥଳ, ତେବେ ଆମେ ଦୁର୍ବଳ ଓ ଅସହାୟ ହେବା ଉଚିତ। କାରଣ ଏଇ ଅନୁଭବ ହିଁ ଆମକୁ ଈଶ୍ୱରଙ୍କ ନିକଟତର କରିବ।"

ସନ୍ୟାସୀ କଣ ମୋ ମନକଥା ପଢ଼ିପାରୁଛନ୍ତି ? ସ୍ୱଗତୋକ୍ତି କଲି ମୁଁ। ତତ୍‌କ୍ଷଣାତ୍ ସେ କହିଲେ ନାଁ, ମୁଁ ତୁମ ମନକଥା ପଢ଼ିପାରୁନାହିଁ। ମୁଁ କେବଳ ତାହାହିଁ କହୁଛି ଯାହା ତୁମ ବୟସର ଅଧିକାଂଶ ଯୁବକଯୁବତୀମାନେ ଚିନ୍ତା କରନ୍ତି। ଏହାକୁ ସାଇକୋ ଆନାଲିସସ୍ କୁହାଯାଏ। ମୁଁ କୌଣସି ଦୈବୀ ଗୁଣର ଅଧିକାରୀ ନୁହେଁ।
– ମୁଁ ବିସ୍ମୟାଭିଭୂତ।

ସେ ପୁଣି କହିଲେ, ଶରୀରର ସୌନ୍ଦର୍ଯ୍ୟ ବୋଲି ତୁମମନରେ ଯେଉଁ ଧାରଣା ତାହା ସାମାନ୍ୟ ଚର୍ମର। ଏ ଚର୍ମର ଆବରଣ ଖୋଲି ଦେଇ ଦେଖ ପୃଥିବୀର ସବୁଠାରୁ ସୌନ୍ଦର୍ଯ୍ୟମୟୀ ଓ କୁରୂପାନାରୀ ମଧ୍ୟରେ ଅନ୍ତର ଦୃଷ୍ଟିଗୋଚର ହେବନାହିଁ। ସେ ଦୃଷ୍ଟିରୁ ମୁଁ ତୁମକୁ ଜଣେ ସୌନ୍ଦର୍ଯ୍ୟମୟୀ ଯୁବତୀ ଭାବରେ ଗ୍ରହଣ କରୁନାହିଁ। ତୁମର ଏ ସ୍ନିଗ୍ଧ, କୋମଳ, ଉଜ୍ଜ୍ୱଳ ଚର୍ମର ନିମ୍ନଭାଗରେ ଯେଉଁ ମେଦ, ଅସ୍ଥି, ମଜ୍ଜା ଓ ରକ୍ତ ତାହା ପୃଥିବୀର ସବୁଠାରୁ ନ୍ୟୁନ ଲାବଣ୍ୟମୟୀ ମହିଳାର ଶରୀରରେ ବିଦ୍ୟମାନ। ଅତଏବ ଉଭୟଙ୍କ ଉପସ୍ଥିତି ମୋ ପାଇଁ ସମଧରଣର ଅନୁଭବ ଆଣେ।"

ମନେମନେ ଲଜ୍ଜିତ ହେଉଥିଲି ଏଇଥିପାଇଁ ଯେ ତାଙ୍କୁ ଜଣେ ସୁଦର୍ଶନ ଯୁବକ ମନେ କରିଥିବାରୁ ତାର ଉତ୍ତରରେ ସେ ଏପରି ଉଦାହରଣ ଦେଇଛନ୍ତି।

ସେ ମୋ ପାଟଳ ବର୍ଣ୍ଣ ମୁହଁରେ ଲଜ୍ଜାର ପରିଭାଷା ପଢ଼ିନେଇ ପ୍ରସଙ୍ଗ ପରିବର୍ତ୍ତନ କଲେ।

"ଆମେ ଏବେ ବିଜ୍ଞାନ ସଂପର୍କିତ କିଛି ଆଲୋଚନା କରିବା। ମୁଁ ଦିଲ୍ଲୀ ଆଇ.ଆଇ.ଟି, ୨୦୧୫ ମସିହାର ବିଟେକ୍ ପାସ୍ ଆଉଟ୍ ଛାତ୍ର। ମାତ୍ର ସେ ଯାନ୍ତ୍ରିକ ବିଦ୍ୟା ମୋ ଜିଜ୍ଞାସୁ ଆତ୍ମାକୁ ଶାନ୍ତି ଦେବାକୁ ଅକ୍ଷମଥିଲା। ମୋ ଭିତରେ ଥିଲା ଅନନ୍ତ ତୃଷ୍ଣା। ମହାଜାଗତିକ, ଆଲୌକିକ, ଆଦିଦୈବିକ, ଆଦିଭୌତିକ, ପାରତ୍ରିକ ଓ ଧର୍ମ ବିଜ୍ଞାନ ସଂପର୍କରେ ଜ୍ଞାନ ଆହରଣ ପାଇଁ। ମୋ ସାଥୀମାନେ ଜୀବିକା ଅନ୍ବେଷଣରେ ବାହାରିଗଲେ ପୃଥିବୀର ବିଭିନ୍ନ ଦେଶକୁ। ମୁଁ ମନତଳ ତୃଷ୍ଣା ମେଣ୍ଟାଇବା ନିମନ୍ତେ ହିମାଳୟ ଉଦ୍ଦେଶ୍ୟରେ ଯାତ୍ରାରମ୍ଭ କଲି।

ଏବେ ମଧ୍ୟ ହିମାଳୟ ସତ୍ୟସନ୍ଧିସ୍ୁଙ୍କ ନିମନ୍ତେ ଅନନ୍ତ ଅଲୌକିକ ଜ୍ଞାନର ଗଣ୍ଟାଘର। ମୋର ମନେହୁଏ ଶ୍ରୀ ହରଗୋବିନ୍ଦ ଖୁରାନା, ଚନ୍ଦ୍ରଶେଖର, ଭେଙ୍କଟରମଣଙ୍କ ପରି ଭାରତୀୟ ନୋବେଲ ପୁରସ୍କାରପ୍ରାପ୍ତ ମହାନବ୍ୟକ୍ତିଙ୍କୁ ପଢ଼ି ମଧ୍ୟ ମୁଁ ଯଦି କିଛି ଦିବ୍ୟାତ୍ମାଙ୍କ ସଂସ୍ପର୍ଶରେ ଆସିବାର ସୁଯୋଗ ପାଇନଥାନ୍ତି ତେବେ ମୋ ଜିଜ୍ଞାସା ଅସଂପୂର୍ଣ୍ଣ ରହିଯାଇଥାନ୍ତା। ଜୀବନର ବାସ୍ତବ ସୁଖ ଲାଭ କରିବା ପାଇଁ ଜ୍ଞାନ ବ୍ୟତୀତ ଦ୍ୱିତୀୟ ମାର୍ଗ ନାହିଁ।

ତୁମେ ଜଣେ ମେଧାବିନୀ ହୋଇଥିବାରୁ ତୁମ ସହିତ କିଛି ଅନୁଭୂତି ଭାଗ କରିବାର ଆଗ୍ରହ ଏଡ଼ାଇପାରୁନାହିଁ। ଏବେ ମଧ୍ୟ ହିମାଳୟର, ଦିବ୍ୟାତ୍ମାଗଣ ଗୋଟିଏ ସ୍ଥାନରେ ଯୋଗନିଦ୍ରାରେ ବସି ଅନ୍ୟସ୍ଥାନରେ ସଶରୀରେ ଆବିର୍ଭୂତ ହୋଇପାରନ୍ତି। ଯେଉଁ ସ୍ଥାନକୁ ଫ୍ଲାଇଟ୍ ଯୋଗେ ଦୁଇତିନି ଘଣ୍ଟା ସମୟ ଲାଗେ, ସେ ସ୍ଥାନକୁ ସେମାନେ କେଇ ସେକେଣ୍ଡ ମଧ୍ୟରେ ଅତିକ୍ରମ କରିପାରନ୍ତି। ଅନ୍ୟଶରୀର ମଧ୍ୟକୁ ପ୍ରବେଶ କରିବା,

ବିନା ଖାଦ୍ୟପେୟ ଓ ସ୍ୱଳ୍ପ ଅମ୍ଳଜାନରେ ଦୀର୍ଘକାଳ ଜୀବନ ଧାରଣ କରିବା ସେମାନଙ୍କ ନିମନ୍ତେ କୌଣସି ଅଲୌକିକ ବ୍ୟାପାର ନୁହେଁ, ଦୀର୍ଘଦିନ ସାଧନାର ଫଳ ମାତ୍ର ।

ଏପରି କିଛି ପରଜୀବି ବିନା ଅମ୍ଳଜାନରେ ଜୀବନଧାରଣ କରିପାରୁଥିବାର ଆମେ ଜାଣୁ । ଯେଉଁମାନଙ୍କର ମାଇଟୋକଣ୍ଟ୍ରିଆଲ ଡି.ଏନ.ଏ ନଥାଏ । ସେମାନଙ୍କର ଶ୍ୱାସକ୍ରିୟା ନିମନ୍ତେ ଅମ୍ଳଜାନ ଜରୁରୀ ନୁହେଁ । ମାତ୍ର ମନୁଷ୍ୟ ପରି ଜଟିଳ ସରଞ୍ଚନାର ଡି.ଏନ.ଏ ଥିବା ଜୀବ ବିନା ଅମ୍ଳଜାନରେ ଜୀବନଧାରଣ କରିବା ବିଷୟ ତୁମେ ଚିନ୍ତା କରିପାରୁଛ ? ଏହା ପ୍ରାୟ ଅସମ୍ଭବ ବ୍ୟାପାର ।

କୌଣସି ଐନ୍ଦ୍ରଜାଲିକ ବିଦ୍ୟା ଦ୍ୱାରା ନୁହେଁ, ଯୋଗ ଏକ ବିଜ୍ଞାନସିଦ୍ଧ ବିଦ୍ୟା ଯାହାଦ୍ୱାରା ଏହା ସମ୍ଭବ । ମୁଁ ସେଠାରେ ଦୀର୍ଘଦିନ ବ୍ୟାପୀ ଗୋଟିଏ ଗୁମ୍ଫାରେ ବିନା ଖାଦ୍ୟପେୟ ଓ ସାମାନ୍ୟ ଅମ୍ଳଜାନରେ ଯୋଗକ୍ରିୟା କରିଛି । ମେରୁମଣ୍ଡଳୀୟ ଜୀବମାନଙ୍କର ଶୀତ ସୁଷୁପ୍ତି ଅବସ୍ଥାରୁ ତାହା ଭିନ୍ନ ପ୍ରକ୍ରିୟା ନୁହେଁ । ଯୋଗବଳରେ ଶରୀରର କ୍ରିୟାକଳାପକୁ ଏତେ ମାତ୍ରାରେ ମନ୍ଥର କରାଯାଇପାରେ । ଯେଉଁଥିପାଇଁ ଶକ୍ତିର ଆବଶ୍ୟକତା ପଡେ ନାହିଁ । ଯେଉଁ ଶକ୍ତି ଖାଦ୍ୟରୁ ମିଳେ ତାହା ସୂର୍ଯ୍ୟାଲୋକରୁ ମଧ୍ୟ ସିଧାସଳଖ ଆହରଣ କରାଯାଇପାରେ ଶେଷକଥା ହେଉଛି ଯାହାର ଜୀବନଚର୍ଯ୍ୟା ଯେତେ ମନ୍ଥର, ତା'ର ଆୟୁଷ ସେତେ ଦୀର୍ଘ ।"

ଜୀବନରେ ପ୍ରଥମଥର ପାଇଁ ଏଭଳି ଚରିତ୍ରଙ୍କ ସହିତ ମୋର ସାକ୍ଷାତ ହେଉଥିଲା । ଏ ପର୍ଯ୍ୟନ୍ତ ଏ ସଂପର୍କିତ ସମସ୍ତ ତଥ୍ୟକୁ ମୁଁ ବାୟବୀୟ ମନେ କରୁଥିଲି । ତେବେ ମୋ ଜିଜ୍ଞାସାବୋଧର ଅନ୍ତଃ ଘଟିନଥିଲା । ପ୍ରଶ୍ନ କଲି- ଆପଣ ବିଜ୍ଞାନର ଛାତ୍ର ହୋଇ ପାଶ୍ଚାତ୍ୟ ରାଷ୍ଟ୍ରର ଶିକ୍ଷା ପ୍ରତି ଆକୃଷ୍ଟ ନହୋଇ କାହିଁକି ହିମାଳୟକୁ ଜ୍ଞାନର ଭଣ୍ଡାର ମନେକଲେ ?

ଏକ ରହସ୍ୟମୟ ହସରେ ସେ ଉତ୍ତର ରଖିଲେ-"ମୁଁ ଶେଷବର୍ଷ ଛାତ୍ର ଥିବାବେଳେ ଅନେକ ଥର ଗୋଟିଏ ଭୟାନକ ସ୍ୱପ୍ନ ଦେଖୁଥିଲି । ଆକାଶରେ ଏକାଧିକ ଚନ୍ଦ୍ରୋଦୟ ଓ ତାହାର ପ୍ରଭାବରେ ବୈଦ୍ୟୁତିକ ଉପକରଣ ଅକାମୀ ହୋଇଯିବା, ସାଟେଲାଇଟ୍ ଯୋଗାଯୋଗ ବିଚ୍ଛିନ୍ନ ହେବା, ବାତ୍ୟାବିପ୍ଳାତ ସହିତ ସୁନାମୀପରି ଭୟଙ୍କର ଦୃଶ୍ୟ । ହଠାତ୍ ଶୂନ୍ୟରୁ ଏକ ଶକ୍ତିଶାଳୀ ଆଲୋକର ଉସ୍ ଲକ୍ଷ୍ୟ ଭେଦକରେ ସେହି ଉଜ୍ଜଳପିଣ୍ଡଗୁଡ଼ିକୁ । କ୍ଷଣିକରେ ସେଗୁଡ଼ିକ ଛିଟ୍କି ପଡିଲେ ଦୂରକୁ ତା'ପରେ ଅଦୃଶ୍ୟ ହୋଇଗଲେ । ପୃଥିବୀ ହୋଇଗଲା ପୂର୍ବପରି ଶାନ୍ତ, ରାତ୍ରି ଆକାଶରେ ଦୃଶ୍ୟମାନ ହେଲା ଏକମାତ୍ର ଚନ୍ଦ୍ର ।

ଗୋଟିଏ ସ୍ୱପ୍ନ ଏକାଧିକବାର କାହିଁକି ଆସୁଛି ବୋଲି ହିମାଳୟର ଯେଉଁ

ସନ୍ୟାସୀଙ୍କୁ ପ୍ରଶ୍ନ କରିଥିଲି ସେ କହିଲେ, ସେ ମଧ୍ୟ ସେ ଭଳି ଅନେକ ଦୁଃସ୍ୱପ୍ନ ଏକାଧିକବାର ଦେଖନ୍ତି। ମନୁଷ୍ୟ ଯଦି ଆଲୌକିକ ଶକ୍ତିକୁ ବିଶ୍ୱାସ ନ କରି ନିଜ ଜ୍ଞାନ ଓ କ୍ଷମତାକୁ ନେଇ ବିଶ୍ୱ ବ୍ରହ୍ମାଣ୍ଡର ସର୍ବଶ୍ରେଷ୍ଠ ଜୀବ ମନେକରେ। ପ୍ରକୃତିର ନିୟମକୁ ଭଙ୍ଗ କରିବାର ଆସ୍ପର୍ଦ୍ଧା କରେ। ବିଜ୍ଞାନସିଦ୍ଧ ଜ୍ଞାନରେ ଅପବ୍ୟବହାର କରେ ବ୍ରହ୍ମାଣ୍ଡରେ ଅନ୍ୟଗ୍ରହରେ ଜୀବନରେ ଅନ୍ତଃ ଘଟିବା ପରି ଏଠାରେ ମଧ୍ୟ ଦିନେ ମାନବ ସଭ୍ୟତା ଲୋପ ପାଇବ। ପ୍ରାକୃତିକ ବିପଦ, ମହାମାରୀ, ଭୂତାଣୁ ଜନିତ ରୋଗ ବ୍ୟାଧିରୁ ମାନବ ସଭ୍ୟତାକୁ ରକ୍ଷା କରିବା ପାଇଁ କିଛି ପବିତ୍ର ଆମ୍ଭାଗଣ ସେଠାରେ ଶହଶହ ବର୍ଷ ଧରି ତପସ୍ୟାରତ। ସେମାନଙ୍କ ପାଇଁ ଜୀବିତ ରହିବାର ପ୍ରମାଣ କେବଳ ଶ୍ୱାସକ୍ରିୟା ସଂପାଦନ ଓ ମୃତ୍ୟୁ କେବେବି ତାଙ୍କୁ ଅଧୀନ କରିପାରେନା। ପୃଥିବୀକୁ ଯେତେବେଲେ ବିପଦ ମାଡିଆସେ ସେତେବେଲେ କିଛି ନା। କିଛି ଅଲୌକିକ ଘଟଣା ଘଟେ। ସେହି ଅଲୌକିକତାର ସନ୍ଧାନରେ ରହିଗଲି।

ଆଦେଶ ମିଳିଲା ହିମାଳୟରେ ଅନେକ ତପସ୍ୟାରତ। ତେଣୁ ତୁମେ ଜନପଦକୁ ଯାଅ, ପରିବ୍ରାଜକ ଭାବରେ ଧର୍ମର ବାର୍ତ୍ତା ବାଣ୍ଟ; ହିମାଳୟ ତୁମର ତପୋଭୂମୀ, କିନ୍ତୁ ତୁମର କର୍ମଭୂମୀ ଏ ଦେଶର ପ୍ରତ୍ୟେକ ନଗର ଓ ଗ୍ରାମ। ଯାଅ, ଭାରତ ବର୍ଷକୁ ଏକ ମହାନ ରାଷ୍ଟ୍ରରେ ପରିଣତ କରିବାର ପୁଣ୍ୟ ଅର୍ଜନ କର।

ସେ ଭବିଷ୍ୟବାଣୀ କରିଛନ୍ତି ଆଗାମୀ କିଛି ବର୍ଷ ମଧ୍ୟରେ ପୃଥିବୀବାସୀ ଏକ ମହାକାଶୀୟ ଦିବ୍ୟଶକ୍ତିର ସନ୍ଧାନ ପାଇବା ସହିତ ଗୋଟିଏ ବିରାଟ ଶକ୍ତିର ଉସ୍କୁ ଅନୁଭବ କରିବେ। ତୁମେ ତାକୁ କୃଷ୍ଣଶକ୍ତି ବା ଡାର୍କ ମ୍ୟାଟର କହିପାର। ଦିନେ ଭାରତ ପୃଥିବୀର ଜ୍ଞାନ କେନ୍ଦ୍ର ହେବ। ପ୍ରାଚୀନ ଜ୍ଞାନ ଆହରଣ କରିବାକୁ ପୃଥିବୀବାସୀ ଭାରତକୁ ଛୁଟିବେ। ଯୋଗ, ତନ୍ତ୍ରବିଦ୍ୟା, ସିଦ୍ଧବିଦ୍ୟା, ବିଜ୍ଞାନସିଦ୍ଧ ହେବ ଓ ପାଶ୍ଚାତ୍ୟ ଜଗତରେ ଆଦୃତି ଲାଭ କରିବ। ବେଦ, ଉପନିଷଦର ବାଣୀ ପାଶ୍ଚାତ୍ୟ ଜୀବନର ଆଧାର ହେବ।"

ଖୁବ୍ ଆମ୍ବିଶ୍ୱାସର ସହିତ ଏ ସବୁ ଉପସ୍ଥାପନା କରିବା ସମୟରେ ତାଙ୍କ ଚକ୍ଷୁ ଅର୍ଦ୍ଧ ନିମୀଲିତ ଅବସ୍ଥାରେ ଥିଲା। ସତେ ଅବା କେଉଁ ଦୂର ହିମାଳୟର ଗିରିଗହ୍ୱରରୁ ଭାସି ଆସୁଥିଲା ସେ ଧ୍ୱନୀ।

ସମ୍ଭ୍ରମତାର ସହ କହିଲି, ମୁଁ ଆସ୍ଟ୍ରୋଫିଜିକ୍ସର ଛାତ୍ରୀ ନୁହେଁ। ତଥାପି କହିବି ଆପଣ ଦେଖିଥିବା ସ୍ୱପ୍ନଟି ସତ୍ୟ ହେବା ଖୁବ୍ ବଡ଼ ବିଚିତ୍ର ଘଟଣା ନୁହେଁ। ମହାକାଶରେ ପୃଥିବୀର ମାଧ୍ୟାକର୍ଷଣ ଶକ୍ତି ଯୋଗୁଁ କିମ୍ୱା ବ୍ୟତିକ୍ରମ ଗତିପଥ ଯୋଗୁଁ ଅନେକ ଭାସମାନ ଗ୍ରହାଣୁ ଆକର୍ଷିତ ହୋଇଆସନ୍ତି ଯଦି ସେଗୁଡିକ ଉପରେ ସୂର୍ଯ୍ୟକିରଣ ପ୍ରତିଫଳିତ ହୁଏ

ରାତ୍ରି ଆକାଶରେ ଜହ୍ନପରି ଉଜ୍ଜ୍ୱଳପିଣ୍ଡର ଭ୍ରମ ସୃଷ୍ଟିହେବା ହୋଇପାରେ ତତ୍ପରବର୍ତ୍ତୀ ଏକ ଘଟଣା। ଏଗୁଡ଼ିକର ପ୍ରଭାବରେ ସମୁଦ୍ରରେ ଉଚ୍ଚ ଜୁଆର, ବୈଦ୍ୟୁତିକ ତରଙ୍ଗ ପ୍ରଭାବରେ ପୃଥିବୀର ବୈଦ୍ୟୁତିକ ଯୋଗଯୋଗ ବିଚ୍ଛିନ୍ନ ହେବାର ସମ୍ଭାବନାକୁ ମଧ୍ୟ ଏଡ଼ାଇ ଦିଆଯାଇନପାରେ। ତେବେ ମହାକାଶସ୍ଥିତ ଗବେଷଣାଗାରରେ ଉଚ୍ଚଶକ୍ତି ସଂପନ୍ନ ବୁଲେଟ୍ ଦ୍ୱାରା ସେଗୁଡ଼ିକୁ ସ୍ଥାନାନ୍ତର କରିବା ଆଗାମୀ ଦିନରେ ଅସମ୍ଭବ ବ୍ୟାପାର ହୋଇ ରହିବ ନାହିଁ।"

ସେ ହସି ଉଠିଲେ ମୋ ଉତ୍ତରରେ–"ତୁମ ଦୂରଦୃଷ୍ଟି କଳ୍ପନାପ୍ରବଣତା ଅତୁଳନୀୟ। ଈଶ୍ୱର ତୁମକୁ ଆଗାମୀ ଦୁଃସମୟରେ ସହାୟ ହୁଅନ୍ତୁ।"

ବାପା ଏହି ସମୟରେ ଫଳ ଓ ମିଠା ଧରି ପହଞ୍ଚିଲେ। ମୋତେ ଦେଖି ତାଙ୍କ ଖୁସି ଦ୍ୱିଗୁଣୀତ ହୋଇଗଲା। ପ୍ରଶ୍ନ କଲେ "କେତେବେଳେ ଆସିଲୁ ମା! ବାବାଙ୍କ ସହ ପରିଚୟ ହୋଇଛି ?"

ତାଙ୍କ ଉତ୍ତରରେ ମୁଁ ସମ୍ମତି ପ୍ରକାଶ କଲି, ସନ୍ୟାସୀଙ୍କ ଉଦ୍ଦେଶ୍ୟରେ ମୁଁ ହାତ ଯୋଡ଼ିବା ମାତ୍ରେ ସେ ମଧ୍ୟ ହାତ ଯୋଡ଼ିଲେ ସମ୍ମାନରେ ସହିତ।

ରାତିରେ ମା'ଙ୍କୁ ମୋ ସ୍ୱାସ୍ଥ୍ୟ ସମସ୍ୟା ଜଣାଇବା ମାତ୍ରେ ସେ ବିଚଳିତ ହୋଇ ପଡ଼ିଲେ। ବାପାଙ୍କର ଜଣେକ ଡାକ୍ତର ବନ୍ଧୁଙ୍କ ନିକଟରେ ପୁନର୍ବାର ସ୍ୱାସ୍ଥ୍ୟ ପରୀକ୍ଷା କରି ନିୟମିତ ଔଷଧ ସେବନ କରିବା ପାଇଁ ପରାମର୍ଶ ଦେଲେ।

ଜିଙ୍ଗିଲ୍ କୋଚିଂ ସେଣ୍ଟରୁ ପ୍ରତିଦିନ ପଢ଼ାପଢ଼ି ସମୟସୀୟ ମ୍ୟାଟେରିଆଲ୍ ଭଏସ୍ ରେକର୍ଡ କରି ପଠାଉଥିଲା ମୋ ପାଖକୁ। ସୂର୍ଯ୍ୟାଂଶ ମଧ୍ୟ ସେହି କୋଚିଂ ସେଣ୍ଟରକୁ ଯାଉଥିବାରୁ ସେମାନଙ୍କର ଦେଖାହେଲେ ସେମାନେ ମୋ ବିଷୟରେ ଆଲୋଚନା କରୁଥିବା ଜିଙ୍ଗିଲ କହେ ଓ ସୂର୍ଯ୍ୟାଂଶ ତରଫରୁ ଓକିଲାତି କରି ଅନେକ କଥା କହିଲେ ତୁମେ ମୋର ବାନ୍ଧବୀ ନାଁ ସୂର୍ଯ୍ୟାଂଶର ବୋଲି ମୁଁ ଓଲଟି ପ୍ରଶ୍ନ କରେ ଜିଙ୍ଗିଲକୁ। ଜିଙ୍ଗିଲ କହେ ମୁଁ କୁଆଡ଼େ ଆଜିକାଲି ସାମାନ୍ୟ କଥାରେ ବିରକ୍ତ ହେଉଛି, ପ୍ରତ୍ୟେକ ଘଟଣାକୁ ଭିନ୍ନ ଦୃଷ୍ଟିକୋଣରୁ ବିଶ୍ଳେଷଣ କରୁଛି, ଯାହା ମୋର ସ୍ୱାଭାବିକ ଚରିତ୍ର ନୁହେଁ। ଜିଙ୍ଗିଲ କେଉଁଠି ବୁଝିପାରିବ ମୋ ମନର ଅବସ୍ଥା ? ସୂର୍ଯ୍ୟାଂଶର ପ୍ରେମରେ କେବେ ମୁଁ ପରୀ ରାଇଜରେ ରାଜକନ୍ୟା ପାଲଟି ଯାଏତ, ସନ୍ଦେହର ନୀଳନୀଳ ବିଷଜ୍ୱାଳାରେ ଜଳୁଥିବା ବନାଗ୍ନି। ଜିଙ୍ଗିଲର ବାରମ୍ବାର ଅନୁରୋଧ ସତ୍ତ୍ୱେ ମୁଁ ସୂର୍ଯ୍ୟାଂଶକୁ ମୋର କୌଣସି ସମସ୍ୟାରେ ସହଭାଗୀ କରିନାହିଁ, ଏପରି ପରିସ୍ଥିତିରେ ମୋର ସ୍ତ୍ରୀରୋଗ ବିଶେଷଜ୍ଞ ନିକଟକୁ ଯିବାରେ ଯେ କୌଣସି ଯୁବକ ସନ୍ଦେହ ଦୃଷ୍ଟିରେ ଦେଖିବାକୁ ସ୍ୱାଭାବିକ ବୋଲି ସେ କହେ।

ଜିଙ୍ଗିଲ କଣ୍ଠରେ ସ୍ନିଗ୍ଧତା ଭରି ମୋତେ ବୁଝାଏ, "ସାରା ! ଏ ପର୍ଯ୍ୟନ୍ତ ଆମ ସମସ୍ତଙ୍କ ଅନୁଭବ ହେଉଛି ଯେ ତୁମେ କେବେ ସୂର୍ଯ୍ୟାଂଶକୁ ହୃଦୟର ସହିତ ଭଲ ପାଇନାହିଁ ବରଂ ସେ ତୁମପାଖକୁ ଆସି ତା' ଭଲପାଇବାର ଶେଷହୀନ କାହାଣୀ ଶୁଣାଇ ଚାଲିଛି । ତୁମେ ଥରେ ତୁମ ଭଲପାଇବାକୁ ଭାଷାରେ ପ୍ରକାଶ କରିବାକୁ ପ୍ରୟାସ କର ମୋର ବିଶ୍ୱାସ ମୋହିତକୁ ନେଇ ସୃଷ୍ଟି ହୋଇଥିବା ବିବାଦ ଓ ଅଭିମାନ ସକାଳର ଶିଶିର ବିନ୍ଦୁ ପରି ମିଳାଇ ଯିବ ।"

ମନୁଷ୍ୟ ଦୋଷ ଦୁର୍ବଳତାର ଉପାଦାନରେ ଗଢ଼ା । ଜଣେ ସହୃଦୟ ବନ୍ଧୁଟିଏ ହିଁ ଦର୍ଶାଇପାରେ ଭୁଲ୍ ଓ ଠିକ୍ ମଧ୍ୟରେ ଥିବା ଅନ୍ତର । ମୁଁ ସୂର୍ଯ୍ୟାଂଶକୁ କେତେ ଭଲପାଏ ତାର ଉଚ୍ଚାରଣ କରିପାରିନଥିଲି, ତା' ପ୍ରେମର ସହାସ୍ୟ ସ୍ୱୀକାର କରି ଆସିଥିଲି କେବଳ । ଶୃଙ୍ଖଳା ଓ ନୀତିନିୟମର ଦ୍ୱାହି ଦେଇ କେବେ ଗୁମ୍ଫ ଆସୁଥିଲି ତା'ଠାରୁ । ଆଃ ମୁଁ ସେଦିନ ଯଦି ସୂର୍ଯ୍ୟାଂଶକୁ କହିପାରିଥାନ୍ତି ଯେ ତୁମ ଭଳି ଜଣେ ଉଦୀୟମାନ ସୂର୍ଯ୍ୟ ନିକଟରେ ମୋହିତ ସାମାନ୍ୟ ଉପଗ୍ରହଟିଏ ମାତ୍ର । ତୁମ ସହିତ ତାର ତୁଳନା କରାଯାଇପାରେନାଁ । ତୁମର ରୂପ, ଗୁଣ, କ୍ୟାରିୟର, ପ୍ରାଚୁର୍ଯ୍ୟ ସାମ୍ନାରେ ସେ ଖୁବ୍ ଜାଜୁଲ୍ୟହୀନ ତଥାପି ତୁମେ ତାକୁ ନିଜର ପ୍ରତିଦ୍ୱନ୍ଦୀ ମନେକରି ଈର୍ଷାରେ ଦଗ୍ଧୀଭୂତ ହୁଅ କାହିଁକି ?

ମନେ ମନେ ମୁଁ କେତେ କଥା ଭାବିଯାଏ ମାତ୍ର ତାହା ମୋ ଭାବନା ରାଜ୍ୟରେ ହିଁ ରହିଯାଏ । ସୂର୍ଯ୍ୟାଂଶକୁ ଦେଖିବା ମାତ୍ରେ ମୋ ଭାଷାଶୂନ୍ୟ ହୋଇଯିବା ବି ତା'ପ୍ରତି ମୋ ପ୍ରେମର ଗୋଟିଏ ଲକ୍ଷଣ ବୋଲି ସେ ବୁଝି ପାରେନା କାହିଁକି କେଜାଣି ? ଶେଷରେ ମୋ ହୃଦୟର ଭାଷା ମୋତେ ଶଢ଼ରେ ଉଚ୍ଚାରଣ କରିବାକୁ ହେଲା—"ସୂର୍ଯ୍ୟାଂଶ ! ଆକାଶ ଚିରକାଳ ଅଭିଯୋଗ କରେ ଯେ ସେ ହିଁ କେବଳ ଏକାନ୍ତ ଭାବରେ ଭଲପାଏ ପୃଥିବୀକୁ । ସେଥିପାଇଁ ସେ ମେଘ ଦେହରେ ଝରିଆସେ ତାକୁ ଛୁଇଁଯିବା ପାଇଁ, ପବନର ପକ୍ଷ ନେଇ ଉଡ଼ିଆସେ ତା'ର ସାନିଧ୍ୟ ଲୋଭରେ, ଜହ୍ନରାତିକୁ ଡାକିଆଣେ ତାକୁ ଭୋଗିବାର ଈପ୍ସା ନେଇ ।

ବିଚାରୀ ପୃଥିବୀ କେବେ ବୁଝାଇ ପାରେନା ତା' ଭଲପାଇବାର ଭାଷା । ତା'ପାଖରେ ନାଁ ଜହ୍ନରାତି ଅଛି, ନାଁ ମେଘପବନର ପକ୍ଷ, ସେ ତ ଚିରକାଳ ପ୍ରତୀକ୍ଷାରେ ଥାଏ ଆକାଶର ପ୍ରେମକୁ ତା' ଦେହରେ ସମାହିତ କରିନେବା ପାଇଁ, ସେଇ, ତାର ଅବ୍ୟକ୍ତ ପ୍ରେମ, ସେଇ ତାର ଅନୁରାଗର ଅବୁଝ। ସଂଗୀତ ।

ତୁମେ ସେଇ ଅଧୀର ଆକାଶ ଓ ମୁଁ ସେଇ ମଗ୍ନ ପୃଥିବୀ ।

ତୁମେ ପ୍ରଚୁର ଭଲପାଇବାର ଉଚ୍ଛ୍ୱାସ ନେଇ ଆସୁଥିବା ସମୁଦ୍ର ଓ ମୁଁ ନିଜ ପ୍ରେମକୁ ପ୍ରକାଶ କରି ପାରୁନଥିବା ନୀରବ ବେଳାଭୂମି ।

ସୂର୍ଯ୍ୟାଂଶ ମୃଦୁ ହସି କହିଲା, "ବାଃ କଥାରେ କଥାରେ ଖୁବ୍ ସୁନ୍ଦର କବିତା ବି କହିପାର ତମେ!" ମୋ କଣ୍ଠ ଭିଜା ଭିଜା ସୂର୍ଯ୍ୟାଂଶ! ମୋତେ ଆଜି କହିବାକୁ ଦିଅ। ତୁମ ପାଖରେ ଥିବା ସମୟରେ କହିପାରୁନଥିବା କଥା ଦୂରକୁ ଆସିଲେ ଛାତିତଳର ଯନ୍ତ୍ରଣା ପାଲଟିଯାଏ। ମୁଁ ଦୁଃଖିତ ଯେ ମୁଁ ତୁମକୁ ବୁଝାଇ ପାରିଲି ନାହିଁ ତୁମ ସମ୍ମୁଖରେ ମୋହିତର ଉପସ୍ଥିତି କେତେ ଅନୁଜ୍ଜ୍ୱଳ।

ତୁମ ଆଗମନରେ ମୋ ଜୀବନରେ ପ୍ରତିଟି ମୁହୂର୍ତ୍ତ ଉତ୍ସବମୟ ପାଲଟି ଯାଇଛି। ସେଠାରେ ଅବଶିଷ୍ଟ ଚରିତ୍ରଙ୍କର ଉପସ୍ଥିତି ଖୁବ୍ ଗୌଣ।

ସ୍ପନ୍ଦନର ଉତ୍ତର ବି ପ୍ରତିସ୍ପନ୍ଦନରେ ମିଳେ।

ସୂର୍ଯ୍ୟାଂଶର ମୃଦୁ ମୃଦୁ ହସର ଲହର ଭାସି ଆସି ଉଡ଼ାଇ ନେଇଗଲା ମୋ ବକ୍ଷର ଓଢଣୀ। ସେ କହିଲା "ବାବା ବିଜ୍‌ନେସ୍ ମ୍ୟାନେଜ୍‌ମେଣ୍ଟ ପଢିବା ପାଇଁ ମୋର ମୁମ୍ବାଇ ଯିବାର ପ୍ରସ୍ତୁତିକରି ସାରିଛନ୍ତି। ତୁମବିନା ଏ ଦୁଇବର୍ଷ କିପରି ବିତିବ? କିଏ ଏପରି ସୁନ୍ଦର ଶବ୍ଦ ସଜାଡ଼ି ରଖିବ ମୋ ଅଭିମାନକୁ ଦୂର କରିବା ପାଇଁ? ତୁମେ ଯଦି କହିବ ମୁଁ ବାବାଙ୍କୁ ବୁଝାଇ ପାଖରେ କେଉଁଠି ଆଡ୍‌ମିଶନ୍ ନେବି।"

ମୁଁ ପୁଣି ପୁରୁଣା ଦିନର ସାରା ପାଲଟିଗଲି। ହୋଇପାରେ ଏ ଦୁଇବର୍ଷର ବ୍ୟବଧାନ ଆମପାଇଁ ଦୀର୍ଘ ଓ ଯନ୍ତ୍ରଣାଦାୟକ। କିନ୍ତୁ ସେଥିପାଇଁ କଣ ମୁଁ ସୂର୍ଯ୍ୟାଂଶ ଜୀବନ ଯାତ୍ରାର ପ୍ରତିବନ୍ଧକ ସାଜିବି? ତା'ର ମ୍ୟାନେଜମେଣ୍ଟ କୋର୍ସ ଶେଷ ହେବା ବେଳକୁ ମୋର ବି ଟେକ୍ ଶେଷ ହୋଇଯାଇଥିବ। ଅର୍ଥନୈତିକ ସ୍ୱାଧୀନତା ମିଳିବା ପରେ ହୁଏତ ଆମ ଦୁହିଁଙ୍କୁ ଭବିଷ୍ୟତ ସଂପର୍କରେ ନିଷ୍ପତ୍ତି ନେବା ପାଇଁ ପର୍ଯ୍ୟାପ୍ତ ସୁଯୋଗ ମିଳିବ।

ମନର ଭାବନା ମନରେ ରହିଲା। ଶରୀରର ଦୂରତା କଣ କେବେ ହୃଦୟ ମଧ୍ୟରେ ଦୂରତା ସୃଷ୍ଟି କରିପାରେ? ନାଁ ଏ ତତ୍ତ୍ୱରେ ମୁଁ ବିଶ୍ୱାସ କରେନା। ଏବେ ଦୁହିଁଙ୍କ ମଧ୍ୟରେ ଦୂରତା ଯେଉଁଠି ଦୈର୍ଘ୍ୟହୀନ ଓ ନିରବତା ଯେଉଁଠି ସହସ୍ର ଶବ୍ଦର ସ୍ପନ୍ଦନହୀନ ଉଚ୍ଚାରଣ।

ମୁଁ କହିଲି "ନାଁ, ଘଟଣାର ମୋଡ଼ ପରିବର୍ତ୍ତନ କରିବାକୁ ଚେଷ୍ଟା କରନା ସୂର୍ଯ୍ୟାଂଶ। ମୁଁ ପ୍ରତି ମୁହୂର୍ତ୍ତରେ ତୁମ ପାଖେ ପାଖେ ରହିବି। ତୁମ ହୃଦୟର ପ୍ରତିଟି ସ୍ପନ୍ଦନରେ ତୁମେ ମୋତେ ଅନୁଭବ କରିବ। ତୁମେ ଯେଉଁଆଡ଼େ ଯାଉଛ ଯାଅ। ସାରା ତୁମ ପ୍ରତୀକ୍ଷାରେ।"

ନାଁ, ଏ କଥା ଗଦ୍ୟ ଉପନ୍ୟାସର ଭାଷା ନୁହେଁ, ସୂର୍ଯ୍ୟାଂଶକୁ ପ୍ରତିମୁହୂର୍ତ୍ତରେ ନିଜ ଭିତରେ ଅନୁଭବ କରୁଥିଲି ମୁଁ। ଜିଙ୍ଗିଲ ଯାହାର ନାଁ ଦେଇଥିଲା ପ୍ଲାଟୋନିକ୍

ଲଭ୍। ହୃଦୟରୁ ଶରୀରକୁ ପ୍ରେମ ଓହ୍ଲାଇ ଆସିଲେ ପ୍ରେମ ଆଉ ସ୍ୱର୍ଗୀୟ ହୋଇ ରହେ ନାହିଁ। ଏହା ମୁଁ କିପରି ବୁଝାଇଥାନ୍ତି ଜିଙ୍ଗିଲକୁ।

ଘରୁ ହଷ୍େଲ ଫେରି ଦେଖିଲି ଜିଙ୍ଗିଲ ରୁମ୍‌ରେ ଅନୁପସ୍ଥିତ। ପ୍ରଚଣ୍ଡ ରୌଦ୍ରକୁ ଭୁକ୍ଷେପ ନକରି ସେଇ ଦିନ ଦ୍ୱିପହରେ ବାହାରିଗଲି ସୂର୍ଯ୍ୟାଂଶ ସହିତ ଦେଖା କରିବା ପାଇଁ। କିଛିଦିନର ମାନ ଅଭିମାନ ପରେ ଦେଖାହେବାର ଆବେଗ ଓ ଉତ୍ତେଜନାକୁ ଗୋପନ ରଖି ତା' ରୁମ୍ ସାମ୍ନାରେ ପହଞ୍ଚିଲି।

ମୋ ଚିନ୍ତା କରିବାଥାରୁ କାହିଁ କେତେ ପରିମାଣରେ ଚକିତ ହେଲା ସେ। ମୋତେ କାଲେ ସେ ସେଇ ବାରଣ୍ଡାରେ ଆଲିଙ୍ଗନ କରିବାର ପ୍ରୟାସ କରିବ, ଏଇ ଆଶଙ୍କାରେ ମୁଁ ତରତର ହୋଇ କୋଠରୀ ଭିତରକୁ ପଶିଗଲି।

ଅପରିଚିତ ସୁଗନ୍ଧରେ କୋଠରୀଟି ମହକି ଉଠୁଥିଲା।

– ତୁମେ କଣ ଆଜିକାଲି ଝିଅମାନଙ୍କ ପସନ୍ଦର ପରଫ୍ୟୁମ୍ ବ୍ୟବହାର କରୁଛ ? ମୋ ପ୍ରଶ୍ନର ଉତ୍ତର ନଦେଇ ସେ ମୋର ନିକଟତର ହେବାକୁ ଚେଷ୍ଟା କରି କହିଲା ଅନେକ ବର୍ଷ, ଅନେକ ଯୁଗ ପରେ ପ୍ରଥମ ଦେଖାର ପ୍ରଥମ କଥା ଆରମ୍ଭ କଲ ସନ୍ଦେହରୁ ? ସନ୍ଦେହୀ ପ୍ରିୟତମା ! କେବେତ ଏଇ ନିରୀହ ମେଷଶାବକ ସଦୃଶ ପ୍ରେମିକଟିକୁ ବିଶ୍ୱାସ କର।

– ନିରୀହ ? ଃ୪, ପୁଅମାନେ କେବେ ବିଶ୍ୱାସ ଯୋଗ୍ୟ ପ୍ରାଣୀ ନୁହଁନ୍ତି। ପୃଥିବୀର ସବୁଠାରୁ ସୁନ୍ଦରୀ ନାରୀର ସ୍ୱାମୀ ମଧ ଅନ୍ୟନାରୀ ପ୍ରତି ଆକର୍ଷିତ ହୋଇ ନିଜକୁ ପୁରୁଷୋତ୍ତମ ପ୍ରମାଣ କରିବାର କଥାତ ଶୁଣିଥିବ। ମୁଁ ଟିକେ ଚିଡାଇବାକୁ ଯାଇ କହିଲି।

– ସେ ମୋ ହାତକୁ ତା' ହାତରେ ଧରି ନେଇ ଅନ୍ତରଙ୍ଗ ହେବାକୁ ଚେଷ୍ଟା କରୁଥିଲା "ସାରା ! ସ୍ୱାମୀମାନେ ପ୍ରବଲ ପ୍ରତାପୀ ହୋଇପାରନ୍ତି, ପ୍ରେମିକମାନେ ଚିରଦିନ ନିରୀହ। ପୃଥିବୀର ଯେତେ ଇତିହାସ, ସାହିତ୍ୟ ଲେଖାଯାଇଛି ତା'ର ପୃଷ୍ଠା ଓଲ୍ଟାଇ ଦେଖ ପ୍ରେମିକମାନେ ସବୁକାଲେ ବିନୀତ ଓ ପରାଜିତ।"

– ଥାଉ ଥାଉ... ବିନୀତ ପରାଜିତ ମହାଶୟ, ଭୁଲି ଯାଉଛ ଯେ ହାତଗଣ୍ଠି ପଡିବା ପରେ ତୁମେ ବି ସେଇ ପ୍ରବଲ ପ୍ରତାପୀ ଗୋଷ୍ଠୀର ସଦସ୍ୟ ହେବାକୁ ଯାଉଛ ସମୟ ଆଉ ବେଶୀ ଦୂର ନୁହେଁ, ତା' ପରେ ତୁମେ ମଧ ଗୋଷ୍ଠୀ ସଦସ୍ୟଙ୍କ ପକ୍ଷରେ କେତେ ଯୁକ୍ତି ବାଢିବ...

ମୋତେ କଥାଶେଷ କରିବାକୁ ନଦେଇ ସେ ପ୍ରସଙ୍ଗ ପରିବର୍ତ୍ତନ କଲା– ମୁଁ ନିର୍ଯ୍ୟାତିତ ପ୍ରେମିକ, ମୋ ପାଇଁ କେତେ ନିୟମ, କେତେ ଶୃଙ୍ଖଲା କିନ୍ତୁ ମନେପକାଅ ମୁଁ ପ୍ରମିଶ୍ କରିଥିଲି ବିବାହ ପୂର୍ବରୁ ତୁମକୁ ଚୁମ୍ବନଟିଏ ଦେବି ନାହିଁ। ମାତ୍ର ତୁମେ

ମୋର ପ୍ରେମିକା ନହୋଇ ସମଗ୍ର ଜୀବନ ପାଲଟି ଯାଇଛି। ଏବେ ପ୍ରେମିକାକୁ ଚୁମ୍ବନ ଦେବିନାହିଁ ସତ ମାତ୍ର ମୋ ଜୀବନକୁ ତ ଦେଇପାରିବି?

– ରୂପକର! ସବୁ ମ୍ୟାଥମେଟିକାଲ୍ ଫର୍ମୁଲା, ଥିଓରି, ଲଜିକ୍ ଠିକ୍ ମୋତେ ଦେଖିଲେ ମନେପଡେ ତୁମର?

ସେ ଦିନର ଘଟଣାପରେ ଅନେକ ବଦଲି ଯାଇଥିଲା ସୂର୍ଯ୍ୟାଂଶ। ଆମେ ଆମ ଜୀବନର ପ୍ରଥମ ଭୁଲ୍‌କୁ ଶେଷ ଭୁଲ ଭାବରେ ଗ୍ରହଣ କରିଥିଲୁ।

ଦେଖିଲି ତା’ ପ୍ରସାଧନ ସାମଗ୍ରୀ ସହିତ ଗୋଟିଏ କ୍ରିମ ଓ ପରଫ୍ୟୁମ୍। ଯାହା ସେ କେବେ ବ୍ୟବହାର କରେନାହିଁ। ବର୍ଷ ବର୍ଷ ଧରି ସେ ଗୋଟିଏ ବ୍ରାଣ୍ଡର ପ୍ରସାଧନ ବ୍ୟବହାର କରିବାରେ ଅଭ୍ୟସ୍ତ।

ସୂର୍ଯ୍ୟାଂଶକୁ ମୋ ମନରେ ସୃଷ୍ଟି ହୋଇଥିବା ସନ୍ଦେହ ସମ୍ପର୍କରେ ସୂଚନା ନଦେଇ ତା’ ଦେହର ସୁଗନ୍ଧ ନେଇ ହସ୍ତେଲ୍ ଫେରିଲି।

ମୋର ଏଇ କିଛି ଦିନର ଅନୁପସ୍ଥିତିରେ ବଦ୍ରିନାଥ ସହିତ ଜିଙ୍ଗିଲ୍‌ର ସମ୍ପର୍କ ନିବିଡ଼ ହୋଇଥିଲା। ଆମ କ୍ଲାସର ବଦ୍ରିନାଥ; ଯାହାକୁ ପିଲାମାନେ ବଦ୍ରିନନା ସମ୍ବୋଧନ କରନ୍ତି। ସେଇ ମୁଣ୍ଡପୋଟି ଚାଲୁଥିବା ଓଲଡ୍ ମଡେଲ୍‌ର ବଦ୍ରିନାଥକୁ ଜିଙ୍ଗିଲ୍ ପରି ଅତ୍ୟାଧୁନିକ ଝିଅ କିପରି ପସନ୍ଦ କରିପାରିଲା? ସତରେ, କୁହାଯାଏ ପ୍ରେମ ଚକ୍ଷୁଷ୍ମାନ୍ ନୁହେଁ। ମୁଁ ସାରାରାତି ସୂର୍ଯ୍ୟାଂଶର ଅନ୍ତରଙ୍ଗ ଗହ୍ୱରେ ଉନ୍ମନା ହେଉଥିବା ବେଳେ ଜିଙ୍ଗିଲ୍ ଶୁଣାଉଥିଲା ନୂଆକରି ଲେଖୁଥିବା ତା’ ପ୍ରେମକାହାଣୀର ପୃଷ୍ଠା ପରେ ପୃଷ୍ଠା।

ସୂର୍ଯ୍ୟାଂଶ ମୋ ପାଖକୁ ପଠାଇଥିଲା କିଛି ସୁଫୀ ଗୀତ। ସୂର୍ଯ୍ୟାଂଶର ପସନ୍ଦକୁ କେହି ନାପସନ୍ଦ କରିପାରିବ ନାହିଁ। ଆମ୍ଭକୁ ଛୁଇଁ ଯିବା ପରି ଗୀତ ଗୁଡ଼ିକ ସେଥିରୁ ଗୋଟିଏ ସେଦିନ ତା’ ରୁମ୍‌ରେ ଶୁଣିଥିଲି। ପେନ୍ ଡ୍ରାଇଭ୍‌ରେ ଲୋଡ୍ କରି ଦେଇଥିବାରୁ ମୁଁ ଲାପ୍‌ଟପ୍‌ରେ ସେଭ୍ କରି ଫେରାଇ ଦେବାକୁ ଚାହୁଁଥିଲି। ସେ କହିଲା– ସେଇଟି ମୋ ପାଖରେ ତା’ ସ୍ମୃତିର ଚିହ୍ନ ସ୍ୱରୂପ ରହୁ। ଅବସର ସମୟରେ ସେଗୁଡ଼ିକ ତା’ ମଧୁରସ୍ମୃତିକୁ ପୁନର୍ଜୀବିତ କରିବାରେ ସହାୟକ ହେବ।

ଏ ଘଟଣାର ଦୁଇଦିନ ପରେ ହଠାତ୍ ଜିଙ୍ଗିଲ୍ ଓ ମୁଁ ସିନେମା ବାହାରିଲୁ। ନିଷ୍ପତ୍ତି ହେଲା ସିନେମାଟି ଆମେ ଦୁଇ ବାନ୍ଧବୀ ଯିବୁ। ସୂର୍ଯ୍ୟାଂଶ ଓ ବଦ୍ରିନାଥଙ୍କୁ ସାଥିରେ ନନେଇ। ଆମ ଦୁଇ ଜଣଙ୍କ ବନ୍ଧୁତ୍ୱ ମଧ୍ୟରେ ସୂର୍ଯ୍ୟାଂଶ ବଦ୍ରିନାଥଙ୍କ ଉପସ୍ଥିତି ସମ୍ପର୍କଟାକୁ ରସହୀନ କରି ଦେଇଛି ବୋଲି ଜିଙ୍ଗିଲ୍ ମଧୁର ମତବ୍ୟ ଦିଏ। ତା’ ଉପମା ରୂପକଙ୍କର ତୁଳନା ନାହିଁ।

ଖୁବ୍ ଚମତ୍କାର ସିନେମାଟି ଥିଲା। ଈଶ୍ୱରଭାଲରେ ମୋ ନଜର ହଠାତ୍

ପଡ଼ିଗଲା। ଚାରିଧାଡ଼ି ଆଗରେ ବସିଥିବା ସୂର୍ଯ୍ୟାଂଶ ଉପରେ। ସକାଳେ ଫୋନ୍‌ରେ ଆମେ କଥା ହୋଇଥିଲୁ। ସେ ଆଲାପରେ ସିନେମା ଦେଖିବାକୁ ଆସିବା ପ୍ରସଙ୍ଗ ନଥିଲା ମୋ ତରଫରୁ କିମ୍ବା ତା' ତରଫରୁ। ମୋ ଆଶ୍ଚର୍ଯ୍ୟର ସୀମା ରହିଲା ନାହିଁ ଯେତେବେଳେ ଦେଖିଲି ତା' ପାଖରେ ବସିଥିଲା ସୁନ୍ଦରୀ ଝିଅଟିଏ। ଯଦିଓ ମୁଁ ତା'ର ମୁହଁଟି ସମ୍ପୂର୍ଣ୍ଣ ଦେଖପାରୁନଥିଲି କିନ୍ତୁ ସମୟାନ୍ତରେ ସେମାନଙ୍କ ଆଲାପ ମୋ ଦୃଷ୍ଟି ଆକର୍ଷଣ କରୁଥିଲା। ଝିଅଟି ବାର୍ତ୍ତାଳାପ କରୁନଥିଲା ଯେ ସତେ ଯେପରି ମଦ ବୋତଲର ବୁଦ୍‌ବୁଦ୍‌ ପରି ହସିହସି ସୂର୍ଯ୍ୟାଂଶ ଉପରେ ଉଚ୍ଛୁଳି ଉଠୁଥିଲା ସମୟ ବ୍ୟବଧାନରେ। ମୋର ମନେନାହିଁ ମୁଁ କେବେ ସର୍ବସାଧାରଣ ସ୍ଥାନରେ ସୂର୍ଯ୍ୟାଂଶ ସହିତ ଏପରି ଅନ୍ତରଙ୍ଗ ହେବାର। ତାର ଚଞ୍ଚଳ ସ୍ୱଭାବ, ବାରମ୍ବାର ନିଜ କେଶସଜ୍ଜା ଓ ବେଶଭୂଷା ପ୍ରତି ଯନ୍ ଯେ କୌଣସି ଯୁବକର ଚରିତ୍ରକୁ ଚହଲାଇ ଦେବା ପାଇଁ ଥିଲା ଯଥେଷ୍ଟ।

ମୁଁ କିଛି ଭୁଲ୍‌ ଦେଖୁନିତ ? ନିଜ ଦୃଷ୍ଟି, ନିଜ ହୃଦୟଠାରୁ ସୂର୍ଯ୍ୟାଂଶ ମୋ ପାଇଁ ଅଧିକ ଭରସାଯୋଗ୍ୟ। ଝିଅଟି ଉପରେ ବହୁ ମୁହୂର୍ତ୍ତ ମୋ ଦୃଷ୍ଟି ନିବଦ୍ଧ ରହିବା ଦେଖି ଜିଙ୍ଗିଲ ଭ୍ରମ ସଂଶୋଧନ କଲା ପରି ମନ୍ତବ୍ୟ ଦେଲା– ସେ ଝିଅକୁ ସେ କୋଟିଂ ସେଣ୍ଟରେ ଅନେକ ଥର ଦେଖିଛି। ସୂର୍ଯ୍ୟାଂଶ ସହିତ ସେ କଥାବାର୍ତ୍ତା କରେ ମାତ୍ର ସନ୍ଦେହ କଲାପରି ନୁହେଁ।

"ଛୋଟ ଛୋଟ ଘଟଣାକୁ ନେଇ ମସ୍ତିଷ୍କ ଭାରାକ୍ରାନ୍ତ ନକରି ସିନେମାର ମଜ୍ଜା ନିଅ" ଏହା କହି ଜିଙ୍ଗିଲ ଗୋଟିଏ ପପ୍‌କର୍ଣ୍ଣ ପ୍ୟାକେଟ୍‌ ଖୋଲି ମୋ ହାତକୁ ବଢ଼ାଇ ଦେଇ ନିଜେ ଗୋଟିଏ ପ୍ୟାକେଟ୍‌ ଖୋଲି ଖାଇବା ଆରମ୍ଭ କଲା।

ମୁଁ ଆଉ ମୋ ନିଜ ଭିତରେ ନଥିଲି। ଯେଉଁ ସୂର୍ଯ୍ୟାଂଶ ମୋତେ କିଛିଦିନ ତଳେ ମୋହିତ ମୋତେ ମନେ ମନେ ପ୍ରେମ କରୁଛି ବୋଲି ଅଭିମାନ କରିଥିଲା, ସେ ନିଜେ ଅନ୍ୟ କାହା ସହିତ କିପରି ସିନେମା ଦେଖିବାକୁ ଆସିପାରିଲା ? ମୋତେ ଦେଖିଲେ କ୍ୟାମ୍ପସ ଯୁବକଙ୍କ ହୃଦୟରେ ପ୍ରେମର ଘଣ୍ଟି ବାଜି ଉଠିଲା ପରି ସେ କଣ ଜାଣେନା ଗାର୍ଲ୍‌ସ ହଷ୍ଟେଲର ସାଆନ୍ଥ ଆସର ଆଲୋଚନାର କେନ୍ଦ୍ରବିନ୍ଦୁ ସେ। ସେ କଣ ଜାଣେନା ତା' ପାଇଁ ହଷ୍ଟେଲରେ ଅଧିକାଂଶ ଝିଅଙ୍କର ମୁଁ ଶତ୍ରୁ ପାଲଟିଯାଇଛି କେବଳ ତା'ର ପ୍ରେମିକା ବୋଲି। ତା' ଡିପାର୍ଟମେଣ୍ଟର, ତା' ଚତୁଃପାର୍ଶ୍ୱରେ ବିନା କାରଣରେ ଝିଅଙ୍କର ଗହଳି ବଢ଼ିଯିବାର କାରଣ ସେ ନିଜେ ବୋଲି ଜାଣେ ଅବା ସବୁ ଜାଣି କିଛି ଜାଣି ନଥିବାର ଅଭିନୟ କରେ ?

ସିନେମା ଶେଷ ହେବାର ପାଞ୍ଚମିନିଟ୍‌ ପୂର୍ବରୁ ଆମେ ଦୁହେଁ ହଲ୍‌ ଛାଡ଼ିଲୁ।

କ୍ୟାମେରାକ୍ବଟା ଦେଖିବାକୁ ଜିଙ୍ଗିଲ ଅଡ଼ି ବସିଥିବାବେଳେ ମୋ ମନର ବିଚଳିତ ଅବସ୍ଥା ଦେଖି ବିଚାରୀ ମନଦୁଃଖ କରି ମୋ ସହିତ ଫେରିଲା। ସିନେମାରେ ଆଗ୍ରହ ନଥିଲା କିମ୍ଵା। ସୂର୍ଯ୍ୟାଂଶ ସହ ଦେଖା କରିବାର। ଜିଙ୍ଗିଲ ମୋତେ ବାରମ୍ଵାର ବାରଣ କରିବା ସତ୍ତ୍ୱେ ରାତିରେ ସୂର୍ଯ୍ୟାଂଶକୁ କଲ କରି ପ୍ରଶ୍ନ କଲି ସିନେମାଟି କେମିତି ଲାଗିଲା ?

ଇତସ୍ତତଃ ହୋଇଯିବା ପରି ତା’ କଣ୍ଠସ୍ଵର- କଣ ସାଟେଲାଇଟ୍ ଲଗାଇ ବସିଛ ଅବା ମୋ ଦେହରେ କେଉଁଠି ମାଇକ୍ରୋଚିପ୍ସ ଲଗାଇଛ ଯେ ମୁଁ ଯୁଆଡ଼େ ଯାଉଛି ତୁମେ ଜାଣିପାରୁଛ ? କେଉଁ ନିର୍ଭରଯୋଗ୍ୟ ନିଉଜ୍ ଏଜେନ୍ସୀ ତରଫରୁ ଏ ସମ୍ଵାଦଟା ତୁମକୁ ମିଳିଲା ଶୁଣେ ? ମୋହିତ ?

ମୋ କଣ୍ଠ ଅଭିମାନ ଭରା-“ତୁମେ ଧଳା ଓ ସବୁଜ ରଙ୍ଗ ଶାର୍ଟ ପିନ୍ଧିଥିଲ ଓ ସେ ଝିଅ ନୀଲ ରଙ୍ଗର ବୋଟ୍‌ନେକ୍ ବାଲା ଫୁଲ୍‌ସ୍ଲିଭ୍ ଟପ୍। ଏଥର ବିଶ୍ଵାସ ହେଲା ? ମୋହିତ ନୁହେଁ, ମୋର ଏଇ ଆଖି ଯୋଡିକରେ ଦେଖି ଆସିଛି ତୁମକୁ ଓ ତୁମ ନୂଆ ପ୍ରେମିକାକୁ।”

ସୂର୍ଯ୍ୟାଂଶ କଣ୍ଠରେ ମଧୁରତା ଭରି କହିଲା। “ସନ୍ଦେହୀ ପ୍ରିୟତମା ହୃଦୟ ତ ମୋର ଗୋଟିଏ ଓ ତାହା ତୁମ ପାଖରେ ବନ୍ଦୀ। ଯାହା ଦେଖୁଛ ସେସବୁ ମିଥ୍ୟା ହୋଇପାରେ ଏକାନ୍ତ ସତ୍ୟ ହେଉଛି ଆମର ପ୍ରେମ ଶାଶ୍ଵତ।”

– ଦେଖ ! ତୁମେ କଥାରେ ଭୁଲାଇ ପାରିବନି ମୋତେ ! ସେ ଝିଅ ତୁମ ପାଖରେ ବସି ବୁଦ୍ ବୁଦ୍ ପରି କାହିଁକି ଉଚ୍ଛୁଲି ପଡୁଥିଲା ଶୁଣେ ? ଶିଷ୍ଟାଚାର ଜଣାନାହିଁ ତାକୁ ?

ହସରେ ଫାଟି ପଡି ସେ କହିଲା- ସୁନ୍ଦରୀ ବୋଲି ଈର୍ଷା ହେଉଛି ? ନାଁ ନାଁ, ତୁମପରି ସେ ନୁହେଁ, ହୋଇପାରିବ ନାହିଁ। ଏ ଜନ୍ମରେ ନୁହେଁ। ସେ ମୋ ଦୀର୍ଘ ଦିନର ଘନିଷ୍ଠ ବନ୍ଧୁର ଭଉଣୀ ଭାବନା। ଆମ କୋଚିଂ ସେଣ୍ଟରେ ପଢ଼େ। ଗତ ସପ୍ତାହେ କାଲ ସେ ସିନେମାଟି ଯିବାକୁ ଚାହୁଁଥିଲା। ଭାବୁଥିଲି ତୁମ ସହିତ ପଠାଇ ଦେବି, ଅଥଚ ଦୁଇଟା ଟିକେଟ୍ ଧରି ସେ ମୋ ପାଖରେ ପହଞ୍ଚ ଯିବାରୁ ମନା କରିପାରିଲିନି। ଦେଖ, ଚୋର ଯେଉଁଠି ରାତି ପାହିଲାବି ସେଇଠି, ତୁମ ସନ୍ଦେହକୁ ଭୟ କରି ଚୋର ପରି ଲୁଚି ଆସିଥିଲି, ଠିକ୍ ସେଇଦିନ ତମର ମନେ ପଡିଲା ସିନେମା ଦେଖିବା ପାଇଁ ନାଁ ନାଁ, ତୁମେ ମୋର ପିଛା କରିବାଟା ନିହାତି ଅନ୍ୟାୟ।

ସୂର୍ଯ୍ୟାଂଶ ସାଂଘାତିକ ଭାବରେ ଧରାପଡିଯାଇଥିବାରୁ ନିଜକୁ ନିର୍ଦୋଷ ସାବ୍ୟସ୍ତ କରିବାକୁ ଚେଷ୍ଟା କରୁଥିଲା। ମୁଁ ସେତେବେଳେ ସେ ସଂପର୍କର ଖିଅ ଯୋଡୁଥିଲି ତା’ ରୁମ୍‌ରେ ମିଳିଥିବା କ୍ରିମ୍, ପରଫ୍ୟୁମ୍‌ଠାରୁ ସିନେମା ହଲ୍ ପର୍ଯ୍ୟନ୍ତ। ଏହାର ଅର୍ଥ କଣ ସଂପର୍କଟା ନିର୍ଜନରୁମ୍ ଯାଏଁ ପ୍ରଲମ୍ଵିତ ହୋଇ ସାରିଛି ? ପୁଣି ମୁଁ ସୂର୍ଯ୍ୟାଂଶର

ଯେତେ ନିକଟତର ହେବାକୁ ଚେଷ୍ଟା କରିନାହିଁ କ୍ଷଣିକ ସଂପର୍କରେ ସେ ଏତେ ଅନ୍ତରଙ୍ଗ ହୋଇପାରିଲା। କିପରି ?

ଏପରି ଚିନ୍ତାରୁ ମୁକ୍ତ ରହିବା ପାଇଁ ଯଥେଷ୍ଟ ପ୍ରୟାସ କରୁଥିଲି।

ସୂର୍ଯ୍ୟାଂଶ ସହିତ ଦେଖାହେଲେ ସେ ପ୍ରସଙ୍ଗ ଆଲୋଚିତ ହେଉନଥିଲା। ଆଲୋଚନା ହେଉଥିଲା ଅନେକ ଗୁରୁତ୍ଵପୂର୍ଣ୍ଣ ପ୍ରସଙ୍ଗ ସଂପର୍କରେ। ସୂର୍ଯ୍ୟାଂଶ ମା'ଙ୍କର ମୃତ୍ୟୁପରେ ତା' ବାବାଙ୍କ ସ୍ଵାସ୍ଥ୍ୟର ଜଟିଲତା ଦେଖା ଦେବାରୁ ସେ ଚାହୁଁଥିଲେ ସୂର୍ଯ୍ୟାଂଶ ଦୁଇ ବର୍ଷ ମ୍ୟାନଜମେଣ୍ଟ କୋର୍ସ କରି ବିଦେଶ ନଯାଇ ତାଙ୍କ ପାରିବାରିକ ବ୍ୟବସାୟ ସମ୍ଭାଳିବା ସହିତ କୌଣସି ଷ୍ଟାର୍ଟ ଅପ୍ କମ୍ପାନୀ ଆରମ୍ଭ କରୁ।

ସୂର୍ଯ୍ୟାଂଶର ଭବିଷ୍ୟତ ଯୋଜନା ଶୁଣି ମୋ ମନଟି ବ୍ୟଥିତ ହୋଇଉଠେ। ଏଇ ଛୋଟ ପରିବେଶ ଭିତରେ ମୁଁ ନିଜକୁ ଆବଦ୍ଧ କରି ରଖିବାକୁ ଚାହୁଁନଥିଲି। ସୁଦୂର କାଲିଫର୍ଣ୍ଣିଆର ସିଲିକନ୍ ଭ୍ୟାଲି ଥିଲା ମୋ ସ୍ଵପ୍ନର ସହର। ସେଠାର ପରୀକ୍ଷାଗାରରେ ଦୁନିଆଁକୁ ଚକିତ କରିଦେବା ଭଳି କିଛି ଉଦ୍ଭାବନ କରି କମ୍ପ୍ୟୁଟର ଜଗତରେ ଆମୂଲଚୂଲ ପରିବର୍ତ୍ତନ ଆଣିବା ମୋ ଜୀବନର ଲକ୍ଷ୍ୟ। ବାରମ୍ବାର ସେ ସ୍ଵପ୍ନ ମୋ ଆକାଂକ୍ଷାମାନଙ୍କ ଦେହରେ ଡେଣା ଖଣ୍ଡେ। ଉଡ଼ାଣ ଭରିବା ପାଇଁ ସାମର୍ଥ୍ୟ ଯୋଗାଏ। ତେଣୁ ତୃତୀୟ ବର୍ଷରୁ ବିଦେଶ ଯିବା ଲକ୍ଷ୍ୟରେ ମୁଁ ପ୍ରସ୍ତୁତ କରୁଥାଏ ନିଜକୁ।

ସୂର୍ଯ୍ୟାଂଶ କହିଲା– ସାରା ! ମୋତେ ବିବାହ କଲେ ଜୀବନବ୍ୟାପୀ ତୁମର ଅର୍ଥର ଅଭାବ ରହିବ ନାହିଁ। ବାକି ରହିଲା ତୁମ ସ୍ଵପ୍ନ। ତୁମେ ଏଠାରେ ରହି ମଧ୍ୟ ତୁମ ସ୍ଵପ୍ନ ପୂରଣ କରିପାରିବ।

ସୂର୍ଯ୍ୟାଂଶର କଥା ଶୁଣି ଚମକି ପଡ଼ିଲି। ଯେ ଶ୍ରେୟା ଦିଦିର ସ୍ଵପ୍ନକୁ ପୂରଣ କରିବା ନିମନ୍ତେ ନିଜ ବାବାଙ୍କ ନିଷ୍ପତ୍ତି ବିରୁଦ୍ଧରେ ମୋ ପାଖରେ ପ୍ରତିବାଦ କରିଥିଲା। ସେ ଆଜି ମୋ ସ୍ଵପ୍ନ ପୂରଣ ପାଇଁ ତା' ବାବାଙ୍କ ଅର୍ଥ, ପ୍ରତିପତ୍ତି, ପ୍ରତିଷ୍ଠା ବ୍ୟବହାର କରିବାକୁ ଚାହୁଁଛି। ଏ ଛୋଟ ସହରରେ ମୁଁ ମୋ ଯୋଗ୍ୟତାର ବୃଦ୍ଧି ପାଇବି ନା ଅର୍ଥ ଅବା ପ୍ରତିଷ୍ଠା। ବାପା, ମା'ଙ୍କ ଏକକ ସନ୍ତାନ ଭାବରେ ସେମାନଙ୍କ ସ୍ଵପ୍ନ ପୂରଣ କରିବା ମୋ ଜୀବନର ଅନ୍ୟତମ ଲକ୍ଷ୍ୟ।

ନାଁ ନାଁ, ମୋ ଭାଗ୍ୟର ଗତିପଥ ମୁଁ ନିର୍ଣ୍ଣୟ କରିବି ନିଜେ। ନିଜ ହାତରେ ସଫଳତାର କାହାଣୀ ଲେଖିବି। ସତରେ କଣ ଜନ୍ମ ସାଥୀରେ ମଣିଷ ତା'ର ଭାଗ୍ୟ ନେଇ ଆସିଥାଏ। ନାଁ, ସଫଳ ମଣିଷମାନେ ବିଧିଲିଖିତ ଭାଗ୍ୟକୁ ପରାହତ କରି ନିଜ ଭାଗ୍ୟ ନିଜେ ଲେଖନ୍ତି ଓ ନିଜ ଗଢ଼ା ରାସ୍ତାରେ ଯାତ୍ରା କରନ୍ତି। ମୁଁ ସେପରି ନିଜପାଇଁ ଗଢ଼ିବି ରାସ୍ତାଟିଏ, ନିଜ ଭାଗ୍ୟ ଲେଖିବି ନିଜ ହାତରେ।

ଏଇ ଛୋଟ ସହରର ପାରିବାରିକ ବ୍ୟବସାୟରେ ଯୋଗ ଦେଇ ସୂର୍ଯ୍ୟାଂଶ ହରାଇବାକୁ ଯାଉଛି ତା'ର ସକଳ ସିଦ୍ଧି ଓ ସାଧନା। ଆଉ ମୁଁ?

ସୂର୍ଯ୍ୟାଂଶ ପାଇଁ ମୁଁ କଷ୍ଟଲବ୍ଧ ପ୍ରତିଷ୍ଠା ଓ ଅଦ୍ୟାବଧି ଦେଖି ଆସିଥିବା ସ୍ୱପ୍ନକୁ ନିଜ ହାତରେ ସ୍ୱାହାଃ କରିବାକୁ ଚାହେଁନା। ଏହା ମଧ୍ୟ ସତ୍ୟ ଯେ ତା' ବ୍ୟତୀତ ମୋ ଜୀବନରେ ମୁଁ ଯେଉଁ ସଫଳତା ଲାଭ କରିବି ତାହା ମୋ ଜୀବନର ସୁଖ ପରିବର୍ତ୍ତେ ଶୂନ୍ୟତାର ହାହାକାର ଭରିଦେବ।

ଓଃ ସୂର୍ଯ୍ୟାଂଶ! ତୁମେ ହିଁ ମୋର ଅମିତ ଶକ୍ତି ଓ ତୁମେ ହିଁ ମୋର ଚରମ ଦୁର୍ବଳତା। ତୁମ ବ୍ୟତୀତ ଜୀବନ ଜୀଇଁବା କଥା ମୁଁ ଭାବି ପାରେ ନାହିଁ, ଅଥଚ ତୁମକୁ ନେଇ ମୋ ସ୍ୱପ୍ନମାନେ ଫଳବତୀ ହେବା ସମ୍ଭାବନା ହୀନ। ତ୍ରିଶଙ୍କୁ ଭଲି ମୋ ଅବସ୍ଥା। ତେବେ ମୋ ହୃଦୟର ନିର୍ଗତ ସ୍ୱର- ତୁମ ସହିତ ନର୍କକୁ ଯିବାକୁ ମଧ୍ୟ ମୁଁ ପସନ୍ଦ କରିବି। ନର୍କରେ ତୁମ ସହିତ ମଧ୍ୟ ମୋ ଜୀବନ ହେବ ସାର୍ଥକ।

କିଛିଦିନ ପୂର୍ବେ ଜିଙ୍ଗିଲ୍ ମୋତେ ପ୍ରଶ୍ନ କରିଥିଲା ସଫଳ ପ୍ରେମର ଫର୍ମୁଲା କଣ?- ମୁଁ କଣ ଉତ୍ତର ଦେଇଥିଲି ଜାଣ? ପ୍ରେମର ପ୍ରଥମ ଓ ଶେଷ ଫର୍ମୁଲା ହେଲା- "ତୁମେ ମୋର ନୁହେଁ, ମୁଁ ତୁମର"। ପ୍ରେମରେ ଅଧିକାର ନଥାଏ, ଥାଏ ସମର୍ପଣ। ପ୍ରେମରେ ଭୋଗ ନାମରେ କିଛି ଶବ୍ଦ ନଥାଏ। ଥାଏ ତ୍ୟାଗ। ସବୁଠାରୁ ଗୁରୁତ୍ୱପୂର୍ଣ୍ଣ ବିଷୟ ହେଲା- ପ୍ରେମରେ ସ୍ୱତନ୍ତ୍ର ଭାବ ନଥାଏ। ଯାହାଥାଏ ତାହା କେବଳ ଯୁଗ୍ମ ଜୀବନର ଅନୁଭବ।

ନିଜର ପାଦଧୂଳି ଯୋଗେ ଶ୍ରୀକୃଷ୍ଣଙ୍କୁ ଆରୋଗ୍ୟ କରି ସହସ୍ର ଜନ୍ମଯାଏ ନର୍କରେ ପତିତା ହେବାକୁ ଚାହିଁଥିଲେ ଯେ ସେ ପ୍ରେମିକା ହେଉଛନ୍ତି ଶ୍ରୀରାଧା। ପ୍ରେମିକର ନାମ ଉଚ୍ଚାରଣରେ ଯାହା ହାତରେ ବିଷପାତ୍ର ଅମୃତ ପାଲଟିଗଲା ସେ ପ୍ରେମିକାଙ୍କ ନାମ ମୀରା। ସେମାନେ ବୁଝନ୍ତି ପ୍ରକୃତ ପ୍ରେମର ସଂଜ୍ଞା। ମୁଁ ତ ମର୍ତ୍ତ୍ୟର ମାନବୀ। ମୋ ପାଇଁ ପ୍ରେମ ହୃଦୟର ଆବେଗ, ଆସକ୍ତି, ଆକାଂକ୍ଷା। ପ୍ରେମିକକୁ ପାଇବାର କାମନାରେ ମୋ ହୃଦୟ ଚିର ବିଚଳିତ। ସେ ସ୍ୱର୍ଗୀୟ ପ୍ରେମର ଅର୍ଥ ମୁଁ ବା କେତେଟିକେ ବୁଝେ।

ମୁଁ ଜାଣେ, ଏସବୁ କଥା ସୂର୍ଯ୍ୟାଂଶକୁ କହିଥିଲେ ସେ କହିଥାନ୍ତା ପ୍ରେମପାଠରେ ନିର୍ବୋଧ ସାରା ପୁଣି ଏତେ ବୁଦ୍ଧିମତୀ କେବେଠାରୁ ହେଲା? ସତରେ ପ୍ରେମ ଶିଖେଇ ଦିଏ ଅନେକ କିଛି। ଜୀବନରେ ଅନେକ ଜଟିଳ ଅବୋଧ ତତ୍ତ୍ୱ ସରଳ ହୋଇଯାଏ ସ୍ୱୟଂ। ତେଣୁ ଆଜିଠାରୁ ମନକୁ ବୁଝାଇନେଲି ସାରା ସୂର୍ଯ୍ୟାଂଶର ପ୍ରେମିକା, ଯେ ଅଧିକାର ଚାହିଁବ ନାହିଁ। ସମର୍ପଣ କରିଦେବ ନିଜକୁ ଓ ତା' ପାଖରେ ନିଜର ବୋଲି ଯାହା କିଛି ଅଛି।

# କଫିନ୍‌ର ଶେଷ କଥା

ସୂର୍ଯ୍ୟାଂଶ ଯେ ଜଣେ ବ୍ରିଲିଏଣ୍ଟ ଛାତ୍ର ତାହା ପୁନର୍ବାର ପ୍ରମାଣିତ ହୋଇଥିଲା ତା'ର ବିଟେକ୍ ପରୀକ୍ଷା ଫଳରୁ। ବ୍ଲକ୍ ଡି'ର ଝିଅଙ୍କ ପାଇଁ ସେ ମିଠା ପଠାଇଥିଲା ମୋ ହାତରେ ଓ ମୋ ପାଇଁ ଥିଲା ଗୋଟେ କ୍ୟାଣ୍ଡେଲ୍ ଲାଇଟ୍ ଡିନରର ଆମନ୍ତ୍ରଣ।

ସୂର୍ଯ୍ୟାଂଶର ପ୍ରତିଟି ସଫଳତାରେ ମୁଁ ଅତିକ୍ରମ କରେ ଜୀବନର ଊର୍ଦ୍ଧ୍ୱମୁଖୀ ସିଡିରେ ଆଉ ଏକ ପାହାଚ। କିନ୍ତୁ ମୋ ଆନନ୍ଦକୁ ବ୍ୟକ୍ତ କରିବାର ଭାଷା ମୋତେ ଜଣାନାହିଁ। ମୁଁ ସବୁଦିନେ ସେମିତି। ସୂର୍ଯ୍ୟାଂଶ ଭାଷାରେ ମୁଁ ଏକ ଅବୁଝା କବିତା।

ସେ ଦିନ ସଂଧ୍ୟାରେ ସୂର୍ଯ୍ୟାଂଶ ପାଇଁ କେଉଁ ଉପହାର ନେଇ ଯିବି ବୋଲି ଭାବି ଚିନ୍ତାରେ ପଡିଗଲି। ସେ ବ୍ୟବହାର କରୁଥିବା ପ୍ରତିଟି ବସ୍ତୁ ଏତେ ମୂଲ୍ୟବାନ୍ ଯେ ସେସବୁ ମୋ କ୍ରୟଶକ୍ତିର ଊର୍ଦ୍ଧ୍ୱରେ। ଶେଷରେ ପୁଷ୍ପ ସ୍ତବକଟିଏ ଆଣିଲି, ଯାହାର ପ୍ରତିଟି ପାଖୁଡ଼ାରେ ମୋ ଅବ୍ୟକ୍ତ ପ୍ରେମ ରଙ୍ଗ ହୋଇ ଚହଟୁଥିଲା। ସୂର୍ଯ୍ୟାଂଶର ପ୍ରେମ ମୋ ଲହୁରେ କଣିକା ହୋଇ ଧାଏଁ, ମୋ ନିଃଶ୍ୱାସରେ ଅମ୍ଳଜାନ ଭଳି ଆତୁଯାତ ହୁଏ ଏକଥା ମୁଁ ମୁହଁ ଖୋଲି କହିପାରିବି ନାହିଁ। ନିରବତା ହିଁ ମୋର ଶେଷ ଆଶ୍ରା।

ହଷ୍ଟେଲ୍ ରେଜିଷ୍ଟରରେ ସାଙ୍ଗ ଭଉଣୀର ରିସେପସନ୍ ପାର୍ଟି ବୋଲି ମିଥ୍ୟାଟିଏ ଲେଖ ଆସିଥିବାରୁ କାହା ନଜରରେ ପଡ଼ିଯିବାର ଭୟରେ ଗେଟ୍‌ଠାରୁ କିଛି ଦୂରରେ ସୂର୍ଯ୍ୟାଂଶକୁ ଅପେକ୍ଷା କରିବାକୁ ଅନୁରୋଧ କରିଥିଲି। ଗେଟ୍‌ରୁ ସେତିକି ଦୂରତା ଅତିକ୍ରମ କରିବା ଅବସରରେ ଦେଖା ହୋଇଗଲା ମୋହିତ ସହିତ। ସଂଧ୍ୟା ହୋଇଯାଇଥିବାରୁ ମୁଁ ଦ୍ରୁତ ଗତିରେ ରାସ୍ତା ଅତିକ୍ରମ କରିବା ବେଳକୁ ସାମ୍ନାସାମ୍ନି ହୋଇଗଲୁ ଆମେ ଦୁହେଁ। ସେ ମୋତେ ଦିବ୍ୟ ବେଶଭୂଷାରେ ଦେଖ କହିଲା ସଂଧ୍ୟାରେ ଏକୁଟିଆ କୁଆଡ଼େ ବାହାରିଛୁ? ତୁ ଯଦି ଚାହିଁବୁ ମୁଁ ତୋ ସାଥୀରେ ଆସିପାରେ।

ସମସ୍ତଙ୍କ ଅଲକ୍ଷ୍ୟରେ ଲୁଚିଲୁଚି ଆସିଥିବା ବେଳେ ଶେଷରେ ମୋହିତ

ହାତରେ ଧରା ପଡ଼ିଯିବାରୁ ଖୁବ୍ ଅସହାୟ ଲାଗୁଥିଲା ମୋତେ । ମୁଁ ଚାହୁଁନଥିଲି ସୂର୍ଯ୍ୟାଂଶ ସହିତ ବିତାଇଥିବା ଶେଷ କେଇଦିନ ସଂପର୍କର କଥା କ୍ୟାମ୍ପସରେ ଚର୍ଚ୍ଚା ହେଉ ବୋଲି । ସେ ଚାଲିଯିବା ପରେ ମୋତେ ଏକାକୀ ଅପର୍ଯ୍ୟାପ୍ତ ସମାଲୋଚନାର ସମ୍ମୁଖୀନ ହେବାକୁ ପଡ଼ିବ ତାହା ନିଶ୍ଚିତ ।

ମୋର ସମସ୍ୟା ବଢ଼ିଗଲା । ସୂର୍ଯ୍ୟାଂଶର କାର କିଛି ଦୂରରେ, ଅଥଚ ମୋହିତ ଜାଣିନଥିଲା ଯେ ମୁଁ ସୂର୍ଯ୍ୟାଂଶ ସହିତ ଗୋଟେ ସୁନ୍ଦର ସଂଧ୍ୟା ବିତାଇବାକୁ ଯାଉଛି । ଅବା ସତରେ ସେ ମୋ କଥାକୁ ବିଶ୍ୱାସ କରିଥିଲା ଯେ ମୁଁ ଅଟୋରେ କିଛି ଜରୁରୀ କାର୍ଯ୍ୟରେ ଯିବାର ନିର୍ଣ୍ଣୟ ନେଇଛି ପ୍ରତିଥର ପରି ।

ସେ କିଛି ମୁହୂର୍ତ୍ତ ନିରବ ରହି ଆକାଶକୁ ଚାହିଁ କହିଲା ଛତାଟାଏ ନେଲୁନି, ଫେରିବା ସମୟରେ ଖୁବ୍ ବର୍ଷା ହେବ ।

ଆକାଶ ଥିଲା ମେଘଶୂନ୍ୟ ପତଳା ମେଘଖଣ୍ଡଟିଏ ମଧ ଦେଖାଯାଉନଥିବା ସତ୍ତ୍ୱେ ମୋହିତର ଏପରି ଭିତ୍ତିହୀନ ଭବିଷ୍ୟବାଣୀ ବିରକ୍ତିକର ମନେହେଲା । ଏପରିସ୍ଥିତିରୁ ମୁକୁଳିବାକୁ କହିଲି "ତୁ ଯିବା ଦରକାର ନାହିଁ, ପାସେଞ୍ଜର ଅଟୋରେ ମୁଁ ଏକାକୀ ଚାଲିଯିବି ।"

ଏହି ସମୟରେ ମୋତେ ପାସେଞ୍ଜର ମନେକରି ଲାଇନ୍ ଅଟୋଟାଏ ରହିଗଲା । ମୁଁ ମୋହିତକୁ ପଛ କରି ଖୁବ୍ କ୍ଷିପ୍ର ପଦପାତରେ ଆଗେଇ ଯାଇ ଅଟୋରେ ଚଢ଼ିବା ପରିବର୍ତ୍ତେ ସୂର୍ଯ୍ୟାଂଶ ଗାଡ଼ି ଭିତରକୁ ଉଠିଗଲି । ଗଛ ଉହାଡ଼ ଭିତରୁ ମୋହିତ ଏ ଦୃଶ୍ୟ ଦେଖିପାରିଥିଲା କି ନାଁ ଜାଣେନା ।

ଦୀର୍ଘ ନିଶ୍ୱାସ ନେଇ ସୂର୍ଯ୍ୟାଂଶକୁ କହିଲି "ଖୁବ୍ ଦୁଃଖିତ, ଟିକେ ପହଞ୍ଚିବାରେ ବିଳମ୍ବ ହୋଇଗଲା । ତୁମେ ଅପେକ୍ଷା କରି କରି ବିରକ୍ତ ହୋଇନାହିଁ ତ ?"

ସୂର୍ଯ୍ୟାଂଶ ଷ୍ଟିୟରିଂ ଉପରେ ହାତ ରଖି ମୋତେ ଚାହିଁ ମୃଦୁ ହସିଲା । ସେତିକି ହସ ଯଥେଷ୍ଟ ଥିଲା ତା' ମନର ଭାଷା ପଢ଼ିବା ପାଇଁ ।

କିଏ କହେ ପ୍ରେମିକର ଆଖିରେ ପ୍ରେମିକା ପୃଥିବୀର ସବୁଠାରୁ ସୁନ୍ଦରୀ ଝିଅ ? ପ୍ରେମିକାର ଆଖିରେ ବି ପ୍ରେମିକ ହୋଇପାରେ ପୃଥିବୀର ଶ୍ରେଷ୍ଠ ସମ୍ମୋହନକାରୀ ପୁରୁଷ । ସେମିତି ମୁଁ ଦେଖିପାରୁଥିଲି ସୂର୍ଯ୍ୟାଂଶର ଗହଳଭରା ତଳେ ଦୁଇ ଗୁମୁରୁ ଥିବା ଅଶାନ୍ତ ସମୁଦ୍ର । ଯେଉଁ ସମୁଦ୍ର ମୋତେ ସର୍ବଦା ହାତ ଠାରି ଡାକେ, ମୁଁ କେବେ ପ୍ରଗଳଭା ନଦୀ ପରି ତା' ବୁକୁରେ ଆମ୍ବ ବିସର୍ଜନ କରେ ତ କେବେ ନିର୍ଜନ ବେଳାଭୂମୀ ପରି ଅନ୍ତଃହୀନ ପ୍ରତୀକ୍ଷା କରେ ତା'ର ମୁହୁର୍ମୁହୁ ଆଲିଙ୍ଗନ ପାଇଁ ।

ସୂର୍ଯ୍ୟାଂଶ ଗାଡ଼ି ଚଲାଉଚଲାଉ କହିଲା ତୁମ ପରି ସୁନ୍ଦରୀ, ବୁଦ୍ଧିମତୀ ଜୀବନ

ସାଥୀଟିଏ ପାଇବା ପାଇଁ କେତେ ତପସ୍ୟା କରିବାକୁ ପଡ଼େ, ମାତ୍ର ସେ ମୋହିତ ନାମକ ଅଶୁଭ କଳା ବିଲେଇଟୀ ତମ ରାସ୍ତା କାଟେ କାହିଁକି ? ମୁଁ ଜାଣେ ତୁମେ କେବେ କହିନଥିବ ଯେ ମୁଁ ଏଠାରେ ତୁମ ପ୍ରତୀକ୍ଷାରେ। କିଛି ଗୋଟାଏ ବାହାନା କରି ଖସି ଆସିଥିବ। ଥରେ ତା' ସାମ୍ନାରେ ଆମ ସଂପର୍କକୁ ସ୍ୱୀକାର କଲେ ସେ ଦିବାସ୍ୱପ୍ନ ଦେଖିବା ବନ୍ଦ କରିଦିଅନ୍ତା, ମାତ୍ର ନାଁ, ତୁମେତ ପୃଥିବୀରେ କାହାର ହୃଦୟ ଭାଙ୍ଗିବାକୁ ଚାହଁନା। ତୁମ ମତରେ ସେ ତୁମଠାରୁ ଛଅମାସ ବୟସରେ ସାନ, ତେଣୁ ତୁମ ସାନଭାଇ ଭଳି।

କଥାଶେଷ କରି ସୂର୍ଯ୍ୟକାଂଶ ମୋ ମୁହଁକୁ ଚାହିଁ ଦୁଷ୍କାମୀରେ ହସିଲା। ହଁ, ସେ ହସରେ କିଛି କ୍ଷାରୀୟ ବିଦ୍ରୁପ ଥିଲା ମୋହିତକୁ ନେଇ। ସତେ ଯେପରି ସେ ନିର୍ଣ୍ଣୀତ ଥିଲା ଯେ ମୋହିତ ମୋତେ ପ୍ରେମ କରେ ଓ ମୁଁ ସେ ବିଷୟରେ ଅନ୍ଧ ଥିବା ଗୋଟେ ନିହାତି ବୁଦ୍ଧିହୀନ ପ୍ରାଣୀ।

ପ୍ରେମିକାକୁ ଟିକେ ତଳେଇ ଦେଖିବାରେ ପ୍ରେମିକପଣିଆ ଉଜ୍ଜ୍ୱଳ ହୋଇ ଉଠେ ବା ପୌରୁଷତ୍ୱ ଗାରିମାମୟ ହୋଇଉଠେ କେଜାଣି ?

– ଆଜିପରି ସଂଧାରେ ତୃତୀୟ ପୁରୁଷର ପ୍ରସଙ୍ଗରେ ଆଲୋଚନା କରିବା ମଧ ସମୟର ଅପବ୍ୟବହାର। ମୁଁ ଅଭିମାନରେ କହିଲି।

– ଆଜି ତୁମେ ଓ ମୁଁ, ବାସ୍। ଏ ରାତି ଏ ଜହ୍ନ, ବ୍ୟତୀତ ଆଉ କେହିବି ନ ଆସନ୍ତୁ ଆମ ମଧରେ। ଆଜି ଆମେ ଅସରନ୍ତି ଗପ ଗପିବା ଯାହା ଏ ପର୍ଯ୍ୟନ୍ତ ମୋତେ କହିପାରିନାହଁ, ଯାହା ମୁଁ ତୁମକୁ ଇଚ୍ଛା କରି ମଧ କହିପାରିନାହିଁ, କିଛି ସମୟ ପାଇଁ ଭୁଲିଯିବା ଆମ ଅତୀତ, ଆଗାମୀ ଦିନର ଯୋଜନା, ଭବିଷ୍ୟତ ସବୁକିଛି।

ସୂର୍ଯ୍ୟକାଂଶ ମୋ କଥା ଶୁଣି ହସି କହିଲା, ପ୍ରିୟା ଆଜି ଏତେ ଭାବପ୍ରବଣ କାହିଁକି ? ହଁ, ମୁଁ ବି ଚାହୁଁଥିଲି ଏମିତି ଏକ ରାତି, ଯେଉଁଦିନ ତମେ ବର୍ଷୁକୀ ମେଘ ପରି ବର୍ଷିଯିବ। ତମ ଓଠ ଉପକୂଳରୁ ଫେରିଯାଉଥିବା ଶଦମାନେ ମୋ ହୃଦୟର ଠିକଣାରେ ପହଞ୍ଚବେ। ଏ ରାତି ସରୁନଥିବ, ଏ ଜହ୍ନ ଲିଭୁ ନଥିବ, ଯୁଗଯୁଗ ଧରି ମୋ ପାଖରେ ଥିବ ତୁମେ।

ତୁମେ ଆଜି ଅନ୍ୟଦିନମାନଙ୍କଠାରୁ ଅଧିକ ସୁନ୍ଦରୀ ଦିଶୁଛ, କାରଣ କଣ ଜାଣିଛ ? କାରଣଟା ଅନ୍ୟକିଛି ନୁହେଁ, ତୁମ ପାଇଁ ମୋ ଆଖିରେ ପ୍ରେମର ରଂଗ ଅଧିକ ପ୍ରଗାଢ ହୋଇପାରିଛି। ତନୁ ପାତଳୀ ଝିଅଙ୍କ ଦେହରେ ସାମାନ୍ୟ ମେଦ ଲାଗିଲେ ସେମାନେ ଯେମିତି ଛଲଛଲ ଦିଶନ୍ତି ଠିକ୍ ସେମିତି ଦିଶୁଛ ତମେ। ମୋର ଜିରୋ ଫିଗର୍ ଝିଅ ଆଦୌ ପସନ୍ଦ ନୁହେଁ।

ମୋ ମୁହଁରେ ଦୃଷ୍ଟିନିବଦ୍ଧ କରି କହିଯାଉଥିଲା ସୂର୍ଯ୍ୟାଂଶ। ତାର ଏତିକି ପ୍ରଶଂସାରେ ମୁଁ ଗୋଟାପଣେ ଲାଜରେ ଭିଜି ଯାଉଥିଲି। ସୂର୍ଯ୍ୟାଂଶର ଆଖିରେ ମୁଁ ଏବେ ଟଳମଳ ହେଉଥିବା ବିନ୍ଦୁଏ ନିଟୋଳ ଜହ୍ନର ପ୍ରାଚୁର୍ଯ୍ୟ।

– ହଁ ତୁମ ବ୍ଲକ୍ ଡି’ରେ ରଷଭର ଆତ୍ମା ଆଜିକାଲି ଘୁରିବୁଲୁଛି ନା ନାହିଁ ? ମୁଁ ଲଜ୍ଜାରେ ନିରବିଯିବାରୁ ମୋତେ ପ୍ରଗଳ୍ଭ କରିବାପାଇଁ ସେ ପ୍ରସଙ୍ଗ ପରିବର୍ତ୍ତନ କଲା। କିଛି ଦିନ ଧରି ସେ ଘଟଣାର ପୁନରାବୃତ୍ତି ଘଟୁ ନଥିବାରୁ ଆମେ ସେ ଘଟଣାଟି ଭୁଲି ଯାଇଥିଲୁ। କିନ୍ତୁ ମୁଁ ଭୁଲି ପାରିନଥିଲି ସେ ଆଖି ଯୋଡିକ। ସମୟେ ସମୟେ ମୋ ପରିଚିତ ଆଖିମାନଙ୍କ ମଧ୍ୟରେ ସେ ଆଖି ଘୁରିବୁଲେ ଅଥଚ ମୁଁ ତାକୁ ଚିହ୍ନି ପାରେନି। ଭାଙ୍ଗିଆର ବା ଭୂତପ୍ରେତଙ୍କ କାହାଣୀ ମନଗଢା ହୋଇପାରେ ମାତ୍ର ମୁଁ ଦେଖିଥିବା ସେ ଗଭୀର ଆଖିର ଚାହାଣୀ କେବେ ମୋ ମନର ଭ୍ରମ ହୋଇନପାରେ।

ସୂର୍ଯ୍ୟାଂଶ କହିଲା “ରଷଭ ବୋଧହୁଏ ଦୀପାଳିର ଠିକଣା ପାଇଗଲା। ଜାଣିଛ ସାରା ! ପ୍ରେମିକର ହୃଦୟଟା ହିଁ ଏମିତି। ବଂଚିଥିବା ବେଳେ ପ୍ରେମିକାକୁ ପାଖରେ ପାଇବାକୁ ବ୍ୟାକୁଳ ହୁଏ, ମୃତ୍ୟୁପରେ ମୋକ୍ଷ ବି ଭାଗ୍ୟହୀନ ପ୍ରେମିକର ଭାଗ୍ୟରେ ଲେଖା ନଥାଏ। ପ୍ରେମ ପାଇଁ ସେ ପୁନର୍ବାର ଛୁଟି ଆସେ ପୃଥିବାକୁ। ରଷଭ କଥା ଜାଣେ ନାହିଁ ମାତ୍ର ମୋର ଯଦି କେବେ ମୃତ୍ୟୁ ଘଟେ ତେବେ ମୁଁ ତୁମ ପାଖେ ପାଖେ ଛାଇ ପରି ରହିବି, ମୋ ଛାୟାକୁ ଭୂତପ୍ରେତ ନ ଭାବି ତୁମର ଶୁଭ ଚିନ୍ତକ ମନେ କରିବ।”

– ଚୁପ୍‌କର ସୂର୍ଯ୍ୟାଂଶ ! ତୁମର ଏଭଳି କୌତୁକ ମୋତେ ଆଦୌ ଭଲ ଲାଗେନା କୌତୁକର ବି ଗୋଟେ ସୀମା ଥାଏ !

ଆଜିପରି ଦିନରେ ମୋତେ ଏସବୁ କଥା ଶୁଣାଇବା ପାଇଁ ଡାକି ଆଣିଥିଲ ? ମିଛ କ୍ରୋଧ ଓ ଅଭିମାନରେ ମୋ ଆଖି ଛଳ ଛଳ।

ସୂର୍ଯ୍ୟାଂଶ ଦୁଃଖିତ ମୁଦ୍ରାରେ ମୋତେ ପ୍ରକୃତିସ୍ଥ କରିବାକୁ ଚେଷ୍ଟା କରୁଥିଲା।

– ତମେ ଅଭିମାନରେ ଆହୁରି ଆକର୍ଷଣୀୟ ଦେଖାଯାଅ। ତେଣୁ ତୁମର ରାଗରୁଷା ମୁହଁ ଦେଖିବାକୁ ମୋତେ ସମୟେ ସମୟେ ଏପରି କୌତୁକ କରିବାକୁ ଭଲ ଲାଗେ।

କଥାଟି ଅଧିକ ଦୀର୍ଘ ହୋଇଥାନ୍ତା ମାତ୍ର ହୋଟେଲ ସାମ୍ନାରେ ପହଞ୍ଚ ଆମେ ପୂର୍ବସ୍ଥିତିକୁ ଫେରିଲୁ।

ଯୋଡାଯୋଡା ତୃଷିତ ଚକ୍ଷୁ ମୋ ମୁହଁରୁ ଏପରି ତଳକୁ ଖସି ଯାଉଥିଲା ଯେ ମୋର ଅନୁଭବ ହେଉଥିଲା ମୋ ପୋଷାକ ବୋଧହୁଏ ଧୀରେଧୀରେ ଛୋଟ ହୋଇଯାଉଛି। ସୂର୍ଯ୍ୟାଂଶର ଅନୁରୋଧରେ ମୁଁ ଏପରି ଅତ୍ୟାଧୁନିକ ପୋଷାକ ପିନ୍ଧି

ଆସେ ସତ, ମାତ୍ର ପର ମୁହୂର୍ତ୍ତରେ ନିଜକୁ ଖୁବ୍ ଅସହଜ ମନେକରେ। ଏପରି ସଂକ୍ଷିପ୍ତ ଓ ଶରୀରକୁ ଚାପି ଧରିଥିବା ପୋଷାକରେ ମୁଁ ନିଜକୁ ଆଦୌ ସ୍ୱଚ୍ଛନ୍ଦ ଅନୁଭବ କରେ ନାହିଁ।

— ଓଃ ସୂର୍ଯ୍ୟାଂଶକୁ ସନ୍ତୁଷ୍ଟ କରିବାକୁ ମୋତେ କଣ ଯେ ସବୁ କରିବାକୁ ପଡ଼େ! ତା' ହାତରେ ମୁଁ ଉପହାର ଦେଇଥିବା ଘଣ୍ଟାଟି ଚିକ୍‌ଚିକ୍ କରୁଥିଲା। ସେ ଧୀରେ ମୋ କାନରେ ଫିସ୍‌ଫିସ୍ କରି କହିଲା ମୋ' ବ୍ୟକ୍ତିଗତ ସଂପତ୍ତି ଉପରେ ଏତେ ଲୋକଙ୍କ ଲୋଭନୀୟ ଦୃଷ୍ଟି ମୁଁ ଆଦୌ ସହ୍ୟ କରିପାରେ ନା। ଭାବୁଛି ଯ଼ା ପରେ ସେମାନେ ତୁମକୁ ଏପରି ଦୃଷ୍ଟିରେ ଚାହିଁବେ ନାହିଁ। ଏହା କହି ସେ ମୋ ହାତ ଧରି ନେଲା।

ମାତ୍ର ହାୟ, ସୂର୍ଯ୍ୟାଂଶ ପରି ଦୃଷ୍ଟିରେ ପଡ଼ିଯାଉଥିବା ଜଣେ ଅତ୍ୟନ୍ତ ସୁଦର୍ଶନ ଯୁବକ ମୋର ହାତ ଧରି ଚାଲିବାରେ ସମସ୍ତଙ୍କ ତୀକ୍ଷ୍ଣ ଦୃଷ୍ଟି ଘୁରି ଆସୁଥିଲା ଆମ ଦୁହିଁଙ୍କ ଉପରେ।

ଏହା ଆମ ଶେଷ ସାକ୍ଷାତର ସଂଧ୍ୟା ଥିଲା। ଯ଼ା ପରେ ସୂର୍ଯ୍ୟାଂଶ ଚାଲିଯିବ ଏ ସହର ଛାଡ଼ି। କେବେ ଫେରିବ ତାହା ଅନିର୍ଦ୍ଦିଷ୍ଟ, ଏ କଥା ଭାବି ଦେବା ମାତ୍ରେ ମୋ ହୃତ୍‌ସ୍ପନ୍ଦନ ବନ୍ଦ ହୋଇଯିବା ପରି ମନେହେଲା।

ଗୋଟେ କୋଣ ଟେବୁଲରେ ବସିଲୁ ଆମେ ଦୁହେଁ। ଚତୁର୍ଦ୍ଦିଗରେ ଗୁଡ଼ିଏ ସତର୍କ ଦୃଷ୍ଟି ଆମ କାର୍ଯ୍ୟକଳାପକୁ ଲକ୍ଷ୍ୟ କରୁଥିଲେ। ମୃଦୁ ସଂଗୀତ ଓ ରଙ୍ଗୀନ ଆଲୋକ ମଧ୍ୟରେ ମୁଁ ସୂର୍ଯ୍ୟାଂଶ ପାଇଁ ନେଇଥିବା ପୁଷ୍ପ ସ୍ତବକଟି ବଢ଼ାଇ ଦେଲି ତା' ହାତକୁ। ଭାବିଥିଲି କହିବି ଆଜି ପରି ତୁମ ଜୀବନର ପ୍ରତିଟି ସଂଧ୍ୟା ଏ ପୁଷ୍ପ ସ୍ତବକ ଭଳି ସୁରଭିତ ହୋଇଉଠୁ। ମାତ୍ର ଏ କଣ? ମୋ ଆଖିରୁ ବିନ୍ଦୁ ବିନ୍ଦୁ ଲୁହ ଝରିପଡ଼ିଲା। କେତେକଥା କହିବି ବୋଲି ମନେମନେ ଭାବି ଆସିଥାଏ ଅଥଚ ସୂର୍ଯ୍ୟାଂଶ ଆଖିର ସମ୍ମୋହନରେ ମୁଁ ବାରମ୍ବାର ବାଚବଣା ହୋଇ ସବୁକିଛି ଭୁଲିଯାଏ। ମୋର ଏ ଭୁଲିଯିବାପଣରେ ସେ ତଥାପି ଖୁସି ଖୁସି ଦିଶେ। ମୋ ନିରବତାରୁ କଥାର ଖିଅ ବାହାର କରେ। କିନ୍ତୁ ଆଜିର ପରିବେଶ ଖୁବ୍ ଭିନ୍ନ। ମୁଁ ଇଚ୍ଛା କରି ମଧ୍ୟ ମୋ ଆଖିକୁ ବୁଝାଇପାରୁନଥିଲି। ସେ ଅନେକ ସମୟ ଯାଏଁ ମୋ ହାତ ଦୁଇଟିକୁ ତା' ହାତରେ ଚାପିଧରି କହିଲା "ଭାବ ପ୍ରକାଶ କରିବା ପାଇଁ ଓଠ ଅପେକ୍ଷା ଆଖି ଅଧିକ ବିଶ୍ୱସ୍ତ। ତୁମେ ମୋ ଜୀବନ ପରିଧିର ସେଇ ବିନ୍ଦୁ ଯେଉଁଠି ମୁଁ ଆରମ୍ଭ ଓ ଶେଷ। ଜୀବନର ଆଗାମୀ ଦୁଇବର୍ଷ ଆମେ ପରସ୍ପରଠାରୁ ଦୂରରେ ରହିଲେ ମଧ୍ୟ ଅପେକ୍ଷା କରିବା ସେଇ ଦିନକୁ ଯେଉଁଦିନ ଆମ ସଂପର୍କ ଫୁଲପରି ଫୁଟିବ।"

ମୋ ଆଖି ଦିଟା ଲୁହରେ ଛଲଛଲ। ବିଦାୟର ମୁହୂର୍ତ୍ତଗୁଡ଼ିକ ହିଁ ଏମିତି।

ବିଗତ ଦିନର ସ୍ମୃତି ଆଖି ସାମ୍ନାରେ ଭାସିଆସି ମୋ ଧୈର୍ଯ୍ୟର ପରୀକ୍ଷା ନେଉଥାଏ ଯେପରି। ସୂର୍ଯ୍ୟାଂଶ ଏ ସହର ଛାଡି ସବୁଦିନ ପାଇଁ ଚାଲିଯିବ। ମୁମ୍ବାଇରେ ଦୁଇବର୍ଷ ମ୍ୟାନେଜ୍‌ମେଣ୍ଟ କୋର୍ସ କରି ସେ ଫେରିବ ତା' ଘରକୁ। ଏ ସହରକୁ ନୁହେଁ, ଏ କଲେଜକୁ ନୁହେଁ। ମୋ ପାଖକୁ ଫେରିବ କି ନାଁ? ସେ ତ ସମୟର ଅଧୀନ।

ସମସ୍ତେ ଯେମିତି ପ୍ରେମକୁ ଭାବନ୍ତି, ଭୋଗନ୍ତି ମୁଁ ସେପରି ଭାବେନା। ମୋ ପାଇଁ ପ୍ରେମର ଅନୁଭବ ଭିନ୍ନ କିଛି। କେତେବେଳେ ପ୍ରେମର ଶିଶିର ବିନ୍ଦୁଟିଏ ପାଇବା ପାଇଁ ମୁଁ ଘାସର ଦିଗନ୍ତବିସ୍ତାରୀ ଗାଲିଚା ପାଲଟି ଯାଇପାରେ ତ, କେବେ ତୃଷିତ ମରୁଭୂମି। କେବେ ନିଜକୁ ପାଲଟାଇ ଦେଇପାରେ ସ୍ୱାତୀ ନକ୍ଷତ୍ର ପ୍ରତୀକ୍ଷାରେ ଥିବା ମୁକୁଳିତ ଶାମୁକା ତ କେବେ ପାଲଟି ଯାଇପାରେ ଏକ ଅବୋଧ ଚକୋରୀ।

ସୂର୍ଯ୍ୟାଂଶ ! ତୁମ ପାଇଁ ମୋ ବ୍ୟାକୁଳତା, ମୋ ଅଝଟପଣ, ମୋ ଅବ୍ୟକ୍ତ ଭାବାବେଗ, ତୁମ ସମଗ୍ର ସତ୍ତାକୁ ମୋର କ୍ଷୁଦ୍ର ହୃଦୟରେ ଭରିନେବାର ଅନ୍ଧ ଆବେଗର ନାମହିଁ ତ ମୋ ପାଇଁ ପ୍ରେମ।

ତୁମେ ଏ ପୃଥିବୀର କୋଣରେ ଥିଲେ ମଧ୍ୟ ତୁମକୁ ଛୁଇଁ ଆସିଥିବା ମଳୟ ଛୁଇଁଯିବ ମୋତେ। ଯେଉଁ ସପ୍ତସମୁଦ୍ରର ଜଳ ଏକାକାର ସେ ଜଳରେ ଥିବ ତୁମ ଶରୀରର ସ୍ପର୍ଶ, ଯେଉଁ ମାଟି ମୋ ପାଦ ତଳେ, ତା'ର କେଉଁ ନା କେଉଁ ଏକ ଅଂଶରେ ପାଦ ଥୋଇଥିବ ତୁମେ ଏ କଣ କମ୍‌ବଡ଼ ଆଶ୍ୱାସନା ମୋ ପାଇଁ?

ଯେତେଦୂରରେ ଥିଲେବି ମୁଁ ଫୁଲ ହୋଇ ଫୁଟୁଥିବି ତୁମ ମନ ଅଗଣାରେ। ପ୍ରତିଟି ସନ୍ଧ୍ୟାରେ ଆସୁଥିବି ପ୍ରୀତିର ଜହ୍ନରାତି ହୋଇ। ମୋତେ ଭୁଲିବନି।

ମୁଁ ନୀରବରେ ବସି ଏତେ କହିଚାଲିଥିଲି ମନେ ମନେ। ସୂର୍ଯ୍ୟାଂଶ ମଧ୍ୟ ଅନ୍ୟଦିନମାନଙ୍କ ଭଳି ପ୍ରଗଳ୍ଭ ନଥିଲା। ମୁହଁ ଖୋଲି ନକହିଲେ ମଧ୍ୟ କେଉଁଠି ନାଁ କେଉଁଠି ତା' ହୃଦୟରେ ବିଷାଦର ରାଗିଣୀଟିଏ ରହିରହି ବାଜି ଉଠୁଥିଲା। ଦୀର୍ଘଶ୍ୱାସରେ ଭାରାକ୍ରାନ୍ତ ଥିଲା ଆମ ଚତୁଃପାର୍ଶ୍ୱ। ଆମେ ଏକାଠି ବସିଥିଲୁ ସତ, ମାତ୍ର ହୃଦୟ ଦହକି ଉଠୁଥିଲା ଆଗାମୀ ଦିନର ବିଚ୍ଛେଦର ଦୁଃଖରେ।

ହୋଟେଲରୁ ବାହାରିବା ବେଳକୁ ବାହାରେ ବର୍ଷା ଆରମ୍ଭ ହୋଇଗଲା। ଗାଡିଭିତରେ ବସିବା ବେଳକୁ ଲୋଡଶେଡିଂ। ରାସ୍ତାଘାଟ ଅନ୍ଧକାର। ସୂର୍ଯ୍ୟାଂଶର ଏ ସହରରେ ଶେଷଦିନ। ଗାଡିର କାଚ ଝରକା ଦେଇ ମୁଁ ଚାହିଁ ରହିଥିଲି। ବାହାରର ପ୍ରଗାଢ ଅନ୍ଧକାର ଭିତରକୁ।

ହଠାତ୍ ମୋ ବେକମୂଳରେ ସୂର୍ଯ୍ୟାଂଶର ପ୍ରଖର ନିଶ୍ୱାସ ବାଜୁଥିବାର ଅନୁଭବ ହେଲା। ମୁଁ ଆଖି ବୁଜିଦେଲି ଆବେଗ ଓ ଉତ୍ତେଜନାରେ। ଝରାବର୍ଷାର ଗୀତି କବିତା

ଶୁଭୁଥିଲା ଖୁବ୍ ମଧୁର। ମୁଁ ସୂର୍ଯ୍ୟାଂଶକୁ ସଂପର୍କର ଲକ୍ଷ୍ମଣରେଖା ଭିତରେ ରହିବାକୁ କହିଥିଲି ପୁଣି କହିଥିଲି ବିବାହ ପୂର୍ବରୁ ମୋର ନିଷିଦ୍ଧ ଅଂଗକୁ ସ୍ପର୍ଶ ନ କରିବା ପାଇଁ ଅଥଚ ଶେଷ ମୁହୂର୍ତ୍ତରେ ମୋ ମନ କହୁଥିଲା ସୂର୍ଯ୍ୟାଂଶର ଆଲିଂଗନରେ ବିତିଯାଆନ୍ତାକି ସାରା ରାତି, ସାରାଜୀବନ।

ଆଖି ବୁଜିଦେଲେ ସବୁକିଛି ଅନ୍ଧକାର ଦିଶେ, କିନ୍ତୁ ପ୍ରେମରେ ଆଖି ବୁଜିଦେଲେ ସବୁ ଦିଶେ ଭାବମୟ। ମୁଁ ଅନୁଭବ କରିପାରୁଥିଲି ମୁଁ ଯେମିତି ଗୋଟେ ବରଫର ସ୍ତୁପ, ତରଳୁଛି ଖୁବ୍ ଧୀରେଧୀରେ। ଗୋଟେ ସମୟ ଆସିବ ମୋର ସମଗ୍ର ଅସ୍ତିତ୍ୱ ମୁଁ ହରାଇ ବସିବି କିନ୍ତୁ ମୁଁ ଥିବି ଭିନ୍ନ ରୂପରେ। ଭିନ୍ନ ଆକାରରେ ଭିନ୍ନ ପ୍ରକୃତିରେ। ସୂର୍ଯ୍ୟାଂଶର ବାହୁବନ୍ଧନ ଭିତରେ ସେମିତି ମୁଁ ତରଳୁଥିଲି ଧୀରେଧୀରେ।

ହଠାତ୍ ବତୀଖୁଣ୍ଟଗୁଡ଼ିକରେ ଆଲୋକ ଜଳି ଉଠିଲା, ସୂର୍ଯ୍ୟାଂଶ ଘୁଂଚିଯାଇ କହିଲା ସାରା ! ଗୋଟେ କଥା କହିବି ?

– ମୋ ଭିତରେ ଆଶଙ୍କା, ସେ ମୋତେ ତା' ରୁମ୍‌କୁ ଡାକିବ ନାହିଁ ତ !

– ସେ ମୋ ଭୟାତୁର ଆଖିର ଭାଷା ପଢ଼ିପାରି ଦୁଇହାତ ପାପୁଲିରେ ମୋ ମୁହଁକୁ ତୋଳିଧରି କହିଲା। "ସେ ମୋର ଭାବପ୍ରବଣତା ଥିଲା, ଏ ମୋର ହୃଦୟର ପ୍ରେମ, କୌଣସି ପରିସ୍ଥିତିରେ ମୋତେ ଭୁଲିଯିବ ନାହିଁ। ତମର ଏ ଆଖି ଓ ଓଠକୁ ତୁମରି ହେପାଜତରେ ଛାଡ଼ି ଯାଉଛି। ଫେରିଲେ ସବୁକିଛି ମୋର। ସେ ପର୍ଯ୍ୟନ୍ତ ସୂର୍ଯ୍ୟାଂଶର ପ୍ରେମର ସ୍ୱାକ୍ଷର ମୋ ମଥାରେ ଝଟକୁ ଥିଲା। ସେ ତା' ପ୍ରତିଜ୍ଞା। ଭାଙ୍ଗିନାହିଁ ମୋର କୌଣସି ନିଷିଦ୍ଧ ଅଂଗକୁ ବିବାହ ପୂର୍ବରୁ ସ୍ପର୍ଶ କରିବନାହିଁ ବୋଲି କଥା ଦେଇଥିଲା। ଏପରିକି ଯିବା ସମୟରେ ମୋ ଓଠ ମଧ୍ୟ ସ୍ପର୍ଶ କଲାନାହିଁ।

ମୋର ତା' ପ୍ରତିଥିବା ପ୍ରେମ, ସମ୍ମାନ ଶ୍ରଦ୍ଧା। ସବୁକିଛି ଅକ୍ଷୁର୍ଣ୍ଣ ରହୁ ଜୀବନବ୍ୟାପୀ ଏହିଁ କାମନା କଲି।

ରାତି ନ'ଟାରେ ମୋତେ ହଷ୍ଟେଲ ଗେଟ୍ ସାମ୍ନାରେ ଛାଡ଼ିଦେଇ ସେ ଫେରିଗଲା ନାହିଁ। ମୁଁ ହଷ୍ଟେଲ ଭିତରକୁ ଯିବା ପରେ ମଧ୍ୟ ତା' ଗାଡ଼ି ସେଠାରେ ଅନେକ ସମୟ ଠିଆ ହୋଇ ରହିଥିବାର ଉପର ମହଲାରୁ ଦେଖିଲି।

ରାତି ତମାମ୍ ଆବେଗରେ ମୁଁ ଛଟପଟ ହେଉଥିଲି। ସବୁକିଛି ଶୂନ୍ୟ ଲାଗୁଥିଲା। ମନେହେଉଥିଲା ମୁଁ ଯେପରି ହରାଇବାକୁ ଯାଉଛି ମୋ ଜୀବନର ମଧୁରତମ ଅନୁଭବ। ସୂର୍ଯ୍ୟାଂଶର ଅବର୍ତ୍ତମାନରେ ମୋ ଅବଶିଷ୍ଟ ଦିନ କିପରି ବିତିବ ଏଇ ଭାବନାରେ ମୋ ଆଖିକୁ ନିଦ ଆସିଲା ନାହିଁ।

ତା' ପରଦିନ ରବିବାର। ଜିଙ୍ଗିଲ ରୁମ୍‌ରେ ନଥିଲା। ଶଯ୍ୟାରେ ପଡ଼ି ରହିଲି

ଅନେକ ସମୟ। ଦିନ ଦଶଟାରେ ଜିଙ୍ଗିଲ ଉଠାଇଲା ମୋତେ। ଜିଙ୍ଗିଲ ମୁହଁରେ ହସ ଦେଖ ଆଶ୍ଚର୍ଯ୍ୟ ହେଲି ନାହିଁ, ବୋଧହୁଏ ସେ ବଦ୍ରି ପାଖରୁ ଫେରିଥିଲା। ତା' ଆଖିର ଚାହାଣୀ, ଚମକ ସବୁକିଛି କହିଦେଉଥିଲା ସେ ଏବେ ପ୍ରେମରେ। ସେ ପୁଣି ଆଖି ନଚାଇ କହିଲା କଣ ବିରହରେ ଶ୍ରୀରାଧା? ମୁଁ ଶୁଷ୍କ ହସଟିଏ ହସିଦେଲି କେବଳ। ସୂର୍ଯ୍ୟାଂଶ ଦେହର ଗନ୍ଧ ସେ ପର୍ଯ୍ୟନ୍ତ ମୁଁ ବଦଳାଇ ନଥିବା ପୋଷାକରେ ଥିଲା, ସେଇଟିକୁ ନଧୋଇ ରଖିଦେଲି, ଯେବେ ଚାହିଁବି ତାର ଉଷ୍ମ ଆଲିଙ୍ଗନର ମଧୁର ଅନୁଭବ ପାଇବା ପାଇଁ।

ସୂର୍ଯ୍ୟାଂଶ ଯିବାପରେ ମୋ ଭିତରେ ଶୂନ୍ୟତାର ଅନୁଭବ ନ ହେବା ପାଇଁ ଇଂଜିନିୟରିଂ ବ୍ୟତୀତ ଅନ୍ୟ କିଛିକିଛି ବହି ମଧ ପଢୁଥିଲି। ଜୀବନରେ ଅନେକ ଇଚ୍ଛା ପରି ମୋର ଇଚ୍ଛା ଥିଲା। ଘରର ଗୋଟାଏ କୋଠରୀରେ ବହି ସଜାଇ ରଖିବି ଓ ସେମାନଙ୍କ ସହିତ ଢେର୍ ସମୟ ଅତିବାହିତ କରିବି। ବହିମାନେ ମୋର ପ୍ରିୟ ବାନ୍ଧବୀ, ଯେଉଁମାନଙ୍କ ଗହଣରେ ମୁଁ ଜୀବନକୁ ଅର୍ଥପୂର୍ଣ୍ଣ ମନେକରେ।

ଇତିମଧ୍ୟରେ ଆଦା ଲଭ୍‌ଲାସ୍‌ଙ୍କ ସୁନ୍ଦର ଚିତ୍ରପଟଟିଏ ସଂଗ୍ରହ କରି ମୋ ପଢା ଟେବୁଲ୍‌ ଉପର କାନ୍ଥରେ ଲଗାଇଥିଲି। ସେ କେବଳ ପ୍ରସିଦ୍ଧ କବି ଲର୍ଡ ବାଇରନଙ୍କ ଅସାମାନ୍ୟ ସୁନ୍ଦରୀ କନ୍ୟା ଭାବରେ ପରିଚିତା ନୁହଁନ୍ତି, ପୃଥିବୀ ଇତିହାସରେ ସ୍ୱର୍ଣ୍ଣାକ୍ଷରରେ ସେ ନିଜ ନାମକୁ ଲିପିବଦ୍ଧ କରିଯାଇଛନ୍ତି ତାଙ୍କ ପ୍ରଖର ବୁଦ୍ଧିମତା ଯୋଗୁଁ। ସେ ଥିଲେ ପୃଥିବୀର ପ୍ରଥମ କମ୍ପ୍ୟୁଟର ପ୍ରୋଗାମର, ଯେ ଆଲ୍‌ଗୋରିଦମ୍ ମାଧମରେ କମ୍ପ୍ୟୁଟର ପ୍ରୋଗାମିଂ କରିଥିଲେ।

ମୁଁ ମଧ ଚାହୁଁଥିଲି ଜୀବନରେ ନୂଆ କିଛି କରି କମ୍ପ୍ୟୁଟର୍ ଦୁନିଆରେ ନିଜନାମ ଲିପିବଦ୍ଧ କରିବାପାଇଁ। ସେଥିପାଇଁ କିଛି ନୂଆ ପ୍ରୋଜେକ୍ଟରେ ମୁଁ କାମ ଆରମ୍ଭ କରିଥିଲି। ମାତ୍ର ସୂର୍ଯ୍ୟାଂଶର ଅନୁପସ୍ଥିତି ମୋର ଏକାଗ୍ରତାକୁ ଏପରି ନଷ୍ଟ କରିଦେଉଥିଲା ଯେ ମସ୍ତିଷ୍କ ସହିତ ହୃଦୟର ବୁଝାମଣା ସମ୍ବବ ହୋଇପାରୁନଥିଲା। ସବୁ ଯେମିତି ଭିତରେ ଭିତରେ ବିପର୍ଯ୍ୟସ୍ତ ହୋଇଯାଇଥିଲା। ମୁଁ ଇଡ଼ିଆଉଥିଲି ନିଜ ଭିତରୁ।

କିନ୍ତୁ ମୁଁ ତ ସେଇ ପାହାଡ଼ି ନଈ, ଯାହା ପାହାଡ଼ର ଅବରୁଦ୍ଧ ପ୍ରସ୍ତର ଗୁମ୍ଫା ଭିତରୁ ଫିଟିପଡ଼େ ସହସ୍ର ଧାରାରେ ନିଜକୁ ପ୍ରକାଶ କରିବାର ଅଦମ୍ୟ ଇଚ୍ଛା ନେଇ। ମୁଁ କିପରି ଅଟକି ଯାଇପାରିବି ସୂର୍ଯ୍ୟାଂଶର ପ୍ରେମରେ?

ସୂର୍ଯ୍ୟାଂଶ ମୁମ୍ବାଇରେ ପହଞ୍ଚ ଜଣାଇଥିଲା। ତା'ର କଣ୍ଠସ୍ୱର ଶୁଣିଲେ ମୋ ଭିତରେ ଅଦିନ ବସନ୍ତ ଆସେ। ବଉଳ ଫୁଲର ବାସ୍ନାରେ ମନ ମହକିଯାଏ। ଶୁଭେ କୋଇଲିର କୁହୁରେ ପଞ୍ଚମ ତାନ। ଜୀବନ ପୂର୍ଣ୍ଣପୂର୍ଣ୍ଣ ଲାଗେ। ସେ ପାଖରେ ଥିବାବେଳେ

ମୁଁ ତାକୁ ଯେତିକି ଭଲପାଉଥିଲି ଦୂରତା ବଢ଼ିଯିବାରେ ଅଧିକ ଭଲପାଇ ବସିଲି। ଆଖି ଖୋଲିଲେ ଦିଶେ ତା' ଦୁଷ୍ଟାମୀ ଭରା ଆଖି, ହସ। ଆଖି ମୁଦିଲେ ତା' ଆଲିଙ୍ଗନର ଅନୁଭବ। କେଉଁଠି ହଜିଗଲା ସେଦିନର ସାରା ? ଯେ ଘରୁ ଗୋଡ କାଢ଼ିବା ସମୟରେ ନିଜକୁ ପ୍ରତିଶ୍ରୁତି ଦେଇଥିଲା। ସମସ୍ତଙ୍କ ସଂପର୍କରୁ ଊର୍ଦ୍ଧ୍ୱରେ ରହି ପାଠପଢ଼ିବ, ସିଲିକନ୍ ଭ୍ୟାଲିରେ ଜୀବନକୁ ଗଢ଼ିବାର ସ୍ୱପ୍ନ ସାକାର କରିବ। ପରିବାରକୁ ସେମାନେ ଚାହୁଁଥିବା ସୁଖମୟ ଜୀବନଟିଏ ଉପହାର ଦେବ। ଅଥଚ ମୁଁ ଏବେ ସୂର୍ଯ୍ୟାଂଶର ପତ୍ନୀ, ତା' ପିଲାମାନଙ୍କର ସ୍ନେହଶୀଳା ଜନନୀ ଭାବରେ ଜୀବନ ଅତିବାହିତ କରିବାର ମାନସିକ ପ୍ରସ୍ତୁତି କରିସାରିଛି। ହାୟରେ ପ୍ରେମ !

ନାଁ ସାରା ! ତୋତେ ଅତିକ୍ରମ କରିବାର ଅଛି ଦୀର୍ଘପଥ। ତୋତେ ଲଙ୍ଘନ କରିବାର ଅଛି ସମଗ୍ର ସଂସାରର ପ୍ରତିବନ୍ଧକ, ତୁ ପ୍ରେମର ନାଁ ନେଇ ତୋ ପ୍ରତିଜ୍ଞା ଭଙ୍ଗ କରିପାରିବୁ ନାହିଁ। ସୂର୍ଯ୍ୟାଂଶର ପ୍ରେମ ପାଇବା ପାଇଁ ତୁ ଆଜି ପର୍ଯ୍ୟନ୍ତ ଦେଖି ଆସିଥିବା ସ୍ୱପ୍ନ ନିଜ ହାତରେ ଧ୍ୱସ କରିପାରିବୁ ନାହିଁ, ବାସ୍ତବ ଦୁନିଆଁକୁ ଓହ୍ଲେଇଆ।

– ନିଜକୁ କହି ଚାଲିଥିଲି ମୁଁ। ନିଜଠାରୁ ମଣିଷର କେହି ବଡ ଶତ୍ରୁ ଅବା ବଂଶୟଦ ମିତ୍ର ନାହାନ୍ତି। ସୂର୍ଯ୍ୟାଂଶର ସୁନେଲୀ ସ୍ୱପ୍ନରୁ ଦିନେ ବାସ୍ତବତାର ଗହ୍ୱର ଭିତରେ ମୁଁ ଖସିପଡିଲି।

ମା'ଙ୍କ ଚିଠି ପଢ଼ି ମୋ ଚତୁର୍ଦ୍ଦିଗର ପୃଥିବୀ ଘୁରିବାକୁ ଲାଗିଲା। ବାପା ଚାକିରିରୁ ସ୍ୱେଚ୍ଛାକୃତ ଅବସର ନେଇଛନ୍ତି ପାଠପଢ଼ା ଓ ଘର ଖର୍ଚ୍ଚ ପାଇଁ ସେ ଗାଁରେ ଥିବା ତାଙ୍କର ନାମ ମାତ୍ର ଘର ଡିହଟିକୁ ବିକ୍ରି କରିବାକୁ ଯାଉଛନ୍ତି। ଏତେବଡ଼ ପୃଥିବୀରେ ନିଜର ନାମ ଲେଖିବା ପାଇଁ ତାଙ୍କର ଜାଗାଖଣ୍ଡେ ରହିବ ନାହିଁ।

ମୋ ବାପା ଜଣେ ସ୍ୱାଭିମାନୀ ମଣିଷ, ନିଜର ସ୍ୱାଭିମାନ ରକ୍ଷା କରିବା ପାଇଁ ସେ ସାମାନ୍ୟ ଚାକିରି କାହିଁକି, ସାରାଜୀବନର ସଂଚିତ ସଂପତ୍ତି, ସଂପର୍କ ତ୍ୟାଗ କରିଦେଇପାରିବେ। ତାଙ୍କ ଚାକିରି ଜୀବନରେ ଅନେକଥର ଏପରି ଘଟଣା ଘଟିଛି। ଅନ୍ୟାୟକୁ ପ୍ରଶ୍ରୟ ନ ଦେବାକୁ ଯାଇ ସେ ଉପରିସ୍ଥ ଅଫିସରଙ୍କ ରୋଷର ଶୀକାର ହୋଇଛନ୍ତି। ଘଟଣାଟି କିନ୍ତୁ ପ୍ରତିଥର ସ୍ୱାଭାବିକ ହୋଇଛି, ତାଙ୍କ ନାମରେ ଲେଖାଯାଇଥିବା ସମସ୍ତ ଅଭିଯୋଗ ମିଥ୍ୟା ପ୍ରମାଣିତ ହେବାରୁ। ସେଥିପାଇଁ ତ ସେ ମୋତେ ସବୁ ସମୟରେ କହନ୍ତି "ଗୋଟିଏ ସତ୍ୟର ଏତେଶକ୍ତି ଅଛି, ଯାହା ଲକ୍ଷ ଲକ୍ଷ ମିଥ୍ୟାକୁ ପରାସ୍ତ କରିପାରେ। ସତ୍ୟକୁ ପ୍ରତିଷ୍ଠା କରିବା ଲୋଡା ନାହିଁ। ଏହା ନିଜକୁ ପ୍ରତିଷ୍ଠା କରିବା ପାଇଁ ସ୍ୱତଃ ଭିତ୍ତିଭୂମି ପ୍ରତିଷ୍ଠା କରିପାରେ। ଆଜିପୁଣି ଏପରି କିଛ ଘଟିଗଲାକି ? ମୋ ପଢ଼ାପଢ଼ି ଅଧାରାସ୍ତାରେ। ମୋ ପାଖରେ ରୋଜଗାରର ଦ୍ୱିତୀୟ

ବିକଳ୍ପ ନାହିଁ। ମୋ କଲେଜ ସହରଠାରୁ ବହୁଦୂରରେ ତେଣୁ ଟ୍ୟୁସନ୍ ପାଇଁ ପ୍ରତିଦିନ ସହରକୁ ଯିବା ଆସିବା କରିବା ମୋ ଦ୍ୱାରା ସମ୍ଭବ ହେବନାହିଁ। ଏସବୁ ଜାଣିବା ସତ୍ତ୍ୱେ ବାପା କେବେ ଭୁଲ୍ ନିଷ୍ପତ୍ତି ନେଇ ନଥିବେ। ଏ ବିଶ୍ୱାସ ମୋର ତାଙ୍କ ଉପରେ ଅଛି। ତାଙ୍କ କାର୍ଯ୍ୟକଳାପ ଉପରେ ପ୍ରଶ୍ନ ଚିହ୍ନ ଲଗାଯାଇପାରେ ନା।

– ବୁଝିପାରିଲି ଘଟଣାର ଗମ୍ଭୀରତା ସଂପର୍କରେ। ବୋଧହୁଏ ଏହି ସମସ୍ୟାଗୁଡ଼ିକଠାରୁ ମୋତେ ଦୂରେଇ ରଖିବା ନିମନ୍ତେ ଗତ କିଛି ମାସ ଧରି ବାପା ମୋଠାରୁ ନିଜେ ଦୂରେଇ ରହୁଥିଲେ। ପୂର୍ବପରି କୋଚିଂ ନେବାକୁ ପରାମର୍ଶ ଦେଉନଥିଲେ। ତାଙ୍କ ମଥାର ଘନକଳା କେଶ କାନ ପାଖେ ହଠାତ୍ ଧୂସର ପଡ଼ି ଆସୁଥିଲା। ଭିତରେ ଭିତରେ ସେ ଅନେକ ଯୁଦ୍ଧ ଏକାକୀ ଲଢ଼ୁଥିଲେ। ମା'ଙ୍କୁ କହିଲି ମୋର ଆଉ ଗୋଟେ ବର୍ଷ ପଢ଼ା ପାଇଁ ବ୍ୟାଙ୍କ୍‌ରୁ ରଣ ନ ଆଣି ଘର ଡିହଟା ବିକ୍ରି କରିବା ଉଚିତ ନ ଥିଲା।

ମା'ଙ୍କର ଭଙ୍ଗାଭଙ୍ଗା କଣ୍ଠସ୍ୱର ଶୁଭିଲା– ଯାହା ଚେଷ୍ଟା କରିବା କଥା ସରିଛି। ବ୍ୟାଙ୍କ୍ କାହାକୁ ବିନା ନିୟମିତ ଚାକିରି ବା ବିନା ବନ୍ଧକରେ ରଣ ଦିଏ ନାହିଁ। ଗାଁ ଜମିର କଣ ବା ମୂଲ୍ୟ ଅଛି ? ଗାଁର ସେଇ ଘର ଡିହକୁ ବିକ୍ରି କଲେ ସହର ଜାଗା ଭଲି ମୂଲ୍ୟ ମିଲେନାହିଁ। ଭାଇ ବନ୍ଧୁମାନେ ଜମିନେଇ ତାଙ୍କ ଇଚ୍ଛାନୁସାରେ ମୂଲ୍ୟ ଦେବେ। ଟଙ୍କା ପାଞ୍ଚଲକ୍ଷ ମିଲିବ କି ନାଁ ସନ୍ଦେହ। ତୋ ବାପାଙ୍କର ଚିକିତ୍ସା ଖର୍ଚ୍ଚ ବି ଅଛି !

– ମୋତେ ଗୋଟେ ରାଜକନ୍ୟାର ଜୀବନ ଦେବାକୁ ଚାହୁଁଥିଲେ ମୋ ବାପା। ସ୍ୱଳ୍ପ ଆୟରେ ସୁଦ୍ଧା ବଡ଼ବଡ଼ ସ୍ୱପ୍ନ ଦେଖିବାର ଦୁଃସାହସ କରୁଥିଲେ ମୋ ଭବିଷ୍ୟତକୁ ନେଇ। ବେଲେବେଲେ ମୋତେ କାନ୍ଧରେ ବସାଇ କହୁଥିଲେ ଦେଖୁଚୁ ସେ ଆକାଶ, ସେଇ ଆକାଶ ହିଁ ତୋର ଲକ୍ଷ୍ୟ। ମୋ ବାହୁ ତଲେ ଡେଣା ହଲେ ଖଣ୍ଡି ଉଡ଼ାଣର ସ୍ୱପ୍ନ ଭରିଥିଲେ ସେ। ସେ ଦିନରୁ ମୁଁ ପ୍ରେମ କରିବା ଶିଖିଛି ଆକାଶକୁ ଓ ତାର ବ୍ୟାପ୍ତିକୁ। ସେ ମୋର ବାପା, ମୋ ଜୀବନରେ ପ୍ରଥମ ଗୁରୁ, ପଥ ପ୍ରଦର୍ଶକ, ମୋର ଆଦର୍ଶ ଓ ଜୀବନର ସାହସ ପ୍ରେରଣା ସବୁକିଛି, ସେ ଆଜି ଦୁର୍ଦ୍ଦିନରେ।

ଇଚ୍ଛା ହେଉଥିଲା କ୍ଲାସ୍ ଛାଡ଼ି ତାଙ୍କ ପାଖକୁ ଚାଲିଯିବାକୁ। ତାଙ୍କ ଛାତିରେ ମୁହଁ ଗୁଞ୍ଜି ପିଲାବେଲର ସାରା ପାଲଟିଯାଇ ଅଭିମାନ କରିବାକୁ, ମୋ ଛାତିରେ ସଂଚିତ ଥିବା ଲୁହ ଝରେଇଦେଇ କହିବାକୁ– ତୁମେ ମୋତେ ଏତେ ଭଲପାଅ ନାହିଁ ବାପା, ତୁମ ଭଲପାଇବାକୁ ଧାରଣ କରିବା ପାଇଁ ମୋ ହୃଦୟ ଯେ ଏତେ ଛୋଟ। ପିତାର ଆକାଶ ଭଲି ବିରାଟ ହୃଦୟ ବୁଝିବାକୁ ପୃଥିବୀର କେଉଁ ଝିଅ କେବେ ସକ୍ଷମ ହୋଇଛି ନା ହେବ ?

ମୋ ଭିତରର ଆଦା ଲଭଲାସ୍ଟା ସେଇକ୍ଷଣି ମରିଗଲା । ଯେ ଚାହୁଁଥିଲା–
ତା’ ଗବେଷଣାର ଫଳ ଯୋଗୁଁ ମାନବ ଇତିହାସରେ ନିଜ ନାମ ସ୍ୱର୍ଣ୍ଣାକ୍ଷରରେ ଲିପିବଦ୍ଧ
କରିବ ।

ଜମିବାଡି କଥା ଛାଡ, କୁହ ବାପାଙ୍କର କଣ ହୋଇଛି, କଣ ଗ୍ୟାଷ୍ଟ୍ରିକ୍ ସମସ୍ୟାଟି
ଗୁରୁତର  ?

ମୋ ପ୍ରଶ୍ନରେ ମା’ଙ୍କର ଚାପା କାନ୍ଦକାନ୍ଦ ସ୍ୱର ଶୁଭିଲା– ତୋ ବାପା ମନା
କରିଛନ୍ତି ତୋତେ ଏ ବିଷୟରେ ଜଣାଇବା ପାଇଁ । ସାମାନ୍ୟ ପେଟ ରୋଗ । ଅପରେସନ୍
କଲେ ଭଲ ହୋଇଯିବ ବୋଲି ଡାକ୍ତର କହୁଛନ୍ତି । ସେ ଫିଲ୍ଡ୍ ୱାର୍କ କରିପାରିବେ
ନାହିଁ । ତେଣୁ ଉପରିସ୍ଥ ଅଫିସର ତାଙ୍କୁ ଚାକିରି ଛାଡି ଦେବା ପାଇଁ ଚାପ ପକାଉଛନ୍ତି ।
ଏହାଦ୍ୱାରା ଏକକାଳୀନ କିଛି ଟଙ୍କା ମିଳିଯିବ । ସୁସ୍ଥ ହେବା ପରେ ଦେଖିବା । ପଚିଶ
ବର୍ଷର ଅଭିଜ୍ଞତାରେ କେଉଁଠି ନା କେଉଁଠି ଚାକିରିଟାଏ ମିଳିଯିବ...

ଆଃ ମୋ ମଧ୍ୟବିତ୍ତ ପରିବାରରେ ପ୍ରତିଦିନ ମୁଣ୍ଡ ଟେକୁଥିବା ସମସ୍ୟାଗୁଡ଼ିକର
ସମାଧାନର ସୂତ୍ର ଯଦି ଏଇ କମ୍ପ୍ୟୁଟରରେ ଥାଆନ୍ତା ...

ବାପାଙ୍କ ସହିତ କଥା ହୋଇପାରିବି ନାହିଁ ଭାବି ମନଟା ଉଦାସ ହୋଇଗଲା ।
ବାପା ତାଙ୍କ ମନର ପ୍ରତିକ୍ରିୟା ଗୋପନ ରଖିବା ନିମନ୍ତେ ମୋ ସହିତ କଥା ହେବେ
ନାହିଁ ମୁଁ ଜାଣେ । ସେ ଯେମିତି ସମସ୍ୟା ଆସିଲେ ସମସ୍ତଙ୍କଠାରୁ ଦୂରେଇଯାଇ ନିଜେ
ଏକାକୀ ସମାଧାନର ପଥ ଖୋଜୁଥାନ୍ତି ମୁଁ ମଧ୍ୟ ତାଙ୍କ ଝିଅ ତାଙ୍କରି ଗୁଣ ଓ ଚରିତ୍ରରେ
ଗଢା । ମୋ ମନକଥା ପଢିବା କଣ ଏତେ ସହଜ  ?

ମନେପଡିଗଲା ତାଙ୍କ ସହିତ ବିତାଇ ଥିବା ମୁହୂର୍ତ୍ତମାନ । କୋହରେ ଭରିଗଲା
ଅନ୍ତର । ତାଙ୍କର ଆଶୁ ଆରୋଗ୍ୟ ନିମନ୍ତେ ଈଶ୍ୱରଙ୍କୁ ପ୍ରାର୍ଥନା କରି ରାତି ବିତିଗଲା ।
ମନ ଭିତରେ ଅନୁଭବ ହେଲା ମୁଁ ଆଜିପର୍ଯ୍ୟନ୍ତ ଯାହା କରି ଆସିଛି ସେ ସବୁ ଭ୍ରମ ।
ବାସ୍ତବତା ହେଉଛି ମୋତେ ଖୁବ୍ ଶୀଘ୍ର ପଢା ଶେଷକରି ମୋ ପରିବାରର ଆର୍ଥିକ
ସମସ୍ୟାର ସମାଧାନ କରିବାକୁ ହେବ ।

ମୁଁ ସୂର୍ଯ୍ୟାଂଶକୁ ବିବାହ କରି ତା’ ପ୍ରେମର ଈଶ୍ୱରୀ ପାଲଟି ଯିବାରେ ମୋ
ଜୀବନର ସାର୍ଥକତା ନାହିଁ । ମୁଁ କନ୍ୟାଧର୍ମ ପାଳନ ନ କରିବା ପର୍ଯ୍ୟନ୍ତ ମୋ ଜୀବନ
ଅସଂପୂର୍ଣ୍ଣ । ମୋ ପରିବାରକୁ ସାହାଯ୍ୟ କରିବା ନିମନ୍ତେ ମୋତେ ଖୁବ୍ ଶୀଘ୍ର
ସ୍ୱାବଲମ୍ୱନଶୀଳ ହେବାକୁ ପଡିବ ।

ସୂର୍ଯ୍ୟାଂଶ ଦୂରରେ ଥାଇ ମୋ ଅନ୍ତର୍ଦ୍ୱନ୍ଦକୁ ବୁଝିବାକୁ ଚେଷ୍ଟାକରେ । ମୋର
ଭିଜାଭିଜା କଣ୍ଠସ୍ୱର ଶୁଣି ସମବେଦନାରେ ଭିଜିଯାଏ । ସେ କାରଣ ଜାଣିବାକୁ ଚେଷ୍ଟା

କଲେ ମଧ୍ୟ କାହିଁକି କେଜାଣି ମୋର ବ୍ୟକ୍ତିଗତ ସମସ୍ୟାଗୁଡ଼ିକୁ ମୁଁ ଭାଗ କରିପାରେନି ତା' ସହିତ। କେବେ ସେ ଅଭିମାନ କରେ। କେବେ ଅଶାନ୍ତ ହୁଏ। ଅଧାରୁ ପଢ଼ା ଛାଡ଼ି ଚାଲି ଆସିବାର ଧମକ୍ ବି ଦିଏ। ମୋ ମନର ଅବରୁଦ୍ଧ ଦ୍ୱାର ଏପାଖେ ଥିବା ଯାବତୀୟ ସମସ୍ୟାକୁ ଛୁଇଁନପାରି ଶେଷରେ ଏଇ ସିଦ୍ଧାନ୍ତରେ ଉପନୀତ ହୁଏ ଯେ ତା'ର ବିଚ୍ଛେଦର ଦୁଃଖରେ ମୋର ଏ ଦୁରବସ୍ଥା।

ସେ ପୁଣି ମୋ ମନ ବୁଝାଇବାକୁ ମିଠାମିଠା କଥା କହେ, ରୋମାଣ୍ଟିକ୍ କଥାରେ ମୋ ମନକୁ ଫୁଲବଗିଚା କରିବାରେ ଲାଗିପଡେ।

ମୁଁ ମିଛରେ ଖିଲିଖିଲି ହସେ। ତା' ରୋମାଣ୍ଟିକ୍ ପ୍ରଶ୍ନର ଉତ୍ତର ଛଳଛଳ ହୃଦୟରେ ଦେବାକୁ ଚେଷ୍ଟା କରେ। ସୁଦୂର ମୁମ୍ବାଇର ଆରବସାଗର ପବନରେ ଭାସି ଆସୁଥିବା ତା' ମୃଦୁ ଚୁମ୍ବନର ପ୍ରତ୍ୟୁତ୍ତର ବି ଦିଏ। କେବେ ସେ ସ୍ମୃତିଚାରଣ କରେ ଶେଷବର୍ଷା ରାତିରେ ତା' ଗଭୀର ଆଶ୍ଲେଷ ମଧ୍ୟରେ ମୋ ତରଳିଯିବାର ଅନୁଭବ।

ମୁଁ ଲଜ୍ଜାରେ ନିରୁତ୍ତର ରହିଲେ ସେ କୁହେ ମୁଁ ତା' ସହିତ କପଟାଚାର କରି ତା' ଅଧିକାରରୁ ତାକୁ ବଂଚିତ କରିଛି ; ତେଣୁ ଏ ପାପ ପ୍ରକ୍ଷାଳନ ପାଇଁ ମୋତେ ବିବାହପରେ ଢେର କିଛି ତପଶ୍ଚରଣ କରିବାକୁ ହେବ। ସେ ଦିନ ଗଣିଗଣି ରଖିଛି କେତେ ଦିନପରେ ମୁଁ ତାର ପ୍ରିୟତମାରୁ ବଧୂ ସାଜିଯିବି ଓ ସେତେବେଳେ ସେ ମୋର କେଉଁ ଅଂଗକୁ କିପରି ଛୁଇଁବ ତା'ର ରୋମାଣ୍ଟିକ୍ ଅବତାରଣା ବି କରେ।

ମୋ କଠୋର ଜୀବନକୁ ସେଇ କେତୋଟି ତରଳ ମୁହୂର୍ତ୍ତରେ ଛଳଛଳ କରି ଦିଏ ସୂର୍ଯ୍ୟାଂଶ। ଜୀବନ ବିତୁଥାଏ ଗତାନୁଗତିକ ଢଙ୍ଗରେ।

ଧୀରେଧୀରେ ଜିଙ୍ଗିଲର ସମସ୍ୟା ମଧ୍ୟ ବଢିଚାଲେ। ବଦ୍ରିନାଥ ନାମକ ଯେଉଁ ପୂଜକ ବ୍ରାହ୍ମଣ ପରିବାରର ପିଲାଟିକୁ ସେ ଭଲପାଇ ବସିଥିଲା। ପରେ ଜାଣିଲା ତା'ର ପରିବାର ଏବେ ମଧ୍ୟ ବିଷ୍ଣୁନାରାୟଣ ମନ୍ଦିରର ପାଲିଆପୂଜକ ଭାବରେ ପୂଜାର୍ଚ୍ଚନା କରନ୍ତି। ତାଙ୍କ ଘରେ ଶାଲଗ୍ରାମ ସ୍ୱୟଂ ଶ୍ରୀବିଷ୍ଣୁଙ୍କ ଅବତାର। ଯେ ଘରେ ମୂଖ୍ୟ ଓ ଜୀବନ୍ତ ଆତଯାତ ହୁଅନ୍ତି ବୋଲି ସେମାନଙ୍କର ବିଶ୍ୱାସ। ମୁଖ୍ୟଆଙ୍କ ପୂଜା ଶେଷ ନ ହେବା ପର୍ଯ୍ୟନ୍ତ ଘରେ ଜଳସୁଦ୍ଧା ସ୍ପର୍ଶ କରିବାର ନିଷେଧାଦେଶ, ତଥା ସଂପୂର୍ଣ୍ଣ ପରିବାର ଆଜନ୍ମ ବ୍ରତଧାରୀ ଓ ନିରାମିଷାଶୀ।

ଜିଙ୍ଗିଲଠାରୁ ବଦ୍ରି ସଂପର୍କରେ ସବିଶେଷ ଶୁଣି ପ୍ରିୟ ବାନ୍ଧବୀର ସମ୍ଭାବନାହୀନ ଭବିଷ୍ୟତ ସଂପର୍କରେ ଚିନ୍ତା କରି ବିଷର୍ଣ୍ଣତାରେ ଭାରାକ୍ରାନ୍ତ ହୋଇ ଉଦାସ ଭାବେ କହିଲି ଜିଙ୍ଗିଲ! ତୁମ ପରି ବୁଦ୍ଧିମତୀ ଝିଅଟିଏ ବଦ୍ରି ସଂପର୍କରେ କୌଣସି ଧାରଣା ନେଇ ସଂପର୍କୁ ପୁଷ୍ଟିତ କରିବାର ନିଷ୍ପତ୍ତି ନେବା ମୋତେ ଯେତିକି ଆଶ୍ଚର୍ଯ୍ୟ କରୁଛି,

ସେତିକି ବ୍ୟଥିତ ମଧ୍ୟ। ଗତ ଦୁଇବର୍ଷ ତଳେ ଏଠାରେ ଘଟିଥିବା ସାମ୍ପ୍ରଦାୟିକ ଦୁର୍ଘଟଣା ଆମ ମନରୁ ଲିଭିନଥିବା ସମୟରେ ତୁମେ ସେପରି ଭୁଲର ପୁନରାବୃଭି କିପରି କରିପାରିଲ ?

ପ୍ରଥମଥର ଭୁଲକୁ ଭୁଲ୍ କୁହାଯାଇପାରେ ମାତ୍ର ଦ୍ୱିତୀୟଥର ତାହାକୁ ଅକ୍ଷମଣୀୟ ଅପରାଧ କୁହାଯାଏ। ଘଟିଥିବା ଘଟଣାରୁ ନିଶ୍ଚୟ ତୁମର କିଛି ଶିଖିବା ଉଚିତ୍ ଥିଲା।

ଦୁଇ ବର୍ଷତଳେ ଏଠାରେ ଏକ ଲୋମ ହର୍ଷଣକାରୀ ଘଟଣା ଘଟିଥିଲା।

ପ୍ରାୟ ସରକାରୀ ଇଞ୍ଜିନିୟରିଂ କଲେଜଗୁଡ଼ିକର ଅବସ୍ଥିତି ଚଳଚଞ୍ଚଳ ସହରଠାରୁ ଥାଏ ଅନେକ ଦୂରରେ। କାଳକ୍ରମେ ଏହାକୁ କେନ୍ଦ୍ର କରି ଗଢ଼ିଉଠେ ଛୋଟଛୋଟ ବସ୍ତି, ଚାହିଦା ମୁତାବକ ଦୋକାନବଜାର। ସେହିପରି ଆମ ଇଂଜିନିୟରିଂ କଲେଜଠାରୁ ଅନତିଦୂରରେ ଗଢ଼ିଉଠିଥିଲା କେତୋଟି ବସ୍ତି। ସବୁଠାରୁ ନିକଟରେ ଥିଲା ଖ୍ରୀଷ୍ଟିୟାନ୍ ବସ୍ତିଟିଏ। ବସ୍ତିବାସିନ୍ଦାମାନେ କଲେଜରେ ଅସ୍ଥାୟୀ କାର୍ଯ୍ୟରେ ନିୟୋଜିତ ହେବା ସହିତ ନିକଟସ୍ଥ ବଜାରରେ କ୍ଷୁଦ୍ର ବ୍ୟବସାୟମାନ ଆରମ୍ଭ କରିଥିଲେ। ସେଲୁନ, ଷ୍ଟେସନାରୀ ଦୋକାନ, ପରିବା ଦୋକାନଠାରୁ ମୋବାଇଲ ରିପେୟାରିଂ ସପ୍ ପର୍ଯ୍ୟନ୍ତ। ସେ ବସ୍ତିର ସ୍ତ୍ରୀ ଲୋକମାନେ ଆମ ହସ୍ଟେଲରେ ସଫାସଫି, ବଗିଚା କାମ କରନ୍ତି, ଲଣ୍ଡ୍ରି କାର୍ଯ୍ୟ ସମ୍ଭାଳନ୍ତି।

ହସ୍ଟେଲ ଉପର ମହଲାରୁ ଘରଗୁଡ଼ିକ ଦେଖାଯାଏ। ସିମେଣ୍ଟଘର କିନ୍ତୁ ଛାତଗୁଡ଼ିକ ଆଜ୍‌ବେଷ୍ଟସ୍ ଦ୍ୱାରା ଆଚ୍ଛାଦିତ। ସରକାରୀ ଜାଗାରେ ଘର କରିଥିବାରୁ ଘରଗୁଡ଼ିକ ଛାତ କଂକ୍ରିଟ୍ ପରିବର୍ତ୍ତେ ଆଜବେଷ୍ଟସ୍ ହୋଇଥିଲେ ମଧ୍ୟ ଘରେଘରେ ମୋଟର ସାଇକେଲ, ଏୟାର କଣ୍ଡିସନର ଦେଖି ଯେ କେହି ସେମାନଙ୍କ ସୁଦୃଢ଼ ଆର୍ଥିକ ସ୍ଥିତି ସମ୍ପର୍କରେ ଧାରଣା କରିପାରିବ। ବସ୍ତିର ମଧ୍ୟ ଭାଗରେ ଗୋଟିଏ ପ୍ରାର୍ଥନା ଗୃହ। ଉପରେ ଅତ୍ୟୁଜ୍ଜ୍ୱଳ କ୍ରୁଶଚିହ୍ନ। ତାହା ଦୂରରୁ ସୂର୍ଯ୍ୟାଲୋକରେ ଉଦ୍‌ଭାସିତ ହୋଇଉଠି ଅନେକ ସମୟରେ ମୋର ଦୃଷ୍ଟି ଆକର୍ଷଣ କରେ।

ମୁଁ ସେ ବସ୍ତିକୁ କେବେ ଯାଇନଥିଲେ ମଧ୍ୟ ଦୂରରୁ ଦେଖି ବସ୍ତିବାସିନ୍ଦାଙ୍କ ଜୀବନଯାତ୍ରା ସମ୍ପର୍କରେ ପରିକଳ୍ପନା କରିପାରେ। ହସ୍ଟେଲରେ କାର୍ଯ୍ୟ କରୁଥିବା ମଧ୍ୟବୟସ୍କା ମହିଲାମାନଙ୍କ ମଥାରେ ସିନ୍ଦୁର, ହାତରେ ପାଣିଚୁଡ଼ି, ପାଦରେ ଦୁଷ୍ଟିଆ କୁଟାରେ ମଲ୍ଲୀର ଗଜରା ଦେଖି ସେମାନେ ହିନ୍ଦୁ ବୋଲି ପ୍ରଥମେ ପ୍ରଥମେ ଧାରଣା ହୋଇଥିଲା। ସେମାନେ ନାରାୟଣ ଶିବଙ୍କୁ ପୂଜାକରନ୍ତି। ବ୍ରତ ରଖନ୍ତି ଓ ପୂଜାପର୍ବାଣୀ ଦିନମାନଙ୍କରେ ହସ୍ଟେଲ ବଗିଚାରୁ ଫୁଲ ତୋଳିନେଇ ଯାଆନ୍ତି ପୂଜା କରିବାପାଇଁ

କିନ୍ତୁ ସେମାନେ ପ୍ରତି ରବିବାର ଗୀର୍ଜାଘର ଯାଇ ଯୀଶୁଙ୍କ ଅମୃତବାଣୀ ଶୁଣନ୍ତି ଓ ନିଜକୁ ଖ୍ରୀଷ୍ଟିଆନ୍ ଭାବେ ପରିଚୟ ଦିଅନ୍ତି ।

ସେମାନେ ଆମକୁ ବୁଝାଇବାକୁ କହନ୍ତି – ଆମେତ ଆଦିବାସୀ, ଧରଣୀ ମା'ର ସନ୍ତାନ । ପୂର୍ବେ ଗଛ ବୁରୁଛ ଦେବତା, ପାହାଡ ଦେବତା, ଧରଣୀ ମାତାକୁ ପୂଜା କରୁଥିଲୁ । ପୁଣି ବିଷ୍ଣୁନାରାୟଣ, ଶିବ ମହାପ୍ରଭୁଙ୍କୁ ବି ପୂଜା କଲୁ । ଏବେ ସେଇ ଦିଅଁଙ୍କ ଆସ୍ଥାନ ପାଶେ ଯୀଶୁଙ୍କୁ ରଖି ପୂଜା କରୁଛୁ । ପୂର୍ବେ ସୋମବାର କରୁଥିଲୁ ଏବେ ରବିବାରରେ ଗୀର୍ଜା ଯାଉଛୁ । ଆମ ପାଇଁ ବାଘଦେବତା, ସାପ ଦେବତା ଯଦି ଯୀଶୁ କିଆଁ ଦେବତା ନହେବେ ? ଜଣଙ୍କୁ ପୂଜାକଲେ ଅନ୍ୟ ଜଣେ ରୋଷ କରିବେନି ? ଆମପାଇଁ ସମସ୍ତେ ଦିଅଁ, ସମସ୍ତେ ଦେବତା ।

ସର୍ବଧର୍ମ ସମନ୍ବୟର ସୁନ୍ଦର ଭାବନାଟିଏ ଏଇ ସ୍ବଚ୍ଛ ଶିକ୍ଷିତ ଆଦିବାସୀ ମାନଙ୍କଠାରୁ ଯଦି ଶିକ୍ଷାକରି ପାରନ୍ତେ ସେଇ କୋଟି କୋଟି ଟଙ୍କାର ଅଧିକାରୀ ଧର୍ମାଧୀଶ ଗଣ !

ଏହି ମହାଭାରତୀୟ ଚିନ୍ତାଧାରାର ଉଦାରବାଣୀ ଶୁଣି ମୋ ମନରେ ଦ୍ବନ୍ଦ ସୃଷ୍ଟି ହେବା ପରିବର୍ତ୍ତେ ଆନନ୍ଦିତ ହୋଇ ଉଠେ । ଆହା୍ୟ ଏ ଦୃଶ୍ୟ ଭାରତର ଉଦାର ପ୍ରଶସ୍ତ ବକ୍ଷରେ କେବଳ ସମ୍ଭବ ହୋଇପାରେ ସିନା !

ପ୍ରଥମେ ମନୁଷ୍ୟର ସୃଷ୍ଟି ଧର୍ମର ନୁହେଁ । ଧର୍ମ ଧର୍ମ ମଧ୍ୟରେ ବିଭେଦତା ଓ ଅସହିଷ୍ଣୁତା ଦେଖି ଧାରଣା ହୁଏ ଏ ଧର୍ମ ମନୁଷ୍ୟ ଦ୍ବାରା ସୃଷ୍ଟ ହୋଇଥିବା ସେହି 'ସଂହାର ଅସ୍ତ୍ର' ଯାହା ଦିନେ ଜାଳିଦେବ ସମଗ୍ର ମାନବସମାଜ ।

ମୂଳ ପ୍ରସଙ୍ଗରୁ ଦୂରେଇ ଗଲିଣି ।

ମୋର ପ୍ରଥମ ବର୍ଷରେ ସେ ବସ୍ତିରେ ଘଟିଲା ଗୋଟିଏ ଜଘନ୍ୟ କାଣ୍ଡ ଯାହା ଏବେ ମଧ୍ୟ ମନେ ପଡ଼ିଗଲେ ମୋ ଶୀତଲ ରକ୍ତରେ ଅଗ୍ନିସଂଯୋଗ ହୁଏ ।

ପ୍ରସଙ୍ଗଟି ଥିଲା ଏହିପରି – ଖ୍ରୀଷ୍ଟିଆନ୍ ବସ୍ତିର ଯୁବକଟିଏ ଭଲପାଇ ବସିଥିଲା ଅନ୍ୟ ସଂପ୍ରଦାୟର ଝିଅଟିକୁ । ଦିନେ ପରିବାର ଲୋକଙ୍କ ଦ୍ବାରା ଝିଅଟିର ବିବାହ ନିର୍ଦ୍ଦିଷ୍ଟ ହେବାରୁ ଅନନ୍ୟୋପାୟ ହୋଇ ସେ ଘରଛାଡ଼ି ଚାଲି ଆସିଥିଲା ଯୁବକ ନିକଟକୁ । ଯୁବକଟି ଘରେ ପ୍ରତିରୋଧର ସ୍ବର ଶୁଭିବାରୁ ରାତିକ ପାଇଁ ସେମାନେ ଗୋପନରେ ଆଶ୍ରୟ ନେଇଥିଲେ ଗୀର୍ଜାଘରେ । ସକାଳ ହେବା ପୂର୍ବରୁ ସେମାନେ ଦୂରସ୍ଥାନରେ ନୀଡ ଗଢ଼ିବାକୁ ଉଡ଼ିଯାଇଥାନ୍ତେ ମୁକ୍ତାକାଶର ବିହଙ୍ଗ ବିହଙ୍ଗୀ ପରି ।

ମାତ୍ର ସେଇ ରାତିରେ ଘଟିଲା ଅଘଟଣଟାଏ । ମଧ୍ୟରାତ୍ରୀରେ ଗୀର୍ଜାଘରଟି ଜଳିଥିଲା ହୁତ୍ ହୁତ୍ ହୋଇ । ସାଇରନ୍ ବାଜୁଥିବା ପୋଲିସଗାଡି, ଦମକଲ ଆମ୍ବୁଲାନ୍

ସହିତ ପ୍ଲାଟୁନ୍ ପ୍ଲାଟୁନ୍ ପୋଲିସ୍ ଓ ମାଜିଷ୍ଟ୍ରେଟ୍ ଜମା ହୋଇଗଲେ ସେଠାରେ। 'ସୁଟ୍ ଆଟ୍ ସାଇଟ୍'ର ଅର୍ଡର ଶୁଭିଲା, କର୍ଫ୍ୟୁ ଜାରିହେଲା। ସାଂପ୍ରଦାୟିକ ଦଙ୍ଗା ଆଶଙ୍କାରେ ଆମ କ୍ୟାଂପ୍ୟସ ଚତୁର୍ଦ୍ଦିଗରେ ସୁରକ୍ଷା ଦେବାପାଇଁ ସଶସ୍ତ୍ର ପୋଲିସ୍ ବାହିନୀ ଜଗିରହିଲେ। ଅବସ୍ଥା ଅସମ୍ଭାଳ ହେବାରୁ ଅର୍ଦ୍ଧ ସାମରିକ ବାହିନୀର ସାହାଯ୍ୟ ଲୋଡାଗଲା। କଲେଜର ଚତୁର୍ପାର୍ଶ୍ୱରେ ଅନୁଚ ପ୍ରାଚୀର, ଯାହା ଠାଏଠାଏ ଦୁର୍ବଳ ହୋଇଯାଇ ଭାଙ୍ଗିଯାଇ ଥିବାରୁ ଅମ୍ନରକ୍ଷା ପାଇଁ ଅପରାଧୀମାନେ ସେ ପ୍ରାଚୀର ଅତିକ୍ରମ କରିବା ଖୁବ୍ ବଡ ସମସ୍ୟା ନଥିଲା ତେଣୁ ଭୟଭୀତ ଭାବରେ ଆମ ଅନ୍ତେଃବାସିନୀଙ୍କର ଦିନ ରାତି ବିତୁଥିଲା।

ବସ୍ତିର ଅର୍ଦ୍ଧେକ ଗୃହ ଜଳି ପାଉଁଶ ହୋଇଯାଇଥିଲା। ତଥାପି ପବନରେ ଭାସି ଆସୁଥିଲା ପୋଡାଗନ୍ଧ ରବର ଟାୟାରର। ବସ୍ତିଟି ଥିଲା ଜନଶୂନ୍ୟ। ହଷ୍ଟେଲକୁ କାମ କରିବାକୁ ଆସୁଥିବା ସ୍ତ୍ରୀ ଲୋକମାନେ ଆସୁନଥିଲେ।

ଶୁଣିଲୁ ଗୀର୍ଜା ଘରଭିତରେ ଆଶ୍ରୟ ନେଇଥିବା ସମୟରେ ଯୁବକ ଓ ଯୁବତୀକୁ ଜୀବନ୍ତ ଦଗ୍ଧ କରିବାର ହୀନ ଉଦ୍ଦେଶ୍ୟ ନେଇ ଜ୍ଞାତସାରରେ ଅଗ୍ନି ସଂଯୋଗ କରାଯାଇଥିଲା। ପୋଲିସ୍ ସେଠାରେ ଥିବା ଭିନ୍ନ ସଂପ୍ରଦାୟର ବସ୍ତିବାସିନ୍ଦାକୁ ଉଠାଇ ନେଇଥିଲା ଅଜ୍ଞାତସ୍ଥାନକୁ। କେହି କହୁଥିଲେ ଏହା ରାଜନୈତିକ ଦଳଙ୍କ ଦ୍ୱାରା ଆୟୋଜିତ ଦଙ୍ଗା, ଦେଶ ବାହାର ଅସାମାଜିକ ତତ୍ତ୍ୱଙ୍କ ଦ୍ୱାରା ଦେଶ ବିଭାଜନ ନିମନ୍ତେ କୂଟନୈତିକ ଚାଲ୍। ମାତ୍ର ଘଟଣା ସ୍ୱାଭାବିକ ହେବା ଉତ୍ତାରେ ଜଣାପଡିଲା ଗୀର୍ଜାରେ ନିଆଁଲଗାଇ ଥିବା ଅପରାଧୀମାନେ ଅନ୍ୟସଂପ୍ରଦାୟର କିମ୍ବା ଦେଶ ବାହାର ଅସାମାଜିକ ତତ୍ତ୍ୱ ନଥିଲେ, ଥିଲେ ଯୁବକଟିର ନିଜ ବାପା, ଭାଇ ଓ ରକ୍ତ ସଂପର୍କୀୟ ଆମ୍ମୀୟଗଣ, ଯେଉଁମାନେ ନିଜକୁ ଭାରତ ପରି ଧର୍ମ ନିରପେକ୍ଷ ରାଷ୍ଟ୍ରର ଗର୍ବିତ ନାଗରିକ ମନେ କରୁଥିଲେ।

ଜିଙ୍ଗିଲ୍ ଧର୍ମରେ ବିଶ୍ୱାସ କରେନା। ହୁଏତ ବଦ୍ରି ମଧ୍ୟ କରୁନଥିବ। କିନ୍ତୁ ତାଙ୍କ ଚତୁଃପାର୍ଶ୍ୱରେ ଯୁଗଯୁଗ ଧରି ଗଢିଉଠିଥିବା ସେ ସଶକ୍ତ ପ୍ରାଚୀର ଅତିକ୍ରମ କରିବା କଣ ଉଭୟଙ୍କ ନିମନ୍ତେ ଏତେ ସହଜ?

ସେ ବସ୍ତିଟି ପୁନଃର୍ବାର ଗଢି ଉଠିଛି। ନୂଆ ସ୍ଥାନରେ ଗୀର୍ଜାଘରଟିଏ। ନୂଆସ୍ୱପ୍ନ ଦେଖୁଥିବା ମଣିଷମାନେ ପୁଣିଥରେ ଫେରିଛନ୍ତି ବସ୍ତିକୁ ବିଶ୍ୱାସରେ ନୂଆରଂଗ ଦେଇ। ହଷ୍ଟେଲକୁ ମଧ୍ୟ ଫେରିଛନ୍ତି ସ୍ତ୍ରୀ ଲୋକମାନେ, କିନ୍ତୁ ସେମାନଙ୍କ ଛାତିତଳର ସେଇ ଅଦେଖା କ୍ଷତଟି ରହିଯାଇଛି ଚିରଦିନ ପାଇଁ। କିଛି କ୍ଷତ ସମୟର ଉପଚାର ଦ୍ୱାରା ଭରିଯାଏ। କିଛି କ୍ଷତ ରହିଯାଏ ଚିରଦିନ ସମୟର ଶୁଦ୍ଧାକୁ ଉପେକ୍ଷା କରି।

ସତରେ ପ୍ରେମର ଜାତି ନଥାଏ, ପ୍ରେମର ଧର୍ମ ନଥାଏ, ପ୍ରେମର ଈଶ୍ୱର

ମଧ ଅନ୍ଧ । ଅଥଚ ପ୍ରେମ ସଂପର୍କରେ ସ୍ୱୀକୃତି ପାଇଁ କାହିଁକି ଲୋଡା ହୁଏ ଜାତିଧର୍ମ, ଈଶ୍ୱର ଓ ସମାଜର ଧର୍ମାଧୀଶମାନଙ୍କ ମୋହର ? ଏବେ ମଧ ମଧରାତ୍ରିର ନିସ୍ତବ୍ଦ ପ୍ରହରରେ ଦୁଇଜଣ ତରୁଣତରୁଣୀଙ୍କ ବିକଳ ଚିତ୍କାରର ଧ୍ୱନି ବସ୍ତିଆଡୁ ଭାସି ଆସି ଅଧାଗଢ଼ା ନିଦ ଭାଙ୍ଗିଦିଏ । ମୁଁ ଏତେ କଥା ଭାବିଗଲା ବେଳେ ଜିଙ୍ଗିଲ୍ ମୋ ସାମ୍ନାରେ ବସି ଲିପ୍ଷ୍ଟିକ୍‌ର ଶେଡ୍ ପରୀକ୍ଷା କରୁଥିଲା । ଆଇଲାଇନରରେ ସଜ୍ଜିତ କରୁଥିଲା ଆଖି ଓ ଚିକ୍‌ବୋନ୍‌କୁ ହାଇଲାଇଟ୍ କରୁଥିଲା । ପ୍ରଶ୍ନକଲି ଏବେ କୁଆଡେ ବାହାରିଲ  ?

ସେ ହସିହସି କହିଲା ଡେଟ୍‌ରେ । ସିନେମା ଯିବୁ, କାପୁଚିନୋ ପିଇବୁ । ଅତିବେଶୀରେ ଗୋଟିଏ ବିଗ୍ ହଗ୍ । ଆଉକିଛି ଅଧିକା ନୁହେଁ । ବୁଝିପାରୁ ନଥିଲି ଏ ବହିଯାଉଥିବା ଛଲଛଲ ଝରଣାଟିକୁ କିପରି ସୁଉଚ୍ଚ ଗିରିଶୃଙ୍ଗରୁ ନିମ୍ନକୁ ବହିଯିବା ପାଇଁ ସାବଲୀଳ ରାସ୍ତାଟିଏ ଦେଖାଇ ପାରିବି । ଝରଣାର ନିୟତି ଯେ ପ୍ରସ୍ତରରେ ଧକ୍କାଖାଇ ନିମ୍ନଗାମୀ ହେବା ।

ମୁଁ ସେଇ ଦିନଗୁଡ଼ିକରେ ଜିଙ୍ଗିଲ୍ ସହିତ ଭାଗ କରିପାରୁନଥିଲି ମୋ ଅନ୍ତରର ଅସୀମିତ ଦୁଃଖ । ବାପାଙ୍କର ଗୁରୁତର ସ୍ୱାସ୍ଥ୍ୟାବସ୍ଥା, ଘରର ଆର୍ଥିକସମସ୍ୟା, ସୂର୍ଯ୍ୟାଂଶର ବିଚ୍ଛେଦ ଏ ସମସ୍ତ ସମସ୍ୟା ଏକସମୟରେ ମୋ ମସ୍ତିଷ୍କରେ ସାଂଘାତିକ ଭାବରେ ଉପଦ୍ରବ କରୁଥିଲା । ଅଥଚ ଜିଙ୍ଗିଲ୍ ଏବେ ପ୍ରେମର ସପ୍ତମସ୍ୱର୍ଗରେ । ଦିନେ ଦେଖିଲି ଜିଙ୍ଗିଲ୍ ଗୋଟିଏ କାଚବନ୍ଧେଇ ନାରାୟଣ ଫଟୋକୁ ତା' ଟେବୁଲ ଉପରେ ରଖି ପ୍ରଣାମ କରୁଥିବାର । ବିସ୍ମିତ ହେଲି ଯେତିକି ପ୍ରେମର ଶକ୍ତି ଦେଖି ଆମ୍ରବିଭୋର ବି ହେଲି ତତୋଧିକ ।

ଏହି ସମୟରେ ମୋହିତ ହିଁ ଥିଲା ମୋର ଏକମାତ୍ର ବନ୍ଧୁ ଯାହା ନିକଟରେ ମୁଁ ମୋ ମନକଥା ନିଃସଙ୍କୋଚରେ କହିପାରୁଥିଲି । ଦିନେ ଏକାଠି ବସିଥିବା ସମୟରେ ମୋହିତକୁ କହିଲି, ମୋହିତ ! ଜିଙ୍ଗିଲ୍ ବଦ୍ରିକୁ ଭଲପାଇବା ଭଳି ନିର୍ବୋଧକାମ କରିବ ବୋଲି ମୁଁ ଭାବିନଥିଲି । ଦୁହେଁ ଏବେ ପ୍ରେମରେ ଅନ୍ଧ । ଜାତିଧର୍ମ ସଂପ୍ରଦାୟ କଥା ଛାଡ । ବଦ୍ରି ଭଳି ପିଲାଟିର ସେତିକି ସତ୍ୟସାହସ ଅଛିକି ଜିଙ୍ଗିଲକୁ ସମସ୍ତ ପାରିବାରିକ ବିରୋଧ ସତ୍ତ୍ୱେ ବିବାହ କରିପାରିବ ?

ମୋହିତ କିଛି ସମୟ ପାଇଁ ନିରବ ହୋଇଗଲା, ଆଖି ମୁଦି କହିଲା ଖୁବ୍ ଶୀଘ୍ର ଏ ନାଟକର ଯବନିକା ପାତ ହେବ । ତୁ ଟିକେ ଜିଙ୍ଗିଲକୁ ନଜରରେ ରଖିବୁ ନଚେତ୍ ସେ କିଛି ବି କରିଦେଇ ପାରେ ।

ମୋର ମନେପଡ଼ିଗଲା ସୂର୍ଯ୍ୟାଂଶ ସହ ଶେଷ ଦେଖାଦିନ ମୋହିତର ବର୍ଷା

ହେବା ଉପରେ ଦେଇଥିବା ଭବିଷ୍ୟବାଣୀ। ସେଦିନ ଆକାଶରେ ପତଲା ମେଘ ଖଣ୍ଡଟିଏ ଦିଶୁ ନଥିଲେ ମଧ୍ୟ ଫେରନ୍ତା ସମୟରେ ଖୁବ୍ ବର୍ଷା ହୋଇଥିଲା।

ମୋ ଛାତି ଭୟରେ ଥରି ଉଠିଲା।

ମୁଁ ଆତଙ୍କିତ ଭାବେ ପ୍ରଶ୍ନ କଲି ତୋ ଭବିଷ୍ୟବାଣୀର ଆଧାରଟି କଣ ?

– ଇନ୍‌ଟ୍ୟୁସନ୍‌। ସେ ଗମ୍ଭୀରଭାବରେ ଉତ୍ତର ଦେଲା ଆକାଶକୁ ମୁହଁକରି।

ସେଦିନ ମୋହିତର ଉତ୍ତର ଖୁବ୍ ରହସ୍ୟମୟ ଲାଗିଲା ମୋତେ।

ମୁଁ ସେ ଭାବନାରେ ପଡ଼ିଯିବା ପୂର୍ବରୁ ସେ ପ୍ରସଙ୍ଗ ବଦଲାଇ କହିଲା ତୋ କଥାକହ। ସେତେବେଳେ ମୋ ପାଖର ମୋହିତ ବ୍ୟତୀତ ଆଉ କେହି ନଥିଲେ ମୋ ମନକଥା ଶୁଣିବା ପାଇଁ। ମୋ ଆଖ଼ରୁ ନିଗିଡ଼ି ପଡ଼ିଲା ଦୁଇବିନ୍ଦୁ ଅଶ୍ରୁ। ସେ ସଫେଦ୍‌ ରୁମାଲଟିଏ ବଢ଼ାଇ ଦେଲା। ମୁଁ ସେ ରୁମାଲରେ ଆଖ଼କୁ ଚାପିରଖ଼ଲି କିଛି ସମୟ ତାପରେ ମୋହିତ ରୁମାଲଟି ମୋ ହାତରୁ ନେଇ ତା’ ଛାତି ପକେଟ୍‌ରେ ରଖ଼ଲା ଯତ୍ନରସହିତ। କେଜାଣି କାହିଁକି ମୋତେ ଲାଗୁଥିଲା ମୋ କାହାଣୀ ମୋହିତକୁ ନକହିଲେ ଦୁଃଖରେ ମୋ ଛାତିଟା ଫାଟିଯିବ।

ସେ ଦିନ ଗୋଟି ଗୋଟି କରି ସବୁ ଘଟଣା କହିପକାଇଲି। ବାପାଙ୍କ ଅସୁସ୍ଥତା, ତାଙ୍କ ଚାକିରି ସମସ୍ୟା, ଘରଦିହ ବିକ୍ରୀ ହେବା ପର୍ଯ୍ୟନ୍ତ, ଏପରିକି ବାପା ନଚାହିଁ ଥିବାରୁ ମୁଁ ଘରକୁ ଯାଇ ନପାରିବାର ଅସହାୟତା, ମା’ଙ୍କର ଅନୁରୋଧ, ଉଚ୍ଚାରଣ କରିବା ସମୟରେ ମୋହିତ ମୋ ହାତଦୁଇଟିକୁ ଧରି ନେବାକୁ ହାତ ବଢ଼ାଇ ଫେରାଇ ନେଲା ସନ୍ତର୍ପଣର ସହ।

ମୁଁ ଚେୟାରକୁ ଆଉଜି ବସିରହିଲି କିଛି ସମୟ। ମୋ’ ଛାତିଟା ଅନେକାଂଶରେ ହାଲୁକା ଲାଗୁଥିଲା। ବୋଧହୁଏ ଅନେକ ଦିନପରେ ମୋର ସେଦିନ ରାତିରେ ଶାନ୍ତିରେ ନିଦ୍ରା ଯିବାର ସମ୍ଭାବନା ଥିଲା।

ସୂର୍ଯ୍ୟାଂଶ ଫୋନ୍‌ କରିବା ମାତ୍ରେ ଉଚ୍ଛସିତ ଭାବରେ ତା’ ନୂଆ କ୍ୟାମ୍ପସର କଥା ବର୍ଣ୍ଣନା କରୁଥିଲା ଯେ ନିଜ ସମସ୍ୟା ସଂପର୍କରେ କହିବାର ସୁଯୋଗ ମିଲୁନଥିଲା। ସେ କହୁଥିଲା। କିପରି ସେଠାରେ ମଧ୍ୟ ଝିଅମାନେ ତା’ ସହିତ ବନ୍ଧୁତା ରଖ଼ବାକୁ ଆଗ୍ରହୀ, ଏପରିକି ତା’ର ଲେଡିମେଣ୍ଟର ମଧ୍ୟ ତା’ର ପିଛା ପଡ଼ିଯାଇଛନ୍ତି, ଯେ ତା’ଠାରୁ ଦଶବର୍ଷ ବୟସରେ ବଡ.. ଇତ୍ୟାଦି ଇତ୍ୟାଦି।

ପ୍ରତିଟି ପୁରୁଷ ନାରୀର ସମର୍ପିତା ଭାବକୁ ନେଇ ଗର୍ବ କରନ୍ତି। ସେମାନଙ୍କ ମତରେ ନାରୀ ସବୁ ସମୟରେ ଫୁଲର ସମ୍ଭାର ହେଲେ ସେମାନେ ହେଉଛନ୍ତି ସେଇ ଦେବତା ଯେଉଁମାନଙ୍କ ଗଳାରେ ସେ ଫୁଲ ଶୋଭାପାଏ।

କିନ୍ତୁ ଏସବୁ ତତ୍ତ୍ୱରେ ମୁଁ ବିଶ୍ୱାସ କରେନା। ଜିଙ୍ଗିଲ୍ ସୂର୍ଯ୍ୟାଂଶକୁ ପ୍ରଥମ ଥର ଚିହ୍ନାଇ ଦେବା ସମୟରେ ତାକୁ ନେଇ କୌଣସି ଆକର୍ଷଣ ମୋ ଭିତରେ ଅନୁଭବ କରିନଥିଲି। କିନ୍ତୁ ମୁଁ ଦିନେ ସୂର୍ଯ୍ୟାଂଶର ପ୍ରେମରେ ପଡିଲି। ଏବେ ମୁଁ ବୁଝୁଛି ପ୍ରେମର ମାଧୁରତା ଓ ବିଚ୍ଛେଦର ଦାରୁଣ ଯନ୍ତ୍ରଣା। ଅଭିମାନ ବି କରୁଥିଲି କାହିଁକି ସୂର୍ଯ୍ୟାଂଶ ମୋର ହୃଦୟର କଥା ବୁଝିପାରେ ନାହିଁ। ଏତେ ଦୂରରେ ମୁଁ ଆହତ ବିହଙ୍ଗୀ ପରି ଛଟପଟ ହେଉଥିବାବେଲେ ସେ କିପରି ରାତିରେ ଚିନ୍ତାଶୂନ୍ୟ ନିଦ୍ରା ଯାଇପାରୁଛି ? ନାଁ ବୋଧହୁଏ ଏସବୁ ପ୍ରେମନୁହେଁ କେବଲ ଶରୀରର ଆକର୍ଷଣ ଥିଲା।

ମୁମ୍ବାଇ ମହାନଗରୀରେ ନିଜର ଅସ୍ତିତ୍ୱ ଖୋଜୁଥିଲା ସୂର୍ଯ୍ୟାଂଶ। ମହାନଗରୀରେ ରଂଗୀନ୍ ଦୁନିଆଁର ମାୟା ତାକୁ ଏପରି ସମ୍ମୋହିତ କରିଥିଲା ଯେ ସେ ସମୁଦ୍ରକୂଲରେ ବିଭିନ୍ନ ଭଂଗୀର ଆକର୍ଷଣୀୟ ଫଟୋ ଉଠାଇ ନିଜରୂପକୁ ଅଧିକ ସୁନ୍ଦର କରିବାକୁ କେଶ ହାଇଲାଇଟ୍ କରି, ବାହୁରେ ଆମ ଦୁଇଜଣଙ୍କ ନାମର ପ୍ରଥମ ଅକ୍ଷର ମିଶାଇ ଟାଟୁ କରିଥିବା ଫଟୋ ପଠାଉଥିଲା। ମେସେଜରେ ପ୍ରେମମୟ ଶବ୍ଦ ଲେଖୁଥିଲା। ତା'ର ଗୁରୁତ୍ୱହୀନ କଥା ଘଣ୍ଟାଘଣ୍ଟା ଶୁଣିବାକୁ ମୋ ପାଖରେ ଧୈର୍ଯ୍ୟର ଘୋର ଅଭାବ, ତେଣୁ ମୁଁ ଭିଡିଓ କଲ୍ ଆଦୌ କରେନା। ତା' ସହିତ ବାର୍ତ୍ତାଲାପ ଧୀରେଧୀରେ ସଂକ୍ଷିପ୍ତ ହୋଇଆସେ। ସମୟ ଖଳନାୟକ ସାଜେ।

ସୂର୍ଯ୍ୟାଂଶର ଅଭିଯୋଗର ଫର୍ଦ ବଢିଚାଲେ — ମୁଁ ତାକୁ ଭୁଲିଯାଉଛି, ତାର କୌଣସି କଥାକୁ ଗୁରୁତ୍ୱ ଦେଉନାହିଁ। ଯେଉଁ ସମୟରେ ସେ ନିଜକୁ ପ୍ରତିଷ୍ଠା କରିବାର ବାଟ ଖୋଜୁଛି ସେହି ସମୟରେ ତାର ସାହଚର୍ଯ୍ୟ ଦେବାପରିବର୍ତ୍ତେ ଦୂରେଇ ଯାଉଛି ଇତ୍ୟାଦି ଇତ୍ୟାଦି।

ମୁଁ ତା' ଅଭିମାନଭରା ଅଭିଯୋଗର ଉତ୍ତର ଦିଏ ନା। ସେ ସମୟରେ ମୋ ବାସ୍ତବଜୀବନ ସହିତ କେତେକେତେ ଯୁଦ୍ଧ ମୁଁ ଏକାକୀ ଲଢୁଥିଲି। ବାପା ଦିନଦିନ ଧରି ମୋ ସହିତ କଥାବାର୍ତ୍ତା କରୁନଥିଲେ, ମାଙ୍କ କଣ୍ଠସ୍ୱର କ୍ରମଶଃ ବଦଳୁଥିଲା, ବାପାଙ୍କ ପେଟରୋଗଟି କ୍ୟାନସର ଦିଗକୁ ଗତିକରିପାରେ ବୋଲି ଅଭିଜ୍ଞ ଡାକ୍ତର ମାନେ ମତାମତ ଦେବା ଉତ୍ତାରେ ଶୁଭଚିନ୍ତକମାନେ ପରାମର୍ଶ ଦେଇଥିଲେ ସ୍ଥାନୀୟ ଡାକ୍ତରଖାନାରେ ଅସ୍ତୋପଚାର କରିବା ପରିବର୍ତ୍ତେ ଦିଲ୍ଲୀ ନେଇଯିବା ପାଇଁ। ଟ୍ୟୁସନ୍ ଓ ହୋଷ୍ଟେଲ ଫି ଭରିବା ପାଇଁ ମୋ ପାଖକୁ ଥରେ ନୋଟିସ୍ ଆସିବା ସତ୍ତ୍ୱେ ନିରବତା ଅବଲମ୍ବନ କରିବା ବ୍ୟତୀତ ମୋ ନିକଟରେ ବିକଳ୍ପ ନଥିଲା। ସୂର୍ଯ୍ୟାଂଶକୁ ଆର୍ଥିକ ସାହାଯ୍ୟ ମାଗିବାକୁ ମୋ ସ୍ୱାଭିମାନ ମୋତେ ବାଧା ଦେଉଥିଲା।

ସେହିପରି ଦାରୁଣ ସମୟରେ ମୋହିତ ମୋତେ ଆଶ୍ୱାସନା ଦିଏ। ତା' ବାପା

ବ୍ୟାଙ୍କରେ ଚାକିରି କରିଥିବାରୁ ଅବଶିଷ୍ଟ ପଢ଼ାପଢ଼ି ଖର୍ଚ ନିମନ୍ତେ ସେ ମୋତେ ଷ୍ଟଡି ଲୋନ୍ଟିଏ କରାଇ ଦେବାର ବ୍ୟବସ୍ଥା କରିଦେବାର ପ୍ରତିଶ୍ରୁତି ଦିଏ। ମୁଁ ମନେମନେ ଆଶ୍ୱସ୍ତ ହେବା ସଙ୍ଗେସଙ୍ଗେ ଅପେକ୍ଷାକରେ ସେହି ମୁହୂର୍ତ୍ତିକୁ। ଆଃ ମୋର ମଧ୍ୟବିତ୍ତ ପରିବାରର ଅନେକ ଅଦେଖା ଦୁଃଖକୁ ମୋହିତ ସାମ୍ନାରେ ଉନ୍ମୋଚନ କରିବା ସମୟରେ ତା’ ମନତଳେ ନିକଟରେ ଅଙ୍କୁରୋଦ୍ଗମ ହୋଇଥିବା ଆମ୍ମୀୟତାର ଶିଶୁ ତରୁଟି ଧୀରେଧୀରେ ବିରାଟ ବଟବୃକ୍ଷ ହେଉଥିବାର ମୁଁ ଅନୁମାନ କରିପାରେ।

ମୋହିତର ମଧ୍ୟ କିଛି କମ୍ ପାରିବାରିକ ସମସ୍ୟା ନଥିଲା। ତା’ ବାପାଙ୍କର ରିଟାୟରମେଣ୍ଟ ସମୟ ନିକଟତର, ତଥାପି ଶତ ଚେଷ୍ଟା ସତ୍ତ୍ୱେ ତା’ ଭଉଣୀର ବିଭାଘର ହୋଇପାରୁନଥିଲା। ଗାଁରେ ପୈତୃକସଂପତ୍ତିକୁ କେନ୍ଦ୍ରକରି ହାଇକୋର୍ଟରେ ଚାଲିଥିବା କେସ୍ ପାଇଁ ମୋଟା ଅଙ୍କର ଖର୍ଚ କରିବାକୁ ପଡ଼ୁଥିଲା। ଘରର ଏପରି ଆର୍ଥିକ ସଂକଟ ସମୟରେ ସେ ଯଥାଶୀଘ୍ର କର୍ମ ସଂସ୍ଥାନଟିଏ ବ୍ୟବସ୍ଥା କରି ତା’ ପରିବାରକୁ ଏପରି ଦୁର୍ଦ୍ଦିନରେ ସାହାଯ୍ୟ କରିବାକୁ କ୍ୟାଁପସ ଭିତରେ ଓ ବାହାରେ ଗଳଦ୍‌ଘର୍ମ ପ୍ରଚେଷ୍ଟା ଚଳାଇଥିଲା।

ଇଞ୍ଜିନିୟରିଂ କଲେଜମାନଙ୍କରେ ପ୍ରେମ ପରେ ଯେଉଁ ପ୍ରସଙ୍ଗଟି ସବୁଠାରୁ ଅଧିକ ଆଲୋଚିତ ହୁଏ ତାହା ହେଉଛି କଂପାନୀ ଓ ପ୍ୟାକେଜ୍। ଦିଲ୍ଲୀ, ମୁମ୍ବାଇ, ହାଇଦ୍ରାବାଦ, ବେଙ୍ଗାଲୁରୁ ପରି ବଡବଡ ସହରରୁ କଂପାନୀର ପଦସ୍ଥ ଅଧିକାରୀମାନେ କ୍ୟାଁପସ ସିଲେକ୍ସନ୍ ସମୟରେ ବିଦେଶୀ ଗାଡ଼ି ଓ ଆକର୍ଷଣୀୟ ବେଶ ପୋଷାକରେ ଆସନ୍ତି। ହଠାତ୍ ବଢ଼ିଯାଏ କ୍ୟାଁପସର ଉଷ୍ଣତା।

କ୍ୟାଁପସ ସିଲେକ୍ସନରେ ମୁଁ ବେଙ୍ଗାଲୁରୁରୁ ଏକ ପ୍ରସିଦ୍ଧ ଅନ୍ତଃରାଷ୍ଟ୍ରୀୟ କମ୍ପ୍ୟୁଟର କମ୍ପାନୀରେ ଓ ମୋହିତ ହାଇଦ୍ରାବାଦର ଏକ ଅପେକ୍ଷାକୃତ ନୂଆ କମ୍ପାନୀ ପାଇଁ ମନୋନୀତ ହେଲୁ।

ମଝି ଦରିଆରେ ଭାସିଯାଉଥିବା ସମୟରେ କୁଟାଖଣ୍ଡଟିଏ ନୁହେଁ, ଯେପରି ଜାହାଜଟିଏ ପ୍ରାପ୍ତି ହେବାର ଅନୁଭବ ହେଉଥିଲା ଆମର। ଗୋଟିଏ ସମ୍ଭାବନାମୟ ଭବିଷ୍ୟତ ପାଇଁ ସ୍ୱପ୍ନ ଦେଖୁଥିବା ସମୟରେ ସେ ଭବିଷ୍ୟତରେ ପହଞ୍ଚିବାର ସମସ୍ତ ରାସ୍ତା ହଠାତ୍ ମୋ ସାମ୍ନାରୁ ଅଦୃଶ୍ୟ ହୋଇଗଲା। ମୁଁ ଏଥର ପରୀକ୍ଷାରେ ବସିପାରିବି କି୫। ନାଇଁ ସେଇ ପ୍ରଶ୍ନ ମୋତେ ଆନ୍ଦୋଳିତ କରୁଥିଲା ବାରମ୍ବାର।

ରାତିରେ ଜିଙ୍ଗିଲ୍ ହାଇଦ୍ରାବାଦରେ କଂପାନୀ ପାଇଁ ଚୁକ୍ତିବଦ୍ଧ ହୋଇଥିବା କଥା ମୋତେ ଜଣାଇଲା। ଅଥଚ ବଦ୍ରିର ପ୍ରସଙ୍ଗ ଏଡ଼ାଇ ଯାଉଥିଲା। ମୁଁ ବଦ୍ରି ସଂପର୍କରେ ପ୍ରଶ୍ନ କରିବାରୁ ସେ କହିଲା, ସାରା ! ଛାଡ ତା’କଥା। ସେ କ୍ୟାଁପସର ସିଲେକ୍ସନ

ଜୋନ୍‌ରେ ହିଁ ଆଜି ନଥିଲା। ବିଚିତ୍ର ମାନସିକତାର ପିଲାଟା ମୋରି ଭାଗ୍ୟରେ ଲେଖାଥିଲା। କୁଆଡେ ଯାଇଥିଲା କେଜାଣି। କହୁଛି ବ୍ୟାଙ୍କ ଚାକିରି କରିବ। ଯାହା କରିବ କରୁ ତା'ପାଇଁ ମୋ ହୃଦୟର ଦ୍ୱାର ସବୁଦିନ ଉନ୍ମୁକ୍ତ।

କଥାଟା ଖୁବ୍ ଅସଂଗତ ଲାଗୁଥିଲା ମୋତେ। ଗପର ଆସର ଜମିଆସୁଥିଲା। ତା'ର ବଦ୍ରୀ ସହ ଡେଟ୍‌ରେ ଯିବାର ଅଭିଜ୍ଞତାଠାରୁ ଅନେକ ଆଗକୁ। ହସିହସି ସେ କହୁଥିଲା "ବଦ୍ରୀଟା ବରଫ ହୃଦୟର ନୁହେଁ ମାଁ ସାରା, ସେ ବରଫ ପାହାଡ ଭିତରେ ଗୋଟେ ସୁପ୍ତ ଆଗ୍ନେୟଗିରିର ମୁଖ ଥିବାର ଅନୁଭବ କଲି ପ୍ରଥମଥର ପାଇଁ। କୌଣସି ମୁହୂର୍ତ୍ତରେ ସେଠାରୁ ଅଗ୍ନି ଉଦ୍‌ଗୀରଣ ହୋଇପାରେ। ଅବଶ୍ୟ ଏସମସ୍ୟାକୁ ମୁଁ ତୁମଭଳି ସାମ୍ନା କରିବିନାହିଁ। କେତେ କ୍ଷୀରରେ କେତେ ମହୁ ମିଶିଲେ ପ୍ରେମ ମଧୁର ହୁଏ ସେ ଭାଗମାପ ମୋତେ ସଠିକ୍ ଜଣାଅଛି।" ସେ ହସୁଥିଲା ଖିଲ୍‌ଖିଲ୍ ହୋଇ। ଗପ ଆସର ମଝିରେ ମୋ ଆଖି ଲାଗିଲାଗି ଆସୁଥିଲା। କାରଣ କମନ୍‌ରୁମ୍‌ରୁ ଗୋଟାଏ ସିନେମା ଦେଖି ଫେରିଥିଲୁ ଆମେ। ଖୁସିର ଆସରଟିକୁ ଆଗେଇ ନେବାପାଇଁ ମୁଁ ମଝିରେ ମଝିରେ କିଛି କହୁଥିଲି ତନ୍ଦ୍ରାଗ୍ରସ୍ତ ଅବସ୍ଥାରେ।

ଜିଙ୍ଗିଲ୍ ହଠାତ୍ ମୋତେ ତାଗିଦ୍ କଲା ଭଳି କହିଲା ଆଜିକାଲି ତୁମ ସମସ୍ତ ଆଲୋଚନାର କେନ୍ଦ୍ରବିନ୍ଦୁ ସୂର୍ଯ୍ୟାଂଶ ହୋଇ ରହିନାହିଁ ବରଂ ମୋହିତ ହୋଇଯାଇଛି। ସୂର୍ଯ୍ୟାଂଶ ସହିତ ତୁମ ସଂପର୍କର ଡୋର କଣ ହୁଗୁଲା ହୋଇ ଯାଇଛି ଅବା ଶରୀରର ଦୂରତା ବଢିଗଲେ ମନର ଦୂରତା ବଢିଯିବାର ଶୁଣିଥିବା କଥାଟି ମିଛ ନୁହେଁ ? ଜିଙ୍ଗିଲ୍‌କୁ ସୂର୍ଯ୍ୟାଂଶ ସଂପର୍କରେ ମୁଁ କେଉଁ କଥା ଅବା କହିଥାନ୍ତି ? ମୁମ୍ବାଇର ସମୁଦ୍ର କୂଳରେ ବସି ବିଭିନ୍ନ ଭଙ୍ଗୀର ଫଟୋ ଉଠାଇ ପଠାଇବା କଥା ଅବା ପ୍ରତିଦିନ ତା' ସହିତ ସଂପର୍କ ଯୋଡିବାକୁ ଚାହୁଁଥିବା ତା'ର ସହପାଠିନୀ ଅବା ଅଧ୍ୟାପିକାଙ୍କ ସହିତ ନୂଆନୂଆ ସଂପର୍କ ଗଢୁଥିବାର କାହାଣୀ। ସୁଖର ସମୁଦ୍ରରେ ସେ ଭାସୁଥିବା ବେଳେ ଦିନେ ପ୍ରଶ୍ନ କରିନାହିଁ ମୁଁ କିପରି ମୋ ଦୁର୍ଦ୍ଦିନ ସହିତ ଏକାକୀ ଲଢିଲଢି ଲହୁଲୁହାଣ। ସେ ଏବେ ସେଇ ସୂର୍ଯ୍ୟାଂଶ ନୁହେଁ ଯେ ମୋ ସ୍ୱରରୁ ପଢିନିଏ ମୋ ମନର ଭାବ। ଏବେ ଅନେକ ସମସ୍ୟା ଭିତରେ ମୁଁ ଆହତ କପୋତୀ ପରି ଛଟପଟ ହେଉଥିବା ସମୟରେ ସେ କିପରି ବୁଝିପାରୁନାହିଁ କିଛି। ମୋ ପ୍ରତି ତାର ପ୍ରେମଭାବ ଊଣା ହୋଇ ଗଲାଣି ନିଶ୍ଚୟ।

ଜିଙ୍ଗିଲ୍ ଦୀର୍ଘଶ୍ୱାସ ତ୍ୟାଗକରି କହିଲା "ତୁମେ ମୋର ସବୁଠାରୁ ଭଲ ବାନ୍ଧବୀ। ଗତ ତିନିବର୍ଷ ଭିତରେ ତୁମକୁ ବୁଝିବାରେ ବାକିନାହିଁ ମୋର। ତୁମେ ସୂର୍ଯ୍ୟାଂଶକୁ କିମ୍ବା ତା'ର ପ୍ରେମକୁ କଳନା କରିବାରେ ଭୁଲ କରିବ ତାହା ମୁଁ ବିଶ୍ୱାସ କରୁନାହିଁ।

ଦୁଃଖ ଲାଗୁଛି କେତେ ଶୀଘ୍ର ସୂର୍ଯ୍ୟାଂଶ ବଦଳିଗଲା। ମୁଁ ତମ ଦୁଇଜଣଙ୍କ ସଂପର୍କର ଅପମୃତ୍ୟୁକୁ ଉପଭୋଗ କରିପାରିବିନାହିଁ। ଅନେକଦିନ ବିତିଗଲାଣି ସୂର୍ଯ୍ୟାଂଶ ଯିବାର, ସେ କଣ ଥରେ ତା' ଘରକୁ ଆସେ ନାହିଁ ? ତୁମକୁ ଦେଖା କରିବାକୁ କଣ ତା' ପାଖରେ କେବେ ସମୟ ନଥାଏ ? ଏ ସମୟରେ ଗୋଟିଏ ପ୍ରସଙ୍ଗର ଗୁରୁତ୍ୱ ଅନେକ ବେଶୀ। ଏବେ କ୍ୟାମ୍ପସରେ ଚର୍ଚ୍ଚା ଯେ ଭାବନା ଓ ସୂର୍ଯ୍ୟାଂଶ ମୁମ୍ବାଇରେ ଗୋଟିଏ କଲେଜରେ ପଢୁଛନ୍ତି। ଭାବନାର ଭାଇ ପୁନେରେ ପଢ଼ିଲେ ମଧ୍ୟ ସୂର୍ଯ୍ୟାଂଶ ସହିତ ଏକାଠି ପଢ଼ିବା ପାଇଁ ସେ ପୁନେ ଛାଡ଼ି ମୁମ୍ବାଇ ଯାଇଛି ଓ ଅନେକ ସମୟରେ ସେଠାରେ ସେମାନଙ୍କୁ ଏକାଠି ଦେଖିବାକୁ ମିଳୁଛି।

ସୁନ୍ଦର ଚେହେରାର ପୁରୁଷମାନେ ଚରିତ୍ରହୀନ। ନିଜ ରୂପର ମାୟାରେ ଅନେକ ନାରୀଙ୍କୁ ବଶୀଭୂତ କରିବାର କଳା ସେମାନଙ୍କୁ ଭଲଭାବରେ ଜଣା। ସୂର୍ଯ୍ୟାଂଶ ଏ ସିଦ୍ଧାନ୍ତର ବ୍ୟତିକ୍ରମ ନୁହେଁ। ସାଧାରଣ ରୂପଗୁଣର ଯୁବକମାନେ କାଳେକାଳେ ବିଶ୍ୱସ୍ତ ବନ୍ଧୁ ଓ ଉତ୍ତମ ଜୀବନସାଥୀ ହୋଇ ପାରନ୍ତି। ଏହା ପ୍ରାମାଣିକ ସତ୍ୟ। ଆଉ ଭାବନାକୁ ସେଦିନ ସିନେମା ହଲରେ ଦେଖି ତୁମ ସନ୍ଦେହକୁ ମୁଁ ଭିତ୍ତିହୀନ ମନେ କରିଥିଲି। ସାରା ! ତୁମଠାରୁ ସେ କମ୍ ରୂପସୀ ହୋଇପାରେ ମାତ୍ର ଜଣେ ପୁରୁଷକୁ ଆକର୍ଷିତ କରିବାର ପ୍ରାଚୁର୍ଯ୍ୟ ଓ କଳା ତା' ପାଖରେ ନିହିତ। ତମ ଶରୀର ସୂର୍ଯ୍ୟାଂଶ ପାଖରେ ଖୋଲା ବହି ହୋଇଯିବା ପରେ ତା' ଆଗ୍ରହ ଅନ୍ୟଏକ ଅପଢ଼ା ବହି ପାଇଁ। ମୋର ମନେହୁଏ, ତୁମ ଦୁଇଜଣଙ୍କ ସଂପର୍କ ଏବେ ମୃତ୍ୟୁଶଯ୍ୟାରେ।"

ଏବେ ମୁଁ ଓ ମୋର ହୃଦୟ। ଯଦି ଏ ହୃଦୟଟିକୁ ମୁଁ ବୁଝାଇ ପାରୁଥାନ୍ତି। ଦିନ ଥିଲା, ମୁଁ ଥିଲି ମୋ ଇଚ୍ଛାର ଈଶ୍ୱରୀ। ମୋ ହୃଦୟର ପାଖୁଡ଼ା ମୁଦି ଦେଇଥିଲି ଆଲୋକର ପ୍ରବେଶକୁ ସ୍ୱୀକାର ନକରିବା ପାଇଁ। ବର୍ଷାରେ ଭିଜୁଥିଲି, କାଠଚମ୍ପା ଫୁଲ ତୋଳୁଥିଲି, ସୁନାରଂଗୀ ପକ୍ଷୀ ସହ ଅନ୍ତରଂଗ ଆଳାପ କରୁଥିଲି। ମୋ ପ୍ରଥିବୀ ଥିଲା ଖୁବ୍ ସୀମିତ ତଥାପି ସେ ସୀମିତ ପୃଥିବୀର ଅଧ୍ୱବାସୀ ହୋଇ ମୁଁ ସୁଖରେ ଥିଲି। ନାଁ ମୋ ସ୍ୱପ୍ନରେ ଆସୁଥିଲା କେଉଁ ରାଜପୁତ୍ର ପକ୍ଷୀରାଜ ଘୋଡ଼ା ଚଢ଼ି ନାଁ ଥିଲା ଅଗଣାଅଗନି ବନସ୍ତ ମଧରେ ରାସ୍ତା ହଜାଇ ଦେବାର ଭୟ ଅବା ବୁଢ଼ୀ ଅସୁରୁଣୀକୁ ସାମ୍ନା କରିବାର ଆଶଙ୍କା।

ମୋ ଅବୁଝ ହୃଦୟକୁ ମୁଁ କିପରି ବୁଝାଇ ପାରିବି ଯେ ସୂର୍ଯ୍ୟାଂଶ ଏବେ ବାହୁଡ଼ି ଯାଇଛି ସେ ଦୂର ଦିଗବଳୟ ସେପାରିକୁ ଯେଉଁଠି ମୁଁ କେବେ ପହଞ୍ଚ ପାରିବି ନାହିଁ। ସମାନ୍ତରାଲ ଦୂରତାରେ ଜୀବନ ଓ ସ୍ମୃତି ! ଏବେ ମୁଁ ସେଇ ବିଷାଦରତ୍ତୁର ଫୁଲ, ଯାହା ଝଡ଼ର ଆଘାତରେ ବୃନ୍ତଚ୍ୟୁତ ହେବାର ଆଶଙ୍କାରେ ମୁହ୍ୟମାନ। ମୋ

ହୃଦୟ ଏବେ ସେଇ ଉଜୁଡ଼ି ଯାଇଥିବା ନୀଡ଼, ଯାହା ଭିତରେ କେବଳ ନିର୍ଜନତା। ପ୍ରେମ କରିବାରେ ହୃଦୟ ଭାଙ୍ଗିବା ଲେଖାଥାଏ ବୁଝିଲି ସେଇ ପ୍ରଥମ କରି।

ମୋର ଦାଢ଼ାକ୍ଷତରୁ ରକ୍ତକ୍ଷରଣ ହେବା ଆରମ୍ଭ ହେଲା। ବାରମ୍ବାର ମନେପଡ଼ୁଥିଲା ସୂର୍ଯ୍ୟାଂଶର କୋଠରୀରୁ କ୍ରିମ୍, ପରଫ୍ୟୁମ ମିଳିବା ଓ ଭାବନା ସହିତ ସିନେମା ହଲରେ ଦେଖା ହେବାର ଦୃଶ୍ୟ। ଜିଙ୍ଗିଲ୍ କଥାରେ ମୋ ସନ୍ଦେହଟି ଡାଳପତ୍ର ମେଲାଇ ମହୀରୁହ ପାଲଟିଗଲା।

ମୁଁ ବିଦୀର୍ଣ୍ଣ ହୋଇଯାଉଥିଲି ଭିତରେ ଭିତରେ। ମୋତେ ପ୍ରେମ କରିବାର ଅଭିନୟ କରି ସୂର୍ଯ୍ୟାଂଶ ଯେ ଅନେକ ଦିନରୁ ଭାବନାର ସଂପର୍କରେ ଏହା ଭାବିଦେବା କ୍ଷଣି ମୋ ଭିତରେ ଆଗ୍ନେୟଗିରିର ଲାଭା ଉଦ୍ଗୀରଣ ହେବାକୁ ଲାଗିଲା।

ତେବେ ବି ମୁଁ ଭିତରେ ଭିତରେ ସୂର୍ଯ୍ୟାଂଶର ପ୍ରେମିକା ହୋଇଥିଲି। ତା'ର କଲ ରିସିଭ୍ ନକଲେ ମଧ୍ୟ ମେସେଜ ପଢ଼ୁଥିଲି, ରାଗୁଥିଲି, ଅଭିମାନ କରୁଥିଲି। ମୋ ଦେହରେ ତା' ସ୍ପର୍ଶକୁ ଅନୁଭବ କରି ଶିହରିତ ହେଉଥିଲି। ଏତେ ସହଜ ନଥିଲା ସୂର୍ଯ୍ୟାଂଶକୁ ମୋ ହୃଦୟରୁ ବିଚ୍ଛିନ୍ନ କରିବା।

ସେ ବାରମ୍ବାର ସ୍ମରଣ କରାଇ ଦେଉଥିଲା ଆମ ଶେଷ ସାକ୍ଷାତ ଘଟଣା ସବୁ। ମୋ ଅଭିମାନର କାରଣ ପ୍ରଶ୍ନକରି ନିଜ ତରଫରୁ ସଫେଇ ଦେଉଥିଲା ଯେ ସେ ସେଠାରେ ଏମ୍.ବି.ଏ ବ୍ୟତୀତ ବିଦେଶ ଯିବାପାଇଁ ଜି.ଆର୍.ଇ ପାଶ୍ କରିଛି ଓ ଟଏଫେଲ୍ ପରୀକ୍ଷା ପାଇଁ ପ୍ରସ୍ତୁତ ଚଳାଇଛି। ଏହିସବୁ କେବଳ ସେ ମୋପାଇଁ କରୁଛି କାରଣ ମୁଁ ଯଦି ମୋ ମନ ପରିବର୍ତ୍ତନ ନକରି ସିଲିକନ୍ଭ୍ୟାଲି ଯିବାର ନିଷ୍ପତ୍ତି ନିଏ ତେବେ ସେ ତା' ବାପାଙ୍କୁ ବୁଝାଇ ଅନ୍ତତଃ କିଛି ବର୍ଷ ମୋ ସହିତ ଯୋଗ ଦେଇପାରିବ।

ସୂର୍ଯ୍ୟାଂଶ ପୁଣି ଲେଖେ, ବାପାଙ୍କୁ ନ ଜଣାଇ ସେ ଏସବୁ କରୁଛି, ଏସବୁ ଜାଣିଲେ ତା' ବାପା କି ପ୍ରକାର ପ୍ରତିକ୍ରିୟା ଦେଖାଇବେ ସେ ଜାଣେନି। ପୃଥିବୀର କୌଣସି ପିତା ଯେତେ ହୃଦୟବାନ ହୋଇଥାନ୍ତୁ ନା କାହିଁକି ପୁତ୍ର ପ୍ରତି ଥିବା ନିଜ ସ୍ନେହକୁ ତଉଲିପାରେ କି ପୁଅର ପ୍ରେମିକା ବା ପନ୍ତୀର ପ୍ରେମ ସହିତ ?

କଠିନ ପରୀକ୍ଷା ଓ କୋଚିଂ ଭିତରେ ସେ ଦୀର୍ଘଦିନ ଘରକୁ ଆସିପାରିନାହିଁ, ଘରକୁ ଆସିଥିଲେ ସେ ନିଶ୍ଚିତ ମୋତେ ଦେଖା କରିବାକୁ ଆସିପାରିଥାଆନ୍ତା ଇତ୍ୟାଦି ଇତ୍ୟାଦି।

ଯେତେ ସୁଚିନ୍ତିତ ବାହାନା। ମୁଁ ମନକୁ ମନ କହେ। ଆଖ୍ଯ ସାମ୍ନାରେ ଭାସିଯାଏ ପ୍ରଖର ନଦୀ ପରି ବହିଯାଉଥିବା ଭାବନାର ସୂର୍ଯ୍ୟାଂଶ ପାଇଁ ଆକୁଳ ଭାବ। ସେ ସଂପର୍କରେ କାଣିଚାଏ ପବିତ୍ରତା ଥିବା ପରି ବୋଧ ହୋଇନଥିଲା ମୋର। ଅଥଚ ସେ

କଥାଟିକୁ ସୁନ୍ଦର ଭାବରେ ମୋ ମସ୍ତିଷ୍କରେ ରୋପଣ କରିପାରିଥିଲା ଯେ ସେ ତା’ ଘନିଷ୍ଠ ବନ୍ଧୁର ଭଉଣୀ ଅର୍ଥାତ୍ ତା’ର ଭଉଣୀ। ସୂର୍ଯ୍ୟାଂଶ ଭିତରେ ଅହଂକାର ଦେଖିଥିଲି, ଚପଲତା ମଧ୍ୟ କିନ୍ତୁ ଛଲନା ଦେଖିଲି ପ୍ରଥମଥର ପାଇଁ। ଅହଂକାରୀ ପୁରୁଷଙ୍କୁ ସହ୍ୟ କରିହୁଏ ମାତ୍ର ଛଲନାର ମୁଖାଧାରୀ ଚରିତ୍ରକୁ ମୋ ପ୍ରାଣର ଘୃଣା। ସନ୍ଦେହର ନୀଳନୀଳ ବିଷଜ୍ୱାଳାରେ ମୁଁ ଛଟପଟ ହୁଏ। ଈର୍ଷାରେ ଜଳିଉଠେ ଭାବନା ନାମକ ଝିଅଟି ପ୍ରତି। ତା’ର ପ୍ରତିଟି କାର୍ଯ୍ୟକଲାପକୁ ମନେପକାଇ ଘୃଣା କରିବସେ। ସେ କେଉଁଥିରେ ମୋଠାରୁ ଅଧିକ ସଂପନ୍ନ ବୋଲି ସୂର୍ଯ୍ୟାଂଶ ତା’ର ନିକଟବର୍ତ୍ତୀ ହୋଇଛି ବୋଲି ନିଜକୁ ପ୍ରଶ୍ନ କରେ। ହୋଇପାରେ ମୁଁ ଶାନ୍ତସଲୀଳା ଫଲଗୁ ଓ ସେ ପ୍ରଥମ ବନ୍ୟା ପରି ଛନ୍ଦମୁଖର। ସେଥିପାଇଁ ଯେ ସୂର୍ଯ୍ୟାଂଶ ମୋ ପ୍ରେମକୁ ଉପେକ୍ଷା କରି ଭାବନା ପ୍ରତି ଆକର୍ଷିତ ହୋଇପାରିଲା ତାହା ଭାବି ଦେବା ମାତ୍ରେ ମୋ ଭିତରେ ଯନ୍ତ୍ରଣାର ଅନୁଭବ ହୁଏ। ଯାହାକୁ ମୁଁ ପାଇବା ପାଇଁ ଦିନଦିନ ଧରି ବ୍ୟାକୁଳ ହୁଏ, ରାତିରାତି ଅନିଦ୍ରା ରହେ, ସେ ଏବେ ଅନ୍ୟଜଣଙ୍କ ବାହୁବନ୍ଧନରେ !

ବାପାଙ୍କର ବିଶେଷ ଖବର ପାଉନଥାଏ। ଦିଲ୍ଲୀରେ ପହଞ୍ଚି ମା’ ଜଣାଇଥିଲେ ଅସ୍ତ୍ରୋପଚାର ହେବାର ତାରିଖ ନିର୍ଦ୍ଦିଷ୍ଟ।

ଦିନରାତି ମୁଁ ଈଶ୍ୱରଙ୍କ ନିକଟରେ ପ୍ରାର୍ଥନା କରୁଥିଲି ମୋ ବାପାଙ୍କୁ ସୁସ୍ଥ କରି ଘରକୁ ଫେରାଇ ଦେବା ନିମନ୍ତେ।

ଶେଷରେ ଈଶ୍ୱର ମୋ ପ୍ରାର୍ଥନା ଶୁଣିଲେ। ବାପା ସୁସ୍ଥ ହୋଇ ଘରକୁ ଫେରିଲେ। ମା’ଙ୍କ ହାତରୁ ଫୋନ୍ ନେଇ ବାପା ଥରଥର କଣ୍ଠରେ ଡାକିଲେ ମା’ରେ !

ବାସ୍ ତାଙ୍କ ଏଇ ପଦଟିଏ କଥାରେ ମୋର ଧୈର୍ଯ୍ୟର ବନ୍ଧବାଡ଼ ଭାଙ୍ଗିଗଲା। ମୁଁ ନିଃଶବ୍ଦରେ କାନ୍ଦୁଥିଲି। ଏ ମୋର ଦୀର୍ଘ ଦିନର କୋହ ଯାହାକୁ ମୁଁ ଅବଦମିତ ରଖିଥିଲି ନିଜ ଭିତରେ ଓ ପ୍ରତିଜ୍ଞା କରିଥିଲି ବାପାଙ୍କ ସାମ୍ନାରେ କେବେ କାନ୍ଦିବି ନାହିଁ।

ବାପା କିଛି ସମୟ ନିରବ ରହି ଶାନ୍ତ ସ୍ୱରରେ ପ୍ରଶ୍ନ କଲେ ଘରକୁ ଆସିବୁନି କହିଥିଲି ବୋଲି ମନଦୁଃଖ କରିଛୁ? ମୁଁ ପରା ତୋ ବାପା ! ମୋତେ ଅସହାୟ ଅବସ୍ଥାରେ ଦେଖିବାକୁ ତୋତେ କଣ ଭଲ ଲାଗିଥାନ୍ତା ? ମୁଁ ଜାଣେ ମୋତେ ଯନ୍ତ୍ରଣା କାତର ହେଉଥିବାର ଦେଖି ତୁ ମଧ୍ୟ କଷ୍ଟ ପାଇଥାନ୍ତୁ, ଏବେ ସୁବିଧା ଦେଖି ଆସିବୁ। ଦେଖିବୁ ତୋ ବାପା ପୂର୍ବପରି କେମିତି ସୁସ୍ଥ। ତୋ ମା’ଠାରୁ ଘରଡିହ ବିକ୍ରୀ କଥା ଶୁଣି ମନଦୁଃଖ କରିବୁନି। ଗାଁରେ ଆମର କିଏ ଅଛି ଯେ ରହିବ ? ତୋ ପଢ଼ା ଶେଷ ହେବା ପରେ ସହରରେ ଜାଗା କିଣିବା, ତୋ ପସନ୍ଦର ଘର ବି କରିବା।”

ମୋର ବାଲ୍ୟକାଳ ବାପାଙ୍କ ସହିତ ବିତିଛି ଅଧିକ। ମା’ ମୋତେ ଯେତେ

ଭଲପାଇଲେ ମଧ୍ୟ ବାପା ମୋତେ ଅଧିକ ବୁଝିପାରନ୍ତି । ଆଜି ମଧ୍ୟ ମୋ ବାପା ଦୀର୍ଘଦିନ ଧରି ନିଜ ଅସୁସ୍ଥତାକୁ ଗୋପନ ରଖି ମୋତେ ଚକୋଲେଟ୍ ଦେବାର ଖୁସି ଦେବାକୁ ଚେଷ୍ଟା କରୁଛନ୍ତି । ନାଁ, ମୁଁ କଣ ତାଙ୍କର ସେଇ ଚକୋଲେଟ୍ ଖାଇବା ଝିଅ ହୋଇଛି ?

କୋହ ମୋ ଛାତି ଫଟାଇ ବାହାରି ଆସିବାକୁ ଚେଷ୍ଟା କରୁଥିଲା । ପୃଥିବୀର ସବୁ ବାପାମାନେ ସେମିତି ଠିକ୍ ମୋ ବାପାଙ୍କ ପରି । ଆକାଶ ଭଳି ଉଦାର ଓ ପ୍ରଶସ୍ତ । ସମସ୍ତ ଦୁଃଖକୁ ଛାତିରେ ଭରିନେଇ ସାଗରପରି ବିଶାଲ ଓ ଅକଳନୀୟ । ମୋ ଜୀବନରେ ଯେତେବେଳେ ସମସ୍ୟାର ଝଡ଼ ଆସେ ସେ ମୋ ସମ୍ମୁଖରେ ଛିଡ଼ାହୋଇଯାନ୍ତି ବିଶାଳକାୟ ବରଗଛ ପରି, ଯେଉଁଥିପାଇଁ ମୋ ଦେହରେ ଝଡ଼ର ପବନ ଛୁଇଁଯାଏ ଯାହା, କିନ୍ତୁ ମୁଁ ରହେ ସୁରକ୍ଷିତ । ତାଙ୍କ ଭଲ ପାଇବା — ମୋ ମଥା ଉପରେ ଆକାଶ ପରି ପରିବ୍ୟାପ୍ତ । ସେ ମୋ ଜୀବନର ଅନତିକ୍ରମଣୀୟ ଚରିତ୍ର ।

କିନ୍ତୁ ଘରଦିହଟି ବିକ୍ରୀ ହେବା ସମୟରେ ସତରେ କଣ ତାଙ୍କ ମନତଲେ ଛୋଟିଆ ଦୁଃଖଟିଏ ତାଙ୍କୁ କାତର କରିନଥିବ ? ସାତ ପୁରୁଷର ଭିଟାମାଟି । ଯେଉଁଠି ତାଙ୍କ ଅନ୍ତେ ବଂଶ ବଢ଼ାଇବାକୁ କେହି ରହିବେ ନାହିଁ । ଭିଟାମାଟି ଆଉ କଣ ହେବ ? ତାଙ୍କ ପୂର୍ବଜଙ୍କ ବଂଶଧର ଭାବରେ ଝିଅଟିଏ ହୋଇ କିପରି ଅବା ମୁଁ ତାଙ୍କ ବଂଶକୁ ଆଗକୁ ବଢ଼ାଇ ପାରିବି ?

ସ୍ୱଗତୋକ୍ତି କଲି ବାପା ! ଦିନେ ଏ ଝିଅଟି ତୁମ ପୁଅ ନଥିବାର ଅଭାବକୁ ପରିପୂର୍ଣ୍ଣ କରିବ । ମୁଁ ତୁମ ଶରୀରର ଅଂଶ, ମସ୍ତିଷ୍କର ଭାବସ୍ରୋତ ଓ ଦେଖି ଆସିଥିବା ଅନେକ ସ୍ୱପ୍ନର ସାକାର ରୂପ ବୋଲି ଦିନେ କହିଥିଲ "ତୁ ସାରା ନୁହେଁ ମୋ ଜୀବନର ସାରାଂଶ ।" ମୁଁ ଦିନେ ନା ଦିନେ ତୁମେ ଦେଖିଥିବା ସମସ୍ତ ସ୍ୱପ୍ନ ପୂରଣ କରିବି । ତୁମେ ଗର୍ବିତ ହେବ ତୁମର ଏଇ ଝିଅଟିପାଇଁ ।

ମୋ ଦୀର୍ଘ ନିରବତାରେ ବାପା କହିଲେ, କିଛି କହୁନୁ ଯେ – ଜାଣେ ପରା ନିରବରେ ବସି ଲୁହ ଝାରୁଥିବୁ । ଏତେ ପାଠ ପଢ଼ିଲୁ କିନ୍ତୁ ସେଇ ନାକକାନ୍ଦୁରୀ ହୋଇ ରହିଗଲୁ । ଜୀବନ ଥିଲେ ସମସ୍ୟା ଆସେ । ସମସ୍ୟାକୁ ସାହସିକତାର ସହ ସାମ୍ନା କଲେ ତାହା ଗୁରୁତ୍ୱହୀନ ହୋଇଥାଏ ।

ବାପା କେତେ କଥା କହିଯାଉଥିଲେ ଭାବପ୍ରବଣତାବଶତଃ । ଦୀର୍ଘଦିନର ଅସୁସ୍ଥତାରୁ ମୁକ୍ତି ପାଇବା ପରେ ସ୍ୱାଭାବିକ ଭାବରେ ମୋ ସହିତ କଥା ହେବାକୁ ଚେଷ୍ଟା କରୁଥିଲେ ।

ଆତଙ୍କର କଳା ବାଦଲଟି ଅପସରି ଯିବାପରେ ମେଘମୁକ୍ତ ମୋ ମନର ଆକାଶ ପରବର୍ତ୍ତୀ ସମୟରେ ପୁନର୍ବାର ଝଡ଼ର ଆକାଶ ପାଲଟିଗଲା । ଜଟିଳ ସମସ୍ୟାରୁ ସଦ୍ୟ

ମୁକ୍ତି ଲାଭ କରିଥିବା ବାପାଙ୍କୁ ତତ୍‌କ୍ଷଣାତ୍‌ କହିପାରିଲି ନାହିଁ ଯେ ମୋ କଲେଜ ଓ ହଷ୍ଟେଲ ଦେୟ ଦେବାର ଶେଷ ତାରିଖ ଅତିକ୍ରମ କରିସାରିଛି। ବ୍ୟାଙ୍କରେ ଷ୍ଟଡ଼ିଲୋନ୍‌ ପାଇଁ ଆବେଦନ କରିଥିଲେ ମଧ ତାହା ଏଯାବତ୍‌ ପର୍ଯ୍ୟବେକ୍ଷଣ ସ୍ତରରେ। ଏପରି ପରିସ୍ଥିତିରେ ହୁଏତ ଫାଇନାଲ୍‌ ପରୀକ୍ଷାରେ ବସିବାକୁ କଲେଜ କର୍ତ୍ତୃପକ୍ଷ ମୋତେ ଅନୁମତି ଦେଇ ନପାରନ୍ତି। କହିପାରିଲି ନାହିଁ ଯେ ମୋ ପାଖରେ ଥିବା ସାମାନ୍ୟ ଅଳଙ୍କାରକୁ ମୁଁ ବିକ୍ରୀ କରି ସାରିଛି ମୋର ପ୍ରୋଜେକ୍ଟ ଓ ଅନ୍ୟାନ୍ୟ ଖର୍ଚ୍ଚ ପାଇଁ।

ବାପା ସଦାବେଳେ କହନ୍ତି ବିଦ୍ୟା ହିଁ ମନୁଷ୍ୟର ଶ୍ରେଷ୍ଠ ଅଳଙ୍କାର। ତେଣୁ ଅଳଙ୍କାରରେ ମୋର ଲୋଭ ନଥିଲା। ମାତ୍ର ମୋ ପାଖରେ ଗୋଟିଏ ପୁରୁଣା ହାତ ଘଣ୍ଟା, ଲାପଟପ୍‌ ଓ ମୋବାଇଲ୍‌ ବ୍ୟତୀତ ଅନ୍ୟ କିଛି ନଥିଲା ବିକ୍ରି କରିବା ପାଇଁ। ଏ ସମସ୍ତ ଦ୍ରବ୍ୟ ବିକ୍ରି କଲେ ମଧ ମୁଁ ବକେୟା ଦେୟ ଯୋଗାଡ କରିପାରିବି ନାହିଁ, ସେଇଥିଲା ସମସ୍ୟା। ଲାପଟପ୍‌ ଓ ମୋବାଇଲ୍‌ ବିନା ତ ମୋର ଜୀବନ ଅଚଳ।

ପଢ଼ାପଢ଼ି ପାଇଁ ମୁଁ ଲାଇବ୍ରେରୀ ଉପରେ ଅଧିକ ନିର୍ଭରଶୀଳ ଥିଲି। ମୋହିତ ମଧ ଅଧିକାଂଶ ସମୟ ଲାଇବ୍ରେରୀକୁ ପଢିବାକୁ ଆସେ। ମୋତେ ଆଶ୍ୱାସନା ଦିଏ। ଷ୍ଟଡି ଲୋନ୍‌ଟି ମିଳିବାକୁ ଆଉ କିଛିଦିନ ଲାଗିବ।

ମୋ ପାଖକୁ କଲେଜରୁ ଦୁଇଥର ନୋଟିସ୍‌ ଆସିଥିଲା ବକେୟାଦେୟ ଭରିବା ପାଇଁ। ଖୁବ୍‌ ଅସ୍ୱସ୍ତିକର ସମୟ। ଏ ସମସ୍ୟାରୁ ମୁକ୍ତି ମିଳିବାର କୌଣସି ସମ୍ଭାବନାର ରାସ୍ତା ଦେଖାଯାଉନଥିଲା ମୋତେ।

ସେଦିନ ରାତିରେ ମୋ ପାଖକୁ ମେସେଜ୍‌ ଆସିଲା– ବାପା ଟଙ୍କା ପଠାଇଛନ୍ତି। ଉ୪... ଅନ୍ଧାରି ଇଲାକାରେ ଦିକ୍‌ଦିକ୍‌ କରି ଆଲୋକର ଶିଖାଟିଏ ଦୃଶ୍ୟମାନ ହେଲା। ମୁଁ ଫାଇନାଲ୍‌ ପରୀକ୍ଷାରେ ବସିପାରିବି ଏ କଣ କମ୍‌ ବଡ଼ ଆଶ୍ୱାସନା ମୋ ପାଇଁ ?

ବାପା ପରଦିନ ଜଣାଇଲେ ପୁରୁଣା କଂପାନୀ ଅଧିକାରୀ ତାଙ୍କୁ କମ୍ପ୍ୟୁଟର ବିଭାଗରେ କାର୍ଯ୍ୟକରିବାକୁ ଆମନ୍ତ୍ରଣ ଜଣାଇଛନ୍ତି, ତା’ ସହିତ ଦୁଇ ମାସର ଟ୍ରେନିଂ ବ୍ୟବସ୍ଥା ମଧ କରିଛନ୍ତି। ଆଜିକାଲି ପ୍ରତ୍ୟେକ କାର୍ଯ୍ୟ କମ୍ପ୍ୟୁଟରରେ ହେଉଥିଲେ ମଧ ସେ ବିଷୟରେ ସେ ନିରକ୍ଷର। ତେଣୁ ଅଭ୍ୟାସ କରିବା ପାଇଁ ଗୋଟିଏ କମ୍ପ୍ୟୁଟର କିଣା ଯାଇଛି। କଂପାନୀ କର୍ତ୍ତୃପକ୍ଷ ଏ ଦୁର୍ଦ୍ଦିନରେ ସାହାଯ୍ୟ କରିବାକୁ ଅଗ୍ରୀମ କିଛି ଟଙ୍କା ଦେଇଛନ୍ତି।

ଶୃଙ୍ଖଳା, ଆଦର୍ଶ, ନୈତିକତାର ୫ଣ୍ଠା ଧରି ଚାଲୁଥିବା ମୋ ବାପାଙ୍କ ପରି ନୀତିବାଦୀ ମଣିଷମାନେ ଚିରକାଳ ଦୁର୍ଦ୍ଦିନକୁ ସାମ୍ନା କରନ୍ତି। ତାଙ୍କଠାରୁ ତାଙ୍କ ବନ୍ଧୁମାନେ ବେଶ୍‌ ସଂପନ୍ନ। ଏଇ ଆଦର୍ଶଗତ ଲଢେଇପାଇଁ ସେ ସର୍ବଦା ଶକ୍ତିକେନ୍ଦ୍ର ବିଷ ଦୃଷ୍ଟିରେ।

ମୋ ସମସ୍ୟା ସମାଧାନ ହୋଇଯିବାର ସମ୍ବାଦଟି ପ୍ରଥମେ ମୋହିତକୁ ଜଣାଇଲି । ସେ ଖୁସି ହୋଇଯାଇ କହିଲା- ଜୀବନରେ କିଛି ସମସ୍ୟା ଆସିଲେ ମୋତେ ଜଣେ ଆପ୍‌ଣାର ମନେକରି ଜଣାଇଛୁ । ସମସ୍ତ ସମସ୍ୟାର ସମାଧାନ ମୁଁ କରିନପାରିଲେ ମଧ ମନକଥା ନକହିଲେ ମନ ଭିତରଟା ପଙ୍କ ପରିପୂର୍ଣ୍ଣ ଗାଡିଆ ପାଲଟିଯାଏ ।

ସାରା ! ତୋର ପ୍ରତିଟି ସ୍ପନ୍ଦନରେ ଯେଉଁ ନାମର ଉଚ୍ଚାରଣ ମୁଁ ଶୁଣିବାକୁ ପାଉଛି ସେ ତୋ ଆପ୍‌ଣାୟତାର ପଞ୍ଜୁରୀ ଭିତରୁ କେବେଠାରୁ ଉଡିଯାଇଛି । ଶୂନ୍ୟ ପଞ୍ଜୁରୀ ଭିତରେ ଏବେ କେବଳ ସ୍ମୃତି ରୂପେ ଛାଡି ଯାଇଥିବା କିଛି ଛିନ୍ନ ପକ୍ଷ । ଅନ୍ୟକେହି ହୋଇଥିଲେ ପରାମର୍ଶ ଦେଇଥାନ୍ତି ସମୟ ହାତରେ ସବୁ କିଛି ଛାଡି ଦେବା ପାଇଁ । କିନ୍ତୁ ତୁ ମୋର ପରମ ଆପ୍‌ଣା ! ତୋତେ ସେ ଅନିଷ୍ଟିତତାର ରାସ୍ତାରେ ଛାଡିଦେଇ ମୁଁ ଶାନ୍ତିରେ ନିଦ୍ରା ଯାଇପାରୁନାହିଁ । ଜାଣେନା ତୁ ଏ ବିଷୟରେ କେତେ ଜାଣୁ !

ସୂର୍ଯ୍ୟାଂଶ ସଂପର୍କରେ ମୋହିତର ଉକ୍ତି ବୁଝିପାରୁଥିଲେ ମଧ ମୋର ମାନସିକ ସ୍ଥିତି ନଥିଲା । ସେ ଜଟିଳ ଆଲୋଚନାରେ ଛନ୍ଦିହୋଇ ଅଶନିଃଶ୍ୱାସୀ ହେବା ପାଇଁ ତେଣୁ ନିରବ ରହିଲି ।

ଅଷ୍ଟମ ସେମିଷ୍ଟାର ପରୀକ୍ଷା ଯେତେ ନିକଟ ହୋଇ ଆସୁଥିଲା କ୍ଲାସ୍‌ଗୁଡ଼ିକର ସଂଖ୍ୟା ସେତେ କମିଯାଇଥିଲା । କମ୍ପ୍ୟୁଟର ଲାବ୍ ଓ ଲାଇବ୍ରେରୀରେ କଟୁଥିଲା ଅଧିକାଂଶ ସମୟ । ମୁଁ ମୋହିତରେ ପ୍ରଶ୍ନର କୌଣସି ଉତ୍ତର ନଦେଇ ଫେରିଆସିଲି ।

କିନ୍ତୁ ସୂର୍ଯ୍ୟାଂଶର ସ୍ମୃତି ମୋତେ ଛାଇ ପରି ଗୋଡ଼ାଏ । ଈର୍ଷାର ବିଷଜ୍ୱାଳାରେ ମୁଁ ଛଟପଟ ହୁଏ । ମୋ ଅନ୍ୟମନସ୍କ ଭାବ ବିଚଳିତ କରେ ମୋହିତକୁ । ସେ ନାନାଦି କଥା କହି ମୋତେ ପ୍ରକୃତିସ୍ଥ ରଖିବାକୁ ଚେଷ୍ଟାକରେ । ସେ ଯନ୍ତ୍ରଣାର ଜତୁଗୃହ ମଧରୁ ବାହାରି ଆସିବାର ରାସ୍ତା ଦେଖାଏ । ବିଫଳ ହୁଏ ମୁଁ ମୋର ସମସ୍ତ ପ୍ରଚେଷ୍ଟାରେ ।

କେତେ ସଜଳ ସକାଳ, କେତେ ରୌଦ୍ରଦଗ୍ଧ ମଧାହ୍ନ, କେତେ ଶ୍ରାବଣୀର ସଂଧ୍ୟା ସୂର୍ଯ୍ୟାଂଶ ସହ ଏକତ୍ର ବିତାଇଥିବାର ସ୍ମୃତି ମୋ ପାଣ୍ଡୁଲିପିରେ ଲେଖା । କେତେ ସମ୍ଭାବନାମୟ ଭବିଷ୍ୟତର ସୁନେଲୀ ନକ୍ସା ମୋ ମନର ଶୀଲାରେ ଉତ୍କୀର୍ଣ୍ଣ । ତା' ସହିତ ମୋ ପ୍ରଣୟର କାବ୍ୟ ନଷ୍ଟଜନ୍ମର ଶୋକଗୀତିନୁହେଁ, ସମ୍ଭାବନାର ଅଫୁରନ୍ତ ଜୀବନ କାବ୍ୟ । ଆଜି ସେଇ ମହାକାବ୍ୟ କୀଟଦ୍ରଂଷ୍ଟ କାଗଜର ଟୁକୁଡା ।

ଏବେ ତା' ସ୍ମୃତିର ଅବଶେଷ -ପାଉଁଶ ତଳର ନିଆଁ । ଆଉ ଏକ ସ୍ନାୟବିକ କ୍ଲାନ୍ତି ମୋ ଭିତରେ ।

ଥରେ ମୋହିତ ମୋ ନିକଟରେ ବସି ପଢ଼ୁଥିବା ବେଳେ ମୋ ଏକାଗ୍ରତା ନଷ୍ଟ ହେବାର ଦେଖି କହିଲା– ସାରା ! କାହା ପାଇଁ ତୁ ଏତେ ଅନ୍ୟମନସ୍କ ? ଯେ ଭଲ ପ୍ୟାକେଜ୍‌ର ଚାକିରି ଛାଡ଼ି ମୁମ୍ବାଇ ଯାଇଛି ଏମ୍.ବିଏ ପଢ଼ିବାପାଇଁ କେବଳ ଭାବନା ନାମକ ଝିଅଟିର ନିଷ୍ଠାକୁ ସମ୍ମାନ ଦେବାପାଇଁ ଓ ଭାବନା ପୁନେ ଛାଡ଼ି ମୁମ୍ବାଇ ଯାଇଛି ସୂର୍ଯ୍ୟାଂଶର ସାନିଧ୍ୟ ପାଇଁ। ତଥାପି ସୂର୍ଯ୍ୟାଂଶ ଯଦି ତୋ ମନରେ ବିଶ୍ୱାସ ଜନ୍ମାଇବା ପାଇଁ କହେ ଯେ ସେମାନେ କେବଳ ଭଲବନ୍ଧୁ ତେବେ ମୁଁ ନିରବ ରହିବା ଶ୍ରେୟସ୍କର। କିନ୍ତୁ ସୂର୍ଯ୍ୟାଂଶ ପାଇଁ ତୁ ତୋର ପ୍ରତିଜ୍ଞା ଭୁଲିଯିବା ଠିକ୍ ନୁହେଁ। ନିଜକୁ ସଂଶକ୍ତ କରିବା ଶିଖ୍‌ନେ। ତୋ ଜୀବନରେ ଗୋଟେ କାହିଁକି ଅନେକ ସୂର୍ଯ୍ୟାଂଶ ଆସିବେ।

ସୂର୍ଯ୍ୟାଂଶ ପ୍ରତି ମୋ ମନତଳେ ବହୁଥିବା ପ୍ରେମର ନିର୍ଝରିଣୀଟି ଏବେ ମରୁନଦୀ। ସେ ମରୁନଦୀରେ ଜଳ ନାହିଁ ଅଛି କେବଳ ଅବିଶ୍ୱାସର କଙ୍କରିଲ ପ୍ରସ୍ତରର ଶଯ୍ୟା।

ଜିଙ୍ଗିଲ୍ ତଥା ଅନେକଙ୍କ ମୁହଁରୁ ସୂର୍ଯ୍ୟାଂଶ ସଂପର୍କରେ ଶୁଣିଶୁଣି ମୋ ପ୍ରେମିକା ହୃଦୟରୁ ରକ୍ତ ଝରି ନଥିଲା। କେଜାଣି କେଉଁଠି ସମ୍ଭାବନାଟେ ଥିଲା ଜୀବନକୁ ସବୁଜ କରିବାର କିନ୍ତୁ ମୋହିତ ମୁହଁରୁ ସୂର୍ଯ୍ୟାଂଶ ସଂପର୍କରେ ଶୁଣି ମନଟା ବିଷାକ୍ତ ହୋଇଗଲା।

ସୂର୍ଯ୍ୟାଂଶ ମୋ ମନତଳ ଦୁଃଖ ବୁଝେନାହିଁ ବୋଲି ଅଭିମାନ କରିଥିଲି। ପୁଣି ମନକୁ ବୁଝାଇଥିଲି ସେ କଣ ସର୍ବଜ୍ଞାତା ଯେ ଏତେ ଦୂରରେ ରହି ମୋ ସମସ୍ୟା ସଂପର୍କରେ ଧାରଣା କରିପାରିବ। ତଥାପି ମୋ ଭିତରେ ଥିଲା ପ୍ରେମିକାପଣଟି ମୋହିତର ମନ୍ତବ୍ୟ ପରେ ତତ୍‌କ୍ଷଣାତ ରୌଦ୍ରଦଗ୍ଧ ଫୁଲ ପରି ହୋଇଗଲା ମୂର୍ଚ୍ଛିତ।

ମୋହିତର ଚରିତ୍ର ମୋ ସାମ୍ନାରେ ଦର୍ପଣର ପ୍ରତିଫଳନ ପରି। ସେ ସୂର୍ଯ୍ୟାଂଶ ପରି ବିଚକ୍ଷଣ ବୁଦ୍ଧିସଂପନ୍ନ ନ ହୋଇପାରେ କିନ୍ତୁ ଜଣେ ଉଦାର ହୃଦୟବାନ ଉତ୍ତମ ଓ ବିଶ୍ୱସନୀୟ ବନ୍ଧୁ। ସେ ମିଛ କହିନାହିଁ। ସୂର୍ଯ୍ୟାଂଶ ମୋତେ ସାଂଘାତିକ ଭାବରେ ପ୍ରତାରିତ କରିଛି।

ମୋର ମନେପଡ଼ିଗଲା ସୂର୍ଯ୍ୟାଂଶର ପ୍ରତିଶ୍ରୁତି, ସେ ମଧୁମୟ ଦିନଗୁଡ଼ିକର ଅନ୍ତରଙ୍ଗ ମୁହୂର୍ତ, ଯାହା ମୋର ଦିନେ କରିଥିଲା ଆନମନା। ତା’ର ନାମ ଉଚ୍ଚାରଣ ମାତ୍ରକେ ମୋ’ ମନରେ ଫୁଟୁଥିଲା ପ୍ରେମର ଶୁଭ୍ର ଶତଦଳ। ତା’ଶରୀରର ଗନ୍ଧ ବ୍ୟାପି ଯାଉଥିଲା ମୋ ଦେହକୁ। ଆଖି ମୁଦିଦେଲେ ଦିଶୁଥିଲା ସୂର୍ଯ୍ୟାଂଶର ଚେହେରା। ଶୁଭିଯାଉଥିଲା ତା’ ଚଳଚଞ୍ଚଳ ସ୍ୱର।

ସେଦିନ ଲାଇବ୍ରେରୀରେ ପଢ଼ିବାର ମନୋନିବେଶ କରିବା ସମ୍ଭବପର ହେଲାନାହିଁ। କେବେ ତା’ ପ୍ରେମର ସ୍ମୃତିମନକୁ ଭିଜାଇ ଦେଉଥିଲା। କେବେ ଈର୍ଷାରେ

ଜାଳୁଥିଲା । ଫେରି ଆସିଲି ହଷ୍ଟେଲ । ଦେଖିଲି ଜିଙ୍ଗିଲ୍‌ ସମେତ ସମସ୍ତେ ବହିକୁ ଧରି ଧ୍ୟାନନିମଗ୍ନ ଅବସ୍ଥାରେ । ବାରଣ୍ଡାରେ ପଦଚାରଣ କରି ବିତିଗଲା ଦୁଇଘଣ୍ଟା । ବହିଖୋଲି ବସିଲେ ଦିଶିଗଲା ସୂର୍ଯ୍ୟାଂଶ ଓ ଭାବନାର ମିଳିତ ଚେହେରା । ଭାବିଲି ନାଁ ସୂର୍ଯ୍ୟାଂଶର ଫୋନ୍‌ କଲ ଗ୍ରହଣ ନ କରିବା ତା' ପାଇଁ ଯଥାର୍ଥ ଦଣ୍ଡ ନୁହେଁ । ଯେ ମୋ ସରଳତାର ସୁଯୋଗ ନେଇ ମୋ ସହିତ ପ୍ରଣୟର ଖେଳ ଖେଳିପାରେ ତା' ପାଇଁ ଏଇ ସାମାନ୍ୟ ଦଣ୍ଡ ? ମୋତେ ମୁହଁ ଖୋଲି କହିବାକୁ ହେବ ଯେ ମୁଁ ତା' ସହିତ ସାରା ଜୀବନପାଇଁ ସଂପର୍କ ତୁଟାଇବାକୁ ଚାହେଁ । ମୁଁ ତାର ସରଳସୁନ୍ଦର ମୁହଁ ତଳେ ଦେଖିପାରିଛି ଗୋଟେ ପ୍ରତାରକର ଘୃଣ୍ୟ ଚେହେରା ।

ରାତି ବାରଟା ପର୍ଯ୍ୟନ୍ତ ନିଜକୁ ସ୍ଥିର ରଖିବା ଉପାରେ ସିଦ୍ଧାନ୍ତରେ ପହଞ୍ଚିଲି ଏ ସମସ୍ୟାର ସମାଧାନ ନକରିବା ପର୍ଯ୍ୟନ୍ତ ମୁଁ ପଢ଼ିବାରେ ମନ ଲଗାଇ ପାରିବି ନାହିଁ ତେଣୁ ଖୁବ୍‌ ଶୀଘ୍ର ମୋତେ ଏହାର ସମାଧାନ କରିବାକୁ ହେବ ।

ରାତି ସାଢ଼େ ବାରଟାରେ ମୋ ପ୍ରତିଜ୍ଞାର ସମସ୍ତ ବନ୍ଧନଛିନ୍ନ କରି କଲ୍‌ କଲି ସୂର୍ଯ୍ୟାଂଶକୁ । ସେ ହସି ହସି କହିଲା "ଏତେ ଦିନ ପରେ ଏତେ ରାତିରେ ମୁଁ କିପରି ତୁମର ମନେପଡିଲି ? କଣ ମୋ ବିନା ନିଦ ହେଲାନାହିଁ ? ସତ କୁହ ଏତେ ଦିନପରେ ତୁମ ଅଭିମାନ କିପରି ଭାଙ୍ଗିଲା ? ନା ମାନଭଞ୍ଜନ କରିବାକୁ ଯିବି ରାତିର ଏ ନିର୍ଜନ ପ୍ରହରରେ ? କୁହ, ଯାହା ମାଗିବି ମନା କରିବ ନାହିଁ ।"

ମୋ ଭିତରେ ଶତବୃଶ୍ଚିକର ଦଂଶନ । ଗଳାରେ ଉଷ୍ଣତା ଭରି କହିଲି "ତୁମେ କଣ ପୂର୍ବର ସୂର୍ଯ୍ୟାଂଶ ହୋଇ ଅଛ ଯେ ମୋର ଭାବପ୍ରବଣତାକୁ ମୂଲ୍ୟ ଦେବ ? ରାତି ହେଉ ଅବା ଦିନ ମୋର କିଛି କଥା ଜାଣିବାକୁ ନିହାତି ଇଚ୍ଛା । ଏକଥା କଣ ସତ ଯେ ତୁମେ ମୋ ସ୍ଥାନରେ ଭାବନାକୁ ରଖି ଖୁବ୍‌ ଦୀର୍ଘ ରାସ୍ତା ଆଗେଇ ଯାଇଛ ? ମାନେ ଏତେ ଦୂରକୁ ଯେ ଯେଉଁଠାରୁ ଫେରିବା ଆଉ ତମ ପାଇଁ ସମ୍ଭବ ହେବନାହିଁ ?"

ପ୍ରଥମ ଥର ପାଇଁ ମୋର ଗମ୍ଭୀର କଣ୍ଠସ୍ୱର ଶୁଣି ସେ ସ୍ତବ୍ଧ ହୋଇଗଲା । କିଛି ସମୟ ନିରବ ରହି କହିଲା "ବର୍ତ୍ତମାନ ରାତି ଅନେକ ହେଲାଣି ମୋର ଟେଷ୍ଟ ସିରିଜ୍‌ ଚାଲିଛି । ଆସନ୍ତା କାଲି ପରୀକ୍ଷା ପରେ ଆମେ ଏ ବିଷୟରେ ଆଲୋଚନା କରିପାରିବା । ଯାଅ, ଏବେ ଶାନ୍ତିରେ ଶୋଇଯାଅ । ସମୟ ଏବେବି ତୁମ ସପକ୍ଷରେ ।"

ସେ କଥା ଶେଷ କରି ଫୋନ୍‌ କାଟିବାକୁ ଯାଉଥିଲା ମୁଁ କହିଲି "ନାଁ, ମୋତେ ଏ ପ୍ରଶ୍ନର ଉତ୍ତର ଏଇ ମୁହୂର୍ତ୍ତରେ ଦରକାର । ତୁମେ ଟେଷ୍ଟ ସିରିଜ୍‌ ପାଇଁ ପଢ଼ି ୟୁନିଭରସିଟି ରେକର୍ଡ ଭାଙ୍ଗିବ ଅଥଚ ସଂପର୍କର ବିଷକ୍ଷାଲାରେ ଜଳିଜଳି ମୁଁ ଶେଷ ସେମିଷ୍ଟାର ପାଇଁ ପଢ଼ି ପାରିବି ନାହିଁ । ମୁଁ ଶୁଣିଲି ଭାବନାର ଭାଇ ପୁନେରେ ପଢ଼ୁଛି ଓ ସେ ପୁନେ

ଛାଡି ମୁମ୍ବାଇ ଯାଇଛି ତୁମସହ ଗୋଟିଏ କଲେଜ୍‌ରେ ପଢି ତୁମ ସାନିଧ ପାଇବା ପାଇଁ। ଏକଥା କଣ ସତ ?”

– “ଠିକ୍ ଶୁଣିଛ ତୁମେ।” ସେ ଧୀରେ କହିଲା, ମୁଁ ଭାବୁଥିଲି ସୂର୍ଯ୍ୟାଂଶ ମୋର ସମସ୍ତ ଅଭିଯୋଗକୁ ଖଣ୍ଡନ କରି ମିଥ୍ୟା ବୋଲି ପ୍ରମାଣିତ କରିବ।

– ଏକଥା ତାହେଲେ ସତ ଯେ ତୁମ ଦୁହିଁଙ୍କ ଭିତରେ ସଂପର୍କ ଅନେକ ଗଭୀର। ତୁମ ଦୁହିଁକୁ ଅନେକ ସ୍ଥାନରେ ଏକାଠି ଦେଖିବାକୁ ମିଳୁଛି। ସେ ଗଭୀରତା କଣ ଆମ ସଂପର୍କଠାରୁ ମଧ ଅଧିକ ନିବିଡ ସୂର୍ଯ୍ୟାଂଶ ?

– ସୂର୍ଯ୍ୟାଂଶର ଭାରିଭାରି ସ୍ୱର ଶୁଭିଲା — “ସନ୍ଦେହର ଚଷମା ପିନ୍ଧିଲେ ସମସ୍ତ ଦୃଶ୍ୟ ସନ୍ଦେହଜନକ ଦିଶେ। ତୁମକୁ ଭାବନା ସଂପର୍କରେ ଅନେକଥର କହିବା ସତ୍ତ୍ୱେ ତୁମେ ତ ସେଇ ଠିକଣାରେ ବସି ରହିଛ। ସନ୍ଦେହୀ ହିଁକୁ ବୁଝାଇବା ସହଜ ନୁହେଁ। ସେ ମୋ ସାଙ୍ଗରେ ସାନଭଉଣୀ। ଏଠାରେ ତାର ଏକାକୀ ଚଳିବା ପାଇଁ ମୋତେ କିଛିକିଛି ସାହାଯ୍ୟ କରିବାକୁ ହୁଏ। ସେ ପୁନେ ଛାଡି ମୁମ୍ବାଇ ଆସିବା ତା’ର ନିଜସ୍ୱ ନିଷ୍ପତି। ମୁଁ ପଢୁଥିବା କଲେଜର ପଢିବା ଏକ ସଂଯୋଗ ମାତ୍ର। ସବୁଠାରୁ ଭଲ କଲେଜରେ ସିଲେକସନ୍ ହୋଇ ମୁଁ ପଢୁଛି ବୋଲି ସେକଣ ତା’ ଭାଇ ପଢୁଥିବା ନାମହୀନ କଲେଜକୁ ପଢିବାକୁ ଯାଇ ଥାଆନ୍ତା ? ଏ କଲେଜରେ ସିଟ୍ ପାଇବା ଗୌରବର ବିଷୟ ତାହା ତୁମେ ବେଶ୍ ଭଲଭାବରେ ଜାଣ।

ସୂର୍ଯ୍ୟାଂଶର କୌଣସି ଗୋଟିଏ କଥାକୁ ମୁଁ ବିଶ୍ୱାସ କରିପାରୁନଥିଲି। ଭାବନା ସୁନ୍ଦରୀ, ଅତ୍ୟାଧୁନିକା ଚଞ୍ଚଳା। ତାକୁ ଦେଖ ଯଦିବା ସୂର୍ଯ୍ୟାଂଶର ମନରେ ପ୍ରେମର ବହ୍ନି ଜଳି ନଥିବ।

– ସୂର୍ଯ୍ୟାଂଶ ପରି ସର୍ବଗୁଣ ସଂପନ୍ନ ପରିପୂର୍ଣ୍ଣ ଯୁବକଟିକୁ ପାଖରେ ପାଇ ଭାବନା କଣ କେବେ ତା’ ହୃଦୟକୁ ଆୟତ୍ତ କରିପାରିଥିବ ?

ଏମିତି ରାତିନାହିଁ ଯେ ଅନ୍ଧକାରକୁ ଉପେକ୍ଷା କରିପାରେ ଆଉ ମୋ ଜାଣିବାରେ ଏମିତି ଭ୍ରମର ନାହିଁ ଯେ ଫୁଲର ଆମନ୍ତ୍ରଣକୁ ଅସ୍ୱୀକାର କରିପାରେ।

ସୂର୍ଯ୍ୟାଂଶ କହିଲା “ମୁଁ ଏଠାକୁ ଆସିବାପରେ ମୋହିତ ସହିତ ତୁମର ଘନିଷ୍ଠତା ଏବେ ଶୀର୍ଷରେ ସେକଥା ମୁମ୍ବାଇର ପ ବନ ବି ମୋତେ କହିଛି। ଲାଇବ୍ରେରୀରେ ଲାବ୍‌ରେ, ହଷ୍ଟେଲ ସାମ୍ନାରେ ଓ କାଫେରେ ଘଣ୍ଟା ଘଣ୍ଟା ଧରି ତୁମେ ଦୁଇଜଣ ଗପୁଛ ଏକଥା କଣ ମିଛ ? କିନ୍ତୁ ମୁଁ ଦିନେ ଏ ସଂପର୍କରେ ତୁମକୁ ପ୍ରଶ୍ନ କରିନାହିଁ।”

ମୋହିତର ନାଁ, ସୂର୍ଯ୍ୟାଂଶ ମୁହଁରୁ ଶୁଣିବା ମାତ୍ରକେ ମୋ ଶରୀରରେ ଅଗ୍ନି ସଂଯୋଗ ହେବାପରି ଅନୁଭବ ହେଲା। ମୋହିତ ସହିତ ବାରମ୍ବାର ଦେଖାକରିବା

ଓ ଘନିଷ୍ଠତା ବଢ଼ିବାର କାରଣ ଭିନ୍ନ କିଛି ଥିଲା । ଷ୍ଟଡି ଲୋନ୍ ପାଇଁ ମୁଁ ତା' ବାପାଙ୍କ ସାହାଯ୍ୟ ଲୋଡ଼ିଥିଲି । ସେ ମୋତେ ଅନ୍‌ଲାଇନ୍ କୋଟିଂ ସହିତ କିଛି ଷ୍ଟଡି ମ୍ୟାଟେରିଆଲ୍ ଯୋଗାଇ ଦେଇଥିଲା ବିନା ପ୍ରତିଦାନରେ । ଦେଖିବାକୁ ଗଲେ ଏ ପର୍ଯ୍ୟନ୍ତ ମୋହିତ ସହିତ ମୋର ସଂପର୍କ ଆବଶ୍ୟକତାଠାରୁ ଅଧିକ ନୁହେଁ ।

ମୋ ସ୍ୱରରେ ଅଶାନ୍ତ ସମୁଦ୍ରର ଊର୍ମିମାଳା । ଦେଖ ସୂର୍ଯ୍ୟାଂଶ । ମୋହିତ କେବଳ ମୋର ଭଲବନ୍ଧୁ...

ମୋତେ କଥା ଶେଷ କରିବାକୁ ନଦେଇ ସୂର୍ଯ୍ୟାଂଶ କହିଲା "ସେଇଭଳି ଭାବନାକୁ ମଧ ମୋର ଭଲ ବାନ୍ଧବୀ ବୋଲି ମାନିନିଅ । ତୁମେ ନିଜେ କୁହ ଯେ ପୃଥ୍ୱୀରେ ତୁମପାଇଁ କାହାର ହୃଦୟ ଭାଙ୍ଗିଗଲେ ତୁମକୁ କଷ୍ଟ ହୁଏ । ସେମିତି ନିର୍ଜନ ରୌଦ୍ରଦଗ୍ଧ ଦ୍ୱିପ୍ରହରରେ ଯଦି ଭାବନା ମୋ କୋଠରୀକୁ ଆସି କିଛି ସାହାଯ୍ୟ ମାଗେ ମୁଁ କଣ ତାକୁ ଗଳାଧକ୍କା ଦେଇ ବାହାର କରିଦେଇ ପାରିଥାଆନ୍ତି ? ସେ ଆମ ବିଷୟରେ ଜାଣେ । ଆମ ସଂପର୍କକୁ ସମ୍ମାନ ମଧ କରେ, କିନ୍ତୁ ତାପରେ ଯଦି ସେ ପୁନେ ଛାଡ଼ି ମୁମ୍ବାଇ ଆସେ ତାକୁ ପ୍ରତିରୋଧ କରିବାର ସାମର୍ଥ୍ୟ ମୋର ନାହିଁ । ତେଣିକି ମୋତେ ବିଶ୍ୱାସ କରିବା ନ କରିବା ତୁମ ଉପରେ ନିର୍ଭର କରେ ।"

ଭାବିଥିଲି ମୋ ଅଭିମାନକୁ ସେ ଓହ୍ଲାଇଦେବ ଓଜନିଆ ମେଘମାନଙ୍କ ଦେହରୁ ଝରି ଆସୁଥିବା ବର୍ଷା ବିନ୍ଦୁପରି । ମୋତେ ନେଇ ସଂସାର ଗଢ଼ିବାର ନିଶାରେ ସେ ଅତିକ୍ରମ କରି ବିଶ୍ୱବ୍ରହ୍ମାଣ୍ଡ ଗ୍ରହନକ୍ଷତ୍ର ଓ ଛାୟାପଥ । ଅଥଚ ମୋତେ ଅଧାରାସ୍ତାରେ ଏକାକୀ ଛାଡ଼ି ଦେଇ ସେ ପୁନର୍ବାର ନୀଡ ଗଢ଼ିବାର ମୋହରେ ।

ସୂର୍ଯ୍ୟାଂଶ କହିଲା ନାହିଁ, ସାରା ! ତୁମେ ମୋ ଜୀବନର ପ୍ରଥମ ଓ ଶେଷ ପ୍ରେମ । ସେ କହିଲା ନାହିଁ ତୁମେ ଏବେ ବି ମୋ ଧମନୀ ଭିତରେ ରକ୍ତକଣିକା ପରି ବହୁଛ । ମୋର ପ୍ରତିଟି ଜୀବକୋଷରେ କେବଳ ତୁମରି ନାମର ଶାୟରୀ । କାରଣ କେଉଁଠିନା କେଉଁଠି ତା' ହୃଦୟରେ ଭାବନା ହିଁ ବସାବାନ୍ଧି ଥିଲା । ସେଥିପାଇଁ ପ୍ରଥମଥର ପାଇଁ ସେ ମୋତେ ବିଶ୍ୱାସ କରିବା ପାଇଁ ଅନୁରୋଧ କଲାନାହିଁ । ମୋ ବିଶ୍ୱାସ କରିବା ନକରିବା ମୋ ଉପରେ ନିର୍ଭର କହି ଛାଡ଼ିଦେଲା । ଯେମିତିକି ମୁଁ ଅବିଶ୍ୱାସ କଲେ ତା' ଜୀବନର କୌଣସି କାର୍ଯ୍ୟ ଅଚଳ ହୋଇଯିବ ନାହିଁ । ମୁଁ ଯେମିତି ତା' ଜୀବନର କୌଣସି ଗୁରୁତ୍ୱବହନ କରେନାହିଁ । ମୋ ଶୀତଳ ପ୍ରେମଠାରୁ ତାକୁ ଭଲ ଲାଗିଛି ଭାବନାର ବହ୍ନିପରି ଦହକୁ ଥିବା ପ୍ରେମ । ମୁକୁଳା ଯୌବନ, ଉଗ୍ର ଆଧୁନିକ ରୂପସମ୍ଭାର ।

ସୂର୍ଯ୍ୟାଂଶ ଏବେ ମୋଠାରୁ ଶହଶହ ଆଲୋକବର୍ଷ ଦୂରତାରେ। ପ୍ରେମ ଏକ ସଂପର୍କ, ଯାହା କେବଳ ବିଶ୍ୱସନୀୟତାର ଭିତ୍ତିଭୂମି ଉପରେ ଗଢ଼ିଉଠେ। ଯେଉଁ ସଂପର୍କରେ ବିଶ୍ୱାସ ନଥାଏ ସେ ପ୍ରେମ ହୋଇପାରେନାହିଁ, ହୋଇପାରିବ ନାହିଁ। ସେ କି ବୁଝିପାରେ ପ୍ରେମ ଏକ ତପସ୍ୟା ବା ସାଧନା, ଯାହାକୁ ଲାଭ କରିବାକୁ ତ୍ୟାଗ କରିବାକୁ ପଡ଼େ ଅନେକ କିଛି।

କେତେ ମିଛ ମୋ ଜୀବନ ! ମୋ ପୃଥିବୀ ଏବେ ପୂର୍ବପରି ନାହିଁ। ପତଙ୍ଗ ପରି ପ୍ରେମର ଅଗ୍ନିରେ ଝାସ ଦେଇ ମୁଁ ଜଳାଇ ଦେଇଛି ମୋର ମହମରେ ଗଢ଼ା ସୁକୁମାର ପକ୍ଷ। ମୋ ପ୍ରତିଟି ରାତିର ନିଃଶ୍ୱାସରେ ଏବେ କଣ୍ଟାକ୍ଷତର ଗନ୍ଧ। ପ୍ରତିଟି ସକାଳର ଆଲୁଅରେ ଅବିଶ୍ୱାସର ଉଷ୍ଣତା। ମୁଁ ସୂର୍ଯ୍ୟାଂଶଠାରୁ ଫେରାଇ ନେବାକୁ ଚାହେଁ ମୋ ହୃଦୟ।

ଅଭିମାନରେ ମୁଁ ଝରିପଡ଼ିଲି ତୀଖ ପାହାଡ଼ ଶିଖରରୁ ଝରିପଡ଼ୁଥିବା ଝରଣା ପରି। ଏବେ ଏଇ ଝରିବିବାହିଁ ମୋର ପ୍ରତିକ୍ରିୟା। ଅପ୍ରେମ ଦ୍ରୋହ ସବୁକିଛି।

ସୂର୍ଯ୍ୟାଂଶର ଶେଷ ବାକ୍ୟଗୁଡ଼ିକ ମୋ ଛାତିରେ କୋଠରୀର କୋଣେ କୋଣେ ଧକ୍କାଖାଇ ପ୍ରତିଧ୍ୱନି ସୃଷ୍ଟି କରୁଥିଲା। ତା'ର କୌଣସି କଥାକୁ ବିଶ୍ୱାସ କରିବାର ମାନସିକ ଅବସ୍ଥା ମୋର ନଥିଲା।

ସ୍ୱଗତୋକ୍ତି କଲି ଯାଆ ସୂର୍ଯ୍ୟାଂଶ ଯାଆ। ଆଜିଠାରୁ ତୁମକୁ ମୋର ସକଳ ବନ୍ଧନରୁ ମୁକ୍ତ କରିଦେଲି। ଯେଉଁ ସୂର୍ଯ୍ୟାଂଶକୁ ମୁଁ ଭଲପାଇଥିଲି ସେଇ ସୂର୍ଯ୍ୟାଂଶ ତୁମେ ନୁହଁ। ବଦଳି ଯାଇଛି ତୁମ ମନର କ୍ୟାନଭାସରେ ମୋ ପାଇଥବା ପ୍ରେମର ରଙ୍ଗ। ଶୀତଳ ହୋଇଯାଇଛି ସଂପର୍କର ଉଷ୍ଣତା। ଫିକା ପଡ଼ିଯାଇଛି ଆବେଗ ପ୍ରଗାଢ଼ରଙ୍ଗ। ମୋ ଦେହର ଆକର୍ଷଣ ତମ ପାଇଁ ପ୍ରାଗୈତିହାସିକ କେଉଁ ଏକ ନଟନଟୀ ପରିବେଷ୍ଟିତ ଭଗ୍ନ ମନ୍ଦିରର ମୁଖଶାଳା ପରି ଅବକ୍ଷୟର ଅପେକ୍ଷାରେ। ଭଲପାଇବାର ବାହାନାରେ ଖୁବ୍ ଭଣ୍ଡାଇ ଦେଇଛ ମୋତେ। ନାଁ, ଆଉ ନୁହେଁ।

ମୁଁ ପଶ୍ଚାତାପ କରୁଥିଲି କାହିଁକି ଏତେ ଭ୍ରମରଙ୍କ ମଧୁର ଗୁଂଜନଭିତରେ ସୂର୍ଯ୍ୟାଂଶର ଲଘୁପ୍ରଣୟ ସ୍ୱର ମୋତେ ଏତେ ମଧୁର ଲାଗିଲା ? ତା'ର ସ୍ମୃତିକୁ ମୁଁ ଯଦି ଫିଙ୍ଗିଦେଇ ପାରନ୍ତି ବିସ୍ମୃତିର ଅତଳ ଗର୍ଭରେ ! ତା'ର ନିବିଡ଼ ସାନ୍ନିଧ୍ୟର ଅନୁଭବକୁ ପୋଛିଦେଇ ପାରନ୍ତିକି ଦେହରୁ ମୋର !! ସେ ନକ୍ଷତ୍ରାମୃତ ଯୋଗର ପ୍ରାପ୍ତିକୁ ଯଦି ସମାଧି ଦେଇ ପାରନ୍ତି ମୋ ଅନ୍ତର ଭିତରେ।

ସୂର୍ଯ୍ୟାଂଶ ସହିତ ସଂପର୍କର ଇତି କରିବା ନିମନ୍ତେ ତାର ଫୋନ୍ ନମ୍ବର ବ୍ଲକ୍ କରିବା ସମୟରେ ଆଖିରୁ ଦୁଇବିନ୍ଦୁ ଲୁହ ଝରି ପଡ଼ିଲା। ମହାକାଶରେ ଦିଶାହୀନ

କକ୍ଷଚ୍ୟୁତ ଉଲ୍କା ପାଲଟି ଯିବା ପରି ମୋ ଅବସ୍ଥା। ଛାତିଟା ଏପରି ଶୂନ୍ୟ ଶୂନ୍ୟ ଲାଗୁଥିଲା, ସତେ ଯେପରି ମୋର ଅସ୍ତିତ୍ୱ କ୍ଷଣିକରେ ମହାଶୂନ୍ୟରେ ମିଳାଇ ଯିବାର ପ୍ରତୀକ୍ଷାରେ। ଏପରି ଶୂନ୍ୟପଣର ଅନୁଭବ କେବେ ହୋଇ ନଥିଲା ମୋର।

ମୃତ୍ୟୁଶଯ୍ୟାରେ ଶାୟିତ ଥିବା ମୋର ମୁମୂର୍ଷୁ ସଂପର୍କକୁ କଫିନ୍‌ରେ ରଖି ଶେଷ କଣ୍ଟାଟି ପିଟିବା ବେଳେ ନିଜକୁ ନିଜେ କହିଥିଲି ମୁଁ ଏବେ ସୂର୍ଯ୍ୟାଂଶର ସକଳ ବନ୍ଧନରୁ ମୁକ୍ତ। ମୁଁ ଏବେ ବଂଚିବି ସୂର୍ଯ୍ୟାଂଶବିହୀନ ଏକ ଜୀବନ। ଏବେ ମୋ ଜୀବନକୁ ମୁଁ ଗଢିବି ମୋ ଇଚ୍ଛା ମୁତାବକ। ମୁକ୍ତ ବିହଙ୍ଗୀ ପରି ଉଡିବି ସୀମାହୀନ ଆକାଶ। ଗୋଟିଗୋଟି କରି ମୋର ସମସ୍ତ ସ୍ୱପ୍ନକୁ ସାକାର କରିବି।

କିଛି ଦିନ ପରେ ମୋର ବିଟେକ୍ ଫାଇନାଲ ସେମିଷ୍ଟାର ପରୀକ୍ଷା।

# ଦ୍ୱିତୀୟ ଚନ୍ଦ୍ର

ମୋ ଭିତରେ ଝଡ଼ର ତାଣ୍ଡବ, ବତାସର ପ୍ରଳୟଙ୍କରୀ। ଯେଉଁ ବତାସରେ ମୋ ଭିତରେ ଫୁଟିଥିବା ପ୍ରେମର ଫୁଲ ଝରି ପଡ଼ୁଥିଲେ ଦୟନୀୟ ଭାବରେ। ମୋ ବିଶ୍ୱାସରେ ପତ୍ରମାନେ ବିଚ୍ୟୁତ ହେଉଥିଲେ ଶାଖାରୁ। ମୁଁ ଶୂନ୍ୟ ପାଲଟି ଯାଉଥିଲି ବେଳକୁ ବେଳ। ମୋତେ ସୂର୍ଯ୍ୟାଂଶ ଯେ ସାଂଘାତିକ ଭାବରେ ପ୍ରତାରଣା କରିଛି ଏହି ସତ୍ୟଟିକୁ ଗ୍ରହଣ କରିବା ସହଜ ନଥିଲା ମୋ ପାଇଁ।

ରୂପଗୁଣ ଐଶ୍ୱର୍ଯ୍ୟ ଥିଲେ ମଧ ମଧୁର ସଂପର୍କ ନିମନ୍ତେ ଆଉ ଗୋଟିଏ ଉପାଦାନ ଲୋଡ଼ାହୁଏ, ତାହା ହେଉଛି ସଂପର୍କ ପ୍ରତି ପ୍ରତିବଦ୍ଧତା। ଗୋଟିଏ ପୁରୁଷର ଦୀର୍ଘ ଜୀବନ ରାସ୍ତାରେ ଅନେକ ଚରିତ୍ର ଆସିବେ, ସେମାନଙ୍କ ମଧରୁ କେହି ହୋଇଥାଇ ପାରନ୍ତି ଅଧିକ ରୂପସୀ ବା କୌଣସି ବିଶେଷ ଗୁଣର ଅଧିକାରିଣୀ। ସମସ୍ତଙ୍କ ଭାବପ୍ରବଣତାକୁ ସମ୍ମାନ ଦେବାକୁ ଯାଇ ସମସ୍ତଙ୍କୁ ତ ପ୍ରେମ କରାଯାଏନା। ବହୁ ନାରୀ ପ୍ରତି ଆସକ୍ତ ପୁରୁଷ, ଲଂପଟ, ଦୁଷ୍ଚରିତ୍ର ଓ ଏଭଳି ପୁରୁଷମାନଙ୍କୁ ମୁଁ ଘୃଣା କରେ।

ସେ ସମୟରେ ସୂର୍ଯ୍ୟାଂଶ ମୋତେ ଏତେ ଉଜ୍ଜ୍ୱଲ ଦିଶୁଥିଲା ଯେ, ଅନ୍ୟ ସମସ୍ତ ଚରିତ୍ର ମୋତେ ଲାଗିଥିଲେ ନିସ୍ତଭ। ମୋର ମନେ ହେଉଥିଲା ସୂର୍ଯ୍ୟାଂଶ ହିଁ ମୋ ଜୀବନାକାଶର ଏକମାତ୍ର ଉଜ୍ଜ୍ୱଲ ଜ୍ୟୋତିଷ୍କ। ଅଥଚ ପ୍ରଥମ ଥର ପାଇଁ ଅନୁଭବ କଲି ମୋହିତ ମଧ ଅନେକ ସୁଗୁଣର ଅଧିକାରୀ।

ସେ ଶାନ୍ତ ନମ୍ର ଓ ପରୋପକାରୀ ଯେ ନିଜ ଭାବପ୍ରବଣତାକୁ ଅନ୍ୟ ଉପରେ ଲଦି ଦେବାର ଆଦୌ ପ୍ରଚେଷ୍ଟା କରେ ନା। ସାଧାରଣ ଚେହେରା ଓ ବିଦ୍ୟାବୁଦ୍ଧି ସଂପନ୍ନ ଯୁବକମାନେ ସବୁକାଲେ ଉତ୍ତମ ବନ୍ଧୁ ଓ ବିଶ୍ୱସ୍ତ ଜୀବନସାଥୀ ହୋଇପାରନ୍ତି ଏକଥା ଜିଙ୍ଗିଲ୍ ମୋତେ ଥରେ କହିଥିଲା, ଯେତେବେଳେ ମୁଁ ବଦ୍ରିନାଥ ପ୍ରସଙ୍ଗରେ

ତାକୁ ପ୍ରଶ୍ନ କରିଥିଲି । ଅନେକ ବିଳମ୍ବରେ ବୁଝିଲି ସୂର୍ଯ୍ୟାଂଶର ଆଖ୍ ଝଲସା ରୂପ ଗୁଣ ଐଶ୍ୱର୍ଯ୍ୟରେ ପତଙ୍ଗ ପରି ଜଳି ପୋଡି ମରିବା ଅପେକ୍ଷା ମୋହିତର ଶୀତଳ ପ୍ରେମରେ ଅବଗାହନ କରିବା ହୋଇପାରେ ଏକ ଚମତ୍କାର ଅନୁଭବ ।

ସୂର୍ଯ୍ୟାଂଶ କ୍ୟାମ୍ପସ୍ ଛାଡିବା ପରେ ମୋହିତର ମୋ ପ୍ରତି ଥିବା ଦୀର୍ଘଦିନର ଅବଦମିତ ଆକର୍ଷଣର ଉଷ୍ମତା ମୁଁ ଅନୁଭବ କରିପାରୁଥିଲି । କିନ୍ତୁ ସେ ସେହି ସତ୍ୟଟିକୁ କେବେ ଉଚ୍ଚାରଣ କରିପାରିବ ନାହିଁ ସେ ସମ୍ପର୍କରେ ମୁଁ ଥିଲି ନିଶ୍ଚିତ । ତେଣୁ ଆମ ଦୁହିଁଙ୍କ ମଧ୍ୟରେ ସମ୍ପର୍କ ଥିଲା କେବଳ ନିର୍ମଳ ବନ୍ଧୁତାର, ବାସ୍, ବର୍ତ୍ତମାନ ପାଇଁ ସେ ସମ୍ପର୍କର ନାମକରଣ କରାନଯାଉ ।

ମୋହିତ ଦିନେ ମୋତେ କହିଲା, ସୂର୍ଯ୍ୟାଂଶ ସହିତ ତୋର ସମ୍ପର୍କ ଟିକ୍, ଏହା ସତ୍ୟ ନା ଏକ ଉଡାଖବର ? ମୁଁ ତା' ମୁହଁରେ ତୀକ୍ଷ୍ଣ ନଜର ପକାଇ କହିଲି, ସତ କହିଲୁ ତୁ କଣ ଚାହୁଁଛୁ ମୁଁ ସୂର୍ଯ୍ୟାଂଶ ସହିତ ସମ୍ପର୍କ ରଖେଁ ? ଯେ ମୋତେ ସାଂଘାତିକ ଭାବରେ ପ୍ରତାରଣା କରିଛି ! ମୋହିତ ବିବ୍ରତ ଦିଶିଲା । ଇତସ୍ତତଃ ଭାବେ ଚାହିଁ କହିଲା "ତୁ ଥରେ ତୋ ହୃଦୟକୁ ଏ ବିଷୟରେ ପ୍ରଶ୍ନ ପଚାରି ଦେଖ୍‌ପାରୁ, କାରଣ ମୁଁ ଏବେ ବି ତୋ ଭିତରେ ସୂର୍ଯ୍ୟାଂଶ ପାଇଁ ପ୍ରେମର ଏକ ଲେଲିହାନ ଶିଖା ଦେଖ୍‌ପାରୁଛି । ଆଉ ମୁଁ କିଏ ? ମୋ ଚାହିଁବା ନଚାହିଁବାର ପ୍ରଶ୍ନ କେଉଁଠୁ ଉଠୁଛି ? ମୁଁ ତ ତୁମ ଦୁଇଜଣଙ୍କ ମଧ୍ୟରେ ଯୁକ୍ତଚିହ୍ନଟିଏ ହୋଇପାରିଲେ ନିଜକୁ ଭାଗ୍ୟବାନ୍ ମନେ କରିବି ।" ଶେଷ ଶବ୍ଦ ଉଚ୍ଚାରଣ କରିବା ସମୟରେ ମୋହିତର କଣ୍ଠସ୍ୱର ଭାରି ଭାରି ହୋଇ ଆସୁଥିଲା ।

କିନ୍ତୁ ମୋହିତ କଥାରେ ମୋ ଅଭ୍ୟନ୍ତରର ଝଡ କ୍ରମଶଃ ଶାନ୍ତ ହୋଇ ଆସୁଥିଲା । ସତେ ଅବା ଫେରୁଥିଲା ମଳୟ । ଶୁଭୁଥିଲା ଅନାମିକା ପକ୍ଷୀର ଗୀତ । ଥୁଂଟାଗଛରେ କଅଁଳୁଥିଲା ନବପତ୍ର । ବିଶ୍ୱାସ ହେଉଥିଲା ମୋହିତ ସହିତ ବନ୍ଧୁତା ମୋ ଜୀବନର ପ୍ରାପ୍ତି । ମୋହିତର ମତ୍ତବ୍ୟ ମୋତେ ଖୁବ୍ ଭଲ ଲାଗିଥିଲା ସେ ଦିନ, ବିଗତ ଚାରି ବର୍ଷର ସମସ୍ତ ଦିନମାନଙ୍କଠାରୁ । ସେ କ୍ୟାମ୍ପସ୍ ଛାଡିବାର ପ୍ରସ୍ତୁତି କରୁଛି । ଅଥଚ ସାଥୀରେ ମୋର ମଧୁରସ୍ମୃତି ନେଇଯିବ ପଛେ ମୋତେ ମୁହଁ ଖୋଲି ତା' ମନର ଭାଷା କହିବ ନାହିଁ । କାରଣ ସେ ମନେକରେ ସୂର୍ଯ୍ୟାଂଶକୁ ମୁଁ ଭଲପାଏ । ମୋ ଭଲପାଇବାର ସମ୍ପର୍କରେ ସେ ଯୁକ୍ତଚିହ୍ନଟିଏ ହୋଇ ରହିଯିବ ଚିରକାଳ ।

ପୁରୁଷ ହେଉ ବା ନାରୀ ତା'ର ବହିଃ ସୌନ୍ଦର୍ଯ୍ୟଠାରୁ ଅନ୍ତଃ ସୌନ୍ଦର୍ଯ୍ୟ ଏକ ମହତ୍ତର ସୌନ୍ଦର୍ଯ୍ୟ ।

ମୁଁ ସୂର୍ଯ୍ୟାଂଶକୁ ଯେତେ ଭୁଲିବାକୁ ଚେଷ୍ଟା କରୁଥିଲି ସେ ମୋର ସେତେ

ବେଶୀ ମନେପଡୁଥିଲା। ମୁଁ ତା'ର ଫୋନ୍ ନମ୍ବର ବ୍ଲକ୍ କରିବା ପରେ ସେ ଅନ୍ୟ ନମ୍ବରରୁ କଲ୍ କରୁଥିଲା। ତେଣୁ ମୁଁ ଅଜ୍ଞାତ ନମ୍ବରର କଲ୍ ରିସିଭ୍ କରିବାକୁ ମଧ ଭୟ କରୁଥିଲି। ସେ ଜିଙ୍ଗିଲୁ ଥରେ ମୋ ସହିତ ଯୋଗାଯୋଗ କରିବା ପାଇଁ ଅନୁରୋଧ କରିଥିଲା ଅଥଚ ମୁଁ ମୋ ନିଷ୍ପତିରେ ଥିଲି ଅଟଳ।

କେହି ଜଣେ ମହାପୁରୁଷ କହିଥିଲେ "ମିଥ୍ୟାକୁ ଘୃଣା କର ମିଥ୍ୟାବାଦୀକୁ ନୁହେଁ"। ମୁଁ ଘୃଣାକରେ ମିଥ୍ୟା ଓ ମିଥ୍ୟାବାଦୀ ଉଭୟଙ୍କୁ, କାରଣ ମୁଁ ମହାପୁରୁଷ ନୁହେଁ। ମୁଁ ଉଦାର ହୃଦୟରେ ସୂର୍ଯ୍ୟାଂଶର ଦ୍ୱିତୀୟ ପ୍ରେମକୁ ଗ୍ରହଣ କରିପାରିବି ନାହିଁ। ବୋଧହୁଏ ସୂର୍ଯ୍ୟାଂଶର ସ୍ମୃତିକୁ ମୋ ମସ୍ତିଷ୍କରୁ ଅପସାରଣ କରିବାପାଇଁ ମୁଁ ମୋହିତର ନିକଟତର ହୋଇ ଆସୁଥିଲି ପ୍ରତିଶୋଧପରାୟଣା ହୋଇ। ସେତେବେଳେ ମୋର ପ୍ରେମ ଲୋଡା ନଥିଲା। ଲୋଡାଥିଲା ଶ୍ୱାସକ୍ରିୟ ପାଇଁ କିଛି ଅମ୍ଳଜାନ, ପରିପୁଷ୍ଟ ହେବାପାଇଁ ଟେନାଏ ସୂର୍ଯ୍ୟାଲୋକ। ମୋହିତ ସହିତ ସଂପର୍କ ସେତିକି ଯୋଗାଇ ଦେଉଥିଲା ମୋତେ। ଦିନେ ମୋହିତକୁ ମୁଁ ଡାକିଲି କ୍ୟାଣ୍ଟିନ୍କୁ। ମୁଁ ଶେଷ ଭାଗରେ ଥିବା କୋଣ ଟେବୁଲ୍‌ରେ ତା'ର ପ୍ରତୀକ୍ଷା କରିଥିଲି, ଯେଉଁଠି ବସି ଦିନେ ମୁଁ ଅସରନ୍ତି ଗପ ଗପୁଥିଲି ସୂର୍ଯ୍ୟାଂଶ ସହିତ, ତା'ଆଖିରେ ସୂର୍ଯ୍ୟୋଦୟ ଦେଖୁଥିଲି। ନିଜପାଇଁ ସୁରକ୍ଷିତ ପୃଥିବୀଟିଏ ଗଢ଼ିବାର ସ୍ୱପ୍ନରେ ହେଉଥିଲି ନିଶାଗ୍ରସ୍ତ। ଯେଉଁଠାରେ ବସି ସେ ଦିନେ ମୋ ହାତ ଧରି ତା' ଅନ୍ତଃହୀନ ଭଲ ପାଇବାର କାହାଣୀ ଶୁଣାଉଥିଲା। ଆଜି ମୋହିତକୁ ସେ ଚେୟାରରେ ବସିବା ପାଇଁ ମୁଁ ଆମନ୍ତ୍ରଣ କରିଛି।

ସତରେ, ସମୟ ବଦଳିବା ସହିତ ସଂପର୍କର ସଂଜ୍ଞା ମଧ ପରିବର୍ତିତ ହୋଇଯାଏ। ମୋହିତ ତରବର ହୋଇ ପହଞ୍ଚ କହିଲା "ଏ ନିର୍ଜନ ଦ୍ୱିପ୍ରହରଟାରେ କେଉଁ କାମ ଥିଲା ? ସେ କଥା ମୋତେ ଫୋନ୍‌ରେ ବି ଜଣାଇ ପାରିଥାନ୍ତୁ।"

ସେ କେଉଁଠି ବୁଝିବ ମୋ ମନର ଅବସ୍ଥା। ପରୀକ୍ଷା ମୁଣ୍ଡ ଉପରେ ଅଥଚ ମୋ ପାଠ ସରୁ ନଥିଲା, ରିଭିଜନ୍ ତ ଦୂରର କଥା। ମୁଁ ସୂର୍ଯ୍ୟାଂଶକୁ ଭୁଲିପାରୁ ନଥିଲି। ଭୁଲିପାରୁନଥିଲି ତା'ର ମଧୁରସ୍ମୃତି କିମ୍ୱ ତିକ୍ତ ପ୍ରତାରଣା। ମୁଁ ଶହ ଶହ ରାସ୍ତା ଖୋଜୁଥିଲି ସେ ସ୍ମୃତିରୁ ମୁକ୍ତି ପାଇବା ପାଇଁ। ସେଇ ଶହଶହ ରାସ୍ତା ମଧ୍ୟରୁ ମୋହିତ ସହିତ ସମୟ ବିତାଇବା ଥିଲା ଗୋଟିଏ।

– "ମୁଁ ତା'ହେଲେ ହଷ୍ଟେଲ ଫେରିଯାଉଛି। ଫୋନ୍‌ରେ କହିଦେବି" ଏତିକି କହି ମୁଁ ଚେୟାରରୁ ଉଠି ଠିଆ ହେବାକୁ ଚେଷ୍ଟା କଲି। ସେ ମୋ ହାତ ଧରିନେଇ କହିଲା, ଏତେ ଖରାରେ ଆସିଛ ମାନେ କିଛିତ ଜରୁରୀ କଥା ଥିବ, ନ କହି କେମିତି ଚାଲିଯିବୁ ?

– “ବହୁ ଦିନ ଧରି ମୁଁ ଅନୁଭବ କରିଛି ତୁ ମୋତେ କିଛି କହିବାକୁ ଚାହୁଁଛୁ ଅଥଚ କହିପାରୁନାହୁଁ”। ମୁଁ କହିଲି। ସତ କହିବାକୁ ଗଲେ ମୋହିତ ସହିତ ଗପିବା ପାଇଁ ମୋ ପାଖରେ କୌଣସି ପ୍ରସଙ୍ଗ ନଥିଲା ସେ ଟିକେ ରହି କହିଲା “ମୋ କଥା ଛାଡ଼୍ ତୁ ତୋ କଥା କହ! କଣ ପାଇଁ ଡାକିଥିଲୁ”। ସେ ଅନ୍ୟମନସ୍କ ଭାବରେ ମୋ ହାତଟିକୁ ତା’ ଦୁଇ ହାତରେ ଧରିଥିଲା ସେ ପର୍ଯ୍ୟନ୍ତ। ହସି କହିଲି “କିପରି ଛାଡ଼ିବି? ତୁ ଯେ ମୋତେ ଧରିଛୁ”। ସେ ମୋ ହାତ ଛାଡ଼ି ଦେଇ ଲୁଜାରେ ମୁହଁ ତଳକୁ କରି ହସିଲା। ସେ ସମୟରେ ମୋହିତ ସ୍ଥାନରେ ମୋତେ ସୂର୍ଯ୍ୟାଂଶର ଚେହେରା ଦିଶୁଥିଲା। ବିଗତ ଦିନର ମୋତେ ଦେଖ୍ ଅବସନ୍ତରେ ବି ତା’ ମନରେ ମଳୟ ବହିବା, ଅରତୁରେ ଫୁଲଫୁଟି ଯିବାର ଦୃଶ୍ୟ।

ମୁଁ ନିରବରେ ମୃଦୁ ପାନୀୟ ପିଉଥିଲି ଧୀରେ ଧୀରେ। ମୋହିତ ମୋ ଅନ୍ତର୍ଦ୍ୱନ୍ଦକୁ ବୁଝି ପାରୁନଥିଲା। ସେ ପର୍ଯ୍ୟନ୍ତ ମୋ ହୃଦୟର ରାସ୍ତା ଥିଲା ତା’ ପାଇଁ ଦୁର୍ଭେଦ୍ୟ। କେତେଦିନ ଧରି ଗୋଟେ ଶୁଷ୍କ ପୁଷ୍କରିଣୀରେ ଜଳ ବିନା ତୃଷାରେ ଆକୁଳ ମତ୍ସ୍ୟପରି ଛଟପଟ ହେଉଥିବି ମୁଁ? ନିକଟରେ ଭରା ଜଳାଶୟଟିଏ ତଥାପି ବିନା ପ୍ରବେଶରେ ଅବଗାହନ ଅସମ୍ଭବ। କେଉଁଠି ଉପାୟ ଅଛି ଏ ଉପଦ୍ରବରୁ ମୁକ୍ତି ପାଇବାର?

ମୋହିତ ହଠାତ୍ ଉତ୍ଫୁଲ୍ଲିତ ହୋଇଉଠି କହିଲା “ଗୋଟେ ଭଲ ସିନେମା ଚାଲିଛି, ତୋତେ ଏଇ ସାଙ୍ଗେସାଙ୍ଗେ ମୋ ସହିତ ବାହାରି ଯିବାକୁ ହେବ।”

ଇଞ୍ଜିନିୟରିଂ କଲେଜରେ ଥରେ ଦୁଇଥର କାହା ସହିତ ସିନେମା ଚାଲି ଯିବାକୁ କେହି ପ୍ରେମ ପର୍ଯ୍ୟାୟର ଅନ୍ତର୍ଭୁକ୍ତ କରନ୍ତି ନାହିଁ। ମୁଁ ସମ୍ମତି ଜଣାଇବାରେ ତା’ ମୁହଁ ଖୁସିରେ ଝଲମଲ ହୋଇ ଉଠିଲା।

ସିନେମା ହଲରେ ଦେଖା ହୋଇଗଲା ଅଙ୍କିତ ସହିତ। ସେ ମୋତେ ତୀର୍ଯ୍ୟକ ଚାହାଣୀରେ ଚାହିଁ ହସିଲା ସାମାନ୍ୟ। ମୋହିତର ଅତି ନିକଟକୁ ଯାଇ ମୋତେ ଶୁଣାଇବା ଭଳି କହିଲା “ଆରେ ମୋହିତ! ତୁ କେବେଠାରୁ ସୂର୍ଯ୍ୟାଂଶର ପ୍ରକ୍ ମାରିବା ଆରମ୍ଭ କଲୁଣି? ତୋତେ ଆତ୍ମହତ୍ୟା କରିବାକୁ ଆଉ କେଉଁସ୍ଥାନ ମିଲିଲାନି ଯେ ପୁରା ଜ୍ୱଳନ୍ତ ଅଗ୍ନିକୁଣ୍ଡକୁ ଡେଇଁପଡ଼ିଲୁ?” ସେ ପରୋକ୍ଷରେ ମୋତେ ଶୁଣାଇବା ଭଳି ଏତେ କଥା କହିଗଲା ଅଥଚ ମୁଁ କିଛି କହିପାରିଲିନି।

ମୋହିତର ମୁହଁ ହଠାତ୍ ଅସମ୍ଭବ ଭାବରେ ଗମ୍ଭୀର ହୋଇଉଠିଲା। ସେ ଅଙ୍କିତକୁ କୌଣସି ଉତ୍ତର ନଦେଇ ମୋ ଆଡ଼କୁ ବିଚଳିତ ଭାବରେ ଥରେ ଚାହିଁ ମୋ ମନଃସ୍ଥିତି ପରୀକ୍ଷା କରି ହଲ୍ ଭିତରକୁ ଯିବା ପାଇଁ ଉଦ୍ୟମ କଲା। ନିଜ ପ୍ରତିକ୍ରିୟାକୁ ଗୋପନ ରଖ୍ ଅନ୍ଧକାର କୋଠରୀକୁ ପ୍ରବେଶ କରିବାପରେ ଢେର ସୁଯୋଗ ମିଲିଥିଲା ଆମ

ଦୁହିଁଙ୍କୁ ନିଜ ଭିତରେ ଅନ୍ତର୍ଦ୍ବନ୍ଦ ସହ ମୁହାଁମୁହିଁ ହେବା ପାଇଁ। ସିନେମା ସ୍କ୍ରିନ୍‌ର ଅନ୍ଧାର ଆଲୁଅର ଲୁଚକାଳି ଭିତରେ ମୋହିତର ଭାବାନ୍ତର ପଢ଼ିବା ସମ୍ଭବ ନଥିଲା। କିନ୍ତୁ ଅଙ୍କିତର ମନ୍ତବ୍ୟ ମୋହିତକୁ ଯେ କେତେ ମାତ୍ରାରେ ଅପମାନିତ କରିଥିବ ତାହା ବୁଝିବା ପାଇଁ ବାକି ରହିଲାନାହିଁ। ମଧ୍ୟାନ୍ତରେ ମୁଁ କହିଲି, ମୋହିତ ! ଅଙ୍କିତ କଥାରେ ତୁ ଅପମାନିତ ମନେ କରିନାହୁଁ ତ ?

ସେ ଦୀର୍ଘଶ୍ବାସ ତ୍ୟାଗ କରି କହିଲା "ଯାହା ହୃଦୟରେ କେବଳ ଘୃଣାର ଜହର ଭରି ରହିଛି ସେ ଅନ୍ୟକୁ ଜହର ପରିବର୍ତ୍ତେ ଅମୃତ କିପରି ଅବା ଦେଇପାରିବ ? ଅନ୍ୟ କାହାର ଦୁର୍ବ୍ୟବହାର ପାଇଁ ମୁଁ ମୋ ନିଜକୁ କଷ୍ଟ ଦେବି କାହିଁକି ? ସେ ଦିନ ଆଉ ଗୋଟେ ପାଦ ମୋହିତର ନିକଟତର ହେଲି। ଏଭଳି ସାନ୍ତ୍ବନାର ଭାଷା ମୋହିତ ପାଖରୁ ଶୁଣେ ବୋଲି ମନ ବିଚଳିତ ହେଲେ ଚାଲିଆସେ ତା' ପାଖକୁ। ସିନେମା ଦେଖିବାର ମାନସିକ ସ୍ଥିତିରେ ଆମେ ଦୁହେଁ ନଥିଲୁ। ଆଖି ଦୁଇଟି ପରଦାରେ ନିବଦ୍ଧ ଥିଲେ ମଧ୍ୟ ଭିତରେ କେତେ ଅନ୍ତର୍ଦ୍ବନ୍ଦ ଚାଲିଥିଲା ତାହା ଅନ୍ୟ କିଏ ଅବା ବୁଝିପାରିବ ?

ସୂର୍ଯ୍ୟାଂଶଠାରୁ ସଂପର୍କ ଛିନ୍ନ କରିବା ପରେ ମୁଁ ମୋହିତକୁ କେବଳ ମୋ ଦୁଃଖ ଭୁଲିବାର ମାଧ୍ୟମ କରିନାହିଁତ ? ମୋ ନିଃସଙ୍ଗ ଜୀବନ ରାସ୍ତାର ସହଯାତ୍ରୀ କରିନାହିଁ ତ ? ନିଜକୁ ନିଜେ ବାରମ୍ବାର ପ୍ରଶ୍ନ କରେ ମୁଁ।

ଅନ୍ୟମାନେ ମୋହିତକୁ ସତର୍କ କରି ଦେଲାଭଳି କହନ୍ତି "ମଧୁ ପିଇବା ଭଲ କିନ୍ତୁ ମଧୁଭାଣ୍ଡରେ ପଡ଼ି ଛଟପଟ ହୋଇ ମୃତ୍ୟୁ ବରଣ କରିବା ଭଲ ନୁହେଁ।" ତା'ର ଏବେ ମଧୁଭାଣ୍ଡରେ ପଡ଼ି ଛଟପଟ ହେବା ପରି ଅବସ୍ଥା। ଯେଉଁଥିରେ ମଧୁର ସ୍ବାଦ ମିଳେନାହିଁ, ବରଂ ମିଳେ ମୃତ୍ୟୁର ଯନ୍ତ୍ରଣା।"

ମୁଁ ମୋ ନିଜକୁ ଶାସନ କରେ। ଶପଥ କରେ... ନାଁ, ମୋ ନିଃସଙ୍ଗତା ଦୂର କରିବାକୁ ଆଉ କେବେ ମୋହିତର ସାହଚର୍ଯ୍ୟ ଲୋଡ଼ିବି ନାହିଁ। ମାତ୍ର ଏକଥା କଥା ରେ ହିଁ ରହିଗଲା। ଅଳ୍ପଦିନ ଭିତରେ ମୋତେ ପୁନର୍ବାର ମୋହିତର ସାହାଯ୍ୟ ନେବାକୁ ପଡ଼ିଲା।

ଜିଙ୍ଗିଲ୍ ଦିନେ ପ୍ରେମର ସପ୍ତମସ୍ବର୍ଗରୁ ଓହ୍ଲାଇ ଆସିଲା ଧରାପୃଷ୍ଠକୁ। ଯେ ଦିନେ ମୋତେ କହୁଥିଲା ପ୍ରେମର ପରିଣତି କେବେ ବିବାହରେ ପରିସମାପ୍ତି ଘଟିବା ଉଚିତ୍ ନୁହେଁ, ସେ ମତବଦଲାଇ କହିଲା ବଦ୍ରି ହୃଦୟରେ କୋମଳ ହୋଇଥିବାରୁ ତା' ଉପରେ ଘରର ଚାପ ପଡ଼ିଲେ ସେ ନିଜର ମନ ପରିବର୍ତ୍ତନ କରିଦେବା ଅସମ୍ଭବ ନୁହେଁ। ତାଙ୍କ ଘରେ ବିଶେଷ ସମସ୍ୟା ସୃଷ୍ଟି ହେବନାହିଁ। କିନ୍ତୁ ବଦ୍ରିର ବାପା ଯେପରି ବାରମ୍ବାର ସେ ଦୁହିଁଙ୍କ ସଂପର୍କ ତୁଟାଇ ଦେବା ପାଇଁ ବଦ୍ରି ଉପରେ ଚାପ ପ୍ରୟୋଗ

କରୁଛନ୍ତି ଯେ କୌଣସି ମୁହୂର୍ତ୍ତରେ ତାର ମନୋବଳ ଭାଙ୍ଗିଯାଇପାରେ। ତେଣୁ ସେମାନେ କୋର୍ଟରେ ବିବାହ କରିବା ପାଇଁ ନିଷ୍ପତ୍ତି ନେଇଛନ୍ତି।

ପ୍ରେମରେ ଜାତି ଧର୍ମ ଏ ସବୁ ସମସ୍ୟା ସାମୟିକ। ପରେ ପରେ ଝଡ ପରର ଆକାଶ ପରି ଶାନ୍ତ ହୋଇଯାଏ ଜୀବନ–ଏହା ଜିଙ୍ଗିଲ ଓ ବଦ୍ରି ଉଭୟଙ୍କ ଧାରଣା। ତେଣୁ ପରୀକ୍ଷା ପୂର୍ବରୁ ବିବାହ କଲେ ଘର କୁ ନୋଟିସ୍ ପହଞ୍ଚିବାବେଳକୁ ସେମାନେ ଉପାର୍ଜନକ୍ଷମ ହୋଇ ସାରିଥିବେ।

ପ୍ରେମ ବ୍ୟାପାରରେ ସାଙ୍ଗସାଥୀ ମାନଙ୍କର ବିରାଟ ଯୋଗଦାନ ଥାଏ। ସେ ଦୁହେଁ ରେଜିଷ୍ଟାର୍ ଅଫିସ୍କୁ ଯାଇ କୋର୍ଟମ୍ୟାରେଜ୍ ପାଇଁ ଦିନ ଧାର୍ଯ୍ୟ କରି ଆସିଲେ। ଘଟଣାଟି ବାହାରେ ପ୍ରଘଟ ନହେବା ପାଇଁ ଜିଙ୍ଗିଲ ମୋତେ ଓ ମୋହିତକୁ ବିବାହରେ ସାକ୍ଷୀ ହେବା ପାଇଁ ମ୍ୟାରେଜ୍ ରେଜିଷ୍ଟାରଙ୍କ ଅଫିସ୍କୁ ନିମନ୍ତ୍ରଣ କରିଥିଲା, ବଦ୍ରିର ଦୁଇଜଣ ବନ୍ଧୁ ମଧ ଏ ଦିଗରେ ତାକୁ ଭରସା ଦେଇଥିଲେ।

ମୁଁ ମୋହିତକୁ ବିବାହ ସାକ୍ଷୀ ପାଇଁ କୋର୍ଟ ଯିବା କଥା କହିବା ମାତ୍ରେ ସେ କହିଲା। "ବଦ୍ରି ଭଳି ଦୁର୍ବଳ ମନୋସ୍ଥିତିର ପିଲା ଉପରେ ମୋର ଆଦୌ ଭରସା ନାହିଁ। ଶେଷ ମୁହୂର୍ତ୍ତରେ ସେ ତା'ର ନିଷ୍ପତ୍ତିରୁ ଓହରି ଆସିପାରେ।" ମୁଁ ଅଶାନ୍ତ କଣ୍ଠରେ କହିଲି "ତୁ ଆଉ ଇନ୍ଟ୍ୟୁସନ୍ ଲଗାନା। ଦୁଇଜଣ ପ୍ରେମିକ ପ୍ରେମିକାଙ୍କୁ ଏକାଠି କରିବାାରୁ ପୁଣ୍ୟକର୍ମ ଆଉ କିଛି ନାହିଁ। ତୁ ଥରେ ସମ୍ମତି ଦେ। ବଦ୍ରିକୁ କୋର୍ଟ ଯାଏଁ ଆଣିବାର ଦାୟିତ୍ୱ ଜିଙ୍ଗିଲର।"

ନିର୍ଦ୍ଧିଷ୍ଟ ଦିନ କନ୍ୟାପକ୍ଷ ଭାବରେ ଗୋଟିଏ ଗାଡିରେ ମୁଁ, ଜିଙ୍ଗିଲ ଓ ମୋହିତ କୋର୍ଟକୁ ବାହାରିଲୁ। ବରପକ୍ଷରେ ବଦ୍ରି ଓ ଦୁଇଜଣ ପିଲା ମଧ ଆସିଲେ। ରାସ୍ତାରେ ଜିଙ୍ଗିଲ ପାଇଁ ଗୋଟିଏ ରେଶମୀ ଓଢଣୀ, ଦୁଇଟି ଫୁଲମାଲ, ମିଠା ପ୍ୟାକେଟ କିଣାଗଲା। ବଦ୍ରି ସେସବୁ ଦ୍ରବ୍ୟର ପଇସା ଦେଇସାରି ଗାଡିରେ ବସିଲା। ଦୁଇଟି ଭିନ୍ନ ଗାଡି ସେମାନେ ବ୍ୟବସ୍ଥା କରିଥିଲେ। ଆଗ ଗାଡିରେ ଆମେ, ପଛ ଗାଡିରେ ବଦ୍ରି ଓ ତା' ବନ୍ଧୁ ଦୁଇଜଣ। ଟ୍ରାଫିକ୍ ପୋଷ୍ଟ ଅତିକ୍ରମ କରି ଆମ ଗାଡି ଚାଲିଆସିଲା ଓ ସେମାନେ ରହିଗଲେ ସବୁଜବତୀ ଅପେକ୍ଷାରେ। ଆମେ କୋର୍ଟରେ ପହଞ୍ଚିବାର ଅନେକ ସମୟ ବିତିଯିବା ପରେ ସେମାନେ ପହଞ୍ଚିଲେ ନାହିଁ। ଜିଙ୍ଗିଲ ଓ ମୁଁ ଯେତେଥର ବଦ୍ରିକୁ ଯୋଗାଯୋଗ କରିବାକୁ ଫୋନ୍ ଲଗାଇଲୁ ସେ ଫୋନ୍ ଉଠାଉ ନଥିଲା। ଶେଷରେ ମୋହିତ ଗାଡି ନେଇ ପୁନର୍ବାର ସେଇ ଟ୍ରାଫିକ୍ ପୋଷ୍ଟ ପାଖରେ ପହଞ୍ଚ ରାସ୍ତାରେ କୌଣସି ଗାଡି ଦୁର୍ଘଟଣାର ସମ୍ମୁଖୀନ ହୋଇଛିକି ନାହିଁ ସନ୍ଧାନ ନେଲା। ବଦ୍ରିର ଦୁଇ ବନ୍ଧୁଙ୍କର ଫୋନ୍ନମ୍ବର ଆମ ପାଖରେ ନଥିବାରୁ ସେମାନଙ୍କୁ ଯୋଗାଯୋଗ କରିବା

ସମ୍ଭବ ହେଲାନାହିଁ। ସେମାନେ ଖୁବ୍ ପରିଚିତ ନଥିଲେ ଆମ ପାଇଁ। ମୁଁ ଜିଙ୍ଗିଲକୁ ମିଥ୍ୟା ଭରସାମାନ ଦେଇଚାଲିଥିଲି, ଗୋଟାଏ ପରେ ଗୋଟେ ଓ ଅପେକ୍ଷା କରିଥିଲି କେବେ ବଦ୍ରି ଫେରି ଆସିବ।

ଓକିଲ ମହାଶୟ ଅନେକ ସମୟ ଅପେକ୍ଷା କରିବା ପରେ 'ବର ପହଞ୍ଚିଲେ ମୋତେ ଜଣାଇବ', କହି ଆମକୁ କାଗଜପତ୍ର ଧରାଇ ଦେଇ ବାହାରିଗଲେ ତାଙ୍କ କାର୍ଯ୍ୟରେ। ଓଢଣୀ ଓ ଫୁଲମାଳ ଅପେକ୍ଷା କରିଥିଲା ସେଇ ଶୁଭ ମୁହୂର୍ତ୍ତକୁ। ଜିଙ୍ଗିଲ୍ ଗୋଟେ ଚେୟାରରେ ଆଖିମୁଦି ବସି ରହିଥିଲା। ମୋହିତ ବାରମ୍ବାର ବିଭିନ୍ନ ନମ୍ବରକୁ ଯୋଗଯୋଗ କରି ବଦ୍ରି କେଉଁଠାରେ ଅଛି ବୋଲି ଚେଷ୍ଟା କରୁଥିଲା ଜାଣିବାକୁ। ଗମ୍ଭୀର ପରିବେଶ। ଶୁଭୁଥିଲା ଦୀର୍ଘଶ୍ୱାସ ପରେ ଦୀର୍ଘଶ୍ୱାସ, ଦୁଇଘଣ୍ଟା ବିତିଗଲା ବଦ୍ରି ଫେରିଲା ନାହିଁ। ହଠାତ୍ ଜିଙ୍ଗିଲ୍ ଧଡ୍ କରି ଚେୟାରରୁ ଉଠି କହିଲା "ସାରା! ଚାଲ ଆମେ ହସ୍ଟେଲ ଫେରିଯିବା। ବଦ୍ରି ଭଳି ଗୋଟେ ମେରୁଦଣ୍ଡହୀନ ପ୍ରାଣୀକୁ ବିବାହ କରିବା ଅପେକ୍ଷା ଚିରକୁମାରୀ ରହିବା ଶ୍ରେୟସ୍କର।" ମୋ ଉତ୍ତରକୁ ସେ ଅପେକ୍ଷା ନକରି ବାହାରେ ଅପେକ୍ଷାମାଣ କାର୍‌ର ଡୋର୍ ଖୋଲି ବସିଲା। ତାକୁ ଭରସା ଦେବି କଣ ? ମୋର ସନ୍ଦେହ ହେଉଥିଲା ବଦ୍ରି ଆଉ ଫେରିବନାହିଁ ତେଣୁ ବିନା ବାକ୍ୟବ୍ୟୟରେ ତା' ପାଖରେ ବସିଲି। ଏଭଳି ପରିସ୍ଥିତିରେ କଣ କରିବି ବୁଝିପାରୁ ନଥିଲି। ମୋହିତ ଫେରିଆସି କହିଲା, ଆମେ ଏବେ ଫେରିଯିବା ଉଚିତ ହେବ। ତୁମେ ବ୍ୟସ୍ତ ହୁଅନା ମୁଁ ବଦ୍ରିକୁ ଯୋଗାଯୋଗ କରିବାକୁ ଚେଷ୍ଟାକରୁଛି। ମୋହିତର ପ୍ରବୋଧନାରେ ଜିଙ୍ଗିଲ୍ ଘୃଣାରେ ମୁହଁ ଘୁରାଇନେଲା ଅନ୍ୟଦିଗକୁ। ତା' ମୁହଁରେ ସେତେବେଲେ ଘୃଣା, କ୍ରୋଧ, ଅସହାୟତାର ଫେଣ୍ଟାଫେଣ୍ଟି ରଂଗ। ଆମେ ଫେରିଆସିଲୁ ହସ୍ଟେଲ। ଜିଙ୍ଗିଲ କ୍ୟାବରୁ ଓହ୍ଲାଇ ହସ୍ଟେଲ ଭିତରକୁ ଦୌଡି ପଳାଇଯାଇ ବେଡ୍ ଉପରେ ମୁହଁମାଡି ପଡି ରହିଲା। ପ୍ରକୃତିସ୍ଥ ହେବାକୁ ତାକୁ କେତୋଟି ନିରୋଲା ମୁହୂର୍ତ୍ତ ଦେବା ପାଇଁ ମୁଁ କବାଟ ଆଉଜାଇ କମନ୍‌ରୁମ୍‌କୁ ବାହାରିଗଲି। ଢେର୍ ସମୟ ପରେ ମୋହିତ ମୋତେ ଜଣାଇଲା ବଦ୍ରି ହସ୍ଟେଲ ଫେରିନାହିଁ, କେଉଁଆଡେ ଯାଇଛି, ସେ ଖବର କାହା ପାଖରେ ନାହିଁ। ଏପରିକି ତା'ର ରୁମ୍‌ମେଟ୍ ମଧ ତା' ସଂପର୍କରେ କିଛି ଜାଣେନା।

ଶେଷ ମୁହୂର୍ତ୍ତରେ ଜଣକୁ ବେଦୀରେ ବସାଇଦେଇ ପଳାତକ ସାଜିବା କଣ ଦରକାର ଥିଲା ? ସେ ସିଧାସଳଖ ଏ ବିବାହ ପାଇଁ ତା'ର ସମ୍ମତି ନାହିଁ ବୋଲି କହିପାରିଥାନ୍ତା। ବଦ୍ରି କିଛି ଠିକ୍ କଲାନାହିଁ।

ମୋ ମନ୍ତବ୍ୟରେ ମୋହିତ ଚିନ୍ତା ପ୍ରକାଶ କରି କହିଲା, ଶେଷ ମୁହୂର୍ତ୍ତ ପର୍ଯ୍ୟନ୍ତ

ବଦ୍ରି ମୁହଁରେ ଯେଉଁ ହସ ଥିଲା ତାହା ଦେଖି ତୋତେ ବିଶ୍ୱାସ ହେଉଛି ଯେ ସେ ଏପରି କାର୍ଯ୍ୟ କରିପାରିଥିବ ? ଘଟଣା ଅନ୍ୟ କିଛି ପରି ଲାଗୁଛି।

ଗତ କିଛିଦିନ ଧରି ଜିଙ୍ଗିଲ୍‍ ପୂର୍ବପରି ହସର ଉଚ୍ଛୁଳି ପଡୁଥିବା ଝରଣାଟିଏ ନଥିଲା। ବଦ୍ରି ସହିତ ସଂପର୍କରେ ବାରମ୍ବାର ସମସ୍ୟା ସୃଷ୍ଟି ହେବାରୁ ସେ ପାଲଟି ଯାଇଥିଲା ଶୁଷ୍କ ମରୁନଦୀଟିଏ। ସେ ମୋ ସହିତ ପୂର୍ବଭଳି ଥଟ୍ଟାମଜା କରୁନଥିଲା କିମ୍ୱା ରାତିସାରା ଗପର ଆସର ଯୋଡୁ ନଥିଲା। ଭଲିକି ଭଲି ବେଶ ପୋଷାକରେ ସର୍ବଦା ସଜ୍ଜିତା ହୋଇ ରହୁଥିବା ଜିଙ୍ଗିଲର ଉଦାସିନୀ ସନ୍ୟାସିନୀ ଚେହେରା ଦେଖି ମୋର ମନେ ହେଉଥିଲା ପ୍ରେମ ସବୁ ସମୟରେ ଉତ୍ଥାନ ଦିଗରେ ଗତି କରେନାହିଁ। ସମୟେ ସମୟେ ପାତାଳରେ ପତିତ ହେବାର ଦୁଃଖ ବି ଦିଏ। ଜିଙ୍ଗିଲ୍‍ କିଛି ସମୟ ଏକାକୀ ବିତାଇଲେ ହୁଏତ ଶାନ୍ତ ହୋଇଯାଇପାରେ, ଏହା ଚିନ୍ତା କରି ସଂଧ୍ୟାରେ କମନ୍‍ରୁମ୍‍ରେ ବସି ରହିଲି। ରାତିରେ ଡାଇନିଂ ହଲ୍‍ରେ ତାକୁ ଦେଖିବାକୁ ନପାଇ ଶୋଇ ପଡିଥିବ ଭାବି ରୁମ୍‍କୁ ଯାଇ ଦେଖିଲି କୋଠରୀ ଭିତର ଅନ୍ଧାର। ବିଛଣାରେ ମୁହଁ ମାଡି ଶୋଇଥିଲା ଜିଙ୍ଗିଲ। ମୁଁ ଭିତରକୁ ନଯାଇ ସେଇଠାରୁ ଡାକିଲି "ଜିଙ୍ଗିଲ୍‍ ! ଆସ ଖାଇବାକୁ ଯିବା।" ସେ ନିରୁତ୍ତର। ମୁଁ ପାଖକୁ ଯାଇ ତା' ଦେହରେ ସ୍ନେହରେ ସ୍ପର୍ଶ ଦେଇ କହିଲି, "ଯାହା ଘଟିବାର କଥା ଘଟିସାରିଛି। ଏବେ ତୁମକୁ ଦୃଢ ହେବାକୁ ହେବ, ବଦ୍ରି ବୋଧହୁଏ ତୁମ ପ୍ରେମ ପାଇବା ପାଇଁ ଯୋଗ୍ୟ ନୁହେଁ।"

ମୁଁ ଏତେ କଥା କହିସାରିବା ପରେ ମଧ୍ୟ ଜିଙ୍ଗିଲ୍‍ ନିରୁତ୍ତର। ଲାଇଟ୍‍ ଲଗାଇ ଦେଖିଲି ସେ ଚେତାଶୂନ୍ୟ। ୱାର୍ଡେନ୍‍କୁ ତତ୍‍କ୍ଷଣାତ୍‍ ଫୋନ୍‍ କରି ଜଣାଇଲି। ରାତି ଦଶଟାରେ ହଷ୍ଟେଲ୍‍ ଗେଟ୍‍ ସମ୍ମୁଖରେ ଆମ୍ୱୁଲାନ୍ସ ପହଞ୍ଚିଲା ୱାର୍ଡେନ୍‍ ଓ ମୁଁ ଜିଙ୍ଗିଲ ସହିତ ହସ୍ପିଟାଲ୍‍ ଗଲୁ। ମୋହିତକୁ କିଛି ସାହାଯ୍ୟ ଉଦ୍ଦେଶ୍ୟରେ ମୋ ସହିତ ଯୋଗ ଦେବାପାଇଁ ଅନୁରୋଧ କଲି। ଜିଙ୍ଗିଲର ହସ୍ପିଟାଲ ଏମରଜେନ୍ସି ବିଭାଗରେ ଚିକିତ୍ସା ଆରମ୍ଭ ହେଲା। ହସ୍ପିଟାଲ ତରଫରୁ ପୋଲିସ୍‍ ଷ୍ଟେସନକୁ ମଧ୍ୟ ଜଣାଇ ଦିଆଯାଇଥିବାରୁ ଅଧ ଘଣ୍ଟାଏ ମଧ୍ୟରେ ସବ୍‍ ଇନ୍‍ସ୍ପେକ୍ଟର ରଖାଙ୍କର ଜଣେ ଯୁବ ପୋଲିସ୍‍ ଅଧିକାରୀ ଜିଙ୍ଗିଲର ଷ୍ଟେଟ୍‍ମେଣ୍ଟ ନେବା ପାଇଁ ପହଞ୍ଚିଲେ। ବଏଜ୍‍ ହଷ୍ଟେଲରୁ ପିଲାଙ୍କ ସୁଅଛୁଟିଲା। ସମସ୍ତଙ୍କ ନଜର ଥିଲା ମୋ ଉପରେ କେନ୍ଦ୍ରୀଭୂତ। ସେମାନେ ଅପେକ୍ଷା କରିଥିଲେ କେତେବେଳେ ମୁଁ ଏ ଘଟଣା ଘଟିବାର କାରଣ ସଂପର୍କରେ ସୂଚନା ଦେବି, ଅଥଚ ମୋ ଦୁଇଆଖି ସତେ ଅବା ପାଲଟିଯାଇଥିଲା ଲୁହର ଝରଣା। ୱାର୍ଡେନ୍‍ ମୋତେ ଆଶ୍ୱାସନା ଦେଉଥିଲେ ସବୁକିଛି ଠିକ୍‍ ହୋଇଯିବ ତୁମେ ବ୍ୟସ୍ତ ହୁଅନା।"

କିଛି ସମୟ ବିତିଗଲା। ଜିଙ୍ଗିଲ୍‍ ସ୍ଲିପିଂ ପିଲସ୍‍ ଓଭରଡୋଜ ନେଇଛି ବୋଲି

ଜଣା ପଡିଲା। ତା'ର ଅବସ୍ଥା ଜଟିଳ ବୋଲି ଡାକ୍ତରଙ୍କ ସୂଚନାରେ ସମସ୍ତଙ୍କ ମୁହଁରେ ଶୋକର ଛାୟା ଖେଳିଗଲା, ମୁଁ ଓ ୱାର୍ଡେନ୍ ଆଟେଣ୍ଡାଣ୍ଟ ବେଞ୍ଚରେ ବସିଥିଲୁ। ମୋହିତ ମଝିରେମଝିରେ ଆସି ପରିସ୍ଥିତି ସଂପର୍କରେ ବୁଝି ଯାଉଥାଏ। ୱାର୍ଡେନ୍ ଶେଷରେ ମୋତେ ପ୍ରଶ୍ନ କଲେ "ସାରା, ତୁମେ ତ ଜିଙ୍ଗିଲ୍‍ର ରୁମ୍‍ମେଟ୍ ଓ ସବୁଠାରୁ ଭଲ ବାନ୍ଧବୀ, ତୁମେ କିପରି ପୂର୍ବାନୁମାନ କରିପାରିଲ ନାହିଁ ଯେ ସେ ଏପରି ଏକ ପଦକ୍ଷେପ ନେବାକୁ ଯାଉଛି ? ସେ ଅନେକଦିନରୁ ଗୋଟେ ପିଲା ସହିତ ସଂପର୍କରେ ଅଛି ସେ କଥା ମୁଁ ଜାଣେ। ସେ ସବୁ ତା'ର ବ୍ୟକ୍ତିଗତ ବ୍ୟାପାର। ଆଜି ସକାଳେ ମଧ ଦେଖିଲି ବେଶ୍ ସୁନ୍ଦର ବେଶପୋଷାକରେ ତୁମେ ଦୁଇଜଣ କୁଆଡେ ବାହାରିଯିବାର। ହଠାତ୍ କଣ ଏପରି ଘଟିଗଲା ଯେ ସେଠାରୁ ଫେରିବା ପରେ ସେ ସ୍ଲିପିଙ୍ଗ୍ ପିଲ୍‍ସ୍ ଖାଇଦେଲା ? ପୁଣି ସେ ଏତେଗୁଡ଼ିଏ ପିଲ୍‍ସ୍ ପାଇଲା କେଉଁଠୁ ?"

ମୁଁ ବଦ୍ରିର ବିଶ୍ୱାସଘାତକତା ବିଷୟରେ ଆଲୋଚନା କରିବାକୁ ଚାହୁଁ ନଥିଲି। ତେଣୁ ନିରବ ରହିବାକୁ ଶ୍ରେୟ ମଣିଲି। କିନ୍ତୁ ୱାର୍ଡେନ୍ ସେ ପ୍ରଶ୍ନର ଉତ୍ତର ପାଇବା ପାଇଁ ନିର୍ଦ୍ଦିଷ୍ଟ ଭାବରେ ଅନ୍ୟଉପାୟ ଅବଲମ୍ବନ କରିବେ ସେଥିପାଇଁ ମୋ ଆଶଙ୍କା ବଢୁଥିଲା। ମୁଁ ଚାହୁଁନଥିଲି ଏ ଲଜ୍ଜାକର ଘଟଣା ବାହାରେ ପ୍ରଚଟ ହେଉ।

କଡା ମିଷ୍ଠାସ୍ବର ୱାର୍ଡେନ୍‍ଙ୍କ ଆଖିରେ ଲୁହ ଭର୍ତ୍ତି। ସେ ଧୀର କଣ୍ଠରେ କହିଲେ "ଜାଣେ, ତୁମମାନଙ୍କ ପ୍ରତି ମୁଁ ଟିକେ କଠୋର। ଏତେ ଝିଅମାନଙ୍କୁ ନିୟମାନୁଯାୟୀ ଚଳାଇବାକୁ ମୋତେ କଠୋର ହେବାକୁ ପଡେ। ମୁଁ ନିଜେ ମଧ ନିୟମରେ ବନ୍ଧା। ତୁମମାନଙ୍କର କୌଣସି ସମସ୍ୟା ଉପୁଜିଲେ ମୋତେ ମଧ ଉପରିସ୍ଥଙ୍କୁ ତା'ର ଉତ୍ତର ଦେବାକୁ ପଡେ। କିନ୍ତୁ ଏପରି ଘଟଣା ଘଟିଲେ ମୋତେ ଭୀଷଣ ଯନ୍ତ୍ରଣା ହୁଏ। ଅନ୍ୟକୁ ଭଲପାଇବା ପୂର୍ବରୁ ନିଜକୁ ଭଲପାଅ। ଇଶ୍ୱରଙ୍କ କୃପାରୁ ସେ ସୁସ୍ଥ ହୋଇ ଘରକୁ ଫେରିଆସୁ। ତା'ର କିଛି ହୋଇଗଲେ ମୁଁ ଏ ଚାକିରିଟା ଛାଡିଦେଇ ମୋ ପୁଅ ପାଖକୁ ପଳାଇବି।"

ମୋ ହୃଦୟ କହୁଥିଲା ଜିଙ୍ଗିଲ୍ ନିଶ୍ଚୟ ସୁସ୍ଥ ହୋଇଯିବ। ସମୟେ ସମୟେ ଆମେ ଏପରି କିଂକର୍ତ୍ତବ୍ୟବିମୂଢ ହୋଇଯାଉ ଯେ ଆସୁଥିବା ସଂକଟଜନକ ପରିସ୍ଥିତି ସଂପର୍କରେ ସମ୍ୟକ ସୂଚନା ମଧ ପାଉନା। ଜିଙ୍ଗିଲ୍ ଫେରିବା ରାସ୍ତାରେ ମୋ ସାମ୍ନାରେ ଓହ୍ଲାଇ ଥଣ୍ଡା ମେଡିସିନ୍ ଆଣିବାକୁ ଯାଇଥିଲା, ଅଥଚ ସେ କେଉଁ ଔଷଧ ଆଣି ରୁମ୍‍ରେ ଖାଇଲା ମୁଁ ସେ ସଂପର୍କରେ ସୁରାକ୍ ବି ପାଇଲି ନାହିଁ। ମୁଁ ଭାବିଥିଲି କିଛି ସମୟ ଏକୁଟିଆ ରହିଲେ ସେ ନିଜର ମନୋସ୍ଥିତି ସଜାଡିନେବ।

ରାତି ବାରଟା ସୁଦ୍ଧା ହସ୍ପିଟାଲ କରିଡର୍, ଗେଟ୍ ସମ୍ମୁଖ ରାଜରାସ୍ତାରେ କଲେଜ

ପିଲାଙ୍କ ଗହଳି ଏତେ ବଢ଼ିଗଲା ଯେ ତାହା ହସ୍ପିଟାଲ ପ୍ରଶାସନର ମୁଣ୍ଡବିନ୍ଧାର କାରଣ ହେଲା। କୌଣସି ଅଘଟଣ ଘଟିଗଲେ ସେମାନଙ୍କ କର୍ମଚାରୀମାନେ ଛାତ୍ରଙ୍କ ରୋଷର ଶିକାର ହୋଇପାରନ୍ତି, ସେଇଥିଲା ସେମାନଙ୍କ ଭୟ। ଶେଷରେ ଡାକ୍ତର ଜଣାଇଲେ ବିପଦସମୟ ଟଳି ନାହିଁ। ତା' ନାକରେ ଟ୍ୟୁବ୍ ମାଧ୍ୟମରେ ପ୍ରେସର ଦେଇ ଭିତରର ବିଷ ଦ୍ରବ୍ୟ କିଛି ମାତ୍ରାରେ ନିଷ୍କାସନ କରାଯାଇଥିଲେ ମଧ୍ୟ ବିଷ ରକ୍ତରେ ମିଶିଯାଇ କିଡ୍‌ନୀ, ଲିଭରରେ ରାସାୟନିକ ପ୍ରତିକ୍ରିୟା ସୃଷ୍ଟି କରି ସାରିଥିବାର ଆଶଙ୍କାକୁ ଏଡ଼ାଇ ଦିଆଯାଇ ନପାରେ। ଅକ୍‌ସିଜେନ୍ ଚାଲିଛି କିନ୍ତୁ ବାରମ୍ବାର ଚେତାଶୂନ୍ୟ ହୋଇଯିବାଟା ଆଦୌ ଶୁଭ ଲକ୍ଷଣ ନୁହେଁ। ନଖ ଓ ଓଠ ନୀଳ ପଡ଼ିଯିବାର ଅର୍ଥ ଯେ କୌଣସି ମୁହୂର୍ତ୍ତରେ କିଛିବି ଘଟି ଯାଇପାରେ। ଏସବୁ ହସ୍ପିଟାଲ ତରଫରୁ ସୂଚନା ମିଳୁଥିଲା। ସମସ୍ତେ ଆସିଲେ, କିନ୍ତୁ କାହିଁ ବଦ୍ରିନାଥ ? ଯାହାପାଇଁ ଜିଙ୍ଗିଲ ଆଜି ମୃତ୍ୟୁପଥର ଯାତ୍ରୀ। ମୋହିତକୁ ବଦ୍ରି ସଂପର୍କରେ ପ୍ରଶ୍ନ କରିବାରୁ ସେ କହିଲା ହସ୍ଟେଲ୍ ପିଲାମାନେ ସହରର ସମସ୍ତ ହୋଟେଲ, ଲଜ୍, ସିନେମା ହଲ୍ ଖୋଜି ସାରିଛନ୍ତି ସେ କେଉଁଠି ନାହିଁ। ସେ ବୋଧହୁଏ ଘରକୁ ଚାଲି ଯାଇଛି... ମୁଁ ସନ୍ଦେହ ପ୍ରକାଶ କଲି। କାରଣ ତା'ପରି ମୁହଁ ଲୁଚାଉଥିବା ପିଲାକୁ ଘରଠାରୁ ବଳି ସୁରକ୍ଷିତ ସ୍ଥାନ ଆଉ କେଉଁଠି ମିଳିବ ? ମୋହିତ ଚିନ୍ତା ପ୍ରକାଶ କଲା– "ସମସ୍ୟାଟି ତ ସେଇଠି, ସେ ଘରକୁ ଯାଇନାହିଁ ବୋଲି ଜାଣିଲି ତାଙ୍କ ଘରକୁ ଫୋନ୍ କରି। ବଦ୍ରି ଘରେ ମଧ୍ୟ ଖୁବ୍ ବ୍ୟସ୍ତ।" ତେବେ କଣ ବଦ୍ରିନାଥକୁ ପୃଥିବୀ ଗିଳିଦେଲା ଅବା ଆକାଶ ଶୋଷି ନେଲା ?

ମୁଁ ଦୁଇ ହାତରେ ମୁହଁକୁ ଘୋଡାଇ କୋହ ପିଇ ଯାଉଥିଲି। ଇଚ୍ଛା ହେଉଥିଲା ଛାତି ଫଟାଇ କାନ୍ଦିବା ପାଇଁ। ସତରେ ଜିଙ୍ଗିଲର ଏ ଅବସ୍ଥା ପାଇଁ ମୁଁ ମଧ୍ୟ କିଛି ମାତ୍ରାରେ ଦାୟୀ। ସୂର୍ଯ୍ୟାଂଶ ସହିତ ମୋ ସଂପର୍କ ଏପରି ନାଟକୀୟ ମୋଡରେ ପହଞ୍ଚିବା ପରେ ମୁଁ ମୋ ଜୀବନର ସବୁଠାରୁ ଦୁଃସମୟ ଦେଇ ଗତିକରୁଥିଲି। ବାପାଙ୍କ ଅସୁସ୍ଥତା, ଚାକିରିରେ ସମସ୍ୟା ସହିତ ସବୁଠାରୁ ବଡ କଥାହେଲା ଆର୍ଥିକ ସମସ୍ୟା ଯାହା ମୋତେ ଏପରି ଅତିଷ୍ଠ କରି ରଖିଥିଲା ଯେ ମୁଁ ସମସ୍ୟାର ସେଇ ନିବୁଜ କୋଠରୀ ଭିତରେ ବସି ଏକାକୀ ସମାଧାନ ରାସ୍ତା ଖୋଜୁଥିଲି। ସେହି ସମୟରେ ଜିଙ୍ଗିଲର ବଦ୍ରି ସହିତ ସଂପର୍କର ନାନାଦି ଜଟିଳତା ବିଷୟରେ ମୁଁ ଜାଣିଲେ ମଧ୍ୟ ନିରବ ରହୁଥିଲି। ଆଃ, ମୁଁ ଚାହିଁଥିଲେ ଏ ସମସ୍ୟାର ସମାଧାନଟିଏ ନିଶ୍ଚିତ ବାହାର କରିପାରିଥାନ୍ତି। ଆତ୍ମଗ୍ଲାନିରେ ମୁଁ ମୂକବତ୍ ବସି ରହିଥିଲି। ହଠାତ୍ କାହାର କଣ୍ଠସ୍ୱରରେ ମୁଁ ଚକିତ ହେଲି ସୂର୍ଯ୍ୟାଂଶ ମୋ ପାଖରେ ନାହିଁ। ମୋହିତ ଯାଇଛି ବାହାରକୁ। କିଏ ଏତେ ଶ୍ରଦ୍ଧାରେ ଡାକିପାରେ

ମୋତେ ? ହୃଦୟ ଏପରି ଶୂନ୍ୟତାରେ ଭରି ଯାଇଥିଲା ଯେ ମୁହଁ ଉଠାଇ ଚାହିଁବାକୁ ମଧ୍ୟ ଇଚ୍ଛା ହେଲା ନାହିଁ।

“ସାରା ! ଅତୀତର ବ୍ୟବହାର ପାଇଁ ମୁଁ ଦୁଃଖିତ, ଆଶା ମୋତେ କ୍ଷମା କରିଦେବ।” ଅଙ୍କିତ ମୋ ପାଖରେ ବସି କହୁଥିଲା ଦୁଃଖିତ ମୁଦ୍ରାରେ। କିଛି ପ୍ରତିକ୍ରିୟା ଦେଖାଇବାର ମାନସିକ ଅବସ୍ଥାରେ ମୁଁ ନଥିଲି। ପୁଣିଥରେ ମୁଣ୍ଡପୋତି ବସିରହିଲି। ମୋ କୋହ ବନ୍ଧବାଧ ନମାନି ସ୍ୱରପୂର୍ଣ୍ଣ ରୋଦନରେ ପରିଣତ ହେଲା। ଅଙ୍କିତ ଆଶ୍ୱାସନାଭରା କଣ୍ଠରେ କହିଲା “ମୁଁ ଏଇମାତ୍ର ଖବର ପାଇ ଷ୍ଟେସନରୁ ଫେରି ଆସିଲି। ନ୍ୟାସନାଲ୍ଟିମ୍ର ସେମିଫାଇନାଲ୍ ମ୍ୟାଚ୍ ଥିଲା। ମୁଁ ଶେଷ ମୁହୂର୍ତ୍ତରେ ଫେରିବାର ନିଷ୍ପତ୍ତି ନେଲି ଏଥିପାଇଁ ଯେ ମୁଁ ଜାଣେ ଏଭଳି ଦୁଃସମୟରେ ତୁମ ପାଖରେ କେହି ନଥିବେ।”

ଅଙ୍କିତ ସେମିଫାଇନାଲ୍ ମ୍ୟାଚ୍ ଖେଳିବାକୁ ନଯାଇ ମୋତେ ପ୍ରବୋଧନା ଦେବାକୁ ଫେରି ଆସିଛି ? ଯେଉଁଥିପାଇଁ ଗତ ବର୍ଷଟିଏ ଧରି ସେ ଅକ୍ଲାନ୍ତ ପରିଶ୍ରମ କରିଥିଲା। କଥାଟା ବିଶ୍ୱାସ ନହେଲେ ମଧ୍ୟ ସେ ସଶରୀରେ ମୋ ସାମ୍ନାରେ ଉପସ୍ଥିତ। ମୁଁ ଛଳଛଳ ଆଖିରେ କହିଲି “ନାଁ ଅଙ୍କିତ ! ତୁମେ ପରବର୍ତ୍ତୀ ଟ୍ରେନ୍ରେ ଚାଲିଯାଅ। ମୁଁ ପରିସ୍ଥିତି ସମ୍ଭାଲି ନେବି।” ସେ କହିଲା “କୋଚ ଟିମ୍ ନେଇ ହାଇଦ୍ରାବାଦ ବାହାରିଯାଇଛନ୍ତି। ମୋ ପାଇଁ ଏ ମ୍ୟାଚ୍ ତୁମଠାରୁ ଅଧିକ ଗୁରୁତ୍ୱପୂର୍ଣ୍ଣ ନୁହେଁ। ତୁମକୁ ଏପରି ଅବସ୍ଥାରେ ଛାଡିଯିବା ପରି ଅମଣିଷ ମୁଁ ନୁହେଁ। ଜୀବନରେ ଗୋଟିଏ ଗୋଟିଏ ମୁହୂର୍ତ୍ତ ଆସେ ଯେତେବେଲେ ଲାଭ କ୍ଷତିର ହିସାବ କରାଯାଏନା। ଅବଶ୍ୟ ସୂର୍ଯ୍ୟାଂଶ ଥିଲେ ମୁଁ ଆଦୌ ତୁମ ପାଇଁ ବ୍ୟସ୍ତ ହୋଇନଥାନ୍ତି।”

ମୋ ପାଇଁ ଗୋଟେ ବର୍ଷ ଭାଗ୍ୟ ପରୀକ୍ଷା କରିବାକୁ ଅପେକ୍ଷା କରିବ ଅଙ୍କିତ ? ନାଁ, ନାଁ, ତା’ର ଏ ଉଦାରତା ମୋ ପାଇଁ ବୋଝ ସଦୃଶ ମନେହେବ। କିନ୍ତୁ କାହାକୁ ମୁଁ କିପରି ଅବା ବୁଝାଇପାରିବି ? ମୁଁ ନିଜେ ଦୁଃଖର ଅଥଳ ସମୁଦ୍ରରେ ଭାସୁଛି। ଅଙ୍କିତ ମୋ ପାଖରେ ବସି ବଦ୍ରିନାଥ ସଂପର୍କରେ କିଛି ଆଲୋଚନା କରୁଥିଲା। ବଦ୍ରିନାଥର ବାପା ବିଷ୍ଣୁମନ୍ଦିର ପୂଜକ ବଂଶଜ। ଯଦିଓ ତା’ର ବାପା ସରକାରୀ ଚାକିରି କରନ୍ତି, କିନ୍ତୁ ଏବେ ମଧ୍ୟ ତାଙ୍କ ଭାଇମାନେ ପୂଜକ କାର୍ଯ୍ୟକରନ୍ତି। ତାଙ୍କ ଘରେ ପ୍ରତିଷ୍ଠା ହୋଇଥିବା ଶାଲଗ୍ରାମ ଚଲନ୍ତି ବିଷ୍ଣୁ ପ୍ରତିମା। ବଦ୍ରିର ଜେଜେବାପାଙ୍କ ଦେହାନ୍ତ ସମୟରେ ତିନିଦିନ କାଳ ଶାଲଗ୍ରାମରୁ ପାଣି ଝରି ଆସ୍ଥାନ ଭିଜିଥିଲା। ଏବେ ମଧ୍ୟ ତାଙ୍କ ଘରେ ଅନେକ ନୀତିନିୟମ, ପୂଜାପାଠ। ଧର୍ମ, ସଂପ୍ରଦାୟର ଊର୍ଦ୍ଧ୍ୱକୁ ଉଠି ଜିଙ୍ଗିଲ୍କୁ ଗ୍ରହଣ କରିବା ସେମାନଙ୍କ ପକ୍ଷରେ ସମ୍ଭବ ହେବନାହିଁ।

ବଦ୍ରି ଏ ସବୁ ସଂପର୍କରେ ଜିଙ୍ଗିଲ୍‌କୁ ପୂର୍ବରୁ କହି ପାରିଥାନ୍ତା କିନ୍ତୁ ଶେଷ ମୁହୂର୍ତ୍ତରେ ପଳାତକ ପରି ଆତ୍ମଗୋପନ କରିବା ଗୋଟେ କାପୁରୁଷର ଲକ୍ଷଣ। ସେ ଘରକୁ ଯାଇ ନାହିଁ, ହଷ୍ଟେଲରେ ନାହିଁ। ସାରା ସହରରେ ମଧ ନାହିଁ। ତେବେ ସେ ଗଲା କୁଆଡ଼େ ? ମୁଁ ନିଜକୁ ପ୍ରଶ୍ନ କଲି।

ଜିଙ୍ଗିଲ୍‌ ଅବଜରଭେସନ୍‌ରେ ଥିଲା। ତା' ସ୍ୱାସ୍ଥ୍ୟବସ୍ଥାର ମନିଟରିଂ ଚାଲିଥିଲା। ତା' ସ୍ୱାସ୍ଥ୍ୟର ଜଟିଳତା ଏତେ ବଢ଼ିଯାଉଥିଲା ଯେ ଡାକ୍ତର ଆଶଙ୍କା ପ୍ରକାଶ କରୁଥିଲେ ତା' ଶରୀର ସଂପୂର୍ଣ୍ଣ କିମ୍ବା ଅର୍ଦ୍ଧେକ ପାରାଲିସିସ୍‌ ହୋଇଯିବାର ସମ୍ଭାବନାକୁ ଏଡ଼ାଇ ଦିଆଯାଇ ନପାରେ। ମସ୍ତିଷ୍କର କୌଣସି ଭାଗକୁ ଅମ୍ଳଜାନ ଯାଇପାରିନଥିବାରୁ ଏପରି ଅବସ୍ଥା। ପରବର୍ତ୍ତୀ ସୂଚନା ଅପେକ୍ଷାରେ ଆମେ ସମସ୍ତେ ଥିଲୁ ଉଦ୍‌ବିଗ୍ନ।

ପ୍ରେମକୁ ହରାଇବା ଭୟରେ ଜୀବନ ପ୍ରତି ସାମାନ୍ୟ ମୋହ ସୃଷ୍ଟି ହେଲାନି ଜିଙ୍ଗିଲର ? ଭାବିଥିଲା ବାଂଚିବ ତ ବଦ୍ରିକୁ ନେଇ ନଚେତ୍‌ ଦୁନିଆଁ ଛାଡ଼ିଦେବ। କାରଣ ପ୍ରେମହୀନ ଦୁନିଆଁରେ ବାଂଚିରହିବା ମୃତ୍ୟୁଠାରୁ ଶ୍ରେୟସ୍କର। ବାହାରକୁ କଠିନ ଦେଖାଯାଉଥିବ ଝିଅଟି ଭିତରେ ଏତେ ଦୁର୍ବଳମନା ?

ହଁ, କଠିନ ପ୍ରସ୍ତରର ବିସ୍ତାରିତ ବକ୍ଷତଲେ ପ୍ରବାହିତ ହେଉଥାଏ ସୂକ୍ଷ୍ମ ଜଳ ଧାରା। ସେମିତି ଥିଲା ଜିଙ୍ଗିଲ୍‌ ଯାହାକୁ ହୁଏତ ମୁଁ କେବେ ଦେଖ୍ ପାରିନଥିଲି।

ପ୍ରିନସିପାଲ୍‌ ଓ ଦୁଇଜଣ ଅଧ୍ୟାପକ ଜିଙ୍ଗିଲର କ୍ୟାବିନ୍‌ରୁ ଫେରିଯିବା ସମୟରେ ତାଙ୍କ ମୁହଁରେ ଗମ୍ଭୀରଭାବ ଦେଖ୍ ମୋ ଭିତରେ ଘନୀଭୂତ ମେଘଖଣ୍ଡ ଫାଟି ବାଦଲଫଟା ବର୍ଷା ଆରମ୍ଭ ହୋଇଗଲା।

ଅଙ୍କିତ୍‌ ମୋ ପାଇଁ କିଛି ଶୁଖ୍‌ଲାଖାଦ୍ୟ ଆଣିବାକୁ ଉଠିଯିବାରୁ ମୁଁ ହସପିଟାଲ୍‌ ଲନ୍‌ର ଗୋଟିଏ ନିର୍ଜନ କୋଣକୁ ଚାଲିଗଲି। ଝାପ୍‌ସା ଆଲୋକରେ ବେଞ୍ଚରେ ବସି ଅନନ୍ତ ଅନ୍ତରୀକ୍ଷକୁ ଚାହିଁ ରହିଲି ଅନେକ ସମୟ ଯାଏଁ।

କେତେ କ୍ଷୁଦ୍ରାତିକ୍ଷୁଦ୍ର ଜୀବଟିଏ ମୁଁ। ଏ ସୌରମଣ୍ଡଳ ବାହାରେ ଶହଶହ ସୌର ମଣ୍ଡଳ, ଆକାଶଗଙ୍ଗା, ନକ୍ଷତ୍ର, ନିହାରୀକାମଣ୍ଡଳ। କେତେ ଅକଳ୍ପନୀୟ ତା'ର ପରିସୀମା। କେତେ ବ୍ୟାପକ ତା'ର କ୍ଷେତ୍ର ! ଏସବୁ ଗ୍ରହମଣ୍ଡଳର ନିର୍ମାତା ବିଶ୍ୱନିୟନ୍ତା ଥିବେ କେତେ ଦୂରରେ ? କେତେ ବିରାଟ ରୂପରେ ? ସତରେ କଣ ମୋ ପ୍ରାର୍ଥନାର ସ୍ୱର ତାଙ୍କ ପାଖରେ ପହଞ୍ଚେ ? ଆଲୋକର ଗତିଠାରୁ ସହସ୍ର ଗୁଣ କ୍ଷିପ୍ରତର ମୋ ହୃଦୟର ଡାକ କଣ ସତରେ ତାଙ୍କ ଅବରୁଦ୍ଧ ଦ୍ୱାରରେ କରାଘାତ କରିପାରେ ?

ମୁଁ ଜାଣେ ପ୍ରାର୍ଥନାର ଶକ୍ତି, ବିଶ୍ୱାସର ଫଳ। କ୍ଷଣିକରେ ମୋର ଅନୁଭବ

ହେଲା ଯେ ଈଶ୍ୱର ଶହଶହ ଆଲୋକ ଦୂରତାରେ ନାହାନ୍ତି, ତାଙ୍କର ଅବସ୍ଥିତି ମୋ ଭିତରେ ମୋର ସୁକ୍ଷ୍ମାତିସୁକ୍ଷ୍ମ ଚେତନାରେ ।

ମୁଁ ଧାନମୁଦ୍ରାରେ ବସି ଈଶ୍ୱରଙ୍କୁ ପ୍ରାର୍ଥନା କଲି ଜିଙ୍ଗିଲ୍‌କୁ ମୃତ୍ୟୁମୁଖରୁ ଫେରାଇ ଦେବା ପାଇଁ । ଏପରି ଅବସ୍ଥାରେ କେତେ ମୁହୂର୍ତ୍ତ ବିତି ଯାଇଛି ଜାଣେନା ।

ମୁଁ ଆଖ୍‌ ଖୋଲିଲା ବେଳକୁ ମୋହିତ ବସିଥିଲା ମୋ ନିକଟରେ । ସେ କହିଲା "ସାରା ! ଜିଙ୍ଗିଲ୍‌ ଏବେ ବିପଦମୁକ୍ତ ବୋଲି ଡାକ୍ତର ଜଣାଇଲେ । ଜଣେ ମାନସିକ ରୋଗ ବିଶେଷଜ୍ଞଙ୍କ ସହିତ ଆଲୋଚନା ପରେ ହୁଏତ ଦୁଇଦିନ ପରେ ତାକୁ ଡିସଚାର୍ଜ କରାଯାଇପାରେ । ଜିଙ୍ଗିଲ୍‌ର ବାପା, ମା ଓ ଭାଇ କାଲି ସକାଲେ ଆସି ପହଞ୍ଚିବେ । ବଦ୍ରି କଥା ତାଙ୍କୁ ଜଣାପଡିଲେ ଘଟଣା କି ପ୍ରକାର ମୋଡ ନେବ ଜଣାନାହିଁ, ମୁଁ ଭାବୁଛି ଆମେ ଦୁହେଁ ବେଶ୍‌ କିଛିଦିନ ନିରବତା ଅବଲମ୍ବନ କରିବା ଉଚିତ ହେବ ।

ପୋଲିସଙ୍କ ସାମ୍ନାରେ ଖୁବ୍‌ ନିରବତା ଅବଲମ୍ବନ କଲି । ଏବେ ପୁଣି ଜିଙ୍ଗିଲ୍‌ର ପରିବାର ସାମ୍ନାରେ । ୩୪, କେଉଁଠି ମିଳନ୍ତା କି ଟିକେ ସ୍ଥାନ ଆତ୍ମଗୋପନ ଲାଗି । ଏହି ସମୟରେ ବଦ୍ରି ନିଖୋଜ, ସେ ଫେରିଆସିଲେ ହୁଏତ ଅନେକ ଘଟଣା ସ୍ୱତଃ ସମାଧାନ ହୋଇଯାଆନ୍ତା ।

ମୋହିତ ମନଦୁଃଖ କରି କହିଲା, ମୋତେ ବଦ୍ରି ପାଇଁ ମଧ ଖୁବ୍‌ ଚିନ୍ତା ହେଉଛି । ମୋତେ ଲାଗୁଛି ଜିଙ୍ଗିଲ୍‌ର କେହି ଏକତରଫା ପ୍ରେମିକ ତାଙ୍କୁ ଅପହରଣ କରି ନେଇଥାଇପାରେ ।" ବଦ୍ରି ପ୍ରତି ମୋ ହୃଦୟରେ ତିଲେମାତ୍ର ସମବେଦନା ସୃଷ୍ଟି ହେଉନଥିଲା । ତେଣୁ ମୁଁ ନିରବ ରହିଲି । ମୁଁ ଜିଙ୍ଗିଲ୍‌କୁ ଦେଖା କରିବାକୁ ଚାହୁଁଥିଲେ ମଧ ଡାକ୍ତର ପୋଲିସ୍‌ ବ୍ୟତୀତ ଅନ୍ୟ କାହାକୁ ଭିତରକୁ ଯିବାର ଅନୁମତି ନଥିଲା । ତେବେ ବି ଡାକ୍ତରଙ୍କ ତରଫରୁ ଜିଙ୍ଗିଲ୍‌ ବିପଦମୁକ୍ତ ବୋଲି ଜଣାପଡିବା ପରେ ଈଶ୍ୱରଙ୍କୁ ମନେମନେ ଧନ୍ୟବାଦ ଜଣାଇଲି, ଜିଙ୍ଗିଲ୍‌କୁ ସୁସ୍ଥକରି ଫେରାଇ ଦେବାର ଛୋଟ ଅନୁରୋଧଟି ମୋର ରକ୍ଷା କରିଥିବାରୁ ।

ମୋହିତ ଶୂନ୍ୟାକାଶକୁ ଚାହିଁ କହିଲା "ସମସ୍ତଙ୍କ ପାଇଁ ଯେ ନିରବରେ ପ୍ରାର୍ଥନା କରେ ଈଶ୍ୱର ତା'ର ପ୍ରାର୍ଥନା ଶୁଣନ୍ତି । ସେଥିପାଇଁ ତୁ ମୋ ପାଇଁ ଅନ୍ୟମାନଙ୍କଠାରୁ ସ୍ୱତନ୍ତ୍ର, ଯେ ଅପର ପାଇଁ ଈଶ୍ୱରଙ୍କ ପାଖରେ ନିରବରେ ଅଶ୍ରୁ ନିରାଜନା କରେ ଅଥଚ ନିଜ ପାଇଁ କିଛି ମାଗିବାକୁ ଭୁଲିଯାଏ ।" ମୋହିତ ଯେ ପରୋକ୍ଷରେ ମୋ ଜୀବନର ଅପୂର୍ଣ୍ଣତାକୁ ଦର୍ଶାଇଥିଲା, ତାହା କଣ ଯଥେଷ୍ଟ ନୁହେଁ ବୁଝିବାକୁ ଯେ ମୁଁ ନିର୍ମଲ

ହୃଦୟରେ କେବଳ ଈଶ୍ୱରଙ୍କୁ ମାଗିନାହିଁ ସୂର୍ଯ୍ୟାଂଶର ପ୍ରେମ। ମାଗିଥିଲେ ହୁଏତ ମୋ ସଂପର୍କ ଏପରି ବିପର୍ଯ୍ୟସ୍ତ ହୋଇ ନଥାନ୍ତା।

ହୃଦୟହୀନ ସୂର୍ଯ୍ୟାଂଶ ଅନ୍ୟ କାହାକୁ ପ୍ରେମ କରିବା ପୂର୍ବରୁ ଥରେ ମାତ୍ର ଆମ ସଂପର୍କରେ ଗଭୀରତା ସଂପର୍କରେ ଚିନ୍ତା କଲାନାହିଁ। ମୁଁ ମୋହିତକୁ ଚାହିଁବା ମାତ୍ରେ ସେ ଈଷତ୍ ହସି କହିଲା "ମୁଁ ତ ତୁମ ଦୁଇଜଣଙ୍କ ଦୂରତା ମଧ୍ୟରେ ଯୁକ୍ତଚିହ୍ନଟିଏ ମାତ୍ର। ତୁ ମୋ କଥାକୁ ଭିନ୍ନ ଅର୍ଥରେ ନେବୁ ନାହିଁ।" ସୂର୍ଯ୍ୟାଂଶ ମୋ ପାଇଁ ଥିଲା ବର୍ଷିଲା ଶିଖାଯୁକ୍ତ ଅଗ୍ନି ପିଣ୍ଡୁଲା। ମୁଁ ପତଙ୍ଗ ପରି ଝାସ ନେଇଥିଲି ତା'ର ଆକର୍ଷଣରେ। ମୋ ପକ୍ଷ ସବୁ ଏବେ ଅଗ୍ନିଦଗ୍ଧ। ମୁଁ ଆଉ ଜଳିବାକୁ ଚାହେଁନା, ତା' ଲେଲିହାନ ଶିଖାରେ। ମୁଁ ଅତୀତକୁ ଭୁଲିବାକୁ ଚାହେଁ ଗତ ଜନ୍ମର କାହାଣୀ ପରି। ମୋହିତ ମୋ ପାଖକୁ ସାମାନ୍ୟ ଘୁଞ୍ଚିଆସି କହିଲା "ତୋ ପାଇଁ ମୋ ହୃଦୟର ଦ୍ୱାର ଚିରଦିନ ଉନ୍ମୁକ୍ତ। ବନ୍ଧୁ ଭାବରେ ଓ ସହଯାତ୍ରୀ ଭାବରେ। ଜୀବନରାସ୍ତାରେ କେବେବି ନିଜକୁ ନିଃସଙ୍ଗ ଯାତ୍ରୀ ମନେକରିବୁ ନାହିଁ।"

ଆକାଶରେ ଜହ୍ନ ଥିଲା ଓ ମୋ ପାଖରେ ଜହ୍ନଠାରୁ ଅଧିକ କୋମଳ ହୃଦୟଟିଏ। ମୋହିତକୁ ମୁଁ ଚାହିଁରହିଲି କିଛି ମୁହୂର୍ତ। ସେ ଚାହାଣୀରେ ଥିଲା ସମ୍ମୋହନର ମାଧୁର୍ଯ୍ୟ। ମୁଁ କିଛି ପ୍ରତିକ୍ରିୟା ରଖିଲି ନାହିଁ।

ପରଦିନ ଜିଙ୍ଗିଲ୍ ସହିତ ଦେଖାହେଲା। ମ୍ଲାନ ମୁଖମଣ୍ଡଳ। ଅପରାଧବୋଧରେ ଅବନମିତ ଦୃଷ୍ଟି। ସେ କିଛି କହିବାକୁ ଚାହୁଁଥିଲା ଅଥଚ ପରକ୍ଷଣରେ କୋହର ନଦୀ ପରି ଫିଟି ପଡିଲା ସେ। ତାଙ୍କୁ ଆଲିଙ୍ଗନ କରି କହିଲି "କିଛି କୁହନା ଜିଙ୍ଗିଲ୍ ତୁମ ଅନ୍ତର ମୋଠାରୁ ଅଧିକ କିଏ ବୁଝିପାରେ ? ମୁଁ ଭୀଷଣ ଦୁଃଖିତ ଯେ ତୁମପରି ବୁଦ୍ଧିମତୀ ଓ ଦୃଢମନା ଝିଅଟି ଜୀବନ ବିରୁଦ୍ଧରେ ଏପରି ନିର୍ଣ୍ଣୟ ନେଇପାରେ। କିଛିଦିନ ପରେ ୟୁନିଭର୍ସିଟି ପରୀକ୍ଷା। ଘରକୁ ଯାଇ ପଢାପଢି କର। ଯେଉଁ ସ୍ମୃତି ଆମ୍ଭାକୁ ଉଖାରେ, ରକ୍ତାକ୍ତ କରେ, ଯନ୍ତ୍ରଣା ଦିଏ, ତାକୁ ଚିରଦିନପାଇଁ ହୃଦୟରୁ ଲିଭାଇ ଦେବାକୁ ଚେଷ୍ଟା କରିବ। ମୋର ବିଶ୍ୱାସ ଏ ଜୀବନକୁ ଜୟ କରିବା ପରି ପରୀକ୍ଷା ଓ ଆଗାମୀ ଜୀବନରେ ତୁମେ ସଫଳ ହେବ।" ସେ ଆଖିମୁଦି ନିରବରେ ଶୁଣି ଯାଉଥିଲା ମୋର ଆଶ୍ୱାସନାଭରା କଥା। ଜିଙ୍ଗିଲ୍‌ର ଚିକିସ୍ତା ଶେଷହେବା ଉଭାରେ ଦୁଇଦିନ ପରେ ତା'ର ପରିବାର ତାକୁ ଘରକୁ ନେଇ ଯାଇଥିଲେ। ବନ୍ଦ୍ ନିଖୋଜ ଥିଲା ସେଇ ଦିନଠାରୁ।

ଏଣିକି ମୋ ଜୀବନ ହୋଇଗଲା ଅଧିକ ନିଃସଙ୍ଗ। ପୂର୍ବପରି କଳକଳ ଝରଣା ପରି ଜିଙ୍ଗିଲ୍‌ର ହସ କଥା, ଗୁଣୁ ଗୁଣୁ ସଂଗୀତର ସ୍ୱର ଶୁଭୁନଥିଲା। କ୍ୟାମ୍ପସ୍‌ର ପ୍ରତିଟି ସମ୍ବାଦ ବିଚକ୍ଷଣ ସମ୍ୱାଦଦାତା ଭଲି ସେ ମୋତେ ଶୁଣାଉଥିଲା। କେବେ ବାନ୍ଧବୀ ପରି

ତ କେବେ ଗୁରୁଜନ ପରି ଉପଦେଶ ଦେଉଥିଲା। ଦୀର୍ଘ ଚାରିବର୍ଷର ସଂପର୍କ। କିନ୍ତୁ ଘରକୁ ଚାଲିଯିବା ପରେ କେବେ କେମିତି ଛୋଟ ମେସେଜ୍ ଟାଏ ପଠାଇଦିଏ। ଏତେ ବଡ ଦୁର୍ଘଟଣାର ସାମ୍ନା କରିଥିବା ଝିଅଟିକୁ କି ପ୍ରକାର ପ୍ରବୋଧନା ଦେବି ଜାଣି ନପାରି ମୁଁ ମଧ ନିରବ ରହେ।

କିଛିଦିନପରେ ଜିଙ୍ଗିଲ୍ ଫୋନ୍‌ରେ ମୋତେ ଆଶ୍ଚର୍ଯ୍ୟ କରିଦେବା ଭଳି କଥାଟିଏ କହିଲା। ତାହାହେଉଛି "ବଦ୍ରି ତା' ପାଖକୁ ଫୋନ୍ କରି କ୍ଷମା ମାଗିଛି।"

– କ୍ଷମାର ଯୋଗ୍ୟ ସେ ନୁହେଁ।

ମୋ ବିରକ୍ତ କଣ୍ଠସ୍ୱର ଶୁଣି ଜିଙ୍ଗିଲ୍ ପୁଣି କହିଲା "ବଦ୍ରି ଓ ମୁଁ ଯେଉଁ ଦିନ ରେଜିଷ୍ଟାର ଅଫିସ୍ ଯାଇଥିଲୁ ସେ ଦିନ ତାଙ୍କ ଗାଁରେ ଜଣେ ପିଲା ସହିତ ଦେଖା ହୋଇଥିଲା। ସେ ଅଫିସ୍ ପାଖରେ ଚା'ଦୋକାନ କରି ସମସ୍ତଙ୍କୁ ଚା' ଯୋଗାଏ। ତା'ଠାରୁ ଆମ ବିବାହ ସଂପର୍କରେ ଶୁଣି ନିର୍ଦ୍ଦିଷ୍ଟ ଦିନ ବଦ୍ରିର ବାପା ଓ ଦାଦାମାନେ ମଝି ରାସ୍ତାରୁ ଉଠାଇ ନେଇ ଜଣେ ସଂପର୍କୀୟଙ୍କ ଘରେ ରଖିଥିଲେ। ଏତେଦିନ ପରେ ସେ ଘରକୁ ଫେରୁଛି। ତା' ପାଇଁ ଏତେ ଘଟଣା ଘଟିଥିବା କଥାଶୁଣି ସେ ଦୁଃଖିତ ଓ କ୍ଷମା ଚାହିଁଛି।"

– ବଦ୍ରିର ଏପରି କଥା ଶୁଣି ତୁମ ମନ ତରଳି ଯାଇନିତ ? ମୋ ପ୍ରଶ୍ନରେ ଜିଙ୍ଗିଲ୍ ଦୀର୍ଘଶ୍ୱାସ ଛାଡ଼ି ଉଦାସ କଣ୍ଠରେ କହିଲା "କ୍ଷମା କରିଦେଲି ବଦ୍ରିକୁ, ମୋ ଦୁର୍ବଲ ପ୍ରେମକୁ। କିନ୍ତୁ ସତର୍କ ବି କରିଦେଲି ଯେ ଜୀବନରେ ଦ୍ୱିତୀୟଥର ପାଇଁ, ଯେପରି ସେ ମୋ ଜୀବନରାସ୍ତାକୁ ଫେରିବାର ପ୍ରଚେଷ୍ଟା ନକରେ।"

– ଭୀରୁ! କାପୁରୁଷ। ଅସ୍ପଷ୍ଟ ଧ୍ୱନି ମୋ କଣ୍ଠରୁ ନିର୍ଗତ ହେଲା।

ଦୁଇମାସ ରହିଲା ୟୁନିଭରସିଟି ପରୀକ୍ଷା। ରାତି ରାତି ଅନିଦ୍ରା ରହି ଏ ପର୍ଯ୍ୟନ୍ତ ଛୁଇଁ ନଥିବା ବିଷୟଗୁଡ଼ିକୁ ମସ୍ତିଷ୍କ ଭିତରେ ରୋପଣ କରିବାର ସମୟ। ସାରା ହସ୍ଟେଲ ନିସ୍ତବ୍ଧ, ମୋର ଯଦିଓ ଶେଷ ମୁହୂର୍ତ୍ତରେ ସବୁକିଛି ପାଠ ରୋପଣ କରିବାର ନଥାଏ କିନ୍ତୁ ବିଭିନ୍ନ ସମସ୍ୟା ମଧ୍ୟରେ ମୋର କିଛି ବାକି ରହିଯାଇଥିଲା।

ଏହି ସମୟରେ ଛାୟାମୂର୍ତ୍ତିଟି ଅଧିକ ଭାବଭଙ୍ଗୀରେ ଚାଲିବା, ସିଗାରେଟ୍ ଟାଣିବା ପରି ମାନବୀୟ କର୍ମ କରିବାରୁ ତାହା ଯେ କୌଣସି ଭୂତ ପ୍ରେତ, ଭାମ୍ପାୟାର ନୁହେଁ ବରଂ ଜୀବନ୍ତଭୂତର କାର୍ଯ୍ୟ ତାହା ସମସ୍ତଙ୍କର ହୃଦ୍‌ବୋଧ ହେଲା। କ୍ୟାମ୍ପସ ଛାଡିବା ସମୟରେ ଏ ସମସ୍ୟାଟିର ସମାଧାନ କରିଦେଇ ଯିବୁ ଚିନ୍ତାକରି ଦିନ ସିଫ୍ଟରେ ଥିବା ଗାର୍ଡ୍‌କୁ ଡାକି ଏ ସଂପର୍କରେ ଯୋଜନାଟିଏ ପ୍ରସ୍ତୁତ କଲୁ।

ଶିକାର ଦେଖିଲେ ଶିକାରୀ ଆସିବ। ଏହା ଚିନ୍ତାକରି ରାତି ତମାମ୍ ୫କୌ

ଖୋଲା ରଖିଲୁ । ତିନିଦିନପରେ ଛାୟାମୂର୍ତ୍ତି ଦେଖାଗଲା । ଦିନ ଜଗୁଆଳୀଟି ସେତେବେଳକୁ ତିନିଦିନ ହେଲା ମଶାଦାଉରେ ସୁଦ୍ଧା ହଷ୍ଟେଲ ପଛ ପାଖରେ ଜଗି ବସୁଥାଏ । ଦିନେ ଛାୟାମୂର୍ତ୍ତିକୁ ଦେଖି ଆମେ ସତର୍କ କରିଦେବା ମାତ୍ରେ ସେ ତାକୁ ମାଡି ବସିଲା । ୱାର୍ଡେନ୍ ଓ ଆମେ ଦୌଡିଗଲୁ ଦେଖିବାକୁ ଯେ ସେ ବହୁରୂପୀଟି କିଏ !

ପନ୍ଦର ଷୋହଳ ବର୍ଷର ଦୁର୍ବଳ ସ୍ୱାସ୍ଥ୍ୟର କିଶୋରଟିଏ । ତା'ର ଦେହହାତ ବରଡାପତ୍ର ପରି ଥରୁଥାଏ । ମୁହଁରୁ ମୁଖାଟାକୁ ଟାଣିଦେବା ମାତ୍ରେ ରାତ୍ରି ଜଗୁଆଳୀ ଚିତ୍କାର କରି ଉଠିଲା– ଆରେ ଗୋବିନ୍ଦ ତୁ !

ବୋପାଲୋ ! ମା'ଲୋ କହି ଯେତେ ଚିତ୍କାର କଲେ ସୁଦ୍ଧା ରାତ୍ରି ଜଗୁଆଳୀ ପିଲାଟିକୁ ନିର୍ଦ୍ଦୟ ଭାବରେ ଆଘାତ ଦେଇ ଚାଲିଥାଏ ।

– ପିଲାଟି ମରିଯିବ ଯେ, ଛାଡ ତାକୁ । ୱାର୍ଡେନ୍ ମାଡ ବନ୍ଦ୍ କରି ପୋଲିସ୍କୁ ଜଣାଇବାକୁ ଚାହିଁଲେ ।

– ଜଗୁଆଳୀ ହାତଯୋଡି କ୍ଷମାମାଗି କହିଲା "ଏ ମୋର ମାତୃହରା ପୁଅ ଗୋବିନ୍ଦ । ବାପା ଯେଉଁଠି ଜଗୁଆଳୀ ପୁଅ ସେଇଠି ଚୋର । ପୁଲିସକୁ ଜଣାନ୍ତୁ ନାହିଁ । ମୁଁ ତାକୁ ଦଣ୍ଡ ଦେବି ।

ବ୍ୟଜ୍ ହଷ୍ଟେଲର କେତେଜଣ ବ୍ୟର୍ଥ ପ୍ରେମିକ ଝିଅମାନଙ୍କୁ ପରୀକ୍ଷା ସମୟରେ ଭୟଭୀତ କରାଇବା ନିମନ୍ତେ ଗୋବିନ୍ଦକୁ ପଠାଇଥିଲେ ବୋଲି ଆମେ ବୁଝି ପାରିଥିଲୁ । ସେ ମଧ୍ୟ ମାନି ନେଇଥିଲା ତାକୁ ଏଭଳି ଭୂତ ଅଭିନୟ କରିବାପାଇଁ ଗୋଟାଏ ରାତିକୁ ପଚାଶ ଟଙ୍କା ମିଳେ । ଭାଇମାନେ ଦଉଡି ସାହାଯ୍ୟରେ ଉଚ୍ଚ ପାଚେରୀରୁ ତଳୁ ଖସାଇ ଦିଅନ୍ତି । ଅଭିନୟ ଶେଷ କରି ସେ ସେଇ ଦଉଡି ଧରି ପ୍ରାଚୀର ଅତିକ୍ରମ କରେ । ସେମାନେ ପାଚେରୀ ସେ ପାଖେ ଅପେକ୍ଷା କରିଥାନ୍ତି ଓ ତା' ପରେ ତାକୁ ପଚାଶ ଟଙ୍କା ପାରିଶ୍ରମିକ ଦେଇ ବିଦାୟ ଦିଅନ୍ତି । ବାପା ସକାଳୁ ପହଞ୍ଚିବା ପୂର୍ବରୁ ସେ ଘରେ ଶୋଇପଡିଥାଏ । ତେଣୁ କେହି ଏ ସମ୍ପର୍କରେ ଜାଣିପାରନ୍ତି ନାହିଁ ।

ଗୋବିନ୍ଦ ଆମ ସମସ୍ତଙ୍କର ଅତି ପରିଚିତ । ଦୁର୍ବଳ ସ୍ୱାସ୍ଥ୍ୟ, କ୍ଷୀଣ ଶରୀର, ମସ୍ତମ୍ ହେୟାରକଟ୍ ସାଙ୍ଗକୁ ବେଶ ରଙ୍ଗୀନ୍ ଢିଲା ପୋଷାକରେ ଦଦରା ସାଇକେଲ ଖଣ୍ଡେ ଧରି ସେ ପବନ ବେଗରେ ଆମ ହଷ୍ଟେଲ ଚାରି ପାଖରେ ବୁଲାବୁଲି କରେ ଓ ଆମର ଛୋଟମୋଟ ବୋଲହାକ କରିବା ଅପେକ୍ଷାରେ ଥାଏ । ଛକରୁ ଅଟୋ ଡାକିଦେବା, ବରା ଆଲୁଚପ ଆଣିଦେବା ପରି ଛୋଟମୋଟ କାର୍ଯ୍ୟ ତା' ଦ୍ୱାରା ସମ୍ପାଦିତ ହୁଏ । ସେ ଆମ ସମସ୍ତଙ୍କୁ ଇଞ୍ଜିନିୟର ଦିଦି ଡାକେ । ଆମେ ତାଗିଦ୍ କରି କହୁ ଦିଦିକୁ କଣ ଇଞ୍ଜିନିୟର ଦିଦି ଡାକନ୍ତି ତୁମ ଆଡେ ?

ଗୋବିନ୍ଦ ଯେ ସାମାନ୍ୟ କିଛି ଟଙ୍କାର ଲୋଭରେ ଏପରି କାଣ୍ଡ କରିବସିଛି ସେଥିପାଇଁ ଦୟାପରବଶ ହୋଇ ଆମେ ସମସ୍ତେ ୱାର୍ଡେନ୍‌ଙ୍କୁ ଅନୁରୋଧ କଲୁ ସେ କଲେଜ କର୍ତ୍ତୃପକ୍ଷ କିମ୍ବା ପୋଲିସ୍‌କୁ ନଜଣାଇ ଏଠାରେ ଘଟଣାଟିର ସମାଧାନ କରନ୍ତୁ। ଘଟଣାଟି ସରିଲା ସେଇଠି। ମା' ଛେଉଣ୍ଡ ଗୋବିନ୍ଦ ଆମ ସମସ୍ତଙ୍କୁ କ୍ଷମା ପ୍ରାର୍ଥନା କରିବାପରେ ୱାର୍ଡେନ୍ ପୋଲିସ୍‌ରେ ଜଣାଇ ନଥିଲେ। ତା' ପରଠାରୁ ହଷ୍ଟେଲ ଆଖପାଖରେ ସେ ଆଉ ଦେଖାଯାଉନଥିଲା। ଶୁଣିଲୁ ଗୋବିନ୍ଦର ବାପା ତାକୁ କେରଳ ପଠାଇ ଦେଇଛି ନଡିଆକତା ଫାକ୍ଟ୍ରିରେ କାମ କରିବାପାଇଁ।

ଜିଙ୍ଗିଲ୍‌ର ଅନୁପସ୍ଥିତିରେ ମୁଁ ରୁମ୍‌ରେ ଏକାକୀ ହୋଇଯିବାରୁ ଘର କଥା ଖୁବ୍ ମନେ ପଡୁଥିଲା। ବାପା ସମ୍ପୂର୍ଣ୍ଣ ସୁସ୍ଥ ହେବାପରେ ଅଫିସ୍ କାର୍ଯ୍ୟରେ ଯୋଗ ଦେଇଥିଲେ। ଆବଶ୍ୟକତା ଅନୁଯାୟୀ କମ୍ପ୍ୟୁଟର କାର୍ଯ୍ୟ ମଧ ଶିଖି ପାରିଥିଲେ। ସୁଖ ଧୀରେଧୀରେ ଫେରୁଥିଲା ଆମ ଘରକୁ। ମା'ଙ୍କର ଚିଠି ପୂର୍ବଭଳି ଦୀର୍ଘ ହେଉଥିଲା। ପୂର୍ବ ଦିନମାନଙ୍କ ପରି ଘରର ଛୋଟ ଛୋଟ ଘଟଣା ସେ ଚିଠିରେ ଲେଖୁଥିଲେ। ସେ ଏବେ ଛୋଟ ବିଲେଇ ଛୁଆଟିଏ ପାଳିଛନ୍ତି ଯାହାର ମା' ମରିଯିବାରୁ ଛୁଆଟି ଭୀଷଣ ଦୁର୍ବଳ ହୋଇଯାଇଥିଲା। ତାକୁ ଖୁଆଇପିଆଇ ସେ ମୋଟା କରିସାରିଛନ୍ତି। ଦିନ ତମାମ୍ ସେ ତାଙ୍କ ପଛେପଛେ ଘୁରି ବୁଲୁଛି। ପୁଣି ଲେଖନ୍ତି ସେ ମୋ ବାହାଘର ନିମନ୍ତେ ଗହଣା କିଣିବା ପାଇଁ କିଛି ଟଙ୍କା ସଂଚୟ କରୁଛନ୍ତି। ଝିଅ ଯେତେ ପାଠପଢିଲେ ବା ଉପାର୍ଜନ କଲେ ମଧ ବାପା, ମା'ଙ୍କ ହୃଦୟରେ ସବୁବେଳେ ଥାଏ ଆଶାଟିଏ – ନିଜ ଝିଅଟିକୁ ରାଣୀପରି ସଜାଇ ଶାଶୁଘର ପଠାଇବା ନିମନ୍ତେ।

ସେ ମୋ ମା' ଯେ ଛୋଟ ହୁଲିଡଙ୍ଗାରେ ବସି ଜୀବନ ସମୁଦ୍ରକୁ ଅତିକ୍ରମ କରିବାର ସାହସ ସଂଚୟ କରିପାରନ୍ତି। ନୂଆ ନୂଆ ସ୍ୱପ୍ନ ଦେଖି ଥକିପଡନ୍ତି ନାହିଁ କେବେ।

ପରୀକ୍ଷା ପାଇଁ ମୁଁ ଘରକୁ ଯାଇପାରୁନଥିଲି। ବାପା ମଧ ଆସିପାରୁନଥିଲେ ଅପରେସନ୍ ପରବର୍ତ୍ତୀ ଜଟିଳତାକୁ ଭୟ କରି। ଅପେକ୍ଷା କରିଥିଲି କେବେ ପରୀକ୍ଷା ସରିବ ଓ ମୁଁ ଘରକୁ ଯିବି। ମା'ଙ୍କ କୋଳରେ ମଥାରଖି ଶୋଇ ଆକାଶର ତାରା ଗଣିବି, ପୁଣି ଥରେ ବାପାଙ୍କର ସୁନାଝିଅ ସାରା ପାଲଟିଯିବି।

ମୋହିତ କିନ୍ତୁ ମଝିରେମଝିରେ ମୋତେ ମୋର ସ୍ୱପ୍ନ କଥା ମନେପକାଇ କହେ ପରୀକ୍ଷାଦେଇ ଘରକୁ ଚାଲିଗଲେ କୋଚିଂ ଅସଂପୂର୍ଣ୍ଣ ରହିଯିବ ଓ ମୋର ସିଲିକନ୍ ଭ୍ୟାଲି ଯିବା ସ୍ୱପ୍ନ ଅଧୁରା ରହିଯିବ।

ମୋ ସ୍ୱପ୍ନର ଏତେବେଶୀ ଯନ୍ ନେଉଥିବା ବନ୍ଧୁଟି ପାଇଁ ମୋ ମନରେ ଯେଉଁ ମମତ୍ୱବୋଧ ଜାଗି ଉଠେ, ତାର ନାମ କଣ ପ୍ରେମ ?

ମୋହିତ ଓ ମୋର ସଂପର୍କ ଖୁବ୍ ସରଳ। ସେ ମୋ ଉତ୍ତର କିମ୍ବା ପ୍ରତିକ୍ରିୟାକୁ ଅପେକ୍ଷା ନକରି ଯାହା ପରାମର୍ଶ ଦେବା କଥା କ୍ରମାଗତ ଭାବେ ଦେଇ ଚାଲିଥାଏ। ମୁଁ ତା'ର ପରାମର୍ଶକୁ ଗ୍ରହଣ ନ କଲେ ଅଭିମାନରେ ନିରବ ହୋଇଯାଏନା। ମୁଁ ପଢା ପଢି ଯୋଗୁଁ ତା' ସହିତ ଠିକ୍ ଭାବରେ ସଂପର୍କ ରଖିନପାରିଲେ ମଧ ସେ ପ୍ରତିକ୍ରିୟା ଦେଖାଏ ନାହିଁ। ମୁଁ ନିଜକୁ ଖୁବ୍ ସ୍ୱାର୍ଥପର ମନେକରେ ସମୟେ ସମୟେ, କିନ୍ତୁ ମୋହିତକୁ ସମୟ ଦେବା ମୋ ପାଇଁ ଆଦୌ ସମ୍ଭବ ହୁଏ ନାହିଁ।

ପରୀକ୍ଷା ହଲ ଭିତରେ ବା ବାହାରେ ମୋହିତ ସହିତ ମୋର ଦେଖାହେଲେ ଆମେ ପରସ୍ପରକୁ ବନ୍ଧୁ ଓ ଶୁଭଚିନ୍ତକ ଭାବରେ ଶୁଭେଚ୍ଛା ଜଣାଉ। ଟିକେ ହସ, ସାମାନ୍ୟ କଥାବାର୍ତ୍ତା। ତା' ଭିତରେ ବି ଆମ ସଂପର୍କ ସବୁଜ ହୋଇ ଆସୁଥିବାର ଅନୁଭବ ହୁଏ, ଯେଉଁଠାରେ ସଂପର୍କ ଭାଙ୍ଗିଯିବାର ଭୟ ନଥାଏ କିମ୍ବା ନିରବ ଅଭିଯୋଗ ମଧ। ଆମେ ଦୁହେଁ ଦୁହିଁଙ୍କୁ ନିଜ ସ୍ଥିତିରେ ରଖି ଉପରକୁ ଚଢିବାର ପାହାଚ ଖୋଜୁଥିଲୁ।

ସୂର୍ଯ୍ୟାଂଶ ବିଚକ୍ଷଣ ଯେତିକି, ଅଭିମାନୀ ସେତିକି। ସମୟଠାରୁ ବିଳମ୍ବରେ ପହଞ୍ଚିଲେ ସେ ଅଭିମାନ କରେ, କାହା ସହିତ କଥାବାର୍ତ୍ତା କଲେ ସେ ମୋତେ ତାଗିଦ୍ କରେ। ମୋ ଉପରେ ଅଧିକାର ସାବ୍ୟସ୍ତ କରେ। ନିରବ ପ୍ରତିଯୋଗିତା କରେ ମୋ ସହିତ, ପାଦେ ଆଗେଇ ଯିବା ପାଇଁ। ତଥାପି ମୁଁ ତାକୁ ଭଲ ପାଉଥିଲି, ଏ ସବୁ ଗୋଟେ ପ୍ରେମିକର ପୁରୁଷସୁଲଭ ଗୁଣ ମନେ କରି। କିନ୍ତୁ ମୋହିତ ସହିତ ମୋ ସଂପର୍କ ଚନ୍ଦ୍ରମାର ଶୀତଳ ଜ୍ୟୋସ୍ନା ପରି। ମୋ ଦେହଠାରୁ ତା'ର ଦେହର ଦୂରତା ଯୋଜନ ଯୋଜନ ଦୂରରେ। ମୁଁ ଜାଣେ ଆମ ସଂପର୍କ ଏ ପରିସ୍ଥିତିରେ ଯେ ତା' ପାଇଁ ମୁଁ ଫିଟି ନ ଯିବା ଯାଏ ସେ ମୋତେ ଛୁଇଁବ ନାହିଁ। ତା' ଭିତରେ ନଥିଲା ମୋତେ ଜୟ କରିବାର ଦୁର୍ବାର ଲାଳସା। ତା' ସହିତ ସଂପର୍କ ଏତେ ଅନ୍ତରଙ୍ଗ ହୋଇଥିଲେ ମଧ କ୍ୟାମ୍ପସରେ ସମସ୍ତେ ଜାଣନ୍ତି ମୋହିତ ମୋର ଭଲ ବନ୍ଧୁ। ସେ ବନ୍ଧୁତା ଶିଘ୍ର ବ୍ୟବଚ୍ଛେଦ ନ ହୋଇ ଅକ୍ଷତ ରହୁ। ତା'ର ଚାହିଁବା ମଧ ଖୁବ୍ ନିରୀହ। ଖୁବ୍ ଭାବପ୍ରବଣ ହୋଇଗଲେ ସେ ମୋର ହାତ ଧରିନିଏ। ବାସ୍। ଆମେ କେବେ ଡେଟ୍ରେ ଯାଇନାହୁଁ। ଅନେକ ସୁଯୋଗ ପାଇଲେ ମଧ ସେ ମୋ ଓଠ ସ୍ପର୍ଶ କରିନାହିଁ। ତେବେବି ଆମେ ଏବେ ସେଇ ସଂପର୍କରେ ଯେଉଁଠାରେ ଭବିଷ୍ୟତ ଦିନମାନଙ୍କ ପାଇଁ ଥାଏ ଗଭୀର ପ୍ରତିଶ୍ରୁତି।

ଜିଙ୍ଗିଲ୍ ତା'ର ସଂପର୍କୀୟଙ୍କ ଘରେ ରହି ପରୀକ୍ଷା ଦେବାକୁ ଆସୁଥିଲା ଓ ବଦ୍ରି ମଧ ତା' ବଡଭାଇଙ୍କ ସହିତ ଯିବାଆସିବା କରୁଥିଲା। ସେମାନଙ୍କୁ ସୁଯୋଗ ମିଳୁନଥିଲା

ଏକାଠି ହେବାପାଇଁ। ବଦ୍ରିର ନିରୀହପଣକୁ ନେଇ ଅନେକ ସମାଲୋଚନା କରୁଥିଲେ ଓ ଗାର୍ଲ୍‌ସ ହଷ୍ଟେଲରେ ଝିଅମାନେ ଘୃଣା କରୁଥିଲେ ଜିଙ୍ଗିଲର କଥା ମନେ ପକାଇ। ବଦ୍ରି ଏଭଳି ସମୟରେ ମୋତେ ସାମ୍ନା କରିବାକୁ ସାହସ ଯୁଟାଇ ନପାରି ବାଟଭାଙ୍ଗି ଚାଲି ଯାଉଥିଲା ଓ ସେଦିନର ଘଟଣା ମନେ ପଡିବା ମାତ୍ରେ ମୁଁ ମଧ ତାକୁ ନ ଚିହ୍ନିବା ପରି ଅତିକ୍ରମ କରୁଥିଲି। ଆଶ୍ଚର୍ଯ୍ୟ ହେଲି ନାହିଁ ଯେତେବେଳେ ଜାଣିଲି ଜିଙ୍ଗିଲ ମୋତେ ନ ଜଣାଇ ଏ ସହରଛାଡି ଚାଲିଯାଇଛି। ଭାବିଲି ତା’ କ୍ଷତି ହୁଏତ ଭରିନାହିଁ। ଜିଙ୍ଗିଲ ଯେଉଁଠି ଅଛି ଭଲରେ ଥାଉ। ପୃଥିବୀରେ ପ୍ରତ୍ୟେକ ସଂପର୍କ ଉପରେ ଯାହା ହୃଦୟରେ ପ୍ରଶ୍ନବାଚୀ ସେ କିପରି ଅବା ଆମ ବନ୍ଧୁତ୍ୱକୁ ସମ୍ମାନ ଦେଇପାରିଥାନ୍ତା ? ମୋ ସହିତ ଦେଖା ହେଲେ ହୁଏତ ଅତୀତ ଘଟଣା ମନେପଡି ତା’ର ମନ ହୋଇଥାନ୍ତା ଭାରାକ୍ରାନ୍ତ। ଅବା ସତରେ ସେ ଚିନ୍ତା କରେଯେ ମୁଁ ପ୍ରକୃତ ବାନ୍ଧବୀପରି କର୍ତ୍ତବ୍ୟ କରିନାହିଁ।

ପରୀକ୍ଷା ସରିଲା। ତାପରେ ଏତେବଡ ଦୁନିଆଁରେ କିଏ କେଉଁ ଆଡେ ହଜିଯିବେ। କେହି କାହାର ସଂପର୍କରେ ରହିଲେ ମଧ ତାହା ଦୂରଭାଷ ମାଧ୍ୟମରେ। ଦେଖା ସାକ୍ଷାତ୍ ହେବାର ସମ୍ଭାବନା କ୍ଷୀଣ। ତେଣୁ ଅତୀତରେ କିଛି ଜୀବନ୍ତ ସ୍ମୃତି, କିଛି ଗ୍ରୁପ୍ ଫଟୋଗ୍ରାଫ୍ ଥିବ ଅତୀତର ସ୍ମୃତି ରୋମନ୍ଥନ ପାଇଁ। ଆମ ବ୍ୟାଚ୍ କଲେଜ ଛାଡିବା ପୂର୍ବରୁ ଏକ ପିକ୍‌ନିକ୍‌ର ଆୟୋଜନ କରିଥିଲୁ ଡିପାର୍ଟମେଣ୍ଟ ତରଫରୁ ନୁହେଁ, ଆମ ନିଜ ତରଫରୁ।

ପିକ୍‌ନିକ୍‌ ପୂର୍ବ ରାତିରେ ମୋହିତ ମୋତେ ଫୋନ୍ କରି କହିଲା ପିକ୍‌ନିକ୍‌କୁ ମୁଁ ଲାଲ୍ ରଙ୍ଗ ପୋଷାକରେ ଯିବି। କାରଣ, ମୁଁ ଲାଲ ରଙ୍ଗର ପୋଷାକରେ ଅଧିକ ସୁନ୍ଦରୀ ଦିଶେ। ଉତ୍ତରରେ କହିଲି “ତୁ ପ୍ରଥମର ଥର ପାଇଁ ଛୋଟ ପ୍ରସ୍ତାବଟିଏ ରଖିଛୁ ମାନେ ମୁଁ କାଲି ନିଶ୍ଚୟ ଲାଲ୍ ରଙ୍ଗର ପୋଷାକରେ ଆସିବି। ପ୍ରମିଶ୍।” ସେ ଦିନ ଅନେକ ରାତି ଯାଏଁ ମା’ଙ୍କ ସହିତ କଥା ହେଲାପରେ କିଛି ଜରୁରୀ କାମ ଶେଷକରି ପୋଷାକ ଖୋଲି ବସିଲି। ଲାଲ ମୋର ପ୍ରିୟ ରଙ୍ଗ ନୁହେଁ। ସମୁଦ୍ର ପରି ନୀଳ, ଆକାଶ ପରି ନୀଳ ଯେ କୌଣସି ନୀଳ ମୋର ପ୍ରିୟ ରଙ୍ଗ। ତେଣୁ ଲାଲ୍ ରଙ୍ଗର ପୋଷାକ ମୁଁ କେବେ କିଣିଥିବାର ମନେନାହିଁ। ସୂର୍ଯ୍ୟାଂଶ ମୋତେ ଦୁଇଟା ଲାଲ ରଙ୍ଗର ଖୁବ୍ ଦାମୀକା ପୋଷାକ ଉପହାର ଦେଇଥିଲା। ଗୋଟେ ମୋ ଜନ୍ମଦିନରେ, ଅନ୍ୟଟି ତା’ ଜନ୍ମଦିନରେ। ସେ ମୋତେ ଲାଲ୍ ରଙ୍ଗ ପୋଷାକରେ ଦେଖିବାକୁ ଭଲ ପାଏ। ସେ ଦେଇଥିବା ପୋଷାକ ପିନ୍ଧି ମୁଁ ମୋହିତ ସହିତ ଫଟୋ ଉଠାଇ ପାରିବି ନାହିଁ କିମ୍ବା ପବ୍ଲିକ୍ ନେଟୱର୍କ ସାଇଟ୍‌ରେ ପୋଷ୍ଟ କରିପାରିବି ନାହିଁ। ସବୁଠାରୁ ଗୁରୁତ୍ୱପୂର୍ଣ୍ଣ

କଥା ହେଲା ତା' ସହ ଶେଷ ଦେଖା ଦିନ ତା'ର ଆଲିଙ୍ଗନ ଓ ତା'ଦେହର ବାସ୍ନାକୁ ସାଇତି ରଖିବା ପାଇଁ ପୋଷାକଟିକୁ ନଧୋଇ ପ୍ୟାକ୍ କରି ରଖି ଦେଇଥିଲି। ବେଲେବେଲେ ତା'କୁ ଛୁଇଁ ମୁଁ ସୂର୍ଯ୍ୟାଂଶର ଉପସ୍ଥିତି ଅନୁଭବ କରେ। ସୂର୍ଯ୍ୟାଂଶ ସହିତ ସଂପର୍କ ତିକ୍ତ ହେବାପରେ ମଧ୍ୟ ମୁଁ ସେଇଟିକୁ ସାଇତି ରଖିଛି। ତାକୁ ଧୋଇ ତା' ଦେହରୁ ସୂର୍ଯ୍ୟାଂଶ ଦେହର ଗନ୍ଧକୁ ମୁଁ ଧୋଇ ପାରିନାହିଁ କିମ୍ବା ପୋଷାକଟି ପିନ୍ଧି ପାରିନାହିଁ। ରାତି ଦୁଇଟା। ମୋ ଅସହାୟତା କଥା ମୋହିତକୁ ବୁଝାଇ ପାରିଲି ନାହିଁ। ତେଣୁ ମୋ ପ୍ରତିଜ୍ଞା ମୋତେ ଭାଙ୍ଗିବାକୁ ପଡିଲା, ଜୀବନରେ ଅନେକ ପ୍ରତିଜ୍ଞା ଭାଙ୍ଗିବା ପରି।

ସୂର୍ଯ୍ୟୋଦୟ ସମୟରେ ଗାର୍ଲ୍ସ୍ ହଷ୍ଟେଲ ସାମ୍ନାରେ ପିକନିକ୍ ବସ୍‌ଟି ରହିବା କ୍ଷଣି ଉତ୍ସାହର ସହିତ ଝିଅମାନେ ବସ୍ ଉପରକୁ ଚଢ଼ି ଯାଉଥିବା ବେଲେ ମୁଁ ମୁହଁକୁ ତଲକୁ କରି ବସ୍‌କୁ ଉଠିଲି। ଦେଖିଲି ସଂପର୍କରେ ନଥିବା ପିଲାମାନେ ମଧ୍ୟ ଯୋଡି ଯୋଡି ହୋଇ ବସି ବିଦାୟ ଦିନରେ ସଂପର୍କକୁ ଦୃଢ କରିବାର ଚେଷ୍ଟାରେ ଲାଗିପଡିଛନ୍ତି। ସତେ ଅବା ଦୀର୍ଘ ଚାରିବର୍ଷ ଧରି କହିପାରିନଥିବା କଥାଗୁଡ଼ିକୁ କରିବା ପାଇଁ ସୁଯୋଗଟିଏର ଅପେକ୍ଷାରେ ଥିଲେ ସେମାନେ। ମୁଁ ମୋହିତର ପାଖରେ ଥିବା ଖାଲିସିଟ୍‌ରେ ବସିବାକ୍ଷଣି ଗୋଲାପୀ ପୋଷାକରେ ମୋତେ ଦେଖି ତା' ମୁହଁ ହାଇସ୍କୁଲ୍ ପରୀକ୍ଷାରେ ଫେଲ୍ ହୋଇଥିବା ଛାତ୍ର ପରି ବିବର୍ଣ୍ଣ ହୋଇଗଲା। ମୁଁ 'ଦୁଃଖିତ' କହିବା ମାତ୍ରେ ସେ ଅନ୍ୟମାନେ ଶୁଣି ନପାରିବା ଭଲି ଧୀର କଣ୍ଠରେ କହିଲା "ଆମ କମ୍ପ୍ୟୁଟର ଡିପାର୍ଟମେଣ୍ଟର ସବୁଠାରୁ ଜିନିୟସ୍ ଝିଅଟା ଯେ ପୁରା ବାଇନାରୀ କୋଡ୍‌ରେ ସମସ୍ତ ତଥ୍ୟକୁ ମସ୍ତିଷ୍କରେ ସାଇତି ରଖିପାରେ ସେ ଯେ ଏଇ ଛୋଟ କଥାଟିକୁ ଭୁଲି ଯାଇଥିବ ତାହା ମୁଁ ବିଶ୍ୱାସ କରିପାରୁନାହିଁ। ତୋ ଜୀବନରେ ମୋର ଭୂମିକାଟି ଜଣାଇ ଦେଇଥିବାରୁ ଧନ୍ୟବାଦ।"

ବସ୍ ଛାଡି ଦେଇଥିଲା। ମୋହିତକୁ କଣ କହିଲେ ସେ ମୋତେ ବିଶ୍ୱାସ କରିବ ମୁଁ ଜାଣେନା, ତେଣୁ ନିରବ ରହିଲି କିଛି ମୁହୂର୍ତ। ପଦ୍ୟାତ୍ତର ପାଲି ଆମ ଦୁହିଁଙ୍କ ପାଖକୁ ଆସିଲା। ଅନ୍ୟମାନେ 'ସାରା, ମୋହିତ' ଡାକି ଆମକୁ ଉତ୍ସାହିତ କରୁଥିଲେ। ମୁଁ ପରସିଟ୍‌କୁ ପାସ୍ କରି କହିଲି "ମୋହିତ ! ଆମ ସଂପର୍କରେ ବନ୍ଧନ ନାହିଁ, ପାଇବାର ଆଶା, କିମ୍ବା ହରାଇବାର ଅବସୋସ ନାହିଁ। ସେଥିପାଇଁ ଏଇ ମୁକ୍ତ ସଂପର୍କର ନାମ ପ୍ରେମ ନୁହେଁ, ବନ୍ଧୁତା। ମାନିଲି ମୁଁ ପ୍ରମିସ୍ କରିଥିଲି, କିନ୍ତୁ ମା'ଙ୍କ ସହ କଥା ଶେଷ କରି ରାତି ଦୁଇଟାରେ ଦେଖେ ତ ମୋ ପାଖରେ ଖଣ୍ଡେ ମାତ୍ର ଲାଲ୍ ରଙ୍ଗର ପୋଷାକ ନାହିଁ। କଣ କରିଥାନ୍ତି ? ଗୋଲାପୀ ରଂ'ଟି ଲାଲ୍ ରଙ୍ଗର ଅବଶେଷ ନାଁ ? ଆଜି ପାଇଁ ଚଲେଇଦେ ମୋହିତ।"

ମୋହିତ ମୋ କଥାକୁ ବିଶ୍ୱାସ କଲା ନାହିଁ। ସେ ମୋତେ ଅନେକଥର ଉଜ୍ଜ୍ୱଳ ଲାଲ୍ ରଂଗର ପୋଷାକରେ ସୂର୍ଯ୍ୟାଂଶ ସହିତ ବାହାରକୁ ଯିବାର ଦେଖିଛି ମୁଁ ମଧ ତାଙ୍କୁ ବୁଝାଇ ପାରିଲି ନାହିଁ ସେଇ ଦୁଇଟି ସବୁଠାରୁ ସୁନ୍ଦର ଲାଲ୍ ରଙ୍ଗର ପୋଷାକ ସୂର୍ଯ୍ୟାଂଶ ମୋତେ ଉପହାର ଭାବରେ ଦେଇଥିଲା। ସବୁକଥା କଣ ମୁହଁ ଖୋଲି କହି ହୁଏ ? ସୂର୍ଯ୍ୟାଂଶ ସହିତ ମୋର ଘନିଷ୍ଠତା ସେ ଜାଣିବା ସତ୍ତ୍ୱେ ମୁଁ ଏ କଥା ଓଠରେ ଉଚ୍ଚାରଣ କରିବାକୁ ଭଲ ପାଏନା। ତେଣୁ ପରିବେଶକୁ ସ୍ୱାଭାବିକ କରିବାକୁ ଯାଇ କହିଲି “ମୋହିତ। ସାମାନ୍ୟ ଗୋଟିଏ ରଙ୍ଗକୁ ନେଇ ଏ ସମ୍ଭାବନାମୟ ସମୟ ଓ ସୁଖଦ ମୁହୂର୍ତ୍ତଗୁଡ଼ିକୁ ଆମେ ନଷ୍ଟକରିବା ଉଚିତ ନୁହେଁ, କିଏ ଜାଣେ କେତେଦିନ ପରେ ଆମର ଦେଖା ହେବ, ପୁଣି ଏ ଜୀବନରେ ଦେଖା ହେବ କିମ୍ୱ ନାହିଁ।”

ମୋହିତ ହଠାତ୍ ଭାବପ୍ରବଣ ହୋଇ ପୋଷାକ କଥା ଭୁଲିଯାଇ କହିଲା “ହଁ, ଏଇ ମାତ୍ର ଆମେ ଉଭୟ ଉଭୟକୁ ବୁଝିବାକୁ ଚେଷ୍ଟା କରିବା ବେଳେ ଆମ ହାତରୁ ସମୟ ସରି ଯାଇଛି। ଯେମିତି ଅଧାଲେଖା ଚିଠି, ଅଧାପଢ଼ା ଗପ, ଅଧା ଅଙ୍କା ଛବି ଓ ଅଧା ତିଆରି ସଂପର୍କର ଭାଗ୍ୟ ପରି ଆମ ସଂପର୍କର ଭାଗ୍ୟ।”

ଖଲଖଲ କରି ମୁଁ ହସିଉଠିଲି। ମୋହିତର ଭାବପ୍ରବଣ କଥା ଶୁଣିବାକୁ ଖୁବ୍ ଭଲ ଲାଗୁଥିଲା, ତାକୁ ଏତେ ତରଳ ମନୋସ୍ଥିତିରେ ଦେଖୁଥିଲି ପ୍ରଥମ କରି। ଭାବୁକ ହୋଇଯିବାଟା ତା’ ଚରିତ୍ର ଗୋଟିଏ ପାର୍ଶ୍ୱ ହେଲେ ଅପର ପାର୍ଶ୍ୱଟି ହେଉଛି ସେ ଭାବକୁ ଗୋପନ ରଖିବା। ସେ ମୃଦୁ ହସି କହିଲା “କ୍ୟାମ୍ପସ୍ ଛାଡ଼ିବା ପୂର୍ବରୁ ତୋତେ ଗୋଟେ କଥା କହିବି ଭାବିଥିଲି। କିନ୍ତୁ ଗୁରୁତ୍ୱପୂର୍ଣ୍ଣ କଥା କହବା ପାଇଁ କିଛି ନିର୍ଦ୍ଦିଷ୍ଟ ସମୟ ଥାଏ, ବୋଧହୁଏ ସେ ସମୟ ମୁଁ କେବେ ପାଇନାହିଁ।” ମନେ ମନେ କହିଲି, ମୋହିତ ମୁଁ ଜାଣେ ତୁ କଣ କହିବାକୁ ଚାହୁଁଛୁ। କିନ୍ତୁ ତାହା ଶୁଣିବା ପାଇଁ ମୁଁ ମାନସିକ ପ୍ରସ୍ତୁତି କରିନାହିଁ। ସତକଥା ହେଲା ମୁଁ ସୂର୍ଯ୍ୟାଂଶକୁ ଭୁଲିବାକୁ ଚେଷ୍ଟା କରି ମଧ ଭୁଲିପାରିନାହିଁ। ଅଥଚ ତୋତେ ଭଲ ପାଇବାକୁ ଆରମ୍ଭ କରିଛି ଏଇ ମାତ୍ର। ମୁଁ ବୁଝିପାରୁନାହିଁ ମୁଁ କଣ ଚାହୁଁଛି। ମୁଁ ପୁଣି ନିଜକୁ ପ୍ରଶ୍ନ କରୁଛି ସୂର୍ଯ୍ୟାଂଶକୁ ଭୁଲି ନ ପାରିଲେ କଣ ମୁଁ ତୋତେ ଭଲପାଇ ପାରିବି ନାହିଁ ?

ବସ୍ ରହିବା ମାତ୍ରେ ପିଲାମାନେ ବସ୍ରୁ ଓହ୍ଲାଇପଡ଼ି କିଛି ଗ୍ରୁପ୍ ଫଟୋ ନେଲେ ଓ ତା’ ପରେ କେହି ପାହାଡ ଚଢ଼ା ଆରମ୍ଭ କଲେ। କେହି ଝରଣା କୂଳରେ ବସି ଫଟୋ ଉଠାଇବାରେ ଓ ନୃତ୍ୟଗୀତରେ ବ୍ୟସ୍ତ ରହିଲେ।

ସମସ୍ତଙ୍କ ନଜରରୁ କିଛି ଦୂରରେ ଆମେ ଦୁହେଁ ନିରବରେ ବସିଲୁ। କୁହାଯାଏ ନିଜର ଭାବକୁ ଭାଷାରେ ପ୍ରକାଶ କରିବା ପାଇଁ କିଛି ସ୍ୱତନ୍ତ୍ର ଭାଷା ଲୋଡ଼ା ହୁଏ।

ସମୟେ ସମୟେ ନିଜ ଭାବର ଅଭିବ୍ୟକ୍ତି ପାଇଁ ଭାଷାବି କମ୍ ପଡିଯାଏ। ସେଇ ଅବସ୍ଥା ଆମର। ମୁଁ ମୋହିତ ଛାତି ତଳର ପ୍ରତିଟି ସ୍ପନ୍ଦନରେ ମୋ ପାଇଁ ଥିବା ଭଲ ପାଇବାର ଭାଷା ଶୁଣିପାରୁଥିଲି। ମୋର ନିଶବ୍ଦ ଅନ୍ତରର ଭାଷା ତାକୁ ଶୁଭୁଥିଲା ଅବା ନାଇଁ ମୁଁ ଜାଣେନା କିନ୍ତୁ ସେ ଅନ୍ୟମନସ୍କ ଭାବରେ ଚାହିଁ ରହିଥିଲା ଦୂରଦିଗ୍ବଳୟକୁ।

ଅନେକ ସମୟ ନିରବତା ପରେ ସେ କହିଲା "କାଲି ରାତିରେ ସୂର୍ଯ୍ୟାଂଶ ମୋ ପାଖକୁ ଫୋନ୍ କରିଥିଲା। କଣ କହିଲା ଜାଣୁ?" "ସେ ପରାମର୍ଶ ଦେଇଥିବ ତୋତେ ପିକନିକ୍ ନ ଆସିବା ପାଇଁ ଓ ଆସିଲେ ମୋଠାରୁ ଦୂରତା ବଜାୟ ରଖିବା ପାଇଁ ନୁହେଁ?" ମୁଁ ପ୍ରଶ୍ନ କରିଲି। ସେ କହିଲା "ନାଁ, ସୂର୍ଯ୍ୟାଂଶ କହିଲା ସାରା ଯାଉଛି, ଜିଙ୍ଗିଲ୍ ସାଥିରେ ନାହିଁ। ତେଣୁ ସେ ଯେପରି କୌଣସି ଅସୁବିଧାରେ ନପଡେ। ବିଚାରୀ ମୋ ପାଇଁ ଖୁବ୍ କଷ୍ଟ ପାଇଛି। କ୍ୟାମ୍ପସରେ ମୋ ପାଇଁ ସେ 'ଅନ୍ତସତ୍ତ୍ୱା' ପରି ଦୁର୍ନାମର ଶୀକାର ବି ହୋଇଛି।"

ସୂର୍ଯ୍ୟାଂଶ କେବେଠାରୁ ଏତେ ଉଦାରମନା ହୋଇଗଲା ଯେ। ଦିନେ ଯେ ମୋହିତକୁ ମୋଠାରୁ ଦୂରେଇ ରହିବାକୁ ପରାମର୍ଶ ଦେଉଥିଲା ଏବେ ପୁଣି ମୋ ସୁରକ୍ଷାର ଦାୟିତ୍ୱ ତାକୁ ଦେଇ ପାରିଲା? ସେ ମୋ ସୁରକ୍ଷା ପାଇଁ ଚିନ୍ତିତ ନଥିଲା ବରଂ ପରୋକ୍ଷରେ ମୋହିତକୁ ସ୍ମରଣ କରାଇ ଦେବାକୁ ଚାହୁଁଥିଲା ଯେ ମୁଁ ତା'ର ପ୍ରେମିକା ଥିଲି ଓ ଆମର ସଂପର୍କ ଅନ୍ତରଙ୍ଗ ପର୍ଯ୍ୟାୟକୁ ଉନ୍ନୀତ। ତେଣୁ ସେ ଯେପରି ମୋ ସହିତ ସଂପର୍କ ବଢ଼ାଇବାକୁ ଚେଷ୍ଟା ନକରେ।

ଅପମାନରେ ମୁହଁଟା ଲାଲ ପଡ଼ିଗଲା ମୋର। କଣ ଚାହେଁ ସୂର୍ଯ୍ୟାଂଶ? ମୁମ୍ବାଇର ସମୁଦ୍ର କୂଳରେ ବସି, ଭାବନା କୋଳରେ ମଥା ରଖ ତା' ସୁରକ୍ଷିତ ଭବିଷ୍ୟତର ସ୍ୱପ୍ନ ଦେଖିବ ଓ ମୁଁ ତା'ର ବାଗ୍‌ଦତ୍ତା ବୋଲି ମୋଠାରୁ ଯଥେଷ୍ଟ ଦୂରତା ରଖିବାକୁ ସମସ୍ତଙ୍କୁ ପରାମର୍ଶ ଦେବ।

ମୋର ପ୍ରତିକ୍ରିୟାର ଛାୟା ମୋହିତ ମୁହଁରେ ଦେଖିବାକୁ ପାଇଲି ନାହିଁ। ସେ ସୂର୍ଯ୍ୟାଂଶର କଥାକୁ ଖୁବ୍‌ସାଧାରଣ ଭାବରେ ଗ୍ରହଣ କରିଥିଲା। ସେ ପୁଣି କହିଲା "ଅନେକ ରାତିରେ ସ୍ୱପ୍ନରେ ଆସି ତୁ ମୋତେ ଅନେକ କଥା କହୁ। କିନ୍ତୁ ସେ ସବୁ ମୋର ବିଶ୍ୱାସ ହୁଏ ନାହିଁ। କାଲି ସୂର୍ଯ୍ୟାଂଶ କଥା ଶୁଣି ଅନୁଭବ ହେଲା କୌଣସି ସ୍ୱପ୍ନ କେବେ ସତ ହୁଏ ନାହିଁ। ସେ କିଛି ଦିନ ଭିତରେ ଏଠାକୁ ଫେରୁଛି। ତୁ ଯେଉଁଠି ରହ, ଯାହା ପାଖରେ ରହ ମୋ ହୃଦୟରେ ସବୁଦିନ ପାଇଁ ସମ୍ମାନ ସହ ରହିବୁ। ମୁଁ ଜାଣିବାକୁ ଚାହେଁନା। ତୁ ସୂର୍ଯ୍ୟାଂଶକୁ କେତେ ଭଲପାଉ, ତା' ସହିତ ତୋ ସଂପର୍କ କେତେ ନିବିଡ। କିନ୍ତୁ ଏ ନାମହୀନ ସଂପର୍କର ନାମଟିଏ ନ ଦେଇ ପାରିଲେ ମଧ୍ୟ

ବନ୍ଧୁ ଭାବରେ ଅବା ଶୁଭେଚ୍ଛୁ ଭାବରେ କିମ୍ବା ଆତ୍ମୀୟ ଭାବରେ ମୁଁ ତୋତେ ଖୁବ୍ ଭଲପାଏ।"

ସେ ଦୁଇ ହାତରେ ମୋ ମୁହଁକୁ ତୋଳିଧରି ମଥାକୁ ଚୁମ୍ବନଟିଏ ଦେଲା। ସେ ଚୁମ୍ବନ ଖୁବ୍ ଶୀତଳ। ସୂର୍ଯ୍ୟାଂଶର ସ୍ପର୍ଶରେ ଯେପରି ସମଗ୍ର ଶରୀରରେ ତଡ଼ିତ୍ ଖେଳିଯାଏ, ମୋ ହୃଦୟରେ କମ୍ପନ ସୃଷ୍ଟି ହୁଏ, ମୋ ଆଖି ମୁଦ୍ରିତ ହୋଇ ରହେ ଅନେକ ସମୟ ଯାଏ। ସେପରି ପ୍ରତିକ୍ରିୟା ହେଲା ନାହିଁ।

ମୋ ମଥାରେ ମୋହିତର ଭଲପାଇବାର ସ୍ପର୍ଶ ଖୁବ୍ ପବିତ୍ର। ଦୂରରୁ ମନ୍ଦିରର ଘଣ୍ଟା ଶଢ ଶୁଭିଲା, ଦ୍ୱିପହର ପହଡ ପଡ଼ିବାର ସମୟ। ଆମ ସଂପର୍କ ରହିଗଲା ଅବୁଝ ଭାବରେ ସେଇ ଅଧାରାସ୍ତାରେ।

# ଅନେକ ମଧୁପଙ୍କ ମଧୁ ଗୁଞ୍ଜନ

ବେଙ୍ଗାଲୁରୁର କର୍ମକ୍ଷେତ୍ରରେ ଯୋଗ ଦେବାପରେ ମୁଁ ମୋ ଜୀବନର ଏକ ଗୁରୁତ୍ୱପୂର୍ଣ୍ଣ ସମୟ ଦେଇ ଅତିକ୍ରମ କରୁଥିଲି। ଚିହ୍ନା ସହର, ପରିଚିତ ମୁହଁମାନଙ୍କଠାରୁ ମୋ ଦୂରତା ଢେର ବଢ଼ିଯାଇଥିଲା। ନୂଆ ନୂଆ ଚାକିରି, ନୂଆ ସହର, ନୂଆ କାର୍ଯ୍ୟ କ୍ଷେତ୍ର। ସବୁଦିଗରେ ଅପରିଚିତ ମୁହଁ, ତେଣୁ ଖୁବ୍ ମନେପଡ଼ୁଥିଲା ଅତୀତର ଘଟଣାବଳୀ। ମାତ୍ର ଏବେ ତ ବନ୍ଧନର ଜୀବନ। ପ୍ରତ୍ୟେକ କାର୍ଯ୍ୟରେ ଉପରିସ୍ଥଙ୍କ ଅନୁମତି ନେବାକୁ ହୁଏ। ତାଙ୍କ ଇଚ୍ଛାନୁଯାୟୀ କାର୍ଯ୍ୟ କରିବାକୁ ହୁଏ। ପୁଣି ପ୍ରୋବେସନ୍ ସମୟ ଖୁବ୍ କଠିନ ସମୟ ବୋଲି ଶୁଣିଛି। ପ୍ରକୃତରେ ଦିନେଦିନେ ସଂଧ୍ୟା ପାଞ୍ଚଟା ସୁଦ୍ଧା ମଧ ମୋ କାର୍ଯ୍ୟ ଶେଷହୁଏ ନାହିଁ। ତେଣୁ ନିଜର ଦକ୍ଷତା ଉପରେ ମୋର ସନ୍ଦେହ ହୁଏ।

ଏ ପର୍ଯ୍ୟନ୍ତ ମୋ ସଫଳ କ୍ୟାରିୟରକୁ ନେଇ ମୋ ଭିତରେ ଥିବା ସୁପ୍ତ ଅହଂକାରଟି ତରଳୁଥାଏ ଧୀରେଧୀରେ। ମୁଁ ଯେଉଁ କଲେଜର ସବୁଠାରୁ ଅଧିକ ମାର୍କ ରଖ ନିଜକୁ ଟ୍ୟପର୍ ବୋଲି ମନେକରେ ମୋ କାର୍ଯ୍ୟକ୍ଷେତ୍ରରେ ମୋ ପରି ଅନେକ କଲେଜର ଟ୍ୟପର! ଗେଟ୍ ପରୀକ୍ଷାରେ ମୋଠାରୁ ଅଧିକ ରୟାଙ୍କଧାରୀ ମଧ। ମୋ ଚତୁର୍ଦ୍ଦିଗରେ ଏବେ ଭାରତର ନାମୀ ଦାମୀ ଇଞ୍ଜିନିୟରିଂ କଲେଜର ମୋ ଭଲି ବା ମୋଠାରୁ ଅଧିକ ନମ୍ବର ପ୍ରାପ୍ତ କରିଥିବା ଅଧିକ ଦକ୍ଷ ଓ ଉନ୍ନତ ମସ୍ତିଷ୍କଧାରୀ ଚରିତ୍ର।

ମୁକୁଲ୍ ରାୟଚୌଧୁରୀ ମୋର ଇମିଡିଏଟ୍ ବସ ଥିଲେ ଓ ଆମ ଟିମ୍‌ର ମେମ୍ବର ମଧ। ଆମ ଆଠଜଣ ନୂଆକୁ ଯୋଗ ଦେଇଥିବା ପ୍ରୋବେସନ୍ ଗ୍ରୁପ୍ ଇଞ୍ଜିନିୟର ମାନଙ୍କର ଦାୟିତ୍ୱରେ ସେ ଥିଲେ। ସେ ବଙ୍ଗାଳୀ ଯୁବକ ଜଣଙ୍କ ଖୁବ୍ କାର୍ଯ୍ୟଦକ୍ଷ, ଶାଳୀନ, ମାର୍ଜିତ, ରୁଚିକର ବ୍ୟବହାର ଓ ଚମତ୍କାର ନେତୃତ୍ୱ ଗୁଣର ଅଧିକାରୀ। ତାଙ୍କର ଖୁବ୍ ସୁନ୍ଦର ଇଂରାଜୀ ଉଚାରଣ ଓ ପ୍ରଭାବୀ ବ୍ୟକ୍ତିତ୍ୱ ଯୋଗୁଁ ସେ ସମସ୍ତଙ୍କ ଆକର୍ଷଣର କେନ୍ଦ୍ରବିନ୍ଦୁ ମଧ ଥିଲେ।

ଦିନେ କୌଣସି କମ୍ପ୍ୟୁଟର ପ୍ରୋଗାମିଂ ସମସ୍ୟାକୁ ନେଇ ଗଲଦଘର୍ମ ପ୍ରଚେଷ୍ଟା ସତ୍ତ୍ୱେ ମୁଁ ସମାଧାନ କରିପାରୁନଥିବା ସମୟରେ ସେ ମୋ ପାଖରେ ପହଞ୍ଚି କହିଲେ "ତୁମକୁ ମୁଁ ଏଇ କାମ କରିବାକୁ ଦେଇନଥିଲି ସାରା।"

ତାଙ୍କ କଣ୍ଠରୁ ଓଡ଼ିଆ ଭାଷା ଶୁଣି ମୁଁ ଚମକି ପଡ଼ି, ସଂଜତ କରିନେଲି ନିଜକୁ ଓ କହିଲି "ସାର। ଅଫିସ୍ କାର୍ଯ୍ୟ ଶେଷ କରିବା ପରେ ଅନେକ କାମ ମୁଁ ଆପଣଙ୍କ ବିନା ନିର୍ଦ୍ଦେଶରେ ମଧ କରେ। ଏହା ସେଗୁଡିକ ମଧରୁ ଗୋଟିଏ।" ସେ ଚକିତ ହୋଇ କହିଲେ "ଗୁଡ୍! ସର୍ବଦା ଟ୍ରାକ୍‍ଭିତରେ ଧାଇଁଲେ ଜୀବନ କୌତୁହଳହୀନ ହୋଇଯାଏ। କିଛି ସ୍ୱତନ୍ତ୍ରତା ଓ ପାରଦର୍ଶିତା ହିଁ ଆମର ସ୍ୱତନ୍ତ୍ର ପରିଚୟ ସୃଷ୍ଟି କରେ।" ମୁଁ କହିଲି, କିନ୍ତୁ ଆପଣ ଖୁବ୍ ସୁନ୍ଦର ଓଡ଼ିଆ କିପରି କହିପାରନ୍ତି ?" ସେ ହସି କହିଲେ "ମୁଁ ତୁମଠାରୁ ମୋତେ ପାଞ୍ଚବର୍ଷ ସିନିୟର। ମୋର ଦକ୍ଷତା ଯୋଗୁ କେବଳ ଏହି ପଦବୀରେ ପହଞ୍ଚିପାରିଛି ତେଣୁ ତୁମେ ମୋତେ, ସାର୍ ସମ୍ବୋଧନ କରିବା ପରିବର୍ତ୍ତେ ମୁକୁଲ ଡାକିପାର, ବନ୍ଧୁ ବୋଲି ମନେ କରିପାର। ମୁଁ ପୁରୀ ସରକାରୀ ହାଇସ୍କୁଲରୁ ମାଟ୍ରିକ୍ ପାଶ କରିବାପରେ ସ୍ଥାନୀୟ କଲେଜରେ ଯୁକ୍ତଦୁଇ, ଏନ୍.ଆଇ.ଟି ରୁ ବି.ଟେକ୍ ଓ ଖଡ଼ଗପୁର ଆଇ.ଆଇ.ଟିରୁ ଏମ୍‍ଟେକ୍ କରିଛି।"

ମୋତେ ଖୁବ୍ ଖୁସି ଲାଗୁଥିଲା ଯେ ବେଙ୍ଗାଲୁରୁ ଭଳି ସହରରେ ମୋ ଉପରିସ୍ଥ ଅଫିସର ଜଣକ ଓଡ଼ିଆ ଜାଣନ୍ତି ଓ କଥାବାର୍ତ୍ତା କରିପାରନ୍ତି ପୁଣି ସେ ମୋର ବସ୍ ଭଳି ନୁହେଁ ବନ୍ଧୁଭଳି ବ୍ୟବହାର କରନ୍ତି। ସେ ମୋ ମୁହଁରେ ଖୁସିର ଝଲକ ଦେଖି କହିଲେ "ମୋ ମା' ମଧ ଏଠାରେ ମୋ ସହିତ ରହନ୍ତି ଓ ଖୁବ୍ ଏକୁଟିଆ ଅନୁଭବ କରନ୍ତି। ତୁମେ କେବେ କେବେ ମୋ ସହିତ ଆମ ଘରକୁ ଆସ, ମା'ଙ୍କ ସହିତ ମିଶିବ ଓ ତାଙ୍କଠାରୁ ଅନେକ କଥା ଶିଖିବ। ସେ ମଧ ତୁମକୁ ଦେଖି ଖୁବ୍ ଖୁସି ହେବେ।" ମୁଁ ସହାସ୍ୟ ସମ୍ମତି ପ୍ରକାଶ କଲି।

ମୁକୁଲ ଏଣିକି ମୋର ଭଲ ବନ୍ଧୁ ହୋଇଯାଇଥିଲେ। ସେ କୌଣସି ଦିନ ଅଫିସ୍ କ୍ୟାଣ୍ଟିନ୍‍ରେ ଖାଆନ୍ତି ନାହିଁ ଘରୁ ଲଞ୍ଚବକ୍ସରେ ଖାଦ୍ୟ ଆଣନ୍ତି ଓ ନିଜ ରୁମ୍‍ରେ ଖାଆନ୍ତି। ବେଳେ ବେଳେ ଲଞ୍ଚ ସମୟରେ ମୋ ପାଇଁ ଅଲଗା ବକ୍ସରେ ବଙ୍ଗାଳୀ ଖାଦ୍ୟ ଆଣନ୍ତି ଓ ତାଙ୍କ ମା' ପଠାଇଛନ୍ତି ବୋଲି କୁହନ୍ତି। ବକ୍ସ ଭିତରେ ମାଛର ଭିନ୍ନ ଭିନ୍ନ ପ୍ରସ୍ତୁତି ଥାଏ, କେବେ ରସଗୋଲା, ଛେନା କ୍ଷିରୀ ପରି ମିଠା। "ବଙ୍ଗାଳୀ ଘରେ ମିଠା ଟିକେ ନହେଲେ ନହୁଏ" କହି ସେ ମୋତେ ଏତେସବୁ ମିଠା ଖୁଆନ୍ତି ମାତ୍ର ମୁଁ ରହୁଥିବା ପିଜିରେ ରୋଷେଇ କରିବା ମନା ଥିବାରୁ ଇଚ୍ଛା ଥିଲେ ମୁଁ ହାତ ଟିଆରି

ରୋଷେଇ କରି ପଠାଇ ପାରେନା। ହୋଟେଲ ପ୍ରସ୍ତୁତ ଖାଦ୍ୟ ତାଙ୍କ ମା' ଭଲପାଆନ୍ତି ନାହିଁ ବୋଲି ମୁକୁଲ୍ କହନ୍ତି। କଥାଟି ସେଇଠି ଅସମାପ୍ତ ରହେ।

ଅସ୍ନିତ୍ ଆମ ଆଠ ଜଣିଆ ଗ୍ରୁପର ସବୁଠାରୁ ହ୍ୟାଣ୍ଡସମ୍, ସ୍ମାର୍ଟ ପିଲା ଥିଲା, ସେ ଆଇ.ଆଇ.ଟି କାନ୍ପୁରରୁ ବିଟେକ୍ ପାଶ୍ କରି ମୋ ସହିତ କାର୍ଯ୍ୟରେ ଯୋଗ ଦେଇଥିଲା। ଭଲ ପାଠ ପଢ଼ିବା ସହ ସେ ଅନେକ ସୁଗୁଣର ଅଧିକାରୀ। ସେ ଭଲ ଗୀତ ଗାଇପାରେ, ମିମିକ୍ରି କରିପାରେ, ଛୋଟକାଟିଆ ଯାଦୁ ବି ଦେଖାଇପାରେ। ଆମେ ସାତଜଣ ତାକୁ ଯାଦୁବଳରେ ଅସତ୍ ଉପାୟରେ ଏତେ ଭଲ ମାର୍କ ସ୍କୋର୍ କରିପାରିଛି ବୋଲି କହି ଚିଡ଼ାଉ। ସେ ଆମ କଥାକୁ ଉପଭୋଗ କରେ ହସି ହସି।

ପ୍ରଥମ ଦିନ ସେ ନିଜକୁ ଆଇ. ଆଇ.ଟିଆନ୍ ପରିଚୟ ଦେବାପରେ ମୋର ଦକ୍ଷତା ଦେଖି ଓ ପ୍ରୋବ୍ଲେମ୍ ସଲ୍ୟୁସନ୍ର ଗତି ଓ ଶୈଳୀ ଦେଖି ଦ୍ବିତୀୟ ଥର ସେପରି ପରିଚୟ ଦେଇନାହିଁ। ବରଂ ମୋତେ ଆମ ପ୍ରୋବେସନ୍ ଗ୍ରୁପର ସବୁଠାରୁ ତୀକ୍ଷ୍ଣ ମସ୍ତିଷ୍କଧାରୀ ଝିଅ ଭାବରେ ଗ୍ରହଣ କରିନେଇଛି।

ଅସ୍ନିତ୍ର ମୋର ସାଧାରଣ ସଂପର୍କ। ସହକର୍ମୀ ପରି, ବନ୍ଧୁପରି, ଅତିବେଶୀରେ ଜଣେ ଶୁଭଚିନ୍ତକ ପରି।

ପ୍ରୋବେସନ୍ ସମୟ ଆରମ୍ଭ ହେବାର ଅଳ୍ପ ଦିନପରେ ଥରେ ଲଞ୍ଚ ବ୍ରେକ୍ରେ ଅସ୍ନିତ୍ ଦିନେ ମୋତେ ଡାକିନେଲା ଅଫିସ୍ କ୍ୟାଣ୍ଟିନ୍କୁ। ପ୍ରୋବେସନ୍ ସମୟରେ ଆମେ ଅଫିସର ଅନ୍ୟାନ୍ୟ କର୍ମଚାରୀଙ୍କ ସୁଖସୁବିଧାରୁ ବଂଚିତ ଥିଲୁ।

ହଠାତ୍ ଦିନେ ସେ ମୋତେ ଚମକାଇ ଦେଲାଭଳି କହିଲା "ସାରା! ମୋତେ ମୋର ଗାର୍ଲଫ୍ରେଣ୍ଡ ମିଲିୟାଇଛି।" ମୁଁ ହାତଟା ବଢ଼ାଇଦେଲି କଂଗ୍ରାଚ୍ୟୁଲେସନ୍ ଜଣାଇବା ନିମନ୍ତେ। ସେ କହିଲା "ପ୍ରଥମେ ଶୁଣି ସାର କିଛି ନ ଜାଣି କଂଗ୍ରାଚ୍ୟୁଲେସନ୍!"

ସେ କହିପକାଇଲା ତା'ର ଛୋଟଛୋଟ ସ୍ବପ୍ନ କଥା। ତା'ର ପ୍ରେମିକାକୁ ବାଇକ୍ ପଛରେ ବସାଇ ପୁଷ୍ପ ଉପତ୍ୟକା ନେଇ ଯିବାର ଯୋଜନା। ଖୁବ୍ ଛୋଟ ଟୁବିଏଚ୍କେ ଏକ ଫ୍ଲାଟ୍ ଘର ଭିତରେ ତାକୁ ନେଇ ଅସରନ୍ତି ସ୍ବପ୍ନ ଦେଖିବାର କାମନା। ମୁଁ କଥା ମଝିରୁ କହିଲି "ଏତେ ନାମୀଦାମୀ କମ୍ପାନୀର ରେପୁଟେଡ୍ କମ୍ପ୍ୟୁଟର ଇଞ୍ଜିନିୟରଙ୍କର ଏଇ ଛୋଟଛୋଟ ସ୍ବପ୍ନ ପୂରଣ କରିବାରେ କେଉଁଠି ସମସ୍ୟା ଅଛି ନାଁ କଣ?"

– ସମସ୍ୟାଟି ହେଲା ସେ ଝିଅଟି ସବୁ ବୁଝି କିଛି ନବୁଝିବାର ଛଳନା କରେ। ସେ ମୋ ଆଖିରେ ଦୃଷ୍ଟି ନିବଦ୍ଧ କରି କହିଲା।

– ଯାଅ ସିଧାସଳଖ କଥାଟି ଉପସ୍ଥାପନ କର। ସାହସୀ ହୁଅ। ପ୍ରେମ କରିବାକୁ ଯାଉଛ ପୁଣି ଛାତିରେ ଏତେ ଭୟ ନେଇ। ମୁଁ ତାକୁ ସାହସ ଦେବାକୁ ଯାଇ କହିଲି।

– ସେ ଝିଅଟି ଠିକ୍ ତୁମ ପରି। ମନେକର ମୁଁ ଏ କଥାଟି ତୁମକୁ କହି ଦେଲି ତୁମେ କିଭଳି ମୋ ପ୍ରଶ୍ନର ଉତ୍ତର ଫେରାଇବ ?

ଅସ୍ମିତ୍ ଚମତ୍କାର କଥା କହିପାରେ। ମାତ୍ର ଏତେଦିନ ଭିତରେ ମୋତେ ନେଇ କୌଣସି ଭାବାବେଗ ସେ ଦେଖାଇ ନଥିଲା ବା ମୁଁ ଦେଖିପାରିନଥିଲି ତେଣୁ ହୁଏତ ମୁଁ ତାକୁ ବୁଝିବାକୁ ଟିକେ ବିଳମ୍ବ ହୋଇଗଲା।

– ମୁଁ କହିଲି ମୁଁ କିନ୍ତୁ ସେ ଝିଅ ନୁହେଁ। ମୁଁ କାହାର ବାଗ୍‌ଦତ୍ତା ତେଣୁ ମୁଁ କିପରି କହିପାରିବି ସେ ଝିଅଟିର ମନକଥା।

କଥାଟି କହିସାରି ମୁଁ ଚମକି ପଡ଼ିଲି। ଅସ୍ମିତ୍‌ଠାରୁ ନିଜ ସଂପର୍କର ଦୂରତା ରକ୍ଷା କରିବା ପାଇଁ ଦାରୁଣ ମିଥ୍ୟାଟିଏ ମୁଁ ଉଚ୍ଚାରଣ କରିଥିଲି। ମାତ୍ର ବର୍ତ୍ତମାନ ସମୟରେ ମୁଁ କାହାର ବାଗ୍‌ଦତ୍ତା ନୁହେଁ, ନାଁ ସୂର୍ଯ୍ୟାଂଶର ଅବା ମୋହିତର।

ଅସ୍ମିତ୍ ସୁନ୍ଦର ଭାବରେ କଥାଟି ଘୁରାଇ ନେଲା ଅନ୍ୟ ଦିଗକୁ। କହିଲା। ଝିଅଟି ସହିତ କେବଳ ମୋର ସାକ୍ଷାତ ହୁଏ ସ୍ୱପ୍ନରେ। ନିର୍ଦ୍ଦିଷ୍ଟ ଦିନେ ନାଁ ଦିନେ ତା’ ସହ ବାସ୍ତବରେ ଦେଖାହେବ ସେତେବେଳେ କହିବି।

ତା ସଂମୋହନରେ ପଡ଼ିବା ପୂର୍ବରୁ ନିଜକୁ ମୁକୁଳାଇ ଆଣିଲି ମୁଁ।

ପ୍ରଥମ ମାସର ଦରମା ପାଇ ମା’ଙ୍କ ପାଇଁ ସିଲ୍କ ଶାଢ଼ୀ ବାପାଙ୍କ ପାଇଁ କୁର୍ତ୍ତା ଓ ମୋହିତ ପାଇଁ ହାତ ଘଣ୍ଟାଟିଏ କିଣି ପଠାଇଲି। ଘରେ ପହଞ୍ଚି ଭାବିଲି ମୁଁ ନିଜ ପାଇଁ ତ କିଛି ଆଣିଲି ନାହିଁ। ଏତେ ଦିନ ଧରି ଭାବି ଆସିଥିଲି ପ୍ରଥମ ମାସର ଦରମା ଟଙ୍କାରେ ମୋ ପାଇଁ ମନପସନ୍ଦର ପୁଲାଏ ବହି କିଣିବି। ଦାମୀ ପେଣ୍ସ୍ କିଣି ଘର ସଜାଇବି ଓ ମୋର ଗୋଟିଏ କୌତୁକ ଇଚ୍ଛାଟିଏ ଥିଲା ଯାହା ମୁଁ ଆଜିଯାଏଁ କାହାକୁ କହିପାରିନଥିଲି ! ତାହା ହେଉଛି ମୋ ପାଇଁ ସୁନ୍ଦର ନାଇଟ୍‌ଡ୍ରେସ୍ କିଣିବାର ପ୍ରଲୋଭନ।

ତେବେ ମୁଁ ମୋ ନିଜ ଇଚ୍ଛା କଥା ଭୁଲିଗଲି କିପରି ? ବୋଧହୁଏ ଯେଉଁ ମାନଙ୍କ ପାଇଁ ମୁଁ ପ୍ରଥମେ ଉପହାର କିଣିଲି ସେମାନଙ୍କୁ ମୁଁ ଅଜ୍ଞାତରେ ମୋ ନିଜଠାରୁ ଅଧିକ ଭଲପାଉଥିଲି।

ବାପା ମା’ ଖୁବ୍ ଆନନ୍ଦିତ ହୋଇଥିଲେ ମୋ ଉପହାର ପାଇ। ମୋହିତ ପାଇଁ ଘଣ୍ଟାଟି ପଠାଇଥିଲି ଟିକେ ବିଳମ୍ବରେ। ସେ ପୂର୍ବଭଳି ଫୋନ୍ କରି ବିଭିନ୍ନ କଥା ପ୍ରଶ୍ନ କରେ ଯଥା ମୋ ଫ୍ଲାଟ୍‌ରୁ ଅଫିସର ଦୂରତା କେତେ, ମୁଁ ରହୁଥିବା ପିଜିରେ ମୋ

ଚଲିବାରେ କିଛି ଅସୁବିଧା ହେଉଛି କି ନାହିଁ, ଅଫିସରେ ମୋର ସମସ୍ୟା ହେଉଛି କି ? ଇତ୍ୟାଦି ଇତ୍ୟାଦି ।

ହଠାତ୍ ଦିନେ ମୋ ପାଖକୁ ଏକ ଅଜଣା ନମ୍ବରରୁ କଲ୍ ଆସିଲା । ଉଠାଇବା ମାତ୍ରେ ଶୁଭିଲା "ମୁଁ ଏବେ ତୁମ ନିକଟ ସହରରେ । ତୁମେ ଯଦି ଫୋନ୍ ବନ୍ଦ କରିଦେବ ମୁଁ ଦୁଇଘଣ୍ଟା ଭିତରେ ଫ୍ଲାଇଟ୍ ନେଇ ପହଞ୍ଚିବି ଓ ତୁମକୁ ସେଠାରୁ ଉଠାଇ ଆଣିବି । କେହି ମୋତେ ଏ କାର୍ଯ୍ୟରେ ବାଧାଦେଇ ପାରିବେ ନାହିଁ ।" କଥାଶେଷରେ ମୃଦୁ ମୃଦୁ ହସର ଲହରି ଭାସି ଆସୁଥିଲା ସେ ପାଖରୁ ।

କିଛି ମାସ ଧରି ସୂର୍ଯ୍ୟାଂଶ ସହିତ ସଂପର୍କ ନଥିଲା । ତେବେ ତା' କଣ୍ଠସ୍ବର ଶୁଣିବା ମାତ୍ରକେ ମୋ ମନ ମସ୍ତିଷ୍କ ସବୁ ପୂର୍ବାବସ୍ଥାକୁ ଫେରି ଆସିବାର ପ୍ରୟାସରେ ଥିଲେ । ମୁଁ ଯେତେ ନିଜକୁ ଆୟତ୍ତ କରିବାକୁ ଚେଷ୍ଟା କରୁଥିଲି ସେ ସେତେ ଅନାୟତ୍ତ ହେବାରେ ଲାଗିଥିଲେ । ଭୁଲିଯାଇଥିବା ପୁରୁଣା ସଂଗୀତର ଧୁନ୍ ପରି ତା' କଣ୍ଠସ୍ବର ମୋ ସ୍ନାୟୁର ସହରରେ ସଂଚରିଗଲା ।

ଶକ୍ତି ସଂଚୟ କରି କହିଲି "ସୂର୍ଯ୍ୟାଂଶ ତୁମେ ମୋତେ ଭୁଲିଯାଇ ଭାବନା ସହିତ ନୂଆ ସଂପର୍କର ଅୟମାରମ୍ଭ କରିବା ପରେ ପୁଣି ଥରେ କାହିଁକି ପୁରୁଣା ରାସ୍ତାକୁ ଫେରି ଆସିବାକୁ ଚାହୁଁଛ ?"

ସେ ଠୋ ଠୋ କରି ହସିଲା । "ଭାବନା ? ଭାବନା ତ ଏବେ ତା' ସ୍ବାମୀ ସହିତ ଫ୍ରାଙ୍କ- ଫର୍ଟରେ । ସେଠାକାର ବୈଦେଶିକ ଦୂତାବାସରେ ତା' ସ୍ବାମୀ ଜଣେ ପଦସ୍ଥ ଅଫିସର । ତୁମେ କଣ ସତରେ ବିଶ୍ବାସ କରିଥିଲ ଯେ ଭାବନା ମୋ ପ୍ରେମିକା ?"

– ମୁଁ ନିରୁତ୍ତର ।

– ତୁମେ ମନେ ପକାଅ କ୍ୟାମ୍ପସର ସେଇ ପୁରୁଣା ଦିନ । ତୁମସହିତ ମୋର ପ୍ରଥମ ଦେଖା ହୋଇଥିଲା ଯେଉଁଦିନ ଝିପ୍ ଝିପ୍ ବର୍ଷାରେ ଭିଜି ଭିଜି ତୁମେ କାଠଚମ୍ପା ଫୁଲ ତୋଳୁଥିଲ । ଦିନେ ସମଗ୍ର କ୍ୟାମ୍ପସ ଆମକୁ ଈର୍ଷା କରୁଥିଲା । ଅଥଚ ଅନ୍ୟମାନଙ୍କଠାରୁ କିଛି କଥା ଶୁଣି ତୁମେ ଅଭିମାନରେ ମୋଠାରୁ ଦୂରେଇଗଲ । ମୋହିତ ସହିତ ତୁମ ସଂପର୍କକୁ ନେଇ ମୁଁ ଅବିଶ୍ବାସ କରିନାହିଁ । ଅଥଚ ତୁମେ ଭାବନାକୁ ନେଇ ମୋତେ ମୋତେ କିପରି ସନ୍ଦେହ କରି ପାରିଲ ?

ସୂର୍ଯ୍ୟାଂଶ ମୋତେ ଦୁର୍ବଳ କରିଦେଉଥିଲା ବେଳକୁ ବେଳ । ମୁଁ ତା' କଥାର ଯୁକ୍ତିନିଷ୍ଠତାକୁ ବିଶ୍ବାସ କରୁଥିଲେ ମଧ ବିଶ୍ବାସ କରୁନଥିଲି ତାକୁ । ମୁଁ କହିବାକୁ ଚାହୁଁଥିଲି – ସୂର୍ଯ୍ୟାଂଶ ତମ ପଛରେ ମୁଁ କେତେଦିନ କେତେରାତି ଅନିନ୍ଦ୍ୟାସୀ ହୋଇ ଧାଇଁଛି । କେତେ ଥର ତମ ସ୍ମୃତିକୁ ନେଇ ରକ୍ତାକ୍ତ ହୋଇଛି । କେତେ ରାତି ଉଜାଗର ରହି

ତାରାଗଣିଛି, କେତେ ଦିନ ଅଭୁକ୍ତ ରହିଛି ସେ ହିସାବ ତମେ ରଖିଛ ? ହଁ କହିଥିଲି
ଭୁଲିଗଲି ବୋଲି ମାତ୍ର ତୁମକୁ ଯେତେ ଭୁଲିବାକୁ ଚେଷ୍ଟା କରିଛି ତୁମେ ସେତେସେତେ
ମୋର ମନେପଡିଛ । ମୁଁ ତୁମକୁ ଭୁଲିପାରୁନାହିଁ ସେଇତ ମୋର ଅସହାୟତା । ମନର
ଭାବନା ମନରେ ରଖି କହିଲି "ଦୁଃଖିତ ଯେ ଭାବନା ତୁମ ଜୀବନରୁ ଚାଲିଗଲା କିନ୍ତୁ
ମୋଠାରୁ ଅଧିକ ସୁନ୍ଦରୀ ଝିଅ ତୁମକୁ ମିଳିବେ ଏ ବିଶ୍ୱାସ ମୋର ଅଛି ।"

ଉତ୍ତେଜନାରେ ମୋ କଣ୍ଠସ୍ୱର ଥରୁଥିଲା । ମୋ ଛାତିରେ ପଥର ରଖି ଏଇସବୁ
ଶବ୍ଦ ମୁଁ ଉଚ୍ଚାରଣ କରିବା ସମୟରେ ଦୂରରେ ଥାଇ ମଧ୍ୟ ମୁଁ ମନଶ୍ଚକ୍ଷୁରେ ଦେଖି
ପାରୁଥିଲି ତା'ର ପ୍ରତିକ୍ରିୟା । କିନ୍ତୁ ମୋ ମନରେ ଅଭିମାନ ଥିଲା ଏସବୁ କଥା ଭାବନାର
ବିବାହ ପୂର୍ବରୁ କାହିଁକି କହିଲା ନାହିଁ ? କାହିଁକି ସେ ଭାବନାର ବିବାହ ପରେ
ଫେରିଆସିଲା ମୋ ନିକଟକୁ ।

ସତରେ ସୂର୍ଯ୍ୟାଂଶ ଭାବନାକୁ ଭଲ ପାଉନଥିଲା ? ଏସବୁକଥା ମନ ଗଢା
କାହାଣୀ ମାତ୍ର ? ଠିକ୍ ମୋ ଅନ୍ତଃସତ୍ତ୍ୱା ହେବାର ଖବର ପରି ? ତା' ପାଇଁ ମୁଁ ଦୁର୍ନାମ
ଅପବାଦର କଳଙ୍କଟୀକା ପିନ୍ଧୁଥିବା ବେଳେ ସେ ସତ୍ ପୁରୁଷ ଭଳି ନିଜକୁ ମୋଠାରୁ
ଦୂରେଇନେଲା  କାହିଁକି ।

ସେ ପୁଣି କହିଲା "ତୁମେ ଯେବେ ମୋତେ କହିଥିଲ ମୋହିତ ତୁମଠାରୁ
ଛଅମାସ ସାନ, ତୁମ ସାନଭାଇ ଭଳି । ତା'ପରେ ତା' ସହ ତୁମ ଅନ୍ତରଙ୍ଗତାର
ଦ୍ୱିତୀୟ ଅର୍ଥ ମୁଁ ଭାବିନାହିଁ । ତେଣୁ ଭାବନା କଥା ମନରୁ ପାଶୋରି ତୁମେ ପୁଣିଥରେ
ମୋ ବାହୁବନ୍ଧନକୁ ଲେଉଟି ଆସ ।

ମୁଁ ଜାଣେ ମୋ ସହିତ ଥରେ ଦେଖାହେଲେ ତୁମର ଏ ଅଭିମାନ ରହିବ
ନାହିଁ । ତୁମେ ବୁଝିପାରିବ କାହିଁକି ବିଗତ ଦୁଇବର୍ଷ ଧରି ମୁଁ ଘରକୁ କିମ୍ୱା ତୁମ ପାଖକୁ
ଆସିପାରୁନଥିଲି । ତୁମେ ତ ଖୁବ ସ୍ୱାଭିମାନୀ, ସବୁବେଳେ ଚାହିଁଛ ମୋ ବାପାଙ୍କର
ବିନା ଆଶୀର୍ବାଦରେ ନିଜର ସ୍ୱତନ୍ତ୍ର ପରିଚୟ ସୃଷ୍ଟି କରିବା ପାଇଁ । ତୁମେ ପୁଣିଦିନେ
କହିଥିଲ ତୁମର ଦରକାର ଗୋଟେ ହାତଅଙ୍କା ଛବି ପରି ଛୋଟ ଘରଟିଏ । ତୁମ ସ୍ୱପ୍ନକୁ
ସାକାର କରିବାକୁ ମୁଁ ଏଠାରେ ଦିନରାତି ଏକାକାର କରୁଥିବା ସମୟରେ ତୁମ
ଅଭିମାନକୁ ସକାଳର ଶିଶିର ବିନ୍ଦୁ ମନେକରିଥିଲି । ଅଥଚ, ତୁମେ ବରଫର ପାହାଡ
ପାଲଟି ଯାଇପାର ଏଇ ବୁଝିଲି ପ୍ରଥମ କରି ।"

ମୁଁ ବୁଝିପାରୁନଥିଲି ମୋ ଜୀବନର କିଏ ନାୟକ ଓ କିଏ ମହାନାୟକ । କିଏ
ମୋର ମିତ୍ର, ପୁଣି କିଏ ପରମମିତ୍ର, କିଏ ମୋର ପ୍ରାପ୍ତି ଓ କିଏ ପୂର୍ଣ୍ଣତା ।

ମୁଁ ସୂର୍ଯ୍ୟାଂଶକୁ ଚେଷ୍ଟାକରି ଭୁଲିପାରିନାହିଁ । କିନ୍ତୁ ମୋହିତ ସହିତ ମୋ

ଭଲପାଇବାର ସଂପର୍କ ଅଧାଗଢ଼ା। ସୂର୍ଯ୍ୟାଂଶ ମୋ ହୃଦୟର ସିଂହାସନରେ ଅଥଚ ମୋହିତ ସହିତ ଭଲପାଇବାର ଅଭିନୟ ମୁଁ କେବେ କରିନାହିଁ। ତା'ସହିତ ମୋ ସଂପର୍କ ଶାଶ୍ଵତ, ପବିତ୍ର। ମୁଁ କାହାକୁ ମୋ ଜୀବନ ରାସ୍ତାରୁ ଦୂରେଇ ଦେଇ ଶାନ୍ତିରେ ରହିପାରିବି ନାହିଁ।

କିଛି ସମୟ ପାଇଁ ମୁଁ ଦୁଇଜଣଙ୍କୁ ଭୁଲିଯିବାକୁ ଚେଷ୍ଟାକଲି।

ଅଥଚ ସେହି ମୁହୂର୍ତ୍ତରେ ମୋହିତର କଲ୍ ଆସିଲା। ମୋ ଘଣ୍ଟାଟି ପାଇ ସେ ନିଜକୁ ପୃଥିବୀର ଅନ୍ୟତମ ଭାଗ୍ୟବାନ୍ ଯୁବକ ବୋଲି ମନେ କରୁଥିଲା। କିନ୍ତୁ ସେ ମୋ ପାଇଁ କେଉଁ ଉପହାର କିଣିବ ଭାବିଭାବି ଖୁବ୍ ମାନସିକ ଯନ୍ତ୍ରଣା ଭୋଗୁଛି। ସେଥିପାଇଁ ମୋର ସାହାଯ୍ୟ ଲୋଡ଼ା।

ମୁଁ କହିଲି "ମୋତେ ସେଇ ଜିନିଷଟି ଦରକାର ଯାହାକୁ ପାଇଲେ ମୁଁ ପୃଥିବୀର ସବୁଠାରୁ ଭାଗ୍ୟବତୀ ନାରୀ ବୋଲି ମନେକରିବି।"

ସେ ଟିକେ ହଡ଼ବଡ଼େଇ ଗଲା ମୋ ଉଭରରେ।

ସୂର୍ଯ୍ୟାଂଶ ହୋଇଥିଲେ କହିଥାନ୍ତା "ସାରା ! ତୁମେ ପୃଥିବୀର ସେଇ ଅନନ୍ୟ ଚରିତ୍ର, ଯାହାର ସ୍ପର୍ଶମାତ୍ରକେ ମୋ ସାମାନ୍ୟ ଉପହାରଟି ମୂଲ୍ୟବାନ ପାଲଟି ଯାଇପାରେ।"

ମୁଁ ଏଇଭଳି କିଛି ରୋମାଣ୍ଟିକ ଉଭର ଆଶା କରୁଥିଲି ମୋହିତଠାରୁ। ମାତ୍ର ତାର ଉଭରରେ ମୋ ମନଟା ହଠାତ୍ ଉଦାସ ହୋଇଗଲା। ମୋତେ ସେ ସ୍ଵପ୍ନର ଦୁନିଆଁରୁ ପହଞ୍ଚାଇ ଦେଲା ଗୋଟେ ନିମ୍ନ ମଧବିଭ ବାସ୍ତବ ଦୁନିଆଁରେ।

"ପୃଥିବୀର ସବୁଠାରୁ ମୂଲ୍ୟବାନ ଦ୍ରବ୍ୟ କ୍ରୟକରିବା ମୋ ଶକ୍ତି ବାହାରେ ତାହା ତୁ ଜାଣିଛୁ, ଏକଥା ମଧ ଜାଣୁ ତୋ ଦରମାଠାରୁ ମୋ ଦରମା ମଧ କମ୍ ଓ ତାହାମଧ ମୋତେ ଗଣିଗଣି ଖର୍ଚ୍ଚ କରିବାକୁ ହୁଏ ପାରିବାରିକ ଦାୟିତ୍ଵ ନେବାକୁ ପଡ଼ୁଥିବାରୁ। ଏଭଳି ସମୟରେ କେଉଁ ଉପହାର ପାଇଲେ ତୁ ପୃଥିବୀର ଭାଗ୍ୟବତୀ ନାରୀ ମନେ କରିବୁ ?"

ଇଚ୍ଛା ହେଉଥିଲା କହିବାକୁ ମୋହିତ ଏହିସବୁ ବାସ୍ତବ ଜୀବନର ହିସାବ ନିକାଶ ଛାଡ଼ି ଥରେ ଆକାଶରେ ଉଡ଼ିବାକୁ ପକ୍ଷ ମେଲାଇଦେ। କେବେ ସ୍ଵପ୍ନ ଦେଖିବାକୁ ରାତି ରାତି ଅନିଦ୍ରା ରହିବା ଶିଖ। ତୋର ଏଇ ବାସ୍ତବଚରିତ୍ର ପାଇଁ ତୁ ସ୍ଵାମୀ ହୋଇପାରୁ ମାତ୍ର ସୂର୍ଯ୍ୟାଂଶ ପରି ପ୍ରେମିକ ହୋଇ ପାରିବୁ ନାହିଁ।

ମୋ ଗଲାରେ ଉଷ୍ମତା ଭରି ଗଲା — "ତୋର ଏଇ ଦରମା ହିସାବ କରିବାର ପ୍ରକୃତିଟା କେବେ ଛାଡ଼ିବୁ କହିଲୁ। ତୁ ଯାହା ଶ୍ରଦ୍ଧାରେ ଦେବୁ ସେଇଟି ମୋପାଇଁ ପୃଥିବୀର ଶ୍ରେଷ୍ଠ ଉପହାର ହେବ।"

ଅପର ପାର୍ଶ୍ୱରୁ ଏକ ଦୀର୍ଘଶ୍ୱାସ ଉତ୍ତର ଭାବେ ଫେରିଲା ।

ସେଇ ମୁହୂର୍ତ୍ତରେ ମୋ ମନ କହୁଥିଲା ମୋତେ ଏତେବଡ ପୃଥିବୀରେ କେହି ଜଣେ ମିଳନ୍ତେ ନାହିଁ ଯିଏ ସୂର୍ଯ୍ୟାଂଶ ପରି ରୂପ, ଗୁଣ ଚପଳ ଚଞ୍ଚଳ ପ୍ରେମିକପଣର, ମୋହିତ ପରି ଶାନ୍ତ, ସରଳ, ନିରୀହ ଯିଏ ହୁଅନ୍ତା ମୋ ଜୀବନ ସାଥୀ ।

କୁହାଯାଏ ସର୍ବଗୁଣସଂପନ୍ନ ମଣିଷ କାହାକୁ ମିଳନ୍ତି ନାହିଁ । କୌଣସି ମଣିଷ ସ୍ୱୟଂସଂପୂର୍ଣ୍ଣ ନୁହେଁ । ଅପୂର୍ଣ୍ଣତା କଣ ମୋ ପାଖରେ ନାହିଁ ? ଅତଏବ୍ ମୋତେ ଏଭଳି କୌଣସି ଚରିତ୍ର ସହିତ ଜୀବନ ଅତିବାହିତ କରିବାର ଅଛି ଯାହାର ଥିବ କିଛିନା କିଛି ଅପୂର୍ଣ୍ଣତା । ସେହି ଅପୂର୍ଣ୍ଣତାକୁ ନେଇ ମୋତେ ପରିପୂର୍ଣ୍ଣା ନାରୀର ଅଭିନୟ କରିବାକୁ ହେବ ।

ମୁଁ ଖୁବ୍ କ୍ଲାନ୍ତ ଅନୁଭବ କଲି ସେଇ ମୁହୂର୍ତ୍ତରେ । ଅଫିସ୍‌ରେ ମୁକୁଲ ମୋର ନିକଟତର ହେବାରେ ଲାଗିଥିଲେ । ଦିନେ ମୁଁ ମିଠାପ୍ୟାକେଟ୍‌ଟିଏ ତାଙ୍କ ମା'ଙ୍କୁ ଦେବା ପାଇଁ ଅନୁରୋଧ କରିବାରୁ ସେ କହିଲେ ମୁଁ ନିଜେ ତାଙ୍କୁ ଦେଲେ ସେ ଖୁବ୍ ଖୁସି ହେବେ । ଭାବିଲି ଥରୁଟିଏ ପାଇଁ ଭଦ୍ରମହିଳାଙ୍କୁ ଦେଖା କରି ଆସିବି ।

ସେଦିନ ମୁକୁଲ ପାର୍କିଂପ୍ଲେସ୍‌ରେ ତାଙ୍କ କାର ଭିତରେ ମୋତେ ଅପେକ୍ଷା କରିଥିଲେ । ଅଗତ୍ୟା ତାଙ୍କ ସହିତ ତାଙ୍କ ଘରକୁ ଯିବାକୁ ହେଲା ।

ମୁକୁଲ ମୋ ସଂପର୍କରେ ତାଙ୍କ ମା'ଙ୍କୁ କଣ କହିଥିଲେ ମୁଁ ଜାଣେନା ।

ମୋତେ ଦେଖିବା ମାତ୍ରେ ସେ ମୋତେ ନିକଟ ଆତ୍ମୀୟାଙ୍କ ପରି ସ୍ୱାଗତ କଲେ । ସେ ଖୁବ୍ ସୁନ୍ଦରୀ । ତାଙ୍କ ମାର୍ଜିତ ବେଶଭୂଷାରୁ ତାଙ୍କ ଆଭିଜାତ୍ୟ ବାରିହୋଇ ପଡୁଥିଲା । ସେ ପିନ୍ଧିଥିଲେ ବେଙ୍ଗଲୀ ହାତବୁଣା ସବୁଜରଂଗର ଧଡିଥିବା ଜାମ୍‌ଦାନୀ ଶାଢ଼ୀ । ମୁଁ ତାଙ୍କ ପାଦଛୁଇଁ ପ୍ରଣାମ କରିବା ମାତ୍ରେ ସେ ମୋତେ କୋଳେଇ ନେଇ କହିଲେ ଖୁବ୍ ସଂସ୍କାରୀ ଝିଅଟିଏ ! ଯେତେ ପାଠ ପଢ଼ିଲେ କଣ ମଣିଷ ନିଜ ସଂସ୍କାର ଭୁଲିଯାଏ ?

ଲଜ୍ଜାବନତ ଭାବରେ ବସିରହିଲି ମୁଁ । ଘରର ପ୍ରତିଟି କୋଣରେ ତାଙ୍କ ହାତରେ ଚମତ୍କାର କାରୁକାର୍ଯ୍ୟ । ସୋଫାକଭର ଏମ୍ବ୍ରୋୟଡରୀଠାରୁ ପାର୍ଟିସନ୍‌ସ୍କିନ୍ ପର୍ଯ୍ୟନ୍ତ ।

ସେ ଛଳଛଳ ଆଖିରେ କହିଲେ "ତୁମକୁ ସ୍ୱାଗତ କରିବାକୁ ମୋ ପାଖରେ କଣ ବା ଅଛି ? କାଳିବାଡିରେ ମୋ ଶ୍ୱଶୁରଙ୍କର ଜମିଦାର କୋଠାଟା ଯେତେବେଳ ବିକ୍ରୀ ହେଲା ଆମେ ପାଇଥିଲୁ ପାଞ୍ଚ ଭାଗରୁ ଭାଗେ । ସେଥିରେ ଆମ ସହିତ କମ୍ ଅନ୍ୟାୟ ହୋଇ ନଥିଲା । ତୁମ ମଉସା ପାଟି ନ ଫିଟାଇ ଅଭିମାନରେ କଲିକତା ଛାଡି ଚାଲି ଆସିଲେ ପୁରୀ । ଯେଉଁଠି ଜମିଦାର କୋଠି ନଥିଲା କିମ୍ବା ଟମ୍‌ଟମ୍ ଗାଡି, କିନ୍ତୁ

ଥିଲା ପରମଶାନ୍ତି । ଅର୍ଥ ଓ ପ୍ରତିପତ୍ତି ଯେଉଁଠି ଥାଏ ସେଠାରେ ଥାଏ ଅସହିଷ୍ଣୁତା, ଜ୍ୱଳନ, ପରଶ୍ରୀକାତରତା ପରି ଅବଗୁଣଗୁଡ଼ିକ ।

ସେ ହାତତିଆରି କିଛି ମିଠା, ସମୋସା ପ୍ଲେଟ୍‌ରେ ସଜାଡ଼ି ରଖ କହିଲେ, "କିଛି ଖାଅ ନଚେତ ମୋ ଗପ ଶୁଣି ଶୁଣି ବିରକ୍ତ ହୋଇଯିବ ।" ମୋର ଉତ୍ତରକୁ ଅପେକ୍ଷା ନକରି ସେ ଦୀର୍ଘଦିନରୁ ଆଉଜାଥିବା ମନର ବାତାୟନ ଖୋଲିଦେଲେ "ତୁମେ ଜାଣ ସାରା ! ପୁରୀରେ ଖୁବ୍‌ ଶାନ୍ତି ମିଳିଲା ଆମକୁ । କଲିକତାର ପବିତ୍ର ଗଙ୍ଗାଜଳ ଆମ ରକ୍ତରେ ବହୁଥିଲେ ମଧ ମହୋଦଧିରେ ମଉସାଙ୍କ ଚିତାଭସ୍ମ ବିସର୍ଜନ ପରେ ଭୁଲିଗଲି ମୁଁ କେବେ କଲିକତାନିବାସୀ ଥିଲି । ସେହି ସବୁ ଦିନଗୁଡ଼ିକ ସ୍ୱପ୍ନ ପରି ଲାଗେ, ଯେବେ ଘରେ ଚାକର କୋଟିଆ ପୁଖାରୀମାନେ ଗହଲି କରନ୍ତି । ଦାଣ୍ଡପଟ ବିରାଟ ବୈଠକ ଖାନାରେ ବସି ମୋ ଶ୍ୱଶୁର ହୁକ୍କା ଟାଣୁଥାନ୍ତି । ଚାରିପାଖରେ ଦଳେ ଅଧସ୍ତନ ନୌକର । ଚାକର ପିଲାଟିଏ ଚାନ୍ଦି ପିକଦାନୀ ଧରି ଠିଆ ହୋଇଥାଏ । ଖାଇବା ପିଇବା ହସ ଗମାତ ସହ ତାସ ପଶା ବି ଚାଲେ ଡେର ରାତିଯାଏଁ । ପ୍ରତି ମଙ୍ଗଳବାର ଘୋଡ଼ାଗାଡ଼ିରେ ବସି ସେ ଦେବୀ ମା' ଙ୍କ ପାଖକୁ ଯାଆନ୍ତି ମାନସିକ ନେଇ । ଦର୍ଶନ ନ ହେବାଯାଏ ଜଳ ସୁଦ୍ଧା ସ୍ପର୍ଶ କରନ୍ତି ନାହିଁ । ମାନସିକ ଥିଲା ଝିଅଟିଏ ପାଇଁ । ଝିଅ ତ ହେଲାନି କିନ୍ତୁ ସେ ଯାଆନ୍ତି ଦେବୀଙ୍କ ଉପରେ ଅଭିମାନ କରିବାପାଇଁ । ଅଥଚ ଭାଗ୍ୟ ଦେଖ ପରପିଢ଼ୀରେ ମଧ ଝିଅଟିଏ ଜନ୍ମ ହେଲା ନାହିଁ ଆମଘରେ । କିନ୍ତୁ ମୋ ଶାଶୁ ଲକ୍ଷ୍ମୀ ପ୍ରତିମା ଥିଲେ । ତାଙ୍କ ଅନ୍ତେ ଜମିଦାରୀ ଗଲା । ଘରେ ଲୋକଙ୍କ ଭିଡ଼ କମିଲା । ଶ୍ୱଶୁରଙ୍କ ଦେହାନ୍ତ ପରେ ଭାଇମାନଙ୍କ ମଧରେ ସମ୍ପର୍କ ଏତେ ତିକ୍ତ ହୋଇଗଲା ଯେ ଗୋଟିଏ କୋଠିରେ ରହିବା ସମ୍ଭବ ହେଲାନାହିଁ । କୋଠି ବିକ୍ରୀ ହୋଇ ରଣ ଶୁଝ । ସରିବା ପରେ ପାଞ୍ଚଭାଗ ହୋଇ ଗଲା ସମ୍ପତ୍ତି ।

ଛାଡ଼, ଅତୀତ ଭାବି କିଛି ଲାଭ ନାହିଁ । ପୁରୀରେ ମୋର ସବୁ ପଡୋଶୀ ମାନେ ଓଡ଼ିଆ । ସମସ୍ତଙ୍କ ସହ ମୋର ଖୁବ୍‌ ଭଲ ସମ୍ପର୍କ । ସେମାନେ ମୋତେ ବୌଦି ଡାକନ୍ତି । ମୋଠାରୁ ଏମ୍ବ୍ରୋୟଡରୀ ରୋଷେଇ ଶିଖିବାକୁ ଆସନ୍ତି । ସେମାନେ ପ୍ରଶ୍ନ କରନ୍ତି ମୋତେ ଏତେସବୁ କଳା କିପରି ଜଣା ? ମୁଁ ଉତ୍ତର ଦିଏ ଜମିଦାର ରାୟ ଚୌଧୁରୀ ବଂଶର କୁଳବଧୂ ହେବାପାଇଁ ରବୀନ୍ଦ୍ର ସଙ୍ଗୀତଠାରୁ ଆରମ୍ଭ କରି ରୋଷେଇ ସିଲେଇ ସବୁ କଳାରେ ପାରଦର୍ଶିତା ରହିବା ଜରୁରୀ ।"

କର୍ପୂର ଉଡ଼ିଗଲେ ସୁଦ୍ଧା । କର୍ପୂରିତ ସୁଗନ୍ଧରେ କୋଠରୀଟି ମହକି ଉଠୁଥିଲା । ମଣିଷ କିଛି ଭାଗ ବଞ୍ଚେ ତା' ଅତୀତକୁ ନେଇ । ଯାହାର ଅତୀତ ଯେତେ ସୁମଧୁର ତାର ଜୀବନକୁ ଭୋଗ କରିବାର ମାତ୍ରା ସେତେ ଅଧିକ ।

ଭାବାବେଗବଶତଃ ସେ କହିପକାଉଥିଲେ ଅନେକ କଥା। “ ମୁକୁଲର ପାଞ୍ଚ ବର୍ଷ ଚାକିରି ହେଲା। ମୁଁ ତା’ ମନପସନ୍ଦର ଝିଅଟିଏ ଖୋଜିବାକୁ କହିଥିଲି। ମାତ୍ର ସେ ସବୁଦିନ କହେ ଯେ ତାକୁ ତା’ ମନପସନ୍ଦର ଝିଅ ମିଳୁନାହିଁ। ତା’ପସନ୍ଦର ଝିଅଟି ହୁଏତ ଅନ୍ୟ କେଉଁ ଗ୍ରହରେ ଜନ୍ମ ନେଇଥିବ।” ସେ ମୋ ସମର୍ଥନ ଅପେକ୍ଷାରେ ଥିଲେ। ମୁଁ ଚାହୁଁଥିଲି ଏ ଆଲୋଚନା ଆଉ ଆଗକୁ ନବଢୁ। ମୋତେ ଏବେ ଫେରିବାକୁ ହେବ କହିବା ମାତ୍ରେ ସେ ମୁକୁଲଙ୍କୁ କହିଲେ ମୋତେ ନେଇ ପିଜିରେ ଛାଡ଼ି ଦେବାପାଇଁ। ତାଙ୍କ ସ୍ନିତହସ, ଅକୁହା ଆଖିର ଅନେକ କଥା ପଢ଼ିବାକୁ ବାକି ରହିଲା ନାହିଁ। ମୋତେ ଯେ ତାଙ୍କ ମା’ ପ୍ରଥମ ଦେଖାରୁ ପସନ୍ଦ କରିଛନ୍ତି ତାହା ମୁକୁଲ ବୁଝିପାରିଥିଲେ। ରାସ୍ତାରେ କିନ୍ତୁ ସେ ହଠାତ୍ ପ୍ରଫେସନାଲ୍ କଥା ଆରମ୍ଭ କଲେ।

– ସାରା ! ତୁମେ ନିଜ ଭବିଷ୍ୟତ ସମ୍ପର୍କରେ କିଛି ଯୋଜନା କରିଛ ? କମ୍ପାନୀ ସ୍ପନସରସିପରେ ଏମ୍‌ଟେକ୍ କରିବାକୁ ଚାହୁଁଥିଲେ ମୋତେ ଜଣାଇବ କିନ୍ତୁ ଏତେଶୀଘ୍ର ସମ୍ଭବନୁହେଁ। ଆଉ ବିବାହ ? ବିବାହକୁ ନେଇ ତମର ଯୋଜନାଟି କଣ ?

ଓଃ ବିବାହ ନାଁ ଶୁଣିବାମାତ୍ରେ ମୋ ମସ୍ତିଷ୍କରେ ବିସ୍ଫୋରଣ ଆରମ୍ଭ ହୋଇଗଲା। ମା’ ମଧ୍ୟ ଆଜିକାଲି ବାରମ୍ବାର ସେଇ ପ୍ରସଙ୍ଗଟି ଉଠାଇ ମୋ ମନକୁ ଭାରାକ୍ରାନ୍ତ କରି ଦେଉଥିଲେ।

– “ନାଁ ଆଗାମୀ ଦୁଇବର୍ଷ ପର୍ଯ୍ୟନ୍ତ ମୁଁ ସେ ସମ୍ପର୍କରେ ଭାବିବାକୁ ମଧ୍ୟ ଚାହେଁନି।” ମୋର ଉତ୍ତରରେ ମୁକୁଲ ମୋତେ ପ୍ରେମମୟ ଚାହାଣିରେ ଚାହିଁ ଥରେ ହସିଦେଲେ। ଗାଡ଼ି ପିଜି ଗେଟ୍ ସାମ୍ନାରେ ରହିବାକ୍ଷଣି, ବିଦାୟ ଜଣାଇଲି ତାଙ୍କ ସମ୍ମୋହନରୁ ନିଜକୁ ମୁକ୍ତ କରି।

ସୁନ୍ଦରୀ ଓ ସଫଳ ଝିଅଟିଏ ଘରୁ ପଦାକୁ ଗୋଡ କାଢ଼ିଲେ ତାକୁ ଏପରି ଅନେକ ଚରିତ୍ରଙ୍କୁ ସାମ୍ନା କରିବାକୁ ପଡ଼େ। ଗୋଟେ ନାରୀ ସଫଳତାର ସିଡ଼ିରେ ଚଢ଼ିବା ସମୟରେ ଜଣେ ପୁରୁଷଠାରୁ ଅଧିକ ଘାତ ପ୍ରତିଘାତର ସମ୍ମୁଖୀନ ହୁଏ। ତଥାପି ଆମେ କହୁ ନାରୀଟିଏ ପୁରୁଷଙ୍କ ସାଙ୍ଗେ ପାଦ ମିଳାଇ ଚାଲିପାରେନାହିଁ।

ଅଫିସ୍ ଲାଉଞ୍ଜରେ ଜଣେ ସହକର୍ମୀଙ୍କ ଜନ୍ମଦିନ ପାର୍ଟିରେ ଦେଖା ହୋଇଥିଲା ଅୟସ୍କାନ୍ତ ସହିତ ଯେ ଗୋଟିଏ ଇଂରାଜୀ ସଂବାଦପତ୍ରର ସାମ୍ବାଦିକ ବୋଲି ନିଜର ପରିଚୟ ଦେଇଥିଲେ।

ସମସ୍ତ ସମ୍ପର୍କକୁ ସମ୍ମାନ ଦେବାପାଇଁ ମୁଁ ସ୍ନିତହାସ୍ୟରେ ମୋର ପ୍ରତିକ୍ରିୟା ଜଣାଉଥିଲି। ଆକାଶରେ ଯେତେ ମେଘର ଆସର ହୁଏ ସବୁକଣ ବର୍ଷା ହୋଇଝରେ ? କିଞ୍ଚିତ ପବନ ବୋହି ନେଇ ଯାଏ ଦୂର କେଉଁ ଅଜଣା ଦେଶକୁ।

କିନ୍ତୁ ସେଦିନ କିଛି ମେଘଖଣ୍ଡ ମୋ ଉପରେ ବର୍ଷା ହୋଇ ଝରିଗଲା। ଇଞ୍ଜିନିୟରିଂ କଲେଜ୍‌ରେ ମୋର ପ୍ରେମପ୍ରାର୍ଥୀଙ୍କୁ ମୁଁ ବୁଝାଇବାରେ ସକ୍ଷମ ହେଉଥିଲି ଯେ ମୁଁ ସେମାନଙ୍କ ସହ ସଂପର୍କ ରଖିବାକୁ ଆଗ୍ରହୀ ନୁହେଁ। ଏହା ମୋର ବ୍ୟକ୍ତିଗତ ବିଚାର। କିନ୍ତୁ ଏଠାରେ ଏ ସମସ୍ତେ ମୋର ପ୍ରେମପାର୍ଥୀ ନୁହଁନ୍ତି ପ୍ରେମ ଦାବୀ କରିବସିଛନ୍ତି ଯେ !

ମୁକୁଲ ! ଅସ୍ମିତ ଓ ଅୟସକାନ୍ତ ଏ ତିନିଜଣ ତାଙ୍କ ଭଲପାଇବାର ସ୍ୱୀକାରୋକ୍ତି ଖୋଲା ଖୋଲି ଭାବେ ପ୍ରକାଶ କରିନାହାନ୍ତି। ଅଥଚ ମୁଁ ବିପଦର ବାସ୍ନା ବାରିପାରୁଥିଲି ସବୁଦିଗରୁ।

ପରବର୍ତ୍ତୀ ରବିବାର ରାତି ଦଶଟାରେ ଅୟସକାନ୍ତ ମୋତେ ଜରୁରୀ କାମ ଅଛି କହି ତଳକୁ ଆସିବାକୁ ଅନୁରୋଧ କଲା। ଗୋଟିଏ ନାମୀଦାମୀ ସମ୍ୱାଦପତ୍ରର ସାମ୍ୱାଦିକ ସେ। ହଠାତ୍‌ ତାର ମୋ ପାଖରେ ଏତେରାତିରେ କେଉଁ କାମ ପଡିଗଲା ଭାବି ତଳକୁ ଓହ୍ଲାଇ ଆସିଲି। ସେଦିନ ମୋ ସାମ୍ନାରେ ପ୍ରେମର ନିଆଁରେ ଜଳୁଥିଲା ପ୍ରେମିକ ଅୟସକାନ୍ତ। ଟଳମଳ ପାଦ, ଅବିନ୍ୟସ୍ତ ଭାବରେ କାରକୁ ଆଉଜି ଠିଆ ହୋଇଥିଲା ସେ। ମୁଁ ପ୍ରଶ୍ନ କଲି ମୋ ପାଖରେ କି କାମ ଥିଲା ଅୟସ୍‌। ସେ ସେଠାରୁ ଦୋହଲି ଦୋହଲି ଆସି ମୋ ଉପରେ ଝରି ପଡିଲା ଅଗ୍ନିଝୁଲ ପରି।

“ତୁମେ ଜାଣ ସାରା ! ପୃଥିବୀରେ ଯେତେ ଆମ୍ଭହତ୍ୟା ଘଟଣା ଘଟେ ଅଧିକାଂଶ ବିଫଳ ପ୍ରେମ ପାଇଁ। ମୁଁ ଚାହେଁନା ସେଇ ପଥର ଯାତ୍ରୀ ହେବାକୁ। ମୁଁ ତୁମ ପ୍ରେମରେ ବିଫଳ ହେବା ପୂର୍ବରୁ ତୁମେ ମୋ ପ୍ରେମକୁ ସ୍ୱୀକାର କରିନିଅ।”

ଆଲକୋହଲର ତୀବ୍ରଗନ୍ଧ ତା’ ମୁହଁରେ। ତା’ର ଅସାମଞ୍ଜସ୍ୟ କଥାବାର୍ତ୍ତା ଓ କଣ୍ଠରେ ଆର୍ଦ୍ରତା ଦେଖି ଭୟ ପାଇଗଲି। ସେ ଯଦି ଏଠାରେ କୌଣସି ଅପ୍ରୀତିକର ପରିସ୍ଥିତି ସୃଷ୍ଟି କରେ ତେବେ ମୋର ରାତାରାତି ଗୃହଶୂନ୍ୟ ହୋଇଯିବାର ଆଶଙ୍କା ଅଛି। ତେଣୁ ସେ ସମୟରେ ନିଷ୍ଠୁର ଶବ୍ଦ ଉଚ୍ଚାରଣ କରିବା ଉଚିତ୍‌ ହେବ ନାହିଁ। କଣ୍ଠରେ କୋମଳତା ଭରି କହିଲି “ରାସ୍ତାଧାରରେ ଠିଆହୋଇ କେହି କାହାକୁ ପ୍ରେମ ନିବେଦନ କରେ ? ଏହା ଉପଯୁକ୍ତ ସମୟ ଅବା ଉପଯୁକ୍ତ ସ୍ଥାନ ଏ ସବୁ କଥା କହିବା ପାଇଁ ? କାଲି ଲଞ୍ଚ ଆୱାରରେ ଅଫିସ୍‌ କ୍ୟାଣ୍ଟିନ୍‌କୁ ଆସ କଥାବାର୍ତ୍ତା ହେବା।”

ଅୟସକାନ୍ତ ମୋତେ ବିଶ୍ୱାସଭରା ଚାହାଣୀରେ ଚାହିଁଲା। ମୁଁ ଜାଣେ ମୁଁ ଏ ସଂପର୍କକୁ ସ୍ୱୀକୃତି ଦେବି ନାହିଁ। କିନ୍ତୁ ମୋର ପ୍ରେମକୁ ପ୍ରତ୍ୟାଖ୍ୟାନ କରିବାର ଭାଷା ଶୁଣି ପ୍ରତିକ୍ରିୟାଶୀଳ ହୋଇ ସେ ହଠାତ୍‌ ଯଦି କିଛି ଗୋଟିଏ ଅଘଟଣା ଘଟାଇ ନ ବସିବ ତାହା କିଏ କହିବ ? ମୋତେ ଲାଗୁଥିଲା ସେ ସେହିକ୍ଷଣି ମୋତେ ମାରିଦେବ

ଅବା ନିଜେ ଆତ୍ମହତ୍ୟା କରିଦେବ। ନିଶାସକ୍ତ ବ୍ୟକ୍ତି ପାଇଁ ସୀମାତିକ୍ରମ କରିବା କେଉଁ ଗୋଟେ ବଡ଼କଥା ଯେ ?

ସେ ଟଳ ମଳ ପାଦରେ କାର ଭିତରକୁ ଗଲା। ଗଭୀର ନିଶା ଯୋଗୁଁ ଚାବିକୁ ଚେଷ୍ଟାକରି ମଧ୍ୟ କି’ ହୋଲ୍‌ରେ ପୁରାଇବା ତା’ ଦ୍ୱାରା ସମ୍ଭବ ହେଲାନାହିଁ। ମୁଁ ଆଗେଇ ଯାଇ କି ହୋଲ୍‌ରେ ଚାବି ପୁରାଇ କହିଲି “ଅୟସ୍‌! ଖୁବ୍‌ ବେଗରେ ଗାଡ଼ି ଚଲାଇବ ନାହିଁ, ଧୀରେ ଧୀରେ ଯିବ। ଶୁଭରାତ୍ରି।”

ସେ ଡ୍ରାଇଭିଂ ସିଟ୍‌ରେ ବସି ମୋତେ କିଛି ସମୟ ଚାହିଁ ରହି ହାତ ହଲାଇ କହିଲା “ଶୁଭରାତ୍ରି”। ଆହା! ପିଲାଟା ବେଙ୍ଗାଲୁରୁ ଭଳି ଗହଳି ରାସ୍ତାରେ ଟ୍ରାଫିକ୍‌ ନିୟମ ମାନି ନିରାପଦରେ ଗାଡ଼ି ଚଲାଇ ଘରେ ପହଞ୍ଚ ପାରିବ ତ ? ମୁଁ ଆତଙ୍କିତ ହୋଇ ଉଠିଲି! ମୋ ପାଖକୁ ଅନ୍ତତଃ ଏପରି କିଛି ଖବର ନ ଆସୁ ଯେ ରାସ୍ତାରେ ଦୁର୍ଘଟଣା ଘଟାଇ ହାତ ଗୋଡ଼ ଭାଙ୍ଗି ହସପିଟାଲରେ ପଡ଼ିଛି ଅବା ନିଶାସକ୍ତ ଅବସ୍ଥାରେ ଗାଡ଼ି ଚଲାଇ ଯାଉଥିବାରୁ ଟ୍ରାଫିକ୍‌ ପୋଲିସ୍‌ ଦ୍ୱାରା ଧରାପଡ଼ି ଥାନାରେ ବସିଛି ରାତି ତମାମ୍‌।

କିନ୍ତୁ ସେପରି କିଛି ଘଟିଲା ନାହିଁ। ପରଦିନ ଠିକ୍‌ ଲଞ୍ଚ ଆଓ୍ୱାରରେ କ୍ୟାଣ୍ଟିନ୍‌ରେ ବସି ସେ ମୋତେ ଅପେକ୍ଷା କରିଥିଲା। ଗତକାଲିର ନିଶାଗ୍ରସ୍ତ ଅୟସକାନ୍ତ ନୁହେଁ ସକାଳର ସୂର୍ଯ୍ୟ କିରଣରେ ଝଲମଲ୍‌ ସଦ୍ୟସ୍ନାତ୍‌ ପ୍ରକୃତିସ୍ଥ ପ୍ରେମିକ ଅୟସକାନ୍ତ। ସେ ଖୁବ୍‌ ଉତ୍‌ଫୁଲ୍ଲିତ ଲାଗୁଥିଲା। ଯେପରି ସେ ଜାଣିପାରିଥିଲା ଘଟିବାକୁ ଯାଉଥିବା ଘଟଣାଟି ତା’ ସପକ୍ଷରେ। ନୀଳରଙ୍ଗର ସୁଟ୍‌ ସହିତ ଲାଲ୍‌ ରଙ୍ଗର ଟାଇ ପିନ୍ଧି ସେ ଆସିଥିଲା। ପ୍ରାୟତଃ ଏପରି ବେଶଭୂଷାରେ ସେ ଦିଶେ ନାହିଁ। ସେ ଖୁବ୍‌ ବୋହେମିଆନ୍‌। ସବୁବେଲେ କାଜୁଆଲ୍‌ ଜିନ୍‌ସ୍‌ ଓ ଟି ଶାର୍ଟରେ ଦିଶେ ଓ ତାହା ପୁଣି ଲୁଜ୍‌ ଫିଟିଙ୍ଗ୍‌ର। ଫ୍ରେଶ୍‌କଟ୍‌ ଦାଢ଼ୀ, କାନ୍ଧ ଯାଏଁ ଲମ୍ବା ଲମ୍ବା ବାଲ, ଡାହାଣ ହାତରେ ଘଣ୍ଟା, ଫ୍ଲିପ୍‌ ଫ୍ଲପ୍‌ ଚପଲରେ ସେ ଦିଶେ ଅନ୍ୟମାନଙ୍କଠାରୁ ଭିନ୍ନ।

ଅୟସକାନ୍ତ ମୋତେ ଦେଖି ଦୁଃଖିତ ମୁଦ୍ରାରେ କହିଲା “ଗତକାଲିର ବ୍ୟବହାର ପାଇଁ ଖୁବ୍‌ ଦୁଃଖିତ। ଏପରି ନିଶାଗ୍ରସ୍ତ ଅବସ୍ଥାରେ ରାସ୍ତା ଧାରରେ ଠିଆ ହୋଇ କେହି କେବେ କାହାକୁ ପ୍ରେମ ନିବେଦନ କରେ, ପୁଣି ତୁମ ଭଳି ଝିଅକୁ। କିନ୍ତୁ କଣ କରିବି ମୋର ସମସ୍ୟାଟା ହିଁ ସେପରି ବୋଲି ଭାବିପାର।”

ମୁଁ କୌଣସି ଉତ୍ତର ନଦେଇ ଓ୍ୱେଟରକୁ ଦୁଇକପ୍‌ କଫି ଅର୍ଡର କଲି। ହୃଦୟ ଭିତରେ ଶବ୍ଦ ସଜାଉଥିଲି ଯାହା ଶୁଣିଲେ ଅୟସକାନ୍ତ ନିଜକୁ ବିଫଳ ପ୍ରେମିକ ମନେ କରିବ ନାହିଁ, ଅଥଚ ବୁଝିବ ଯେ ମୁଁ ତାକୁ ଭଲପାଇ ପାରିବି ନାହିଁ। ମାତ୍ର ସେପରି

କିଛି ଘଟେ ନା। କଥାଟା ଯେଉଁ ଭାଗରେ କହିଲେ ମଧ୍ୟ ମୋ କଥାଶୁଣି ତା' ହୃଦୟ ଭାଙ୍ଗିବ ଓ ମୁଁ ସେଥିପାଇଁ ନିରୁପାୟ।

ମୁଁ କଫି ଅର୍ଡର କରିବା ଶୁଣି ସେ କହିଲା କିଛି ସ୍ନାକ୍ ବି ମଗାଅ। ସକାଳୁ କିଛି ଖାଇ ନାହିଁ।

ଶତ ପ୍ରତିଶତ ଚାର୍ଜଡ୍ ଥିଲା ସେ। ମଝିରେ ମଝିରେ ମୋତେ ଚାହିଁ ଅପେକ୍ଷା କରୁଥିଲା ସେଇ ମୁହୂର୍ତ୍ତକୁ କେବେ ମୁଁ ନିଜ ତରଫରୁ ତା' ପ୍ରେମକୁ ଗ୍ରହଣ କରିବାର ସ୍ୱୀକାର କରିବି। ମାତ୍ର ମୁଁ ସେ ସବୁ ପ୍ରସଙ୍ଗକୁ ନଯାଇ କହିଲି "ସକାଳୁ ବ୍ରେକ୍ ଫାଷ୍ଟ ନ କରିବା ସ୍ୱାସ୍ଥ୍ୟ ପାଇଁ ଅହିତକର, କଣ କୌଣସି ଜରୁରୀ କାର୍ଯ୍ୟରେ ବ୍ୟସ୍ତ ଥିଲ? ହଁ ସାମ୍ବାଦିକର ଜୀବନ ଖୁବ୍ ବ୍ୟସ୍ତ ସେକଥା ମୁଁ ଜାଣେ।"

ସେ କଫି ପିଉ ପିଉ କହିଲା "ନାଁ, ତୁମକୁ ଦେଖା କରିବାର ଉତ୍ତେଜନାରେ କିଛି ଖାଇ ପାରିଲି ନାହିଁ। ମୁଁ ଜଣେ ମଦ୍ୟପ ନୁହେଁ ମାତ୍ର ସେତିକି ନିଶାଗ୍ରସ୍ତ ହୋଇ ନଥିଲେ ତୁମକୁ ଭଲପାଇବାର କଥାଟି କହିବା ପାଇଁ ସାହସ ଜୁଟାଇ ପାରିନଥାନ୍ତି। ଜାଣି ଖୁସି ହେଲି ଯେ, ତୁମେ ଟଙ୍କା ପଇସାକୁ ପ୍ରେମର ତରାଜୁରେ ଓଜନ କରି ନାହିଁ। ତୁମେ ସୁନ୍ଦରୀ, ରେପୁଟେଡ୍ କମ୍ପାନୀର ଇଞ୍ଜିନିୟର, ଉଚ୍ଚ ବେତନ ଭୋଗୀ ଆଉ ମୁଁ ଜଣେ ସାଧାରଣ ସାମ୍ବାଦିକ। କିନ୍ତୁ ମୁଁ ତୁମକୁ ଏତେ ଅଧିକ ଭଲପାଏ, ଏ ପୃଥିବୀରେ କେହି ତୁମକୁ ଏତେ ପରିମାଣରେ ଭଲ ପାଇପାରିବେ ନାହିଁ। ଗତ କାଲି ତୁମର ମୋ ପାଇଁ ବ୍ୟସ୍ତତା ଦେଖି ମନେହେଲା ତୁମେ ବି...।"

ତା'ର କଥା ଶେଷ କରିବାକୁ ନଦେଇ କହିଲି "କାଲି ତମ ସ୍ଥାନରେ ଯେ କେହି ଥା'ନ୍ତା ତା' ପାଇଁ ମୁଁ ସେତିକି ବ୍ୟସ୍ତ ହୋଇଥାନ୍ତି, କାରଣ ଯେ କି' ହୋଲରେ ଚାବି ପୁରାଇ ପାରୁନଥିଲା, ସେ ବେଙ୍ଗାଲୁରୁ ସହରର ଜନଗହଳି ରାସ୍ତା, ଟ୍ରାଫିକ୍ ନିୟମ ଭଂଗ ନକରି ଘରେ ନିରାପଦରେ ପହଞ୍ଚିବ ତାହା କିଏ ବିଶ୍ୱାସ କରିବ? ଜୀବନ କେତେ ମୂଲ୍ୟବାନ ତାହା ପୁଣି ବୁଝାଇବାକୁ ପଡିବ ତୁମ ପରି ଜଣେ ଦାୟିତ୍ୱବାନ ସାମ୍ବାଦିକଙ୍କୁ?

ଆମେ ସମସ୍ତେ ପ୍ରଥମେ ସଭ୍ୟ ମନୁଷ୍ୟ ତା' ପରେ ନାରୀ ବା ପୁରୁଷ। କିଏ କେଉଁ ପ୍ରଫେସନ୍‌ରେ। କେତେ ପରିମାଣରେ ସଫଳ ବା ବିଫଳ, କିନ୍ତୁ ଆମେ ଆମର ମାନବିକତାଟିକୁ କୌଣସି ମୂଲ୍ୟରେ ହଜାଇ ଦେବା ଉଚିତ ନୁହେଁ।"

ସେ ମୋ ମୁହଁକୁ ସମ୍ମୋହନରେ ଚାହିଁ ମୋ କଥାକୁ ଉପଭୋଗ କରୁଥିଲା।

- 'ଅୟସ'! ମୁଁ ଧୀରେ ଡାକିଲି। ସେ ପ୍ରକୃତିସ୍ଥ ହେଲା।

- "ଆମେ କଣ ଭଲ ବନ୍ଧୁ ହୋଇପାରିବା ନାହିଁ? ମୁଁ କାହାକୁ କଥା ଦେଇ

ସାରିଛି ବିବାହ କରିବା ପାଇଁ।” ହଠାତ୍ ରକ୍ତଶୂନ୍ୟ ହୋଇଗଲା ଅୟସକାନ୍ତର ଆତ୍ମବିଶ୍ୱାସଭରା ମୁହଁଟି। ନିଜକୁ ସେ ସମ୍ଭାଳି ନେଲା। ଅତଳ ଗହ୍ବରରେ ପଡି ଯାଉଯାଉ, ଅନ୍ୟ ଦିଗକୁ ମୁହଁ ଫେରାଇ ନେଇ କହିଲା “ମୁଁ ତୁମକୁ ବିବାହ କରିବା ପ୍ରଶ୍ନ ଉଠାଇ ନାହିଁ। ମୁଁ ତ ଚାହିଁଥିଲି କେବଳ ତୁମକୁ ପ୍ରେମ କରିବାକୁ। କେହି କଣ କାହା ହୃଦୟ ତାର ବିନା ଅନୁମତିରେ ହାସଲ କରିପାରେ? କାଲି ରାତିରେ ଏ କଥା ତୁମେ କହି ପାରିଥାନ୍ତ, ମନ ବୁଝି ଯାଇଥାନ୍ତା। ହୁଏତ ବୁଝିବାକୁ ଲାଗିଥାନ୍ତା କିଛି ଦିନ, ମାସ ବା ବର୍ଷ। କିନ୍ତୁ ମୋ ହୃଦୟରେ ସମ୍ଭାବନାଟିଏ ସୃଷ୍ଟି କରି କାହିଁକି ମୋ ହୃଦୟରେ ତୁମକୁ ପାଇବାର ଇଚ୍ଛାରେ ଅଗ୍ନି ସଂଯୋଗ କଲ? ମୋତେ ଭଲପାଇବାର ଛଲନା କାହିଁକି କଲ ସାରା?

ଏତେ ସବୁ ପ୍ରାୟୋଜିତ ନାଟକର କଣ ବା ଆବଶକ୍ୟତା ଥିଲା?”

ମୋ କଣ୍ଠସ୍ୱରରେ ସମବେଦନା ଝରି ପଡୁଥିଲା ବିନ୍ଦୁ ବିନ୍ଦୁ ହୋଇ “କାଲି କଣ ପରିବେଶ ଥିଲା ରାସ୍ତାଧାରରେ ଠିଆ ହୋଇ ତୁମେ ଗଭୀର ନିଶାଗ୍ରସ୍ତ ଥିବା ବେଳେ ତୁମ ପ୍ରେମକୁ ଅସ୍ୱୀକାର କରିବା? ଆଜି ସୁସ୍ଥ ମସ୍ତିଷ୍କରେ ଯଦି ଏ କଥା ଗ୍ରହଣ କରିପାରୁନାହିଁ କାଲି କିଭଳି ପ୍ରତିକ୍ରିୟା ଦେଖାଇଥାନ୍ତ ତାହା କିଏ ଜାଣେ?”

ସେ କିଛି ସମୟ ଆଖି ମୁଦି ବସି ରହିଲା। ସମୟ ଥିଲା ଖୁବ୍ ଅସ୍ୱସ୍ତିକର। ହଠାତ୍ ସେ ନିଜକୁ ପ୍ରକୃତିସ୍ଥ କରି ଗଭୀର ଭାବରେ ଚାହିଁ ଝଟପରି ନିସ୍ତବ୍ଧ ହୋଇଗଲା। ତା’ ମୁହଁରେ ମୁଁ ଅଙ୍କିତର ଛାୟା ଦେଖିପାରୁଥିଲି। ଠିକ୍ ଏମିତି ଯୋଡିଏ ପ୍ରତିହିଂସାପରାୟଣ ଦପ୍ ଦପ୍ ଜଳୁଥିବା ଆଖି। ରକ୍ତ ଉକୁଟି ଆସିବା ପରି ଲାଲ୍ ମୁହଁ। ପ୍ରଖର ନିଶ୍ୱାସରେ ଘୃଣାର ଘୂର୍ଣ୍ଣି।

ଅଙ୍କିତ କିନ୍ତୁ ବଦଲି ଯାଇଥିଲା ଜିଙ୍ଗିଲ୍ ହସ୍ପିଟାଲରେ ଥିବାବେଳେ ମୁଁ ଏହା ଅନୁଭବ କରିଥିଲି। ଅୟସକାନ୍ତ ବି ବଦଲିଯିବ। ଦିନେ ନା ଦିନେ ସେ ମୋ ଅସହାୟତାକୁ ବୁଝି ପାରିବ।

ମୋ ଛାତି ଭିତରେ ଟିକେ ଯନ୍ତ୍ରଣା ଅନୁଭବ ହେଲା ଅବୋଧ ପିଲାଟି ପାଇଁ। କ୍ୟାଶ୍ନ୍‌ରେ ବିଲ୍ ପେମେଣ୍ଟ କରିବାକୁ ଯିବାରୁ କାଉଣ୍ଟରରେ ବସିଥିବା ଝିଅଟି କହିଲା ‘ସାର ଆପଣଙ୍କ ଟେବୁଲର ବିଲ୍ ପେମେଣ୍ଟ କରି ରସିଦଟି ଛାଡି ଯାଇଛନ୍ତି।’ ରସିଦଟି ଆଣି ମନେ ମନେ କହିଲି– ମୋତେ କ୍ଷମା କରିଦିଅ ଅୟସ୍। ରସିଦର ପଛପଟେ ଲେଖାଥିଲା– ‘ଶାଶ୍ୱତ ପ୍ରେମର ମୃତ୍ୟୁ ନାହିଁ।’

କାହିଁକି ମୋ ଜୀବନରେ ଏତେ ଚରିତ୍ରଙ୍କର କୋଲାହଲ? କାହିଁକି ମୋ ହୃଦୟକୁ କ୍ଷତ ବିକ୍ଷତ କରିବାକୁ ପ୍ରକୃତିର ଏତେ ପ୍ରସ୍ତୁତି? ମା’ କହନ୍ତି ଦେଖିଛୁ ଶିଖୀ

ହାତରେ ସୁନ୍ଦର ମୂର୍ତ୍ତିକୁ? ସାଧାରଣ ପଥରଟିଏ ନିହାଣର କେତେ ଆଘାତ ପାଇଲେ ହିଁ ସୁନ୍ଦର ମୂର୍ତ୍ତିରେ ପରିଣତ ହୋଇପାରେ। ମଣିଷ ସେମିତି ବହୁଘାତ ପ୍ରତିଘାତର ସାମ୍‌ନା କରି ପାରିଲେ ସଫଳ ମଣିଷର ଆଖ୍ୟା ପାଏ।

ରାତିରେ ମୋହିତକୁ ଅୟସ୍କାନ୍ତ ବିଷୟରେ କହିବା ମାତ୍ରେ ସେ କହିଲା– "ତୋ ଜୀବନରେ ଏପରି ଅନେକ ଚରିତ୍ର ଆସିବେ। ସମସ୍ତଙ୍କୁ କଣ ତୋ ହୃଦୟରେ ସ୍ଥାନ ଦେବା ସମ୍ଭବ ? ସେମାନଙ୍କ ପାଇଁ ଏତେ ବେଶୀ ଭାବପ୍ରବଣ ହେବା ମଧ ଠିକ୍ ନୁହେଁ। ସବୁକିଛି ସମୟ ଉପରେ ଛାଡିଦେ।"

ସୂର୍ଯ୍ୟାଂଶକୁ ଏ ସବୁ କଥା କହି ହୁଏ ନାଁ। ସେ ବାରମ୍ବାର ମୋ ପାଖକୁ ଆସିବା ଯୋଜନା କରି ସେଥିରେ ବିଫଳ ହେଉଥିଲା, କାରଣ ସେ ଏକ ସ୍ଟାର୍ଟଅପ୍ କମ୍ପାନୀ ଆରମ୍ଭ କରିବା ପାଇଁ ସରକାରୀ ଜମି ଲିଜ୍ ଓ ଅନୁଦାନ ଅପେକ୍ଷାରେ ଥିଲା। ଏଇ ସବୁ ଜରୁରୀ କାର୍ଯ୍ୟ ଶେଷ କରି ସେ ମୋ ପାଖରେ ପହଞ୍ଚିବ ବୋଲି କହିଲେ ମଧ ଆସି ପାରୁନଥିଲା କାର୍ଯ୍ୟଚାପବଶତଃ।

ଈଶ୍ୱରଙ୍କୁ ପ୍ରାର୍ଥନା କରୁଥିଲି ସୂର୍ଯ୍ୟାଂଶ ମୋର ପ୍ରେମିକ ହେଉ ଅବା ସ୍ୱାମୀ ତାର ସମସ୍ତ ସ୍ୱପ୍ନ ପୂରଣ ହେଉ। ଆଜିକାଲି ମୁଁ ମୋହିତ ଓ ସୂର୍ଯ୍ୟାଂଶ ଦୁହିଁଙ୍କଠାରୁ ସମଦୂରତା ବଜାୟ ରଖୁଥିଲି। କିନ୍ତୁ ବଦଲିନଥିଲା ମୋହିତ କିମ୍ବା ତାର ଚରିତ୍ର। ଯେପରି ସେ ପ୍ରତିଜ୍ଞା କରିଥିଲା ମୁଁ ତାକୁ ଭଲପାଏ ଅବା ଭଲନପାଏ ସେ କିନ୍ତୁ ମୋତେ ସବୁଦିନେ ସମପରିମାଣରେ ଭଲପାଇବ।

ଇତିମଧରେ ମୋତେ ପିଜି ଛାଡ଼ି ଏକ ରେସିଡେନସିଆଲ ଏରିଆରେ ଟୁବିଏଚ୍‌କେ ଫ୍ଲାଟ୍‌ଟିଏ ନେବାକୁ ହେଲା। ବଡ଼ଘର ନେବାର କାରଣ ଥିଲା ବାପା ମା' ଏଠାକୁ ଆସିଲେ ସେମାନଙ୍କ ପାଇଁ ତ ଗୋଟେ ବେଡ଼ରୁମ୍ ଆବଶ୍ୟକ ହେବ। ପ୍ରୋବେସନ୍‌ରେ ଥିବା ଆମ ଆଠଜଣଙ୍କ ମଧରେ ସଂପର୍କ ଘନିଷ୍ଟ ଥିବାରୁ ସେମାନେ ମୋ ନୂଆ ଘର ନେଇଥିବାର ଖୁସିରେ ପାର୍ଟିଟିଏ ଚାହିଁଥିଲେ। ମୁକୁଲ ଆମ ଗ୍ରୁପର ମେମ୍ବର ଥିବାରୁ ତାଙ୍କୁ ମଧ ନିମନ୍ତ୍ରଣ କରିବାକୁ ହେଲା।

ଉତ୍ସବଦିନ ସଂଧାରେ ଜଣଜଣ କରି ସମସ୍ତେ ପହଞ୍ଚିଲେ। କେକ୍ କାଟିବା ପର୍ବ ଶେଷ ହେଲା। ନିକଟସ୍ଥ ରେଷ୍ଟୁରାଣ୍ଟରୁ ସେମାନଙ୍କ ମନପସନ୍ଦର ଖାଦ୍ୟ ମଗାଇଥିଲି। ସାମାନ୍ୟ ନୃତ୍ୟଗୀତ ପରେ ସମସ୍ତେ ଫେରିଯାଇଥିଲେ। ଅସ୍ମିତ ମଧ ମୋତେ କିଛି ସାହାଯ୍ୟ କରି ଫେରିଯାଇଥିଲା। କିନ୍ତୁ ସମସ୍ତଙ୍କୁ ଅତିଥି ପରି ବିଦାୟ ଜଣାଇ ଗୃହକର୍ତ୍ତା ପରି ମୁକୁଲ ବସିରହିଲେ। ତାଙ୍କ ଉଦ୍ଦେଶ୍ୟ ବୁଝିନପାରି ମୁଁ ଘର ସଜାଡ଼ିବାରେ ଲାଗିଲି। ବଳିଥିବା କେକ୍‌କୁ ଘୋଡ଼ାଇ ରଖିବା, ଜଳନ୍ତା କାଣ୍ଡେଲକୁ

ତୃଷ୍ଟବିନ୍‌ରେ ଢାଳିବା ଓ ଫୁଲଗୁଡ଼ିକୁ ଫୁଲଦାନୀରେ ସଜାଇ ରଖିବାରେ ମନୋନିବେଶ କଲି । ମୁକୁଲ ମୋବାଇଲ୍‌ରେ ଗେମ୍ ଖେଳୁଥିଲେ । ମୋ ଦୁଇଟି ବେଡ୍‌ରୁମ୍ ବିଶିଷ୍ଟ ଫ୍ଲାଟ୍ ଘରଟି ସୁଗନ୍ଧରେ ମହକି ଉଠୁଥିଲା । ମୁକୁଲ ଉଠିଆସି ମହମବତୀ ଲଗାଇ ଘରର ଆଲୋକ ନିର୍ବାପିତ କଲେ । ଏକ ଅଜଣା ଭୟରେ ମୋ ସମଗ୍ର ଶରୀର ଶିହରିତ । କିଛି ଅଘଟଣ ଘଟି ଯିବନିତ ?

ମୁକୁଲ ମୋର ନିକଟତର ହେବାକୁ ଚେଷ୍ଟାକରି କହିଲେ "ମୁଁ ଜଙ୍ଗଲର ବାଘ ନୁହେଁ ଯେ ମୋତେ ତୁମେ ଭୟ କରିବ । ତୁମେ ଏ ପର୍ଯ୍ୟନ୍ତ ମୁଁ ଆଣିଥିବା ଗିଫ୍‌ଟି ଖୋଲି ଦେଖିଲ ନାହିଁ । ସେଥିପାଇଁ ମୁଁ ଏପର୍ଯ୍ୟନ୍ତ ଯାଇନି । ମୁଁ ତୁମପାଖକୁ ଆସୁଛି ଜାଣିବାରୁ ମା' ମୋତେ ସେଇ ଉପହାରଟି ତୁମକୁ ଦେବାପାଇଁ କହିଥିଲେ ।"

ଉପହାରଗୁଡ଼ିକ ଗୋଟେ କୋଣ ଟେବୁଲରେ ଥୁଆ ହୋଇଥିଲା । ସେଗୁଡ଼ିକ ମଧ୍ୟରୁ ସେ ତାଙ୍କ ଉପହାରଟି ଆଣି ମୋ ହାତରେ ଦେଲେ ।

ବିସ୍ମୟକର ମୁହୂର୍ତ୍ତ ବିତିଯାଉଥିଲା । ମୁଁ ହାତରେ ସେଇଟିକୁ ଧରି ମୁକୁଲ ମା'ଙ୍କର ଭାବମୟ ମୁହଁଟି ଦେଖିପାରୁଥିଲି । କାହା ନିର୍ମଳ ହୃଦୟର ଅନାବିଲ ସ୍ନେହକୁ ଉପେକ୍ଷା କରିହୁଏ କି ?

ମୁକୁଲ କହିଲେ ମା' ଥରେ କହୁଥିଲେ ଦୀର୍ଘକେଶୀ, ସ୍ୱୀତବକ୍ଷ, କ୍ଷୀଣକଟି, ଗୁରୁଜଘନ ଯୁକ୍ତ ନାରୀମାନେ ସୁଲକ୍ଷଣା ଓ ସୌଭାଗ୍ୟବତୀ । ତୁମକୁ ଦେଖିବା ପରେ ସେ ତୁମର ଦୀର୍ଘ କେଶ, ତୁମ ଚାଲି ଓ ବାମ ଚିବୁକର ତିଳଚିହ୍ନ ଦେଖି ମୋହିତ ହୋଇଛନ୍ତି ।

ଲଜ୍ଜାରେ ମୋର ମିଳେଇଯିବାଭଳି ଅବସ୍ଥା । ସେଦିନ ଅଳ୍ପସମୟର ଦେଖା ସାକ୍ଷାତରେ ମୁକୁଲଙ୍କ ମା' ମୋର ପ୍ରତିଟି ଅଙ୍ଗପ୍ରତ୍ୟଙ୍ଗ ଏଭଳି ତୀକ୍ଷଣ ନଜରରେ ଦେଖିଛନ୍ତି ?

କ୍ଷୁଦ୍ର ବାକ୍‌ଟି ଖୋଲିଦେଇ ମୋ ଆଖି ଝଲସିଗଲା । ଲାଲ ରଙ୍ଗର ଭେଲ୍‌ଭେଟ କପଡ଼ା ଉପରେ ଦୁଇପଟ କାରୁକାର୍ଯ୍ୟପୂର୍ଣ୍ଣ ସୁନାର କଙ୍କଣ । ବଧୂପାଇଁ ସ୍ନେହୋପହାର ?

ସେ ପର୍ଯ୍ୟନ୍ତ ମୁକୁଲଙ୍କ ଭାବପ୍ରବଣ ବକ୍ତବ୍ୟ ଶେଷ ହୋଇନଥାଏ । ପୁରୁଷମାନେ ବୋଧହୁଏ ଏମିତି । ଅଫିସ ଭିତରେ ସେ ମୋର ବସ୍, ମେଣ୍ଟର, ଗମ୍ଭୀର, କାର୍ଯ୍ୟଦକ୍ଷ ଇଂମୁକୁଲ୍ ରାୟ ଚୌଧୁରୀ । ମୋର ପ୍ରେମ ପାଇବା ପାଇଁ ସେ ଏବେ ବାକ୍‌ଟପଳ ଭାବପ୍ରବଣ ସରଳ ପ୍ରେମିକଟିଏ କେବଳ । କିନ୍ତୁ ମୁଁ ମଧ୍ୟ କେତେ ବିବଶ ।

ମୁକୁଲ ! ମୋ ସମ୍ବୋଧନରେ ସେ ମୋତେ ଚାହିଁଲେ ।

"ତୁମେ ପୃଥିବୀର ଯେ କୌଣସି ଝିଅ ପାଇଁ ଉପଯୁକ୍ତ । ଉଚ୍ଚକୁଳ ସମ୍ଭୂତ,

ଉଚ୍ଚଶିକ୍ଷା ପ୍ରାପ୍ତ, ଉଚ୍ଚ ବେତନଭୋଗୀ, ସୁଦର୍ଶନ, ହୃଦୟବାନ୍ ମଧ୍ୟ। ଗୋଟେ ଝିଅ ଆଉ କେଉଁ ଗୁଣ ଖୋଜେ ଜଣେ ଯୋଗ୍ୟ ପୁରୁଷଠାରୁ ବା ସ୍ୱାମୀଠାରୁ। ତୁମକୁ ଯେ ବିବାହ କରିବ ସେ ପରମ ଭାଗ୍ୟବତୀ ଝିଅ।"

ମୁକୁଲ ମୋର ଆଉଟିକେ ନିକଟତର ହୋଇ କହିଲେ "ତେବେ ତୁମର ଏ ପ୍ରସଙ୍ଗର ଅର୍ଥକୁ ମୁଁ ଆମ ବିବାହ ନିମନ୍ତେ ସମ୍ମତି ବୋଲି ମନେକରିବି ?"

ମୁଁ ଚମକି ପଡି କହିଲି "କିନ୍ତୁ ତୁମସହ ଦେଖା ହେବା ପୂର୍ବରୁ ମୁଁ କାହାକୁ କଥା ଦେଇଛି ମୁକୁଲ।"

ମୋ ଦୁଇହାତ ଧରିନେଇ ସେ କହିଲେ "ତେବେ ଦେଇଥିବା କଥା ଫେରେଇ ଆଣ ସାରା। ମୁଁ ଯଦି ପୃଥ୍ୱୀର ଯେକୌଣସି ଝିଅପାଇଁ ଯୋଗ୍ୟ ତେବେ ତୁମପାଇଁ କାହିଁକି ନୁହେଁ ? କାହିଁକି ତୁମେ ସେ ସୌଭାଗ୍ୟବତୀ ଝିଅ ହୋଇପାରିବ ନାହିଁ ?"

ମୁକୁଲଙ୍କ ପ୍ରେମ ସହିତ ମୁଁ ଏବେ କାହା ପ୍ରେମର ତୁଳନା କରିବି ? ସୂର୍ଯ୍ୟାଂଶ ଅବା ମୋହିତର। ମୋ ଜୀବନର ସମାନ୍ତର ସରଳରେଖାରେ ଗତି କରୁଥିବା ଦୁଇ ଚରିତ୍ର ମଧ୍ୟରୁ ମୁଁ କାହାକୁ କଥା ଦେଇଛି ? କାହାଠାରୁ ଦେଇଥିବା କଥା ଫେରାଇ ଆଣିବି ?

କଙ୍କଣ ଥିବା ବାକ୍ସଟିକୁ ଧରେ ବନ୍ଦକରି ପୂର୍ବ ଭଲି ଜରିଗୁଡାଇବାରେ ଲାଗିଲି। ମୁଁ କହିବାକୁ ଚାହୁଁଥିଲି– ମୁକୁଲ ମା'ଙ୍କୁ କହିବ ମୁଁ ଏ କଙ୍କଣ ପିନ୍ଧିବାର ଯୋଗ୍ୟତା ଅନେକଦିନରୁ ହରାଇଛି। ଯେଉଁଦିନ ମୋର ସୂର୍ଯ୍ୟାଂଶ ସହିତ ଦେଖା ହୋଇଛି, ଯେବେଠାରୁ ତାକୁ ମୋ ହୃଦୟ ସିଂହାସନରେ ସ୍ଥାନ ଦେଇଛି। କେହିଜଣେ ଭାଗ୍ୟବତୀ ତୁମ ଅସୀମପ୍ରେମର କଙ୍କଣ ପିନ୍ଧି ଘର ଅଗଣାରେ ସଞ୍ଜବତୀ ଦେବ, ଗର୍ବର ସହିତ କହିବ ମୁଁ ରାୟ ଚୌଧୁରୀ ବଂଶର କୁଳବଧୂ। ତାଙ୍କ ଆଗାମୀ ବଂଶଧରଙ୍କ ଜନନୀ। ସେ ଭାଗ୍ୟ ମୋର ନାହିଁ।

ମୋ ବ୍ୟବହାରରେ ଅସନ୍ତୁଷ୍ଟ ମୁକୁଲ ହଠାତ୍ ମୋତେ ଗଭୀର ଆଶ୍ଳେଷରେ ଜଡାଇ ରଖିଲେ। ତାଙ୍କର ଏପରି ଆକସ୍ମିକ ବ୍ୟବହାରରେ ଆଶ୍ଚର୍ଯ୍ୟ ହେଲି। ମୁକୁଲଙ୍କ ପରି ଅତିଭଦ୍ର ଯୁବକଙ୍କର ଏପରି ଭାବପ୍ରବଣତା ମୋତେ ବିସ୍ମିତ କଲା। ତାଙ୍କଠାରୁ ନିଜକୁ ମୁକ୍ତ କରିବାକୁ ଚେଷ୍ଟା କରି ଭାବୁଥିଲି କଣ କରିବି ? ବଳପ୍ରୟୋଗ କରି ମୁକୁଲଙ୍କୁ ମୋଠାରୁ ଦୂରେଇ ଦେବି ? ମୋତେ କିଛି କରିବାକୁ ହେଲାନାହିଁ। ସେ ବାହୁବନ୍ଧନ ହୁଗୁଳା କରି କହିଲେ "ତୁମକୁ ଦେଖିବା ପରଠାରୁ ମୋ ମନ ଖୁବ୍ ଅଶାନ୍ତ ଥିଲା। ମା' ସେ ଅଶାନ୍ତ ମନକୁ ଆହୁରି ଅଶାନ୍ତ କଲେ ତୁମକୁ ବଧୂରୂପେ ପାଇବାର କାମନାରେ। ମୁଁ ଭୁଲିଗଲି ସବୁକିଛି। ତୁମକୁ ମୁହୂର୍ତ୍ତିଏ ପାଇଁ ପାଇବାର ଇଚ୍ଛାଥିଲା

ସତ, ମାତ୍ର ତୁମ ଅନିଚ୍ଛାରେ ନୁହେଁ। ତୁମ ଶରୀର ନୁହେଁ, ତୁମ ପ୍ରେମ ପାଇବାକୁ ମୁଁ ଅପେକ୍ଷା କରି ରହିଲି।"

ମୁକୁଲଙ୍କ ବଳିଷ୍ଠ ଶରୀରର ଘନିଷ୍ଠ ବାହୁବନ୍ଧନ ଭିତରେ ମୋ ଦେହ ବରଡ଼ାପତ୍ର ପରି ଥରୁଥିଲା। ମୁଁ ବିଶ୍ୱାସ କରିପାରୁନଥିଲି ମୁକୁଲ ଏତେ ସହଜରେ ମୋର ନିଷ୍ପଭିକୁ ଗ୍ରହଣ କରିନେବେ। ସେ ମୋତେ ମୁକ୍ତକରି ନିଜ ଶାର୍ଟ ଠିକ୍ କଲେ ଓ କହିଲେ "ସାରା ! ଯଦି କେବେ ତୁମର ନିଷ୍ପତି ବଦଳେ ତେବେ ମୋତେ ପ୍ରଥମେ ଜଣାଇବ, ମୁଁ ତୁମର ଉତ୍ତର ଅପେକ୍ଷାରେ।"

ମୁଁ ତାଙ୍କ ହାତକୁ କଙ୍କଣ ଥିବା ବାକୁଟି ବଢ଼ାଇ ଦେଇ କହିଲି "ମା'ଙ୍କୁ କହିବ ଏ କଙ୍କଣ ପିନ୍ଧିବା ପାଇଁ ଅନ୍ୟ କେହି ଜଣେ ଭାଗ୍ୟବତୀ ଜନ୍ମ ନେଇଛି।"

ମୁକୁଲ ପରାଜିତ ରାଜପୁତ୍ରର ଭଗ୍ନ ହୃଦୟ ନେଇ ଚାଲିଗଲେ। ଅଟୋମେଟିକ ଲକିଂ ସିଷ୍ଟମ ଦ୍ୱାରା ଦରଜା ନିଜେ ନିଜେ ବନ୍ଦ ହୋଇଗଲା। ମୁଁ ସେଇ କୋଠରୀରେ ରାତିର ଅନେକ ପ୍ରହରଯାଏ ବସିରହିଲି। ଫ୍ୟାନ ପବନରେ ସୁଦ୍ଧା ମୋ ଦେହରେ ପାର୍ଟି ଗାଉନ୍ ତଳରେ ଭିଜୁଥିଲା, ମୁକୁଲଙ୍କ ଶରୀରର ସ୍ପର୍ଶର ଉଷ୍ଣତାରେ।

ତା ପରେ ମୁଁ ଓ ମୋର ଅସ୍ଥିର ହୃଦୟ।

ସୂର୍ଯ୍ୟାଂଶ ମୋ ଜୀବନକୁ ଫେରିବାପରେ ମୋହିତ ସହିତ କେବେ ନିବିଡ ଶବ୍ଦରେ ମୁଁ କଥା ହୋଇନାହିଁ। ମୋ ହୃଦୟର ଭାବକୁ ଯଥାସାଧ ଗୋପନ ରଖିବାକୁ ଚେଷ୍ଟା କରିଛି। ଦୂରରେ ଥାଇ ମଧ ସେ କେବେକେବେ ପଢ଼ିଦିଏ ମୋ ଛାତି ତଳର ଯନ୍ତ୍ରଣା। ସଂପର୍କ ରଖିବାପାଇଁ ଦାବୀ କରେନାହିଁ କିମ୍ବ ଦୂରତା ବଢ଼ିଯିବାରୁ ଅଭିମାନ କରେନାହିଁ। କହେ "ସାରା ! ଆମେ ବଞ୍ଚୁଥିବା ସମୟରେ ସବୁଠାରୁ ଗୁରୁତ୍ୱପୂର୍ଣ ଘଟଣା ଓ ଚରିତ୍ରର ବିଶେଷତ୍ୱକୁ ନେଇ ହିଁ ଆମ ସଂପର୍କ ନିର୍ଣ୍ଣୟ ହୁଏ, ବ୍ୟବହାର ବଦଳେ। ତୁ ବଦଳିଗଲେ ମୁଁ ଆଦୌ ଦୁଃଖ କରିବିନାହିଁ। ତୁ ତୋ ସ୍ୱପ୍ନ ପୂରଣ ଦିଗରେ ଅବଶ ହେବୁନାହିଁ।" ସେ ଅନ୍‌ଲାଇନ୍ କୋଚିଂର ଲିଙ୍କଠାରୁ ଆରମ୍ଭ କରି ତାର ଜଣେ ବନ୍ଧୁ ଯେ ଆମେରିକା ଯିବାକୁ ପ୍ରସ୍ତୁତ ଚଲାଇ ଥିଲେ ତାଙ୍କ ସହିତ ମୋର ପରିଚୟ କରାଇ ଥିଲା।

ମୋ ମନରେ ପ୍ରଶ୍ନ ଆମଦୁଇଜଣଙ୍କ ସଂପର୍କ ଯେଉଁଠି ପ୍ରଶ୍ନ ଚିହ୍ନରେ, ମୋହିତ କାହିଁକି ମୋ ସମ୍ଭାବନାର ଆକାଶରେ ଧ୍ରୁବତାରା ପରି ଜ୍ୱଳ୍ୟମାନ ହୁଏ ? ସେ କଣ ଏତେ ନିଃସ୍ୱାର୍ଥପର ଅବା ତା' ମନତଳେ ମୋତେ ହାସଲ କରିବାର ଦୁର୍ବାର ଲାଲସାଟିଏ ଏବେବି ବଞ୍ଚିରହିଛି ?

ମୁଁ ଅତିକ୍ରମ କରି ଆସିଥିଲି ମୋ ଚତୁର୍ପାର୍ଶ୍ୱର ଅନେକ ଚରିତ୍ରଙ୍କୁ। ଅସ୍ମିତ,

ଅୟସକାନ୍ତ ଓ ଶେଷରେ ମୁକୁଲଙ୍କୁ। ପୁରୁଷମନର ଅସରନ୍ତି କ୍ଷୁଧାକୁ ପ୍ରଶମିତ କରିବା ନିମନ୍ତେ ସଂପର୍କ ଏକ ବାହାନା, ସପ୍ତପଦୀ ଏକ ସାମାଜିକ ସ୍ୱୀକୃତି। ମୁଁ ଅନେକଙ୍କ ଦୃଷ୍ଟିରେ ପାଲଟି ଯାଇଥିଲି ଜଣେ ହୃଦୟହୀନା ଝିଅରେ।

ତା'ପରେ ମୁଁ, ମୋର କମ୍ପ୍ୟୁଟର ଦୁନିଆ ଓ ମୋର ଏକାକୀତ୍ୱ। ମୋ ସାମ୍ନାରେ ଏବେ ପ୍ରତିବନ୍ଧକର ସୁଉଚ୍ଚ ଗିରିଶୃଙ୍ଗ ଯାହାକୁ ଅତିକ୍ରମ କରି ପାରିଲେ ସେପାଖରେ କାଲିଫର୍ଣ୍ଣିଆର ସିଲିକନ୍ ଭ୍ୟାଲି। ଯେଉଁଠି ଆପଲ୍, ଫେସ୍‌ବୁକ୍, ଗୁଗୁଲ୍ ପରି କମ୍ପାନୀ ମାନଙ୍କର ଜନ୍ମ, ଅନେକ ସର୍ଜ୍ ଇଞ୍ଜିନର ଏଣ୍ଟୁଡିଶାଳ। ମୋର ଆଖି ସାମ୍ନାରେ ଏବେ ଜଣେ ଚରିତ୍ର, ଦିନେ ସେମିକଣ୍ଡକ୍ଟର ପାଇଁ ଆବଶ୍ୟକ ସିଲିକନ୍ ପ୍ରସ୍ତୁତକାରୀ କମ୍ପାନୀ ମାନଙ୍କର ଅବସ୍ଥାନ ଯୋଗୁଁ ୧୯୭୦ ମସିହାରେ ସିଲିକନ୍ ଭ୍ୟାଲି ନାମକରଣ କରିଥିବା ସାମ୍ବାଦିକ ଡନ୍ ହୋଫ୍ଲରଙ୍କର।

ମୋ ପରି ମଧ୍ୟବିତ୍ତ ପରିବାରର ଝିଅମାନଙ୍କ ସ୍ୱପ୍ନ ହୋଇପାରେ ଦିଗନ୍ତବ୍ୟାପୀ। କିନ୍ତୁ ସେ ସ୍ୱପ୍ନକୁ ପରିପୂରଣ କରିବା ନିମନ୍ତେ ପ୍ରତିବନ୍ଧକ ସାଜେ ଅନେକ ଅଭେଦ୍ୟ ଦୁର୍ଭେଦ୍ୟ ପ୍ରାଚୀର। ସେଥିପାଇଁ ମୁଁ ଭାରତର ସିଲିକନ୍ ଭ୍ୟାଲୁ ବେଙ୍ଗାଲୁରୁରେ। ଯେଉଁ ସହର ଭାରତର ଚାଳିଶ ଭାଗ କମ୍ପ୍ୟୁଟର ଇଞ୍ଜିନିୟରଙ୍କ କାର୍ଯ୍ୟସ୍ଥଳୀ। ଯେଉଁଠାରେ ଇନ୍‌ଫୋସିସ୍, ଉଇପ୍ରୋ, ବାଇଓକନ୍, ଫ୍ଲିପକାର୍ଟ ପରି କମ୍ପାନୀମାନଙ୍କର ଜନ୍ମ।

ଭାରତର ସବୁଠାରୁ ଦ୍ରୁତ ଜନ୍ମ ନେଉଥିବା ଷ୍ଟାର୍ଟଅପ୍ କମ୍ପାନୀମାନଙ୍କର ଜନ୍ମ ଜାତକ ଲେଖା ହୋଇଛି ଏଇ ସମୃଦ୍ଧ ସହରରେ। ମୁଁ ଏବେ ସେଇ ସହରରେ, ଯେଉଁଠି ଜୀବନ ପ୍ରତିଯୋଗିତା ପୂର୍ଣ୍ଣ ଅଥଚ ନିଜ ପାରଦର୍ଶିତା ପ୍ରମାଣିତ କରିବାର ପ୍ରକୃଷ୍ଟ କ୍ଷେତ୍ର। ଯେଉଁଠାରେ ଶହ ଶହ ସୁଯୋଗ ଅପେକ୍ଷାରେ ଥାଆନ୍ତି ଉକୃଷ୍ଟ ମସ୍ତିଷ୍କଗଣ।

ମୁଁ ବାସ୍ତବରେ ମୋ କାର୍ଯ୍ୟକ୍ଷେତ୍ରରେ ଥିଲେ ମଧ୍ୟ ସ୍ୱପ୍ନରେ ପହଞ୍ଚିଯାଏ ସିଲିକନ୍ ଭ୍ୟାଲିର ଗବେଷଣାଗାରରେ। ଯେଉଁଠାରେ ମୋ ପାଇଁ ଅପେକ୍ଷା କରିଥାଏ ଅନେକ ସମ୍ଭାବନା। ଅନେକ ଅସମାହିତ ସମସ୍ୟାର ସମାଧାନ କରି ନିଜ ନାମକୁ ଇତିହାସ ପୃଷ୍ଠାରେ ଲିପିବଦ୍ଧ କରିବାର ପ୍ରକୃଷ୍ଟ କ୍ଷେତ୍ର।

# ପ୍ରେମର ଆଲ୍‌ଗୋରିଦମ୍

କମ୍ପ୍ୟୁଟର ସାଇନ୍‌ସରେ ଆଲ୍‌ଗୋରିଦମ୍‌ର ବ୍ୟବହାର ମୋର ପ୍ରିୟ ହୋଇଥିଲେ ମଧ୍ୟ ପ୍ରେମର ଆଲ୍‌ଗୋରିଦମ୍‌ରେ ମୁଁ ସଠିକ୍‌ ଉତ୍ତର ପାଇଲି ନାହିଁ। ପର୍ଯ୍ୟାୟପରେ ପର୍ଯ୍ୟାୟ ଯିବାପରେ ମଧ୍ୟ ମୋର ଫଳାଫଳ ଆସିଲା ଭୁଲ। ମନକୁମନ କହିଲି ସଫ୍‌ଟୱେର ଇଞ୍ଜିନିୟର ସାରା। ଜୀବନର ପରୀକ୍ଷାରେ ତୁ ଫେଲ୍। ଜୀବନଟା ଗୋଟେ କମ୍ପ୍ୟୁଟର ପାଠ ନୁହେଁ, ତେଣୁ ଏଠାରେ ସଠିକ୍‌ ଇନ୍‌ପୁଟ୍‌ ଦେଲେ ସୁଦ୍ଧା ସଠିକ୍‌ ଆଉଟ୍‌ପୁଟ୍‌ ମିଳିବାର କୌଣସି ଗ୍ୟାରେଣ୍ଟି ନାହିଁ।

ସୂର୍ଯ୍ୟାଂଶ ମୋ ଜୀବନକୁ ଫେରି ଆସିବା ପରେ ମୋ ମନ ତ ଅଦିନ ବସନ୍ତ ପରି ମହମହ ବାସୁଥିଲା କିନ୍ତୁ ମୁଁ ମୋ ଭାବନାକୁ ଗୋପନ ରଖିବାକୁ ଚାହୁଁଥିଲି। ସୂର୍ଯ୍ୟାଂଶ ଗୋଟେ ସ୍ଟାର୍ଟଅପ୍‌ କମ୍ପାନୀ ଖୋଲିବା ପାଇଁ ସରକାରୀ ଅନୁଦାନ ଓ ସହଯୋଗ ଅପେକ୍ଷାରେ ଥିଲା। ତେବେ ମୋର ସିଲିକନ୍‌ଭ୍ୟାଲି ଯିବାର ସ୍ୱପ୍ନ କଣ ଅଧୁରା ରହିଯିବ ? ଗୋଟିଏ ପାର୍ଶ୍ୱରେ ମୋର ପ୍ରେମ, ଅନ୍ୟପାଖରେ ସ୍ୱପ୍ନ। ମୋହିତ ଯିଏ ମୋଠାରୁ ପ୍ରତିଦାନ ଆଶା ନ କରି ଦୁଃସମୟର ସାଥୀ ହୋଇଛି, ଯେ ମୋ ଦିଗଭ୍ରଷ୍ଟ ଜାହାଜକୁ କୂଲରେ ଲଗାଇବା ପାଇଁ ନିଜେ ବତୀଘର ସାଜିଛି ତା' ପ୍ରତି ମୋ ହୃଦୟର ଦୁର୍ବଳତା କଣ ନିହାତି ଅସଂଗତ ?

ସେଇ ଦିନମାନଙ୍କରେ ଘରେ ଚାପ ବଢ଼ି ଯାଉଥିଲା ବିବାହ କରିବାପାଇଁ। ମା' ନୂଆ ନୂଆ ପ୍ରସ୍ତାବ ସଂପର୍କରେ ଆଲୋଚନା କରୁଥିଲେ। ମୋ ନିରୁତ୍ତର ରହିବା ଦେଖ କହୁଥିଲେ- 'ତୋର ଯଦି କେଉଁଠି ଇଚ୍ଛାଥାଏ କହିଲେ ମୁଁ ବାପାଙ୍କ ସହ ସେ ବିଷୟରେ ଆଲୋଚନା କରିବି।' କିନ୍ତୁ ମୁଁ କଣ ଅବା କହିବି ? କାରଣ ସୂର୍ଯ୍ୟାଂଶ ତା'ର କାର୍ଯ୍ୟନେଇ ଏତେ ବ୍ୟସ୍ତ ରହୁଥିଲା ଯେ ବର୍ତ୍ତମାନ ତା' ସହିତ ବିବାହ କଥା ଆଲୋଚନା କରାଯାଇନପାରେ। ଦ୍ୱିତୀୟତଃ ମୋ ଅଭିମାନ ଭଂଗ କରିବାକୁ

ବେଙ୍ଗାଲୁରୁ ଆସିବାକୁ ଦୁଇତିନିଥର କହି ମଧ ସେ ଆସିପାରୁନଥିଲା। କେବେ କେବେ ସୂର୍ଯ୍ୟାଂଶର କଥାରେ ବିସ୍ଫୋରଣର ବାରୁଦ ଗନ୍ଧ ମୋତେ ବିଚଲିତ କରୁଥିଲା। ହୁଏତ ସେ ଭାବୁଥିଲା ମୁଁ ଖୁବ୍ ବଦଲି ଯାଇଛି। ତା' କଣ୍ଠ ସ୍ୱର ଶୁଣିଲେ ମୁଁ ପୂର୍ବପରି ଛଳ ଛଳ ନଈ ପରି ବହି ଯାଉନାହିଁ, କିମ୍ୱା ତା' କଥାର ମାଧୁର୍ଯ୍ୟରେ ଫୁଲପରି ଫୁଟି ଯାଉ ନାହିଁ। ଏପରିକି ତା'ର ପ୍ରଶଂସାରେ ମୁଁ ଲାଜେଇ ଯିବା ପରିବର୍ତେ ନିରବ ରହୁଛି। ଆମ ସଂପର୍କ ମଝିରେ ହୁଏତ ଏବେ ପ୍ରଗାଢ ଶୂନ୍ୟସ୍ଥାନ ଓ ସନ୍ଦେହ ଓ ଅବିଶ୍ୱାସର ବିରାଟ ବ୍ୟବଧାନ। ମୋର ଏ ଦୀର୍ଘ ନିରବତା ସୂର୍ଯ୍ୟାଂଶକୁ ବିରକ୍ତ କରୁଥିଲେ ମଧ କାହିଁକି କେଜାଣି ମୁଁ ପରିବର୍ତିତ କରିପାରୁ ନଥିଲି ନିଜକୁ ବରଂ ସୂର୍ଯ୍ୟାଂଶ ଓ ମୋହିତ ମଝରେ ଛିଡା ହୋଇଥିଲି ପ୍ରଶ୍ନବାଚୀ ହୋଇ।

ଶେଷରେ ସେ ଦିନେ ନିଜର କ୍ଷୋଭ ପ୍ରକାଶ କଲା। "ସାରା ମୁଁ ଚାହେଁନା ତୁମେ ମୋହିତ ସହିତ କୌଣସି ପ୍ରକାର ସଂପର୍କ ରଖ, ତଥାକଥିତ ବନ୍ଧୁତାର ମଧ। ତା'ର ପ୍ରଭାବରେ ହିଁ ତୁମେ ମୋଠାରୁ ଦୂରେଇ ଯାଇଛ। ଏହା ମଝରେ ତୁମେ କେତେ ବଦଲି ଯାଇଛ ନିଜେ ମଧ ଜାଣନା। ସଂକ୍ଷେପରେ ପଦେ ଦୁଇପଦ ଉତ୍ତର। ମୋ ଦଶଟା ମେସେଜ୍ର ଉତ୍ତର ଗୋଟିଏ ମେସେଜ୍ରେ ଦେଉଛ। ନିଜଆଡୁ ଥରେ ଯୋଗାଯୋଗ କରିବାକୁ ଚେଷ୍ଟା ମଧ କରୁନାହିଁ।"

ସୂର୍ଯ୍ୟାଂଶର ଅବୁଝାପଣିଆ ପାଇଁ କ୍ରୋଧ ଆସୁଥିଲା ଖୁବ୍। ସେ କଣ ମୋତେ ତା'ର ବ୍ୟକ୍ତିଗତ ସଂପତ୍ତି ମନେକରେ ? ସେ କଣ ଭାବେ ଯେ ତାର ସମସ୍ତ ନିର୍ଦ୍ଧେଶକୁ ମୁଁ ମାନି ନେବାକୁ ବାଧ୍ୟ ? ସେ କାହିଁକି ବୁଝେ ନାହିଁ ମୋହିତ ସହିତ ମୋର ବନ୍ଧୁତା ଏବେ ମଧ ଖୁବ୍ ନିର୍ମଳ। ସେ ସଂପର୍କରେ ପାଇବାର କିମ୍ୱା ହରାଇବାର ଭୟ ନାହିଁ। ମୋହିତ ଏତେ ଉଦାରହୃଦୟର ଯେ ସେ କେବେ ସୂର୍ଯ୍ୟାଂଶ ବିରୁଦ୍ଧରେ ପଦଟିଏ କହେ ନାହିଁ ବରଂ ସଂପର୍କକୁ ସ୍ୱତଃସ୍ଫୂର୍ତ ଭାବରେ ସହଜ ହେବା ପାଇଁ ସମୟ ହାତରେ ଛାଡିଦେବାକୁ ପରାମର୍ଶ ଦିଏ। ମୋ ଜୀବନରେ ସମସ୍ତ ସ୍ୱପ୍ନ ପୂରଣ କରିବା ନିମନ୍ତେ ସେ ବାରମ୍ୱାର ସୁଯୋଗ ସୃଷ୍ଟି କରେ।

ପ୍ରଥମ ଥର ପାଇଁ ସୂର୍ଯ୍ୟାଂଶ ଉପରେ ଏତେ କ୍ରୋଧ ଆସୁଥିଲା ମୋର ତା'ର ସମସ୍ତ ଅଭିଯୋଗର ଉତ୍ତର ଦେବାକୁ ଯାଇ କହିଲି – "ସୂର୍ଯ୍ୟାଂଶ। ତୁମେ ମୋହିତ ପ୍ରତି ଖୁବ୍ ଅସହିଷ୍ଣୁ। ଅଥଚ ସେ ତୁମକୁ ତା'ର ପ୍ରତିଦ୍ୱନ୍ଦୀ ବୋଲି ମନେ କରେନାହିଁ। ଆମ ସଂପର୍କ ମଝିରେ ନିଜକୁ ଯୁକ୍ତ ଚିହ୍ନ ବୋଲି ମନେକରେ। ମୋତେ ଧୈର୍ଯ୍ୟ ଧରିବାକୁ ପରାମର୍ଶ ଦିଏ, ସେ ମୋ ଅସମୟର ସାଥୀ। ପ୍ଲିଜ୍, ତୁମର ଇଚ୍ଛା ଓ ଅନିଚ୍ଛାକୁ ମୋ ଉପରେ ଲଦି ଦିଅନାହିଁ। ମୁଁ ଜଣେ ସ୍ୱାଧୀନ ମଣିଷ, ନିଜ ଜୀବନ ସଂପର୍କରେ

ନିର୍ଣ୍ଣୟ ନେବାର ଅଧିକାର ମୋର ଅଛି । ଏ ସଂପର୍କରେ ଚିନ୍ତା କରିବାପାଇଁ ମୋତେ କିଛିଦିନ ସମୟ ଦିଅ । ଏହା ତୁମକୁ ମୋର ଶେଷ ଅନୁରୋଧ ।

ସୂର୍ଯ୍ୟାଂଶର ପରବର୍ତ୍ତୀ ପ୍ରତିକ୍ରିୟା ଅପେକ୍ଷାରେ ନ ରହି ଫୋନ୍ ବନ୍ଦ୍ କଲି । ପଛକୁ ପଛ ତାର ଅନେକ ମେସେଜ୍ ଆସିଲା ।

– ମୁଁ ଦୁଃଖିତ ।

– ପ୍ରେମ ଓ ଯୁଦ୍ଧରେ ସବୁକିଛି ଯଥାର୍ଥ ।

– ତୁମ ଉତ୍ତର ପ୍ରତୀକ୍ଷାରେ ତୁମର ସୂର୍ଯ୍ୟାଂଶ ।

– ତୁମ ବିନା ମୋ ଜୀବନ ଅଧା, ଅଧୁରା ।

– ମୁଁ ତୁମକୁ ପ୍ରେମ କରେ ତେଣୁ ତୁମ ଜୀବନରେ ଅନ୍ୟ କାହାର ଉପସ୍ଥିତିକୁ ସହ୍ୟ କରିପାରେ ନାହିଁ । ମୁଁ ଜଣେ ଈର୍ଷାଲୁ ପ୍ରେମିକ ।

– ବିନା ସନ୍ଦେହରେ ପ୍ରେମ ଅସଂପୂର୍ଣ୍ଣ ।

– ସନ୍ଦେହ ପ୍ରେମର ଛାଇ ।

– ମୋତେ ଭୁଲ ବୁଝିବନି ପ୍ରିୟା, ମୋ ହୃଦୟର ପ୍ରତିଟି ସ୍ପନ୍ଦନରେ ତୁମେ ।

– ଶେଷରେ ତୁମକୁ ମୋର ଅଶେଷ ପ୍ରେମ ।

ସୂର୍ଯ୍ୟାଂଶର ପ୍ରତିଟି ମେସେଜ୍ ରୁ ଯେଉଁ ଭଲପାଇବାର ଗନ୍ଧ ଭାସିଆସୁ ଥିଲା ସେଥିରେ ମୋ ହୃଦୟ ଉଦ୍‌ବେଲିତ ହୋଇ ଉଠିବା କଥା । ପ୍ରେମର ବେଶିଭାଗ ଯନ୍ତ୍ରଣା । ଏହି ଉକ୍ତିଟିକୁ ମର୍ମେମର୍ମେ ଅନୁଭବ କରୁଥିଲି । ମୋ ମସ୍ତିଷ୍କ ଭିତରେ ଯନ୍ତ୍ରଣା ଏତେ ବଢ଼ିଯାଉଥିଲା ଯେ ଦୁଇ ହାତରେ ମୁଣ୍ଡକୁ ଚାପି ଧରି କହିଲି ହେ ଈଶ୍ୱର ! ମୋର ସବୁ ଦୁଃଖ ତୁମକୁ ଲାଗିଲା ।

କିଛିଦିନ ଧରି ମାନସିକ ଯନ୍ତ୍ରଣା ଯୋଗୁଁ ଅଫିସରେ ଅନେକ କାର୍ଯ୍ୟ ବାକୀ ରହିଯାଇଥିଲା । ମୁକୁଲ୍ ଅନ୍ୟ ବ୍ରାଞ୍ଚକୁ ବଦଲି ହୋଇ ଯାଇଥିଲେ ବୋଲି ଶୁଣିଲି । ଅସ୍ମିତାର ସିଟ୍ ପରିବର୍ତ୍ତନ ହୋଇ ଯାଇଥିବାରୁ ତା’ ସହିତ ପ୍ରାୟ ଦେଖା ହେଉ ନଥିଲା । ଅୟସ୍କାନ୍ତକୁ ସେଇ ଘଟଣା ପରଠାରୁ ଅଫିସ୍ ଲାଉଞ୍ଜରେ କେବେ ଦେଖିନାହିଁ । ମୋ ଜୀବନ ଏବେ ଅନେକ ପରିମାଣରେ ଶାନ୍ତ । ମୁଁ ଯେପରି କୋଲାହଲହୀନ ଜୀବନଟେ ଚାହୁଁଥିଲି, ଠିକ୍ ସେହିପରି ।

ମା’ ଏଥର ମଧ ଗୋଟିଏ ନୂଆ ପ୍ରସ୍ତାବ ସଂପର୍କରେ ମୋ ସହିତ ଆଲୋଚନା କଲେ । ପିଲାଟି ଆମେରିକାରେ ସଫ୍ଟୱେର ଇଞ୍ଜିନିୟର ଅଛି । ବର୍ଷକୁ ଷାଠିଏ ଲକ୍ଷ ଟଙ୍କାର ପ୍ୟାକେଜ୍ । ତା’ର ବାପା ମା’ ଅଧ୍ୟାପନାରୁ ଅବସର ନେଇଛନ୍ତି । ପାଖରେ ନଥିଲେ ବି ଦୂରରୁ ଥାଇ ମା’ଙ୍କ ଆତ୍ମବିଶ୍ୱାସ ଫେରି ଆସିବାର ଅନୁଭବ କରି ପାରୁଥିଲି ।

ସେ କିପରି ବୁଝିବେ... ସୂର୍ଯ୍ୟାଂଶ ଓ ମୋହିତକୁ ନେଇ ମୋ ଜୀବନରେ ଯେଉଁ ଝଡ଼ର ଆରମ୍ଭ ହୋଇଛି ତାହା ଏତେ ସହଜରେ ଶାନ୍ତ ହେବା ସମ୍ଭବ ନୁହେଁ। ପରିବେଶକୁ ସାଧାରଣ କରିବାକୁ ଯାଇ କହିଲି କଥା ଦିଅ କନ୍ୟାବିଦା ବେଳେ ତୁମେ କାନ୍ଦିବନି। ତେବେ ଯାଇ ମୁଁ ବିବାହ କରିବି।

ମା' ହସି କହିଲେ "ସେ ତ ସୁଖର ଲୁହ। ତୁ ବୁଝି ପାରିବୁନି।" ମା'ଙ୍କୁ କହିଲି "ମୋତେ ବର୍ଷଟିଏ ସମୟ ଦରକାର ପଢ଼ା ପଢ଼ିପାଇଁ। ତାପରେ ବିଭାଘର।"

ମା' କହିଲେ ତେବେ ମନଦେଇ ପଢ଼ା ପଢ଼ି କର। ବର୍ଷେ ପରେ କଣ ମୋ ଝିଅକୁ ଯୋଗ୍ୟପାତ୍ର ଅଭାବ ରହିବ ?

ଓଃ ମୁଁ ଏବେ ଆଶ୍ୱସ୍ତ।

ୟା ଭିତରେ ସପ୍ତାହେ ବିତିଯାଇଥିଲା। ସୂର୍ଯ୍ୟାଂଶ ବାରମ୍ବାର ମେସେଜ୍ ପଠାଏ। ମୁଁ ଉତ୍ତର ଦିଏନା। ଶେଷରେ ସେ ଦିନେ ଲେଖିଲା ଯେ ସେ ସବୁ କାମଛାଡ଼ି ଦୁଇଦିନ ପାଇଁ ବେଙ୍ଗାଲୁରୁ ଆସୁଛି ମୋତେ ଦେଖା କରିବା ପାଇଁ, ମୋ ଉତ୍ତର ପାଇବା ପାଇଁ ତା' ପାଖରେ ଧୈର୍ଯ୍ୟର ଘୋର ଅଭାବ।

ଅତୀତରେ ଦୁଇଥର ଏହିପରି ଲେଖି ସେ କାର୍ଯ୍ୟ ଚାପରେ ଆସିପାରି ନଥିଲା। ତେଣୁ ଆଶା କରୁଥିଲି ଏଥର ମଧ ସେ ଆସିପାରିବ ନାହିଁ। ଶେଷରେ ମନେମନେ ଚିନ୍ତା କଲି ଏଥର ଦେଖାହେଲେ ସୂର୍ଯ୍ୟାଂଶକୁ କହିବି ଏମିତି କେହି କାହାର ହୃଦୟ ସହିତ ଖେଳିପାରେ। ମୋ ହୃଦୟକୁ ତୁମେ ଭାବନା କଥାକହି ଅନେକ ଆଘାତ ଦେଇଛ, ଏକଥା ମୋର ସବୁଦିନ ମନେ ରହିବ। ଜାଣେ, ସେ ଟିକେ ଦୁଃଖିତ ମୁହଁ କରି ପୁଣିଥରେ ମୋତେ ବୁଝାଇବାକୁ ଚେଷ୍ଟା କରିବ ସେ ମୋତେ କେତେ ଭଲ ପାଏ। ଭାବନାକୁ ଭଲ ପାଉଥିଲେ ସେ କାହିଁକି ତା' ବାହୁରେ ଆମ ଦୁଇଜଣଙ୍କ ନାମର ପ୍ରଥମ ଅକ୍ଷର ଧରି ଘୁରି ବୁଲନ୍ତା ? ସେ ବଡଭାଇ ପରି ଭାବନାର କନ୍ୟା ବିଦା କରି ଆସିଛି ବୋଲି କହୁଥିଲା। ସୂର୍ଯ୍ୟାଂଶର ସମ୍ମୋହନୀଠାଣିରେ ପୁଣି ଥରେ ମୁଁ ଭୁଲିଯିବି ନିଜକୁ। ପୁଣିଥରେ ତା' ପ୍ରେମରେ ପ୍ରଗଲ୍ଭ ହେବି। ମୋ ଭିତରେ ଥିବା ଅଭିମାନ ଧୀରେ ଧୀରେ ମିଳେଇ ଯାଉଥିଲା ଓ ମନେମନେ ମୁଁ ପ୍ରତୀକ୍ଷା କରୁଥିଲି ସୂର୍ଯ୍ୟାଂଶ ଆଗମନକୁ ଓ ତା'ର ଉଷ୍ମ ବାହୁବନ୍ଧନରେ ନିଜକୁ ହଜାଇ ଦେବାକୁ। ସୂର୍ଯ୍ୟାଂଶ ସହିତ ବିବାହ ପ୍ରସଙ୍ଗ କିପରି ଘରେ ମୁହଁ ଖୋଲି କହିବି, ସେ ନେଇ ମଧ ମନେ ମନେ ପ୍ରାକ୍ଟିସ୍ ଆରମ୍ଭ କରି ଦେଇଥିଲି।

ଦୁଇଦିନ ବିତିଗଲା ଏଥର ମଧ ସେ ଆସିଲା ନାହିଁ। ସେ ପୁଣି କିଛି ନୂଆ ଯୋଜନାରେ ଥିବ ଭାବି ମୁଁ ମୋ କାମରେ ବ୍ୟସ୍ତ ରହିଲି। ଅଥଚ ତା' ପରଦିନ

ମୋହିତର ଘନ ଘନ ଫୋନ୍‌କଲ୍‌ ମୋତେ ବିଚଳିତ କଲା। କୌଣସି ଗୁରୁତ୍ୱପୂର୍ଣ୍ଣ କାର୍ଯ୍ୟ ଥିଲେ ସେ ଥରୁଟିଏ ଫୋନ୍‌ କରି ମୁଁ ନ ଉଠାଇଲେ ମେସେଜ୍‌ କରିଦିଏ। କିନ୍ତୁ ତା'ର ଫୋନ୍‌ ରିଂ ହେବା ବନ୍ଦ ହେଉ ନଥିଲା। ଭାବିଲି ଶେଷରେ ଦୁଇଜଣଙ୍କ ପାଇଁ ମୋତେ ଦିନେ ପାଗଳଖାନା ଯିବାକୁ ପଡ଼ିବ।

ମୋହିତଠାରୁ ଯେଉଁ ଖବର ଶୁଣିଲି ତାହା ପ୍ରଥମେ ବିଶ୍ୱାସ ହେଲା ନାହିଁ। ସୂର୍ଯ୍ୟାଂଶ ଲେଭଲକ୍ରସିଂ ଅତିକ୍ରମ କରୁଥିବା ସମୟରେ ଟ୍ରେନ୍‌ ଦୁର୍ଘଟଣାର ସମ୍ମୁଖୀନ ହୋଇଛି। ତା'ର ଖଣ୍ଡବିଖଣ୍ଡିତ ବାଇକ୍‌ଟି ରେଳଧାରଣାରୁ ଉଦ୍ଧାର ହେଇଛି। ନିଜକୁ ରକ୍ଷା କରିବାକୁ ଯାଇ ସେ ଧାରଣା ଧାରକୁ ଡେଇଁ ପଡ଼ିବାରେ ମୁଣ୍ଡରେ ଭୀଷଣ ଆଘାତ ଲାଗି ଏୟାର ଆମ୍ବୁଲାନ୍‌ ଯୋଗେ ସେ ଏବେ ଦିଲ୍ଲୀର ଏକ ପ୍ରସିଦ୍ଧ ହାସପାତାଳର ଆଇ.ସି.ୟୁ ରେ। ପ୍ରଥମେ କଥାଟା ବିଶ୍ୱାସ ହେଲା ନାହିଁ, ମାତ୍ର ମୋହିତ ମୋ ସହିତ ଏପରି କୌତୁକ କରିପାରେ ନା। ପୁଣି ସୂର୍ଯ୍ୟାଂଶ କେବେ ବାଇକ୍‌ ଚଲାଇବାର ମୁଁ ଶୁଣିନାହିଁ। ହଁ, ସେ ଥରେ କହୁଥିଲା ଦଶମ ଶ୍ରେଣୀ ବୋର୍ଡ ପରୀକ୍ଷା ପରେ ସେ ଖୁବ୍‌ ଜିଦ୍‌ କରିବାରୁ ତା' ପାଇଁ ଗୋଟିଏ ସ୍ପୋର୍ଟ୍‌ ବାଇକ୍‌ କିଣାଯାଇଥିଲା। ମାତ୍ର ତା' ବାବାଙ୍କ ନିର୍ଦ୍ଦେଶ ଥିଲା ସୂର୍ଯ୍ୟାଂଶକୁ ଅଠର ବର୍ଷ ହେବାପରେ ଓ ଡ୍ରାଇଭିଂ ଲାଇସେନ୍‌ସ ମିଳିବା ପରେ ସେ ତାହାକୁ ଧରି ବୁଲିପାରିବ। ତେଣୁ ସେଇଟି ଗ୍ୟାରେଜ୍‌ରେ ବନ୍ଦୀ ଅବସ୍ଥାରେ ପଡ଼ିରହିଥିଲା। କେବେ କେବେ ତାକୁ ଘର ପାଖରେ ବୁଲିବାକୁ ଅନୁମତି ମିଳିଥିଲେ ମଧ୍ୟ ତାହା ଖୁବ୍‌ ବାଧ୍ୟ ବାଧକତାରେ। ଅଠରବର୍ଷ ବୟସ ହେବାବେଳକୁ ସୂର୍ଯ୍ୟାଂଶର ବାଇକ୍‌ ଚଳାଇବା ନିଶା ଉତୁରି ଯାଇ ନୂଆ କାର କିଣିବାର ନିଶା ସବାର ହୋଇଥିଲା। ବାଇକ୍‌ଟି ପଡ଼ି ରହିଥିଲା ଘରର ଗ୍ୟାରେଜ୍‌ ଭିତରେ। ସେ ପୁଣି ପୁରୁଣା ବାଇକ୍‌ଟି କାହିଁକି ବ୍ୟବହାର କରିବ ତା' ମନ ପସନ୍ଦ କାର ଥିବା ସତ୍ତ୍ୱେ ? ମୋ ବିକ୍ଷିପ୍ତ ଭାବନା ମଧ୍ୟରେ ଅନୁପ୍ରବେଶ କରି ମୋହିତ କହିଲା "ତୁ ଈଶ୍ୱରଙ୍କ ନିକଟରେ ପ୍ରାର୍ଥନା କର ସୂର୍ଯ୍ୟାଂଶ ସୁସ୍ଥ ହୋଇ ଫେରି ଆସୁ। ମୁଁ ଦେଖିଛି ତୋ ପ୍ରାର୍ଥନାର ଶକ୍ତି। କାହାପାଇଁ ନିର୍ମଳ ହୃଦୟରେ ପ୍ରାର୍ଥନା କଲେ ସମୟେ ସମୟେ ବିଧିଲିଖିତ ଫଳ ପରିବର୍ତ୍ତିତ କରିବାକୁ ସ୍ୱୟଂ ଈଶ୍ୱର ମଧ୍ୟ ବିବଶ ହୋଇଯାଆନ୍ତି। ଜିଙ୍ଗିଲ୍‌ ମୃତ୍ୟୁ ମୁଖରୁ ଫେରି ଆସିବା ପରି ସୂର୍ଯ୍ୟାଂଶ ମଧ୍ୟ ସୁସ୍ଥ ହୋଇ ଫେରିବ, ମୋ ଇନ୍‌ଟ୍ୟୁସନ୍‌ କହୁଛି।"

ଧୀରେ ଧୀରେ ମୋ ଅବଚେତନ ସ୍ତରରୁ ମୁଁ ଫେରୁଥିଲି ସଚେତନ ସ୍ତରକୁ। ବିଶ୍ୱାସ କରିବାକୁ ବାଧ୍ୟ ହେଉଥିଲି ଯେ ସତରେ ସୂର୍ଯ୍ୟାଂଶ ସହିତ ଦୁର୍ଘଟଣା ଘଟିଛି। ମୁଁ ନିଃଶବ୍ଦରେ କାନ୍ଦିବାକୁ ଲାଗିଲି।

ମୋତେ ସେହିପରି ଅବସ୍ଥାରେ ଛାଡ଼ିଦେଇ ମୋହିତ କହିଲା "ତୁ ବ୍ୟସ୍ତ

ହୁଅନା ସାରା ! ସୂର୍ଯ୍ୟାଂଶ ସଂପର୍କରେ ଯାହା ପରବର୍ତ୍ତୀ ସୂଚନା ପାଇବି ତୋତେ ଜଣାଇବି । ମୋ ଇନ୍ଟ୍ୟୁସନ୍ ଉପରେ ଭରସା ରଖ । ସବୁଠିକ୍ ହୋଇଯିବ ।"

ମୋହିତ ଭବିଷ୍ୟତରେ ଘଟିବାକୁ ଯାଉଥିବା ଅନେକ ଘଟଣା ସଂପର୍କରେ ତା'ର ଇନ୍ଟ୍ୟୁସନ୍ ଲଗାଏ । ମୋ ଜାଣିବାରେ କେତୋଟି କଥା ସତ୍ୟ ମଧ ହୋଇଛି । ଏଥର ମଧ ମୋହିତର ଇନ୍ଟ୍ୟୁସନ୍ ସତ୍ୟ ହେଉ । ମନେ ମନେ ଏତିକି କାମନା କଲି ।

ମନେମନେ ପୁଣି ଭାବିଲି ସୂର୍ଯ୍ୟାଂଶ ଦୀର୍ଘଦିନର ଅବ୍ୟବହୃତ ବାଇକ୍ ନେଇ ରେଲଧାରଣାକୁ କଣ ଆମ୍ହତ୍ୟା ଉଦେଶ୍ୟରେ ଯାଇଥିଲା ? ଅବା ମୁଁ ତା'ର ଉତ୍ତର ଫେରାଇ ଉପେକ୍ଷା କରିବାରେ ଏହା କଣ ତା'ର ଅନ୍ୟମନସ୍କବଶତଃ ଦୁର୍ଘଟଣା ? ମୋ ପାଇଁ କଣ ସୂର୍ଯ୍ୟାଂଶ ଆଜି ମୃତ୍ୟୁମୁଖରେ ?

ମୋ ଚତୁର୍ଦ୍ଦିଗରେ ଏବେ ସୂର୍ଯ୍ୟାଂଶର ହସହସ ମୁହଁ, ତା'ର ଅନ୍ତରଙ୍ଗ ସ୍ୱର, ମୁଗ୍ଧ କଲାପରି ଚାହାଣୀ । ଏବେ ଆମ ଦୁହିଁଙ୍କ ମଧ୍ୟରେ ବ୍ୟବଧାନ ଅନେକ ବେଶୀ । ମୁଁ ଜାଣେନା ସେ କେଉଁଠି ଓ କେଉଁ ଅବସ୍ଥାରେ । ମସ୍ତିଷ୍କରେ ଆଘାତ ଲାଗିଛି ବୋଲି ମୋହିତ କହୁଥିଲା । ଆଘାତ ନିଶ୍ଚୟ ଗୁରୁତର । ଗୁରୁତର ହୋଇନଥିଲେ ଏସାର ଆମ୍ବୁଲାନସ୍ ଯୋଗେ ସେ ଦିଲ୍ଲୀ ଆଇସିୟୁରେ କାହିଁକି ? ହେ ଈଶ୍ୱର ମୁଁ ଏବେ କଣ କରିବି ?

ମୋ ଚତୁଃପାର୍ଶ୍ୱରେ ଶହ ଶହ ପ୍ରଶ୍ନ ଯାହାର ଉତ୍ତର ମୋ ପାଖରେ ନାହିଁ । ମୋ ବ୍ୟାକୁଳିତ ହୃଦୟକୁ ପ୍ରବୋଧନା ଦେବାକୁ ମୁଁ ଆଉ ସକ୍ଷମ ନୁହେଁ । ଦୁଇ ଦିନପର୍ଯ୍ୟତ ମୋହିତ କାହିଁକି ନିରବ ଓ ମୋହିତକୁ ନିଜଆଡୁ ଫୋନ୍ କରି ଏ ସମ୍ପର୍କରେ ପ୍ରଶ୍ନ କରିବାକୁ ବି ଭୟ ଲାଗୁଥିଲା କୌଣସି ଅଶୁଭ ଖବର ଶୁଣିବାର ଆଶଙ୍କାରେ ।

ମୋହିତର ଉତ୍ତର ଅପେକ୍ଷାରେ ଦୁଇଦିନ ଦୁଶ୍ଚିନ୍ତା ଓ ଅବସାଦରେ ବିତିଲା । ମୋ ପେଟରେ ଜ୍ୱଳନ ଓ ହଠାତ୍ ନିଃଶ୍ୱାସ ବନ୍ଦ ହୋଇଯିବାର ଅନୁଭବ ଓ କେତେବେଲେ ମୋ ହୃତ୍ସ୍ୱନ୍ଦନର ବେଗ ଅନିୟନ୍ତ୍ରିତ । ଅଫିସ ନଯାଇ ହସ୍ପିଟାଲ ଯିବାକୁ ହେଲା । ଡାକ୍ତର ଥଣ୍ଡାମେଡିସିନ୍ ଓ ଆଣ୍ଟାସିଡ୍ ଲେଖିଦେଲେ । ସେସବୁ ନଖାଇ ମୋହିତର ଖବର ପ୍ରତୀକ୍ଷାରେ ବସି ରହିଲି ଡ୍ରଇଁ ରୁମ୍‍ରେ ।

ତିନିଦିନ ପରେ ରାତି ଦଶଟାରେ ମୋହିତ ମେସେଜ୍ କଲା ଶତ ପ୍ରଚେଷ୍ଟା ସଢ଼େ ସୂର୍ଯ୍ୟାଂଶକୁ ବଞ୍ଚାଇରଖିବା ସମ୍ଭବ ହେଲା ନାହିଁ ବୋଲି ସେ ଏଇମାତ୍ର ଖବର ପାଇଲା ।

ପୃଥ୍ୱୀ ସହିତ ଘୁରୁଥିଲି ମୁଁ । ମୋ ଘରର କାନ୍ଥ ବାଡ ଟେବୁଲ୍, ଚେୟାର

ମୋ' ସହିତ ତୀବ୍ର ବେଗରେ ଘୁରିବାର ବୋଧ ହେବାରୁ ଆଖିବୁଜିଦେଇ ବସିପଡ଼ିଲି କିଛି ମୁହୂର୍ତ୍ତ। ଲାଗିଲା ସେଇ ମୁହୂର୍ତ୍ତରେ ମୁଁ ଚେତନାଶୂନ୍ୟ ହେବାକୁ ଯାଉଛି। କୋଲାହଳଠାରୁ ମୁଁ ଦୂରେଇ ଯାଉଛି ଧୀରେ ଧୀରେ। ଏକ ଅନ୍ଧକାରମୟ ପିଚ୍ଛିଲ ରାସ୍ତାରେ ଦ୍ରୁତ ଅଧୋପତନ ହେଉଥିଲା ମୋର।

ଏଇ କିଛି ସମୟ ମୁଁ ଚେତନାଶୂନ୍ୟ ହୋଇ ଯାଇଥିଲି ଅବା ନିଦ୍ରାଯାଇଥିଲି ଜାଣେନା। ଅଫିସରୁ ଘନଘନ ଫୋନ୍ ଆସିବାରୁ ପ୍ରକୃତିସ୍ଥ ହେଲି। ଚେତନା ଫେରିଲା।

ସେତେବେଳକୁ ଦିନ ଏଗାରଟା। ଏଇ କେତେ ଘଣ୍ଟାର ଅବଧି ମୋ ଜୀବନ ପ୍ରବାହରେ ଶୂନ୍ୟସ୍ଥାନ ପରି ରହିଗଲା। ମୁଁ ଦରଖାସ୍ତ ନ ଦେଇ କାହିଁକି ଛୁଟିରେ ରହିଲି ବୋଲି ପ୍ରଶ୍ନ କରୁଥିଲେ ଏମ୍.ଡି। ମୋ କଥାରୁ ସେ ଜାଣି ପାରିଲେ ଯେ ମୁଁ ଅତିମାତ୍ରାରେ ଅସୁସ୍ଥ। ଅଧ ଘଣ୍ଟାଏ ପରେ ଲାବଣ୍ୟ ନାମ୍ନୀ ମୋ ବୟସର ଟ୍ଠିଅଟିଏ କଲିଂବେଲ ମାରିଲା। ସେ ଆମ ଅଫିସର ଜଣେ ସହାୟିକା, ଯାହାକୁ ଏମ୍ଡି ପଠାଇଥିଲେ ମୋର ଅବସ୍ଥା ସଂପର୍କରେ ତାଙ୍କୁ ଜଣାଇବା ପାଇଁ।

ଅତି କଷ୍ଟରେ ମୁଁ ଦରଜା ଖୋଲିଦେଇ ବିଛଣାରେ ଗଡ଼ିପଡ଼ିଲି। ସେ ଘରର ଅବସ୍ଥା ଦେଖି ଆଶ୍ଚର୍ଯ୍ୟ ହେଲା। ମୋ ରୋଷେଇ ଘରେ ଦୁଇ ଦିନ ତଳେ ରନ୍ଧା ହୋଇଥିବା ଭାତ ଓ ତରକାରୀ ସଢ଼ୁଥିଲା। ସିଙ୍କ୍‌ରେ ବ୍ୟବହୃତ ବାସନ, ସମ୍ବାଦପତ୍ର ଓ କ୍ଷୀର ପ୍ୟାକେଟ୍ ଘରସାମ୍ନାରେ ପଡ଼ି ରହିଥିଲା। ସେ ମୋ ଘରର ଓ ମୋ ଅବସ୍ଥା ସଂପର୍କରେ ଏମ୍ଡିଙ୍କୁ ଜଣାଇଲା। "ମାମ୍ ଗୁରୁତର ଅସୁସ୍ଥ ତାଙ୍କୁ ହସ୍ପିଟାଲ ନେବାକୁ ହେବ।"

ଦୁଇଦିନ ବିନା ଖାଦ୍ୟ ପାନୀୟରେ ଦେହରେ ଗ୍ଲୁକୋଜର ମାତ୍ରା ନ୍ୟୁନ ହୋଇ ଦେହ ନିସ୍ତେଜ୍ ହେବା ସ୍ୱାଭାବିକ। ଆମ୍ବୁଲାନ୍ସରେ କେବେ ହସ୍ପିଟାଲ ଗଲି ଜାଣେନା। ଆଖି ଖୋଲିବା ବେଳକୁ ମୋ ଦେହରେ ସାଲାଇନ୍ ଚାଲିଥିଲା। ରକ୍ତପରୀକ୍ଷା, ଇ.ସି.ଜି କରିବା ପରେ ଜଣା ପଡ଼ିଲା ମୋ ଦେହରେ କୌଣସି ରୋଗର ଉପସର୍ଗ ନାହିଁ। ଅର୍ଥାତ୍ ରୋଗଟି ସଂପୂର୍ଣ୍ଣ ମାନସିକ। ବିନା ଖାଦ୍ୟ ପାନୀୟ ଯୋଗୁଁ ମୋର ଏ ଅବସ୍ଥା। ଡିପ୍ରେସନ୍‌ର ପ୍ରଥମ ଲକ୍ଷଣ ବୋଲି ଜଣାଇ ଗୋଟିଏ ଦିନ ପରେ ମୋତେ ହସ୍ପିଟାଲରୁ ଡିସ୍‌ଚାର୍ଜ କରାଗଲା। ମୋର ଏ ଅବସ୍ଥା ଯୋଗୁଁ ଏମ୍ଡି ଅଫିସ କାର୍ଯ୍ୟରୁ ଛୁଟି ଓ ଲାବଣ୍ୟର ସାହଚର୍ଯ୍ୟ ଯୋଗାଇ ଦେଇଥିଲେ।

ମୋ ହୃଦୟର ନିରବ ରକ୍ତ କ୍ଷରଣକୁ ମୁଁ କୌଣସି ପ୍ରବୋଧନା ଦେଇ ରୋକି ପାରୁନଥିଲି। ମୋର ଅଭିମାନୀ ଚରିତ୍ର ପାଇଁ ନିଜକୁ ଯେତିକି ଅଭିସଂପାତ ଭାଲୁଥିଲି, ସେତିକି ପରିମାଣରେ ନିଜ ନିର୍ବୋଧପଣିଆକୁ ନେଇ ବିରକ୍ତ ବି ହେଉଥିଲି। କାହିଁକି

ଏତେଦିନ ଧରି ସୂର୍ଯ୍ୟାଂଶ ପ୍ରଶ୍ନର ଉତ୍ତର ଦେଉନଥିଲି ମୁଁ? କେଉଁ ଅନ୍ଧ ଅହଂକାର ମୋ ମନ ଓ ମସ୍ତିଷ୍କକୁ ଏପରି ଆଚ୍ଛନ୍ନ କରି ରଖିଥିଲା ଯେ ମୁଁ ସୂର୍ଯ୍ୟାଂଶକୁ ଭଲ ପାଇବା ସତ୍ତ୍ବେ ତା'ର ପ୍ରେମକୁ ସ୍ବୀକାର କରିପାରୁନଥିଲି। କିପରି ମୁଁ ଏବେ ମୋ ପାପର ପ୍ରାୟଶ୍ଚିତ କରିବି?

କାନ୍ଦି କାନ୍ଦି କହିଲି ସୂର୍ଯ୍ୟାଂଶ! ତୁମେ ଫେରିଆସ। ତୁମକୁ ଅବିଶ୍ବାସ କରିଛି, ମୋତେ ଶାସ୍ତିଦିଅ। ତୁମକୁ ଉପେକ୍ଷା କରିଛି, ମୋତେ ଅଭିଶାପ ଦିଅ। ମୁଁ କେବଳ ତୁମର ପ୍ରେୟସୀ ହୋଇ ବଂଚିବାକୁ ଚାହେଁ।

ମୋ ଅନ୍ତରର ଭାଷା ଶୁଣିବାକୁ ସୂର୍ଯ୍ୟାଂଶ ଏ ପୃଥିବୀରେ ନାହିଁ। ମୁଁ ପାଗଳ ହେବାକୁ ଯାଉଛି। ପୃଥିବୀର କୌଣସି ଚମତ୍କାରିତା ବା ଚିକିତ୍ସା ବିଜ୍ଞାନର ମହାର୍ଘ ଉଦ୍ଭାବନ ମୋତେ ରକ୍ଷା କରିପାରିବ ନାହିଁ।

ଲାବଣ୍ୟଠାରୁ ମୋ ତତ୍‌ପରବର୍ତ୍ତୀ ଦିନମାନଙ୍କର ବିବରଣୀ ଶୁଣି ଏମ୍.ଡି ମୋତେ ପନ୍ଦର ଦିନ ଛୁଟି ସହିତ ଘରକୁ ଯିବା ପାଇଁ ଫ୍ଲାଇଟ୍ ଟିକେଟ୍ ଧରାଇ ଦେଲେ। ଏୟାର-ପୋର୍ଟ ଯାଏଁ ତାଙ୍କ ଗାଡି ଆସିଥିଲା ମୋତେ ବିଦାୟ ଜଣାଇବା ପାଇଁ।

କିଛି ନଜଣାଇ ଅଚାନକ ଘରେ ପହଞ୍ଚ ଯିବା ଓ ମୋ ଉଦାସ ଚେହେରା ଦେଖି ମା' ବାପା ଦୁହେଁ ବ୍ୟସ୍ତହୋଇ ମୋତେ ଡାକ୍ତରଖାନା ନେବାକୁ ଇଚ୍ଛା କରୁଥିଲେ। ମାତ୍ର ଡାକ୍ତରଙ୍କୁ ଦେଖା କରିଥିବାରୁ ମୋତେ କିଛି ବିଶ୍ରାମ ଲୋଡା ବୋଲି ଜଣାଇ ସାରାଦିନ ବିଛଣାରେ ପଡିରହିଲି।

ମା' ତତ୍‌କ୍ଷଣାତ୍ ବୁଝିନେଲେ ସମସ୍ୟାଟି ମୋର ଶାରୀରିକ ନୁହେଁ, ମାନସିକ। ସେ କୌଣସି ପ୍ରଶ୍ନ ନକରି ମୋତେ ଏକାକୀ ଛାଡିଦେଲେ। ସେ ଜାଣନ୍ତି କ୍ଷତକୁ ପ୍ରବୋଧନାର ମଲମ ଦ୍ବାରା ଉପଶମ କରି ହୁଏ ନା। ଦିନ ଦିନ ଧରି ମୁଁ ବିଛଣାରେ ପଡିରହିଲି। ସାଙ୍ଗସାଥୀ, ଅଫିସ୍ ଓ ମୋହିତ କାହା ସହିତ ସଂପର୍କ ରଖିବାକୁ ଇଚ୍ଛା ନଥିଲା। ସତେ ଅବା ମୁଁ ବିଚ୍ଛିନ୍ନ ହୋଇଯାଉଥିଲି ନିଜ ଅକ୍ଷପଥରୁ। ମୋ ଭିତରେ ଶୂନ୍ୟତାର ହାହାକାର। ଶହଶହ ବାଡବାଗ୍ନି ପ୍ରଳୟ ମଝରେ ଯେମିତି ମୁଁ ନିଃଶେଷ ହେବାର ଅପେକ୍ଷାରେ।

ବାପାଙ୍କର ଜଣେ ପୁରୁଣା ଡାକ୍ତର ବନ୍ଧୁ ମୋତେ ଦେଖା କରିବାକୁ ଆସିଲେ। ମୋର ସମସ୍ତ ସମସ୍ୟା ସଂପର୍କରେ ଶୁଣି ସେ କହିଲେ- "ସମୟେ ସମୟେ ଭୟ, ଉଦ୍‌ବେଗ ମଣିଷର ମନ ଓ ମସ୍ତିଷ୍କକୁ ଏପରି ବିଚଳିତ କରିଥାଏ ଯେ ଶରୀରର ପ୍ରତ୍ୟେକ ଅଂଶ ତା'ର ପ୍ରଭାବରେ ପ୍ରତିକ୍ରିୟା ସ୍ବରୂପ ନିଜକୁ ସୁରକ୍ଷା ଦେବାକୁ ଚେଷ୍ଟା କରେ। ଯାହା ଫଳରେ ସାଂଘାତିକ ସମସ୍ୟା ସୃଷ୍ଟି ହୁଏ। ଯାହାକୁ ଚିକିତ୍ସା ବିଜ୍ଞାନରେ

ସାଇକୋ–ସୋମାଟିକ ଡିଜର୍ଡର କୁହାଯାଏ। ତୁ ଚାହିଁଲେ ଖୁବ୍‌ଶୀଘ୍ର ଏହାର ସମାଧାନ ହୋଇପାରିବ। ମୁଁ ତୋତେ କିଛି ଆଣ୍ଟିସ୍ଟ୍ରେସ୍ ମେଡିସିନ୍ ଦେଉଛି। ମାତ୍ର ମନେରଖ୍‌ଥା ଏହା ସାମୟିକ ଉପଶମ ମାତ୍ର।

ବାସ୍ତବରେ ତୁ ସେଇଦିନ ଭଲ ହେବୁ ଯେଉଁଦିନ ତୁ ନିଜକୁ ସୁସ୍ଥ ଭାବରେ ଦେଖିବାକୁ ଚାହିଁବୁ। ମନଠାରୁ ପାଗଳ ଘୋଡା କେହି ନାହିଁ, ପୁଣି ତା’ର କ୍ଷମତା ଏତେ ଅଧିକ ଯେ ହିମାଳୟ ପରି ଉଚ୍ଚତାକୁ ମଧ ସେ ଅତିକ୍ରମ କରିପାରେ। ଥରେ ଚେଷ୍ଟାକରି ତାକୁ ଅଧୀନ କର। ଦେଖିବୁ ତୋର ସବୁ ସମସ୍ୟାର ସମାଧାନ ହୋଇଯିବ।"

ସେ ଚାଲିଯିବାପରେ ବାପା ଅନେକ ରାତି ଯାଏ ମୋ ମୁଣ୍ଡ ପାଖରେ ଭାଷାଶୂନ୍ୟ ଭାବରେ ଶୂନ୍ୟକୁ ଚାହିଁ ବସି ରହିଥିଲେ ଉଦାସ ଭାବରେ। ମୋ ସମସ୍ୟା ସଂପର୍କରେ ପ୍ରଶ୍ନ ନ କରି ପିଲାବେଳର କେତେ ସ୍ମୃତିଚାରଣ କରୁଥିଲେ। ପୁଣି କହିଲେ ‘ମୋ ମା’କୁ ପୁଣି ଆଣ୍ଟିସ୍ଟ୍ରେସ୍ ମେଡିସିନ ଦରକାର ? ନାଁ, ନାଁ, ତୋ ଭିତରେ ମୁଁ ଯେଉଁ ଅସୀମଶକ୍ତିର ଉସ୍ ଦେଖୁଛି ତାହା ଏତେଶୀଘ୍ର ନିର୍ବାପିତ ହୋଇ ପାରେନା।’

ବାପା ଆଉ କିଛି କହିବାକୁ ଚାହିଁ ମଧ କହିପାରିଲେ ନାହିଁ। ତାଙ୍କର ଗଳା ରୁଦ୍ଧ ହୋଇ ଆସିଲା। କଣ୍ଠ ସ୍ୱର ଥର ଥର। ତାଙ୍କ କାନ୍ଧରେ ମଥାଥୋଇ ନିଶବ୍ଦରେ ଲୁହ ଢାଳି ମନେ ମନେ କହିଲି ବାପା ! ଏ ଅବୋଧ ଝିଅକୁ କ୍ଷମା କରିଦିଅ ଯେ ତୁମ ମନରେ ଦୁଃଖ ଦେଇଛି।

ମୋ ଭଳି ଦୃଢମନା ଝିଅଟିଏ ଯେ ଆଜି ପର୍ଯ୍ୟନ୍ତ ବହୁ ଦୁର୍ଗମ ପଥ ଦେଇ ଜୀବନର ଗତିକୁ କରିଛି ସାବଲୀଳ, ସେ ପୁଣି ଭୋଗୁଛି ଉଦ୍‌ବେଗ ରୋଗ ? ଜାଣି ଶୁଣି ପାଗଲପଣର ଶିକାର ହେଉଛି ? ସୂର୍ଯ୍ୟାଂଶର ଅବର୍ତ୍ତମାନକୁ ସ୍ୱୀକାର କରିନପାରି ତା’ର ଫୋନ୍‌ନମ୍ବରକୁ ବାରମ୍ବାର ମିସ୍‌କଲ୍ ଓ ମେସେଜ୍ କରୁଛି। ରାତିରାତି ଅନିଦ୍ରା ରହି ତା’ ଉତ୍ତରକୁ ଅପେକ୍ଷା କରୁଛି। ପୁଣି ହଠାତ ଏଇ ଅନୁଭବରେ ଚମକିପଡୁଛି ଯେ ସତେ ଅବା ସେ ହଠାତ ଆସି ଚମକାଇ ଦେବ। ମୋ ଭଳି ବାସ୍ତବବାଦୀ ଝିଅ ପୁଣି କୌଣସି ଆଲୌକିକ ଚମତ୍କାର ଘଟିଯିବାର ଅପେକ୍ଷାରେ।

ମା’ ବୁଝିପାରି ଥିଲେ ମୋ ଉଦ୍‌ବେଗର କାରଣ। ମୋ ଜୀବନର କୌଣସି ଚରିତ୍ର ସଂପର୍କରେ ତାଙ୍କ ପାଖରେ ସଂପୂର୍ଣ୍ଣ ବିବରଣୀ ନଥିଲେ ମଧ ସେ ବୁଝୁ ଥିଲେ ମୋ ଜୀବନ କାହାଣୀର ମୁଖ୍ୟ ଚରିତ୍ର ଗତ।

ସେ ମୋର ଦୀର୍ଘକେଶର ଯନ୍ ନେଉ ନେଉ କହିଲେ "ତୋର କେଶ ଏତେ ଝଡୁଛି କାହିଁକି ? କିଛିଦିନ ଧରି କେଶର ଯନ୍ ଠିକ୍ ଭାବରେ ନେଉ ନାହୁଁ

ବୋଧହୁଏ। ମୁଁ ଦେଇଥିବା ମେହେନ୍ଦୀ, ରିଠା, ଆମ୍ଲା ପାଉଡର ଦେଇ ମାସରେ ଥରେ ମୁଣ୍ଡ ଧୋଉଛୁନା ନାହିଁ?"

ମୋ ଦୀର୍ଘ ମୁଲାୟମ ଗହଳସୁନ୍ଦର କେଶର ଶ୍ରେୟ ଅନେକାଂଶ ମୋ ମା'ଙ୍କର। ସେ ପିଲାବେଳୁ ନିଜେ ମୋ କେଶର ଯନ୍ ଯେତିକି ନିଅନ୍ତି ଦୂରରେ ଥିବାବେଳେ ବାରମ୍ବାର ମୋତେ ଯନ୍ ନେବାପାଇଁ ସ୍ମରଣ କରାଇ ଦିଅନ୍ତି।

ମାତ୍ର ମୋ ଜୀବନ ଆଜି ଝଡ ମୁହଁର ଅସହାୟ ପତ୍ରପରି, ସୌନ୍ଦର୍ଯ୍ୟର କାମନା କାହିଁକି ବା ହୁଅନ୍ତା? କଥାକୁ ଅନ୍ୟ ଦିଗକୁ ନେଇ କହିଲି "ପିଲାବେଳେ ଶୁଣିଥିଲି ସପ୍ତର୍ଷି ମଣ୍ଡଳ ନିକଟରେ ଥିବା ଅରୁନ୍ଧତୀ ନକ୍ଷତ୍ର ଦେଖି ନପାରିବା ମଣିଷର ନିକଟ ମୃତ୍ୟୁ ଘଟେ। ତେଣୁ ତୁମ କୋଳରେ ଶୋଇ ଆକାଶରେ ଅରୁନ୍ଧତୀ ନକ୍ଷତ୍ର ଖୋଜିବାକୁ ଭଲଲାଗେ ମୋତେ। ମା'ର କୋଳଠାରୁ ସନ୍ତାନ ପାଇଁ ଆଉ କେଉଁ ନିର୍ଭୟ ଆଶ୍ରୟ ସ୍ଥଳ ଅଛି କି?"

ମା' ମୋ ମଥାରେ ଅଙ୍ଗୁଳିଚାରଣ କରି କହିଲେ "ମୁଁ ପ୍ରତିରାତିରେ ତୋର ଦୁଇ ଆଖିରେ ସେଇ ଅରୁନ୍ଧତୀ ନକ୍ଷତ୍ର ଅଞ୍ଜାଳି ହୁଏ। ମୋ ଜୀବନପାତ୍ରକୁ ଭରିଦେବା ପାଇଁ ସେ ଦୁଇ ଆଖିରେ କେତେଯେ ଆଶ୍ୱାସନା ଥାଏ ତୁ ବୁଝିପାରିବୁନି। ତୋ ଆଖିର ଲୁହ, ଛାତିର କୋହ ମୋ ହୃଦୟ ବିଦୀର୍ଣ୍ଣ କରିଦେଉଛି। ତୋ'ର ମନେଥିବ ବୌଦ୍ଧ ଜାତକର ସେ କାହାଣୀଟି — ଏକଦା ସଦ୍ୟ ପୁତ୍ରହରା ଜନନୀଟିଏ ଭଗବାନ ବୁଦ୍ଧଙ୍କ ନିକଟରେ ପହଞ୍ଚି ଅନୁରୋଧ କଲା ତା' ଶିଶୁପୁତ୍ରଟିର ଜୀବନପ୍ରାପ୍ତି ନିମନ୍ତେ। ବୁଦ୍ଧ କହିଥିଲେ ଯାଅ ଜନନୀ! ଭିକ୍ଷା ଘେନି ଆସିବ ମାତ୍ର ସର୍ଷପ ମୁଠାଏ, ପ୍ରତି ବଦଳରେ ମୁଁ ତୁମ ପୁତ୍ର ଜୀବନ ଦାନ ଦେବି /ମାତ୍ର ସର୍ଷପ ମୁଠାଏ ! ପ୍ରତିବଦଳରେ ପୁତ୍ର ଜୀବନ! ବିଳପିତ ମାତୃତ୍ୱ ବୁଝିନଥିଲା ତା' ପରବର୍ତ୍ତୀ ନିର୍ଦ୍ଦେଶର ଗୁରୁଅର୍ଥ "କିନ୍ତୁ ଯାହା ଘରେ କେହି ମୃତ୍ୟୁବରଣ କରିନଥିବେ ତାଙ୍କରି ଗୃହର ସର୍ଷପ ମୁଠିକ ହୋଇଥିବା ଆବଶ୍ୟକ।" ପୁତ୍ର ବାସଲ୍ୟ ପ୍ରେମରେ ଅନ୍ଧ ଜନନୀ କିଛି ଉଦ୍ଦେଶ୍ୟ ବୁଝି ନ ପାରି ସେ ଘୁରି ଆସିଲା ରାଜ୍ୟ, ନଗର ଓ ଜନପଦ। ମାତ୍ର ସର୍ଷପ ମୁଠାଏ ମିଳିଲା ନାହିଁ। ସେ ରିକ୍ତ ହସ୍ତରେ ଫେରିଲା ମାତ୍ର ଶୂନ୍ୟ ହୃଦୟରେ ନୁହେଁ। ସେତେବେଳେକୁ ସେ ହୃଦୟଙ୍ଗମ କରିସାରିଥିଲା। ମୃତ୍ୟୁଏକ ଚିରନ୍ତନ ସତ୍ୟ।

କାହାର ଜୀବନରେ ଦୁଃଖ ନାହିଁ? କାହାର ଜୀବନ ଉପବନ ସଦା ମହକୁଥିବା ଫୁଲର ସୁବାସରେ ସୁରଭିତ?

ମୁଁ ମା'ଙ୍କ କଥାର ତାତ୍ପର୍ଯ୍ୟ ବୁଝୁଥିଲି। ମାତ୍ର ବୁଝୁନଥିଲା ମୋ ପ୍ରେମିକା ହୃଦୟ। ମା'ଙ୍କ ପ୍ରବୋଧନା ମୋ କଣ୍ଠାସ୍ତକୁ ଛୁଇଁ ପାରୁନଥିଲା। ପୃଥିବୀରେ ଏପରି

ଔଷଧ ଅଛି ଯାହା ମୋ କ୍ଷତକୁ ଭରି ଦେଇପାରିବ ? ମୋ ଶରୀରର ହରାଇଥିବା ଅଂଶକୁ ପୁନର୍ନିର୍ମିତ କରିପାରିବ ?

ବିତିଗଲା ପନ୍ଦର ଦିନ ଛୁଟିର ଅବଧ୍, ସାମାନ୍ୟ ସୁସ୍ଥ ହେବାପରେ ମଧ୍ୟ ବେଙ୍ଗାଲୁରୁ ଫେରିବାକୁ ମୋ ଭିତରେ ଅନିଚ୍ଛାଭାବ। ପୁଣି ସେଇ ଏକାକୀତ୍ୱ, ସୂର୍ଯ୍ୟାଂଶର ରକ୍ତାକ୍ତ ସ୍ମୃତିକୁ ସାମ୍ନା କରିବାକୁ ମୋ ଭିତରେ ସାହସର ଘୋର ଅଭାବ।

ବାପାଙ୍କର ଅସ୍ତ୍ରୋପଚାର ପରବର୍ତ୍ତୀ ଜଟିଳତା ଦେଖା ଦେଉଥିଲା। ତଥାପି ସେ ମା'ଙ୍କୁ ମୋ ସହିତ ବେଙ୍ଗାଲୁର ଯିବା ପାଇଁ କହିଲେ। ମୋ ମା'ଙ୍କର ଦୁଇଜଣଙ୍କ ପାଇଁ ବ୍ୟସ୍ତତା ବଢ଼ୁଥିଲା। ବାପାଙ୍କ ଦ୍ୱାରା ହୋଟେଲରୁ ଖାଇବା କିମ୍ବା ହାତରେ ରୋଷେଇ କରି ଖାଇବା ସମ୍ଭବ ନୁହେଁ। ଦିନରେ ଦୁଇଥର ତାଙ୍କ କମରରେ ଔଷଧ ମାଲିସ୍ ନହେଲେ ନଚଳେ। ଅଥଚ ମୋ ମୁହଁରେ ବିଷାଦର ଘନ ଛାୟା ଦେଖି ସେ ମୋତେ ମଧ୍ୟ ଏକାକୀ ଛାଡ଼ିବାକୁ ପ୍ରସ୍ତୁତ ନଥାନ୍ତି।

ବାପାଙ୍କୁ ଅନୁରୋଧ କଲି ମୋ ପାଦତଳର ମାଟି ଶକ୍ତ କରିବା ପାଇଁ ମୋତେ ଏକାକୀ ଛାଡ଼ି ଦେବାପାଇଁ। ଜୀବନର ଦୀର୍ଘ ସଂଘର୍ଷମୟ ରାସ୍ତାରେ ସହଯୋଗ ଅପେକ୍ଷା ଲୋଡ଼ାଥିଲା ସେମାନଙ୍କର ଆଶୀର୍ବାଦ।

ମା' ମୋତେ ଏୟାରପୋର୍ଟ ଯାଏ ଛାଡ଼ିବାକୁ ଆସିଲେ। ମୋ ହୃଦୟର ଗବାକ୍ଷ ଖୋଲିଦେଲି ସୂର୍ଯ୍ୟାଂଶ ଓ ମୋହିତ ସହିତ ମୋ ସଂପର୍କଠାରୁ ଘଟିଯାଇ ଥିବା ଗୋଟି ଗୋଟି କରି ସମସ୍ତ ଘଟଣା କହିପକାଇଲି ଭାବପ୍ରବଣତାବଶତଃ। ସୂର୍ଯ୍ୟାଂଶର ମୃତ୍ୟୁ ପାଇଁ ଦାୟୀ କରୁଥିଲି ନିଜକୁ। ଜାଣେନା ସୂର୍ଯ୍ୟାଂଶକୁ ଭଲପାଇଲେ ମଧ୍ୟ କାହିଁକି ଉପେକ୍ଷା କରିଥିଲି।

ମା' ଦୀର୍ଘଶ୍ୱାସ ଛାଡ଼ି କହିଲେ "ପ୍ରତ୍ୟେକ ଘଟଣା ପାଇଁ ନିଜକୁ ଦୋଷାରୋପ କରିବା ଠିକ୍ ନୁହେଁ। ସେ ସବୁ ବିଧିନିର୍ଦ୍ଦିଷ୍ଟ। ଆମେ କେବଳ ଏକ ମାଧ୍ୟମ। ଯେ ଯାଇଛି ସେତ ଆଉ ଫେରି ଆସିବନାହିଁ। ତୁ ତୋ ନିଜ ଭୁଲ ବୁଝି ପାରିଛୁ ସେଇ ସବୁଠାରୁ ବଡ ଉପଲବ୍ଧ। ନିଜକୁ ଗୋଟେ ଅଧୋଃପତନର ଦିଗରେ ଆଗେଇ ନେବା ଅପେକ୍ଷା ସମାଧାନର ରାସ୍ତାଟିଏ ବାଛିନେବା ବିଜ୍ଞତାର ପରିଚୟ। ମୋର ବିଶ୍ୱାସ ତୁ ସେ ରାସ୍ତା ନିଶ୍ଚୟ ଖୋଜିପାଇବୁ।"

ଦୁଇଘଣ୍ଟାର ଉଡ଼ାଣ ଭିତରେ ନିଜର ଆତ୍ମବିଶ୍ୱାସ ଫେରି ପାଇବା ପାଇଁ ମୋ ଭିତରେ କେତେକେତେ ପ୍ରଚେଷ୍ଟା। ନିଜକୁ ବୁଝାଉଥିଲି ଯେ ମୁଁ ପୁରୁଣା ଦିନର ସାରା, ଏବେବି ମୋ ଭିତରେ ମେଘଭର୍ତ୍ତି ଆକାଶ। ମୋ ଆଖିରେ ଅଧାଦେଖା ସ୍ୱପ୍ନ। ମୋ ଜୀବନର ଲକ୍ଷ୍ୟ ଜଣେ ସଫଳ କମ୍ପ୍ୟୁଟର ଇଞ୍ଜିନିୟର ହେବା। ଯାହା ଘଟିଯାଇଛି ବା

ଘଟୁଛି ତା' ଉପରେ ମୋର କୌଣସି ନିୟନ୍ତ୍ରଣ ନାହିଁ, ଅତଏବ ମୋତେ ବର୍ତ୍ତମାନସ୍ଥିତିକୁ ଗ୍ରହଣ କରିନେବାକୁ ହେବ।

ଫ୍ଲାଟ୍‌ରେ ପାଦଦେବା ମାତ୍ରେ ନିସଙ୍ଗତା, ଏକାକୀତ୍ୱ, ନିଜଭିତରେ ମିଳେଇ ଯିବାର ଦୁଃଖଦ ଅନୁଭବ। ସୂର୍ଯ୍ୟାଂଶର ସ୍ମୃତିକୁ ଭୁଲିବାପାଇଁ ଶହଶହ ରାସ୍ତା ଖୋଜୁଥିଲି ମୁଁ। ମୋ ସ୍ୱପ୍ନଭଂଗ, ମୋ ବ୍ୟାକୁଳତା, ମୋ ଜୀବନଯୁଦ୍ଧ ଓ ବିଫଳପ୍ରେମ ମୋତେ ତିଳତିଳ କରି ଧ୍ୱଂସ କରୁଥିଲା।

ସେଇ ସବୁ ଦିନମାନଙ୍କରେ ଛୋଟରୁ ଛୋଟ କାର୍ଯ୍ୟରେ ଆତ୍ମନିବେଶ କରିବାକୁ ମୋତେ କେତେଯୁଦ୍ଧ ଲଢ଼ିବାକୁ ପଡ଼ୁଥିଲା। ମୁଁ ରହୁଥିବା ଘରର ଅବସ୍ଥା ମଧ୍ୟ ହୋଇ ସାରିଥିଲା ଖୁବ ଅବିନ୍ୟସ୍ତ। କେଉଁ କୋଣରେ ଡିସ୍‌ପୋଜେବଲ ଗ୍ଲାସ, ପଲିଥିନ୍‌, କେଉଁ କୋଣର ଅଧା ପିଇଥିବା ଚା କପ୍‌। ବୋତଲ ବୋତଲ ପାଣି। ଅନେକ ଦିନରୁ ଧୋଇ ନଥିବା ବେଡସିଟ୍‌ ଓ ପୋଷାକ। ରୋଷେଇ ଘରେ ନଷ୍ଟ ହେଉଥିବା ଖାଦ୍ୟ। ଧୂଳିଧୂସରିତ ପର୍ଦ୍ଦା।

ଅଫିସରେ କାର୍ଯ୍ୟରେ ମନ ନଲାଗିଲେ ମଧ୍ୟ ଦାୟିତ୍ୱପୂର୍ଣ୍ଣ ଚାକିରିରେ ଏପରି ଭାବପ୍ରବଣତାର ସ୍ଥାନ ନଥାଏ। ଯେ କୌଣସି ମତେ ଦିଆଯାଇଥିବା କାର୍ଯ୍ୟ ଶେଷ କରିବାକୁ ହୁଏ। ଘରକୁ ଫେରି ଅଶାନ୍ତ ମନ ନେଇ ନିଜକୁ କୌଣସି ଉତ୍ତେଜକ କାର୍ଯ୍ୟରେ ନିୟୋଜିତ ରଖିବାକୁ ଘଣ୍ଟା ଘଣ୍ଟା ଧରି ଭିଡିଓଗେମ୍‌ ଖେଳେ ଅନ୍‌ଲାଇନ୍‌ରେ ଗୁଡ଼ାଏ ଅଦରକାରୀ ଦ୍ରବ୍ୟ ମଗାଏ। ଯେଉଁଗୁଡ଼ିକୁ ଦେଖ୍‌ ମୁଁ ଟଙ୍କା ବଦଲରେ ସୁଖ କିଣିବାର ପ୍ରୟାସ କରୁଥିଲି। ମାତ୍ର ପରେ ସେଗୁଡ଼ିକ ଦେଖିବା ମାତ୍ରେ ସେ ସବୁରୁ ଉତ୍ସାହ ଉଣା ହୋଇ ଯାଏ। ଅସ୍ଥିର ହୃଦୟକୁ କେଉଁ ବସ୍ତୁ ଅବା ସନ୍ତୁଷ୍ଟ କରିପାରେ ?

କିନ୍ତୁ ଏ ଅଧୋଃପତନର ଶେଷ କେଉଁଠି ? ଦିନରାତି ନିଜକୁ ତିଳତିଳ ନଷ୍ଟ କରିବା ଅଭିପ୍ରାୟରେ ମୁଁ ଯେଉଁ ସ୍ୱେଚ୍ଛାକୃତ ଅଧୋଃପତନର ଦିଗରେ ଗତି କରି ଚାଲିଛି ତାର ପରିଣତି କାହିଁ ? କାହିଁ ସେ ନର୍କ ? ଯେଉଁଠାରେ ମୁଁ ମୋ ପାପର ପ୍ରାୟଶ୍ଚିତ କରିବି ?

ନିଜକୁ ବିନାଶ କରିବାକୁ ଚାହିଁ ମଧ୍ୟ ମୁଁ ନିଃଶେଷ କରିପାରିଲିନାହିଁ। ମୁଁ ନିଜକୁ ଯେତେ ଦଣ୍ଡ ଦେଲେ ମଧ୍ୟ ଏ ଜୀବନରେ ସୂର୍ଯ୍ୟାଂଶକୁ ଫେରିପାଇବି ନାହିଁ ଏହାଁ ତ ମୋର ଅସହାୟତା।

ଦିନେ ଏମିତି କଥା ପ୍ରସଙ୍ଗରେ ମୋତେ ମହିଳା କାଉନ୍‌ସେଲର ଓ ମନୋବିଜ୍ଞାନୀ, ଡ଼ଃ ଦଉଆଙ୍କ କ୍ଲିନିକ୍‌କୁ ଯିବାକୁ ପରାମର୍ଶ ଦେଲେ। ତାଙ୍କ ପରାମର୍ଶ ଅନୁଯାୟୀ ଡ. ଦଉଆଙ୍କୁ ଦେଖା କରିବାକୁ ତାଙ୍କ କ୍ଲିନିକ୍‌ରେ ପହଞ୍ଚିଲି। ଜୀବନରେ ସୁଖୀ

ରହିବାର ଅନେକ ମନ୍ତ୍ର ସେ ଦେଲେ । ପଢ଼ିବାପାଇଁ କିଛି ପୁସ୍ତକ, ଶୁଣିବାପାଇଁ କିଛି ସ୍ନୋମ୍ୟୁଜିକ୍ । ଯୋଗ ଓ ପ୍ରାଣାୟାମ ଦ୍ୱାରା ଅଶାନ୍ତ ମନରେ ଏକାଗ୍ରତା ଫେରାଇ ଆଣିବାର ମାର୍ଗ । ଶେଷରେ ଏକାକୀ ନରହି ବାଂଧବୀମାନଙ୍କ ଗହଣରେ ସମୟ ବିତାଇବା, ପ୍ରକୃତି ସହିତ ଅନ୍ତରଙ୍ଗ ହେବା ଓ ଯେଉଁ କାର୍ଯ୍ୟ କରିବାରେ ମନକୁ ଆନନ୍ଦ ମିଳେ ସେ ସବୁ କାର୍ଯ୍ୟ କରିବାକୁ ପରାମର୍ଶ ଦେଲେ ।

ମୋହିତ ମୋ ବିପର୍ଯ୍ୟସ୍ତ ମନର ଅବସ୍ଥା ବୁଝିପାରି ଆଦୌ କଲ କରେନି । ଅଥଚ ତା' ମେସେଜ୍ ଆସିବାର ଅନ୍ତ ନଥାଏ । ମୋତେ ପ୍ରକୃତିସ୍ଥ ରଖିବାକୁ ସେ ଆପ୍ରାଣ ଉଦ୍ୟମ କରୁଥାଏ ।

ଜିଙ୍ଗିଲ୍ ଥରେ ଫୋନ୍ କରିଥିଲା । ସେ ହାଇଦ୍ରାବାଦ୍‌ର ଗୋଟିଏ କଂପାନୀରେ ଯୋଗ ଦେଇଥିଲା ବୋଲି ପୂର୍ବରୁ ଜାଣିଥିଲି । କେବେ କେବେ ତା' ସହିତ କଥା ହୁଏ । ସେ କହେ ବଦ୍ରିନାଥ ସେଠାରେ ଗୋଟିଏ ନ୍ୟାସନାଲାଇଜଡ୍ ବ୍ୟାଙ୍କରେ ଅଫିସର ଭାବରେ ଯୋଗ ଦେଇଛି । ସେ ଦିନର ଘଟଣାରେ ସେ ବଦ୍ରିନାଥଙ୍କୁ ସଂପୂର୍ଣ୍ଣ ଭୁଲିଯାଇ ଥିବାର ଦୃଢ଼ୋକ୍ତି ବାଢ଼େ । ସେ ଦିନ ଗୋଟେ ଅସ୍ତିଦନ୍ତ ହୀନ, ପରାଙ୍ଗ ପୁଷ୍ଟ କାପୁରୁଷ ପାଇଁ ଜୀବନ ହାରିବାକୁ ଯାଉଥିବା କଥା ମନେପକାଇ ନିଜ ନିର୍ବୋଧପଣିଆ ଉପରେ ହସେ । ପୁଣି କହେ “ସାରା! ଜୀବନର ପ୍ରଥମ ପ୍ରେମକୁ ଭୁଲି ହୁଏନି । କିନ୍ତୁ ସବୁ ଅଭୁଲାସ୍ମୃତି ସୁଖଦ ନୁହେଁ । ଏକଥା ସତ ଯେ ବଦ୍ରିଭଳି ଗୋଟେ କାପୁରୁଷକୁ ବିବାହ କରି ମୁଁ ସୁଖୀ ହୋଇପାରିନଥାନ୍ତି । ଜୀବନର ସବୁଠାରୁ ଜରୁରୀ ସମୟରେ ସେ ପଳାୟନ ପନ୍ଥୀ ସାଜିଥାନ୍ତା ଓ ଅବଶିଷ୍ଟ ଜୀବନ ଗୋଟିଏ ଛାତତଳେ ତା' ସହିତ ନିଃଶ୍ୱାସ ପ୍ରଶ୍ୱାସ ନେବା ମଧ୍ୟ ମୋ ପାଇଁ ସମ୍ଭବ ହୋଇ ନଥାନ୍ତା ।”

ସଂପର୍କମାନେ ସେମାନଙ୍କର ନିଜସ୍ୱ ଭାଗ୍ୟ ନେଇ ଜନ୍ମ ହୋଇଥାନ୍ତି । ଏମିତି କେତେ କେତେ ସଂପର୍କ ପରିସ୍ଥିତିର ଉଭାପରେ ସକାଳର ଶିଶିର ବିନ୍ଦୁପରି ମିଳେଇ ଯାଏ ।

ଜିଙ୍ଗିଲ୍ ଯଦି ସତରେ ବଦ୍ରିକୁ ଭୁଲିଯାଇଛି ତେବେ ପ୍ରତିଥର କଥାବାର୍ତ୍ତା ସମୟରେ ସେ କାହିଁକି ସେ ପ୍ରସଙ୍ଗ ଉଠାଇ ତାକୁ ଭୁଲି ଯାଇଛି ବୋଲି କହେ? ନିଜକୁ ପ୍ରବୋଧନା ଦେବାପାଇଁ ଅବା ମୋ ହୃଦୟରେ ବିଶ୍ୱାସ ସୃଷ୍ଟି କରିବା ନିମନ୍ତେ । ସତରେ ଜିଙ୍ଗିଲ୍ ବଦ୍ରିକୁ ଭୁଲିପାରିଛି ?

ସୂର୍ଯ୍ୟାଂଶର ଦୁର୍ଘଟଣା ଖବର ଶୁଣି ଜିଙ୍ଗିଲ୍ ମଧ୍ୟ ବ୍ୟଥିତ ହୁଏ ଓ ପରାମର୍ଶ ଦିଏ ମୁଁ ଖୁବ୍ ଶୀଘ୍ର ମୋହିତକୁ ବିବାହ କରିବା ଉଚିତ୍ । ନଚେତ୍ ଏ ଏକାକୀତ୍ୱ ମୋତେ ଦିନେ ପାଗଳରେ ପରିଣତ କରିଦେବ ଅବା ତିଲତିଲ କରି ଧ୍ୱଂସ କରିଦେବ ।

ଜିଙ୍ଗିଲ୍ ଏବେବି ମୋତେ ସଠିକ୍ ବୁଝେ। ଅନ୍ୟମାନଙ୍କ ପାଇଁ ମୁଁ ଯେତେ ଅବୋଧ ଦୁର୍ବୋଧ ତା' ପାଇଁ ନୁହେଁ। ବଦ୍ରି ସହିତ ଘଟିଯାଇଥିବା ଘଟଣା ପରଠାରୁ ତା'ର ସାମାନ୍ୟ ନିରବତା ପାଇଁ ସେ ଦୁଃଖିତ ଥିଲା ଓ ପରବର୍ତ୍ତୀ ମୁହୂର୍ତ୍ତରେ ଆମେ ସଂପର୍କର ସେଇ ବିନ୍ଦୁରେ ଅଟକି ରହିନଥିଲୁ। ସେ ହାଇଦ୍ରାବାଦ୍‌ରେ ଓ ମୁଁ ବେଙ୍ଗାଲୁରୁ ରେ। ତଥାପି ଆମ ମଧ୍ୟରେ ସଂପର୍କ ସବୁଜ ଥିଲା। ଜିଙ୍ଗିଲ୍ ଏବେବି ମୋର ପ୍ରିୟ ବାନ୍ଧବୀ।

ମୋହିତକୁ ବିବାହ କରିବା କଥା କେବେ ମୋ ମନକୁ ଆସିନାହିଁ। ତା' ସହିତ ମୋ ସଂପର୍କ ଏବେ ମଧ୍ୟ ଅଧାଗଢ଼ା। ମୋର ତ ଇଚ୍ଛା ମୁଁ ନିଜର ଏକାକୀତ୍ୱକୁ ନେଇ ସାରାଜୀବନ ଅବିବାହିତା ରହନ୍ତି। ମାତ୍ର ପ୍ରତିଥର ଜିଙ୍ଗିଲ୍ ମୋତେ ମୋହିତକୁ ବିବାହ କରିବା ପ୍ରସଙ୍ଗ କେତେ ବାଟ ଆଗେଇଲା କହି ମୋ ହୃଦୟକୁ ବିଗଳିତ କରିବାକୁ ଚେଷ୍ଟା କରେ।

କେତେ ଦିନ ମୁଁ ନିଜକୁ ହାତଗଢ଼ା ବନ୍ଦୀଶାଳା ମଧ୍ୟରେ ଆବଦ୍ଧ କରି ରଖିଥାନ୍ତି ? ଅନ୍ତଃସାର ଶୂନ୍ୟ ଜୀବନରେ କେଉଁ ଇଚ୍ଛାର ଅବଶେଷ ମୋ ପାଇଁ ଜୀବିତ ରହିବାର ପ୍ରେରଣା ସୃଷ୍ଟି କରିଥାନ୍ତା ? ଅପ୍ରକାଶ୍ୟ ଦୁଃଖରେ ମୋ ଛାତି ଭାରୀ ହୋଇ ଆସେ। ବିଭିନ୍ନ ଔଷଧ ଖାଇ ଦେହ ସୁସ୍ଥ ହୋଇଯାଏ ମାତ୍ର ମନ ଅସୁସ୍ଥ ହୋଇଉଠେ। ବିଚିତ୍ର ବିଚିତ୍ର ସ୍ୱପ୍ନମାନେ ଅଧାରାତିରେ ମୋ ନିଦ ଭାଙ୍ଗି ଦିଅନ୍ତି। ଅବଶିଷ୍ଟ ରାତି ବିତେ ସେଇ ସ୍ୱପ୍ନର ଭୟାବହତାକୁ ସ୍ମରଣ କରି। ସ୍ୱେଦରେ କଣ୍ଟକିତ ହୋଇ ଉଠେ ମୋ ଶରୀର।

କେବେ ସ୍ୱପ୍ନରେ ଦେଖେ କିଛି ଅଜଣା ବ୍ୟକ୍ତି ମୋ ମୃତଦେହକୁ ବୋହିନେଉ ଥିବାର। କେବେ ସ୍ୱପ୍ନରେ ଆସେ ସୂର୍ଯ୍ୟାଂଶର ଭୟାନକ ଭାବରେ କ୍ଷତବିକ୍ଷତ ରକ୍ତାକ୍ତ ଦେହ। କେବେ ମଧ୍ୟରାତ୍ରୀରେ ଘରର ଦରଜା ଖୋଲିଯିବାପରି ମନେହୁଏ। ପରେ ବୁଝିପାରେ ଏସବୁ ମୋ ଦୁର୍ବଳ ମନୋସ୍ଥିତିର କାରଣ।

ସୂର୍ଯ୍ୟାଂଶ ଆତ୍ମାର ସଦ୍‌ଗତି ପାଇଁ ମୁଁ ନିରବପ୍ରାର୍ଥନା କରିପାରେନା। ତାକୁ ମୁଁ ଜୀବିତ ରଖିଛି ମୋ ହୃଦୟର ନିଭୃତ ପ୍ରଦେଶରେ। ସେ ଏବେବି ମୋ ଆଖପାଖରେ ଥିବା ଚରିତ୍ର। ଯେପରି ମୁଁ ହାତବଢ଼ାଇଲେ ତାକୁ ଛୁଇଁ ପାରିବି।

ଡ. ଦତ୍ତା ଦିନେ ବୁଝାଇବା ଢଙ୍ଗରେ କହିଲେ ଯେ ନିଜ ସମସ୍ୟା ସମାଧାନରେ ରାସ୍ତା ଖୋଜିବାକୁ ଚାହେଁନାହିଁ ତା'ପାଇଁ କେହି ସେ ରାସ୍ତା ଖୋଜିପାରେ କି ? ଜୀବନରେ କିଛି କାର୍ଯ୍ୟ ଅନ୍ୟର ବିନା ସହାୟତାରେ ଏକାକୀ କରିବାକୁ ହୁଏ। ଭାବୁଛି ତୁମେ ଏଇ କଥାକୁ ଗୁରୁତ୍ୱର ସହିତ ଗ୍ରହଣ କରିବ ଓ ବିବାହ କରିବା କଥା ଚିନ୍ତା କରିବ।

ସେ ଦିନ ରବିବାର ଥିଲା । ପ୍ରତିମାସର ପ୍ରଥମ ରବିବାର ସକାଳେ ମୁଁ ଡ. ଦତ୍ତାଙ୍କ କ୍ଲିନିକ୍‌କୁ ଯାଉଥିଲି । ସେ ଦିନ ତାଙ୍କ ପାଖରୁ ଫେରି ନିଜକୁ ପ୍ରକୃତିସ୍ଥ କଲି । ଜୀବନକୁ ଶେଷଥର ପାଇଁ ସୁଯୋଗଟିଏ ଦେବାର ଚେଷ୍ଟା କଲି ନିଜଠାରୁ ପରମ ହିତୈଷୀ ଅନ୍ୟ କେହି ଅଛି କି ? ମାତ୍ର ମୁଁ କେଉଁଠାରୁ ଏ ପ୍ରକ୍ରିୟାଟି ଆରମ୍ଭ କରିବି ?

ଟେବୁଲ୍ ଉପରେ ଥିବା ନିଦ ଔଷଧଗୁଡ଼ିକୁ ପ୍ରଥମେ ଡଷ୍ଟବିନ୍‌ରେ ଢାଳିଲି । ଗାଧୋଇବା ଟବ୍‌ରେ ବେଶ୍ କେଇବୁନ୍ଦା ସୁବାସିତ ଫୁଲର ତେଲ ଢାଳି ଶୀତଳ ସ୍ନାନ କରିବା ଉତ୍ତାରେ ଡ୍ରାୟରରେ ମୋର ଦୀର୍ଘ କେଶ ଶୁଖାଇ ପ୍ରସାଧନ ସାମଗ୍ରୀ ଖୋଲିଲି, ଯାହା ଅନେକଦିନ ଧରି ଅବ୍ୟବହୃତ ଭାବରେ ପଡ଼ିଥିଲା । ନିଜକୁ ସଜାଇଲି ପୂର୍ବପରି । ମୋର ଆକର୍ଷଣୀୟ କେଶ ଖୋଲାରଖି ସବୁଠାରୁ ସୁନ୍ଦର ପୋଷାକ ପିନ୍ଧି ବାହାରିଗଲି ହୋଟେଲ । ମୋ ପାଇଁ ମୋର ପ୍ରିୟ ଚକୋଲେଟ୍ କେକ୍ ଅପେକ୍ଷା କରିଥିଲା ।

ମୋ ମସ୍ତିଷ୍କର ବିଟାଓ୍ୱେଭସ୍ ମାନେ ପ୍ରକୃତରେ ଷଡ଼ଯନ୍ତ୍ରକାରୀ ନଥିଲେ । ଥିଲି ମୁଁ ନିଜେ । ମୁହୂର୍ତ୍ତକୁ ମୁହୂର୍ତ୍ତ ମରୁଥିଲି ନିଜଭିତରେ, ଏବେ ନିଜକୁ ମୁକୁଳିତ କରି ସପ୍ତବର୍ଣ୍ଣୀ ରଂଗରେ ରଂଗୀନ କରିବାର ଦାୟିତ୍ୱ କେବଳ ମୋର ।

ମୁଁ ହସିଲି ମନେ ମନେ । ଦେଖିଲି ଅନେକଙ୍କ ଦୃଷ୍ଟି ମୋ ଉପରେ ନିବଦ୍ଧ । ସେମାନଙ୍କ ବିହ୍ୱଳ ଚାହାଣୀ ଦେଖି ମନେହେଲା ମୋ ପୁରାତନ ପୃଥିବୀ ମୋ ଅପେକ୍ଷାରେ ।

ସୂର୍ଯ୍ୟାଂଶକୁ ମୋ ହୃଦୟର ଗୋପନକୋଠରୀରେ ରଖି ମୋହିତକୁ ଫୋନ ଲଗାଇଲି ହାଏ ମୋହିତ !

ମୋ ଚତୁର୍ଦ୍ଦିଗର କର୍ଣ୍ଣଗୁଡ଼ିକ ଉଦ୍‌ଗ୍ରୀବ ହୋଇ ଉଠିଲେ ପରବର୍ତ୍ତୀ ମଧୁର ବାକ୍ୟାଂଶ ଶୁଣିବା ନିମନ୍ତେ ।

ମୋହିତ ମୋ ଉଛ୍ୱାଳ କଣ୍ଠସ୍ୱର ଶୁଣି ଉତ୍‌ଫୁଲ୍ଲିତ କଣ୍ଠରେ କହିଲା– "ଜାଣିଥିଲି ତୁ କିଛିଦିନ ସମୟ ନେବୁ । ମାତ୍ର ମୋର ବିଶ୍ୱାସ ଥିଲା ତୋ ଭଳି ଦୃଢ଼ମନା ଝିଅ କେବେ ଜୀବନ ଯୁଦ୍ଧରେ ହାରି ଯିବନାହିଁ । ତୋତେ କେହି ବୁଝାଇବେ ତାହା ତୋତେ ଭଲ ଲାଗିବ ନାହିଁ ସେଥିପାଇଁ କିଛିଦିନ ଏକାନ୍ତରେ ଛାଡ଼ି ଦେଇଥିଲି । ଏବେ ପୁନର୍ବାର ମୋହିତର ପୁରୁଣା ପୃଥିବୀରେ ସାରାକୁ ସ୍ୱାଗତ ।" ମୋହିତ କଥା ଶୁଣି ଆହୁରି ହସିଲି ମୁଁ । ମୋ ଉପରେ ତା'ର ଏତେ ଭରସା ? ଭାରାକ୍ରାନ୍ତ ହୃଦୟ, କ୍ଲାନ୍ତ ଆଖି ଓ ଶୂନ୍ୟ ମସ୍ତିଷ୍କରେ ମୁଁ ଭାବୁଥିଲି ମୋହିତକୁ କଣ କହିବି ? ଯାହା କହିଲେ ତାହା ମୋର ଅନ୍ତରର ଭାଷା ନ ହୋଇ ଓଠର ଭାଷା ହେବ । 'ପରେ କଥା ହେବ' କହି ମୁଁ ନିରବ ହୋଇଗଲି ।

ଘରକୁ ଫେରି ବହି ଥାକରେ ବହି ସଜାଇବାରେ ଲାଗିଗଲି। ମୋ ପାଖରେ ପୃଥିବୀର ସୁପ୍ରତିଷ୍ଠିତ ଲେଖକଙ୍କର ଶହେବାରଟି ବହିଥିଲା। ଉପନ୍ୟାସ, ଗଳ୍ପ ସହିତ କିଛି ମନୋବିଜ୍ଞାନର ବହି ମଧ୍ୟ ଯୋଡିଥିଲି। ସାଧାରଣ ଝିଅଙ୍କ ପରି ପୋଷାକ, ପ୍ରସାଧନ, ଅଳଙ୍କାରଠାରୁ ମୋର ଅଧିକ ଆଗ୍ରହ ଥିଲା ପୁସ୍ତକରେ। ଫୁଲଦାନୀରେ ଏବେ ମୁଁ ସଦ୍ୟ କିଣି ଆଣିଥିବା ସତେଜ ଫୁଲ। ଅନଲାଇନ୍‌ରେ ମଗାଇଥିବା ଚିତ୍ରପଟଗୁଡିକୁ ପ୍ୟାକିଙ୍ଗ୍ ଖୋଲି ଗୋଟି ଗୋଟି କରି ଝୁଲାଇଲି କାନ୍ଥରେ। ସୁବାସିତ ମହମବତୀଟିଏ ଲଗାଇ ମନକୁମନ କହିଲି ପୃଥିବୀର ସବୁ ସୁଖ ତୋର ପ୍ରାପ୍ୟ ସାରା। ଏହି ସମୟରେ ବାଲକୋନିରେ ଝୁଲାଇଥିବା ଫେଙ୍ଗସୁଇର ଉଣ୍ଡଚାଇମସ୍ ପବନରେ ଦୋଲାୟମାନ ହୋଇ ସୁମଧୁର ସଂଗୀତ ଧ୍ୱନୀ ସୃଷ୍ଟି କଲା। ସେଇଟି ଏବେ ମୋ ନିଶାଧ ଗୃହର ଚପଳ ସଂଗିନୀ।

ମୁଁ ଚେଷ୍ଟା କରୁଥିଲି ନିଜ ଭିତରେ ସକାରାମ୍ଳକ ଉର୍ଜାର ପ୍ରବେଶ ନିମନ୍ତେ। ମୋ ଆଖିରେ ଏବେ ଭାବନାର ନବରଂଗ, ମୋ ସ୍ୱପ୍ନର ଆକାଶରେ ଆଶାର ବିବିଧ ଇନ୍ଦ୍ରଧନୁ। ମୋ ଆକାଂକ୍ଷାରେ ମହାକାଶରେ ଉଡୁଥିବା ପକ୍ଷୀର ସହସ୍ର ପ୍ରତିଜ୍ଞା। ମୋତେ ଉଡ଼ାଣ ଭରିବାକୁ ଯୋଡେ ଡେଣା ଲୋଡାନାହିଁ। ଏବେ ଦିଗ୍‌ବିଦିଗ ବ୍ୟାପ୍ତ ମୋର ସହସ୍ରପକ୍ଷ। ଅୟୁତଚନ୍ଦ୍ରପକ୍ଷ ରାତିର ନିଶା ସବାର ମୋ ଆଖିରେ। ବିନା ପକ୍ଷରେ ବି ମୁଁ ଏବେ ଭେଦ କରିପାରେ ସମଗ୍ର ବିଶ୍ୱବ୍ରହ୍ମାଣ୍ଡ।

ମୁଁ ଏବେ ନୂଆ ଅବତାରରେ। ପ୍ରତିଦିନ ମୁଁ ନୂଆ ନୂଆ ପୋଷାକ ପିନ୍ଧି ଅଫିସ୍ ଯାଏ। ସଦାସର୍ବଦା ମୁହଁରେ ଝୁଲାଇ ରଖେ ମୁକ୍ତାପରି ହସ। ଅଫିସ୍ ବୟକୁ କହି ମୋ କ୍ୟାବିନ୍‌ର ସବୁକିଛି ଉପକରଣ ପରିବର୍ତ୍ତିତ କଲି। ନିଜକୁ ନିଜେ କହିଲି ଏ ନୂତନ ଜୀବନକୁ ସୁସ୍ୱାଗତ ସାରା! ଶତାୟୁ ହେଉ ତୁ ଦେଖିଥିବା ସ୍ୱପ୍ନମାନ। ଆୟୁଷ୍ମାନ ହୁଅନ୍ତୁ ତୁ ସଜାଡି ରଖିଥିବା ଫୁଲଭର୍ତ୍ତି ସକାଳ।

ମୋର ଏ ବିପର୍ଯ୍ୟୟ ପରେ ଅସ୍ମିତ ମୋପାଇଁ ଜଣେ ସହୃଦୟ ବନ୍ଧୁ ପାଲଟି ଯାଇ ଥିଲା। ମୁକୁଲ ଅଫିସ୍ କାର୍ଯ୍ୟରେ ଆସିଲେ ମୋତେ ଦେଖାକରନ୍ତି ଓ କହନ୍ତି ଖୁବ୍‌ଶୀଘ୍ର ମୁଁ ନିଜ ପସନ୍ଦର ଯୁବକକୁ ବିବାହ କରିଯିବା ଭଲ। ତାଙ୍କ ବ୍ରାଞ୍ଚରେ କୁହୁ ନାମ୍ନୀବଙ୍ଗାଳୀ ଝିଅଟିକୁ ସେ ଖୁବ୍ ଶୀଘ୍ର ବିବାହ କରିବାକୁ ଯାଉଛନ୍ତି ଓ ସେ ଶୁଭ କାର୍ଯ୍ୟରେ ମୁଁ ଯେପରି ପ୍ରଥମ ଅତିଥ ଭାବରେ ଯୋଗଦିଏ।

ମୁଁ କାର୍ଯ୍ୟସ୍ଥଳରେ ଅନେକାଂଶରେ ଚାପମୁକ୍ତ ଅନୁଭବ କରୁଥିଲି। ସୂର୍ଯ୍ୟାଂଶର ସ୍ମୃତି ଯନ୍ତ୍ରଣାଦାୟକ ହେଲେ ମଧ୍ୟ ସେ ଯନ୍ତ୍ରଣାକୁ ନିଜଭିତରେ ସମାହିତ କରି ନେବାପାଇଁ ମୁଁ ନିଜ ଭିତରେ ସଂଚୟ କରିସାରିଥିଲି ଅଦମ୍ୟଶକ୍ତି।

କିନ୍ତୁ ମା'ଙ୍କର ବ୍ୟସ୍ତତା ଦିନକୁ ଦିନ ବଢ଼ିବାରେ ଲାଗିଥିଲା। ମୋର ଅସୁସ୍ଥତା ପରେ ସେ ଚାହୁଁଥିଲେ ଅତିଶୀଘ୍ର ମୋର ବିବାହ ହେଉ। ମାତ୍ର ବିବାହ ସବୁ ସମସ୍ୟାର ସମାଧାନ ନୁହେଁ ବରଂ ନୂଆ ସମସ୍ୟା ସୃଷ୍ଟି କରିପାରେ ବୋଲି ଯେତେ କହିଲେ ମଧ ସେ ଶୁଣନ୍ତି ନାହିଁ। କହନ୍ତି ମୋହିତ ପାଇଁ ଯଦି ତୁ ଆଗ୍ରହୀ ତେବେ ମୁଁ ତୋ ବାପାଙ୍କୁ କହି ତାଙ୍କ ଘର ଲୋକଙ୍କ ସହ କଥାବାର୍ତ୍ତା କରିବି। ଯୁଗ ବଦଳିଛି ଓ ମାନସିକତା କିନ୍ତୁ ବିବାହ ପାଇଁ ଏକ ନିର୍ଦ୍ଧିଷ୍ଟ ବୟସ ଥାଏ।

ମୋର ବିବାହ କରିବାକୁ କୌଣସି ଆଗ୍ରହ ନଥିଲେ ମଧ ପରିସ୍ଥିତିର ଚାପରେ ମୋତେ ଦିନେନା ଦିନେ ବିବାହ କରିବାକୁ ହେବ। କୌଣସି ନୂଆ ଚରିତ୍ରକୁ ମୋ ଜୀବନରେ ସହଭାଗୀତା କରିବା ଅପେକ୍ଷା ମୋହିତକୁ ବିବାହ କଲେ ବିବାହ ପରବର୍ତ୍ତୀ ଜୀବନରେ କୌଣସି ସମସ୍ୟା ରହିବନାହିଁ। କାରଣ ସୂର୍ଯ୍ୟାଂଶ ସହିତ ମୋର ସଂପର୍କର ନିବିଡ଼ତା। ବିଷୟରେ ସେ ଅଜ୍ଞାତ ନୁହେଁ। ଏତଦ୍ୱାରା ସୂର୍ଯ୍ୟାଂଶର ସ୍ମୃତିକୁ ମୁଁ ସାରା ଜୀବନ ସତେଜ୍‌ କରି ରଖିପାରିବି। ଏପରି ଅସଂଖ୍ୟ ଭାବନା ମୋ ହୃଦୟକୁ ଆନ୍ଦୋଳିତ କରୁଥିବା ସମୟରେ ମୋହିତର ମନଃସ୍ଥିତିକୁ ଜାଣିବାକୁ ଚାହିଁଲି।

ମୋହିତ ଖୁବ୍‌ ବିଷାଦଗ୍ରସ୍ତ ଥିବା ପରି ମନେ ହେଉଥିଲା। ସେ କହିଲା "ତୁ ଜୀବନରେ ଚରମ ଦୁଃସ୍ଥିତିକୁ ସାମ୍ନା କରିବା ସମୟରେ ମୋ ସମସ୍ୟା ସଂପର୍କରେ ଆଲୋଚନା କରିବାକୁ ଇଚ୍ଛା ନଥିଲା। ବାପାଙ୍କର ରିଟାୟାରମେଣ୍ଟ୍‌ ପରେ ଗାଁର ଜମିବାଡ଼ିକୁ ନେଇ ଗଣ୍ଡଗୋଳ ହାଇକୋର୍ଟରେ ପହଞ୍ଚିଛି। ବାପାଙ୍କୁ ସେ ଜମି ଖଣ୍ଡିକ ଛାଡ଼ି ଦେବାପାଇଁ କହିଲେ ସେ ନିଜେ ବିକ୍ରି ହୋଇଯିବେ ପଛକେ ତାଙ୍କ ପୂର୍ବପୁରୁଷର ଜମିରୁ ଇଞ୍ଚେ ମଧ ଛାଡ଼ିବେ ନାହିଁ କହୁଛନ୍ତି। ସେଇ ଗଣ୍ଡଗୋଳରେ ଅନ୍ୟ ଦୁଇପକ୍ଷ ହଣାକଟା ଲାଗି ଜେଲ୍‌ରେ। ବାପା ଆଜି ଥାନା ତ କାଲି କୋର୍ଟରେ। କାବ୍ୟାଅପାର ବିବାହ ପରେ ଆମେ ଖୁବ୍‌ ନିଶ୍ଚିତଥିଲୁ ଅଥଚ ବିବାହର ମାସଟିଏ ପରେ ସେ ଶାଶୁଘରେ ରହିବାକୁ ଇଚ୍ଛାକରୁନାହିଁ। କାରଣ ସେମାନେ ଅପାକୁ ଭଲ ବ୍ୟବାହର କରୁନାହାନ୍ତି।

ଏହିଭଳି ସମୟରେ ଘରଖର୍ଚ୍ଚ, କୋର୍ଟ କଚେରୀ ଖର୍ଚ୍ଚ, ଅପାର ରାହୁ ଭଳି ଶ୍ୱଶୂରର ଲୋଭପୂର୍ଣ୍ଣ ପାଇଁ ମୁଁ କେତେ ଟଙ୍କା ଅବା ଯୋଗାଇ ପାରିବି ? ଭାବୁଛି ଅବସର ସମୟରେ ଟ୍ୟୁସନ୍‌ କରିବି। ବାପାଙ୍କର ବ୍ୟାଙ୍କ ଚାକିରିରେ ପେନ୍‌ସନ ନଥାଏ ଏକଥା ତ ତୁ ଜାଣୁ।"

"ଅପାଙ୍କୁ ତାଙ୍କ ଶ୍ୱଶୂର ଖରାପ ବ୍ୟବହାର କଲେ ଭିଣୋଇ କିଛି କହୁ ନାହାଁନ୍ତି !" ମୁଁ ଉଦ୍‌ଗ୍ରୀବ ଭାବେ ପ୍ରଶ୍ନ କଲି।

ମୋହିତ ଦୀର୍ଘଶ୍ୱାସ ଛାଡ଼ି କହିଲା "ସେ ନିଜେ ପାଟି ନ ଫିଟାଇଲେ ମଧ

ତାଙ୍କର ଇଚ୍ଛା ତାଙ୍କ ଘରକୁ ଟଙ୍କା ଯେକୌଣସି ଉପାୟରେ ଯାଉ। ଅପା କହୁଥିଲା ସେ ଟଙ୍କା କଥା ନକହିଲେ ମଧ୍ୟ କହୁଛନ୍ତି ତାଙ୍କୁ ବିବାହ କରିବା ପାଇଁ କେତେ ଗୋରୀଝିଅମାନେ ଅପେକ୍ଷା କରିଥିଲେ। ତାଙ୍କ ମଧ୍ୟରୁ କେହି ଅଧ୍ୟାପିକା ତ କେହି ଚାର୍ଟାର୍ଡ ଆକାଉଣ୍ଟାଣ୍ଟ। ବାପାଙ୍କର ବାଧ୍ୟସନ୍ତାନ ବୋଲି ସେ ଏ ବିବାହ ପ୍ରସ୍ତାବରେ ସମ୍ମତି ହେଇଥିଲେ।"

ବିବାହ ପରେ ଏସବୁ ପ୍ରସଙ୍ଗ ଆଲୋଚନା କରିବାର କାରଣ କ'ଣ? ମୁଁ ପୁଣି ପ୍ରଶ୍ନ କଲି।

"ଅର୍ଥ ଯାହା ହେଉ ଅପା ଖୁବ୍ ଅଶାନ୍ତିରେ ରହୁଛି। ମା'ଙ୍କୁ କହିଲି ଅପାକୁ ଘରକୁ ନେଇଆସିବା ପାଇଁ, ଅଥଚ ମା' କହୁଛି ପିଲାଟିଏ ହେଲେ ସବୁ ଠିକ୍ ହୋଇଯିବ। କେମିତି ମା' କେଜାଣି? ଅପାକୁ କହୁଛି ଟିକେ ସହିଯା, ମୁଁ ବୁଝିପାରୁନି ଜଣେ ଭୁଲ୍ ନ କରି ସହିବ କାହିଁକି?"

ମୋହିତ ମା'ଙ୍କ ମତରେ ବିନା ଭୁଲରେ ବି ଝିଅମାନେ କାଲେକାଲେ ଦୋଷୀ ଭଳି ଦଣ୍ଡ ପାଆନ୍ତି, ଅପମାନିତ ହୁଅନ୍ତି, ଏ କେଉଁ ନୂଆ କଥା ଆମ ସମାଜରେ?

ମୋହିତର ଭାରୀଭାରୀ କଣ୍ଠସ୍ୱର ଧୀରେଧୀରେ କ୍ଷୀଣ ହୋଇ ଆସେ। ଅର୍ଥପାଇଁ କେତେ ସଂପର୍କ ଗଢ଼ି ଉଠେ, ପୁଣି କେତେ ସଂପର୍କ ଭାଙ୍ଗିଥାଏ। ଯୌତୁକର ଜୁଇରେ ବଳିପଡନ୍ତି କେତେ ଝିଅ ମୋହିତ ଏସବୁ କଥା ବୁଝେନା। ତା' ମା' ବୁଝିଛନ୍ତି ସଂସାର ଗଢ଼ିବାକୁ ହେଲେ ଏପରି କେଡେ ନିନ୍ଦା, ଅପମାନ ଓ କଟୁ ଭର୍ତ୍ସନା ସହିବାକୁ ପଡେ। ସେ ସଂସାର କରିବାକୁ ଯାଇ ପଥର ପଡିବା ସହିଛନ୍ତି ତାଙ୍କ ଝିଅମଧ୍ୟ ସହିବ। ଏମିତି ଯୁଗଯୁଗ ଧରି ଚାଲିଥିବ।

ସମାଜ ବେଶୀ କିଛି ବଦଳିନି, ମଣିଷମାନେ ପାଠ ପଢ଼ିଛନ୍ତି କିନ୍ତୁ ବିଶେଷ ସଭ୍ୟ ହୋଇନାହାନ୍ତି।

ସେଦିନ ମୋହିତ ନିଜର ଘରୋଇ ସମସ୍ୟା ମଧ୍ୟରେ ଭୁଲିଯାଇଥିଲା ମୋ ସଂପର୍କରେ କିଛି ପ୍ରଶ୍ନ କରିବାକୁ।

ବିବାହ ରୀତୁ ଆରମ୍ଭ ହୋଇଯାଇଥିଲା। ଶୁଭ ସାହାନାଇର ଧ୍ୱନୀ ଭାସି ଆସୁଥିଲା ଅଦୂରରୁ। ମୁଁ ନିଜକୁ ବୁଡାଇ ରଖିଥିଲି ଏକ ମନପସନ୍ଦ ଉପନ୍ୟାସରେ। ସେ ସମୟରେ ଥରେ ନିଜକୁ ସୁଖୀ ରଖିବାକୁ ବହି ପଢ଼ିବା ଗୋଟିଏ ମାଧ୍ୟମ ପାଲଟି ଯାଇଥିଲା ମୋ ପାଇଁ। ହଠାତ୍ କଲିଂ ବେଲ ଶଗରେ ଦରଜା ଖୋଲି ଦେଖେତ ମୋର ଅଫିସ୍ ବାନ୍ଧବୀମାନେ ସପିଙ୍ଗ୍ କରିବାପାଇଁ ବାହାରିଛନ୍ତି ଓ ମୋତେ ସାଥୀରେ ନେବାପାଇଁ ପୂର୍ବରୁ ନଜଣାଇ ମୋ ଦ୍ୱାର ସାମ୍ନାରେ। କେଉଁଠି ଡିସ୍କାଉଣ୍ଟ ଲାଗିଛି, କେଉଁଠି ଅଫର

ବା। ବିଗ୍ ସେଲ୍। ସେମାନଙ୍କ ମଧରୁ ଦୁଇଜଣଙ୍କର ବିବାହ ତାରିଖ ନିର୍ଦ୍ଧିଷ୍ଟ ହୋଇଯାଇଥିବାରୁ ସେମାନେ ଆମ ସମସ୍ତଙ୍କୁ ତାଙ୍କ ବିବାହ ଉସବ ନିମନ୍ତେ ପୋଷାକ ପସନ୍ଦ କରିଦେବାପାଇଁ ସାଥିରେ ନେବାପାଇଁ ମନସ୍ତ କରିଥିଲେ। ଝିଅମାନଙ୍କର ମାର୍କେଟିଙ୍ଗ୍ କରିବା, ମୂଲାମୂଲି କରି ଜିନିଷ କିଣିବା, ସେଲ୍ ସମୟରେ ଗୁଡିଏ ଅଦରକାରୀ ଦ୍ରବ୍ୟ କିଣିବା କେଉଁ ନୂଆ କଥା ଯେ? ସେମାନେ ଯେତେ ବଡ ପଦବୀରେ ଥାଅନ୍ତୁ ନା କାହିଁକି ଏ ଚରିତ୍ରଟି ବଦଳେ ନାହିଁ। ଅଗତ୍ୟା ମୋତେ ବାହାରି ଯିବାକୁ ପଡିଲା ସେମାନଙ୍କ ସାଥିରେ।

ଫେରିବା ବେଳକୁ ମୋ ହାତଭର୍ତ୍ତି ବ୍ୟାଗ୍। ସେମାନେ ଶାଢୀ କିଣିବାରୁ ମୋ ପାଇଁ ମଧ ବାସନ୍ତୀ ରଙ୍ଗର ଶାଢୀଟିଏ ପସନ୍ଦ କରିଥିଲେ। ମୋ ଜୀବନରେ ପ୍ରଥମ ଶାଢୀ ପୁଣି ସ୍ୱ ଅର୍ଜିତ ଅର୍ଥରେ। ଖୁସିତ ଲାଗିବା ସ୍ୱାଭାବିକ। ମା'ଙ୍କୁ ଭିଡିଓ କଲ କରି ଶାଢୀଟା ଦେଖାଇଲି। ତାଙ୍କର ମଧ ଖୁବ୍ ପସନ୍ଦ ହେଲା। ଶାଢୀର ପ୍ରାଇସ୍ଟ୍ୟାଗ୍ ଟା ଦେଖ ମା' ଆକାଶରୁ ଖସିପଡିବା ପରି କହିଲେ ବାରହଜାର ତିନିଶହ ଟଙ୍କା ?

ମୁଁ ହସି କହିଲି "ଏଇଟା ଡିସକାଉଣ୍ଟ ଦାମ୍। ପ୍ରକୃତଦାମ୍ କୋଡିଏ ହଜାର।" ମା' କହିଲେ ଆଉ ଦୁଇଖଣ୍ଡ ଆଣିଥାନ୍ତୁ ତୋ' ବାହାଘର କାମରେ ଲାଗିଥାନ୍ତା। ମୋ ମା' ଓ ତାଙ୍କର ସେଇ ନିମ୍ନ ମଧବିତ୍ତ ମାନସିକତା। ଉସ୍ତୁନା ଚାଉଳର ଗନ୍ଧ ପରି ମୋ ଚାରିପାଖରେ ତାଙ୍କର ମାନସିକତାର ବଳୟ। ସଂଚୟ କରିବା, ଭାବିଚିନ୍ତି ଖର୍ଚ୍ଚ କରିବା ଯେଉଁଠି ଏକ ଅଲିଖିତ ଜୀବନଦର୍ଶନ।

ମା' ପୁଣି କହିଲେ- ଶାଢୀତ କିଣିଲୁ, ଶାଢୀ ପିନ୍ଧିବା ପାଇଁ ଦିନ ଧାର୍ଯ୍ୟକର। ମୋହିତ ସହିତ ଏ ବିଷୟରେ କଥାବାର୍ତ୍ତା ହେଲା ?

"ବାହାଘର, ବାହାଘର, ଝିଅକୁ ପର ଘରକୁ ପଠାଇଦେଇ ଦାୟିତ୍ୱ ଶେଷକରିବା ତୁମ ଦୁଇଜଣଙ୍କ ଲକ୍ଷ୍ୟ। ନାଁ ହେବନି, ଆଉ କିଛି ଦିନ ତୁମକୁ ଏ ବୋଝକୁ ମୁଣ୍ଡାଇବାକୁ ପଡିବ।"

ମୋର ଅଭିମାନୀ ଉତ୍ତରରେ ମା' ହସିଉଠିଲେ "ଝିଅ କେଉଁ କାଳେ ମା' ବାପାଙ୍କ ପାଇଁ ବୋଝ ନୁହଁନ୍ତି। ତୁତ ପୁଣି ନିଜେ ଉପାର୍ଜନ କରୁଛୁ। କେବଳ ସଂସାର ନିୟମ ଓ ଲୋକଚାରକୁ ବିବାହ କରିବା କଥା। ନଚେତ୍ ସମାଜ କହିବ ଝିଅଠାରୁ ଟଙ୍କା ପାଇବା ପାଇଁ ବାପା ମା' ବିବାହ ଦେଉନାହାନ୍ତି।"

ମା'ଙ୍କ କଥାଶୁଣି ଭଲଲାଗିଲା। ମା'ଙ୍କର ମୋ ବିବାହ ପାଇଁ କେତେକେତେ ପ୍ରାୟୋଜିତ ବାହାନା।

ଗୋଟେ ଭରୋନ୍ତ ହୃଦୟ ମୋର, ଯାହାଭିତରେ ସମାହିତ ଅନେକ ସ୍ମୃତିର

ଉପନଦୀ, ଯାହାକୁ ନେଇ ମୁଁ ଉଚ୍ଛୁଳୁଉଛୁଳୁ। ମୁଁ ଲଜ୍ଜିତ ନୁହେଁ ସୂର୍ଯ୍ୟାଂଶକୁ ହରାଇବା ପରେ ମଧ୍ୟ ମୁଁ ତାର ପ୍ରେମିକା ବୋଲି ଉଚ୍ଚାରଣ କରିବାରେ। ମୁଁ ମୋହିତକୁ ବିବାହ କଲେ ମଧ୍ୟ ସୂର୍ଯ୍ୟାଂଶର ପ୍ରେମିକା ହୋଇ ବଂଚିବାକୁ ଚାହେଁ ଅବଶିଷ୍ଟ ଜୀବନ। ତା'ର ସ୍ମୃତିକୁ ମୁଁ ଲିଭାଇ ଦେବାକୁ ଚାହେଁନା ସିନ୍ଦୁର ପବିତ୍ରତାର ଦ୍ୱାହିଦେଇ। ମୁଁ ମୋହିତର ପତ୍ନୀ ହେବାପରେ ମଧ୍ୟ କହି ପାରିବ ନାହିଁ ସେ ମୋ ଜୀବନର ପ୍ରଥମ ଓ ଶେଷ ପୁରୁଷ। ସୂର୍ଯ୍ୟାଂଶ ମୋର ପ୍ରଥମ ପ୍ରେମ, ଏତିକି ସତ୍ୟକୁ ଗ୍ରହଣ କରିପାରିଲେ ମୁଁ ମୋହିତକୁ ବିବାହ କରିବି ନଚେତ ମୁଁ ବିବାହ ନ କରି ସୂର୍ଯ୍ୟାଂଶର ପ୍ରେମିକା ହୋଇ ବଂଚିବାକୁ ଚାହିଁବି। ମା' ମୋର ଏସବୁ ସମସ୍ୟା ବୁଝୁଛି ନାହିଁ।

ଏତିକିବେଲେ ମୋହିତ ପାଖରୁ ମେସେଜ୍ ଆସିଲା ପ୍ରଥମ ଦେଖାର ଶୁଭେଚ୍ଛା। ପ୍ରଥମ ଦେଖା? କେବେ ହୋଇଥିଲା ମୋହିତ ସହିତ ମୋର ପ୍ରଥମ ସାକ୍ଷାତ୍? ସେ କଥା ମୋର ମନେନାହିଁ। କ୍ଲାସର ଗହଳି ଭିତରେ ହଜିଯାଉଥିବା ସେଦିନର ସାଧାରଣ ଛାତ୍ରଟି ସହିତ ଗୁରୁତ୍ୱହୀନ ଅତିସାଧାରଣ ସାକ୍ଷାତକୁ କିଏ ଅବା ମନେରଖେ?

ପ୍ରଥମଦିନ କମ୍ପ୍ୟୁଟର କ୍ଲାସରେ ମୋହିତ ସହିତ ପ୍ରଥମ ସାକ୍ଷାତକୁ ମୁଁ ସ୍ମୃତିପଟରୁ ପୋଛିଦେଇଛି। ଅଥଚ ସେ ଗଣ୍ଠିଧନ କରି ସାଇତି ରଖିଛି ସେ ସ୍ମୃତିକୁ। ମୋହିତ ହୃଦୟର ସାଦା କାଗଜରେ ପ୍ରଥମେ ଲେଖା ହୋଇଥିଲା ମୋରି ନାଁ। ଅଥଚ ମୋ ହୃଦୟରେ ଆଉ କାହାର ନାଁ। ତଥାପି ସବୁକିଛି ଜାଣିମଧ୍ୟ ଆଜିପର୍ଯ୍ୟନ୍ତ ସାଇତି ରଖିଛି ସେ ସ୍ମୃତିକୁ। ଏହାର ନାଁ କଣ ପ୍ରେମ?

ମୁଁ ଭାବପ୍ରବଣ ହୋଇ ଉଠିଲି। ମୋହିତକୁ କହିଲି 'ମୋ ଜୀବନରେ ଯେତେବେଲେ ସମସ୍ୟା ଆସେ ସେତେବେଲେ ମନେପଡେ ତୋ କଥା। ପୁଣି ଆନନ୍ଦରେ ଆତିଶଯ୍ୟରେ ବି ତୁମୋର ଖୁବ୍ ମନେପଡୁ। ବୋଧହୁଏ ଏହାକୁ କହନ୍ତି ସଂପର୍କର ଲୋଡିବା ପଣ।'

ସେ ହସିଲା ତା' ହସ ବଦଲି ଯାଉଥିଲା ଧୀରେ ଧୀରେ।

– ଗୋଟେ କଥା ପଚାରିବି ସତ କହିବୁ ମୋହିତ।

ସୂର୍ଯ୍ୟାଂଶକୁ ମୁଁ ପ୍ରେମ କରୁଛି ଜାଣିବା ପରେ ତୁ କେମିତି ମୋତେ ଭଲ ପାଇପାରୁ? ତୋ ମନରେ କେବେ ଦ୍ୱେଷ ସୃଷ୍ଟି ହୁଏନାହିଁ ସୂର୍ଯ୍ୟାଂଶ ପ୍ରତି? କେବେ ଅନୁଭବ ହୁଏ ନାହିଁ ଯେ ତୁ ତୋ ପ୍ରେମକୁ ଅପାତ୍ରରେ ଦାନ କରି ଦେଇଛୁ। କେବେ ତୋ ମନ କହେନି ମୋ ଉପରେ ଏକକ ଅଧିକାର ସାବ୍ୟସ୍ତ କରିବା ପାଇଁ?

ତା'ର ଗମ୍ଭୀର କଣ୍ଠସ୍ୱର ଶୁଭିଲା। "ପ୍ରତିଟି ମଣିଷ ପାଇଁ ପ୍ରେମର ସଂଜ୍ଞା ଭିନ୍ନ। କାହାପାଇଁ ସବୁକିଛି ହାସଲ କରିବା, କାହାପାଇଁ ସବୁକିଛି ହରାଇଦେବା। କିଏ ଗଭୀର ଆଶ୍ଳେଷରେ ବାନ୍ଧି ରଖିବାକୁ ଚାହେଁ ନିଜ ପ୍ରେୟସୀକୁ ଓ କେହି ତା'ର ବାହୁ ଉନ୍ମୁକ୍ତ କରିଦିଏ ବହିଯିବା ପାଇଁ। ଆଉ କିଛି କଥା ମୋ ଅନ୍ତରରେ ରହିବାକୁ ଦେ ସାରା, ସେଇ ଅନୁଭବ ଟିକକ ମୋର ଏକାନ୍ତ ନିଜର, ଯାହାକୁ ନେଇ ଅବଶିଷ୍ଟ ଜୀବନର ଦୀର୍ଘପଥ ଚାଲିବାର ଅଛି। ତୋତେ ନେଇ ବା ତୋ ସ୍ମୃତିକୁ ନେଇ। ରିକ୍ତ ହୋଇଯିବାରେ ସବୁବେଳେ ଶୂନ୍ୟତାର ଅନୁଭବ ହୁଏନାହିଁ। କେବେକେବେ ମହିମାନ୍ୱିତ ହୋଇ ଉଠେ ଜୀବନ।"

ମୁଁ ହଠାତ୍ ଭାବପ୍ରବଣ ହୋଇ ଉଠିଲି ଆଜି ପର୍ଯ୍ୟନ୍ତ ମୋତେ ନିବିଡ଼ ଭାବରେ ଭଲପାଉଥିବା ମୋହିତର ବାକ୍ୟାଂଶ ଶୁଣି।

ମୋହିତ! ଉଇଲ୍ ଇୟୁ ମ୍ୟାରି ମି?

ମୋହିତ ହସି କହିଲା "ୟେସ୍ ମାଇଁ ସିଣ୍ଡେରେଲା। ମୁଁ ତୋ ଅପେକ୍ଷାରେ ଚିରକାଳ।"

କେତେଦିନ ଧରି ଗୋଟିଏ ଅବର୍ତ୍ତମାନ ଚରିତ୍ରର ଛାଇରେ ମୁଁ ଚାଲୁଥିବି ଜୀବନର ଲମ୍ବ ରାସ୍ତା ଓ ବର୍ତ୍ତମାନ ମୋତେ ସବୁଠାରୁ ପ୍ରେମ କରୁଥିବା ମଣିଷଟିର ପ୍ରେମକୁ ଅସ୍ୱୀକାର କରି ଚାଲିଥିବି? କେତେଦିନ ଧରି ବିଶ୍ୱାସ କରିବି ମୃତ୍ୟୁର ପ୍ରାଚୀର ଭାଙ୍ଗି ସୂର୍ଯ୍ୟାଂଶ ଦିନେନା ଦିନେ ଏ ପୃଥିବୀକୁ ଫେରିଆସିବ ମୋ ପ୍ରେମର ଅଲୌକିକ ଶକ୍ତିବଳରେ? ତଥାପି ମୋ ମନକୁ ବୁଝାଇ ପାରୁନଥିଲି ଯେ ସୂର୍ଯ୍ୟାଂଶ ମୋର ଅତୀତ, ମୋହିତ ମୋର ବର୍ତ୍ତମାନ।

ଆମ ବିବାହ ନିମନ୍ତେ ଉଭୟପକ୍ଷ ପ୍ରସ୍ତୁତିରେ ଲାଗିଥିଲେ। ଦେଢ଼ମାସପରେ ବାହାଘର ଦିନ ଧାର୍ଯ୍ୟ ମଧ ହୋଇଗଲା। ହଠାତ୍ ଏପରି କିଛି ଘଟିଯିବ ବୋଲି ମାନସିକ ପ୍ରସ୍ତୁତି ନଥିଲା ମୋର। ମୁଁ ସୂର୍ଯ୍ୟାଂଶର ପ୍ରେମିକା ପରିବର୍ତ୍ତେ ମୋହିତର ପନ୍ତୀ ହେବାପାଇଁ ଅବୁଝ ହୃଦୟକୁ ବୁଝାଉଥିଲି। ଏବେ ମୋ ନାମ ପାର୍ଶ୍ୱରେ ସୂର୍ଯ୍ୟାଂଶର ନାମ ପରିବର୍ତ୍ତେ ଲେଖାଯିବ ମୋହିତର ନାମ, ଯେ ମୋଠାରୁ ବୟସରେ ଛଅମାସ ସାନ, ବୃତ୍ତିରେ କମ ସଫଳ ଓ ଯାହାକୁ ଦିନେ ମୁଁ ଜଣେ ସାଧାରଣ ବନ୍ଧୁ ବ୍ୟତୀତ ଅନ୍ୟ କୌଣସି ଦୃଷ୍ଟିରେ ଦେଖି ନଥିଲି।

ଜୀବନର ପଟ ପରିବର୍ତ୍ତନ ହେବାକୁ କେତେ ସମୟ ଅବା ଲାଗେ? କୌଣସି ଚରିତ୍ରରେ ଅଭିନୟ କରିବା ବିଧ ନିର୍ଦ୍ଦିଷ୍ଟ। ଆମେ ସେ ବିଧ ହାତରେ କ୍ରୀଡ଼ା ପୁତୁଳିକା ମାତ୍ର।

ମା'ଙ୍କ ନିର୍ଦ୍ଦେଶକ୍ରମେ ବିବାହ ନିମନ୍ତେ ଶାଢ଼ୀ, ପୋଷାକ ଓ ପ୍ରସାଧନୀ ଦ୍ରବ୍ୟ ବେଙ୍ଗାଲୁରୁ ରୁ କିଣିବାକୁ ହେଉଥିଲା। ଦିନେ ଗୋଟିଏ ମଲ୍ ଭିତରେ ଦେଖା ହୋଇଗଲା ଅଙ୍କିତ ସହିତ। ପୂର୍ବାପେକ୍ଷା ସ୍ୱାସ୍ଥ୍ୟବାନ ଦିଶୁଥିଲା ସେ। ବେଶ୍ ସ୍ପୋର୍ଟସ ମ୍ୟାନ୍ ଚେହେରା। ହାତରେ ଦାମୀ ଘଣ୍ଟା, ଦେହରେ ବିଦେଶୀ ବ୍ରାଣ୍ଡର ପୋଷାକ। ଜିଙ୍ଗିଲ୍ ହସ୍ପିଟାଲରେ ଥିବା ସମୟର ଘଟଣା ପରଠାରୁ ମୁଁ ଭୁଲିଯାଇଥିଲି ଅଙ୍କିତ କେବେ ମୋତେ ଚାହିଁଥିଲା ଓ ମୁଁ ତା' ସଂପର୍କକୁ ଅସ୍ୱୀକାର କରିଥିଲି।

ସେ ମୋତେ ଦେଖି ହଠାତ୍ ଆଶ୍ଚର୍ଯ୍ୟ ହୋଇ ପାଖକୁ ଚାଲିଆସି ପ୍ରଶ୍ନକଲା "ସାରା! ଏତେ ଗୁଡ଼ାଏ ସପିଙ୍ଗ୍ କାହିଁକି କରିଛ? ସତରେ ତମେ ମୋହିତକୁ ବିବାହ କରୁଛ ନାଁ କଥାଟା ଗୋଟାଏ ଗୁଜବ? ଯେଉଁଦିନ ଏକଥାଟି ଶୁଣିଲି ମୋ କାନକୁ ବିଶ୍ୱାସ କରିପାରିଲି ନାହିଁ। ମୋହିତ ଓ ସାରା ନାଁ ଦୁଇଟା ମୋତେ ମେଳ ଖାଉନାହିଁ। ସୂର୍ଯ୍ୟାଂଶ ନଥିଲେ କଣ ସାରାକୁ ସଫଳ ଯୁବକଙ୍କର ଅଭାବ ହୋଇଛନ୍ତି ଯେ ସେ ମୋହିତକୁ ବିବାହ କରିବ?"

ମୁଁ କଥା ନ ବଢ଼ାଇ କହିଲି– ତୁମେ ଏବେ କେଉଁଠି ଅଛ ଓ କଣ କରୁଛ?

"ଯାଯାବରକୁ ଠିକଣା ପଚାରନାଁ। ଆଜି ଏଠି, କାଲି ଆଉ କେଉଁଠି। କିନ୍ତୁ ଦିଲ୍ଲୀ ମୋର ସ୍ଥାୟୀ ଠିକଣା। ସେଠାରେ ମୋର ଗୋଟେ ସ୍ପୋର୍ଟସ ସୋରୁମ୍ ଅଛି। ବିଦେଶୀ ବ୍ରାଣ୍ଡର ପୋଷାକ ଓ ଖେଳ ସରଞ୍ଜାମର ଷ୍ଟୋର ମାସକୁ ପାଞ୍ଚଲକ୍ଷ ଟଙ୍କା ଅନାୟାସରେ ମିଳିଯାଉଛି।

କିନ୍ତୁ ମୋ ପ୍ରଶ୍ନର ଉତ୍ତର ଦେଲନାହିଁ। ସାରା! ଏକଥା କଣ ସତ ଯେ ମୋହିତକୁ ତୁମେ ବିବାହ କରୁଛ? କାହାପାଇଁ ଜୀବନ କେଉଁଠି ଅଟକି ଯାଏ ନାହିଁ। ଏବେବି ମୋହିତକୁ ତୁମେ ବିବାହ କରିବା କଥା ମୋର ବିଶ୍ୱାସ ହେଉନାହିଁ।"

ଏହା କେବଳ ଅଙ୍କିତର ନୁହେଁ, ଅଙ୍କିତ ମୁହଁରେ ଅନେକ ଜିଜ୍ଞାସୁ ମନର ପ୍ରଶ୍ନ। ଜୀବନର ଅନେକ ସଫଳ ଯୁବକଙ୍କୁ ବିବାହ କରିବା ନିମନ୍ତେ ଅସମ୍ମତି ପ୍ରକାଶ କରିବାପରେ ମୋହିତ ପରି ଅତି ସାଧାରଣ ଯୁବକଟିକୁ ବିବାହ କରିବା ନିଷ୍ପତ୍ତି କାହାକୁ ବିଶ୍ୱାସ ନ ହେବା ସ୍ୱାଭାବିକ। କେହିକେହି ମୋ ବିଚାରବୁଦ୍ଧିହୀନତା ଉପରେ ପ୍ରଶ୍ନ ଉଠାଇବା ସାଧାରଣ କଥା।

ମାତ୍ର ଜୀବନରେ ଅନେକ ଘଟଣା ଘଟେ ଯାହା ଆମ ସୁଚିନ୍ତିତ ଯୋଜନା ବାହାରେ। ଓଃ, ମୋତେ ଖୁବ୍ ଅଶ୍ୱସ୍ତି ଲାଗୁଥିଲା ଅଙ୍କିତର ଉପସ୍ଥିତି।

ସୂର୍ଯ୍ୟାଂଶ ମୋ ହୃଦୟର ସେଇ ଅଦେଖା କ୍ଷତ, ଯାହା ଛୁଇଁଲେ ମୋ ଭିତରେ ନିରବ ରକ୍ତକ୍ଷରଣ ହୁଏ। ଅଙ୍କିତ ମୋତେ କଫି ପିଇବାକୁ ଅନୁରୋଧ କରୁଥିଲା ଓ ମୁଁ

ତାଠାରୁ ମୁକ୍ତି ଚାହୁଁଥିଲି । ସେ ବୋଧହୁଏ ବୁଝିପାରିଲା ମୋ ମନତଳର ଯନ୍ତ୍ରଣାକୁ ସେ ଉଜାଗର କରିଦେଇଛି ସୂର୍ଯ୍ୟାଂଶର ନାମ ଉଚ୍ଚାରଣ ନ କରି ସୁଦ୍ଧା ।

ତା ମୁହଁରେ ଅବସୋସର ଚିହ୍ନ । ସେ ଦୁଃଖିତ ମୁଦ୍ରାରେ କହିଲା "ସାରା ! ତୁମମନରେ ଦୁଃଖ ଦେଇଥିବାରୁ ମୁଁ ଦୁଃଖିତ । ସତରେ ବର୍ତ୍ତମାନର ଦୁଃଖ ମଣିଷକୁ ଯେତେ କଷ୍ଟ ଦିଏ ନାହିଁ । ଅତୀତର ସ୍ମୃତି ଆଣିଦିଏ ଯନ୍ତ୍ରଣାର ଅଲିଭା ସ୍ୱାକ୍ଷର । ଏକଥା ମୋଠାରୁ ଅଧିକ କିଏ ଅବା ବୁଝିପାରିବ ?"

ଅଙ୍କିତ ମୋର ଘର, ଅଫିସ୍ ଠିକଣା ଓ ଫୋନ୍ ନମ୍ବର ନେଇ ବେଙ୍ଗାଲୁରୁ ଆସିଲେ ଅଫିସ୍‌ରେ ଦେଖା କରିବ କହି ଚାଲିଗଲା । ମୋ ପାଇଁ ତା' ମନତଳର ପ୍ରେମ ଏବେବି ଜଳୁଥିବାର ଅନୁଭବ କଲି ।

ଯାହା ହେଉ, ପିଲାଟି ଜୀବନର ସଠିକ୍ ଧାରାରେ ପଡ଼ିଗଲା ଭାବି ଟିକେ ଖୁସିମଧ୍ୟ ଲାଗିଲା । ଅଙ୍କିତ ପ୍ରତି ମୋ ହୃଦୟରେ ପ୍ରେମ ନଥାଇ ପାରେ, ଦ୍ୱେଷ ମଧ୍ୟ ନାହିଁ । କିନ୍ତୁ ସେ ପରୋକ୍ଷରେ କଣ କହିଗଲା ମୋତେ ? ଅତୀତର ସ୍ମୃତି ଆଣିଦିଏ ଯନ୍ତ୍ରଣା । ସେ ସ୍ମୃତି ମୁଁ ତାର ପ୍ରେମକୁ ପ୍ରତ୍ୟାଖ୍ୟାନ କରିବାର ସ୍ମୃତି ନୁହେଁ ?

ଅଧିକ ଚିନ୍ତାକରି ହୃଦୟକୁ ଭାରାକ୍ରାନ୍ତ କରିବାକୁ ଇଚ୍ଛାନଥିଲା । ଏ ଘଟଣାର ଠିକ୍ ସପ୍ତାହ ପରେ ହଠାତ୍ ଏବଂ ଅପରାହ୍ନରେ ଅଙ୍କିତ ମୋ ଅଫିସ୍‌ରେ ପହଞ୍ଚିଗଲା । ହାତରେ ଟ୍ରାଭେଲ ବ୍ୟାଗ୍ । କୁଆଡେ ବାହାରିଥିବା ପରି ବ୍ୟସ୍ତତା । ମୋତେ କ୍ୟାବିନ୍‌ରେ ଦେଖାକରି କହିଲା ସାରା ! ହଠାତ୍ ଜରୁରୀ କାମରେ ମୋତେ ବ୍ୟାଙ୍କ୍ ଯିବାକୁ ହେବ । ମୋର ଗୋଟେ ଛୋଟ କାମ କରିଦେବ ?"

ମୁଁ କିପରି ଅବା ମନା କରିଥାନ୍ତି ? କହିଲି ନିଶ୍ଚୟ କରିବି । ସେ ତା' ଟ୍ରାଭେଲ ବ୍ୟାଗରୁ ଗୋଟେ ସୁନ୍ଦର ଛୋଟ ପ୍ୟାକେଟ୍‌ଟିଏ କାଢି ମୋ ହାତକୁ ବଢାଇଦେଇ କହିଲା "ଆସନ୍ତାକାଲି ମୋ ଗାର୍ଲଫ୍ରେଣ୍ଡର ଜନ୍ମଦିନ । ତା' ଜନ୍ମଦିନରେ ଯୋଗ ଦେଇ ନପାରିଲେ ବି ସେ ଉପହାର ପାଇଁ ମୋତେ କ୍ଷମା କରିଦେବ । ମୋ ସଂପର୍କ ଏବେ ତୁମହାତରେ । ହଁ, ଯ଼ା ଭିତରେ ଗୋଟେ ଡାଏମଣ୍ଡ ନେକ୍‌ଲେସ୍ ଓ କିଛି କ୍ରି ଓଲୋ ଚକୋଲେଟ୍ ଅଛି । ଖୁବ୍ ଦାମୀକା ହୋଇଥିବାରୁ ଟିକେ ଯତ୍ନରେ ପହଞ୍ଚାଇବ । ଠିକଣାଟା ମୁଁ ସକାଳ ସୁଦ୍ଧା ମେସେଜ୍ କରିଦେବି । ସାମାନ୍ୟ ବିଲମ୍ୱ ହେଲେ ଫ୍ଲାଇଟ୍ ମିସ୍ କରିବାର ଭୟ ।"

ମୁଁ ଅଙ୍କିତକୁ ଭରସା ଦେଲି ଯେ କାଲି ସକାଳେ ଅଫିସ୍ ଆସିବା ରାସ୍ତାରେ ସେ ପଠାଇବା ଠିକଣାରେ ମୁଁ ଉପହାରଟି ନିଶ୍ଚୟ ପହଞ୍ଚାଇ ଦେବି । ମୁଁ ତା' ସଂପର୍କଟିକୁ ଭାଙ୍ଗିବାକୁ ଦେବିନାହିଁ । ସେତିକି ଭରସା ସେ ମୋ ଉପରେ କରିପାରେ ।

ଏକଦା ମୋ ପାଇଁ ହୃଦୟ ଭାଙ୍ଗିଥିବା ଅଙ୍କିତର ହୃଦୟ ଯୋଡିବାର ସୁଯୋଗ ମିଳିଲେ ମୋ ଦୁଃଖର ଭାର ଲାଘବ ହେବ ।

ସେ ତରବରରେ ଉଠି ନିଜ ଟାଇ ଠିକ୍ କରି କହିଲା । "ମୁଁ ଫେରିଲେ ତା' ସହିତ ତମର ପରିଚୟ କରାଇ ଦେବି । ମାତ୍ର କଲେଜ୍ ଜୀବନରେ ମୁଁ ଯେ ଦିନେ ତୁମ ପାଇଁ ଦିୱାନା ଥିଲି ସେ ପ୍ରସଙ୍ଗ ଯେପରି ଆଲୋଚିତ ନହୁଏ ।" କଥା ଶେଷରେ ସେ ମୋତେ ଚାହିଁ ହସିଲା, ଦୁଷ୍ଟାମିର ହସ ।

ସେ ଆମ ଅତୀତ! ତୁମେ ଏବେ ମୋର ଭଲ ବନ୍ଧୁ । ମୁଁ କଥା ଶେଷ କଲି ମୋ ଉତ୍ତରରେ ସେ ସମ୍ମତିସୂଚକ ମୁଣ୍ଡହଲାଇ ଜେଉପରି ନିଷ୍କ୍ରାନ୍ତ ହୋଇ ଯିବାରେ ମୁଁ ଆଶ୍ୱସ୍ତ ଅନୁଭବ କରୁଥିଲି ।

ଆଜିକାଲି ମୋର ଅଫିସରୁ ଫେରିବାର ସମୟ ନିର୍ଦ୍ଦିଷ୍ଟ ନଥାଏ । କାରଣ ସାଧାରଣ ଅଫିସ୍ ପରି ଦଶଟାରୁ ଚାରିଟା ମୋ କାର୍ଯ୍ୟର ସମୟ ଅବଧ୍ ନଥିଲା । ମୋତେ ପ୍ରତିଦିନ ନିର୍ଦ୍ଦିଷ୍ଟ ପରିମାଣର କାର୍ଯ୍ୟ ଶେଷ କରିବାକୁ ପଡ଼ୁଥିଲା ଯାହା ଖୁବ ସମୟ ସାପେକ୍ଷ ।। ସେ ଦିନ ସଂଧ୍ୟା ପାଞ୍ଚଟାରେ ଅଫିସ କାମ ଶେଷ କରି ମୋତେ ପ୍ରତିଦିନ ନେବା ଆଣିବା କରୁଥିବା କ୍ୟାବ୍‌କୁ ଫୋନ କଲି । ସେ ବେସ୍‌ମେଣ୍ଟରେ କାର ପାର୍କିଂ ସ୍ଥଳରେ ମୋତେ ଅପେକ୍ଷା କରିଥିଲା ।

ଅଫିସ୍‌ଠାରୁ ମୋର ଘର ବେଶୀ ଦୂର ନହେଲେ ମଧ୍ୟ ଛୁଟି ସମୟରେ ଟ୍ରାଫିକ୍ ଜାମ୍ ଯୋଗୁ ଢେର ସମୟ ଲାଗେ ଘରେ ପହଞ୍ଚିବା ପାଇଁ । ପାଞ୍ଚଟି ଟ୍ରାଫିକ୍ ପୋଷ୍ଟ ରାସ୍ତାରେ ପଡ଼େ । କାଚ ଖୋଲିଲେ ଗାଡିଗୁଡ଼ିକର ଗହଳି ଭିତରେ ଆଖ୍‌ନାକରେ ଜ୍ୱଳନର ଅନୁଭବ ହୁଏ, ତେଣୁ ଭିତରେ ବସି ବାହାର ଦୃଶ୍ୟ ଦେଖିବାକୁ ହୁଏ । ମେଟ୍ରୋସିଟି ମାନଙ୍କରେ କ୍ରମଶଃ ଜନସଂଖ୍ୟା ସହିତ ଗାଡିଗୁଡ଼ିକର ସଂଖ୍ୟା ଏପରି ବଢ଼ିଚାଲିଛି ଯେ ଏ ସ୍ଥାନ ବାସପୋଯୋଗୀ ହୋଇ ରହିନାହିଁ ।

ମୋ କ୍ୟାବ୍ ଚତୁର୍ଥ ଟ୍ରାଫିକ୍ ଅତିକ୍ରମ କରିବାପରେ ଦୁଇ ତିନୋଟି ପୋଲିସ୍‌ଗାଡି ଆଗ ପଛ ହୋଇ ଆସୁଥିବାର ଲକ୍ଷ୍ୟ କଲି । ହୋଇପାରେ ଏହା ମୋ ମନର ଭ୍ରମ । ଗହଳି ରାସ୍ତାରେ ପୋଲିସ୍ ପାଟ୍ରୋଲିଂ ଗାଡି ଆସିବା, ହଠାତ୍ ଟେକିଂ କରିବା ମହାନଗରୀ ମାନଙ୍କରେ ଦୈନନ୍ଦିନ ଘଟଣା ।

କ୍ୟାବ୍ ଡ୍ରାଇଭରକୁ ପ୍ରଶ୍ନ କଲି" ତମ ଗାଡିର କାଗଜପତ୍ର ନବୀକରଣ ହୋଇଛି ତ ?" ସେ ଭୟଭୀତ ସ୍ୱରରେ କହିଲା "ମାମ୍‌। ଫ୍ରଣ୍ଟ ମିରରରେ ଦେଖୁଛି ପୋଲିସ୍ ଗାଡି ଆମ ପିଛା କରୁଥିବା ଭଳି ମନେ ହେଉଛି ।"

– "ପୋଲିସ ଗାଡି ଆମପିଛା କାହିଁକି କରିବ ?" ମୁଁ ଓଲଟି ପ୍ରଶ୍ନ କଲି ତାକୁ। ତୁମେ କେଉଁଠି କିଛି ଟ୍ରାଫିକ୍ ନିୟମ ଉଲଂଘନ କରି ଆସି ନାହଁ ?"

ସେ ମୋ ପ୍ରଶ୍ନର କୌଣସି ଉତ୍ତର ନଦେଇ ଖୁବ୍ ଶୀଘ୍ର ଗାଡିର ଗତି ପରିବର୍ତ୍ତନ କରି ଏକ ମଲ୍‌ର ପାର୍କିଂ ପ୍ଲେସ୍‌ରେ ଗାଡି ରଖି ମୋତେ ଓହ୍ଲାଇ ଯିବାକୁ ଅନୁରୋଧ କଲା ଓ ମୁଁ ଓହ୍ଲାଇବା କ୍ଷଣି ସେ ଦୃତଗତିରେ କ୍ଷଣିକରେ ଅଦୃଶ୍ୟ ହୋଇଗଲା।

ଭାବିଲି କ୍ୟାବ୍ ଡ୍ରାଇବର କେଉଁ ଗାଡିକୁ ଧକ୍କା କରି ଆସିଛି କିମ୍ବା ଟ୍ରାଫିକ୍ ନିୟମ ଉଲଂଘନ କରି ଜରିମାନା ଭୟରେ ଚାଲି ଆସିଛି। ମୁଁ କୌଣସି ବିବାଦରେ ପଶିବାକୁ ଚାହେଁନା। ଭଲ ହେଲା ସେ ମୋତେ ଓହ୍ଲାଇ ଦେଇ ଚାଲିଗଲା।

ଖୁବ୍ କ୍ଲାନ୍ତ ଅନୁଭବ କରୁଥିବାରୁ ସପିଙ୍ଗ ନ କରି ମଲ୍‌ର ଅନ୍ୟ ଗୋଟେ ଗେଟ୍ ବାଟେ ବାହାରି ଅଟୋ ବୁକ୍ କରି ଘରକୁ ଚାଲି ଆସିଲି ମୁଁ।

ଘରେ ପହଞ୍ଚି ଚା କପ୍ ଟେ ଧରି ବସିଥିବା ସମୟରେ ଦେଖିଲି ମୋ ଘର ଚାରିପାଖରେ ଅନେକ ପୋଲିସ୍ ଗାଡି। ଦୁଇଜଣ ପୋଲିସ୍ ଅଫିସର ସ୍ଥାନୀୟ ଲୋକଙ୍କଠାରୁ କିଛି ତଥ୍ୟ ସଂଗ୍ରହ କରୁଥିଲେ।

ପୋଲିସ୍ କ୍ୟାବ୍‌କୁ କିମ୍ବା ଡ୍ରାଇଭର ନୁହେଁ ବରଂ ମୋତେ ଅନୁସରଣ କରୁଥିବାର ଅନୁମାନ କରିବା ମାତ୍ରେ ମୋ ଦେହ ଭୟରେ ଶିହରୀ ଉଠିଲା। କଣ ହୋଇପାରେ ଏହାର କାରଣ ? ମୋ ନିତିଦିନିଆ ଜୀବନଠାରୁ ଆଜି କେଉଁ ଭିନ୍ନ ଘଟଣାଟି ଘଟିଛି, ଯେଉଁଥିପାଇଁ ପୋଲିସ୍ ମୋତେ ଅନୁସରଣ କରୁଛି ? ହଠାତ୍ ମନେପଡ଼ିଗଲା ଅଙ୍କିତ କଥା। ଆଶ୍ଚର୍ଯ୍ୟର କଥା ଅଙ୍କିତ ମୋର ଘର ଓ ଅଫିସ୍ ଠିକଣା ଓ ଫୋନ୍ ନମ୍ବର ଜାଣେ ଅଥଚ ମୁଁ ତା'ର କୌଣସି ଠିକଣା କିମ୍ବା ଫୋନ୍ ନମ୍ବର ରଖିନାହିଁ। ସେ ଏବେ ଦେଶ ବାହାରେ। ମୁଁ ଏବେ କଣ କରିବି ? ଏଇ ପ୍ୟାକେଟ୍‌ଟି ଯୋଗୁ ପୋଲିସ୍ ମୋତେ ପିଛା କରୁନାହିଁ ତ ? ହୀରା ହାରଟି ସ୍ମଗଲିଂ ଦ୍ରବ୍ୟ ନୁହେଁତ ?

ପ୍ୟାକେଟ୍‌ଟି ତରବର ଭାବରେ ଖୋଲି ଦେଖିଲି ଭିତରେ ଖୁବ୍ ଦାମୀକା ହାରଟିଏ ଯଦିଓ ତାହା ହୀରା ହୋଇ ନପାରେ। ତା' ତଳେ ଥିବା ଛୋଟ ଛୋଟ ଧଳାରଂଗର ଚୂର୍ଣ୍ଣ ଥିବା ଅନେକ ଗୁଡିଏ ପ୍ୟାକେଟ୍ ଖସିପଡିଲା ମୋ ହାତରୁ। ଡ୍ରଗସ୍ ?

ଅଙ୍କିତ କଣ ଡ୍ରଗସ୍ ବ୍ୟବସାୟ କରେ ଓ ଗାର୍ଲଫ୍ରେଣ୍ଡକୁ ଉପହାର ଦେବା ଆଳରେ ସେ ମୋ ହାତରେ କିଛି ଡ୍ରଗସ୍ ନିରାପଦ ସ୍ଥାନରେ ପହଞ୍ଚାଇବାର ଯୋଜନା କରିଥିଲା।

ଅଧିକ କିଛି ଚିନ୍ତାକରିବା ନିମନ୍ତେ ମୋ ହାତରେ ସମୟର ଅଭାବ।

ସେତେବେଳକୁ ମୋ ଦ୍ୱାରେ କର୍ଣ୍ଣାଟିକ ପୋଲିସର ଭାରୀ ବୁଟ୍‍ର ଶବ୍ଦ ନିକଟତର ହୋଇ ଆସୁ ଥାଏ ।

ତରତରରେ ମୁଁ ପ୍ୟାକେଟ୍‍ଗୁଡ଼ିକୁ ଉଠାଇ କମୋଡ୍‍ରେ ଢାଲି ଫ୍ଲସ୍‍ କରି ଧୀରେ ଦରଜା ଖୋଲିଲି ସ୍ୱାଭାବିକ ଭାବରେ ।

ଜଣେ ମହିଲା ପୋଲିସ ଓ ତିନିଜଣ ଯୁବ ପୋଲିସ୍‍ ଅଫିସର ବିନା ବାକ୍ୟବ୍ୟୟରେ ମୋ ଘର ଭିତରକୁ ପଶିଯାଇ ଘରର କୋଣ ଅନୁକୋଣ ଅନୁସନ୍ଧାନ କରିବାକୁ ଆରମ୍ଭ କଲେ । କେଉଁଠାରୁ କିଛି ଆପଭିଜନକଦ୍ରବ୍ୟ ନ ପାଇଁ ମୋ ଅଧାପଢ଼ା ସ୍ୱାମୀ ବିବେକାନନ୍ଦଙ୍କ ଜୀବନୀ ପୁସ୍ତକଟିକୁ ଓଲଟାଇ ଦେଖିଲେ । ସେଇଟିକୁ ଯଥାସ୍ଥାନରେ ରଖି ମୋତେ ସାମାନ୍ୟ ସନ୍ଦେହଜନକ ଦୃଷ୍ଟିରେ ଚାହିଁଲେ ଓ ଗାଡ଼ିରେ ବସାଇ ପ୍ରଥମେ ପୋଲିସ ଷ୍ଟେସନ ଓ ତାପରେ ଏକ ଅଜ୍ଞାତ ସ୍ଥାନକୁ ନେଇଗଲେ ।

ବାରବାଇ ପନ୍ଦରର କୋଠରୀଟିଏ । ମଝିରେ ଗୋଟିଏ ଲମ୍ବା ଟେବୁଲ । ଟେବୁଲର ଗୋଟିଏ ପାର୍ଶ୍ୱରେ ମୁଁ ଏକାକୀ ଅପରପାର୍ଶ୍ୱରେ ସାତ ଜଣ ଅଫିସର । ମାରାଥନ୍‍ ଜେରା ଆରମ୍ଭ ହେଲା । ପୋଲିସ୍‍ ଷ୍ଟେସନ୍‍ ଯିବା, ଏପରି ମାରାଥନ୍‍ ଜେରାକୁ ସାମ୍‍ନା କରିବା ମୋ ଜୀବନର ପ୍ରଥମ । ମୋ ସରଳବିଶ୍ୱାସର ଚରମ ପରିଣତି ମୁଁ ଭୋଗିବିନିତ ଆଉ କିଏ ଭୋଗିବ ?

ନାର୍କୋଟିକ ବିଭାଗ ପୋଲିସ୍‍ ଓ ଅବକାରୀ ବିଭାଗର ସାତ ଜଣ ଅଫିସରଙ୍କ ପ୍ରଶ୍ନ ବାଣରେ ମୁଁ ଜର୍ଜରିତ ହୋଇଉଠିଲି । ମୋ ପିଲା ବେଳର ଘଟଣାଠାରୁ ଏବର ଘଟଣା ଯାହା ଆଦୌ ଏ ଘଟଣା ସଂପର୍କିତ ନଥିଲା । ସେ ସବୁ ସଂପର୍କରେ ପ୍ରଶ୍ନକଲେ ଓ ସେମାନେ ମୋ ବାପା, ମା' ବନ୍ଧୁ ବାନ୍ଧବଙ୍କ ସଂପର୍କରେ ମଧ୍ୟ । ସହକର୍ମୀଙ୍କ ନାମ, ଠିକଣା, ପରିଚୟ ସେମାନଙ୍କର ବିବରଣୀ ମଧ୍ୟ ମୋଠାରୁ ନେଉଥିଲେ ଗୋଟିକ ପରେ ଗୋଟିଏ ଓ ଲିପିବଦ୍ଧ କରୁଥିଲେ ଗୋଟିଏ ଡାଏରୀରେ ।

ଶେଷରେ ସେମାନେ ମୋତେ ଅଜବ ପ୍ରଶ୍ନମାନ କଲେ ଯଥା ମୋର କେତୋଟି ହାତ ଘଣ୍ଟା ଅଛି । ମୁଁ କେଉଁ ପ୍ରକାର ଗହଣା ପିନ୍ଧିବାକୁ ଭଲପାଏ ଇତ୍ୟାଦି ଇତ୍ୟାଦି ।

ସେମାନେ ବାରମ୍ବାର ଦୀର୍ଘଶ୍ୱାସ ଛାଡ଼ି ପ୍ରଶ୍ନର ଦିଗ ପରିବର୍ତ୍ତନ କରୁଥିଲେ । ମୋ ମନର ଅବସ୍ଥାଠାରୁ ସେମାନଙ୍କ ମନର ଅବସ୍ଥା ଥିଲା ଅଧିକ ବିପନ୍ନ । ସମ୍ଭବତଃ ସେମାନେ ମୋ ସଂପର୍କରେ କିଛି ଆପଭିଜନକ ଖବର ସଂଗ୍ରହ କରିପାରୁ ନଥିବାରୁ ।

କେବଳ ସେତିକି ନୁହେଁ । ଏ ପର୍ଯ୍ୟନ୍ତ ମୋ ପାଖରେ ପାସପୋର୍ଟ ନାହିଁ ଜାଣି ସେମାନେ ଆଶ୍ଚର୍ଯ୍ୟ ହେଲେ । ମୋର ବ୍ୟାଙ୍କ ଆକାଉଣ୍ଟରେ ମୋ ଦରମା ଟଙ୍କା ବ୍ୟତୀତ ଗୋଟିଏ ଟଙ୍କା ମଧ୍ୟ କେଉଁଠାରୁ ଆସିନଥିବାର ଦେଖି ମଧ୍ୟ ସେମାନେ ମୋର ଲାପଟପ୍‍

ମୋବାଇଲରୁ ସୋସିଆଲ୍ ନେଟ୍‌ଓ୍ୱର୍କ ସାଇଟ୍‌ରୁ ସମସ୍ତ ସଂପର୍କର ଡାଟା ସଂଗ୍ରହ କରିଥିଲେ। ଡିଲିଟ୍ ହୋଇଥିବା ମେସେଜ୍‌ଗୁଡ଼ିକୁ ରିକଭର କରି ତନ୍ନ ତନ୍ନ ପରୀକ୍ଷା କରି ଶେଷରେ ସେମାନେ ଡ୍ରଗସ୍ ସଂପର୍କିତ କୌଣସି ଯୋଗସୂତ୍ର ନ ପାଇ ନିରାଶ ହେଲେ।

ବାହାଘର କିଛିଦିନ ବାକିଥିଲା। ମୋହିତ ଘରେ ଏସବୁ ଶୁଣିଲେ କଣ ଭାବିବେ ଚିନ୍ତା କରି ମୋ ମସ୍ତିଷ୍କ ଭାରାକ୍ରାନ୍ତ ହେଉଥିଲା। ଅଜାଣତରେ ହେଲେ ମଧ୍ୟ ମୋ ପାଖରୁ ଡ୍ରଗସ୍ ମିଳିଥିଲେ କାଲି ସକାଳର ସମ୍ବାଦପତ୍ର, ନିୟୁଜ୍ ଚ୍ୟାନେଲ୍‌ରେ ମୋ ଫଟୋ ଓ ବିବରଣୀ ପ୍ରକାଶ ପାଇଥାନ୍ତା। କିଏ ବୁଝିଥାନ୍ତା ଅସଲ ସତ୍ୟ? ହୁଏତ ଜେଲ୍‌ର ଅନ୍ଧକାରମୟ କାଳ କୋଠରୀ ଭିତରେ ନିଶା ବ୍ୟବସାୟର ପରିଚୟନେଇ ମୋତେ ବିତାଇବାକୁ ପଡିଥାନ୍ତା ଅବଶିଷ୍ଟ ଜୀବନ। କଳଙ୍କିତ ହୋଇଥାନ୍ତା ମୋର ଭବିଷ୍ୟତ। ମୋ ବାପା ମା' ମୋତେ ବିଶ୍ୱାସ କରିଥିଲେ ମଧ୍ୟ ଉଦ୍ଧାର କରିବାର ବାଟ ଖୋଜି ପାଇନଥାନ୍ତେ। ଅସତ୍ ଉପାୟରେ ଐଶ୍ୱର୍ୟମୟୀ ଜୀବନ ଧାରଣ ଅପେକ୍ଷା ସତ୍‌ପଥରେ ସାଧାରଣ ଜୀବନ ବଞ୍ଚିବାକୁ ମୁଁ ପ୍ରସ୍ତୁତ ନଚେତ୍ ଦିନେ ସୂର୍ଯ୍ୟାଂଶର ଐଶ୍ୱର୍ୟକୁ ମୁଁ ଆମ ଦୁହିଁଙ୍କ ସଂପର୍କରେ ଅନ୍ତରାୟ ଭାବରେ ଚିନ୍ତା କରିନଥାନ୍ତି।

ହାୟ। ଅଙ୍କିତକୁ ମୁଁ କାହିଁକି ବିଶ୍ୱାସ କଲି?

ଦୀର୍ଘ ତିନି ଘଣ୍ଟାର ଗଳଦ୍‌ଘର୍ମ ପ୍ରଚେଷ୍ଟା ପରେ ମଧ୍ୟ ସେମାନେ ମୋର ଡ୍ରଗସ୍ କାରବାରରେ ଲିପ୍ତଥିବା ନେଇ କୌଣସି ପ୍ରମାଣ ପାଇଲେ ନାହିଁ। ଲେଡି ଅଫିସର ଜଣକ ମୋ ହ୍ୟାଣ୍ଡ ବ୍ୟାଗ୍‌କୁ ତନ୍ନତନ୍ନ ପରୀକ୍ଷା କରି ମୋ ବାହାଘର କାର୍ଡ ପାଇ ପ୍ରଶ୍ନ କଲେ।

– ତୁମ ବାହାଘର କେବେ?

– ଆସନ୍ତା ମାସ। ମୁଁ ସ୍ଥିର ଚିତ୍ତରେ ଉତ୍ତର ଦେଲି।

– ପ୍ରେମ ବିବାହ ନାଁ ଆୟୋଜିତ ବିବାହ?

– ପ୍ରେମ କାହାକୁ କରୁଛି। ଅଥଚ ବିବାହ କାହାକୁ କରୁଛି... ହଠାତ୍ ମୋ ପାଟିରୁ ବାହାରି ପଡିଲା। ଅନ୍ୟମନସ୍କତା ବଶତଃ।

ସେ ତୀକ୍ଷ୍ଣ ଦୃଷ୍ଟିରେ ଚାହିଁ କହିଲେ "ଯାହାକୁ ପ୍ରେମ କରୁଛ ତାକୁ ବିବାହ କାହିଁକି କରୁନ?"

"କାରଣ ସେ ଆଉ ଏ ଦୁନିଆଁରେ ନାହିଁ।" ସେତେବେଳକୁ ମୋର କାନ୍ଦି ପକାଇବା ଭଳି ଅବସ୍ଥା। ଲେଡି ଅଫିସର ଜଣକ ମୋତେ ବିସ୍ମୟାଭିଭୂତ ଭାବରେ ଚାହିଁଲେ। ହୁଏତ ସେ ବୁଝି ପାରୁଥିଲେ ମୋ ବିପନ୍ନ ମନର ଅବସ୍ଥା। ସେ କହିଲେ

ଯେ ଏ ପୃଥିବୀରେ ନାହିଁ ତା' ସ୍ମୃତିକୁ ସାଥୀରେ ଧରି ବୁଲିବା ଠିକ୍ ନୁହେଁ। ଏକଥା ପୋଲିସ ଅଫିସର ଭାବରେ ନୁହେଁ ଜଣେ ଶୁଭଚିନ୍ତକ ଭାବରେ କହୁଛି। ଭୁଲ ଇନ୍‌ଫରମେସନ୍ ଯୋଗୁଁ ତୁମକୁ ଡ୍ରଗ୍‌ସ୍ ଚାଲାଣକାରୀ ଭଳି ସନ୍ଦିଗ୍ଧ ମନେ କରିଥିବାରୁ ଆମେ ଦୁଃଖିତ। ଆମ ନିକଟକୁ ଏପରି ସଂପୂର୍ଣ୍ଣ ଭୁଲ ତଥ୍ୟ ପହଞ୍ଚିବା ଅସମ୍ଭବ। ତେଣୁ ତୁମ ପାଖରେ କେଉଁଠି ନା କେଉଁଠି ଘଟଣାଟିଏ ଘଟିଛି ନିଶ୍ଚୟ। ତୁମେ ସଜାଗ ରହିବ। ଚତୁଃପାର୍ଶ୍ୱର ଚରିତ୍ର ମାନଙ୍କ ଉପରେ ନଜର ରଖିବ ଓ କୌଣସି ସନ୍ଦେହଜନକ ଖବର ପାଇଲେ ମୋତେ ବ୍ୟକ୍ତିଗତ ଭାବରେ ଜଣାଇବ।

'ଶ୍ୱେତା ନଟରାଜନ୍ ସିନିୟର ଭିଜିଲାନ୍‌ଡ ଅଫିସର' ଲେଖାଥିବା ଦୂର ଭାଷ ସମ୍ଵଳିତ କାର୍ଡଟିଏ ସେ ବଢ଼ାଇ ଦେଲେ ମୋ ହାତକୁ। ରାତି ଦଶଟା ପୂର୍ବରୁ ସେମାନେ ମୋତେ ସସମ୍ମାନେ ଘର ସାମ୍ନାରେ ଛାଡ଼ି ଦେଇଗଲେ। ଘରେ ପହଞ୍ଚି ଫ୍ରିଜରୁ ଥଣ୍ଡା ପାଣି କାଢ଼ି ଢକଢକ କରି ଗୋଟେ ଗ୍ଲାସ ପିଇଗଲି ମୁଁ ମୋ ଅଶାନ୍ତ ଦେହ ମନକୁ ଶାନ୍ତ କରିବା ନିମନ୍ତେ। ଅଙ୍କିତର ଭଲ ମଣିଷର ମୁଖାତଳେ ଛପିଥିଲା ଗୋଟେ ସୈତାନର ଚେହେରା। ଅଜ୍ଞାତରେ ମୁଁ ତା' ଅପରାଧିକ ଜୀବନର ସାଥୀ ହେବାକୁ ଯାଉଥିଲି। ପାତାଳର ଅଧୋଃପତନ ରାସ୍ତାରେ ଦିନେ ମୋ ସହିତ ଥଣ୍ଡା ଅଙ୍କିତ ଓ ଶେଷରେ ଗୋଟେ ନିଶା ବ୍ୟବସାୟୀର ପତ୍ନୀ ଭାବରେ ମୋତେ ବିତାଇବାକୁ ହୋଇଥାନ୍ତା ଅବଶିଷ୍ଟ ଜୀବନ।

ମଣିଷ ସ୍ୱାର୍ଥପର ହୋଇଗଲେ ସୈତାନ୍ ପାଲଟି ଯାଏ ଓ ନିର୍ବୋଧ ମଣିଷ ବାରମ୍ବାର ସେ ସୈତାନର ଶିକାର ହୁଏ।

କେତେ ଦୁଃସମୟ ଦେଇ ଗତି କରିବା ପରେ ସକାରାମ୍କ ଚିନ୍ତାଟିଏ ଜୀବନ ସହ ଯୋଡ଼ିଥିଲି ଆଜିର ଘଟଣା ପୁନର୍ବାର ବିଷାଦଗ୍ରସ୍ତ କରିଦେଲା ମୋତେ।

ବିଫଳ ପ୍ରେମିକ ଓ ବିଷଧର ସର୍ପଙ୍କର ଚରିତ୍ର ଏକାପରି। ଏମାନଙ୍କୁ ଯେତେ ଆଦର କଲେ ମଧ୍ୟ ତାଙ୍କ ଭିତରେ ଥିବା ଘୃଣାର ଗରଳ କେବେନା କେବେ ଜୀବନକୁ ବିଷାକ୍ତ କରିଦିଏ।

ସ୍ୱାମୀବିବେକାନନ୍ଦଙ୍କର ପୁସ୍ତକଟିକୁ ଖୋଲି ପଢ଼ିବାରେ ଲାଗିଲି। ଯେତେବେଳେ ମଣିଷ ଜୀବନଠାରୁ ପ୍ରତାରିତ ହୁଏ। ସଂପର୍କଠାରୁ ପ୍ରପୀଡ଼ିତ ହୁଏ ସେତେବେଳେ ତାର ଶେଷ ନିରାପଦ ଆଶ୍ରୟସ୍ଥଳ ପାଲଟିଯାଏ ପୁସ୍ତକ।

# ବିବାହ ସ୍ୱର୍ଗରେ ହୁଏ

'ବିବାହ ନିମନ୍ତେ ବରକନ୍ୟାଙ୍କ ଯୋଡ଼ି ସ୍ୱର୍ଗରେ ନିର୍ଣ୍ଣିତ ହୁଏ'। ମୁଁ କନ୍ୟା ବେଶରେ ବେଦୀରେ ପବିତ୍ର ହୋମାଗ୍ନିକୁ ସାକ୍ଷୀରଖି ବିବାହର ସତ୍ୟପାଠ କରୁଥିବା ସମୟରେ ବରରୂପରେ ମୋହିତକୁ ଦେଖି ଏ ଉକ୍ତିଟି ମନେପଡ଼ିଲା।

ମୁଁ ଚେତନ ଓ ଅବଚେତନ ମନରେ ସହସ୍ରବାର ସ୍ୱପ୍ନ ଦେଖିଥିଲି ସୂର୍ଯ୍ୟାଂଶର ହାତ ଧରି ତା' ଗୃହାଙ୍ଗନରେ ମୋ ଅଳସ ଅଳକ୍ତକ ରଂଜିତ ପାଦର ପ୍ରଥମ ସ୍ପର୍ଶ ଦେବାପାଇଁ। ଅନେକ ବାର ଦେଖା ହେବାପରେ ମଧ୍ୟ ବାସର ରାତିରେ ତା'ଆଖିରେ ଦେଖିବା ପାଇଁ ମୋ ଜୀବନର ପ୍ରଥମ ଚନ୍ଦ୍ରୋଦୟ ଓ ସେ ଜହ୍ନର ସ୍ମୃତିକୁ ଛାତିରେ ଆଲିଙ୍ଗନ ପରି ସଜାଇ ରଖିବାକୁ ସାରା ଜୀବନ। ତା' ସହ ମିଳନର ଆକାଂକ୍ଷାରେ କେବେ ମୁଁ ମଧୁମାସର ମଳୟପବନ ସାଜିଛି। କେବେ କୋଇଲି ଓ ହଳଦୀବସନ୍ତକୁ ମିଠାସୁରରେ ମଧୁର ଆମନ୍ତ୍ରଣ କରିଛି। ଅନୁରାଗର ଅଭିଷେକପର୍ବ ପାଇଁ ମଞ୍ଜରିକାର ଥରଥର ଓଠର ଆକୁଳ ଆହ୍ୱାନରେ ଝରିଛି ବିନ୍ଦୁ ବିନ୍ଦୁ ହୋଇ। ମୋର ସବୁ ପ୍ରାରମ୍ଭ ଓ ଅନ୍ତିମରେ ସୂର୍ଯ୍ୟାଂଶ। ମୋର ସମସ୍ତ ପ୍ରାପ୍ତି ଓ ପୂର୍ଣ୍ଣତାରେ ସୂର୍ଯ୍ୟାଂଶ। ମୋ ଶରୀର ରୋମରେ ରୋମରେ ସୂର୍ଯ୍ୟାଂଶର ଉପସ୍ଥିତି ଅଥଚ ସମୟ ହେଲା ମୋର ପ୍ରତିପକ୍ଷ। ସୂର୍ଯ୍ୟାଂଶକୁ ଭୁଲି ନ ପାରିବା ଓ ମୋହିତକୁ ବିବାହ କରିବା ଏକ ଚରମ ବିଡ଼ମ୍ବନା।

ମୋହିତ ସହିତ ଏ ବିବାହ ମଧ୍ୟ ବିନା ବାଧାରେ ସଂଘଟିତ ହୋଇନାହିଁ। ପ୍ରଥମେ ତାଙ୍କ ଘରେ ଏ ବିବାହରେ ସମ୍ମତି ପ୍ରକାଶ କରିନଥିଲେ। ମୁଁ ମୋହିତଠାରୁ ବୟସରେ ଛଅମାସ ବଡ଼ ଏହାଥିଲା ତାଙ୍କ ପ୍ରକାଶ୍ୟ ଅସମ୍ମତିର ପ୍ରଥମ କାରଣ। ମୋର ରୂପଗୁଣ, ଉପାର୍ଜନ କ୍ଷମତା ସତ୍ତ୍ୱେ ମୁଁ ଯେ କାହାଦ୍ୱାରା ପ୍ରତ୍ୟାଖ୍ୟାତା ତାହା ଶୁଣି ମୋ ଅହଂରେ ଆଘାତ ଆସିଥିଲା। ଚହଲି ଯାଇଥିଲା ମୋ ହୃଦୟର ସ୍ଥିର ପାତ୍ର। ବିବାହ ବଜାରରେ ଝିଅଟିର ରୂପଗୁଣ ଚରିତ୍ର ଖୋଜାଯାଏ, କିନ୍ତୁ ପୁଅଟିର ସମ ପରିମାଣରେ

ନୁହେଁ, ଦୁର୍ଭାଗ୍ୟ, ଏହି ଭଳି ଏକ ପ୍ରାଚୀନ ପରଂପରାରେ ବିଶ୍ୱାସ କରୁଥିବା ସମାଜରେ ମୋର ଜନ୍ମ।

ଶୁଣିଲି ମୋହିତ ନିଜ ପରିବାରର ସମସ୍ତ ବିରୋଧକୁ ଆଗ୍ରାହ୍ୟ କରି ମୋତେ ବିବାହ କରିବାକୁ ନିଜର ଶେଷ ନିଷ୍ପତ୍ତି ଜଣାଇଥିଲା। ଏହା ମୋହିତର ମୋ ପ୍ରତି ପ୍ରେମ ଅବା ଅନୁକମ୍ପା? ମୁଁ ସୂର୍ଯ୍ୟାଂଶକୁ ନେଇ ତିଳତିଳ ଦଗ୍ଧ ହେଉଥିବା ସମୟରେ ମୋତେ ବିବାହ କରିବା ନିମନ୍ତେ ପରିବାର ଓ ପୃଥିବୀ ସହିତ ତାର ଏକାକୀ ଲଢ଼ିବାର ପ୍ରକ୍ରିୟାକୁ ମୁଁ କେଉଁ ଧରଣର ମହନୀୟତା ବୋଲି ମନେ କରିବି ?

ମୁଁ ଯେ ଅଥଳ ପାରାବାରେ ଭାସୁଥିଲି ସେତେବେଲେ। ଦେଖିଲି ମୋହିତ ଘରେ ଆମ ବିବାହକୁ ନେଇ କେହି ଉତ୍ସାହିତ ନୁହନ୍ତି। ଅତି ନିରାଡ଼ମ୍ବର ଆୟୋଜନ, ମୋ ଜୀବନରେ ବିଷାଦ ରଡ଼ୁ ପରେ ରଡ଼ୁ। ଇଏ ଥିଲା ମୋ ପାଇଁ ଆଉ ଏକ ବିଷାଦର ପର୍ବ।

ମୋହିତ ଘରେ ନିମନ୍ତ୍ରିତ ଅତିଥି କିମ୍ବା ବନ୍ଧୁବାନ୍ଧବଙ୍କ ଗହଲିଚହଲି ନଥିଲା। ସେ କହିଲା “ଜମିବାଡ଼ି ଗଣ୍ଡଗୋଳ ପାଇଁ ସଂପର୍କୀୟମାନେ କେଉଁପକ୍ଷରେ ଯିବେ, ଚିନ୍ତା କରି ନପାରି ବିବାହ ଉତ୍ସବକୁ ଆସିଲେ ନାହିଁ।” କିନ୍ତୁ ଘର ସାଜସଜ୍ଜା ନହେବାର କାରଣ କଣ ? ବୋଧହୁଏ ତାଙ୍କ ପରିବାରର ଅନିଚ୍ଛାରେ ଏ ବିବାହ ଅନୁଷ୍ଠିତ ହୋଇ ଥିବାରୁ।

କାଚ ପିତୁଲା ପରି ନିର୍ବାକ୍ ନିଷ୍ପଳ ଭାବରେ ମୁଁ ଜଡ଼ବତ୍ ବସି ରହିଲି ଯେ ବସି ରହିଲି। ଘରୁ ଆସିବା ସମୟରେ ସୂର୍ଯ୍ୟାଂଶର ସ୍ମୃତିକୁ ମନକୁ ଆଣିବି ନାହିଁ କିମ୍ବା ବିନ୍ଦୁଏ ଲୁହ ଢାଳିବି ନାହିଁ ବୋଲି ପ୍ରତିଜ୍ଞା କରିଥିଲି ମାତ୍ର ସୂର୍ଯ୍ୟାଂଶ ସେତେବେଲେ ମୋର ବେଶିବେଶୀ ମନେପଡ଼ିଲା, ଯେ ଆଜିର ଦିନପାଇଁ ସଜାଇ ରଖିଥିଲା ସହସ୍ର ଫଗୁଣର ପ୍ରୀତିଝରା ମୁହୂର୍ତ୍ତ, ପାଦ ଥୋଇବା ପାଇଁ ରକ୍ତ ଗୋଲାପର ଗାଲିଚା ଓ ହୃଦୟରେ ଆଙ୍କିଥିଲା ପ୍ରେମର କସ୍ତୁରୀ ଚନ୍ଦନର ଝୋଟିଚିତା।

ମୋହିତକୁ ବିବାହ ପରେ ପ୍ରଥମ ରାତି ମଧ ମୋ ପାଇଁ ବାସ୍ମୟିତ ହୋଇ ଉଠିଲା ନାହିଁ। ସେ ବରବେଶରେ ଆସିଲା ସେଇ କୋଠରୀକୁ, ଯେଉଁଠି ସାମାଜିକ ରୀତିନୀତି ଅନୁଯାୟୀ ବଧୂବେଶରେ ବସିଥିଲି ମୁଁ। ଗୋଟାଏ କୋଣରେ ଜଳୁଥିଲା ବାସର ରାତିର ଦୀପ।

ମୋହିତ କୋଠରୀରେ ପ୍ରବେଶ କରି ଦରଜା ଦେବା ମାତ୍ରେ ମୁଁ ଆତଙ୍କିତ ହୋଇ ଉଠିଲି। କେହି ନ ଜାଣିଲେ ମଧ ମୁଁ ଜାଣେ ଯେ ସୂର୍ଯ୍ୟାଂଶ ସ୍ମୃତିରେ ମୁଁ ତିଳତିଳ ଦଗ୍ଧୀଭୂତ, ତା'ର ସ୍ମୃତି ନିଃଶେଷ କରିବା ପ୍ରଚେଷ୍ଟା କଲେ ମଧ ମୁଁ ତାକୁ

ଭୁଲିନପାରି ମୋହିତକୁ ବିବାହ କରିଛି, ଏହାହିଁ ବାସ୍ତବତା। ଏବେ ମୁଁ ଦ୍ୱୈତ ଭୂମିକାରେ ଏକାଧାରରେ ମୁଁ ସୂର୍ଯ୍ୟାଂଶର ପ୍ରେମିକା ଓ ମୋହିତର ପତ୍ନୀ।

ମନେମନେ କହିଲି ମୋହିତ ! ମୋର ଏ ଅବୋଧ ନିର୍ଣ୍ଣୟ ପାଇଁ କ୍ଷମା କରିଦେବୁ। ସେ ମୋତେ ସହଜ ଅନୁଭବ ଦେବାକୁ ଯାଇ ବିଛଣାଧାରରେ ବସି କହିଲା– "ଏହା ତୋ ପାଇଁ 'ବିବାହ ବନ୍ଧନ' ନୁହେଁ ବରଂ 'ଜୀବନମୁକ୍ତି'। ସଂସାର ଦୃଷ୍ଟିରେ ଆମେ ପତି ପତ୍ନୀ ହେଲେ ମଧ ଯେତେଦିନ ଯାଏଁ ତୁ ନଚାହିଁଛୁ ମୁଁ ତୋତେ ସ୍ପର୍ଶ କରିବିନାହିଁ। ମୁଁ ତୋତେ ଆଜିଠାରୁ ମୋର ସକଳବନ୍ଧନରୁ ମୁକ୍ତ କଲି।"

ବାସର ରାତିରେ ସ୍ୱାମୀର ମୁହଁରୁ ଏପରି ଉଦାରବାକ୍ୟ ଶୁଣି ଯେ କେହି ସ୍ତ୍ରୀ ଚମକି ଉଠିବା କଥା। ମାତ୍ର ମୋ ମୁହଁରେ ହସ ଚହଟି ଉଠିଲା। ସେ ଯେ ମୋ ଦେହ ଉପରେ ତଥାକଥିତ ସ୍ୱାମୀର ଅଧିକାର ସାବ୍ୟସ୍ତ କରିବନାହିଁ ତାହା ମୁଁ ବିଶ୍ୱାସକରି ପାରୁନଥିଲି। ମୁଁ ମୋହିତକୁ ବିବାହ କରିଛି ସତ୍ୟ ମାତ୍ର ମୋ ଶରୀରର ନିଷିଦ୍ଧ ପଦ୍ମବନ ମଧରେ ତାର ପ୍ରବେଶକୁ ସ୍ୱୀକାର କରିବାକୁ ଚାହେଁନା।

ତା'ର ଶ୍ୟାମଳ ମୁହଁରେ ବିନ୍ଦୁ ବିନ୍ଦୁ ସ୍ୱେଦ। ସେ ପ୍ରଗଲଭ୍ ହୋଇ ଅନେକ ଅର୍ଥହୀନ ଗପ ଗପି ଚାଲିଥିଲା। ସଦ୍ୟ ବିବାହିତ ସ୍ୱାମୀ ପରି ନୁହେଁ। ପ୍ରେମିକ ପରି ନୁହେଁ। ଜଣେ ଅନ୍ତରଙ୍ଗ ବନ୍ଧୁଭଳି।

ମୁଁ ମଧ କ୍ଷଣିକରେ ଭୁଲିଗଲି ମୁଁ ତା'ର ନବବିବାହିତା ପତ୍ନୀ, ମଥାରୁ ଓଢଣା କାଢି ମୁଁ ପାଲଟି ଗଲି ପୁରୁଣା ଦିନର ସାରା। ଦୁହେଁ ମଜି ଗଲୁ ପୁରୁଣା ଦିନର ସ୍ମୃତି ଓ ଏବର ଜୀବନର ଗପରେ। ଆମ ଦୁହିଁଙ୍କର ପ୍ରାଣୋଚ୍ଛଳ ହସ ଯେ ଶୁଣିଥିବ ସେ ତାର ଅର୍ଥ ଭିନ୍ନ କିଛି ମନେକରିଥିବ।

ରାତି ପାହିବାକୁ ତଥାପି କିଛି ସମୟ ବାକି ଥିଲା। ପକ୍ଷୀମାନଙ୍କର ମଧୁର କଲରବରେ ଶିହାଣିତ ହୋଇଉଠିଲା ଭୋରର ଆକାଶ। ମୁଁ କହିଲି "ମୋହିତ ! ମୋର ପୋଷ୍ଟିଂ ବେଙ୍ଗାଲୁରୁରେ ତୋର ହାଇଦ୍ରାବାଦରେ। ମୁଁ ଭଲକଂପାନୀ, ଭଲ ଦରମା ଛାଡି ତୋ ପାଖକୁ ଆସିପାରିବି ନାହିଁ। ତୁ ଚାହିଁଲେ ତୋର ଠିକଣା ବଦଳାଇ ଦେଇପାରିବୁ।"

"ସକାଳ ହେଲାଣି ସେ ସବୁ କଥା ପରେ ଦେଖିବା" କହି ସେ ଦରଜା ଆଉଜାଇ ଚାଲିଗଲା।

ମୋହିତ ମୋ କଥାକୁ ଭିନ୍ନ ଅର୍ଥରେ ନେଇ ନାହିଁତ ? ଆଜିପରି ଦିନରେ ମୋର ଯେ ତା'ଠାରୁ ଭଲ କଂପାନୀ ଓ ଉଚ୍ଚ ବେତନ ମୁଁ ଏହା ପ୍ରମାଣିତ କରିବାକୁ ଚାହୁଁଛି ବୋଲି ସେ ମନେ କରିନାହିଁତ ? ମାତ୍ର କଥାଟି କହିବାର ଉଦ୍ଦେଶ୍ୟ ଯେ ଭିନ୍ନ

କିଛି । ମୁଁ ବି କେତେ ନିର୍ବୋଧ, କେଉଁକଥା କେତେବେଳେ କହିବାକୁ ହୁଏ ତାହା ମୁଁ ଜାଣିପାରେନା ।

ନୂଆନୀଡ ଟିଏ ଗଢିବାକୁ ଆସିବାବେଳେ ସାହସୀରୁ ସାହସୀ ଝିଅମାନେ ମଧ୍ୟ ଭୟ ପାଆନ୍ତି । ସେହି ସମୟରେ ବୁଦ୍ଧି ବିଦ୍ୟା, କୌଣସି ସହାୟତା ଦିଅନ୍ତି ନାହିଁ । ନୂଆ ମଣିଷ, ନୂଆ ପରିବେଶ, ନୂଆସଂପର୍କ ସହିତ ଖାପ ଖୁଆଇ ଚଳିବାକୁ ଲାଗେ ବେଶ୍ କିଛିଦିନ । ସେଇ କିଛିଦିନ ଅନ୍ୟମାନଙ୍କ ପକ୍ଷରୁ ସ୍ନେହର ହାତଟିଏ ବଢିଆସିଲେ ନବାଗତାବଧୂଟିର ଜୀବନ ହୁଏ ସହଜ ଓ ସୁଖମୟ ।

ସଂସାରର ଅନ୍ୟ ସାଧାରଣ ଝିଅଙ୍କ ଜୀବନରେ ବାସର ରାତିକୁ ନେଇ ଉତ୍ତେଜନା ଥିବା ପରି ମୋ ପାଇଁ ତାହା ପାଲଟିଗଲା ଏକ ଉଦାସପୂର୍ଣ୍ଣ ମୂହୂର୍ତ୍ତର ଉପକ୍ରମଣିକା ମାତ୍ର । ରାତିରେ ବିନା ନିଦ ବଟିକାରେ ନିଦ ହେଉନଥିଲା । ପ୍ରତିରାତିରେ ଅନ୍ଧାରର ସୂକ୍ଷ୍ମ ରାସ୍ତା ଦେଇ ସୂର୍ଯ୍ୟାଂଶ ମୋ ପାଖକୁ ଆସେ । ମୋ ସଜଳ ଆଖିପତାରେ ସ୍ୱପ୍ନର ଅଞ୍ଜନ ବୋଲିଦେଇ, ମୋ ଓଠରେ ପଦ୍ମ ପଳାଶର ରଂଗ ଭରି ଦେଇ ଉଭେଇ ଯାଏ କେଉଁ ଆଡ଼େ । ସେଦିନରାତିରେ ସେ କିନ୍ତୁ ଆସିଲା ନାହିଁ । ଅଭିମାନରେ ଅବା ମୋ ଶଯ୍ୟା ବଦଳାଇ ଦେବାର ଘୃଣା ଓ ଅପମାନରେ ? ପ୍ରତିଟି ପୁରୁଷ ପାଇଁ ନାରୀର ସତୀତ୍ୱ କେବଳ ଶଯ୍ୟା ସର୍ବସ୍ୱ କାହିଁକି ?

ପ୍ରଥମ ରାତିରେ ମୋହିତ ଯେ ମୋତେ ବନ୍ଧୁପରି ବ୍ୟବହାର କରିଛି, ସ୍ୱାମୀ ପରି ମୋ ଦେହମନ ଉପରେ ଅଧିକାର ସାବ୍ୟସ୍ତ କରିନାହିଁ ସେଥିପାଇଁ ପ୍ରସନ୍ନତାରେ ମୋ ଦୁଇ ଆଖିପତା ସକାଳୁ ଲାଗି ଆସୁଥିଲା । କିନ୍ତୁ ତା'ପରେ ଆରମ୍ଭ ହୋଇଗଲା ଉଦର ଯନ୍ତ୍ରଣା । ମୋର ଶଯ୍ୟାରେ ପଡି ରହିବାକୁ ନେଇ ସଂପର୍କୀୟମାନେ ମୋହିତକୁ ବେଶ୍ ଠଟ୍ଟା କରୁଥିବାରୁ ଶୁଣୁଥିଲି ଝରକା ଏ ପାଖରେ ବସି । କିନ୍ତୁ ସେ ନିରୀହ ଉତ୍ତରଟିଏ ଦେଉଥିଲା ଯେ ମୋ ଶରୀର ଅସୁସ୍ଥତା ନିମନ୍ତେ ସେ ଆଦୌ ଦାୟୀନୁହେଁ । ତାର ସରଳ ଉତ୍ତର ଶୁଣି ଯେ କେହି ହସରେ ଫାଟି ପଡିବା କଥା ।

ହୃଦୟ ଭିତରେ ଅଙ୍କୁରିତ ହେଉଥିଲା ପ୍ରେମ ଭାବଟିଏ, ମୋର ସ୍ୱାମୀ ନାମକ ମୋହିତ ପାଇଁ ଯାହାକୁ ଦିନେ ସାନଭାଇ ଭଳି କହି ସୂର୍ଯ୍ୟାଂଶର ସମସ୍ତ ସନ୍ଦେହକୁ ଅସମୀଚିନ ପର୍ଯ୍ୟାୟର ବୋଲି ପ୍ରମାଣିତ କରିଥିଲି ଦିନେ ଓ ସେତିକି ସଂପର୍କ ରଖିଥିଲି ଯେତିକି ମୁଁ ଚାହୁଁଥିଲି ।

ଆଜି ମଧ୍ୟ ମୋହିତ ମୋର ପ୍ରେମ ପ୍ରାର୍ଥୀ । ସେ ଜୋର୍ କରି ମୋତେ ହାସଲ କରିବାକୁ ଚାହିଁନାହିଁ । ଆଗକୁ ମଧ୍ୟ ଚାହିଁବ ନାହିଁ ଏହା ହିଁ ମୋ ପାଇଁ ବିରାଟ ଅଶ୍ୱାସନା ।

ଇଞ୍ଜିନିୟରିଂ କଲେଜ୍ କ୍ୟାମ୍ପସରେ ମୋହିତ ସହିତ କ୍ୟାଣ୍ଟିନ୍‌ରେ ବସି ଗପ

ସପ କଲା ଭଳି ସେ ଆଜିବି ମୋ ସହିତ ଗୋଟେ ଉତ୍ତେଜନାହୀନ ବାସର ରାତି ବିତାଇଛି ।

ମୋତେ ହସ ଲାଗିଲା ଆମ ଦୁଇଜଣଙ୍କ ନିର୍ବୋଧ ନିଷ୍ଠି ପାଇଁ ।

ଏହି ସମୟରେ ଜଣେ ସଂପର୍କୀୟା ନଣନ୍ଦ କୋଠରୀ ଭିତରକୁ ପଶି ଆସି ମୋ ହସର କାରଣ ସଂପର୍କରେ ଜାଣିବାକୁ ଚାହିଁଲେ । ସେ ଗୋଟିଏ ଇଞ୍ଜିନିୟରିଂ କଲେଜରେ ପଢୁଥିବାରୁ ଚୁପି ଚୁପି ପ୍ରଶ୍ନ କଲେ ''ଭାଉଜ! ତୁମେ ମୋହିତ ଭାଇ ସହିତ ପୂର୍ବରୁ ଡେଟ୍‌ରେ ଯାଇଥିଲକି ନାହିଁ?'' ମୋହିତ ପରି ଜଣେ ନିରୀହ କିସମ୍‌ର ପ୍ରାଣୀ ଯେ ପ୍ରେମ କରିପାରେ ଓ ବାପା ମାଙ୍କ ସାମ୍ନାରେ ସେ ନିର୍ବାଚିତ କରିଥିବା କନ୍ୟା ସହ ବିବାହ ନିମନ୍ତେ ଦାବୀ କରିପାରେ ତାହା ସମସ୍ତଙ୍କ ପାଇଁ ବିଶ୍ୱାସଯୋଗ୍ୟ ନଥିଲା । ସମସ୍ତେ ଭାବୁଥିଲେ ମୁଁ ଏ ସମସ୍ତ ନାଟକର ଖଳନାୟିକା ।

ହସି ହସି ଉତ୍ତର ଦେଲି ''ତୁମ ଭାଇଙ୍କୁ ପଚାର । ସେ ଏ ବିଷୟରେ କେତେ ସ୍ମାର୍ଟ ତାହାତ ତୁମେ ଜାଣିଥିବ ନିଶ୍ଚୟ । ଡେଟ୍‌ରେ ଯିବା, ବାସର ରାତିକଥା, ଆଉଦିନେ କହିବି ।'' ସନ୍ଦେହ ପୂର୍ଣ୍ଣ ନଜରରେ ଥରେ ଚାହିଁ ସେ କହିଲେ ''ମୋହିତ ଭାଇଟା ଆଜନ୍ମ ନିରୀହ ଜୀବ । ତୁମେ ସାରା ଜୀବନ ମେଣ୍ଢା ବନେଇ ରଖି ପାରିବ ଏ ବିଶ୍ୱାସ ଆମର ଅଛି । ତୁମ ରୂପର ମାୟାରେ ସେ ପ୍ରତି ରାତିରେ ମେଣ୍ଢାରୁ ଭେଣ୍ଢା ଓ ସକାଳ ହେଲେ ପୁଣି ତୁମର ଆଜ୍ଞାଧୀନ ମେଣ୍ଢା ପାଲଟି ଯିବ । କିନ୍ତୁ ତୁମେ ତା' ଅଧିକାରରୁ ତାକୁ ବଂଚିତ କରିବା ନ୍ୟାୟୋଚିତ ନୁହେଁ ଓ ସେ ତା' ଅଧିକାର ଛଡ଼େଇ ନେବା ଜାଣେନାହିଁ । ସକାଳୁ ତୁମକୁ ଓ ଏ ଶଯ୍ୟା ଦେଖି ମୁଁ କିଛି କିଛି ଅନୁମାନ କରି ନେଇଛି । ଅନ୍ୟମାନଙ୍କ ଆଖିରେ ଧୂଳି ଦେବା ସହଜ କିନ୍ତୁ ଏ ଚତୁରୀ ନଣନ୍ଦ ଆଖିରେ ନୁହେଁ । ପ୍ରେମ ବିବାହ କରି ବାସର ରାତିରେ ପତ୍ନୀ ନହୋଇ ବାନ୍ଧବୀ ପରି ଆଚରଣ ଦେଖାଇବାର ଥିଲାତ ବିବାହ କରୁଥିଲ କାହିଁକି? ନାଁ, ନା ମୋ ସୁନ୍ଦରୀ ଭାଉଜ! ତୁମେ ଯେତେ ସରଳ ଓ ନିରୀହ ଦେଖାଯାଉଛ ସେପରି ନୁହେଁ ।'' କୋଠରୀ ମଧ୍ୟରେ ଅବିଶ୍ୱାସର ଉଷ୍ମତା ଭରିଦେଇ ସେ ଚାଲିଗଲେ ।

ମୋ ରୂପର ପ୍ରଶଂସାର ସାରାଘର ଉଚ୍ଛୁଳୁଥିଲା । ଅଥଚ କେହି ମୋ ସଫଳ କ୍ୟାରିୟର ବିଷୟରେ ଆଲୋଚନା କରୁନଥିଲେ । ବୋଧହୁଏ ମୋହିତର ବ୍ୟକ୍ତିତ୍ୱ ଫିକା ପଡ଼ିଯିବାର ଭୟରେ । ଏ ଘର ମୋହିତର । ଏ ଘରର ପ୍ରତ୍ୟେକ ସଦସ୍ୟ ମୋହିତର ରକ୍ତ ସଂପର୍କୀୟ । ମୁଁ ଘରର ନାମମାତ୍ର ସଦସ୍ୟା । କେଉଁ ଶାଶୁଘର କେବେ କୌଣସି ଝିଅ ପାଇଁ ନିଜଘର ହୋଇପାରିଛି ନାଁ ସେ ଘରର ସଦସ୍ୟମାନେ ନିଜ ରକ୍ତ ସଂପର୍କୀୟଙ୍କ ପରି ନିଜର ହୋଇପାରିଛନ୍ତି ?

କିନ୍ତୁ ଯାହାକୁ ନିଜର କରି ଏ ଘରେ ପାଦେ ଦେଇଥିଲି ସେ କାହିଁ ? ବାହାରେ ଆଲୋଚନା ହେଉଥିଲା ଯେ ସେ ନିକଟସ୍ଥ ଆଶ୍ରମକୁ ଯାଇଚି । ଆଶ୍ରମ କାହିଁକି ? ଚତୁର୍ଥୀ ରାତିର ସକାଳୁ ଦେବଦର୍ଶନରେ ଯିବାର ପରମ୍ପରା ମାତ୍ର ପାଖରେ ବିଷ୍ଣୁ ନାରାୟଣଙ୍କ ମନ୍ଦିର ଥାଉ ଥାଉ ସେ ଆଶ୍ରମ କାହିଁକି ଗଲା ? ଶୁଣିଲି- ବାବା ଯୋଗାନନ୍ଦ ନିକଟସ୍ଥ ଆଶ୍ରମରେ ରହନ୍ତି । ମୋହିତ ହାଇସ୍କୁଲରେ ପଢ଼ିବା ସମୟରେ ଥରେ ସେଠାକୁ ଯାଇ ଆଶ୍ରମ ଜୀବନ ପ୍ରତି ଏତେ ମାତ୍ରାରେ ଆକର୍ଷିତ ହୋଇ ପଡ଼ିଥିଲା ଯେ ଶାଶୁ ତା'ଠାରୁ କଥାଟିଏ ଆଦାୟ କରିନେଇଥିଲେ ଯେ ବିବାହ ପୂର୍ବରୁ ସେ ଆଶ୍ରମର ମାଟି ମାଡ଼ିବ ନାହିଁ । ତାଙ୍କର ଭୟଥିଲା କାଳେ ସେ ସନ୍ୟାସୀ ଜୀବନ ପ୍ରତି ଆକୃଷ୍ଟ ହେବ ।

ମୋହିତ ଆଜି ତା'ର ଶପଥର ବନ୍ଧନରୁ ମୁକ୍ତ । ମୋ ସାମ୍ନାରେ ମୋହିତ ଜୀବନର ଆଉ ଏକ ଅପଠିତ ପୃଷ୍ଠା । ଏପରି ଅନେକ ଅପଠିତ ପୃଷ୍ଠାକୁ ସାମ୍ନା କରିବାକୁ ମୋ ଜିଜ୍ଞାସୁ ହୃଦୟ ସାହସ ସଂଚୟ କରୁଥିଲା । ଏତେ ବର୍ଷର ଘନିଷ୍ଠ ସଂପର୍କରେ ସେ ମୋତେ ଏ ବିଷୟରେ ଜାଣିବାର ସୁଯୋଗ ଦେଇନାହିଁ । ଆଜି ମଧ ମୋତେ ପତ୍ନୀ ଭାବରେ ସେ କେଉଁଆଡ଼େ ଯାଉଛି ଜଣାଇବାକୁ ଇଚ୍ଛା କରିନାହିଁ । କାରଣ ଆମେ ଦୁଇଜଣ ସ୍ୱାଧୀନ ମନୁଷ୍ୟ । ଆମ ଜୀବନର ଲକ୍ଷ୍ୟ, ରୁଚି, ସିଦ୍ଧାନ୍ତ, ସବୁକିଛି ଭିନ୍ନ ତଥାପି ଜୀବନର ଗୋଟିଏ ଧାରଣାରେ ଆମ ଦୁଇଜଣଙ୍କର ପାଦ । ଚାରିପାଦ ଏକାଠି ଚାଲିଲେ ପ୍ରେମ ହୋଇଯାଏ ପରା । ହୋଇଯାଇପାରେ, ପ୍ରେମ ଅବା ପାଲଟି ଯାଇପାରେ ଜୀବନ ଯନ୍ତ୍ରଣା ।

ଦିନ ଦୁଇଟା ବେଳକୁ ମୋହିତ ଆଶ୍ରମରୁ ଫେରିଲା । ସେତେବେଳେ ଘର ଅଜଣା ଆଶଙ୍କାରେ ଥମ୍ ଥମ୍ । ଶାଶୁ ଘର ବାହାର ଚାଲି ଚାଲି ଥକ୍କାମାରି ବସି ପଡ଼ିଥାନ୍ତି କୋଣରେ ପଡ଼ିଥିବା ଗୋଟେ କାଠ ଚେୟାରରେ । ତାଙ୍କ ମୁହଁରେ ବିଷାଦର କଳାଛାୟା ।

ମୋହିତ ଘରେ ପାଦଦେବା କ୍ଷଣି ଶାଶୁ ପାଟିକରି ଉଠିଲେ "ବୋହୂଟା ଛଟପଟ ହେଉଛି, ଦିନ ତମାମ୍ କେଉଁଆଡ଼େଥିଲୁ ?"

ମୋହିତ ଶାଶୁଙ୍କୁ ଘର ଭିତରକୁ ନେଉ ନେଉ କହିଲା "ବୋହୂ ନାଁରେ ମିଛ କାହିଁକି କହୁଛୁ ? କହୁନୁ ତୁ ଛଟପଟ ହେଉଥିଲୁ ବୋଲି । ମୁଁ ତ ତୋତେ କହି ଯାଇଥିଲି ଯେ ମୁଁ ଆଶ୍ରମ ଯାଉଛି ବାବାଙ୍କଠାରୁ ଆଶୀର୍ବାଦ ନେବା ପାଇଁ । ଏଥିରେ ବ୍ୟସ୍ତ ହେବାର କଣ ଅଛି ? ମୁଁ ତ ଆଉ ଛୋଟପିଲା ହୋଇ ରହିନାହିଁ ଯେ କେଉଁଠି ହଜିଯିବି ।

– ଆଜିପରି ଦିନରେ ବିଷ୍ଣୁ ନାରାୟଣଙ୍କ ମନ୍ଦିର ନଯାଇ ଆଶ୍ରମ ଯିବା କଣ ନିହାତି ଦରକାର ଥିଲା ? ଶାଶୁ ମୁହଁ ଫଣ ଫଣ କରି ପ୍ରଶ୍ନ କଲେ ।

ମୋହିତର କପାଳ କୁଞ୍ଚିତ ହୋଇଗଲା। ମୁଁ ଯେପରି ସେହିକ୍ଷଣରେ ଦେଖୁଥିଲି ଆଉଜଣେ ମୋହିତକୁ, ଯାହାକୁ ମୁଁ ପ୍ରଥମଥର ପାଇଁ ଦେଖୁଥିଲି। ମୁହଁ ତଳକୁ କରି ସେ କହିଲା "ମୁଁ ଯେ ସନ୍ୟାସୀ ହେବିନାହିଁ ତାହା କେବେ ଆଉ ତୁମେ ବିଶ୍ୱାସ କରିବ ? ମୁଁ ବିବାହ କରିସାରିବା ପରେ ମଧ ସେ ଭୟ ତୁମ ମନରୁ ଦୂର ହେଲା ନାହିଁ କାହିଁକି ? ମୁଁ କିନ୍ତୁ ଏବେ ମୋ ପ୍ରତିଜ୍ଞାର ସୀମାରେଖା ଅତିକ୍ରମ କରିସାରିଛି।"

କଣ ସେଇ ପ୍ରତିଜ୍ଞାର ସୀମାରେଖା ? ଯାହା ଅତିକ୍ରମ କରିସାରିଛି ମୋହିତ। ସେ କଣ କେବେ ଗୃହତ୍ୟାଗୀ ସନ୍ୟାସୀ ହୋଇଯିବା କଥା ଚିନ୍ତା କରିଥିଲା ? ମନେମନେ ଶଙ୍କାଗ୍ରସ୍ତ ହୋଇ ଉଠିଲି ମୁଁ ସେଇ ଝରୋକାପାଖରେ ବସି।

ମଣିଷର ଚରିତ୍ର ସମୁଦ୍ର ବକ୍ଷରେ ଭାସୁଥିବା ବରଫ ସ୍ତୁପପରି, ଯାହାର ଚାରି ଭାଗରୁ ଭାଗେ ମାତ୍ର ଆମେ ଦେଖିପାରୁ ଓ ତିନିଭାଗ ଥାଏ ଲୁକ୍କାୟିତ।

ମୋହିତ ମୋ ଆଖିସାମ୍ନାରେ ସମୁଦ୍ରରେ ଭାସୁଥିବା ସ୍ତୁପ ପରି, ତାକୁ ମୁଁ ଯେତିକି, ଚିହ୍ନେ ଜାଣେ ତାହା ତା' ଚରିତ୍ରର ସାମାନ୍ୟ ଭାଗଟିଏ ମାତ୍ର ଯାହାକୁ ତା'ର ସମଗ୍ର ଚରିତ୍ର ମନେକରି ମୁଁ ବିବାହ କରିଛି। ଏହା ମୋର ମୂର୍ଖତା ଅବା ତାର ଚଞ୍ଚକତା ?

ମୋର କଲେଜ ବାନ୍ଧବୀମାନଙ୍କ ମଧରୁ ପ୍ରଥମେ ମୋର ବିବାହ ହୋଇଥିବାରୁ ମୋହିତ ଓ ମୋ ଭିତରେ ଘଟିଥିବା ପ୍ରଥମ ରାତିର ରୋମାଞ୍ଚକର ଘଟଣା ସଂପର୍କରେ ଜାଣିବାକୁ ସମସ୍ତେ ଉସ୍ତୁକ ଥିଲେ। ଜିଙ୍ଗିଲ୍ ଥିଲା ସେଇମାନଙ୍କ ମଧରୁ ଜଣେ। ଜିଙ୍ଗିଲ୍ ପ୍ରଶ୍ନକଲା "ସାରା ! ପ୍ରେମିକ ସହ ଡେଟ୍‌ରେ ଯିବା ଓ ସ୍ୱାମୀ ସହିତ ପ୍ରଥମ ରାତି ବିତାଇବା ମଧରେ ଅନ୍ତର କଣ ? କିଛି ଗୋପନ ରଖିବନି କିମ୍ୱା ମିଛ କହିବ ନାହିଁ। କାରଣ ଆମେ ଏବେ ସମସ୍ତେ ସାବାଳିକା, ବିବାହଯୋଗ୍ୟା।"

କଣ ବା ଉତ୍ତର ଦେଇଥାନ୍ତି ?

ମୁଁ ସୂର୍ଯ୍ୟାଂଶ ସହ କେବେ ତଥାକଥିତ ପ୍ରାୟୋଜିତ ଡେଟ୍‌ରେ ଯାଇନଥିଲି, କିମ୍ୱା ମୋହିତ ସହିତ ପ୍ରଥମ ରାତି ଜହ୍ନହୀନରାତିର ସ୍ମୃତିଏ। କିଏ ଏ କଥା ବିଶ୍ୱାସ କରିବ ? ଜିଙ୍ଗିଲ୍‌କୁ ତା' ମନପସନ୍ଦ ଉତ୍ତର ମିଳିବନାହିଁ କାରଣ ଉଭୟ ପ୍ରସଙ୍ଗରେ ମୁଁ ଅନଭିଜ୍ଞ।

ମୋର ସ୍ୱାମୀ ଲୋଡ଼ା ନଥିଲା, ନିଜେ ଦାସତ୍ୱ ସ୍ୱୀକାର କରିବା ପାଇଁ ପ୍ରଭୁ ବା ମୁନିବ ଲୋଡ଼ା ନଥିଲା। ଜୀବନ ଯାତ୍ରା ପାଇଁ ସହୃଦୟ ସହଯାତ୍ରୀଟିଏ ଲୋଡାଥିଲା। ତେବେ ମୋହିତ ସେ ଦୃଷ୍ଟିରୁ ମନ୍ଦନୁହେଁ। ଜୀବନର ପ୍ରଥମ ରାତି ନୁହେଁ, ସମଗ୍ର ଜୀବନର ପ୍ରତ୍ୟେକ ରାତିକୁ ମୁଁ ଜହ୍ନ ବିନା ବିତାଇ ଦେଇପାରେ ମୋହିତର ସାହଚର୍ଯ୍ୟରେ ଏ କଥା କିଏ ଅବା ବିଶ୍ୱାସ କରିବ ?

ଜିଙ୍ଗିଲ୍ ଏ ସବୁ ଦର୍ଶନରେ ବିଶ୍ୱାସ କରିବ ନାହିଁ ମୁଁ ଜାଣେ। କହିଲି "କିଛି ରୋମାଞ୍ଚ ନିଜ ପ୍ରଥମ ରାତି ପାଇଁ ସାଇତି ରଖିଥାଅ ଜିଙ୍ଗିଲ୍ ସବୁ ଶୁଣିଦେଲେ ହୁଏତ ସେ ରୋମାଞ୍ଚ ତୁମର ରହିବ ନାହିଁ। ସମସ୍ତଙ୍କ ଜୀବନରେ ପ୍ରଥମ ରାତିରେ ଏକାଭଳି ଘଟଣା ଘଟେ ନାହିଁ। ପୃଥ୍ୱୀର ସବୁ ସ୍ୱାମୀମାନେ ମୋହିତ ପରି ଶାନ୍ତ ସ୍ୱଭାବର ନୁହଁନ୍ତି। ପ୍ରଥମ ରାତିରେ ମୋହିତ ମୋ ଦେହ ମନର ଯେଉଁ ସୁନ୍ଦର ସ୍ୱାଗତ ଉପଚାର କରିଛି ସେଥିପାଇଁ ମୁଁ ଗର୍ବିତା।"

ଜିଙ୍ଗିଲର ହସ ହସ ସ୍ୱର ଶୁଭିଲା– "ଜୀବନରେ ଏଇ କେତୋଟି ଘଟଣା, କେତୋଟି ମୁହୂର୍ତ୍ତର ସ୍ମୃତି ସାରାଜୀବନକୁ ମଧୁମୟକରେ ତୁମର ଏଭଳି ଅନୁଭବ ହେବା ଉଚିତ୍ ଯେ ତୁମେ ମୋହିତ ହୃଦୟର ଅଧୀଶ୍ୱରୀ, ମାନବୀ ନୁହେଁ ଦେବୀ। ତା' ଜୀବନର ପ୍ରତ୍ୟେକ ଘଟଣାରେ ତମ ନାମ ରହିବ ପ୍ରଥମେ। ତା' ପୃଥ୍ୱୀର ଅକ୍ଷଦଣ୍ଡ ପାଲଟିବ ତମେ। ତମକୁ ହିଁ କେନ୍ଦ୍ର କରି ଗଡ଼ିଉଠିବ ପ୍ରତ୍ୟେକ ଘଟଣା, ଘୁରିବ ତା'ର ସମଗ୍ର ପୃଥ୍ୱୀ। ମୋହିତକୁ ବିବାହ କରି ତୁମେ ସୁଖୀ କିମ୍ବା ଅସୁଖୀ ହେବ, ଦ୍ୱନ୍ଦ୍ୱ ଥିଲା ମନରେ। ଏବେ ମୁଁ ନିଶ୍ଚିତା, ତୁମ ବୈବାହିକ ଜୀବନ ଦୀର୍ଘ ଓ ସୁଖମୟ ହେଉ।"

ଜିଙ୍ଗିଲ୍ କଥାଶେଷରେ କହିଲା "ଜାଣ ସାରା ! ଦିନେ ତୁମେ ଦୁଇଜଣ ପହଞ୍ଚିବ ବୟସର ଅପରାହ୍ନରେ। ତୁମର ପିଲାମାନେ ତୁମଠାରୁ ଦୂରରେ ସେମାନଙ୍କ ସଂସାର ଗଢ଼ିବେ। ସଂସାରର ସମସ୍ତ କର୍ତ୍ତବ୍ୟ ଶେଷ ହୋଇଯିବାପରେ ତୁମେ ଦୁଇଜଣ ଏକାକୀ ହୋଇଯିବ। ଏମିତିବି ଗପିବା ନିମନ୍ତେ ତୁମପାଖରେ କୌଣସି ପ୍ରସଙ୍ଗ ନଥିବ। ସେତେବେଳେ ଜୀବନରେ ଏକାନ୍ତରେ ବିତାଇଥିବା କିଛି ରୋମାଞ୍ଚକର ସ୍ମୃତି ଥିବ ସାଥିରେ। ସେ ସବୁ ମନେପକାଇ ତୁମେ ଦୁହେଁ ଉଲ୍ଲସିତ ହେବ, ଅତୀତର ବନ୍ଧନରୁ ଫିଟି ପୁନି ପହଞ୍ଚିବ ଅନେକ ଦିନ ତଳୁ ଛାଡ଼ି ଆସିଥିବା ଯୌବନର ଦିନମାନଙ୍କରେ। ଶେଷ ମୁହୂର୍ତ୍ତ ପର୍ଯ୍ୟନ୍ତ ଜଣଙ୍କ କାନ୍ଧରେ ଅନ୍ୟ ଜଣେ ମଥାଥୋଇ କହୁଥିବ ଆମେ ଯେତେଥର ପୃଥ୍ୱୀକୁ ଫେରୁଥିବା ଦୁହେଁ ଦୁହିଁଙ୍କ ପ୍ରତୀକ୍ଷାରେ ରହିବା। ଜନ୍ମଜନ୍ମାନ୍ତର ସଂପର୍କ ଆମର।"

ଜିଙ୍ଗିଲର କଥାଶୁଣି ମୋ ଆଖିମୁଦି ହୋଇ ଆସୁଥିଲା ଏକ ତୀବ୍ର ଜ୍ୱାଳାର ଅନୁଭବରେ। ଏଭଳି ପ୍ରତିଜ୍ଞା ଥରେ କରିସାରିଥିଲି ସୂର୍ଯ୍ୟାଂଶ ପାଇଁ। ମୋହିତ ପାଇଁ ଏଭଳି କାମନାଟିଏ ସୃଷ୍ଟି କରିବାକୁ ମୋତେ ଲାଗିଯିବ ଅନେକବର୍ଷ। ସତରେ ଏ ସଂପର୍କକୁ ମୁଁ କିଭଳି ଆଗେଇ ନେଇ ତା'ର ପତ୍ନୀ ହୋଇପାରିବି ? ମୋ ଚତୁର୍ଦ୍ଦିଗର ଦୁନିଆଁ ଖୁବ୍ ଅସହଜ ଥିଲା ମୋ ପାଇଁ ମୋ ଧୂଳି ମାଟିର ସ୍ୱର୍ଗ ହିଁ ଥିଲା ମୋ ଛୋଟ ଘର, ମୋର ସ୍ୱଳ୍ପ ଶିକ୍ଷିତ ବାପା ମା, ମୋର ଛୋଟଛୋଟ ଆଶା ଓ ବିଶ୍ୱାସରେ ଗଢ଼ା

ସଂକ୍ଷିପ୍ତ ଦୁନିଆଁ । ବିଦାୟ ବେଳାର ଟୋପାଏ ଲୁହ ନଝରି ଘର ଛାଡ଼ିବାକୁ ପ୍ରତିଜ୍ଞା କରିଥିବା ହୃଦୟ ଯେପରି କୋହରେ ଫାଟିପଡ଼ୁଥିଲା । ଏବେ ମୋ ମନ ପହଞ୍ଚିଗଲା ମୋ' ଘରର କୋଠରୀ ଭିତରେ, ଯାହାର କାନ୍ଥରେ ଝୁଲାଇଥିଲି ମୋର କାଚ ବନ୍ଦୋଇ ସାର୍ଟିଫିକେଟ୍, ମ୍ୟାଥ୍ ଅଲମ୍ପିଆଡ଼ଠାରୁ 'ବେଷ୍ଟ ମ୍ୟାଥମେଟିସିଅନ୍ ଅଫ୍ ଦି ଇୟର' ପର୍ଯ୍ୟନ୍ତ । ଥାକରେ ସଜାଇ ରଖିଥିଲି ମାଟିବୁଢ଼ାର ମୂର୍ତ୍ତି, ଜନ୍ମଦିନ ମାନଙ୍କରେ ମିଳୁଥିବା ଉପହାର । ଅଷ୍ଟମ ଶ୍ରେଣୀରେ ବାପା କିଣିଦେଇଥିବା ପ୍ରଥମ ହାତ ଘଣ୍ଟା ଓ ପ୍ରଚୁର ବହି ଯାହା ମୁଁ ପ୍ରାୟ ପୁରସ୍କାର ଭାବରେ ପାଇଥିଲି । ନିରୋଳାରେ ମୁଁ ସେସବୁ ଛୁଇଁ ସେମାନଙ୍କର ସ୍ପନ୍ଦନ ଅନୁଭବ କରେ । ଜୀବନ ନଥିବା ବସ୍ତୁମାନଙ୍କ ମଧ୍ୟରେ ମୁଁ ଜୀବନ ଥିବାର ଅନୁଭବ କରିପାରେ । ହୋଇଥାଇ ପାରେ ତାହା ଅନ୍ୟମାନଙ୍କ ନିମନ୍ତେ କାଳ୍ପନିକ । ମୁଁ ସେମାନଙ୍କ ଉପସ୍ଥିତିର କୌଣସି ପ୍ରମାଣ ଦେଇପାରିବି ନାହିଁ । ତଥାପି ସେମାନେ ଥାଆନ୍ତି ମୋ ସହିତ ପ୍ରତିମୁହୂର୍ତ୍ତରେ । ମୋ ପ୍ରତ୍ୟେକ ଯୁଦ୍ଧର ପ୍ରାରମ୍ଭରେ ଓ ବିଜୟରେ ।

ମାଟିବୁଢ଼ା ! ମାଟିର ମୂର୍ତ୍ତିଏ ସତ କିନ୍ତୁ ସେଥିଲେ ମୋ ଅପରିସୀମ ବିଶ୍ୱାସର ଉସ୍ । ଯାହା ଅନ୍ଧବିଶ୍ୱାସ ନୁହେଁ । କିଛି ଅନୁଭବ ଥାଏ, ଯାହା ପ୍ରକାଶ ନିମନ୍ତେ ଭାଷାମାନେ ନିଜ ଅସହାୟତା ପ୍ରକାଶ କରନ୍ତି । ଯେପରି ବ୍ରହ୍ମାଣ୍ଡର ଅନେକ ସତ୍ୟ ଏ ଯାବତ୍ ପ୍ରମାଣିତ ହୋଇପାରି ନାହିଁ । ତା' ବୋଲି କଣ ସେ ସବୁ ମିଥ୍ୟାର ପରିସର ଭୁକ୍ତ ? ସେମିତି ମାଟିବୁଢ଼ା ମୋ ଜୀବନର ପରମ ବିସ୍ମୟ । ଯାହା ସ୍ୱପ୍ନନୁହେଁ, ପ୍ରହେଲିକା ନୁହେଁ, ଅନ୍ଧବିଶ୍ୱାସ ମଧ୍ୟ ।

ଏକଦା ବାଲ୍ୟକାଳରେ ବାପା ମା'ଙ୍କ ସହିତ ବଣ ମୂଲକକୁ ଯାଇଥିଲି । ବାପା ସେଠାରେ କମ୍ପାନୀ କାମରେ ମାସଟିଏ ରହିବାର ଯୋଜନାରେ ଯାଉଥିବାରୁ ଆମ ଦୁଇଜଣଙ୍କୁ ମଧ୍ୟ ସାଥିରେ ନେଇଯାଇଥିଲେ । ଗ୍ରୀଷ୍ମାବକାଶ । ସେଠାରେ ପହଞ୍ଚିବା ପରେ ଜଣାପଡ଼ିଲା ସେ ଗ୍ରାମର ଛୋଟ ଛୋଟ ଶିଶୁମାନେ ଅଜଣା ଜ୍ୱରରେ ମୃତ୍ୟୁବରଣ କରୁଛନ୍ତି । ମୋର ସୁରକ୍ଷା ଚିନ୍ତାରେ ମା' ପ୍ରତିରାତିରେ ଗୁମୁରି ଗୁମୁରି କାନ୍ଦୁଥିଲେ । ଦିନେ ରାତିରେ ମୋତେ ପ୍ରବଳ ଜ୍ୱର ହେଲା । ବାପା ଜଣଙ୍କଠାରୁ ସାଇକେଲ ମାଗିନେଇ ଡାକ୍ତରଖାନାରେ ପହଞ୍ଚ ଶୁଣିଲେ ଡାକ୍ତରଙ୍କର ବଦଳି ହୋଇ ଯାଇଛି । ନିପଟ ମଫସଲ ଜାଗା ହୋଇଥିବାରୁ ରାତିରେ ସହରକୁ ଯିବା ଗମନାଗମନର ସୁବିଧା ନଥିଲା ।

ଜ୍ୱରରେ ମୁଁ ବାରମ୍ବାର ଚେତନା ହରାଉଥାଏ । ସେତେବେଳେ ଏକ କଳା ବିଲେଇଟାଏ ଛକି ବସିଥାଏ ଘର ସାମ୍ନାରେ । ସୁଯୋଗ ପାଇଲେ ଘର ଭିତରକୁ ପଶି ଆସେ ଓ ଗୋଡ଼ାଇ ଦେଲେ ବାହାରିଯାଏ । କଳା ବିଲେଇକୁ ଦେଖି ମୋ ମା'ଙ୍କ

କୋମଳ ହୃଦୟରେ କେତେ କେତେ ଦୁର୍ଭାବନା କାୟା ବିସ୍ତାର କରୁ ଥାଏ। ମଣିଷ ନିରୂପାୟ ହେଲେ ଈଶ୍ୱରଙ୍କୁ ଲୋଡ଼ିଲା ପରି ମୋ ମା’ ନିରୂପାୟ ହୋଇ ଶେଷରେ ମୋତେ ଈଶ୍ୱରଙ୍କୁ ସମର୍ପଣ କରି ଦେଇଥିଲେ। ବାପା କାହାର ସାହାଯ୍ୟ ନେଇ ମୋତେ ସହରକୁ ନେଇ ଚିକିତ୍ସା କରାଇବାର ଉଦ୍ୟମରେ ବିଫଳ ହୋଇ ମୁଣ୍ଡରେ ହାତ ଦେଇ ବସିଥାନ୍ତି। ଏହି ସମୟରେ ଜଣେ ବୃଦ୍ଧ ମୋ କୋଠରୀ ଭିତରକୁ ଆସି ମୋ କାନରେ କିଛି କହିଲେ, ତାହା ମୋ ଅଜ୍ଞାତ ବୟସରେ ଅଶ୍ରୁତ ଅଥଚ ସେ ଦିନରେ ସେ ଶବ୍ଦ ମନ୍ତ୍ରୋଚାରଣ ପରି ବୋଧ ହେଉଥିଲା। ତା’ପରେ ମୁଁ କିଛି ଜାଣେନା।

ପରଦିନ ମୁଁ ସୁସ୍ଥ ହୋଇ ଉଠିଥିଲି। ସେ ସ୍ଥାନରେ ଆଉ କ୍ଷଣଟିଏ ନରହିବାର ସିଦ୍ଧାନ୍ତରେ ମା’ ଲୁଗାପଟା ସଜାଡ଼ି ବାହାରକୁ ଆସି ଦେଖିଲେ କଳା ବିଲେଇଟି ମରି ପଡ଼ିଛି ବାରଣ୍ଡାରେ। ସେ କିପରି ମରି ପଡ଼ିଥିଲା ଆମେ ଜାଣୁନା। ଫେରିବା ରାସ୍ତାରେ ମେଳା ପଡ଼ିଥାଏ। ମୁଁ ଜିଦ୍ କଲି ମେଳା ଦେଖିବାପାଇଁ। ମେଳାରେ ଅନେକ ଖେଳଣା ବିକ୍ରି ହେଉଥିବାର ଦେଖି ମୁଁ ଧାଇଁଯାଇ ଗୋଟିଏ ମାଟିର ବୁଢ଼ାମୂର୍ତ୍ତି ଉଠାଇ ଆଣି କହିଲି “ମା! ଗତ କାଲି ରାତିରେ ଏ ବୁଢ଼ା ବାବା ମୋ କାନରେ କିଛି କହିଲେ ଓ ତାପରେ ମୁଁ ଶୋଇ ପଡ଼ିଲି।”

ମା’ଙ୍କର ଦୁଇ ଆଖିରେ ଲୁହ ଜକେଇ ଆସିଥିଲା ମୋ କଥା ଶୁଣି। ଗତକାଲି ରାତିରେ ସେ ଏକାକୀ ଭୟଭୀତ ଭାବରେ ବିତାଇଥିଲେ। କେଉଁ ବୁଢ଼ା ବାବା ଆସିଥିବାର କଥା ମୁଁ କହୁଛି। ଦୂର ଅତୀତର କାହାଣୀ ପରି ମୋ ସ୍ମୃତିପଟରେ ଏବେବି ସେ ଘଟଣା ଜୀବନ୍ତ।

ମେଳାରୁ କିଣି ଆଣିଥିବା ମାଟି ବୁଢ଼ା ମୂର୍ତ୍ତି ଏବେବି ମୋ କୋଠରୀରେ। ଯାହା ସହିତ ମୁଁ ସବୁ ଦୁଃଖ ଓ ସୁଖ ବାଣ୍ଟିପାରେ। ମୁଁ ତାଙ୍କୁ କ୍ୱାଣ୍ଟମ୍ ଫିଜିକ୍ସର ତତ୍ତ୍ୱ ବଖାଣିବା ସମୟରେ ସେ କହନ୍ତି ଅଣୁ ସଂରଚନାର କ୍ଷୁଦ୍ରାତିକ୍ଷୁଦ୍ରରୂପ, ମୁଁ ତାଙ୍କୁ ସୁପରନୋଭା ସଂପର୍କରେ କହିଲେ ସେ କହନ୍ତି ଡାର୍କ ମ୍ୟାଟର ସଂପର୍କରେ। ମୁଁ କେବେ କମ୍ପ୍ୟୁଟର କୋଡିଂ ସଂପର୍କରେ ଆଲୋଚନା କଲାବେଲେ ସେ କ୍ଷଣିକରେ ଡି-କୋଡିଂ କରିଦେଇପାରନ୍ତି। ମୋର ସମସ୍ତ ତତ୍ତ୍ୱକୁ।

ମା’ଙ୍କୁ ଥରେ ଏକଥା କହିବା ସମୟରେ ସେ ହସି କହିଥିଲେ “ଆଦିବାସୀ ଗାଁର ପାଠ ପଢ଼ି ନଥିବା ବୁଢ଼ା ପୁଣି କ୍ୱାଣ୍ଟମ୍ ଫିଜିକ୍ସ, ଡାର୍କ ମ୍ୟାଟର୍ ତତ୍ତ୍ୱ ବୁଝିପାରୁଛି, କମ୍ପ୍ୟୁଟର କୋଡିଂକୁ ଡି କୋଡିଂ ବି କରିପାରୁଛି? ଏଥିରୁ ବୁଝିପାରୁଥିବୁ ଆମ ଜ୍ଞାନ କେତେ ସୀମିତ ଓ ଆମେ ସ୍ଥୂଳ ନୟନରେ ଯାହା ଦେଖୁ ଓ ତା’ର ପରିସୀମା ଆକଳନ କରୁ ତାହା କେବଳ ଭ୍ରମ ହିଁ ଭ୍ରମ।”

ସେ ମାଟିବୁଢ଼ା ! ମୁଁ ଦେଖିନଥିବା, ଜାଣି ନଥିବା, ବୁଝି ନଥିବା, ଅଜ୍ଞାତ ଅଗାଧ, ଜ୍ଞାନର ସମୁଦ୍ର, ଆଜିପର୍ଯ୍ୟନ୍ତ ମୁଁ ଡିକୋଡ୍ କରିପାରିନଥିବା ଏକ ରହସ୍ୟମୟ ତତ୍ତ୍ୱ । ଏସବୁ ମନେ ପଡ଼ିବାରୁ ସେଇ ମୁହୂର୍ତ୍ତରେ ମୋହିତ ଘରେ ମୁଁ ନିଜକୁ ଖୁବ୍ ଏକାକୀ ମନେକଲି ।

ପରକ୍ଷଣରେ ମୋ ମା'ଙ୍କ ପାଇଁ ମନଟା ଭିଜିଗଲା ଏକଥା ଚିନ୍ତାକରି ଯେ ମୋ ପାଖରେ ପ୍ରଚୁର ସ୍ୱାଧୀନତା ଅଛି ଓ ଜୀବନକୁ ସହଜ କରିବାର ସମସ୍ତ ସାଧନ । ତଥାପି ମୁଁ ଏଠାରେ ଏତେ ନିଃସଙ୍ଗ । ମୋ ମା' ଯେବେ ଶାଶୁଘରକୁ ଆସିଥିବେ କେତେ ଅସହାୟ ଲାଗୁଥିବ ତାଙ୍କୁ । ଶାଶୁଘରର କାଇଦା କଟକଣା, ବାପାଙ୍କ ଉଦାସୀନତା ଭିତରେ ନିଜର ସ୍ୱାଧୀନତା ନଥିବା ମା'ଙ୍କୁ ଜୀବନଟା କିପରି ମନେ ହୋଇଥିବ ? ଠିକ୍ ଗୋଟେ ଫେରିବାର ରାସ୍ତା ନଥିବା ସୁଡ଼ଙ୍ଗର ଯାତ୍ରା ଭଳି ।

ଏହା ମୋ ମା'ଙ୍କର ଜୀବନ କାହାଣୀ ନୁହେଁ, ଅଧିକାଂଶ ଭାରତୀୟ ନାରୀଙ୍କର ଜୀବନ କାହାଣୀ । ଯେଉଁମାନେ ସାରାଜୀବନ ବିନା ଆପତ୍ତି ଅଭିଯୋଗରେ ତାଙ୍କ ଉପରେ ହେଉଥିବା ଅନ୍ୟାୟ, ଅତ୍ୟାଚାର, ଅସହଯୋଗକୁ ସହି ଯାଆନ୍ତି ପଛେ ନିଜ ଘରକୁ ଫେରିଯିବାକୁ ଅସମ୍ମାନ ମନେ କରନ୍ତି ।

କଥା ପ୍ରସଙ୍ଗରେ ଦିନେ ମୋହିତକୁ କହିଥିଲି "ମୋ ବାପା ମା'ଙ୍କ ପାଇଁ ମୁଁ ପୁତ୍ରର ସମସ୍ତ କର୍ମ କରିବାକୁ ଚାହେଁ । ଜଣେ ପୁତ୍ର ଭଳି ସେମାନେ ମୋତେ ଯତ୍ନର ସହିତ ଲାଳନପାଳନ କରିଛନ୍ତି । ତେଣୁ ମୋ ଉପାର୍ଜନ ଉପରେ ସେମାନଙ୍କ ଅଧିକାର ରହିବ । ଶେଷ ଜୀବନରେ ସେମାନଙ୍କର ସମସ୍ତ ଦାୟିତ୍ୱ ମୋର ।"

ମୋହିତ ମୋ କଥା ଶୁଣି ଉତ୍ସାହିତ ହୋଇ କହିଥିଲା "ମୁଁ ସେଇ ଟେକ୍‌ନୋକ୍ରାଟ ସାରାକୁ ଭଲପାଇନାହିଁ ଯେ ମୋଠାରୁ ଅଧିକ ଉପାର୍ଜନ କରେ । ମୁଁ ଭଲ ପାଇଛି ଗୋଟେ ହୃଦୟବତୀ ସୁନ୍ଦରୀ ଓ ବୁଦ୍ଧିମତୀ ଝିଅକୁ ଯାହା ଭିତରେ ଅପରିସୀମ ଜୀବନୀଶକ୍ତି, ଅପରିମିତ ଉର୍ଜା ଓ ଯେ ବିରାଟ ହୃଦୟର ଅଧିକାରିଣୀ । ମୋ ପରିବାରରେ ସମସ୍ୟା ଥାଇପାରେ କିନ୍ତୁ ମୁଁ ତାହା କୌଣସି ଦିନ ତୋ ଉପରେ ଲଦି ଦେବିନାହିଁ ସେ ବିଷୟରେ ତୁ ନିଶ୍ଚିତ ରହ ।"

ଏ କଥା ଶୁଣି ମୋହିତ ପ୍ରତି ମୋ ହୃଦୟର ଶ୍ରଦ୍ଧା ଓ ସମ୍ମାନ ହୋଇଥିଲା ଦ୍ୱିଗୁଣୀତ । ସୂର୍ଯ୍ୟାଂଶ କିନ୍ତୁ ଅର୍ଥର ମହତ୍ତ୍ୱ ବୁଝେନାହିଁ, ଯେଉଁ ଅର୍ଥକୁ କେନ୍ଦ୍ର କରି ପୃଥିବୀ ଦେଖିଛି କେବେ ଯୁଦ୍ଧ, କେତେ ରକ୍ତପାତ, ମାନବ ସଭ୍ୟତାର ଇତିହାସ ପରିବର୍ତିତ ହୋଇଯାଇଛି ।

ସେଦିନ ସଂଧ୍ୟାରେ ଅଭାବିତ ଘଟଣାଟିଏ ଘଟିଲା । ମୋ ବଡ ନଣନ୍ଦ କାବ୍ୟା

ଅପା ଓ ତାଙ୍କ ସ୍ୱାମୀ ଶଶାଙ୍କ ସଂଧ୍ୟାରେ ମୋ କୋଠରୀକୁ ଆସିଲେ। ଏ ପର୍ଯ୍ୟନ୍ତ କାର୍ଯ୍ୟ ଚାପରେ ସେମାନେ ମୋ ସହିତ ମିଶିପାରିନଥିଲେ। ବନ୍ଧୁବାନ୍ଧବମାନେ ପ୍ରାୟ ଯାଇ ସାରିଥିବାରୁ ଘରେ ଗହଳି ଚହଳି ଅନେକଟା କମି ଯାଇଥିଲା।

ଶଶାଙ୍କ ଗୋଟିଏ ପ୍ରାଇଭେଟ୍ ଫାର୍ମରେ ଚାଟାର୍ଡ ଆକାଉଣ୍ଟାଣ୍ଟ। ଦେଖିବାକୁ ସୁଦର୍ଶନ। ଘରେ ପ୍ରଚୁର ସଂପତ୍ତି। କାବ୍ୟା ଅପା ପାଇଁ ଅନେକ ଖୋଜାଖୋଜି ପରେ ଶଶାଙ୍କ ସହିତ ବିବାହ ହୋଇଥିଲା। ତାଙ୍କର ଭଲ ରୋଜଗାର ନଥିଲେ ମଧ ପୈତୃକ ସମ୍ପତ୍ତି ଥିବାରୁ ପ୍ରସ୍ତାବଟି ଗ୍ରହଣୀୟ ହୋଇଥିଲା। ଶଶାଙ୍କ ମୋ ସାମ୍ନାରେ ବସି ମୋହିତକୁ ପ୍ରଶଂସା କରିବା ଉଦ୍ଦେଶ୍ୟରେ କହିଲେ "ସମସ୍ତେ କଣ ମୋହିତ ପରି ଭାଗ୍ୟବାନ୍ ହୋଇଛନ୍ତି। ଯାହାକୁ ସର୍ବଗୁଣସଂପନ୍ନା ପତ୍ନୀ ମିଳିବ।" କେଜାଣି ମୁଁ ଏହାକୁ ମୋର ପ୍ରଶଂସା ମନେ ନ କରି କାବ୍ୟାଅପାଙ୍କର ଅସମ୍ମାନ ମନେକରି କହିଲି "ଭାଇନା! ଅପାଙ୍କ ରଙ୍ଗଟା ଶ୍ୟାମଳ ହେଲେ ଗଢଣଟା ସୁନ୍ଦର।"

ଶଶାଙ୍କ କାବ୍ୟା ଅପାଙ୍କୁ ଚାହିଁ ବିଦ୍ରୂପ ଭରା କଣ୍ଠରେ କହିଲେ "କାଳି କନିଆଁଙ୍କର ହଜାରେ ଭଲଗୁଣ ଗୁଣରେ ଗଣା ଯାଏନାଁ ଏ କଥା ତୁମେ ଶୁଣିନ?"

କାବ୍ୟାଅପା ସୁନ୍ଦରୀ ନୁହଁନ୍ତି, ଶ୍ୟାମଳୀ। କଥା କହିଲାବେଳେ ତାଙ୍କ ବଡବଡ ମୁଖଦାନ୍ତ ବାହାରକୁ ବାହାରିପଡିବା ପରି ଦିଶେ। କିନ୍ତୁ ତାଙ୍କୁ ଦେଖିବା ପରେ ଶଶାଙ୍କ ବିବାହ ପାଇଁ ସମ୍ମତି ପ୍ରକାଶ କରିଥିଲେ। ଆଜି ପୁନର୍ବାର ଏ ପ୍ରସଙ୍ଗର ଅବତାରଣା କଣ ପାଇଁ? କାହିଁକି ତାଙ୍କ ଆତ୍ମସମ୍ମାନର ହନନ ?

ନୂଆ ବୋହୂ ସାମ୍ନାରେ ତାଙ୍କର ଅପମାନ ହେଉଥିବାରୁ କାବ୍ୟା ଅପା ରାଗ ତମ ତମ ହୋଇ ଉଠି ଚାଲିଗଲେ।

"ଆରେ ଥଟ୍ଟାରେ କହିଲି।" ଶଶାଙ୍କ ପଛରୁ ଏ କଥା ହସି ହସି କହିଲେ ସୁଦ୍ଧା ସେ ଆଉ ଫେରିଲେ ନାହିଁ। ମୋ ମୁହଁଟା ବି ଅପମାନରେ ଜଳିଗଲା ପରି ବୋଧ ହେଲା। ମୋହିତ ଭଉଣୀକୁ ମନାଇବା ଉଦ୍ଦେଶ୍ୟରେ ଉଠିଗଲା। କୋଠରୀରେ ଚୁପ୍‍ଚାପ୍ ବସି ରହିବା ଛଡା ମୋର ଗତି ବା କଣ ଥିଲା ?

ଶଶାଙ୍କ ମୋତେ ଏକୁଟିଆ ଦେଖି ତାଙ୍କ ମନକଥା କହି ପକାଇଲେ ଯାହା ଶୁଣି ମୁଁ କିଛି ସମୟ ପାଇଁ ହୋଇଗଲି ଚକିତ।

ସେ ହସି ହସି ଲୋଭନୀୟ ଦୃଷ୍ଟିରେ ଚାହିଁ ମୋତେ ପ୍ରଶ୍ନ କଲେ "ଭାଉଜ! ମୋହିତଠାରେ କଣ ଦେଖି ତମେ ପ୍ରେମ କରି ବସିଲ? ତମ ସହିତ ବିବାହ ପୂର୍ବରୁ ମୋର ଥରୁଟିଏ ଦେଖା ହେବାର ଥିଲା। ନାଁ କଣ କହୁଛ ?"

ମୁଁ ନିରୁତ୍ତର। ଏଭଳି ପ୍ରଶ୍ନର ସଠିକ୍ ଉତ୍ତର ମୋତେ ଜଣାଥିଲେ ମଧ ସବୁ

ପ୍ରଶ୍ନର ଉତ୍ତର ଦିଆଯାଏନା। ନୂଆ ଶାଢ଼ୀ ଓ ଗହଣା ଭିତରେ ମୋ ଦେହ କଣ୍ଟକିତ ହୋଇ ଆସୁଥିଲା। ମୋ ଗଭାରେ ସଜ ମଲ୍ଲୀଫୁଲର ଗଜରା ଲଗାଇ ଦେଇଥିଲେ କାବ୍ୟା ଅପା, ଯାହା ଶଶାଙ୍କର ଦୃଷ୍ଟି ଆକର୍ଷଣ କରୁଥିଲା। ମୁଁ ମଥାରେ ଓଢ଼ଣା ଦେଇ ତାଙ୍କୁ ସେ ଦୃଶ୍ୟ ଉପଭୋଗ କରିବାରୁ ବିରତ କଲି। ଯାହାହେଲେ ସେ ମୋ ନଣନ୍ଦଙ୍କ ସ୍ୱାମୀ, ଥଟ୍ଟାମଜାର ସଂପର୍କ। ସେ ଯେକୌଣସି କଥା କହି ତାକୁ ସାମାନ୍ୟ ବୋଲି ପ୍ରମାଣିତ କରିପାରିବେ।

ମୋ ନିରବତା ଦେଖି ସେ କହିଲେ "ଯାହା ହେଉ ଏବେ ଦେବୀ ଦର୍ଶନ ତ ହେବ, ମଝିରେ ମଝିରେ ଦେବୀଙ୍କ ହାତ ଛୁଆଁ ଚା, ସର୍ବତ୍ ବି ମିଳିଲେ ଜୀବନ ଧନ୍ୟ ହେବ।"

ଏହି ସମୟରେ କେହି ଜଣେ ତାଙ୍କୁ ଡାକିବାରୁ ସେ ଏକ ତୀକ୍ଷ୍ଣ ଓ ଲୋଭନୀୟ ଦୃଷ୍ଟି ହାଣି ବାହାରକୁ ବାହାରିଗଲେ। ଏ ସବୁ କଥା ମୋହିତକୁ କହିହେବ ନାହିଁ କାରଣ ଶଶାଙ୍କ ଏ ଘରର ଜ୍ୱାଇଁ।

ହଠାତ୍ ମୋହିତ ମୋ କୋଠରୀ ଭିତରକୁ ପଶିଆସି ମୋ ମୁହଁରୁ ରଙ୍ଗ ଉତୁରି ପଡ଼ିଥିବା ଦେଖି ଜାଣିପାରିଲା ଯେ କିଛି ଘଟଣା ଘଟିଯାଇଛି ଯେଉଁଥିପାଇଁ ମୁଁ ଭୀଷଣ ଅସନ୍ତୁଷ୍ଟ। ସେ କହିଲା "ତୁ ଭାଇନାଙ୍କ କଥା ଧରିବୁନି ସାରା ସେ ଖୁବ୍ ଖୋଲା ହୃଦୟର। ଏଇ ଅପାଟା ମୋର ନାକକାନ୍ଦୁରୀ, ଘର କୋଣରେ ବସି କାନ୍ଦୁଛି ଯେ ଯେତେ ବୁଝାଇଲେ ବୁଝୁନି।"

ଇଚ୍ଛା ହେଉଥିଲା କହିବାକୁ ତୁ କେଉଁଠି ବୁଝିପାରିବୁ ଗୋଟେ ନାରୀକୁ ତା'ର ସ୍ୱାମୀ ତୃତୀୟ ପକ୍ଷ ସାମ୍ନାରେ ଅପମାନିତ କରିବାର ଜ୍ୱାଲା। ତୁମେ ତ ତା' ନିଜ ପରିବାର ହୋଇ ଶଶାଙ୍କର ଦୋଷ ଦୁର୍ବଲତା ନ ଧରି, ଧରିବ ନିଜ ଝିଅଟିର। କେହି କହିବ କାଲି ଝିଅକୁ କାଲି କହିଲେ ବାଧେ କାହିଁକି ?

କାବ୍ୟାଅପାଙ୍କ ଜ୍ୱାଲା ମୋ ଦେହକୁ ସଞ୍ଚରି ଆସୁଥିଲା ବନାଗ୍ନି ପରି।

ଚତୁର୍ଥୀ ପରି ପଞ୍ଚମୀ ରାତିଟି ମଧ ମୋ ପାଇଁ ଏକ ସାଧାରଣ ରାତି ପାଲଟି ଗଲା। ମୋ କୋଠରୀରେ ମୁଁ ବସିଥିଲି। ଅଳ୍ପ କେଇଜଣ ଅତିଥ ମୋତେ ଦେଖି ଉପହାର ଦେଇ ଚାଲିଯାଉଥିଲେ। ବାରମ୍ବାର ଶଶାଙ୍କ ବିଭିନ୍ନ କାର୍ଯ୍ୟ ବାହାନାରେ ମୋ କୋଠରୀକୁ ଆସୁଥିଲେ। ହଁ, ମୁଁ ସାଧାରଣ ଜୀବନଟେ ଚାହିଁଥିଲି, କିନ୍ତୁ ଏତେ ସାଧାରଣ ନୁହେଁ। ମୋ ଜନ୍ମଦିନ ମାନଙ୍କରେ ମଧ ମୁଁ ଅଧିକ ଉସ୍ଥାହିତ ଥିଲି। ଅନୁଭବ ହେଲା ମୋହିତର ବାଧବାଧକତାରେ ଏ ବିବାହଟି ହେଇଥିବାରୁ ବୋଧହୁଏ ତାଙ୍କ ଘର ଲୋକେ ଆଜିର ଉସ୍ଥବ ଦିନଟିକୁ ସାଧାରଣ ଦିନରେ ପରିଣତ କରିଦେଲେ।

ନିଜପାଇଁ ମନଟା ଭିଜିଗଲା ଏକାନ୍ତରେ। ଦର୍ପଣରେ ମୋ ମୁହଁ ଦିଶୁଥିଲା କାନ୍ଦୁରା କାନ୍ଦୁରା। ମୋହିତକୁ ବିବାହ କରି ଅଜାଣତରେ ମୁଁ ଅନେକ କିଛି ହରାଇ ବସିଲି। ଘରଲୋକ ନଚାହିଁଲେ ମଧ୍ୟ ମୋହିତ ନିଜେ କଣ ଆଜିର ଦିନଟିକୁ ଉସ୍ବବମୟ କରିପାରିନଥାନ୍ତା ? ନାଁ ସେ ମଧ୍ୟ କାହିଁକି ଚାହିଁଲା ନାହିଁ, ତା'ର କାରଣ ମୋତେ ଜଣା ନାହିଁ।

ନିମନ୍ତ୍ରିତ ଅତିଥିମାନେ ଫେରିଯିବା ପରେ ଘର ଭିତରେ ନିରବତା ଛାଇଗଲା। କିଛି ସମୟ ପରେ ମୋହିତ ଆସି ଶଯ୍ୟାରେ ଗଡ଼ି ପଡ଼ିଲା ସତେ ଯେପରି ଆମେ ବହୁ ଦିନର ପତିପତ୍ନୀ। ମୁଁ ଓହ୍ଲାଇ ଆସିଲି ଶଯ୍ୟାରୁ ଓ ସୋଫାରେ ବସିଲି। ସେ ମଥା ଉଠାଇ ମୋତେ ଚାହିଁଲା, ମୁଁ ଅଭିମାନରେ ମୁହଁ ଘୁରାଇ ନେଲି ଅନ୍ୟ ଦିଗକୁ। ସେ ବୁଝିପାରିଲା ମୁଁ ଭୀଷଣ ମାତ୍ରାରେ ଅସନ୍ତୁଷ୍ଟ।

ସେ ଶାନ୍ତ ଭାବରେ ପ୍ରଶ୍ନ କଲା "ତୋର କିଛି ଅସୁବିଧା ହୋଇଛି ? କେହି କିଛି କହିଛି ତୋତେ ?"

– ଆମର ବିବାହ କରିବାର ନଥିଲା ! ମୁଁ କହିଲି ଈଷତ୍ କ୍ରୋଧରେ।

ଏଇଟା ଗୋଟେ ବାହାଘର ନାଁ ମୃତକର୍ମ ? ଘରେ ଆଲୋକ ସଜ୍ଜା ହେଲା, ନାଁ ମୋ ଶେଯରେ ଫୁଲଟିଏ ଫୁଟିଲା, କାହା ମୁହଁରେ ଏ ବିବାହକୁ ନେଇ ଆନନ୍ଦ ନାହିଁ, ଏମିତି କଣ ବିବାଘର ହୁଏ ?

ଚାହିଁ ବସିଥିବା ମୋ ପରିବାର, ସାଙ୍ଗସାଥୀ କାହାକୁ ମୋ ବିଭାଘରର ଫଟୋଟିଏ ମଧ୍ୟ ମୁଁ ଲଜ୍ଜାରେ ଦେଖାଇପାରିବି ନାହିଁ।"

ଧୀରେ ଧୀରେ ମୋ କଣ୍ଠ ବାଷ୍ପରୁଦ୍ଧ ହୋଇ ଆସୁଥିଲା କୋହରେ, ଅଭିମାନରେ। ଝର୍କା ସେ ପାଖରେ ନଡ଼ିଆ ଗଛର ପତ୍ରରେ ମୃଦୁ ଦୋଲାୟମାନ ଧ୍ବନି। ଗାଁ ମାଟିର ବାସ୍ନା ଭାସି ଆସୁଥିଲା ଖୋଲା ଝର୍କାଦେଇ, ପବନରେ ଟିକେ ଆର୍ଦ୍ରତା। ମୋ ଭିତରେ ପରସ୍ତ ପରସ୍ତ ଧୂଳି ଜମିବା ପରି ଅଭିମାନର ସ୍ତର ସ୍ତର ଆସ୍ତରଣ।

ମୋହିତ ମୋ ପାଖକୁ ଉଠି ଆସି କହିଲା "ଘରେ ଟିକେ ପୁରୁଣା କାଳିଆ ଚିନ୍ତାଧାରାର, ତା' ସହିତ ବନ୍ଧୁବାନ୍ଧବରେ ଜମିଜମାକୁ ନେଇ ମନାନ୍ତର, ଅପା ଘରେ ସମସ୍ୟା, ଏସବୁକୁ ନେଇ ଘରେ କାହାର ମନ ଭଲ ନାହିଁ। ତୁ ଯେପରି ଚାହିଁବୁ ତୋ ଜୀବନକୁ ରଙ୍ଗୀନ୍ କରିପାରିବୁ। ତୁ କିପରି ଭାବିପାରୁଛୁ ଯେ ମୋ ନିଜ ବାହାଘରରେ ମୁଁ ନିଜେ ସାଜସଜ୍ଜା କରିଥାଆନ୍ତି, ମୋ ଅସହାୟତାକୁ ବୁଝିବା ପାଇଁ ଥରେ ଚେଷ୍ଟା କର। ଦିନ କେଇଟାର କଥା, ତା'ପରେ ତୁ ମୁକ୍ତ ବିହଙ୍ଗୀ ପରି ଉଡ଼ିଯିବୁ।"

ମୋହିତର କଥାରେ ମୋ ଅବୁଝାମନ ବୁଝୁନଥିଲା। ମୁଁ ଫଟୋରେ ଦେଖିଛି

କାବ୍ୟା ଅପାଙ୍କ ବାହାଘର କେତେ ଜାକଜମକରେ ହୋଇଥିଲା । କେତେ ସାଜସଜ୍ଜା । ମୋ ବେଳକୁ ଘରଲୋକେ ପୁରୁଣାକାଳିଆ ହୋଇଗଲେ ? ମୋ ପ୍ରଥମ ପ୍ରେମ ଅସଫଳ ହୋଇଗଲା ମୋ ବିବାହ ମଧ ଅସଫଳ ହୋଇଗଲା । ମୋହିତକୁ ମୁଁ ବିବାହ କଲି ସତ ମାତ୍ର ସ୍ୱାମୀ ଭାବରେ ଗ୍ରହଣ କରିପାରିଲି ନାହିଁ । ପ୍ରଥମତଃ ସୂର୍ଯ୍ୟାଂଶକୁ ନେଇ ମୋ ହୃଦୟ ଭର୍ତ୍ତି ଦୁଃଖ ତା' ସହିତ ମୋହିତ ସହ ବିବାହରେ ଏତେ ଅଧିକ ବିପର୍ଯ୍ୟୟ । କିଏ ବୁଝିବ ମୋ ଅଦେଖା ଦୁଃଖକୁ ? ମୋହିତ ଶଯ୍ୟାର ଏକ ପାର୍ଶ୍ୱରେ ସୁଖ ନିଦ୍ରା ଗଲା । ମୁଁ ଉଠି ଆସିଲି ଝର୍କା ନିକଟକୁ । ବାହାରେ ଶୁକ୍ଲ ପକ୍ଷର ଜହ୍ନ । ସେ ଜହ୍ନକୁ ନିଃଶବ୍ଦରେ ମୋ ମନକଥା କହି ଅବଶିଷ୍ଟ ରାତି ବିତାଇ ଦେଲି । ଜହ୍ନ ହିଁ କେବଳ ବୁଝିପାରିବ ମୋ ଖଣ୍ଡିତ ଜୀବନ ଜିଇଁବାର ଦୁଃଖ । କାରଣ ସେ ହିଁ ଜିଇଁଥାଏ ମୋ ପରି, ତା'ର ପୂର୍ଣ୍ଣ ହୋଇ ଯିବାର ଆଶା ଥାଏ ମାତ୍ର ମୋର ଏ ଜୀବନରେ ଆଉ ପୂର୍ଣ୍ଣ ହେବାର ଆଶା ନାହିଁ । ମୋ ଜୀବନରେ ପୁନର୍ବାର ପୂର୍ଣ୍ଣିମାର ରାତି ଆସିବ ନାହିଁ । ଏହାହିଁ ନିଷ୍ଠୁର ବାସ୍ତବତା ।

ସକାଳେ ମୋର ମାସିକ ଧର୍ମ ହେବାରୁ ପାଞ୍ଚଦିନ ପର୍ଯ୍ୟନ୍ତ ମୋତେ ଗୋଟିଏ ସ୍ୱତନ୍ତ୍ର କୋଠରୀରେ ଏକାକୀ ରହିବାକୁ ହେଲା । ମୋତେ ମିଲିଗଲା ନିଜକୁ ଏ ଅବସୋସରୁ ବାହାରି ଆସିବା ପାଇଁ କିଛି ଏକାନ୍ତ ସମୟ ! ଆଃ ।

ମୋର ଚାଲିଚଳଣରୁ ମୋର ଉଚ୍ଚଶକ୍ତି ସଂପନ୍ନ ଶାଶୁ ସମ୍ଭବତଃ ଅନୁମାନ କରିନେଲେ ମୋହିତ ଓ ମୋ ସଂପର୍କର ଦୂରତା ବିଷୟରେ । ସେ ପ୍ରଶ୍ନ କଲେ "ତୁ କଣ ମୋହିତକୁ ପସନ୍ଦ କରୁନାଁ ?

ମୁଁ ହସି ହସି ଉତ୍ତର ଦେଲି "ପସନ୍ଦ କରେନି ଯଦି ବିବାହ କଲି କିପରି ?" ସେ ମୋ ଉତ୍ତରରେ ସନ୍ତୁଷ୍ଟ ହେଲେ ନାହିଁ କହିଲେ "କଥାରେ କହିବା ଓ ହୃଦୟରେ କହିବା ଦୁଇଟା ଅଲଗା କଥା, ମୁଁ ଜାଣେ ତୁମ ଦୁଇଜଣଙ୍କ ଇଚ୍ଛାରେ ଏ ବିବାହ ହୋଇଛି କିନ୍ତୁ ମୋ ମନ କହୁଛି ଏ ବିବାହରେ ତୁମେ ଦୁଇଜଣ ସୁଖୀ ନୁହଁ । ମୁଁ ମା' ମୋ ପୁଅର ମୁହଁ ଦେଖି ଜାଣିପାରୁଛି, ତା' ଭିତରେ କିଛି ଦୁଃଖ ଅଛି ଓ ସେ ଦୁଃଖର କାରଣ ତୁମ ଦୁହିଁଙ୍କ ବ୍ୟବଧାନ ।

ତୁ ମୋ ପୁଅଠାରୁ ଆଉ ସରଳ ନିରୀହ ସ୍ୱାମୀ ପାଇ ନଥାନ୍ତୁ । ମୁଁ ଜାଣେ ତୋ ଅସୁଖୀ ହେବାର କାରଣ । ଟଙ୍କା ପଇସାରେ ସୁଖ କିଣି ହୁଏନି ମା', ସ୍ୱାମୀ ସ୍ତ୍ରୀର ମନ ମିଶିଲେ ଘର ସ୍ୱର୍ଗ ପାଲଟି ଯାଏ ।"

ମା'ଆଖିରେ ସନ୍ତାନର ଦୁଃଖ ଗୋପନ ରହି ପାରେନାହିଁ । ମୋହିତ ଆଖିରେ ବିଷାଦର ଛାୟା ପଢ଼ିପାରିଥିଲେ ମୋ ଶାଶୁ । ମାତ୍ର ମୋ ଅସୁଖୀ ହେବାର କାରଣ

ମୋହିତର ଚେହେରା ନୁହେଁ, ତା'ର ଅର୍ଥ ଉପାର୍ଜନ କ୍ଷମତା ନୁହେଁ। ସେ ମୋଠାରୁ ଜୀବନରେ କମ୍ ସଫଳ, ସେଥିପାଇଁ ମଧ୍ୟ ନୁହେଁ। ପ୍ରକୃତରେ ଦୁଃଖରେ ଭରା ମୋ ହୃଦୟ ସାମାନ୍ୟ ବ୍ୟତିକ୍ରମରେ ଉଛୁଳି ଉଠୁଥିଲା।

ବାସ୍ ସାରା ! ବହୁତ ହୋଇଗଲା। ସୂର୍ଯ୍ୟାଂଶ ପରି ଗୋଟେ ଅତୀତ ପାଇଁ ମୋହିତ ପରି ବର୍ତ୍ତମାନକୁ ହତାଦର କରିବାଟା ତୋ ପରି ବୁଦ୍ଧିମତୀ ଝିଅର ନିର୍ଣ୍ଣୟ ହୋଇନପାରେ। ନାଁ ଜୀବନ, ହୃଦୟର ଅଧ୍ୱନରେ ଚାଲେନା। ଓହ୍ଲାଇଆ ତୋ କଳ୍ପନାର ରାଜ୍ୟରୁ ଏ ଧୂଳିମାଟିର ମର୍ତ୍ତ୍ୟକୁ। ତୁ ଏବେ ମୋହିତର ପତ୍ନୀ।

ମୁଁ ମୋ ନିଜକୁ ତାଗିଦ୍ କଲି।

ଅଷ୍ଟମଙ୍ଗୁଳା ପରେ ବାପା ଆସିଥିଲେ ଆମ ଦୁଇଜଣକୁ ନିମନ୍ତ୍ରଣ କରିବା ପାଇଁ। ମୋହିତ ଘର ସମ୍ମୁଖରେ ଶୁଭବିବାହର ମାଂଗଳିକ ଚିତ୍ର ଫଳସୁ ଥିଲା, ମୁଁ ଫେରିଲି ଘରକୁ। ବାପା ଗାଡ଼ିରେ ବସିଥିବାରୁ ମୋହିତକୁ ଦୁର୍ବଳ ସ୍ୱାମୀଭଳି ଅଭିନୟ ନକରିବା ପାଇଁ ସତର୍କ କରିପାରିଲିନି।

ଘର ସାମ୍ନାରେ ଗାଡ଼ି ରହିବା କ୍ଷଣି ବାପା ଡିକିରୁ ଜିନିଷପତ୍ର ଓହ୍ଲାଇବାରେ ବ୍ୟସ୍ତ ଥିଲେ। ମୋହିତ ଓ ଡ୍ରାଇଭର ତାଙ୍କୁ ସାହାଯ୍ୟ କରୁଥିବାର ଦେଖି ମୁଁ ଡେଇଁ ଡେଇଁ ଘର ଭିତରେ ପଶିଗଲି। ମା'ଙ୍କୁ କୁଣ୍ଢାଇ ଧରିଲି ଅନେକ ସମୟ। ସତେ ଯେପରି ଯୁଗ ଯୁଗ ପରେ ମୁଁ ଫେରୁଛି ମୋ ଘରକୁ। ମୋତେ ଅତ୍ୟଧିକ ଉତ୍ଫୁଲିତ ହେବାର ଦେଖି ମା ଆଶ୍ଚର୍ଯ୍ୟ ପ୍ରକଟ କଲେ "ତୁ କଣ ତାଙ୍କ ଘରେ ଖୁସିରେ ନଥିଲୁ ମା ? ଦେବା ନେବା ଉପରେ କେହି କିଛି କହୁଥିଲେ କି ? ଆଉ ମୋହିତ ?"

ମୋହିତ ପ୍ରସଙ୍ଗ ଉଠାଇ ମା' ନିରବ ହୋଇଗଲେ ହଠାତ୍। ଭାବିଲେ ମୋହିତ ନାଁରେ ମୁଁ କିଛି ଶୁଣିବାକୁ ଭଲ ପାଇବି ନାହିଁ। ତାଙ୍କ ମତରେ ଏହା ପ୍ରେମ ବିବାହ ଥିଲା ଅଥଚ ମୁଁ ଜାଣିଥିଲି ଏ ବିବାହରେ କେତେଭାଗ ପ୍ରେମ ଥିଲା ଓ କେତେ ଭାଗ ବୁଝାମଣା।

ମୁଁ ମାଙ୍କ କଥାର ଉତ୍ତର ନଦେଇ ର୍ୟାକ୍ ରୁ ବୁଢ଼ାବାବାଙ୍କ ମାଟିମୂର୍ତ୍ତୀ ହାତରେ ଉଠାଇ ଆଣିଲି। "ବୁଢ଼ା ବାବା ! ସେଠି ସବୁ ଠିକ୍ ? ଯେ ତୁମ ସହ ଏତେ ବର୍ଷର ସଂପର୍କ କେମିତି ଭୁଲିପାରିବି ? ମାଟି ଚଡ଼େଇମାନଙ୍କୁ ହାତ ପାପୁଲିରେ ନେଇ ଆଉଁସି ଦେଉଥିଲି। ଛାତ ଉପରକୁ ଦୌଡ଼ିଯାଇ ଫୁଲଗଛରେ ପାଣିଦେଲି। ଫର୍କୋ ପାଖେ ଠିଆ ହୋଇ ଦେଖୁଥିଲି ମୋ ପ୍ରିୟ କୃଷ୍ଣଚୂଡ଼ା ଗଛକୁ। ଆଃ, ମୋ ପୃଥିବୀ ଏବେ ମୋ ରଙ୍ଗରେ ରଙ୍ଗୀନ ଓ ଚଳଚଞ୍ଚଳ।

ସେ ଘରେ କାହିଁ ଏପରି ଭଲପାଇବାର ବାସନା, ଆତ୍ମୀୟତା ଅବା ନିବିଡତା ? ଗୋଟେ କୋଠରୀରେ ନୂଆ ଶାଢ଼ୀ ନୂଆ ଗହଣାରେ ସାଜିସୁଜି ହୋଇ ବସି ଜୀବନଟା

ପ୍ରବାହହୀନ ହୋଇଯାଇଥିଲା। ମୁଁ ତ ସ୍ରୋତସ୍ୱିନୀ ନଦୀଟିଏ। ବହିଯିବା ମୋର ଧର୍ମ, ଯେଉଁଠି ଅଟକି ଯାଏ ପ୍ରଳୟ ସୃଷ୍ଟି ହୁଏ ସେଠି। ତଥାପି ମା'ଙ୍କ ମୁହଁ ଶଙ୍କାପୂର୍ଣ୍ଣ ଦିଶୁଥିଲା। ସେ ଧୀରେ ଧୀରେ କହିଲେ "ଦିନ କେଇଟା ପାଇଁ ଯାଇଥିଲୁ ଯେ ନିଜ ଘରକୁ ଏତେ ଝୁରି ହେଉଥିଲୁ?"

ସେ ମୋ କାନ ପାଖରେ ଫିସ୍ ଫିସ୍ କରି କହିଲେ "ତୋର ଏବେ ପିଲା ରହିଯିବାର ସମ୍ଭାବନା ଅଛି। ତୁ ଏକୁଟିଆ ବେଙ୍ଗାଲୁରୁରେ ରହୁଛୁ। କିଛି ବ୍ୟବସ୍ଥା କରିବୁ।" ସେ ମୋର ମା' ମୋ ଜୀବନ ଯାତ୍ରାର ପ୍ରତ୍ୟେକ ଗୁରୁତ୍ୱପୂର୍ଣ୍ଣ ମାଇଲ୍ ଖୁଣ୍ଟ ପାଖରେ ଦିଶେ ତାଙ୍କ ମୁହଁ।

ମନେମନେ ହସି ପକାଇଲି। କାରଣ ଆମ ସଂପର୍କ ମଧରେ ଯେଉଁଠି ଯୋଜନ ଦୂରତା। ପ୍ରାଚୀର ପ୍ରତିଜ୍ଞା ଓ ପ୍ରତିଶ୍ରୁତିର ସେଠାରେ ଫୁଲଫୁଟା। ରତୁମାନଙ୍କର ନିରବ ଆଗମନ ସତ୍ତ୍ୱେ ଫୁଲଟିଏ କେବେ ଫୁଟେନା।

ମୋହିତ ନିରବରେ ମୋ କାର୍ଯ୍ୟକଳାପକୁ ଲକ୍ଷ୍ୟ କରୁଥିଲା। କାନ୍ଥରେ ଲାଗିଥିବା ମୋ ପିଲାବେଳର ଫଟୋ ଓ ସାର୍ଟିଫିକେଟ୍‌ଗୁଡ଼ିକୁ ନିରୀକ୍ଷଣ କରୁଥିଲା ଗୋଟି ଗୋଟି କରି। ମୋର ସଂଗୃହୀତ ବିଭିନ୍ନ ଅଜବ ଚିଜମାନଙ୍କୁ ହାତକୁ ଆଣି ସ୍ନେହଭରେ ଆଉଁସି ଦେଇ ମନେ ମନେ ହସୁଥିଲା। ଯଦିଓ ସେ ମିତଭାଷୀ ତେବେବି ଆମ ମଧରେ ଥିବା ବ୍ୟବଧାନ ଜଣା ପଡ଼ିବା ଆଶଙ୍କାରେ ମୋ ସହିତ ଅଧିକ କଥା କହିବାର ପ୍ରୟାସ ଦେଖି ମୋ ଭିତରେ ଥିବା ହସର ଝରଣା ଫିଟି ପଡୁଥିଲା।

ମୋ ବାପା ମା'ଙ୍କ ପୁଅ ନଥିବାରୁ ମୋହିତ ଆମ ଘରେ ପୁଅର ଆଦର ଓ ଜ୍ୱାଇଁର ସମ୍ମାନ ପାଇଲା। ମୋହିତ ସହିତ ବିବାହ ପ୍ରସଙ୍ଗ ଆଲୋଚନା ସମୟରେ ବାପା ମା ଦୁହେଁ ପ୍ରଥମେ ଏ ପ୍ରସ୍ତାବରେ ସୁଖୀ ନଥିଲେ। ସେମାନଙ୍କ ଦୃଷ୍ଟିରେ ମୋହିତର କୌଣସି ଗୋଟିଏ ଗୁଣ କିମ୍ୱା ପରିବାର ଆକର୍ଷଣୀୟ ନଥିଲା। କିନ୍ତୁ ବିବାହ ସଂପନ୍ନ ହୋଇଥିବାରୁ ସେମାନେ ହୃଦୟର ସହ ମୋହିତକୁ ଗ୍ରହଣ କରିନେଇଥିଲେ। ମା' ଅନେକ ପ୍ରକାରର ଖାଦ୍ୟ ହାତରେ ତିଆରି କରି ଖୁଆଉଥିଲେ ବଲେଇ ବଲେଇ। ବାପା ପାଖରେ ବସାଇ ମୋହିତର ହାଇଦ୍ରାବାଦ୍ କମ୍ପାନୀ ଓ ଘର ପରିବାର ସଂପର୍କରେ ବୁଝୁଥିଲେ ଓ ସ୍ନେହଭରେ କେତେ କଣ ଉପଦେଶ ଦେଉଥିଲେ।

ଏତିକି ଆଦର ଓ ସ୍ନେହ ମୋତେ ମୋହିତ ଘରେ ମିଳିଥାନ୍ତା କି! ସେ ଘରେ କେହି ମୋ ଖାଦ୍ୟରୁଚି ସଂପର୍କରେ ପଶ୍ନ କରିବାତ ଦୂରର କଥା ଅତି ସାଧାରଣ ଖାଦ୍ୟ କିଛି ପଠାଇ ଦେଉଥିଲେ ମୋ କୋଠରୀକୁ।

ବିବାହ ପରେ ଆଦରଣୀୟା କନ୍ୟାଟିଏ ଶାଶୁଘରେ ଯଦି ହଠାତ୍ ଅପାଂକ୍ତେୟ

ହୋଇଯାଏ କେମିତି ସେ ସହିପାରିବ ଦୀର୍ଘବର୍ଷ ଧରି ତା' ଭିତରେ ଗଢିଉଠିଥିବା ସରଳ ବିଶ୍ୱାସଟିଏ, ଯେ ସେ ସ୍ନେହସୋହାଗ ପାଇବାର ଯୋଗ୍ୟା ।

ରାତିରେ ଖୁଆପିଆ ସରିବା ପରେ ଆମେ ଦୁହେଁ ଛାତ ଉପରକୁ ଗଲୁ । ମୋହିତ ବୋଧହୁଏ ଚାହୁଁଥିଲା ଟିକେ ଏକାନ୍ତ । ମୋର ମନେହେଉଥିଲା ଆଜି ଅନେକ ଯୁଗପରେ ଜହ୍ନ ଉଇଁଛି ଆକାଶରେ, ସେ ମୋ ଘରଛାତ ଉପରର ଜହ୍ନ, ଯାହାକୁ ଦେଖ୍ ମୋ କୁଆଁରୀ ମନ କେବେ କେବେ ଚଞ୍ଚଳ ହୋଇଛି । ଜ୍ୟୋସ୍ନାରେ ଅବଗାହନ କରିବାର ସମୟରେ ନିଜେ ଜ୍ୟୋସ୍ନା ହୋଇ ମୁଁ ବହିଯାଇଛି । କୁମାରପୂର୍ଣ୍ଣିମାରେ ଆକାଶରେ ଚନ୍ଦ୍ରୋଦୟ ହେବା ପୂର୍ବରୁ ମା' ପୂଜାଥାଲି ସଜାଡି କହନ୍ତି ଜହ୍ନ ଉଠିଯିବ ପରା ଶୀଘ୍ର ପୂଜା ସାରିଦେ । ନହେଲେ ବୁଢାବର ମିଳିବ । କୁମାର ପୂର୍ଣ୍ଣିମାର ସେ ପୂର୍ଣ୍ଣଗର୍ଭା ଫିକା ଜହ୍ନକୁ ବନ୍ଦାଇବା ବେଳେ ମନେ ମନେ ଆଙ୍କିଛି ଗୋଟେ ସୁନ୍ଦର ଛବି । ଜହ୍ନଠାରୁ ଅଧିକ କୋମଳ ଓ ସୁନ୍ଦର ମୁହଁଟିର, ଯାହାକୁ ହାତ ପାଆନ୍ତାରେ ପାଇ ମୁଁ ହରାଇ ଦେଇଛି ।

ହଠାତ୍ ମୋହିତର କଥାରେ ମୁଁ ଫେରି ଆସିଲି ବର୍ତ୍ତମାନକୁ । ସେ ଅନ୍ୟମନସ୍କ ଭାବରେ କହିଲା "ସାରା ! ଜାଣେ ଆମ ଘରେ ଏତିକି ଆଦର ଯନ୍ ତୋର ପ୍ରାପ୍ୟ । ସେମାନେ କାହିଁକି ତୋତେ ସାଦରେ ଗ୍ରହଣ କରିପାରିଲେ ନାହିଁ ତାହା ମୋ ପାଇଁ ମଧ ପ୍ରଶ୍ନବାଚୀ ।"

ଧାରେ ଜହ୍ନ ଆଲୁଅ ପଡି ମୋହିତ ଦିଶୁଥିଲା ଅପୂର୍ବ । ବୋଧହୁଏ ତା'ର ସୁନ୍ଦର ହୃଦୟ ତା'ର ଚେହେରାଠାରୁ ଅଧିକ ସୁନ୍ଦର ଥିଲା । ମୋ ହୃଦୟର ଅନ୍ତଃବେଦନା ସେ ହୃଦୟ ଦେଇ ବୁଝିପାରିବା ମୋ ପାଇଁ ଖୁବ୍ ବଡ ଆଶ୍ୱାସନା ।

ସେ ମୋ ମୁହଁକୁ ତା' ଦୁଇ ପାପୁଲିରେ ତୋଲି ଧରିଲା । ଲାଗୁଥିଲା ଏ ରାତି, ଏ ଜହ୍ନ ଏ ସମୟ ସମସ୍ତେ ମୋ ଜୀବନର ଏକ ଗୁରୁତ୍ୱପୂର୍ଣ୍ଣ ଅଂଶରେ ପରିଣତ ହେବାପାଇଁ ସୁଯୋଗ ଅପେକ୍ଷାରେ । ତା' ପ୍ରଖର ନିଃଶ୍ୱାସ ଛୁଇଁ ଯାଉଥିଲା ମୋ ଅବନମିତ ଆଖି ପତା ।

"ମୋ ଜୀବନର ଏକ ଗୁରୁତ୍ୱପୂର୍ଣ୍ଣ ଅଂଶ ହେବାପାଇଁ ଅନେକ ଅନେକ ଧନ୍ୟବାଦ ।" ମୋ ମଥାରେ ଗଭୀର ଚୁମ୍ବନ ଦେଇ ସେ କହିଲା । ତା'ର ତୃଷିତ ଅଧର ଲମ୍ବି ଆସିଲା ନାହିଁ ମୋ ଉଷ୍ମ ଅଧର ପର୍ଯ୍ୟନ୍ତ ।

"ଏଇ କଥାଟି କହିବାକୁ ଏତେ ଗୌରଚନ୍ଦ୍ରିକା" । ମୁଁ ହସି ଉଠିଲି ଖିଲଖିଲ୍ କରି । "ଏଇ ପଦଟିଏ କଥା କହିବା ପାଇଁ ନିରୋଳା ପରିବେଶ, ତୋଫା ଚାନ୍ଦିନୀ ରାତି ଓ କେତେକଣ ଲୋଡା ଥିଲା ତୋତେ ?"

ମୋହିତର ମୁହଁ ହଠାତ୍ ଗମ୍ଭୀର ହୋଇଉଠିଲା । ସେ ବୋଧହୁଏ କହିବାକୁ

ଚାହୁଁଥିଲା ପ୍ରେମର ଭାଷା ସେ କେଉଁ ଅଧିକାରରେ କହିବ ? ପ୍ରେମିକ ଭାବରେ ? ଅବା ସ୍ୱାମୀ ଭାବରେ ? ମୁଁ ତାକୁ ଉଭୟ ସଂପର୍କରୁ ବଂଚିତ କରିଛି । ସେ କଥା ଦେଇଥିଲା ମୋ ଉପରେ ଅଧିକାର ସାବ୍ୟସ୍ତ କରିବନାହିଁ । ଯେତେଦିନ ଯାଏଁ ମୁଁ ତା' ନିକଟରେ ଆମ୍ ସମର୍ପଣ ନ କରିଛି । ଅଥଚ ମୁଁ ପାଲଟି ଯାଇଥିଲି ଏକ ତୁଷାର ପାହାଡରେ । ମୋହିତର ଭଲପାଇବାର ଉଷ୍ମତା ମୋତେ ତରଲାଇ କେବେ ଝରଣା ପରି ବହିଯିବା ପାଇଁ ପଥ ଦେଖାଇ ପାରିବନାହିଁ । ତାହା ମୁଁ ଜାଣେ ।

ସେ ଜହ୍ନରାତିର କାହାଣୀ ସେତିକି । ଆମ ନିଷ୍ପଟ ହୃଦୟର ବ୍ୟର୍ଥ ପ୍ରଣୟର କାହାଣୀ ଲେଖା ହେଲା ଜହ୍ନକୁ ସାକ୍ଷୀରଖି । ଅନୁରାଗର ଅଶ୍ରୁରେ ସଜଳ ଆଖିରେ ଜହ୍ନ ଦିଶୁଥିଲା ଫିକାଫିକା । ସେ ଜହ୍ନ ଆମକୁ ଚପଲ ଚଞ୍ଚଲ କରିବାକୁ କେତେ ଯୋଜନା କରୁଥିଲା । ପ୍ରତିଶ୍ରୁତି ମନେ ପକାଇ ମୁହଁ ବୁଲାଇ ଫେରି ଆସିଲୁ ଆମେ ଦୁହେଁ । ରାତି ଗଭୀର ହେଉଥିଲା ।

ଛୁଟିର ଶେଷ କେଇଦିନ ଆମ ଘରେ ବିତିଲା । ଦୁନିଆଁ ପାଇଁ ଆମେ ସଂପନ୍ନ ପତି ପତ୍ନୀ । ଆମ ହସହସ ମୁହଁ ଦେଖି କେହି ଅନୁମାନ କରିପାରିଲେ ନାହିଁ ଆମ ଭିତରେ ବିରାଟ ବ୍ୟବଧାନ । ରାତି ହେଲେ ସେ ବ୍ୟବଧାନଟା ବଢିଯାଏ ଖୁବ୍ ଅଧିକ । ଦୁନିଆଁକୁ ଫାଙ୍କି ଦେଇ ସଫଳ ଅଭିନେତ୍ରୀର ଭୂମିକାରେ ଅବତୀର୍ଣ୍ଣ ହେବାବେଳେ ମୋ ଛାତି ଯେ ଦୁଃଖରେ ଫାଟି ଯାଏ ନାହିଁ ତାହା ନୁହେଁ, କିନ୍ତୁ ମୋ ଜୀବନ କାବ୍ୟରେ ମୋହିତର ଅଧ୍ୟାୟ ଲେଖିବାକୁ ଯିବାବେଳେ ମୋ ନାରୀତ୍ୱ ମୋତେ ଧିକ୍କାର କରେ, ଆହତ କରି ରକ୍ତାକ୍ତ ମଧ କରେ । ଉତ୍ୟକ୍ତ ଫଣୀଠାରୁ ଚୋଟ ଖାଇଥିବା ପରି ମୋ ଅବସ୍ଥା ଗୁରୁତର ହୁଏ ।

ମୋ ମନରେ ଅପରାଧବୋଧ ଜାଗିଉଠେ କାହିଁକି ମୁଁ ପରିବାର ଚାପ, ସମାଜଚାପରେ ମୋହିତକୁ ବିବାହ କଲି । ସୂର୍ଯ୍ୟାଂଶକୁ ନେଇ ମୋ ଜୀବନରେ ଅସରନ୍ତି ଝଡ ଉଠିଥିବା ବେଳେ କାହିଁକି ମୋହିତକୁ ସେ ଝଡ ପଥର ସହଯାତ୍ରୀ କଲି ? ସେ ହୁଏତ ଅନ୍ୟ କାହାକୁ ବିବାହ କରିଥିଲେ ସଫଳ ଓ ସୁଖୀ ଦାମ୍ପତ୍ୟ ଜୀବନ ବିତାଇ ଥାନ୍ତା । ଜାଣେନା ମୁଁ ଏ ଜୀବନରେ ମୋହିତର ପତ୍ନୀ ହୋଇପାରିବ କି ନାଁ ।

ବେଙ୍ଗାଲୁରୁ ଯିବାପାଇଁ ବାପା ଦୁଇଟି ଏୟାର ଟିକେଟ୍ କିଣିବାକୁ ଚାହୁଁଥିଲେ, ମୁଁ କହିଲି "ନାଁ ମୁଁ ଯିବି ବେଙ୍ଗାଲୁରୁ ଓ ମୋହିତ ହାଇଦ୍ରାବାଦ୍ ଯିବ । ସେ ବିବାହ ଆୟୋଜନରେ ସମସ୍ତ ଛୁଟି ଖର୍ଚ୍ଚ କରିସାରିଥିବାରୁ ମୋ ସହିତ ଯିବାର ଆବଶ୍ୟକତା ନାହିଁ ।"

ମୋହିତର ବିନା ପରାମର୍ଶରେ ମୋ ମୁହଁରୁ ଏ ପରି ନିଷ୍ଠୁର ଟିଏ ଶୁଣି ବାପା

ଟିକେ ବିଚଳିତ ବୋଧ କଲେ। ମା' କଥାଟିକୁ ସରଳ କରିବାକୁ ଯାଇ କହିଲେ "ବୃତ୍ତି ପାଇଁ ତୁମେ ନିଜ ନିଜ କର୍ମକ୍ଷେତ୍ରକୁ ଯାଅ। ପୂର୍ବେ ବନ୍ଧୁଥିଲ ଏବେ ପତିପନ୍ତୀ ହେଲ। ତେଣୁ ଯାହା କରିବ ଉଭୟେ ପରାମର୍ଶ ନେଇ କରିବ। ଆଜିଠାରୁ କେହି କାହାକୁ 'ତୁ' ଶବ୍ଦ ବ୍ୟବହାର କରିବନାହିଁ। ସମ୍ପର୍କକୁ ସମ୍ମାନ ଦେବା ଶିଖିବ। ସନ୍ତାନଙ୍କର ପ୍ରଥମ ଆଦର୍ଶ ମାତାପିତା ଓ ପରିବାର। ସନ୍ତାନମାନେ ଅନେକାଂଶରେ ପରିବାରର ଚରିତ୍ରକୁ ଅନୁକରଣ କରନ୍ତି। ତୁମ ପିଲାମାନେ କାଲି ତୁମଠାରୁ କେଉଁ ଆଚରଣ ଶିକ୍ଷା କରିବେ ? ଆଦର୍ଶ ପରିବାରଟିଏ ଗଢ଼ିବାପାଇଁ ତୁମ ଦୁଇଜଣଙ୍କୁ ପ୍ରଥମେ ଆଚରଣ ବିଧି ଶିକ୍ଷା କରିବାକୁ ହେବ।"

ଯୁଗ ବଦଳିଗଲାଣି। କିନ୍ତୁ ମୋ ମା' ଓ ତାଙ୍କ ମଧ୍ୟଯୁଗୀୟ ସରଳ ବିଚାରଧାରା। ତେବେ କଥାଟି ଅଯୌକ୍ତିକ ନୁହେଁ।

"ଟିକେ ସମୟ ଲାଗିବ ଏତେ ବର୍ଷର ପୁରୁଣା କୁଅଭ୍ୟାସକୁ ଛାଡ଼ିବାକୁ।" ମୋ ଉତ୍ତରରେ ମୋହିତ ଲଜ୍ଜାଶୀଳ ଭାବରେ ମଥା ହଲାଇ ସମ୍ମତି ଜଣାଇଲା।

ମୋହିତ ଘରେ କେହି ମୋତେ ଲୋଡ଼ିଲେ ନାହିଁ। ସେ ଏକାକୀ ନିଜ ଘରକୁ ଫେରିଗଲା।

ହୃଦୟରେ ନାନାଦି ପ୍ରଶ୍ନ, ଗୁଡ଼ିଏ ଅଶାନ୍ତି ଓ ଅବସୋସ ନେଇ ଆମେ ଦୁହେଁ ନିଜ ନିଜର କାର୍ଯ୍ୟସ୍ଥଳୀକୁ ବାହୁଡ଼ିଗଲୁ।

# ଇସାବେଲାର ପ୍ରେମିକ

କେବେ କେବେ ଅନେକ ପ୍ରାପ୍ତି ଭିତରେ ବି ଅପ୍ରାପ୍ତିରେ ମନ କୁହୁଳେ। ବିଦ୍ରୋହର ବାରୁଦଗନ୍ଧରେ ଧୂମାୟିତ ହୁଏ ହୃଦୟର ଶାନ୍ତ ଉପତ୍ୟକା। ସେହିପରି ମୋ ଜୀବନରେ ଅନେକ ଘଟଣା ଘଟିଗଲା, ଯାହା ମୋ ହୃଦୟକୁ କରୁଥିଲା ଆନ୍ଦୋଳିତ। ପୃଥିବୀର ଅଧିକାଂଶ ଝିଅଙ୍କପରି ବିବାହ, ମଧୁରାତି ମୋ ପାଇଁ ମଧୁମୟ ହୋଇ ପାରିଲା ନାହିଁ। ମୁଁ ଜୀବନବ୍ୟାପୀ ଦେଖିଆସିଥିବା ସହସ୍ର କୁମାରୀ ସ୍ୱପ୍ନ ମଧରୁ ଅନେକାଂଶ ରହିଗଲା ଅଧା ଦେଖା ହୋଇ। ମୋର ଅସାଧାରଣ ରୂପ ଗୁଣ ସତ୍ତ୍ୱେ ମୁଁ ମୋହିତ ଘରେ ଆଦରଣୀୟା ହୋଇ ପାରିଲି ନାହିଁ, ଏପରିକି ଆସିବା ସମୟରେ ସେମାନେ ଥରଟିଏ ପ୍ରଶ୍ନ କଲେ ନାହିଁ ମୁଁ କେବେ ଫେରିବି ? ସତେ ଅବା ମୁଁ ସେ ଘରର ଅତିଥି, କିଛିଦିନ ପାଇଁ ଆସିଥିଲି ଓ ଚାଲିଗଲି।

ଯୁଗ୍ମ ଜୀବନର ପ୍ରାରମ୍ଭ ପାଇଁ ମୋ ଭିତରେ ମହାର୍ଘରତୁର ଅଭିଷେକପର୍ବ ନଥିଲା କିମ୍ୱା ମିଳନାକାଂକ୍ଷାର ସମାରୋହ। ଏକ ଅଫାକ୍ଟେଡ୍ ଜୀବନ ପ୍ରାରମ୍ଭ ପାଇଁ ମୁଁ ପ୍ରସ୍ତୁତ କରୁଥିଲି ନିଜକୁ। ନିଜେ ନେଇଥିବା ନିର୍ଣ୍ଣୟକୁ ନେଇ ଛଟପଟ ହେଉଥିଲି ପକ୍ଷହରା ପ୍ରଜାପତିଟିଏ ପରି। ମା' ମୋ ମନର ଭାଷା ପଢ଼ି ନେଇ କହିଲେ "ଈଶ୍ୱର ଭଲଝିଅମାନଙ୍କୁ ବେଶୀ ଦୁଃଖ ଦିଅନ୍ତି। ତୋ'ଠାରୁ ରୂପଗୁଣରେ ନ୍ୟୁନ ଝିଅମାନେ ବେଶ୍ ସୁଖରେ ଜୀବନ ବିତାଉଛନ୍ତି। ସେମାନଙ୍କ ମନରେ ଏତେ ହଳାହଳ ଭରି ରହିଛି ଜାଣିଥିଲେ ମୁଁ ଏ ବିବାହ ହେବାକୁ ଦେଇ ନଥାନ୍ତି। ମୋ ପାଖକୁ ସେମାନଙ୍କଠାରୁ ଅଧିକ ସଂପନ୍ନ ପରିବାରର ପ୍ରସ୍ତାବ ଆସିଛି କିନ୍ତୁ ତୋ ନିର୍ଣ୍ଣୟ ଉପରେ ମୋର ଭରସା ଥିଲା, ଭାବିଥିଲି ତୁ ଯାହା ନିଷ୍ପତ୍ତି ନେଇଥିବୁ ତାହା ତୋର ସୁଚିନ୍ତିତ ନିର୍ଣ୍ଣୟ। ସେ ଘରେ ଆଉ କିଛି ଥାଉବା ନଥାଉ ଅନ୍ତତଃ ସାରାଜୀବନ ତୋ ପାଇଁ ସ୍ନେହ ମମତାର ଅଭାବ ରହିବ ନାହିଁ। ମୋହିତକୁ ତୁ ଜାଣିଛୁ, ତାଙ୍କ ପରିବାରକୁ ମଧ ଜାଣିଥିବୁ।"

ନାଁ, ମୁଁ ଏ ସଂପର୍କରେ ଆଦୌ ଚିନ୍ତା କରିନଥିଲି । ମୋହିତଠାରୁ ମୁଁ ରୂପ ଗୁଣ, କ୍ୟାରିୟର ବୃଭି, ଉପାର୍ଜନ ପ୍ରତିଟି ବିଷୟରେ ଅଧିକ ସଂପନ୍ନ ହୋଇଥିବାରୁ ସେ ଘରେ ମୋତେ ଆଦର ନମିଳିବାର କାରଣ ନଥିଲା । ହଁ, କାରଣଟି ଥିଲା ମୋହିତର ପରିବାର ମତରେ ଏହା ଏକ ପ୍ରେମବିବାହ । ସେମାନଙ୍କ ଅନିଚ୍ଛାରେ ଓ ମୋହିତର ବାଧ୍ୟବାଧକତାରେ ଏ ବିବାହ ସଂପନ୍ନ ହୋଇଥିଲା ।

ମୋ ଭୁଲ୍ ନିର୍ଣ୍ଣୟର ବହୁ ମୂଲ୍ୟ ଦେବାକୁ ହେଲା ମୋତେ । ନିଜ ବିଫଳ ପ୍ରେମକୁ ଭୁଲିବା ପାଇଁ କେହି ନିଶା ସେବନ କରେ, କେହି କୁଆଖେଳେ । ମୁଁ ମୋ ଅସଫଳ ପ୍ରେମକୁ ଭୁଲିବା ପାଇଁ ଆଉ ଗୋଟିଏ ସଂପର୍କ ଗଢ଼ିଲି ମୋହିତ ସହିତ । ସୂର୍ଯ୍ୟାଂଶର ଅବର୍ଜ୍ଜମାନକୁ ଗ୍ରହଣ କରି ନପାରି ମୁଁ ଯେତେବେଳେ ଦାରୁଣ ଦୁଃଖରେ ଦିନ ବିତାଉଥିଲି ସେତେବେଳେ ମୋହିତ ବ୍ୟତୀତ କେହି ମୋ ନିକଟରେ ନଥିଲେ ଆମ୍ମୀୟତାଭରା କଥା ପଦେ କହିବା ପାଇଁ । ସେଇଭଳି ଦୁର୍ବଳ ମୁହୂର୍ତ୍ତରେ ତା’ର ଘର, ପରିବାର, ପ୍ରତିଷ୍ଠା ସଂପର୍କରେ ସବୁକିଛି ଜାଣି ମଧ ମୁଁ ଆଖ୍ଟ ବୁଜି ଦେଇଥିଲି । ମୋର ମନେ ହୋଇଥିଲା ସେମାନେ ମୋତେ ବଧୂ ଭାବରେ ପାଇ ନିଜକୁ ଭାଗ୍ୟବାନ୍ ମନେ କରିବେ । ମାତ୍ର ଏହା ଭ୍ରାନ୍ତ ଧାରଣା ବୋଲି ପ୍ରମାଣିତ ହେଲା ।

ସହଜ ଲଭ୍ୟ ବସ୍ତୁର ଆଦର ନଥାଏ, ତାହା ଯେତେ ମୂଲ୍ୟବାନ୍ ହୋଇଥାଉ ନାଁ କାହିଁକି ?

ଆଃ, ବହି ଯାଇଥିବା ନଦୀର ପାଣି, ବିତିଯାଉଥିବା ମୁହୂର୍ତ୍ତ ଆଉ ଫେରେ ନାଁ । ମୋହିତ ସହିତ ମୋର ବିବାହର ଅତିକ୍ରାନ୍ତ । ଅତୀତରେ ମୋତେ ପାଇବାକୁ ଆଶାୟୀ ପ୍ରାର୍ଥୀମାନେ ଏବେ ମୋ ପାଇଁ ବ୍ୟାକୁଳ ହେବେ ନାହିଁ, ଯଦିବା କେହି ଆଗେଇ ଆସନ୍ତି, ସେ ସଂପର୍କରେ ଲାଗିବ ପ୍ରଶ୍ନ ଚିହ୍ନ । ଅଭିଜାତ ସମାଜର ନ୍ୟାୟାଧୀଶମାନେ ସେ ସଂପର୍କକୁ କାଠଗଡ଼ାରେ ଠିଆ କରାଇବେ । ପ୍ରଶ୍ନର ଭିଡ଼ ବଢ଼ିବ । ସଂପର୍କର ନାମ ହେବ ଅବୈଧ । ମୋତେ କୁହାଯିବ ଦୁଷ୍ଚରିତ୍ରା, ଚରିତ୍ରହୀନା । କାହିଁକି ମୋହିତ ପରିବାରକୁ ଥରେ ଲାଞ୍ଛିତ କରାନଯିବ ସେମାନେ ମୋତେ ବଧୂ ଭାବରେ ବରଣ କରି ଉପଯୁକ୍ତ ସମ୍ମାନ ଦେଲ ନଥିବାରୁ । କାହିଁକି ସମାଜର ନ୍ୟାୟଧୀଶମାନେ ସେମାନଙ୍କୁ ଦଣ୍ଡାଦେଶ ଦେବେ ନାହିଁ ? ଯେଉଁମାନେ ଜୀବନର ସହସ୍ର ଆଲୋକିତ ରାସ୍ତା ଉନ୍ମୁକ୍ତ ଥିବା ଗୋଟେ ଝିଅର ଜୀବନକୁ ଅନ୍ତିମ ଅନ୍ଧକାରମୟ ରାସ୍ତାରେ ପହଞ୍ଚାଇ ପାରନ୍ତି ।

ମୁଁ ଏବେ ମଝି ରାସ୍ତାରେ । ନିଜ ପରିବାରକୁ ହରାଇ ଯେଉଁ ପରିବାରକୁ ଆପଣାର କଲି, ସେ ଘରେ କେହି ମୋତେ ସେ ଘରର ସଦସ୍ୟ ଭାବରେ ଗ୍ରହଣ କଲେ ନାହିଁ ।

ମୋ ମନ ବିଦ୍ରୋହ କରି ଉଠିଲା ପ୍ରଚଳିତ ସମାଜ ବ୍ୟବସ୍ଥା ବିରୁଦ୍ଧରେ। ମୁଁ ଏ ସମାଜରେ ନୈତିକତା ହୀନ ସମାଜ ବ୍ୟବସ୍ଥାକୁ ମାନିନେବାକୁ ବାଧ୍ୟ ନୁହେଁ। ଯୁଗ ଯୁଗ ଧରି ଯେଉଁ ସମାଜ ଏକ ତରଫା ଭାବରେ ପୁରୁଷ ସମାଜ ସପକ୍ଷରେ ନିୟମମାନ ଗଢ଼ିଛନ୍ତି ସେ ନିୟମ ମୁଁ ମାନିବି ନାହିଁ। ଯେଉଁମାନେ ନାରୀର ମଥାକୁ ନୀତିନିୟମର ୟୂପକାଷ୍ଠରେ ଥୋଇ ହସି ହସି ଜୀବନ ବିତାଇ ଦେବାକୁ ପରାମର୍ଶ ଦିଅନ୍ତି, ଅସହଯୋଗୀ ଚରିତ୍ରମାନଙ୍କ ଘୃଣାକୁ ପ୍ରେମରେ ପରିବର୍ତିତ କରିବାକୁ ଉସ୍ସାହିତ କରନ୍ତି ଅବା ଯେଉଁମାନେ କହନ୍ତି ଯେ ନାରୀର ଜନ୍ମ କେବଳ ବସୁଧା ପରି ବିନା ପ୍ରଶ୍ନରେ ସବୁକିଛି ସହିଯିବା ପାଇଁ ସେ ସ୍ୱାର୍ଥପର ମଣିଷମାନଙ୍କ ନିୟମକୁ ମାନିବାକୁ ମୁଁ ବାଧ୍ୟ ନୁହେଁ।

ମୋ ପାଦର ଅଳତା ଫିକା ପଡ଼ିନଥିଲା। ବିବାହିତାର ପବିତ୍ର ସନ୍ତକ ସ୍ୱରୂପ ମୋ ମଥାରେ ଥିଲା ସିନ୍ଦୁର ଓ ହାତରେ ଶଙ୍ଖା। ଆମ ମଧ୍ୟରେ ସ୍ୱାମୀ ସ୍ତ୍ରୀର ସଂପର୍କ ଗଢ଼ି ନ ଉଠିବାଟା ପରିସ୍ଥିତିର ଫଳ। ସେ ସବୁ ସଙ୍ଗେ ମୋହିତ ମୋ ସ୍ୱାମୀ ଯଦିଓ ମୁଁ ତାକୁ ମୋ ଶରୀର ସ୍ପର୍ଶ କରିବାର ଅଧିକାର ଦେଇନାହିଁ। ସେ ମଧ ମୋର ନିକଟତର ହେବାକୁ ଚେଷ୍ଟା କରିନାହିଁ। ମୋ ଅସମ୍ମତିର ଅନେକ କାରଣ ଥିଲା କିନ୍ତୁ ମୋହିତର ଏ ଉଦାସୀନତା ପଛର କାରଣ କଣ ହୋଇଥାଇପାରେ ? ସତରେ ସେ ଆମ ସଂପର୍କକୁ ସମ୍ମାନ କରେ ଅବା ଏକଦା ସେ ସନ୍ୟାସୀ ହେବାକୁ ଚାହିଁଥିଲା ଏହା ସେ ଅବଦମିତ ଇଚ୍ଛାର ପ୍ରତିଫଳନ ମାତ୍ର।

ହାୟ ! ମୋହିତର ଏପରି ବ୍ୟବହାରରେ ମୁଁ ଦୁଃଖ କରିବି କିମ୍ୱା ଖୁସି ହେବି ଜାଣି ପାରୁନଥିଲି। ମୋ ଜୀବନରେ ଯାହା ଘଟିଗଲା ତାହା ପ୍ରାୟତଃ କାହା ଜୀବନରେ ଘଟେନା।

ସକାଳ ଫ୍ଲାଇଟ୍‌ରେ ବେଙ୍ଗାଲୁରୁ ପହଞ୍ଚ ଓହ୍ଲାଇଲି ନିଜ ଚିହ୍ନା ପୃଥିବୀରେ। ଏବେ ମଧ ମୋ ଝରକା ସେପାଖେ ଅପରିସୀମ ନୀଳ ଆକାଶ, ସବୁଜ ଗଛଲତା, ବିହଙ୍ଗମର କାକଳୀ। ଆମ ଆପାର୍ଟମେଣ୍ଟ ଦେଇ ସୁପ୍ତ ଅଜଗର ପରି ଲମ୍ୱିଯାଇଥିବା ରାସ୍ତା। ରାସ୍ତାରେ ଗାଡ଼ି ମୋଟର। ସେ ପାଖେ ଠେଲା ଲଗେଇଥିବା ଫଳବାଲା। ରାସ୍ତା ଧାର ଗଛ ତଳେ ସ୍କୁଲ୍ ବସ୍‌କୁ ଅପେକ୍ଷାମାଣ କିଛି ଛାତ୍ର ଛାତ୍ରୀ ଓ ଅଭିଭାବକ। ପ୍ରତିଦିନ ସେଇ ରାସ୍ତାରେ ଓ୍ୱାକିଂଷ୍ଟିକ୍ ଧରି ଯିବା ଆସିବା କରୁଥିବା ଡେଙ୍ଗା ବୟସ୍କ ଭଦ୍ରବ୍ୟକ୍ତି। ସବୁ ଦୃଶ୍ୟ ଠିକ୍ ପୂର୍ବଦିନମାନଙ୍କ ପରି ଗତାନୁଗତିକ।

ବାଲକୋନିରେ ଝୁଲୁଥିବା ଊର୍ଣ୍ଟ ଚାଇମ୍ସର ପବନସ୍ପର୍ଶରେ ବାଜି ଉଠୁଥିବା ସୁମଧୁର ଧ୍ୱନି ଜଣାଇ ଦେଲା ଯେ ସେ ମଧ ଯଥା ସ୍ଥାନରେ। କେବଳ ବଦଳି ଯାଇଛି

ମୋର ପରିଚୟ । ମୁଁ ବିବାହିତା । ମୁଁ ଏକକ ନୁହେଁ, ଯୁଗ୍ମ ଜୀବନର ଅର୍ଦ୍ଧେକଅଂଶ । ମୁଁ ମୋହିତର ପରିଣୀତା । କିନ୍ତୁ ଏ ସଂପର୍କ ଆମ ପାଇଁ ଏକ ଅଲିଖିତ ସର୍ତ୍ତ ବିବାହର ଦ୍ୱାହି ଦେଇ କେହି କାହାର ସୀମା ଲଂଘନ ନ କରିବାର ବା ବ୍ୟକ୍ତିଗତ ଜୀବନରେ ଅନୁପ୍ରବେଶ ନ କରିବାର ।

ବିବାହର ପ୍ରଥମ ଦିନଗୁଡ଼ିକର ମୁଁ ସିନ୍ଦୂର ପିନ୍ଧିବା ସମୟରେ ମୋହିତ ଥରେ କହିଥିଲା "ତୁ ଈଶ୍ୱରଙ୍କ ନାମ ନେଇ ସିନ୍ଦୂର ପିନ୍ଧିବୁ । ମୁଁ ତ ସାମାନ୍ୟ ମଣିଷଟିଏ । ସ୍ୱାମୀ ଦେବତା ଫେବତା କିଛି ନୁହେଁ ମ ।

ଜୀବନ ଯାତ୍ରାର ସହଯାତ୍ରୀ ମାତ୍ର । ସ୍ତ୍ରୀର ଇଚ୍ଛା, ଅନିଚ୍ଛାରେ ତା'ର ଶରୀର ଲଂଘନ କରୁଥିବା ବ୍ୟକ୍ତି କେବଳ ପୁରୁଷ ହୋଇପାରେ, ଦେବତା ହୋଇପାରେ ନା । ତେଣୁ ମୁଁ ସାମାନ୍ୟ ମଣିଷଟିଏ ହୋଇ କିପରି ଦେବତାର ଆସନରେ ବସିପାରିବି କିମ୍ୱା ତୋ କାମନାର ପୂର୍ଣ୍ଣ କରିପାରିବି ?"

– ତୁ ଚାହିଁଲେ ମୋର ଅନେକ ସମସ୍ୟାର ସମାଧାନ ହୋଇଯିବ । ତାର ମନ ରଖିବା ପାଇଁ ଏତିକି କହିଥିଲି ।

ତା' ଓଠରୁ ଝରି ପଡ଼ିଥିଲା ସହସ୍ର ପ୍ରତିଶ୍ରୁତି ଭରା ହସଟିଏ । ଯାହାର ଅର୍ଥ– ତୋ ଜୀବନର ପ୍ରତିଟି ଯନ୍ତ୍ରଣାରେ ମୋତେ ହିଁ ଝରୁଥିବାର ଦେଖିବୁ ସାରା, କେବେ ଲୁହହୋଇ କେବେ ଲହୁ ହୋଇ ।

ମା' ମଧ ଦିନେ ବୈବାହିକ ଜୀବନରେ କିପରି ପରମ୍ପରାନୁଯାୟୀ ଚଳିବାକୁ ହୁଏ ବୁଝାଇଥିଲେ । ସିନ୍ଦୂର ପିନ୍ଧିବା ସମୟରେ ମଥାରେ ଓଢ଼ଣୀ ଦେବାର ବିଧ୍ ଓ କିଛିଦିନ ପାଇଁ ହାତରେ ଶଙ୍ଖା ଓ ପାଦରେ ପାଉଁଜି ପିନ୍ଧିବାର ପରମ୍ପରା । ସଧବା ନାରୀଟିଏ ଯେତେବେଲେ ଅହ୍ୟ ଡେଙ୍ଗୁରା ସାଥେ ଜୁଇକୁ ଯାଏ ତା' ପାଦରେ ଥାଏ ଝୁଣ୍ଟିଆ । ସୌଭାଗ୍ୟବତୀ ଅହ୍ୟରାଣୀ ହୋଇ ସେପାରିକୁ ଯିବା ହିନ୍ଦୁନାରୀ ପକ୍ଷେ ପରମ ସୌଭାଗ୍ୟର ବିଷୟ ।

ମା'ଙ୍କର ଏ ପୁରୁଣାକାଳିଆ କଥା ଶୁଣି ନ ହସି ରହି ପାରିଲି ନାହିଁ । ସ୍ୱାମୀ ସ୍ତ୍ରୀର ସଂପର୍କ ଯେଉଁଠି ଅର୍ଥରେ ହିସାବ ହୁଏ, ଯେଉଁଠି ଜଣେ ଅନ୍ୟ ଜଣଙ୍କର ଜୀବନ ସାଥୀ କମ୍ ଓ ପ୍ରଭୁ ବା ମୁନିବ ଅଧିକ, ଯେଉଁ ବିବାହରେ ଯୌତୁକ ପାଇଁ ବଧୂ ହତ୍ୟା ପରି ଲୋମହର୍ଷଣକାରୀ ଘଟଣା ଘଟେ, ସେଠାରେ ପବିତ୍ରତା ପରି ଶବ୍ଦ ଅର୍ଥହୀନ । କାମନା କଲି ଅକ୍ଷତ ଥାଉ ମା'ଙ୍କର ବିଚାର ଓ ବିଶ୍ୱାସ ।

ସରଳ ଜୀବନଟିଏ କିଏ ନଚାହେଁ ? ପୃଥିବୀର କେଉଁ ସଫଳ ନାରୀ ସ୍ୱାମୀ ସୋହାଗ କାମନା କରେ ନାହିଁ ? ସେଥିପାଇଁ ତ ଏତେ ବିଧିବିଧାନ, ପରମ୍ପରା ଓ

ବିଶ୍ୱାସ। କିନ୍ତୁ କହିପାରିଲି ନାହିଁ ମା! ମୋହିତକୁ ମୁଁ ବିବାହ କରିଛି ସତ, ମାତ୍ର ମୁଁ ଆଜି ମଧ ସୂର୍ଯ୍ୟାଂଶ ନାମରେ ସିନ୍ଦୁର ପିନ୍ଧେ। ସେଥିପାଇଁ କ୍ଷଣିକ ପାଇଁ ମୋହିତର ମୁହଁ ମୋତେ ଦେଖାଯାଏ ବିଫଳ ସ୍ୱାମୀ ବା ବିପର୍ଯ୍ୟସ୍ତ ପ୍ରେମିକ ଭାବରେ।

ମୁଁ ମୋ ପ୍ରେମ ପ୍ରତି ବିଶ୍ୱସ୍ତ ଏ ସବୁ କଥା କଣ କହି ହୁଏ? କିଛି ଭାବନା ତ ଜୀବନବ୍ୟାପୀ ହୃଦୟ ଭିତରେ ଗୋପନ ରହେ। ଯେମିତି ସୂର୍ଯ୍ୟାଂଶକୁ ମୁଁ ଏବେ ମଧ ପ୍ରେମ କରେ। ମୋହିତକୁ ବିବାହ କରିବା ମୋ ଜୀବନରଏକ ଭୁଲ୍ ନିଷ୍ପତ୍ତି ନୁହେଁତ? ଯଦି ଆମ ସଂପର୍କ ଏଇ ମୋଡରେ ସ୍ଥିର ହେବାର ଥିଲା, ତା’ ହେଲେ ଏହା ମୋ ଜୀବନର ଚରମ ଭୁଲ୍ ବୋଲି ମୁଁ କହିବି।

ଓଃ ମୋତେ ଏ ସବୁ ଚିନ୍ତା କରି ଖୁବ୍ କ୍ଲାନ୍ତ ଲାଗୁଥିଲା। ମନେ ପଡ଼ିଲା ମୋହିତ ଘରେ ବିବାହ ସମୟରେ ଜଣେ ବୟସ୍କା ମହିଲା ଟିପ୍ପଣୀ ବାଢ଼ିଥିଲେ “ମୋହିତ ପରି ଏ ଉଦାସିଆ ପିଲାଟାକୁ ଏ ପରୀ ଭଳି ଦିଶୁଥିବା ଏ ଝିଅଟା କଣ ଦେଖି ପ୍ରେମ କଲା? ତା’ରି ଜାଲରେ ପଡ଼ି କଥା କହୁ ନଥିବା ଏ ପିଲା ବାପା ମାଙ୍କ ସାମ୍ନାରେ ଶୀଘ୍ର ବିବାହ କରିବା ପାଇଁ ମୁହଁ ଖୋଲି ପାରିଲା। ସବୁ ସେଇ ଝିଅର ଗୁଣ, ସେ ଆମ ମୋହିତକୁ ଅବଶିଷ୍ଟ ଜୀବନ ବଶ କରି ରଖ଼ିବ ରୂପର ମାଲୁଣୀ ପରି ତା’ ରୂପର ଗଦ ଶୁଢ଼ାଇ।” ସେଦିନ ସେ ଆକ୍ଷେପରେ ଖୁବ୍ ଅପମାନ ବୋଧ କରିଥିଲି। ମୁଁ ପୁଣି ମାଲ୍ୟଧାଣୀ ସାଜି ମୋହିତକୁ ରୂପର ଗଦ ଶୁଢ଼ାଇ ବଶୀଭୂତ କରି ରଖ଼ିବି? ସେ ଦିନ ମୋ ଅସନ୍ତୁଷ୍ଟ ମନ ଭିତରକୁ ଅନେକ ଚରିତ୍ର ପଶି ଆସିଥିଲେ। ମୁକୁଲ୍, ଅୟସକାନ୍ତ, ଅସ୍ମିତ୍ ଓ ନାମ ଜଣା ନଥିବା ଅନେକ ଯେଉଁମାନେ ମୋର ସାମାନ୍ୟ ପ୍ରେମ ପାଇଁ ବ୍ୟାକୁଳ ଥିବା ସତ୍ତ୍ୱେ ଶେଷରେ ମୁଁ ମୋହିତକୁ ବିବାହ କରି ଓ ତାଙ୍କ ଘରେ ଅପମାନିତ ହେଲି। ଦୁର୍ଭାଗ୍ୟ ତ ଏହାକୁ କୁହାଯାଏ।

ବିବାହ ପରେ ପ୍ରତିଦିନ ମୁଁ ଅଫିସକୁ ନୂଆ ଶାଢ଼ୀ ଓ ଭଲିକି ଭଲି ବେଶ ପୋଷାକରେ ସାଜିସୁଜି ହୋଇ ଯାଉଥିଲି। ମୁହଁରେ ସଦାସର୍ବଦା ଝୁଲାଇ ରଖ଼ୁଥିଲି ସୁଖୀ ଦିଶିବାର ହସଟିକେ ଯେପରି କାହା ସାମ୍ନାରେ ମୋ ବିପର୍ଯ୍ୟସ୍ତ ଯୁଗ୍ମ ଜୀବନର ଗୋପନୀୟ ସତ୍ୟଟି ଉଦ୍‌ଘାଟିତ ହୋଇ ନଯାଏ।

ଏବେ ସମସ୍ତେ ଅନେକ ଆଶ୍ୱସ୍ତ। ମୋହିତ ଘରେ ସେ ସଂସାର ତ୍ୟାଗୀ ସନ୍ୟାସୀ ନ ହୋଇ ସଂସାର ଗଢ଼ିଥିବାରୁ, ମୋ ପରିବାର କନ୍ୟାଦାୟରୁ ମୁକ୍ତ ହୋଇଥିବାରୁ, ମୋ ଚତୁଃପାର୍ଶ୍ୱର ପୃଥିବୀ ମୁଁ ଗୋଟିଏ ସାଧାରଣ ଜୀବନ ବିତାଉଥିବାରୁ। ମୋହିତ ସହିତ ସଂପର୍କ ପ୍ରଗାଢ଼ ହେଉ ବା ନହେଉ ଏବେ ପ୍ରତିଦିନ ମୋ ସହିତ ସଂପର୍କ ଗଢ଼ିବାକୁ ନୂଆ ଚରିତ୍ରଙ୍କର ଭିଡ ହୁଏ ନାହିଁ ତେଣୁ ମୁଁ ମଧ ଆଶ୍ୱସ୍ତ। ମାତ୍ର ଏ

ସମସ୍ତ ଘଟଣାକ୍ରମରେ ମୋହିତର ଲାଭ କଣ ହେଲା ? ନିଜ ପରିବାରରେ ଜଣେ ଅବାଧ୍ୟ ବିଦ୍ରୋହୀ ପୁତ୍ର, ମୋ ପାଖରେ ଜଣେ ଅସହଯୋଗୀ ସ୍ୱାମୀ ଓ ଶେଷରେ ସୂର୍ଯ୍ୟାଂଶର ପ୍ରେମିକାକୁ ବିବାହ କରି ତାକୁ ମିଳିଲା କଣ ?

ବିଭାଘର ପରେ ମୋର ସୁନ୍ଦର ପରିପାଟୀ ଦେଖି ଅଫିସ୍ ବାନ୍ଧବୀମାନେ ମୋର ସଦ୍ୟବିବାହିତ ଜୀବନର ରୋମାଞ୍ଚକର ଅନୁଭୂତି ସଂପର୍କରେ ଜାଣିବାକୁ ଉସ୍ସୁକ ଥିଲେ। ମୁଁ କିପରି ସେମାନଙ୍କ ସାମ୍ନାରେ ମୋ ବିଫଳ ବୈବାହିକ ଜୀବନର କାହାଣୀ କହିପାରିଥାଡି ? ହୃଦୟରେ ସୂର୍ଯ୍ୟାଂଶକୁ ରଖ୍ ମୋହିତ ପରି ସହୃଦୟ ବନ୍ଧୁଟିକୁ ବିବାହ କରିବା ପଛରେ ଥିବା କାରଣଟି କଣ କାହାକୁ କହିହୁଏ ?

ମୋତେ କେତେ କାଞ୍ଚନିକ କାହାଣୀ ଗଢ଼ି ମିଥ୍ୟାର ପ୍ରଲେପ ବୋଲା ଅନୁଭୂତି ବର୍ଣ୍ଣନା କରିବାକୁ ପଡ଼ିଲା। ସେମାନେ ସେ ସବୁ ଶୁଣି ରୋମାଞ୍ଚିତ ହେଲେ। ଯେଉଁ 'ଚୁମ୍ବନ' ଶବ୍ଦଟିକୁ ନେଇ ଅନୂଢ଼ା ବୟସରେ ରୋମାଞ୍ଚ ଥାଏ ତାହା ବିବାହ ପରେ ଆଉ ରହେନାହିଁ, ଏ କଥା ସେମାନେ ବୁଝିବେ ନାହିଁ। ବୈବାହିକ ଜୀବନରେ ରୋମାଞ୍ଚ କମ୍ ଓ ବୁଝାମଣା ଅଧିକ ଏହାହିଁ ବାସ୍ତବତା। ସେମାନେ ନିଜେ ସ୍ୱପ୍ନର ରାଜକୁମାରଙ୍କୁ ନେଇ ନୂଆ ନୂଆ ସ୍ୱପ୍ନ ଦେଖିବା ସମୟରେ ମୁଁ ନିଜକୁ ସହୃଦୟତାର ସହ ଟିକେ ଆଉଁସି ଦେଇ କହିଲି "ଏଣିକିତ ଅବଶିଷ୍ଟ ଜୀବନ ତୋତେ ଏଭଳି ମିଛ ଜୀବନଟେ ଜିଇଁବାକୁ ହେବ ସାରା! ତେଣୁ ଆଜିଠାରୁ ସୁଖୀ ରହିବାର ଅଭିନୟ କରିବା ଶିଖ୍ନେ। କିନ୍ତୁ କେତେଦିନ ଏମିତି ମିଛ ଜୀବନଟେ ଜିଇଁ ପାରିବୁ ତୁ ?"

ନୂଆ ଶାଢ଼ୀ, ନୂଆ ପୋଷାକ, ଗହଣା ମଧରୁ କେଉଁଟି କେଉଁଦିନ ପିନ୍ଧିବି, କେଉଁଟି ମୋତେ ଭଲ ମାନିବ, କେଉଁ ରଙ୍ଗଟି ମୋର ପ୍ରିୟ, ପୁଣି କେଉଁଟି ପିନ୍ଧିଲେ ମୁଁ ସବୁଠାରୁ ସୁନ୍ଦରୀ ଦିଶେ ଏ ସବୁ ଭାବିବାରେ ଓ ନୂଆ ପୋଷାକ ପ୍ରସାଧନୀ କିଣିବାରେ ମୁଁ ନିଜକୁ ଭୁଲାଇ ରଖିବାର ଅପଚେଷ୍ଟା କରେ। ବାହାନାଟିଏ ଖୋଜେ ସୁଖୀ ରହିବାର।

କିନ୍ତୁ ନୂଆ ଶାଢ଼ୀ, ପୋଷାକ, ଗହଣା ବା ପ୍ରସାଧନୀ ମୋ ପରି ବୁଦ୍ଧିମତୀ ଝିଅକୁ ଦୀର୍ଘଦିନ ଆକର୍ଷିତ କରିପାରେନି। ମୁଁ ଧୀରେ ଧୀରେ ଫେରୁଥିଲି ମୋ କମ୍ପ୍ୟୁଟର ଦୁନିଆଁକୁ, ଯେଉଁଠି ପ୍ରତି ନାନୋ ସେକେଣ୍ଡ ଅପେକ୍ଷା କରେ କିଛି ଚମ୍କାର ଘଟିବାର, କିନ୍ତୁ ସେ ପୃଥ୍ବୀରେ ପ୍ରବେଶ ମାତ୍ରକେ ମୋହିତର ଫୋନ୍ କଲ୍ ଆସେ। ତା' ଚାକିରି କ୍ଷେତ୍ର ସମସ୍ୟା। ଘରର କ୍ରମବର୍ଦ୍ଧିଷ୍ଣୁ ସମସ୍ୟା ସେ ମୋ ସହିତ ଆଲୋଚନା କରିବାକୁ ଚାହେଁ। ପ୍ରଥମେ ମୁଁ ଆଶ୍ୱାସନା ଦିଏ, ସବୁକିଛି ସମୟାନୁଯାୟୀ ଠିକ୍ ହୋଇଯିବାର। ନୀତିବାଣୀ ଶୁଣାଏ। କିନ୍ତୁ ସତରେ କଣ ସବୁକିଛି ସମୟ ହାତରେ ଛାଡ଼ିହୁଏ ନା ବାସ୍ତବରେ ଆମ ଜୀବନରେ ସମସ୍ୟାମାନ ନିଜେ ନିଜେ ଠିକ୍ ହୁଏ ?

ଧୀରେ ଧୀରେ ମୋହିତର ଫୋନ୍ କଲ୍‌କୁ ମୁଁ ଅପେକ୍ଷା କରେନା। ତା’ର ଆମ୍ବକେନ୍ଦ୍ରିକ ଜୀବନର ଜଟିଳତା ମଧ୍ୟରେ ପ୍ରବେଶ କରିବାର ଧୈର୍ଯ୍ୟ ହରାଇ ସାରିପାରିଥାଏ ମୁଁ। ସେ କହେ ତା’ ବାପା କିପରି ସାମାନ୍ୟ ଜମି ଖଣ୍ଡିକ ପାଇଁ ହରାଇ ସାରିଛନ୍ତି ସମସ୍ତ ମଧୁର ସଂପର୍କ, ସାରା ଜୀବନର ଅର୍ଥ, ତଥାପି ସେ ହାର ମାନିବାକୁ ପ୍ରସ୍ତୁତ ନୁହଁନ୍ତି। ମୋହିତ ଦେଖିଥିବା ମଣିଷମାନଙ୍କ ମଧ୍ୟରେ ତା’ ବାପା ଥିଲେ ସବୁଠାରୁ ସରଳ ପ୍ରକୃତିର। କିନ୍ତୁ ତାଙ୍କ ଭିତରେ ଛପି ରହିଥିଲା ଏତେ ଜିଦ୍ ଓ ଅହଙ୍କାର? ସେ ପୁଣି କହେ କାବ୍ୟା ଅପା ଯେତେ ତା’ ଶାଶୁଘର ଲୋକଙ୍କ ସହିତ ମିଶି ଚଳିବାକୁ ମାନସିକ ପ୍ରସ୍ତୁତି କରୁଛି ତା’ର ଶ୍ୟାମଳ ବର୍ଣ୍ଣ ଓ ଯୌତୁକକୁ ନେଇ ସେତେ ଅଧିକ ଚର୍ଚ୍ଚା ହେଉଛି ତାଙ୍କ ଘରେ। ଶଶାଙ୍କ ଭାଇ ବି ଆଜିକାଲି ଏପରି ନିରବତା ଅବଲମ୍ବନ କରୁଛନ୍ତି କାବ୍ୟା ଅପା କେଉଁଦିନ ଘର ଛାଡି କୁଆଡେ ପଳେଇବ କିମ୍ବା ଆମ୍ବହତ୍ୟା କରିଦେବ। ଘରେ ମା’ଙ୍କ ଜିଦ୍ କାବ୍ୟା ସେଠାରୁ ଚାଲି ଆସିଲେ ସେମାନେ ହୁଏତ ତାକୁ ପୁନର୍ବାର ଗ୍ରହଣ କରି ନ ପାରନ୍ତି। ତେଣୁ ସେ ସେଠାରେ ରହୁ, ହୁଏତ ପିଲାଟିଏ ହୋଇଗଲେ ସବୁକିଛି ଠିକ୍ ହୋଇଯିବ।

ମୋହିତର ଏପରି ନାନାଦି ଦୁଃଖ ଓ ଅସଂଖ୍ୟ ଅଭିଯୋଗ ମଧ୍ୟରେ ମୋ’ ପ୍ରତି ଥିବା ତା’ ପ୍ରେମ ଭାବଟି ଶୁଷ୍କ ହୋଇ ଆସୁଥିବାର ଅନୁଭବ ହୁଏ। ମୁଁ ମଧ୍ୟ ମୋହିତର ସମଧରଣର ସମସ୍ୟାକୁ ପର୍ଯ୍ୟାୟକ୍ରମେ ଶୁଣି ଶୁଣି ବିରକ୍ତ ହୋଇ ସାରିଥିଲି। ମୁଁ କିପରି ଅବା ମୋହିତ ବାପାଙ୍କର ଜିଦ୍‌ଖୋର ପ୍ରକୃତିକୁ ପରିବର୍ତ୍ତନ କରିଦେଇପାରିବି ଅବା କାବ୍ୟା ଅପାଙ୍କ ଶାଶୁ ଘର ଲୋକଙ୍କ ଚରିତ୍ର?

ଏ ସବୁ କଥା ଶେଷରେ ମୋହିତ ପ୍ରଶ୍ନ କରେ ବିଭିନ୍ନ ପରୀକ୍ଷା ପାଇଁ ମୋ ପ୍ରସ୍ତୁତି ସଂପର୍କରେ ଓ ପରାମର୍ଶ ଦିଏ ମୁଁ ଯେପରି ମୋ ଲକ୍ଷ୍ୟ ପଥରୁ ବିଚ୍ୟୁତ ନହୁଏ।

ତା’ର ଏଇ ସବୁ ପ୍ରେରଣାଦାୟୀ ଶବ୍ଦ କେବେ ମୋତେ ଆନନ୍ଦିତ କରେ କେବେ ତାର ବିପର୍ଯ୍ୟସ୍ତ ଜୀବନ ପାଇଁ ବିଷାଦିତ କରେ। କିନ୍ତୁ ଏହାମଧ୍ୟରେ ମୁଁ ମାନସିକ ସ୍ତରରେଏତେ ଦୃଢ ହୋଇସାରିଥିଲି ଯେ ସମସ୍ୟା ମୋତେ କେବଳ ଛୁଇଁ ଦେଇଯାଏ, ଭିତରେ ଅନୁପ୍ରବେଶ ନିମନ୍ତେ ରାସ୍ତା ପାଏ ନାହିଁ। ସୂର୍ଯ୍ୟାଂଶର ଦୁର୍ଘଟଣା ପରେ କୌଣସି ଘଟଣା ମୋତେ ବିଚଳିତ କରେନାହିଁ କିମ୍ବା ଦୀର୍ଘକାଳୀନ ଦୁଃଖ ଦେଇପାରେନାହିଁ। ମୋତେ ସମସ୍ତ ସମସ୍ୟାର ତତ୍‌କ୍ଷଣାତ୍ ସମାଧାନର ରାସ୍ତାଟିଏ ମିଳିଯାଏ।

ତା’ପରେ ମୁଁ ମୋର ନିଃସଙ୍ଗତା ଦୂର କରିବା ନିମନ୍ତେ ଘଣ୍ଟା ଘଣ୍ଟା ଧରି ବହି ପଢେ। ପୃଥିବୀ ପ୍ରସିଦ୍ଧ ଦାର୍ଶନିକ, ଔପନ୍ୟାସିକଙ୍କ ଦ୍ୱାରା ରଚିତ ପୁସ୍ତକର ପରିମାଣ

ମୋ ବୁକ୍ ର୍ୟାକ୍‌ରେ ବଢ଼ି ବଢ଼ି ଚାଲେ। କେବେ ପଜ୍‌ଲ ଗେମ୍ ବା ଭିଡିଓ ଗେମ୍ ଖେଳେ, ସୁଡୋକୁ ସମାଧାନ କରେ। ଫେସ୍‌ବୁକ୍‌ରେ ନୂଆ ବନ୍ଧୁତା ସ୍ଥାପନ କରେ।

ହଠାତ୍ ଦିନେ ମୋ ଜୀବନରେ ନୂଆରୁତୁ ଆସିଲା। ମୁଦି ରଖିଥିବା ମୋ ମନର ପାଖୁଡ଼ାଗୁଡ଼ିକ ସେ ଅଦିନ ମଲୟ ସ୍ପର୍ଶରେ ମୁକୁଳିତ ହେବାକୁ ଲାଗିଲେ। ବାତାବରଣରେ ଏବେ ଏକ ସ୍ନିଗ୍ଧ ଅନୁଭବ। ନିଜ ଭିତରେ ଅଙ୍କୁରି ଉଠିବାକୁ ମୋ ଭିତରେ ନିରନ୍ତର ଆହ୍ୱାନ। ମୋ ହୃଦୟାକାଶରେ ସପ୍ତବର୍ଣ୍ଣୀ ଇନ୍ଦ୍ରଧନୁର ଅଭିସାର।

ଫେସ୍‌ବୁକ୍‌ରେ ଦେଶ ବିଦେଶରେ ଅନେକ ବନ୍ଧୁ ମଧ୍ୟରେ ପିଟର ଥିଲା ଜଣେ। ତା’ ସହ ମୋର ବନ୍ଧୁତା ଆକସ୍ମିକ କିମ୍ବା ବିଧି ନିର୍ଦ୍ଧାରିତ ଜାଣେନା। କିନ୍ତୁ ତା’ର ଆଗମନରେ ମୋ ଭିତରେ ରତ୍ନମାନେ କଡ ଲେଉଟାଇଲେ। ତା’ ଭଳି ସହୃଦୟ ବନ୍ଧୁଟିର ଆବିର୍ଭାବ ମୋ ଜୀବନକୁ କରିଦେଲା ଉସ୍ତବ ମୁଖର।

ପିଟର ଲଣ୍ଡନ୍‌ସ୍ଥିତ କୁଇନସ୍‌ମେରୀ ବିଶ୍ୱବିଦ୍ୟାଳୟର ଆଇନ୍ ବିଭାଗର ଗର୍ବିତ ଗବେଷକ ଛାତ୍ର ବୋଲି ଫେସ୍‌ବୁକ୍ ଟାଇମ୍ ଲାଇନ୍‌ରେ ପୋଷ୍ଟ କରିଥିଲା। ତା’ ସହିତ ଖୁବ୍ ସୁନ୍ଦର ବାକ୍ୟମାନ ଲେଖିଥିଲା। “କ୍ଷୁଧା ରହିତ ପୃଥିବୀ ଅପେକ୍ଷାରେ”, “ଶିଶୁ କନ୍ୟାଟିକୁ ଫୁଟିବାକୁ ଦିଅ”, “ବ୍ୟକ୍ତି ସ୍ୱାଧୀନତା ସବୁଠାରୁ ଉର୍ଦ୍ଧ୍ୱରେ”, “ପୃଥିବୀର ସବୁଠାରୁ ଗରିବ ଘରେ ଯାଆ” ଯାହା ପଢ଼ି ତା’ ସହିତ ମୋ ସଂପର୍କ ଘନିଷ୍ଠ ହେବାରେ ଲାଗିଥିଲା, ତା’ର ଲକ୍ଷାଧିକ ଅନୁସରଣକାରୀଙ୍କ ମଧ୍ୟରୁ ସେ ଚୁମ୍ବକ ପରି ଆକର୍ଷିତ ହେଇଥିଲା ମୋ ପ୍ରତି।

ପିଟର ପଢ଼ା ଶେଷକରି କୌଣସି ଲ’ ଫାର୍ମରେ କାର୍ଯ୍ୟ ନ କରି ସମଗ୍ର ଜୀବନ ଅବହେଳିତମାନଙ୍କ ମାନବାଧିକାର ପାଇଁ ଲଢ଼େଇ କରିବାକୁ ଶପଥ ନେଇଥିଲା। ପୃଥିବୀର କ୍ରମବର୍ଦ୍ଧିଷ୍ଣୁ ସମସ୍ୟାର ସମାଧାନ ନିମନ୍ତେ ତିରିଶଜଣ ସହଧର୍ମୀଙ୍କୁ ନେଇ ଗୋଟିଏ ସଂସ୍ଥା ଗଢ଼ି ସୁଇଜ୍‌ରଲାଣ୍ଡସ୍ଥିତ ଜେନେଭାର ମୁଖ୍ୟ କାର୍ଯ୍ୟାଳୟରେ ତା’ ବାର୍ତ୍ତା ପହଁଞ୍ଚାଇବାରେ ସମର୍ଥ ହୋଇଥିଲା। ଆଶ୍ଚର୍ଯ୍ୟର କଥା, ଭାରତରେ ରହି ମୁଁ ଏଠାକାର ଅନେକ ସମସ୍ୟା ଯଥା ସଂଖ୍ୟା ଲଘୁ ସମସ୍ୟା, ଶିଶୁ ଶ୍ରମିକ, ବାଳ ଅପରାଧ ସଂପର୍କରେ ମୋର ଯେତେ ଧାରଣା ନଥିଲା, ସେ ସଂପର୍କରେ ବିବରଣୀ ଥିଲା ତା’ ପାଖରେ। ଏପରିକି ହରିଆଶାର ରଞ୍ଜିକା ପରି ଜଣେ ଅନାମଧେୟ ଝିଅର ବ୍ୟକ୍ତି ସ୍ୱାଧୀନତା କ୍ଷୁର୍ଣ୍ଣ ହେବାର ସମାଦ ମଧ୍ୟ ସେ ପାଇଥିଲା, ଯାହାକୁ ଛୁଇଁ ପାରିନଥିଲେ ଆମ ମିଡିଆ, ପ୍ରଶାସନ କିମ୍ବା ସ୍ୱେଚ୍ଛାସେବୀ ଅନୁଷ୍ଠାନଗଣ।

ପିଟରର ଚରିତ୍ର ମୋତେ ଏତେ ମୋହାଚ୍ଛନ୍ନ କରି ରଖିଲା ଯେ ମୁଁ ଭୁଲିଗଲି ନିଜ ପରିଚୟ। କେବେ କେମିତି କାହା ଜୀବନରେ ଏପରି ଘଟେ। ସୂର୍ଯ୍ୟାଂଶର

ପ୍ରେମିକା, ମୋହିତର ପତ୍ନୀ ପିଟର ପ୍ରତି କାହିଁକି ଆକର୍ଷିତ ହେଲା ତାହା ସମସ୍ତ ପ୍ରଶ୍ନଠାରୁ ଊର୍ଦ୍ଧ୍ୱରେ । ମୋ ଭିତରେ ସମାଜକୁ ଭଲ ପାଇବା ଗୁଣଟି କେଉଁଠି ଅବଦମିତ ଥିଲା ଯାହା ପିଟରର ବ୍ୟକ୍ତିତ୍ୱର ଅଗ୍ନି ସଂଯୋଗରେ ଦହକି ଉଠିଲା ।

ତଥାପି ଆମ ମଧ୍ୟରେ ଯେ ମତ ପାର୍ଥକ୍ୟ ନଥିଲା ତାହା ନୁହେଁ । ତା'ର ସମସ୍ତ ସିଦ୍ଧାନ୍ତକୁ ଅନ୍ଧ ଭାବରେ ଗ୍ରହଣ କରିବାର ମାନସିକତା ମୋର ନଥିଲା । ଭାରତରେ ରହି ଧର୍ମ ନାମରେ ଭାରତର ସମ୍ୱିଧାନର ନିୟମକୁ ଉଲ୍ଲଘଂନ କରିବାକୁ ମୁଁ କୌଣସି ପର୍ଯ୍ୟାୟରେ ବ୍ୟକ୍ତି ସ୍ୱାଧୀନତା ଭାବରେ ଗ୍ରହଣ କରିପାରେନା । ରାମ ମନ୍ଦିର ବାବ୍ରୀ ମସ୍ଜିଦ୍ ଘଟଣାଠାରୁ ଗୁଜୁରାଟ୍‌ରେ ଗୋଧ୍ରାକାଣ୍ଡ ପର୍ଯ୍ୟନ୍ତ ସେ ଯେତେ ପ୍ରଶ୍ନ କରେ ମୁଁ ସଂକ୍ଷେପରେ ଉତ୍ତର ରଖେ- "ଦୂରରୁ ଘଟଣାଟିକୁ ଅନୁଧ୍ୟାନ କରିବା ଓ ଘଟଣାର ଅଂଶ ହେବା ମଧ୍ୟରେ ଅନେକ ଫରକ୍‌ ।" ଭାରତରେ ଚତୁର୍ଥ ସ୍ତମ୍ୱର ଗଲାରୋଧ ହୁଏକି ? ତା'ର ଏପରି ପ୍ରଶ୍ନରେ ମୁଁ ବିସ୍ମିତ ହେଲେ ସେ ଅନେକଙ୍କ ଉଦାହରଣ ଦିଏ, ଯେଉଁମାନଙ୍କ ମୁକ୍ତ ଚିନ୍ତନ ଯୋଗୁଁ ଅତୀତରେ ସେମାନଙ୍କ କଣ୍ଠରୋଧ କରାଯାଇଥିଲା ।

ପୁଣି ବିସ୍ମୟର କଥା, ଭାରତ ବାହାରେ ଏ ଦେଶ ସଂପର୍କରେ ସର୍ବାଗ୍ରେ ଯେଉଁ ବିଷୟଟି ଆଲୋଚିତ ହୁଏ ତାହା ହେଉଛି ବଲିଉଡ୍‌ ସିନେମା ଜଗତ ।

ପିଟର ମୋତେ ସତର ବର୍ଷୀୟା ରତିକାର କାହାଣୀ କହିଲା, ଯେ ମେଡିକାଲ୍‌ ଏନ୍‌ଟ୍ରାନ୍‌ ନିମନ୍ତେ କୋଚିଙ୍ଗ୍‌ ସେଣ୍ଟର୍‌ ଯିବା ରାସ୍ତାରେ ଅପହୃତା ହୋଇ ପରବର୍ତ୍ତୀ ସମୟରେ ବିକ୍ରୟ ହୋଇଥିଲା ଏକ ଗଣିକାଳୟରେ । ପ୍ରବଳ ମାନସିକ ଚାପଗ୍ରସ୍ତ ହୋଇ ଦୁଇଥର ଆତ୍ମହତ୍ୟା କରିବାକୁ ଚେଷ୍ଟା କରି ବିଫଳ ହେବାପରେ ସେ ଏବେ ମାନସିକ ଚିକିତ୍ସାଳୟରେ । ଆଶ୍ଚର୍ଯ୍ୟର କଥା ସେ ଦେହ ଦଲାଲ୍‌ଟି ଥିଲା ତା'ର ତଥାକଥିତ ପ୍ରେମିକ ।

ପ୍ରେମ ନାମରେ ବ୍ୟଭିଚାରର ଭିନ୍ନ ଏକ ପ୍ରଶ୍ନ ଉନ୍ମୁକ୍ତ ହେବା ସମୟରେ ପିଟରର ନୀଳନୀଲ ଆଖି ଭିତରେ ମୋ ପାଇଁ ଥିବା ଗଭୀର ପ୍ରେମର ସ୍ୱଚ୍ଛସ୍ନିଗ୍ଧ ପବିତ୍ରତାରେ ଭିଜି ଉଠୁଥିଲି ମୁଁ । ପର ମୁହୂର୍ତ୍ତରେ ନିଜକୁ ଶାସନ କରୁଥିଲି ପିଟର ସହିତ ମୋ ସଂଜ୍ଞାହୀନ ସଂପର୍କର କୌଣସି ନାମକରଣ ନ କରିବା ନିମନ୍ତେ ।

ପିଟର ସଂପର୍କରେ ଆସିବା ପରେ ଗୋଟିଏ ସଂକୀର୍ଣ୍ଣ ଦୁନିଆଁରୁ ବିସ୍ତୀର୍ଣ୍ଣ ପୃଥିବୀ ସହିତ ପରିଚୟ ହେଲା, ଯେଉଁଠାରେ ଅପାଂକ୍ତେୟ ମଣିଷଙ୍କ ଭିଡ । ବିନା ଖାଦ୍ୟ, ପାନୀୟ ଓ ଚିକିତ୍ସାରେ ସେମାନେ ବଂଚନ୍ତି ଯୁଗ ଯୁଗ ଧରି । ଏକବିଂଶ ଶତାଦ୍ଦୀରେ ମଧ୍ୟ ସଭ୍ୟତାର ସୂର୍ଯ୍ୟାଲୋକ ସ୍ପର୍ଶ କରିପାରି ନାହିଁ ସେମାନଙ୍କ ପୃଥିବୀ । ମନେ ପଡିଗଲା କ୍ରୀତଦାସ ପ୍ରଥା । ମୁନିବ ଦାସକୁ କ୍ରୟ କରିବା ସମୟରେ ପଦାଘାତ କରି ସେମାନଙ୍କ

ଧୈର୍ଯ୍ୟ ଓ ଦାସତ୍ୱ ସ୍ୱୀକାର କରିବାର ମାନସିକତାକୁ ପରୀକ୍ଷା କରିବାର ବିଧ୍ୱ। ସମୟ ବିଶେଷ ବଦଳି ନାହିଁ, ବଦଳି ନାହିଁ କିଛି ଭାଗ୍ୟହୀନଙ୍କ ପାଇଁ ଏ ପୃଥିବୀ।

ମୋର ଇଚ୍ଛା ହୁଏ ପିଟର କହୁଥିବା କଥା ମୁଁ ଶୁଣନ୍ତି ଘଣ୍ଟା ଘଣ୍ଟା ଧରି। ପୁଣି ଭାବେ ମୋ ଦୁଃଖ କେତେ ଅଳୀକ। ବେଳକୁ ବେଳ ମୋ ଦୁଃଖ ଭୁଲି ସେମାନଙ୍କ ପାଇଁ ଦୁଃଖରେ ମୋ ହୃଦୟ ହୁଏ ଭାରାକ୍ରାନ୍ତ। ପିଟରର ବ୍ୟାଙ୍କ୍ ଆକାଉଣ୍ଟ ନମ୍ବର ମାଗି କିଛି ଟଙ୍କା ପଠାଇ ଲେଖିଲି। "ପିଟର! ତୁମର ମହାନ କାର୍ଯ୍ୟରେ ସାରାର କ୍ଷୁଦ୍ରାତି କ୍ଷୁଦ୍ର ସହଯୋଗ"।

ଧୀରେ ଧୀରେ ପିଟର ପ୍ରତି ମୋ ଆକର୍ଷଣ ବଢୁଥିଲା। ସାଗରର ଠିକଣା ପାଇଥିବା ନଦୀ, ନୀଡ଼ର ସନ୍ଧାନ ପାଇଥିବା ପକ୍ଷୀ ପରି ମୋ ଅବସ୍ଥା। ସମ୍ଭାବନାର ସୁଖଦ ମୁହୂର୍ତ୍ତଗୁଡ଼ିକୁ ମୁଁ ଏକାଠି କରୁଥିଲି ସ୍ୱଚ୍ଛନ୍ଦ ଶ୍ୱାସକ୍ରିୟା ପାଇଁ। ସୂର୍ଯ୍ୟାଂଶ ଅବର୍ତ୍ତମାନର କ୍ଷତ ଭରିନଥିଲା। ମୋହିତର ସମସ୍ୟା ଯୋଗୁଁ ଶ୍ୱାସରୁଦ୍ଧ ହେବା ପରି ମୋ ଅବସ୍ଥା। ତଥାପି ପିଟର ସଂପର୍କରେ ମୁଁ ନିଜ ଭିତରୁ ଝରିବାକୁ ଆରମ୍ଭ କରି ମଧୁସ୍ରାବୀ ଝରଣା ପରି।

ପିଟର ସହିତ ମୋ ସଂପର୍କ କଣ କେବଳ ନିର୍ମଳ ବନ୍ଧୁତାର? ତାର ପ୍ରତିଟି ଶଦ୍ଦରେ ମୋ ଭିତରେ ଯେଉଁ ମଧୁର ଝଙ୍କାର ସୃଷ୍ଟି ହୁଏ, ତା'ର ନାମ କଣ ଆସକ୍ତି? ଯେଉଁ ଉଚ୍ଛନ୍ଦପଣ ମୋତେ ଅହରହ ଅଥୟ କରେ ସେ କଣ ମୋର ସ୍ୱର୍ଶ ମୁକ୍ତିର କାମନା? ଅଖୋଜା ରହୁ, ଅନୁଚ୍ଚାରିତ ରହୁ ମୋ ସମସ୍ତ ପ୍ରଶ୍ନର ଉତ୍ତର।

ଦୂରରେ ଥିଲେ ମଧ ତା'ର ଉପସ୍ଥିତିର ଅନୁଭବ ମୋ ଚତୁଃପାର୍ଶ୍ୱରେ ସୃଷ୍ଟି କରେ ଏକ ଭରସାର ବଳୟ।

ପିଟର କେବେ କେବେ ତା' ରୋମାଞ୍ଚକର ଜୀବନ କାହାଣୀ ଶୁଣାଏ। ଏକଦା ସେ ତା'ର ସାବତ ବାପାଙ୍କ କାପୁଚିନୋ ସପରେ ୱେଟର କାମ କରି ଦିନ ମଜୁରୀ ଭାବରେ କିଛି ପେନି ଉପାର୍ଜନ କରିପାରିଥିଲା। ସେଇ ଅପ୍ରାପ୍ତ ବୟସରେ ପାଞ୍ଚ ପେନିର ମଧୁ ଚୋରୀ କରିବା ଅପରାଧରେ ତାର ସାବତବାପା ତା' ଛାତିରେ 'ମୁଁ ଚୋର' ଲେଖି ସପ ସାମ୍ନାରେ ଛିଡ଼ା କରାଇଥିଲେ ଓ ତା' ପରେ ବିତାଡ଼ିତ କରିଥିଲେ। ତା'ର ମା ଏ ସବୁ ଦେଖିଲେ ମଧ ଥିଲେ କିଂକର୍ତ୍ତବ୍ୟବିମୂଢ଼।

ପିଟରର ବାପା ଅଜଣା ରୋଗରେ ମୃତ୍ୟୁବରଣ କରିବା ପରେ ଅବଲମ୍ବନହୀନ ତା'ର ମା' ଦ୍ୱିତୀୟ ବିବାହ କରିଥିଲେ କାପୁଚିନୋ ସପର ବୃଦ୍ଧ ଓ କ୍ରୁଦ୍ଧ ମାଲିକଙ୍କୁ। ସେ ଦିନର ଘଟଣା ପରେ ତା'ର ସାବତ ବାପା ଦଣ୍ଡ ସ୍ୱରୂପ ତାକୁ ପଠାଇ ଦେଇଥିଲେ ଏକ ହଷ୍ଟେଲକୁ ଯାହା ପ୍ରକୃତରେ ଏକ ଅନାଥାଶ୍ରମ ହିଁ ଥିଲା। ପ୍ରତିଦିନ ଦୋକାନର

କାମ ଶେଷ କରି ତା'ର ମା' ପିଟର ସହିତ ଦେଖା କରିବା ପାଇଁ ସଂଧାରେ ଯାଉଥିଲେ କିଛି କେକ୍ ଓ ବିସ୍କୁଟ୍ ନେଇ। ପାଖରେ ବସି ଖୁଆଉଥିଲେ ଓ କହୁଥିଲେ ଖୁବ୍ ଶୀଘ୍ର ସେ ଗୋଟିଏ ଚାକିରି ଯୋଗାଡ କରି ପିଟରକୁ ତାଙ୍କ ପାଖକୁ ନେଇଯିବେ ଓ ସେମାନେ ଏକାଠି ରହିବେ।

ପିଟର ରହୁଥିବା ହଷ୍ଟେଲରେ ଫାଟକ ବାହାରକୁ ଯିବାର ଅନୁମତି ନଥିବାରୁ ପ୍ରତ୍ୟେକ ଦିନ ସୂର୍ଯ୍ୟାସ୍ତ ସମୟରେ ତାରବାଡ ଘେରା ପଡିଆ ଭିତରେ ଠିଆ ହୋଇ ସେ ଅପେକ୍ଷା କରେ ତା'ର ମା'ଙ୍କୁ। ମା' ପ୍ରତିଦିନ ଦୋକାନରୁ ବାପାଙ୍କ ଅଗୋଚରରେ ଲୁଚାଇ ଆଣୁଥିବା କେକ୍ ବିସ୍କୁଟ୍ ପାଇଁ ନୁହେଁ, କେବେ ନା କେବେ ତାକୁ ସବୁଦିନ ପାଇଁ ସାଥୀରେ ନେଇଯିବେ ସେଇ ଆଶାରେ।

ଧୀରେ ଧୀରେ ମା'ଙ୍କର ଆସିବାର ଦିନରେ ବ୍ୟବଧାନ ବଢିଲା, ଦୁଇଦିନ, ଚାରିଦିନ, ତା' ପରେ ସପ୍ତାହରେ ସେ ଥରେ ଆସିଲେ, କେବଳ ରବିବାର ଦିନ। କିନ୍ତୁ ସପ୍ତାହର ବାକି ଛଅଦିନ ସେ ସୂର୍ଯ୍ୟାସ୍ତ ସମୟରେ ତାରଜାଲି ପାଖରେ ଠିଆ ହୋଇ ଚାହିଁ ରହେ ସେଇ ସହର ତଳିର କଙ୍କା ରାସ୍ତାକୁ, ଯେଉଁ ରାସ୍ତା ଦେଇ ତା'ର ମା' ଆସନ୍ତି। ସଂଧ୍ୟା ହୋଇଯାଉଥିଲା। ଅଥଚ ମା' ଆସୁନଥିଲେ। ପ୍ରାର୍ଥନା ଘଣ୍ଟି ବାଜୁଥିଲା, ପିଲାମାନେ ଖେଳ ପଡିଆରୁ ଧାଡି ବାନ୍ଧି ପ୍ରାର୍ଥନା ଗୃହ ଦିଗରେ ଯାଉଥିଲେ, ସେ ଯାଉଥିଲା ସମସ୍ତଙ୍କ ପଛରେ, ଯେତେବେଳେ ଅନ୍ଧକାର ଭିତରେ ସେ ରାସ୍ତା ହୋଇଯାଉଥିଲା ଅଦୃଶ୍ୟ। ସେ ଅବୋଧ ବୟସରେ ତା'ର ମା ହିଁ ଥିଲେ ତା'ର ସବୁକିଛି, ତା'ର ମମତାମୟୀ ପୃଥିବୀ।

ଦିନେ ଦିନେ ସେଇ କୋମଳ ବୟସରେ ସେ କିଛି ଗୋଟାଏ ଅପରାଧ କରିବସିବ ବୋଲି ଭାବୁଥିଲା। ପୁଣି ଭାବୁଥିଲା ହଷ୍ଟେଲରେ ଦରୱାନ୍ ଥିବା ସେ ବିରାଟକାୟ ବ୍ୟକ୍ତିଟିକୁ ହତ୍ୟା କରି, ଗେଟ୍ ଡେଇଁ ମା'ଙ୍କ ପାଖକୁ ପଳାଇବ। ଅଥଚ ଏ ଭାବନା ସୀମିତ ଥିଲା କେବଳ କଳ୍ପନା ଭିତରେ, ଦୀର୍ଘକାୟ ଦରୱାନ୍‌ର ମୋଟାମୋଟା ଝୁଲି ପଡିଥିବା କହରାନିଶ, ଗମ୍ଭୀର ଓ ଘାଘଡା କଣ୍ଠ ସ୍ୱର ଓ ବଡ ବଡ ନାଲି ଟୁଲଟୁଲ ଆଖିକୁ ଦେଖିଲେ ଅନ୍ତେଃବାସୀଙ୍କୁ ଅସମୟରେ ପରିସ୍ରା ଲାଗେ। ହଷ୍ଟେଲ ଭିତରେ ତା' ସଂପର୍କରେ ଭୟାନକ କାହାଣୀମାନ ଘୁରିବୁଲେ ଯେମିତିକି ଥରେ ଦରୱାନ୍‌ର ମନ୍‌ସ୍ତର ସହିତ ଯୁଦ୍ଧ ହୋଇଥିଲା, ଯେଉଁ ଯୁଦ୍ଧରେ ମନ୍‌ସ୍ତର ଦରୱାନ୍‌ର ଗଳାକୁ ନଖରେ ବିଦାର୍ଣ୍ଣ କରି ତା'ର ରକ୍ତପାନ କରିବାକୁ ଚେଷ୍ଟାକରିବାରୁ ଦରୱାନ୍ ଅସୀମ ସାହସ ବଳରେ ତା' କବଳରୁ ରକ୍ଷା ପାଇଗଲା। ମାତ୍ର ତା' ଗଳାରେ ମନ୍‌ସ୍ତରର

ସେ ନକ୍ଷତଟା କେବେବି ଶୁଖିଲା ନାହିଁ। ସେଥିପାଇଁ ସେ ସଦା ସର୍ବଦା ଗଳାକୁ ମଫଲର ଦ୍ୱାରା ଆବୃତ କରି ରଖୁଥାଏ ବର୍ଷକ ବାରମାସ।

ପିଟର ହସି ହସି କହିଲା ପିଲାଦିନେ ମନଷ୍ଟରକୁ ଯୁଦ୍ଧ ହରାଇଥିବା ଭୟଙ୍କର ଦରୱାନ୍‌କୁ ହତ୍ୟାକରି ହସ୍ଟେଲ ଗେଟ୍ ଡେଇଁ ବାହାରକୁ ଯିବା ତା’ ଦ୍ୱାରା ସମ୍ଭବ ହୋଇପାରିନଥିଲା।

ପ୍ରାୟ ଏକ ମାସ ପରେ ମା’ ଦିନେ ଛୋଟ ଶିଶୁଟିଏ କୋଳରେ ଧରି ତା’ପାଖରେ ପହଞ୍ଚିଲେ ଓ ଚିହ୍ନାଇଦେଲେ ସେ ଶିଶୁଟି ତା’ର ସାନଭାଇ। ତାର ଖୁବ୍ ଇଚ୍ଛା ଥିଲା ସାନଭାଇକୁ କୋଳକୁ ନେଇ ଗେଲ କରିବା ପାଇଁ, ତା’ର ଗୋଲାପୀ ରଙ୍ଗର ଛୋଟଛୋଟ ହାତ ପାଦକୁ ଛୁଇଁବା ପାଇଁ। ମେରୀଙ୍କ କୋଳରେ ଶିଶୁ ଯୀଶୁଙ୍କ ପରି କୋମଳ ଓ ପବିତ୍ର ଦିଶୁଥିଲା ସେ। ମା’ କହିଲେ ଶିଶୁଟିର ଲାଳନ ପାଳନ ନିମନ୍ତେ ସେ ଚାକିରି କରିବା ପାଇଁ ବାହାରକୁ ଯାଇ ପାରିବେ ନାହିଁ। ତେଣୁ ତାକୁ ଆଉ କିଛି ଦିନ ହସ୍ଟେଲରେ ବିତାଇବାକୁ ପଡ଼ିବ।

ମନରେ ଅନେକ ସଂଶୟ ଦୁଃଖ, କ୍ଷୋଭ ନେଇ ପିଟର ଧିରେ ଧିରେ ବଡ଼ ହେଉଥିଲା। ସେଇ ତାର ତାରଜାଲି ଲଗା ଖେଳ ପଡ଼ିଆଯୁକ୍ତ କ୍ଷୁଦ୍ର ଆବାସଟିରେ। ତା’ ହୃଦୟ ଦୁଃଖରେ ବିଲପିତ ହେଉଥିଲା ସତ ମାତ୍ର ସେ ଘୃଣା କରିପାରୁନଥିଲା ତା’ର ମା’ କିମ୍ବା ତା’ର ଶିଶୁଯୀଶୁ ପରି ଛୋଟ ଭାଇଟିକୁ। ତା’ର ନାଁ ସେ ଜାଣି ନଥିବାରୁ ମନେ ମନେ ତା’ର ନାଁ ଦେଇଥିଲା ‘ଯୀଶୁ’। ମା’ ବୋଧ ହୁଏ ତା’ଠାରୁ ଯୀଶୁକୁ ଅଧିକ ଭଲ ପାଇବା ଆରମ୍ଭ କରିଥିଲେ ସେଥିପାଇଁ କେବେ କେବେ ତା’ ପାଖକୁ ଆସୁଥିଲେ ଅଥଚ ତାକୁ ସାଥୀରେ ନେବାର ପ୍ରସଙ୍ଗ ଆଲୋଚନା କରୁନଥିଲେ। କିନ୍ତୁ ସେ ତା’ମା’କୁ ଭଲପାଉଥିଲା ପୂର୍ବପରି, ପ୍ରତିଦିନ ସୂର୍ଯ୍ୟାସ୍ତ ସମୟରେ ତାର ଜାଲି ଭିତରେ ଠିଆହୋଇ କଙ୍କା ରାସ୍ତାକୁ ଚାହିଁ ରହୁଥିଲା। ଯେଉଁ ରାସ୍ତାରେ ତା’ର ମା’ ଆସନ୍ତି। ପ୍ରାର୍ଥନା ଘଣ୍ଟି ଶୁଭେ, ପିଲାମାନେ ଧାଡ଼ିବାନ୍ଧି ଯାଆନ୍ତି ପ୍ରାର୍ଥନା ଘରକୁ। ସେ ଠିଆ ହୁଏ ସମସ୍ତଙ୍କ ପଛରେ। ଯୀଶୁଙ୍କ ଅମୃତବାଣୀ ଶୁଣେ। ନିଜ ଆଖି ଲୁହକୁ ନିଜ ହାତରେ ପୋଛି ପକାଏ।

ଅଷ୍ଟମ ଶ୍ରେଣୀ ବାର୍ଷିକ ପରୀକ୍ଷାରେ ସର୍ବୋଚ୍ଚନମ୍ବର ରଖିବାରୁ ସ୍କୁଲ୍ ତରଫରୁ ପିଟରକୁ ପାଖ ସହରର ବୋର୍ଡିଂ ସ୍କୁଲକୁ ପଠାଇ ଦିଆଗଲା। ସେଠାରେ ପାଠପଢ଼ା ସହିତ ଫୁଟବଲ୍ ଖେଳୁଥିଲା ସେ। ସେ ଗ୍ରାଉଣ୍ଡକୁ ଓହ୍ଲାଇବା ମାତ୍ର ପ୍ରତିପକ୍ଷ ଖେଳାଳୀଙ୍କର ହେଉଥିଲା ହୃତ୍‌କମ୍ପନ। ତା’ର ଦୁର୍ଦ୍ଧର୍ଷ ଶୈଳୀ ଦେଖିବା ପରେ ଶରୀର ବର୍ଷ ଉଜ୍ଜ୍ୱଲ

ହେବାସଙ୍ଗେ ସମସ୍ତେ ତାକୁ ଡାକୁଥିଲେ 'ଡାର୍କ ହର୍ସ' ପିଟର ନୂଆ ସହରକୁ ଆସି ପୁରୁଣା ସହର କଥା ଭୁଲିବାକୁ ଚେଷ୍ଟା କରୁଥିଲା।

ଆଃ ସେଇ ସବୁ ଦିନଗୁଡିକ ଖୁବ୍‌ ଚମତ୍କାର ଥିଲା। ଭାବପ୍ରବଣ ହୋଇ ପିଟର କହେ କଲେଜରେ ପଢ଼ିବା ସମୟରେ ସେ ଅନୁଭବ କଲା ସୀମିତ ସ୍ଟାଇପେଣ୍ଡ ଟଙ୍କାରେ ପଢ଼ାପଢ଼ି କରିବା ସମ୍ଭବନୁହେଁ। ତେଣୁ ସେ ଖୁବ୍‌ ଶୀଘ୍ର ସ୍ୱାବଲମ୍ୱନଶୀଳ ହେବା ଜରୁରୀ। ତାପରେ ସେ ରେଡିଓ ଅଫିସରେ 'ଜକି' ଭାବରେ ପାର୍ଟଟାଇମ୍‌ କାମରେ ଯୋଗ ଦେଲା। ପଢ଼ାପଢ଼ି, ଫୁଟ୍‌ବଲ୍‌ ଖେଳ ପରେ ଭଏସ ଆଟିଷ୍ଟ ଭାବରେ କାର୍ଯ୍ୟକରି ଜାଣିଲା ତା' ଭିତରେ ବିବିଧତାର ଅନ୍ତଃସ୍ରୋତ। କଲେଜ୍‌ରେ ଦୁଇ ବର୍ଷ ପଢ଼ା ଶେଷ ବେଳକୁ ପିଟର ସ୍ଥାନୀୟ ସମ୍ୱାଦ ପତ୍ରରେ ଆଡମ୍ୟାନେଜର ଭାବରେ ଯୋଗ ଦେଲା। ତା'ର ରୂପ ଗୁଣ ଓ କଣ୍ଠସ୍ୱରରେ ମୁଗ୍ଧ ହୋଇ ଜଣେ ଆଡ ଫିଲ୍ମର କମ୍ପାନୀର ମ୍ୟାନେଜର୍‌ ଯେ ସମ୍ୱାଦପତ୍ରରେ ତାଙ୍କ ଆଗାମୀ ଫିଲ୍ମ ପାଇଁ ନାୟକ ନିମନ୍ତେ ବିଜ୍ଞାପନ ଦେବାକୁ ଆସିଥିଲେ, ପିଟରକୁ ଆମନ୍ତ୍ରଣ କରିଥିଲେ ଅଭିନୟ କରିବା ନିମନ୍ତେ।

କିନ୍ତୁ ସେ ସିନେମାଟିରେ ପିଟର ରୂପଗୁଣର ବ୍ୟବହାର ହୋଇପାରିଲା ନାହିଁ, କାରଣ ତାହା ଥିଲା ଏକ ଆଶ୍ଚର୍ଯ୍ୟ ଜନକ ଚଳଚିତ୍ର। ପ୍ରାଗୈତିହାସିକ ଯୁଗର ମଣିଷଟିଏ ଏବର ପୃଥିବୀକୁ ଆସି ସମସ୍ତ ପ୍ରକାର ସୁଖ ସୁବିଧା ସଙ୍ଗେ କିପରି ନିଜକୁ ଅସହଜ ମନେକରୁଛି ଓ କେଉଁ କେଉଁ ସମସ୍ୟା ଦେଇ ଗତି କରୁଛି ତାହାହିଁ ଥିଲା ସିନେମାର ମୁଖ୍ୟ କଥାବସ୍ତୁ। ପିଟର ସ୍ୱଳ୍ପ ପାରିଶ୍ରମିକ ଚୁକ୍ତିରେ ସେ ସିନେମାଟିର ନାୟକ ଭୂମିକାରେ ଅବତୀର୍ଣ୍ଣ ହୋଇଥିଲା। ସର୍ତ୍ତ୍ୱଥିଲା ସିନେମାଟି ଭଲ ବ୍ୟବସାୟ କଲେ ଲାଭାଂଶର ପାଞ୍ଚ ଭାଗ ତାକୁ ପାରିଶ୍ରମିକ ଭାବରେ ମିଳିବ। ସିନେମାଟି ଅନେକ ଜୁରୀ ପୁରସ୍କାର ଲାଭ କଲା କିନ୍ତୁ ପିଟରକୁ ଚୁକ୍ତି ଅନୁଯାୟୀ ପାଉଣା ମିଳିଲା ନାହିଁ। ସିନେମାଟିର ଦ୍ୱିତୀୟ ଭାଗର ଭୂମିକାଟି ମଧ ଜଣେ ପ୍ରସିଦ୍ଧ କଳାକାରଙ୍କ ପାଖକୁ ଯାଇ ସାରିଥିଲା। ସେତେବେଳକୁ ତା'ର ଆଡ ମ୍ୟାନେଜର ପଦବୀଟି ମଧ ଗତ।

ପିଟର ଏ ସବୁ କାହାଣୀ କହୁ କହୁ ହଠାତ୍‌ ପ୍ରଶ୍ନ କଲା ଚୋରୀ କରିବା କଣ ସବୁ ବେଳେ ଅପରାଧ ସାରା?

— ଏଥିରେ ପ୍ରଶ୍ନ କରିବାର କଣ ଅଛି? ମୁଁ ପ୍ରତିପ୍ରଶ୍ନ କଲି। କମ୍ପ୍ୟୁଟର ପରଦାରେ ପିଟରର କର୍ଣ୍ଣମୂଳ ଲାଲ୍‌ ଦେଖାଗଲା, ତା' ଘନନୀଳ ଆଖି ଦୁଇଟା ଛଳ ଛଳ ଦିଶିଲା ମୁହୂର୍ତ୍ତକ ପାଇଁ।

'ଚୋରୀ ସବୁକାଲେ ପାପ ନୁହେଁ।' ସେ ଦୃଢୋକ୍ତି ବାଢ଼ିଲା ଓ ତତ୍‌ ସଂପର୍କିତ

ଏକ ଯୁକ୍ତି ଉପସ୍ଥାପନ କରି ଅତୀତର ଅଙ୍ଗୋଳିଭା କାହାଣୀଟିଏ କହିଲା। ଲଣ୍ଡନ୍‌ର ରାଜରାସ୍ତାରେ ଦିନେ ସେ ଅଭୁକ୍ତ ବୁଲୁଥିଲା। ଦିନ ତମାମ୍ ଭୋକିଲା ପେଟରେ ରହି ସେ ଭୁଲିଯାଇଥିଲା ନୀତିଶାସ୍ତ୍ର ବାଣୀ। ହଠାତ୍ ଜଣେ ବୟସ୍କ ବ୍ୟକ୍ତିଙ୍କ ପର୍ସ ଛଡ଼ାଇ ସେ ପଶିଯାଇଥିଲା ନିକଟସ୍ଥ ଏକ ହୋଟେଲରେ, ଲଣ୍ଡନରେ ଶୀତଦିନ। ସବୁଆଡେ ବରଫପାତ ଆରମ୍ଭ ହୋଇଯାଇଥାଏ। ବେଶ୍ ଉଦରପୂର୍ଣ୍ଣ କରି ପର୍ସ ଖୋଲିଲାବେଳକୁ ତା'ଭିତରେ ଥିଲା ଅଳ୍ପ କେତୋଟି ପାଉଣ୍ଡ ଓ ଡାକ୍ତରଙ୍କ କ୍ୟାନସର ରୋଗର ପ୍ରେସ୍କ୍ରିପସନ୍‌ଟିଏ। ଖାଇଥିବା ଖାଦ୍ୟ ସତେ ଅବା ପିଟରର ଗଳାଦେଇ ବାହାରି ଆସିବାର ପ୍ରଚେଷ୍ଟାରେ ଥିଲା। ଭକ୍ କରି ପୁଲାଏ ବାନ୍ତି କରି ପକାଇଲା ସେ ଓ ତତ୍‌କ୍ଷଣାତ୍ ଲେଖାଥିବା ଠିକଣାରେ ପର୍ସଟି ଫେରେଇବାକୁ ପହଁଶ୍ଚିଗଲା ଭଦ୍ର ବ୍ୟକ୍ତିଙ୍କ ଘରକୁ।

ସାବତ ବାପା ଯେଉଁଠି ପାଞ୍ଚ ପେନିର ମହୁଚୋରୀ ଅପରାଧରେ ଦିନ ତମାମ୍ ଛାତିରେ ଚୋରରେ ଷ୍ଟିକର୍ ଲଗାଇ ରାସ୍ତା ଧାରରେ ଠିଆ କରାଇ ପାରନ୍ତି ଓ ଦଣ୍ଡସ୍ୱରୂପ ସବୁଦିନପାଇ ଅନାଥାଶ୍ରମ ପଠାଇ ଦେଇପାରନ୍ତି ଏ ମହାଶୟ କିଭଳି ପ୍ରତିକ୍ରିୟା ଦେଖାଇବେ ତାହା ଅନୁମେୟ।

ତଥାପି ତାଙ୍କର ସବୁ ନିର୍ଣ୍ଣୟକୁ ମୁଣ୍ଡପାତି ଗ୍ରହଣ କରି ନେବାର ମାନସିକ ପ୍ରସ୍ତୁତି କରି ସାରିଥିଲା ନିର୍ଭୀକ ପିଟର। ଭାବିଥିଲା କହିବ ଗୋଟିଏ ଦିନ ଅଭୁକ୍ତ ରହିବା ପରେ ସେ ନିୟମର ସୀମା ଲଂଘନ କରିଛି ସେଥିପାଇଁ ସେ କ୍ଷମା ପ୍ରାର୍ଥୀ।

ସନ୍ଧ୍ୟା ସମୟ। ଭଦ୍ରବ୍ୟକ୍ତିଙ୍କ ଦ୍ୱାରରେ ହାତମାରିବା ମାତ୍ରେ ଆଉଜା ଦରଜାଟି ଖୋଲିଗଲା। ଛାତରୁ ଝୁଲି ପଡ଼ିଥିବା ଚାଣ୍ଡେଲିଅର୍‌ର ଈଷତ୍ ଆଲୋକରେ ବୃଦ୍ଧଙ୍କ ମୁହଁ ଦିଶୁଥିଲା ପାଣ୍ଡୁର। ସେ ଯଥା ସମ୍ଭବ ସ୍ମିତହାସି ପିଟରକୁ ପାଖକୁ ଡାକିଲେ ଓ ଫାୟାର ପ୍ଲେସରୁ ଉଷ୍ଣୁମ ଟାଣିବାକୁ କହିଲେ। ପିଟର ସମ୍ମାନ ସୂଚକ ମଥାରୁ ହ୍ୟାଟ୍‌ଟି ଖୋଲିବା ମାତ୍ରେ ସେ ତାକୁ ପିଉଥିବା ଗରମ ପାନୀୟ କିଛି ପିଇବାକୁ ଦେଲେ। ପିଟର ହାତ ଯୋଡ଼ି କ୍ଷମା ପ୍ରାର୍ଥନା କରି ପର୍ସଟି ଫେରାଇ ହେବା ମାତ୍ରେ ସେ ଉଚ୍ଚସ୍ୱରରେ ହସି କହିଲେ ତାଙ୍କ ଜୀବନରେ ପର୍ସର ଆବଶ୍ୟକତା ଶେଷ ହୋଇଛି। ଦୂର ଯାତ୍ରାକୁ ଯିବାପାଇଁ ସେ ପ୍ରସ୍ତୁତ, ଯେଉଁଥିପାଇଁ ପାଉଣ୍ଡ ବା ଔଷଧର ଚିଠା କୌଣସି କର୍ମରେ ଲାଗିବ ନାହିଁ। ତାଙ୍କ ଆଶାଠାରୁ ସେ ଢେର ଅଧିକ କାଳ ଏ ପୃଥିବୀର ଅଧିବାସୀ ଭାବରେ ସମୟ ବିତାଇଛନ୍ତି। ତେଣୁ ଅବଶିଷ୍ଟ କିଛିଦିନ ପିଟର୍ ତାଙ୍କ ସହିତ ଯୋଗ ଦେଇପାରେ।

ଅପରାଧର ପୁଣି ଏତେବଡ ପୁରସ୍କାର !

ପିଚରର ନିଜ ପିତାଙ୍କୁ ନେଇ ଅନୁଭୂତି ଖୁବ୍ ପ୍ରାଣହୀନ। ସାବତ ପିତାଙ୍କ ସହ ସଂପର୍କ ଖୁବ୍‍ତିକ୍ତ। କିନ୍ତୁ ଉକ୍ତ ସନ୍ତାନହୀନ ବୃଦ୍ଧଙ୍କ ଶେଷ ସମୟର ଅନୁରୋଧକୁ ସେ ଆଜି ପର୍ଯ୍ୟନ୍ତ ମନେ ରଖିଛି ଯେ ତାକୁ ପରାମର୍ଶ ଦେଇଥିଲେ ତାଙ୍କର ସ୍ୱଳ୍ପ ସଂଚିତ ଅର୍ଥକୁ ସମାଜର ଅବହେଳିତଙ୍କ ନିମନ୍ତେ ବିନିଯୋଗ କରିବାକୁ।

ଶେଷରେ ପିଚର୍ ଆଇନ୍ ପଢ଼ିବାର ନିଷ୍ପତ୍ତି ନେଇଛି। ଏବେ ଅର୍ଥ ତା' ପାଇଁ ସମସ୍ୟା ହୋଇ ରହିନାହିଁ। ସେ ଆଇନ୍‍ର ସହାୟତା ନେଇ ସିନେମା ପ୍ରସ୍ତୁତକାରୀ ସଂସ୍ଥାଠାରୁ ତାର ପ୍ରାପ୍ୟ ହାସଲ କରିଛି। ଏଇ ଆଇନ୍ ଯୋଗୁ ହିଁ ସେ ଦିନର ଲଣ୍ଡନ ରାଜରାସ୍ତାରେ ଭୋକିଲା ପେଟରେ ବୁଲୁଥିବା, ଅନାଥଶ୍ରମର ଦାନ ଅର୍ଥରେ ପାଠ ପଢ଼ୁଥିବା, ନିଜ ପିତାଙ୍କ କାପୁଚିନୋ ସପରେ କାମ କରୁଥିବା ପିଚର ଆଜି ଅନେକ ସଂପତ୍ତିର ଅଧିକାରୀ। ସେଇସବୁ ଦିନ ମାନଙ୍କର ତିକ୍ତ ସ୍ମୃତି ତାକୁ ସମାଜର ଅବହେଳିତ ଶିଶୁ ଓ କିଶୋରଙ୍କୁ ମୁକ୍ତ ଆଇନ୍ ସହାୟତା ଯୋଗାଇବା ପାଇଁ ଯେ ଦେଇଛି ପ୍ରେରଣା। ପିଚରର ଜୀବନ କାହାଣୀ ଯେତେ ଦୁଃଖଦ ହେଲେ ମଧ ମୋତେ ଘଣ୍ଟାଘଣ୍ଟା ଧରି ସେ କାହାଣୀ ଶୁଣିବାକୁ ଭଲ ଲାଗେ। କମ୍ପ୍ୟୁଟର ପରଦାରୁ ସେ କେବେ ଆସି ମୋ ହୃଦୟରେ ଜମାଟ ବାନ୍ଧି ଯାଏ, ମୁଁ ଭୟ କରେ ତା'ର ଆକର୍ଷଣରେ ମୁଁ ଅବା ହରାଇ ବସିବି ମୋର ଅସ୍ତିତ୍ୱ।

ଯେ ଜୀବନରେ ଅନେକଙ୍କ ଦ୍ୱାରା ପ୍ରତାରିତ ହୋଇ, ନିଜ ସ୍ନେହର ସଂପର୍କମାନଙ୍କୁ ହରାଇ ଅନ୍ୟମାନଙ୍କ ଅଧିକାର ପାଇଁ ଲଢ଼େ, ଏ ପୃଥିବୀରେ କାହାର ବ୍ୟକ୍ତି ସ୍ୱାଧୀନତା କ୍ଷୁର୍ଣ୍ଣ ନ ହେବାର କାମନା କରେ। ସେଥିପାଇଁ ନିଜ ବୃତ୍ତିକୁ ବ୍ୟବସାୟ ନକରି ନିଜର ସାମାନ୍ୟ ଅର୍ଥକୁ ସମାଜ ସେବାରେ ବିନିଯୋଗ କରେ ତାକୁ ଯେକେହି ଭଲ ପାଇବସିବ, ଯେମିତି ମୁଁ ତା' ପ୍ରତି ଢଳୁଥିଲି ଧୀରେ ଧୀରେ।

ପିଚର ପରି ସୁନ୍ଦର ଆକର୍ଷଣୀୟ ବ୍ୟକ୍ତିତ୍ୱ ସଂପର୍କରେ ଆସି ଭାବୁଥିଲି ଜୀବନରେ ପ୍ରେମ ରଚୁ କଣ ବାରମ୍ବାର ଆସେ? ଦିନେ ପିଚର କହିଲା "ସାରା! ମୁଁ ଚଉଦ ବର୍ଷରେ ପ୍ରଥମ ପ୍ରେମରେ ପଡ଼ିଥିଲି।"

– ପ୍ରଥମ ପ୍ରେମ? ମୁଁ ଚମକି ପଡ଼ିଲି ମୋ ହୃଦୟରେ ପରବର୍ତ୍ତୀ ଅଜସ୍ର ପ୍ରଶ୍ନକୁ ଅଙ୍କୁରିତ ହେବାକୁ ନ ଦେଇ ସେ ଯେଉଁ ଘଟଣାଟି ବର୍ଣ୍ଣନା କରିଥିଲା ତାହା ଏହିପରି– ଥରେ ଗ୍ରୀଷ୍ମାବକାଶରେ କିଛି ପାଉଣ୍ଡ ଉପାର୍ଜନ କରିବା ପାଇଁ ହଷ୍ଟେଲର ଅନ୍ତେଃବାସୀମାନଙ୍କୁ କିଛି ଘଣ୍ଟା ବାହାରେ କାମ କରିବାର ସୁଯୋଗ ମିଲିଥିଲା। ପିଚର ସ୍କୁଲ୍ ପାଖ ଡିପାର୍ଟମେଣ୍ଟାଲଷ୍ଟୋରେରେ ପହଞ୍ଚି କାମ ମାଗିବାରୁ ମାଲିକ 'ଡେଲିଭରି

ବୟ' କାର୍ଯ୍ୟଟି ଦେଲେ। ଆଖପାଖରେ ଏକାକୀ ଅବସ୍ଥାନ କରୁଥିବା କିଛି ବୃଦ୍ଧ ବୃଦ୍ଧା ମାନଙ୍କ ନିକଟରେ କିଛି ଜରୁରୀ ଜିନିଷପତ୍ର ପହଞ୍ଚାଇ ଦେବା ତା'ର ଏକମାତ୍ର କାର୍ଯ୍ୟ ଥିଲା। ଷ୍ଟୋର୍ ତରଫରୁ ମିଳିଥିବା ସାଇକେଲ କ୍ୟାରିୟରରେ ଷ୍ଟୋର୍ ମାଲିକ କ୍ଷୀର, ପନୀର, ଫଳ, ପନିପରିବା, ବିସ୍କୁଟ୍, ଆଦି ଦ୍ରବ୍ୟ ପଠାଉଥିଲେ। ପିଟର ସେ ସବୁ ଦ୍ରବ୍ୟ ନିର୍ଦ୍ଦିଷ୍ଟ ଠିକଣାରେ ପହଞ୍ଚାଇ ସେମାନଙ୍କଠାରୁ ଉଲ୍ଲିଖିତ ପରିମାଣର ଅର୍ଥ ଧରି ଷ୍ଟୋରକୁ ଫେରେ।

ଦିନେ ଷ୍ଟୋର ମାଲିକ ଗୋଟିଏ ପୁଷ୍ପସ୍ତବକ କେକ୍ ଓ କ୍ୟାଣ୍ଡେଲ୍ ଦେଇ ଖୁବ୍ ସାବଧାନତାର ସହ ଦ୍ରବ୍ୟଗୁଡ଼ିକ ନିର୍ଦ୍ଦିଷ୍ଟ ଘର ନମ୍ବରରେ ପହଞ୍ଚାଇ ଦେବାକୁ କହିଲେ।

ସେ ଦିନ ଦରଜା ଖୋଲିଥିଲେ ଜଣେ ବୃଦ୍ଧା, ଅଶୀ ଟିପର। ପିଟର ତାଙ୍କୁ ହସି ହସି ଜନ୍ମଦିନରେ ଶୁଭେଚ୍ଛା ଜଣାଇ ଜିନିଷଗୁଡ଼ିକୁ ବଢ଼ାଇ ଦେବା ମାତ୍ରେ ସେ ତା'ର ହାତ ଧରି ଘର ଭିତରକୁ ଆମନ୍ତ୍ରଣ କଲେ ଓ କହିଲେ ଆଜିପରି ଦିନରେ କେହି ତାଙ୍କର ଅତିଥି ନଥିବାରୁ ପିଟର ତାଙ୍କ ସହିତ ଜନ୍ମଦିନ ପାର୍ଟିରେ ଯୋଗ ଦେଇପାରେ। ସୁସ୍ବାଦୁ ବଟରସ୍କଚ୍ କେକ୍ ଖାଇବାର ଲୋଭ ସମ୍ବରଣ କରିନପାରି ପିଟରର ପ୍ରତୀକ୍ଷା ଏକ ଚମତ୍କାର ଅନୁଭୂତିରେ ପରିଣତ ହେଲା। ସେ ନୂଆ ପାର୍ଟି ପୋଷାକ ଓ ହୀରା ଗହଣା ପିନ୍ଧିଲେ। ଅଶ୍ରୁପୂର୍ଣ୍ଣ ନୟନରେ ମହମବତୀ ଲିଭାଇ କେକ୍ କାଟି ପିଟରକୁ ଖୁଆଇ ତା'ର ହାତ ଧରି ନୃତ୍ୟ କଲେ।

କିଛି ସମୟ ପରେ ସେ ଥକ୍କା ହୋଇ ବସିପଡ଼ି କହିଲେ ପ୍ରକୃତରେ ସେ ଦିନଟି ତାଙ୍କର ନୁହେଁ ବରଂ ତାଙ୍କ ପ୍ରେମିକର ଜନ୍ମଦିନ। ଆଜିପରି ଦିନରେ ପିଟରକୁ ଦେଖି ତାଙ୍କର ପ୍ରେମିକର କଥା ଖୁବ୍ ମନେପଡ଼େ। ହୁଏତ ସେ ପିଟର ରୂପରେ ତାଙ୍କ ନିକଟକୁ ଫେରିଆସିଛନ୍ତି। ପ୍ରେମିକ ଜଣଙ୍କ ଛବିଶ ବର୍ଷରେ ଯୁଦ୍ଧ କ୍ଷେତ୍ରକୁ ଯିବା ବେଳେ କଥା ଦେଇଯାଇଥିଲେ ଫେରିଲେ ତାଙ୍କୁ ବିବାହ କରିବେ। ମାତ୍ର ସେ ଫେରିଲେ ନାହିଁ। ସରକାରଙ୍କ ତରଫରୁ ତାଙ୍କୁ ଯୁଦ୍ଧରେ 'ମୃତ ସୈନିକ' ଭାବରେ ଘୋଷଣା କରାଗଲା। ମାତ୍ର ତାଙ୍କ ଆହତ ଶରୀର ଫେରିଲା ନାହିଁ। ତେଣୁ ସେ ପ୍ରତି ବର୍ଷ ତାଙ୍କର ଶେଷ ଛବିଶ ତମ ଜନ୍ମ ଦିବସଟିକୁ ପାଳନ କରନ୍ତି। କାରଣ ଛବିଶ ବର୍ଷ ପରେ ତାଙ୍କ ଜୀବନରେ ପରବର୍ତ୍ତୀ ସଂଖ୍ୟାର ଜନ୍ମ ଦିବସ ଆସି ନାହିଁ। "ସତରେ ତୁମେ ମୋର ଜନ୍ ରୂପରେ ତାଙ୍କ ଜନ୍ମଦିନରେ ଫେରି ଆସିଛ" କହି ସେ ଏତେ ଗଭୀର ଚୁମ୍ବନ ଟିଏ ଦେଲେଯେ ପିଟର ଭୁଲିଗଲା ବୃଦ୍ଧା ଜଣଙ୍କ ପାଖକୁ ସେ ଆସିଥିଲା ଜରୁରୀ ଦ୍ରବ୍ୟ ଦେବା ନିମନ୍ତେ।

ପିଟର ହସି କହିଲା “ସାରା! ସେ ଅପ୍ରାପ୍ତ ବୟସରେ ପ୍ରେମ କଣ ବୁଝି ନଥିଲି ତଥାପି ପୁଲାଏ ରୋମାଞ୍ଚ, ଗୁଡିଏ ମିଠା ଅନୁଭବର ନାଁ ପ୍ରେମ ବୋଲି ସେ ମୋତେ ଅନୁଭବ ଦେଇଥିଲେ। ସେ ବୟସରେ କେକ୍ ଖାଇବାର ଲୋଭ ସମ୍ବରଣ କରିନପାରି ମୁଁ ବିନାକାର୍ଯ୍ୟରେ ବି ତାଙ୍କ ପାଖକୁ ଯାଉଥିଲି। ସେ ମୋତେ ଅନେକ ଦ୍ରବ୍ୟ ଦେଖାଉଥିଲେ।

ଯାହା କର୍ପୂରଗୁଲା ଦେଇ ସାଇତି ରଖ୍ଥିଲେ ସେ। କିଛି ଗହଣା, ତାଙ୍କ ପ୍ରେମିକପ୍ରଦତ୍ତ ହୀରାମୁଦି, ଦୁଇଜଣଙ୍କ ପ୍ରାୟ ନଷ୍ଟ ହୋଇ ଚିହ୍ନ ହେଉନଥିବା କଳା ଧଲା ଫଟୋ ଓ ପ୍ରେମର କିଛି ସଙ୍କେତ ମୟୂରପୁଚ୍ଛ, ଶୁଖିଲା ଗୋଲାପ ପାଖୁଡା, ଚିଠି ଇତ୍ୟାଦି। ସେ ମୋ ସହିତ ଅନେକ କଥା ଗପି ପାରନ୍ତି ହସନ୍ତି, ମୋର ମନେହୁଏ ସେ ସେତେବେଲେ ଜଣେ ଅନୂଢ଼ା ତରୁଣୀ ପାଲଟି ଯାଆନ୍ତି ଓ ମୁଁ ତାଙ୍କ ପ୍ରେମିକ। ସେ ମୋତେ ଜନ୍ ସମ୍ବୋଧନ କରନ୍ତି, ଲାଜ ଲାଜ ହୋଇ ମୋ କାନ୍ଧରେ ମଥା ରଖନ୍ତି। ପ୍ରେମରେ ପଡିବା ପାଇଁ ବୟସ କଣ ଗୋଟେ ପ୍ରତିବନ୍ଧକ ବୋଲି ପ୍ରଶ୍ନ କରନ୍ତି। ମୋତେ ସେତେବେଲେ ଚଉଦବର୍ଷ ଓ ତାଙ୍କୁ ଚଉରାଅଶୀ ବର୍ଷ।”

ପିଟରର ସ୍ମୃତି ବିଭୋର ଆଖିରେ ଲେଖାଥିବା ସେଦିନରେ ଅପ୍ରାପ୍ତ ବୟସ୍କ ପ୍ରେମ କାହାଣୀର ଅନ୍ତଃ ଏହିଭଲି ହେଲା।

ସ୍କୁଲ୍ ଖୋଲିବା ସମୟ ହେଲା। ଡିପାର୍ଟମେଣ୍ଟର ମାଲିକ ପିଟରର ପାଉଣା ତୁଟାଇ ପରବର୍ତ୍ତୀ ଛୁଟିରେ ସେ କାର୍ଯ୍ୟରେ ଯୋଗ ଦେଇପାରେ ବୋଲି କହିଲେ। ପିଟର ତାଙ୍କଠାରୁ ସାଇକେଲ୍ ମାଗିନେଇ ଶେଷ ଥର ଛୁଟିଲା ବୃଦ୍ଧାଙ୍କ ଘରକୁ। କାରଣ ସେତେବେଲକୁ ସେ ସତରେ ତାଙ୍କ ପ୍ରେମରେ ପଡିସାରି ଥିଲା। ସ୍କୁଲ୍ ଖୋଲିବା ପରେ ପରବର୍ତ୍ତୀ ଛୁଟି ପର୍ଯ୍ୟନ୍ତ ତାଙ୍କ ସହିତ ଦେଖା ହୋଇ ନପାରିବାର ଦୁଃଖଦ ସମ୍ବାଦଟି ତାଙ୍କୁ ଜଣାଇବାର ଥିଲା। କଲିଂ ବେଲ୍ ମାରିବାରୁ ଜଣେ ମଧ୍ୟ ବୟସ୍କା ମହିଲା ଦରଜା ଖୋଲିଲେ, ପିଟର ତାଙ୍କୁ ବୃଦ୍ଧାଙ୍କ ସଂପର୍କରେ ପ୍ରଶ୍ନ କରିବା ମାତ୍ରେ ସେ ଆଗନ୍ତୁକ ଜଣଙ୍କ ପିଟର୍ ବୋଲି ଚିହ୍ନି ପାରି ଘର ଭିତରୁ ପ୍ୟାକେଟ୍‌ଟିଏ ଆଣି ଧରାଇ ଦେଇ କହିଲେ “ମାଡାମ୍ ଏଇଟି ତୁମକୁ ଦେବାକୁ କହି ଶେଷ ଯାତ୍ରାରେ ବାହାରି ଯାଇଛନ୍ତି।” ଆଃ, ଆକାଶଟା ସତେ ଅବା ତା’ ମୁଣ୍ଡରେ ଖସି ପଡିଲା।

ପ୍ୟାକେଟ୍ ଭିତରେ କାର୍ଡଟିଏ ଥିଲା, ଲେଖାଥିଲା। “ପିଟର! ମୋ ପ୍ରେମ୍, ତୁମର ଉଜ୍ଜ୍ବଲ ଭବିଷ୍ୟତ ପାଇଁ ଅନେକ ଅନେକ ଶୁଭେଚ୍ଛା ଇତି ତୁମର ଇସାବେଲା।” ସେ କାର୍ଡ ସହିତ ଥିଲା ତାଙ୍କ ପ୍ରେମିକ ପାଇଁ ଦୀର୍ଘ ଦିନରୁ ସାଇତି ରଖ୍ଥିବା ହୀରାମୁଦି

କିଛି ଶୃଙ୍ଖଳା ଗୋଲାପର ପାଖୁଡ଼ା ଓ କିଛି ପାଉଣ୍ଡ। "ମୁଁ ଭାଙ୍ଗି ପଡ଼ୁଥିଲି ଭିତରେ ଭିତରେ। ମୁଁ ଥିଲି ଇସାବେଲାଙ୍କର ଶେଷ ପ୍ରେମ ଇସାବେଲା ଥିଲେ ମୋର ପ୍ରଥମ ପ୍ରେମ। ଏବେ ମଧ୍ୟ ମୁଁ ସେ ହୀରାମୁଦି, ଶୃଙ୍ଖଳା ଫୁଲ ଓ ପାଉଣ୍ଡ ସାଇତି ରଖିଛି ମୋ ମୂଲ୍ୟବାନ୍ ବସ୍ତୁମାନଙ୍କ ମଧ୍ୟରେ।" ପିଟର୍ ଦୀର୍ଘଶ୍ୱାସ ତ୍ୟାଗ କରି କହିଲା।

ପିଟର୍ ଜୀବନର ପ୍ରତିଟି ପୃଷ୍ଠାରେ ଲେଖାଥିଲା ଅନ୍ୟକୁ ଭଲ ପାଇବାର କାହାଣୀ। ଜୀବନକୁ ବାରମ୍ବାର ଆବିଷ୍କାର କରିପାରିଥିଲା ସେ। ସେ ପୁଣି ଜୀବନକୁ ଯେତେ ନିବିଡ଼ ଭାବରେ ଅନୁଭବି ଥିଲା ତାହା ବୋଧ ହୁଏ ଆଜିୟାଏ ଅନୁଭବ କରିପାରିନଥିଲି ମୁଁ। ଜୀବନଜ୍ୱାଲାରେ ଭୁଲି ଯାଇଥିଲି ମୋ ସଂକ୍ଷିପ୍ତ ଦୃଷ୍ଟିର ପରିସୀମା ବାହାରେ ଅଛି ଏକ ବିସ୍ତାର୍ଣ୍ଣ ପୃଥିବୀ, ଏକ ବ୍ୟାପକ ଜନ ଜୀବନ, ଅସରନ୍ତି କାହାଣୀର ଭଣ୍ଡାର।

ଜୀବନ ପୁଣି ହୋଇପାରେ ଏତେ ରୋମାଞ୍ଚକର, ପ୍ରେମର ପୁଣି ଥାଏ ଏତେ ରଙ୍ଗ ସେଇ ବୁଝିଲି ପ୍ରଥମ କରି।

ଧୀରେ ଧୀରେ ପିଟର୍ ମୋ ନିଃସଙ୍ଗ ଜୀବନର ସାଥୀ ପାଲଟିଗଲା। ସେ ଥିଲା ବନ୍ଧୁଠାରୁ, ପ୍ରେମିକଠାରୁ, ସହଯାତ୍ରୀଠାରୁ ଅଧିକ ଅନ୍ତରଙ୍ଗ, ଯେଉଁ ସଂପର୍କର ପରିସୀମା ନଥିଲା। ମୁଁ ଧୀରେ ଧୀରେ ତା' ବ୍ୟକ୍ତିତ୍ୱର ମଧୁର ସ୍ପର୍ଶରେ ମୁକୁଳିତ ହେବାକୁ ଲାଗିଲି। ହଜାର ହଜାର କିଲୋମିଟର ଦୂରରେ ସାତ ସମୁଦ୍ର ତେର ନଈ ସେ ପାଖେ ଥିବା ହୃଦୟଟି ପାଇଁ ମୋ ହୃଦୟ ଭିତରେ ଯେଉଁ ସ୍ପନ୍ଦନ ସୃଷ୍ଟି ହେଉଥିଲା ତାକୁ ଯେକେହି ପ୍ରେମ ନାମକରଣ କରିପାରେ। ମୁଁ କିନ୍ତୁ ପ୍ରଶ୍ନ କରୁଥିଲି ପ୍ରେମଠାରୁ କିଛି ଅଧିକ ସୂଚୀମନ୍ତ ସଂପର୍କ ଅଛିକି? ଯଦିଥାଏ, ମୁଁ ଏବେ ସେଇ ସଂପର୍କରେ।

ସୂର୍ଯ୍ୟାଂଶ ସହିତ ମୋର ପ୍ରେମ, ମୋହିତ ସହିତ ମୋର ବିବାହ ଓ ବିବାହ ପରବର୍ତ୍ତୀ ସମଗ୍ର ଜୀବନ କାହାଣୀ ମୁଁ ନିସଙ୍କୋଚରେ ପିଟର୍ ସହିତ ଆଲୋଚନା କରିପାରେ। ସେ ଦିନେ ପ୍ରଶ୍ନ କଲା ସୂର୍ଯ୍ୟାଂଶକୁ ମୁଁ ପ୍ରେମ କରିବା ସତ୍ତ୍ୱେ ମୋହିତକୁ ବିବାହ କଲି କାହିଁକି? ମୁଁ ସେ ପର୍ଯ୍ୟନ୍ତ ସୂର୍ଯ୍ୟାଂଶର ଦୁର୍ଘଟଣାର ଖବର ଜଣାଇଥିଲି ସତ, ମାତ୍ର ସେ ଯେ ଅଫେରା ବାଟୋଇ ସାଜି ଚିରଦିନ ପାଇଁ ମୋ ଜୀବନ ରାସ୍ତାରୁ ଚାଲିଯାଇଛି ଏ ଶବ୍ଦମାନ ଉଚ୍ଚାରଣ କରି ପାରିନଥିଲି। ମୋତେ କଷ୍ଟ ହେଉଥିଲା ଉଚ୍ଚାରଣ କରିବାକୁ ଯେ ସୂର୍ଯ୍ୟାଂଶ ଏବେ ସେଇ ଗୋଧୂଲି ଲଗ୍ନର ଅସ୍ତମାନ ସୂର୍ଯ୍ୟ, ଯେ ମୋ ସମଗ୍ର ଜୀବନକୁ ଅନ୍ଧକାରମୟ କରି ଚାଲିଯାଇଛି। ଏବେ ସେଇ ଅନ୍ଧାରକୁ ମୁଁ ଗହଣା କରି ପିନ୍ଧେ, ଶୂନ୍ୟକୁ ଆଲିଙ୍ଗନ କରି ରୋମାଞ୍ଚିତ ହୁଏ। ସେ ଅନ୍ଧକାର ଭିତରେ ଅଣ୍ଟାଲି ହୁଏ ମୋ ଅତୀତର ଦୀପ୍ତିମନ୍ତ ମୁହୂର୍ତ୍ତମାନଙ୍କୁ। ମୁଁ ତାକୁ ବଂଚାଇ

ରଖିଛି ମୋ ମଥାର ସିନ୍ଦୂରରେ । ମନକୁ ବୁଝାଇଛି ଆକାଶରେ ସୂର୍ଯ୍ୟର ଉଦୟାସ୍ତ ନଥାଏ, ଉଦୟାସ୍ତ ଏକ ଭ୍ରମ ମାତ୍ର ।

ପୁଣି କହେ ମୁଁ ସୂର୍ଯ୍ୟାଂଶକୁ ଭୁଲିବା ପାଇଁ ମୋହିତକୁ ବିବାହ କରି ମଧ୍ୟ ବିଫଳ ହେଲି । ସୂର୍ଯ୍ୟାଂଶ ମୋତେ ମୁହୂର୍ତ୍ତ ମୁହୂର୍ତ୍ତ ଆଚ୍ଛନ୍ନକଲା ଓ ମୋହିତ ମୋତେ ବିବାହ କରି ସନ୍ୟାସୀର ଜୀବନଟିଏ ଅତିବାହିତ କଲା । ଏବେ ଆମେ ଦୁହେଁ ନିଜ ନିଜ ମେରୁର ଅଧିବାସୀ ।

ପିଟର ମୋ ଜୀବନ କାହାଣୀ ଶୁଣି ଗୁମ୍ ମାରି ବସେ । କମ୍ପ୍ୟୁଟର ପରଦାରେ ସେ ଦିଶେ ଅନ୍ୟମନସ୍କ, ବ୍ୟଥିତ ।

ସେ ଦିନ ରାତିରେ ମୋହିତକୁ ପିଟର କଥା ପ୍ରଥମଥର ପାଇଁ କହି ତା'ର ପ୍ରତିକ୍ରିୟା ଜାଣିବାକୁ ଚାହିଁଲି । ବିଗତ ଚାରିମାସ ଧରି ପିଟର ସହିତ ମୋ ବନ୍ଧୁତା ଦିନକୁ ଦିନ ଘନିଷ୍ଠ ହେବାରେ ଲାଗିଛି । ସେ କଥା ମଧ୍ୟ ପରୋକ୍ଷ ଭାବରେ ସୂଚାଇଲି ଅଥଚ ହାୟ ମୋହିତ ସେଇ ଧାତୁରେ ଗଢା ଯେଉଁ ଧାତୁରେ କୌଣସି ଶିଳ୍ପୀ କେବେ ମୂର୍ତ୍ତି ଗଢି ନାହିଁ ।

ସେ ସାଧାରଣ ସ୍ୱାମୀ ପରି ବ୍ୟସ୍ତ ବିବ୍ରତ ବା ବିରକ୍ତ ହେଲାନାହିଁ ଯେ ମୁଁ କାହିଁକି ଅନ୍ୟ ଦେଶର ଜଣେ ଅତ୍ୟନ୍ତ ସୌମ୍ୟଦର୍ଶୀ ଯୁବକଟି ସହିତ ଅନ୍ତରଙ୍ଗ ହେବାରେ ଲାଗିଛି । ମୋହିତ ସାମ୍ନାରେ ପିଟରର ମାତ୍ରାଧିକ ପ୍ରଶଂସା କରିବା ସତ୍ତ୍ୱେ ସେ ନିଜ ସ୍ଥିତପ୍ରଜ୍ଞ ଭାବରେ ଅଟଳ ରହି ଶେଷରେ କହିଲା "ତୁମ ପାଖକୁ ମୋ ନ ଯିବାର କିଛି ବିଶେଷ କାରଣ ନାହିଁ । ଅନଭିଜ୍ଞ ପିଟର ଆମ ଦେଶର ମଧ୍ୟବିତ୍ତ ପରିବାରର ସମସ୍ୟା ସଂପର୍କରେ ଜାଣେନା । ମୁଁ ତୁମ ପାଖକୁ ଗଲେ ଅଧିକ କଣ ଆବା ଘଟିବ ? ମୁଁ ଏଠାରେ ଆର୍ଥିକ ଓ ମାନସିକ ସମସ୍ୟାରେ ଜର୍ଜରିତ । ମା'ଙ୍କର ସ୍ୱାସ୍ଥ୍ୟହାନୀ କାରଣରୁ ଛୁଟି ନେଇ ଘରକୁ ଯିବା ଉଚିତ୍ ହେବ ଅବା ତମ ସହ ସୁଖରେ ସମୟ ବିତାଇବା ?" ମୁଁ କିଛି ସମୟ ନିରବ ରହି ପ୍ରଶ୍ନ କଲି "ମୁଁ ତୁମ ଘରକୁ କିଛି ଟଙ୍କା ପଠାଇବାକୁ ଚାହୁଁଛି କେତେ ପଠାଇଲେ ହେବ ?"

ମୋ ପ୍ରଶ୍ନର ଉତ୍ତରରେ ମୋହିତ କହିଲା "ପ୍ରଥମରୁ କହିଛି ମୋ ଯୁଦ୍ଧ ମୁଁ ଏକାକୀ ଲଢିବି । ତୁମେ ଟଙ୍କା ପଠାଇଲେ ମୋ ସ୍ୱାଭିମାନରେ ଆଘାତ ଆସିବ, ଯାହା ତୁମେ କେବେ ଚାହିଁବ ନାହିଁ । ନିରପେକ୍ଷ ଭାବରେ ଦେଖିଲେ ଯେଉଁ ପରିବାରରୁ ତୁମକୁ ଟିକେ ଆଦର ବା ଶ୍ରଦ୍ଧା ମିଳିଲା ନାହିଁ ସେ ପରିବାର ପ୍ରତି ତୁମର ବଦାନ୍ୟତା ଦେଖାଇବାର ଆବଶ୍ୟକତା ନାହିଁ । ସେ ମୋ ପରିବାର ହୋଇଥାଉନା କାହିଁକି ?"

ମୋ ଉତ୍ତରକୁ ଅପେକ୍ଷା ନକରି ମୋହିତ ଫୋନ୍ ବନ୍ଦ କଲା ।

ହଠାତ୍ ମୋତେ ଦିଶିଲା ସୂର୍ଯ୍ୟାଂଶର ମୁହଁ । ସେ ମୋତେ ତାଗିଦ୍ କରି କହିବାର

ଶୁଣିଲି। "ଢେର୍ ରାତିଯାଏ ପିଟର ସହିତ ଭିଡିଓ କଲିଂରେ କଥା ହେବ ବନ୍ଦ୍ କର ନଚେତ୍ ମୁଁ କିଛି ଗୋଟାଏ କରି ପକାଇବି ସେ ଓକିଲର। ସେ ମାନବାଧିକାର ପାଇଁ ଲଢୁଛି ନାଁ ରାତି ରାତି ତୁମକୁ ପ୍ରେମ ପାଠ ପଢାଉଛି?"

ମୁଁ ଖୁବ୍ ଜୋର୍‌ରେ ହସି କହିଲି "ଈର୍ଷାଲୁ ପ୍ରେମିକ" ଚାହୁଁ ଚାହୁଁ ସୂର୍ଯ୍ୟାଂଶ ମିଳେଇଗଲା  ଶୂନ୍ୟରେ।

ମୁଁ ଭାବିଥିଲି ମୋହିତକୁ ବିବାହ କରି ମୁଁ ସୂର୍ଯ୍ୟାଂଶକୁ ଭୁଲିଯାଇପାରିବି ଅଥଚ ତା'ର ଉଦାସୀନତା ନିସ୍ପୃହତାରେ ସରଳ ଅର୍ଥଟିଏ ବାହାରିଲା ଯେ ସେ ଗୋଟେ ସ୍ୱାର୍ଥପର ମଣିଷ। ଯେ ନିଜ ଜୀବନରେ ଛୋଟରୁ ଛୋଟ ସମସ୍ୟାରୁ ମୋତେ ଦୂରେଇ ରଖିବାକୁ ଚାହୁଁଛି।

ସେ ଏକା ଲଢିବ ତା' ଜୀବନ ସଂଗ୍ରାମ ଅର୍ଥାତ୍ ମୋ ଜୀବନ ସଂଗ୍ରାମରେ ସେ ମୋ ସାଥ ହେବ ନାହିଁ।

ଏବେ ମୋ ନିଃସଙ୍ଗ ଜୀବନର ଏକମାତ୍ର ସାଥୀ ପିଟର। ଥାଉ ପଛେ ସେ ହଜାର ହଜାର କିଲୋମିଟର ଦୂରରେ। ତା' ସହ ଏ ଜୀବନରେ ଥରେ ମାତ୍ର ଦେଖା ହେବାର ସମ୍ଭାବନା ନଥାଇପାରେ। ଯାହା ସହିତ ମୋ ସଂପର୍କ‌କୁ ଏ ସମାଜ ଦେଖିପାରେ ଭିନ୍ନ ଦୃଷ୍ଟିରେ, କିନ୍ତୁ ମୋ ମନର କ୍ଷୁଧା ପ୍ରଶମିତ କରିବାକୁ ସେଇ ମୁହୂର୍ତ୍ତରେ ପିଟର ହିଁ ଥିଲା ଏକମାତ୍ର ଅବଲମ୍ବନ। ଦିନେ ମୋ ହୃଦୟର ଅଶାନ୍ତି ସାମୁଦ୍ରିକ ଝଡରେ ପରିଣତ ହେଲା। ମୁଁ ସେ ଝଡରେ ଦିଗହରା ନାବିକ ପାଲଟି ଯିବା ପୂର୍ବରୁ ପିଟର ପଶିନେଲା ମୋ ଅନ୍ତର। ମୁଁ ପୁନର୍ବାର ମୋ ପୁରୁଣା ଜୀବନକୁ ଫେରିଯିବାକୁ ଚାହୁଁ ନଥିଲି ଯେଉଁ ଜୀବନରେ ଥିଲା ପୁଲାପୁଲା ନିଶା ମେଡିସିନ୍ ଖାଇ ଜୀବନ ପ୍ରତି ଅନାଦର ଓ ବିତୃଷ୍ଣଭାବ।

ଶୂନ୍ୟତା ଅନୁଭବରେ ମୋତେ ଶଯ୍ୟାଶୟୀ ହେବାକୁ ପଡୁଥିଲା ଦିନ ଦିନ ଧରି। ସେହି ଯନ୍ତ୍ରଣାରୁ ମୁକ୍ତି ପାଇବା ପରେ ପ୍ରତିଜ୍ଞା କରିଥିଲି ନିଜ ପାଇଁ ବଂଚିବି ମୁଁ। ସୂର୍ଯ୍ୟାଂଶ ଯାଇଛି ହୁଏତ ମୋହିତ ମଧ ମୋ ଜୀବନରେ ମୋତେ ଏକାକୀ ଛାଡି ଦେଇ ଚାଲିଯାଇପାରେ ତା' ଇପ୍ସିତ ରାସ୍ତାରେ। ତେବେ ମୁଁ କେବେବି ନିଃସଙ୍ଗ ଜୀବନ ବିତାଇବି ନାହିଁ।

ପିଟର ସେହିପରି ଦୁର୍ବଳ ମୁହୂର୍ତ୍ତରେ ମୋତେ ଆକର୍ଷିତ କରୁଥିଲା ତା' ପ୍ରତି। ଦିନେ ମଧ ରାତ୍ରିରେ ସେ ଭିଡିଓ କଲ୍ କଲା। ପ୍ରାୟ ସେହି ସମୟରେ ସେ ମୋତେ କଲ୍ କରିଥାଏ। ହସି ହସି ସେ କହିଲା "ତୁମ ପ୍ରଥମ ପ୍ରେମ ସୂର୍ଯ୍ୟାଂଶ ଗତ। ଦ୍ୱିତୀୟ ପ୍ରେମ

ମୋହିତ ଅନାସକ୍ତ। ତୁମେ ଏବେ ତୃତୀୟଥର ପ୍ରେମରେ ପଡ଼ିପାର। ତୁମ ପ୍ରିୟବନ୍ଧୁ ପିଟର୍‌ର ପ୍ରେମରେ। ପ୍ରତିଶ୍ରୁତି ଦେଉଛି ଏମାନଙ୍କ ଭଳି ସ୍ୱାର୍ଥପର ମୁଁ ହେବି ନାହିଁ।”

ସେଦିନ ରାତିରେ ପିଟର୍‌ର ମୋ ପ୍ରତି ଥିବା ଦୀର୍ଘ ଦିନର ଅବଦମିତ ଇପ୍‌ସାର ପ୍ରତିରୂପ ଭାବରେ ଖୋଲାଖୋଲି ପ୍ରେମର ଆମନ୍ତ୍ରଣ ପାଇଲି। ସେ ପର୍ଯ୍ୟନ୍ତ ମୁଁ ଭାବିନେଇଥିଲି ବିଦେଶରେ ସବୁ ପୁଅମାନେ ପ୍ରେମ ବ୍ୟାପାରରେ ଖୁବ୍ ସିରିୟସ୍ ନୁହଁନ୍ତି। ସେମାନେ ପ୍ରେମ ଅର୍ଥ ଭାବନ୍ତି ସାମୟିକ ବିଳାସ ବା ସେକ୍ସ।

ପିଟର୍ ମୁହଁରେ ଗଭୀର ପ୍ରେମର ସ୍ୱୀକାରୋକ୍ତି କ୍ଷଣିକ ପାଇଁ ଯେ ମୋ ହୃଦୟର ସ୍ଥିରପାତ୍ରକୁ ଚହଲାଇ ନାହିଁ, ତାହା ମୁଁ କହିବି ନାହିଁ। କିନ୍ତୁ କାହିଁ ଲଣ୍ଡନର କୁଇନ୍‌ସ୍ ମେରୀ ବିଶ୍ୱବିଦ୍ୟାଳୟର ଆଇନ୍ ଗବେଷକ ଛାତ୍ର ପିଟର୍ ଓ ବେଙ୍ଗାଲୁରୁରେ ନିଃସଙ୍ଗ ଜୀବନ ବିତାଉଥିବା ସଫ୍‌ଟ୍‌ଓ୍ୱେର ଇଞ୍ଜିନିୟର ସାରା।

କିନ୍ତୁ ଧୀରେ ଧୀରେ ଅଜ୍ଞାତରେ ମୁଁ ତା’ ପ୍ରେମରେ ପଡ଼ୁଥିଲି। ସେ ସଂପର୍କରେ ଗଭୀରତା ଭିତରେ ମୁଁ ହଜାଇ ଦେଇଥିଲି ନିଜକୁ, ମୋ ଅନିଶ୍ଚିତ ଭବିଷ୍ୟତ ସଂପର୍କରେ ଆଦୌ ଚିନ୍ତା ନକରି। କ୍ଷଣିକ ପାଇଁ ହେଉପଛେ ପିଟର୍‌ର ସାନ୍ନିଧ୍ୟରେ ମୋ ଜୀବନ ହୋଇ ଉଠୁଥିଲା ମଧୁମୟ। ଜୀବନରେ ବାରମ୍ବାର ପ୍ରତାରିତ ହେବାପରେ କେଉଁଠୁ ନାଁ କେଉଁଠୁ ମଣିଷ ଚାହେଁ ଟିକେ ପ୍ରେମ, ଅନ୍ତରଙ୍ଗତା ତାହା କେତେ ବିଶ୍ୱସ୍ତ ବା ଅବିଶ୍ୱସ୍ତ ସେ ସଂପର୍କରେ ଅଧିକ ଭାବନା ନଥାଏ ମନରେ।

ଧାତବ ଅକ୍ଷରରେ ହୃଦୟର ଭାଷା ଲେଖ ସେ ମୋ ହୃଦୟକୁ ଛୁଇଁବାକୁ ଚେଷ୍ଟା କରେ। ଇଥର୍‌ରେ ଭାସି ଆସେ ତା’ ଭଲ ପାଇବାର ଅଗଣିତ ସ୍ପନ୍ଦନ। ଭୂମଧ୍ୟ ସାଗରର ସାମୁଦ୍ରିକ ଝଡ଼ ପାଲଟେ ପ୍ରେମର ମଳୟ ପବନ ପରି ଶାନ୍ତ ଓ ସୁରଭିତ। ଦୂରରେ ଥାଇ ମଧ୍ୟ ସେ ମୋତେ ଛୁଇଁଯାଏ। ମୋ ଭିତରେ ଅଙ୍କୁରିତ ହୁଏ ପ୍ରେମର ନବପତ୍ର। ସେ ମୋତେ ତା’ କଥାରେ ସମ୍ମୋହିତ କରେ। “ସାରା! ଭୁଲିଯାଅ ତୁମ ଅତୀତ। ମୋ ପାଖକୁ ଚାଲିଆସ ସବୁକିଛି ଦୁଃଖସ୍ମୃତିକୁ ସେଇଠି ଛାଡ଼ି। ଦେଖିବ ସିଲିକନ୍ ଭ୍ୟାଲିରେ ତୁମ ଭବିଷ୍ୟତ ନାହିଁ, ଅଛି ଏ ପୃଥିବୀର ଖୋଲା ଆକାଶ ତଳେ ଗୋଟେ ସାର୍ଥକ ଜୀବନ ବଂଚିବାରେ। ଅର୍ଥ, ପ୍ରତିପତ୍ତି, ପଦପଦବୀ ସବୁ ସାମୟିକ ସୁଖର କାରଣ ହୋଇପାରେ ମାତ୍ର ଜୀବନରେ ଗୋଟେ ଚିରନ୍ତନ ସୁଖର ସନ୍ଧାନରେ ବାହାରିଯିବା ଆମେ ଦୁହେଁ। ବରଫ ଶୃଙ୍ଗରେ ଚଢ଼ିବା, ଅନାମିକା ପକ୍ଷୀମାନଙ୍କ ସହ ସ୍ୱର ମିଳାଇ ଗୀତ ଗାଇବା। ତୁମେ ଇଂଲଣ୍ଡର ମାଟି ଛୁଇଁଲେ ଅନେକ ଶୀତ ପରେ ପ୍ରଥମ ସୂର୍ଯ୍ୟ ଉଇଁବ। ମୁଁ ତୁମ ପସନ୍ଦର କାପୁଚିନୋ ବନେଇବି। ତୁମ ପାଇଁ ଏକକ ଅଭିନୟ କରିବି। ଇସାବେଲାର ପ୍ରେମ କାହାଣୀ ଶୁଣାଇବି। ତୁମପାଇଁ ଅଦିନରେ ମଳୟ ହୋଇ ବହିବି।

ଚୋରି କରି ଆଣିବି ପବନରୁ ସବୁ ସୁଗନ୍ଧ । ତୋଳି ଆଣିବି ଉପତ୍ୟକା ବ୍ୟାପି ଫୁଟିଥିବା ଫୁଲ । କୁହ! ତା’ ପରେ ତୁମେ ମୋତେ ଭଲପାଅ ବୋଲି କହିବ ?”

ମୁଁ ହସେ ତା’ର ପ୍ରେମିକପଣିଆରେ । ମୁଗ୍ଧ ହୁଏ ଅପ୍ରତିଦ୍ୱନ୍ଦୀ ନାୟକର ପ୍ରେମ ନିବେଦନର ଶୈଳୀରେ । ତଥାପି ତାକୁ ଚିଡ଼ାଇବାକୁ କହେ । “ତୁମେ ଏବେବି ଇସାବେଲାର ପ୍ରେମିକ ହୋଇ ରହିଗଲ । ତୁମ ପ୍ରଥମ ପ୍ରେମର ସ୍ମୃତି ଏବେବି ତୁମ ଭିତରେ ଅହରହ ଜଳେ ।”

ସେ ମୋ କଥା ଶୁଣି ହସିଦିଏ । ହସିଦେଲେ ତା’ କାନମୂଳ ଲାଲ୍ ଦିଶେ । ତା’ ଆଖିରେ ନୀଳ ଆକାଶଟା ଗୋଟାପଣେ ଓହ୍ଲାଇ ଆସେ । ସେ ପୁଣି କହେ “ସାରା ବୁଧ ଗ୍ରହରେ ପ୍ରଥମ ନାରୀ ଓ ମଙ୍ଗଳ ଗ୍ରହରେ ପ୍ରଥମ ପୁରୁଷ ସୃଷ୍ଟି କରିଥିଲେ ବିଧାତା ଓ ଦୁହିଁଙ୍କୁ ନିର୍ଦ୍ଦେଶ ଦେଇଥିଲେ ପୃଥିବୀରେ ସଂସାର ଗଢ଼ିବା ନିମନ୍ତେ । ଭିନ୍ନ ଗ୍ରହର ଜୀବ ହୋଇଥିବାରୁ ଦୁହିଁଙ୍କ ଜୀବନଚର୍ଯ୍ୟା ଓ ବିଭେଦତାକୁ ସେମାନେ ଇଚ୍ଛା କରି ମଧ୍ୟ ଦୂର କରିପାରିଲେ ନାହିଁ । ସେଥିପାଇଁ ନାରୀମାନଙ୍କର ଗୋଟେ ଅବୁଝା ଓ କୋମଳ ହୃଦୟ ଅଛି ଠିକ୍ ତୁମରି ପରି । ଯାହାକୁ ମୋ ପରି ପୁରୁଷ ବା କିପରି ବୁଝିପାରିବ ?”

ତା’ ଭିତରୁ ମଣିଷପଣିଆର ଗନ୍ଧ ଭାସିଆସେ ସେ ଯେବେ କହେ “ସାରା! ଆମ ଜୀବନର ଅର୍ଦ୍ଧେକ ଅଂଶ ନିଜପାଇଁ ବଞ୍ଚିଲେ ଚାଲ ଏବେ ସେଇମାନଙ୍କ ପାଇଁ କାମ କରିବା ଯେଉଁମାନେ ଆମ ଅପେକ୍ଷାରେ । ପୃଥିବୀର କେଉଁ କୋଣରେ ଗୋଟିଏ ଶିଶୁ ଅଭୁକ୍ତ ରହିବ ନାହିଁ, କିମ୍ବା ଚିକିତ୍ସା ଅଭାବରୁ ମୃତ୍ୟୁ ଲାଭ କରିବ ନାହିଁ । ଉପଯୁକ୍ତ ଶିକ୍ଷା ସ୍ୱାସ୍ଥ୍ୟ ତା’ର ଜନ୍ମଗତ ଅଧିକାର । କେବଳ ଶିଶୁ କାହିଁକି, ସଂଖ୍ୟାଧିକ ଅସହାୟ ମଣିଷ ଆଇନ୍ ସହାୟତା ବିନା କାରାଗାରରେ ସଢ଼ୁଛନ୍ତି, କେତେକ ସାମାଜିକ ନିୟମ ବିରୁଦ୍ଧରେ ଯାଇ ନ ପାରି ଅଭିଶପ୍ତ ଜୀବନ ଜିଉଁଛନ୍ତି । ଜୀବନର ଅର୍ଥ ଖୁବ୍ ବ୍ୟାପକ । ଚାଲ, ପୃଥିବୀର କୋଣେ କୋଣେ ଭଲ ପାଇବାର ସନ୍ଦେଶ ପହଞ୍ଚାଇବା ।”

ସେତେବେଲେ ସେ ମୋ ଆଖିରେ ଇସାବେଲାର ପ୍ରେମିକ ପରି କିମ୍ବା ମଙ୍ଗଳ ଗ୍ରହର ଆଦି ମାନବ ପରି ଦିଶେ ନାହିଁ ବରଂ ଦିଶେ ଗୋଟେ ଅମର ଗ୍ରହର ଉପଦେବତା ଭଳି ।

ସେ ପୁଣି କହେ “ସାରା! ଆମ ପାଇଁ ମଧ୍ୟ ଆମେ ବଂଚିବା । ଜ୍ୟୋସ୍ନା ରାତିରେ ନୌକାବିହାର କରିବା, ସମୁଦ୍ର ମସ୍ୟମାନଙ୍କ ସଙ୍ଗେ ଜଳକ୍ରୀଡ଼ା କରିବା, ଗୁଡ଼ି ଉଡ଼େଇବା, ଜ୍ୟୋସ୍ନା ରାତିରେ ଜଙ୍ଗଲରେ ଟେଣ୍ଟ ହାଉସ୍‌ରେ ରାତ୍ରିଯାପନ କରିବା, ବଣର କୋଲି ତୋଳିବା । ଆଉ ଏସବୁରୁ ଆଗ୍ରହ ଶେଷ ହେଲେ ସ୍ୱେଚ୍ଛାସେବୀ ଭାବରେ ଯୁଦ୍ଧ ଶିବିରରେ ଯୋଗ ଦେବା ।

ତୁମେ ମୋତେ ମାନସିକ ଅସୁସ୍ଥ ମନେ କରୁନାହିଁତ ସାରା ? କୁଇନସ୍ ମେରୀ ପରି ମର୍ଯ୍ୟାଦାବନ୍ତ ବିଶ୍ୱବିଦ୍ୟାଳୟ ଆଇନ୍ ଗବେଷକ ଛାତ୍ରଟିଏ ଯଦି ଲ’ ଫାର୍ମରେ ଯୋଗ ନଦେଇ କିୟ। ବାରିଷ୍ଟର ଜୀବନର ସୁଖ ସୁବିଧା ହାସଲ ନକରି ଏ ସବୁ କହେ ତାକୁ ସାଧାରଣ ଲୋକେ ମାନସିକ ଅସୁସ୍ଥ ମନେ କରିବା ସ୍ୱାଭାବିକ। କିନ୍ତୁ ମୋର ବିପର୍ଯ୍ୟସ୍ତ ବାଲ୍ୟକାଳ ମୋତେ ଦରଦୀ କରିଛି ପୃଥିବୀର ସମସ୍ତ ଶିଶୁ ତଥା ଅବହେଲିତ ମାନଙ୍କ ପ୍ରତି। ମୋ ପାଇଁ ହାପିହୋମ୍‌ରୁ କୁଇନସ୍‌ମେରୀ ବିଶ୍ୱବିଦ୍ୟାଳୟର ଯାତ୍ରା କିଛି କମ୍ ସଂଘର୍ଷପୂର୍ଣ୍ଣ ନଥିଲା। ହାପି ହୋମର ସବୁ ଶିଶୁମାନେ ଅସୁଖୀ। ମୋ ଭଲି କିଛିଟା ଭାବପ୍ରବଣ କିୟ। ପ୍ରତିକ୍ରିୟାଶୀଳ।”

ଏସବୁ କହିବା ବେଳେ ପିଟର କାନ୍ଦିପାରେ ନାହିଁ। ଅଥଚ ତାର କାନ ଓ ନାକ କଂପ୍ୟୁଟର ପରଦାରେ ଲାଲ୍ ପଡ଼ିଯିବାର ମୁଁ ଦେଖେ। ତା’ର ଘନନୀଳ ଚକ୍ଷୁ, ସୁନେଲୀ କେଶ, ମଧୁର ହସଠାରୁ ଅଧିକ ସୁନ୍ଦର ଲାଗେ ତା’ର ଅଦୃଶ୍ୟ ହୃଦୟ। ମୁଁ ତା’ ମୋହରେ ପଡେ ବାରମ୍ବାର। ଯେ ପୃଥିବୀର ସମସ୍ତ ଅବହେଲିତକୁ ଭଲପାଇପାରେ ମୁଁ ଅବା କିପରି ତାକୁ ଭଲ ନପାଇ ରହିପାରିଥାନ୍ତି ? ସତରେ ପିଟରକୁ ବନ୍ଧୁଭାବରେ ଲାଭ କରିବା ମୋ ଜୀବନରେ ଚରମ ପ୍ରାପ୍ତି। ମୁଁ ତାକୁ ହାତ ପାଆନ୍ତାରେ ପାଇ ମଧ ହରାଇବାର ସମ୍ଭାବନା ଅଧିକ, ଏହାହିଁ ମୋର ଚରମ ଦୁର୍ଭାଗ୍ୟ। ମୁଁ ଅନୁଭବ କରୁଥିଲି ଆମ ସଂପର୍କ ସେଇ ଗଭୀରତାକୁ ସ୍ପର୍ଶ କରିଛି, ଯେଉଁଠି ଅପ୍ରାପ୍ତିରେ ବି ମନ ପ୍ରାପ୍ତିରେ ମହ ମହ ବାସେ। କଂପ୍ୟୁଟର ପରଦାରେ ଆମ ଦେଖା ଚାହାଁ। ହୁଏତ ସେଇଠି ଦିନେ ଶେଷ ହୋଇଯାଇପାରେ। ତଥାପି ପିଟରର ସ୍ୱର ମୋ ଶୂନ୍ୟ ହୃଦୟରେ ମଧୁ ବର୍ଷା କରେ। ରାତି ସବୁ ହୋଇଉଠେ ବାସ୍ମାୟିତ। ନିଃସଙ୍ଗ ଜୀବନରେ ମଧୁର ବଂଶୀର ନିଃସ୍ୱନରେ ହୋଇଉଠେ କୋଲାହଲମୟ। ଜୀବନ ରାସ୍ତାରେ ଜଣଙ୍କ ସହ ଦେଖା ହେବାପରେ ସେ ଯେ ସମଗ୍ର ଜୀବନ ପ୍ରତି ଥିବା ଦୃଷ୍ଟିଭଙ୍ଗୀକୁ ପରିବର୍ତ୍ତିତ କରି ଦେଇପାରେ ତାହା ପିଟର ସହିତ ମିଶିବା ପରେ ଅନୁଭବ ହେଲା। ତା’ର ଆମ୍ରୀୟତା ପୂର୍ଣ୍ଣ କଥାରେ ମୁଁ ଭୁଲିଗଲି ବିଗତ ଜୀବନର କ୍ଷତ ଓ ବିଷଜ୍ୱାଲା।

ପିଟର ମୋତେ ଅନେକ କିଛି ଶିଖାଇଥିଲା ଯାହା ଅନ୍ୟ କେହି ଶିଖାଇ ପାରିନଥିଲେ। ସେ ମୋତେ ଫର୍ଟିଲିଟି ସେଣ୍ଟରେ ଡିମ୍ବାଣୁ ସଂରକ୍ଷଣ ପାଇଁ ପରାମର୍ଶ ଦେଇଥିଲା। ଯାହାଦ୍ୱାରା ଯେ କୌଣସି ବୟସରେ ମୁଁ ସନ୍ତାନଟିଏ ଲାଭ କରପାରିବି। କାରଣ ମୋହିତ ସହିତ ଅସଫଳ ବୈବାହିକ ସଂପର୍କ, ସିଲିକନ୍ ଭ୍ୟାଲି ପାଇଁ ମୋର ସଂଘର୍ଷ ମୋତେ ଏତେ ପରିମାଣରେ ବ୍ୟସ୍ତ ରଖୁଥିଲା ଯେ ସେ ଅନୁଭବ କରିଥିଲା ମୁଁ ନିକଟ ଭବିଷ୍ୟତରେ ସନ୍ତାନଟିଏ ଚାହିଁବି ନାହିଁ। ଅଥଚ ମାତୃତ୍ୱ ଲାଭ କରିବା ପାଇଁ ଓ

ବିଚକ୍ଷଣ ସନ୍ତାନ ପାଇଁ ଗୋଟିଏ ନିର୍ଦ୍ଦିଷ୍ଟ ବୟସ ସୀମା ମଧ୍ୟରେ ଗର୍ଭଧାରଣ ଜରୁରୀ। କେବଳ ମୋ ହୃଦୟର ନୁହେଁ, ମୋ ଭିତରର ନାରୀପଣର ସୂକ୍ଷ୍ମାତିସୂକ୍ଷ୍ମ କୋମଳ ଅଂଶକୁ ଛୁଇଁ ପାରିଥିଲା। ଏଇ କଥା ପଦକରେ।

ସଂପର୍କର ଗତି କଣ ଚିରଦିନ ସାବଲୀଳ? ସଂପର୍କରେ ଜୁଆର ଆସିବା ପରି ଭଙ୍ଗା ମଧ୍ୟ ଆସେ। ନିକଟରେ ଦୁଇଜଣ ପୁରୁଷଙ୍କ ଏକତ୍ର ସହାବସ୍ଥାନ ନିମନ୍ତେ କୋର୍ଟରୁ ସମ୍ମତି ଆଣି ପାରିଥିବାରୁ ସେ ଯେତେବେଳେ ବିଜୟ ସୁଲଭ ହସ ହସେ ମୁଁ ତା'ର ମାନସିକତାକୁ ଗ୍ରହଣ କରିପାରେ ନାହିଁ। ସମାଜ ଓ ପ୍ରକୃତିର ନିୟମ ଭଙ୍ଗ କରିବା କୌଣସି ପର୍ଯ୍ୟାୟର ମାନବାଧିକାରର ଲଢ଼େଇ ନୁହେଁ ବୋଲି କଟୁ ଟିପ୍ପଣୀ ବାଢ଼େ।

ସେ ଧୈର୍ଯ୍ୟହରା ନହୋଇ ତା' ଯୁକ୍ତି, ସିଦ୍ଧାନ୍ତକୁ ସଠିକ୍ ପ୍ରମାଣିତ କରିବାକୁ ଲାଗିପଡ଼େ। 'ଓକିଲ ଚରିତ୍ର' ମୁଁ ମନେ ମନେ କହେ।

ସେ ମୋତେ ବୁଝାଇ ଚାଲେ "ପ୍ରକୃତି ଓ ସମାଜର ନିୟମ କଣ ଏଇ ଅଳ୍ପ କେଇଜଣ ଭିନ୍ନ ମାନସିକତାର ବ୍ୟକ୍ତିଙ୍କ ଦ୍ୱାରା ଭଙ୍ଗ ହୋଇପାରେ? ସମଲିଙ୍ଗୀମାନେ ଅପରାଧୀ ନୁହଁନ୍ତି। କୌଣସି ଅସାମାଜିକ କାର୍ଯ୍ୟରେ ଲିପ୍ତ ମଧ୍ୟ ନୁହଁନ୍ତି। ସେମାନେ ସମସ୍ତଙ୍କ ସହଯୋଗରେ ନିଜ ପସନ୍ଦର ଜୀବନଟିଏ ବଞ୍ଚିବାକୁ ଚାହାଁନ୍ତି। ବ୍ୟକ୍ତି ସ୍ୱାଧୀନତା ସବୁ ନିୟମଠାରୁ ଊର୍ଦ୍ଧ୍ୱରେ। ପୃଥିବୀର କୋଣ ଅନୁକୋଣରେ ଜଣେ କେହି ନିଃସଙ୍ଗ ଅନୁଭବ ନକରୁ, ଏହାହିଁ ମୋର ପ୍ରଚେଷ୍ଟା।"

ପିଟରର ବଳିଷ୍ଠ ଯୁକ୍ତି ସାମ୍ନାରେ ମୋର ସମସ୍ତ ଯୁକ୍ତି ହାର ମାନେ। ସେ ଜଣେ ଭବିଷ୍ୟତର ବାରିଷ୍ଟର ଓ ମୁଁ କମ୍ପ୍ୟୁଟର ବିଭାଗର ଜଣେ ଯାନ୍ତ୍ରିକ, ଆମର ବିଚାର ବୁଦ୍ଧି ଓ କାର୍ଯ୍ୟ ପରିସର ଭିନ୍ନ। ସେ ଯାହା ଭାବିପାରେ ମୁଁ ତାହା ଭାବି ପାରେ ନା। ପିଟରର ଜୀବନରେ ଯାହା ଘଟିଛି ତାହା ମୋ ଦେଶର ପିଲାଙ୍କ ଭାଗ୍ୟରେ ଘଟେନା। ମୁଁ ଗର୍ବିତ ମୋ ଦେଶ, ମୋ ପରିବାର, ମୋ ସମାଜର ଶକ୍ତ ଭିତ୍ତିଭୂମି ନିମନ୍ତେ କିନ୍ତୁ ଏ ସାମାଜିକ ବ୍ୟବସ୍ଥା କେତେଦିନ ତିଷ୍ଠି ରହିବ ତାହା ମଧ୍ୟ ଏକ ପ୍ରଶ୍ନବାଚୀ। ଯେଉଁଭଳି ଭାବରେ ଆମର ପରିବାର କ୍ଷୁଦ୍ରରୁ କ୍ଷୁଦ୍ରତର ହେବାରେ ଲାଗିଛି। ପରିବାରର ସଂଜ୍ଞା ବଦଳୁଛି, ଆମଦେଶରେ ଶିଶୁଟିକୁ ପିଟରର ଭାଗ୍ୟ ଭୋଗିବାକୁ ବେଶୀ କାଳ ଲାଗିବ ନାହିଁ।

ସେଠର ମୁଖ୍ୟ କାର୍ଯ୍ୟାଳୟରୁ ଫେରିବା ପରେ ପିଟର ସିଧାସଳଖ ମୋତେ ବିବାହ ପ୍ରସ୍ତାବ ଦେଲା– କିନ୍ତୁ ଏହା କିପରି ସମ୍ଭବ? ମୁଁ ଯେ ବିବାହିତା। ମୁଁ ଚମକି ପଡ଼ି ପ୍ରଶ୍ନ କଲି।

– ଅର୍ଥାତ୍ ତୁମେ ଏପରି ଜଣକ ସହିତ ଜୀବନ ବିତାଇବାକୁ ଚାହଁ ଯେ

ତୁମକୁ ଚାହେଁ ନାହିଁ, ତୁମ ହୃଦୟର ଯନ୍ ନିଏ ନାହିଁ, ତୁମ ଦୁଃଖ ସୁଖରେ ଭାଗୀ ହୁଏ ନାହିଁ ।

ମୁଁ ଉତ୍ତରରେ କହିଲି "ପିଟର ତୁମେ ଯାହା କହୁଛ ସେ ସବୁ ସତ୍ୟ ହୋଇପାରେ ମାତ୍ର ବିବାହ ଏକ ପ୍ରତିବଦ୍ଧତା ଜନ୍ମ ଜନ୍ମାନ୍ତରର ବନ୍ଧନ । ମୋହିତ ଜୀବନରେ ଆଜି ସମସ୍ୟା ଆସିଛି, କାଲି ହୁଏତ ଅପସରିଯିବ, ଓ ସେ ମୋ ପାଇଁ କିଛି ସମୟ ଦେଇପାରିବ ।"

– "କିନ୍ତୁ କେତେ ଋତୁ ଅପେକ୍ଷା କରିବ ମୋହିତର ପରିବର୍ତ୍ତନ ପାଇଁ ? ମୋ ବାହୁ ଯୁଗଳ ସମୁଦ୍ୟତ ତୁମକୁ ଆଲିଙ୍ଗନ କରିବା ପାଇଁ । ତୁମେ ଅତୀତକୁ ଭୁଲିଯାଇ ଏଠାକୁ ଚାଲିଆସ, ଆମେ ଦୁହେଁ ନୂଆ ନୀଡ ଗଢିବା, ନୀଳ ଆକାଶରେ ପ୍ରେମ ପକ୍ଷୀ ପରି ଘୁରି ବୁଲିବା" ଅପର ପାର୍ଶ୍ୱରୁ ପିଟରର ମଧୁର ସ୍ୱର ଶୁଭିଲା "ତେବେ ମୁଁ ତୁମ ଦେଶକୁ ଭିଜିଟର୍ସ ଭିସା ନେଇ ଆସୁଛି । ଏ ଜୀବନରେ ମୁଁ ଥରେ ତୁମ ସହ ଦେଖା କରିବାକୁ ଚାହେଁ । ତୁମେ ମୋତେ ପତ୍ନୀ ଭାବରେ ମିଲ ଅବା ବାନ୍ଧବୀ ଭାବରେ । ମୁଁ ଛୁଇଁବାକୁ ଚାହୁଁଛି ସେଇ ମାଟିକୁ ଯେଉଁଠି ତୁମଭଲି ଝିଅମାନେ ଜନ୍ମ ନିଅନ୍ତି । ରୂପ ଗୁଣ ଉପାର୍ଜନର ସୁରକ୍ଷା ସତ୍ତ୍ୱେ ସାରାଜୀବନ ସାଧନା କରନ୍ତି ସଂପର୍କଟିକୁ ବଂଚାଇ ରଖିବା ପାଇଁ ।"

ସ୍ୱଗତୋକ୍ତି କଲି ପିଟର ! ମୋ ଦେଶର ପ୍ରତ୍ୟେକ ନାରୀ ମୋ ଭଲି, ହୁଏତ ମୋଠାରୁ ସଂପର୍କ ପ୍ରତି ଅଧିକ ନିଷ୍ଠାବତୀ । ଏଠାରେ ଅସହଯୋଗୀ ସ୍ୱାମୀର ମଙ୍ଗଳ କାମନାରେ ନାରୀମାନେ କେତେ ଓଷା ବ୍ରତ କରନ୍ତି, ସେମାନଙ୍କୁ ଭଲ ପାଉନଥିବା ଚରିତ୍ରମାନଙ୍କ ଗହଣରେ ବିତାଇ ଦିଅନ୍ତି ସମଗ୍ର ଜୀବନ । ସେମାନଙ୍କ ଘୃଣାକୁ ପିନ୍ଧନ୍ତି ଚନ୍ଦନ ପରି । ତୁମେ ଏତେ ସହର ଏତେ ଦେଶ ବୁଲିଛ, ଏତେ ପାଠ ପଢିଛ ଅଥଚ ଏମାନଙ୍କ ମାନସିକତା ବୁଝିବାକୁ ତୁମକୁ ଏ ଜନ୍ମଟି ଛୋଟ ପଡିଯିବ ।

ପିଟର କଣ୍ଠରେ ଦୃଢତା "ତୁମେ ଚାହଁ ବା ନଚାହଁ ମୁଁ ଥରେ ତୁମ ମାଟି ସ୍ପର୍ଶ କରିବି, ତୁମ ସହରର ପବନ ଆଘ୍ରାଣ କରିବି ଯେଉଁ ଦେଶରେ ସାରା ନାମରେ ମୋର ପ୍ରେମିକାଟି ଅଛି, ଯେ ମୋତେ ପ୍ରେମ କରୁ ବା ନକରୁ ମୁଁ ତାକୁ ପ୍ରେମ କରୁଥିବି ଚିରକାଳ ।"

ସାରା ! ମୁଁ ବେଙ୍ଗାଲୁରୁ ଆସୁଛି ତୁମକୁ ମନାଇବା ପାଇଁ ।"

ପିଟରର ଶେଷ ବାକ୍ୟାଂଶ ଶୁଣି ଚମକି ପଡିଲି ମୁଁ । ଠିକ୍ ଏଇ କଥା ଦିନେ କହିଥିଲା ସୂର୍ଯ୍ୟାଂଶ ଓ ତା' ପରେ ମିଳେଇଗଲା ଶୂନ୍ୟରେ । ପିଟର ମୁହଁରେ ସେଇ ଭାବପ୍ରବଣ କଥା ଶୁଣି ମୋ ଆଖି ଦୁଇଟି ଛଲ ଛଲ ହୋଇଗଲା, "ନାଁ ପିଟର୍ ତୁମେ

ମୋ ପାଖକୁ ଆସ ନାହିଁ, ଦୁନିଆଁର ଯେଉଁ କୋଣରେ ଅଛ ସେଠାରେ ଭଲରେ ଥାଅ। ମୁଁ ତୁମ ପରି ଜଣେ ପରମ ଆୟ୍ମୀୟ ଓ ସୁହୃଦଙ୍କୁ ହରାଇବାକୁ ଚାହେଁନା।

ମୋର ଏସବୁ କଥା ଶୁଣିବା ପୂର୍ବରୁ ସେ ଅଫ୍‌ଲାଇନ୍ ହୋଇ ଗଲା ଓ ଟେକ୍‌ଟ୍ କଲା ଯେ ଜେନେଭାର୍ ହେଡ୍ ଅଫିସରୁ ତା' ପାଖକୁ ଜରୁରୀ କଲ୍ ଆସୁଛି।

ଏବେ ମୋ ଚାରିପାଖେ ନିରନ୍ଧ୍ର ଅନ୍ଧକାର। କୋଠରୀର ଆଲୋକ ଜଳାଇବାକୁ ମଧ ମୋ ପାଖରେ ସତ୍ ସାହସର ଅଭାବ। ବିଛଣାରେ ପଡ଼ି ପଡ଼ି ଦୁଃସ୍ୱପ୍ନଟିଏ ଦେଖିଲି। ପିଟରର ଫ୍ଲାଇଟ୍ ଆକାଶରେ ଅଗ୍ନି ପିଣ୍ଡୁଲାରେ ପରିଣତ ହେବାର ଦୃଶ୍ୟ। ବାରମ୍ବାର ମୋ ମନକୁ ବୁଝାଇବା ପରେ ମଧ ମୋ ଅବୁଝାମନ ଏହା ସ୍ୱପ୍ନ ବୋଲି ଗ୍ରହଣ କରିବାକୁ ପ୍ରସ୍ତୁତ ନଥିଲା।

ସୂର୍ଯ୍ୟାଂଶ ପରି ମୁଁ ପିଟରକୁ ହରାଇବାକୁ ଚାହେଁନା।

ଈସାବେଲାର ଦରଦୀ ପ୍ରେମିକ, ଦୁର୍ଦ୍ଧର୍ଷ ଡାର୍କ ହର୍ସ, ମାନବାଧିକାର କର୍ମୀ ପିଟରର ପରିଚୟ ମୋତେ ଲୋଡ଼ା ନାହିଁ। ତା'ର ରୂପ, ଗୁଣ, ପ୍ରତିଷ୍ଠାକୁ ଯଦି ସେ ଫୋପାଡ଼ି ଦେଇ ନଗ୍ନ ପାଦରେ ମୋ ସାମ୍ନାରେ ଆସି ଛିଡ଼ା ହୁଏ ତେବେବି ମୋ ହୃଦୟର ସ୍ପନ୍ଦନ କହୁଥିବ ପିଟର! ବାରମ୍ବାର ହୃଦୟ ହରାଇଥିବା ପ୍ରେମିକା ସାରାର ତୁମପାଇଁ ଅସରନ୍ତି ପ୍ରେମ।

ତା'ପରି ବନ୍ଧୁ ବହୁ ତପସ୍ୟାର ଫଳ। ଯେ ବୃଦ୍ଧା ଈସାବେଲାର ମୃତ ପ୍ରେମିକର କାୟା ପଲଟାଇ ପାରେ, ଯେ ରଧ୍‌କା ପରି ଅଜ୍ଞାତ ଝିଅଟି ପାଇଁ ଲଢ଼ିବାକୁ ପ୍ରୟାସ କରିବାଠାରୁ ପୃଥ୍ବୀର କୋଣ ଅନୁକୋଣରେ ଥିବା ଅବହେଳିତ ମଣିଷଙ୍କ ପାଇଁ ସହାୟତାର ହାତ ବଢ଼ାଇପାରେ।

ହଁ ମୁଁ ପିଟରକୁ ଜୀବନରେ ତୃତୀୟବାର ପାଇଁ ପ୍ରେମ କରି ବସିଲି। ସେ ସଂପର୍କକୁ ବନ୍ଧୁତ୍ୱର ଯେତେ ଦ୍ୱାହି ଦେଲେ ମଧ ତାହା ମୋ ଅନାବିଲ ପ୍ରେମ ଥିଲା, ଯାହାକୁ ଏ ସମାଜ ବ୍ୟବସ୍ଥା ଯୋଗୁଁ ମୁଁ ଗ୍ରହଣ କରିପାରୁନଥିଲି ବୋଧହୁଏ।

ଜୀବନରେ ଜଣେ ବହୁବାର ପ୍ରେମରେ ପଡ଼ିପାରେ। ପ୍ରତିଟି ପ୍ରେମର ନିଜସ୍ୱ ସଂଜ୍ଞା ଅଛି। ତାହା କୌଣସି ଶାରୀରିକ ଆଗ୍ରହ ନୁହେଁ, ମନର ଅବଦମିତ କ୍ଷୁଧା ପ୍ରଶମନ ନିମନ୍ତେ ମଧ ହୋଇ ନପାରେ। ହୃଦୟର ନିର୍ମଳ ଆବେଗିକ ସଂପର୍କଟିର ନାମହିଁ ପ୍ରେମ।

ସେମିତି ମୁଁ ପିଟରକୁ ପାଇବାକୁ କାମନା କରେନାହିଁ, ଅଥଚ ମୁଁ ତାକୁ ହରାଇବାକୁ ମଧ ଚାହେଁନା। ନିଆଁ ଓ ପାଉଁଶରେ ଭରା ମୋ ଜୀବନ ପରିଧ୍ରେ ସେ ଶୀତଳ ମଲୟର ଅନୁଭବ। ମୋ ନିଃସଙ୍ଗ ଜୀବନରେ ସେ ରହିରହି ବାଜି ଉଠୁଥିବା ମୋହମୟ ବେଣୁର ମନ୍ତ୍ରସିକ୍ତ ସ୍ୱନ।

ଈଶ୍ୱର ତାର ଯାତ୍ରା ପଥରେ ସହାୟ ହୁଅନ୍ତୁ ଏତିକି କାମନା।

# ଲାଲ୍ ଗୋଲାପର ମାୟା

ଇଟାସିମେଣ୍ଟରେ ତୋଲା ଯାଉଥିବା ଘରକୁ ବସାଘର କୁହାଯାଏ, ପ୍ରକୃତ ଘର ତୋଲା ଯାଏ ସ୍ନେହ ପ୍ରେମ ବିଶ୍ୱାସ ଓ ତ୍ୟାଗର ଲୁହ ଲହୁରେ। ମୋ ସ୍ୱପ୍ନ ସବୁ ଉଜୁଡି ଯିବା ପରେ ଏବେ ଏଇ ଇଟା ସିମେଣ୍ଟର ଚାରିକାନ୍ତ ମୋ ପାଇଁ ବସା ଘର ନୁହେଁ ବରଂ ନିର୍ଜନ ବନ୍ଦୀଶାଳା। ସେ ବନ୍ଦୀଶାଳାକୁ ନିମନ୍ତ୍ରିତ ଅତିଥିଭଳି ସ୍ୱାଗତ କରିଥିଲି ତିନୋଟି ଲାଲଗୋଲାପର ଚାରାକୁ। ବାଲକୋନିର ଫୁଲକୁଣ୍ଡରେ ସେଗୁଡିକ ଯନ୍ତରେ ଲଗାଇ ଅପେକ୍ଷା କରିଥିଲି କେବେ ଫୁଲଟିଏ ଫୁଟିବ। ମୋର ଇଚ୍ଛା ଥିଲା ସମଗ୍ର ବାଲକୋନିଟିକୁ ଫୁଲର ଉଦ୍ୟାନ ଭଳି ସଜାଇ ଦେବାକୁ। ଘରେ ଥିବା ସମୟରେ ମୁଁ ଛାତ ଉପରେ ବିଭିନ୍ନ ଫୁଲ ଗଛ ଲଗାଏ। ମା' କହନ୍ତି ମୋ ହାତରେ ଫୁଲଗଛ ଭଲ ଉଧାଏ, ଗଛରେ ଫୁଲ ଲଦି ହୋଇଯାଏ। ତାଙ୍କ ମତରେ ମୁଁ ପୃଥିବୀର ସବୁଠାରୁ ପବିତ୍ର ହୃଦୟର ଝିଅ ଯାହାର ସ୍ପର୍ଶରେ ସବୁକିଛି ଅମୃତମୟ ହୋଇ ଉଠେ। କିନ୍ତୁ ଜୀବନର ବିଷକ୍ଲାରେ ମୁଁ ଜର୍ଜରିତ ହେବାବେଳେ କାହିଁକି କେଜାଣି ବିଶ୍ୱାସ ହେଉଥିଲା ମୋ ଜୀବନର ଅମୃତପାତ୍ରଟି ଏବେ ମଧ୍ୟ ନିଃଶେଷ ହୋଇନାହିଁ।

କିଛିଦିନ ପରେ ଚାରାଗୁଡ଼ିକରେ ପତ୍ର କଅଁଳିଲା। ଯେଉଁ ନର୍ସରୀରୁ ଚାରାଗୁଡିକ ଆଣିଥିଲି ସେମାନେ ଚାରା ସହିତ ସାର ଓ ପିଡିଆ ମଧ୍ୟ ଦେଇଥିଲେ। ତିନୋଟି ଗଛର ସମଧରଣର ଯନ୍ତ ନେଲେ ମଧ୍ୟ ଗୋଟିଏ ସମ୍ପୂର୍ଣ୍ଣ ଝାଉଁଳି ପଡିଲା, ଦ୍ୱିତୀୟଟିରେ ସବୁଜ ପତ୍ର ଭରିଗଲା ଓ ତୃତୀୟଟିରେ କଢ଼ି ଗୁଡିଏ ଧରିଲା। ଯେଉଁଦିନ ପ୍ରଥମ ଲାଲ୍ ଗୋଲାପଟି ଫୁଟିଲା ଆନନ୍ଦରେ ମୁଁ ଆମ୍ଭହରା ହୋଇ ଉଠିଲି।

ଲାଲ୍ ଗୋଲାପ ମୋର ପ୍ରିୟ ହୋଇଥିବାରୁ ସୂର୍ଯ୍ୟାଂଶ ମୋତେ ଅନେକବାର ଲାଲ୍ ଗୋଲାପର ସ୍ତବକ ଉପହାର ଦିଏ। ଫୁଟିଥିବା ଫୁଲଟିକୁ ଦେଖି ମନ ସୂର୍ଯ୍ୟାଂଶକୁ ପୁଣିଥରେ ଖୋଜିଲା। ଆଜି ମଧ୍ୟ ମୋର ବିଶ୍ୱାସ, ସୂର୍ଯ୍ୟାଂଶ ଏଇଠି କେଉଁଠି ଅଛି। ତା'

ହୃଦୟର ସ୍ପନ୍ଦନ ମୁଁ ଶୁଣି ପାରୁଛି। ତା' ଦେହର ଗନ୍ଧ ପବନରେ ଭାସି ଆସି ମୋତେ ଉଚ୍ଛ୍ୱାଳ କରୁଛି। ଭାବନା ସହିତ ତା'ର ବନ୍ଧୁତାକୁ ମୁଁ ସନ୍ଦେହୀ ଦୃଷ୍ଟିରେ ଦେଖି ତା' ହୃଦୟରେ ଗଭୀର ଆଘାତ ଦେଇଛି। ତାହା ମୋ ଜୀବନର ଚରମଭୁଲ୍। ସେଥିପାଇ ମୁଁ ଅନୁତପ୍ତ।

ଥରେ ସୂର୍ଯ୍ୟାଂଶ ଫେରି ଆସିଲେ ମୁଁ ହୃଦୟର ସହିତ କ୍ଷମା ମାଗି ନିଅନ୍ତି। ମୋର ବିଶ୍ୱାସ ସେ ନିଶ୍ଚୟ କ୍ଷମା କରି ଦିଅନ୍ତା। ଏବେ କ୍ଷମା ମାଗିବା ପାଇଁ ମୋତେ ବାରମ୍ବାର ଏ ପୃଥିବୀରେ ଜନ୍ମ ନେବାକୁ ହେବ।

ମୋର ଦୁଇ ଆଖ ଭିଜିଗଲା ସୂର୍ଯ୍ୟାଂଶର ସ୍ମୃତିରେ।

ଚାରା ଆଣିଥିବା ନର୍ସରୀକୁ ପ୍ରଶ୍ନ କଲି– ସମାନ ପରିବେଶରେ ସମଧରଣର ଯତ୍ନ ନେବା ସତ୍ତ୍ୱେ ତିନୋଟି ଚାରାରୁ ଗୋଟିକରେ ଫୁଲ ଫୁଟିଲା, ଦ୍ୱିତୀୟଟିରେ ପତ୍ର ଭରିଗଲା ଓ ତୃତୀୟଟି ଝାଉଁଳି ପଡିଲା କାହିଁକି ?

ସେ ଯାହା ଉତ୍ତର ଦେଲେ ତା' ଭାବାର୍ଥ ଏହିପରି ଗୋଟିଏ ପରିବାରରେ ସମଧରଣର ପରିବେଶରେ ବଢିଲେ ମଧ୍ୟ ସନ୍ତାନମାନଙ୍କର ଶାରୀରିକ ଓ ମାନସିକ ଦୃଢତା ସମଧରଣର ନଥାଏ।

ମାନସିକ ଦୃଢତା ଶବ୍ଦ ଶୁଣିବାମାତ୍ରେ ମନେ ପଡିଗଲା। ଡଃ ଦତ୍ତଙ୍କ କଥା। ତାଙ୍କ ନିକଟକୁ ମୁଁ ମାନସିକ ଅବସାଦଗ୍ରସ୍ତ ଥିବା ସମୟରେ ପରାମର୍ଶ ପାଇଁ ଯାଉଥିଲି ଯଦିଓ ବର୍ତ୍ତମାନ ମୁଁ ମାନସିକ ଚାପ ମୁକ୍ତ ତଥାପି ସମୟେ ସମୟେ ତାଙ୍କ ନିକଟକୁ ଯାଏ। ସେ ମୋ ସମବୟସୀ ହୋଇଥିବାରୁ ତାଙ୍କ ସହିତ ସଂପର୍କ ବନ୍ଧୁତା ସ୍ତରକୁ ଉନ୍ନୀତ ହୋଇଥିଲା ଥରେ ଦୁଇଥର କ୍ଲିନିକ୍ ଫେରନ୍ତା ରାସ୍ତାରେ ସେ ମୋ ନିଃସଙ୍ଗ ଗୃହର ଅତିଥ ମଧ୍ୟ ହୋଇଛନ୍ତି।

ଡଃଦତ୍ତା ହିଁ ମୋତେ ପରାମର୍ଶ ଦେଇଥିଲେ ଫୁଲଗଛ ଲଗାଇବା ନିମନ୍ତେ। ବୁଝାଇଥିଲେ ବ୍ୟସ୍ତମୟ ଜୀବନରୁ କିଛି ସମୟ ନିଜର ଛୋଟ ଛୋଟ ଖୁସି ପାଇଁ ବ୍ୟୟ କରିବାର ଯଥାର୍ଥତା। ଗତଥର ସେ ଆସିବା ସମୟରେ ମୋ ପାଇଁ ମନିପ୍ଲାଣ୍ଟ ଲତାଟିଏ ଉପହାର ଭାବେ ଦେଇଥିଲେ। ସେ ସୂର୍ଯ୍ୟାଂଶ ମୋହିତ ଓ ପିତର ସହିତ୍ ମୋ ସଂପର୍କ ବିଷୟରେ ଜାଣନ୍ତି ଓ କହନ୍ତି "ଚବିଶ କ୍ୟାରେଟ୍ ସୁବର୍ଣ୍ଣରେ ଅଳଙ୍କାର ଗଢାଯାଏ ନାହିଁ ସାରା। ଅଳଙ୍କାର ଗଢିବାକୁ ଲୋଡା ହୁଏ ଟିକେ ଖାଦ, ସେଇ ଖାଦର ମହତ୍ତ୍ୱ ଜାଣେ ଅଳଙ୍କାର ଗଢୁଥିବା ଶିଳ୍ପୀ ଓ ଅଳଙ୍କାର ପିନ୍ଧୁଥିବା ବ୍ୟକ୍ତି। ସେଇ ଟିକେ ଖାଦ ଯୋଗୁଁ ତୁମେ ଏକ ସୁନ୍ଦର ଅଳଙ୍କାର ଓ ମୋହିତ ସେ ଅଳଙ୍କାରକୁ ପିନ୍ଧି ଭାଗ୍ୟବାନ୍ ପୁରୁଷ ମନେ କରେ। ତାରୁଣ୍ୟର ସେଇ କ୍ଷଣିକ ଛାୟାଚ୍ଛନ୍ନ ମୁହୂର୍ତ୍ତକୁ ମନ ଗହୀରରେ ସବୁଦିନପାଇଁ ସମାଧ୍ ଦିଅ। ତୁମେ ସେହି ଭାଗ୍ୟବତୀ ନାରୀ, ଯାହାକୁ

ଜୀବନରେ ବାରମ୍ବାର ପ୍ରେମ ମିଳେ। ଅନେକବାର ଜୀବନକୁ ଅନୁଭବ କରିବାର ସୁଯୋଗ କ୍ୱଚିତ୍ କାହା ଭାଗ୍ୟରେ ଘଟେ।”

ହଁ ମୁଁ ଭାଗ୍ୟବତୀ! ସୂର୍ଯ୍ୟାଂଶ ସଂପର୍କରେ ଜାଣି ମଧ ମୋହିତ ମୋତେ ବିବାହ କରିଛି ଓ ସୂର୍ଯ୍ୟାଂଶ ଓ ମୋହିତ ସହିତ ମୋର ଘନିଷ୍ଟତା ଓ ବିବାହ ସଂପର୍କରେ ଜାଣି ମଧ ପିତର ମୋତେ ପତ୍ନୀ ଭାବେ ପାଇବାକୁ ବ୍ୟାକୁଳ।

ମୁଁ ସେହି ସୁବର୍ଣ୍ଣରେ ଗଢା କମନୀୟ ଦେବୀ ପ୍ରତିମା, ଯାହା କେବେ କଳଙ୍କିତ ହୋଇ ପାରେ ନାହିଁ କାହାର କ୍ଷଣିକ ସ୍ପର୍ଶରେ।

ଡ!ଦ୍ତା ତାଙ୍କ ପାଖକୁ ଆସୁଥିବା ଅନେକ କେସ୍ ସଂପର୍କରେ ମୋ ସହିତ ଆଲୋଚନା କରନ୍ତି। ନିକଟରେ ଗୋଟିଏ ଘଟଣା ତାଙ୍କୁ ଚିନ୍ତାଗ୍ରସ୍ତ କରିଛି। କିଛିଦିନ ତଳେ ଦୀୟା ନାମ୍ନୀ ବାଇଶି ବର୍ଷୀୟା ଝିଅଟିଏ ନିଜକୁ ମାନସିକ ବିଷାଦଗ୍ରସ୍ତ ମନେକରି ଚିକିତ୍ସା ନିମନ୍ତେ ଏକାକୀ ତାଙ୍କ କ୍ଲିନିକକୁ ଆସିଥିଲା। ତା’ର ଜୀବନ କାହାଣୀ ହୃଦୟକୁ ଉଦ୍‍ବେଳିତ କରିଦେବା ପରି।

ହଠାତ୍ କେଉଁ ଘଟଣା ଘଟିଗଲା ଯେ ପ୍ରଶାସନିକ ଚାକିରି ପାଇଁ ପ୍ରସ୍ତୁତି ଚଳାଇଥିବା ଝିଅଟି ନିଜକୁ ମାନସିକ ବିଷାଦଗ୍ରସ୍ତ ମନେ କଲା ? ତା’ ଚପଳଚଞ୍ଚଳ ଜୀବନରୁ କିଏ ଚୋରାଇନେଲା ଜିଇଁବାର କଳା ଟିକକ ?

ଡ: ଦ୍ତା କହିଲେ ମୋ ପାଖକୁ ଚିକିତ୍ସା ପାଇଁ ଆସୁଥିବା ମାନସିକ ଚାପଗ୍ରସ୍ତ ଛାତ୍ରଛାତ୍ରୀଙ୍କ ସଂଖ୍ୟା ଏତେ ବଢିଯାଇଛି ଯେ ଏମାନଙ୍କୁ କାଉନ୍‍ସେଲିଂ କରିବା ପରିବର୍ତ୍ତେ ପ୍ରଥମେ ତାଙ୍କ ସଂପର୍କୀୟଙ୍କୁ କାଉନ୍‍ସେଲିଂ କରିବା ଜରୁରୀ ବୋଲି ମୁଁ ମନେକରେ। ଚାପସୃଷ୍ଟିକାରୀ କେନ୍ଦ୍ରଗୁଡ଼ିକ ସକ୍ରିୟ ରହିଲେ ଶାଖା କେନ୍ଦ୍ରଗୁଡ଼ିକୁ ଚିନ୍ତା ମୁକ୍ତ ରଖିବା ସମ୍ଭବ ନୁହେଁ।

ଦୀୟାକୁ ତା’ର ଅବୋଧ ବୟସରୁ ଆଇ.ଏ.ଏସ୍. ପାଇଁ ଏପରି ସ୍ୱପ୍ନ ଦେଖାଇ ଦିଆଯାଇଛି ଯେ ସେ ତଦ୍‍ଭିନ୍ନ ଅନ୍ୟ କିଛି ଚିନ୍ତାକରିପାରୁନାହିଁ। ପରୀକ୍ଷାରେ ବିଫଳ ହେବାପରେ ସେ ସ୍ୱପ୍ନ ବାହାରେ ପୃଥିବୀଟିଏ ଥିବାର ପରିକଳ୍ପନା କରି ନପାରି ତାର ଅବସ୍ଥା ଶୋଚନୀୟ।

ଜୀବନରେ ଏକମାତ୍ର ରାସ୍ତା ମନେ ମନେ କରି ଚାଲୁଥିବା ଝିଅଟି ସମ୍ମୁଖରୁ ଯଦି ରାସ୍ତାଟା ହଠାତ୍ ଅନ୍ତର୍ଦ୍ଧାନ ହୋଇଥାଏ ଓ ପଛରେ ରାସ୍ତା ଅଦୃଶ୍ୟ ହୋଇଯାଏ ତେବେ ତା’ର ମାନସିକ ଅବସ୍ଥା ଏପରି ହେବା ସ୍ୱାଭାବିକ। ବର୍ତ୍ତମାନ ପରିସ୍ଥିତିରେ ଜୀବନର ବହୁମୁଖୀଦିଗ ଓ ସମ୍ଭାବନାଗୁଡ଼ିକ ସହ ତା’ର ପରିଚୟ କରାଇ ଦେବା ହିଁ ଏକମାତ୍ର ଚିକିତ୍ସା।

ପ୍ରକୃତ ପକ୍ଷେ ଯେତେଦିନ ପର୍ଯ୍ୟନ୍ତ ଜଣେ ଯାତ୍ରା ପାଇଁ ନିଜକୁ ପ୍ରସ୍ତୁତ କରିନାହିଁ, ପୃଥିବୀର କୌଣସି ଯୋଗୀ, ଗୁରୁ ବା ସନ୍ୟାସୀ ତାକୁ ଲକ୍ଷ୍ୟସ୍ଥଳରେ ପହଞ୍ଚିବାରେ ସାହାଯ୍ୟ କରିପାରିବେ ନାହିଁ। ଦତ୍ତାତ ଜଣେ ସାମାନ୍ୟ ମନସ୍ତତ୍ତ୍ୱବିତ୍।

ଡ଼: ଦତ୍ତା କହିଲେ ସାରା! ତୁମେ ଜୀବନରେ ଦୁଇଥର ଚରମ ବିଫଳତାକୁ ସାମ୍ନା କରିଛ। ଆଇ.ଆଇ.ଟି. ପରୀକ୍ଷାରେ ବିଫଳତା ତଥା ସୂର୍ଯ୍ୟାଂଶକୁ ହରାଇବାରେ ଦୁଃଖ ତୁମ ମାନସିକ ଅବସ୍ତାକୁ ଦୋହଲାଇ ଦେଇଥିଲା। କିନ୍ତୁ ପ୍ରଥମଦିନରୁ ତୁମକୁ ଦେଖି ମୁଁ ଜାଣିପାରିଥିଲି ତୁମେ ଦେଖିବାକୁ ଯେତିକି କୋମଳ, ଅନ୍ତରରେ ସେତିକି ଦୃଢ। ସେଥିପାଇଁ ତୁମେ ଖୁବ୍ ଶୀଘ୍ର ସେ ସମସ୍ୟାରୁ ନିଜକୁ ମୁକ୍ତ କରି ପାରିଲ।

ଜୀବନ ତ ଦୁଃଖର ଉପାଦାନରେ ଗଢା। ପରାଜୟ ଆମର ସହଯାତ୍ରୀ। ତେବେବି କେହି ଜୀବନ ଯାତ୍ରାର ପ୍ରବାହମାନତାର ଗତିରୋଧ କରିବା ପ୍ରକୃତି ବିରୋଧୀ। ଜୀବନର ପ୍ରତ୍ୟେକ ଦିଗକୁ ଆଦରର ସହ ଗ୍ରହଣ କରିପାରୁଥିବା ବ୍ୟକ୍ତିକୁ କେବଳ ଜଣେ ମନସ୍ତତ୍ତ୍ୱବିତ୍ ସାହାଯ୍ୟ କରିପାରେ।

ବର୍ଷ ବର୍ଷ ଧରି କୋଚିଂସେଣ୍ଟର, ପ୍ରାଇଭେଟ୍ ଟ୍ୟୁସନ ତଥା ଏକାଧିକ ସଂସ୍ଥାରେ ପ୍ରତିଯୋଗିତାମୂଳକ ପୁସ୍ତକ ମଧ୍ୟରେ ଦୀୟା ଅଣନିଃଶ୍ୱାସୀ। ପୃଥିବୀର ସମସ୍ତ ପିତାମାତାଙ୍କ ପରି ତା'ର ପିତାମାତା ମଧ୍ୟ ଏକ ଚମକ୍ରାର ଘଟିବା ଅପେକ୍ଷାରେ। ସଫଳତା ସବୁ ସମୟରେ ଆମ ଅଙ୍ଗୁଳିରେ ଝରିପଡେନାହିଁ। ଏଣୁ ବିଫଳ ହେଲେ ତା'ର ପରବର୍ତ୍ତୀ ଯୋଜନା ସଂପର୍କରେ ଆଲୋଚନା କରିବା ଜରୁରୀ।

ଯେଉଁମାନେ ବିଫଳତାକୁ ସଫଳତାର ଅପରପାର୍ଶ୍ୱ ଭାବରେ ଗ୍ରହଣ କରନ୍ତି ସେମାନେ କାଲେ କାଲେ ଜୀବନ ଯୁଦ୍ଧରେ ଜୟଲାଭ କରନ୍ତି।

ଜୀବନରେ କୌଣସି ଏକ ପରୀକ୍ଷାରେ ଉତ୍ତୀର୍ଣ୍ଣ ହୋଇ ନପାରିବା ଏକ ପ୍ରକାର ପରାଜୟ ନୁହେଁ। ଉଚ୍ଚପଦବୀ ସଫଳ ଜୀବନର ମାପକାଠି ହୋଇନପାରେ। ସତରେ, ଆମେ ଛାତ୍ର ଜୀବନରେ ଯେତେ ସ୍ୱପ୍ନ ଦେଖୁ, ଯେତେ ସହପାଠୀମାନଙ୍କୁ ପରାସ୍ତ କରି ଗୋଟିଏ ପରେ ଗୋଟେ ସଫଳତାର ପାହାଚ ଚଢୁ, ଶିକ୍ଷାନୁଷ୍ଠାନରୁ ଆସିବାପରେ ସାମ୍ନା କରୁ ଅନେକ ସ୍ୱପ୍ନଭଂଗର କାହାଣୀ। ସେହି ପରାଜିତ ଛାତ୍ରମାନଙ୍କ ମଧ୍ୟରୁ ପରବର୍ତ୍ତୀ ସମୟରେ କେହି କେହି ସେମାନଙ୍କ ନିଷ୍ଠା ଓ ପରିଶ୍ରମ ଯୋଗୁ ଅଧିକ ସଫଳ ସାବ୍ୟସ୍ତ ହୋଇ ପାରନ୍ତି।

ଦୀୟା ସହିତ ମୋର ପ୍ରଥମ ଥର ଦେଖା ହୋଇଥିଲା ଡ଼:ଦତ୍ତାଙ୍କ କ୍ଲିନିକରେ। ଭୟାତୁର ମୁହଁ, କଥାବାର୍ତ୍ତା ଆତ୍ମବିଶ୍ୱାସହୀନ, ଚକ୍ଷୁ ଡୋଲା ଅସ୍ତିର। ଝିଅଟିକୁ ଦେଖି ଅନ୍ତରରେ ଖୁବ୍ ବ୍ୟଥା ହୋଇଥିଲା। ଡ଼: ଦତ୍ତା ଦୀୟା ସହିତ ମୋର ପରିଚୟ କରାଇ

ଦେବା ପରେ ସେ ମୋତେ ପ୍ରଶ୍ନ କରିଥିଲା ଯଦି ସେ ପରୀକ୍ଷାରେ ଦ୍ୱିତୀୟବାର ବିଫଳ ହୁଏ ତେବେ କଣ କରିବା ଉଚିତ୍ ହେବ ?

ମୋ କଣ୍ଠରୁ ଝରି ପଡିଥିଲା ସହାନୁଭୂତିର ସ୍ୱର "ଦିୟା ! ଈଶ୍ୱରଙ୍କ ସୃଷ୍ଟିରେ ସମସ୍ତେ ଅନନ୍ୟ। ଥରେ ନିଜ ଭିତରେ ପ୍ରବେଶ କରି ଦେଖ ତୁମେ କେଉଁ ସବୁ ସୁଗୁଣର ଅଧିକାରିଣୀ। ଆମ ଭିତରେ ନାନାବିଧ ପ୍ରତିଭାର ଅନ୍ତଃସ୍ରୋତ। ସେଗୁଡିକ ମଧରୁ ତୁମେ ନିଜ ପାଇଁ ଗୋଟିଏ ରାସ୍ତା ବାଛି ପାର।"

କିନ୍ତୁ ମୋ ମା' ବାପା ଚାହାନ୍ତି ମୁଁ ପ୍ରଶାସନିକ ଅଧିକାରୀ ହୁଏ। ସେମାନଙ୍କ ସ୍ୱପ୍ନ ପୂରଣ କରିବାକୁ ସେମାନଙ୍କର ଦ୍ୱିତୀୟ ସନ୍ତାନ ନାହାଁନ୍ତି।

ଦିୟାର କୋମଳ ଓ ଭାବପ୍ରବଣ କଥାରେ ମୋ ଭିତରେ ଦୀର୍ଘଦିନରୁ ଭରି ଆସୁଥିବା କ୍ଷତରୁ ରକ୍ତ କ୍ଷରଣ ହେବାକୁ ଲାଗିଲା। ମୋ ପରିବାର ମଧ ଚାହିଁଥିଲେ ମୁଁ ଭାରତର ମର୍ଯ୍ୟାଦାବନ୍ତ କଲେଜରେ ପଢେ କିନ୍ତୁ ତାହା କଣ ସମ୍ଭବ ହେଲା।?

ଦିୟାକୁ ବୁଝାଇବାକୁ ଯାଇ ମନର ଭାବ ମନରେ ରଖି କହିଲି "ଯଦି ସେମାନଙ୍କ ଇଚ୍ଛା ଓ ସ୍ୱପ୍ନପୂରଣ ପାଇଁ ସବୁକିଛି ଆମ ଯୋଜନାନୁଯାୟୀ ଘଟୁଥାନ୍ତା ତେବେ ଆମେ ଦୁହେଁ ପରସ୍ପରକୁ ଦ:ଦଉଆଙ୍କ କ୍ଲିନିକରେ ଭେଟୁ ନଥାନ୍ତେ। ସ୍ୱପ୍ନ ତ ଅସରନ୍ତି ? ଶତ ପ୍ରତିଶତ ସ୍ୱପ୍ନ ପୂରଣ ହେବାର ଗ୍ୟାରେଣ୍ଟି କିଏ ଅବା ଦେଇପାରିବ ?"

ପରବର୍ତ୍ତୀ ସମୟରେ ଥରେ ଦୁଇଥର ଦିୟା ସହିତ କ୍ଲିନିକ୍‌ରେ ଦେଖା ହୋଇଛି। ଭାବପ୍ରବଣ ଭାବରେ ସେ ଯାହା କହେ ସେ ଶବ୍ଦ ମୋ ଭିତରେ ବହୁଦିନ ଧରି ପ୍ରତିଧ୍ୱନି ସୃଷ୍ଟି କରେ।

ଦ:ଦଉଆ କହନ୍ତି "ସାରା ! ଝିଅଟି ପାଇଁ ମୁଁ ନିରୁପାୟ। ତା' ବାପା ଚାକିରିରୁ ଦୀର୍ଘ ବିରତି ନେଇ ଝିଅର ପ୍ରସ୍ତୁତିରେ ସହଯୋଗ କରୁଛନ୍ତି। ତୁମେ ଶୁଣି ଆଶ୍ଚର୍ଯ୍ୟ ହେବ ଯେ ତାଙ୍କ ପରିବାର ବର୍ଷ ବର୍ଷ ଧରି କୌଣସି ସାମାଜିକ ଉତ୍ସବରେ ଯୋଗ ଦେଇ ନାହାନ୍ତି ଓ ବନ୍ଧୁବାନ୍ଧବଙ୍କଠାରୁ ଦୂରତା ବଜାୟ ରଖିଛନ୍ତି ଝିଅର ପଢାରେ ବ୍ୟାଘାତ ହେବାର ଭୟରେ। ତାଙ୍କ ଘରେ ପଢାପଢି ବ୍ୟତୀତ ଅନ୍ୟ କୌଣସି ଆଲୋଚନା ହୁଏ ନାହିଁ, ନିହାତି ଆବଶ୍ୟକ ନହେଲେ ବାହାରକୁ ବାହାରିବାରେ ଶକ୍ତ କଟକଣା। ଦିୟା ଆଈଙ୍କର ଗୁରୁତର ଅସୁସ୍ଥତା ସତ୍ତ୍ୱେ ସେମାନେ ଥରଟିଏ ପାଇଁ ତାଙ୍କୁ ଦେଖା କରିବାକୁ ଯାଇ ନାହାଁନ୍ତି।"

ସ୍ୱଗତୋକ୍ତି କଲି ତା' ଜୀବନର ସମସ୍ତ ଅବରୁଦ୍ଧ ଦ୍ୱାର ଖୋଲିଦିଅ। ମୁକ୍ତବାୟୁ ଚଳାଚଳ ହେବାପରେ ତା' ଜୀବନ ହୁଏତ ସ୍ୱାଭାବିକ ହୋଇ ଉଠିବ।

ଦିୟା ସଂପର୍କରେ ଚିନ୍ତା କରିବା ମାତ୍ରେ ମୋତେ ଖୁବ୍ ଅଶନିଃଶ୍ୱାସୀ ଲାଗେ।

ଦୀୟାକୁ ମୋର ଫୋନ୍ ନମ୍ବର ଦେଇ କହିଥିଲି ଅବସର ସମୟରେ ମୋ ସହିତ କଥା ହେବା ନିମନ୍ତେ, ମାତ୍ର ସେ କେବେ ମୋ ସହିତ ବାର୍ତ୍ତାଳାପ କରିନାହିଁ। ମନେ ମନେ ଭାବେ ବିଚାରୀ ଝିଅଟି ଗୋଟେ ବାରୁଦର ପାହାଡ଼ରେ ଛିଡ଼ା ହୋଇଛି ଯେ କୌଣସି ସମୟରେ ବିସ୍ଫୋରଣ ଘଟିପାରେ।

ବାଲକୋନିରେ ଦୁଇଟି ଗୋଲାପଗଛ ସହିତ ଡ଼ଃଡ଼ା ଦେଇଥିବା ମନିପ୍ଲାଣ୍ଟ ଲତାଟି ହୃଷ୍ଟପୁଷ୍ଟ ହୋଇ ବଢ଼ୁଥିଲା। ଦିନେ କାଚ ଝରକା ଏ ପାଖେ ଥାଇ ଦେଖିଲି ମନିପ୍ଲାଣ୍ଟ ତାର କୋମଳ ଅଗ୍ରଭାଗଟିରେ ଗ୍ରୀଲ୍‌କୁ ଛୁଇଁବା ପାଇଁ ଚେଷ୍ଟିତ। ପ୍ରଥମ ଥର, ଦ୍ୱିତୀୟ ଥର, ତୃତୀୟ ଥର ସେ ନମନୀୟ ବାହୁଟି ଗ୍ରୀଲ୍‌କୁ ଛୁଇଁ ନପାରି ଝୁଲି ପଡ଼ିଲା।

ରତୁଙ୍କରା ପ୍ରଜ୍ଞା ଯୋଗେ ଜଡ଼ ଓ ନିର୍ଜୀବ ଜଗତର ବସ୍ତୁମାନଙ୍କର କମ୍ପନର ଧ୍ୱନି ଅନୁଭବ କରାଯାଇ ପାରେ ବୋଲି, କୌଣସି ଏକ ପୁସ୍ତକରେ ପଢ଼ିଥିଲି। ମୋର ପ୍ରଜ୍ଞା ଯଦିଓ ସେ ଧରଣର ବିକଶିତ ନଥିଲା, ତଥାପି ଅନ୍ୟମାନଙ୍କଠାରୁ ମୋ ବିକଶିତ ଚେତନା ସଂପର୍କରେ ବହୁବାର ମୋତେ ଆଭାସ ମିଳିଛି। ମୋ ଇନ୍ଦ୍ରିୟଗଣ ଅଧିକ ତୀକ୍ଷଣ। ଅବଶ୍ୟ ଗାଡ଼ି ମୋଟର ଧ୍ୱନି, କ୍ଲବ୍ ବାରର ହାଇପିଚ୍ ଧ୍ୱନିର ମାପକଠାରୁ ସେ ଅନୁଭବ ଭିନ୍ନ।

ବଟାନି ବହିରେ ପଢ଼ିଥିବା ବୃକ୍ଷର ଜୀବନଠାରୁ ସେଦିନ ଆଖିରେ ଦେଖିଥିବା ବୃକ୍ଷର ଜୀବନ ପ୍ରକ୍ରିୟା ଭିନ୍ନ କିଛି ମନେହେଲା। କାଚ ଝର୍କା ଏ ପାଖରୁ ଥାଇ ମୁଁ ଦେଖୁଥିଲି ଲତାର ଅଗ୍ର ସୁକୋମଳ ବାହୁଟି ଗ୍ରୀଲ୍‌କୁ ବାରମ୍ବାର ଛୁଇଁବାର ପ୍ରଚେଷ୍ଟା ସତ୍ତ୍ୱେ ବିଫଳ ହେଉଥିବାର। ସତେ ଯେପରି ସେ ଦେଖି ପାରୁଥିଲା ଗ୍ରୀଲର ଅବସ୍ଥିତି, ଯାହାକୁ ଆଶ୍ରା କରି ସେ ଲଟେଇ ଯାଇ ପାରିବ। ଅନୁଭବ କଲି ଏ ସୃଷ୍ଟିର କ୍ଷୁଦ୍ରାତିକ୍ଷୁଦ୍ର କଣିକାରେ ଈଶ୍ୱରଙ୍କ ଅବସ୍ଥିତି, ଯେ ସହସ୍ର ଚକ୍ଷୁ ବିଶିଷ୍ଟ। ଚକ୍ଷୁସ୍ମାନ ଲତାଟି ସେଇ ଦିବ୍ୟ କଣିକାର ମହିମାରେ ହୁଏତ ଦେଖପାରୁଥିଲା ଗ୍ରୀଲର ଅବସ୍ଥିତ ଯାହାକୁ ଆଶ୍ରା କରି ସେ ପଲ୍ଲବିତ ହୋଇ ପାରିବ।

ଦୁଇଦିନ ପରେ ସକାଳେ ଦରଜା ଖୋଲି ଦେଖିଲି ଲତାଟିର ଦୁଇଟି କୋମଳବାହୁ ଗ୍ରୀଲ୍‌କୁ ଆଲିଙ୍ଗନ କରିଛି। ପାଖକୁ ଯାଇ କହିଲି "କଂଗ୍ରାଚୁଲେସନସ୍!" କାହା ନିଷ୍ଠାପର ଉଦ୍ୟମ କେବେ ବିଫଳ ଯାଏ ନାହିଁ, ଏ ଗ୍ରେଟ୍ ଭିକ୍‌ଟ୍ରି!

ମୋର ବିଶ୍ୱାସ ଲତାଟି ନିଶ୍ଚୟ ଶୁଣି ପାରିଥିବ ମୋ ପ୍ରଶଂସାର ଶବ୍ଦ।

ଦିନେ ପିଟର ସହିତ ବାର୍ତ୍ତାଳାପ ସମୟରେ ଦୀୟା ନମ୍ବରରୁ ଘନ ଘନ କଲ୍

ଆସୁଥିବାର ଦେଖି ଆଷ୍ଚର୍ଯ୍ୟ ହେଲି। ପିଟର ସେ ସମୟରେ ତା' ଅତୀତର ତିକ୍ତ ମଧୁର ସ୍ମୃତି ରୋମନ୍ଥନ କରୁଥିଲା। ଦୀୟାର ଏତେ ରାତିରେ ମୋ ସହିତ ହଠାତ୍ କେଉଁ କାମ ପଡିଲା ଭାବି ପିଟରକୁ ବିଦାୟ ଜଣାଇ ଦୀୟାର କଲ୍ ରିସିଭ୍ କଲି।

ସେ ଦୀୟା ନଥିଲା, ତା'ର ମା' ଥିଲେ ଅପରପାର୍ଶ୍ୱରେ।

ସେ ଭୟଭୀତ କଣ୍ଠରେ କହିଲେ ଦୀୟା କୋଚିଂ ସେଣ୍ଟରରୁ ଘରକୁ ଫେରିନାହିଁ। ଯିବାବେଳେ ତା'ର ମୋବାଇଲ୍ଟି ଛାଡ଼ିଯାଇଥିବାରୁ ସେ ପ୍ରତ୍ୟେକ ନମ୍ବରକୁ ଦୀୟା ସଂପର୍କରେ ପଚାରି ବୁଝୁଛନ୍ତି।

ଏଭଳି କିଛି ଘଟଣା ଘଟିବାର ପୂର୍ବାଭାସ ମୁଁ ପାଇଥିଲି। ଅଥଚ ତା'ର ମା' ଏତେ ନିକଟରେ ଥାଇ ବି କିପରି ଝିଅର ମନରେ ବାରୁଦର ଗନ୍ଧ ବାରି ପାରିନଥିଲେ ? ବିଦ୍ରୋହ ନୁହେଁ ଅବିଶ୍ୱାସ ନୁହେଁ ଅଶାନ୍ତିରେ ସେ ଘର ଛାଡ଼ି ଦେଇଛି। ମୁଁ ଆଶଙ୍କା କରୁଥିଲି ସେ ଦିନେନା ଦିନେ ଘରଛାଡ଼ି ଚାଲିଯିବ କିମ୍ବା ଚିନ୍ତା କରିବାର ସମସ୍ତ ଶକ୍ତି ହରାଇ ବାକ୍‌ଶକ୍ତିହୀନ ପାଷାଣ ପ୍ରତିମାରେ ପରିଣତ ହେବ।

ଆମେ ସମସ୍ତେ ମିଳିମିଶି ଝିଅଟିକୁ ନିରୁଦ୍ଦିଷ୍ଟ ହୋଇଯିବାକୁ ବାଧ୍ୟ କଲେ। ତା' ସ୍ୱପ୍ନଭଙ୍ଗ ଓ କାରୁଣ୍ୟର କାହାଣୀ ପଢ଼ିବା ପାଇଁ ଆମ ଆତ୍ମୀୟତା ଏକ ତୁଚ୍ଛ ଆୟୁଧ। ଆମ ସ୍ୱପ୍ନକୁ ଫଳବତୀ କରିବା ପାଇଁ, ଏ ପ୍ରତିଯୋଗିତା ପୂର୍ଣ୍ଣ ପୃଥିବୀରେ ସେ ନିଜକୁ ଖାପଖୁଆଇ ନପାରି ଶେଷରେ ନିରୁଦ୍ଦିଷ୍ଟ ହୋଇଗଲା।

ମୋଠାରୁ ନୈରାଶ୍ୟଜନକ ଉତ୍ତର ପାଇଁ ଦୀୟାର ମା' ଅନ୍ୟ ଦିଗରେ ଖୋଜିବାର ପ୍ରୟାସ କଲେ।

ରାତି ତମାମ ଦୀୟାର ଚିନ୍ତାରେ ସୁଖ ନିଦ୍ରା ହେଲା ନାହିଁ। ଝିଅଟିର ମାୟାରେ ପଡ଼ିଯାଇଥିଲି ଡ. ଦତ୍ତାଙ୍କ କ୍ଲିନିକ୍‌ରେ ଦେଖାହେବା ପରଠାରୁ। ଯେ ହାତରେ ମୋବାଇଲ୍ ନ ନେଇ ଘରୁ ବାହାରି ଯାଇଛି ଫେରିବା ନ ଫେରିବା ତା' ଉପରେ କେବଳ ନିର୍ଭର କରେ।

ସକାଳର ସମ୍ବାଦପତ୍ର ପାଇଁ ଦରଜା ଖୋଲି ମୋ ଆଷ୍ଚର୍ଯ୍ୟର ସୀମା ରହିଲା ନାହିଁ। ଦ୍ୱାର ପାଖ ସିଡ଼ିରେ ଆଖି ମୁଦି ବସିଥିଲା ଦୀୟା। ମୁଁ ତାର ହାତ ଧରି ଘର ଭିତରକୁ ଆଣିଲି। ପ୍ରଶ୍ନ କଲି ନାହିଁ ତା' ସହିତ ମୋର ସାମାନ୍ୟ ପରିଚୟ ସତ୍ତ୍ୱେ ମୋ ଘରଟିକୁ କାହିଁକି ସେ ତା'ର ନିର୍ଭୟ ଆଶ୍ରୟ ମନେକଲା।

ଦୀୟାର ମା'ଙ୍କୁ ଏ ସଂପର୍କରେ ଜଣାଇ ନିଶ୍ଚିନ୍ତ ରହିବାକୁ ପରାମର୍ଶ ଦେଲି। "ଭୟର କୌଣସି କାରଣ ନାହିଁ। ବର୍ତ୍ତମାନ ତାକୁ ଘରକୁ ନେବାକୁ ବାଧ୍ୟ କରିବା

ପରିବର୍ତ୍ତେ ସ୍ୱାଭାବିକ ହେବା ପର୍ଯ୍ୟନ୍ତ ଅପେକ୍ଷା କରିବା ଶ୍ରେୟସ୍କର । ତା' ପରେ ଦୀୟାକୁ ମୁଁ ନିଜେ ନେଇ ଆପଣଙ୍କ ପାଖରେ ଛାଡ଼ି ଆସିବି ।"

ମୋ ପ୍ରତିଶ୍ରୁତିଭରା ଶବ୍ଦର ପ୍ରତ୍ୟୁତ୍ତର ଫେରିଲା କିଛି ତପ୍ତଦୀର୍ଘଶ୍ୱାସ କିଛି ଅନୁଶୋଚନାର ତରଙ୍ଗରେ ।

ମୁଁ ସକାଳ ନିତ୍ୟକର୍ମ କରିବା ଅବସରରେ ସେ ବ୍ରେକ୍‍ଫାଷ୍ଟ ପାଇଁ ପାଷ୍ତା ତିଆରି କଲା । କଫି ବନେଇ ପିଇଲା । ଗଛରେ ପାଣି ଦେଇସାରି ବାଲ୍‍କୋନିର ଠିଆ ହୋଇ ଦୂର ଆକାଶକୁ ଚାହିଁ ରହିଲା ଅନେକ ସମୟ ।

କେଉଁଠି କିଛି ହଜାଇ ଦେବାର ଦୁଃଖ, ଭୁଷ୍ଟିପଡ଼ିବାର ଯନ୍ତ୍ରଣା, ପରାସ୍ତ ହେବାର ଦୁର୍ଭାବନା, ଅପରାଧ କରିଥିବାର ଅନୁଶୋଚନା ଭରି ରହିଥିଲା ତା' ଚାହାଣୀରେ । ତା' ନିରବତା ପ୍ରଶ୍ନ କରୁଥିଲା ଅନେକ କିଛି, ଯାହାର ଉତ୍ତର ମୋ ପାଖରେ ନାହିଁ, ହୁଏତ ଅନ୍ୟ କାହା ପାଖରେ ନଥିବ ।

ମୁଁ ଡ଼ାଃଦ୍ୱାଙ୍କୁ ଦୀୟାର ମାନସିକ ଅବସ୍ଥାର ପ୍ରତିକାର ନିମନ୍ତେ ପ୍ରଶ୍ନ କରିବାରୁ ସେ ସହଜ ଭାବରେ ଉତ୍ତର ଦେଲେ । "ସମୟେ ସମୟେ ମନୁଷ୍ୟ ତା' ଚରିତ୍ର ପ୍ରତିଛବି ଖୋଜେ ଅନ୍ୟ ପାଖରେ । ସେ ସମ୍ପର୍କ ହୋଇପାରେ ପ୍ରେମ ବା ବନ୍ଧୁତା, ଦୀୟା ତୁମ ସମ୍ପର୍କରେ ଏତେ ବେଶୀ ଜାଣିବାର ଆଗ୍ରହ ପ୍ରକାଶ କରୁଥିବାର ଦେଖି ଅନୁଭବ କରୁଥିଲି ତୁମ ପ୍ରତି ତା'ର ବିଶ୍ୱାସ ଓ ଆନ୍ତରିକତା ବଢ଼ିଛି । ମୋଠାରୁ ତୁମ ଘରର ଠିକଣା ନେଇ ସେ ପ୍ରଶ୍ନ କରିଥିଲା କିପରି ଭାବରେ ତୁମେ ଅନେକ ମାନସିକ ସମସ୍ୟାର ଉର୍ଦ୍ଧ୍ୱକୁ ଉଠି ପାରିଛ । ଅଥଚ ଦେଖ, ଘରେ ନ ଜଣାଇ ସେ ନିଜ ରୋଲ୍ ମଡେଲ୍ ପାଖରେ । ଗତକାଲି ରାତିରେ ଦୀୟାର ମା' ତା' ନିଖୋଜ ହୋଇଯିବା ଘଟଣା କହିବା ପରେ ମୁଁ ପରାମର୍ଶ ଦେଇଥିଲି ତୁମକୁ ସମ୍ପର୍କ କରିବାପାଇଁ । ମୁଁ ଏବେ ପୁରାପୁରି ଆଶ୍ୱସ୍ତ ।"

ଦୀୟାକୁ ଏକାକୀ ନିର୍ଜନ ଘରେ ଛାଡ଼ି ଅଫିସ୍ ଯିବାକୁ ମଧ ମୋତେ ଭୟ ଲାଗୁଥିଲା । ମୋ ଅନୁପସ୍ଥିତିରେ କାଲେ ସେ କିଛି ଅଘଟଣ ଘଟାଇ ବସିବ । କିନ୍ତୁ ମୋର ଅଫିସ୍‍ରେ ଗୁରୁତ୍ୱପୂର୍ଣ୍ଣ କାମ ଥିବାରୁ ନ ଗଲେ ନ ଚଲେ । ଦୀୟା ସହିତ ପିଟରର ପରିଚୟ କରାଇ ଦେଇ ମୁଁ ବାହାରିଗଲି ଅଫିସ୍ ।

ମସ୍ତିଷ୍କ ଶୋଧନରେ ପିଟରଠାରୁ ବଳି ଯାଦୁକର ଆଉ କେହି ନାହାନ୍ତି । ସେ ତା' କଥାର ଚମତ୍କାରିତାରେ ଦୀୟାକୁ ଆବିଷ୍ଟ କରି ରଖିବ ଏ ବିଶ୍ୱାସ ମୋର ଥିଲା ।

ଅଫିସ୍‍ରୁ ଫେରି ଦେଖିଲି ଦୀୟା ଗଭୀର ନିଦ୍ରାରେ । ମୁଁ ଅଟୋଲକିଂ ସିଷ୍ଟମ୍‍ରେ ଦରଜା ଖୋଲି ଭିତରକୁ ଆସିବା ଶବ୍ଦରେ ମଧ ତା'ର ତନ୍ଦ୍ରାଭଂଗ ହେଲା ନାହିଁ ।

କ୍ରାନ୍ତପକ୍ଷୀଟିଏ ପରି ସେ ଶଯ୍ୟାର ଗୋଟିଏ ପାର୍ଶ୍ୱରେ ସୁନିଦ୍ରା ଯାଇଥିବାର ଦେଖି ମନେହେଲା ଅନେକ ଦିନପରେ ସେ ଶାନ୍ତି ଫେରି ପାଇଛି।

ସେଦିନ ସଂଧ୍ୟାରେ ଦୀୟାର ମା'ଙ୍କ ସହିତ କଥାବାର୍ତ୍ତା ହେଲା। କିଛିଦିନ ପାଇଁ କୌଣସି ହଷ୍ଟେଲରେ ଦୀୟା ରହିବାର ସୁବ୍ୟବସ୍ଥ କରିବାକୁ ଅନୁରୋଧ କଲି। ଅନେକ ବୁଝାଇବା ପରେ ସେ ସେଥ୍ୟପାଇଁ ସମ୍ମତ ହେଲେ। କିଛିଦିନ ଦୀୟାକୁ ମୋ ପାଖରେ ରହିବାକୁ ଅନୁମତି ଦେବାପାଇଁ କହିବାରୁ ସେ ମନା କରିପାରିଲେ ନାହିଁ। ଦୀୟାର ବ୍ୟବହାରର ଆକସ୍ମିକ ପରିବର୍ତ୍ତନ ଦାରୁଣ ଦୁଃଖ ଦେଇଥିଲା ସେମାନଙ୍କୁ। ସତରେ ସମୟେ ସମୟେ ଅତ୍ୟଧିକ ଆଦର, ସ୍ନେହ, ଜଣକୁ କରିଦିଏ ବିକଳାଙ୍ଗ।

ସେଦିନ ଦୀୟା ପିଟର ସଂପର୍କରେ ଅନେକ କଥା ଗପୁଥିଲା। ହଠାତ୍ ଗଛ୍ଚର ଦିଗ ପରିବର୍ତ୍ତନ କରି କହିଲା ଦ:ଦୀା କହୁଥିଲେ ମୁଁ ଜୀବନର ଗୋଟିଏ କ୍ଷେତ୍ରରେ ଓ ତୁମେ ଦୁଇଥର ଅସଫଳ ହୋଇଛ। ତେଣୁ ତୁମଠାରୁ ଜିଇଁବାର ଜଳା ଶିଖିବାକୁ ଚାଲି ଆସିଲି, ମୁଁ କିଛି ଭୁଲ୍ କରିନି ତ ?

ମୁଁ ଦୀୟାକୁ ସାନ୍ତ୍ୱନା ଦେଲି– ଯେ ଏଠାରେ ମୁଁ ବର୍ଷ ବର୍ଷ ଧରି ନିଃସଙ୍ଗ ଜୀବନ ବିତାଏ ତେଣୁ ସେ ଯେତେଦିନ ଚାହିଁବ ଏଠାରେ ରହିବାରେ କିଛି ସମସ୍ୟା ନାହିଁ।

ସେ ଆଶ୍ୱସ୍ତ ଦିଶିଲା। କିଛିଦିନ ପରେ ମୁଁ ଦୀୟାକୁ ଗୋଟିଏ କର୍ମଜୀବି ମହିଳା ହଷ୍ଟେଲରେ ଆଡ଼ମିଶନ୍ କରାଇ ପ୍ରତିଶ୍ରୁତି ଦେଲି ଯେ ପ୍ରତି ସପ୍ତାହରେ ମୁଁ ଥରେ ତା' ସହିତ ଦେଖା କରିବାକୁ ଆସିବି। ମୋ ଘର ଓ ହୃଦୟର ଦ୍ୱାର ତା' ପାଇଁ ସବୁ ସମୟରେ ଉନ୍ମୁକ୍ତ। ସେ ଯେତେବେଲେ ଚାହିଁବ ମୋତେ ଦେଖା କରିବାକୁ ଆସିପାରିବ। ପ୍ରଥମେ ସେଠାରେ ସେ ନିଜକୁ ଖୁବ୍ ନିଃସଙ୍ଗ ମନେ କରୁଥିଲା। ମୁଁ ତାକୁ ପିଟର ସହିତ ବନ୍ଧୁତା ରଖିବାକୁ ପରାମର୍ଶ ଦେଇଥିଲି। କାରଣ ଦୀୟା ପିଟରର ବ୍ୟକ୍ତିତ୍ୱରେ ଖୁବ୍ ପ୍ରଭାବିତ ହୋଇଥିବାପରି ମୋର ମନେ ହେଉଥିଲା। ଖୁବ୍ ସ୍ୱଚ୍ଛଦିନ ମଧରେ ତା' ଭିତରେ ବିପୁଲ ଉତ୍ସାହ ଓ ସ୍ୱାଭାବିକତା ଫେରି ଆସୁଥିବାର ଲକ୍ଷ୍ୟ କଲି। ମୋର ସାମାନ୍ୟ ଆନ୍ତରିକତା ବଳରେ ମୁଁ ଯେ ତା' ଭିତରେ ଗଭୀର ଆତ୍ମ ବିଶ୍ୱାସ ଫେରାଇ ଆଣିପାରିଛି। ଚପଳବସନ୍ତ ପୁଣି ଥରେ ଫେରି ଆସିଥିଲା ତା' ଦେହ ମନକୁ। ସେ ଅନେକ ସମୟରେ ମୋତେ ପିଟର ସଂପର୍କରେ ନାନାଦି ପ୍ରଶ୍ନ କରେ। ମୁଁ ପ୍ରତିପ୍ରଶ୍ନ କରେ ତୁମେ ଏବେ ପିଟର ପ୍ରେମରେ ପଡ଼ିଯାଇନ ତ ଦୀୟା ? ସେ ଲାଜେଇ ଯାଇ ମୁହଁ ପୋଟି ହସେ। ମୁଁ ମନେ ମନେ କହେ ପୃଥିବୀର ଯେ କୌଣସି

ଝିଅ ପିଟରର ପ୍ରେମରେ ପଡ଼ିଯାଇପାରେ । ତୁମେ ତା' ପ୍ରେମରେ ପଡ଼ି କିଛି ଅସ୍ୱାଭାବିକ ଆଚରଣ ଦେଖାଇ ନାହଁ ।

କାର୍ଯ୍ୟ ବ୍ୟସ୍ତତା ଯୋଗୁ ଧୀରେ ଧୀରେ ଦୀୟା ସହିତ ହଷ୍ଟେଲରେ ଦେଖା କରିବାର ଦିନର ବ୍ୟବଧାନ ବଢ଼ିଯାଏ । ସେ ମଧ୍ୟ ପଢାପଢିରେ ବ୍ୟସ୍ତ ରହି ବାରମ୍ବାର ତାର ନିଃସଙ୍ଗ ରହିବାର ଅଭିଯୋଗ କରେନା ।

ବାପାମା'ଙ୍କ ବିରୋଧ ସତ୍ତ୍ୱେ ମୁଁ ପ୍ରତିମାସ ଦରମା ପାଇଲେ ଘରକୁ କିଛି ଟଙ୍କା ପଠାଏ । ଉପହାର ମଧ୍ୟ । ଦୀୟା ଏବେ ମୋ ପରିବାରର ନୂତନ ସଦସ୍ୟ ତାଲିକାରେ ଥିବାରୁ ତା' ପାଇଁ ଦୁଇଟି ଉପନ୍ୟାସ ଓ ମା'ଙ୍କ ପାଇଁ ପାଶ୍ମିନା ଶାଲଟିଏ କିଣିଲି ।

ଅର୍ଥ ପ୍ରତିବଦଳରେ ସୁଖ କିଣି ହୁଏନା ସତ, ମାତ୍ର ସୁଖୀ ରହିବା ପାଇଁ ଅର୍ଥର ଆବଶ୍ୟକତା ଅନେକ ବେଶୀ । ତେଣୁ ପ୍ରତିଥର ଦୀୟା ପାଖକୁ ଯିବାବେଳେ ମୁଁ କିଛିନା କିଛି ଉପହାର ନେଇଯାଏ, ସେ ଖୁସିରେ ଆମ୍ଗହରା ହୋଇଯାଏ । ତାକୁ ଆଜି ପର୍ଯ୍ୟନ୍ତ ଏପରି ଉପହାର କେହି ଦେଇନଥିବା କଥା କହି ଛଳ ଛଳ ହୋଇଥାଏ ।

ଛୁଟିଦିନରେ ଦୀୟାକୁ ବହି ଦୁଇଟି ଦେବା ପାଇଁ ମନସ୍ଥ କରି ଘରୁ ବାହାରିଲି । ମୋତେ ଦେଖି ସେ ଖୁବ୍ ଖୁସି ହେଲା । ବହୁଦିନରୁ ସେ ସେଇ ବହି ଦୁଇଟିର ସନ୍ଧାନରେ ଥିବାରୁ ଆନନ୍ଦାତିଶଯ୍ୟରେ ଭାବ ଗଦ୍‌ଗଦ୍‌ ହୋଇ ପ୍ରଶ୍ନ କଲା ମୁଁ କିପରି ତା'ର ସବୁ ପସନ୍ଦ ଜାଣିପାରେ, ଯାହା ଜାଣିପାରନ୍ତି ନାହିଁ ଅନ୍ୟକେହି,

–ଟେଲିପ୍ୟାଥ୍‌–ହସି ହସି ଉତ୍ତର ଦେଲି

ପାଶ୍ମିନା ଶାଲଟି ଦେଖି କହିଲା ମୁଁ ଚାକିରି କଲେ ମୋ' ମା'ଙ୍କ ପାଇଁ ଏଭଳି ସୁନ୍ଦର ସୁନ୍ଦର ଉପହାର କିଣିବି ।

ଭଲ ଲାଗୁଥିଲା ଦୀୟାର ପରିବର୍ତ୍ତନ ଦେଖି । କିଏ କହିବ ଏ ଝିଅଟି ଦିନେ ମାନସିକ ଅବସାଦର ଶୀକାର ହୋଇଥିଲା ? ଘର ଛାଡ଼ି ଚାଲିଯିବାର ନିଷ୍ପତ୍ତି ନେଇଥିଲା । ନିଜର ନିରାପଦ ଆଶ୍ରୟସ୍ଥଳକୁ ଛାଡ଼ି ଶୂନ୍ୟ ରାଜପଥରେ ପାଦ ରଖିବାର ଦୁଃସାହସ ଗୋଟିଏ ଝିଅପାଇଁ ସାଧାରଣ କଥା ନୁହେଁ ।

ଆମ ଜୀବନରେ ସମୟେ ସମୟେ ଏପରି ପରିସ୍ଥିତି ସୃଷ୍ଟି ହୁଏ ବା ଘଟଣା ଘଟେ ଯାହାକୁ ସାମ୍ନା କରିବାକୁ ଆମ ପାଖରେ ଆମ୍ ବିଶ୍ୱାସର ଘୋର ଅଭାବ ହୁଏ । କିନ୍ତୁ ସମାଧାନର ଉପାୟ ଆମ ଚାରି ପାଖରେ କେଉଁ ନା କେଉଁ ଠି ଥାଏ, କେବଳ ଖୋଜି ପାଇବାର ମାନସିକପ୍ରସ୍ତୁତି ଲୋଡ଼ା ।

କୋରିୟର ଅଫିସରେ ଶାଲଟି ପାର୍ସଲକରି ଫେରିବା ରାସ୍ତାରେ ମୋ ଦୃଷ୍ଟି ପଡ଼ିଗଲା । ଜଣେ ଯୁବକଙ୍କ ଉପରେ । ତାଙ୍କ ମୁହଁରେ କିଛିଟା ସାମଞ୍ଜସ୍ୟ ଥିଲା ସୂର୍ଯ୍ୟାଂଶ

ସହିତ । ଅବଶ୍ୟ ସେ ସୂର୍ଯ୍ୟାଂଶ ପରି ସୁଗଠିତ ସ୍ୱାସ୍ଥ୍ୟ ଓ ସୁନ୍ଦର ଚେହେରାର ଅଧିକାରୀ ନଥିଲେ । କେଶ ବିନ୍ୟାସ ଭିନ୍ନ, କପାଳରେ ଏକ କଟା ଦାଗ । ସୂର୍ଯ୍ୟାଂଶର ଉଚ୍ଚତା ପାଞ୍ଚଫୁଟ୍ ଏଗାର ଇଞ୍ଚ ବଳିଷ୍ଠ ଗଡଣ, ଉଜ୍ଜ୍ୱଳବର୍ଣ୍ଣ, ଶାଣିତ ମୁଖ ମଣ୍ଡଳ, ତୀକ୍ଷ୍ଣ ନାସା, ଗହଳ ଭ୍ରୁଲତା, ସ୍ଫୁରିତ ଓଠାରୁ କିଞ୍ଚିଟା ଭିନ୍ନ ଥିଲା । ତାଙ୍କ ଗଠନରେ । ତେବେ ତାଙ୍କ ଆଖି ଯୋଡିକ ଥିଲା ଦୀପ୍ତିମନ୍ତ ଠିକ୍ ସୂର୍ଯ୍ୟାଂଶର ଆଖିପରି ।

ବିଜ୍ଞାନ କହେ ଅନ୍ତତଃ ଛଅଜଣ ସମଧରଣ ଚେହେରାର ବ୍ୟକ୍ତି ପୃଥିବୀରେ ଏକ ସମୟରେ ଆତୟାତ କରୁଥାନ୍ତି । ଯୁବକ ଜଣକ କଣ ସୂର୍ଯ୍ୟାଂଶର ପ୍ରତିରୂପ ?

କ୍ଷଣିକ ମଧ୍ୟରେ ସେ ଭିଡ ଭିତରେ ଅଦୃଶ୍ୟ ହୋଇଗଲେ । ମୁଁ ମୁହୂର୍ତ୍ତକପାଇଁ ମୂର୍ଚ୍ଛା ପାଲଟିଗଲି ଯେପରି । ସମୟ ମିଳିଥିଲେ ତାଙ୍କୁ ପାଖରୁ ଥରେ ଦେଖିବାକୁ ଚେଷ୍ଟା କରିଥାନ୍ତି । ମାତ୍ର ସେ ସୁଯୋଗଟି ମିଳିଲା ନାହିଁ । ମୁଁ ମୋ ନିଜକୁ ଶାସନ କଲି ସୂର୍ଯ୍ୟାଂଶକୁ ନେଇ କଳ୍ପନାର ମାୟାଜାଲ ବୁଣିବା ବନ୍ଦ କର ସାରା ! ଏହା ତୋ ମନର ଭ୍ରମ ।

ସବୁକିଛି ଠିକ୍ ଥିବା ସତ୍ତ୍ୱେ ଘରକୁ ଫେରିବା ପରେ ମାନସିକ ଅସୁସ୍ଥ ହୋଇପଡିଲି । ମୁଁ ଜାଣେ ସେ ସୂର୍ଯ୍ୟାଂଶ ନୁହେଁ । ଏପରି ସ୍ୱାସ୍ଥ୍ୟହୀନ, ମ୍ଲାନ, ଦ୍ୟୁତିହୀନ ଚେହେରାର ଯୁବକଙ୍କୁ ଦେଖି କାହିଁକି ସୂର୍ଯ୍ୟାଂଶ କଥା ମୋର ଏତେ ବେଶୀ ମନେ ପଡେ ? ବୋଧହୁଏ ମନର ଭ୍ରମ ଯୋଗୁଁ ମୁଁ ସବୁଦିଗରେ ତା’ର ଉପସ୍ଥିତି ଅନୁଭବ କରିପାରୁଥିଲି ।

ଓଃ, ସୂର୍ଯ୍ୟାଂଶ ଏ ପୃଥିବୀର ଅଧିବାସୀ ନୁହେଁ, ଦୂର କେଉଁ ନକ୍ଷତ୍ରମଣ୍ଡଳରେ ତାର ବାସ । ଏ କଥାଟି ନିଜକୁ ବୁଝାଇବା ମାତ୍ରେ ୫କୀ ସେ ପାଖରେ ଚିକ୍ ମିକ୍ କରୁଥିବା ସମସ୍ତ ନକ୍ଷତ୍ରରେ ମୋତେ ସୂର୍ଯ୍ୟାଂଶର ମୁହଁ ଦେଖାଗଲା । ମୋତେ ବର୍ତ୍ତମାନ ପାଗଳ ହେବାରୁ କେହି ରୋକି ପାରିବେ ନାହିଁ । ସୂର୍ଯ୍ୟାଂଶ ବିନା ମୋତେ ଏ ନିଃସଙ୍ଗ ପୃଥିବୀରେ ସଂପୂର୍ଣ୍ଣ ଜୀବନଟିଏ ବିତାଇବାର ଅଛି ଏହା କାହିଁକି କେଜାଣି ମୁଁ ଗ୍ରହଣ କରି ପାରୁନଥିଲି ।

ମୋ’ ଲୁହ ଆଖିର ବନ୍ଧନ ନମାନି ଭିଜାଇ ସାରିଥିଲା ମୋର ବକ୍ଷସ୍ଥଳ । କୋହରେ ସମଗ୍ର କୋଠରୀ ଏବେ ବାଷ୍ପାୟିତ ।

ସ୍ୱଗତୋକ୍ତି କଲି ତୁମେ ଯଦି ସେ ପୁରରୁ ଫେରି ନ ପାରୁଛ ତେବେ ମୋତେ ସେ ପୁରକୁ ଯିବାର ରାସ୍ତା ଦେଖାଇଦିଅ ସୂର୍ଯ୍ୟାଂଶ । ନିଜକୁ ପ୍ରବୋଧନାଦେଇ କେତେ ରାତି ବିତାଇଛି ତା’ର ହିସାବ କେବଳ ସେ ରାତିର ଅନ୍ଧକାର ହିଁ ଦେଇ ପାରିବ । ଏବେ ତୁମ ବିନା ସବୁ ଅଧୁରା ।

ମୋ ବ୍ୟାକ୍‌ଲେସ୍‌ ଟପ୍‌ର ଖୋଲାଥିବା ଅଂଶରେ କିଏ ଯେମିତି ଛୁଇଁ ଛୁଇଁ ଗଲା ତା' ଶକ୍ତ ଅଂଗୁଠିରେ। ମୋ ସ୍ଲାପ୍‌ ଢିଲା ହୋଇଗଲା। ମୋ ବାହୁରେ କାହାର ଶକ୍ତ ଚାପ, ମୋ ଉଷ୍ମ ଓଠରେ ଯୋଡ଼ିଏ ସ୍ଫୁରିତ ଓଠର ସ୍ପର୍ଶ। ମୋ ଛାତିର ସ୍ପନ୍ଦନ ଦ୍ରୁତତର ହେବାରେ ଲାଗିଲା, ମୋତେ ଜଡ଼ାଇ ଧରିଥିବା ବଳିଷ୍ଠ ଛାତିର ଆଶ୍ଲେଷରେ। ସେଇ ପୂର୍ଣ୍ଣିମୀ ରାତି। ସମୁଦ୍ରର ଘୋ ଘୋ ଗର୍ଜନ। ସୂର୍ଯ୍ୟାଂଶର ବାହୁ ବନ୍ଧନ ଭିତରେ ଅଣ ନିଃଶ୍ୱାସୀ ମୁଁ। ଏକ ମଧୁର ଯନ୍ତ୍ରଣାର ଅନୁଭବ ଓ ତା' ପରେ ସ୍ନାୟବିକ କ୍ଲାନ୍ତି।

ମୋ ଦେହର ତାତି ବଢ଼ିବାରେ ଲାଗିଲା। ଥର୍ମୋମିଟରରେ ମାପିଲି। ଶହେ ଦୁଇ ଡିଗ୍ରୀ ଫାରେନ୍‌ହାଇଟ୍‌। ପାରାସିଟାମଲ ଖାଇ ଶୋଇବାକୁ ଯାଉଛି ମୋହିତର କଲ୍‌ ଆସିଲା। ସୂର୍ଯ୍ୟାଂଶର ସ୍ମୃତି ଯେବେ ଅନ୍ତରଙ୍ଗ ହୋଇଆସେ ଠିକ୍‌ ସେହି ସମୟରେ ମୋହିତର ଆବିର୍ଭାବ ଘଟେ। ସୂର୍ଯ୍ୟାଂଶ ସେଥିପାଇଁ ମୋହିତକୁ ଅଶୁଭ କଳା ବିଲେଇ ବାଟ କାଟେ ବୋଲି ପରିହାସ କରେ। ଅଥଚ ମୋହିତ ଆଜି ମୋ ନିଃସଙ୍ଗ ଜୀବନର ସହଯାତ୍ରୀ।

– ସାରା! ଗୁଡ୍‌ ନିଉଜ୍‌।

– ମୋହିତ ସମୟେ ସମୟେ ସାଧାରଣ କଥାକୁ ଗୁରୁତ୍ୱର ସହ ଉପସ୍ଥାପନା କରେ।

– କ'ଣ ହେଲା କୁହ! ତୁମକୁ ନୂଆ ଚାକିରି ଅବା ତୁମ ବାପାଙ୍କର ସେହି ସପ୍ତପୁରୁଷର ଟୁକୁଡ଼ା ଜାଗା ଖଣ୍ଡିକ ମିଳିଗଲା।

– ତୁମେ ଯେଉଁ ଜର୍ନାଲରେ ରିସର୍ଚ ପେପରଟି ପ୍ରକାଶ କରିଥିଲ ତାକୁ ଛଅଶହରୁ ଊର୍ଦ୍ଧ୍ୱ ପଢ଼ିସାରିଛନ୍ତି ଓ ଭଲ ମତାମତ ପାଞ୍ଚଶହ ଅତିକ୍ରମ କରିଛି। ଅନେକ ଅନେକ ଶୁଭେଚ୍ଛା।

ଓ‍ଆ ଅନ୍ୟ କେଉଁଦିନ ହୋଇଥିଲେ ଏ ସମ୍ବାଦଟି ମୋତେ ଆମୂବିଭୋର କରିଥାନ୍ତା। ଦ୍ୱିତୀୟ ସନ୍ଦର୍ଭଟି ଉପରେ ମୁଁ ମୋହିତ ସହିତ ଆଲୋଚନା କରିଥାନ୍ତି ମାତ୍ର ସୂର୍ଯ୍ୟାଂଶ ସହିତ ବିତାଇଥିବା ସେ ଅନ୍ତରଙ୍ଗ ମୁହୂର୍ତ୍ତର ସ୍ମୃତି ମୋତେ ମାନସିକ ଭାବେ ଅସୁସ୍ଥ କରି ପକାଇଥିଲା। ମୁଁ କଥା ଶେଷ କରିବାକୁ ଚାହିଁ କହିଲି ଦେହ ଭଲ ହେବାପରେ ତୁମ ସହିତ କିଛି ଜରୁରୀ ଆଲୋଚନା କରିବି। ଅପରପାର୍ଶ୍ୱରୁ ଚମକିଲା ପରି କଣ୍ଠସ୍ୱର– ତୁମ ଦେହ ଭଲ ନାହିଁ? କଣ ହୋଇଛି। କିଛି ସିରିୟସ୍‌? ମୁଁ ଛୁଟି ନେଇ ଆସିବି?

ଏକାବେଲେକେ ଏତେଗୁଡ଼ିଏ ପ୍ରଶ୍ନ। ମୋହିତର କଣ୍ଠସ୍ୱରରେ ବ୍ୟସ୍ତତା। ସତରେ ତା' ଭଲି ବିଚିତ୍ର ମାନସିକତାର ପିଲାଟିଏ ମୁଁ ଦେଖି ନାହିଁ। ଦିନ ଦିନ ଧରି

ମୋତେ ନଜଣାଇ ନିଜ ଯୁଦ୍ଧ ନିଜେ ଲଢୁଥାଏ। ଅଥଚ ମୋର ସାମାନ୍ୟ ଅସୁସ୍ଥତାରେ ଏତେ ବିବ୍ରତ ହୋଇପଡ଼େ। ମୁଁ ଭାବେ ସେ ମୋତେ ଭଲପାଏ ନାହିଁ। ତେବେ ଭଲପାଇବା ମାନେ କଣ ?

– ଦେହରେ ସାମାନ୍ୟ ଉତ୍ତାପ ଓ ସେଥିପାଇଁ ମୁଁ ଔଷଧ ଖାଇ ସାରିଛି। ତୁମେ ଅଧିକ କଣ ବା କରିବ ? କାଲି ସକାଳ ସୁଦ୍ଧା ମୁଁ ସୁସ୍ଥ ହୋଇ ଅଫିସ୍ ଯିବି।

– ତୁମେ ସତରେ ସକାଳ ସୁଦ୍ଧା ସୁସ୍ଥ ହୋଇଯିବତ ? ସେ ନିର୍ବୋଧ ଛାତ୍ରଟିଏ ପରି ପ୍ରଶ୍ନ କଲା।

ମୋହିତ ମୋ ହୃଦୟ ଦ୍ୱାରରେ ଜଗି ବସିଯାଏ। ଅଥଚ ଅନୁପ୍ରବେଶର ସୁଯୋଗ ଖୋଜେନା। ମୋର କୌଣସି ସମସ୍ୟା ଉପୁଜିଲେ ସାହାଯ୍ୟ କରିଦେଇ ହଠାତ୍ କେଉଁଠି ହଜିଯାଏ, ଧନ୍ୟବାଦଟିଏ ଦେବା ପାଇ ଖୋଜିଲେ ମଧ ମିଳେନା। ମୋ ହୃଦୟର ଭାଷା ସ୍ଫୁରିତ ହେଲା ମୋ ଓଠରେ "ନିଶ୍ଚୟ ଠିକ୍ ହୋଇଯିବି, କାରଣ ତୁମ ନିର୍ମଳ ହୃଦୟର ଶୁଭେଚ୍ଛା ଯେ ମୋ ସାଥିରେ ଅଛି।"

ଜରୁରୀ କଥାଟି କଣ ସେ ପ୍ରଶ୍ନ କଲା ନାହିଁ, ମୁଁ ମଧ କହିବାକୁ ଚାହିଁଲି ନାହିଁ।

ଔଷଧ ନେବା ସତ୍ତ୍ୱେ ଆଖିରେ ନିଦ ନାହିଁ। ମୁଣ୍ଡରେ ଯନ୍ତ୍ରଣା, ବାମ୍ ଲଗେଇବା ସମୟରେ ମନେ ପଡ଼ିଗଲା ମା'ଙ୍କ କୋମଳ ହାତର ସ୍ନେହପୂର୍ଣ ସ୍ପର୍ଶ। ନାଁ ତାଙ୍କୁ ଜଣାଇଲେ ସେ ଖୁବ୍ ବ୍ୟସ୍ତ ହେବେ। ବରଂ ନିଦ ଆସିବା ପର୍ଯ୍ୟନ୍ତ ଲାପଟପ୍ରେ କିଛି କାମ କରିବାକୁ ଚିନ୍ତା କଲି। ପିଟରର ଦୀର୍ଘ ମେଲ୍ ଆସିଥିଲା। ସେ ଭିଜିଟର୍ସ ଭିସା ପାଇଁ ଆବେଦନ କରିଛି। ତାରିଖ ନିର୍ଦ୍ଦିଷ୍ଟ ହୋଇଗଲେ ମୋତେ ଜଣାଇବ। ମୁଁ ଯେପରି ତା' ସହିତ କେତୋଟି ସ୍ଥାନ ଭ୍ରମଣ କରିପାରିବି। ତାଜମହଲ, ଖଜୁରାହୋ, କିଛି ବୌଦ୍ଧ ମନ୍ଦିର ଓ ଅନେକ ସ୍ଥାନ ତା' ଭ୍ରମଣ ସୂଚୀପତ୍ରରେ ଥିଲା। ଏସବୁ ପରେ ରଞ୍ଜିକାକୁ ଦେଖା କରିବା, କିଛି ସଂଗଠନ ସହିତ ଯୋଗାଯୋଗ କରି ତା' ସଂସ୍ଥା ପାଇଁ ପାଣ୍ଠି ସଂଗ୍ରହକରିବା ଓ ସଭା ଆୟୋଜନ କରିବାକୁ ଚାହିଁ ସେ ଲୋଡ଼ିଥିଲା ମୋର ସହାୟତା। ସେଇ କିଛିଦିନ ସେ ମୋ ଫ୍ଲାଟ୍ରେ ରହିବାର ପ୍ରସ୍ତାବ ମଧ ଦେଇଥିଲା ଶେଷରେ।

ଅନ୍ୟ ଏକ ମେସେଜ୍ରେ ଲେଖିଥିଲା "ସାରା ! ତୁମ ସହିତ ଦେଖାହେବାପରେ ମୋ ଜୀବନ ପୂର୍ବ ପରି ନାହିଁ। ଏବେ ମୋ ପାଇଁ ସବୁ ରତୁର ନାମ ବସନ୍ତ। ଏ ପୃଥିବୀର ସମସ୍ତ ଝରଣା କଳକଳନାଦରେ ବହୁଥିବା ପର୍ଯ୍ୟନ୍ତ, ଆକାଶର ରଂଗ ନୀଳ ଥିବା ପର୍ଯ୍ୟନ୍ତ, ସୂର୍ଯ୍ୟଙ୍କ କିରଣରେ ଉଷ୍ଣତା ଥିବା ଯାଏଁ ମୁଁ ତୁମକୁ ଭଲ ପାଉଥିବି।"

ପିଟରର ମେସେଜ୍ ପଢ଼ି ମୁଁ ଚମକିପଡ଼ିଲି। ସେ ମୋ ସହିତ କେଇଦିନ

କେଇ ରାତି ବିତାଇବାକୁ ଚାହୁଁଛି ଜାଣି ମୋ ଦେହର ତାପମାତ୍ରା ଆହୁରି ବଢ଼ିବାରେ ଲାଗିଲା । କଣ କହି ତାକୁ ଏ ଯୋଜନାରୁ ନିବୃତ୍ତ କରିବି ସେ ବିଷୟରେ ଚିନ୍ତା କରି ଆଖିରୁ ବଳକା ରାତିର ନିଦ ଉଡ଼ିଗଲା ।

ଦୀୟାର ମେଲ୍ ଆସି ନଥିଲା । ଆସିଥିଲା କ୍ଷୁଦ୍ରାତି କ୍ଷୁଦ ମେସେଜ୍‌ଟିଏ । ଆଗାମୀ ଦିନରେ ସେ ଦେବାକୁ ଯାଉଥିବା ପରୀକ୍ଷା ପାଇଁ ମୋର ଶୁଭେଚ୍ଛା ନିହାତି ଜରୁରୀ ।

ଜ୍ୱରରେ ସୁଦ୍ଧା ଟାଇପ୍ କଲି " ଦୀୟା ତୁମେ ଯଦି ଏଭେରେଷ୍ଟ ଶୃଙ୍ଗ ଆରୋହଣ ପରି ଅସାଧ୍ୟ ସାଧନ ପାଇଁ ବାହାରିଯାଅ କିମ୍ବା ସପ୍ତ ସମୁଦ୍ର ଅତିକ୍ରମ କରିବାର ସିଦ୍ଧାନ୍ତ ନେଇଥାଅ ତେବେ ତମ ସାଥୀରେ ନିରବରେ ଯେଉଁ ଛାଇଟି ବିନା ପ୍ରଶ୍ନରେ ଚାଲୁଥାଏ, ସେ ହେଉଛି ମୁଁ । ସାରାର ତା' ସାନ ଭଉଣୀ ପାଇଁ ଅସୁମାରୀ ଶୁଭେଚ୍ଛା ।"

ପରକୁପର କେତୋଟି ହସନ୍ତ ଇମୋଜୀ ଆସିଲା ।

ଏଇ ଶଢ଼ କେତୋଟିରେ ତ ବନ୍ଧା ଆମ ସଂପର୍କ । ଶଢ଼ରେ ପରକୁ ଆପଣାର କରିହୁଏ ଓ ଦଗ୍‌ଧୀଭୂତ ହୃଦୟକୁ ଶୀତଳ ଚନ୍ଦନରେ ପ୍ରଲେପ । ମୋ ପାଖରେ ସହୃଦୟ ଶଢ଼ କେତୋଟି ବ୍ୟତୀତ କଣ ବା ଅଛି ଦୀୟାକୁ ଉପହାର ଦେବା ପାଇଁ ?

ସୂର୍ଯ୍ୟାଂଶ, ପିଟର, ମୋହିତ ତିନୋଟି ସମାନ୍ତରାଲ ସରଲରେଖା ଭଳି ମୋ ସହିତ ଚାଲିଥିଲେ । କିଏ ସ୍ମୃତିରେ କିଏ ସ୍ୱପ୍ନରେ ଓ କିଏ ବାସ୍ତବରେ । କିନ୍ତୁ ଏଇ ସ୍ମୃତି, ସ୍ୱପ୍ନ ଓ ବାସ୍ତବକୁ ନେଇ ମୋ ଜୀବନ ଇନ୍ଦ୍ରଧନୁ ପରି ବିବିଧବର୍ଣ୍ଣ । ତଥାପି ମୁଁ ଅଧୁରା, ରିକ୍ତ ଓ ଶୂନ୍ୟଗର୍ଭା ।

ସକାଳୁ ମୋ ଦେହର ତାତି ଓହ୍ଲାଇ ଯାଇଥିଲା ମାତ୍ର ଆଖିରେ ଯୁଗ ଯୁଗର ତନ୍ଦ୍ରା । ମୋହିତର ପ୍ରଶ୍ନରେ ମୋ ମେସେକ୍ ବକ୍ସ ପରିପୂର୍ଣ୍ଣ, ମୋର ସୁସ୍ଥତା ସର୍ଣ୍ପକରେ ଜଣାଇଦେଇ ସକାଳର ସମ୍ୱାଦପତ୍ର ପାଇଁ ଦରଜା ଖୋଲି ଦେଖିଲି ସମ୍ୱାଦପତ୍ର ଉପରେ ରକ୍ତ ଗୋଲାପର ସ୍ତବକଟିଏ ।

ମୋ ଭିତରେ ମଲୟ ବହିବା ପରିବର୍ତ୍ତେ ଘୂର୍ଣ୍ଣିର ପୂର୍ବାଭାସ । ବୋଧହୁଏ ସୋସାଇଟିରେ କେହି ସ୍ତବକ ଅର୍ଡର କରିଥିଲେ ଯାହା ଭୁଲ୍‌ବଶତଃ ମୋ ଦ୍ୱାରେ । ଘର ନଂ ଲେଖାଯାଇଥିବା ସତ୍ତ୍ୱେ ଡେଲିଭରି ବୟ ଏପରି ଭୁଲ୍ କରିବା ଅସମ୍ଭବ । ଉଭୟପାର୍ଶ୍ୱକୁ ଚାହିଁ ଦେଖିଲି କେହି ନାହାନ୍ତି । ସାମ୍ନା ଫ୍ଲାଟ୍‌ରେ ରହୁଥିବା ସୌମ୍ୟଦର୍ଶନ ଯୁବକ ଜଣଙ୍କ ସାମାନ୍ୟ ହସିଦେଇ ଟ୍ରାକ୍ ସୁଟ୍‌ରେ ବାହାରିଗଲେ ଜିମ୍‌କୁ ବା ମର୍ଷିଂଓ୍ୱାର୍କ ଉଦ୍ଦେଶ୍ୟରେ । ସେ ଏଠାରେ ଏକାକୀ ରହୁଥିଲେ ମଧ କେବେ ମୋ ସହିତ ଆଲାପ କରିବାର ଆଗ୍ରହ ଦେଖାଇଥିବା ମୋର ମନେନାହିଁ । ତେବେ ଯୁବକଟି ଆସିବା ସମୟରେ ସେ ମୋତେ ତାର୍ଯ୍ୟକ ଭାବରେ ଚାହିଁ ଟିକେ ହସିଦେଲେ ।

ସ୍ତବକଟିକୁ ଫୁଲଦାନୀରେ ରଖ୍ ସମ୍ବାଦପତ୍ର ପଢ଼ିବାରେ ମନ ଦେଲି ମାତ୍ର ମାନରେ ଶହ ଶହ ପ୍ରଶ୍ନ ଏହାର ପ୍ରେରକ କିଏ ଓ ସେ କାହିଁକି ନିଜ ପରିଚୟ ଗୋପନରଖ୍ ମୋ ପାଖକୁ ଫୁଲ ପଠାଇଲେ।

ଅଫିସରେ ପହଞ୍ଚିବା ମାତ୍ରେ ପାର୍କିଂସ୍ଥାନରେ ଦେଖା ହେଲା ଅସ୍ମିତ ସହିତ। ସେ ତୀକ୍ଷ୍ଣ ନଜରରେ ଚାହିଁ କହିଲା "ସାରା ! ତୁମେ ଆଜି ଖୁବ୍ ସୁନ୍ଦରୀ ଦିଶୁଛି। କଣ କିଛି ସ୍ପେଶାଲ୍ ଡେ ?"

–ନାଁ ଗତକାଲି ରାତିରେ ଅସୁସ୍ଥ ଥିବାରୁ ଟିକେ ଫ୍ରେଶ୍ ଦେଖାଯିବା ପାଇଁ ସ୍ପେଶାଲ୍ ମେକ୍ଅପ୍ ଓ ସ୍ପେଶାଲ୍ ଡ୍ରେସ୍।

ସେ ଏପରି ମୋ ଉତ୍ତର ପାଇବା ପରେ ମଧ୍ୟ ମୋତେ ମୁଗ୍ଧ ଦୃଷ୍ଟିରେ ଚାହିଁ ରହିଥିଲା। ମନେହେଲା ସ୍ତବକର ପ୍ରେରକ ଅସ୍ମିତ୍ ହୋଇନପାରେ। ସେ ମୋ ପାଦରେ ପାଦ ମିଳାଇ ଚାଲୁ ଚାଲୁ ପ୍ରଶ୍ନ କଲା "ଝିଅମାନେ କେତେବେଳେ ନିଜକୁ ସୁନ୍ଦର ଭାବରେ ସଜାନ୍ତି ଜାଣ ?"

ସେ ମୋଠାରୁ ଉତ୍ତର ନପାଇ ନିଜେ ଉତ୍ତର ଦେବା ଆରମ୍ଭ କଲା।

–ସେମାନେ ନିଜେ କାହା ପ୍ରେମରେ ପଡ଼ିବାକୁ ଚାହୁଁଥିଲେ ଅବା ଅନ୍ୟ କାହାକୁ ତାଙ୍କ ପ୍ରେମରେ ପକାଇବାକୁ ଚାହୁଁଥିଲେ।

– ଏ ଦୁଇଟିରୁ କେଉଁଥିରେ ମୋର ଆଗ୍ରହ ନାହିଁ

ମୋର ତତ୍‌କ୍ଷଣାତ୍ ଉତ୍ତରରେ ଅସ୍ମିତ ହସିଲା – ତୁମେ ଯେ ବୁଦ୍ଧିମତୀ ସେ ସଂପର୍କରେ ମୁଁ ନିଃସନ୍ଦେହ, ସେଥିପାଇଁ ଆଇ.ଆଇ.ଟି କାନପୁରକୁ ପାଦେ ପଛରେ ପକାଇ ତୁମେ ଗୋଟେ ପ୍ରମୋଶନ୍‌ର ସିଡ଼ି ଚଢ଼ିପାରିଛ।

– ମୁଁ ତୁମ ଅନୁଷ୍ଠାନ କିୟା ତୁମକୁ ପଛରେ ପକାଇ ନାହିଁ ବରଂ ନିଜର ବିଚକ୍ଷଣତା ବଳରେ ପାଦେ ଉପରକୁ ଉଠିଛି ମାତ୍ର। କିନ୍ତୁ ଝିଅମାନଙ୍କ ଚରିତ୍ର ବିଶ୍ଳେଷଣ କରିବାରେ ତୁମେ ଫେଲ୍ ହୋଇଗଲ।

ଅସ୍ମିତ୍ ହସୁଥିଲା ମିଠାମିଠା, ଯିଏ ଦିନେ ମୋତେ ପାଇବାକୁ ଆଗ୍ରହ ଦେଖାଇଥିଲା ସେ ଏବେ ମୋର ଭଲ ବନ୍ଧୁ। ବିବାହ ପରେ ସେ ମୋର ଜୀବନ ପରିଧ୍ ମଧ୍ୟରେ ଅନୁପ୍ରବେଶ କରିବାକୁ ଚାହିଁ ନାହିଁ।

– ବୋଧହୁଏ ତୁମର ସୁନ୍ଦରୀ ପଣିଆ, ବିଚକ୍ଷଣତାଠାରୁ ଅଧିକ ସୁନ୍ଦର ତୁମ ହୃଦୟ ଓ କଥା କହିବାର ଚାତୁରୀ, ଯେଉଁଥିପାଇଁ ତୁମେ ଆଜି ମଧ୍ୟ ଅନେକଙ୍କ ହୃଦୟରେ।

ଅସ୍ମିତ ପ୍ରଶଂସାର ଉତ୍ତର ନଦେଇ ନିଜକୁ ପ୍ରଶ୍ନ କଲି ତେବେ ଏବେ ମଧ୍ୟ ମୁଁ ଅସ୍ମିତର ହୃଦୟରେ  ?

ଅଫିସ୍ ଭିତରକୁ ଯାଉ ଯାଉ ସେ କହିଲା "ଯା, ତୁମକୁ ଏପରି ଦିବ୍ୟ ବେଶ ଭୂଷାରେ ଦେଖି ମୁଖ୍ୟ କଥାଟି କହିବାକୁ ଭୁଲିଯାଇଛି। ମୁକୁଲ୍ ସାରଙ୍କ ପ୍ରମୋଶନ୍ ପାର୍ଟିରେ ତୁମେ ଆସୁଛ ତ ?"

ମୁକୁଲ୍ ମୋତେ ନିଜେ ନିମନ୍ତ୍ରଣ ନକରି ଅସ୍ମିତ୍ ହାତରେ ଖବର ଦେଲେ କାହିଁକି ? ସେ ତତ୍‌କ୍ଷଣାତ୍ ମୋ ମନର ଭାଷା ପଢ଼ି ନେଇ କହିଲା "ଗତକାଲି ରାତିରୁ ତମ ଫୋନ୍ ବନ୍‌ ଥିବାରୁ ସେ ସାଢ଼େ ପାଞ୍ଚଟାରେ ସମସ୍ତଙ୍କୁ କ୍ୟାଫେଟେରିଆରେ ପହଞ୍ଚାଇବାର ଦାୟିତ୍ବଟି ମୋତେ ଦେଇଛନ୍ତି। ହୁଏତ ଏହାଦ୍ୱାରା ମୋର ଆକାଶରେ ଝୁଲୁଥିବା ପ୍ରମୋଶନ୍‌ଟା ମାଟି ଛୁଇଁପାରେ।"

ଅସ୍ମିତର ବ୍ୟଙ୍ଗାତ୍ମକ କଥାରେ ନ ହସି ରହିପାରିଲିନାହିଁ।

ଗତକାଲି ରାତିରେ ଦେହ ଅସୁସ୍ଥ ଲାଗିବାରୁ ଫୋନ୍ ସୁଇଚ୍ ଅଫ୍ କରି ଶୋଇଥିଲି। ମୁକୁଲ୍ କଣ ମୋ ସହିତ ଯୋଗାଯୋଗ କରିନପାରି ମୋ ପାଖକୁ ଫୁଲ ପଠାଇ ଏଇ ସମ୍ବାଦ ପ୍ରେରଣ କରିବାକୁ ଚାହିଁଛନ୍ତି ଯେ ସେ ସଫଳତାର ଆଉ ଏକ ପାହାଚରେ ଓ ସେ ଏବେବି ଅବିବାହିତ ?

ବୋଧହୁଏ ଆଜିକାଲି ମୋ ବିପର୍ଯ୍ୟସ୍ତ ବୈବାହିକ ଜୀବନର ଗନ୍ଧ ଅଫିସରେ ଖେଳି ବୁଲୁଛି। ମୋହିତ ବିବାହପରେ ଥରେ ମଧ୍ୟ ବେଙ୍ଗାଲୁରୁ ଆସିନାହିଁ, ସେଥିପାଇଁ ମୁଁ ଅନେକଙ୍କ ଦୃଷ୍ଟିର ଶରବ୍ୟ। ସବୁଆଡ଼େ ଚର୍ଚ୍ଚା ଯେ ମୁଁ ବିବାହ କରିଛି ସତ ମାତ୍ର ମୋ ବୈବାହିକ ଜୀବନ ବିପନ୍ନ।

ସେଦିନ ଅସ୍ମିତ ସହିତ ଆମେ ସମସ୍ତେ କ୍ୟାଫେଟେରିଆରେ ନିର୍ଦ୍ଧାରିତ ସମୟରେ ପହଞ୍ଚିଲୁ। ବାର ମହଲା ବିଶିଷ୍ଟ ବିଶାଳ ବିଲଡିଂରେ ପାଞ୍ଚ ମହଲାରେ ଆମ ଅଫିସ୍ ଓ ତଳ ମହଲାରେ ସୁଦୃଶ୍ୟ କ୍ୟାଫେଟେରିଆ, ସ୍ଟାରବକ୍, କଫିସପ୍, ଆଇସକ୍ରିମ୍ ପାର୍ଲର ଓ ଗୋଟିଏ ଆର୍ଟ୍ସ ଷ୍ଟୁଡିଓ।

ପାର୍ଟିରେ ମୁକୁଲ୍ ଅନ୍ୟଦିନ ମାନଙ୍କଠାରୁ ଅଧିକ ସତେଜ ଦିଶୁଥିଲେ। ଉପସ୍ଥିତ ସମସ୍ତଙ୍କଠାରୁ ବାରି ହୋଇପଡ଼ୁଥିଲା ତାଙ୍କ ଚେହେରା ଓ ବ୍ୟକ୍ତିତ୍ବ। ମେନ୍ ବ୍ରାଞ୍ଚକୁ ଯିବାପରେ ତାଙ୍କ ସହ ଏହା ମୋର ପ୍ରଥମ ଦେଖା ନୁହେଁ। ମାତ୍ର ସେ ଯେପରି ଭାବରେ ମୋତେ ବିଶେଷ ଅତିଥି ପରି ସ୍ୱାଗତ କଲେ ତାହ ବିସ୍ମିତ କଲା।

ସତରେ କଣ ସେଦିନ ଅପମାନିତ ବୋଧ କରି ଫେରିଯାଇଥିବା ମୁକୁଲ୍ ବିଶ୍ୱାସ କରିଛନ୍ତି ଯେ ପୁରୁଷର ରୂପଗୁଣ ସତ୍ତ୍ବେ ବି ସେ କେବେ କେବେ କାହାଠାରୁ ଉପେକ୍ଷିତ ହୋଇପାରେ ? ତାଙ୍କ ପରି ସାର୍ପ, ହ୍ୟାଣ୍ଡସମ୍, ଇଣ୍ଟେଲିଜେଣ୍ଟ ଯୁବକ ପ୍ରେମନିବେଦନ କରି ବିଫଳ ହେବାପରେ ସେ ଦୁଃଖକୁ ଛାତିର ଭିତର ବଖରାରେ

ସାଇଟ ରଖ୍ଥିବେ ତାହା ମଧ୍ୟ ଅବିଶ୍ୱସନୀୟ। ସେ ଥିଲେ ସମସ୍ତଙ୍କ ପାଇଁ ଯୋଗ୍ୟ ଓ ଆକାଂକ୍ଷିତ। ଏବେବି ତାଙ୍କ ପଛରେ ଅଫିସର ଅନେକ ଝିଅଙ୍କ ଲମ୍ୱା ଧାଡ଼ି।

ଉତ୍ସବ ଶେଷ ପରେ କ୍ୟାଫେଟେରିଆ ବାହାରେ କ୍ୟାବ୍‌କୁ ଅପେକ୍ଷା କରିଥିଲି। ମୁକୁଲ ମୋ ପାଖକୁ ଆସି ବ୍ୟସ୍ତତାର ସହ ପ୍ରଶ୍ନ କଲେ "ତୁମ କ୍ୟାବ ଆସିନି? ମୁଁ ବୁକ୍‌ କରି ଦେବି?"

ସେ ମୋତେ ତାଙ୍କ ଗାଡ଼ିରେ ଛାଡ଼ି ଦେବାକୁ ପ୍ରସ୍ତାବ ଦେଲେ ନାହିଁ, ମ୍ଲାନ ହସି କହିଲେ "ମୁଁ ଏବେବି ଜଣେ ଅବିବାହିତ ପୁରୁଷ। ହୁଏତ ମୋ ସହିତ ଘରକୁ ଫେରିବାକୁ ତୁମକୁ ଭଲ ଲାଗି ନପାରେ। ତେବେ ତୁମେ ଯଦି କହିବ…"

ଏ ପ୍ରଶ୍ନର ଉତ୍ତର ନଦେଇ ତାଙ୍କୁ ବିଦାୟ ଜଣାଇ ପାହାଚ ତଳକୁ ପାଦ ବଢ଼ାଇ ଭାବିଲି ସେ ରକ୍ତ ଗୋଲାପର ପ୍ରେରକ ମୁକୁଲ ନୁହନ୍ତି।

ମୋ ମନ ଭିତରେ ପୁଷ୍ପ ସ୍ତବକକୁ ନେଇ ଆନ୍ଦୋଳନ। କୌଣସି ନିଷ୍କର୍ଷରେ ପହଂଞ୍ଚିବାର ସମ୍ଭାବନା ନାହିଁ। ଗତକାଲି ଅଚିହ୍ନା ଯୁବକଙ୍କୁ ଦେଖ୍ ସୂର୍ଯ୍ୟାଂଶର ସ୍ମୃତି ମୋ ମନକୁ ଆସିବା ଓ ଫୁଲ ଭିତରେ କଣ କିଛି ସଂପର୍କ ଥାଇପାରେ?

ଘରକୁ ଫେରି ଡ଼ଃଦତ୍ତାଙ୍କୁ ଫୋନ୍‌ କରିବି ଭାବି ଦେଖ୍‌ଲି ସେ ତାଙ୍କ କାର ନେଇ ମୋ ଫ୍ଲାଟ୍‌ ସାମ୍ନାରେ। ମୁଁ ସ୍ମରଣ କରିବା ମାତ୍ରେ ସେ ମୋ ନିକଟରେ। ଉତ୍ସୁକତାର ସହ ତାଙ୍କୁ ସ୍ୱାଗତ କଲି ଘର ଭିତରକୁ।

ସେ ହସି ହସି କହିଲେ "ଏଇ ରାସ୍ତା ଦେଇ ଯାଉଥିଲି। ଭାବିଲି ତୁମକୁ ଦେଖା କରି ଦେଇ ଯିବି।" ଡ଼ଃଦତ୍ତାଙ୍କ ଉପସ୍ଥିତି ବନ୍ଧୁତ୍ୱର ପରିବେଶ ସୃଷ୍ଟି କଲେ ମଧ୍ୟ ଅଚିହ୍ନା ଯୁବକଙ୍କୁ ଦେଖ୍‌ଥିବା କଥାଟି କିପରି ଆରମ୍ଭ କରିବି ଓ ସେ ମୋ ଭ୍ରମକୁ ନେଇ କି ପ୍ରକାର ଧାରଣା କରିବେ ଭାବି ମୋତେ ଖୁବ୍‌ ବ୍ୟସ୍ତ ଲାଗୁଥିଲା।

ପାଞ୍ଚମିନିଟ୍‌ ବାର୍ତ୍ତାଲାପ ପରେ ସେ ଯିବା ପାଇଁ ଉଦ୍ୟତ ହେଲେ। ତାଙ୍କ କ୍ଲିନିକ୍‌ ସମୟ ହୋଇଯାଉଥିଲା। ଟି'ପୟ ଉପରେ ଥିବା ହ୍ୟାଣ୍ଡ ବ୍ୟାଗ୍‌ଟିକୁ ଉଠାଇ ନେଇ ସେ କହିଲେ "ମାନସିକ ଅବ୍ୟବସ୍ଥିତ ଲୋକଙ୍କ ସଂପର୍କରେ ଆସି ନିଜ ମାନସିକ ସ୍ଥିତିର ସ୍ୱାଭାବିକତା ଉପରେ ମୋର ସନ୍ଦେହ ହେଉଛି ନଚେତ୍ ଅଠେଇଶି ବର୍ଷରେ ବିବାହ ନାଁ ଶୁଣିଲେ ମୋ ଭିତରେ ଆତଙ୍କ ଖେଳିଯାଏ କାହିଁକି?"

– ମୋତେ ଖାଇକୁ ଠେଲିଦେଇ ଉପରେ ବସି ଖାଇର ଗଭୀରତା ମାପି ଭୟ କରୁଛନ୍ତି? ମୋ ଚଟୁଳ ରସିକତାରେ ଆମେ ଦୁହେଁ ହସି ଉଠିଲୁ ସମତାଳରେ।

ହଠାତ୍‌ ଫୁଲଦାନୀରେ ସଜ୍ଜିତ ଥିବା ପୁଷ୍ପ ସ୍ତବକକୁ ଦେଖାଇ ମୁଁ ପ୍ରଶ୍ନ କଲି "ଡ଼ଃଦତ୍ତା! ଏ ରକ୍ତ ଗୋଲାପର ସ୍ତବକଟି କେମିତି ଲାଗୁଛି?"

ସେ ଟିକେ ଆଶ୍ଚର୍ଯ୍ୟ ହେବାପରି ମନ୍ତବ୍ୟ ଦେଲେ “ସୁନ୍ଦର ! କିନ୍ତୁ ଏଥିରେ ବିଶେଷତ୍ୱ ବା କଣ ଅଛି ? ବେଙ୍ଗାଲୁରୁରେ ମିଳୁଥିବା ଯେକୌଣସି ସ୍ତବକ ପରି ଏଇଟି ସତେଜ ଓ ସୁନ୍ଦର।”

ମୁଁ କୋରିଅର ଅଫିସରୁ ଫେରିବା ରାସ୍ତାରେ ଜଣେ ଯୁବକଙ୍କୁ ଦେଖି ସୂର୍ଯ୍ୟାଂଶର ସ୍ମୃତି ଜୀବନ୍ତ ହୋଇ ଉଠିବା ଓ ସକାଳର ସମ୍ବାଦ ପତ୍ର ଉପରେ ଫୁଲ ସ୍ତବକଟି ମୋ ଅପେକ୍ଷାରେ ଥିବା କଥା ବର୍ଣ୍ଣନା କଲି। ତାଙ୍କ ମୁହଁରେ ଆଶ୍ଚର୍ଯ୍ୟ ଜନକ ହସ ଫୁଟି ଉଠିଲା।

– “ସାରା ! ସୂର୍ଯ୍ୟାଂଶ ଗତ ଦୁଇବର୍ଷ ତଳେ ଟ୍ରେନ୍ ଦୁର୍ଘଟଣାରେ ନିହତ ହୋଇଥିବାର ଖବର ତୁମେ ମୋତେ ଦେଇଥିଲ ଏ ସତ୍ୟଟିକୁ ନିଜେ ହୃଦୟରେ କାହିଁକି ଗ୍ରହଣ କରିପାରୁନାହଁ ? ସତ୍ୟକୁ ଯେତେ ପଛ କରି ଦୌଡିଲେ ମଧ୍ୟ ସତ୍ୟର ଉପସ୍ଥିତିକୁ ଉପେକ୍ଷା କରାଯାଇପାରେନା। ତୁମେ ମୋହିତକୁ ବିବାହ କରିଛ ସତ, ମାତ୍ର ତା’ର ପତ୍ନୀ ହୋଇପାରି ନାହଁ। ଗୋଟିଏ ଅସଂପୂର୍ଣ୍ଣ ସଂପର୍କକୁ ଭୁଲିବା ପାଇଁ ଆଉ ଏକ ଅସଂପୂର୍ଣ୍ଣ ସଂପର୍କ ଗଢିଲ।

ନାଁ ନାଁ, ଏପରି ଘଟିବା ଉଚିତ୍ ନୁହେଁ, ସ୍ୱାମୀ ସ୍ତ୍ରୀର ସଂପର୍କ କେବଳ ଭାବଗତ ହୋଇନପାରେ। କାୟ, ମନ ଓ ବାକ୍ୟରେ ତୁମେ ମୋହିତର ପତ୍ନୀ ହେବାକୁ ଚେଷ୍ଟା କର, ଦେଖିବ ସୂର୍ଯ୍ୟାଂଶର ଭ୍ରମ ତୁମ ମନରୁ ସ୍ୱତଃ ଦୂରେଇ ଯିବ। ଏ ଘଟଣା ଶୁଣି ମନେ ହେଉଛି ତୁମେ ଏବେ ପ୍ରେମ କରିବା ସ୍ତରରେ ନାହଁ, ପୁରା ପାଗଳପଣକୁ ଉର୍ଦ୍ଧ୍ୱ ହୋଇ ସାରିଛ, ଯାହା ଫଳରେ ତୁମକୁ ଆଜିକାଲି ଯେକେହି ସୂର୍ଯ୍ୟାଂଶ ପରି ଦେଖା ଯାଉଛି। ଭୁଲିଯାଅ ସୂର୍ଯ୍ୟାଂଶକୁ। ତା’ ସ୍ମୃତିକୁ ହୃଦୟରୁ କାଢିଦିଅ। ଭାବ ମୋହିତକୁ ତୁମେ ପ୍ରେମ କରୁଥିଲ ଓ ଏବେ ଦୁହେଁ ସଂପନ୍ନ ପତିପତ୍ନୀ।

ସାମାନ୍ୟ ଗୋଲାପ ଫୁଲର କାହାଣୀକୁ ଏଇଠାରେ ସମାପ୍ତ କର। ଏହା ଏକ ଭ୍ରମ, କେହି କୌତୁକବଶତଃ ପ୍ରେରଣ କରିଥାଉ ଅବା କେଉଁ ନୂଆ ଚରିତ୍ରର ତୁମ ହୃଦୟ ପ୍ରବେଶ ପାଇଁ ପ୍ରଚେଷ୍ଟା ହେଉ, ଭୁଲିଯାଅ ସବୁକିଛି। ‘ମୋହିତ ତୁମର ପ୍ରେମିକ ଓ ସ୍ୱାମୀ’ ଏତିକି କେବଳ ମନେରଖ। ମୋର ଶେଷ ଅନୁରୋଧ ଥରେ ମୋହିତକୁ ଏଠାକୁ ନିମନ୍ତ୍ରଣ କର ଦେଖିବ ଅନେକ ସମସ୍ୟାର ସମାଧାନ ହୋଇଯିବ। ସାବଧାନ ! ଏଥର ମଧ୍ୟ ବିଗତ ଦିନ ପରି ନିଜକୁ ଅସ୍ତବ୍ୟସ୍ତ ରଖିବାକୁ ଚେଷ୍ଟା କରିବ ନାହିଁ, ସୁନ୍ଦର ରାତିଟିଏ ସଜାଇ ରଖ ତା’ ପାଇଁ।

ଏତିକି କହି ଦଃଦୱା ତରତର ହୋଇ କ୍ଲିନିକ ଉଦ୍ଦେଶ୍ୟରେ ବାହାରିଗଲେ।

ମୁଁ ଚିନ୍ତାମଗ୍ନ ଭାବରେ ବସି ରହିଲି ଅନେକ ସମୟ ଯାଏଁ। ଡ:ଦତ୍ତା ଯାହା କହିଗଲେ ତାହା ହୁଏତ ସତ୍ୟ। ମୋହିତକୁ ମୁଁ ସ୍ୱାମୀ ଭାବରେ ଗ୍ରହଣ କରିନାହିଁ, ମୁହୂର୍ତ୍ତିଏ ପାଇଁ। ବେଦୀରେ, ହାତଗଣ୍ଠି ପଡିବା ସମୟରେ, ସାତଫେରା ସମୟରେ, ଅଗ୍ନିକୁ ସାକ୍ଷୀ ରଖି ବିବାହର ପବିତ୍ର ମନ୍ତ୍ରୋଚ୍ଚାରଣ କରିବା ବେଳେ କିମ୍ବା ବାସର ରାତିରେ ମଧ୍ୟ।

ମୁଁ ଖୁବ୍ ପ୍ରତାରଣା କରିଛି ମୋହିତ ସହିତ, ନିଜ ସହିତ, ସମସ୍ତଙ୍କ ବିଶ୍ୱାସ ସହିତ। ମୋହିତ ପ୍ରତି କରିଥିବା ଅନ୍ୟାୟର ପ୍ରତିବଦଲରେ ମୁଁ କଣ ଗୋଟେ ସଜଫୁଟା ସୁନ୍ଦର ରାତିଟିଏ ସଜାଇ ରଖିପାରିବି?

ସୂର୍ଯ୍ୟାଂଶକୁ ମୁଁ ଭୁଲିଯିବାକୁ ଚାହେଁ। ତା' ସହ ଅନ୍ତରଙ୍ଗ ମୁହୂର୍ତ୍ତର ସ୍ମୃତିକୁ ମସ୍ତିଷ୍କର କେଉଁ ଏକ କୋଣରେ ସାଇତିରଖି ନୂତନ ଜୀବନରେ ଅଭ୍ୟାରମ୍ଭ କରିବାକୁ ଇଚ୍ଛା କରେ।

ମୋହିତକୁ ଫୋନ୍ ଲଗେଇଲି– ମୋହିତ ଆଇଲଭ୍ ୟୁ।

ସେ ହସି ଉଠିଲା– ତୁମ ଦେହ ଠିକ୍ ଅଛି ତ?

– ଆଦୌ ଠିକ୍ ନାହିଁ। ଦେହରେ ଯନ୍ତ୍ରଣା, ମନରେ ଯନ୍ତ୍ରଣା।

ସେ ମୋ କଥାର ଉଦ୍ଦେଶ୍ୟ ବୁଝିନପାରି କହିଲା 'ଶୀଘ୍ର ଡାକ୍ତରଙ୍କୁ ଦେଖାକର!'

– ଡାକ୍ତର କହୁଛନ୍ତି ମୋର ଏ ରୋଗ ଆଦୌ ଭଲ ହେବନାହିଁ।

– କାହିଁକି ତୁମକୁ କି ରୋଗଟା ହୋଇଗଲା ଯେ ଆଦୌ ଭଲ ହେବ ନାହିଁ।

– ତୁମେ ଆସିଲେ ହୁଏତ ଭଲ ହୋଇପାରେ।

ମୋହିତ ମୋ କଥାର ଅର୍ଥ ବୁଝି ପାରିଲା ବୋଧ ହୁଏ।

ଅପରପାର୍ଶ୍ୱରୁ ମୃଦୁ ହସର ଲହରୀ ଭାସି ଆସିଲା

ତା ପରେ ସେ କହିଲା

"ତୁମେ ପାଗଳ ହେଲ ସାରା? ମୁଁ ସେଠାକୁ ଗଲେ ବରଂ ତୁମ ସମସ୍ୟା ବଢିବ। ହୃଦୟରେ ସୂର୍ଯ୍ୟାଂଶକୁ ରଖି ମୋତେ ବିବାହ କରି ତୁମେ ଅନେକ ଯନ୍ତ୍ରଣା ପାଇ ସାରିଛ। ମୁଁ ତୁମ ନିକଟତର ହେଲେ ସେ ଯନ୍ତ୍ରଣା ଅଧିକ ହେବାର ଆଶଙ୍କାରେ ତୁମଠାରୁ ମୁଁ ଯଥାସମ୍ଭବ ଦୂରତା ବଜାୟ ରଖିଛି। ତୁମେ ସେଠାରେ ଭଲରେ ଥାଅ। ମୋର ପତ୍ନୀ ହୋଇ ସାରାଜୀବନ ସୂର୍ଯ୍ୟାଂଶକୁ ମନେ ମନେ ପ୍ରେମ କରୁଥାଅ, ମୋର ଅଭିଯୋଗ ନାହିଁ। ମୁଁ ଜାଣେ ଦିନେ ନାଁ ଦିନେ ସେ ସୁନେଲୀ ଭ୍ରମର ମାୟାବର୍ତ୍ତରୁ ତୁମେ ଫେରି ଆସିବ ମୋ ନିକଟକୁ।"

ମୁଁ କାନ୍ଦୁଥିଲି ଅନୁତାପରେ। ମୋତେ କ୍ଷମା କରିଦିଅ ମୋହିତ ତୁମର ସାରା ଏବେ ସେ ମାୟାବର୍ତ୍ତରୁ ମୁକ୍ତି ପାଇଛି। ସୂର୍ଯ୍ୟାଂଶର ସ୍ମୃତିକୁ ନେଇ ଅଧିକ ରାସ୍ତା

ଚାଲିବାର କ୍ଷମତା ମୁଁ ହରାଇ ବସିଛି । ତାର ଅବର୍ତ୍ତମାନକୁ ସମସ୍ତେ ଗ୍ରହଣ କରି ସାରିଛନ୍ତି କେବଳ ମୋର ପ୍ରେମିକା ହୃଦୟ ସେ ସତ୍ୟକୁ ଗ୍ରହଣ କରିବାକୁ ପ୍ରସ୍ତୁତ ନୁହେଁ । ସୂର୍ଯ୍ୟାଂଶକୁ ପ୍ରତୀକ୍ଷା କରି କରି ମୁଁ ଥକି ପଡିଛି ।

ମୋହିତର କଣ୍ଠସ୍ୱର ଆଶ୍ୱାସନାଭରା ଶୁଭୁଥିଲା । ଯାହାକୁ ଆମେ ନଦୀ ଭାବି ତୃଷ୍ଣା ନିବାରଣ କରିବାକୁ ଯାଉ ବେଳେ ବେଳେ ସେ କୁହୁଡିର ନଈ ପାଲଟିଯାଏ ।

– ତୁମେ କେବେ ଆସୁଛ ?

– ମୁଁ ଅଳ୍ପଦିନ ତଳେ ଗୋଟିଏ ନୂଆ କମ୍ପାନୀରେ ଯୋଗ ଦେଇଛି । ଛୁଟି ପାଇଁ ଆବେଦନ କରିଛି । ମିଳିବା ମାତ୍ରେ ତୁମ ପାଖରେ ପହଞ୍ଚିଯିବି ।

ମୋହିତ ତା' ପୁରୁଣା ଚାକିରିର ସମସ୍ୟା କଥା କହୁଥିଲା ଯାହା ମୁଁ ସଂପୂର୍ଣ୍ଣ ଭାବେ ଭୁଲିଯାଇଥିଲି । ସତରେ ମୋହିତ ଜୀବନରେ ସମସ୍ୟାର ଅନ୍ତ ନାହିଁ ।

ଗୋଲାପ ଫୁଲ କଥାଟି ମୋହିତକୁ ନ କହି ରହିପାରିଲି ନାହିଁ । "ମୋହିତ ! ସକାଳୁ ସମ୍ବାଦ ପତ୍ର ଆଣିବାକୁ ଯାଇ ଦେଖିଲି ତା' ଉପରେ ରକ୍ତ ଗୋଲାପର ସ୍ତବକଟିଏ । ଏହାର ପ୍ରେରକ କିଏ ହୋଇଥିବ ବୋଲି ତୁମେ ଭାବୁଛ ?"

ମୋହିତର କଣ୍ଠସ୍ୱର ଉତ୍ସୁକତାରେ ଭରିଗଲା– "ଏ ପ୍ରଶ୍ନର ଉତ୍ତର ତୁମ ବ୍ୟତୀତ କିଏ ଅବା ଦେଇପାରିବ ? ମୁକୁଲ, ଅସ୍ମିତ, ଅୟସକାନ୍ତଙ୍କର କଣ ସାମ୍ନାସାମ୍ନି ଫୁଲଟେ ଦେବାର ସାହସ ନାହିଁ ? ମୋ ମତରେ ଅନ୍ୟ କେହିଜଣେ ତୁମ ହୃଦୟରେ ଅନୁପ୍ରବେଶ କରିବାକୁ ଚେଷ୍ଟିତ ଅଥଚ ନିଜର ପରିଚୟ ଗୋପନ ରଖ ।

ମୋ ବିବାହିତା ପତ୍ନୀ ଉପରେ ଏତେ ଜଣଙ୍କର ଲୋଭନୀୟ ଦୃଷ୍ଟି ମୋ ପାଇଁ ଅସହ୍ୟ । ଜାଣ ସାରା ତୁମକୁ ଦେଖିବା ପରେ ଆମଘର ଲୋକଙ୍କ ଧାରଣା ଯେ ଅତି ସୁନ୍ଦରୀ ପତ୍ନୀର ସ୍ୱାମୀମାନେ କାଲେକାଲେ ଅବହେଳିତ ! କଥାଟା ଅନେକାଂଶରେ ସତ୍ୟ ।"

ମୋହିତର ରସିକତାରେ ମୁଁ ଖିଲ୍ ଖିଲ୍ କରି ହସି ଉଠିଲି ।

ଅପର ପାର୍ଶ୍ୱରୁ ମୋହିତର କଣ୍ଠସ୍ୱର ଶୁଭିଲା– "ତୁମ ମୁହଁରେ ଏତିକି ଖୁସି ଦେଖିବାପାଇଁ ଯେ ମୋତେ କେତେ ଅଭିନୟ କରିବାକୁ ପଡେ ।" ବିଚରା ମୋହିତ ! ସୁନ୍ଦରୀ ପତ୍ନୀର ଅବହେଳିତ ସ୍ୱାମୀ ।

ଅପର ପାର୍ଶ୍ୱରୁ ମୋହିତର ଫୋନ୍ ରଖିବାର ଶବ୍ଦ । ସାମ୍ନା ଫ୍ଲାଟ୍‌ରେ ରହୁଥିବା ଯୁବକଙ୍କ କାର୍ଯ୍ୟକଳାପରେ ସନ୍ଦେହ କଲାପରି ବ୍ୟବହାର ନଥିଲା । ସେ ମୋତେ ଦେଖିଲେ ହସହସ ମୁହଁରେ ତାଙ୍କର ମୋ ପ୍ରତି ଥିବା ଶ୍ରଦ୍ଧାଟି ପ୍ରକାଶ କରୁଥିଲେ କେବଳ । ସେ ହସରେ ପ୍ରେମର ଆମନ୍ତ୍ରଣ ନଥିଲା ।

ଧୀରେ ଧୀରେ ମୁଁ ଘଟଣାଟିକୁ ଭୁଲିବାକୁ ଚେଷ୍ଟାକଲି ।

ପ୍ରତି ରବିବାର ଦିନ ସଂଧ୍ୟାରେ ମୁଁ ନିକଟସ୍ଥ ପାର୍କ୍‌କୁ ଯାଏ କିଛି ଏକାନ୍ତ ସମୟ ବିତାଇବା ନିମନ୍ତେ। ରେସିଡେ଼ନ୍‌ସିଆଲ୍‌ ଅଞ୍ଚଳ ହୋଇଥିବାରୁ ରାତି ଆଠଟା ପର୍ଯ୍ୟନ୍ତ ସେଠାରେ କଲୋନୀବାସୀଙ୍କ ଗହଳି ଲାଗି ରହେ।

ସେଦିନ ପାର୍କର ପ୍ରବେଶ ପଥରେ ଅନେକ ଗହଳି। ଭିତରକୁ ପ୍ରବେଶ କରୁ କରୁ ଚାରି ପାଞ୍ଚ ବର୍ଷର ଛୋଟ ଝିଅଟିଏ ମୋ ହାତକୁ ରକ୍ତଗୋଲାପର ସ୍ତବକ ଟିଏ ବଢ଼ାଇ ଦେଲା। ପ୍ରଜାପତି ପରି ଦୁଇ ବାହୁ ମେଲାଇ ଯାଉ ଯାଉ ସେ ଥରେ ମୋତେ ଫେରି ଚାହିଁଲା ଓ ତା'ପରେ ହଜିଗଲା ଗହଳି ଭିତରେ।

ଘଟଣାଟି ଏତେ ଅଚାନକ ଭାବେ ଘଟିଗଲା ଯେ ମୋତେ ପ୍ରକୃତିସ୍ଥ ହେବାକୁ ଲାଗିଗଲା କିଛି ମୁହୂର୍ତ। ବେଞ୍ଚରେ ବସି ମୁଁ ଝିଅଟିକୁ ଖୋଜୁଥିଲି ଗହଳି ମଧ୍ୟରେ କିନ୍ତୁ ସେ କେଉଁଠାରେ ଦେଖାଯାଉନଥିଲା।

ଘଞ୍ଚ ଗଛଗୁଡ଼ିକ ତଳେ ଥିବା ବେଞ୍ଚରେ ପ୍ରେମୀଯୁଗଳଙ୍କ ଆସର। ଦୋଲି ପଡ଼ିଥିବା ସ୍ଥାନରେ ଛୋଟ ପିଲାମାନଙ୍କର ଭିଡ଼। କିଛି ଅଭିଭାବକ ପାର୍କର ଚଲାପଥରେ ଅତି ଛୋଟ ପିଲାଙ୍କୁ ସ୍କୋଲର୍‌ରେ ଭ୍ରମଣ କରାଉଥିବାର ଦେଖିଲି। କେଉଁଠି କିଛି ବ୍ୟତିକ୍ରମ ନାହିଁ କିମ୍ଵ। କିମ୍ଵ। ସଦେହ କଲାପରି ଚରିତ୍ର ମୋ ଦୃଷ୍ଟିର ଦିଗ୍‌ବଳୟ ମଧ୍ୟରେ ନଥିଲେ। ମୋତେ ଝିଅଟିକୁ ପ୍ରଶ୍ନ କରିବାର ଥିଲାଯେ ସ୍ତବକଟି କିଏ ଦେଇଛନ୍ତି ମାତ୍ର ଘଟଣାଟି ଏପରି ଅଚାନକ ଘଟିଗଲା ଯେ ଆଶ୍ଚର୍ଯ୍ୟ ହେବାକୁ ମଧ୍ୟ ସମୟର ଅଭାବ।

ପରଦିନ ସୋମବାର। କ୍ୟାବ୍‌ ଡ୍ରାଇଭର ଛୁଟିରେ ଥିବାରୁ ମେଟ୍ରୋରେ ଯିବାକୁ ନିଷ୍ଠି ନେଇଥିଲି ମୁଁ। ପାଞ୍ଚଟି ଷ୍ଟେଜ୍‌ ପରେ ମୋ ଅଫିସ୍‌। କିନ୍ତୁ ନିତିଦିନିଆ ପ୍ରୋଟୋକଲ୍‌ ଦେଇ ମେଟ୍ରୋର ଗହଳି ଭିତରେ ଯିବାକୁ ମୋତେ ଖୁବ୍‌ ଅସହଜ ଲାଗେ। ଟିକେଟ୍‌ ନେଇସାରି ଲାଇନ୍‌ରେ ଠିଆ ହୋଇଥିବା ସମୟରେ ଦେଖିଲି ସେଇ ଯୁବକଙ୍କୁ। ସେ ସମ୍ମୁଖରେ ଛିଡ଼ା ହୋଇଥିବାରୁ ପ୍ରଥମେ ଚଢ଼ିଗଲେ ମେଟ୍ରୋରେ ଗହଳି ଥିବାରୁ ମୁଁ ରହିଲି ପରବର୍ତୀ ମେଟ୍ରୋ ଅପେକ୍ଷାରେ। ମେଟ୍ରୋରେ ଉଠିଯିବା ପରେ କାଚ ସେପାଖରେ ଥାଇ ଥରେ ସେ ମୋତେ ଚାହିଁଲେ। ମୁଁ କାହିଁକି ଯେ ଆକର୍ଷିତ ହେଉଥିଲି ତାଙ୍କ ପ୍ରତି ?

ମନ ଭିତରେ ପ୍ରଶ୍ନର ଭିଡ଼। ସେ ପ୍ରଶ୍ନରେ ଦୋହଲି ଯାଉଥିଲା ମୋ ଭାବନା। ସାଧାରଣ ଚେହେରା, ଛୋଟ ଛୋଟ କେଶ, ମଥାରେ ଏକ କଟାଦାଗ। ଚାହାଣୀରେ ଆପଣାର ପଣ। ମୁଁ ତାଙ୍କୁ କେଉଁଠି ଦେଖିଛି ? କେଉଁ ଜନ୍ମରେ ?

ଦିନ ତମାମ ଅଫିସର କାନ୍ଥବାଡ଼ କମ୍ପ୍ୟୁଟର ସ୍କ୍ରିନ୍‌ରେ ସେଇ ଚେହେରାର ପ୍ରତିବିମ୍ଵ ମୁଁ ଦେଖୁଥିଲି। ଅଶାନ୍ତ ହୃଦୟରେ ଘରକୁ ନଫେରି ପାର୍କ ଗଲି। ସେଠାରେ

ଗତ କାଲିର ଛୋଟ ଝିଅଟିକୁ ଦେଖି ପ୍ରଶ୍ନ କଲି "ମୋତେ ତୁମେ କାଲି ଫୁଲ ଦେଇଥିଲ ମନେ ଅଛି ?"

ସେ ହସି ହସି କହିଲ "କାହିଁ ଦେଖାଅ।"

– ସେଇଟିକୁ ତ ମୁଁ ଘରେ ଛାଡ଼ି ଆସିଛି। ସେଇଟି ମୋତେ ଦେବାକୁ କିଏ ତୁମକୁ କହିଥିଲେ।

ସେ ଦେଖାଇଲା ତା' ସାନ ଭାଇଟିକୁ, ଯେ ତା'ଠାରୁ ବୟସରେ ଦୁଇବର୍ଷ ସାନ। କୁନି ପୁଅଟି ମୋତେ ଚାହିଁ ନିର୍ବୋଧ ହସ ହସିଲା।

ତା' ମୁହଁର ନିଷ୍ପାପ ହସରେ ମୋ ଭିତରେ ସଞ୍ଚରି ଯାଇଥିବା ପ୍ରଶ୍ନ ଦିଗ୍‌ହରା ହେଲେ। ବାତ୍ସଲ୍ୟ ସ୍ନେହରେ ଶିଶୁଟିକୁ କୋଳକୁ ଉଠାଇନେଇ ଭୁଲିଗଲି ଫୁଲ କଥା।

କୁନିଝିଅଠାରୁ ଫୁଲର ପ୍ରେରକ ନିକଟରେ ପହଞ୍ଚିବା ସମ୍ଭବ ହେବ ନାହିଁ।

ହୁଏତ ମୁଁ କୁନିପୁଅକୁ ଏ ପ୍ରଶ୍ନକଲେ ସେ ଦେଖାଇଦେବ ପାଖରେ ନୂଆକରି ଚାଲି ଶିଖୁଥିବା ଓ ସଠିକ୍ କଥା କହି ପାରୁନଥିବା ଡାଇପର ପିନ୍ଧା ତା'ଠାରୁ ଛୋଟ ଶିଶୁଟିକୁ।

ସେ ଦିନ ରାତି ନଅଟାରେ ମୋ ପାଖକୁ ଏକ ଅଜଣା ନମ୍ବରରୁ କଲ୍ ଆସିଲା। ହ୍ୟାଲୋ କହିବା ମାତ୍ର କିଛି ସମୟର ନିରବତା ଓ ତା' ପରେ କଟିଗଲା। କଲ୍ ବ୍ୟାକ୍ କଲେ ମଧ କେହି ଫୋନ୍ ଉଠାଇଲେ ନାହିଁ। ଏହିପରି ଥରେ ନୁହେଁ ଅନେକ ଥର ଘଟିଲା।

ମୋ ଜୀବନ ଏବେ ନାଟକୀୟ ମୋଡରେ। ବିଚଳିତ ମନକୁ ଶାନ୍ତ କରିବାକୁ ମୋହିତ ସହିତ କଥା ହେଲି। ମନରେ ଆଶଙ୍କା ଥିଲା ମୋହିତକୁ ଏ ସଂପର୍କରେ ନ ଜଣାଇଲେ ଭବିଷ୍ୟତରେ ଘଟିବାକୁ ଯାଉଥିବା ଫଳାଫଳକୁ ମଧ ମୋତେ ଏକାକୀ ଭୋଗ କରିବାକୁ ପଡ଼ିପାରେ।

ମୋହିତକୁ ଏ ସବୁ କହିବା ମାତ୍ରେ ତା' ହସର ହିଲ୍ଲୋଲ ମୋ କାନରେ ପ୍ରତିଧ୍ୱନିତ ହୋଇ ଉଠିଲା।

କୃତ୍ରିମ କ୍ରୋଧ ପ୍ରକାଶ କରି କହିଲି... ତୁମକୁ ମୋ ଦୁର୍ଦ୍ଦଶା ଦେଖି ହସ ଲାଗୁଛି ନାଇଁ ? ହସ ରୋକି ସେ କହିଲା "ହସିବିନିତ ଆଉ କଣ କରିବି ? ତୁମ ଜୀବନରେ ଗୋଟିଏ ପରେ ଗୋଟି ଚରିତ୍ରର ଅନୁପ୍ରବେଶକୁ ମୁଁ କିପରି ଅବା ରୋକିପାରିବି ? ମୋର ମନେହୁଏ ପିଟର ତୁମ ସହରରେ ପହଞ୍ଚି ସାରିଛି। ଆରେ ମୋହିତ ! ତୁ କଣ ସାରା ଜୀବନ ଯୁକ୍ତ ଚିହ୍ନଟେ ହୋଇ ରହିଯିବୁ ? କେବେ ସୂର୍ଯ୍ୟାଂଶ ଓ ସାରା ଓ କେବେ ପିଟର ଓ ସାରା ମଝିରେ।"

ତା'ର ଲଘୁ ପରିହାସର ଉତ୍ତର ପରିହାସରେ ଦେଲି "ନାଁ ଅନୁପ୍ରବେଶ, ଯୁକ୍ତ

ବା ଆକ୍ରମଣ ନୁହେଁ, ଏହା ନାଟକର ଏକ ଅଂଶ। ପିଟରକୁ ଭିସା ମିଳିନାହିଁ ମୁକୁଲ, ଅସ୍ମିତ, ଅୟସକାନ୍ତ ମଧ୍ୟ ଏ ଘଟଣାର ନାୟକ ନୁହଁନ୍ତି। ସାମ୍ନା ଫ୍ଲାଟର ଯୁବକଙ୍କୁ ମଧ୍ୟ ମୁଁ ସନ୍ଦେହ କରିପାରୁନାହିଁ।"

— ମୁଁ ତେବେ ଘୋଡା ଝପଟାଇ ଆସୁଛି, ଯୁଦ୍ଧରେ ସମସ୍ତ ରାଜପୁତ୍ରଙ୍କୁ ପରାସ୍ତ କରି ରାଜକନ୍ୟାଙ୍କୁ ଅପହରଣ କରି ଆଣିବି। ମୁଁ ଏବେ ଛୁଟି ଅପେକ୍ଷାରେ

କ୍ରମାଗତ ଭାବରେ ତୃତୀୟ ଦିନ ପାର୍କ ଯିବା ପାଇଁ ଅଦମ୍ୟ ଆକର୍ଷଣ ମୋ ଭିତରେ। ମୋ ବିଚଳିତ ମନକୁ ଶାନ୍ତ କରିବାକୁ ବହିଗୁଡ଼ିକ ମଧ୍ୟ ଅକ୍ଷମ ଥିଲା।

ପାର୍କର ନିର୍ଦ୍ଦିଷ୍ଟ ସ୍ଥାନରେ ସେ ପୁଅଝିଅ ଦୁଇଜଣ ଖେଳୁଥିଲେ। ଆଶ୍ଚର୍ଯ୍ୟର କଥା ସେ ଦିନ ମଧ୍ୟ ତାଙ୍କ ମା' ସାଥୀରେ ନଥିଲେ। ଭଦ୍ରବ୍ୟକ୍ତି ଜଣଙ୍କ ବେଞ୍ଚରେ ଏକାକୀ ପିଲା ଦୁହିଁଙ୍କ ଉପରେ ନଜର ବିଛାଇ ବସିଥିଲେ। ମୋତେ ଚାହିଁ ସେ ବନ୍ଧୁତ୍ୱପୂର୍ଣ୍ଣ ଢଙ୍ଗରେ ହାତ ହଲାଇଲେ। ତାଙ୍କ ସହିତ ଏଇ ତିନିଦିନର ପରିଚୟରେ ମୁଁ ଜାଣିବାକୁ ଚାହିଁଲି ନାହିଁ ସେ ବିପନ୍ନୀକ ଅବା ତାଙ୍କ ଅନ୍ୟ କୌଣସି ସମସ୍ୟା ଯୋଗୁ ସେ ପିଲାଙ୍କୁ ନେଇ ଏକାକୀ ପାର୍କକୁ ଆସନ୍ତି।

ସଂଧ୍ୟା ଅତିକ୍ରାନ୍ତ। ହଠାତ୍ ଆକାଶରେ ମେଘ ଘୋଟି ଆସିଲା। ଥଣ୍ଡା ପବନ, ଘଡଘଡି ପରେ କୁଆପଥର ପରି ବଡ ବର୍ଷାଟୋପା ପଡିବାକୁ ଆରମ୍ଭକଲା। ବେଙ୍ଗାଲୁରୁର ଅତ୍ୟଧିକ ଥଣ୍ଡା ପବନ। ଭିଜିଲେ କ୍ୱରହେବା ସୁନିଶ୍ଚିତ। ହଠାତ୍ ଜନଶୂନ୍ୟ ହୋଇଗଲା ପାର୍କଟି। ପିଲାଙ୍କୁ ସାମ୍ନାସିଟ୍‌ରେ ବସାଇ ଭଦ୍ରବ୍ୟକ୍ତି ଜଣଙ୍କ ମୋ ପାଖରେ ଗାଡି ରଖି ଦରଜାଖୋଲି ବସିବାକୁ ଅନୁରୋଧ କଲେ।

ଅଚିହ୍ନା ବ୍ୟକ୍ତିଙ୍କଠାରୁ ସାହାଯ୍ୟ ଗ୍ରହଣ କରିବା ମୋ ରୁଚିବିରୁଦ୍ଧ। ତାଙ୍କ ସହୃଦୟତା ପାଇଁ ଧନ୍ୟବାଦ ଜଣାଇ କ୍ଷିପ୍ର ବେଗରେ ଚାଲିବାକୁ ଆରମ୍ଭ କଲି। ତାଙ୍କ ଗାଡି କିଛିବାଟ ମୋ ପଛେ ପଛେ ଆସୁଥିବାର ଅନୁଭବ ହେଲା। ହଠାତ୍ ଖୁବ୍ ବଡ ଗଡ ଗଡି ଶବ୍ଦରେ ରାସ୍ତାର ଆଲୋକ ହୋଇଗଲା ନିର୍ବାପିତ। ମୁଁ କୌଣସି ସମସ୍ୟାକୁ ସାମ୍ନା କରିବାକୁ ଯାଉନିତ ? ଏଠାରୁ ଅଳ୍ପଦୂରରେ ମୋ ଫ୍ଲାଟ୍। ଦେଖିଲି ଅଦୂରରେ ଗୋଟେ ଛାୟାମୂର୍ତ୍ତି। ପ୍ରଥମେ ଭୟ ଲାଗିଲା, ନାନାଦି ଦୁର୍ଭାବନା କାୟା ବିସ୍ତାର କଲା ମନ ଭିତରେ। କିନ୍ତୁ ଛାୟାମୂର୍ତ୍ତିଟି ମୋର ନିକଟର ହେବାକୁ ଚେଷ୍ଟା ନ କରି ନିର୍ଦ୍ଦିଷ୍ଟ ଦୂରତାରେ ଚାଲୁଥିଲା।

କିଛି ଛାୟାକୁ ଦେଖିଲେ ମନରେ ଭୟର ଉଦ୍ରେକ ହୁଏ ଓ କିଛି ଛାୟା ଦେଖିଲେ ଭରସା ଆସେ। ମୋର ମନେ ହେଲା ଯେ ନା ଛାୟାମୂର୍ତ୍ତିଟି ମୋର କୌଣସି କ୍ଷତି କରିବ ନାହିଁ।

ଘରପାଖରେ କିପରି ପହଁଛୁଲି ଜାଣେନା। ଛାୟାମୂର୍ତ୍ତିଟି ଅଛ୍ଚଦୂରରେ ଠିଆ ହୋଇଥିବାର ଲକ୍ଷ୍ୟକଲି। ଜେନେରେଟର ଥିବାଯୋଗୁଁ ଘରଗୁଡ଼ିକରେ ଆଲୋକ ଥିଲା। ସେଇ ସାମାନ୍ୟ ଆଲୋକରେ ଛାୟାମୂର୍ତ୍ତିଟିକୁ ଦେଖିବାକୁ ଚେଷ୍ଟା କଲି ମାତ୍ର ଦୀର୍ଘ ରେନ୍‌କୋଟ୍ ଭିତରେ ମଥା ସମେତ ସମଗ୍ର ଶରୀର ଆବୃତ ଥିବାରୁ ତା'ର ମୁହଁ ଦେଖାଯିବା ସମ୍ଭବ ହେଲାନାହିଁ। ଘର ଭିତରକୁ ଯାଇ ଝର୍କାବାଟେ ଦେଖିଲି ଛାୟା ମୂର୍ତ୍ତିଟି ଅଦୃଶ୍ୟ।

ରାତି ତମାମ୍ ବର୍ଷାର ଆସର। ବାଲକୋନି ଧାରରେ ଠିଆ ହୋଇ ଓଦା ଦେହ ମନ ନେଇ କେତେ କଣ ଭାବି ଯାଉଥିଲି। ମନ ମୋର ମୟୂରୀ ପରି ଭିଜିଯାଇଥିଲା ଅନେକ ପୂର୍ବରୁ। ଏମିତି ଦିନେ ବର୍ଷାରେ ସୂର୍ଯ୍ୟାଂଶ ସହ ଭିଜିବାର ସ୍ମୃତି ଆଚ୍ଛନ୍ନ କରି ପକାଉଥିଲା। କ୍ୟାମ୍ପସରେ ବର୍ଷା, କାଠଚମ୍ପା, ସୂର୍ଯ୍ୟାଂଶ ଓ ମୁଁ। ସ୍ମୃତିର ସେ ଜହ୍ନରାତି ମାନେ ସମୟର ଅମା ଅନ୍ଧାର ଭିତରେ କେଉଁଠି ପଥ ହୁଡ଼ିଲେ କେଜାଣି? ଏବେ ସବୁ ରାତି ମୋ ପାଇଁ ଅମାବାସ୍ୟାର କାଳରାତି। ସେ ଦିନ ମୋ ଭିଜା ଦେହରେ ଅନ୍ୟ କାହାର ନଜର ନପଡ଼ିବା ପାଇଁ ସେ ଘୋଡ଼ାଇ ଦେଇଥିଲା ତା'ଦେହରୁ ବ୍ଲେଜର ଖୋଲି, ଆଜି ଭରା ବର୍ଷା ରାତିରେ ମୁଁ ଭିଜି ଭିଜି ଏକାକୀ ଫେରିବା ବେଳେ ଲାଗୁଥିଲା ଏ ବର୍ଷା ମୋ ମନରେ କେବେ ଉନ୍ମାଦନା ସୃଷ୍ଟି କରିପାରିବ ନାହିଁ। ବରଂ ବିରହର ଶୀତଳ ନିଆଁରେ ଜଳାଇବ ଜୀବନ ବ୍ୟାପୀ।

ଭାବୁଥିଲି କିଏ ସେହି ଛାୟା ମୂର୍ତ୍ତି? ଯେ ମେଘ ପବନ ରାତିରେ ନିରାପଦ ଦୂରତାରେ। ମୋତେ ଲକ୍ଷ୍ୟ ସ୍ଥଳରେ ପହଞ୍ଚିବାରେ ସାହାଯ୍ୟ କରେ। କିଏ ମୋ ପାଖକୁ ପୁଣି ରକ୍ତ ଗୋଲାପର ସ୍ତବକ ପଠାଏ?

ବାରମ୍ବାର ଏକ ସମ୍ମୋହନରେ ଘର ପାଖ ପାର୍କକୁ ଯାଏ। କେବେ ମୋର ସେହି ଶୁଭଚିନ୍ତକ ସହିତ ଦେଖା ହୋଇଯିବକି? କେବେ ଅପରିଚିତ ମୁଖା ଖୋଲି ମୋତେ ସେ ନିଜର ପରିଚୟ ଦେବେ କି? ସମୟେ ସମୟେ ସେଇ ଛୋଟ ପୁଥ ଝିଅଙ୍କୁ ଦେଖୁଥିଲି ଓ ଭଦ୍ରବ୍ୟକ୍ତିଙ୍କୁ ଏକାକୀ ବେଞ୍ଚରେ ବସି ଥିବାର।

ମୋ ଜୀବନରେ ବହୁ ଘାତ ପ୍ରତିଘାତ ଆସିଛି। କିଛି ମୁହୂର୍ତ୍ତ ପାଇଁ ମୁଁ ମୋ ଲକ୍ଷ୍ୟ ପଥରୁ ବିଚ୍ୟୁତ ହୋଇଛି ମାତ୍ର ସ୍ୱପ୍ନ ଦେଖିବା ଛାଡ଼ିନାହିଁ। ଯେଉଁ ସବୁ ସ୍ୱପ୍ନମାନେ ମଝି ରାତିରେ ମୋର ନିଦ ଭାଙ୍ଗି ଦିଅନ୍ତି। ହାତଠାରି ଡାକନ୍ତି ସାତ ଦରିଆ ସେ ପାରିରୁ।

ଟଏଫେଲ୍ ପରୀକ୍ଷାରେ ସଫଳ ହେବା ପରେ ମୁଁ ଏ ଖୁସି ଖବରଟିକୁ ପ୍ରଥମେ ମୋହିତକୁ ଜଣାଇବାକୁ ଚାହିଁଲି। ତା' କଣ୍ଠ ସ୍ୱର ଆନନ୍ଦରେ ଦ୍ରବୀଭୂତ ହେବା ଭଳି।

କିନ୍ତୁ ଏ ପରୀକ୍ଷାରେ ସଫଳତା ସହ ଯୋଡ଼ି ହୋଇଛି ମୋ କାଲିଫର୍ଣ୍ଣିଆ ଯିବାର ନିଷ୍ଠୁର ବାସ୍ତବତା। ମୋହିତ ଦେଶ ବାହାରକୁ ଯିବାକୁ ଇଚ୍ଛା କରେ ନାହିଁ। ସେ କଣ ଚାହେଁ? ମୁଁ ସେଠାକୁ ଚାଲି ଗଲେ ସାରାଜୀବନ ମୋଠାରୁ ମୁକ୍ତି ପାଇଯିବ?

ମୋତେ ଚମକାଇ ଦେବାଭଳି ସେ କହିଲା "ମୋ ତରଫରୁ ମଧ ଗୋଟେ ଖୁସି ଖବର କାବ୍ୟା ଅପାର ପୁଅଟିଏ ହୋଇଛି। ତାଙ୍କ ଘରେ ସମସ୍ତେ ଖୁବ୍ ଖୁସି ଓ ତା' ଶ୍ୱଶୁର ନାତି ପାଇଁ କେତେ ଗହଣା ଗଢ଼ାଇଛନ୍ତି ଓ ଏକୋଇଶାକୁ ବଡ ଉସ୍ବର ଆୟୋଜନ ମଧ କରିଛନ୍ତି।"

ମୋ ମନରେ କାବ୍ୟା ଅପା ପାଇଁ ଆଶ୍ୱସ୍ତିର ଲହରୀ ଖେଲିଗଲା।

ଶେଷରେ କହିଲି "ମୋହିତ! ମୁଁ ଆଉଥରେ ସେ ଯୁବକଙ୍କୁ ଦେଖିଲି। ଜାଣେନାଁ ତାଙ୍କୁ ଦେଖିଲେ କାହିଁକି ମୋର ସୂର୍ଯ୍ୟାଂଶ କଥା ଖୁବ୍ ମନେପଡେ।"

ମୋହିତର କଣ୍ଠସ୍ୱର ଶୁଭିଲା ଅଶ୍ୱସ୍ତିକର "ସାରା! ସୂର୍ଯ୍ୟାଂଶର ମୃତ୍ୟୁପରେ ତା' ବାପା ସ୍ଥାନୀୟ ସମସ୍ତ ସଂପତ୍ତି ବିକ୍ରିକରି ଦିଲ୍ଲୀ ଚାଲି ଯାଇଛନ୍ତି। ଦ୍ୱିତୀୟବାର କେହି ତାଙ୍କୁ ଏଠାରେ ଦେଖି ନାହାଁନ୍ତି। ପୁଅର ମୃତ୍ୟୁ ତାଙ୍କୁ ଏତେ ପରିମାଣରେ ବିଚଳିତ କରିଛି ଯେ ବ୍ୟବସାୟ ବୁଢ଼ି ନପାରିବା କାରଣରୁ କ୍ଷତିଗ୍ରସ୍ତ କାରଖାନାକୁ ଅନ୍ୟ କାହାକୁ ଚଲାଇବା ପାଇଁ ଦେଇଛନ୍ତି ବୋଲି ଶୁଣିଲି। ସତରେ ଏତେ ବଡ ଦୁର୍ଘଟଣା କେଉଁ ପିତା ଅବା ସହ୍ୟ କରିପାରିବ?

ସାରା! ଏହା ତୁମ ମନର ଭ୍ରମ। ତୁମେ ନିଜେ କହୁଛ ଯେ ସେ ସୂର୍ଯ୍ୟାଂଶ ନୁହେଁ। ଅଥଚ ତାଙ୍କୁ ଦେଖିବା ପରେ ତୁମର ତା' କଥା ମନେପଡେ ଅର୍ଥାତ ତୁମେ ସୂର୍ଯ୍ୟାଂଶକୁ ଭୁଲି ନାହଁ ବା ଭୁଲିବା ପାଇ ଚାହଁ ନାହଁ। ତୁମେ ଥରେ ସେ ଯୁବକଙ୍କ ସହ କଥାବାର୍ତ୍ତା କରି ତୁମ ମନର ଭ୍ରମ ଦୂର କର।"

– କିନ୍ତୁ ମୁଁ ସୂର୍ଯ୍ୟାଂଶର ସ୍ମୃତିକୁ ସବୁଦିନ ପାଇଁ ମୋ ହୃଦୟରୁ ଲିଭାଇ ଦେବାକୁ ଚାହେଁ, ବିଶ୍ୱାସ କର। ମୁଁ ଅବଶିଷ୍ଟ କଥା କହି ପାରିଲି ନାହିଁ। ମୋ କଣ୍ଠ ବାଷ୍ପାରୁଦ୍ଧ ହୋଇଗଲା।

ମୋହିତର କଣ୍ଠସ୍ୱର ଭିଜି ଆସୁଥିଲା– "ମୁଁ ତୁମକୁ ଖୁବ୍ ଭଲପାଏ ସାରା, ମୋ ପ୍ରେମ ତୁମ ପାଇଁ ବନ୍ଧନ ନୁହେଁ, ବରଂ ମୁକ୍ତି। ପତନ ନୁହେଁ, ଉର୍ଦ୍ଧ୍ୱାରୋହଣ, ମୁଁ ଚାହେଁ ଗୋଟି ଗୋଟି କରି ତୁମର ସମସ୍ତ ସ୍ୱପ୍ନ ପୂରଣ ହେଉ। ମୁଁ ତୁମ ସ୍ୱାମୀ ବୋଲି ତୁମ ଦେହ ମନ ଉପରେ ଅଧିକାର ସାବ୍ୟସ୍ତ କରିବାକୁ ଚାହେଁନା। ତୁମେ ବିଦେଶ ଯାଇ କାର୍ଯ୍ୟ ଶେଷ କରି ଫେରିଆସ। କିନ୍ତୁ ସୂର୍ଯ୍ୟାଂଶ ସଂପର୍କରେ ସବୁକିଛି ଜାଣିବା ପରେ ମଧ ତୁମେ ଯଦି ତାକୁ ପାଇବାର କାମନା କରୁଥାଅ ତେବେ ମୁଁ ନାଚାର। ମୁଁ

ଜାଣେ, ତୁମ ମନତଳେ ଏବେବି କେଉଁଠି ନାଁ କେଉଁଠି ସୂର୍ଯ୍ୟାଂଶ ବଂଚିଛି। ସେ ଯଦି କେବେ ଫେରି ଆସେ, ମୋତେ ଛାଡ଼ି ତା' ପାଖକୁ ଫେରି ଯିବାକୁ ତୁମେ ଗୋଟେ ମୁହୂର୍ତ୍ତ ବି ଚିନ୍ତା କରିବ ନାହିଁ।"

ମୋହିତର ଏହା ଅଭିମାନ ନାଁ ଅଭିଯୋଗ ? ସୂର୍ଯ୍ୟାଂଶ ଫେରିବନାହିଁ। ମୁଁ ମୋହିତକୁ ଛାଡ଼ି ସୂର୍ଯ୍ୟାଂଶ ପାଖକୁ ଫେରିବାର ଆଶାନାହିଁ ଏହାହିଁ ସତ୍ୟ। କିନ୍ତୁ ମୋହିତ ମୋତେ କଥାରେ କଥାରେ କ'ଣ କହିଗଲା ? ମୁଁ ଜଣେ ଅବିଶ୍ୱସ୍ତ ପତ୍ନୀ ମୁଁ ଏ ପର୍ଯ୍ୟନ୍ତ ମୋହିତ ମନରେ ବିଶ୍ୱାସ ଜନ୍ମାଇ ପାରିନାହିଁ, ଯେ ମୁଁ ତାକୁ ଭଲପାଏ।

ସୂର୍ଯ୍ୟାଂଶକୁ ମୁଁ ଦୁର୍ଭାଗ୍ୟବଶତଃ ହରାଇଲି ଓ ମୋହିତକୁ ମୋର ବ୍ୟବହାର ପାଇଁ ହରାଇବାକୁ ଯାଉଛି। ମୋହିତର କଥାଶୁଣି ମୋ ଭିତରେ ଅପରାଧବୋଧଟିଏ ଜାଗି ଉଠିଲା। ନିଜକୁ ଶାସନ କଲି ସେ ଅଜ୍ଞାତ ଚରିତ୍ର ଯିଏ ହୁଅନ୍ତୁ ନା କାହିଁକି ସେ ସଂପର୍କରେ ମୋର ଆଗ୍ରହ ସୃଷ୍ଟିହେବା ଅସ୍ୱହଣୀୟ। ମୁଁ ପିତର ସହିତ ମୋ ସଂପର୍କକୁ ବନ୍ଧୁତାର ନିଗଡ଼ ମଧ୍ୟରେ ଆବଦ୍ଧ ରଖି ମୋହିତକୁ ହିଁ କେବଳ ଭଲ ପାଇବି। ଶେଷରେ ତା' ପାଇଁ ସଜାଇ ରଖିବି ଏକ ସଜମଲ୍ଲିକାଫୁଲର ରାତି।

ସପ୍ତାହେ ବିତିଗଲା। ମୋହିତକୁ ମନାଇବାକୁ କେତେ କଥା ମେସେଜ୍ କରେ, ପ୍ରେମିକା ପରି କେବେ ପତ୍ନୀ ପରି। ମୋ ପ୍ରଗଲ୍ଭତାକୁ ନେଇ ସେ ଖୁସି ହୁଏ। ଶେଷରେ ଦିନେ କହିଲି– ମୋହିତ ତୁମେ ଏଠାକୁ ଆସିବ ନା ମୁଁ ଚାକିରି ଛାଡ଼ି ଦେଇ ତୁମ ପାଖକୁ ଚାଲିଯିବି !

ସେ ହଠାତ୍ ଆଶ୍ଚର୍ଯ୍ୟ ପ୍ରକଟ କରି କହିଲା– ଚାକିରି କାହିଁକି ଛାଡ଼ି ଦେବ ? କିଛି ସମସ୍ୟା ହୋଇଛି କି ?

– ଜୀବିକା ପାଇଁ ମୁଁ ମୋ ଜୀବନକୁ ରସହୀନ କରିବାକୁ ଚାହେଁନା।

ସେ ହସିଲା "ମୋ ସାରା ପୁଣି ଏତେ ଭାବପ୍ରବଣ ?"

– ନାଁ ମୋହିତ ! ଯାହା ଘଟିଗଲା ସେ ସବୁ ମୋ ଅତୀତ। ଅତୀତକୁ ନେଇ ବର୍ତ୍ତମାନର ପଥ ଚାଲିଲେ ପାଦରୁ ରକ୍ତ ଝରେ। ମୁଁ ତୁମର ପତ୍ନୀ ଏତିକି ହିଁ ସତ୍ୟ, ଆଉ ସବୁ ମିଛ। ସମସ୍ତେ ପ୍ରହେଲିକା। ମୋ ଜୀବନରେ ସୂର୍ଯ୍ୟାଂଶର ଭୂମିକା ଶେଷ ହୋଇଛି। ମୁଁ କାୟ ମନ ବାକ୍ୟରେ ତୁମର ହେବାକୁ ଚାହେଁ ଏହାହିଁ ସତ୍ୟ ! ସତ୍ୟ ! ସତ୍ୟ !

ମୋହିତ ଭିତରେ ଆସ୍ ପ୍ରତ୍ୟୟ ଫେରି ଆସୁଥିଲା ତା' ଭାଷାରେ — ତେବେ ଆସନ୍ତା ସପ୍ତାହରେ ମୁଁ ତୁମ ପାଖକୁ ଆସୁଛି। ଦୁଇଦିନ ଛୁଟି ମିଳିଛି, ରବିବାରକୁ ମିଶାଇ ତିନିଦିନ। ତୁମେ ଯେମିତି ଚାହିଁବ ଆମେ ସେମିତି ମୁହୂର୍ତ୍ତଗୁଡ଼ିକୁ ଖର୍ଚ୍ଚ କରିବା।

ମୋ ମନରେ ସାନ୍ତ୍ବନା, ଯାହା ହେଉ ମୁଁ ମୋହିତ ମନରେ ବିଶ୍ୱାସ ସୃଷ୍ଟି କରି ପାରିଛି ଯେ ମୁଁ ତାଙ୍କୁ କେବଳ ଭଲପାଏ ନାହିଁ ତା' ପାଇଁ ଅତୀତକୁ ଭୁଲି ଯିବାର ସାହସ ବି ଦେଖାଇପାରେ ।

ଦୀୟା । ପ୍ରିଲିମ୍‌ରେ କୃତକାର୍ଯ୍ୟ ହେବାପରଠାରୁ ଥରଟିଏ ତା' ପାଖକୁ ଯାଇପାରିନଥିବାରୁ ସେ ଅଭିମାନ କରେ । ମୋ ପାଖକୁ ଅଭିମାନ ଭରା ମେସେଜ ପଠାଏ । ଲେଖେ ମୁଁ ତା' ଜୀବନାକାଶର ଧ୍ରୁବତାରା । ତା' ଝଡ଼ ପରବର୍ତ୍ତୀ ଜୀବନ ଜାହାଜର ସୁରକ୍ଷିତ ପୋତାଶ୍ରୟ ଇତ୍ୟାଦି ଇତ୍ୟାଦି । ମୁଁ ଲେଖେ:- ଆଜିକାଲି ପିତର ସହିତ ତୁମ ସଂପର୍କ ଢେର ଆଗେଇ ଗଲାଣି ବୋଧହୁଏ ସେଥିପାଇଁ ତୁମ ଭାଷାରେ ଏତେ ଉପମା, ରୂପକଦ୍ଧ ।

ସେଦିନ ଦୀୟା ପାଇଁ ତା' ପ୍ରିୟ ଲେଖକଙ୍କ ଉପନ୍ୟାସଟିଏ ନେଇ ପହଁଞ୍ଚିଗଲି ସଂଧ୍ୟା ପୂର୍ବରୁ । ତା' ପାଖରେ ପହଁଞ୍ଚିଲେ ସାହିତ୍ୟ, ଇତିହାସ, ଦର୍ଶନ ଉପରେ ଆଲୋଚନା ହୁଏ । ସେଗୁଡ଼ିକର କାହା ସହିତ କାହାର ସଂପର୍କ ନଥିଲେ ମଧ ସେ ସେଗୁଡ଼ିକୁ ଗୋଟିଏ ସୂତ୍ରରେ ଛନ୍ଦିବାର ପ୍ରୟାସ କରେ । ତା' ଭିତରେ ଆମ୍ବିଶ୍ୱାସ ଫେରି ଆସୁଥିବାର ଦେଖି ମନ ଆନନ୍ଦରେ ଭରିଗଲା ।

ସଂଧ୍ୟାରେ ଅଟୋ ନେଇ ଘରେ ପହଁଞ୍ଚିବା ରାସ୍ତାରେ ଦେଖିଲି ସେଇ ଅଜ୍ଞାତ ଯୁବକଙ୍କୁ । ଦଃଦରା, ମୋହିତ ତଥା ନିଜକୁ ଦେଇଥିବା କଥା, କରିଥିବା ପ୍ରତିଜ୍ଞା ଭୁଲି ତାଙ୍କୁ ଅନୁସରଣ କରିବା ଆରମ୍ଭ କଲି । ମୋର ମନେହେଲା ତାଙ୍କ ସହ ଆଲାପ ନ କଲେ ମୋ ଛାତି ଭିତରର ସ୍ପନ୍ଦନଟା ନିସ୍ତବ୍ଦ ହୋଇଯିବ । ସୂର୍ଯ୍ୟାଂଶର ସ୍ମୃତି ଆସିଲେ ମୋ ଭିତରେ ଯେଉଁ ପ୍ରଳୟଙ୍କରୀ ବନ୍ୟା ଆସେ ତାକୁ କି ପ୍ରତିରୋଧ କରିପାରେ ପ୍ରତିଜ୍ଞାର ବନ୍ଧବାଡ ? ସେ ରାସ୍ତା ଧାରରେ ଠିଆ ହୋଇଥିବା ଅପେକ୍ଷାମାଣ ଏକ କାରରେ ବସି ଚାଲିଗଲେ । ତାଙ୍କ ବନ୍ଧୁ ତାଙ୍କ ସହିତ ନଯାଇ ଘର ଅଭିମୁଖେ ଯାଉଥିବା ଦେଖି ତାଙ୍କୁ ଅନୁସରଣ କଲି । ସେ ଦୁତଗତିରେ ଆଗେଇ ଯାଇ ଲିଫ୍ଟ ଭିତରେ ପଶିଗଲେ । ଏବେ ଏ ଦଶମହଲାର କେଉଁ ଘରେ ସେ ରହନ୍ତି ଜାଣିବା ସମ୍ଭବ ନୁହେଁ । ଅତଃ ଭଗ୍ନ ମନ ନେଇ ମୋତେ ଫେରିବାକୁ ପଡିଲା ।

ଭଗ୍ନମନ, ବିବଶ ହୃଦୟ, କ୍ଲାନ୍ତ ଆଖିପତା । ଏବେ ଏ ଅବୁଝା ହୃଦୟକୁ କେଉଁ ପ୍ରଲୋଭନ ଦେଇ ମୁଁ ଶାନ୍ତ କରିବି ? ଯେଉଁ ଆଡେ ଚାହିଁଲେ ମୋତେ ଦିଶିଗଲା ସେ ଅଜ୍ଞାତ ଯୁବକଙ୍କ ଚେହେରା । ବୋଧହୁଏ ତାଙ୍କ ସଂପର୍କରେ ନଜାଣିଲେ ମୋ ଦୀର୍ଘଦିନରୁ ଅବଦମିତ ଥିବା ଇଚ୍ଛାର ପାହାଡ଼ଦେହରେ

ଡାଇନାମାଇଟ୍ ଲାଗି ବିସ୍ଫୋରଣ ଘଟିବ । କାହିଁକି କେଜାଣି ବାରମ୍ବାର ଚେଷ୍ଟା କରିବା ସତ୍ତ୍ୱେ ମୁଁ ତାଙ୍କ ନିକଟବର୍ତ୍ତୀ ହୋଇପାରୁନଥିଲି ।

ଆଜିକାଲି ମୋ ପାଖକୁ ଫୁଲ ବା ଅଜଣା ନମ୍ବରରୁ କଲ୍ ଆସେନା । ମୋହିତ କଥା ନମାନି ତାଙ୍କ ଘରକୁ କିଛି ଟଙ୍କା ଓ କାବ୍ୟା ଅପାଙ୍କ ପୁଅ ପାଇଁ ଉପହାର ପଠାଇବା ପରେ ଶାଶୁଙ୍କଠାରୁ ଯେଉଁ ଚିଠି ଆସିଲା ତାହା ପଢ଼ି ମୋ ବିସ୍ମୟର ସୀମା ରହିଲା ନାହିଁ । ସେ ଲେଖିଥିଲେ– “ମୋହିତ ନିୟମିତ ଟଙ୍କା ପଠାଉଥିଲେ ମଧ୍ୟ ଦୀର୍ଘଦିନ ହେଲା ଘରକୁ ଆସୁନାହିଁ, ବୋଧହୁଏ ପ୍ରତ୍ୟେକ ଛୁଟିରେ ସେ ତୋ ପାଖକୁ ଯାଉଛି, ତାକୁ କହିବୁ ସମୟ ଦେଖ କେବେ କେବେ ଘରକୁ ଆସିବ ।”

ମୋହିତ ଘରେ ଆମ ବିବାହକୁ ପ୍ରେମ ବିବାହ ଭାବରେ ଗ୍ରହଣ କରିଥିବାରୁ କେହି ମୋତେ ଆଦର କରୁନଥିଲେ କିନ୍ତୁ ଏବେ ସେମାନେ ମୋତେ ଏକଛତ୍ରବାଦୀ ବୋହୂ ମନେକରିବାର ଯଥେଷ୍ଟ କାରଣ ଥିଲା । କୌଣସ ଛୁଟିରେ ମୋହିତ ଯଦି ଘରକୁ ନଯାଏ ସ୍ୱାଭାବିକ ଭାବରେ ସେମାନେ ଧରିନେବେ ସେ ତା’ର ନବବିବାହିତା ପତ୍ନୀ ପାଖକୁ ଆସୁଛି, ଯେ ସେମାନଙ୍କ ସ୍ନେହ ବନ୍ଧନକୁ ହୁଗୁଲା କରିବାର ପ୍ରଧାନ କାରଣ ।

ମୋହିତ ଘରକୁ ଯାଏ ନାହିଁ, ମୋ ପାଖକୁ ଆସେ ନାହିଁ ତେବେ ଯାଏ କୁଆଡ଼େ ? କରେ କଣ ? ଏ ପ୍ରଶ୍ନଟି ପଚାରିବି ବୋଲି ମୋହିତ ଅନୁମାନ କରିନେଇଥିଲା । ତେଣୁ ମୋ କଣ୍ଠସ୍ୱର ଶୁଣିବା ମାତ୍ରେ ପ୍ରଶ୍ନ କଲା–ଈଶ୍ୱରଙ୍କ ସଂପର୍କରେ ତୁମ ଧାରଣାଟି କଣ ?

– ମୁଁ ନିରୀଶ୍ୱରବାଦୀ ନୁହେଁ, ମୁଁ ମଧ୍ୟ ଈଶ୍ୱରଙ୍କୁ ବିଶ୍ୱାସ କରେ । ଏ ଅଖିଳ ବ୍ରହ୍ମାଣ୍ଡର ସୃଷ୍ଟିକର୍ତ୍ତା ଭାବରେ ସ୍ୱୀକାର କଲେ । କୌଣସି ଜାତି, ଧର୍ମ ଓ ବିଶ୍ୱାସଠାରୁ ଊର୍ଦ୍ଧ୍ୱରେ ସେ । ବିଭିନ୍ନ ଧର୍ମରେ ତାଙ୍କ ନାମ ଭିନ୍ନ, ଆରାଧନା କରିବାର ମାର୍ଗ ଭିନ୍ନ । ମାତ୍ର ଭିନ୍ନ ରାସ୍ତା ଦେଇ ଆମେ ପହଞ୍ଚୁ ସେଇ ଏକକ ଈଶ୍ୱରଙ୍କ ନିକଟରେ । ଜନ୍ମ ସମୟରେ କାହାର ଧର୍ମ ନଥାଏ, ସେ ସବୁ ମଣିଷ ସୃଷ୍ଟି, ଈଶ୍ୱରଙ୍କ ସୃଷ୍ଟିରେ ଗୋଟିଏ ଜାତି–ମଣିଷଜାତି ଗୋଟିଏ ଧର୍ମ ମଣିଷ ଧର୍ମ । ଏହା ବ୍ୟତୀତ ମୁଁ ଅଧିକ କିଛି ଜାଣେନା ।

ମୋହିତ ଦୀର୍ଘଶ୍ୱାସ ତ୍ୟାଗ କରି କହିଲା “ଗୋଟିଏ ଚାକିରିର ଆବେଦନ ପତ୍ରରେ ଆବେଦନକାରୀ କେଉଁ ଧର୍ମର ବୋଲି ଉଲ୍ଲେଖ ଥିଲା । ମୁଁ ହିନ୍ଦୁ ଘରେ ଜନ୍ମନେଲେ ମଧ୍ୟ ହିନ୍ଦୁ ହେବା ନହେବା ମୋ ସିଦ୍ଧାନ୍ତ ଉପରେ ନିର୍ଭର କରେ । ମୁଁ ସେ ସଂପର୍କରେ ନିଷ୍ପତ୍ତି ନେଇ ନଥିବାରୁ ଶୂନ୍ୟସ୍ଥାନ ଭରିନଥିଲି, ଯେଉଁ କାରଣରୁ ସେମାନେ ମୋ ଆବେଦନ ପତ୍ରଟିକୁ ଅସଂପୂର୍ଣ୍ଣ ଘୋଷଣା କରିଛନ୍ତି । ଜଣେ ହିନ୍ଦୁ ଘରେ ଜନ୍ମନେଲେ

ଜନ୍ମସିଦ୍ଧ ହିନ୍ଦୁ। କିନ୍ତୁ ଏଇ ପ୍ରଶ୍ନ ମାଧ୍ୟମରେ ଆମ୍ମନରେ ବିଭେଦତାର ବୀଜଟିଏ ବ୍ୟପନ ହେଉନାହିଁକି ? ଧର୍ମ ମୋର ପରିଚୟ ନହେଉ। ମୋର ଯୋଗ୍ୟତା କେବଳ ବିଚାରଭୁକ୍ତ ହେଉ। ମୁଁ ସଂସ୍ଥାର ଉଚ୍ଚ ପଦାଧିକାରୀଙ୍କୁ ଏ ସଂପର୍କରେ ପତ୍ର ଲେଖିଛି।"

– କିନ୍ତୁ ବିବାହ ପୂର୍ବରୁ ତୁମେ ଜଣେ ଗୁରୁଙ୍କ ନିକଟକୁ ଯୋଗାଭ୍ୟାସ କରିବାକୁ ଯାଉଥିବାର ମୁଁ ଜାଣେ।

ଅପରପାର୍ଶ୍ୱରୁ ମୃଦୁ ହସ ଶୁଭିଲା– ସେ ତ ମୋର ଆଦ୍ୟ ଜୀବନ, ଈଶ୍ୱରଙ୍କ ନିକଟରେ ପହଞ୍ଚିବାର ଆକୁଳ ପିପାସା ନେଇ ସବୁ ଆଡ଼େ ଘୁରି ବୁଲିଛି ମାତ୍ର ତୃଷା ନିବାରଣ ହୋଇଛି ସାମାନ୍ୟ।

ତୁମେ ଗୋଟେ ଗପ ଶୁଣିଥିବ, କେତେ ଜଣ ଅନ୍ଧ ହାତୀକୁ ଦେଖିବାକୁ ଯାଇ କେହି ତାର କାନକୁ ଛୁଇଁ ହାତୀ କୁଲାପରି, କେହି ଗୋଡ଼କୁ ଛୁଇଁ ହାତୀ ଗଛର ଗଣ୍ଡି ପରି କେହି ପୁଛକୁ ଛୁଇଁ ହାତୀ ରଶି ପରି କହିଥିଲେ। କେହି ସମ୍ପୂର୍ଣ୍ଣ ହାତୀର ସ୍ୱରୂପ ପରିକଳ୍ପନା କରିପାରି ନଥିଲେ। ସେପରି ଈଶ୍ୱରଙ୍କ ସ୍ୱରୂପର ଗୋଟିଏ ଗୋଟିଏ ବିଭବ ଧରି ଆମେ ମନେକରୁଛୁ ଏହା ସମ୍ପୂର୍ଣ୍ଣ ଈଶ୍ୱରଙ୍କ ସ୍ୱରୂପ। ମୁଁ ଏବେ ବାହାଇ ଧର୍ମ ସଂପର୍କରେ ଅନୁଧ୍ୟାନ କରୁଛି ବୋଧହୁଏ ଅନ୍ୟକିଛି ଧର୍ମ ବିଷୟରେ ଜାଣିବା ପରେ ମୁଁ ଧର୍ମର ସ୍ୱରୂପ ସଂପର୍କରେ ଧାରଣା କରିପାରିବି। ସେ ଟିକେ ନିରବ ରହି କହିଲା ତୁମକୁ ଛୋଟ ଅନୁରୋଧଟିଏ।

–କୁହ ମୋହିତ ! ତୁମ ପାଇଁ କିଛି କରିପାରିଲେ ମୁଁ ନିଜକୁ ଭାଗ୍ୟବତୀ ମନେକରିବି।

– ଦୀର୍ଘଦିନରୁ କାର୍ଯ୍ୟବ୍ୟସ୍ତତାବଶତଃ ଘରକୁ ଯାଇ ନ ପାରିବାରୁ ସେମାନେ ଭାବନ୍ତି ମୁଁ ତୁମ ପାଖକୁ ଯାଏ। ମୋର ଏ ଅନ୍ୱେଷଣର ଅର୍ଥ ସେମାନେ ବୁଝିବେ ନାହିଁ ଆଶା ତୁମେ ପରିସ୍ଥିତିକୁ ସମ୍ଭାଳି ନେବ।

ଦୁଇଥର ମୋହିତର ଇନ୍ଟ୍ୟୁସନ୍ ସତ୍ୟ ପ୍ରମାଣିତ ହୋଇଛି। ତା' ପାଖରେ କେଉଁ ସାଧନ ଅଛି ନିଜ ଷଷ୍ଠେନ୍ଦ୍ରିୟକୁ ଜାଗ୍ରତ କରିବା ପାଇଁ ?

ମୁଁ ଏବେ ଏକ ବିସ୍ମୟକର ଇଲାକାର ଅଧିବାସୀ। ମୋ ଚତୁଃପାର୍ଶ୍ୱର ପୃଥିବୀ ରହସ୍ୟମୟ, ଚରିତ୍ରମାନେ ଆଲୋକିକ। ଯାହାକୁ ମୁଁ ମୋର ସ୍ୱାମୀ ଭାବରେ ଗ୍ରହଣ କରିଛି ସେ ମଧ ଗୋଟେ ମୁଖା ପିନ୍ଧା ଚରିତ୍ର ଯାହା ବିଷୟରେ ମୁଁ କିଛି ଜାଣେନାଁ।

ଆଜିକାଲି ମୋର ମନେହୁଏ ମୋର ପ୍ରତ୍ୟେକ କାର୍ଯ୍ୟକଳାପକୁ ଦୂରରୁ ଥାଇ କେହି ଜଣେ ନିରୀକ୍ଷଣ କରେ। ସେଥିପାଇଁ ମୋତେ ସଂଧ୍ୟାବେଳେ ବାଲକୋନିକୁ ଯିବାକୁ ମଧ ଭୟ ଲାଗେ। ପ୍ରକୃତରେ ସମସ୍ତ ଦୁର୍ଭାବନାର ଅଧୀଶ୍ୱର ହେଉଛି ମନ।

ଶେଷରେ ଦିନେ ମୋତେ ପିଟର ପ୍ରଶ୍ନର ଶେଷ ଉତ୍ତର ଦେବାକୁ ହେଲା ମୁଁ ଲେଖିଲି– "ତୁମେ ଜାଣି ସୁଖୀ ହେବ ଯେ ମୋହିତ ମୋ' ପାଖକୁ ଫେରି ଆସିଛି। ତୁମେ ମୋ ପାଇଁ ନହେଲେ ମଧ ଥରେ ଭାରତର ପୁଣ୍ୟଭୂମିକୁ ସ୍ପର୍ଶ କରି ଦେଇଯାଆ। ଅତିଥିକୁ ଈଶ୍ୱର ଭାବରେ ଅଭ୍ୟର୍ଥନା କରିବା ଯେଉଁ ଦେଶର ସଂସ୍କୃତି, ମାନବିକତା ଯେଉଁଦେଶର ଧର୍ମ, ଓ ଏହାର ଇତିହାସ ଏପରି ଗରିମାମୟ ଯେ ଉପନିବେଶବାଦ ସାମ୍ରାଜ୍ୟ ବିସ୍ତାର ପାଇଁ କେବେ ଦେଶ ଉପରେ ଆକ୍ରମଣ କରିଥିବାର ପ୍ରମାଣ ଏ ଦେଶର ନାହିଁ। ଭୂମି– କନ୍ୟା ଭାବରେ ମୁଁ ତୁମକୁ ସ୍ୱାଗତ କରିବି, ପ୍ରେମିକ ଭଳି ନୁହେଁ ବରଂ ବନ୍ଧୁଭଳି। ଥରେ ଏ ମାଟିର ପବିତ୍ର ନଦନଦୀ, ଆକାଶ, ଅରଣ୍ୟର ଭାଷା ବୁଝିବାକୁ ଚେଷ୍ଟା କରିବ। ତୁମର ମନେ ହେବ ଏ ମାଟିକୁ ସ୍ପର୍ଶ କରି ତୁମେ ଭାଗ୍ୟବାନ୍ ପାଲଟି ଯାଇଛ।"

ପ୍ରତ୍ୟୁତ୍ତରରେ କେତୋଟି ହସନ୍ତ ଇମୋଜୀ ଆସିଥିଲା। ପିଟରର ସହିତ ମୋ ସଂପର୍କ ନିର୍ମଳ ବନ୍ଧୁତା ମଧରେ ସୀମାବଦ୍ଧ ରହିବା ପରେ ମଧ ମଧରାତ୍ରିରେ ମୋବାଇଲର ରିଂଟୋନ ଶବ୍ଦରେ ମୋ ଗଭୀର ନିଦ ଭାଙ୍ଗିଯାଏ। ଅଜ୍ଞାତ ଯୁବକର କଲ୍ ଆସିବା ଆଶଙ୍କାରେ ଆଖିରୁ ହଜିଯାଏ ବଳକା ରାତିର ନିଦ।

କିନ୍ତୁ ଦିନେ ମୋହିତ ଡାକରାରେ ମୋ ସକାଳର କଞ୍ଚା ନିଦ ଭାଙ୍ଗିଗଲା। ବାହାଇ ଧର୍ମ ସଂପର୍କରେ ସେ ସଂଗ୍ରହ କରିଥିବା ତଥ୍ୟ ଆଗ୍ରହର ସହିତ ଆଲୋଚନା କରିବାକୁ ଚାହୁଁଥିବାବେଳେ ମୋ ପାଖରେ ଧୈର୍ୟ୍ୟର ଘୋର ଅଭାବ। କହିଲି "ପୃଥିବୀରେ ଆଉ ଯେତେ ଧର୍ମ ଅଛି ସମସ୍ତଙ୍କ ଉପରେ ଗବେଷଣା ଜାରି ରଖ। ଶେଷରେ ବୁଝିବ ଈଶ୍ୱର ଆଉ କେଉଁଠି ନାହାନ୍ତି ଅଛନ୍ତି ଆମରି ଭିତରେ। କର୍ମ ହିଁ ଈଶ୍ୱର, ସେବା ହିଁ ଈଶ୍ୱର ପ୍ରେମ ହିଁ ଈଶ୍ୱର। ଆଉ କେଉଁ ଈଶ୍ୱର ସନ୍ଧାନରେ ତୁମେ ?"

ସେ ଅସନ୍ତୁଷ୍ଟ ଭାବେ କହିଲା, ତୁମେ ଯାହା କହୁଛ ତାହା ସାମୟିକ ଭାବରେ ସତ୍ୟ ହୋଇପାରେ ମାତ୍ର...

ସେ ଦିନ ତର ତର କରି ଅଫିସ୍ ବାହାରିବା ସତ୍ତ୍ୱେ ଦଶମିନିଟ୍ ବିଳମ୍ୱରେ ପହଞ୍ଚିଲି। ଅଧିକ ବିଳମ୍ୱ ହେଲେ କୌଣସି ଈଶ୍ୱର ମୋ ଚାକିରିକୁ ରକ୍ଷା କରିପାରିବେ ନାହିଁ ମୁଁ ଜାଣେ। ତେଣୁ ପ୍ରତିଜ୍ଞା କଲି ଆସନ୍ତା କାଲି ଦଶମିନିଟ୍ ପୂର୍ବରୁ ପହଞ୍ଚ ଏ ସମୟର ଭରଣା କରିବି।

ଅଫିସ୍ ଫେରନ୍ତା ରାସ୍ତାରେ ଭେଟିଲି ଯୁବକଙ୍କ ବନ୍ଧୁଙ୍କୁ। ମୋଠାରୁ ଦୂରତା ବଜାୟ ରଖିବା ତାଙ୍କ ଦ୍ୱାରା ସମ୍ୱବ ହେଲାନାହିଁ। ତାଙ୍କ ପଛେ ପଛେ ତାଙ୍କ ଫ୍ଲାଟ୍ ଯାଏଁ ଯିବା ରାସ୍ତାରେ ଭାବୁଥିଲି କିପରି ତାଙ୍କୁ ଅଜ୍ଞାତ ଯୁବକଙ୍କ ସଂପର୍କରେ ପ୍ରଶ୍ନ କରିବି ? ଭିତରୁ ଶୁଭିଲା ସାରା ! ତୁ ପାରିବୁ, ନିଶ୍ଚେ ପାରିବୁ

ମୋ ଭିତରୁ ଏଭଳି ପ୍ରେରଣାଦାୟୀ ବାଣୀ ଶୁଭେ, ଯେତେବେଳେ ମୋ ଆତ୍ମବିଶ୍ୱାସ ସ୍ତର ତଳକୁ ଖସି ଶୂନ୍ୟରେ ପହଞ୍ଚି ସାରିଥାଏ। ଜୀବନରେ ହାର ମାନିବା ଅର୍ଥ ମୃତ୍ୟୁ। ଯେକୌଣସି ଉପାୟରେ ମୁଁ ଏ ରହସ୍ୟର ଉନ୍ମୋଚନ କରିବି। ମନେ ମନେ ସ୍ଥିର କଲି।

ସେ ତାଙ୍କ ଦରଜା ଖୋଲି ଭିତରକୁ ପ୍ରବେଶ ନିମନ୍ତେ ଉଦ୍ୟମ କରିବା ସମୟରେ ପଛରୁ ଡାକିଲି "ଟିକେ ଶୁଣିବେ !"

ସେ ମୋତେ ସିଧାସଳଖ ଚାହିଁ ପ୍ରଶ୍ନ କଲେ "କୁହନ୍ତୁ।"

ଉତ୍ତର ଭାରତୀୟଙ୍କ ପରି ଚେହେରା। ବୟସ ପଚିଶ୍ ଛବିଶ ହେବ। ପ୍ରଥମଥର ପାଇଁ ତାଙ୍କୁ ଏତେ ନିକଟରୁ ଦେଖୁଥିଲି ମୁଁ।

– ଆପଣଙ୍କ ସହିତ ଟିକେ କାମ ଥିଲା, ଭିତରକୁ ଆସିପାରେକି ?

ସେ ଇସାରାରେ ଘର ଭିତରକୁ ମୋତେ ଆମନ୍ତ୍ରଣ କଲେ।

ସାଧାରଣ ବୈଠକ ଘର। ମେଟ୍ରୋସିଟି ମାନଙ୍କର ପର୍ଷ୍ଟ ସିଙ୍ଗ ଫ୍ଲାଟ୍ ଘରମାନଙ୍କରେ ଯେଉଁ ସାଧାରଣ ଆସବାବପତ୍ର ଦେଖାଯାଏ ଠିକ୍ ସେଇଭଳି। ସାଧାରଣ ସୋଫାସେଟ୍। କାନ୍ଥରେ ବତିଶ୍ ଇଞ୍ଚର ଟିଭି। କୋଣରେ ଟେବୁଲ୍ ଚେୟାର୍। ଟେବୁଲ ଉପରେ ଲ୍ୟାପ୍। କିଛି ବହି, ମାଗାଜିନ, ସମ୍ୱାଦପତ୍ର।

– ମୁଁ ସାରା ! ଗୋଟିଏ ଅନ୍ତଃରାଷ୍ଟ୍ରୀୟ କମ୍ପାନୀର ସଫଟ୍‌ୱେର୍ ଇଞ୍ଜିନିୟର। ନିଜ ପରିଚୟ ଦେଇ ମୁଁ ତାଙ୍କଠାରୁ ପରିଚୟ ଆଶା କରୁଥିଲି। କିନ୍ତୁ ସେ ନିଜ ପରିଚୟ ନଦେଇ ସହସ୍ୟ ବଦନରେ ମୋର ପରବର୍ତ୍ତୀ ଉଚ୍ଚାରଣ ଅପେକ୍ଷାରେ ଚାହିଁ ରହିଲେ।

– ପ୍ରକୃତରେ ମୁଁ ଆପଣଙ୍କ ସୋସାଇଟିରେ ଫ୍ଲାଟ୍‌ଟିଏ ନେବାକୁ ଚାହୁଁଥିଲି। ପୁରୁଣାଘରେ ମୋର ଭୀଷଣ ଅସୁବିଧା ହେଉଛି।

ସେ ତାଙ୍କ ମୋବାଇଲ୍‌ରୁ ପ୍ରପର୍ଟି ଓନର୍ ବା ମ୍ୟାନେଜରଙ୍କ ନମ୍ୱରଟିଏ ମୋତେ ଦେଇ କହିଲେ, ସେ ମଧ୍ୟ ଏ ସ୍ଥାନରେ ନୂଆ। ଏ ଘରଟି ସେ ଜଣେ ଭଦ୍ର ଲୋକଙ୍କ ମାଧ୍ୟମରେ ପାଇଛନ୍ତି ଯେ ତାଙ୍କୁ ଏଇ ନମ୍ୱରଟି ଦେଇଥିଲେ କୌଣସି ସମସ୍ୟା ହେଲେ ଯୋଗାଯୋଗ କରିବା ପାଇଁ। ଏହା ବ୍ୟତୀତ ସେ ଅନ୍ୟକିଛି ସାହାଯ୍ୟ କରିପାରିବେ ନାହିଁ।

ମୁଁ ଶୀଘ୍ର ପ୍ରସଙ୍ଗଟିକୁ ଓହ୍ଲାଇବାକୁ ଯାଇ କହିଲି, "ହୁଏତ ଏ ସଂପର୍କରେ ଆପଣଙ୍କ ବନ୍ଧୁ ଅଧିକ କିଛି ଜାଣି ଥାଇ ପାରନ୍ତି, ଯେ ଆପଣଙ୍କସହିତ ରହନ୍ତି। ତାଙ୍କ ନାଁ କଣ ?"

"ଡ୍ୟୁଡ୍ ବୋଲି ମୁଁ ତାଙ୍କୁ ଡାକେ। ଆମେ ଦୁହେଁ ଭଲ ବନ୍ଧୁ। ମୁଁ ଶତ ପ୍ରତିଶତ ନିଶ୍ଚିତ ଯେ ସେ ମଧ୍ୟ ଆପଣଙ୍କୁ ଏ ଦିଗରେ କୌଣସି ସାହାଯ୍ୟ କରିପାରିବେ ନାହିଁ।"

ସେ ଏଥର ଉଠି ଛିଡ଼ା ହେଲେ ।

ବୁଝିଲି ଏହାଠାରୁ ଅଧିକ ସୂଚନା ଦେବାକୁ ସେ ଅନିଚ୍ଛୁକ । କିନ୍ତୁ ମୋ ପ୍ରଶ୍ନର ଉତ୍ତର ତ ମୁଁ ଏ ଯାଏଁ ପାଇଲି ନାହିଁ । କିଛି ଚିନ୍ତା କରିବା ପାଇଁ ସମୟର ଦୈର୍ଘ୍ୟ ବଢ଼ାଇବାକୁ ଯାଇ କହଲି "ପାଣି ଗ୍ଲାସେ ମିଳିବ ?"

ପାଣି ଆଣିବା ପାଇଁ ସେ ଭିତରକୁ ଚାଲିଗଲେ ।

ମୁଁ ବସିଥିବା ସ୍ଥାନରୁ ଉଠିପଡ଼ି ଟେ'ବୁଲ୍ ଉପରେ ଥିବା ବହିଗୁଡ଼ିକ ଖେଲାଇ ପକାଇଲି କେଉଁଠି ଅଜ୍ଞାତ ଯୁବକଙ୍କ ନାମଟିଏ ଲେଖାଥିବ ଭାବି । ମାତ୍ର ନିରାଶ ହେଲି । କେଉଁଠାରେ ତାଙ୍କ ନାମ ପାଇଲି ନାହିଁ । ଡ୍ରୟାର୍ ଖୋଲି ଦେଖିଲି ଡାଏରୀଟିଏ । ଉପରେ ଲେଖା ହୋଇଛି "Diary of a stranger" ସେଇଟିକୁ ଚଟାପଟ୍ ମୋ ହ୍ୟାଣ୍ଡ ବ୍ୟାଗରେ ରଖି ପୂର୍ବସ୍ଥାନରେ ବସିଲି । ଗୋଟିଏ ମିନିଟ୍ ପରେ ଯୁବକ ଜଣାକ ଫେରି ପାଣି ବଟଲଟି ମୋ ହାତକୁ ବଢ଼ାଇଦେବା ମାତ୍ରେ ମୁଁ ପାଣିପିଇ ଫୋନ୍ ନମ୍ବରଟି ଦେଇଥିବାରୁ ଧନ୍ୟବାଦ ଜଣାଇ ଫେରିଲି ଘରକୁ ।

କୌଣସି ଅଜଣା ବ୍ୟକ୍ତିଙ୍କ ବ୍ୟକ୍ତିଗତ ଡାଏରୀ ପଢ଼ିବା ଅଶୋଭନୀୟ । ମୁଁ ଜାଣେ ମୁଁ ଏ ଅକରଣୀୟ କାର୍ଯ୍ୟ କରିବାକୁ ଯାଉଛି । ମାତ୍ର ମୁଁ ଥରେ ମାତ୍ର ମୋ ନିଜକୁ ସାନ୍ତ୍ୱନା ଦେବାକୁ ଚାହେଁ ଯେ ମୋ ମନରେ ଦୀର୍ଘଦିନରୁ ବସା ବାନ୍ଧିଥିବା ଧାରଣାଟି ଆଧାରହୀନ । ତାପରେ ମୁଁ ମୋର କୃତକର୍ମ ପାଇଁ କ୍ଷମା ମାଗି ମୁଁ ଡାଏରୀଟି ଫେରାଇ ଦେବି ।

ଡ୍ୟୁଡ଼୍ ! କିଏ ସେହି ଅଜ୍ଞାତ ଯୁବକ ? ଯାହାଙ୍କୁ ଦେଖିବା ମାତ୍ରେ ମୋର ମନେପଡ଼ିଯାଏ ସୂର୍ଯ୍ୟାଂଶର ସ୍ମତି । ଏଜନ୍ମରେ ନହେଲେ ତାଙ୍କ ସହିତ ମୋର କେଉଁ ଜନ୍ମର ସଂପର୍କ ?

# ଅଜଣା ବ୍ୟକ୍ତିର ଡାଏରୀ

ହାତରେ ଡାଏରୀଟି ଧରିବା ମାତ୍ରେ ମୋ ଶରୀର ଉତ୍ତେଜନାରେ ଥରଥର। ମୁଁ ଏକ ଚରମ ମୁହୂର୍ତ୍ତକୁ ସାମ୍ନା କରିବାକୁ ଯାଉଛି। ନିଜକୁ ଭୁଲ୍ ପ୍ରମାଣିତ କରିବାକୁ ଏ ଉଦ୍ୟମ ଓ କାର୍ଯ୍ୟକଲାପ ଏକ ଦୁର୍ବଳ ମନୋସ୍ଥିତିର ପରିଚୟ। କିନ୍ତୁ ମୁଁ ଥରେ ମାତ୍ର ମୋ ଅବୁଝା ହୃଦୟକୁ ବୁଝାଇବାକୁ ଚାହୁଁଛି ସୂର୍ଯ୍ୟାଂଶ ଏ ପୃଥ୍ବୀରେ ନାହିଁ। ମୁଁ ତା' ପଛରେ ଦୀର୍ଘ ଦୁଇବର୍ଷ ବ୍ୟାପୀ ପଶ୍ଚାତ୍ ଧାବନ କରିଛି କେବଳ ମୋ ପ୍ରେମର ଅନ୍ଧବିଶ୍ୱାସ ନେଇ। ଏଇ ଅନ୍ଧବିଶ୍ୱାସକୁ ନେଇ ତ ମୁଁ ଗଢିଥିଲି ସ୍ୱପ୍ନର ରାଜମହଲ, ରାଣୀ ଅନ୍ତଃପୁର, ରାଣୀ ଅନ୍ତଃପୁରରେ ଥିବା ମୋ ମନର ମଇନାକୁ ଦୁଧ ଭାତ ଦେଇ ବଶ କରିଥିଲି ଦିନରାତି ସେଇ ନାମ ଘୋଷିବା ପାଇଁ। ସେ ନାମ ଶ୍ରବଣ ମାତ୍ରକେ ଫୁଟୁଥିଲି ନିଶିର ରଜନୀଗନ୍ଧା ପରି। ଆଜି ପୁଣିଥରେ ମୋ ଅବୁଝା ହୃଦୟକୁ ବୁଝାଉଛି ଭୁଲିଯା ସୂର୍ଯ୍ୟାଂଶକୁ। ସେ କେବଳ ମୁହୁର୍ମୁହୁ ରକ୍ତ ଝରୁଥିବା ଏକ କୋମଳ କ୍ଷତଟିଏ।

ଏବେ ମୁଁ ଫେରିଯିବି ମୋହିତ ପାଖକୁ। ତା' ପାଇଁ ସଜାଇ ରଖିବି ଏକ ସଜମାହକା ଫୁଲର ରାତି। ତା'ପାଇ ଯାହା ଯାହା କରିପାରି ନାହିଁ କରିବି। ପ୍ରେମିକା ପରି, ପତ୍ନୀ ପରି। ଆଜି ନହେଲେ କାଲି ସେ ମନ ପରିବର୍ତ୍ତନ କରି ମୋ ସହିତ ଯୋଗ ଦେବ।

ଏ ସବୁ କଥା ଚିନ୍ତା କରିବା ସମୟରେ ଭାବୁଥିଲି ନବବଧୂ ବେଶରେ ମୋହିତକୁ କିପରି ପ୍ରତୀକ୍ଷା କରିବି ମୋତେ ଦିଶିଗଲା ବାସର ରାତିରେ ମୋହିତର ନିରୀହ, ଶ୍ୟାମଳ ମୁହଁଟି ପୁଣିଥରେ। ଏକ ଅପରାଧବୋଧରେ ଛଟପଟ ହେଲି କିଛି ମୁହୂର୍ତ୍ତ।

ଜୀବନତନ୍ତ୍ରୀର ସେ ବେସୁରା ରାଗରେ ନୂଆ ରାଗଟିଏ ଯୋଡ଼ିବା ପୂର୍ବରୁ ଖୋଲିଲି ଡାଏରୀ। ଡାଏରୀ ଲେଖିଥିବା ଲେଖକଙ୍କ ହସ୍ତାକ୍ଷର ଠିକ୍ ନୂଆକୁ ଅକ୍ଷର

ଶିଖୁଥିବା ଶିଶୁ ପରି। ଲେଖାକୁ ଦେଖ ଯେ କେହି କହିବ ଲେଖିବା ସମୟରେ ଲେଖକଙ୍କର ମନୋସ୍ଥିତି ଖୁବ୍ ଦୁର୍ବଳ।

ପ୍ରଥମ ପୃଷ୍ଠା ଖୋଲିଲି।

ପୃଷ୍ଠା- ୧

ମୁଁ କିଏ ? ମୁଁ ଜାଣେନା ମୁଁ କିଏ, ମୋର ପରିଚୟ କଣ, ମୁଁ କେଉଁଠାରେ ଅଛି ଓ ଏଠାକୁ କିପରି ଆସିଲି। ଏ ଦୃଶ୍ୟ, ପରିବେଶ ସବୁକିଛି ମୋ ପାଇଁ ଅପରିଚିତ। ମନେହୁଏ ଅନନ୍ତ ଯୁଗର ନିଦ୍ରା ପରେ ମୋର ତନ୍ଦ୍ରା ଭଙ୍ଗ ହୋଇଛି। ମୁଁ ପ୍ରଥମଥର ପାଇଁ ଆଖି ଖୋଲୁଛି। ପ୍ରଥମ ଥର ପାଇଁ ଦେଖୁଛି ଏ ପୃଥିବୀ।

ମୁଁ ଏବେ ଏକ ବିଶାଳକାୟ କୋଠରୀର ମଧ୍ୟଭାଗସ୍ଥ ଶଯ୍ୟାରେ ଏକାକୀ ଶାୟିତ। ଶଯ୍ୟାଟି ସାଧାରଣ ଶଯ୍ୟା ନୁହେଁ ଏକ ହସ୍ପିଟାଲର ବେଡ୍। କିନ୍ତୁ ଗୃହଟି କୌଣସି ହସ୍ପିଟାଲ ନୁହେଁ, ଖୁବ୍ ବଡ ପ୍ରକୋଷ୍ଠ। ଚାରୋଟି ବୃହତାକାର କାଚ ଝରକା। ଝରକା ସେପାଖେ ସବୁଜ ସୁନ୍ଦର ଘନ ଅରଣ୍ୟ, ନୀଳଆକାଶ, ରଙ୍ଗିନ୍ ପୁଷ୍ପ ଉପତ୍ୟକା। ତଥାପି ମୋ ଚତୁର୍ଦ୍ଦିଗରେ ସନ୍‌ସନ୍ ନିରବତା। ଖୁବ୍ ଅସହାୟ ଲାଗୁଛି। ମୋ ଚାରିପାଖରେ ଅନେକ ଯାନ୍ତ୍ରିକ ଉପକରଣ ଓ ଔଷଧ ପରିପୂର୍ଣ୍ଣ ଗୋଟିଏ ର୍ୟାକ୍। ମୁଁ ହାତରେ ନିଜକୁ ପରୀକ୍ଷା କରୁଛି। ହଁ, ମୋର ସ୍ପର୍ଶାନୁଭୂତିଅଛି। ଅତଏବ ମୁଁ ଜୀବିତ।

ମୁଁ ହାତରେ ଭରାଦେଇ ଉଠିବାର ଉପକ୍ରମ କଲି ମାତ୍ର ହାୟ ! ସେଥିରେ ସଫଳ ହେଲି ନାହିଁ। ମୋ ଶରୀରରୁ ସମସ୍ତ ଶକ୍ତି ଲୁପ୍ତ ପ୍ରାୟ।

ଏହି ସମୟରେ ଜଣେ ସୁଦର୍ଶନ ଯୁବକ କୋଠରୀ ମଧ୍ୟରେ ପ୍ରବେଶ କରି ମୋତେ ବନ୍ଧୁ ଭାବରେ ସମ୍ଭାଷଣ କରିବା ଉଭାରେ ନିଜ ପରିଚୟ ଦେଲେ। ସେ ପ୍ରୀତମ। ମୋର ବନ୍ଧୁ ଓ ଜଣେ ଡାକ୍ତର। ସେ ମୋ ସମଗ୍ର ଶରୀରକୁ ଡାକ୍ତରୀ ଉପକରଣ ଯୋଗେ ପରୀକ୍ଷା କରି ନାନା ପ୍ରଶ୍ନ କଲେ। ନିହାତି ଅଜବ ପ୍ରଶ୍ନମାନ। ଗତକାଲି ରାତିରେ ମୁଁ କେଉଁ ଫଳରସ ପାନ କରିଥିଲି, ବଗର ରଙ୍ଗ କଳା ନା ଧଳା ?

ମୁଁ ତାଙ୍କୁ ଦେଖୁଥିଲି ପ୍ରଥମ କରି। ମୁଁ ତାଙ୍କ କୌଣସି ଗୋଟିଏ ପ୍ରଶ୍ନର ଉତ୍ତର ଦେଇ ପାରିଲି ନାହିଁ। ମୋ ନାମ, ଠିକଣା, ବୟସ, ପରିଚୟ ସବୁକିଛି ମୋର ବିସ୍ମୃତ। ମୁଁ ଏକ ଜୀବନ୍ତ ବସ୍ତୁଟିଏ ମାତ୍ର ଏକ ସ୍ମୃତିହୀନ, ଆବେଗହୀନ ପ୍ରାଣୀ। ମୋ ହୃଦୟରେ ଭୟଜାତ ହେଲା। ମନେହେଲା ଏକ ଅନ୍ଧକାରମୟ ମହାକାଶରେ ମୁଁ ଏକାକୀ ମୃତନକ୍ଷତ୍ରେ, କକ୍ଷଚ୍ୟୁତ ହୋଇ ନିପତିତ ହେଉଛି ଦାରୁଣ ଭାବରେ। ମୋର ଗତି ଅନିୟନ୍ତ୍ରିତ। ହୁଏତ ଏକ ପ୍ରଚଣ୍ଡ ବିସ୍ଫୋଟରେ ଧ୍ୱସ ହେବା ମୋ ଭାଗ୍ୟର ଲିଖନ। ମୁଁ ଭୟାତୁର ଭାବେ ଚିତ୍କାର କରି ଉଠିଲି। ପ୍ରୀତମ୍

ମୋତେ ତତ୍‌କ୍ଷଣାତ୍‌ ଇଞ୍ଜେକ୍‌ସନ୍‌ ଦେଲେ ଓ ମୁଁ ହରାଇ ବସିଲି ମୋ ସଂଜ୍ଞା। ମୋ ଭିତରେ ବହୁଥିବା ବିଷାଦର ପାଉଁଶିଆ ନଇ ଏବେ ବହିଯାଉଛି ଏକ ଅଦୃଶ୍ୟ ମରୁଭୂମି ଲକ୍ଷ୍ୟରେ।

ପୃଷ୍ଠା– ୨

ଏହା ମଧ୍ୟରେ ଢେରଦିନ ବିତିଗଲାଣି, ବିପନ୍ନ ସମୟମାନଙ୍କର ହିସାବ ରଖିବା ମୋ ସାଧାତୀତ। ମୋ ପାଇଁ ଆଖି ମୁଦିଲେ ରାତି, ଆଖି ଖୋଲିଲେ ଦିନ। ସୂର୍ଯ୍ୟର ଉଦୟାସ୍ତ ନେଇ ମୋ ଜୀବନ ନିୟନ୍ତ୍ରିତ ନୁହେଁ। ବୋଧହୁଏ ସମୟହୀନତା ଏକ ଦର୍ଶନ ନୁହେଁ, ଭାଗ୍ୟହୀନ ମଣିଷର ଅନୁଭବ। ଧୀରେ ଧୀରେ ମୁଁ ସୁସ୍ଥ ହେଉଛି। ଚତୁଃପାର୍ଶ୍ବର ପୃଥିବୀକୁ ଚିହ୍ନିବାକୁ ଚେଷ୍ଟା କରୁଛି। ହଁ, ମୁଁ ରହୁଥିବା ପ୍ରକୋଷ୍ଠଟି ବ୍ରିଟିଶ ସମୟରେ ଏକ ପୁରାତନ ବଙ୍ଗଲାର ଅଂଶ, ଏହାର ଛାତ ଖୁବ୍‌ ଉଚ୍ଚ ଓ ତା’ ତଳେ ଶିକୁଆକାଠର କଡ଼ି ଓ ବରଗା। ଖୁବ୍‌ ବଡ ବଡ କାଠର ଝରକା ଦେଇ ମୁଁ ଦେଖି ପାରୁଛି ଉପତ୍ୟକା ବ୍ୟାପୀ ଫୁଲର ଆସର, ଶୁଣିପାରୁଛି ଅରଣ୍ୟପକ୍ଷୀମାନଙ୍କର ମଧୁର କାକଲୀ। ସେ ସ୍ବନରେ ମୋ ମସ୍ତିଷ୍କର ତନ୍ତ୍ରୀମାନେ ହୋଇ ଉଠୁଛନ୍ତି ତନ୍ମୟ, ଏବେ ସବୁକିଛି ସତେଜ ସତେଜ। ବୋଧହୁଏ ବସନ୍ତ ଋତୁର ପ୍ରାରମ୍ଭ।

ମୁଁ ଏବେ ଆଉଜି ବସିପାରୁଛି। ବିଚ୍ଛିନ୍ନ ସମୟକୁ ଯୋଡ଼ୁଥିବା ସମୟରେ ଜଣେ ବୟସ୍କ ବ୍ୟକ୍ତି ପ୍ରାତଃମଙ୍କଠାରୁ ମୋ ଅବସ୍ଥା ସଂପର୍କରେ ବୁଝିଲେ। ମୋ ପାଖକୁ ଆସି ମୋ ମଥାରେ ସ୍ନେହର ସ୍ପର୍ଶ ଦେଇ କହିଲେ “ଈଶ୍ବରଙ୍କୁ କୋଟିକୋଟି ଧନ୍ୟବାଦ ମୁଁ ତୋତେ ଫେରିପାଇଛି।”

ସେ କିଏ ଓ କାହିଁକି ମୋ ସୁସ୍ଥତା ନେଇ ଆନନ୍ଦ ବ୍ୟକ୍ତ କରୁଥିଲେ ଜାଣେନା, କିନ୍ତୁ ମୋ ଚତୁର୍ଦିଗର ବାୟୁମଣ୍ଡଳରେ ଏବେ ସ୍ନିଗ୍ଧ ଭଲ ପାଇବାର ତରଙ୍ଗ। ଭରସାର ବଳୟ। ତାଙ୍କ ଆଖିର ଲୁହ, ଛାତିର କୋହ ଓ ମନର ଦାରୁଣ ଅଭିବ୍ୟକ୍ତି ମୋ ଭିତରେ ସମପରିମାଣର ପ୍ରତିକ୍ରିୟା ସୃଷ୍ଟି କରିବା ପାଇଁ ଥିଲା ଅସମର୍ଥ। ମୋ ଭିତରେ ଥିବା ସମସ୍ତ ଭାବନାର ଉସ୍ ଶୁଷ୍କ। ମୁଁ ଯେପରି ପାଲଟି ଯାଇଥିଲି ଅଭିବ୍ୟକ୍ତିହୀନ ଏକ ପାଷାଣ ପ୍ରତିମାରେ।

ସେ ଯିବାପରେ ମୋ ମନରେ ପ୍ରଶ୍ନ କାହିଁକି ସେ ମୋତେ ଦେଖି ଏତେ ପରିମାଣରେ ଭାବପ୍ରବଣ ହୋଇ ଉଠିଲେ। ଅଥଚ ବିଶେଷ କିଛି ଚିନ୍ତା କରିବାର କ୍ଷମତା ମୁଁ ହରାଇ ବସିଥିଲି। ସର୍ବଦା ମୋ ମସ୍ତିଷ୍କ ଭିତରେ ଅଜବ୍‌ କୋଲାହଲ, ଯୁଦ୍ଧର ପ୍ରସ୍ତୁତି, ବିସ୍ଫୋରଣର ଦାରୁଣ କମ୍ପନ। ସତେ ଅବା ମୁଁ ଏଇ ମୁହୂର୍ତ୍ତରେ ଖଣ୍ଡବିଖଣ୍ଡିତ ହୋଇଯିବି। ତା’ପରେ ଇଞ୍ଜେକ୍‌ସନ୍‌ ଓ ଅଖଣ୍ଡ ନିରବତା।

ପୃଷ୍ଠା–୩

ମୋ ଦେହରୁ ଆଜି ସବୁଜ ରଙ୍ଗର ଗାଉନ୍ କାଢ଼ି ଘରୋଇ ପୋଷାକ ପିନ୍ଧାଇ ଦିଆଗଲା। ହୁଇଲ୍ ଚେୟାରରେ ବସାଇ ପ୍ରୀତମ୍ ମୋତେ କୋଠରୀ ବାହାରକୁ ଆଣିଲେ। ପ୍ରଥମ ଥର ପାଇଁ ମୁଁ ମୁକ୍ତାକାଶ ତଳେ। ମୁଁ ଏବେ ଆକାଶୀମାୟାରେ ମଗ୍ନ ଏକ ଅଭିଶପ୍ତ ଗନ୍ଧର୍ବ। ବର୍ଷା ହୋଇ ଛାଡ଼ିଯାଇଥିବାରୁ, ପବନରେ ଭିଜା ମାଟିର ବାସ୍ନା। ଫର୍ଚ୍ଚା ଆକାଶ, ସକାଳର ନରମ ଖରା। ଜୀବନ ପ୍ରାଣବନ୍ତ। ଜୀବନ ସୁରଭିତ। ସ୍ୱଛନ୍ଦ, ସୁନ୍ଦର !

ମାସ ମାସ ବ୍ୟାପୀ ଶଯ୍ୟାଶାୟୀ ହୋଇ ମୁଁ ଆଖି ଖୋଲିବା ସମୟରେ ଦେଖୁଥିଲି କଡ଼ି ବରଗାୟୁକ୍ତ ନିଷ୍ଠୁରୁଣ ଛାତ, ଯେ ବୁଝିପାରେନା ମୋର ଯନ୍ତ୍ରଣା, ନିଜକୁ ହରାଇ ଦେବାର ଦାରୁଣ ଦୁଃଖ। ଏବେ ଏଇ ଆକାଶ ତଳେ ବସି ଲାଗୁଛି ଆକାଶର ଆତ୍ମା ଅଛି, ଅଭିବ୍ୟକ୍ତିବି। କହିଲି "ହେ ମୋର ବିପନ୍ନ ହୃଦୟ ! ଏ ସୀମାହୀନ ଆକାଶକୁ ଉଡ଼ିଯିବାପାଇଁ ଖୋଲିଦେ ତୋ ଅବସନ୍ନ ଭଗ୍ନ ପକ୍ଷ, ବିଶ୍ୱାସ କର ଆକାଶ ବେଶୀ ଦୂର ନୁହେଁ।"

ମୁଁ ରହୁଥିବା ବଙ୍ଗଳାଟି ବିସ୍କୁଟ୍ ରଙ୍ଗର ସୁନ୍ଦର ନିବାସଟିଏ। ପ୍ରଶସ୍ତ ବାରଣ୍ଡା ଅତିକ୍ରମ କରିବା ଅବସରରେ ପ୍ରୀତମ୍ ମୋତେ ସମସ୍ତ କୋଠରୀ ଦେଖାଇଲେ। କୋଠରୀ ମାନଙ୍କରେ କିଛି ପୁରୁଣା ମେହେଗାନୀକାଠର କାରୁକାର୍ଯ୍ୟପୂର୍ଣ୍ଣ ସମ୍ଭ୍ରାନ୍ତ ଆସବାବପତ୍ର। ଡାଇନିଂହଲ୍‌ରେ ଚଉଡ଼ା କାଠ ଫ୍ରେମ୍ ଥିବା କେତୋଟି ପୁରାତନ ତୈଳଚିତ୍ର, ସୁନ୍ଦରୀ ନାରୀ, ପ୍ରାକୃତିକ ଦୃଶ୍ୟର। ପୁଣି ଗୋଟିଏ ଦୀର୍ଘକାଲରୁ ଅବ୍ୟବହୃତ ଫାୟାର୍ ପ୍ଲେସ୍। ଗୋଟିଏ କୋଠରୀ ନିବୁଜ୍ ଥିବାର ଦେଖି ପ୍ରଶ୍ନ କଲି ସେ କୋଠରୀରେ କଣ ଅଛି ?

– ତୁମ ଅତୀତ ! କହି ସେ ମୋତେ ବାରଣ୍ଡା ଦେଇ ବଗିଚାକୁ ଆଣିଲେ। ମୋର ଅତୀତ ! ବିସ୍ତୀର ଘନ ଅରଣ୍ୟ ମଧ୍ୟରେ ଏକ ବାଟଭୁଲା ତ୍ରସ୍ତ କୃଷ୍ଣସାର !

ଘର ସାମ୍ନାରେ ବିସ୍ତୃତ ବଗିଚା। ସୁଉଚ୍ଚ ପ୍ରାଚୀର। ସମ୍ମୁଖରେ ବିଶାଳକାୟ ଲୌହ ଫାଟକ। ପ୍ରୀତମ୍ କହିଲେ "ଏଇ ଘରେ ନିର୍ମିତ ହୋଇଛି କେତୋଟି ସ୍ୱଚ୍ଛ ବଜେଟ୍‌ରେ ଚଳଚିତ୍ର। ଅତୀତରେ ଏକଦା ଏହା ଏକ ଶୈଲନିବାସ ଥିଲା। ପ୍ରକୃତିର ନୈସର୍ଗିକ ଶୋଭା ଉପଭୋଗ କରିବାକୁ କେହି କେହି ଭ୍ରମଣ ବିଳାସୀ ବା ପ୍ରେମୀଯୁଗଳ ଏଠାକୁ ଆସୁଥିଲେ। ପୁଣି ଏହାର ବିଶେଷତ୍ୱ ଏହିକିଏ ପ୍ରସିଦ୍ଧ ଇଂରାଜୀ ଔପନାସିକ ମିଂ ଡଗ୍‌ଲାସ ଜଳବାୟୁ ପରିବର୍ତ୍ତନ ପାଇଁ ଏଠାକୁ ଆସିଥିବା ସମୟରେ ତାଙ୍କର ବହୁଚର୍ଚ୍ଚିତ ଉପନ୍ୟାସ "ଲୁସି କମ୍ ଏଗେନ୍" ଏଇ ଘରେ ଥିବାବେଲେ ଲେଖିଥିଲେ। ତୁମେ ଯଦିତାଙ୍କର ଉପନ୍ୟାସଟି ପଢ଼ିଥାଅ ତେବେ ନିଶ୍ଚୟ ମନେଥିବ ସେ ବର୍ଣ୍ଣନା –

ଏଇ ବିସ୍କୁଟ୍ ରଙ୍ଗର ଘର, ବିଶାଳକାୟ ଲୌହଫାଟକ, ଏଠାକାର ଭସାମେଘ, ଘନ କୁହୁଡ଼ି, ଦେବଦାରୁ, ପାଇନ୍ ଗଛର ଘଞ୍ଚ ଜଙ୍ଗଲ, କଫି ବଗିଚା, ମଲରୋଡ୍‌ରେ ମୁଲାମୁଲି କରି ରଙ୍ଗୀନ ଚୁଡ଼ି କିଣୁଥିବା ନାୟିକା ଲୁସି ସହିତ ଦେଖା ହୋଇଥିଲା। ଗବେଷଣା କାର୍ଯ୍ୟରେ ଏଠାକୁ ଆସି ଏଇ ଶୈଳନିବାସରେ ରହୁଥିବା ରାଘବର। ଦିନେ ସେମାନଙ୍କ ସଂପର୍କ ପରିବର୍ତ୍ତିତ ହେଲା ପ୍ରେମରେ। ସେମାନେ ନିଷ୍ପତ୍ତି ନେଲେ ସେ ସଂପର୍କରେ ସାମାଜିକ ସ୍ୱୀକୃତିର ମୋହର ଲଗାଇବେ। ପ୍ରଥମେ ମନ୍ଦିରରେ ଓ ତା'ପରେ ଚର୍ଚ୍ଚରେ। ବିବାହ ପୂର୍ବରୁ ଲୁସି ଥରେ ଇଚ୍ଛା କରିଥିଲା ରାଘବର ହାତ ଧରି ମେଘମାଳାଙ୍କ ସହିତ ଗୀତ ଗାଇବା ପାଇଁ ଲାଲ୍‌ଟିବାରେ, ଯେଉଁଠାରେ ମନୋଇ ମେଘମାନେ କୁଆଡେ ଦିନରାତି ଗୀତ ଗାଉଥାନ୍ତି। ସେମାନେ ଏକ ସୁଉଚ୍ଚ ସ୍ଥାନରେ ଛିଡ଼ା ହୋଇଥିବା ବେଳେ ଗୋଡ ଖସିଗଲା ଲୁସିର ଅତଳ ଗହ୍ୱରରେ ସେ ହଜିଗଲା ସବୁଦିନ ପାଇଁ। ତା' ପରଠାରୁ ଦେଖାଯାଏ ମଲ୍‌ରୋଡ୍‌ର ଚୁଡ଼ି ଦୋକାନରୁ ଯୁବକଟି ଏ ଲାଲ୍, ନୀଳ, ସବୁଜ ରଙ୍ଗର, ହର ରଙ୍ଗୀ ଚୁଡ଼ି କିଣେ, ଲାଲ୍‌ଟିବାର ସେଇ ସ୍ଥାନରେ ଚୁଡ଼ିଗୁଡ଼ିକ ରଖେ। ପରବର୍ତ୍ତୀ ଦିନ ସେଠାରେ ଚୁଡ଼ି ନଥାଏ। ରାଘବର ବିଶ୍ୱାସ ଲୁସି ଚୁଡ଼ି ଭଲ ପାଉଥିବାରୁ ସେଠାକୁ ଆସେ ଓ ଚୁଡ଼ିଗୁଡ଼ିକୁ ନେଇ ପିନ୍ଧେ।

ଲୁସି ମେଘକନ୍ୟା ପାଲଟିଯାଇ ବର୍ଷତମାମ୍ ରାଘବର ପ୍ରେମରେ ବର୍ଷାହୋଇ ଲୁହ ଝରାଇବା କିମ୍ବା ରାଘବର ଅନ୍ତର୍ଦ୍ଧାନ ଏସବୁ କାହାଣୀ। ବାସ୍ତବତା ହେଲା ଏ ବଂଗଲାଟି ଏବେ ଏକାନ୍ତ ଭାବରେ ତୁମର।

ମୋ ଜୀବନର ସମସ୍ତ ଅନୁଭୂତି ପ୍ରାଣହୀନ। ବିଶ୍ୱାସର ଅଙ୍କୁରୋଦ୍‌ଗମ ପାଇଁ ମୋ ଭିତରେ ନାହିଁ ମୁଠାଏ ଆର୍ଦ୍ରଭୂମି! ମୁଁ କିପରି ଭାବିପାରିବି କେଉଁଟି ସତ୍ୟ, କେଉଁଟି ପ୍ରହେଲିକା, କେଉଁଟି କାହାଣୀ ଓ କେଉଁଟି ବାସ୍ତବତା।

ମୋର କିଛି ମନେପଡ଼ୁନଥିଲା, ଉପନ୍ୟାସର କଥାବସ୍ତୁ ବା ଚରିତ୍ର। ପ୍ରୀତମ୍ ମୋତେ ଏସବୁ ପରିହାସ ଛଲରେ କହୁନାହାନ୍ତି ତ! ବର୍ତ୍ତମାନ ନିରବତା ହିଁ ମୋର ଶ୍ରେଷ୍ଠ ପ୍ରତିକ୍ରିୟା।

ମୁଁ ବାସକରୁଥିବା ଆବାସଟିର ଚତୁଃପାର୍ଶ୍ୱରେ ସୁ ଉଚ୍ଚ ପ୍ରାଚୀର। ପାଇନ୍ ଓ ଦେବଦାରୁ ଗଛ ଦେଇ ମୁଁ ଦେଖିପାରେ ଲୌହ ଫାଟକ ସେ ପାଖେ ଗୋଟିଏ ସାଧାରଣ ଗାଡ଼ି ଯିବା ଆସିବା ପରି ଅଣଓସାରିଆ ରାସ୍ତା। ରାସ୍ତାର ଉଭୟ ପାର୍ଶ୍ୱରେ ଧାନମଗ୍ନ କେତୋଟି ବତୀ ଖୁଣ୍ଟ। ଅଦ୍ଧ ଦୂରରେ କେତୋଟି ଅସ୍ଥାୟୀ ଦୋକାନ୍ ଘର ତା' ସମ୍ମୁଖରେ ଅଦ୍ଧ କେତେଜଣ ସ୍ଥାନୀୟ ପାହାଡ଼ୀ ଲୋକଙ୍କ ଆତଯାତ। ଏଣିକି ଅବସର ସମୟରେ ଏସବୁ ଦୃଶ୍ୟ ମୁଁ ମିଳାଉଥିଲି ପ୍ରୀତମଙ୍କଠାରୁ ଶୁଣିଥିବା ଉପନ୍ୟାସର କଥାବସ୍ତୁ ସହିତ।

ମୁଁ ପ୍ରୀତମଙ୍କୁ ପ୍ରଶ୍ନ କଲି ମୁଁ କିଏ ଓ ଏଠାକୁ କିପରି ଆସିଲି ? ତୁଷାରବୃତ ପର୍ବତମାଳା ଦିଗକୁ ଚାହିଁ ସେ ଉତ୍ତର ଦେଲେ "ନିଜେ ଏ ପ୍ରଶ୍ନର ଉତ୍ତର ଖୋଜିପାର। ନିଜର ପରିଚୟ ପାଇବା ପାଇଁ ଅନ୍ୟ କାହାର ସହାୟତା ଲୋଡିବା ସମିଚୀନ ନୁହେ।"

ଦାରୁଣ ଅସହାୟତାରେ ମୋ ଚକ୍ଷୁ ଅଶ୍ରୁସଜଳ। କିନ୍ତୁ ମୁଁ କାନ୍ଦିପାରୁନାହିଁ। ଦୁଃଖ ଏକ ଅବ୍ୟକ୍ତ ଭାବାବେଗ, ଯାହାକୁ ସଠିକ୍ ପ୍ରକାଶ କରିହୁଏନା। ନିଜର ପରିଚୟ ପାଇଁ ଅନ୍ୟର ସହାୟତା ଲୋଡୁଥିବା ମଣିଷର ଦୁଃଖ କେବଳ ଅନୁଭବୀ ହିଁ ବୁଝେ। ମୋ ଅତୀତକୁ ଯିବା ପାଇଁ ଉଦ୍ୟମ କରି ବିଫଳ ହେବା ପରେ ମୁଠା ମୁଠା କରି ମୋ କେଶକୁ ଭିଡି ପକାଇବାକୁ ଯାଇ ଅନୁଭବ କଲି ମୋ ମୁଣ୍ଡ କେଶହୀନ, ଲଣ୍ଡିତ।

ସ୍ମୃତି ବିହୀନ ଜୀବନ! ଚତୁଃପାର୍ଶ୍ୱରେ ସବୁକିଛି ଅପରିଚିତ। ରୁମାଲ, ଘଡି, କଲମ, ଡାଏରୀ ପରି ମୁଁ ଏକ ବସ୍ତୁମାତ୍ର। ଯାହାର ଆବେଗ ନାହିଁ ଆସକ୍ତି ନାହିଁ, କିୟା ନିଜକୁ ପ୍ରକାଶ କରିବାକୁ ଭାଷା।

ପ୍ରୀତମ୍ ମୋ ହୁଇଲ ଚେୟାରକୁ ବଗିଚାର ମଧଭାଗରେ ରଖିଲେ। ଅସଂଖ୍ୟ ଫୁଲଗଛରେ ବଗିଚାଟି ପରିପୂର୍ଣ୍ଣ। ଜଳଫୁଆରର ଚତୁଃପାର୍ଶ୍ୱରେ ରଙ୍ଗ ବେରଙ୍ଗୀ ପକ୍ଷୀ। ସେମାନେ ଫୁଆରାର ସ୍ଥିର ଜଳରେ ସ୍ନାନରତ। ସେଇ ନିସଙ୍ଗ ମୁହୂର୍ତ୍ତର ଏକାକୀତ୍ୱରୁ ମୁକ୍ତିପାଇଁ ପକ୍ଷୀମାନଙ୍କ ସହ ସଖ୍ୟ ସ୍ଥାପନ ଉଦେଶ୍ୟରେ ମଗାଇଲି କିଛି ଦାନା। ସେଗୁଡିକୁ ବିଞ୍ଛେଦେବା ମାତ୍ରେ ସେମାନେ ଚତୁର୍ଦ୍ଦିଗରେ ନିର୍ଭୟରେ ଘୁରି ବୁଲି ଖାଇବାକୁ ଲାଗିଲେ। ମୁଁ ଏବେ ପକ୍ଷୀ ପାଲଟି ଯାଇ ପାରନ୍ତି କି !

ପୃଷା-୪

ପ୍ରଥମ ଦିନରୁ ପ୍ରୀତମ୍ କିଛି କାଗଜ କଲମ ଓ ଡାଏରୀଟିଏ ମୋ ଟେବୁଲରେ ଥୋଇ ଦେଇ ଯାଇଥିଲେ ଓ କହିଥିଲେ ମୋ ଅବ୍ୟକ୍ତ ଅଭିବ୍ୟକ୍ତି ଲିପିବଦ୍ଧ କରିବାକୁ ସେ ଡାଏରୀରେ। ସେ ପର୍ଯ୍ୟନ୍ତ ମୋ ହାତ କାର୍ଯ୍ୟକ୍ଷମଥିବା ସତ୍ତ୍ୱେ ଗୋଡ ଦୁଇଟି ଥିଲା ଚଲତ୍ ଶକ୍ତିହୀନ। ଆଜି ଟେବୁଲ୍ ଟାଣି ଆଣି ଚିତ୍ରଟିଏ ଆଙ୍କିଲି। ଦେଖିଲି ତାହା ଗୋଟିଏ ଝିଅର ମୁହଁ। ପ୍ରୀତମ୍ ପ୍ରଶ୍ନ କଲେ 'ସେ ଝିଅଟି କିଏ !' ମୋର ସମସ୍ତ ବିସ୍ମରଣ ସତ୍ତ୍ୱେ ମୁଁ ତାର ମୁହଁକୁ ଭୁଲିପାରିନାହିଁ ଏବେ ମଧ ଆଖ ମୁଦିଦେଲେ ମୋତେ ସେ ମୁହଁ ଦିଶେ, ମାତ୍ର ମୁଁ ଜାଣେନା ତା'ର ନାମ ବା ତା' ସହିତ ମୋର ସଂପର୍କ।

ପ୍ରୀତମ୍ ସେ ଛବିଟିକୁ ବାର୍ମ୍ବାର ନିରେଖି ଦେଖି କହିଲେ ଝିଅଟିର ନାମ ମନେ ପଡିଲେ- ଲେଖିଦେବ, ଦୁଃଖିତ ଯେ ମୁଁ ଏ ଦିଗରେ ମଧ ତୁମକୁ ସାହାଯ୍ୟ କରିପାରୁନାହିଁ।

ପ୍ରୀତମ୍ ମୋତେ 'ଦ୍ୟୁତ୍' ସୟୋଧନ କରୁଥିବାରୁ ନିଜ ନାମ ସ୍ମରଣ କରିବାର

ଅବକାଶ ମଧ୍ୟ ନଥିଲା । କେତେଦିନ କେତେ ରାତି ମୁଁ ଏପରି ଆତ୍ମପରିଚୟ ବିନା ବଂଚି ରହିବି ?

ସେହି ବୟସ୍କ ବ୍ୟକ୍ତି ଜଣଙ୍କ ପରବର୍ତ୍ତୀ ସମୟରେ ଆସିବା ସମୟରେ ମୋ ପାଇଁ କିଛି ପୁସ୍ତକ, ମ୍ୟୁଜିକ୍ ଭିଡିଓ ଓ ପତ୍ରିକା ଆଣିଥିଲେ ଓ ସେଗୁଡ଼ିକୁ ମୋ ହାତରେ ଦେଇ ଭାବଗଦ୍‌-ଗଦ କଣ୍ଠରେ କହିଲେ ସେ ବହି ଓ ମ୍ୟୁଜିକ୍ ଡିଭିଡିଗୁଡ଼ିକ ମୋର ଅତିପ୍ରିୟ । ସେଗୁଡ଼ିକୁ ଅବସର ସମୟରେ ମୁଁ ପଢ଼ିବି ଓ ଶୁଣିବି ।

ମୋ ଜୀବନରେ ଏବେ ଅବସର ଓ ଅବସର । ମୋ ଜୀବନର ପରିସୀମା ଖୁବ୍‌ ସଂକ୍ଷିପ୍ତ । କୋଠରୀଠାରୁ ବଗିଚା । ସେ ମୋ ପାଖରେ ବସି ଗୋଟେ ଗୋଟେ ଖଣ୍ଡ ଫଳ କାଟି ମୋତେ ଖୁଆଇ ଦେଉଥିବା ସମୟରେ ଈଷତ୍‌ ହସି କହିଲେ "ଅତୀତରେ ଏମିତି ଫଳ କାଟିବା ବେଳେ ମୁଁ ଅନେକ କଥା ଗପେ । ତୁ ଅଭିଯୋଗ କରୁ ଅନ୍ୟମନସ୍କତାବଶତଃ ମୁଁ ହାତ କାଟି ଦେଇପାରେ, ମନେ ଅଛି ?"

ତାଙ୍କ କଥା ଶୁଣି ମନେ ହେଲା ସେ ମୋର ନିକଟ ଆତ୍ମୀୟ, ଯାହାଙ୍କ ସ୍ନେହର ଘନ ଛାୟା ତଳେ ମୁଁ ବିତାଇଛି ମୋ ଅତୀତର ଏକ ବିସ୍ତୃତ ସମୟ । ମୋ ଜିଜ୍ଞାସୁ ହୃଦୟ ସେ ହଜିଲା ଦିନର ସ୍ମୃତିକୁ ବିସ୍ମୃତିର ଅତଳ ସାଗର ତଳୁ ଉଦ୍ଧାର କରିବାକୁ ଚେଷ୍ଟା କରି ମଧ୍ୟ ବିଫଳ ହେଲା ।

ସେ ଚାଲିଯିବା ପରେ ଦୁଇ ପାପୁଲିରେ ମୁହଁକୁ ଘୋଡାଇ ଅନେକ ଲୁହ ଝାରିଲି । ପ୍ରାର୍ଥନା କଲି ହେ ସମୟ ! ଫେରାଇ ଦିଅ ମୋ ସ୍ମୃତି, ହୋଇଥାଉ ପଛକେ ସେ ତିକ୍ତ, କିନ୍ତୁ ବିସ୍ମୃତିର ଉଷ୍ଣ ବାଲୁକା ଶଯ୍ୟାରେ ଆଉ ଚାଲିପାରିବି ନାହିଁ ଜୀବନର ଦୀର୍ଘ ପଥ । ପ୍ରୀତମଙ୍କୁ କାତର କଣ୍ଠରେ ପ୍ରଶ୍ନକଲି "ସେ କିଏ ? ଯାହାଙ୍କ କଥାଶୁଣି ମୋ ହୃଦୟରେ ଏତେ ଭାବାନ୍ତର, ମନ ଏତେ ଉଦ୍‌ବେଳିତ । ତୁମକୁ ଦ୍ୱିତୀୟବାର କିଛି ପ୍ରଶ୍ନ କରିବି ନାହିଁ । ଥରେ ମାତ୍ର କହିଦିଅ ସେ କିଏ ?"

ମୋ ହୃଦୟର ବ୍ୟାକୁଳତା ଦେଖି ପ୍ରୀତମ୍‌ କହିଲେ "ଡ୍ୟୁଡ୍‌ ! ଯେ ତାଙ୍କ ବ୍ୟବସାୟର ବୃହତ୍‌ ଅଂଶ ଧନବିକ୍ରୟ କରି ତୁମକୁ ଏପରି ବିଳାସ ପୂର୍ଣ୍ଣ ବଂଗଳା ଉପହାର ସ୍ୱରୂପ ଦେଇ ପାରନ୍ତି, ସେ ତୁମ ପିତା ବ୍ୟତୀତ ଅନ୍ୟ କେହି ହୋଇଥିବେ ବୋଲି ତୁମେ ଚିନ୍ତା କରିପାରୁଛ ?"

ଚେତନା ଫେରିବା ପରଠାରୁ ମୁଁ ପାଲଟି ଯାଇଥିଲି ଏକ ନିଷ୍ପ୍ରାଣ ଜଡବସ୍ତୁରେ । ଦୁଃଖସୁଖ ପରି ଭାବନାତ୍ମକ କ୍ରିୟାକଳାପ ଧୀରେ ଧୀରେ ମୋତେ ଆଚ୍ଛନ୍ନ କରୁଥିଲା । ନିର୍ବୋଧଶିଶୁ ପରି ମୁଁ କାଂଦିଲି । ମୁଁ କେତେ ଅସହାୟ ଯେ ନିଜର ପିତାଙ୍କୁ ମଧ୍ୟ ଚିହ୍ନି ପାରୁନାହିଁ ।

"ସମସ୍ତ ପ୍ରଶ୍ନର ଉତ୍ତର ନିଜ ଭିତରେ ଥାଏ, ଡୁଏଟ୍! ମନେ ପକାଅ ନିଜ ଅତୀତ। ସେଇ ଅତୀତର ରାସ୍ତା ଦେଇ ତୁମେ ଦେଖିପାରିବ ତୁମ ସହ ଅନ୍ତରଙ୍ଗ ସମସ୍ତ ଚରିତ୍ରଙ୍କୁ। ଥରେ ମାତ୍ର ଚେଷ୍ଟା କର।"

ପ୍ରୀତମ୍ଙ୍କ କଥା ଶୁଣି ମୋର ଇଚ୍ଛା ହେଉଥିଲା ଦୌଡ଼ିଯାଇ ସେ ଦେବୋପମବ୍ୟକ୍ତିଙ୍କୁ କୁଣ୍ଢାଇ ପକାଇ ଥରେ 'ବାବା' ବୋଲି ସମ୍ବୋଧନ କରିବା ପାଇଁ ମାତ୍ର ମୁଁ ଏବେ ପଙ୍ଗୁ ପ୍ରାୟ। ବାହାରେ ତାଙ୍କ ଗାଡ଼ି ଷ୍ଟାର୍ଟ ହେବାର ଶବ୍ଦ। ଆଃ ମୁଁ ଭୂମିହୀନ ନୁହେଁ, ମୋ ପାଦତଲେ ଏବେ ଦୁଇପାଦ ଶକ୍ତମାଟି, ମୋ ଆତ୍ମପରିଚୟର ଆଧାର ଶିଳା।

ପୃଷ୍ଠା–୫

ଆଜି ସକାଳେ ଗୋଟିଏ ଡାକ୍ତରୀ ଦଳ ମୋ ପାଖରେ ପହଞ୍ଚିଲେ। ସେମାନଙ୍କ ମଧ୍ୟରେ ଥିଲେ ମେଡ଼ିସିନ୍ ଅସ୍ଥିଶଲ୍ୟ, ସ୍ନାୟୁ ଓ ମନୋବିଜ୍ଞାନର ଡାକ୍ତର।

ବିଭିନ୍ନ ପରୀକ୍ଷା ନିରୀକ୍ଷା ପରେ ଅସ୍ଥି ଶଲ୍ୟ ଡାକ୍ତର ମୋତେ କିଛିଦିନ କ୍ରଚ୍ ବ୍ୟବହାର କରିବାକୁ ପରାମର୍ଶ ଦେଲେ ଓ କହିଲେ ମୁଁ ଚେଷ୍ଟାକଲେ ଧୀରେ ଧୀରେ କ୍ରଚ୍ ସହାୟତାରେ ଚାଲି ପାରିବି। ମୁଁ ଶାରୀରିକ ଭାବରେ ସୁସ୍ଥ ହେଉଥିଲେ ମଧ୍ୟ ମାନସିକ ଭାବରେ ରୁଗ୍ଣ। ପୂର୍ବସ୍ଥିତିକୁ ଫେରିବାକୁ ମୋତେ ମାନସିକ ସ୍ତରରେ ଦୃଢ଼ ହେବାକୁ ପଡ଼ିବ।

"ବିରାଟ ପାହାଡ଼ର ବୁକୁ ଫଟାଇ ଯଦି କ୍ଷୁଦ୍ର ଝରଣାଟିଏ ତା'ର ଗତି ନିର୍ଣ୍ଣୟ କରିପାରେ, ଯଦି କ୍ଷୁଦ୍ରାତି କ୍ଷୁଦ୍ର ପକ୍ଷବିଶିଷ୍ଟ ପକ୍ଷୀଟିଏ ବିସ୍ତୃତ ଆକାଶରେ ତା'ର ଅସ୍ତିତ୍ୱ କେତେ ସୀମିତ ଚିନ୍ତା ନ କରି ସମଗ୍ର ଆକାଶରେ ସ୍ୱଚ୍ଛନ୍ଦ ବିଚରଣ କରିପାରେ, ଯଦି ଘନ ଅରଣ୍ୟ ମଧ୍ୟରେ କ୍ଷୁଦ୍ରଫୁଲ କେତୋଟି ସମଗ୍ର ଅରଣ୍ୟକୁ ମହକାଇବାର ଆସ୍ୱର୍ଦ୍ଧ କରିପାରନ୍ତି ତେବେ ତୁମ କାହିଁକି ନୁହେଁ?"

ତୁମର ବିସ୍ମୃତି ଏକ ଚିରସ୍ଥାୟୀ ମାନସିକ ଅସୁସ୍ଥତା ନୁହେଁ, ତୁମ ମସ୍ତିଷ୍କର କେଉଁ ଏକ କୋଣରେ ତୁମ ବିଗତ ଦିନର ସମସ୍ତ ସ୍ମୃତି ଏବେ ମଧ୍ୟ ସଂରକ୍ଷିତ। ସ୍ୱଚ୍ଛନ୍ଦ ହୁଅ। ସ୍ୱାଭାବିକ ହୁଅ। ହରାଇ ଥିବାର ଦୁଃଖରୁ ମୁକୁଳିଆସ, ଦେଖିବ ସବୁ କିଛି ସ୍ମରଣ କରିପାରିବ।"

ଡାକ୍ତରଙ୍କ ଏଇ କେତେ ପଦ କଥା ମୋ ହୃଦୟକୁ ସ୍ପର୍ଶ କଲା। ମୋ ଭଙ୍ଗୁର ପ୍ରବଣ ଅସ୍ଥି ସହିତ ମୋ ଭଙ୍ଗୁରପ୍ରବଣ ହୃଦୟକୁ ଯୋଡ଼ି ଦେବାପାଇଁ ଏତିକି ଆଶ୍ୱାସନା କଣ ଯଥେଷ୍ଟ ନୁହେଁ?

ସେମାନେ ଚାଲିଯିବାପରେ ବାବା ମୋ ନିକଟରେ ବସି ମଥାରେ ସ୍ନେହର

ସ୍ପର୍ଶ ଦେଉଥିବା ବେଳେ ତାଙ୍କ ଆଖିରେ ଥିଲା ପ୍ରାପ୍ତିର ପୁଲକ । ଅଦୂରରୁ ଭାସି ଆସୁଥିଲା ମଧୁର ଆଞ୍ଚଳିକ ସଂଗୀତର ସ୍ୱର । ତାଙ୍କୁ ବାବା ଡାକିଦେବା କ୍ଷଣି ସେ ମୋତେ ବିସ୍ମୟାଭିଭୂତ ଭାବରେ ଚାହିଁଲେ । ବାଲ୍ୟକାଳରେ ମୋ ଦରୋଟି ଭାଷାରେ 'ବାବା' ସମ୍ବୋଧନ ହୁଏତ ତାଙ୍କୁ ଏଭଳି ବିପୁଳ ପରିମାଣରେ ପୁଲକିତ କରି ନଥିବ । ସେ ମୋତେ କୋଳାଗ୍ରତ କରିନେଲେ । ମୁଁ ଅନୁଭବ କରୁଥିଲି ତାଙ୍କ ଉଷ୍ଣ ଲୋତକ ଧାରରେ ମୋ ପିଠି ପାଖ କୁର୍ତ୍ତା କ୍ରମଶଃ ଭିଜୁଛି । ମୁଁ ବହିଯାଉଥିଲି ସେ ଲୋତକ ଧାରରେ ବିନ୍ଦୁଏ ଅଶ୍ରୁ ହୋଇ । ମୁଁ ଫେରିପାଇଛି ଆମ୍ର ବିଶ୍ୱାସ । ଆମ୍ବିଶ୍ୱାସର ନୌକାରେ ବସି ମୁଁ ଅତିକ୍ରମ କରି ପାରିବି ୫ଡର ସମୁଦ୍ର । ସେ ୫ଡର ସମୁଦ୍ର ଏବେ ମୋ ପାଇଁ ଏକ ସ୍ଥିର ସରସୀ ପ୍ରାୟ । ସେ ବୋଧ ହୁଏ ତାଙ୍କ ଲୋତକପୂତ ମୁହଁ ମୋତେ ଦେଖେଇବାକୁ ଚାହୁଁନଥିଲେ ସେହିପରି ଅବସ୍ଥାରେ ଥାଇ ସେ କହିଲେ "ତୋର ଚିରଦିନର ଅଭିଯୋଗ ଯେ ମୁଁ ତୋତେ ଭଲ ପାଏ ନାହିଁ । ଦେଖ୍ ମୁଁ ସମଗ୍ର ପୃଥିବୀକୁ ତୋ ପାଇଁ ପଛରେ ଛାଡି ଆସିଛି । ମୁଁ ମଧୁମକ୍ଷିକା ପରି ବିନ୍ଦବିନ୍ଦୁ ସଂଚୟ କରି ଆସିଥିବା ଧନକୁ ମୁଠା ମୁଠା ବାଣ୍ଟି ଦେଇଛି ତୋର ସୁସ୍ଥତା କାମନା କରି । ମନ୍ଦିର ଯାଇଛି, ଗୁରୁଦ୍ୱାରା ଯାଇଛି । ନାସ୍ତିକରୁ ପାଲଟିଛି ଆସ୍ତିକ । ଦୀନଦୁଃଖୀ ଙ୍କ ପରି ଦିନ ଦିନ ଧରି ଅଭୁକ୍ତ ପଡି ରହିଛି ଈଶ୍ୱରଙ୍କ ଦରବାରରେ । ଯକ୍ଷରୁ ପାଲଟିଛି ଶ୍ରମଣ । ଆଜି ବୁଝିପାରୁଥିବୁ ତୋତେ ମୁଁ କେତେ ଭଲପାଏ । ପିତାର ହୃଦୟ କାଲେ କାଲେ ପୁତ୍ର ନିମନ୍ତେ ଏକ ଦୁର୍ବୋଧ ଅଧ୍ୟାୟ ।

ମାତା ସନ୍ତାନ ଆଗରେ ବାରମ୍ବାର ଅଶ୍ରୁ ଝରାଇ ତା' ହୃଦୟକୁ କୋହଶୂନ୍ୟ କରିଦେଇ ପାରେ, ବ୍ୟକ୍ତ କରିଦେଇପାରେ ସନ୍ତାନ ପ୍ରତି ତା' ଅନାବିଳ ସ୍ନେହ ମାତ୍ର ପିତା ଦମ୍ଭର ପାହାଡ ସେ ପାଖେ ଗୋପନ ରଖିଥାଏ ସାରା ଜୀବନର ସଂଚିତ କୋହ । ସନ୍ତାନମାନଙ୍କ ପାଇଁ ତ ସେ ସୁଶୀତଳ ଛାୟା ପ୍ରଦାନ କାରୀ ଘନ ବୃକ୍ଷ ଟିଏ, କିନ୍ତୁ ମୁଁ ଆଉ ପାରୁନି । ମୋ ଦୃଢିଲା ପାହାଡ ପରି ଛାତି ମଧ ଫାଟି ଯାଉଛି ତୋତେ ଦେଖି । ଯେଉଁ ବୟସରେ ମୁଁ ତୋ କାନ୍ଧକୁ ଆଶ୍ରା କରି ଅବଶିଷ୍ଟ ଜୀବନ ବିତାଇବା କଥା, ସେଇ ବୟସରେ ମୁଁ ତୋର ଅବଲମ୍ବନ ହେବି ଏହା କେଉଁ ପିତା ଅବା ସହ୍ୟ କରିପାରିବ ।"

ବାବା ! ମା' କାହିଁକି ଆସିଲେ ନାହିଁ ? ସେ କଣ ମୋତେ ଏପରି ଅବସ୍ଥାରେ ଦେଖିବାକୁ ଭୟ କରୁଛନ୍ତି ?

ମୋ ପ୍ରଶ୍ନରେ ବାବା ରୁମାଲ୍ରେ ମୁହଁ ପୋଛି କହିଲେ ତୋ ମା' ଖୁବ୍ ସ୍ୱାର୍ଥପର । ଏମିତିଦିନ ଦେଖିବାକୁ ପଡିବ ଜାଣିପାରି ମୋତେ ସମସ୍ତ ଦାୟିତ୍ୱ ଦେଇ ସେ ଚାଲିଗଲା ।

ବିସ୍ମୃତିର ଧୂସର କ୍ୟାନଭାସରେ ମା'ଙ୍କ ଚିତ୍ର ଆଙ୍କିବାକୁ ଚେଷ୍ଟା କରୁଥିଲି ମୁଁ। ମା' ! ମା'! ବାରମ୍ବାର ଉଚ୍ଚାରଣ ମାତ୍ରେ ଦିଶିଗଲା ଏକ ହସ ହସ ମୁହଁ। ମୋ ଅନ୍ତଃସ୍ଥଳରେ ବହିଗଲା ଏକ ସାତ୍ତ୍ୱିକ ସୁଖର ପୁଣ୍ୟତୋୟା ମନ୍ଦାକିନୀ। ସତରେ ମା' ପରି ଦ୍ୱିତୀୟ ଶବ୍ଦ ସୃଷ୍ଟି ହୋଇନାହିଁ। ଯେଉଁ ଶବ୍ଦର ଉଚ୍ଚାରଣ ମାତ୍ରକେ ଲହୁଲୁହାଣ ଆତ୍ମାରେ ଅନୁଭୂତ ହୁଏ ଶୀତଳ ଚନ୍ଦନର ସ୍ପର୍ଶ। ବାବା ମୋତେ ତାଙ୍କ ପର୍ସରୁ ଫଟୋଟିଏ କାଢ଼ି ଦେଖାଇଲେ। ମୋ ମା'ଙ୍କର ଫଟୋ।

ମୁଁ ମନେ ମନେ ଜଣେ ଦେବୀଙ୍କର ଚିତ୍ର ଆଙ୍କୁଥିଲି ସେତେବେଳକୁ।

ପୃଷ୍ଠା–୬

ଏ ଡାଏରୀଟି ମୋର ପ୍ରତିଦିନର ଘଟିଯାଉଥିବା ଘଟଣାଗୁଡ଼ିକର କ୍ରମ ବିବରଣୀ ନୁହେଁ। ଯେଉଁଦିନ ମୁଁ ଲେଖିବାରେ ସକ୍ଷମ ହେଲି ସେହିଦିନଠାରୁ ମୋ ଅସହାୟ ଦିନମାନଙ୍କର ଘଟଣାବଳୀ ଲିପିବଦ୍ଧ କାମନା କରି ଲେଖା ବସିଲି। ଏହା ମୋ ଅଭିବ୍ୟକ୍ତିର ଶବ୍ଦରୂପ। ବର୍ଷ, ମାସ ଦିନର ଉଲ୍ଲେଖ କରିବା ମୋର ସାଧ୍ୟାତୀତ। ବିସ୍ମୃତିର ଅତଳ ଗର୍ଭରେ ଅତୀତକୁ ହଜାଇ ସାରି ସମୟର ଗଣନା କରିବା ଏକ ହାସ୍ୟାସ୍ପଦ ପ୍ରସଙ୍ଗ। ଜୀବନର ଗତିପଥରେ ଏବେ ପ୍ରତିଟି ସକାଳ ମୋ ପାଇଁ ସମ୍ଭାବନାର ନବ ସୂର୍ଯ୍ୟୋଦୟଟିଏ।

ଏହିସବୁ ଦିନମାନଙ୍କର ଅନୁଭୂତି ମୁଁ କାହା ସହିତ ବିଭକ୍ତ କରିପାରିବି ନାହିଁ। କୁହାଯାଏ ଦୁଃଖ ବାଣ୍ଟିଲେ ଛିଡ଼େ ଓ ସୁଖ ବାଣ୍ଟିଲେ ବଢ଼େ। ମାତ୍ର ମୋ ପାଖରେ କିଏ ଅଛି ମୋ ଅସୀମିତ ଦୁଃଖର କାହାଣୀ ଶୁଣିବାକୁ ? ଏଇ ତୁଷାରାବୃତ ପାହାଡ଼, ବିସ୍ତୃତ ଘନ ଜଙ୍ଗଲ, ଭସାବାଦର ଓ ଘନ କୁହୁଡ଼ି ବ୍ୟତୀତ।

ମୋ ଭିତରେ ଯୁବକର ଶରୀର ଭିତରେ ଶିଶୁ ରୂପରେ ନିଜକୁ ଆବିଷ୍କାର କରିବାର ଅସହାୟତା। ଶରୀର ଓ ହୃଦୟ ମଧ୍ୟରେ ଯୋଗସୂତ୍ର ବିଚ୍ଛିନ୍ନ। ପୃଷ୍ଠାପରେ ପୃଷ୍ଠା ପଦ ପରେ ପଦ, ଶବ୍ଦ ପରେ ଶବ୍ଦ ଯୋଡ଼ି ମୁଁ ଲେଖିଚାଲିଛି ଅସାମଞ୍ଜସ୍ୟତାର ଏକ କରୁଣ ଆତ୍ମଲିପି। କେହି ଦିନେନାଁ ଦିନେ ପଢ଼ିବ ଏ ଡାଏରୀ ବୁଝିବ ଜୀବନ ସମୟେ ସମୟେ ମୃତ୍ୟୁଠାରୁ ହୋଇପାରେ ଅଧିକ ମର୍ମନ୍ତୁଦ।

ଏଇ ଭାବାବେଗରୁ ମୁକ୍ତି ପାଇବା ନିମନ୍ତେ ବାବା ଦେଇ ଯାଇଥିବା ସୁଫି ସଂଗୀତଗୁଡ଼ିକୁ ଶୁଣିଲି। ମନେପଡ଼ୁଛି କେଉଁଠାରୁ ସଂଗ୍ରହ କରିଥିଲି ଏଇ ସଂଗୀତଗୁଡ଼ିକ। ଢିଠଟି ମୋର ଖୁବ୍ ମନେ ପଡ଼ୁଛି କିନ୍ତୁ ଲେଖିପାରିନାହିଁ ତା'ର ନାମ। ସେ କିଏ ? ଯେତେବେଳେ ମୋର ସମସ୍ତ ଭାବନା ମୃତ, ସମସ୍ତ ସ୍ମୃତି ନିର୍ଜୀବ। ସେତେବେଳେ ସେ କାହିଁକି ମୋ ଅସହାୟ ହୃଦୟରେ ବସାବାନ୍ଧିଛି ? ତା' ସହିତ ମୋର ସମ୍ପର୍କ କଣ ? ହୋଇପାରେ ସେ ମୋ ଭାବନାର ପ୍ରତିଛବି।

ଇତିମଧ୍ୟରେ ଅନେକ ମୋତେ ଦେଖାକରି ମୋର ଆଶୁ ଆରୋଗ୍ୟ କାମନା କରି ଫେରିଯାଇଛନ୍ତି । ଶ୍ରେୟା ଦିଦି, କମଳ ଭାଇ, ଆମ ଫ୍ୟାକ୍ଟ୍ରିର ମ୍ୟାନେଜର ଶ୍ୟାମରତନ୍ କାକା ଓ ଅନେକ୍ । ବାବା ସେମାନଙ୍କୁ ଚିହ୍ନାଇ ଦେଇଛନ୍ତି କିନ୍ତୁ ସେମାନଙ୍କ ମଧ୍ୟରେ ସେ ଝିଅଟି ନଥିଲା । ସେ ଯଦି ମୋର ଦୁର୍ଦ୍ଦିନରେ ଅନୁପସ୍ଥିତ ତେବେ ଝିଅଟି କଣ ମୋ କଳ୍ପନାର ଚିତ୍ରରୂପ ? ନାଁ, ସେ ମୋର ଚିତ୍ର ନାୟିକା ହୋଇନପାରେ । ସେ ନିର୍ଜୀବ ଛବିର ସ୍ପନ୍ଦନ ବିଦ୍ୟୁତ୍ ପ୍ରବାହ ପରି ସଂଚରିଯାଏ ମୋ ଭିତରେ । ଉର୍ଜା ଯୋଗାଏ ନିଜକୁ ବାରମ୍ବାର ଆବିଷ୍କାର କରିବା ନିମନ୍ତେ, ସେ କିପରି ନିର୍ଜୀବ ଛବିଟିଏ ହୋଇପାରିବ ?

ପ୍ରଶ୍ନ-୭

ଆଜି କାହାର ସହାୟତା ବିନା ମୁଁ ଧୀରେ ଧୀରେ ଆସି ବଗିଚାର ବେଞ୍ଚରେ ବସିଲି । ସ୍ଥାନଟି ଶୀତ ପ୍ରବଣ ହୋଇଥିବାରୁ ସକାଳ ନରମ ଖରାରେ ଶୀତର କୋମଳ ସ୍ପର୍ଶ । ଫୁଆରା ଜଳରେ ପକ୍ଷ ଝାଡ଼ି ସ୍ନାନରତ ପକ୍ଷୀ ମାନଙ୍କୁ ଡାକି ଦାନା ବିଞ୍ଚି ଦେବା ବେଳେ ସେମାନଙ୍କ ଆଖିରେ ମୁଁ ଧନ୍ୟବାଦର ଭାଷା ପଢ଼ିପାରୁଥିଲି । ଏବେ ଏଇ ପକ୍ଷୀ ମାନେ ହିଁ ମୋର ପ୍ରିୟ ବନ୍ଧୁ, ସଖା ସହୋଦର । ମୁଁ ସେମାନଙ୍କୁ ବିଭିନ୍ନ ନାମରେ ଡାକେ । ସୁସି, ସୁସ, ସାଇ, ସ୍ନେହା ସୋମ୍ୟା, ପ୍ରୀତମ୍ ମୋତେ ପ୍ରଶ୍ନ କରନ୍ତି "ଦ୍ୟୁତ୍! ସବୁପକ୍ଷୀ ମାନଙ୍କର ନାମର ପ୍ରଥମ ଅକ୍ଷର 'ସ' କାହିଁକି ? ମୁଁ ଉତ୍ତର ଦିଏ ମୋ ନାମର ପ୍ରଥମ ଅକ୍ଷର ବୋଲି ଏଇ ଅକ୍ଷରକୁ ନେଇ ମୋ ଭିତରେ ଏତେ ଆକର୍ଷଣ ବୋଧହୁଏ ।" ସେ ପୁଣି ହସି ହସ ପ୍ରଶ୍ନ କରନ୍ତି " କେବଳ ତୁମ ନାମର ପ୍ରଥମ ଅକ୍ଷର ?"

ମନେ ପଡ଼ିଗଲା ସେ ଝିଅଟିର ନାଁ । ଫେରି ପାଇଲି ଛାତି ଭିତର ସ୍ପନ୍ଦନ । ମୋ ମନର ଉଦାସ ଆକାଶରେ ଏବେ ଲକ୍ଷେ ବିହଙ୍ଗର କୋଲାହଲ, ସମୟ ହେଉଛି ଚଳଚଞ୍ଚଳ । ଅନୁଭବ ସମ୍ଭାବନାମୟ । ଛିଡ଼ିଯାଉଛି ଶୃଙ୍ଖଳ । ଯଦି ଏ ପାପପୂଣ୍ୟର ପୃଥିବୀ ଉପରେ କେଉଁଠି ଚିର ବସନ୍ତର ପୃଥିବୀ ଥାଏ, ମୁଁ ଏବେ ସେଇ ପୃଥିବୀର ଅଧିବାସୀ । ମୁଁ ଫେରି ପାଇଛି ମୋ ଜୀବନ ସଂଗୀତର ସୁର । କୋମଳ, ଲଳିତ, ସୁକୁମାର ।

ଫେରିଗଲି କୋଠରୀ ଭିତରକୁ, ଫଟୋତଳେ ଲେଖିଲି ଝିଅଟିର ନାଁ । ପ୍ରୀତମ୍ ଚମକୃତ ହେଲେ । ପ୍ରଶ୍ନ କଲେ ସେ କିଏ ?

ମୋର ମନେପଡ଼ୁଛି ତା' ସହିତ ବିତାଇଥିବା ଅନ୍ତରଙ୍ଗ ମୁହୂର୍ତ୍ତର ମଧୁରସ୍ମୃତି । ପ୍ରୀତମ କହିଲେ "ଯେଉଁ ଅନ୍ଧାରି ମୂଳକରେ ତୁମ ଅତୀତ ଛାଡ଼ି ଆସିଥିଲ, ତା' ମଧ୍ୟକୁ ଏକାକୀ ପ୍ରବେଶ କର । ନଚେତ୍ ତୁମେ ହରାଇ ବସିବା ବହୁ ସ୍ମୃତି, ଅନେକ ଚରିତ୍ର ।"

ଝିଅଟି ବିଷୟରେ ସବୁକିଛି ମନେପଡିଯିବାରୁ ମୋ ହୃଦୟ ପ୍ରେମପରିପୂର୍ଣ୍ଣ ହୋଇଗଲା । ଇଚ୍ଛା ହେଉଛି ଏ କ୍ଲାନ୍ତ ଶରୀର ଓ ଅବଶ ହୃଦୟ ନେଇ ଉଡିଯାଆନ୍ତି ତା' ପାଖକୁ ଓ ଥରେ ପ୍ରଶ୍ନ କରନ୍ତି ତୁମେ ଏବେବି ମୋତେ ଭଲପାଅ ପ୍ରିୟା ?

ପୃଷ୍ଠା-୮

ବାବା ପଠାଇଥିବା ପୁସ୍ତକଗୁଡ଼ିକ ମଧ୍ୟରେ କିଛି ଇଞ୍ଜିନିୟରିଂ ପୁସ୍ତକ ଥିଲା । ଏବେ ସେଗୁଡ଼ିକର ରାସ୍ତା ଦେଇ ମୁଁ ଅତୀତକୁ ମନେପକାଇପାରୁଛି । ମୋ ଆଖି ଏବେ ଲୁହର ସମୁଦ୍ର । ଏ ଲୁହର ସାଗରତୀରେ ବସି ମୋ ଅବଶିଷ୍ଟ ଜୀବନ ବିତାଇବାର ଅଛି ଭାବି ଦେବାକ୍ଷଣି ମୋ ହୃଦୟ ହୋଇଗଲା ଖଣ୍ଡ ବିଖଣ୍ଡିତ । ଭାଙ୍ଗିଗଲା ମହଣ ମହଣ ମହମରେ ଗଢ଼ା ମୋ ସ୍ୱପ୍ନର ଇମାରତ୍ । ଅପରେସନ୍ ପରେ ସୁସ୍ଥ ହୋଇ ଆସୁଥିବା ମୋ ଗୋଡ଼ ଭିତରେ ଧାତବ କୀଳକଗୁଡ଼ିକର ଝିମ୍ଝିମ୍ ଅନୁଭବ । ସତରେ କଣ ମୁଁ ଆଉ ପୂର୍ବାବସ୍ଥାକୁ ଫେରିପାରିବି ?

ଯଦି ମୋ ଜୀବନ ମହାକାବ୍ୟରୁ କାଟି ଦେଇ ହୁଅନ୍ତା କିଛିପଦ, ଯଦି କିଛି ପଂକ୍ତି ଲିଭାଇ ଦେଇ ହୁଅନ୍ତା । ସଂଶୋଧନ କିୟା ପୁନର୍ଲିଖନ କରିବାର ଅବକାଶ ନାହିଁ ବୋଲିତ ଏହାର ନାଁ ଜୀବନ । ନିର୍ଦ୍ଦୟ ନିୟତିର ନିଷ୍ଠୁର ନିଷ୍ପତିକୁ ମୁଣ୍ଡ ପାତି ସହ୍ୟ କରିବା ବ୍ୟତୀତ ଦ୍ୱିତୀୟ ପନ୍ଥା ବା କଣ ଅଛି ? ନଚେତ୍ ବାବାଙ୍କର ଶତ ପ୍ରଚେଷ୍ଟା ସତ୍ତ୍ୱେ, ତାଙ୍କର ସମସ୍ତ ସଂପତିର ପ୍ରତି ବଦଲରେ ମଧ୍ୟ ମୁଁ ବଂଚି ରହିପାରେ, ମାତ୍ର ଏଇ ବିକଳାଙ୍ଗ ଦେହ ମନ ନେଇ ।

ମୃତ୍ୟୁ ହୋଇପାରେ ଏତେ ଭୟଙ୍କର, ସେ ଦିନ ଦେଖିଲି ମୃତ୍ୟୁର ସାମ୍ନା ସାମ୍ନି ହେବା ସମୟରେ ହଁ, ଏହା ମୋର ପୁନର୍ଜନ୍ମ । ମୁଁ ଫେରିଆସିଛି ମୃତ୍ୟୁ ଲୋକରୁ, ଯେଉଁଠାରୁ ମଣିଷ କେବେ ଫେରେ ନାଁ । କିନ୍ତୁ ଏବେ ନାଁ ଜୀବନ ମୋ ହାତମୁଠାରେ ନାଁ ଏକ ସହଜ ମୃତ୍ୟୁ । ପଙ୍ଗୁର ଜୀବନଠାରୁ ଭଲ ନୁହେଁକି ମୃତ୍ୟୁର ଶୀତଳ ଆଲିଙ୍ଗନ ? ବୋଧ ହୁଏ ଏ ଜୀବନ ଓ ମୃତ୍ୟୁ ମଧ୍ୟବର୍ତୀ ସ୍ଥାନରେ ଝୁଲି ରହିବା ହିଁ ମୋର ଭାଗ୍ୟ ଲେଖା । କାହିଁ ମୋର ସେ ସ୍ୱଚ୍ଛନ୍ଦ ଜୀବନ ? ଆଖିରେ ନିତି ନୂଆ ସ୍ୱପ୍ନ ଦେଖିବାର ଆକାଂକ୍ଷା ? କାହିଁ ମୋର ସେ ପ୍ରତିଜ୍ଞା ? ପ୍ରତ୍ୟେକ କ୍ଷେତ୍ରରେ ନୂଆ ଇତିହାସ ଲେଖିବାର ସ୍ପର୍ଦ୍ଧା । ଚିର ତୃଷିତ ମୋ ଅନ୍ତରରେ କାହିଁ ସେଇ ଭାବାବେଗ ଯାହା ନିତି ତୋଳିଦିଏ ନୂଆ ଏକ ସୌଧ, ଗଢ଼ିଦିଏ ନୂଆ ଏକ ରାସ୍ତା ।

ଓଃ ମୁଁ ଖୁବ୍ କ୍ଲାନ୍ତ ! ଏ ସବୁ କଣ ଘଟିଗଲା ମୋ ଜୀବନରେ ଓ କାହିଁକି ଘଟିଗଲା ? ମୁଁ କିପରି ଦୁର୍ଘଟଣାର ଶିକାର ହେଲି ଓ କଣ ଥିଲା ସେପରି ଅନ୍ୟମନସ୍କ ହେବାର କାରଣ ?

ପ୍ରୀତମ୍ ମୋତେ ଅନେକ କଥା କହି ପ୍ରତି ମୁହୂର୍ତ୍ତରେ ପ୍ରବୋଧନା ଦିଅନ୍ତି। ପୁଣି କହନ୍ତି ମୁଁ ସେଇ ଭାଗ୍ୟବାନମାନଙ୍କ ମଧରୁ ଜଣେ, ଯାହାର ପିତାଙ୍କ ପାଖରେ ଥିଲା ଅପର୍ଯ୍ୟାପ୍ତ ଧନ ଓ ଚତୁଃପାର୍ଶ୍ୱରେ ଥିଲା ଅଦୃଶ୍ୟ ଶୁଭେଚ୍ଛାର ବଳୟ। ମୋତେ ଭଲ ପାଉଥିବା ଶୁଭେଚ୍ଛୁଙ୍କ ଗଭୀର ପ୍ରାର୍ଥନା ବଳରେ ମୁଁ ନବଜୀବନ ନେଇ ଫେରି ଆସିଛି। ଏହା ମୋର ପୁନର୍ଜନ୍ମ, ଯାହା ଏକ ଅବିଶ୍ୱସନୀୟ ବିସ୍ମୟ।

ସେ କହିଲେ "ଡ୍ୟୁଡ୍! ଭଲପାଅ ନିଜ ଜୀବନକୁ ଓ ଧନ୍ୟବାଦ ଜଣାଅ ତୁମକୁ ଭଲପାଉ ଥିବା ଚରିତ୍ରଙ୍କୁ। ଖୁବ୍ ଶୀଘ୍ର ସ୍ୱାଭାବିକ ଜୀବନକୁ ଫେରିଯିବା ପାଇଁ ଆୟୁବଳ ସଂଗ୍ରହ କର। ତୁମ ସପକ୍ଷରେ ସ୍ୱୟଂ ଈଶ୍ୱର ଓ ଆମ୍ଭୀୟଙ୍କ ସଦିଚ୍ଛା।"

କିନ୍ତୁ ମୁଁ ମୋ ପୁରାତନ ଜୀବନକୁ ଏ କ୍ଷତ ବିକ୍ଷତ ଶରୀର ଓ ଭଗ୍ନ ହୃଦୟ ନେଇ କିପରି ଫେରିପାରିବି ? ହୁଏତ ଏ ପୃଥିବୀ ମୋତେ ପୂର୍ବପରି ଗ୍ରହଣ କରିନପାରେ।

ପ୍ରୀତମ୍ କହିଲେ ସେଥିପାଇଁ ତ ଆମେ ଆପଣାର ବୋଲି ସେମାନଙ୍କୁ କହୁ ଯେଉଁମାନେ ଆମ ସ୍ୱଚ୍ଛନ୍ଦ ସମୟରେ ସାଥୀ ହୁଅନ୍ତୁ ବା ନ ହୁଅନ୍ତୁ କିନ୍ତୁ ଆମ ଦୁଃସମୟର ସାଥ୍ ହୁଅନ୍ତି। ଯେ ତୁମକୁ ଭଲ ପାଇଛି, ସେ ତୁମ ଶରୀରକୁ ନୁହେଁ ତୁମ ହୃଦୟକୁ ଭଲ ପାଇଛି। ତୁମ ହୃଦୟ ଏବେବି ଅକ୍ଷତ !

ପୃଷ୍ଠା– ୯

ମୋ ଭିତରେ ଅଖଣ୍ଡ ଆକାଶର ନିରବତା। ଲକ୍ଷଲକ୍ଷ ଜ୍ୱାଜଲ୍ୟମାନ ନକ୍ଷତ୍ର ମଣ୍ଡଳ ମଧରେ ମୁଁ ଏକ ମୃତତାରକା। ମୋ ଚତୁର୍ଦ୍ଦିଗର କୋଲାହଲ ମଧରେ ମୁଁ ଯେମିତି ନିଃସଙ୍ଗ ମଣିଷ। ଏ ନିସଙ୍ଗତାରୁ ମୁକ୍ତି ପାଇଁ ମୁଁ କ୍ରର୍ ସହାୟତାରେ ପାଖ ମାର୍କେଟ୍ ଯାଏ ଯେଉଁଠି ବିଭିନ୍ନ ପ୍ରକାର ତଟକା ଫଳର ପସରା ମେଲାଇ ବସିଥାନ୍ତି ସ୍ଥାନୀୟ ପାହାଡୀ କନ୍ୟାମାନେ। ସେମାନଙ୍କ ଦେହରେ ରଂଗ ବେରଙ୍ଗୀ ପୋଷାକ ଓ ମୁହଁରେ ବନଫୁଲର ସ୍ନିଗ୍ଧତା। ସେମାନଙ୍କ ମେଲରେ ମୁଁ ଲ୍ୟୁସିକୁ ଖୋଜେ ରାଘବର ଆଖିରେ। ଆଉ ଯେ ମୋ ସ୍ମୃତିରେ ଚିରନ୍ତନ ଜ୍ୟୋତି ପରି ଜଳୁଥାଏ ତା' କଥା ମନେ ପଡିଗଲେ ଭୀଷଣ ଯନ୍ତ୍ରଣା ହୁଏ। ମୁଁ ପାଗଳ ଭଳି ପାହାଡ ଦିଗକୁ ମୁହଁ କରି ଉଚ୍ଚସ୍ୱରେ ତା'ର ନାଁ ଧରି ଡାକେ। ସେ ଧ୍ୱନି ପ୍ରତିଧ୍ୱନି ହୋଇ ଫେରିଆସେ, କିନ୍ତୁ ସେ ଆସେ ନାଁ।

ମୁଁ ଫେରିଆସେ ମୋ କୋଠରୀକୁ। ମୋ ମୁଣ୍ଡ ପାଖ କାନ୍ଥରେ ପ୍ରୀତମ ଝୁଲାଇଛନ୍ତି ସୁନ୍ଦର ଚିତ୍ରପଟଟିଏ ଯାହାତଲେ ଲେଖାଅଛି। "Where life gives you pain, turn it into poetry."

ଧୀରେ ଧୀରେ ସେ ଝିଅଟିର ସ୍ମୃତି ମୋ ହୃଦୟର ଅସ୍ଥିରତାକୁ ଶାନ୍ତ କରେ, ଜନ୍ମ

ରାତିର ମୁଠାଏ ମୂର୍ଚ୍ଛିତ ଜ୍ୟୋସ୍ନାପରି ସେ ଅନୁଭବ। କିଛି କବିତାର ପଂକ୍ତି ଲେଖା ହୋଇଥାଏ ହୃଦୟରେ। ମନ ମୋହକ ତା' ଦେହର ସୁଗନ୍ଧ ଉଦ୍‌ଭାଳ କରେ ମୋତେ। ମୁଁ ଖଣ୍ଡ ଖଣ୍ଡ କରି ତା' ସହିତ ମୋ ସଂପର୍କର ସ୍ମୃତିକୁ ଏକାଠି କରି ଜୀବନ୍ୟାସ ଦେବାବେଳକୁ ସେ ଟୁକୁଡ଼ା ଟୁକୁଡ଼ା ହୋଇ ଭାଂଗିଯାଏ। ମୁଁ ଚିତ୍‌କାର କରି ଉଠେ।

ମୋର ଏ ପରିବର୍ତ୍ତିତ ବ୍ୟବହାରରେ ପ୍ରୀତମ୍‌ ବ୍ୟସ୍ତ ହୋଇ ଉଠନ୍ତି। ମୁଁ ଡାକ୍ତରଙ୍କ ନିର୍ଦ୍ଦେଶାନୁଯାୟୀ ଔଷଧ ଖାଇବାକୁ ସମ୍ମତ ହୁଏନାହିଁ। ଜୀବନ ବିରୁଦ୍ଧରେ ବିଦ୍ରୋହ କରେ। ଝିଅଟି ସଂପର୍କରେ ଜାଣିବାକୁ ଓ ତା' ସହିତ ଦେଖା ନକଲେ ଘର ଛାଡ଼ି ପଲାଇବାର ଧମକ୍‌ ଦିଏ ଓ ଶେଷରେ ନିଜ ଉପରୁ ନିୟନ୍ତ୍ରଣ ହରାଇ ବସେ।

ପ୍ରୀତମ୍‌ଙ୍କର ଆସୀମ ଧୈର୍ଯ୍ୟ। ସେ ହସି ହସି ମୋତେ ଚିକିସା ବିଜ୍ଞାନର ବିସ୍ମୟ ସଂପର୍କରେ ବୁଝାନ୍ତି ପୁଣି ସତର୍କ କରିଦିଅନ୍ତି ମୁଁ ଏବେ ମଧ ସଂପୂର୍ଣ୍ଣ ସୁସ୍ଥ ହୋଇନାହିଁ। ତେବେ ମୋର କ୍ରୋଧ, ଦୁଃଖ, ଅଭିମାନ, ପରି ପ୍ରତିକ୍ରିୟାଶୀଳ ମନୋସ୍ଥିତି ଏକ ସୁଲକ୍ଷଣ। ମୁଁ ଏସବୁ ଶୁଣି ତାଙ୍କୁ କ୍ଷମା ମାଗି ଏପରି ବ୍ୟବହାର କରିବି ନାହିଁ ବୋଲି ପ୍ରତିଶ୍ରୁତି ଦିଏ।

ପ୍ରଶ୍ନ–୧୦

ଦୀର୍ଘ ଦିନ ଧରି ମୋ ପାର୍ଶ୍ୱସ୍ଥ କୋଠରୀଟି ନିବୁଜ ଅବସ୍ଥାରେ ଥିଲା। ମୁଁ ଥରେ ଏ ବିଷୟରେ ପ୍ରଶ୍ନ କରିବାରୁ ପ୍ରୀତମ୍‌ ମୋତେ କହିଥିଲେ ତା' ଭିତରେ ଅଛି ମୋ ଅତୀତ। ବହୁଥର ଆଗ୍ରହବଶତଃ ସେ କୋଠରୀର ପ୍ରବେଶ ପାଇଁ ଇଚ୍ଛାଥିଲେ ମଧ ବିରାଟ ତାଲା ପଡ଼ିଥିବାରୁ ତା'ମଧକୁ ପ୍ରବେଶ କରିପାରିନଥିଲି। ଥରେ ପ୍ରୀତମ୍‌ଙ୍କ ଅନୁପସ୍ଥିତରେ ଗ୍ରାମୀଣ ପରିଚାରକଙ୍କ ଦ୍ୱାରା ତାଲା ଖୋଲି ଦେଖିଲି ତାହା ସୁନ୍ଦର ଭାବରେ ସଜ୍ଜିତ ଏକ ପ୍ରକୋଷ୍ଠ। ତା' ମଧରେ ଅନେକବିଳାସ ପୂର୍ଣ୍ଣ ଆସବାବପତ୍ର। ଆଲମାରୀ ଭିତରେ ଦେଶୀ ବିଦେଶୀ ବ୍ରାଣ୍ଡର ପୋଷାକ, ସୁ'ର୍ୟାକ୍‌ରେ ବହୁ ଡିଜାଇନ୍‌ର ଜୋତା, ର୍ୟାକ୍‌ରେ ଦାମୀ, ପରଫ୍ୟୁମ୍‌, ହାତ ଘଡ଼ି, କଫଲିନ୍‌। ଏସବୁ ମୋ ଦ୍ୱାରା ବ୍ୟବହୃତ ? ନିଜକୁ ପ୍ରଶ୍ନ କଲି। ଗୋଟିଏ ପାର୍ଶ୍ୱରେ ବିରାଟ କାଚ ଆଲମାରୀରେ ପୁସ୍ତକ ଭର୍ତ୍ତି। ଯାହା ଭିତରେ ମୋ ନାମ ଲେଖାଥିବା ଅନେକ ପୁସ୍ତକ। ପାଖ ଟେବୁଲରେ ଟେବୁଲ୍‌ ଲ୍ୟାମ୍ପ ଲାପ୍‌ଟପ୍‌। ମୋର ମନେ ହେଉଥିଲା ଏ ସବୁ ମୋ ଗତ ଜନ୍‌ର। ଗୋଟିଏ ଶାର୍ଟ, ଆଣି ଆଗ୍ରହବଶତଃ ପିନ୍ଧି ମୋ ଭଗ୍ନ ସ୍ୱାସ୍ଥ୍ୟ ସଂପର୍କରେ ଅନୁମାନ କରି ଓହ୍ଲାଇ ପୁଣିଥରେ ଝୁଲାଇ ଦେଲି। ଫିଟ୍‌ନେସ୍‌ ଉପକରଣ ଦେଖି ମନେ ପଡ଼ିଲା ଏବେ ମଧ ସ୍ୱାଭାବିକ ଭାବରେ ଚାଲିବା ମୋ ଦ୍ୱାରା ସମ୍ଭବ ହୋଇନାହିଁ। ବୋଧହୁଏ ଏ ସବୁ ଦ୍ରବ୍ୟ ଏଠାକୁ ପଠାଇ ଦେବାର ଅର୍ଥ ମୁଁ ସୁସ୍ଥ ହେଲେ

ଏସବୁ ବ୍ୟବହାର କରିବି କିମ୍ବା ମୋର ମୃତ୍ୟୁ ଘଟିଲେ ଏସବୁ ବାବାଙ୍କ ନଜରରେ ପଡ଼ିବ ନାହିଁ।

ଫେରି ଆସିଲି ବହି ଆଲମୀରା ପାଖକୁ। କେତୋଟି ବହିରେ ଝିଅଟିର ନାଁ। ତା' ଭିତରେ ତା' ହସ ହସ ମୁହଁର ଫଟୋ। କେତେଗୁଡ଼ିକରେ ମୋ ସହିତ ପାର୍ଟିରେ, ଡାୟାସ୍ ଉପରେ, ପୁରସ୍କାର ଗ୍ରହଣ କରୁଥିବା ମୁହୂର୍ତ୍ତରେ।

ମୋର ମନେପଡ଼ିଗଲା ସେଇ ସବୁଦିନ ମାନଙ୍କର ଅଭୁଲାସ୍ମୃତି। ସେଇ ସବୁ ମୁହୂର୍ତ୍ତର। ମୁହୂର୍ତ୍ତ ମୁହୂର୍ତ୍ତର। ଦିନେ ସେ ଝିଅଟି ସହିତ ଦେଖା ହେବା ମାତ୍ରେ ବଢ଼ାଇ ଦେଇଥିଲି ଲାଲ ଗୋଲାପର ସ୍ତବକଟିଏ। ଲାଲ୍ ଗୋଲାପ ପ୍ରତି ତା'ର ଚିରନ୍ତନ ଦୁର୍ବଳତା ଥିଲେ ମଧ୍ୟ ସେ ଦିନ ତା' ଆଖିରେ ଥିଲା ଭାବପ୍ରବଣତାର ଅଶ୍ରୁ। କହିଥିଲା– "ଫୁଲଠାରୁ ସୁକୁମାର ଆମ ସଂପର୍କ ସନ୍ଦେହରେ କୀଟଦ୍ରଷ୍ଟ ନହେଉ" ତା' ମୁହଁର କାଣିଚାଏ ମୁଗ୍ଧ ହସ ପାଇଁ ମୋ ହୃଦୟର ବ୍ୟାକୁଳତା ସେ ବୁଝେନା। ଉତ୍ତରରେ କହିଥିଲି "ଆମ ସଂପର୍କ ଯେତେ ସୁକୁମାର ହେଲେ ମଧ୍ୟ ଏ ଜନ୍ମ ଜନ୍ମାନ୍ତର ସଂପର୍କକୁ ଛୁଇଁବା ପାଇଁ କେଉଁ ଛାର କୀଟର ଅବା ସାହସ ହେବ ?"

କିନ୍ତୁ ସେଦିନ କଣ ଜାଣିଥିଲି ସନ୍ଦେହର ଛାର କୀଟ ଟିଏ ଧ୍ୱସ୍ତ ବିଧ୍ୱସ୍ତ କରି ଦେଇପାରେ ଆମ ସଂପର୍କର ଚିର ହରିତ୍ ଅରଣ୍ୟ ଓ ଦୁର୍ଭାଗ୍ୟ ସେ ଅରଣ୍ୟରେ କରିପାରେ ଅଗ୍ନିସଂଯୋଗ।

ପୃଷ୍ଠା–୧୧

ସେ ମୋ ପ୍ରେମର ପ୍ରଥମ ପାହାଚ ଥିଲା ଓ ନିଜକୁ ବ୍ୟକ୍ତ କରିବାର ଅନ୍ତିମ ଅନ୍ୱେଷଣ। ସେ ଆସୁଥିଲା ମୋ ସ୍ୱପ୍ନର ନାୟିକା ସାଜି ନିତି ଗଢ଼ି ନିତି ଭାଙ୍ଗିବାର ଅଭୁତ ଜିଦ୍ ନେଇ। ମୋ ପ୍ରାପ୍ତିର ବିଭୋର ପଣରେ ସେ ନିତି କଅଁଳୁଥିଲା ନୂଆ ନୂଆ ଇଚ୍ଛାର ଲଳିତ କୋମଳ ମଞ୍ଜରିକା ଭଳି।

ମୁଁ କିପରି ଫେରିଯାଇପାଇବି ମୋ ପୁରୁଣା ପୃଥିବୀକୁ? ମୁଁ ଜାଣେନା କେଉଁ ବିସ୍ତୃତ କାଳଖଣ୍ଡ ମୁଁ ଅତିକ୍ରମ କରିଛି ଅଚେତନ ଅବସ୍ଥାରେ ଏ ନିର୍ଜନ ନିବାସର ଚାରିକାନ୍ତ ମଧ୍ୟରେ। ସତରେ କଣ ସେ ମୋତେ ଅପେକ୍ଷା କରିଥିବ? ରତୁପରେ ରତୁ ଛୁଇଁଯିବା ବେଳେ ସେ ଭାବିଥିବ ମୁଁ ତ ହଜିଲା ରତୁଟିଏ। ଯେ ଥରେ ଯାଏ, ସେ କଣ ଆଉ କେବେ ଫେରେ? ତା' ମନର ଦ୍ୱାର ଖୋଲି ରଖିଥିବ ନୂଆ ରତୁକୁ ସ୍ୱାଗତ କରିବା ପାଇଁ ନୂଆସୁର, ନୂଆ ସଂପର୍କ ପାଇଁ। ବର୍ଷା ପବନ ରାତିରେ ଚମକି ପଡ଼ୁଥିବ ଅନ୍ୟ କାହା ବାହୁ ବନ୍ଧନରେ। ଥରେ ମାତ୍ର ମୁଁ ଦୂରରୁ ଥାଇ ଝିଅଟିକୁ ଦେଖିବାକୁ ଚାହେଁ, ଏ ଭଗ୍ନ ହୃଦୟ ଓ ଦୁର୍ବଳ ଶରୀର ନେଇ ତା'ର ସାମ୍ନା କରିବାକୁ ମୋ

ଭିତରେ ସାହସର ଘୋର ଅଭାବ। ମାତ୍ର ଥରେ ତାକୁ ନ ଦେଖିଲେ ଶାନ୍ତିର ଶେଷନିଦ୍ରା ପ୍ରାପ୍ତ ହେବ ନାହିଁ ମୋତେ। 'ମୁଁ ନିଶ୍ଚୟ ଯିବି ତା' ସହିତ ଦେଖା କରିବାକୁ' ଏତିକି ଭାବି ଦେବାକ୍ଷଣି କେତେଶୀଘ୍ର ବଦଳିଗଲା ମୋ ପୃଥିବୀ। ମୋ ଚତୁଃପାର୍ଶ୍ୱରେ ଏବେ ରଙ୍ଗ ବେରଙ୍ଗୀ ବିହଙ୍ଗମଙ୍କର ମଧୁର କଳରୋଳ, ଘନ ସବୁଜ ଜଙ୍ଗଲର ଆହ୍ୱାନ, ଢେଉ ଢେଉକା ତୁଷାରବୃତ ପାହାଡର ନିରବ ଆମନ୍ତ୍ରଣ, ଝିରିଝିରି, ଝରୁଥିବା ମେଘର ସଂଗୀତ। ଯାହାର ନାମ ସ୍ମରଣ ମାତ୍ରକେ ମୋ ପୃଥିବୀ ହୋଇ ଉଠେ ଏତେ ମଧୁମୟ ସେ କିନ୍ତୁ ମୋ ଠାରୁ ଅନେକ ଦୂରରେ। ମୋ ହୃଦୟରେ ଡାକ ତା' ପାଖରେ କାହିଁକି ପହଞ୍ଚି ପାରେନା ?

ମୋର ମନେପଡୁଛି କେବେ ଥରେ ଈର୍ଷା କରିଥିଲି ଝିଅଟିକୁ। ଝିଅଟିଏ ହୋଇ ମୋଠାରୁ ମସ୍ତିଷ୍କ ପାଠରେ ଆଗରେ ରହିବ, ତାହା ଗ୍ରହଣ କରିପାରିନଥିଲା ମୋ ଅହଂକାର। ଅଥଚ ମୋ ଭୁଲ୍ ବୁଝିପାରିବା ପରେ ଜୀବନରେ ପ୍ରଥମ ଥର ପାଇଁ ପ୍ରେମ କରି ବସିଥିଲି ଝିଅଟିକୁ। ତାକୁ ଏକାନ୍ତ ଭାବରେ ଅଧିକାର କରିବାର ଜିଦ୍ ଆଗରେ ହାର ମାନିଗଲା ସେ। କିନ୍ତୁ ତା' ସହିତ ଯୋଡି ହୋଇଗଲା ମୋ କ୍ଷଣିକ ଭାବପ୍ରବଣତାରୁ ସୃଷ୍ଟ ଅନ୍ତରଙ୍ଗ ସଂପର୍କ। ସେ ମୋ ପ୍ରଥମ ଭୁଲ୍ ଥିଲା।

ଦ୍ୱିତୀୟ ଭୁଲ୍ କରିଥିଲି ଯେବେ ଜ୍ଞାତସାରରେ ଭାବନା ସହିତ ମୋ ସଂପର୍କରେ ମିଥ୍ୟା ପ୍ରଚାର କରି ତା' ହୃଦୟରେ ଈର୍ଷା ସୃଷ୍ଟି କରିବାକୁ ଚାହିଁଥିଲି। ଏହା ମୋର ନିର୍ବୋଧ ଚପଲତା ଥିଲା। ଝିଅଟିକୁ ମୋ ପ୍ରତି ଆକର୍ଷିତ କରିବା ପାଇଁ ଏପରି ମିଥ୍ୟା ଅପପ୍ରଚାର କରି ଭାବିଥିଲି ଆମ ସଂପର୍କକୁ ଅସୁରକ୍ଷିତ ମନେକରି ସେ ମୋର ନିକଟତର ହେବ। ଭାବିଥିଲି ଦିନେ ଭାବନାକୁ ନେଇ ପହଞ୍ଚିଯିବି ଅକସ୍ମାତ୍ ଓ ତା' ମୁହଁରେ କୁହାଇବି ଆମ ପ୍ରାୟୋଜିତ ସଂପର୍କ ବିଷୟରେ। ଜାଣେ ଝିଅଟି ଟିକେ ରାଗିଥାନ୍ତା, ରୁଷିଥାନ୍ତା, କିନ୍ତୁ ବୁଝି ପାରି ଥାନ୍ତା ତାକୁ ତାକୁ ମୁଁ କେତେ ଭଲପାଏ ଓ ତା' ପ୍ରେମ ପାଇବା ନିମନ୍ତେ ମୁଁ ପୃଥିବୀର ସମସ୍ତ ଅକରଣୀୟ କାର୍ଯ୍ୟ କରିବାକୁ ପଛାଦପଦ ହେବିନାହିଁ।

ଝିଅଟିର ହୃଦୟ ଥିଲା ପୃଥିବୀର ସବୁଠାରୁ ପବିତ୍ର ହୃଦୟ। ସେ ହୃଦୟରେ ଅଜାଣତରେ ଦୁଃଖଦେବାକୁ ଯାଇ ମୁଁ ଏପରି ଦଣ୍ଡ ଭୋଗୁଛି।

ପୃଷ୍ଠା–୧୨

ଦିନେ ମୋ ଜୀବନର ଗତିପଥ ବଦଳିଗଲା। ବାରମ୍ବାର କାର୍ଯ୍ୟରେ ବିଫଳତା, ଝିଅଟି ସହିତ ସଂପର୍କରେ ସମସ୍ୟା ମୋତେ ବ୍ୟଥିତ କରୁଥିବା ସମୟରେ ମୋ ଅଶାନ୍ତ ହୃଦୟକୁ ବେଗବାନ୍ କରିବା ପାଇଁ ଦୀର୍ଘଦିନରୁ ଅବ୍ୟବହୃତ ବାଇକ୍ ନେଇ ବାହାରି ଯାଇଥିଲି ଉଦ୍ଦେଶ୍ୟ ହୀନ ଭାବରେ। ଅନ୍ୟମନସ୍କତାବଶତଃ ଲେଭଲକ୍ରସିଂ ଅତିକ୍ରମ

କରୁଥିବା ସମୟରେ ଯନ୍ତ୍ର ଦାନବ ପରି ଏକ ମାଲ୍‌ବାହୀ ଟ୍ରେନ୍‌କୁ ସାମ୍ନାରେ ଦେଖି ନିଜକୁ ସୁରକ୍ଷା ଦେବା ପାଇଁ ବାଇକ୍‌ ଛାଡ଼ି ଡେଇଁ ପଡ଼ିଥିଲି । ତା’ ପରେ ମୁଁ କିଛି ଜାଣେନାଁ । କେତେଦିନ ମାସ ବା ବର୍ଷ ପରେ ମୋ ନିଶ୍ୱାସ ସ୍ୱାଭାବିକ ଭାବେ ଗତିଶୀଳ ହେଲା ତାହା ମୋ ପାଇଁ ଅଜ୍ଞାତ । ପ୍ରୀତମଙ୍କଠାରୁ ଶୁଣିଛି ସମସ୍ତେ ମନେ କରିଥିଲେ ମୋର ଜୀବନ ଫେରିବା ସମ୍ଭବ ନୁହେଁ । ଯେଉଁମାନେ ଶେଷଥର ମୋତେ ଦେଖିଥିଲେ ସେମାନେ ମନେ କରିଥିଲେ ମୁଁ ମୃତ । ମାସ ମାସ ଧରି ନିଶ୍ଚେତ ଅବସ୍ଥାରେ ମୋତେ ପଡ଼ି ରହିବାର ଦେଖି ବାବା ବିପୁଳ ପରିମାଣର ସଂପତ୍ତି ବିକ୍ରୟ କରି ମୋ ଚିକିତ୍ସାର ବନ୍ଦୋବସ୍ତ କରି କରି ଥକି ପଡ଼ି ନାହାଁନ୍ତି । ଏବେ ମୋ ପାଇଁ ସେ ବିତାଉଛନ୍ତି ଏକ ସନ୍ୟାସୀର  ଜୀବନ ।

ପ୍ରସ୍ଥା– ୧୩

ମସୁରୀର ଏଇ ଶୈଳନିବାସ ମଧ୍ୟରେ ଥାଇ ମୁଁ ଜାଣିବାକୁ ପାଇଲି ବେଙ୍ଗାଲୁରର ଏକ ଅନ୍ତଃରାଷ୍ଟ୍ରୀୟ କମ୍ପାନୀରେ ଝିଅଟି ଏବେ ଉଚ୍ଚପଦବୀରେ । ଇଂରାଜୀ ସମ୍ବାଦପତ୍ର ପୃଷ୍ଠାରେ ତା’ ସନ୍ଦର୍ଭର ଭୁରିଭୁରି ପ୍ରଶଂସା । ତା’ର ହସ ହସ ମୁହଁର ଫଟୋ । ତା’ ଜୀବନ ପୂର୍ବ ପରି ଛନ୍ଦମୟ । ମୁଁ ଏ ସମ୍ବାଦ ପଢ଼ିବା ମାତ୍ରେ ପ୍ରୀତମଙ୍କୁ କହିଲି ବେଙ୍ଗାଲୁରୁ ଯାଇ ଝିଅଟି ସହିତଦେଖା କରିବା ପାଇଁ ।

ବାବା ମୋ ପ୍ରସ୍ତାବରେ ଭୀଷଣ ବିରୋଧ କଲେ । ମାସେ ପରେ ମୋର ସ୍ୱାସ୍ଥ୍ୟପରୀକ୍ଷାକୁ କୌଣସି ଭାବେ ଘୁଞ୍ଚାଇ ଦେବାକୁ ଚାହୁଁ ନଥିଲେ ସେ । ମୁଁ ତାଙ୍କ ପାଖରେ ପ୍ରତିଜ୍ଞା କଲି ଏହା ମୋର ତାଙ୍କ ପାଖରେ ଶେଷ ମାଗୁଣି । ମୁଁ ମାସଟିଏ ଭିତରେ ବେଙ୍ଗାଲୁରୁ ଯାଇ ଫେରି ଆସିବି ।

ବାବା ମନେ ମନେ ତାଙ୍କ ଅବାଧ୍ୟ ପୁଅଟାକୁ କ୍ଷମା କରିଦେଇଥିଲେ ସତ ମାତ୍ର ତାଙ୍କ ମନରେ ପ୍ରଶ୍ନ ମୁଁ ଏ ସ୍ୱପ୍ନଭଙ୍ଗର କାରୁଣ୍ୟକୁ ସହିପାରିବିତ ? ମାତ୍ର ମୋତେ ଯଦି ଜୀବନରେ କେବେନା କେବେ ସେ ସତ୍ୟକୁ ସାମ୍ନା କରିବାର ଅଛି ତେବେ ଏବେ କାହିଁକି ନୁହେଁ ? ସ୍ୱପ୍ନ ଭଙ୍ଗ ଯଦି ମୋ ଭାଗ୍ୟ ଲେଖା ତେବେ କାହିଁକି ମୁଁ ଭୟ କରିବି ନିୟତିର ନିଷ୍ଠୁର ନିର୍ଦ୍ଦେଶକୁ  ?

ମୋ ଦୀର୍ଘ ଅଚେତନ ଅବସ୍ଥାରେ ଦୁନିଆଁ ବଦଲିଯାଇଥିବାର ଦାରୁଣ ସତ୍ୟଟିକୁ ବାବା ଚେଷ୍ଟା କରି ମଧ୍ୟ ଗୋପନ ରଖିପାରିଲେ ନାହିଁ । ସେ ବେଙ୍ଗାଲୁରୁରେ ରହୁଥିବା ତାଙ୍କ ବନ୍ଧୁକୁ କହି ଫ୍ଲାଟ୍‌ଟିଏ ବୁକ୍‌ କଲେ ଓ ପ୍ରୀତମଙ୍କୁ ମୋ ସହିତ ପଠାଇବାର ବ୍ୟବସ୍ଥା କଲେ । ପ୍ରୀତମ୍‌ ମୋ ସହିତ ଆସିବା ବେଳେ ସର୍ତ କରିଥିଲେ ମୁଁ ଦୂରରୁ ଥାଇ ଝିଅଟିକୁ ଦେଖିବି । ଯଦି ସେ ମୋ ସହିତ ସଂପର୍କ ରଖିବାକୁ ଆଗ୍ରହ ପ୍ରକାଶ

କରେ ତେବେ ତା' ସହିତ କଥା ହେବି ନଚେତ୍ ନାହିଁ । ସମୟ ସହିତ ବଦଳିଯାଏ ସଂପର୍କ, ଏକଥା ମୁଁ ଯେତେ ଶୀଘ୍ର ବୁଝିଯିବି ସେତେ ଭଲ ।

ସତରେ କାହାକୁ ହୃଦୟର ସହିତ ଚାହିଁଲେ ଅଳ୍ପ ଆୟାସରେ ମଧ ସେ ମିଳିଯାଏ । ବେଙ୍ଗାଲୁରୁରେ ପହଞ୍ଚ ଦେଖିଲି ସେ ଏକାକୀ ରହୁଛି ମୁଁ ରହୁଥିବା ଫ୍ଲାଟ୍‌ରୁ ଅଳ୍ପ ଦୂରରେ । ମୋ ଘରର ଝରକାରୁ ମୁଁ ଦେଖିପାରେ ଝିଅଟିକୁ । କେତେବେଳେ ସେ ଫୁଲ ଗଛରେ ପାଣି ଦେଉଥାଏ ତ କେତେବେଳେ ତା'ର ଦୀର୍ଘକେଶ ଶୁଖାଉଥାଏ । କେବେ ଆକାଶକୁ ଚାହିଁ ରହିଥାଏ ଘଣ୍ଟା ଘଣ୍ଟା ଧରି । ମୋ ହୃଦୟର ଡାକ ତା' ହୃଦୟ ଶୁଣିପାରେ ନାହିଁ । ଦୂରରେ ଥିଲେ ମଧ ତା' ହସର ଜ୍ୱାଜଲ୍ୟରେ ଉଭାସିତ ହୁଏ ମୋ ଜୀବନର ଅନ୍ଧକାରମୟ ଆକାଶ । ମୋ ଅମାନିଆ ହୃଦୟ ଅଭିସାର ରତେ ଅଦୂରରେ ଥିବା ତା' ହୃଦୟରେ ଛୁଆଁ ପାଇଁ ।

ମୁଁ ବାରମ୍ବାର ତା' ସାମ୍ନାକୁ ଆସିବା ସତ୍ତ୍ୱେ ସେ ମୋତେ ଚିହ୍ନି ନ ପାରିବାର ଛଳନା କଲା । ଅତୀତର ସ୍ମୃତି ଉଜ୍ଜୀବିତ କରିବାକୁ ଲାଲ ଗୋଲାପର ସ୍ତବକ ପଠାଇଲି ସେ ଭୁଲିଯାଇ ଥିବାର ବାହାନା କଲା । ତା' ସୁଖର ସଂସାରରେ ମୁଁ ଖଳନାୟକ ଭାବରେ ଆବିର୍ଭାବ ହେବାର ଆଶଙ୍କାରେ ସେ ଭୟଭୀତା, ମାତ୍ର ମୁଁ ଚାହେଁନା ତା' ସୁଖର ସଂସାରରେ ଅନୁପ୍ରବେଶ କରିବା ପାଇଁ । ତା'ର ମଙ୍ଗଳ କାମନା କରି ମୁଁ ଫେରିବାର ସିଦ୍ଧାନ୍ତ ନେଇଛି । ମୁଁ ବାବାଙ୍କୁ ମାସଟିଏ ସମୟ ମାଗିଥିଲି । ସେ ସମୟ ଅତିକ୍ରାନ୍ତ । ମୁଁ ଏବେ ଫେରିଯିବି ମୋ ନିର୍ଜନ ପୃଥିବୀକୁ । ପିନ୍ଧି ନେବି ଶୃଙ୍ଖଳ, ମାନିନେବି ଅଦୃଷ୍ଟର ନିଷ୍ପତ୍ତି । ପ୍ରୀତମ୍‌କୁ କହିଛି ଫେରିଯିବା ପାଇଁ । ଏୟାର ଟିକେଟ୍ ଆସିଯାଇଛି ।

ହେ ମୋର ହୃଦୟର ଈଶ୍ୱରୀ ! ତୁମକୁ ଏ ଭାଗ୍ୟହୀନ ପ୍ରେମିକର ଅନ୍ତଃହୀନ ପ୍ରେମ । ମଧୁମୟ ହେଉ ତୁମ ଦାମ୍ପତ୍ୟ ଜୀବନ । କୁସୁମିତ ହେଉ ତୁମ ଜୀବନର ଚଲାପଥ ।

xxx

ଡାୟେରୀର ଅବଶିଷ୍ଟ ପୃଷ୍ଠା ଅଲିଖିତ । ଡାୟେରୀଟିକୁ ବନ୍ଦ କରି ମୁଁ ଚାପି ଧରିଲି ମୋ ଛାତିରେ । ସେ ନିର୍ଜୀବ ବସ୍ତୁଟି ପାଲଟିଗଲା ସଜୀବ ବସ୍ତୁରେ । ଘନ ଘନ ଓଠର ସ୍ପର୍ଶ ଦେଇ ମୁଁ ସୂର୍ଯ୍ୟାଂଶର ସ୍ପନ୍ଦନକୁ ଅନୁଭବ କରିପାରୁଥିଲି । ମୋ ହାତରେ ଏବେ ସମଗ୍ର ପୃଥିବୀ । ଏତେ ସୁଖକୁ ଧାରଣ କରିବାକୁ ମୋ ହୃଦୟ ଯେ ଏତେ କ୍ଷୁଦ୍ର । ସୂର୍ଯ୍ୟାଂଶ ଫେରି ଆସିଛି, ତା'ର ମୃତ୍ୟୁଖବର ଏକ ମିଥ୍ୟାପ୍ରଚାର । ଏ ଗୁଜବ କିଏ ପ୍ରଚାର କଲା ଓ କାହିଁକି ?

ଡାୟେରୀଟିକୁ ଛାତିରେ ଚାପି ଧରି ମୁଁ ଓହ୍ଲାଉଥିଲି ପାହାଚ ପରେ ପାହାଚ ।

ଅତିକ୍ରମକରୁଥିଲି ରାସ୍ତା ପରେ ରାସ୍ତା। ଘର ପରେ ଘର। ସୂର୍ଯ୍ୟାଂଶ ରହୁଥିବା ଫ୍ଲାଟ୍‌କୁ ନୁହେଁ ମୁଁ ଯେପରି ପ୍ରମତ୍ତ ଯୋଗିନୀ ସାଜି ବାହାରିଥିଲି ଏକ ଅନ୍ତଃହୀନ ଅନ୍ଵେଷଣ ପଥରେ। କିନ୍ତୁ ମୋକ୍ଷ ମୋର କାମନା ନୁହେଁ। ଜୀବନ ମୋର କାମନା। ଜନ୍ମ ମୃତ୍ୟୁର ଯନ୍ତ୍ରଣା ପରେ ବି ଏ ପୃଥିବୀ ମୋ ପାଇଁ ଚିର ଆକର୍ଷଣର ଭୂମି। ଏଇ ମାତ୍ର କେତୋଟି ସୋସାଇଟି ପରେ ସୂର୍ଯ୍ୟାଂଶ ଓ ପ୍ରୀତମ୍ ରହୁଥିବା ଫ୍ଲାଟ୍ ତଥାପି ମୋ ଦୌଡ଼ ଯେପରି ଶେଷ ହେଉନଥିଲା। ଯେମିତି ସେଘରଟି ଘୁଂଚି ଯାଉଥିଲା ଅନେକ ଦୂରକୁ।

ଗେଟ୍ ପାଖରେ ବସିଥିବା ସିକ୍ୟୁରିଟିଗାର୍ଡ ମୋର ବିପର୍ଯ୍ୟସ୍ତ ବେଶ ଭୂଷା ଦେଖି କେତେ ନମ୍ବର ଫ୍ଲାଟ୍‌କୁ ଯିବାକୁ ଚାହୁଁଛି ବୋଲି ପ୍ରଶ୍ନ କଲା ନାହିଁ। ମୁଁ କେତେବେଳେ ସୂର୍ଯ୍ୟାଂଶ ଫ୍ଲାଟ୍‌ର ଦ୍ୱାରରେ ମୁଁ ନିଜେ ମଧ ଜାଣେନା। ବାରମ୍ବାର କଲିଂବେଲ ମାରିବା ପରେ କେହି ନଖୋଲିବାରୁ ଭିତରେ କେହି ନଥିବାର ଧାରଣା ହେଲା। ସେଇ ଦ୍ୱାରବନ୍ଧରେ ଆଉଜିବସି କାନ୍ଦିଲି, ମୋ ଆଖିର ଲୁହ ଶେଷ ହେବା ପର୍ଯ୍ୟନ୍ତ।

ମୋ ଚକ୍ଷୁ ଯୁଗଳ କିପରି ଅବିଶ୍ୱସ୍ତ ହୋଇପାରିଲା ଯେ ମୁଁ ସୂର୍ଯ୍ୟାଂଶକୁ ଚିହ୍ନ ପାରିଲି ନାହିଁ। କିପରି ମୋ ହୃଦୟ ତା' ହୃଦୟର ଡାକ ଶୁଣି ପାରିଲା ନାହିଁ। ଦୀର୍ଘ ମାସଟିଏ ସେ ମୋର ଏତେ ନିକଟରେ ଥାଇ ମୁଁ କାହିଁକି ଅନୁଭବ କରିପାରିଲି ନାହିଁ ତା'ର ପ୍ରେମକୁ। ମୋ ପ୍ରେମ କେତେ ଶକ୍ତିହୀନ! ମୁଁ ନିଜକୁ କେଉଁ ଦଣ୍ଡ ଦେଲେ ଏ ଅପରାଧବୋଧରୁ ମୋତେ ମୁକ୍ତି ମିଳିବ ? ସୂର୍ଯ୍ୟାଂଶ ସହିତ ଥରେ ଦେଖା କରି ଅନୁତାପର।

ଅଶ୍ରୁରେ ମୁଁ ସାରାଜୀବନର ପାପ ଧୋଇଦେବାକୁ ଚାହେଁ। ଥରେ କ୍ଷମା ମାଗି ନେଇ କହିବ ମୋ ମନରେ ଈର୍ଷା ସୃଷ୍ଟି କରିବା ପାଇଁ ଭାବନା ସହ ତୁମ ଅନ୍ତରଙ୍ଗ ସଂପର୍କରେ କଥା ପ୍ରଚାର କରି ତୁମେ ଭୁଲ୍‌ଟିଏ କରିବସିଲ। ତୁମକୁ ଭୁଲିବା ପାଇଁ ମୋହିତକୁ ବିବାହ କରି ମୁଁ ଅପରାଧ କରି ବସିଛି। ମୁଁ ତୁମ ସହ ଏବେ ନର୍କକୁ ଯିବା ପାଇଁ ମଧ ପ୍ରସ୍ତୁତ। କଳଙ୍କିନୀର ଟୀକା ପିନ୍ଧିବାକୁ ମୁଁ ଭୟ କରେନା। ତୁମ ପାଇଁ ଏ ନାମ ମାତ୍ର ବିବାହ ଶୃଙ୍ଖଳ ଛିଡ଼ାଇ ଦେବାକୁ ମୁଁ କୁଣ୍ଠାବୋଧ କରିବି ନାହିଁ, ତୁମେ ଫେରିଆସ, ଫେରିଆସ।

ମୁଁ ଏବେ ଜାଣେନା କିଏ ମୋର ଆପ୍ଣାୟ ଓ କିଏ ପରମ ଆପ୍ଣାୟ କିଏ ପ୍ରିୟ ଓ କିଏ ପ୍ରିୟତମ। ଉଭୟଙ୍କ ପାଇଁ ଲହୁ ଲୁହାଣ ମୋ ଅନ୍ତର। କାହିଁକି ମୋ ହୃଦୟର କଥା ବିଶ୍ୱାସ ନକରି ବିଶ୍ୱାସ କଲି ସୂର୍ଯ୍ୟାଂଶ ନାମରେ ଶୁଣିଥିବା ଗୁଜବକୁ। ସୂର୍ଯ୍ୟାଂଶ ବିନା ମୋ ଜୀବନ ଅସଂପୂର୍ଣ୍ଣ ମାତ୍ର ମୋହିତକୁ ଜୀବନ ରାସ୍ତାରୁ ଦୂରେଇଦେବା କଥା

ଭାବିଲେ ମୋତେ ଭାଷଣ କଷ୍ଟ ହୁଏ। ଏହା ସୂର୍ଯ୍ୟାଂଶ ପ୍ରତି ମୋର ପ୍ରେମ ଓ ମୋହିତ ପ୍ରତି ମୋର ଅନୁକମ୍ପା ନୁହେଁ ତ ?

ମନେ ମନେ କହିଲି ସୂର୍ଯ୍ୟାଂଶ। ତୁମେ ଅଭିମାନରେ ମୋଠାରୁ ଦୂରକୁ ଚାଲିଯାଅନା। ମୁଁ ମୋହିତକୁ ବିବାହ କରିଛି ସତ, ମାତ୍ର ମୁହୂର୍ତ୍ତକ ପାଇଁ ତା'ର ପତ୍ନୀ ହୋଇନାହିଁ। ଆଜି ମଧ୍ୟ ମୁଁ ତୁମରି ନାମର ସିନ୍ଦୁର ପିନ୍ଧେ। ବିବାହ ସମୟରେ ବି ବେଦୀ ଉପରେ ବସିଥିଲ ତୁମେ। ହାତଗଣ୍ଠି ପଡ଼ିଛି ତୁମ ସହ, ତୁମ ଅବର୍ତ୍ତମାନରେ ବାସର ରାତିଟି ମଧ୍ୟ ବିତିଛି ତୁମ ସହିତ।

ମୋହିତ ମୁହଁରେ ତୁମ ମୁହଁ ଦେଖି ଦୀର୍ଘପଥ ଅତିକ୍ରମ କରିବା ପରେ ସମସ୍ତେ ପରାମର୍ଶ ଦେଇଛନ୍ତି ତୁମକୁ ଭୁଲିଯିବାକୁ ମୁକୁଳି ଆସିବାକୁ ତୁମ ପ୍ରେମର ବନ୍ଧନରୁ। କଥାଟି କ'ଣ ଏତେ ସହଜ ? ତୁମର ଉପସ୍ଥିତି ଯେ ମୋ ଶରୀର ପ୍ରତିଟି ଜୀବକୋଷରେ ଉତ୍କୀର୍ଷ। କେମିତି ତୁମଠାର ନିଜକୁ ବିଛିନ୍ନ କରିଥାନ୍ତି କୁହ ? ସେଥିପାଇଁ ଜଳିଛି ଦିନରାତି, ତୁମ ପ୍ରେମରେ ଯେତିକି ମୋହିତ ପ୍ରତି ଅନ୍ୟାୟ କରି ସେତିକି। ମନକୁ ଅନେକ ବୁଝାଇଛି। ଯେଉଁ କ୍ଷଣିକ ପାଇଁ ମୋହିତକୁ ଭଲ ପାଇବାର ପ୍ରଚେଷ୍ଟା କରି ଆମନ୍ତ୍ରଣ କରିଛି ସର୍ବାନ୍ତଃକରଣରେ ତା'ର ପତ୍ନୀ ହେବା ପାଇଁ, ସେତେବେଳେ ତୁମେ ଫେରି ଆସିଛ। ମୁଁ ଏବେ ମୋହିତକୁ କଣ କହିବି ? ସେତ ସବୁକିଛି ହରାଇ ଜିଣିଗଲା ମୋ ହୃଦୟ।

ସୂର୍ଯ୍ୟାଂଶ ! ମୁଁ ଯେବେ ଭାବନା କଥା ଶୁଣି ଗୋଟାପଣେ ଭାଙ୍ଗିପଡ଼ିଥିଲି, ସେତେବେଳେ ମୋହିତର ସହୃଦୟତାର ହାତ ଲମ୍ବି ଆସିଥିଲା ଟୁକୁଡ଼ା ଟୁକୁଡ଼ା ହୋଇ ଭାଙ୍ଗି ଯାଇଥିବା ତୁମ ସାରାକୁ ଏକାଠି କରିବା ପାଇଁ।

ପୁଣି ଯେତେବେଳେ ତମ ଅବର୍ତ୍ତମାନର ସମ୍ବାଦ ପାଇଁ ମୁଁ ମାନସିକ ବିଷାଦଗ୍ରସ୍ତ ହୋଇଗଲି ସେଇ ଦୁର୍ଦ୍ଦିନରେ ବି ସେ ଥିଲା ମୋ ପାଖେ ପାଖେ। ବିବାହ କରିବା ପରେ ମଧ୍ୟ ସେ ସ୍ୱାମୀତ୍ୱର ଅଧିକାର ଚାହିଁ ନାହିଁ। ସ୍ୱଚ୍ଛନ୍ଦ ଜୀବନଟିଏ ଜିଇଁବା ପାଇଁ ପରିବେଶଟିଏ ସୃଷ୍ଟି କରିଛି। ମୋହିତକୁ ଅପମାନିତ କରି ଫେରାଇ ଦେବା ମଧ୍ୟ ଏକ ପ୍ରକାର ଅପରାଧ।

ମୁଁ ଏବେ କଣ କରିବି ? ହେ ଈଶ୍ୱର ! ତୁମେ ହିଁ ସହାୟ ମୋର।

ଏତେ କଥା ଭାବୁ ଭାବୁ ମୋ ମନରେ ପ୍ରଶ୍ନଟିଏ ସୃଷ୍ଟିହେଲା ସୂର୍ଯ୍ୟାଂଶ ଯଦି ଏ ଘରଟି ଛାଡ଼ି ଦେଇଥାଏ ତେବେ ଏତେବଡ ପୃଥିବୀରେ ମୁଁ ତାକୁ କେଉଁଠି ଖୋଜିପାଇବି ? ସୋସାଇଟି ଅଫିସରୁ ବୁଝିଲି ସେମାନେ ଘର ଛାଡ଼ି ନାହାନ୍ତି। ତେବେ

ସେମାନେ କୁଆଡେ ଯାଇଛନ୍ତି, କେବେ ଫେରିବେ ବା ନ ଫେରିବେ ସେ ସଂପର୍କରେ ଉଲ୍ଲେଖ ନାହିଁ।

ଡାଏରୀଟି ନେଇ ଫେରି ଆସିଲି ଘରକୁ। ସାରା ରାତି ବାହାରେ ବର୍ଷା ଓ ମୋ ମନ ଭିଜୁଥିଲା ସୂର୍ଯ୍ୟାଂଶର ସ୍ମୃତିରେ। ସେ ଯଦି ମୋତେ ମୋହିତକୁ ବିବାହର କାରଣ ସଂପର୍କରେ ପ୍ରଶ୍ନ କରେ କେଉଁ ଭାଷାରେ ତାକୁ ବୁଝାଇବି ତା' ଅବର୍ଗମାନରେ ମୋ ସହିତ ଘଟିଯାଇଥିବା ଘଟଣା। ସମଗ୍ର ଜୀବନ ତାର ସ୍ମୃତିକୁ ସାଇତି ରଖିବା ପାଇଁ ମୋହିତ ବ୍ୟତୀତ ଦ୍ୱିତୀୟ ଚରିତ୍ର ଏ ସମଗ୍ର ପୃଥିବୀରେ ମୋତେ ମିଳି ନଥାନ୍ତା। କେବଳ ମୋ ପ୍ରେମ ପାଇଁ ମୁଁ ଆଜି ଅବାଧ୍ୟ ପତ୍ନୀ... କଳଙ୍କିନୀ ନାରୀ।

ମୋର ପ୍ରିୟତମ ମଣିଷଟିକୁ ମୁଁ ଫେରିପାଇଛି ଅନେକ ଯୁଗ ପରେ କିନ୍ତୁ ଜାଣେନା, ସେ ମୋତେ କେଉଁଭଳି ଗ୍ରହଣ କରିବ। ଅଥଚ ମୋହିତ ଆସୁଛି ଠିକ୍ ଦୁଇଦିନ ପରେ ମୋ କଥାକୁ ବିଶ୍ୱାସ କରି ଯେ ମୁଁ ସର୍ବାନ୍ତଃକରଣରେ ତା'ର ପତ୍ନୀ ହେବା ପାଇଁ ଚାହେଁ।

ମୁଁ ଜାଣେ ସେ ଭଦ୍ରବ୍ୟକ୍ତି ଜଣଙ୍କ ପ୍ରୀତମ୍, ଯେ ପାଣି ଆଣିବାକୁ ଯିବା ସମୟରେ ମୁଁ ତାଙ୍କ ଅଜ୍ଞାତରେ ସୂର୍ଯ୍ୟାଂଶର ଡାଏରୀଟିକୁ ନେଇ ଆସିଛି। ସୂର୍ଯ୍ୟାଂଶ ଫେରିବା ପରେ ଡାଏରୀଟି ନପାଇ ବ୍ୟସ୍ତ ହୋଇଥିବ ଓ ପ୍ରୀତମଙ୍କଠାରୁ ମୋ ସଂପର୍କରେ ଶୁଣି ନିଶ୍ଚିତ ହୋଇଥିବ ତା' ଜୀବନର ବହୁ ଗୋପନୀୟ ତଥ୍ୟ ଏବେ ମୋ ସାମ୍ନାରେ ଉନ୍ମୁକ୍ତ।

ସୂର୍ଯ୍ୟାଂଶର ଅନ୍ତର୍ଦ୍ଧାନ ହେବାର କାରଣ ଏ ଡାଏରୀଟି ନୁହେଁ ତ ? ଅବା ଏହା ତା'ର ପୂର୍ବ ନିର୍ଦ୍ଧାରିତ ସ୍ୱାଭାବିକ ଯାତ୍ରା ?

ମନେ ମନେ କହିଲି ସୂର୍ଯ୍ୟାଂଶ! ଫେରିଆସ। ସମୟ ସୁଯୋଗ ଦେଇଛି ଆମ ଭୁଲ୍ ସଂଶୋଧନ କରିବା ପାଇଁ। କାହା ଜୀବନରେ ଏପରି ଘଟେନା, ଆମେ ସେହି ଭାଗ୍ୟବାନ ପ୍ରେମିକ ପ୍ରେମିକା ଯାହାକୁ ମିଶାଇବା ପାଇଁ ସ୍ୱୟଂ ମହାକାଳ ମଧ ସୁଯୋଗସୃଷ୍ଟି କରିଛନ୍ତି। ମୃତ୍ୟୁ ହାରିଯାଇଛି ଆମ ପ୍ରେମ ନିକଟରେ। ଏ ଉଦ୍‌ବିଗ୍ନ ସମୟର ଅସହାୟ ଲଗ୍ନରେ ତୁମକୁ ନିମନ୍ତ୍ରଣ କରୁଛି ମୋ ଆକୁଳତାର ଆଉ ପରୀକ୍ଷା ନିଅ ନାହିଁ।

ନିଦ୍ରାହୀନ ରାତ୍ରି ବିତିଲା। ସକାଳୁ ଚାକିରିର ଦାୟ। ପ୍ରମୋସନ୍ ପରେ ମୋତେ ସ୍ୱତନ୍ତ୍ର କ୍ୟାବିନଟିଏ ମିଳିଥିଲା କ୍ୟାବିନ୍ ଭିତରକୁ ପ୍ରବେଶ ମାତ୍ରକେ ଗଦା ଗଦା କାର୍ଯ୍ୟ ସବ୍ଧେ ମୋ ଅମନିଆଁ ଆଖିରେ ତନ୍ତର ଆସର। ମୁଁ ଅପେକ୍ଷା କରିଥିଲି ସୂର୍ଯ୍ୟାଂଶର ଫୋନ କଲକୁ। ହଠାତ୍ ଏକ ଅଜଣା ନମ୍ବରରୁ କଲ୍ ଆସିଲା, ଉଠାଇ କହିଲି

"ସୂର୍ଯ୍ୟାଂଶ"! ଅପରପାର୍ଶ୍ୱରୁ କେବଳ ଦୀର୍ଘଶ୍ୱାସ ଓ ଗଭୀର ନିରବତା। ମୋ କଣ୍ଠ ବାଷ୍ପରୁଦ୍ଧ ହୋଇ ଆସୁଥିଲା ମୁଁ କିଛି କହି ନପାରି କେବଳ କାଁ କାଁ ହୋଇ କାନ୍ଦୁଥିଲି।

ମୁହୂର୍ତ୍ତିଏ ପରେ ସେ ପାଖରୁ ଭାରୀ ଭାରୀ କଣ୍ଠସ୍ୱର ଶୁଭିଲା "ସାରା, ତୁମେ ଡାଏରୀଟି ନ ପଢ଼ିଥିଲେ ହୁଏତ ଖୁବ୍ ଭଲ ହୋଇଥାନ୍ତା। ସମ୍ୱାଦ ପତ୍ରରୁ ତୁମ ସମ୍ଦର୍ଭ ବିଷୟରେ ପଢ଼ି ବେଙ୍ଗାଲୁରୁ ଆସିଥିଲି, କିନ୍ତୁ ଜାଣି ନଥିଲି ତୁମେ ଏବେ ଅନ୍ୟ କାହାର ପରିଣୀତା। ଜାଣିଥିଲେ ତୁମ ଜୀବନରେ ଅନୁପ୍ରବେଶ ନିମନ୍ତେ ଏ ପଙ୍ଗୁପ୍ରାୟ ଶରୀର ଧରି ଧାଈଁ ଆସି ନଥାନ୍ତି। ଖୁବ୍ ବିଳମ୍ବରେ ଏ ସବୁ ଜାଣିବା ପରେ ତୁମ ସୁଖୀ ଦାମ୍ପତ୍ୟ ଜୀବନ କାମନା କରି ଫେରି ଯାଉଛି। ତୁମେ ପ୍ରୀତମଙ୍କୁ ଡାଏରୀଟି ଫେରାଇ ଦେବ।"

ମୋ କଣ୍ଠରେ ଭରିଗଲା ଅଭିମାନ। "ଏ ତ ତୁମର ଏକ ତରଫା ନିଷ୍ପତ୍ତି ଶୁଣାଇ ଦେଲ ସୂର୍ଯ୍ୟାଂଶ। ଥରେ ମୋ ବିଷୟରେ ଶୁଣିବା ପାଇଁ ଇଚ୍ଛା କଲ ନାହିଁ। ତୁମେ ସବୁଦିନେ ସେମିତି। ଯେତିକି ଚପଳ, ଚଞ୍ଚଳ ସେତକି ସ୍ୱାର୍ଥପର। କେବେ ଓହ୍ଲାଇ ଆସ ମୋ ଭିତରକୁ ଦେଖିବ ତୁମ ଦୁଃଖ ତୁଳନାରେ ମୋ ଦୁଃଖ କିଛି ଊଣା ନୁହେଁ।"

ମୋ ଥର ଥର ନିଃଶ୍ୱାସ ଇଥରରେ ଭାସିଯାଇଥିଲା ଛୁଇଁବାକୁ ସୂର୍ଯ୍ୟାଂଶର ପ୍ରଖର ନିଃଶ୍ୱାସ। ସେ କହିଲା "ତୁମେ ମୋହିତକୁ ବିବାହ କରିଛ ଜାଣି ଖୁସି ହେଲି। ତୁମ ଜୀବନରେ ମୁଁ ତୃତୀୟ ପୁରୁଷ ହୋଇ ରହିବାକୁ ଚାହେଁନା, ସେଥିପାଇଁ ତ ମୋତେ ଦେଖ ମଧ ନ ଚିହ୍ନିବାର କେତେ ଛଲନା କଲ।"

ସୂର୍ଯ୍ୟାଂଶକୁ ମୁଁ କେଉଁ ଭାଷାରେ ବୁଝାଇବି ଯେ ଗତ ଦୁଇବର୍ଷ ଧରି ତା'ସ୍ମୃତିର ପଛାଧ୍ୱାବନ କରି କରି ମୁଁ କ୍ଷତ ବିକ୍ଷତ। ମାନସିକ ବିଷାଦଠାରୁ କେତେ କେତେ ଦୁର୍ଦ୍ଦିନ ଭୋଗ କରିଛି। ଖୁବ୍ ଅସହାୟ କଣ୍ଠରେ କହିଲି "କିପରି ବିଶ୍ୱାସ କରିଥାନ୍ତି ତୁମ ଉପସ୍ଥିତି ? କିପରି ପୁଣି ଅବିଶ୍ୱାସ କରିଥାନ୍ତି ଆଜି ପର୍ଯ୍ୟନ୍ତ ଶୁଣି ଆସିଥିବା ସମ୍ୱାଦକୁ। ତୁମର ଏପରି ସ୍ୱାସ୍ଥ୍ୟ ଭଙ୍ଗ ହୋଇଛି ଯେ ତୁମେ ନିଜକୁ ଦେଖିଲେ ମଧ ଚିହ୍ନ ପାରିବ ନାହିଁ।"

ବିଖଣ୍ଡିତ ହେବାର ଦୁଃଖ କଣ ଏହାକୁ କୁହନ୍ତି ? ସୂର୍ଯ୍ୟାଂଶ ଯଦି ମୋତେ ବୁଝିବ ନାହିଁ ତେବେ ଅବଶିଷ୍ଟ ଜୀବନ କୁହୁଲି କୁହୁଲି ବଂଚିବି ସତ, ମାତ୍ର ପାଉଁଶ ପାଲଟି ଯିବାର ସୌଭାଗ୍ୟ ମୋତେ ମିଳିବ ନାହିଁ।

– "ମୃତ୍ୟୁ ବି ମୋତେ ଫେରାଇ ଦେଲା କିଛି ଚରିତ୍ରଙ୍କୁ ବୁଝିବା ପାଇଁ" ସୂର୍ଯ୍ୟାଂଶ ସ୍ୱର ଅଭିମାନ ଭରା।

ସୂର୍ଯ୍ୟାଂଶ କେବେ ବିଶ୍ୱାସ କରିବ ନାହିଁ, ମୋହିତ ଉଦ୍ୟାନରେ ମାଲି ଭଲି

ଫୁଲ ବଗିଚା ସଜାଇ ରଖିଛି ସତ, ମାତ୍ର ଫୁଲଟିଏ ତୋଳି ନେଇ ଆଘ୍ରାଣ କରି ନାହିଁ। ବିବାହର ଦୁଇ ବର୍ଷ ବିତିଯିବା ପରେ ମଧ ସେ ମୋର ପତି ବା ପ୍ରେମିକ ହୋଇ ପାରିନାହିଁ।

ଶେଷରେ ବିବଶ ଭାବରେ କହିଲି "ସୂର୍ଯ୍ୟାଂଶ ମୁଁ ଥରେ ମାତ୍ର ତୁମ ସହିତ ଦେଖା କରିବାକୁ ଚାହେଁ। ମୁଁ ଡାଏରୀ ପଢ଼ି ତୁମ ସଂପର୍କରେ ଜାଣିଲି କିନ୍ତୁ ତୁମେ ମୋ ସଂପର୍କରେ କିଛି ଜାଣିପାରିଲ ନାହିଁ। ଗତ ଦୁଇବର୍ଷ ମୋ ଜୀବନ କାହାଣୀ ଶୁଣିବା ପରେ ତୁମେ ମୋତେ ଯେଉଁ ଦଣ୍ଡ ଦେବ ତାହା ମୁଁ ଗ୍ରହଣ କରିବାକୁ ପ୍ରସ୍ତୁତ। ତୁମକୁ ହୃଦୟ ସିଂହାସନରେ ବସାଇ ମୁଁ କିପରି କାହାର ପତ୍ନୀ ବା ପ୍ରେମିକା ହୋଇପାରିବି ?

– "ମୁଁ ଦୁଇଦିନ ପରେ ତୁମ ସହିତ ଦେଖା କରିବାକୁ ଆସିବି। ଯାହା କହିବ, ଶୁଣିବ, ମୁଁ ଈର୍ଷାଳୁ ପ୍ରେମିକ ହୋଇପାରେ ମାତ୍ର ହୃଦୟହୀନ ନୁହେଁ। ମୁଁ ଏବେ ହସ୍ପିଟାଲରେ, ଦୁଇଦିନପରେ ଦେଖାହେବ।

– "ତୁମେ କେଉଁ ହସ୍ପିଟାଲରେ କୁହ, ମୁଁ ସେଠାର ପହଞ୍ଚିବି" ମୋ ଆଗ୍ରହରେ ଲଗାମ ଦେଇ ସେ କହିଲା "ଦୁଇ ବର୍ଷ ଅପେକ୍ଷା କଲ, ଦୁଇଦିନ ଅପେକ୍ଷା କରିପାରିବ, ଡାକ୍ତରୀ ପରୀକ୍ଷା ସମୟରେ କାହାସହିତ ଦେଖା କରିବା ସମ୍ଭବ ହେବ ନାହିଁ।"

– ତୁମେ ଶୀଘ୍ର ସୁସ୍ଥ ହୋଇ ଫେରିଆସ, ସାରା ଚିରକାଲ ତୁମ ପ୍ରତୀକ୍ଷାରେ।

ଏବେ ମୋ ପ୍ରାପ୍ତିର ଅନୁଭବ ପଦ୍ମପତ୍ରରେ ଢଳ ଢଳ ହେଉଥିବା ଜଳ ବିନ୍ଦୁ ପରି। ଏ ଅନୁଭବ କେତେ ସମୟ ଧରି ରଖି ପାରିବି ଜାଣେନା। କ୍ଷଣିକ ପାଇଁ ହେଉପଛେ ସୂର୍ଯ୍ୟାଂଶର ସାନିଧ ବଦଲେଇ ଦେଇଛି ମୋ ପୃଥିବୀ।

ଫୋନ୍ ରଖି ଖୁସିରେ ଆମ୍ଭହରା ହୋଇଗଲି ମୁଁ। ତତ୍କ୍ଷଣାତ୍ ଚିକ୍ରାର କରି ସମସ୍ତଙ୍କୁ ଏ ଖୁସି ଖବରଟି ଜଣାଇବାକୁ ଚାହୁଁଥିଲି। କଲିଂବେଲ ବଜାଇ ସହକାରୀକୁ ଡାକି କହିଲି "ଆମ ୟୁନିଟ୍‌ରେ ଯେତେ ଜଣ ସ୍ଟାଫ୍ ଅଛନ୍ତି ସମସ୍ତଙ୍କ ଟେବୁଲ୍‌କୁ ଗୋଟିଏ ଗୋଟିଏ ମିଠା ପ୍ୟାକେଟ୍ ପଠାଇବାର ବ୍ୟବସ୍ଥା କର।"

ସେ ନିର୍ବୋଧ ଭାବରେ ମୋ ଉତ୍‌ଫୁଲ୍ଲିତ ମୁହଁକୁ ଚାହିଁ ପ୍ରଶ୍ନ କଲା ସମସ୍ତେ ପ୍ରଶ୍ନ କଲେ କଣ କହିବି ?

– କହିବ ସାରା ମାମ୍‌ଙ୍କର ଆଜି ଗୋଟିଏ ଖୁସିର ଦିନ। ହଁ ତୁମେ ମଧ ଘରକୁ ପ୍ୟାକେଟଟିଏ ନେବାକୁ ଭୁଲିବ ନାହିଁ। ବିଲ୍‌ଟା ମୋ ଟେବୁଲ୍‌କୁ ଆଣିବ।

ସେ କୃତ୍ୟ କୃତ୍ୟ ଭାବରେ ଚାଲିଗଲା। ମୋ ହୃଦୟରେ ଏବେ ସନ୍ନିଲିତ ଅର୍କେଷ୍ଟାର ଧ୍ୱନି। କୋମଳ, ସଂଗୀତର ମୂର୍ଚ୍ଛନା। ପବନର ରେଶମୀ ପଣତ ଛୁଇଁ ଛୁଇଁ

ଯାଉଛି ମୋତେ। ସେଇ ସ୍ପର୍ଶରେ ମୋ ବାହୁ ମୂଳରେ ଗଜୁରୀ ଉଠୁଛି କଅଁଳ ପକ୍ଷ ହେଲେ। ମୁଁ ସତେ ଅବା ସାରା ଆକାଶ ପହଁରୁଛି ପେଟେ ସ୍ୱପ୍ନ ପିଇ।

ଘରକୁ ଫେରି ଗୁଣୁ ଗୁଣୁ ଗୀତ ଗାଇ ସାଜସଜ୍ଜାରେ ଲାଗି ପଡିଲି। ଡ୍ରେସିଂ ଟେବୁଲ୍‌ରେ ପ୍ରସାଧନୀ ଓ ଗହଣା, ୱାର୍ଡ୍ ରୋବ୍‌ରେ ଶାଢୀ ଓ ପୋଷାକ। ବହିଗୁଡିକ ସଜାଇ ରଖିଲି ବୁକ୍ ର୍ୟାକ୍‌ରେ। ଅନ୍‌ଲାଇନ୍ ଅର୍ଡର କଲି ସୂର୍ଯ୍ୟାଂଶର ପସନ୍ଦ ଖାଦ୍ୟ। କେକ୍, ପେଷ୍ଟ୍ରି, ଡ୍ରାଏଫ୍ରୁଟ୍‌ସ୍। ଫୁଲଗଛମାନଙ୍କୁ କହିଲି ସୁଖ ମୋ ଜୀବନକୁ ଫେରିଛି ଅନେକ ଯୁଗ ପରେ, ମୁଁ ଏବେ ପଲ୍ଲୁବିତ ହେବି ତୁମମାନଙ୍କ ଭଳି।

ସତେ ଅବା ହେମନ୍ତର ପତ୍ରଝଡା ରତୁପରେ ମୁଁ କଅଁଳୁଥିଲି ନବପତ୍ର ପରି। ଅଙ୍କୁରିତ ହେଉଥିଲି ବୀଜ ଭିତରେ ବହୁ ଯୁଗରୁ ନିଦ୍ରିତ ଥିବା ସୁପ୍ତ ଜୀବନ କଣିକାଭଳି। ସୂର୍ଯ୍ୟାଂଶର ଉପସ୍ଥିତି ବଦଳାଇ ଦେଲା ମୋ ସଂସାର। ସେ ଦୂରରେ କିମ୍ବା ପାଖରେ, ସେ ମୋ ଜୀବନକୁ ଫେରିବ ଅବା ନାଇଁ ସେସବୁ ତତ୍ତ୍ୱ ମୋ ପାଇଁ ଅଯୌକ୍ତିକ। ସେ ଏ ପୃଥିବୀର ଯେଉଁ କୋଣରେ ଥିଲେ ବି ମୁଁ ଫେରିବି ଏ ପୃଥିବୀକୁ ଜନ୍ମପରେ ଜନ୍ମ। ପ୍ରତିଜନ୍ମରେ ତା'ର ବିନ୍ଦୁ ଏ ପ୍ରେମ ପାଇଁ ଈଶ୍ୱରଙ୍କୁ ମାଗିବି ନାରୀ ଜନ୍ମ। ଏତେ ପ୍ରସ୍ତୁତିପରେ ସକାଳେ ସୂର୍ଯ୍ୟାଂଶ ଆସିଲାନି।

# ଆସ, ଆଉ ଥରେ ପ୍ରେମରେ ପଡ଼ିବା

ପ୍ରେମ ! ଏଇ ଶବ୍ଦଟି ଶୁଣି ମୁଁ ଧୁନ୍ଧିପଡ଼ୁଛି ମୋ ଛାତି ଭିତରେ। ମଧୁର ଅନୁଭବରେ ଶିରଶିରେଇ ଯାଉଛି ଦେହ, ପ୍ରଥମ ମଲୟର ସ୍ପର୍ଶ ପରି। ଓଦା ହୋଇ ଯାଉଛି ମୋ ହୃଦୟ, ନିବିଡ଼ ଅନ୍ତରଙ୍ଗ ଅନୁଭବରେ। ସାମାନ୍ୟ ଯାନ୍ତ୍ରିକ ପାଠର ଅଭିମାନରେ ମୁଁ କହିପାରିବିନି ପ୍ରେମ ମସ୍ତିଷ୍କର କ୍ରିୟା କଳାପ।

ମୋର ମନେପଡ଼େ ହାଇସ୍କୁଲରେ ପଢ଼ୁଥିବା ସମୟରେ ଆମ ପ୍ରାଣୀବିଜ୍ଞାନ ଶିକ୍ଷକ ଶ୍ରେଣୀରେ ପ୍ରେମକୁ ନେଇ ଖୁବ୍ ଭାବଗର୍ଭକ ଭାଷଣ ଦେଉଥିଲେ, ଯେଉଁଥିପାଇଁ ତାଙ୍କ ଶ୍ରେଣୀରେ ସଦ୍ୟ ଯୌବନକୁ ସ୍ପର୍ଶ କରିଥିବା ଆମମାନଙ୍କ ମନରେ ଥାଏ କୌତୁହଲ, କର୍ଣ୍ଣ ଥାଏ ଉତ୍କର୍ଣ୍ଣ ଓ ଶ୍ରେଣୀରେ ସୂଚୀଭେଦ୍ୟ ନିରବତା।

ଥରେ ସେ କହିଥିଲେ ପ୍ରେମରେ ପଡ଼ିବା କୌଣସି ବିଶେଷ ଘଟଣା ନୁହେଁ। ଜୀବଜଗତର ନିଜ ଶ୍ରେଣୀ ସଂରକ୍ଷଣ ଓ ଉତ୍ତମ ଗୁଣର ବଜାୟ ରଖ୍ଣ ନିଜ ପିଢ଼ିକୁ ପରବର୍ତ୍ତୀ ପିଢ଼ିକୁ ନେବାପାଇଁ ଏହା ଏକ ପ୍ରକୃତି ନିର୍ଦ୍ଦିଷ୍ଟ ବ୍ୟବସ୍ଥା ମାତ୍ର। ସେଥିପାଇଁ ସୁନ୍ଦର ଯୁବକଟିଏ ସୁନ୍ଦରୀ ଯୁବତୀଟିର କିମ୍ବା ଯୁବତୀଟିଏ ସୌମ୍ୟକାନ୍ତ ଯୁବକଟିର ପ୍ରେମରେ ପଡ଼େ। ଯାହାର ଅର୍ଥ ତା'ର ସୁନ୍ଦରତା ଭିତରେ ନିହିତ ଥାଏ ସୃଷ୍ଟିର ସେହି ପ୍ରାକୃତିକ ନିୟମ ଡାରଉଇନଙ୍କ survival of the fittest ତତ୍ତ୍ୱ। ସୁନ୍ଦରତା ଓ ପ୍ରେମ ଭାବନା ହେଉଛି ସେଇ ଉତ୍କୃଷ୍ଟତମ ନିର୍ବାଚନ ଓ ବଂଶରକ୍ଷା କରିବାର ମାଧ୍ୟମ ମାତ୍ର।

ସେ ପର୍ଯ୍ୟନ୍ତ ତାଙ୍କ ଭାଷଣକୁ ଆକଣ୍ଠ ପାନ କରି ଯାଉଥିବା ଆମମାନଙ୍କ ମଧ୍ୟରୁ ଅଧିକାଂଶ ଏଇଟିକୁ ବର୍ଜନୀୟ ତତ୍ତ୍ୱ କହି ହସି ଉଡ଼ାଇ ଦେଇଥିଲୁ। ଯେଉଁମାନଙ୍କ ମଧ୍ୟରେ ମୁଁ ମଧ୍ୟ ଥିଲି ଜଣେ। କାରଣ ସେହି ବୟସରେ ଆମମାନଙ୍କ ପାଇଁ ପ୍ରେମର ସଂଜ୍ଞା ଥିଲା ଭିନ୍ନ କିଛି। ଯାହାର ଅନୁଭବ ଥିଲା ଅପ୍ରକାଶ୍ୟ। ପ୍ରେମମାନେ ଆମେ

ବୁଝୁଥିଲୁ ସହପାଠୀମାନଙ୍କ ସହ ପାଠ୍ୟପୁସ୍ତକ ବାହାରେ କିଛି ଆଲୋଚନା ବା କିଛି ଅନ୍ତରଙ୍ଗ ଆଲାପ କରିବା ସମସ୍ତଙ୍କ ଦୃଷ୍ଟି ଅଢୁଆଲରେ ଭାବ ଆଦାନ ପ୍ରଦାନ କରିବା।

ସେମାନଙ୍କ ମଧ୍ୟରୁ କେହିଜଣେ 'ତୁ ତ ସୁନ୍ଦରୀ ଦିଶୁଛୁ', କହିଦେଲେ ମନେ ମନେ ଭାବୁଥିଲୁ ସେ ଆମ ପ୍ରେମରେ ପଡ଼ିଗଲା। ସେତେବେଳେ ନାକତଳ ହଠାତ୍ ସବୁଜ ପଡ଼ି ଆସୁଥିବା ପିଲାମାନେ ଆମକୁ ଚାହିଁଦେଲେ ଆମେ ଭାବୁଥିଲୁ ସେମାନେ କେବଳ ଆମର ଫୁଟି ଆସୁଥିବା ଦେହକୁ ନିରୀକ୍ଷଣ କରୁଛନ୍ତି। କେହି ପଢ଼ା ବହିଟାଏ ମାଗିନେଲେ ଭାବୁ ତା' ଭିତରେ ପ୍ରେମ ଚିଠିଟାଏ ନିଶ୍ଚୟ ଆସିଥିବ। ସତରେ ମଧ୍ୟ ଆସିଥାଏ। ଯାହା ଭିତରେ ଲେଖାଥାଏ କିଛି ଭାବମୟ ଶବ୍ଦ, ଉଦ୍ଧୃତ ପଂକ୍ତିଟିଏ, ଯାହା ପଢ଼ିଦେବା ମାତ୍ରେ ଲାଗେ ଭିତରେ ଭିତରେ କିଛି ଘଟିଯାଉଛି ଯେମିତି। ମନରେ ସୃଷ୍ଟି ହୁଏ ଶତ ସହସ୍ର ଶିହରଣ। ଆଣ୍ଠୁ ଦେଖାଯାଉଥିବା ସ୍କର୍ଟ ପିନ୍ଧି ଆମେ ଯେତେ ସ୍ମାର୍ଟ ଦିଶୁନା କାହିଁକି, ଦେହକୁ ନେଇ ଅସୁରକ୍ଷିତ ଭାବନାଟିଏ ସେଇ ସମୟରୁ ହିଁ ସୃଷ୍ଟିହୁଏ। ପୁଅମାନଙ୍କଠାରୁ ଆମେ ଯେ କିଛି ଭିନ୍ନ ଓ ସ୍ୱତନ୍ତ୍ର ସେଭଳି ଧାରଣାଟିଏ ମନରେ ବସା ବାନ୍ଧେ। ଯେଉଁମାନେ ଗତକାଲି ଆମ ପିଠିରେ ବିଧା ମାରି ବନ୍ଧୁତା ଜାହିର କରୁଥିଲେ ସେମାନଙ୍କଠାରୁ ଆମେ ଦୂରତା ବଜାୟ ରଖୁଥିଲୁ। ସେମାନେ ମଧ୍ୟ ଆମ ନିକଟତର ହେବାକୁ ଚେଷ୍ଟା କରୁନଥିଲେ, ଛୁଇଁବା ତ ଦୂରର କଥା। ଏପରିକି ଆମେ ସ୍କୁଲ୍ ବ୍ୟାଗ୍‌ଗୁଡ଼ିକୁ ମଧ୍ୟ ସେ ସମୟରେ କାହାକୁ ସ୍ପର୍ଶ କରିବାକୁ ଦେଉନଥିଲୁ। ଯାହା ଭିତରେ ଅଚାନକ ରକ୍ତସ୍ରାବଜନିତ ସମସ୍ୟା ପାଇଁ ଥାଏ କିଛି ଜରୁରୀ ଦ୍ରବ୍ୟ। ଆମ ବିଚାରରେ ତାହା ଥିଲା ଆମ ଜୀବନର ସବୁଠାର ଗୋପନୀୟ ପ୍ରସଙ୍ଗ।

କେବଳ ସେତିକି ନୁହେ ସେ ସମୟରେ କେହି ବହି ଭିତରେ ଗୋପନରେ ଉପନ୍ୟାସଟିଏ ପଢ଼ୁ ପଢ଼ୁ ଯଦି ଧରା ପଡ଼ିଗଲା ସେ ଅପରାଧୀ ଭାବରେ ଗଣା ଯାଏ। ସ୍କୁଲରେ ସାର୍‌ମାନଙ୍କ ଦାୟିତ୍ୱ ମଧ୍ୟ ବଢ଼ିଯାଇଥିଲା ପୁଅ ଝିଅ ମାନଙ୍କ ମଧ୍ୟରେ ଦୂରତା ରକ୍ଷା କରିବାରେ। ଅଲଗା ୱାଶ୍‌ରୁମ୍ ଥିଲେ ମଧ୍ୟ ପୁଅଟିଏ ସେଠାରୁ ନ ଫେରିବା ପର୍ଯ୍ୟନ୍ତ ଆମକୁ ସେଠାକୁ ଯିବାର ଅନୁମତି ମିଳୁନଥିଲା। ସେଇ ଅପ୍ରାପ୍ତ ବୟସରେ ମନେ ହେଉଥିଲା ପ୍ରେମର ଅର୍ଥ ପାପ ବା ଅପରାଧ।

ଯୌବନରେ ପ୍ରେମ ତ ମନ ଭିତରେ ନିତି ଫୁଟୁଥିବା ବାସ୍ନାଫୁଲ।

ଏବେ ମୋ ବିଚାରରେ ପ୍ରେମ, ସାରାଜୀବନ ପାଇଁ ନିଷ୍ପାପର ସାଥୀଟିଏ ନିର୍ଣ୍ଣୟ କରିବାର ପ୍ରକ୍ରିୟା। ପ୍ରେମର ପଶ୍ଚାତ୍ ଭାଗରେ ଥାଏ ନିରବଚ୍ଛିନ୍ନ ଏକ ତୃଷା, ନିଜକୁ ଭଲପାଇବାର, ବିଶ୍ୱ ବ୍ରହ୍ମାଣ୍ଡକୁ ଭଲ ପାଇବାର। ପୃଥିବୀରେ ଏମିତି କେହି ଅଛି, ଯେ ନିଜକୁ ଘୃଣା କରେ ଅଥଚ ଅନ୍ୟକୁ ପ୍ରେମ କରିପାରେ।

ବୋଧହୁଏ ମୋ ଭିତରେ ଏକ ଅନନ୍ତ ପିପାସା ଥିଲା, ସମଗ୍ର ପୃଥିବୀକୁ ଭଲପାଇବାର । ତେଣୁ ଜୀବନରେ କାହାକୁ ପ୍ରେମ କରିବି ନାହିଁ ବୋଲି ନିର୍ଣ୍ଣୟ ନେବାପରେ ମଧ ମୁଁ ସୂର୍ଯ୍ୟାଂଶକୁ ପ୍ରେମ କରି ବସିଲି । କିନ୍ତୁ ଜୀବନରେ ଥରେ ପ୍ରେମ ହୁଏ ବୋଲି ଯେଉଁମାନେ କହନ୍ତି ତାହା ଅସଲରେ ପ୍ରେମ ନୁହେଁ, ତାହା କାମନାର ପ୍ରତିଛବି ମାତ୍ର ।

ମୁଁ ମୋହିତକୁ ଜୀବନରେ ଦ୍ୱିତୀୟବାର ପ୍ରେମକଲି, ବିବାହ କଲି, ମାତ୍ର ସୂର୍ଯ୍ୟାଂଶର ଆସନରେ ବସାଇ ପାରିଲି ନାହିଁ, ଅର୍ଥାତ୍ ମୁଁ ଜଣେ ନିଷ୍ଠାପର ପ୍ରେମିକାହେଲି ଅଥଚ ବିଶ୍ୱସ୍ତ ପତ୍ନୀ ହୋଇପାରିଲି ନାହିଁ । ତଥାପି ମୋହିତ ପ୍ରତି ମୋ ପ୍ରେମରେ ଆବିଲତା ନାହିଁ । ମୁଁ ତାର ଶୁଭାକାଂକ୍ଷୀ କିନ୍ତୁ ଶରୀର ପ୍ରତି ଅନୁଗତ ହେବା ଭିନ୍ନ ପ୍ରସଙ୍ଗ । ପତିପତ୍ନୀଙ୍କ ସାଂସାରିକ ଜୀବନ ଯାତ୍ରା ନିମନ୍ତେ ପ୍ରେମର ଭାଗ ଉଣା ହେଲେ ଚଳେ, ମାତ୍ର ବିଶ୍ୱସନୀୟତା ଅଧିକ ଲୋଡ଼ା । ମୋତେ ଏ ବିବାହ ବ୍ୟବସ୍ଥାଟା ଅନେକାଂଶରେ ବ୍ୟବସାୟିକ ମନେହୁଏ । ସମଧରଣର ବୃତ୍ତିରେ ରହିଲେ ମଧ ପତିପତ୍ନୀଙ୍କ ମନର ମିଳନ ହୁଏ ନାହିଁ, ଧନରତ୍ନ ଗୁଡ଼ିଏ ମିଳିଲେ ମଧ ବୈବାହିକ ଜୀବନ ସୁଖମୟ ହୁଏ ନାହିଁ । ଅଚଳାଚଲ ସଂପତ୍ତି ପ୍ରାପ୍ତିରେ ସୁଦ୍ଧା ଝିଅଟି ତା' ଅତୀତର ଦରିଦ୍ରତମ ପ୍ରେମିକର ପ୍ରେମକୁ ଭୁଲି ନପାରିବାର ଦେଖି ମନରେ ପ୍ରଶ୍ନ ଉଠେ କଣ ସେହି ତତ୍ତ୍ୱଟି ଯାହା ବିଭିନ୍ନତା ମଧରେ ଦୁଇଟି ଜୀବନକୁ, ସଂପର୍କକୁ କରେ ମଧୁମୟ ? ବୋଧହୁଏ ତାହାରି ନାମ ହିଁ ପ୍ରେମ ।

ଏବେ ମୁଁ ପୁନର୍ବାର ପ୍ରେମରେ । ସୂର୍ଯ୍ୟାଂଶ ପ୍ରେମରେ ଦ୍ୱିତୀୟ ବାର । ଯାହାକୁ ମୁଁ ଥରେ ନୁହେଁ, ଦୁଇଥର ନୁହେଁ, ବାରମ୍ବାର ପ୍ରେମ କରିପାରେ । ଯାହାର ପ୍ରାପ୍ତି ପାଇଁ, ମୁଁ ସହସ୍ରବାର ଜନ୍ମ ନେଇପାରେ ଏ କ୍ଲେଦାକ୍ତ ପୃଥିବୀ ପୃଷ୍ଠରେ ଜନ୍ମମୃତ୍ୟୁର ଆବର୍ତ୍ତରେ ।

ମୋହିତକୁ ସ୍ୱାଗତ ଜଣାଇ ଘରକୁ ପାଛୋଟି ଆଣିବା ପାଇଁ ଏୟାରପୋର୍ଟ ଯିବା ରାସ୍ତାରେ ଏତେ କଥା ଭାବି ଯାଉଥିଲି । ପୁଣି ଭାବୁଥିଲି ମୁଁ କିପରି ଗ୍ରହଣ କରିବ ମୋହିତର ନିର୍ମଲ ପ୍ରେମକୁ ? କିପରି ଦ୍ୱୈତ ଅଭିନୟ କରିବି ପ୍ରେମିକା ଓ ପତ୍ନୀ ଭାବରେ ? କିପରି ମୋ ହୃଦୟକୁ ଦୁଇଭାଗରେ ବିଭକ୍ତ କରିବାର ପ୍ରସ୍ତୁତି କରିବି ?

ଦିନେ ମୋହିତ ମୋତେ କହିଥିଲା ସାରା ! ସୂର୍ଯ୍ୟାଂଶ ଯଦି କେବେ ଫେରି ଆସେ ତା' ପାଖକୁ ଫେରିଯିବାକୁ ତୁମେ କ୍ଷଣିକ ପାଇଁ ଚିନ୍ତା କରିବ ନାହିଁ । ତେବେବି ତୁମ ଖୁସି ପାଇଁ ମୁଁ ଚାହେଁ ସୂର୍ଯ୍ୟାଂଶ ମୃତ୍ୟୁଲୋକରୁ ଫେରି ଆସୁ ।

ମୁଁ ପ୍ରଶ୍ନ କରିଥିଲି ଆଉ ଆମ ସଂପର୍କ ?

ସେ ହସି ହସି କହିଥିଲା "ତୁମ ଉପରେ ମୋର କିଛି ଅଧିକାର ଥିଲେ ନିଶ୍ଚିତ ଫେରାଇ ଦେଇଥାଆନ୍ତି। ମାତ୍ର ତୁମେ କେବେ ସଂପୂର୍ଣ୍ଣ ଭାବରେ ମୋର ନଥିଲ। କିଛିଦିନ, କିଛିଘଣ୍ଟା, କିଛି ମିନିଟ୍‌ ପାଇଁ ମୋର ହେବା ପାଇଁ ପ୍ରଚେଷ୍ଟା କରି ଥିଲ। ସେଇ ସବୁ ପ୍ରଚେଷ୍ଟା ପାଇଁ ଅନେକ ଅନେକ ଧନ୍ୟବାଦ୍‌।"

ମୋହିତ ମନରେ ଏପରି ଧାରଣାଟିଏ ବସାବନ୍ଧା ରହିଥିଲା ଯେ ମୁଁ କେବଳ କେଇ ମୁହୂର୍ତ୍ତ ତା'ର ହେବା ପାଇଁ ଚେଷ୍ଟା କରିଥିଲି ମାତ୍ର, ସେଥିରେ ସଫଳ ନ ହେବାପରେ ମଧ ତା' ପାଖରେ ମୁଁ ବିତାଇଛି ଛଳନାର କେଇ ଦିନ, କେଇ ରାତି।

ସୂର୍ଯ୍ୟାଂଶକୁ ମୁଁ ଭୁଲି ପାରିନାହିଁ। କିମ୍ବା ମୋହିତକୁ ମୁଁ ପରାସ୍ତ କରିବାକୁ ଚାହେଁ ନାହିଁ।

ସୂର୍ଯ୍ୟାଂଶ ମୋ ହୃଦୟର ପ୍ରତିଟି ସ୍ପନ୍ଦନରେ, ମୋ ଧମନୀରେ ବହୁଥିବା ପ୍ରତିଟି ରକ୍ତବିନ୍ଦୁରେ ଅଥଚ ମୋହିତ ମୋ ଦୁର୍ଗମ ଜୀବନ ଯାତ୍ରାର ସହଯାତ୍ରୀ।

ହେ ଈଶ୍ୱର! ମୋତେ ଶକ୍ତିଦିଅ ଏ ବିଷମ ପରୀକ୍ଷାରେ ଉତ୍ତୀର୍ଣ୍ଣ ହେବାପାଇଁ। ଜାଣେନା ଏ ପରୀକ୍ଷାରେ ଉତ୍ତୀର୍ଣ୍ଣ ହେଲେ ସୁଦ୍ଧା ମୁଁ କାହାକୁ ପାଇବି ଓ କାହାକୁ ହରାଇବି। ଯାହାକୁ ହରାଇବି ତା' ପାଇଁ ମୋ ହୃଦୟରୁ ରକ୍ତ ଝରିବ ହିଁ ଝରିବ। ଅବଶିଷ୍ଟ ଜୀବନ ମୁଁ ଅପ୍ରାପ୍ତିରେ ଜଳିବି।

ମୋହିତ ପାଇଁ ମୋ ମନଟା ହଠାତ୍‌ ଭିଜିଗଲା। ଏତେଦିନ ପରେ ସେ ପୁଣି ଏଇ ବିଶ୍ୱାସ ନେଇ ଆସୁଛି ଯେ ମୁଁ କାୟ ମନବାକ୍ୟରେ ତା'ର ପତ୍ନୀ ହେବା ପାଇଁ ଚାହୁଁଛି। ମୁଁ ତାକୁ ମୋ ଦେହ ମନ ଉପରେ ଅଧିକାର ଦେବାକୁ ଇଚ୍ଛା କରୁଛି। ଏ ବିଶ୍ୱାସ ମୁଁ ମୋହିତକୁ ଦେଇଛି ଯେ ସେ ବର୍ତ୍ତମାନ ପାଇଁ ମୋ ଜୀବନରେ ଶ୍ରେଷ୍ଠ ପୁରୁଷ। ସୂର୍ଯ୍ୟାଂଶ ମୋର ଅତୀତ।

ମୋ ବିବଶତା, ମୋହିତ ପ୍ରତି ଅସଂପୂର୍ଣ୍ଣ ପ୍ରେମ ମୋତେ ଦୁର୍ବଳ କରି ଦେଉଥିଲା ବେଳକୁ ବେଳ।

ପୁଣି ମନେ ପଡିଗଲା ଯେଉଁଦିନ ମୁଁ ଅଜ୍ଞାତ ଯୁବକ ଜଣକୁ ଦେଖି ସୂର୍ଯ୍ୟାଂଶ ସ୍ମୃତିରେ ଆସିବାର କଥା ମୋହିତକୁ କହିଥିଲି ସେ ବିରକ୍ତ ନହୋଇ କହିଥିଲା "ତୁମପାଇଁ ଏ ଅବିଶ୍ୱସନୀୟ କଥାଟିକୁ ମଧ ମୁଁ ବିଶ୍ୱାସ କରୁଛି। ସୂର୍ଯ୍ୟାଂଶ ବିରୁଦ୍ଧରେ ମୋ ହୃଦୟରେ ଈର୍ଷା କିମ୍ବା ଦ୍ୱେଷ ନାହିଁ। କିନ୍ତୁ ତୁମ ପାଇଁ ମୁଁ ଭୀଷଣ ଚିନ୍ତିତ। ଯାଆ ଥରେ ସେ ଅଜ୍ଞାତ ଯୁବକଙ୍କ ସହିତ ଦେଖାକରି ନିଜ ମନର ଭ୍ରାନ୍ତି ଦୂରକର। ତୁମ ସାଥିରେ ତୁମ ମୋହିତ ପ୍ରତିମୁହୂର୍ତ୍ତରେ। ଏଭଳି ଭ୍ରମାତ୍ମକ ଚିନ୍ତାକୁ ନେଇ ଚାଲିଲେ ତୁମେ ହୁଏତ ଲକ୍ଷ୍ୟ ଭ୍ରଷ୍ଟ ହୋଇଯାଇପାର କିମ୍ବା ଶାରୀରିକ ଅସୁସ୍ଥ, ସେଇ ମୋର ଭୟ।"

ସେଦିନ ମୋହିତର ଉଦାରତା ଆଗରେ ମୁଣ୍ଡ ନଇଁ ଯାଇଥିଲା ମୋର। ଭାରୀ ଭାରୀ ହୃଦୟରେ ସ୍ୱଗତୋକ୍ତି କରିଥିଲି ନାଁ ମୋହିତ! ତୁମେ ମୋତେ ଘୃଣା କର, ଅଭିଶାପ ଦିଅ, ମୋ ବିରୁଦ୍ଧରେ ଅଭିଯୋଗ କର ଯେ ମୁଁ ଜଣେ ସୁବିଧାବାଦୀ ଓ ସ୍ୱାର୍ଥପର ଝିଅ ଯେ ସଂପର୍କକୁ ମୂଲ୍ୟଦେବା ଶିଖିନାହିଁ।

ମୁଁ ଜାଣେ, ତୁମର ଏ ଅଭିଯୋଗ ପାଇଁ ମୁଁ ସାମୟିକ ଭାବରେ ଆଘାତ ପାଇବି କିନ୍ତୁ ତୁମକୁ ଭୁଲିଯାଇପାରିବି। କିନ୍ତୁ ତୁମର ଉଦାରତା ପାଇଁ ତୁମେ ମୋ ହୃଦୟର ଚିରକାଲ ସୁହୃଦ ଆସନରେ ରହିବ। ମୁଁ ତୁମକୁ ଭୁଲିପାରିବି ନାହିଁ, ସୂର୍ଯ୍ୟାଂଶକୁ ଏକାନ୍ତ ଭାବେ ଭଲ ପାଇ ପାରିବି ନାହିଁ।"

ସୂର୍ଯ୍ୟାଂଶର ପ୍ରତ୍ୟାବର୍ତ୍ତନ ପୂର୍ବରୁ ମୁଁ ଚାହିଁଥିଲି ମୋହିତକୁ ମୋ ଶରୀରର ନିଷିଦ୍ଧ ପଦ୍ମବନ ମଧକୁ ପ୍ରବେଶର ଅଧିକାର ଦେବାପାଇଁ। ଫେରାଇ ଦେବା ପାଇଁ ତା' ସ୍ୱାମୀତ୍ୱର ଅଧିକାର। ସଜାଇ ରଖିଥିଲି ଏକ ସଜମହକା ଫୁଲର ରାତି। ମୁଁ ସୂର୍ଯ୍ୟାଂଶର ଡାଏରୀ ପଢ଼ି ନଥିଲେ ସେ ପ୍ରକ୍ରିୟା ହୁଏତ ଶେଷ ହୋଇଥାନ୍ତା।

ମାତ୍ର ସୂର୍ଯ୍ୟାଂଶର ଡାଏରୀ ପଢ଼ିବା ପରେ ମୋ ମନ ଅଶାନ୍ତଉ। ବିସ୍ମୃତିର ଅତଲଗର୍ଭରେ ଆମ୍ ପରିଚୟ ସମେତ ସମସ୍ତ ସ୍ମୃତି ହରାଇ ଦେଇ ମଧ ସେ ତା' ମସ୍ତିଷ୍କରୁ ଲିଭାଇ ପାରିନଥିଲା ମୋର ସ୍ମୃତି। ପୁଣି ସେ ଭାବନା ନାମରେ ମିଥ୍ୟା ପ୍ରଚାର କରି କଲଙ୍କିତ ନାୟକ ସାଜିଛି କେବଲ ମୋତେ ଲାଭ କରିବା ପାଇଁ। ରାସ୍ତା ଯାହା ହେଉନା କାହିଁକି ଲକ୍ଷ୍ୟ ଯଦି ଆବିଲତାହୀନ ମୁଁ କିପରି ତାକୁ ଦଣ୍ଡ ଦେଇପାରିବି ତାର ଚପଲ ବ୍ୟବହାର ନିମନ୍ତେ? ତାର ଚପଲତା ଯୋଗୁଁ ଆମେ ହରାଇବାକୁ ଯାଉଥିଲୁ ଆମ ଜୀବନର ଶ୍ରେଷ୍ଠ ସଂପର୍କ।

ଆସନ୍ତା କାଲି ବୋଧେ ହେଲଥ ଚେକ୍ ଅପ୍ କରି ସୂର୍ଯ୍ୟାଂଶ ଫେରିବ। ଆଜି ପହଁଞ୍ଚିବ ମୋହିତ। ଏ ଯୋଗାଯୋଗ ମଧ ବିଧ ନିର୍ଦ୍ଦିଷ୍ଟ। ବାରମ୍ବାର ମୋର ପରୀକ୍ଷା ନେବାକୁ ନିୟତିର ନିଷ୍ଠୁର ଯୋଜନା।

ମୁଁ, ସୂର୍ଯ୍ୟାଂଶ ଓ ମୋହିତ ମଧବର୍ତ୍ତୀ ଏକ ଚରିତ୍ର। ମୋ ଭଲ ପାଇବାର ମାତ୍ରା ଊଣା ଅଧିକ ହେଲେ ମଧ ମୁଁ ଉଭୟଙ୍କୁ ଭଲପାଏ। ଉଭୟେ ମୋର କାମ୍ୟ। ସୂର୍ଯ୍ୟାଂଶ ମୋର ପ୍ରଥମ ପ୍ରେମ। ମୋହିତ ମୋର ସୁହୃଦ। ସେଥିପାଇ ସୂର୍ଯ୍ୟାଂଶକୁ ଲାଭ କରିବାର ଆନନ୍ଦଠାରୁ ମୋହିତକୁ ହରାଇବାର ଦୁଃଖରେ ଅଧିକ ବ୍ୟଥିତ।

ସିଲିକନ୍‌ଭ୍ୟାଲିର ଗୋଟିଏ ପୃଥିବୀ ପ୍ରସିଦ୍ଧ କମ୍ପ୍ୟୁଟର କମ୍ପାନୀ 'ମ୍ୟାପଲ' ମୋର ସି.ଭି. ଦେଖ୍ ଅତ୍ୟନ୍ତ ପ୍ରୀତ। ବିପର୍ଯ୍ୟସ୍ତ ଜୀବନ ମଧରେ ମୁଁ ହୋଇନାହିଁ ଲକ୍ଷ୍ୟଚ୍ୟୁତ। ସାଇଣ୍ଟିଫିକ୍ ଜର୍ଣ୍ଣାଲ୍‌ରେ ମୋର ଦୁଇଟି ସନ୍ଦର୍ଭ ଆଶ୍ଚର୍ଯ୍ୟ କରିଦେବାଭଲି

ବୋଲି ସେମାନେ ଜଣାଇଛନ୍ତି । ଯେଉଁଥିପାଇଁ କମ୍ପ୍ୟୁଟର ଜଗତରେ ହୁଏତ ଆମୂଳଚୂଳ ବ୍ୟବହାରିକ ପରିବର୍ତ୍ତନ ଆସିପାରେ । ଭାରତରେ ଝିଅମାନେ ସୀମିତ ପରିବେଶ ମଧ୍ୟରେ ଆକାଶ ଛୁଆଁ ପରିକଳ୍ପନା କରି ପାରନ୍ତି, ଛାତିରେ ଉନ୍ମାଦନା ଭରି ଦେବା ଭଳି ସନ୍ଦର୍ଭ ପ୍ରସ୍ତୁତ କରପାରନ୍ତି ଜାଣି ସେମାନେ ବିସ୍ମିତ । କମ୍ପାନୀ ତରଫରୁ ଅନ୍‌ଲାଇନ୍‌ରେ ମୋର ସାକ୍ଷାତକାର ନିଆଯାଇଥିଲା । ଓ ସେ ପରୀକ୍ଷାରେ ମୁଁ କୃତକାର୍ଯ୍ୟ ବୋଲି ସେମାନେ ଜଣାଇଛନ୍ତି । ଦୁଇମାସ ମଧ୍ୟରେ କାଗଜପତ୍ର ପ୍ରସ୍ତୁତ କରି କାର୍ଯ୍ୟରେ ଯୋଗ ଦେବା ନିମନ୍ତେ ସେମାନେ ଆମନ୍ତ୍ରଣ ମଧ୍ୟ ଜଣାଇ ସାରିଛନ୍ତି ।

ଏ ସଫଳତାର ସମ୍ବାଦ ଏକାକୀ ଉପଭୋଗ କରିଛି ମୁଁ । ଜାଣେନା କେଉଁଠାରୁ ମୁଁ ପାଇଲି ଏତେ ପ୍ରେରଣା ? ସୂର୍ଯ୍ୟାଂଶକୁ ହରାଇ ସାରିବା ପରେ ଟୋପାଏ ଅମୃତଜ୍ଞାନ ପାଇଁ, ଚେନାଏ ସୂର୍ଯ୍ୟାଲୋକ ପାଇଁ ସଂଘର୍ଷରତ ଥିଲି ଦିନରାତି । ଏବେ ମୋ ହାତ ପାଆନ୍ତାରେ ମୋ ଇପ୍‌ସିତ ଆକାଶ ।

ଉଡ଼ାଣ ଭରିବା ପାଇଁ ମୋ ପକ୍ଷ ଦ୍ୱୟରେ ଅସୀମିତ ଶକ୍ତି ତଥାପି ସଂପର୍କର ଜଟିଳତା ନେଇ ମୁଁ ମଝି ଦରିଆରେ ବୁଡ଼ି ବୁଡ଼ି ଯାଉଛି ।

ମୋହିତର ଫ୍ଲାଇଟ୍‌ ଦଶ ମିନିଟ୍‌ ବିଳମ୍ବ ଥିଲା । ଭାବନା ରାଜ୍ୟରୁ ଫେରି ଆସି ଦେଖିଲି ଲ୍ୟାଣ୍ଡିଂ ସମୟ ଉପନୀତ ।

କିଛି ସମୟ ପରେ ମୋହିତ ବ୍ୟାଗ୍‌ କଲେକ୍‌ସନ୍‌ କରି ୱେଟିଂ ଲାଉଞ୍ଜରେ ମୋତେ ଦେଖି ଏତେ ଭାବପ୍ରବଣ ହୋଇ ଉଠିଲା ଯେ ତା' ଆଖି ଦୁଇଟା ଛଳ ଛଳ ଦିଶିଲା । ବାସ୍‌ ଏବେ ତା' ଛଳ ଛଳ ଆଖିରେ ଆମ୍ନହତ୍ୟା କରିବା ବ୍ୟତୀତ ମୋର ଉପାୟ ବା କଣ ? ସେ ମୋ ପାଖକୁ ଆସି ମଥାରେ ଗଭୀର ଚୁମ୍ବନଟିଏ ଦେଲା ସବୁଦିଗକୁ ସତର୍କ ନଜର ପକାଇ । ତା' ଉତ୍‌ଫୁଲ୍ଲିତ ହସ୍ତ ମୋ କଟୀର ଚତୁଃପାର୍ଶ୍ୱରେ ଗୁଡ଼େଇ ହୋଇଗଲା ମୁହୂର୍ତ୍ତକ ପାଇଁ ।

ମୋହିତ ଦେହରେ ମୋ ପ୍ରିୟ ନୀଳରଙ୍ଗର ଶାର୍ଟ, ହାତରେ ମୁଁ ଉପହାର ଭାବେ ଦେଇଥିବା ହାତଘଣ୍ଟା, ବେଶ୍‌ ଫୁର୍ତ୍ତି ଦେଖାଯାଉଥିଲା ସେ । ମୋତେ ଚାହିଁ ଓଠଟିପି ମୃଦୁମୃଦୁ ହସି କହିଲା "ମୋ ଦେହ ଟିକେ ଲାଗିଯାଇ ଥିବାରୁ ଚିହ୍ନ ପାରୁ ନାଁ କଣ ? ଆମ କ୍ୟାଣ୍ଟିନ୍‌ବାଲା ଖୁବ୍‌ ସ୍ୱାଦିଷ୍ଟ ହାଇଦ୍ରାବାଦୀ ବିରିୟାନୀ ପ୍ରସ୍ତୁତ କରେ ।

ତା' ସହିତ ଶାହୀ ପନୀର, ଚିକେନ୍‌ କବାବ୍‌ ଓ ସବୁ ପ୍ରକାର ମୋଗଲାଇ ଡିସ୍‌ । ସେ ସବୁ ଖାଇ ଖାଇ ମୋର ଓଜନ ବଢ଼ିଗଲାଣି । ତମେ କେବେ ମୋ ପାଖକୁ ଆସ, ତୁମକୁ ବି, ଆପ୍ୟାୟିତ କରିବି ।"

ସୂର୍ଯ୍ୟାଂଶର ପ୍ରତ୍ୟାବର୍ତ୍ତନ ଖବର ପାଇନଥିବା ମୋହିତ ମୁହଁରେ ଏମିତି ହସ ଯୁଗ ଯୁଗ ଧରି ମୁଁ ଉପଭୋଗ କରି ପାରନ୍ତି କି ?

ମୋହିତ କ୍ୟାବ୍ ବୁକ୍ କଲା। କ୍ୟାବ୍ର ପଛସିଟ୍ରେ ବସିବାକ୍ଷଣି ସେ ମୋତେ ଆଲିଙ୍ଗନ କରିବାକୁ ଉଦ୍ୟମ କରୁଥିଲା। ମୁଁ ଫିସ୍‍ଫିସ୍ କରି କହିଲି "ମୋହିତ ! ଡ୍ରାଇଭର୍ ରାସ୍ତାକୁ ନ ଚାହିଁ ମିର୍‍ର୍‌ରେ ଆମ ଦୁହିଁଙ୍କର ଅନ୍ତରଙ୍ଗ ଦୃଶ୍ୟକୁ ଉପଭୋଗ କରି ଗାଡ଼ି ଚଳାଉଛି। ଜନଗହଳି ରାସ୍ତାରେ ତା' ପରେ ଯାହା ଘଟିବ ତୁମେ ଜାଣ।" ସେ ମୋତେ ମୁକ୍ତ କରି ମୃଦୁ ମୃଦୁ ହସିଲା ଅଥଚ ପରବର୍ତ୍ତୀ ସମୟରେ ତା' ଅବାଧ ଅଂଗୁଳିମାନ ଛୁଇଁଛୁଇଁ ଯାଉଥିଲା ମୋର ପୃଷ୍ଠଦେଶ, କଟୀ ଓ ନିତମ୍ବ।

ମୋହିତ ମୋତେ ଏତେ ନିବିଡ଼ ଭାବରେ ସ୍ପର୍ଶ କରିନଥିଲା କେବେ ତେଣୁ ଖୁବ୍ ଅସହଜ ଲାଗିଲେ ମଧ୍ୟ ନିରବ ରହିବାକୁ ବାଧ୍ୟ ହେଉଥିଲି। ସେଇ ତ ସୂର୍ଯ୍ୟାଂଶ ଓ ମୋହିତ ଛୁଆଁର ଅନ୍ତର। ସୂର୍ଯ୍ୟାଂଶର ସ୍ପର୍ଶରେ ମୋ ଦେହର ପ୍ରତିଟି ରୋମମୂଳ ମୁକୁଳିତ ହୋଇଯାଏ ଅଥଚ ମୋହିତର ସ୍ପର୍ଶ ମୋତେ ରୋମାଞ୍ଚିତ କରିବା ପରିବର୍ତ୍ତେ ବିବ୍ରତ କରୁଥିଲା।

କ୍ୟାବ୍‍ରୁ ଓହ୍ଲାଇ ଘର ଭିତରକୁ ଆସି ଦରଜା ବନ୍ଦ୍ କରିବା ମାତ୍ରେ ସେ ଦୁଇବାହୁରେ ମୋତେ ଉଠାଇ ନେଲା ବେଡ୍‍ରୁମ୍‍କୁ। ଏବେ ଭୟରେ ମୋ' ସମଗ୍ର ଶରୀର ଥରଥର ପ୍ରକମ୍ପିତ। ମୁଁ ମୋହିତକୁ କିପରି ନିବୃତ୍ତ କରିବି ଭାବି ପାରୁନଥିଲି। ସେ ମୋ ଅବସ୍ଥା ଦେଖି କହିଲା "ତୁମେ ତ ଫୋନ୍‍ରେ ଏତେ ପ୍ରେମରେ କହୁଥିଲ ମୋର ପତ୍ନୀ ହେବାକୁ ଚାହୁଁଛ। ଏବେ ମୋତେ ଏତେ ଭୟ କାହିଁକି ? ମୁଁ କଣ ତମର ଅପରିଚିତ ? ଗତ ଦୁଇ ବର୍ଷ ଧରି ମୁଁ ତମ ସ୍ୱାମୀ। ଅବଶ୍ୟ ଅସ୍ପୃଶ୍ୟ ପତି ପତ୍ନୀ ଆମେ।"

ତା' ହସର ମୃଦୁ ହିଲ୍ଲୋଲରେ ସାରାଘର ଏବେ ବିନା ନଙ୍କ ବିନା କଦମ୍ବରେ ସୁଦ୍ଧା। ଉଚ୍ଛୁଳୁ ମୁଛୁଳୁ, ଭାବମୟ। ମୁଦ୍ରିତ ଚକ୍ଷୁରେ ସୁଦ୍ଧା ମୁଁ ଦେଖି ପାରୁଥିଲି ମୋହିତର ମୁଗ୍ଧ ଚାହାଣୀ। ସତେ ଅବା ସେ ମୋ ଅବସ୍ଥାକୁ କ୍ଷଣ କ୍ଷଣ କରି ଉପଭୋଗ କରୁଥିଲା ହଠାତ୍ ସେ ମୋ ଚିବୁକ୍ ଛୁଇଁ ଦେଇ କହିଲା "ଠିକ୍ ଅଛି, ମୋତେ ନିଜର କରିବାକୁ ଆଉ କିଛି ସମୟ ନିଅ।"

ସେ ବୁଲି ବୁଲି ଦେଖୁଥିଲା ଯନ୍‍ରେ ସଜାଇଥିବା ମୋ' କୁଟା କାଠିର ନାଡ଼। ବୁକ୍ ର୍ୟାକ୍‍ର ବହି, ଫୁଲଦାନୀର ଫୁଲ, କାନ୍ଥରେ ଝୁଲୁଥିବା ଚିତ୍ରପଟ, ଶେଷରେ କହିଲା "ବାଃ ! ଖୁବ୍ ସୁନ୍ଦର ଘର ସଜାଇଛ। କେବେ ହାଇଦ୍ରାବାଦ୍ ଆସି ମୋ ଘରକୁ ବି ଏମିତି ସଜାଇ ଦିଅନାଁ। ନାଁ, ତୁମକୁ ଏ ଘରକୁ ଦେଖିବା ପରେ ହାଇଦ୍ରାବାଦ୍ ଫେରିବାକୁ ମୋତେ ମନ ନାହିଁ। ଭାବୁଛି ଏଠାରେ କୌଣସି କମ୍ପାନୀରେ ଆବେଦନ

କରିବି । ତୁମେ ବିବାହର ପ୍ରଥମ ରାତିରୁ ପରାମର୍ଶ ଦେଇଥିଲ ମୋ ଠିକଣା ବଦଳାଇ ଦେବାପାଇଁ । ହୁଏତ ସେଦିନ ତୁମ କଥା ଶୁଣିଥିଲେ ତୁମେ ଆଜି ଅନୂଢ଼ା ତରୁଣୀ ପରି ମୋତେ ଦେଖି ଲଜ୍ଜା ଓ ଭୟରେ ଜଡ଼ସଡ଼ ହୋଇନଥାନ୍ତ ।"

ହାୟ ! ମୋହିତର ହୃଦୟରୁ ଝରୁଥିବା ବିନ୍ଦୁ ବିନ୍ଦୁ ଅନୁରାଗକୁ ଯଦି ମୁଁ ସାଇତି ରଖିପାରନ୍ତି ମୋ ହୃଦୟ ଭିତରେ !

ସେ ମୋତେ ଭାବନା ରାଜ୍ୟରେ ଛାଡ଼ିଦେଇ ଉଠିଗଲା ଟ୍ରାଭେଲ୍‌ବ୍ୟାଗ୍ ଖୋଲିବା ପାଇଁ । ପ୍ୟାକେଟ୍‌ଗୁଡ଼ିକୁ ମୋ ହାତକୁ ବଢ଼ାଇ ଦେଇ କହିଲା "ଦେଖ ତୁମ ପସନ୍ଦର ପରଫ୍ୟୁମ୍, ହେୟାରକ୍ଲିପ୍ସ ଓ ଚକୋଲେଟ୍ ଆଣିଛି । ତୁମେ କଲେଜ୍‌ରେ ପଢ଼ିବା ବେଳେ ଏହିପରି କ୍ଲିପ୍ ବ୍ୟବହାର କରିବାର ମନେପଡ଼ିଗଲା ।" ସେ ମୋ ହାତକୁ ପ୍ୟାକେଟ୍‌ଗୁଡ଼ିକୁ ଗୋଟିଏ ପରେ ଗୋଟିଏ ବଢ଼େଇ ସାରିବା ପରେ ବଡ଼ ପ୍ୟାକେଟ୍‌ଟିଏ ବଢ଼ାଇ କହିଲା "ଏ ଶାଢ଼ୀଟା ତୁମକୁ ଖୁବ୍ ସୁନ୍ଦର ମାନିବ, ପ୍ୟାକେଟ୍ ଖୋଲି ଦେଖ ତୁମର ପସନ୍ଦ ହେଉଛିକି ନାହିଁ । ହଁ, ଶାଢ଼ୀ କିଣିବାରେ ମୋର ଆଦୌ ଅଭିଜ୍ଞତା ନାହିଁ ।"

ପ୍ୟାକେଟ୍ ଖୋଲି ଦେଖିଲି ଖୁବ୍ ସୁନ୍ଦର ବନାରସୀ ଶାଢ଼ୀଟିଏ । କହିଲି ଏତେ ଦାମୀ ଶାଢ଼ୀଟିଏ କାହିଁକି ଆଣିଲ ? ତୁମେ ଜାଣ ମୁଁ ଶାଢ଼ୀ ପିନ୍ଧେନା ଓ ବିଶେଷ ଦିନ ମାନଙ୍କରେ ପିନ୍ଧିବା ପାଇଁ ମୋ ପାଖରେ ଶାଢ଼ୀର ଅଭାବ ନାହିଁ ।

ମୋହିତ ଶାଢ଼ୀଟି ମୋ ହାତରୁ ନେଇ ମୋ ଦେହରେ ଶ୍ରଦ୍ଧାରେ ଘୋଡ଼ାଇ ଦେଇ କହିଲା– "ଆରେ ମୁଁ ତୁମ ସ୍ୱାମୀ । ଏତେ ଦିନ ପରେ ମୋଠାରୁ ଉପହାର ପାଇ ତୁମେ ତ ଖୁସିରେ ଉଛୁଳି ପଡ଼ିବା କଥା । ଥରେ ପିନ୍ଧି ଦେଖ ! ଖୁବ୍ ଭଲ ମାନିବ ତୁମକୁ । ଅବଶ୍ୟ ତୁମପାଇଁ ସୁଟ୍ ଟିଏ ଆଣିଥିଲେ ତୁମେ ଅଫିସ୍ ପିନ୍ଧି ଯାଇ ପାରିଥାନ୍ତ ।"

ଶାଢ଼ୀ ଭିତରେ ମୋ ମନ ଆହତ କିପୋତୀ ପରି ଗୁମୁରି ଗୁମୁରି କାନ୍ଦୁଥିଲା । ମୋହିତ ଆଖିରେ ସ୍ୱପ୍ନର ଅଂଜନ ବୋଲି ନିର୍ଦ୍ଦୟ ଭାବରେ ଲିଭାଇ ଦେବା ପାଇଁ ମୋ ବିବେକ ଦଂଶନ କରୁଥିଲା । ତା' ଭାବମୟ ଦୃଷ୍ଟି ଅପେକ୍ଷା କରିଥିଲା ଦେଖିବାକୁ ଚନ୍ଦନବନ, ପଦ୍ମ ପୋଖରୀ ସେ ପାଖେ ଥିବା ନିଷିଦ୍ଧ ରାଣୀ ହଂସପୁର ଓ ରାଣୀ ହଂସପୁରରେ ମୌନାବତୀ ରାଜକନ୍ୟାକୁ । ଏ ପର୍ଯ୍ୟନ୍ତ ମୋ ନିରବତାକୁ ସେ ଧରିନେଇଥିଲା ତ୍ରସ୍ତ ହରିଣୀ ସୁଲଭ ଭୟ ।

ଏ ଯେଉଁ ସମୟର ଝଡ଼ ବହିଯାଇ ଆମ ସ୍ଥିତିକୁ ଦୋହଲାଇ ଦେଇଛି ତାହା କେବଳ ମୋ ପ୍ରାପ୍ତି ବା ଅପ୍ରାପ୍ତିର ବିନ୍ଦୁରେ ଅଟକି ରହିନାହିଁ, ମୋହିତ ଜୀବନକୁ ମଧ କରିଛି ପ୍ରଭାବିତ, ବିଚରା ମୋହିତ ! ମୋ ଦୁଃଖର ସାଥୀ । ଦୁର୍ଦ୍ଦିନର ବନ୍ଧୁ । ତାକୁ

ଏକାକୀ ଛାଡ଼ି ମୁଁ ସୂର୍ଯ୍ୟାଂଶରେ ହାତ ଧରି ଗୋଟିଏ ସୁଖମୟ ଜୀବନ କିପରି ବିତାଇ ପାରିବି ?

ମୁଁ ଏତେବେଳେ ଭାବପ୍ରବଣତାବଶତଃ ମୋହିତର ପଞ୍ଚପାଖରୁ ଧରି ନେଇ କହିଲି "ସୁନ୍ଦର ଶାଢ଼ୀ ଉପହାର ଦେଇଥିବା ପାଇଁ ଅନେକ ଧନ୍ୟବାଦ୍।"

ସେଇଭଳି ଅବସ୍ଥାରେ ମୋତେ ଆଉ କିଛି ସମୟ ଧରିନେଇ ସେ କହିଲା "ନାଁ ସାରା ! ପ୍ରେମ ଚିଠି ପଢ଼ିଦେଲେ ପରା ସରିଯାଏ।

ମୋ ଦୀର୍ଘଦିନର ପ୍ରତୀକ୍ଷାକୁ ମୁଁ କେତୋଟି ମୁହୂର୍ତ୍ତ ମଧ୍ୟରେ ସମାପ୍ତ କରିବାକୁ ଚାହେଁନାହିଁ। ମୁଁ ଚାହେଁ ଆମ ଦୁଇଜଣଙ୍କ ପ୍ରତୀକ୍ଷା ଆଉଟିକେ ପ୍ରଲମ୍ବିତ ହେଉ। ଆମେ ଦୁହେଁ ଦୁଇଜଣଙ୍କୁ ଏତେ ନିକଟରେ ପାଇ ମଧ୍ୟ ଆଉଟିକେ ରୋମାଞ୍ଚିତ ହେବା, ଅପ୍ରାପ୍ତିରେ କୁହୁଳିବା ତେବେ ଆମ ବହୁ ପ୍ରତୀକ୍ଷିତ ରାତି ଚିରସ୍ମରଣୀୟ ହେବ।"

ମୋହିତ ଯାହା କହିବାକୁ ଚାହୁଁଥିଲା ବୁଝି ପାରିଲେ ମଧ୍ୟ ବୁଝି ନ ପାରିବାର ଛଳନା କରୁଥିଲି। ମୁଁ ତା' ପାଇଁ କ୍ଷୀରୀ ବାଢ଼ୁ ବାଢ଼ୁ ସେ ଟୋଷ୍ଟର୍‌ରେ ବ୍ରେଡ୍ ଗରମ କଲା ଓ ବଟର ଲଗାଇ ଦୁଇଟି ପ୍ଲେଟ୍ ସଜାଡ଼ିଲା।

ତା' କାର୍ଯ୍ୟକଳାପକୁ ଦେଖିଲେ ଲାଗୁଥିଲା ପୁରୁଣା ଦିନର ଅତିପରିଚିତ ବନ୍ଧୁଟିଏ ହଠାତ୍ ଘରେ ପହଞ୍ଚ ଯାଇଛି। ଏ ଘର, ଏ ଘରର ଆସବାବପତ୍ର ସବୁ କିଛି ତା'ର ପୂର୍ବ ପରିଚିତ।

ଆମେ ଦୁହେଁ ଡାଇନିଂ ଟେବୁଲରେ ଖାଇବା ସମୟରେ ସେ ମୋତେ ସମ୍ମୋହିତ ଭାବରେ ଚାହିଁ ହସି ହସି ବଟର ଲଗା ବ୍ରେଡ଼ରୁ ଖଣ୍ଡେ ଖଣ୍ଡେ ଖାଉଥିଲା। ଯେଉଁ ମୋହିତ ମୋର ଏତେ ଦିନର ପରିଚିତ ଯାହାକୁ ମୁଁ ଦେଖିଥିଲି– କଲେଜ କ୍ୟାମ୍ପସ୍‌ରେ, ଦେଖିଥିଲି ବିବାହ ବେଦୀରେ, ବାସର ରାତିରେ ଏ ସେହି ମୋହିତ ନୁହେଁ। ତା' ଆଖିରେ ଆଖି ମିଳାଇ ପାରୁନଥିଲି ମୁଁ ତା' ଆଖିର ଇସାରାରେ ଓ ଲାଜରେ ମିଳେଇ ଯାଉଥିଲି ଭିତରେ ଭିତରେ। ତା' କଥାରେ କେତେ ନଦୀ, ସମୁଦ୍ର ଅତିକ୍ରମ କରି ନିଜକୁ ଖୋଜୁଥିଲି କେଉଁ ପୁଷ୍ପ ଉପତ୍ୟକାରେ।

ମୋହିତ ମୋତେ କଣେଇ ଚାହିଁଲା। "ଖୁବ୍ ସୁନ୍ଦର ହୋଇଯାଇଛ ୟା ଭିତରେ, କଣ ପିତର ଇଂଲଣ୍ଡରୁ କିଛି କିଛି ଫୁଲ ପଠାଏ ତୁମ ପାଖକୁ ? ସେଇ ଫୁଲର ରଙ୍ଗରେ ତମ ଦେହମନ ଏତେ ରଙ୍ଗୀନ୍ ହୋଇଉଠିଛି।

– ମୋହିତ ! ମୁଁ ତା' ଲଘୁ ପରିହାସରେ ଲଗାମ ଦେଲି। "ଆଜି ପିତର କଥା ଥାଉ।" ସେ କ୍ଷୀରି ଖାଉଥିଲା ଧୀରେ ଧୀରେ ଓ କୌଣସି ନାଁ କୌଣସି ପ୍ରସଙ୍ଗରେ ପ୍ରଗଲଭ ହୋଇ ଗପିବାକୁ ଚାହୁଁଥିଲା।

"ବାଃ ତୁମେ ଏତେ ସ୍ୱାଦିଷ୍ଟ କ୍ଷୀରି ବନେଇ ଜାଣ ? ବିଚରା ଆମ ଘର ଲୋକଙ୍କ ଭାଗ୍ୟରେ ନାହିଁ ସ୍ୱାଦିଷ୍ଟ କ୍ଷୀରି ଖାଇବା ପାଇଁ। ନାଁ ସେମାନେ ମୋତେ ବୁଝି ପାରିଲେ ନାଁ ତୁମକୁ। ସମଗ୍ର ପୃଥିବୀରେ ଖୋଜିଥିଲେ କଣ ତୁମ ଭଳି ରୂପବତୀ ଗୁଣବତୀ ଝିଅ ପାଇଥାନ୍ତେ ? ହାତରେ ଚାନ୍ଦ ପାଇ ମଧ ସେମାନେ ତା'ର ମୂଲ୍ୟ ବୁଝିଲେ ନାହିଁ। ସେ ସବୁ ତାଙ୍କ ପୌଢ଼ି ନ ରହିବାର ଫଳ, ଛାଡ଼।"

ମୁଁ ସେ ପ୍ରସଙ୍ଗରେ ନିଜ ମତାମତ ଦେବାକୁ ଚାହିଁଲିନାହିଁ। ଅତଃ ନିରବ ରହିଲି।

ଡାଇନିଂରୁ ଉଠି ଆମେ ବେଡ଼ରୁମ୍‌କୁ ଗଲୁ। କାଚ ଝରକା ବାଟେ ଆଲୋକର ପ୍ରବେଶ ରୋକିବା ପାଇଁ ମୁଁ ପର୍ଦ୍ଦା ଟାଣିଦେଲି। ମୋହିତ ମୋ କୋଳରେ ମଥା ରଖି କହିଲା– 'ଆମ ହିନ୍ଦୁଧର୍ମର ଅବକ୍ଷୟ ନିମନ୍ତେ ଅନେକ ବାଦ,କୁ ସଂସ୍କାର ଓ ଅନ୍ଧବିଶ୍ୱାସ ଦାୟୀ। ସନାତନଧର୍ମ ବିଶ୍ୱର ସର୍ବ ପୁରାତନ ଧର୍ମ ହୋଇଥିବାରୁ ଓ ହିନ୍ଦୁ ଧର୍ମ ତା'ର ମୂଳ ଦର୍ଶନଗୁଡ଼ିକୁ, ନେଇ ଗଢ଼ି ଉଠିଥିବାରୁ। କିଛି ପୁରାତନ ବିଶ୍ୱାସ ରହିବା ସ୍ୱାଭାବିକ, କିନ୍ତୁ ଏଇ ସମୟଟି ଉପଯୁକ୍ତ ସମୟ ନୁହେଁକି ପୁରାତନ କୁପ୍ରଥାଗୁଡ଼ିକୁ ବାଦ୍ ଦେଇ ପୃଥିବୀ ସମ୍ମୁଖରେ ଏକ ଆଧୁନିକ ଧର୍ମ ଭାବରେ ଆମ୍ଭ ପ୍ରକାଶ କରିବା ?

ଜାଣେ, ଏ ଯାବତ୍ ଧର୍ମକୁ ହାତମୁଠାରେ ରଖିଥିବା କିଛି ମୁଷ୍ଟିମେୟଙ୍କ ପକ୍ଷରୁ ବିରୋଧ ହେବ। ଏ ପରିବର୍ତ୍ତନ ରାସ୍ତା ଏତେ ସାବଲୀଳ ନୁହେଁ। ତଥାପି ପରିବର୍ତ୍ତନକୁ କିଏ ରୋକି ପାରିଛି ? ସେ ତ ମହାକାଳର ଉପହାର।"

ବସୁଧୈବ କୁଟୁମ୍ବକମ୍ ବାଣୀ ଉଦାର କଣ୍ଠରେ ଯେ ଗାଇପାରେ ସେ ମଣିଷ ଧର୍ମର। ତା'ପାଇଁ ଧର୍ମ ଏକ ଜୀବନର ମାର୍ଗଦର୍ଶିକା। ମୋହିତର କେତେ ରୂପ, କେତେ ଚରିତ୍ର। ଏଇତ, କିଛି ସମୟ ପୂର୍ବରୁ ସେ ମୋତେ ଚାହିଁ ନ ଛୁଇଁ ମଧ ମୋ ଦେହରେ ଉନ୍ମାଦନା ସୃଷ୍ଟି କରିପାରୁଥିଲା, ଉଷ୍ମତା ଭରି ଦେଉଥିଲା ମୋ ନିଃଶ୍ୱାସରେ, ହଠାତ୍ ସେ ମୋ ଆଖିରେ ପାଲଟିଗଲା, ଧର୍ମକୁ ବ୍ୟବଚ୍ଛେଦ କରୁଥିବା ଏକ ଅବୋଧ ଦୁର୍ବୋଧ ମନୁଷ୍ୟରେ। ତା' ଭିତରେ ସାଧାରଣଠାରୁ ଥିଲା ଭିନ୍ନ ଜିଜ୍ଞାସାବୋଧ।

– "ବୋରିଂ ଟପିକ୍"। ମୁଁ ଅଳ୍ପ ହସି ପ୍ରତିବାଦ ସ୍ୱରରେ କହିଲି। ମୋହିତର ଦୀର୍ଘ ବକ୍ତୃତା ଶୁଣି।

ସେ ହୋ ହୋ ହୋଇ ହସି କହିଲା "ଘୋଡ଼ା ପାଖକୁ ଆସିଲେ ସେ ହେସ୍ତାରବ ନ ଦେଇ କଣ ମୋହନବଂଶୀରେ ପ୍ରେମର ରାଗିଣୀ–ତୋଳିବ ?"

– "ତୁମେ କିନ୍ତୁ ଘୋଡ଼ା ନୁହେଁ। ସତରେ କଣ ତୁମେ ନିଜପାଇଁ ଏପରି ଏକ ରାସ୍ତା ନିର୍ଣ୍ଣୟ କରିସାରିଛ ? ସାଧାରଣ ରାସ୍ତାଠାରୁ ଭିନ୍ନ ଏକ ରାସ୍ତା ? ମାନବ ଧର୍ମର

ସ୍ୱପ୍ନ ସାକାର କରିବା ପାଇଁ ବୃଭି, ପ୍ରବୃଭିଠାରୁ ଏପରିକି ପରିବାରଠାରୁ ନିଜକୁ ଦୂରେଇନେଇ ଅନ୍ତଃହୀନ ଅନ୍ୱେଷଣ ପଥରେ ବାହାରିଛ ? ମୋହିତ ପ୍ରତିବାଦ କଲା, "ନାଁ ନାଁ କିଛି ଲୋକ ଅନ୍ୟାୟ କରନ୍ତି କିଛି ଲୋକ ଅନ୍ୟାୟ ଦେଖନ୍ତି ଓ କିଛି ଲୋକ ଅନ୍ୟାୟର ପ୍ରତିବାଦ କରନ୍ତି, ମୁଁ ତୃତୀୟ ଗୋଷ୍ଠୀର ଜଣେ । ମୁଁ ଚାହେଁ, ଏ ପୃଥିବୀରେ ସବୁକିଛି ଗଢି ଉଠୁ ନୀତି ଓ ନିୟମ ମଧ୍ୟରେ ସବୁକିଛି ସମୟାନୁଯାୟୀ ପରିବର୍ତିତ ହେଉ । ତୁମେ ଚାହିଁଲେ ମଧ୍ୟ ମୋ ସହିତ ଏ ଯାତ୍ରାରେ ଯୋଗ ଦେଇପାର ।"

– ନାଁ ବାବା ନାଁ, ମୋ ଜୀବନର ଲକ୍ଷ୍ୟ ସିଲିକନ୍‌ଭ୍ୟାଲିର ଏକ ସ୍ୱର୍ଗୀୟ ଜୀବନ । ତୁମେ ଦେଖିଥିବା ସ୍ୱର୍ଗ ମୁଁ ଦେଖି ନାହିଁ । କମ୍ପ୍ୟୁଟରର ପୃଥିବୀ ହିଁ ମୋ ପାଇଁ ସ୍ୱର୍ଗ ।

– ତୁମେ ତା' ହେଲେ ଦେଶ ଛାଡିବାର ନିଷ୍ପତି ନେଇ ସାରିଛ ସାରା  ?

ମୋହିତର ପ୍ରଶ୍ନ ଶୁଣି ମୋତେ ଚାବୁକ୍ ପ୍ରହାର ଖାଇବା ପରି ଲାଗିଲା ସତେ ଅବା ମୁଁ ଦେଶଦ୍ରୋହ କାର୍ଯ୍ୟଟିଏ କରିବାକୁ ଯାଉଛି । ମୋ ପ୍ରତିକ୍ରିୟା ପ୍ରକାଶ ପାଇଲା ମୋ ସ୍ୱରରେ– "ମୋହିତ ! ତୁମେ ଏହାକୁ ଦେଶ ଛାଡିବା କୁହନାହିଁ, ମୋ ଦେଶକୁ ମୋଠାରୁ ଅଧିକ କେହି ଭଲ ପାଇ ନାହିଁ । ମୋ ଲକ୍ଷ୍ୟ ସିଦ୍ଧି ପାଇଁ ମୋତେ ପରିବେଶ ଓ ସୁଯୋଗର ଆବଶ୍ୟକତା ଅଛି । ତା'ପରେ ହୁଏତ ମୁଁ ଫେରି ପାରେ, ଖୁବ୍ ଶୀଘ୍ର, ମୋତେ ସେଠାରେ ଯୋଗ ଦେବା ନିମନ୍ତେ ଦୁଇମାସ ସମୟ ମିଳିଥିଲା, ଆଉ ସପ୍ତାହଟିଏ ମାତ୍ର ବାକୀ ଅଛି ।

ମୋହିତ ଏବେ ଅଭିମାନରେ ଗମ୍ଭୀର ହୋଇଯିବା କଥା ଯେ, ମୁଁ ତାକୁ ଏ ଶୁଭ ସମ୍ୱାଦଟିକୁ ଜଣାଇ ନାହିଁ । ଅଥଚ ସେ ଦୀର୍ଘଶ୍ୱାସଟିଏ ତ୍ୟାଗ କରି ତା' ସର୍ବଶେଷ ପ୍ରତିକ୍ରିୟା ଜଣାଇଲା । ମୋ ମନରେ ପ୍ରଶ୍ନ–ମୁଁ ଏଠାରେ ରହି ମୋହିତର କେଉଁ କାର୍ଯ୍ୟରେ ଅବା ଲାଗିବି ? ସୂର୍ଯ୍ୟାଂଶର ମୋ ଜୀବନକୁ ପୁନଃପ୍ରବେଶକୁ ମୁଁ ପ୍ରତିହତ କରିପାରିବି ନାହିଁ କିୟ ମୋହିତ ସହିତ ମୋର ସଂପର୍କକୁ ପଲ୍ଲବିତ ମଧ୍ୟ କରିପାରିବି ନାହିଁ ।

ମୋହିତ ସେହିପରି ଅବସ୍ଥାରେ ଶୋଇରହି ଆଖିମୁଦି କହିଲା– "ବେଗମତୀ ନଦୀଟିକୁ କୌଣସି ସଂପର୍କର ଦ୍ୱାହି ଦେଇ ବନ୍ଦିନୀ କରିହୁଏନା –ଅବା ତା'ର ଗତିକୁ ଶିଥିଲ ମଧ୍ୟ । ତୁମର ଏଇ ଛଳ ଛଳ ଚଞ୍ଚଳ ପ୍ରବହମାନତାକୁ ତ ଦିନେ ପ୍ରେମ କରି ବସିଥିଲି ମୁଁ, ପାଇବା ହରାଇବାର କୌଣସି ହିସାବ ନକରି ।

ମୋର ଆଜି ମନେ ପଡୁଛି କଲେଜର ଦିନ, ସୂର୍ଯ୍ୟାଂଶ ଓ ମୁଁ । ସେ କ୍ୟାମ୍ପସର ହିରୋ, ପୁରୁଣା ରେକର୍ଡ ଭାଙ୍ଗିଥିବା ଉଦୀୟମାନ ଛାତ୍ର, ପ୍ରତିପତିଶାଳୀ ପିତାର ପୁତ୍ର । ଆଉ ମୁଁ, ସୂର୍ଯ୍ୟାଂଶ ପାଖରେ ନିସ୍ତବ୍ଧ କ୍ଷୁଦ୍ରାତିକ୍ଷୁଦ୍ର ତାରକା । ତଥାପି ସମୟ ନିର୍ଣ୍ଣୟ

ନେଲା। ମୁଁ ତୁମକୁ ପାଇବି। ତେଣୁ ଯେତେଦିନ ଆମେ ଏକାଠି ରହିବା ପ୍ରତିଟି ମୁହୂର୍ତ୍ତକୁ ଉତ୍ସବ ପରି ପାଳିବା। ମୁଁ ତୁମ ପ୍ରତୀକ୍ଷାରେ ରହିବି। ଆଶା, ତୁମେ ଖୁବ୍‍ଶୀଘ୍ର ସିଲିକନ୍‍ ଭ୍ୟାଲିରେ ତୁମ କାର୍ଯ୍ୟ ଶେଷ କରି ଫେରି ଆସିବ।”

ମୋ ଆଖିର ଲୁହ ଏବେ ଦିଗହରା। ମୋ ହୃଦୟର ଉଚ୍ଛ୍ବାସ ବାନ୍ଧି ରଖିବାକୁ ମୋ ଶରୀର ଅଙ୍ଗପ୍ରତ୍ୟଙ୍ଗମାନେ ଅକ୍ଷମ। ହୁଏତ ମୁଁ ବିଦୀର୍ଣ୍ଣ ହୋଇଯିବି ସହସ୍ର ଖଣ୍ଡରେ। ସୂର୍ଯ୍ୟାଂଶର ପ୍ରତ୍ୟାବର୍ତ୍ତନ ସମ୍ବାଦ ମୁଁ ମୋହିତ ନିକଟରେ ଗୋପନ ରଖି ତାକୁ ଅସ୍ଥମାରୀ ସ୍ଵପ୍ନ ଦେଖିବାକୁ କାହିଁକି ସୁଯୋଗ ଦେଲି ? ସେଇ ସ୍ଵପ୍ନର ରାଜ୍ୟରୁ ବାସ୍ତବ ଦୁନିଆଁକୁ ଫେରିଲେ ମୋହିତର ହୃଦୟରେ ଯେଉଁ ଗଭୀର କ୍ଷତ ହେବ ମୁଁ କିପରି ତା’ର ଉପଚାର କରିପାରିବି ?

ସମୟ ଅନେକ ଆଗକୁ ବଢ଼ିଯାଇଛି, ଏବେ ମୋହିତକୁ ସେ ସଂପର୍କରେ ଜଣାଇଲେ ସେ କିପରି ପ୍ରତିକ୍ରିୟା ପ୍ରକାଶ କରିବ ଜାଣେନା। ପନ୍ଦର ଦିନ ପୂର୍ବରୁ ମୋ କଥାରେ ସେ ଟିକେଟ ବୁକ୍ କରିଥିଲା, ଯେତେବେଳେ ମୁଁ ସୂର୍ଯ୍ୟାଂଶର ଡାଏରୀ ପଢ଼ିନଥିଲି। ସୂର୍ଯ୍ୟାଂଶର ମୃତ୍ୟୁ ଖବର ଏକ ଗୁଜବ ବୋଲି ଜାଣିନଥିଲି। କିମ୍ବା ଅନୁଭବ କରିପାରିନଥିଲି ଯେ ସେ ମୋର ଅତିନିକଟରେ।

ବହିଯାଉଥିବା ଅଶ୍ରୁକୁ ପୋଛି ଭାବୁଥିଲି ମୋହିତ ଗୋଟିଏ ସୁନ୍ଦର ହୃଦୟର ଅଧିକାରୀ, ସେ ହୃଦୟ କୃତିତ୍ ମନୁଷ୍ୟଙ୍କ ପାଖରେ ଥାଏ। ସୂର୍ଯ୍ୟାଂଶ ପାଖରେ ମଧ୍ୟ ଏପରି ଶୁଦ୍ଧ ହୃଦୟର ସନ୍ଧାନ ମୁଁ ପାଇନାହିଁ। ତେଣୁ ମୋହିତର ହୃଦୟକୁ କ୍ଷତାକ୍ତ କରିବା ମୋ ପାଇଁ ଏକ ଅକ୍ଷମଣୀୟ ଅପରାଧ।

ଏକ ଅଜ୍ଞାତ ଅପରାଧବୋଧରେ ମନ ଭାରାକ୍ରାନ୍ତ ହୋଇ ଆସୁଥିଲା। ମୋ ଉପରୁ ବିଶ୍ଵାସ ତୁଟିଗଲେ ସତ୍ୟର ଯେଉଁ ଭୟଙ୍କର ରୂପ ସେ ଦେଖିବ, ତା’ପରେ ହୁଏ ତ ସେ ସମଗ୍ର ପୃଥିବୀ ଉପରୁ ହରାଇ ବସିବ ତାର ବିଶ୍ଵାସ।

ମୋହିତ ଯେଉଁ ତିନିଦିନ ମୋ ପାଖରେ ରହିବ– ମୁଁ ତାକୁ ସୁଖୀ ରଖିବାକୁ ଚେଷ୍ଟା କରିବି। ସେ ଆଣିଥିବା ଶାଢ଼ୀ ପିନ୍ଧିବି। ହାତରେ ତା’ ମନ ପସନ୍ଦର ଖାଦ୍ୟ ରୋଷେଇ କରି ଖୁଆଇବି। ତା’ ଇଚ୍ଛା ମୁତାବକ ବିତାଇବି ମୁହୂର୍ତ୍ତଗୁଡ଼ିକ।

ସଂଧ୍ୟାରେ ମୋହିତ ପାଇଁ ସ୍ଵାଦିଷ୍ଟ କିଛି ପ୍ରସ୍ତୁତ କରିବାକୁ ରୋଷେଇ ଘରେ ଠିଆ ହୋଇ ଭାବୁଥିବା ବେଳେ ସେ ପଛ ଆଡୁ ଆସି ଚମକାଇ ଦେଲା ମୋତେ। ମୋ ହାତରୁ ସସ୍‍ପ୍ୟାନ୍‍ ଛଡ଼ାଇ ନେଇ କ୍ଷୀର ଗରମ କରି କଫି ବନେଇଲା ଓ କହିଲା ପ୍ରତିଦିନ ନିଜ ହାତର କଫି ପିଇ ପିଇ ବିରକ୍ତ ଲାଗୁଥିବ। ଆଜି ମୋ ହାତ ତିଆରି କଫି ପିଅ ବୁଝିବ କିଛି ପ୍ରେମ ମିଶିଲେ ଏହାର ସ୍ଵାଦ କିପରି ଦ୍ଵିଗୁଣିତ ହୁଏ। ଘରେ ସ୍ତ୍ରୀ

ଲୋକମାନେ ଭଲ ରୋଷେଇ କରିବାର ବାହାବା ନିଅନ୍ତି ମାତ୍ର ରୋଷେଇ କଳାରେ ପୁରୁଷମାନେ ପୃଥିବୀ ପ୍ରସିଦ୍ଧ।

କେଜାଣି କାହିଁକି ମୋର ମନେହେଉଥିଲା। ଅଧିକାଂଶ ସମୟରେ ନିରବ ରହୁଥିବା ମୋହିତ ନିଜର ମାନସିକ ସ୍ଥିତିକୁ ସନ୍ତୁଳିତ ରଖିବା ସକାଶେ ଦିନ ତମାମ୍ ଏଣୁତେଣୁ ଅପ୍ରାସଙ୍ଗିକ କଥା ପ୍ରଗଲ୍ଭ ଭାବରେ ଗପୁଛି। ଝିଅମାନଙ୍କର ହୃଦୟରେ ବାସରରାତି ପାଇଁ ଟିକେ ଭୟ ମିଶ୍ରିତ ଉତ୍ତେଜନା ଥାଏ ମାତ୍ର ମୋହିତର ବ୍ୟବହାର ଦେଖି ହସି ପକେଇଲି ମନେ ମନେ।

କଫି ପିଇସାରି ଆମେ ଦୁହେଁ ବୁଲିବା ପାଇଁ ବାହାରି ପଡିଲୁ। କିନ୍ତୁ ମୋ ହୃତ୍‌ସ୍ପନ୍ଦନ ବଢି ଯାଉଥିଲା ଯେତେବେଳେ ମୋର ମନେ ପଡି ଯାଉଥିଲା ଯେ ମୋହିତକୁ ମୁଁ ନିମନ୍ତ୍ରଣ କରିଛି ଗୋଟେ ସଜମହକା ଫୁଲର ରାତିଟିଏ ଉପହାର ଦେବାପାଇଁ। କିନ୍ତୁ ସୂର୍ଯ୍ୟାଂଶ ଫେରିବାପରେ ମୋ ମନସ୍ଥିତି ପୁରାପୁରି ଦୁର୍ବଳ। ମୁଁ ମୋହିତକୁ ଯେତେ ଭଲପାଇଲେ ମଧ ତା' ସହିତ ଅନ୍ତରଙ୍ଗ ରାତିଟି ବିତାଇବାକୁ ଚାହେଁନା। ଅଥଚ ତା'ର ଭାବପ୍ରବଣତା ଦେଖି ନିଜକୁ କଠିନ ରଖିବା ମଧ ମୋ ପାଇଁ ସାଧାତୀତ।

ଆମେ ସାଥୀ ହୋଇ ସିନେମା ଗଲୁ। ଫେରିବା ରାସ୍ତାରେ ହୋଟେଲର ଲନ୍‌ରେ ପଦଚାରଣା କରୁ କରୁ ମୋ ଫୋନ୍‌କୁ ବାରମ୍ବାର କଲ ଆସିବାରେ ସ୍କ୍ରିନ୍‌ରେ ନାମ ବା ନମ୍ବର ନ ଦେଖି ମୁଁ ତାହାକୁ ସୁଇଚ୍ ଅଫ୍ କଲି। ବର୍ତ୍ତମାନ ପାଇଁ ଏଇ କେତୋଟି ମୁହୂର୍ତ୍ତ ମୁଁ ଏକାନ୍ତ ଭାବରେ ମୋହିତର ହେବାକୁ ଚାହେଁ। ଯିଏ ମୋ ଅପେକ୍ଷାରେ ଅଛି ତାକୁ ଅପେକ୍ଷା କରିବାକୁ ହେବ ଆସନ୍ତାକାଲି ସକାଳ ପର୍ଯ୍ୟନ୍ତ। ଅନ୍ୟ କାହାର ଅନୁପ୍ରବେଶ ଅନ୍ତତଃ ବର୍ତ୍ତମାନ ପାଇଁ ସ୍ପୃହଣୀୟ ନୁହେଁ। ମୋହିତ ମନରେ ମୁଁ ଏଇ ବିଶ୍ୱାସ ସୃଷ୍ଟି କରିବାକୁ ଚାହେଁ ଯେ ମୁଁ ଆମ ସଂପର୍କକୁ ସମ୍ମାନ କରେ। ସୂର୍ଯ୍ୟାଂଶର ପ୍ରତ୍ୟାବର୍ତ୍ତନରେ ସେ ଯେପରି ଆହତ ନହୁଏ ବା ପରାଜିତ ମନେ ନ କରେ।

ମୋହିତକୁ ମୁଁ ସେଇ ମୁହୂର୍ତ୍ତମାନଙ୍କରେ ନିବିଡ ଭାବରେ ଭଲପାଇଲି, ଯେମିତି ସବୁ ହାରିବାକୁ ଯାଉଥିବା ସରଳ ନିଷ୍କପଟ ହୃଦୟର ମଣିଷ ମାନଙ୍କ ପ୍ରତି ମୋ ହୃଦୟରେ ଥାଏ ଅଧିକ ଅନୁକମ୍ପା ଓ ସ୍ନେହ। କେହି ପରାଜିତ ହେଉଥିବାର ଦେଖିଲେ ମୁଁ ସ୍ଥାନ କାଳ ପାତ୍ର ବିଚାର ନକରି ତତ୍‌କ୍ଷଣାତ୍ ଓହ୍ଲାଇ ପଡେ ସେଠାରେ।

ମୋହିତ ମୋ ଅନ୍ୟମନସ୍କ ଭାବ ଦେଖି ମୋ ହାତ ଧରି ନେଲା। ଆମେ ଦୁହେଁ ହାତ ଧରାଧରି ହୋଇ ବୁଲିଲୁ। ପିଲାବେଳର କଥା ମନେପକାଇ ବେଦମ୍ ହସିଲୁ। କଲେଜ ଦିନର କଥା କହି ରୋମାଞ୍ଚିତ ହେଲୁ।

ମୋ ମତରେ ମଣିଷ ତା'ର ଶେଷ ମୁହୂର୍ତ୍ତ ପର୍ଯ୍ୟନ୍ତ ସୁଖରେ ବଂଚିବା ଜରୁରୀ।

ଘରକୁ ଫେରିବା ରାସ୍ତାରେ ମୋହିତ କିଛି ଗୋଲାପ ଫୁଲ, ସୁବାସିତ ମହମବତୀ କିଣିଲା। ପୁଣି ମୋ ପାଇଁ ସଜମଲ୍ଲୀର ଗଜରା ଓ ହଲେ ଚାନ୍ଦିର କାରୁକାର୍ଯ୍ୟପୂର୍ଣ୍ଣ ପାଉଁଜି।

ମୁଁ ହସି ହସି ପ୍ରଶ୍ନ କଲି ଏ ସବୁ କଣ ପାଇଁ ?

ସେ ଦୁର୍ଗ ବିଜୟ କରି ଫେରିଥିବା ରାଜପୁତ୍ର ପରି କହିଲା "ଆମ ବାସର ରାତିରେ ଫୁଲଟିଏ ଫୁଟିନଥିଲା ବୋଲି ତୁମେ ଅଭିମାନ କରିଥିଲ। ଆଜି ତମ ମାନ ଭଂଜନ ପାଇଁ ଏଗୁଡ଼ିକର ଆୟୋଜନ। ଆଉ କିଛି ସୁନ୍ଦର ଉପହାର ମଧ ସାଇତି ରଖିଛି ସେଇ ବିଶେଷ ମୁହୂର୍ତ୍ତ ପାଇଁ।"

ମୁଁ ଯଦି ସୂର୍ଯ୍ୟାଂଶର ଡାଏରୀ ପଢିନଥାନ୍ତି ହୁଏତ ମୋହିତର ଏ ଆୟୋଜନ ମୋତେ ପ୍ରଗଲ୍ଭ କରିଥାନ୍ତା। ମୁଁ ନିଜକୁ ପୃଥିବୀର ଶ୍ରେଷ୍ଠ ଭାଗ୍ୟବତୀ ନାରୀ ଭାବରେ ଗର୍ବିତା ମନେ କରିଥାନ୍ତି। ତେବେବି ମୁଁ ଭିତରେ ଭିତରେ ଖୁସି ରହିବାକୁ ଅଦମ୍ୟ ପ୍ରଚେଷ୍ଟା କରୁଥିଲି। କିନ୍ତୁ ଯେଉଁ ସାରା ସୂର୍ଯ୍ୟାଂଶର ସ୍ଵତିକୁ ନେଇ ମୋହିତକୁ ବିବାହ କରି ମଧ ତା'ର ପତ୍ନୀ ହୋଇ ପାରିନଥିଲା। ଆଜି ସୂର୍ଯ୍ୟାଂଶର ପ୍ରତ୍ୟାବର୍ତ୍ତନ ପରେ ସେ କିପରି ତାର ପତ୍ନୀ ହୋଇପାରିବ ?

ଆଃ ଏମିତି କିଛି ଘଟଣା ଘଟନ୍ତା ନାହିଁ ଯେଉଁଥିରେ ମୋର ସମସ୍ତ ସମସ୍ୟା ସ୍ଵତଃ ସମାଧାନ ହୋଇଯାଆନ୍ତା..., ମୁଁ ମନେ ମନେ ହୃଦୟର ସହ ପ୍ରାର୍ଥନା କରୁଥିଲି।

ମୋହିତ ଘରକୁ ଫେରି ବେଡ଼କୁ ସଜାଇବାରେ ଲାଗିଲା। ବେଡ଼ରେ ନୂଆ ବେଡ଼ କଭର, ଧାରେ ଧାରେ ସଜେଇଲା ଗୋଲାପର ପାଖୁଡ଼ା। ସୁବାସିତ ମହମବତୀରେ ଅଗ୍ନି ସଂଯୋଗ କରି କହିଲା। — "ଏ ରାତିଟା ତୁମରି ନାମରେ ସାରା।" ମୁଁ କହିଲି "ନାଁ, ମୋହିତ ଓ ସାରା ନାମରେ"।

ମୋହିତର ଉସ୍ଵାହ ଓ ଭାବପ୍ରବଣତା ଦେଖି ମୋ ଆଖିରୁ ଅଜାଣତରେ ଲୁହ ଦୁଇ ବିନ୍ଦୁ ଝରି ପଡିଲା। ସୂର୍ଯ୍ୟାଂଶର ପ୍ରତ୍ୟାବର୍ତ୍ତନର ଖବର ପାଇଥିଲେ ମୋହିତ କଣ ଆଜିର ଦିନକୁ ଏପରି ବର୍ଣ୍ଣାଢ୍ୟ ଉସ୍ଵବ ପରି ପାଳନ କରି ପାରିଥାନ୍ତା ? ମୋହିତ ମୋର ସ୍ଵାମୀ। ମୋର ଶରୀର ଲଂଘନ କରିବା ନିମନ୍ତେ ସେ ମୋର ଅନୁମତି ଅପେକ୍ଷାରେ ରହିବାର ଆବଶ୍ୟକତା ନାହିଁ। ଅଥଚ ସେ ମୋ ଭାବପ୍ରବଣତାକୁ ସମ୍ମାନ କରେ। ମୋହିତକୁ ସ୍ଵାମୀତ୍ଵର ଅଧିକାର ଦେବା ପାଇଁ ଡାକି ଆଣି ଫେରାଇ ଦେବା ମୋ ପାଇଁ ଆଉ ସମ୍ଭବ ନୁହେଁ।

ସୂର୍ଯ୍ୟାଂଶକୁ ମୁଁ ଆଜିଠାରୁ ଦେବତାର ଆସନରେ ପୂଜା କରିପାରେ ମାତ୍ର ସ୍ଵାମୀ ଭାବରେ ଗ୍ରହଣ କରିବା ସମ୍ଭବ ହେବ ନାହିଁ। ସେ ସବୁଦିନ ପାଇଁ ମୋର

ପ୍ରେମିକ ହୋଇ ରହିଯିବ । ଆଜିଠାରୁ ମୁଁ ତାକୁ ନେଇ ଦେଖ ଆସିଥିବା ଅଗଣିତ ସ୍ୱପ୍ନକୁ ସାଇତି ରଖିବି ଛାତିର ଗୋପନ କୋଠରୀରେ । ଦେଖାହେଲେ କହିବି "ସୂର୍ଯ୍ୟାଂଶ ! ତୁମ ପ୍ରେମକୁ ଆଙ୍ଗୁଳିରେ ରଖ ଦୀର୍ଘପଥ ଅତିକ୍ରମ କଲେ ମଧ୍ୟ ଶେଷରେ ମୋହିତର ନିର୍ମଳ ପ୍ରେମ ମୋତେ ବିଗଳିତ କରିଛି । କ୍ଷମାକରିଦେବ ତମର ଏଇ ନିଃସ୍ୱ ପ୍ରେମିକାଟିକୁ, ଯେ ତମ ପ୍ରେମ ପାଇବା ପାଇଁ ସମଗ୍ର ପୃଥିବୀ ସହିତ ଯୁଦ୍ଧ ଘୋଷଣା କରି ଶେଷରେ ବିନ୍ଦୁଏ ନିର୍ମଳ ପ୍ରେମ ପାଖରେ ହାର ମାନି ଯାଇଛି । ନିଜକୁ ପରାଜିତ ପ୍ରେମିକ ମନେ କରିବ ନାହିଁ । ପ୍ରେମର ଅନ୍ୟନାମ ହିଁ ତ ସମର୍ପଣ । ମୋ ହୃଦୟ, ଶରୀର, ଆତ୍ମା ସବୁକିଛି ତୁମକୁ ସମର୍ପିତ । ଏବେ ଏ ଆତ୍ମାହୀନ ଶରୀରଟିକୁ ମୋହିତକୁ ଉପହାର ଭାବରେ ଦେବାକୁ ଯାଉଛି ।"

କୋଠରୀରେ ସାମାନ୍ୟ ଆଲୋକରେ ମୋହିତ ମୋତେ ଚାହିଁ ରହିଥିଲା । ବୋଧହୁଏ ମୋ ଅନ୍ତରକୁ ପଢ଼ିବାକୁ ଚେଷ୍ଟା କରୁଥିଲା ସେ । ବିହ୍ୱଳିତ ଅବସ୍ଥାରୁ ପୂର୍ବଅବସ୍ଥାକୁ ଫେରିବାକୁ ମୋତେ ଲାଗିଗଲା କିଛି ମୁହୂର୍ତ୍ତ । ମୋହିତ ଆଣିଥିବା ଶାଢ଼ୀଟି ପିନ୍ଧିଲି । କେଶ ସଜ୍ଜା କରିବା ମାତ୍ରେ ସେ ମୋ ଗଭାରେ ସଜାଇଦେଲା ସଜ ମଲ୍ଲୀର ଗଜରା । ମୋ ପାଦରେ ପାଉଁଜି ପିନ୍ଧାଇ ଦେଇ କହିଲା "ତୁମର ଅଭିଯୋଗ ଯେ ମୁଁ ତୁମକୁ ଭଲପାଏ ନାହିଁ । ଏବେ ମୁଁ ହାତରେ ସଜେଇ ଦେଇ ମୋ ପତ୍ନୀ ସାରାକୁ ଥରେ ଦେଖିବାକୁ ଚାହେଁ, ଯେ ଏତେ ଦିନପରେ ମୋତେ ନିଜର କରିବାକୁ ଚାହିଁଛି, ଓ ସାଧାରଣ ଝିଅଟିଏ ପରି ତା' ସ୍ୱାମୀଠାରୁ ପାଇବାକୁ ଇଚ୍ଛା କରିଛି ସମଗ୍ର ପୃଥିବୀର ସୁଖ ।"

ମୋହିତକୁ କହିବାକୁ ଚାହୁଁଥିଲି, ମୁଁ ତୁମପାଖରୁ ଦୂରକୁ ଯିବାପୂର୍ବରୁ ଏକ ସୁନ୍ଦର ସୁଖଦ ରାତିର ସ୍ମତି ସାଥୀରେ ନେଇଯାଅ, ଆଜି ପାଇଁ ଆମେ ଭୁଲିଯିବା ଭବିଷ୍ୟତର ଅନେକ ଅନିଶ୍ଚିତ ରାତିମାନଙ୍କୁ । ମୁଁ ଜାଣେ ତୁମେ ମନ ପରିବର୍ତ୍ତନ କରି ମୋ ସହିତ ସିଲିକନ୍ ଭ୍ୟାଲିରେ ଯୋଗ ଦେବ କି ନାଁ, ମୁଁ ପୁଣି ଜାଣେନାଁ ମୋତେ ସେଠାରେ କେତେ ସମୟ ନିଃସଙ୍ଗ ଜୀବନ ବିତାଇବାର ଅଛି । ପୁଣି ସୂର୍ଯ୍ୟାଂଶର ପ୍ରତ୍ୟାବର୍ତ୍ତନ ଆମ ସଂପର୍କକୁ କିପରି ପ୍ରଭାବିତ କରିବ । ତେଣୁ ବର୍ତ୍ତମାନର ଏଇ ମୁହୂର୍ତ୍ତଗୁଡ଼ିକୁ ବର୍ଣ୍ଣାଢ୍ୟ କରା ନଯିବାର କାରଣ ନାହିଁ । ଅନ୍ତତଃ ଆଜି ରାତିକ ପାଇଁ ମୁଁ ତୁମର ଏକାନ୍ତ ବିଶ୍ୱସ୍ତପତ୍ନୀ ହେବାକୁ ଚାହେଁ ।

ଭ୍ରମର ଓଠର ମଧୁଚୁମ୍ବନରେ ଫୁଲ କହେ ଭ୍ରମର ଓଠରୁ ମଧୁ ଝରେ ଅଥଚ ଭ୍ରମର ଓଠର ମଧୁ ଫୁଲର, ଏ କଥା କେବଳ ଭ୍ରମର ହିଁ ଜାଣେ ।

ସେ ମୋତେ ଗଭୀର ଆଶ୍ଲେଷରେ ବାନ୍ଧି ରଖ କହିଲା "କାହିଁକି କେଜାଣି

ତୁମ ଆମନ୍ତ୍ରଣ ପରେ ମଧ ତୁମକୁ ଛୁଇଁବାକୁ ଭୟ ହୁଏ, କାଲେ ତୁମ ହୃଦୟକୁ କଷ୍ଟହେବ, କାଲେ ସୂର୍ଯ୍ୟାଂଶକୁ ହୃଦୟ ଦାନ କରି ମୋତେ ଶରୀରଦାନ କରିବାରେ ତୁମ ଆତ୍ମା ତୁମକୁ ଧିକ୍କାର କରିବ।"

ସ୍ୱଗତୋକ୍ତି କଲି "ମୋହିତ! ତମେ ଖୁବ୍ ନିର୍ବୋଧ। ଯେ ନିଜ ଅଧିକାର ହାସଲ କରିବା ଜାଣେନା। ମୁଁ ତୁମଠାରୁ ଦୂରକୁ ଚାଲିଯିବା ପୂର୍ବରୁ ଥରୁଟିଏ ପାଇଁ ଅନୁଭବ ଦେବାକୁ ଚାହୁଁଛି ମୋ ଜୀବନରେ ତୁମେ ଗୁରୁତ୍ୱପୂର୍ଣ୍ଣ ଅଂଶ ଥିଲ, ଅଛ ଓ ସବୁଦିନେ ରହିବ। କାହାର ଆସିବା ଯିବାରେ ତୁମ ଗୁରୁତ୍ୱ ହ୍ରାସ ପାଇ ନପାରେ। ପୃଥିବୀରେ କେହି ତୁମ ସ୍ଥାନ ଅଧିକାର କରିପାରିବେ ନାହିଁ। ପୃଥିବୀର ଯେଉଁ କୋଣରେ ଥିଲେ ମଧ ତୁମ ମଙ୍ଗଳ ପାଇଁ ନିରବ ପ୍ରାର୍ଥନା କରୁଥିବି ମୁଁ। ବର୍ତ୍ତମାନ ମୁଁ ଭାବୁଛି ଆମ ସଂପର୍କ ଯାବତୀୟ ସାଂସାରିକ ସଂପର୍କଠାରୁ ଉର୍ଦ୍ଧ୍ୱରେ।"

ମୋହିତର ଉଷ୍ମ ପ୍ରଖର ନିଃଶ୍ୱାସ ମୋ ମୁଦ୍ରିତ ଆଖିପତା ଛୁଉଁଥିଲା। ତା' ବାହୁବନ୍ଧନରେ ଅଶାନିଃଶ୍ୱାସୀ ହୋଇ ମୁଁ ଅନୁଭବ କରୁଥିଲି ଅନ୍ୟ ଜଣେ ମୋହିତକୁ। ରାତି ଗଭୀର ହେଉଥିଲା ଓ କୋଠରୀ ମହ ମହ ବାସୁଥିଲା ଅନ୍ତରଙ୍ଗ ଗନ୍ଧରେ, ଫୁଲ ଓ ମହମବତୀର ଗନ୍ଧଠାରୁ ଅଧିକ ନିବିଡ ଓ ତୀବ୍ର।

ସେ ମୋ କାନରେ ଫିସ୍ ଫିସ୍ କରି କହିଲା "ତୁମେ ଭୟ କରନା। ତୁମେ ଏବେବି ଅନାଘ୍ରାତା। ପ୍ରେମ ଚିଠି ପଢିଦେଲେ ପରା ସରିଯାଏ। ତେଣୁ ମୁଁ ଚାହେଁ ଏ ଚିଠିକୁ ହାତରେ ଧରି ଆଉ କିଛି ସମୟ ସେ ପ୍ରେମକୁ ଅନୁଭବ କରିବାକୁ। ଆଜି ପର୍ଯ୍ୟନ୍ତ ମୁଁ ଯେଉଁ ସାରାକୁ ଦେଖିଥିଲି ବର୍ତ୍ତମାନ ସେ ମୋ ପାଖରେ ନାହିଁ। ଲାଜରେ ଉତ୍ତୁରି ଯାଉଥିବା, ମହମ ପରି ତରଲି ଯାଉଥିବା, ଫୁଲଟେ ପରି ଛୁଇଁ ଦେଲେ ନରମି ଯାଉଥିବା ଏ ସାରା ଆଜି ଗୋଟେ ଅବୋଧ କିଶୋରୀ ପରି।"

ମୋ ପାଦରେ ତା'ପାଦ ଛନ୍ଦି ହୋଇଯାଉଥିବା ସମୟରେ ମୋ ପାଉଁଜି ଛିଣ୍ଡି ଯାଇ ଛିଟ୍କି ପଡିଲା ତଲେ। ମୋହିତ ସେଇଟିକୁ ଆଣିବା ପାଇଁ ଓହ୍ଲାଇଗଲା ତଲକୁ। ହଠାତ୍ ସେ ଅଟକିଗଲା ସେଇଠି, ଗୋଟେ ମିନିଟ୍, ଦୁଇ ମିନିଟ୍, ପାଞ୍ଚ ମିନିଟ୍। ସେ ଫେରିଲା ନାହିଁ।

ଆଖି ଖୋଲି ଦେଖିଲି ତା' ହାତରେ ସୂର୍ଯ୍ୟାଂଶର ଡାୟରୀ, ଯାହାକୁ ଆଗ ପଛ କରି ସେ ପଢୁଛି। ମୋହିତର ଦୃଷ୍ଟି ଆଢ଼ୁଆଲରେ ରଖିବା ପାଇଁ ଯେଉଁଟିକୁ ମୁଁ ଗୋପନରେ ଖଟର ନିମ୍ନଭାଗର ରଖିଥିଲି।

ମୋହିତ କ୍ଲାନ୍ତ ଭାବରେ ବସି ପଡିଲା ଶଯ୍ୟା ଧାରରେ। ତା'ପରେ ଉଠିଯାଇ ସମସ୍ତ ଲାଇଟ୍ ଲଗାଇଲା, ପୋଷାକ ପିନ୍ଧିଲା ଓ ନିରବରେ ଆଖି ମୁଦି ବସି ରହିଲା।

ମୋହିତର ଉତୁରି ପଡ଼ୁଥିବା ଚେହେରା ଦେଖି ସହିପାରିଲିନି। ପଛପାଖରୁ ଧରିନେଇ କହିଲି "ନା ମୋହିତ! ମୁଁ କେବଳ ତୁମର ହେବାକୁ ଚାହେଁ। ତୁମେ ମୋ ଜୀବନରୁ ଫେରିଯାଅ ନାହିଁ। ସୂର୍ଯ୍ୟାଂଶ ଚିରଦିନ ପାଇଁ ମୋର ପ୍ରେମିକ ହୋଇ ରହିଯାଉ। ଏହାହିଁ ମୋର କାମନା।"

ମୋହିତ ମୋ ମଥାରେ ଧୀରେ ଧୀରେ ଶ୍ରଦ୍ଧାରେ ସ୍ପର୍ଶ ଦେଉଥିଲା। କିଛି ସମୟ ଗୁମ୍‌ସୁମ୍‌ ନିରବତା। ତା' ପରେ କହିଲା "ସୂର୍ଯ୍ୟାଂଶର ଫେରିବାର ସମ୍ବାଦ ମୋ ପାଖରେ ନଥିଲା। କିନ୍ତୁ ସବୁକିଛି ଜାଣିବା ପରେ ତୁମେ ଏତେବଡ଼ ଭୁଲ୍‌ କିପରି କରିପାରିଲ ?

ହୃଦୟର ପ୍ରେମ ଓ ସହୃଦୟତା ମଧ୍ୟରେ ଅନ୍ତର ବୁଝିବାକୁ ଚେଷ୍ଟା କର ସାରା ତୁମ ଶରୀର ରହିବ ମୋ ପାଖରେ ଓ ହୃଦୟ ରହିବ ସୂର୍ଯ୍ୟାଂଶ ହୃଦୟରେ। ଏପରି ବିଭାଜିତ ଶରୀର, ହୃଦୟ ନେଇ ତୁମେ ଖଣ୍ଡ ବିଖଣ୍ଡିତ ହୋଇଯିବ।

ତୁମ ପ୍ରେମ ଓ ପ୍ରାର୍ଥନାର ଶକ୍ତିବଳରେ ସୂର୍ଯ୍ୟାଂଶ ମୃତ୍ୟୁଲୋକରୁ ଫେରି ଆସିଛି। ଯାଅ! ଥରେ ତା' ସହିତ ଦେଖାକର।"

ମୋହିତର ଛାତିରେ ମଥା ରଖି ମୁଁ ଭାବୁଥିଲି କାହିଁକି ମୋ ସହିତ ଏପରି ଘଟେ ? କାହିଁକି ଅଦୃଷ୍ଟ ବାରମ୍ବାର ମୋର ପରୀକ୍ଷା ନିଏ ? ମୁଁ ଏଇକ୍ଷଣରେ ସହସ୍ର ଖଣ୍ଡରେ ବିଭକ୍ତ ହୋଇଯାଇଛିକି! ଏ ଯନ୍ତ୍ରଣାରୁ ମୋତେ ମୁକ୍ତି ମିଳିଯାଇଥା‌ନ୍ତା। ଆମେ ଦୁହେଁ ନିରବରେ ଅଶ୍ରୁ ବିସର୍ଜନ କରୁଥିଲୁ। ମୋହିତ ଆଖିର ବିନ୍ଦୁବିନ୍ଦୁ ଲୁହ ମୋ ମଥାରେ ପଡ଼ି ଗଡ଼ି ଆସୁଥିଲା ମୋ ଆଖିର ଲୁହ ସହିତ ଏକାକାର ହୋଇ ବହିଯିବା ପାଇଁ।

ମୋହିତ ଧୀରେ ଧୀରେ ମୋ ସମଗ୍ର ହୃଦୟରେ ବ୍ୟାପି ଯାଉଥିଲା ସର୍ବବ୍ୟାପ୍ତ ଚେତନା ପରି। କିପରି ମୁଁ ତା' ସହିତ ବିତାଇଥିବା ମୁହୂର୍ତ୍ତଗୁଡ଼ିକୁ ଭୁଲି ପାରିବି ? ଯେତେବେଳେ ମୁଁ ହୋଇଯାଇଥିଲି ନିଃସଙ୍ଗ, ମୋ ସ୍ବପ୍ନ ମାନଙ୍କ ଦେହରେ ଡେଣା ଖଞ୍ଜିବା ପାଇଁ ସେ ଦୂରରେ ଥାଇ ମଧ୍ୟ ସାଜିଥିଲା ମୋ ପ୍ରେରଣା। ଯେତେବେଳେ ଅଥଳ ସମୁଦ୍ର ପରି ସମସ୍ୟା ଭିତରେ ବୁଡ଼ି ବୁଡ଼ି ମୁଁ ଦିଗହରା ହୋଇ ଯାଇଥିଲି, କୂଳରେ ଲାଗିବା ପାଇଁ ସେ ମୋପାଇଁ ସାଜିଥିଲା ବତୀଘର। ମୋ ଭାବପ୍ରବଣତାକୁ ମୂଲ୍ୟଦେବାକୁ ଯାଇ ନିଜ ପରିବାରର ବିରୋଧକୁ ସାମ୍ନା କରି ସପ୍ତପଦୀର ପବିତ୍ର ମନ୍ତ୍ରୋଚାରଣ କରିଥିଲା। ବିଦ୍ରୋହୀ ପୁଅ ଅସହଯୋଗୀ ସ୍ବାମୀର ଦୁର୍ନାମ ସତ୍ତ୍ୱେ ନିଜ ସପକ୍ଷରେ ଖୋଲି ନଥିଲା ମୁହଁ। ଶେଷରେ ମୋତେ ସ୍ପର୍ଶ କରିବାର ଅଧିକାର ପାଇ ମଧ୍ୟ ନିଜକୁ ଦୂରେଇ ରଖିଥିଲା। ଆଜି ସୂର୍ଯ୍ୟାଂଶର ପ୍ରତ୍ୟାବର୍ତ୍ତନ ପରେ ସେ ପୁଣି ମୋ ଜୀବନରୁ ନିଃଶବ୍ଦ ପଲାୟନ କରିବାର କାମନା କରୁଛି।

ସାଧାରଣ ମଣିଷମାନେ ଏତେ ମହାନ୍ ହେବା ମଧ୍ୟ ଆଦୌ ଉଚିତ୍ ନୁହେଁ। ଯନ୍ତ୍ରଣାରେ ଯେ ମୋ ସହିତ ନିରବରେ ଜଳିପାରେ, ମୋ ଲକ୍ଷ୍ୟ ସିଦ୍ଧିର କଣ୍ଟକିତ ରାସ୍ତାରେ ନିଃଶବ୍ଦ ପଦପାତରେ ମୋ ସହିତ ପାଦ ମିଳାଇ ଚାଲିପାରେ ଅଥଚ ମୋ ସୁଖ ଫେରି ଆସିବା ସମୟରେ ବିନା ପ୍ରଶ୍ନରେ ସେ ମୋ ଜୀବନ ପରିଧିରୁ ଚାଲିଗଲେ ଅପକୀର୍ତ୍ତି ରଚିବି ମୁଁ। ସୂର୍ଯ୍ୟାଂଶ ମୋ ସୁଖ ଦିନମାନଙ୍କର ସାଥୀ ଅଥଚ ମୋହିତ ମୋ ଦୁଃସମୟର ସାରଥୀ। ପଳାୟନ ମୋହିତ ଚରିତ୍ର ମହାନତା ହୋଇପାରେ ମାତ୍ର ମୁଁ ତ କହିବି ଏହା ଏକ ପ୍ରକାର ଆତ୍ମ ପ୍ରବଞ୍ଚନା।

ବିଛଣା ସାରା ବିଞ୍ଛ ହୋଇ ପଡ଼ିଥିଲା ମୋହିତର ହାତରେ ସଜାଇଥିବା ଫୁଲର ପାଖୁଡ଼ା। ସୁବାସିତ ମହମବତୀଗୁଡ଼ିକ ତଥାପି ମହକାଉଥିଲେ ସମଗ୍ର କୋଠରୀ। ସେ ପର୍ଯ୍ୟନ୍ତ ମୋ ଦେହରେ ଥିବା ମୋହିତର ଶାଢ଼ୀ, କେଶର ଗଜରା, ପାଦର ପାଉଁଜି ଓ ତା' ଦେହର ଗନ୍ଧ ଭିତରେ ମୁଁ ନିର୍ବାପିତ ହୋଇନଥିଲି ବରଂ ଗୁମୁରି ଗୁମୁରି କାନ୍ଦୁଥିଲା ମୋ ଉଦ୍‌ବେଳିତ ହୃଦୟ।

ମୁଁ କହିଲି "ମୋହିତ! ମୁଁ ତୁମ ସହିତ ଅବଶିଷ୍ଟ ଜୀବନ ବିତାଇବାର ନିର୍ଣ୍ଣୟ ନେଲି ଏଇ ମୁହୂର୍ତ୍ତରେ। ଏହା ମୋର ସିଦ୍ଧାନ୍ତ, ମୋ ଭିତରେ ବର୍ତ୍ତମାନ କାହା ପାଇଁ କୌଣସ କାମନା ନାହିଁ। ଆଉ ଯଦିବା କିଛି ଅଛି ବୋଲି ତୁମେ ଭାବୁଥାଅ ତାହାକୁ ନିର୍ବାପିତ କରିବା ମୋର ଦାୟିତ୍ୱ। ସୂର୍ଯ୍ୟାଂଶ ଫେରି ଆସିଲେ ଆମେ ଦୁହେଁ ବନ୍ଧୁ ଭାବରେ ତାକୁ ସ୍ୱାଗତ କରିବା।"

ମୋହିତ ମୋର ସୁହୃଦ, ସ୍ୱାମୀ, ଶୁଭଚିନ୍ତକ ସବୁକିଛି। ଏ କଥା ମୋ ହୃଦୟ କହୁଥିଲା କିମ୍ବା ଭାବପ୍ରବଣତା ତାହା ମୁଁ ଜାଣେନା କିନ୍ତୁ ମୋହିତକୁ ଏପରି ଅବସ୍ଥାରେ ଦେଖି ମୋ ଭିତରେ କେତେ ଭାବାନ୍ତର ସୃଷ୍ଟି ହେଉଥିଲା। କେବେ ମୁଁ ନିଜ ଉପରେ ଅଭିସଂପାତ ଢାଳୁଥିଲି ତ ଓ କେବେ ନିଜର ଅପରିଣାମଦର୍ଶୀ ଚରିତ୍ର ପାଇଁ ନିଜକୁ ଦୋଷାରୋପ କରୁଥିଲି।

ମୋତେ ବାହୁ ବନ୍ଧନରେ ରଖି ସେ ପୁଣି ପ୍ରଶ୍ନ କଲା "ବାରମ୍ବାର କାହିଁକି ମୋତେ ତୁମ ସମ୍ମୋହନରେ ପକାଅ ସାରା? କାହିଁକି ସତ୍ୟକୁ, ଆଲୋକକୁ ଆଜି ପର୍ଯ୍ୟନ୍ତ ପଛ କରି ଚାଲୁଥିବା ଏ ଅସହାୟ, ନିର୍ବୋଧ ମଣିଷଟିକୁ ସତ୍ୟସହ ସାମ୍ନାସାମ୍ନି କରିବାର ସୁଯୋଗ ସୃଷ୍ଟି କର ? ମୁଁ ଦେଖି ଆସିଥିବା ପୃଥିବୀ ମୋ ପାଇଁ ସୁନ୍ଦର। ହୋଇଥାଉ ପଛକେ ସେ ଅସତ୍ୟ, କଳ୍ପନାର। ସତ କୁହ ସାରା! ମୋତେ ଏଠାକୁ ଡାକି ଶେଷ ଥର ପାଇଁ ତୁମ ସମ୍ମୋହନରେ ପକାଇବା କଣ ନିହାତି ଜରୁରୀ ଥିଲା ?"

ଉଦ୍‌ବେଳିତ ମୋ ହୃଦୟର ଅସୀମିତ ଢେଉ ମୋହିତ ହୃଦକୁ ସ୍ପର୍ଶ କରିପାରୁଥିଲା

ଏବା ନାହିଁ ମୁଁ ଜାଣେନାଁ ମାତ୍ର ମୁଁ କଣ ହୋଇପାରେ ଏତେ ହୃଦୟହୀନା ଯେ ସୂର୍ଯ୍ୟାଂଶ ମୋ ଜୀବନ ପରିଧିକୁ ଫେରିବା ପରେ ମୋହିତକୁ ନିମନ୍ତ୍ରଣ କରିଥିଲି ଶେଷ ସମ୍ମୋହନରେ ମନ୍ତ୍ରାବିଷ୍ଟ କରିବା ପାଇଁ ? ମୋ ପାଇଁ ଆଜି ପର୍ଯ୍ୟନ୍ତ ମିଛ ଓ ଛଳନାର ଜୀବନଟେ ଜିଇଁ ଆସିଥିବା ମୋହିତକୁ କଣ କହି ମୁଁ ଏବେ ପ୍ରବୋଧନା ଦେବି ?

ମୋହିତ ଏଥର ମୋର ସକଳ ସମ୍ମୋହନରୁ ମୁକ୍ତ କଲା ନିଜକୁ। ମୋତେ ଆଲିଙ୍ଗନ ମୁକ୍ତ କରି କହିଲା "ତୁମର ଗୋଟିଏ ଶରୀର, ଗୋଟିଏ ହୃଦୟ ତାହା ଆମ ଦୁହିଁଙ୍କ ମଧ୍ୟରେ ବିଭକ୍ତ କରିବା ସମ୍ଭବ ନୁହେଁ। ସୂର୍ଯ୍ୟାଂଶ ତୁମକୁ ଅଧିକ ଭଲପାଏ, ହୃଦୟରେ ଚାହେଁ, ମୁଁ ଚାହେଁ ମୋ ଭାବପ୍ରବଣତାର ମୃତ୍ୟୁ ଘଟୁ ଓ ତୁମ ପ୍ରେମର ଜୟ ହେଉ। ମୋର ଶୁଭେଚ୍ଛା ତୁମ ସାଥୀରେ ଆଜୀବନ ରହିବ।"

– ମୋହିତ ! ତୁମେ ମୋତେ ଚାହଁନା, ଭଲପାଅନାଁ ?

ଶୁଷ୍କ ହସଟିଏ ହସିଦେଲା ସେ ଓ କହିଲା "ମୁଁ ତ ଝଡ଼ର ଦିଗହରା ପକ୍ଷୀଟିଏ ଆସିଥିଲି, ଚାଲିଗଲି। ସେଇ ଆସିବା ଯିବା ଭିତରେ କେତେ ପଦଚିହ୍ନ ଛାଡ଼ିଗଲି ତାହା ଆଦୌ ଗୁରୁତ୍ୱପୂର୍ଣ୍ଣ ନୁହେଁ। ତୁମେ ଖୁବ୍ ଶୀଘ୍ର ବିବାହର ଆୟୋଜନ କର ମୋ ତରଫରୁ ମୁକ୍ତିପତ୍ରଟିଏ ତୁମ ଦୁହିଁଙ୍କୁ ଉପହାର ସ୍ୱରୂପ ମିଳିଯିବ।"

ମୋହିତ ହୁଏତ ଭାବୁଥିଲା ବିଗତ ଦିନମାନଙ୍କର କଥା। ଯେତେବେଳେ ଭାବନା କଥା ଶୁଣି ମୁଁ ସୂର୍ଯ୍ୟାଂଶକୁ ଘୃଣା କରିବାକୁ ଚେଷ୍ଟା କରି ମଧ୍ୟ ପାରୁନଥିଲି। ଯେତେବେଳେ ତା'ର ମୃତ୍ୟୁ ଖବର ଶୁଣି ରୌଦ୍ରଦଗ୍ଧ ରକ୍ତୁର ପକ୍ଷିଣୀ ଭଳି ଜୀବନ ବିତାଉଥିଲି। ଛାତିରେ ଯନ୍ତ୍ରଣା, ଉଦର ଯନ୍ତ୍ରଣା ସହିତ ରାତି ରାତି ଅନିଦ୍ରା ବିତୁଥିଲା ମୋର। ମୁଁ ମାନସିକ ବ୍ୟାଧିର ଅଷ୍ଟପଦୀ କବଳରେ ଛଟପଟ ହେଉଥିଲି। କେତେ ଦୁଃସ୍ୱପ୍ନ, କେତେ ଦୁର୍ଭାବନା। ଜୀବନ ହରାଇ ଦେବାର ପ୍ରବଣତା ଭିତରେ ମୁଁ ବିଭାଜିତ ହେଉଥିଲି ପ୍ରତିମୁହୂର୍ତ୍ତରେ। ସେତେବେଳେ ମୋହିତ ମୋ ଜୀବନରେ ସମ୍ଭାବନାର ନବପତ୍ର ପରି କଅଁଳ ଉଠିଥିଲା, ବିନା ଶ୍ରଦ୍ଧା ପ୍ରେମ ଅବା ଯତ୍ନରେ। ବିବାହ ପରେ ମଧ୍ୟ ସେ ବୁଝିଥିଲା ମୁଁ ତା'ର ପତ୍ନୀ କମ ଓ ସୂର୍ଯ୍ୟାଂଶର ପ୍ରେମିକା ଥିଲି ଅଧିକ। ମୋ ମୋବାଇଲ୍ ସ୍କ୍ରିନ୍, ଲାପଟପ୍, ବହି ଖାତା, ଫଟୋ ଷ୍ଟାଣ୍ଡରେ ସୂର୍ଯ୍ୟାଂଶର ଫଟୋକୁ ମୁଁ ଅପସାରିତ କରି ନଥିଲି ମୋହିତକୁ ବିବାହ କରିବା ପରେ ମଧ୍ୟ। ତେଣୁ ସେ ମନେ କରୁଥିଲା ସେ ତା'ର ପତ୍ନୀ ସହିତ ନୁହେଁ ସୂର୍ଯ୍ୟାଂଶର ପ୍ରେମିକା ସହିତ ବିତାଇ ଆସିଛି ବୈବାହିକ ଜୀବନ। ସୂର୍ଯ୍ୟାଂଶର ପ୍ରେମିକାକୁ ଭଲ ପାଇଛି, ତା'ର ଯତ୍ନ ନେଇଛି, ବରଂ ସୂର୍ଯ୍ୟାଂଶର ପ୍ରେମକୁ ଭୁଲିବା ପାଇଁ ଯେ ତାକୁ ପ୍ରେମ କରିବାର ଛଳନା କରେ।

ମୋହିତ ମହାମାନବ ନୁହେଁ, ଜଣେ ସାଧାରଣ ମଣିଷ। ମୋତେ ଏତେ ପାଖରେ ପାଇ ମଧ ତା' ହିଂସ୍ର ପୁରୁଷ ପ୍ରକୃତିକୁ ସେ ଶାସନ କରିପାରିଛି ଓ ଭାବିଛି ଦିନେନାଁ ଦିନେ ମୁଁ ସୂର୍ଯ୍ୟାଂଶର ମାୟାରୁ ମୁକ୍ତିପାଇ ଆଦରି ନେବି ତାର ନିର୍ମଳ ପ୍ରେମକୁ। ସେତେଦିନ ପର୍ଯ୍ୟନ୍ତ ସେ ତା'ର ଧୈର୍ଯ୍ୟକୁ ପ୍ରଲମ୍ବିତ କରିପାରିବ। ସୂର୍ଯ୍ୟାଂଶ ରୂପରେ ମୋ ସୁଖ ଫେରି ଆସିଥିବାର ଦେଖି ତା' ହୃଦୟ କହୁଛି ଆଜିପରି ଦିନରେ ସେ ମୋତେ ସୂର୍ଯ୍ୟାଂଶ ସହିତ ଭାଗ କରିବ ନାହିଁ, ଦୁଃସମୟର ସାଥୀ ବୋଲି କୌଣସି ଦାବୀ ରଖିବ ନାହିଁ। ବାହୁ ଖୋଲି ଦେଇ ସତେ ଯେପରି କହୁଛି ଯାଅ ସାରା ଯେତେ ଦୂର ଯାଇପାର ଯାଅ। ଅବଶିଷ୍ଟ ଜୀବନ ମୁଁ ବିତାଇ ପାରିବି ତୁମ ମୁହୂର୍ତ୍ତ କେତୋଟି ପ୍ରେମର ସ୍ମୃତିରେ। ଏଇ ମହାର୍ଘ ସ୍ମୃତିରେ ଯେ ତମେ ମୁହୂର୍ତ୍ତକ ପାଇଁ ହେଲେ ମଧ ମୁକୁଳିତ ହୋଇଥିଲ, ଆଘ୍ରାଣ କରି ନପାରିବାଟା ମୋର ଭାଗ୍ୟ ଦୋଷ।

ମୋହିତ ଉଠିଗଲା ବାଲକୋନିକୁ। ସକାଳ ହେବାକୁ ଅନେକ ସମୟବାକୀ। କିଛି ସମୟ ପୂର୍ବରୁ ଯେଉଁ କୋଠରୀକୁ ମୋହିତ ନିଜହାତରେ ବର୍ଣ୍ଣାଢ୍ୟ ଭାବରେ ସଜାଇଥିଲେ, ସେଠାରେ ଫୁଲମାନେ ଏବେ ଅସହାୟ ଠିକ୍ ମୋହିତର ହୃଦୟପରି। ଦୁଇ ହାତରେ ମୁହଁ ଘୋଡାଇ ମୁଁ ଅଶ୍ରୁ ଦର୍ପଣ କରୁଥିଲି।

ମୋହିତକୁ କୋଠରୀକୁ ଫେରାଇ ଆଣିବା ପାଇଁ ମୋ ଓଠରେ ଭାଷା ନଥିଲା। ମୋହିତ ସହିତଂ ଗୋଟିଏ ବିଫଳ ବାସରରାତି ବିତାଇବା ପରେ ମୁଁ ମଥା ଧୋଇ ଗାଧୋଇ ସୀମନ୍ତରେ ସିନ୍ଦୁର ପିନ୍ଧିଲି। ସିନ୍ଦୁର ପିନ୍ଧିବା ସମୟରେ ପ୍ରଥମଥର ପାଇଁ ସୂର୍ଯ୍ୟାଂଶ ପରିବର୍ତ୍ତେ ମୋହିତର ନାମ ନେଇ ପିନ୍ଧିଲି। କିଛି ମୁହୂର୍ତ୍ତ ପରେ ମୋହିତ କୋଠରୀକୁ ଫେରି ଆସିଲା। ୱାର୍ଡରୋବରୁ ତାର ପ୍ୟାଣ୍ଟ ଶାର୍ଟ କାଢି ସୁଟ୍‌କେଶ୍‌ରେ ଭରିଲା। ସ୍ୟାଣ୍ଡରେ ଥିବା ମୋ ଫଟୋଟିକୁ ମଧ ମୋ ଅଲକ୍ଷ୍ୟରେ ଯତ୍ନରେ ସହ ରଖିଲା। ସେ ମୋ ଆଡକୁ ପଛ କରି ଥିବାରୁ ତା' ମୁହଁର ଭାବ ପଢିବାକୁ ମୁଁ ଅସମର୍ଥ ଥିଲି ତେବେ ତା' ଅନ୍ତରର ଅପ୍ରକାଶ୍ୟ ଶବ୍ଦ ସବୁ ଧରେ ଛୁଇଁ ଯାଉଥିଲା ମୋ ହୃଦୟ।

ଦୁଇଦିନ ପରେ ମୋହିତର ଫ୍ଲାଇଟ୍ ଅଥଚ ସେ ସକାଳର ପ୍ରଥମ ଫ୍ଲାଇଟ୍‌ରେ ହାଇଦ୍ରାବାଦ ଫେରିଯିବାକୁ ଚାହେଁ। ଛାତିରେ ଜମାଟ ବାନ୍ଧି ଆସୁଥିବା କୋହ ଚାପି ରଖି କହିଲି 'ମୋହିତ ଆଜି ଦିନଟା ରହିଯାଅ!'

ଉତ୍ତରରେ ସେ ମୋତେ ଚାହିଁ ସାମାନ୍ୟ ହସିଲା ଯାହାର ଅର୍ଥ ସେ ଯଦି ସାରା ଜୀବନ ମୋ ପାଖରେ ଅଟକି ଯାଇପାରନ୍ତା!

ମୋହିତର ଇଷତ୍ ଫୁଲିଯାଇଥିବା ଗୋଲାପୀ ଗୋଲାପୀ ଆଖି ବିବଶ ହସ

ଦେଖି ମୋତେ ଖୁବ୍‌ କାନ୍ଦ ଲାଗୁଥିଲା । ମୋ ଜୀବନର ସମସ୍ତ ସଂଚିତ ପୂଣ୍ୟ ଓ ସୁକୃତି ମୁଁ ଯଦି ମୋହିତକୁ ଦେଇପାରନ୍ତି ...

ଶେଷ ମୁହୂର୍ତ ପର୍ଯ୍ୟନ୍ତ ସେ ନିରବ । ମୋ ପୋଷାକ ପାଖରେ ବିକ୍ଷିପ୍ତ ଭାବରେ ପଡ଼ିଥିବା ତା’ ପୋଷାକ, ମୋ ୱାର୍ଡରୋବ୍‌ର ଶାଢ଼ୀ ପାଖରୁ ତା’ର ଶାର୍ଟପ୍ୟାଣ୍ଟ, ମୋ ହାତଘଣ୍ଟା ପାଖରୁ ତା’ ହାତଘଣ୍ଟା ଓ ସୁର୍ଯ୍ୟାକ୍ର ମୋ ଜୋତା ପାଖରୁ ତା’ ଜୋତା ଉଠାଇ ନେଇ ନିଜକୁ ସବୁଦିନ ପାଇଁ ବିଚ୍ଛିନ୍ନ କରିବା ବେଳକୁ ତା’ ଛାତି ତଳେ କିଛି ସହସ୍ର ଖଣ୍ଡରେ ଭାଙ୍ଗି ପଡ଼ୁଥିବାର ଶଦ ଶୁଣି ପାରୁଥିଲି ମୁଁ ।

କିଏ କହେ ହୃଦୟ ନିଃଶଦରେ ଭାଙ୍ଗେ ବୋଲି ? ଯଦି ସେ ହୃଦୟ ଆପଣାର ମଣିଷର ହୋଇଥାଏ ତେବେ ସେ ହୃଦୟ ଯେତେ ଖଣ୍ଡରେ ଭାଙ୍ଗୁଥାଏ ତା’ର ଶଦରେ ଆଉ ଗୋଟେ ହୃଦୟ ଅଦୂରରେ ଭାଙ୍ଗୁଥାଏ ଟୁକୁଡ଼ା ଟୁକୁଡ଼ା ହୋଇ ।

ମୋହିତକୁ ତା’ ଯାତ୍ରା ପଥରୁ ବିରତକରିବା ଆଉ ସମ୍ଭବ ନୁହେଁ । ମୁଁ ଯଦି ତା’ ସହିତ ଏୟାରପୋର୍ଟ ନଯାଏ ତେବେ ସେ ଏକାକୀ ଚାଲିଯିବ ।

ପ୍ୟାଣ୍ଟସାର୍ଟ ପିନ୍ଧି ସାରି ଡ୍ରଇଁ ରୁମ୍‌ରେ ସୋଫାରେ ବସି କ୍ୟାବ୍‌ ବୁକ୍‌ କରୁଥିଲା ସେ ।

ମୋହିତ ସକାଳୁ ପ୍ରତିଦିନ ଉଷ୍ମ ପାଣିରେ ଲେମ୍ବୁ ଓ ମହୁ ପିଏ । ତାଙ୍କ ଘରେ କିଛିଦିନ ରହି ଏ କଥା ମୁଁ ଜାଣିଥିଲି । ମୁଁ ଦୌଡ଼ି ଯାଇ ତା’ ପାଇଁ ଆଣିଥିବା ନୂଆ ମହୁ ବୋତଲର ପ୍ୟାକ୍‌ ଖୋଲି ଗ୍ଲାସରେ ଢାଲିଲା ବେଳକୁ ଦ୍ୱାର ଖୋଲିବାର ଶଦ ଶୁଭିଲା । ଗ୍ଲାସଟିକୁ ସେଇଠି ଛାଡ଼ି ମୁଁ ତା’ ସହିତ ବାହାରକୁ ଆସିଲି । ମୋ ହାତରୁ ପାଣି ପିଇବାକୁ ମଧ୍ୟ ତା’ ପାଖରେ ସମୟର ଅଭାବ ।

କ୍ୟାବ୍‌ ଭିତରେ ବସି ରାସ୍ତାରେ ମଧ୍ୟ କିଛି କଥା ହୋଇପାରିଲୁ ନାହିଁ । ତା’ର ଗମ୍ଭୀର ମୁହଁକୁ ଦେଖି ଲାଗୁଥିଲା ଗୋଟେ ଅବ୍ୟକ୍ତ ଯନ୍ତଣାରେ ସେ ଜର୍ଜରିତ । ତାକୁ ଟିକେ ନିରୋଳା ପରିବେଶ ଲୋଡ଼ା ।

ମୁଁ ତା’ ମୁହଁକୁ ଚାହିଁବାର ସାହସ ହରାଇ ବସିଥିଲି ।

ଗତ କାଲି ସକାଳେ ଏଇ ରାସ୍ତାରେ ମୋହିତ ସହିତ ଆସୁଥିବା ସମୟରେ ସେ ଚୁମ୍ବନ ଓ ଆଲିଙ୍ଗନରେ ମୋତେ ବ୍ୟତିବ୍ୟସ୍ତ କରି ପକାଉଥିବାରୁ ମୁଁ ଇଙ୍ଗିତରେ କୃତ୍ରିମ କ୍ରୋଧ ପ୍ରକାଶ କରୁଥିଲି ଓ ନିର୍ବୋଧ ବାଳକ ପରି ସେ କିଛି ବୁଝି ପାରୁନଥିବାର ଛଳନା କରି ତା’ ଅବାଧ ଅଙ୍ଗୁଲିମାନଙ୍କୁ ଆହୁରି ବେଲଗାମ୍‌ କରିଦେଇଥିଲା ।

ଆଜି ସେଇ ଚରିତ୍ର, ସେଇ ପରିବେଶ, ମାତ୍ର ଚବିଶ ଘଣ୍ଟା ମଧ୍ୟରେ ବଦଲିଗଲା ଜୀବନ ନାଟକର ଦୃଶ୍ୟ । ସେଥିପାଇଁ ମୋଠାରୁ ସାମାନ୍ୟ ଦୂରତାରେ ବସିଥିଲା ସେ । ମୋ ଉଡ଼ନ୍ତା କେଶ ତା’ ମୁହଁରେ ବାଜିଲେ ଗତଥର ପରି ଶ୍ରଦ୍ଧାରେ ଆଘ୍ରାଣ କରି

ନେବା ପରିବର୍ତ୍ତେ ଆଙ୍ଗୁଳିରେ ଖୁବ୍ ସନ୍ତର୍ପଣରେ ଆଦେଇ ଦେଉଥିଲା, ଯେମିତି ମୁଁ ତା' ପାଇଁ ଯୁଗ ଯୁଗର ଅପରିଚିତା। ଜଣେ ଅପରିଚିତାକୁ ଯେପରି ସୌଜନ୍ୟପୂର୍ଣ୍ଣ ବ୍ୟବହାର କରାଯାଏ ଠିକ୍ ସେଇ ଭଲି ବ୍ୟବହାର କରୁଥିଲା ସେ।

ଗୋଟେ ବିରାଟ ଶୂନ୍ୟତାର ଅନୁଭବ ଆମ ଦୁହିଁଙ୍କୁ ଜଡବସ୍ତୁରେ ପରିଣତ କରିଦେଇ ଥିଲା। ସେଇ ନିରବତା ମଧ୍ୟରେ ଦୁହିଁଙ୍କର ଦୀର୍ଘଶ୍ୱାସ ଜଣାଇ ଦେଉଥିଲା ଯେ ଆମକୁ ନିଃଶେଷ କରିଦେବା ନିମନ୍ତେ ଅଦୃଷ୍ଟରେ ଅପ୍ରତିହତ ଅପଚେଷ୍ଟା ପରେ ମଧ୍ୟ ଆମେ ରକ୍ତ ମାଂସ ଶରୀରରେ।

ସାରାଜୀବନ ପାଇଁ ମୁଁ ହରାଇବାକୁ ଯାଉଥିଲି ମୋହିତକୁ। ଯେ ମୋତେ ଭଲପାଏ ନାହିଁ ବୋଲି ମୁଁ ଅଭିଯୋଗ କରିଛି ଅନେକ ଥର। ଯେ ମୋ ହୃଦୟର ଯନ୍ତନିଏ ନାହିଁ ବୋଲି ଅଭିମାନ କରିଛି ଅନେକବାର। କିନ୍ତୁ ଖୁବ୍ ବିଳମ୍ବରେ ବୁଝିଲି ମୋହିତ ପରି ମୋତେ କେହି ଭଲ ପାଇ ନାହିଁ। ପୁଣି ହୃଦୟଙ୍ଗମ କଲି ତା'ର ସରଳ ଅକୃତ୍ରିମ ପ୍ରେମ। ଯେ ମୋର ଖୁସି ପାଇଁ ମୋତେ ମୁକ୍ତି କରିଦେଇଛି ତା'ର ସମସ୍ତ ବନ୍ଧନରୁ। କ୍ଷଣିକରେ ନିଜ ପତ୍ନୀରୁ ଅନ୍ୟର ପ୍ରେମିକା ଭାବରେ ଗ୍ରହଣ କରି ନେଇଛି।

ମୋହିତ ତରତର ଭାବରେ କ୍ୟାବ୍‌ରୁ ଓହ୍ଲାଇ ଯାଇ କେଉଁ ଏୟାର ଲାଇନ୍‌ସରେ ସିଟ୍‌ଟିଏ ମିଳିପାରିବ ଅନୁସନ୍ଧାନ କରୁଥିଲା। ମୁଁ ପଛରୁ ଦେଖୁଥିଲି ଯେ କୌଣସି ମୁହୂର୍ତ୍ତରେ କାଳର ଷଡ଼ଯନ୍ତ୍ରକୁ ପ୍ରତିହତ କରି ନପାରି ଭୁଲୁଣ୍ଠିତ ହେବା ପ୍ରତୀକ୍ଷାରେ ଥିବା ଏକ ଦୁର୍ଗର ତୋରଣକୁ ଅବା ଗୋଟେ ନଷ୍ଟପ୍ରାୟ ମନ୍ଦିରର ସୁଉଚ୍ଚ ମୁଖଶାଳାକୁ।

ଜାଣେନାଁ କେତେ ଜନ୍ମର ସୁକୃତରୁ ମୋହିତ ଭଲି ସୁହୃଦଟିଏ ମିଳେ।

କିଛି ସମୟ ପରେ ହାତରେ ବୋର୍ଡିଂ ପାସ୍ ଧରି ସେ ଫେରି ଆସିଲା ମୋ ନିକଟକୁ। ଶେଷ ମୁହୂର୍ତ୍ତରେ ନିଜ ହୃଦୟର ଆବେଗକୁ ଗୋପନ ରଖିବା ତା'ଦ୍ୱାରା ସମ୍ଭବହେଲା ନାହିଁ ବୋଧ ହୁଏ।

ସେ ମୋ ହାତକୁ ଅଶ୍ରୁପୂର୍ଣ୍ଣ ନୟନରେ ଚାପି ଧରିଲା କିଛି ମୁହୂର୍ତ୍ତ। ଲାଗୁଥିଲା ତା' ହାତ ଭିତରେ ବିନ୍ଦୁ ବିନ୍ଦୁ ଜୀବନ କଣିକା ନିଗିଡି ଶୂନ୍ୟ ହୋଇଯିବ ମୋ ଜୀବନପାତ୍ର। ମଣିଷର ସର୍ବସ୍ଥାଇ ସେ କିପରି ନିଃସ୍ୱ ହୋଇଯାଏ, ସକଳ ପ୍ରାପ୍ତିରେ ସୁଦ୍ଧା ଅପ୍ରାପ୍ତିର ଶୂନ୍ୟତାରେ ଛଟପଟ ହୁଏ, ଜୀବନ୍ତ ମୃତ୍ୟୁରେ ପ୍ରିୟମାଣ ହୁଏ ମୁଁ ସେଇ ମୁହୂର୍ତ୍ତରେ ଅନୁଭବ କରୁଥିଲି। ତା' ଆଖିରେ ଆଖି ମିଳାଇ ବିଦାୟ ଦେବାକୁ ମୋ ନିକଟରେ ଧୈର୍ଯ୍ୟର ଘୋର ଅଭାବ। ତେଣୁ ଆଖି ମୁଦି ପଛକୁ ଆଉଜି ବସିଲି। କିଛିକ୍ଷଣ ପରେ ଦୁଇବିନ୍ଦୁ ଉଷ୍ମ ଅଶ୍ରୁ ମୋ ହାତରେ ପଡିବାର ଅନୁଭବ ହେଲା।

ଏୟାରପୋର୍ଟର ଜନ ଗହଳି ଭିତରେ ମୁଁ କାନ୍ଦି ପାରୁନଥିଲି କିମ୍ବା କୋହ

ସମ୍ବରଣ କରିପାରୁନଥିଲି । ମୋ ମନରେ ଉଦ୍‌ବିଗ୍ନତା, ଅସହାୟତା ଅନ୍ତଃହୀନ ଅନୁଶୋଚନା । ସତରେ କଣ ମୁଁ ଜୀବନରେ ଊର୍ଦ୍ଧ୍ବକୁ ଉଠିବାର ରାସ୍ତାରେ ମୋହିତକୁ କେବଳ ପାହାଚ ପରି ବ୍ୟବହାର କରିଛି ? ମୋ ହୃଦୟ କହୁଥିଲା ନାଁ, ମୋହିତକୁ ମୁଁ ନିର୍ମଳ ହୃଦୟରେ ଭଲ ପାଇଛି । ମୋ ଜୀବନର ଧୂସର ପାଣ୍ଡୁଲିପିରେ ତା' ନାମକୁ ବହୁବାର ରକ୍ତରେ ଲେଖିଛି ।

ଦୀର୍ଘ ନିରବତା ପରେ ମୋହିତ ଧୀରେ କହିଲା "ଧନ୍ୟବାଦ୍ ସେଇ ସବୁ ମହାର୍ଘ ମୁହୂର୍ତ ମାନଙ୍କର ସାଥୀ ହେବା ପାଇଁ ! ନିଜର ଭବିଷ୍ୟତ ଲେଖିବା ଆମ ହାତରେ ନଥାଏ ସାରା, କିନ୍ତୁ ସମ୍ପର୍କକୁ ସମ୍ମାନ ଦେବା ଆମ ହୃଦୟର ଅଧୀନ । ସୂର୍ଯ୍ୟାଂଶ ସହିତ ନୂଆ ଜୀବନର ଆୟମାରମ୍ଭ ପାଇଁ ଶୁଭେଚ୍ଛା । ଜୀବନ ରାସ୍ତାରେ ଯେବେ ଲୋଡିବ, ବନ୍ଧୁଟିଏ ପରି ମୁଁ ତୁମ ପାଖରେ ନିଶ୍ଚୟ ପହଁଚିବି ତୁମକୁ କଥା ଦେଉଛି । ତୁମେ ଜାଣ, ତୁମ ଆଖିରେ ଅଶ୍ରୁ ମୁଁ ସହିପାରେନାହିଁ । ବିଦାୟ ବେଳାରେ ମୋତେ ଦୁର୍ବଳ କରିଦିଅନା । ମୋ ନୂତନ ଜୀବନଯାତ୍ରାର ପ୍ରେରଣା ସାଜି ଖୁସିରେ ଖୁସିରେ ବିଦାୟ ଦିଅ ।"

ମୋହିତର ଦୁଇହାତକୁ ମୁଁ ଆବେଗରେ ଚାପି ଧରିଲି । ମୋର ମନେ ହେଉଥିଲା ମୋହିତ ରୂପରେ ମୁଁ ମୋ ଜୀବନର ସର୍ବସ୍ବ ହରାଇବାକୁ ଯାଉଛି । ଶୂନ୍ୟ ହୋଇଯାଉଛି ମୋ ହୃଦୟ । ନିଃସ୍ବ ହୃଦୟରେ କହିଲି "ମୋହିତ ! ମୋ ଜୀବନକୁ ଶୂନ୍ୟ କରି ଚାଲିଯାଅନାଁ । ତୁମକୁ ଏ ଯାତ୍ରା ପାଇଁ ମୁଁ ବାଧା ଦେବି ନାହିଁ । ମାତ୍ର ଅନୁରୋଧଟିଏ କରିବି । ପାରିବ ଯଦି ଭୁଲିଯିବ ମୋତେ, ଭୁଲିଯିବ ଆମ ପ୍ରଥମ ଦେଖାର ଅଶୁଭ ଲଗ୍ନକୁ । ଭାବିନେବ ତୁମ ପ୍ରେମକୁ ଗ୍ରହଣ କରିବାକୁ ମୋ ହୃଦୟ ଖୁବ୍ ସଂକୀର୍ଣ । ଶେଷ ଅନୁରୋଧଟିଏ ମୋ ବିନା ଏକ ସାର୍ଥକ ଜୀବନ ବଂଚିବ । 'ସାରା'ହୀନ ପୃଥିବୀରେ ନିଃସଙ୍ଗ ଅଧିବାସୀ ହୋଇ ରହିବ ନାହିଁ, ସହଯାତ୍ରୀଣୀଟିଏ ଖୋଜିନେବ ।"

ମୋହିତର ଆଖି ଦୁଇଟା ଛଳ ଛଳ ହୋଇ ଉଠିଲା । ମୋ ଆଖିରେ ତା' ପାଇଁ ଥିବା ନିର୍ମଳ ପ୍ରେମ କାଲେ ତାକୁ କେଇ ମୁହୂର୍ତ ଅଟକି ଯିବା ପାଇଁ ବିବଶ କରିଦେବ ସେଇ ଭୟରେ ମୋ ହାତରୁ ନିଜ ହାତକୁ ମୁକ୍ତ କରି ନେଇ ସେ ଧୀରେ ଧୀରେ ଗନ୍ତବ୍ୟ ପଥରେ ଆଗେଇ ଗଲା ।

ମୁଁ ଜାଣେ ଏ ଜୀବନରେ ମୋହିତ ସହିତ ଏହା ମୋର ଶେଷ ସାକ୍ଷାତ । ଏଇ କଥା କେଇପଦ ତା' ପାଖରେ ମୋର ଶେଷ ଅଳି ଓ ସ୍ବୀକାରୋକ୍ତି । ମୋ ଜୀବନକାବ୍ୟରେ ଏହା ଶେଷ ପଂକ୍ତି ମୋହିତକୁ ନେଇ । ୟା ପରେ ପୃଷ୍ଠା ପରେ ପୃଷ୍ଠା ଅନେକ ପୃଷ୍ଠା ଲେଖାଯିବ । କିଛି ସଫଳ ଓ କିଛି ବିଫଳ, କେତେ ସମ୍ପର୍କ, କେତେ

ଚରିତ୍ର, କେତେ ଘଟଣା, କେତେ ମୋଡ଼ ଆସିବ ଅଥଚ ମୋହିତର ମୁହଁ ଆଉ ଦେଖା ଯିବ ନାହିଁ କୌଣସି ମୋଡ଼ରେ । କେବେ ତା' ନାଁ ଲେଖାହେବ ନାହିଁ କୌଣସି ପଦରେ ।

ଏକ ଚରମଶୂନ୍ୟତାର ଅନୁଭବରେ ମୁଁ ସ୍ଥିତିହୀନ ହୋଇଗଲି । ମୁଣ୍ଡ ଘୁରାଇ ଦେବାରୁ ପଡ଼ି ଯାଉଯାଉ ନିଜକୁ ସମ୍ଭାଳି ନେଇ ପାଖ ଚେୟାରରେ ଲଥ୍ କରି ବସି ପଡ଼ିଲି ।

ମୁଁ ତ ଚାହୁଁଥିଲି ସୂର୍ଯ୍ୟାଂଶର ପ୍ରେମିକା ଭାବରେ ସହସ୍ରବାର ଜନ୍ମନେଇ ସହସ୍ରବାର ମୃତ୍ୟୁର ପୀଡ଼ା ସହ୍ୟ କରିବା ନିମନ୍ତେ । ତା'ର ପ୍ରାପ୍ତି ନିମନ୍ତେ ଯୋଜନ ଯୋଜନପଥ ରକ୍ତାକ୍ତ ପାଦରେ ଚାଲିବା ଅବା ତୁଷାରସ୍ନିଗ୍ଧ ଫୁଲପରି କ୍ଲାନ୍ତିହୀନ ଭାବରେ ତା' ଯନ୍ତ୍ରଣାର ରାସ୍ତାରେ ଲୋଟିଯିବା ଥିଲା ମୋ ଜୀବନର ଚରମ କାମନା ।

ଅଥଚ ମୁଁ ବିଗଳିତ । ମୋହିତ ମୋ ଜୀବନରୁ ଚାଲିଯିବାପରେ ତିଥିହୀନ ଜନ୍ମର ଯନ୍ତ୍ରଣା ନେଇ ମୁଁ ଜଳୁଛି । ଏକ ଶୂନ୍ୟତାର ଅନୁଭବରେ ମୋ ହୃଦୟ ଭାରାକ୍ରାନ୍ତ । ସତରେ କଣ ଶେଷ ଅନ୍ତରଙ୍ଗ ସ୍ପର୍ଶ କାମନା ନକରି ସେ ମୋ ଜୀବନ ପରିଧିରୁ ଫେରିଗଲା ରିକ୍ତହସ୍ତରେ ? ସମୟ ଝଡ଼ର ଆଘାତରେ ଭଗ୍ନପକ୍ଷ ଓ ରକ୍ତାକ୍ତ ଆତ୍ମାନେଇ ସେ ଉଡ଼ିଗଲା ବହୁ ଦୂରକୁ ? ମୋ ପାଦରେ ଶକ୍ତି ନାହିଁ ପଶ୍ଚାତ୍‌ଧାବନ କରି ତାକୁ ଫେରାଇ ଆଣିବା ପାଇଁ । ସୂର୍ଯ୍ୟାଂଶ ଫେରିବ ଆଜି ।

ମୁଁ ଭାବୁଥିଲି ସୂର୍ଯ୍ୟାଂଶ ମୋ ସକଳ ଆରମ୍ଭର ଆରମ୍ଭ, ଶୀର୍ଷ ଓ ଅନ୍ତିମ । ମହାକାଳ ସହସ୍ର ଆଲୋକର ପଥ ଉନ୍ମୁକ୍ତ କରି ଦେଇଛି ଆମ ସଂପର୍କକୁ ପରିଣତିରେ ପହଞ୍ଚିବା ପାଇଁ । ମୃତ୍ୟୁର ପ୍ରାଚୀର ଭାଙ୍ଗି ସେ ଫେରି ଆସିଛି ଓ ଯୁଗ ଯୁଗ ଧରି ସ୍ପର୍ଶମୁକ୍ତି ଅପେକ୍ଷାରେ ଥିବା ଅଭିଶପ୍ତା କିନ୍ନରୀ ମୁଁ । ପ୍ରେମରେ ମୋକ୍ଷ ତ ବନ୍ଧନ, ମୁକ୍ତି ତ ଆସକ୍ତି ।

ଅଥଚ ଆଜି ଆଉ କେଉଁ ପ୍ରେମରେ ମୁଁ ? କେଉଁ ପ୍ରେମର ପବିତ୍ର ମନ୍ତ୍ର ଧ୍ୱନୀରେ ମୁଁ ସହସ୍ରାର ସହସ୍ର ପଦ୍ମବନର ପାଖୁଡ଼ା ପରି ମୁକୁଳିତ ? କାହାର ହୃଦୟ ଧ୍ୱନୀ ମୋ ହୃଦୟରେ ପ୍ରତିଧ୍ୱନୀ ସୃଷ୍ଟି କରି ମୋତେ ବ୍ୟାକୁଳିତ ଓ ମୋ ଅନ୍ତରକୁ ଉଜ୍ଜ୍ୱଳ କରିବା ପରବର୍ତ୍ତେ ମନ୍ତ୍ର ମୁଗ୍ଧ ଭାବରେ ମୋତେ ନୂତନ ଜୀବନର ନୂତନ ଦିଗ୍‌ବଳୟକୁ ଆମନ୍ତ୍ରିତ କରୁଛି ? ମୁଁ ଅଭିମନ୍ତ୍ରିତ ଯୋଗିନୀ ପରି ପ୍ରାଣବାୟୁରେ ଅନୁଭବ କରୁଛି ସାତ୍ତ୍ୱିକ ପ୍ରେମର ସଂଚରଣକୁ । ଚକ୍ଷୁ ମୁଦ୍ରିତ କରି ଅନେକ ସମୟ ବସିରହିଲି ।

ହଠାତ୍‌ କାହାର ସ୍ପର୍ଶରେ ଆଖି ଖୋଲି ଦେଖିଲି ମୋ ସାମ୍ନାରେ ସୂର୍ଯ୍ୟାଂଶ । ଏବେ ସକଳ ଜାଗତିକ ଅବବୋଧର ସୀମାତିକ୍ରମ କରି ଆକୁଳତାରେ ଲୋଟି ଯିବା

ପାଇଁ ଦିଗ୍‌ବିଦ୍‌ଦିଗ ନମାନି ମୁଁ ନିଜ ଭିତରୁ ଓହ୍ଲାଇ ଆସିବାର ଥିଲା। ଅଥଚ ସଦ୍ୟହରାଇଥିବା ସୁହୃଦ ମୋହିତ ପାଇଁ ମୋ ବ୍ୟାକୁଳିତ ପ୍ରାଣ ମୋତେ କରିଦେଲା ଜଡ଼। ଶୂନ୍ୟ ଦୃଷ୍ଟିରେ ମୁଁ ଚାହିଁ ରହିଲି ସୂର୍ଯ୍ୟାଂଶକୁ। ତା’ର ମନେ ହେଲା ପ୍ରେମିକାର ଅଭିମାନରେ ମୁଁ ବରଫର ସ୍ତୁପ ପରି ଜମାଟ ବାନ୍ଧି ଯାଇଚି। ସେ ତା’ ଉଷ୍ଣତାରେ ମୋତେ ବିଗଳିତ କରିବାକୁ ଚେଷ୍ଟା କଲା। କିନ୍ତୁ କାହିଁ ସେ ଦିନର ସାରା ଯେ ତା’ ସ୍ପର୍ଶରେ ପାଲଟୁଥିଲା କୁଳପ୍ଲାବିନୀ ତଟିନୀ? ଆବେଗ ଓ ଆନନ୍ଦାତିଶଯ୍ୟରେ ଝରଣା ପରି ଲ°ଫଦେଉଥିଲା ତୀଖ ପାହାଡ଼ ଶୀର୍ଷରୁ।

ଆଜି ସେ ଆକୁଳତା ନାହିଁ, ଫୁଲପରି ଫୁଟି ଯିବାର ପ୍ରାର୍ଥନା ନାହିଁ, ସୂର୍ଯ୍ୟାଂଶକୁ ଫେରି ପାଇବାର ସୁଖଠାରୁ ମୋହିତକୁ ହରାଇବାର ଦୁଃଖରେ ମୁଁ ପ୍ରିୟମାଣ।

ପ୍ରାପ୍ତିର ସୁଖ କ୍ଷଣିକ। ଅପ୍ରାପ୍ତିର ଦୁଃଖ ଚିରନ୍ତନ।

ସୂର୍ଯ୍ୟାଂଶ ମୋତେ ତା’ ଛାତିକୁ ଆଉଜାଇ ନେଲାବେଳେ ତା’ ଛାତିର ସ୍ପନ୍ଦନ ଭିତରେ ମୁଁ ଶୁଣି ପାରୁଥିଲି ମୋ ନାମର ସହସ୍ର, ସଶ୍ରଦ୍ଧ ଉଚ୍ଚାରଣ। ପ୍ରତିବଦଳରେ ଭଗ୍ନ ହୃଦୟ ଧାରିଣୀ ସାରା କଣ ଅବା ଦେଇପାରିବ ତା’ର ମୃତ୍ୟୁଞ୍ଜୟୀ ପ୍ରେମିକଟିକୁ?

ମୋହିତ କହିଗଲା ପ୍ରେମରେ ଯେ ନିଃସ୍ୱ ହୋଇଯାଏ ସେ ହିଁ ପ୍ରକୃତ ପ୍ରେମିକ। ଦିନଥିଲା ମୋହିତ ଭିତରେ ମୁଁ ସୂର୍ଯ୍ୟାଂଶର ସ୍ମୃତିକୁ ଅଣ୍ଡାଳୁଥିଲି, ଲୁହଲହୁରେ ଏକାକାର ହୋଇ। ଆଜି ସୂର୍ଯ୍ୟାଂଶ ଭିତରେ ମୁଁ ଖୋଜୁଛି ମୋହିତକୁ। କିଏ ମୋର ପ୍ରିୟ ଅବା କିଏ ମୋର ପ୍ରିୟତମ। ଦୁଇଟି ଚରିତ୍ର ଆଜି ଏକାକାର ଗୋଟିଏ ସତ୍ତାରେ।

ଆସନ୍ତା ସପ୍ତାହରେ ଆନ୍ତର୍ଜାତୀୟ ସଫ୍‌ଟ୍‌ୱେୟାର୍‌ କମ୍ପାନୀ ‘ମ୍ୟାପଲ୍‌’ରେ ମୋର ଯୋଗ ଦେବାର କାର୍ଯ୍ୟକ୍ରମ। ସୂର୍ଯ୍ୟାଂଶ ତା’ ସହରକୁ ଫେରିଯାଇଛି କାଗଜପତ୍ର ପ୍ରସ୍ତୁତି ନିମନ୍ତେ ଓ ଖୁବ୍‌ଶୀଘ୍ର ମୋ ସହିତ ଯୋଗ ଦେବ ବୋଲି ଜଣାଇଛି।

ମୋହିତ ପାଖକୁ ମୁଁ ପଠାଇଥିବା ସମସ୍ତ ମେସେଜ୍‌ ଅପଢ଼ା ରହିଯାଇଛି। ମୋ ଅସଂଖ୍ୟ ଫୋନ୍‌ କଲ୍‌ର ଉତ୍ତର ସେ ଫେରାଇ ନାହିଁ।

ନିର୍ଦ୍ଧିଷ୍ଟ ଦିନ ମୁଁ ଅସ୍ଥିର ହୃଦୟରେ ଯଥା ସମୟ ପୂର୍ବରୁ ଏୟାରପୋର୍ଟରେ ପହଞ୍ଚିଲି ମୋ ଇପ୍‌ସିତ ଆକାଶକୁ ସ୍ପର୍ଶ କରିବା ପାଇଁ। ଉଡ଼ାଣ ଭରିବା ନିମନ୍ତେ ବ୍ୟାଗେଜ ଚେକ୍‌ଇନ୍‌ କାଉଣ୍ଟର ଆଡ଼କୁ ଆଗେଇ ଯାଉ ଯାଉ ହଠାତ୍‌ ମୋହିତର ମେସେଜ୍‌ ଆସିଲା। “ସାରା! ଚିରନ୍ତନ ଆନନ୍ଦର ସନ୍ଧାନରେ ବାହାରି ଯାଉଛି। ଜଣେ ସଂସାରତ୍ୟାଗୀର ଜୀବନରେ ମୋହର ଶେଷ ସ୍ମୃତିଟିକୁ ଛାଡ଼ିଦେଇ ଯାଉଥିବାରୁ ମୋ ସହିତ ଯୋଗାଯୋଗ ସମ୍ଭବ ହେବ ନାହିଁ। ତୁମ ଯାତ୍ରାର ସଫଳତା ନିମନ୍ତେ ଅଶେଷ ଶୁଭେଚ୍ଛା। ଇତି ତୁମର ମୋହିତ।”

ପ୍ରତିଟି ସଫଳ ପ୍ରେମ କାହାଣୀର ଅନ୍ତଃରେ କାହାର ନା କାହାର ହୃଦୟ ଭାଙ୍ଗେ । ମୋହିତର ହୃଦୟ ଭାଙ୍ଗିବାରେ ମୁଁ ସହସ୍ର ଖଣ୍ଡରେ ବିଖଣ୍ଡିତ । ମୋ ହ୍ୟାଣ୍ଡ ବ୍ୟାଗ୍‌ରେ ମୋହିତର ଶେଷ ଉପହାର, ତୁଟି ଯାଇଥିବା ପାଉଁଜି, ଯାହାକୁ ମୁଁ ସାଇତି ରଖିବି ମୋର ଅନ୍ତିମକ୍ଷଣ ପର୍ଯ୍ୟନ୍ତ । ତା' ସହିତ ସ୍ମୃତିରେ ଜୀବନ୍ତ ରହିବ ଜଣେ ସୁନ୍ଦର ଅବିନ୍ୟସ୍ତ ଚେହେରା । ସହସ୍ର ୫ଡ ଆକ୍ରୋଶରେ ଭାଙ୍ଗି ପଡିଥିବା ତା' ବିପର୍ଯ୍ୟସ୍ତ ହୃଦୟ । ସେ ହୃଦୟଟିକୁ ମୁଁ ସାଇତି ରଖିବି ନିଭୃତରେ, ସମସ୍ତଙ୍କର ଅଲକ୍ଷ୍ୟରେ । ମନେ ମନେ କହିଲି "ମୋହିତ ! ମୋ ଜୀବନର ସଫଳତାର ଫର୍ଦ୍‌ରେ ପ୍ରଥମେ ଲେଖା ହେବ ତୁମରି ନାଁ ।"

ଲୁହ ଛଳ ଛଳ ଆଖିରେ ସବୁକିଛି ଅସ୍ପଷ୍ଟ । ସୂର୍ଯ୍ୟାଂଶ କିଛି ଦୂରରେ ଠିଆ ହୋଇ ବିଦାୟ ଜଣାଉଥିଲା । ମୋହିତର ଅନୁପସ୍ଥିତିରେ ମଧ୍ୟ ମୋତେ ଦିଶିଗଲା ତା'ର ଭାବପ୍ରବଣ ଆଖି ଯୋଡ଼ିକ ।

ଫ୍ଲାଇଟ୍‌ରେ ବସି ମୋ ଜୀବନର ଅସଂପୂର୍ଣ୍ଣ କାହାଣୀ ଲେଖୁ ଲେଖୁ ପହଞ୍ଚ ଯିବି ସିଲିକନ୍ ଭ୍ୟାଲିରେ । ନୂତନ ପ୍ରଭାତର ନୂତନ ସୂର୍ଯ୍ୟୋଦୟ ପ୍ରତୀକ୍ଷାରେ ମୁଁ ସାରା ।

■■

## BLACK EAGLE BOOKS

www.blackeaglebooks.org
info@blackeaglebooks.org

Black Eagle Books, an independent publisher, was founded as
a nonprofit organization in April, 2019. It is our mission to
connect and engage the Indian diaspora and the world at large
with the best of works of world literature published on a
collaborative platform, with special emphasis on
foregrounding Contemporary Classics and New Writing.